U0741208

ALFRED **HITCHCOCK**

希区柯克
悬念故事全集

【美】阿尔弗雷德·希区柯克 著

裴峰 编译

江苏人民出版社

图书在版编目（CIP）数据

希区柯克悬念故事全集 /（美）希区柯克著；裴峰编译 . -- 南京：江苏人民出版社，2016.7
ISBN 978-7-214-19150-2

Ⅰ . ①希… Ⅱ . ①希… ②裴… Ⅲ . ①故事—作品集—美国—现代 Ⅳ . ① I712.45

中国版本图书馆 CIP 数据核字（2016）第 155958 号

书　　名　希区柯克悬念故事全集
著　　者　【美】阿尔弗雷德·希区柯克
编 译 者　裴　峰
责任编辑　朱　超
装帧设计　异一设计
版式设计　张文艺
出版发行　凤凰出版传媒股份有限公司
　　　　　江苏人民出版社
出版社地址　南京市湖南路1号A楼，邮编：210009
经　　销　凤凰出版传媒股份有限公司
印　　刷　三河市兴达印务有限公司
开　　本　718 毫米 ×1000 毫米 1/16
印　　张　43.5
字　　数　880 千字
版　　次　2016 年 11 月第 1 版　2024 年 3 月第 4 次印刷
标准书号　ISBN 978-7-214-19150-2
定　　价　128.00元

[目录] CONTENTS

第一卷 倒计时

第三者

第二卷

第三卷

连环套

第四卷

丈夫的诡计

最后的证据

第五卷

第六卷 罪与罪

死亡面孔

第七卷

第八卷

与杀手为邻

第一卷

倒计时

海滩之夜

我们这里的海滩是个很好的避暑胜地，每年夏天都会有许多人前来游玩和避暑。乔治和贝蒂夫妇就是这样，他们几乎每个夏天都要从城里来到这里，尽情享受海滩的阳光，欣赏大海的迷人景色。这对夫妇的性格不同，乔治比较拘谨内向，而贝蒂则活泼漂亮。我甚至在想，贝蒂怎么会选中乔治呢？因为这是一对外表看似并不般配的夫妻。当然了，这也没有什么可奇怪的，在我们的现实生活中，虽然有许多夫妻看上去并不般配，但是他们却过得非常和谐、美满。

或许你听我这样一说，会以为乔治是一个逊色的人，你可千万别误会，其实，乔治也是一个非常出众的人，尤其是在他身上所表现出的那种真诚与可信，无论是谁，只要稍微跟他接触一下，就能明显感受到这一点。

去年夏天，我和妻子原以为他们夫妇还会到我们这里来，但是没有，听说他们是去了斯普鲁斯海滩。我妻子曾听贝蒂说过，她和乔治就是在斯普鲁斯海滩订的婚，因此她对那个地方充满了美好和浪漫的回忆。当妻子说这话时，我还觉得有些不可思议，但妻子却批评我说："你呀，真是麻木，怎么就不懂得女人的这种细腻感情呢？要是换了我也是一样。"听着妻子的数落，我只好无奈地笑了笑。

然而，今年六月，乔治和贝蒂又来了，而且这回他们还带来了两个女儿，这两个小姑娘都很惹人喜爱，一个八岁，一个六岁，应该说他们是美满幸福的一家子。

不过，我这一次明显地发现了乔治身上的变化，他不再像以前那么快乐，似乎总是显得无精打采，神情抑郁，即使走路时也总是低着头，将双手插在口袋里，从来不看前方，他的脸上难得出现笑容，只有和孩子们在一起时，他才变得稍微活跃一些。"难道发生了什么事吗？"我和妻子暗暗猜测着。

我妻子的性格很开朗，也善于与人相处。没过几天，我就看到她和贝蒂经常在一起说悄悄话，估计是和乔治有关。后来，妻子告诉我说："我听贝蒂说了，乔治的变化是从去年夏天到斯普鲁斯海滩后开始出现的，究竟是什么原因贝蒂也搞不清楚，因为乔治从来不谈。"

有一天，我正在家里修剪草坪，乔治来看我了，我当时很高兴，就招呼他和我一起坐在门廊上。我从乔治的表情看，他似乎有什么话要对我说，但嘴张了几次还是没出声，可能是他不知道该怎么开口吧。

我们就这样四目相对，默默地坐了几分钟，最后还是他脱口而出："请你告诉我，警长先生，如果一个人为了抽象的正义而毁掉自己的幸福，这样做对吗？"他的这句话问得很突兀，我一下子不知道该怎么确切地回答，于是说："没有人能回答这样的问题，乔治，你应该说得具体些。”

“哦，对，你说得对。”我原本等着他再说下去，可乔治只是喃喃地说了这句话，就再也不吭气了，又过了一会儿，他就起身告辞走了。望着他渐渐远去的背影，我思索着：“他问这话到底是什么意思呢？”

第二天上午，乔治又来了，但他这次的神情比上次要紧张，“警长先生，我要是告诉你一件罪行，你会去报告吗？”他小心翼翼，试探性地问道。

“这要看是什么罪行，严重不严重，在不在我的管辖范围之内，我也许去报告，也许不去报告。乔治，你能具体说说吗？”我希望他能如实地告诉我。

“那，那是一次谋杀！”说完，他的脸红了，头也低了下去。

我心里一惊，迅速地打量了他一眼，看他的样子，估计他是猜到我心里想什么了。

不过，他很快又抬起头，大声说：“不是我干的！不是，即使，即使我想杀人，我也不知道怎么杀呀！”

“唉，这个乔治呀！”我不禁叹了一口气。或许他说得对，他不是那种具有暴力犯罪倾向的人，不过，根据我三十三年的从警经验，我也知道很难都一概而论，尤其是像乔治这种性格内向的人。

我预感到他接下来会说出实情，为了营造一种良好的谈话氛围，我特意从厨房取来两杯苹果汁，将其中的一杯递给他，以便让他润润嗓子，缓解一下情绪。

果然，当乔治喝了一口果汁，稍稍镇定之后，就细细地向我说出了事情的原委。

关于他的故事，我们可以将时光倒回到十一年前。那时他正在读高中，贝蒂也在这所学校，一个偶然的机会，他们就认识了。当时，他对贝蒂非常崇拜，尤其是她那一笑一颦，更是深深地烙在了他的心底。但乔治是一个羞涩的大男孩，他虽然很喜欢贝蒂，但好长一段时间都不敢贸然追求，其中有一次，他曾鼓足勇气邀请贝蒂出去玩，但被贝蒂一口拒绝了，这让他的内心很受伤害，因此，自那以后他便对贝蒂一直是敬而远之。

在他二十二岁的那年夏天，他参加了会计师资格考试，并顺利获得通过。一想到自己秋天就要去波士顿工作了，而且那项工作非常不错，他的心里就充满了快乐，因此决定在去波士顿工作之前，先痛痛快快地玩上几个月。他选择了斯普鲁斯海滩，因为他的父母在那里租有一间别墅。

乔治来到斯普鲁斯海滩后，这里的一切都在吸引着他。由于这里是一个避暑胜地，一到夏天，来的人就特别多，有在海滩上晒日光浴的，有在海水里游泳的，还有在太阳伞下看风景的。海滨不仅有一个大型的游乐场，还有一条用木板铺成的人行道，大约有一两英里长。更有意思的是，这里还有一个码头是伸进海中的，那上面建有骑楼和舞厅，一到夜晚，舞厅里的灯光闪烁，吸引着男男女女去潇洒。乔治在这些地方都玩过，感到非常过瘾。

有一天，乔治又来到海边游玩，当他有些玩腻的时候，眼前的一个人让他吃了一惊："贝蒂！怎么会是你？""咦，是乔治！你好吗？"贝蒂也惊喜地跟他打招呼，那口气就像多年的老朋友一样。

原来，贝蒂跟着她守寡的母亲也来到了斯普鲁斯海滩，她们住在美洲豹旅馆里。贝蒂不是那种跟人自来熟的人，因此，她虽然来斯普鲁斯海滩已经有几天了，却一个人也不熟悉，有时自己出去玩也感到很寂寞，所以，她遇到乔治后非常高兴。

很快，人们就经常在海滩上看到两个年轻人的身影，那就是乔治和贝蒂。他们几乎天天都在一起，比如一起游泳，一起行走在木板铺就的人行道上，一起去海边散步等，有时候他们也会待在旅馆里，比如就坐在美洲豹旅馆的阳台上，一边喝着柠檬汁，一边聊天。

乔治的内心很早就告诉自己，贝蒂正是他的梦中情人。他爱她，但羞涩又让他不好意思开口，甚至每次他想向她求婚时，就会感到害怕，经常是话到嘴边又咽了回去，背后他也懊恼自己："我是怎么搞的，明明是爱她，怎么就说不出口呢？"还有接吻，每次和贝蒂告别时，他都想吻她的嘴唇，但贝蒂却总是转过脸去，这样他只能吻一下她的面颊。

时间就这样一天天过去，眼看着离去波士顿的日子已经不远了，乔治心里很着急。他爱贝蒂简直爱得快要发疯了，"不行，我一定要得到她，我无论如何都要明确地向她求婚。"他不想眼睁睁地看着贝蒂这么好的姑娘从他手中溜走。于是在一天晚上，他面对贝蒂紧张地说："贝蒂，请你嫁给我好吗？我，我真的很爱你！"说这句话时，他明显地感觉到自己的心在怦怦直跳，还不停地用脚尖踢着沙子。

"乔治，说心里话，我也很喜欢你，可是我不想结婚，至少是现在。"望着满脸期待的乔治，贝蒂委婉地拒绝了他。

乔治当时真想跪下来，恳求她的同意，但他又天生不是那种人，当然也做不出那样的事。当时，他与贝蒂又说了几句话，自然都是些无关紧要的废话，然后就转身离开了，也没有像往常那样，连吻都没有吻她一下。

随着夏天即将结束，斯普鲁斯海滩的天气也逐渐变得冷了起来，基本上没有人再到这里来了，相反这里的很多人也开始打点起行装，准备离开了。这时的海滩，人影稀少，各种娱乐设施也陆续关闭了，从曾经的热热闹闹一下子就变得冷清下来。

乔治和贝蒂还在这里。贝蒂很喜欢在飓风角那个地方看惊涛拍岸的景象，她几乎每天晚上都去，也不管晚上的风有多大。乔治对此并不反对，尽管他也知道贝蒂这么做是很危险的，因为据说曾有人就被吹进海中，但他还是很高兴能和贝蒂在一起。

时间过得越来越快，转眼乔治已经在斯普鲁斯海滩流连了将近三个月，第二天就要去波士顿工作了，这也意味着他和贝蒂只有一个晚上可以相聚了。那天晚上，天气出奇地糟糕，西北风呜呜地刮着，风推浪起，足足有两三米高。当乔治来看贝蒂时，只见她穿着一件米黄色的雨衣，正站在门廊下等他。

"贝蒂，今天的天气不好，我们还是不要去了吧？"乔治耐心地劝阻说。

“没关系，乔治，你还是陪我去吧！”贝蒂固执地说。

没有办法，乔治只好陪同贝蒂一起去飓风角。当时，外面的天气漆黑一团，风雨交加，他们甚至连路也看不清楚，只能深一脚浅一脚地沿着海滩走。但是，当他们到了飓风角时，天气却突然转好了，不仅雨停了，而且月亮也从云层后钻了出来，那皎洁的月光洒在海滩上，映得沙粒闪闪发光，虽然海浪仍然拍打着岩石，但这时的海滩已经很平静了。

望着身边的贝蒂，乔治心里想：“明天我就要走了，只有今天这一个晚上了，我一定要抓住机会，说服贝蒂同意嫁给我。”“来，贝蒂，我们还是到这里来避避风吧。”说着，他把雨衣铺在岩石下的避风处，拉贝蒂一起坐了下来。

这时，乔治在内心盘算着该怎么说，反正他要再作一次努力，但是，他又像往常一样，不知道该怎么开口，而贝蒂这时则是将曲着的双膝抬到下巴处，双手抱着脚踝，默默地凝视着海面上的浪花。

乔治也将目光转向海面。

这时，他看到远处有一个小伙子正沿着海边向这里走来，慢慢地，那个人越来越近，只见他戴着一顶帽舌已经开裂的帽子，穿着一件皮夹克，将双手插在口袋里，边走还边吹着口哨。从外表看，这个小伙子的年纪也就是二十岁的样子，乔治已经把他看得很清楚。

“他是什么人？怎么也趁夜色来到飓风角？”乔治心里疑惑着，“看他那一副趾高气扬的样子，对，他还不停地四处张望，似乎在寻找着什么，莫不是……”想到这儿，乔治突然觉得这个人很危险。

那个小伙子在离他们不到十几码的地方走过，显然他没有发现岩石下的乔治和贝蒂。他踩在潮湿沙子上的脚步悄无声息，乔治只能看到他的身影在轻轻移动。乔治看着他远去的背影，然后又瞥了贝蒂一眼，只见贝蒂依然在凝视着海面的浪花，显然她根本没有意识到刚才有人从他们面前经过。

乔治轻轻地将自己的手搭在贝蒂的手上，但是她没有任何回应，依然凝视着大海。乔治又转过头去看走远的那个小伙子，他发现，那个小伙子走着走着突然停了下来，然后站住了，一动也不动，足足有一两分钟的样子。突然，他又像兔子一样朝着一艘被拉到岸上的腐烂的破船跑去，看样子是想躲到那里。

紧接着，乔治又发现海滩上出现了第二个人，这个人是从镇里走来的，个子不高，身材比较胖，看他走路摇摇晃晃，走几步就要停下来挺一下身体的样子，估计是喝醉了。

乔治感到很奇怪，“难道他是找那个小伙子的？”他睁大眼睛，紧盯着岸上的那艘破船，想发现刚才的那个小伙子，然而他却看不见任何踪影，因为破船的后面是密密的灌木丛和一条小路，再往后面就是一排松树了。“大概是那个小伙子认识这个矮胖的男人，故意不想让他看见，所以就从船后面顺着小路溜走了。”乔治暗暗地想。

那个矮胖的人仍然摇摇晃晃地向前走着，仿佛还传来他唱歌的声音，不过由于风声和海浪声太大，所以乔治听得不太清楚。那个人慢慢地走近那艘破船，突然，乔治又看到了先前的那个小伙子，不知他是从哪儿钻出来的，只见他跪在船头，就像一个捕食的动物那样蜷缩着身子。“瞧，他手中还有金属在闪光，可能是刀，也可能是手枪。”乔治一时还拿不准小伙子究竟要干什么。他本来想要大声叫喊，提醒一下那个矮胖男人，但他犹豫了一下，结果后面的事情就发生了：只见那个手中握有金属东西的小伙子跃身一跳，猛地扑向那个矮胖男人，那个男人也似乎听到身后有响动，于是摇摇晃晃地转了个身，向后退了几步，刚好跟小伙子打了个照面，只见他张开两臂，朝着小伙子扑了过去，突然“砰”的一声，传来了一声枪响，矮胖男人先是直起身，然后又重重地栽倒在地，一动也不动了，看样子是死了。那个小伙子赶紧俯下身，开始翻他的口袋。

看到这一场景，乔治惊呆了，他的手不禁紧紧地攥住了贝蒂的手腕。“哎哟”一声，贝蒂疼得叫了起来，她转过头刚要说话，但此刻乔治意识到事情就该是这样，贝蒂不像他那么生性谨慎，刚才她正背对着那个场景，不知道究竟发生了什么事，如果她亲眼看到那个场景，一定会跑过去救助被打的人，于是，乔治双手死死地抱住她，并将自己的嘴巴紧紧压着她的嘴唇，防止她发出声音，把她按倒在沙滩上。“乔治，你要干什么？”贝蒂拼命挣扎着，但乔治就是不放松，不仅将身体压在她上面，而且越压越使劲，贝蒂急得用牙齿咬住他的嘴唇，他嘴里已经尝到血的咸味了，但不管贝蒂怎么挣扎，乔治就是不放手，他的想法就是必须不惜一切代价让贝蒂别出声，因为那个小伙子刚才已经开了一枪，他会毫不犹豫开第二枪的，在这个紧要时刻，无论是贝蒂的性命，还是他自己的性命，就取决于他们是否静默无声，不被小伙子觉察了。显然，刚才的枪声已经把乔治吓坏了。

贝蒂不明就里，对乔治的这一举动感到非常吃惊和愤怒，就拼命地打他，还用指甲抓他的脸，用双手推他的胸口，想竭力把他推开。

乔治不仅不后退，反而压得更紧了，他那沉重的身体分量几乎要让贝蒂窒息而死。

突然，他觉得身下的贝蒂已经不再挣扎了，她似乎全身瘫软，伸出双臂紧紧地搂住了他的脖颈，将手指深深地抓进他的背里，那原先左右躲闪的嘴唇也轻轻地凑近乔治，变得很有弹性而温顺了。这时的乔治，已经没有了时间的概念，他不知道他和贝蒂在那里躺了一分钟、两分钟，还是十分钟。

慢慢地，他又抬起头向那边的海滩张望，只见那个矮胖的男人趴在破船边的一个土堆上，仍然是一动不动，而开枪的那个小伙子早已不见踪影。情况总算过去了。

乔治趴在沙滩上的时间不短了，腿也有些麻木，他试图用一个膝盖支撑着抬起身子，就在他起身抬头的当口，他突然又看见了那个小伙子，而且距离自己非常近。乔治飞快地瞧了他一眼，就这一眼，让乔治永生难忘。当时，月光正好照在小伙子的脸上，他看见这个人的脸又瘦又小，就像一个狐狸，满头乱发，颜色是红红的，眼睛发黄，没有耳垂，还有那把手枪，仍然握在他的手中。贝蒂显然也注意到了这一情况。

“你看，乔治！”身旁的贝蒂低语了一句。

大概是贝蒂的这句低语惊动了小伙子，尽管当时海浪的拍击声非常大，而且他们又是处于下风头，但那个小伙子仍然受惊了，他发现了贝蒂，就朝她扑过去。贝蒂显然有了准备，她顺势向旁边一滚，躲开了，小伙子又追上来，扭住贝蒂在潮湿的沙滩上厮打起来，几个回合，贝蒂拼力挣脱出来，并使劲扇了他一个耳光。你很难想象贝蒂这个女孩子的手劲有多大，就这一耳光，将那个小伙子打得摇摇晃晃，头向后仰去。贝蒂趁他还未来得及作出反应，就起身飞跑走了。

乔治在不远处看到了这一切，这时他也跌跌撞撞地站起身，瞪大眼睛四处张望，那个小伙子的身影已经不见了，只有贝蒂正沿着海边拼命地奔跑。

乔治赶紧捡起雨衣，朝着贝蒂跑的方向追赶过去。但他天生不是运动员那类人，再说贝蒂又是先跑的，所以他追了一会儿就没劲了，大口大口喘着粗气，两个膝盖也发软了。

乔治喘息了一会儿，又继续跑起来，不过始终还是落在贝蒂后面远远的。如果不是贝蒂跑到美洲豹旅馆的门廊前停下来等他，他是无论如何也赶不上她的。

“贝蒂，听，听我解释！”他气喘吁吁地说。

“不必了！”她微微扬起头，语气傲慢地说。

“贝蒂，你听我说，其实我并不想伤害你。”乔治试图说明情况，请她理解。

她没有吭声。

“亲爱的，你听我说，刚才海滩那里发生了一件可怕的事情，你并不知道。”乔治说。

令乔治想不到的是，这时贝蒂突然咯咯地笑了起来，顺势投进了他的怀抱，并温柔地说：

“啊，乔治，我爱你！真的！平时你总是很冷静，但我没想到你今天会这么充满激情。你知道吗？每个姑娘都想要一个为她而发狂的男人，乔治，我现在知道了。”说着，她从乔治怀中挣脱出来，满脸绯红，快步跑进旅馆，随手将门砰的一声关上了。

“贝蒂今天怎么了？！”乔治怔怔地站在那里，他不敢相信自己的好运气。

这时，乔治突然意识到一个更重要的问题：“那个矮胖的男人还躺在海滩上，我必须赶快通知警察，不能让他就那么死去。”

由于他的住处没有电话，而这时旅馆又全部熄灯了，所以他只好摸黑向镇中心走去，至于警察局在哪儿他也不知道，但他相信自己可以打听到。

当他来到镇中心的街道时，四周漆黑一片，见不到一个人影，他借着打火机的光亮看了看手表，已经快到凌晨两点了，怪不得全镇毫无声息。

“我该怎么办呢？”乔治紧张地思索着。这时，只见一辆警车从镇子的一条小道开出来，速度很快，他招手想让车停下来，但司机根本不理他，一踩油门就从他身边飞驶而过，他很失望。接着，他又看到有两辆警车呼啸着向飓风角驶去，“警车是开往飓风角的，难道有人也发现了那个矮胖男人的尸体，报告了警察？也许那个男人没死，或许是受伤不重，他自己通知的警察？”乔治猜测着。

乔治这时已经非常疲劳了。但或许是他觉得自己有责任关注这件事，或许是由于贝蒂的缘故让他忘记了劳累，他还是鼓起精神，又拖着疲惫的双腿，朝着汽车行驶的方向奔去。在奔跑中，他不经意间用手擦了擦脸，竟然摸到一股黏糊糊的东西。原来这是在海滩时被贝蒂用指甲抓破脸流出的血，早已经凝固了，现在一摸才觉得很疼，可在这之前他竟然丝毫没有感觉。

“我今晚在海滩上目睹了一桩罪行，但当时却没有勇气去阻止，如果警察调查后需要我去法庭出面作证，那可就糟了，别人会怎么看我和贝蒂深更半夜躺在海滩上这件事呢？要是报纸把这件事刊登出来就更麻烦了，贝蒂会怎么想？如果她不理解，我可能就会在刚刚赢得她的心时又失去了她。”乔治一边跑一边想着。

除此之外，还有一些问题也让乔治感到不好办，比如，警察如果不相信他的话怎么办？因为当时只有他和贝蒂在场，而他确信贝蒂什么都没有看见，所以根本无法证实他的话。警察如果将他当做嫌疑对象抓起来审问怎么办？因为他现在灰头土脸，满脸血痕，衣服上全都是沙子，完全可以当做是作案者被怀疑。如果自己在这里继续拖延下去，波士顿的那份工作怎么办？明天就是他报到的日子，他必须明天下午乘车前往才行。一想到这些，他的心里非常焦急。

乔治又来到了飓风角，只见这附近停着好几辆警车，车灯全部打开，照得海滩明晃晃的，其中一辆警车正尖叫着快速离去，这情景让他感到非常紧张。从来都是这样，只要一发生车祸或者凶杀，就不知道会从哪里突然冒出许多人，现在也是一样，有许多人不知什么时候也围在了飓风角这片海滩上。

围观的人正在议论纷纷，乔治也挤进了他们之中。

“我听说是老帕特·昆丁被人杀了。”一个上了年纪的人惋惜地说。

“是的，我听说警察已经抓住了杀人凶手，还从他口袋里搜出一把手枪，那是个年轻小伙子，据说是刚从教养院放出来的一个家伙。”一个中年男子十分肯定地说。

“唉，我和老帕特相处多年，他可是个好人，这个杀人凶手真该受到严惩！”

听到这话，乔治顿时感到轻松了不少。现在看来，即使没有他的帮助，别人也发现了受害者，并且帮助警察抓到了凶手。这时，他似乎觉得自己和贝蒂没有必要再卷入到这桩凶杀案中了，于是他悄悄离开了现场，独自向家里走去。

第二天早晨九点钟，他正在刮胡子，听到收音机里传出新闻播音员的声音，说是昨天晚上在飓风角海滩发生了一起凶杀案，六十二岁的帕特里克·昆丁被人用一粒子弹射杀，警察在犯罪现场附近抓到了凶手，是刚从佛莱蒙特教养院逃出来的理查德·潘恩，今年刚刚十九岁。新闻中还说潘恩被捕的时候，警察从他身上搜出一把手枪和昆丁的钱包，根据警方的说法，此案已经彻底侦破。乔治听完这些后，觉得自己可以将这件事从此忘掉了，因为一切都已经解决了。

乔治和贝蒂在斯普鲁斯海滩度过了最后几个小时，他们商定，一旦乔治在波士顿安定下来后，贝蒂就去他那里，然后他们两人就结婚。

当天下午，乔治和贝蒂就离开了斯普鲁斯海滩。

在接下来的日子里，工作在波士顿的乔治仍然很关注这个凶杀案的有关报道，可是波士顿的报纸却很少刊登这方面的消息。

据说根据弹道专家的分析，当时射杀昆丁的那颗子弹的确是从潘恩的手枪里射出的，而且从他身上搜出的钱包上的带血指纹也是他的。后来又过了一个多星期，潘恩在狱中自缢身亡，自此这桩凶杀案也就算了结了。

乔治在波士顿工作的那家公司名叫马克汉姆皮革公司。由于乔治工作很努力，运气也不错，再加上贝蒂的从旁帮助，所以他顺风顺水、一路升迁，还不到十年的时间就成了公司的副总经理，可谓春风得意。

乔治和贝蒂的婚后生活应该说是很幸福的。贝蒂看到丈夫事业有成，也很欣慰，唯一让她有所抱怨的就是乔治对工作太过专注，经常会忽视她的感情和存在。

因此，每当她想抱怨的时候，总会对着乔治嘲笑说："乔治，你还记得那个海滩之夜吗？那时候你激情无比，让我都感到吃惊，现在怎么就变得冷淡了呢？"

不知为什么，每当贝蒂说这话时，乔治就会紧紧地抱住她，不仅呼吸急促、热血沸腾，甚至十分害怕失去她，这让贝蒂感到幸福而满足。

乔治心里很清楚，那天促使他在海滩上紧紧地抱住贝蒂的，并不是出于男人的一种激情，而是那桩凶杀案带给他的惊恐。他曾一直好奇地想，如果贝蒂知道了这一实情，她又会怎么想呢？

大概是乔治在那个夜晚带给了贝蒂太多的惊喜，因此，她每年夏天都提议去斯普鲁斯海滩度假，以便重新拾起美好的回忆，但乔治却不愿意这样做，他不想再去那个海滩，尤其是让他曾经惊恐万分的飓风角，所以，他总是想方设法劝阻贝蒂改变主意，仍然来我们这里度假。

不过，去年夏天贝蒂的态度太坚决了，乔治也只好妥协了。他们一家又去斯普鲁斯海滩，仍然住在美洲豹旅馆。白天，他们就带着两个孩子去海滩游玩，孩子们很喜欢那里，尤其是那条用木板铺就的人行道，更是让她们乐此不疲。她们还愿意吃各种各样的东西，其中最喜欢的就是馅儿饼了。看到孩子们幸福快乐的样子，乔治和贝蒂也很高兴。

没过几天，两个孩子就在一条小街上发现了一家食品店，她们看到一个戴着白色厨师帽，系着漂亮围裙的人正站在玻璃后面，一块块白色的面团在他手里就像变魔术一样，一会儿抛到空中，一会儿再揉捏成形，最后统统放进了烤箱，不一会儿，香喷喷的馅饼就从烤箱里端了出来。"爸爸，请带我们去那个小店吃馅儿饼吧。"两个孩子几乎每天都向乔治央求着。

一天，乔治带着两个孩子来到了小店门口，“爸爸，快来，你看那个做馅儿饼的人真滑稽，他就像在表演魔术。”乔治顺着孩子的手指向玻璃后面望去，一下子惊呆了，只见那个人长着一张狐狸脸，头发是红红的，还有那对没有耳垂的小耳朵。乔治不敢再正视那个人了。

“难道是他？”乔治有些不敢相信，“不可能，这一定不是杀害昆丁的那个人，十年前是潘恩杀的人。这个人虽然和潘恩很相像，可能这是他的弟弟，也可能是一对孪生兄弟。”尽管乔治认为这种可能性是有的，但他也知道这是在自我欺骗，因为，他对那天晚上海滩上那个小伙子的印象太深了。

乔治看着玻璃后面正忙着做馅儿饼的那个人，相信自己的猜测不会错，他就是海滩上出现的那个小伙子。

第二天，乔治就开始四处打听，了解到这个人名叫山姆·墨菲，虽然外表看还不算太大，但实际年龄却不小了，也是个经常惹是生非的人，不过大多都是打架、酗酒之类，还没有更严重的事情发生。

“怎么才能验证这个人究竟是不是十年前的潘恩呢？”乔治想出了一个好主意。他来到当地图书馆，从里面找出十年前的一些报纸，其中有份报纸的第一版上，就有潘恩的一张照片。从照片上看，潘恩是个体格魁梧，满头金发的人，而且颧骨很宽，眼睛也是灰色的，与当年他在海滩上看到的那个狐狸脸、红头发、没耳垂的小伙子大相径庭。

照片下面还有一段报道，内容是说潘恩一直声称自己是无辜的，他自己那天晚上看到另一个小伙子从海滩上跑过，并把什么东西扔到海滩上，稍后他走过去看，发现了一把手枪和钱包，他将这两样东西捡起来了，结果没过多久就被警察抓住了。潘恩为了证明自己的清白，还自我举证说，在他被捕时身上一分钱也没有，但警方却不认同这一说法，认为帕特或许是个酒鬼，那天晚上他可能把所有的钱都花在了喝酒上。尽管当年潘恩一再申明甚至抗议，但都无济于事，因为没有人相信他的话。

看到这里，乔治的良心感到不安了，他知道潘恩说的是真话。

“我当时就该马上去报警，那样潘恩就可能还活着，而那个叫山姆·墨菲的人就得去坐牢。”一想到这里，乔治就有些懊悔。可他转念又一想：“时间已经过去十年了，我现在去说又有谁能相信呢？退一步讲，潘恩在十年前就死了，即使警察相信我的话，但潘恩也无法死而复生了。而且，我还不得不面临舆论的谴责，承认自己的懦弱，如果报纸再对此加以报道，那对自己将是非常不利的。我现在是事业有成，而且贝蒂还那么爱我，如果贝蒂知道了真相会怎么想？”这些都是乔治所担心的，尤其是最后这一点。

乔治感到很痛苦，因为他十年来一直是生活在一个谎言中。他觉得贝蒂也可能会原谅他，但是他们之间的关系或许就会发生微妙的变化，如果他再拥抱她时，当年海滩上那虚假激情的回忆肯定会让他们俩都不舒服的。

思来想去，乔治决定什么也不要做。但是，这件事还是搅得他晚上睡不着觉，辗转反侧，心绪不宁，他在心里暗暗地责备自己是个胆小鬼，是个懦夫。贝蒂看到乔治这个样子，就知道他一定是有什么事在瞒着她，“亲爱的，你怎么了？发生了什么事？快告诉我！”她焦急地问。“没什么，别担心。”乔治不肯吐露半个字。

乔治告诉我，这件事他在对我说之前，从来没有对任何人说过。

这时，乔治长长地舒了一口气，说道：“警长先生，我刚才说的都是真的，你是司法人员，请告诉我该怎么做，我会按照你说的去做。”

“哦，我得仔细想想。乔治，你知道，如何看待这件事可以有各种不同的角度。”我摇摇头说，没有急于回答他的问题。

“那好吧，我等着你的结论。”说完，他就起身离开了。

乔治走了，但是他的这个难题却落到了我身上。如果根据法律，我唯一的办法就是去斯普鲁斯海滩，为冤死的潘恩平反昭雪，把那个叫山姆·墨菲的真正凶手送上法庭。

但是也有些问题让我不得不想，比如：这个案子是由斯普鲁斯当地的警察承办的，如果站在他们的角度考虑，不一定会认为乔治提供的证据可靠，事情已经过去了这么多年，他完全有可能歪曲了事实；再说潘恩这个人，他是有前科的，在等待审判时他自杀了，这种情形通常是被认为承认有罪，现在仅凭乔治的一面之词，那里的警察是不会轻易重新调查此事的；乔治自己是否搞错了？虽然他认为山姆·墨菲曾是个危险人物，但是这个人这些年来并没有严重违法的记录……

我整个下午都在反复思索乔治讲的这件事情，甚至连晚上也难以入睡。

我的表现自然瞒不过妻子的眼睛。这么多年来，她就有这个本事，如果她想打听什么事情，肯定会知道得一清二楚。果然，她第二天早晨就开始询问我，并很快从我嘴里知道了乔治的故事。

她默默地坐在那里，看了我一会儿，问道：“那你准备怎么做？”

“这件事情很重大，我想，我应该开车去斯普鲁斯海滩。”我说。

“不行！你决不能那么做！”她猛地站起来，大声叫道。看着妻子的样子，我不禁有些吃惊。

“你知道吗，我听贝蒂说过，她认为乔治在那个海滩之夜为了得到她，几乎快要发疯了，如果你那样做的话，就等于打破了贝蒂的美好幻觉，她会怎么样？他们的婚姻会怎么样？他们的婚姻一定会破裂，这是一定的！那么贝蒂以后要靠什么生活？这些你都想过了吗？”

“不行，我是个司法人员，必须要这样做。”我依然坚持说。

“不准胡说！”妻子走过来，一下子坐到我的怀里。她将全身的分量压在我腿上，很重，不过，我倒觉得这样似乎好受一些。

唉，我不想跟妻子争吵，因为在我们三十多年的婚姻生活中，我得出的一条经验就是，有时候你最好是闭上嘴巴，什么也不要说。

也许我没有履行司法人员的责任，也许我错了！

椰子糖

在送芭芭拉小姐从医院回家的路上，迈克尔慢慢地开着车，这时的他，仿佛已经不再是一个粗犷硬朗的警探了，而是变得格外温和、耐心，因为，他身旁的芭芭拉小姐刚刚失去孪生妹妹，此刻她内心的痛苦可想而知。

迈克尔从一开始就对这个案子很感兴趣。或许对于其他人来说，那只是一段已经被淡忘的日子，然而对于迈克尔和芭芭拉小姐来说，则是有着深刻的感受。

他一边慢慢地开着车，一边在脑海里回忆这个案子的种种细节：事情发生在一个星期天的早晨，那天的天气很好，有两个头上梳着小辫子并系着漂亮的缎带，手上戴着白手套，身穿有衬里并浆过的裙子的小姑娘，正准备到街上的教堂去做礼拜。然而，她们中的一个却死了，而且死得很惨，是被一个歹徒活活掐死的，这让街坊四邻感到惊恐不已，担心那个歹徒可能就藏匿在街上的某一幢房子里，使整个街区终日人心惶惶的。

汽车慢慢驶进一座庭院的车道上，迈克尔在一个阴暗处刹了车，然后他推开车门，跳了下来，转身替芭芭拉小姐开车门。

在他的肩膀上，搭着芭芭拉小姐纤细的手，她显得那么无力和弱不禁风，这也难怪，毕竟她正经受着失去亲人的重大打击。迈克尔搀扶着她，沿着铺有鹅卵石的小道，一直把她送到具有法式风格的落地门前，她颤抖着掏出钥匙，开了门，他也跟随她来到屋里。

迈克尔借着灯光四下看了一眼，发现屋子里拾掇得很干净，家具等物品也都摆放得整齐有序。

“请随便坐吧，迈克尔先生，你喝杯茶吗？”芭芭拉小姐努力控制着自己的情绪，缓缓地说。

“好吧！”说着，迈克尔坐了下来。

芭芭拉小姐已经七十五岁，岁月的磨痕让她的脸上布满了皱纹，但脸部的整个轮廓还是美好的，不难想象她年轻时还是很漂亮的。这时她的两只眼睛，犹如两个忧愁的蓝色水池，溢出的满是痛苦和哀伤。

“迈克尔先生，我知道你会问一些问题的，不要拘束，请问吧，我已经准备好了。”

她一边忙着摆茶壶和杯子，一边说道。

“那么，就请你说说今天晚上的事吧……”迈克尔清了清嗓子说。

芭芭拉小姐的思绪进入到一种回忆中，开始平静地讲述起自己和妹妹的故事：“我和孪生妹妹居住在这里，平时很少有娱乐，只是偶尔有三两个朋友来喝喝茶，或者是玩桥牌，我们的朋友很少。白天，白天没有任何预兆晚上会出事。”说到这里，她不禁打了个寒战，声音也有点儿发抖。接着，她又说道：“下午，我用新轧碎的椰子做了一点儿椰子糖，迈克尔先生，你或许还不知道，偶尔做点儿椰子糖是我的嗜好，而且也是我们家的习惯。”“唉！”她叹了一口气，接着说，“在离我们这条街不远的地方，住着一个可怜的年轻女人，她独自带着四个孩子，生活得很贫穷。在她的孩子中，有两个是一对双胞胎姐妹，说起来真怪，我一看到这两个孩子，就觉得像我和妹妹一样。

迈克尔能够理解芭芭拉小姐的感受。同是孪生姐妹，小的一对和老的一对完全可能会培养起一种亲近的关系。

“我和妹妹经常能看到她们，或者是在杂货店里，或者是在街上。大约有一年多的时间吧，我和妹妹经常帮助她们，也就是为孩子们做些小事。”说到这里，芭芭拉小姐脸上露出了难得的笑容。

“你们姐妹的心肠真好！”迈克尔感慨地说。

“当然，我们也得到了报酬，那就是快乐！”她抬起头，用一双蓝眼睛看着迈克尔说。紧接着她又补充道：“我和妹妹都喜欢孩子。今天，我们听说其中的一个孩子病了，就赶快去找医生，医生看过之后，那个孩子就渐渐好了起来，她当时说想吃我做的糖，我答应下次来一定带些椰子糖给她。”

“那么，是不是你妹妹今晚去送椰子糖了？”

“对！”她点了点头。我看到她的脸上又浮现出悲戚的神情。

“我本以为妹妹送完糖后，在孩子家稍坐一会儿就会回来，因为我们家离那里并不远。可谁知她还没有送到就……当时，她好长时间不回来让我坐卧不宁，我就给那边的公寓管理员打电话，请他找我妹妹接电话，可是管理员说我妹妹并没去那里，我惊慌了。”

她有些说不下去了，微微抖动的嘴唇也抿成了一条悲伤的线，显然是痛苦的回忆让她不堪回首。又过了好一会儿，她才将双手紧握着放在膝盖上，继续说道：“我赶紧出去找她，可是到处都没有，后来，当我摸黑走到杂货店旁边那个漆黑的小巷子时，听到有轻轻的呻吟声，我快步走到跟前，发现正是我妹妹，她倒在那里，受伤的头部还在流血……当时，妹妹用微弱的声音告诉我，那个歹徒抢走她的皮包时，还吃了那些椰子糖……听到这话，我全身颤抖了：简直是禽兽不如，受伤人就在他脚边，而他还在吃糖！”

“吃糖？那也许是个吸毒的，因为嗜糖是个标志。”迈克尔说。

“妹妹告诉我，抢劫她的那个歹徒个子很高，脸上还有一个 W 形疤痕，是个年轻人。”这时，芭芭拉小姐再也控制不住自己的感情了，她泪流满面地说。

时间不早了。迈克尔站起身，用手碰碰她那还在不停抖动的瘦削肩膀，温和地说：“芭芭拉小姐，发生了这种事情，今天晚上你就不要在家里睡了，我看你还是在别的地方过夜吧，由我来安排。”

“谢谢你，迈克尔先生，这是我的家，我不想离开它。”她婉言谢绝了。

迈克尔犹豫了一下，说：“好吧。不过我必须要提醒你，在过去的六个星期里，这一带连续发生抢劫事件，这个案子已经是第四起了，也许还有我们目前不知道的情况，只是你妹妹是头一个丧命的人。”

“难道都是同一个人下的手吗？”她小心地问。

“关于这个我们还不能肯定，不过有一个也遭到抢劫的女人报警时说，她在遭受重击失去知觉之前看了那个人一眼，说他的面颊上有 W 形疤，其他的描述也和你说的基本一样。”迈克尔说。

“看来是同一个人了，”她自言自语地说，“这么说，你们一直在追踪这个杀人不眨眼的家伙，只是运气差点儿，是这样吗？”她似乎想知道警方破案的决心。

“是的。”迈克尔坦言。不过他又接着说：“请你相信，只要罪犯一天不归案，我们就一天不放弃努力。”

迈克尔向芭芭拉小姐告辞后，又回到了警察总局，但他的脑子里仍然在思索着这件事。

想到芭芭拉小姐那痛苦的样子，迈克尔决心尽快抓住凶手。“注意，有一个外貌体征是高个子，脸上有 W 形疤痕，年纪在二十岁左右的嫌疑犯，他在抢劫时杀了人，如果发现就立即逮捕他。”迈克尔警探在无线电通讯室里发出了命令。

为了追寻凶手，也为了保护芭芭拉小姐的安全，从这天以后，迈克尔每天晚上都开车在芭芭拉小姐家附近巡逻，只不过她不知道罢了。

他发现，芭芭拉小姐这些天有一个例行的做法，每天晚上天刚一擦黑儿，她就从那幢老房子里出来，然后慢慢朝西走，先经过那家杂货店，再过一个十字路口，最后走完下一条街，返回时仍按照原路线。最初，迈克尔对芭芭拉小姐这种有规律的举止很赞赏，他觉得这样对于恢复她的精神状态有好处。当然，迈克尔有时也不忍看她那踯躅的身影，毕竟是七十五岁的老人了，独自一人在夜色中行走，看起来是那么脆弱和无助。

芭芭拉小姐还有一个怪癖行为，就是每天晚上折返回来后，总会先在家门前站一会儿，回头看她走过的那条黑暗的石子路，然后再进屋，接着，楼上有窗帘的窗后就会亮起幽暗的灯光，这时她准备睡觉了。

“可能是她用这种方法排遣失去孪生妹妹的痛苦吧？”迈克尔猜测着。

其实，芭芭拉小姐自从妹妹下葬后，就开始了这种夜间巡礼，即使风雨天也从不间断，就好像悲伤和痛苦在逼迫她按照那天晚上妹妹为两个小姑娘送椰子糖的路线，去重踏那些令她伤感的道路。

尽管迈克尔对芭芭拉小姐用这种方式排解心中忧伤的做法能够理解，但是，他也非常担心她的安全，因为，那个杀人凶手很可能就躲在附近的树影里，或者是黑暗的门边、小巷的角落。“她最好是赶快结束这种怪癖行为，否则是会有危险的。如果她继续这样做的话，我就要去找精神医生了。”迈克尔默默地想。

三个星期后的一天，迈克尔又和往常一样，趁着夜色守候在一个广告牌后面，仔细观察着对面的道路，他希望今天能发现那个歹徒的影子，因为他每天晚上都要在这一带蹲坑守候，已经持续好多天了。

阴沉、漆黑的夜色笼罩着大地，迈克尔向上拉拉衣领，眼睛仍然一眨不眨地盯着路对面，就像一个猎手耐心等待猎物出现似的。突然，黑暗中又出现了那个熟悉的身影，他看了看夜光手表的指针，发现她今天出来的时间要比往常晚了十分钟。芭芭拉小姐慢慢地走向杂货店的阴暗处，就要过街了，她在小心地四周张望。

“我必须要阻拦她！否则她很容易成为歹徒袭击的目标，甚至还会重蹈她妹妹的覆辙。”迈克尔焦急地想。当他正要斜穿街道去阻拦她的时候，一个意外情况出现了，从杂货店旁边胡同口的黑影里突然钻出一个高大的身影，只见他猫着腰，蹑手蹑脚地溜到芭芭拉小姐的身后，猛然抱住她，一手掐住她的脖子，一手抢扯她的皮包。不出迈克尔所料，芭芭拉小姐果真遭到抢劫了。

“站住！我是警察！”迈克尔冲过去并大声喝道。那个高个子的人猛地把芭芭拉小姐摔在路边，拎着抢夺的皮包迅速躲进了杂货店墙后的黑暗中。

迈克尔赶到芭芭拉小姐身旁，正欲朝着歹徒藏匿的地方追去时，只见芭芭拉小姐挣扎着站起来，一下子抓住他的手臂，顺势倒在了他的身上，这一突然的重量撞得迈克尔踉跄了好几步，使身体失去了平衡，肩膀也重重地磕在了杂货店的墙角上。

“你？唉！”迈克尔十分懊恼。

“你怎么在这儿？迈克尔先生，我的确不知道是你呀。”芭芭拉小姐喘息着说。

“那个坏蛋就要逃走了，快放开我！看在老天的分儿上，快！”他试图甩开芭芭拉小姐那双瘦削的，但却紧拽他衣服不放的手大声说道。

“千万别，迈克尔先生，他身上可能有武器，不要为我冒险。”她依然不松手。

“你这是在干什么呀，芭芭拉小姐！”他急得要命，使劲推着她的双手，想从中挣脱出来。然而，芭芭拉小姐却突然将身子向后一仰，倒在了地上，并且发出“哎哟”一声叫喊。

“你怎么了？”迈克尔俯下身来，“有没有受伤？”他在急促询问的同时，用眼睛向那条早已空无一人的黑暗胡同瞥去，当然是遗憾的目光。

倒在地上的芭芭拉小姐脸色苍白，正用手揉着左小腿。

“对不起，芭芭拉小姐，我不是有意的。”迈克尔一边抱歉地说，一边伸手去搀扶她。

结果芭芭拉小姐轻轻推开他的手，自己站了起来，“不是你的错，是我自己不小心绊倒了。”她略显轻松地说道。

“哦？”迈克尔觉得有些不可思议，“那你看没看见那个强盗的脸？有W字形的疤痕吗？”他显然还没有忘记刚才逃走的那个杀人凶手，继续追问道。

“我没看清楚，但那是个年轻人，脸上也有W字形的疤痕，算了吧，这已经足够了。”她说这话的时候，语气平缓，目光也怪怪的，那若有所思的眼神，就如同两道蓝色的烛光穿透夜空般地一闪。

迈克尔带着心中的遗憾和疑惑回到了警察局。虽然他冲了个澡，让身体清爽了许多，但心中的不舒服却丝毫也没有减少，而且头也有些疼。

他想静静地坐一会儿，再理一理思路。

突然，门口传来了联络中心警察的喊声：“迈克尔警探！”

“什么事？”

“刚接到电话说，那个专从身后掐人抢劫的歹徒已经抓到了，个子挺高，脸上有疤痕，是个年轻人。”

“什么？太好啦！”顿时他的头也不疼了，急切地问道，“在什么地方？”

“是在沿河街四号的弗利公寓发现了他的尸体。他的女友下班后想到公寓与他幽会，结果发现情人已经趴在地板上死了，当时吓得他的女友惊叫着跑出来，情况就是这些。”

迈克尔迅速穿好衣服来到弗利公寓。他在一间狭小甚至有些令人窒息的房间里，看到一具男人的尸体头朝下，伏在床边。

迈克尔将他的身体翻过来，仔细端详着那张带有疤痕的脸，问旁边的警察：“这是我们要找的那个人吗？”

那个警察回答说：“应该没错，因为他脸上的伤疤太独特了，我们已经和通缉令上的照片对照过了。”

迈克尔似乎还在思索着什么。他走到靠墙角的衣橱前，打开一看，那里面堆满了各式各样的女用提包，都是死者抢来的。“哪一个是她的呢？”他默默地回忆着，“对了，那天晚上芭芭拉小姐在杂货店旁遭到歹徒抢劫时，我似乎看到有白光一闪，好像是个小手提袋，对，是深色镶白边的。”他开始在那堆包中翻看，果然看到有一个样式很旧、镶着白条的蓝色女包。

迈克尔捡起来一看，发现包的拉链已经断了，显然是芭芭拉小姐和歹徒撕扯时弄坏的。他慢慢打开包，眼前的一个东西突然让他愣住了，原来在皮包的一角有一块包着糖纸的糖，他剥开糖纸，里面包裹的是一块椰子糖。

在停尸间，迈克尔大声喊道：“医生，我想尽快知道，这位凶手究竟是怎么死的？你现在就告诉我！”

“你们这帮家伙怎么那么着急？我得根据化验看结果。好吧，既然你问，那么我敢说这个冷血杀手一定是服了砒霜，他死于中毒！相信验尸官也会证明我的结论。”医生十分肯定地说。

旁边的一个警察小声对迈克尔说：“化验室的人在那间公寓的地板上找到一张小薄纸，那是老式糖果店用来包糖用的。”

“我对他们的发现并不感到新奇。”显然他的注意力并不在这里。

迈克尔又来到芭芭拉小姐家的门前，按响门铃没多长时间，芭芭拉小姐就身披法兰绒睡袍，脚穿拖鞋从里面走了出来。

“真不好意思，芭芭拉小姐，又来打扰你了，可是，我必须要这么做。”迈克尔抱歉地说。

“是迈克尔先生呀，没关系，快请进。”芭芭拉小姐很客气地把他领进了客厅，待他坐下之后，她问：“要喝茶吗？”

“唉！”迈克尔叹了一口气，接着说，“我这次就不喝了，来，你也坐。”说完，他用目光凝视着她，仿佛要从她脸上看出个究竟。

芭芭拉小姐也在沙发边上坐下来，她将双手轻轻地搁在膝盖上，那样子显然在等着迈克尔发问。

“你被抢的皮包是暗蓝色带白边的吗？他问道。

“是的。你已经找到它了吗？”她脸上呈现出似乎早已知晓的神情。

“找到了，是在一个死者的房间里，这个死者很年轻，脸上还有 W 字形的疤痕。”迈克尔发现她听到这话时，嘴边有一丝不易察觉的微笑。

“芭芭拉小姐，你在欺骗我！”他大声吼道。

“不，不是的！尊敬的迈克尔先生，我没骗你！”芭芭拉小姐依然平静地说。

看到芭芭拉小姐这副坦然的样子，迈克尔再也忍不住心中的怒火了，他狠狠地踢了一下桌腿，说：“这些天，你每天晚上都出来散步，实际上你是在拿自己做诱饵，目的是等候他出来，希望他袭击你，是不是？当他真的袭击你的时候，你又是拽我，又是倒下，其实都是故意的，你就是为了拖延时间，好让他拿着你的皮包和里面的东西逃走……你的包里都有什么？可能有点儿钱，但是还有掺了砒霜的椰子糖，我说得对不对？”

“迈克尔先生，你别说得那么可怕，再说了，我怎么能弄到砒霜呢？”芭芭拉小姐否认着。

“别扯谎了，我可不是个小孩子，你有玫瑰花园，到药房弄到砒霜很容易。你把砒霜放进椰子糖里，当时连同皮包都扔给了他，你知道吗？他几乎全都吃了。”迈克尔愤怒地说，以至于额头上的青筋都一条条地胀起来。

“什么？他全都吃了？”她显出一副吃惊的样子。

迈克尔从口袋里掏出他从死者房间衣橱的包里拿来的糖，他一边假装小心地剥糖纸，一边说："这块糖是塞在皮包一角的，他没有吃，那个包是暗蓝色带白边的，也就是你的包，那么你承不承认糖是你做的？"

"瞧！你手里的那块糖多么可爱呀，虽然那么多人都捏过它，但它仍然很可爱，迈克尔先生，不是吗？"她缓缓地站起来说。

"哦？"迈克尔还没弄明白她这话是什么意思。

她轻轻移到他的身边，趁其不备一把抓过那块糖丢进嘴里，然后望着他，脸上露出柔和的微笑，"迈克尔先生，你看我吃的是有毒的糖吗？"

迈克尔愣然了。

停顿了片刻，迈克尔摇摇头说："芭芭拉小姐，你刚才吃的糖是有毒的，不过，一块糖里的含毒量是不足以杀死你的。坦率地说，对于你的勇气我已经领教过了，我对你有勇气做任何事情丝毫也不怀疑。"

"是吗？那么，你会认为我毁灭证据而逮捕我吗？"她很认真地问道。

"不，我不会那么做。即使我有足够的证据认定你做了一块有毒的椰子糖，但是你并没有请任何人吃，而那个暗蓝色带白边的皮包，却是罪犯袭击你的确凿证据。"迈克尔同样认真地回答说，"好了，我该走了，芭芭拉小姐。"迈克尔起身告辞。

"那么，你还愿意来喝茶吗？"她陪他走到门口时问。

迈克尔停住脚，反复打量了她一会儿说道："对不起，我想，我永远也不愿意再见到你了。"说完，他转身跨出门外。

身后的芭芭拉小姐朝他微笑着点点头，然后又站在门前，望着他远去的背影一点点消失在夜色中。

无人之境

道尔丁是一个身材高大的人，他坐在那里就好像一尊粗糙的石雕。冷冰冰的目光从他的双眼透出，就像阿拉斯加的冻土，充满了寒意。任何认识他不超过一个月的人，都很难在他的脸上看出什么明显的表情。直到此刻，他冷漠的脸上仍然直白地显示出不信任。他俯身越过桌面，两眼盯着我，说："你刚才说什么？"

"如果你太太忽然去世，"我一字一顿地重复着说，"你会开心吗？"

他警惕地向周围环视了一番，好像要确定是否隔墙有耳。其实，他多虑了。因为这个温泉乡村俱乐部的酒吧里非常冷清，除了我们两人，只有距离我们很远的桌子上还有三个上年纪的人在谈天。

确认四周无人之后，道尔丁的冰冷目光又移回我身上，压低了嗓子问："卡尔，你问这个是什么意思？"

"我只是作一个假设而已。"

"你的假设与我何干？我不关心。"

"你不关心？"我说，"如果你太太死了，你就可以继承她的全部财产，而且，你就可以结束与瑞拉的地下恋情，可以名正言顺地和她结婚了。"

道尔丁目瞪口呆。

"没想到吧，你和瑞拉的关系我都知道了，"我说，"她很可爱、性感，不是吗？相比之下，道尔丁太太就太脆弱古板了。"

他默然无语，盯了我一会儿之后，猛然端起杯子，喝了大半杯白兰地——他想掩饰自己激动的情绪。看来我已经掌握了他的命门，我会好好地利用它。

"你知道，像你太太这个年龄的妇女，她又体弱多病，可能有多种因素导致死亡，"我说，"比如意外、心脏病，或者自杀，如此等等，方法可有的是。"

听我这样说，道尔丁的呼吸开始变得急促起来。他喘了口气，问："你究竟是什么人，卡尔？你的真实身份是财务专家吗？四周前的那个晚上，你真的只是偶然碰到我，跟我聊天的？"

"你说得没错。"我微微一笑。

"不可能！那你怎么知道这么多？你究竟是谁？"他追问道。

我耸耸肩，不以为然地说，"我的另一个身份并不重要，但我能帮人解决各种麻烦。"

"难道你是杀手？"道尔丁说，"职业杀手？"

他的语调中明显带着惊骇，但还包含着其他的意味，似乎是对我产生了浓厚的兴趣。我知道，他已经被我牵着鼻子走了。

"你所说的那个特别的字眼只不过是一个标签而已，"我说，"不过，你说得没错，那个字眼正好可以用来衡量我的职业。"

"那么，你怎么在这儿出现呢？你不可能是温泉乡村俱乐部的会员。"

我微微一笑："虽然我不是会员，但我有朋友是这儿的会员。道尔丁，别把我们这类人看得太神秘，我们的生活也和普通人一样。"

"那么，"道尔丁犹豫了一下，"你是不是在向我提供你的专业服务？"

"是的。"

我们对视了一会儿，然后道尔丁说："你知道我现在想做什么吗？"

"不知道，你想做什么？"

"把你送到警察局去。"

"这种事情你做不出来，不是吗？"

"是不会。"他双眼紧盯着我。

“我想也不会，”我说，“当然，就算你在警察面前指证我，我也不怕，我可以对刚才和你说的话矢口否认，你没有任何证据。如果警方调查我，他们会惊异地发现，发现我在家乡还是位遵纪守法的好市民呢。”

现在轮到道尔丁微笑了，但他的眼神依旧显得冷冰冰——这使他的表情看起来显得很怪异。“你一定调查过我，卡尔，”他说。

“嗯，是的。”

“那你怎么查到我名字的？”

“刚才我说过，我在这儿有许多朋友。”

“你的眼线？”

“差不多吧，随你怎么称呼他们。”

他慢条斯理地从衣袋里掏出一支雪茄，娴熟地用一把金剪刀剪去雪茄末端，再动作优雅地用一只黄金外壳的打火机点燃。他深深地吸了一口，吐出烟雾，然后透过烟雾说：“你开价多少？”

“够爽快！”我说，“一万块，先付一半，事成之后再付另一半。”

“让我考虑一下，”道尔丁说。在短暂的激动过后，他现在又恢复了平日那种镇定、自信、工于心计的状态。“我不喜欢草率行事。”

“这事儿不急，”我说。

“明晚，九点我们再碰面。”

“好，”我说：“如果你作好了决定，明天就带五千块现金来，一定要小面额的。顺便画一张你家房子的平面图给我。”

道尔丁点点头，站起来说：“好的，明天见。”说完，快步离开了酒吧。

第二天晚上，九点整，还是在老地方，道尔丁如约前来。

“你很守时。”我愉快地说。

“这是我的做人原则。”

“好品德。”

“我还信奉一条，”道尔丁说，“解决问题要具有快刀斩乱麻的魄力。”说完，他从衣袋里摸出一个厚厚的牛皮纸信封，递给我。“这是五千块。”

“好的，”我接过信封，数都没数就塞进了口袋，问，“平面图画了吗？”

“喏，”他在桌子上摊开一张纸，花了五分钟向我解释纸上的内容，然后问，“你什么时候动手？”

“听你的。”

“星期四半夜怎么样？”道尔丁说，“到时候我让妻子一个人留在家里，再想办法把仆人们都支开。”

“狗呢？”我问。

他扬起眉毛：“这你都知道？”

"当然。"

"我会给它们拴上链子，放心吧，不会影响你'干事儿'的。"

"好。对了，那天你要关上大门，但要把仆人们进出的那扇门打开。"

"听你的，"道尔丁思索了一会，说，"卡尔，你打算怎么做？"

"你真想听？"

"哈，你只要告诉我个大概就行。"他回答说。

"星期四那天晚上，你的妻子在家里发生了意外……"我回答说，"你知道吗，平均每五次家庭意外事件中，就有一次会导致当事人死亡？"

道尔丁冷冷地笑起来："借你吉言。"

"是吗？"我举起酒杯，"我敬你一杯，道尔丁先生，还有瑞拉。"

"瑞拉？"他说，冰冷的眼神仿佛变得柔和起来。

我微笑着，干了杯中的酒。

星期四那天的晚上，我驱车来到道尔丁家附近，把车停在一个隐蔽的地方。然后步行来到道尔丁家高高的围墙外。我沿着长满青苔的围墙走着，穿过一片月桂树的矮树林，直到我找到了一处便于攀爬的地方，停了下来。我戴上一副薄手套，手脚麻利地爬过围墙，纵身跳进院子里。

道尔丁家的院子很大，我穿过灌木丛，小心翼翼地向前走。周围一片寂静，狗没有叫——道尔丁已经事先将狗拴住了。

我很快来到他家的房子外边，没花多少工夫就找到了仆人们进出的那扇门。我轻轻一推，门开了。我急忙溜了进去。关上门，我站在原地侧耳倾听，没有任何动静。然后，我拿出袖珍手电筒，按动开关。

道尔丁给我画的平面图我早已谙熟于胸，我用左手微微遮住手电筒的光亮，借助指缝里透出的微弱的亮光，穿过后面房间，找到有个圆形入口的走廊。

我站在有装饰扶手的楼梯处，竖起耳朵听了一会儿，从楼上卧室里传来道尔丁妻子的沉重鼾声，此外还有一座老爷钟的钟摆声。

道尔丁太太，我愉快地想，祝你有一个愉快的梦。然后我迅速闪进了道尔丁先生的书房。

书房不大，可我花了整整十一分钟才找到他的保险箱——它隐蔽地嵌在墙里。那是个方形的老式保险箱，带着密码转盘。可这难不倒我，我没费什么力气就把它鼓捣开了。里面有两千块现金，一条钻石项链，两套耳环，以及不少于一万五千元的债券。

三分钟后，保险箱里的东西已经换了主人。我迅速地沿着原路返回。在返回的路上，我还在想象着道尔丁先生第二天从外面回来发现太太还活着，而保险箱却已经空空如也的表情。

因为从一开始，我就无比厌恶这个人的冷漠无情。

口袋中的交易

黑猫酒吧像往常一样，挤满了前来喝酒的客人。但与平日不同的是，这些客人却非常安静，似乎没有人敢大声喧闹。原来，臭名昭著的麦考辛·罗德也在这儿喝酒，他被关进监狱五年之后，今天刚刚被释放出狱。

当年，麦考辛·罗德就是在这里落入法网的，是费尔南德斯警长亲手逮捕的他。在监狱里，罗德每天都在咬牙切齿地发誓，出狱之后一定要找费尔南德斯警长算账，现在，他终于等到这一天了。

当费尔南德斯警长步入黑猫酒吧时，他也嗅到了这种不寻常的气息。于是他向吧台走过去，问个究竟，酒吧老板愁眉苦脸地向他打招呼说："罗德来了，他就在那边喝酒。"

费尔南德斯警长耸耸肩，故作镇定地说："他只是个微不足道的人物，敢把我怎么样？"

老板开了一瓶酒，递给费尔南德斯，说："还是小心为妙！"

"放心吧，我一直很小心谨慎的，罗德都说过什么？"

"他倒是没说和你有关的。"

"除非他实施非法行为，否则，我也不能对他采取行动。"费尔南德斯警长说。

"到那时候，恐怕就来不及了。"老板忧心忡忡地说。

"这我明白，谢谢你的提醒。"费尔南德斯喝了一口啤酒，往日清洌干爽的啤酒今天喝在嘴里，却感到淡而无味。那与酒并没有关系，而是与他的心情有关。

麦考辛·罗德的出狱对费尔南德斯来说真是一个坏消息。五年的牢狱生活并没有改变麦考辛·罗德的凶狠嗜杀的本性，但五年的岁月却让费尔南德斯自己改变了。

现在他已经两鬓斑白，身材肥胖，行动迟缓。因上了岁数而带来的慢性病如影随形地跟着他。这位老警长的身手不再灵活，整天疑神疑鬼。他想："已经五十五岁了，真是老了。"

这时，老板又凑近他的耳朵对他说道："看那边，罗德的弟弟刚刚进来。"

费尔南德斯下意识地把手伸向了腰间，摸了摸他的佩枪。因为他知道，罗德的弟弟和罗德是一路货色，他们对自己同样充满了刻骨的仇恨。

他喝完这杯啤酒，当老板用询问的目光看着他时，他摆摆手说："不能再喝了，我要回家。"

"路上小心！"

费尔南德斯点点头，离开了吧台。

往外走的时候，他感觉到酒吧内气氛的确非常紧张，大有一触即发之势。每个客人的目光仿佛都聚焦在他的身上，只有坐在角落上的一张桌边的罗德兄弟除外——他们旁若无人地自斟自酌。费尔南德斯微微松了口气，向前迈开步子，出了酒吧大门。

外面一片漆黑，他从没见过如此黑的夜色，他定了定神向夜色中走去。

走了一会儿，后面驶来一辆汽车，没有打开车灯。费尔南德斯回头看了看，他借着依稀的星光，仿佛看见驾驶汽车的是一个男人……

会不会是麦考辛·罗德？

他站在原地，准备应付任何可能发生的袭击。

没有动静，汽车从他身边开了过去，驶远了。

这时他才感到自己已经大汗淋漓，胃部紧张得一阵阵痉挛。看来躲过了一劫。他不敢耽搁，赶紧走向自己停在附近的汽车，发动汽车，驱车回家。一路上，他都确信没有人跟踪。

当他走进家门时，家中温暖而熟悉的感觉让他备感轻松。

这时，屋里的电话响了起来。

当他接完电话后，女儿玛丽亚还在厨房里忙碌。

他对玛丽亚说："我现在要出去。"

"这么晚？有什么重要事情吗？"

"没有，就是一点小事。"

"你什么时候回来？"

"别担心，很快就回来。"他回答说。但是似乎连他自己都不相信自己的话。

他甚至开始怀疑自己还能否回来，因为那个电话使他心惊胆战。

电话是一位叫桑乔的人打来的。

费尔南德斯认识那人，他以前曾给警方做过"线人"。但是，和这种人打交道是很危险的，弄不好反倒被他们出卖……

费尔南德斯警长如约来到了警察局附近的蓝月亮餐厅，桑乔早已经等候多时了。费尔南德斯假装不认识他，在他左边的一张桌子边坐了下来，要了一杯咖啡。

当咖啡端来之后，费尔南德斯一边喝着咖啡，一边轻声问道："什么事？"

桑乔警惕地环顾了左右，然后把杯子举到嘴边，做了一个掩饰的动作，轻声说："圣路易有一个叫昆廷的人，他有样东西，想请你看看。"

费尔南德斯点点头，表示明白了。桑乔便放下杯子，溜下凳子，朝门外走去。费尔南德斯坐在座位上一动不动，但他从吧台后面的镜子里看着桑乔的背影消失在门外。费尔南德斯开始犹豫起来——这该不会是罗德设的一个圈套吧？

他急忙追出门去，想再问问桑乔，可是桑乔早已不知去向了。

费尔南德斯一边咀嚼着桑乔的话，一边走向他的汽车。他知道圣路易是一个小镇，位于山里。可是昆廷又是谁呢？似乎以前没听说过这个名字呀。

看来，要想揭开这个秘密，只有去圣路易一探究竟了。年轻的时候，费尔南德斯天不怕地不怕，可现在他上了年纪，反倒变得犹犹豫豫。不过，最后他还是战胜了心里的忐忑不安，发动了汽车，朝圣路易驶去。

费尔南德斯在黑暗的山路中连续行驶了四小时，远远地，圣路易出现在前方的视野中。圣路易是一个不起眼的小镇，却是远近闻名的毒品交易地。

费尔南德斯小心翼翼地将车停在了镇中心的广场。广场上空无一人。他下车转了一圈，只见广场附近的两家酒吧还亮着灯，里面传出一片喧哗的声音。

他点燃一支烟，穿过广场，来到一家酒吧前。山间的夜晚非常寒冷，他裹紧了外套，步入酒吧中。

只见一群男人倚着吧台站着。他们向他瞥了一眼，又继续喝酒。

“梅斯卡尔酒。”他告诉侍者。

侍者为他倒了一杯酒，扬起眉毛问：“先生，您还需要什么？”

“你认不认识一个叫昆廷的人？”

“他通常在‘绿鹦鹉’出没。”

“谢谢。”费尔南德斯喝掉杯中的酒，走到酒吧外。

“绿鹦鹉”是另外一间酒吧的名字。费尔南德斯心想：“昆廷在那里……会不会罗德也在那儿？”

费尔南德斯想打退堂鼓了。他看了看自己的汽车，心想：“现在要返回去还不算晚，家里还有女儿和外孙女在等待。如果自己继续冒险前往‘绿鹦鹉’，恐怕凶多吉少。”想到这里，他感到非常沮丧。

他朝汽车走去，可走到半途，又停住脚步。假如他现在回去的话，就意味着被自己心中的恐惧打败了。不！绝对不能回去！费尔南德斯转身朝“绿鹦鹉”走去。

四个戴阔边帽的男人在“绿鹦鹉”玩牌，从衣着上不难看出，他们是一群粗鄙的乡下人。

“先生，来点儿什么？”一位侍者招呼他。

再喝一杯梅斯卡尔酒？对！再来一杯，这无伤大雅。

“梅斯卡尔。”他说。

这时，坐在酒吧角落的一位老人站了起来，他朝吧台的方向走来。费尔南德斯只听见一阵尖锐的嗒嗒声响起——那是盲人拐杖碰击地板的声音。

一只颤抖的手摸到吧台上。

“欢迎来到圣路易，先生。”老人颤颤巍巍地说。

“谢谢。”费尔南德斯说。

侍者连忙向费尔南德斯解释说：“他从你的脚步声判断出，你是一位从外地来的客人。”

那位年迈的盲人微笑着说：“对我来说，世界永远是黑夜。圣路易这里是个小镇，我关心所有到这儿来的客人。”

费尔南德斯请侍者也给盲人倒了一杯。

盲人一饮而尽，然后压低声音说：“除了你以外，今晚镇上还有一个陌生人。”

费尔南德斯急忙问：“他是不是自称昆廷？”

“是的，他说他叫昆廷。”

“我来圣路易就是为了见他。”

“我看你还是不见为好，先生，他或许是个骗子，也可能是警察，谁也说不准。”

“不入虎穴，焉得虎子。”

“那么你带武器了吗，先生？”

“放心吧，我会注意安全的。”

“那再好不过了，但是小心。”盲人说，“在圣路易这个地方，充满了尔虞我诈、见利忘义，所以，不要轻易地信任别人。某个人卖东西给你，然后他会报警，你在下山途中会被逮捕。”

“我愿意冒冒险。”费尔南德斯警长说。

“祝你好运，先生。”说完，盲人微笑着转身离去，他的拐杖敲击地面的声音越来越远，最后消失在大门外。

就在费尔南德斯愣神之际，一个玩牌的人从桌边站起，醉醺醺地走过来。他踉踉跄跄，突然一头撞进费尔南德斯怀中。未等警长说话，他抬起阔边帽的帽檐以示歉意——令警长惊讶的是，醉汉的眼睛居然明亮而清醒。

“你在等人吗？”那个男人问。

费尔南德斯紧张地点点头。

“随我到外面来，自会有人与你联系。”

他随着那个男人走出酒吧，在广场的长椅上不知何时躺了一个人。酒吧里的那个男人吹了一声口哨，那人立即站了起来，向费尔南德斯点点头。

“跟我来，先生。”长椅上的那人说道。

费尔南德斯跟着他。他们从一条迂回曲折的路绕到镇边，最后来到了一幢草屋顶的粗糙房屋面前。

费尔南德斯仔细看着那幢房屋，不知什么时候，带路人离开了，消失在黑暗中。现在四周万籁俱寂，房屋里也没有一丝光亮。

他心里开始忐忑不安起来——如果此时赶紧返回停在广场上的汽车里，仍有机会逃到安全的地方——可是，他永远不会这样做。

费尔南德斯推门进去，只见屋里有一张粗陋的桌子，几把旧椅子。桌子的一边坐着一个男人，正在抽烟——想必他就是昆廷了。昆廷冲着费尔南德斯点点头，同时他注意到警长额头上渗出细密的汗珠，就说：“你一定赶了很长的路。”

“的确很长。”费尔南德斯回答说。这时，他注意到桌子上有一个帆布袋。他不禁皱起眉头，心中充满了疑惑。

“我想和你谈笔交易，先生。”昆廷说。

“是这口袋里的？”

“难道还会有别的吗？”

费尔南德斯眉头一皱。

昆廷微笑着说：“也许你想要别的，不过我告诉你，这袋子里是大麻。如果你对此不感兴趣的话……”

“我有兴趣。”

“太好了！不过，我想你一定希望亲自鉴定一下，对吧？”昆廷漫不经心地将帆布袋推到警长面前。

但是，警惕的费尔南德斯警长没有贸然打开袋子。他问昆廷：“你知道我是谁吗？谁让你在这儿等我？麦考辛·罗德？”

昆廷沉默不语。

“麦考辛·罗德在哪儿？”

“麦考辛·罗德是谁？”

“你真的不认识他？那这布袋里装的是什么？”

“我发誓，我不知道。”

“那把绳子解开，展示给我看。”

“不！我不能这样做。”

“你真的不认识麦考辛·罗德？”

“的确不认识。”昆廷说着，却向自己腰间摸去。

费尔南德斯见形势危急，决定先发制人，拔枪便射。两发子弹准确地击中了昆廷的胸部，他浑身是血，倒在地上。

这时，只听外面响起了一阵脚步声。费尔南德斯急忙将手枪对准门口——冲进屋里的是拿枪的麦考辛·罗德。费尔南德斯警长又扣动了扳机，终于一切都平静下来了……

费尔南德斯擦了擦额头上的冷汗，平复了一下情绪。他走到两具尸首旁边，用脚碰碰他们，确认他们都已经死了，然后转向桌子和帆布袋。

里面是什么呢？他小心地解开带子，然后迅速地向后退，看看会发生什么。

没有动静。

空袋子吗？

不，里面似乎有东西在蠕动。他屏住气，想看看麦考辛·罗德准备了什么来对付他？

帆布袋在动，一条剧毒蛇从袋子里探出头来，昂着头向警长吐出红红的芯子。

费尔南德斯警长全身为之一震。

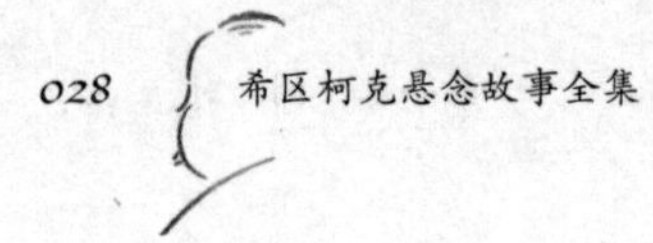

倒计时

正如天气预报所报的那样，今天阳光灿烂，万里无云。

成千上万的人驱车来到这个沙漠小城。无数的人站在高高的铁丝网外，满怀期待的目光向着铁丝网里面张望。这里是一个宇宙飞船发射场，过不了多久，这里就要发射一艘宇宙飞船，将一个人送往火星——这是国际宇宙年最精彩的部分。每个人都耐心等着奇迹的上演。

在围观的人群中，左边是一个个卖小吃的摊位，右边则是许多卖纪念品的小摊，其间还有许多小贩和游商走来走去，向游客们兜售纪念品、气球和草帽。在铁丝网边，提前几天到达这里的游客已经搭起了一顶顶帐篷，他们选择了最佳的位置，准备观看这一千载难逢的奇观。

在拥挤的人群中，身穿制服的州警察正在紧张地巡逻。他们的任务主要是维持秩序，确保交通顺畅。游客们也都非常有秩序，他们静静地等待着那一激动人心的时刻。高高的铁丝网围着的发射场内，也是一片平静的气氛，前来观看发射的媒体记者和社会名流都坐在指定的位置。在指挥大厅的中央，是一个巨大的木头平台，上面架着一台电视和电影摄像机。在平台的一侧长凳上，十几位从欧洲和美国远道而来的报刊撰稿人坐在那里；在平台的另一侧，二百多位来宾正在就坐——他们大部分是科学家和政治家。在控制台不远处，有一个凉亭。那里就坐的是最重要的客人，其中包括三位国家元首、十几位部长和几位皇室成员。所有的人都坐在各自的座位上，他们静静地看着那些科学家和技术人员正在做发射前最后的准备工作。

这时，高高耸立在发射场的大喇叭传出了声音："还有一个小时！"

在铁丝网两侧嘈杂的人群立刻安静下来，人们几乎不约而同地将头都转向发射架上的巨大火箭。正午的阳光照射下来，巍然耸立的火箭给人一种微微抖动的错觉，似乎它已经点火发射了，正要冲天而起。

所有的人都在期待着，唯独有一个人内心仿佛悬着一块大石，他就是法库尔——负责发射场安全的官员。他此刻正靠在墙上，脑海中想象着无数可能发生的意外。法库尔是一个经验老到的官员，以前他也多次担任过类似的工作，但从未像现在这样紧张。这一方面是因为此次发射事关重大；另一方面，这次发射是一次跨国联合行动，单单现场就有来自十几个国家的科学家，他们国籍不同，语言各异，很容易出差错。另外，如果这里潜入了搞破坏的人，后果将不堪设想。而这，恰恰是法库尔最最担心的。

此刻，法库尔皱着眉头，试图将心中的焦虑驱散。自从接手发射场的安保工作以来，他已经采取了各种措施，严防破坏活动。发射场的所有工作人员，上到发射总指挥，下到发射场餐厅的侍者，都在严密的调查与监视之下。法库尔有他们每个人的档案，厚厚的一大沓，每个人的身份、背景、经历，乃至各种隐秘的细节，尽在他的掌握之中。这些档案里丝毫没有发现一点儿问题。想到这儿，法库尔的心情逐渐开朗了。不管怎样，他已经尽了最大努力，可以说是问心无愧了。

“看，先生，”站在一边的法库尔的吉普车司机笑呵呵地说，“那些女人已经开始掉眼泪了！”法库尔抬起头来，看见他的司机正用对讲机的天线指着北边二十码外的地方——在那儿坐的是工作人员的亲人和家属，主要是科学家和技术人员们的妻子、孩子们，还有一些不值班的工作人员。

法库尔朝司机所指的方向望去，的确，亲属席上有几个女人正在偷偷地用手帕擦眼角。法库尔脸上浮现出理解和宽容的神色，随即笑了。是啊，神经已经连续绷紧了好几个月，现在终于要结束了，为什么不痛哭一场发泄发泄呢？如果男人也能哭的话，那么法库尔恨不得也当场大哭一通！

这时，他特别注意到家属席中的一位女人。法库尔之所以注意到她，部分原因是她的美貌；另一部分原因是，她自始至终一直站着。阳光很强烈，法库尔为了看得更清楚，眯起了眼睛。他清楚地看到，那个女人一点儿都没有哭。

法库尔感到有些诧异。那个女人正像一尊雕像一样，一动不动地站着。她的双手握成拳头，放在身体两侧，目不转睛地盯着矗立在远处的火箭。

“对了，她是物理学家韦特比的妻子。”法库尔心中暗想。看着那个女人的专注神态，你会以为跟随火箭一起升空的是韦特比本人，而不是兰达佐。想到这里，法库尔不禁耸耸肩。

在巨大的压力下，人们多少都会有一些身体不适的反应。但兰达佐却不然。此刻，兰达佐坐在总控制室，正平静地就着一杯牛奶，大吃鸡肉三明治，似乎周围即将发生的一切与他毫无关系。偶尔，他也会很开心地瞥一眼那些科学家，他们正穿梭于指挥大厅，忙于核对图表、打电话、检查墙上一排排精密的仪器。

要是这种漫不经心的态度发生在别人身上，人们一定会以为他是陷入了绝望，才会这样虚张声势；要么就是吸食了毒品。可是，坐在总控制室的兰达佐既没有绝望，更没有吸食毒品。在他英俊的脸上浮现出平和的微笑；他那有力而修长的双手拿着三明治和牛奶，丝毫没有颤抖；他肌肉结实的大腿在桌子下优雅而随意地交叠在一起。所有的身体语言似乎都在告诉你，他只是去一趟纽约，而不是飞向火星。

此时，在兰达佐的身边还坐着两个人。他们是两位著名的医生，正密切关注着兰达佐的一举一动。如果他的身体状况稍有不妥，他们就会认真地记录下来。在旁边，还站着一位著名的心理学家，也准备随时记下兰达佐的情绪变化。可是，兰达佐一切正常，他们三个根本就没有什么可记的。结果，反倒是这三位专家颇显得很不自在。

没错，兰达佐就是这次飞行的主角。他是从五十名志愿者中精挑细选出来的。兰达佐有着过人的智力，短短两个月的培训，他就掌握了如何操纵宇宙飞船中的复杂设备；兰达佐有着强健的体魄，尽管选拔测试中艰苦的体力考验淘汰了许多候选人，但兰达佐却从中脱颖而出。他的资料显示，他曾经参加过奥林匹克运动会，甚至还为他的那个小国家赢得了四枚金牌。鲜为人知的是，兰达佐的业余爱好还包括独自一人徒手猎熊、收藏名贵的兰花和用拉丁文写剧本。此外，兰达佐是一个风流倜傥的人。由于发射在即，近几个星期他一直过着几乎与外界隔绝的生活，但他一有机会，还是到处与人偷情。

“还有五十分钟！”喇叭宣布道。现场的人更加紧张了，唯独宇航员兰达佐仍旧泰然自若。

当总指挥从他身边走过时，兰达佐淡淡地一笑，用德语开玩笑地说：“别忘了在飞船上放足够牛排，嗯？”

总指挥只是笑了笑，不置可否地从他身边走过。由于航行的时间长达三个月，不要说牛排，就是日常的食品都是特制的。这种太空食品好像药丸一样，是一种浓缩物。即便这样，总指挥还觉得食品占据了太多的空间，以至于保护性的密封和降温系统的空间过于紧张。

但是，总指挥现在没空担心这个，他心里正在琢磨着另一件事。根据飞船的温度调节系统显示，它的自动控制系统似乎不太灵敏。近几个月来，虽然科学家们想尽了办法，却仍然没能很好地解决这一问题。当然，兰达佐可以通过手动控制系统进行调节，但是……

想到这里，总指挥命令他的通讯官说：“给我接通发射台的韦特比！”

在等待接通的过程中，总指挥的眼睛正凝望着窗外的观光客和发射架上的火箭。

“还有四十五分钟！”

总指挥一边用手帕擦着额头上的汗，一边心想：整个火箭系统太复杂了，无数部件密切相关，一不留神就会犯致命的错误……

“我是韦特比。”一个声音从电话中传来。

总指挥严厉地问道：“温度调节系统怎么样？”

“好像现在很正常。”韦特比回答说。

“好像？”总指挥吼道，“你想过没有，如果……”

总指挥没有往下说，他把嘴边的半句话咽了回去。但韦特比教授心知肚明——火箭的自动温度调节系统不太灵敏，在火箭升空以后，假如手动系统也失灵了，那么兰达佐要么被烤焦，要么被冻僵。

“韦特比，别隐瞒，哪怕有一点点不正常，你都要现在说出来！”总指挥说。

“据我判断，温度调节系统没有问题。”韦特比平静地说。

“那我就放心了。”总指挥说，“所有的日用品都进舱了吗？”

“除了食品以外都装好了，哦，等等……安德斯博士带着食品来了。两分钟之内，保证把所有的都装好！”

“很好。”总指挥说完，把话筒递给通讯官。他若有所思地回过身来，看着整个总控制室。“真是千头万绪啊，一着不慎，就有可能满盘皆输。”他想。当他的眼睛落到兰达佐身上时，他又立刻充满了信心。在这个庞大的行动中，至少宇航员这方面是毫无问题的。难怪新闻媒体把兰达佐称为“完美的人”。

与此同时，在发射台，韦特比教授正在一边核查，一边用铅笔在核查单上打钩。

“你迟到了，安德斯。”他略带责备地对安德斯博士说。

安德斯博士个头很高，但却满脸的憔悴。这位化学博士正和两个技术工人一起，把几只长铁箱推进电梯。

“只晚了十八秒。”安德斯博士用平静的语气说。

然后，他皱着眉头，看着那些铁箱沉思。半晌，他的脸上露出了满意的神情，拍拍离他最近的那只，对电梯工说：“好了，把它们运上去吧。”

接着，他转身对韦特比说：“我想所有的物料都已经装好了吧？”其实他也只是随便问问，他们二人对这一套流程早已谙熟于心。

韦特比又认真地检视了一遍核查单，然后他抬起头。“当然。”他说。他的眼睛因连日来的熬夜而出现了一圈黑晕。“万事俱备了。”他补充说，“我们走吧。”

两个人快步走出发射台，钻进在外面等候的吉普车，随后回头向发射台上留守的那些技术人员挥手示意——那些人要一直坚守到发射前十分钟才能离开。然后，韦特比和安德斯就乘车越过炎热的沙漠，驶向发射中心的大楼和观看的人群。

“那位完美的人一切都还好吗？”安德斯博士问。

韦特比瞥了他一眼。“还行！”他的脸上浮现出厌恶的表情，“那个家伙在肉体上也许堪称完美，智力方面应该也不差，但就是……”他欲言又止。

安德斯博士征询地扬起眉毛，但韦特比没有再开口。

“还有三十分钟！”喇叭的声音在发射中心上空回荡。

在总控制室，吃饱喝足的兰达佐打了个哈欠，伸了个懒腰。这时，两位诺贝尔奖获得者拿着他们设计的宇航服向兰达佐走来，对他说：“先生，该穿晚礼服了。”

“先生们，把错误改过来了吗？”他眨眨眼问。

两位科学家冲他笑笑，站在一边的心理学家却好奇地问：“什么错误？”

兰达佐装出一副惊讶的样子：“啊，你难道不知道？他们没给我留出足够的空间。”

“没留出足够的空间？”心理学家感到非常疑惑。

“是啊，没有留出可以放进另一个女宇航员的空间。”兰达佐用带着口音的英语说，“三个月的航程，这可不短啊，对不对？”

两位科学家哈哈大笑起来。但心理学家却一本正经地记下了兰达佐的话，还评论说：“我想这一路上你一定会很想念女人的。”兰达佐也用认真的语气回答说：“你说得对，先生，另外，实不相瞒，女人也会很想念我的。”

“还有二十分钟！”

此时，发射场安保官员法库尔正走在指挥大楼的走廊上。突然响起的喇叭声让他吓了一跳。他依然步伐稳健地向前走着，但他的心里却隐隐地为两件事担忧着。这两件事也许存在什么内在联系，也可能没有——即便它们有联系，也可能是毫无意义的。

法库尔主要担忧的两件事：

第一件事——当韦特比教授向总指挥作了最后的报告，离开总控制室时脸上呈现的表情。当时法库尔恰好偶然瞥见，那是一种多么奇怪的表情啊！脸部肌肉扭曲着，仿佛心中压抑着某种特别的情感。若是在一般情况下，法库尔可能认为，韦特比的表情只是对能否发射成功的一种焦虑，不值得放在心上。但是，当把这件事和另一件事联系起来，恐怕就没那么简单了。

第二件事——站在家属席上的那个漂亮的女人，她站在那儿像座雕像一样，脸上写满了紧张和忧虑，她注视着远处的火箭，目光中充满了绝望。她不是别人，正是韦特比的妻子。

正是因为联想起这两件事，法库尔才感到心中无比忧虑。此时，他心中一动，又想起了第三件事。这所谓的第三件事，或者更确切地说，是一个谣传。据传言，就在火箭准备发射的这几个星期里，兰达佐的风流本性丝毫未收敛，继续闹出了一些风流韵事。法库尔觉得有些难以理解，因为兰达佐的一举一动都在他们的监控之下，他怎么能有机会呢？他正在琢磨自己是否有必要去向总指挥汇报此事。

就在法库尔左思右想之时，外面一阵喧闹声打断了他的思考。他心里一个激灵，急忙向窗外看去，发射场周围的人们都在兴奋地叫喊着。他急忙看了一下手表，对！兰达佐登入飞船的时刻到了，他应该已经离开总控制室，正钻进吉普车，前往发射台了。

法库尔觉得不知道怎么办才好。他感到非常不安，希望立即向总指挥汇报；可他转念又一想，在火箭即将发射之际，仅仅因为一位丈夫和一位妻子的异常表情，就去找总指挥，那简直是不可思议的！此前，法库尔已经在资料室查过韦特比夫妇的档案，没有任何疑点。在档案中有“最好的朋友”一栏，韦特比夫妇填写的是“奥尔加·安德斯夫妇”，法库尔已经把他们的名字抄了下来。他决定先去找找他们，从他们那儿获得更多的信息。

于是法库尔赶紧前往工作人员坐席去寻找，可既没有找到安德斯博士，也没有找到安德斯太太。

现在，法库尔来到走廊的尽头。在那里有一扇虚掩的门，上面写着“营养实验室”。法库尔推门走进实验室，只见实验室里放着巨大的污水槽、桌子和橱柜，却没有一个人。法库尔不死心，仍然大声地喊着安德斯博士的名字。

“谁啊？”

在营养实验室另一头的冷冻室的门开了，安德斯博士一边擦着手，一边走了出来。

“法库尔，是你啊，你找我？”他轻轻地带上冷冻室的门。

看到法库尔的目光中充满疑问，他解释说：“哦，我正在这里做清理工作，如果不及时进行清理的话……”

法库尔不耐烦地打断了他：“安德斯博士，我想问你一个私人问题。希望你能如实地回答我，我向你保证，我这么问是有理由的。”

安德斯博士耸耸肩，做了个不置可否的动作。

就在这时，巨大的喇叭声从屋外传了进来：“还有十分钟！”

法库尔这才发现，自己的衣服不知什么时候都被汗水浸湿了。

只有十分钟了！法库尔明白，此刻兰达佐应该已经进入宇宙飞船的船舱，舱门正要关闭。发射台的工作人员正坐进吉普车，准备撤离到安全区域。再有几分钟，自动控制系统就要启动了。因此，法库尔必须长话短说，将自己所有的疑问说出来。

“那我就开门见山地说吧，”法库尔说，“你和你的妻子是韦特比夫妇的至交好友，现在我想请你坦率地告诉我，韦特比太太和兰达佐之间是不是……关系非比寻常？”

安德斯博士被这个问题问愣了，他摸着消瘦的下巴，沉思了一会，然后背着手，走到窗口前，缓缓地说：“你说得没错。”

法库尔立即拿起电话。

“另一个问题，”他边拨号码边问，“这事儿韦特比知道吗？”

“他应该知道，我确信。”

法库尔骂了一句，抓过话筒吼道：“我是法库尔，马上把韦特比教授带到我这儿来，对！是在营养实验室，要快。”

说完，他把电话一扔，掏出手帕使劲地擦着额头上的汗珠。安德斯博士则好奇地看着他。

“可是……我很困惑，”法库尔声音沙哑地说，“这几个星期以来，我们一直都在严密监视着兰达佐，他几乎每分钟都在我们的视野之内，他怎么会……”

安德斯博士笑笑说：“法库尔先生，难道你还不明白吗？他是个‘完美的人’，如果他想做点儿什么的话，他有各种各样的办法躲开你们的监视。”

安德斯博士接着说：“而且，他也把这当做一种乐趣，你能理解吗？他就是要在安保人员的眼皮底下勾引另一个人的妻子。要知道，他擅长徒手猎熊，可勾引别人的妻子对他来说更加刺激！”

“不，这不可能！”法库尔喃喃地说。但他的声音被一声巨大的喇叭声淹没了：“还有五分钟！”

此刻，火箭的自动控制系统已经启动了。

法库尔明白，无数台电子计算机正在开始运行，每秒钟都有数以百万计的命令被发出。不过，法库尔也清楚，即便如此，发射活动也可以停下。因为，在总控制室，总指挥正目不转睛地盯着眼前的电子屏幕，而他的手，则放在一个写着“停止”的按钮边。

火箭发射并非不能中止，但按下那个按钮的代价将是极为巨大的。因为，那些精密尖端的仪器正在运转，如果突然强行把它们停下来，将近有一半的设备会被烧毁。这样一来，将会造成几百万元的损失，更麻烦的是，发射计划将推迟好几个月，这是任何人都无法接受的。

法库尔想到这里，他握紧了拳头，强迫自己按捺住心中的愤怒——不，不能因为自己的一个猜疑而毁了所有的一切。他的头脑渐渐从愤怒中清醒过来了，他慢慢地意识到安德斯博士在说话。

"再忠实的妻子，受到强烈的引诱，也会出轨，这你难道不相信吗？"安德斯博士问道，他表现出讽刺的神态，连嘴唇都扭曲了。"你太天真了，法库尔！你认为兰达佐是普通人吗？不，他是个'完美的人'！而且，他要完成人类的一个壮举，成为飞上火星的英雄！"安德斯双手抱胸，头向一侧歪着，"你觉得什么女人能挡住这样一个男人的魅力？这个男人秘密地来与她约会，这个男人必将写入史册……"

话未说完，实验室的门猛地被推开了。两位安保人员带着韦特比走了进来，他的一头金发也弄得乱蓬蓬的。

见韦特比进来，法库尔激动地站起身。他把刚才的问题又向韦特比问了一次。韦特比的脸倏地红了，然后又变得苍白。他偷眼瞥了安德斯一下，神色非常尴尬。但安德斯没有和他对视，而是将目光转向窗外。

"究竟是不是！"法库尔浑身颤抖，激动地吼道。

韦特比知道再也无法隐瞒了，他绝望地摊开双手："是，这是真的……昨天晚上她亲口向我承认了……但我不知道这跟你有什么关系……"

法库尔双手抓住他的衣领，猛烈地摇晃着他的身子："告诉我，韦特比，你做了什么？"——他紧张得连话也说不连贯了。

未等韦特比回答，安德斯在一旁插话说："破坏火箭？"

"你说我破坏火箭发射？"韦特比猛地向后倒退，挣脱了法库尔抓住他衣领的双手。由于用力过猛，他差点儿失去了平衡，后背猛地撞在了身后的一个铁皮柜子上。他无力地倚在柜子上，大口大口地喘着粗气。

"是你吗？是你在破坏火箭吗？"法库尔声嘶力竭地对他喊叫。

韦特比索性闭上了眼睛，有气无力地挥挥手，低声嘟哝着："你发疯了吗？你认为我会干这种事？"说着，他慢慢地挺直了腰板，但身体还是靠在柜子上。他苦涩地笑了起来，说："你怀疑我？不……不……你不懂！我知道他的坏名声……而且，我也怀疑过他……但我是怀疑他跟别的女人，跟别人的妻子！"说罢，他停下来，深深地喘了口气，说："我可从未想过他和我的妻子！"

呆立在一旁安德斯博士也赶紧过来向法库尔好言相劝："喂，他没有骗你。他直接负责的只是温度调节系统，另外……"还未等他说完，屋外突然响起了巨大的喇叭声，顿时，他的声音就被彻底淹没了。

原来，最后一分钟的倒计时开始了。

“五十九,五十八,五十七……”巨大的声音在空旷的沙漠上空回响。

为了盖过喇叭的声音，让法库尔听见自己的声音，安德斯博士不得不大声叫喊：“有自动监视系统，法库尔！如果温度调节系统出了什么意外，总指挥那边会知道的！”

“……五十,四十九,四十八……”倒计时的声音像重磅炸弹一样敲击在每个人的心里。

“那个监视系统的资料可以证明韦特比是清白的！”安德斯博士喊道，“打电话让总指挥检查一下监视系统！”

法库尔仿佛大梦初醒一般，一把抓起电话，用颤抖的手指拨号码。安德斯博士则突然转过头，平静地凝视着窗外晴朗的天空。

“……三十一,三十,二十九……”时间在一秒一秒地流逝。

法库尔用一只手捂着耳朵，另一只手拿着电话听筒。他大声地咒骂着巨大的喇叭声。如果韦特比在撒谎……如果安德斯也在撒谎，那么……他们也许串通好了……比如，安德斯博士有同样的动机……

“……十九,十八……”，终于，电话接通了。但通讯官拒绝将电话接过去，因为他不敢在关键时刻打扰总指挥。

法库尔在电话这边请求他、命令他、威胁他，说尽了所有的好话和恶语……

“十……九……”——时间不等人。

终于，听筒中传来了总指挥严厉的声音。

法库尔仿佛捞到了救命稻草一般，大喊道：“温度调节系统是在监视之下吗？”

“当然！”

“它运转正常吗？”

“……五,四……”

总指挥吼道：“当然！”

听到这两个字，法库尔仿佛如释重负。话筒从他的手里滑落了下来，好像那是一个千斤重物，他再也拿不住了一样。话筒咚的一声落在桌子上。就在这时，远处隐隐地传来一阵巨大的轰鸣声，大地仿佛都在震动，连法库尔他们身处的这幢大楼都在跟着颤抖。一阵雷鸣般的呐喊声从外面的人群中传来，而且似乎越来越响。

“发射了！发射了！”

一直站在房间里的两个保安人员也按捺不住激动的心情，一齐冲到窗边，看着远处巨大的火箭正喷着火焰，缓缓升起。

但是，其他三个人仍站在原地，好像被钉子钉在了地上一样——法库尔在桌子边，安德斯站在他身后五英尺远的地方，韦特比仍然靠在铁皮柜子边上。

“你瞧！”安德斯博士打破了沉默，慢慢地说，“一切正常。”

法库尔也松了一口气。

唯独韦特比的身体依然紧张而痛苦地靠着柜子。“我曾经想过那么做，法库尔，”他低声说，“说老实话，我真动过那个念头，但是我不能那么做……无论怎样，我都不能那么做。”

说完这句话，他的精神仿佛一下子松懈下来了。他的身体沿着柜子向下滑去，越来越快，最后向前跌到。被他身体紧靠着的柜子门也被带了开来。

随着柜子门的打开，无数的小药丸哗的一声，从柜子里滚了出来。小药丸如冰雹一般打在了韦特比的头顶和肩膀上，又滚到地上，撒了一地。白色的小药丸滚满了屋子的地面，而且，还有更多的在从橱柜里倾斜而出。

法库尔非常好奇，他弯下腰捡起了一粒药丸。药丸捏上去软软的，有一股酵母的味道。

他诧异地瞥了韦特比一眼。

韦特比却不知为何，脸色倏地变得惨白无比。他瞪着大大的眼睛，看着法库尔身后的安德斯博士。

“我的老天！安德斯！”他叫了一声。

法库尔转过身，准备问问安德斯博士，这究竟是怎么一回事。这时，外面的广场上传来人群的欢呼声和兴奋的喇叭声：“第一阶段成功，第一阶段成功……”

法库尔又转回头来，看着手里白色药丸，又看看安德斯博士。

安德斯博士那张消瘦的脸上浮起了一种怪异的笑容，他沉默不语。

“这些东西……”法库尔指着满地乱滚的药丸，对安德斯说，“这些本应该装在飞船上吧？是不是？”

安德斯博士双手交叉放在胸前，他的脑袋用令人难以觉察的动作点了一下。

“你的意思是……你装进飞船的是空食品箱？你想让他在太空中活活饿死？”

“啊，不，”安德斯博士说，“他也许有东西吃。”

法库尔狠狠地凝视着他：“如果食品箱是空的……”

“不，食品箱不是空的，”韦特比打断了法库尔的话，“我亲手称过重量！它们是装满的！”

法库尔的脸色更加阴郁了，他用手抹了一把脸，甩了甩头，好像甩去某个可怕的念头。

“装满的？装……装的是什么？”

但是，安德斯博士没有正面回答他的问话，而是冷静地重复他刚才说过的那句话：“他也许有东西吃。”

韦特比好像明白了些什么，他踉踉跄跄地向前走了几步，直到身子撞上了一个柜台这才停下。他开口说话时，声音嘶哑，但他说出的话，却像烟一样似乎要在空气中凝结成形。

“奥尔加在哪儿，安德斯？她在哪儿？你妻子奥尔加在哪儿？”

安德斯博士没有回答，但他的眼睛却直直地望着窗外的蓝天。

黑帮老大

哈迪在用刀刺向那个老头的一瞬间，根本没有多想。然而，当看到那个老头倒在血泊中之后，哈迪开始感到一阵阵恐惧。

哈迪是一个海员，可他已经有三个月没有出海了，他急需钱。不仅他自己急需用钱，等候在小旅馆里的曼娜更需要钱。于是他怀揣着一把尖刀，趁着夜色走出旅馆，打算弄点钱。

哈迪是在海员俱乐部的胡同遇到那个老头的。他一看到那个老头，就尾随了过去。那个老头看起来年纪非常大，他穿着一身昂贵的衣服，一看就是那种既没有抵抗力，又有油水可捞的主儿。

哈迪从后面接近他，一只手臂扼住他的脖子，另一只手则抽出尖刀。其实，哈迪本来是想吓唬他一下，让他乖乖地交出钱财。谁知那个老头拼命反抗，哈迪一股热血涌上脑袋，便将手中的尖刀捅了过去……

这里是码头区，夜已经深了，杀了人的哈迪无处可去，再加上他身无分文，只好逃回他和曼娜租住的小旅馆。曼娜是一个妓女。三个月前，哈迪刚刚出海回来，身上着实有些钱，便认识了曼娜并和她住在了一起。现在，钱花完了，新工作又找不到，但是，曼娜还是和他住在一起，也许她已经爱上他了。

他一进门，曼娜就问：“怎么样？弄到钱了吗？”她没有睡觉，一直坐在窗户边，一根接一根地抽着烟，同时望着街头不断闪烁的霓虹灯。

“没有，”哈迪说着擦了擦额头的汗，“更糟糕的是，我杀人了。”曼娜慢慢地站起来。霓虹灯光透过窗帘射进来，看得出，她的脸色一片惨白。

“告诉我，究竟怎么了？”

哈迪将事情的原委一五一十地告诉了曼娜，没有丝毫隐瞒，曼娜静静地听着。哈迪说完后，曼娜便转过脸，没有像他想象的那样安慰他。

“我必须出去避避风头，”他说，“我必须出海，直到这件事过去为止。警方会把没有工作的海员列为重点嫌疑对象，而且，倒霉的是，我把那把刀留在了现场，他们一定会顺着那把刀追查下去。”

“你出不去，”曼娜冷静地说，“这几个月来，你一直在找机会出海，可你始终没找到。”

“谁可以帮助我？这是你的家乡，曼娜，你知不知道有谁可以帮帮我？”

她想了一会儿，然后说：“这一带的黑帮老大是马克。但是，你没法见到马克，他只和船长们来往，你这样的无名小卒他根本不屑于一见。”

“你认识他？”

她沉思地说：“我也只见过他一次，我和他过了一夜。他是一位真正的绅士，也很厉害。”

“你说，他还会记得你吗？”

“也许还记得吧，”她又点着一支烟，想了想，“但是，我也不知道上哪里去找他，他很警惕，对谁也不相信。”

“我去找他！”哈迪一边朝门口走去，一边说，“我必须找到他，我要告诉他，我需要他的帮助，曼娜需要帮助！”

“哈迪……”

“什么事？”他在门口停下，回过头来看着曼娜。

“……祝你好运。”

钟声酒吧的侍者皱着眉头对哈迪说：“马克？你想找他？他可不会到这种地方来。你找他什么事？”

哈迪舔了舔干裂的嘴唇说：“我有急事，我要马上出海，不管让我做什么，只要能出海就行。”

“嗯，这种事的确只有马克能办到。不过，我怀疑你能否找到他。要知道，黑帮老大的面岂是那么容易就见到的？”

“我明白。”哈迪快步走出酒吧，他绕开了海员俱乐部，前往另一家酒吧。走到半路时，他听见警车的警笛声由远而近。他心想：一定是老头的尸体被发现了。

他加快了脚步。

在第二家酒吧，他又问侍者同样的话：“在哪里可以找到马克？”

吧台侍者没有看他，而是在埋头调节彩色电视：“没有谁找马克，都是马克找别人。”

“说正经的呢！我有急事找马克，我是曼娜的朋友。”

“我不认识曼娜，”侍者说。就在哈迪感到心灰意冷的时候，侍者又说：“对了，鲁比是马克的心腹，只有他才能告诉你马克在哪儿。”

“好，我怎么才能找到鲁比呢？”哈迪的眼中重新燃起了一丝希望。

“他经营着一家俱乐部，就在市中心，那是为上层人物提供娱乐服务的地方。不过这个时间，他应该在自己的公寓里。”说完，侍者在一张纸上写下公寓的地址：“啊，朋友，我善意地提醒你，要想进入那座高档公寓，你最好先换一身衣服。”

哈迪乘坐地铁到市中心，按照侍者给他写下的地址，他来到一栋豪华的公寓大厦楼下。大厦门前种着五彩缤纷的花草，门口站着一位身材魁梧的门卫。

哈迪对门卫说：“我是来找鲁比的。”

门卫上下打量着哈迪肮脏的毛衣和粗布裤子，冷冰冰地说：“已经过了送货的时间。”

“不……我不是送货，我来谈正事。”

门卫拿起电话，拨了一个号码。随后他问哈迪：“你叫什么？”

“他不认识我，你告诉他，我是为马克的事而来。”

门卫在电话里把哈迪的话叙述了一遍，然后挂上电话，领哈迪走进电梯。

“我先对你搜一下身，如果没问题，你才可以上去。”门卫说。

说完，他仔细地对哈迪进行了搜身，甚至连腰带都仔细地检查过了。搜完后，他哼了一声，走出电梯。他警告哈迪说：“别给我耍花招。”然后关上了电梯门。

电梯到了公寓顶层，门重新打开。哈迪走出电梯，眼前是一条装修极为华丽的走廊。走廊上站着一个黑发男人，手里拿着一把枪。那个男人冷静地说：“你到这里来做什么？你刚才提到马克，你有他的消息？”

“你可以收起你的枪。”哈迪向他保证自己绝无恶意。他从敞开的门看到宽阔的客厅里有一张赌桌，十几个男人正围着赌桌豪赌。

“为了防止被抢劫，我们总是枪不离手。”那人说。

“你是鲁比？”

这个黑发男人点点头。他穿着一套条纹西装，与电影里的那些黑帮人物同样的装扮。“我就是鲁比，你是谁？马克手下的水手？”

“我是个海员，我必须离开这里，我要出海，听说马克可以帮我？”

鲁比哈哈大笑起来：“他会帮忙的，只要你有钱！”

“钱……没有。”

“没钱？”

“对了，我是曼娜的朋友，她说马克欠她一个人情。”

“马克谁的情也不欠！”这时，赌桌上有人在喊他，他冲着里面回答说：“一会儿就来！”

“我只想知道，在哪儿能找到马克。”

“现在太晚了，他可能已经睡了，你明天早上再找吧。”

“到明天早上就来不及了，”哈迪舔舔嘴唇，“警察在追捕我，帮帮忙，我必须现在见他！”

“我帮不了你，谁也不敢在他睡觉的时候打扰他，”他把枪收起来，冲电梯一努嘴，“快滚吧！”

哈迪刚刚走进电梯，这时从客厅里走出一个一个穿晚礼服的老头，他也向电梯急匆匆地走来。他一边走还一边对鲁比说：“这次你把我赢得精光，这下你满意了吧？”

“希望你下次有好运，布朗先生。”鲁比站在电梯口，看着他们，直到电梯关上门。

在电梯里，布朗还在不停地叹息：“我没有证据证明他们在赌具上做了手脚，不过，我的运气从来没有这么坏过。”说完，他好像突然注意到哈迪的存在，上下打量着他，问道：“年轻人，你来找那个枪手有什么事吗？”

“我要找马克，就是黑帮老大。”

布朗先生微微一笑：“对，马克是帮里的老大。”

“您认识他？”

“在这里人人都认识马克。”

“我必须出国，我需要一艘船。”

“马克会帮助你的，他特别喜欢帮助你这样年纪的年轻人。他不但会给你找一艘船，如果他心情好，可能还给你一百元。”

“真的？”

“当然了！”

“可是，怎么才能找到他？我已经找他大半夜了！”

“这可说不准，他行踪不定。”

“我必须找到他，否则我就死定了。”

“也许和他的情妇在一起。”

“她是谁？”

“她叫玛丽，住在豪华公寓。”

“您刚才说，他喜欢年轻人？”

布朗先生咯咯笑道：“马克喜欢所有的人，所以他才成为帮里的老大。”

豪华公寓在城市的另一头，哈迪又马不停蹄地赶往那里。还好，豪华公寓门口并没有带枪的门卫。

“你知不知道现在是几点？凌晨三点！”一个美丽的金发女郎打开门，大声叫道，“见鬼，你是谁？”

“马克在这儿吗？”

“他不在！滚开！”

“你是玛丽小姐吗？”

“是，我再说一遍，马克不在这里。”

“事情很重要，我必须找到他。”

“我说，你赶快滚，否则我要报警了，我可不是吓唬你！”

“我不是来惹事的，我只是想找到马克，我需要他帮助。”

“是的，许多来寻求帮助的人都这样说，但是……”她冷静了一下，也许哈迪这位不速之客的执著打动了她。

“马克来过这里，但现在已经走了，半夜前走的。”

“他去哪儿了呢？”

玛丽耸耸肩，将门缝开大些：“也许回家了，他十天半个月也不回去一次。”

“他家在哪儿？”

“在他太太那里，她是一头老肥猪。”

“我是说他家的地址。”

“他不希望人家去找他，他住在那里也是用的化名。”

哈迪灵机一动，问：“他是不是化名为布朗？”

“不，”她哈哈大笑起来，“不是布朗。是他让你来这里找他？”

“是的。”

她叹了口气：“好吧，我告诉你吧，马克和他太太的家在河边，位于十六号码头对面，是一栋棕色石头砌的房子，你到那儿一找就能找到。他化名罗宾。”

“多谢。”

“别让他知道是我告诉你他的住址的！”

哈迪向十六号码头走去。他心想：忙活了大半夜，总算有了结果。这里没有警车的影子。他知道警方正在到处搜捕他，但是，哈迪不再担心了，因为马克会帮助他。

马克一定会帮助他，在天亮前就会安排他上船，逃脱那些警察的追捕。

远远地，哈迪已经能够看见那栋棕色的房子了。现在天刚蒙蒙亮，那栋房子仍然灯火通明，哈迪想：马克一定还没有睡，他是在等候像自己这样的人。

棕色的大门口，有一个带枪的保镖。他打开门，对哈迪皱起眉头。

哈迪问：“这儿是马克先生家吗？”

“你找他？”门卫问。

“我有重要的事找他，我已经找了他大半夜了。”

门卫做了个手势：“在走廊尽头。”

哈迪走进黑暗的走廊，在走廊的尽头有一扇开着的门，灯光从珠帘中照出，还传来一阵阵低语声。哈迪借着灯光，慢慢地走过去，撩开珠帘，走进屋里。只见桌边坐着一个肥胖的老太婆，身旁还站着两个面容凝重的男人。当哈迪进去时，他们抬起头，等他开口。

“我是辗转找到这里的，”哈迪说，“我需要马克先生的帮助，您是马克太太吗？”

老太婆点点头：“是的，我是。”

“我想请您丈夫马克先生帮助我，有朋友让我来找他，只有他能帮助我，因为他是帮里的老大。”他看看旁边的两个男人，但是他们仍然面容凝重。

“你要找马克？”老太婆再次问道。

“是的。”他嘴巴发干，两腿发软。

“可惜，你来晚了，”老太婆对他说，“马克死了，几个小时前，他被发现躺在海员俱乐部旁边的胡同里，有人用刀杀害了他。”

第二次机会

奥斯卡·布朗杀死了妻子。

那天是他的六十五岁生日，奥斯卡·布朗趁妻子不备，将她从楼梯上推了下去。

假如没有那本书页发黄的旧书，也许他不会对妻子这样做。那本书是前一天他在清扫阁楼的时候发现的。

那天奥斯卡正在清理自家阁楼，一本放在角落里的落满灰尘的旧书吸引了他的注意。不知道是什么人将那本书藏在阁楼上，书的名字很奇怪，叫《神药配方》。奥斯卡打开泛黄的书页，一个标题引起了他的注意——《能让你生活发生奇迹般变化的配方》。在这个古怪的标题下面，记载着一个配方。奥斯卡粗略地阅读完这个配方后，大吃一惊。因为，那一页上写着：

只有当你摆脱了让你厌烦的人或物之后，这个配方才会生效。你应该按照配方所示，将所有原料混合起来拌匀，喝下去。奇迹马上就会发生——你将从生活中得到应得的一切。

而且，更令奥斯卡吃惊的是：配方所需的各种原料并不罕见，在厨房就可以统统找到。

奥斯卡心想：这个配方多半是个恶作剧。因为，假如你摆脱了让你厌烦的人或物，还需要这个配方做什么？不过，奥斯卡转念一想：他和他妻子居住的这栋房子，据说许多年前是一个巫婆的宅第。她因为从事巫术活动被人们吊死了。想到这里，奥斯卡又将那条配方细细地读了几遍，并反复念叨着那句话：“奇迹马上就会发生……”。

假如奥斯卡第二天没有信步走进公园的话，他也许会忘记这个配方的事。

第二天，是奥斯卡的生日。他已经 65 岁了，并不算幸福的生活让他显得老态龙钟。奥斯卡坐在公园的长椅上晒着太阳，无比羡慕地看着一对对恋人在阳光下散步，年轻帅气的小伙子搂着年轻貌美的姑娘的细腰，热烈地接吻。姑娘那撩人的笑声传进他的耳朵，奥斯卡心中感到无比悲哀。

奥斯卡不禁回想起他的妻子纳迪娅，那个该死的女人，与公园里这些年轻姑娘之间形成残酷的反差。奥斯卡简直无法忍受。

白天，纳迪娅总是喜欢穿着高领羽绸衣服；到了晚上，在卧室里，纳迪娅也习惯穿得整整齐齐的；直到要就寝时，她才先披上一件长法兰绒睡衣，在这件睡衣的遮盖下，她才开始脱衣服。每天，天还没亮，纳迪娅就起床了，同时她也逼着奥斯卡起床。然后她就对着奥斯卡唠唠叨叨，小到社会不公，大到人间罪恶，没完没了，直到晚上九点睡觉才闭上嘴。纳迪娅还有洁癖，每天她都必须把房间打扫得一尘不染，还要求奥斯卡也帮她打扫。纳迪娅尤其注意清洁钥匙孔，每天都要擦十几遍才罢休。奥斯卡觉得这一行为很有象征意义，因而觉得很沮丧。

奥斯卡在 65 岁生日的那天独自一人坐在公园里，无比艳羡地看着那些年轻的恋人，慨叹自己的青春年华已经一去不复返了。想着想着，奥斯卡不禁流出了自怜的泪水。他原本也有机会得到那些姑娘，可是却没有。他回想自己这半辈子，从来没有得到过年轻姑娘动情的拥抱，更没有听到过年轻姑娘热烈的呻吟。可这又能怪谁呢？因为他在 25 岁时，为了金钱而和纳迪娅结了婚。

他闷闷不乐地走回了家。推开家门，妻子纳迪娅的唠叨声又在他耳边响起了。奥斯卡不禁越想越气。最后，恶向胆边生的他将妻子从楼梯上推了下去……

奥斯卡在向警察报告他妻子出了意外之前，依照那本旧书上的配方，搜集各种原料，调配好药水，然后将这药水一饮而尽——味道不错，就是有点咸。

接下来，奥斯卡整日坐在家里，等待着自己身上究竟会发生一些什么奇迹。

起初，奥斯卡除了发现自己变得很有钱之外，根本没有奇迹发生。

奥斯卡是为了钱才和纳迪娅结婚的。可是，婚后他才发现，纳迪娅将钱袋看得死死的。纳迪娅是个非常节俭的女人，除了日常的开销外，她很少花钱，都存进了银行。另外，连奥斯卡结婚四十年来辛勤工作所赚的钱，也都被纳迪娅收了回去，存了起来。因此，直到纳迪娅死了，奥斯卡才得到那笔钱。

所以，现在他发现，他一下子得到了一百多万元。奥斯卡觉得很不值得，似乎他一生的痛苦换来的就是这些钱。

然而，就在这时，奇迹出现了。

每天都照镜子的奥斯卡惊讶地发现，自己的头发开始慢慢从灰白变成棕色。同样的奇迹也发生在他的身体上，四肢变得灵活起来，食欲越来越好。奥斯卡还发现了一个变化——他戴的眼镜开始视物不清，最后，眼科医生建议他摘掉眼镜，他照做了，结果发现他的视力居然恢复到年轻时的状态！

奥斯卡对自己有了更高的期待。他期待所有的奇迹一下子都出现在他的身上。但他极力控制住自己，耐心等待，一直等到他的第三颗牙齿又重新长了出来！

他在变年轻！

当然，这给他带来了一个新的难题——人们会发现他的变化。不过，奥斯卡早就找到了解决的办法，他悄悄地离开了家乡，来到五百英里之外的一个旅馆住下，在这里不会有人认识他。他为自己制订了一个计划，他将坚定不移地执行这个计划。

回想他和纳迪娅过的这 40 年婚姻生活，多么死板，多么了无生趣！现在，他决心将这灰暗的40年彻底抹去，一直等到他退回到25岁。到那时，他要找到既漂亮又单纯的金发女郎，哪怕是花钱买一个也行，他要重新潇洒一回！

到了那时，他将不得不跟这个金发女郎结婚，因为只有这样才能永远拥有她。不过，他觉得，如果和情妇而不是妻子结婚，那也是美事一桩。

但他也清楚自己的处境：自己正在变得越来越年轻——每六个月他就年轻一岁。假如奥斯卡的秘密被世人发现，他可能就会在全世界引起轰动，政府也许会把他囚禁在一栋房子里，房子周围拉着铁丝网。到了那时，就不会有金发女郎来看他了，除非她买一张票来看他。当然，还有另外一种情况，如果一个金发女郎知道，到他们银婚纪念日时，奥斯卡已经小得需要她给他换尿布了，那她现在肯定不会嫁给他，不管她有多傻。

为了掩人耳目，奥斯卡每六个月就搬一次家，同时也把他的财产从一个银行转存到另一个银行。

在这几年里，他仍保持单身状态，当然这绝对不是因为纳迪娅的缘故。他经常把自己关在安静的房间里，静静地体会奇迹在自己身上发生。他亲眼看到自己从65岁年轻到60岁、55岁、50岁……他坐在房间里，喜不自禁。有时他甚至喃喃自语，畅想着一旦他年轻到25岁他要做什么。

当奥斯卡重新回到30岁时，他发现自己心中经常涌现出向姑娘们调情的冲动；当他越过30岁，进入20多岁时，魔鬼的低语不停地在他耳边响起："提前几年开始并没有什么关系。"但是，奥斯卡·布朗知道：自己这次必须坚定不移地按既定方针行事，在25岁到来之前，他绝不会提前和任何女人接触。

于是，为了等待那一天，这二十年来，奥斯卡一直像僧侣一样过着禁欲的生活。

就这样，每过半年奥斯卡就年轻一岁。当原本65岁的他年轻到25岁时，奥斯卡花了整整20年。当他到了二十六岁半时，他将所有的钱都从银行取出，前往纽约。奥斯卡在公园大道租了一套公寓，他把行李往公寓里一放，连打都没打开，就急匆匆地奔向黄昏的曼哈顿了。

今天晚上他不用禁欲了。

那些二十五六岁的年轻人对性的了解非常肤浅，他们认为只要有爱就行了。奥斯卡对这些年轻人的看法嗤之以鼻——这帮毛头小伙子并不了解人性。如果把两次生命加起来，奥斯卡已经活了85年，他对人性也研究了85年。他清楚地知道，要想得到美人的芳心，不但要付出感情，还要舍得花钱。

所以在那六个月中，奥斯卡花钱如流水。他每天都光顾夜总会和高级时装店，为精美的食品和昂贵的酒潇洒买单，还为那些身价不菲的棕发女郎购买昂贵的衣服。

但奥斯卡的最终目标并不是棕发女郎。他只是拿她们练手而已。因为，他要在自己25岁生日的那天，和一位金发女郎结婚。

25岁的生日快到了，他去寻找金发女郎了。奥斯卡来到"远足者"夜总会，在一群脱衣女郎中选中了她。而她一看到奥斯卡鼓鼓的钱包，就爱上了他。

奥斯卡了解到，她名叫格罗丽亚，是一个来自乡下的穷姑娘。格罗丽亚的父亲嗜酒如命，她的母亲靠洗衣谋生，却也有数不清的情人。格罗丽亚的兄弟姐妹众多。她这样的家庭，在当地是很被瞧不起的。

“尽管我出身于这样的家庭，但我心怀梦想，”她说，“我要过体面的生活。”

于是她傍上了奥斯卡。

“我想成为体面人，过体面的生活。”她不止一次地说。

奥斯卡认为：她的确找到了，自己就是能给他体面生活的男人。奥斯卡带着她参加疯狂的舞会，挥金如土，吃喝玩乐，醉生梦死。

奥斯卡也认为格罗丽亚是天下最会讨好男人的人。

于是，在他 25 岁生日那一天，奥斯卡和格罗丽亚结婚了。

第二天早晨，奥斯卡醒来以后却大吃一惊。

格罗丽亚将自己的头发恢复成原来的棕色。

“我终于过上了体面的生活。”她说。

她从她的行李箱里拿出许多劣质、俗气的衣服。

她给奥斯卡约法三章：必须晚上九点睡觉；不许在家里喝烈酒；并且在检查了奥斯卡的账簿之后，宣布今后由她来管钱。

她告诉奥斯卡：“我知道你很有钱，但你也不能坐吃山空，浪费生命。你必须找个好工作，好好干下去，赚更多的钱！”

奥斯卡要崩溃了，他提出离婚。可被格罗丽亚一口回绝了：“离婚是最不体面的行为，你最好连想都不要想！我根本不会给你离婚的理由。”

而且，奥斯卡发现了另一件事：自从和格罗丽亚结婚那天起，奥斯卡又和正常人一样了，他又开始慢慢走向衰老了。

正如它承诺的那样，那个配方给了他应得的东西。

他又跟格罗丽亚生活了 40 年。

难　题

当鲍·威廉走到离家不远的地方，他看见一辆崭新的敞篷车停在自家门口。鲍·威廉心里暗想，果然不出自己预料，一定是米尔医生来了。他这样想着，不由自主地加快了脚步，朝前门走去。

走到前门时，鲍·威廉停住了脚步，他环视左右，见四下无人，便从口袋里摸出一把钥匙，插进钥匙孔，轻轻地转动着。门，悄无声息地开了。鲍·威廉走进屋里，并轻轻地带上了门。

屋子里一片寂静，只有屋角的座钟在滴答滴答地走着。鲍·威廉蹑手蹑脚地走在厚厚的地毯上，沿着楼梯走向二楼的卧室。他一边小心地踏上每级台阶，一边从口袋里掏出一把手枪。这是一把点二二的手枪，非常小巧，这是他在前一天买的。当走上二楼，轻轻地来到卧室门前时，鲍·威廉停住了脚步。他屏住呼吸，稳定了一下情绪，拉开了手枪的保险，然后推开卧室的门。

门开了。

米尔医生光着双脚站在床边，正在低头扣着白色衬衫的扣子；露丝——鲍·威廉夫人正倚靠在坐卧两用的长靠椅上。露丝金色的长发散乱地披在肩上，身上只披着一件滚花边的睡衣。卧室里的双人大床上，被子和床单乱成一团……

迎接鲍·威廉的是两张目瞪口呆的脸。露丝呆若木鸡地望着自己的丈夫，一旁的米尔医生也如木桩般呆立在原地，一动也不动。房间里一片死静，连地球都仿佛停止转动了。

在这一刹那，鲍·威廉甚至怀疑自己是不是走错了家门，他觉得自己仿佛是个访客，而不是这家的户主。

“威廉……”——露丝的声音在颤抖。

鲍·威廉用冷漠的目光回应着妻子的叫喊，手指慢慢地扣动了扳机。一声微弱的枪响回荡在房间里。露丝的身体向前弹起，随即又重重地跌在长椅的靠背上。她的躯体仿佛一下子失去了活力，变得毫无生气，直挺挺地滑落在长椅上。

见妻子已经断气，鲍·威廉也几乎瘫倒在地，但他强撑着站在门口。他的枪口仍指着已经死去的妻子，眼中的神情无比空洞和茫然。

渐渐地，鲍·威廉感觉自己身上仿佛又积蓄了一点儿力量。他觉得地球又开始了正常的运转，小鸟在窗外婉转鸣叫的声音，以及街道上车辆来往的声音又开始传进他的耳朵。

“你打算也杀死我吗？”米尔医生一边继续扣着扣子，一边问道。

鲍·威廉盯着他的脸，良久，才回答说：“不，我不打算杀你。”

此时鲍·威廉觉得自己脑海中一片空白，他的心仿佛都被掏空了一般。在他刚刚得知米尔医生与自己太太的私情之后，恨不得亲手将二人杀死，然而，望着被自己射杀的妻子，威廉却觉得一下子懵了，六神无主的他也不知道下一步该怎样做。

米尔医生慢条斯理地扣好衬衫，低头看了倒在长椅上的威廉太太一眼。凭借多年的行医经验，他已经可以断定，威廉太太已气绝身亡。

“看来我们俩都要难逃干系了。”米尔医生说。

“离开这儿！”威廉的声音中恳求多于命令。

“瞧，”米尔医生不慌不忙地坐在床边，一边穿裤子和袜子，一边说：“你做出这样的事我非常理解。假如换做是我，我也会这样做的。我了解你的太太露丝，我相信你也清楚，否则，你不会打死她。可倒霉的是我，我出现在一个不该出现的地方！”

鲍·威廉的目光中也充满了呆滞和困惑——几分钟之前的那个扣扳机的举动，完全改变了他的生活，改变了他的命运。

“你这一枪可把咱俩都害惨了！”米尔医生叹息着说，“你可能会以谋杀罪被起诉，最后在电椅上结束生命；而我呢？身败名裂。我奋斗多年，辛辛苦苦创建的诊所，可能因为你这一枪而倒闭破产。还有我的妻子，这事要是被她知道，我的婚姻也就玩完了，我的钱财也将被她刮走。我妻子的脾气秉性，你是知道的。”

鲍·威廉认识米尔太太。她是个精明强干、盛气凌人的女人，人人都怕她三分。有好几次在交际场合，威廉夫妇遇到米尔太太都不得不退避三舍。若不是为了钱，米尔医生才不会和她生活在一起呢！米尔医生已经忍耐了这个米尔太太许多年，他早就迫不及待地想摆脱这只母老虎的束缚，只是，他一直在寻找机会。

“我现在可陷入困境了，”米尔医生继续说道，“在来这里之前，我告诉诊所的护士小姐，我来为威廉太太出诊。而且，我的汽车也停在外面将近一个小时了——这里谁都认识我的汽车。因此，假如警察来调查的时候，我没有不在现场的证明。”

米尔医生慢吞吞地系好鳄鱼皮鞋，站了起来。

鲍·威廉看着他说：“那你有什么好主意？”

米尔医生微笑着说道：“在这个时候，我们是一根线上的蚂蚱，我们要互相帮助。”

“我们是否可以重新布置一下现场，让这一切看似是一场不幸的意外，比如，伪装成自杀现场？”威廉把枪收进口袋，心不在焉地摘下眼镜，用手帕擦拭镜片，“你是医生，我想这难不倒你吧？”

米尔医生仔细观察了一下威廉太太胸部的伤口，皱了皱眉头说：“子弹这种角度射透胸膛，怎么看也不像是自杀者所为。”他用一只手托着腮帮，环顾房间四周，然后又朝窗外凝望了许久。最后，他兴奋地说道：“对了！只有这样做，才能使这件事看上去是一场意外！”

自始至终，鲍·威廉对露丝之死没有一丝难过，当然，他心里也并不怨恨米尔医生。他威廉太了解自己的妻子露丝了，露丝绝对是那种水性杨花、放荡不羁的女人，即便米尔医生能抵制住她的诱惑，那么现在和鲍·威廉站在卧室里的也会另有其人。

现在，鲍·威廉对妻子的刻骨憎恨已经烟消云散，取而代之的则是一阵强烈的求生欲望。因此，当米尔医生说出上述那番话时，鲍·威廉也微微地松了一口气。

“愿闻其详。”威廉说。

“只有一个办法可以将这一切安排得像是一场突如其来的意外，是的，唯一的办法。”米尔医生说。他指了指窗户：“瞧，靠在窗边的那根挑窗帘的铁杆，你看见了吗？让我们设想一下：你的太太露丝正打算将窗帘卸下来，她站在凳子上伸手去卸窗帘，突然失去了重心，连人带凳子都倒了下来，那根铁杆不偏不倚，正好刺穿了她的胸膛……”

“你疯了？”鲍·威廉问道，“子弹怎么办？”

“没关系，我可以将弹头取出来，幸亏我带了医疗包！”米尔医生一边说，一边朝屋角地板上的一个黑色医疗包努努嘴。

“我的外科用工具都在里面，取弹头这种事对我来说不过是个小手术。再说，窗帘杆的直径比子弹的直径大得多，使用窗帘杆还可以破坏子弹射入的痕迹，”米尔医生耸耸肩，“总之，朋友，死马当做活马医吧！”

鲍·威廉显得有些犹豫，“你是医生，你能确保这种布置能逃得出你那些法医同行的眼睛吗？”

“假如检查不仔细的话，就能够瞒过去，”米尔医生说，“话又说回来，法医不会对她进行彻底的查验。因为按照本州的法律，我可以先给诊所打电话，诊所的救护车会将她送去抢救，然后将铁杆抽出。然后，我来出具一份死亡证明，这样就无需验尸了。最后你的妻子会被认为是‘意外死亡’。意外死亡的案例在本市太常见了。”

鲍·威廉咬了咬嘴唇，“我不知那是否……”

“别担心，你和我都是证人，”米尔医生继续说道，“为了使事情看起来更漂亮、逼真，在警察面前我们应该统一口径——当时我们正在上楼梯，听见卧室里传来她跌倒和尖叫的声音，于是我们冲进卧室，只见她倒在窗户边，奄奄一息，一根铁杆刺进她的胸膛……这就是事情的全部。”

鲍·威廉重新戴上眼镜，走到妻子的尸体旁边。看着这个断了气的女人，他心中没有了憎恨，但在他眼中，她似乎什么也不是，只是一个商场里的塑料模特。

“好！”他说，“我们首先怎么做？”

“来，先帮我把尸体搬到这边来，对，放在窗边，”米尔医生说，“然后，去那边帮我把提包拿过来。”

二十分钟后，现场布置好了。卧室里的窗户敞开着，露丝仰面躺倒在窗户边，旁边是一把翻倒的椅子。露丝的胸口插着一根窗帘杆，那景象令人不寒而栗。在前厅，米尔医生正惊慌失措地给诊所打电话，请他们赶紧派辆救护车过来。五分钟后，屋前的院子里响起了刺耳的警笛声。

负责这件案子的警官叫怀特，他大约有四十来岁，在经过一番例行公事般的检查之后，警察们就鸣金收兵了。

作为证人，鲍·威廉和米尔医生都给出了同样的证词——威廉太太因患咳嗽，请米尔医生上门诊治，米尔医生驱车到达威廉太太的家后，和威廉先生一起走上二楼的卧室。就在这时，听见卧室中传来一声尖叫和重物跌落在地的声音，当他们冲进去时，发现威廉太太已经身受重伤，奄奄一息。还没等救护车到达，威廉太太就断气了。

问讯结束之后，怀特警官向鲍·威廉表达了深切的慰问之意，便草草结案了——

他还有许多其他的案件要查办。

鲍·威廉对自己在葬礼和哀悼期间居然能表现出良好的自我控制和表演能力也感到惊讶。当然，米尔医生的表演也非常出色。尽管很多人都对露丝的死感到悲伤，但没有人会怀疑到威廉和米尔的头上来。

一个星期之后，鲍·威廉回到公司上班，他在一家水泥公司担任副主任会计。他发现自己丝毫没有任何悲伤和犯罪感，而且，他为自己能轻易地将这件事掩饰过去而感到庆幸和骄傲。

在接下来的一个月里，一切风平浪静。鲍·威廉过上了一种全新的生活。露丝死了，他再也不必为露丝的放荡行为愁苦不堪了，他甚至庆幸自己将露丝杀死。

可是，平静的生活随着米尔医生的到来被打破了。这天，米尔医生来到鲍·威廉的家里看望他。和往常一样，米尔医生还是穿着那身鲜亮的衣着：上身是蓝色运动衫，下身是白色长裤，还在脖子上打了一个领结。在心里，鲍·威廉对米尔医生的这身装扮感到非常厌恶，不过，他也知道，某些女性专门为这种装扮着迷。这个城市里有几位医生可以上门出诊，米尔医生正是其中之一。这不仅是因为他的医术高明，恐怕还有其不可告人的目的。

威廉递给他一杯威士忌，米尔医生喝了一小口，然后坐在一张椅子上，开门见山地说：“嗨！威廉，我们恐怕要有麻烦了。”

威廉吃了一惊，连眼镜后面的眉毛都跟着扬了起来：“什么麻烦？”

“阿黛，我的妻子，”米尔医生说，“她怀疑我和露丝……而且，她知道露丝很懒，不肯做家务，因此她不相信露丝真死于卸窗帘时发生的意外。”

鲍·威廉松了口气，他给自己倒了杯酒，说道：“她只是怀疑而已，不是吗？”

“那难道还不严重吗？”米尔医生说，“昨天她威胁我，说要去报警，如果她真的这么做，露丝的案子将会被重新翻出，警方会进行深入细致的调查……”

“原来是这样！”威廉说。他的心中升起了一种令其窒息的恐惧，这种恐惧在不断地滋生、扩大和蔓延，迅速地扼住了他的整个身心。他吞下一大口威士忌，六神无主地说：“我们该怎么办？”

米尔医生用自己那只精心修剪过的手旋转着酒杯，缓缓地说：“我们只能一不做、二不休……”

“你的意思不会是……”威廉说，“阿黛可是你的妻子啊！”

米尔医生若无其事地整理了一下运动衫的领子：“哦，别在这里假慈悲了，威廉。现在不是心慈手软的时候。”

“当然，”鲍·威廉说道，一口喝光杯中的酒，“只是……干那种事总得有个限度。”

“是的，我的老朋友，”米尔医生也喝掉杯中的剩酒，将酒杯放在茶几上，双手叠放到大腿上，“这是最后一次，我们也是迫不得已而为之。”

“你的计划是？”鲍·威廉问道。

“我都想好了，”米尔医生说，“到时候阿黛会‘自杀’，你知道，她能干出那种事来。”

“那她为什么要自杀？”

“因为我，”米尔医生愉快地说道，“众所周知，我经常出轨，阿黛就因为这个而自杀。”

看来动机是有了，威廉心想。“可是，你将怎样具体实施呢？”他问米尔医生。

“问得好！”米尔医生点了点头，“在树林里，我们有一幢度假用的小木屋。我计划用氯仿气体让阿黛昏迷，然后用汽车载她到那个小木屋，把她放在屋子里。同时，我在木屋里留下一份用打字机打好的已经签了字的遗书，然后我再把煤气阀门打开，随即我离开那里。另外，我也作好了不在现场的证明。我的诊所的接待小姐玛格丽特已经同意为我作证，说我当晚一直在她的公寓里过夜。你知道吗，玛格丽特暗恋我已经很久了？这次我就要利用她对我的爱，给我作一个完美的不在场证明。你看呢？”

“无懈可击！”鲍·威廉说道，“那么，你要我来扮演什么角色呢？”

“我只是通知你一下，让你有个心理准备，”米尔说道，“免得你听到阿黛的死讯时，说出一些不该说的话，做出一些不该做的事。而且，我也善意地提醒你，你也要找一个不在现场的证明，以备警方的询问。”

“你的计划看起来很周详，”鲍·威廉说道，“但有一点，刚才你说你会弄一份签了字的遗书，那么你怎样弄到阿黛的签字？”

“老兄，我就知道你会这样问，告诉你，我已经弄到了她的签字。”米尔医生扬扬得意地从外套口袋里掏出一张折成三叠的空白打字纸。他慢慢地将纸展开，给威廉展示。威廉清楚地看到，在那张纸的末端，签有阿黛的名字。

“这东西你是怎么弄到的？”威廉惊讶地问道。

“你有所不知，”米尔医生说，“阿黛有酗酒的毛病，每天都要喝得酩酊大醉。昨晚，我还在她喝的鸡尾酒中下了一点药。然后将她骗进书房，递给她许多申请表，告诉她这是人寿保险的申请单，要在上面签字。于是她不假思索地在上面一一签字。其中就混有这张白纸”，米尔医生得意地瞧着手中的白纸，重新将它折叠好，放进口袋：“美中不足的是，阿黛的笔迹颤抖。可见，她昨天真是喝多了，再加上药力的作用，她的手都有点儿不听使唤了。不过，一个人在自杀之前，因情绪激动导致签字潦草也是可以理解的，你认为呢？”

“那是毫无疑问的，”威廉说道。

“现在，”米尔医生说，“我可以向你保证，一切都已经安排好了，什么都不用担心。但是，我仍然要提醒你，在‘阿黛’自杀时，你最好制造一个不在场的证明。比如请朋友吃饭，或者去某个地方，故意让认识你的人看到你。”

“这好办！”威廉说。

“好！那我就告辞了。”说罢，米尔医生站起来，穿过客厅，走到前门，鲍·威廉出来送他。"记住我的话，老兄，其他的什么都不用担心。"

"怎能不担心呢？"威廉说，"不过如果这件事能彻底画上句号，我会很高兴。"

"时间就定在星期四的晚上，"米尔医生在走出大门时说，"过了星期四，我们俩就可以高枕无忧了。"

鲍·威廉站在门口，看着米尔医生走出院子，走到他停在街边的敞篷车前。米尔医生钻进汽车，发动引擎，然后驶进上下班拥挤的车流里。

星期四一整天，鲍·威廉都没有心思工作。到了晚上九点钟，他坐在家里，等待着米尔医生的好消息。这时，电话铃突然响起，鲍·威廉的心脏几乎停止了跳动。他忐忑不安地接起了电话。

"事情搞砸了！"米尔医生激动的声音从电话中传来，"你快点来，我需要你帮我。"

"究竟发生了什么事？"威廉问，他抓着听筒的手都冒出汗来。

"老兄，快点来！只要我们在一起，什么都能搞定。不过电话里没法细说，等你来了再告诉你。"

"你现在在哪儿？"

"我在林中的木屋附近，现在我正在木屋旁边的公路上，这里有一个电话亭。我正在电话亭给你打电话。你快点到这里来找我，越快越好！"

鲍·威廉很想对他说"No"，然后挂断电话，因为现在他感到一种强烈的厌恶。他觉得整个事情已经超出了他能承受的底线，他想收手不干了。但是这浑水他已经蹚进去了，没办法抽身，只能硬着头皮干下去。

"威廉？"

"我在听，医生，"鲍·威廉说，"你那木屋怎么走……"

米尔医生的木屋建在树林的深处，十分隐蔽。鲍·威廉在夜色中开了将近一个小时的汽车之后，才来到木屋附近。威廉将汽车停在路边，他熄灭了引擎，稍微休息了一会。

那真是一座小小的木屋，被漆成淡淡的灰色，坐落在树林之中。鲍·威廉远远看见米尔医生的敞篷车停在一个烤肉用的小石坑边，汽车背朝木屋，似乎要急于逃离现场一般。

鲍·威廉心中不禁暗暗感叹：米尔医生真是一个行事谨慎的人。他走下汽车，沿着一条羊肠小道走向木屋，他敲了敲门。门开了，米尔医生满面笑容地迎接他。

"请进，老兄，"今天米尔医生穿的是一件明黄色的运动衫，当鲍·威廉经过他身旁，进入木屋时，注意到米尔医生的手上戴着一副医用胶皮手套。

当鲍·威廉走进房间的时候，他看见米尔太太阿黛正坐在一张皮质的扶手椅上，两眼闭着，神态安详。鲍·威廉想：看来米尔医生已经用氯仿将她麻醉了。他又看了看房间的四周，只见房间一侧的石砌的壁炉上有四面镜子，镜子上贴着一封遗书。

鲍·威廉回过头来对米尔医生说："刚才你在电话中说，事情搞砸了……"。

米尔医生微笑着说："问题都解决了。"

鲍·威廉指了指米尔夫人，"她会昏迷多久？"

"永远，"米尔说，"你看这个。"

鲍·威廉绕到米尔太太的另一侧，只见在她的太阳穴上有一个弹孔。弹孔黑黑的，边沿非常整齐，周围的鲜血已经凝固。

鲍·威廉转过眼去，不忍再看，他问米尔医生："你为什么要这样做？"

"这是计划的一部分。"

"计划也不能……"鲍·威廉的声音突然停住了，因为他看到米尔医生不知从什么时候，手里多了一把小手枪，黑洞洞的枪口正对准自己。

"有些东西我忘了向你说明，"医生说，"阿黛是用手枪自杀，你看，在她的太阳穴上的弹孔四周，还有火药烧灼的痕迹，相信这些都瞒不过警方的眼睛。"

米尔医生继续微笑着说："阿黛自杀的原因就是，她不能没有你。"

"什么？！"听闻此言，鲍·威廉惊得目瞪口呆。

"然后，"米尔医生说，"阿黛对杀害你悔恨不已，你知道，威廉，这间小木屋是你们寻欢作乐的据点。你和我妻子一起开车来到这里。对了，忘记告诉你了，贴在壁炉镜子上的那封阿黛的遗书是在你家里用你的打字机打的。"

鲍·威廉颤抖着走过去，看那张遗书上写着："威廉曾经和我宣誓，宁死不分离，我对此至死不渝，我是要两人谨守那誓言。"

鲍·威廉回过头来看着米尔医生，只见他手中高举着一把钥匙："这是你家前门的钥匙，是你妻子生前给我的。今晚早些时候，当你出去作不在场的证明时，我用这把钥匙进入你的家中，用你的打字机在阿黛签名的那张空白纸上打下了她的遗书。"

他向威廉晃了晃手中的钥匙，然后将它收回到口袋中，得意地说："当阿黛的尸体被警方发现时，他们也将在阿黛的口袋里找到这把钥匙。"

"你这是伤天害理啊，总有一天上天会惩罚你的。"威廉大叫着。

米尔医生丝毫没有理会他的叫喊，说道："下面我们来重新梳理一下这场惨案的经过——阿黛在枪杀你几分钟后，把遗书贴在镜子上，然后坐下，对着自己的太阳穴扣动了扳机。至于她为什么要杀死你，我猜想，是你想甩掉她，或者不想和她结婚。我相信这个理由可以被大家接受。你知道吗，近一个月来，我一直在朋友圈里散布消息，说你和我妻子有染？"

"你胡说！"鲍·威廉号叫着，"那完全是胡说八道。"

"我胡说？你认为大家会相信吗？"米尔医生摇了摇头，"你的汽车停在这里；你家的钥匙在阿黛的口袋里，你刚刚失去了妻子，感到无比寂寞；阿黛和我名存实亡的婚姻；再加上我散布的谣言……这一切都是那么天衣无缝，不是吗？"

鲍·威廉正要开口，米尔医生戴手套的手指就扣动了扳机。鲍·威廉的身体直直地倒在了地板上。他最后看见的是，米尔医生把手枪放在阿黛的手中。他的视线一片模糊……

虽然米尔医生向某些朋友表示，阿黛和鲍·威廉之间的不正当关系他早就知道，但他对妻子的自杀仍表现出无限的悲痛。他诊所的接待小姐玛格丽特也站出来为医生作证——证明医生在事发当晚是在她的公寓里过夜。米尔医生生性风流，玛格丽特又拿出了医生的不在场证明，总之，所有人都相信阿黛和鲍·威廉之死与医生无关。

只是，待这件事风平浪静之后，接待小姐玛格丽特给米尔出了个难题：她要分米尔医生财产的一半，此外，还要米尔医生的整个下半辈子……

这两件事，恐怕要让米尔医生头疼一阵子。

时 差

随着引擎的轰鸣声，一架巨大的喷气式客机降落到希思罗机场。

透过飞机的舷窗，大卫向窗外凝视着。这是他第一次来到英国，他兴奋地想看看英国的国土是什么样子的。但窗外越来越浓的晨雾让他失望了，这晨雾让他们的飞机整整耽搁了一个小时，直到现在才降落。

他微笑着从海关官员手里接回证件，顺利地通过海关的检查。他的证件上说他是一名商人，在英国作 24 小时的过境停留。因此，海关官员对他草草检查一番就放行了，甚至没有要他打开唯一的行李箱。不过，即使他们要检查，大卫也毫不担心，因为他把手枪和消音器藏在箱子里非常隐蔽的地方。当然，这如果换做肯尼迪机场，就有可能查出来，因为那里用 X 光检查，不过，通常他们只扫描手提袋。

大卫走出机场，抬手叫了一辆出租车——因为他希望早点赶到旅馆。出租车载着大卫穿过郊外的浓雾，驶进伦敦市区。一路上，大卫望着伦敦的街景，心里想：如果不是此行任务特殊，自己可能在伦敦盘桓几日，仔细参观这座古老的都市。可惜，这次时间非常有限，大卫已经订好了第二天下午返回纽约的机票，因为他不希望纽约方面知道自己来过伦敦。

出租车停在了位于公园路的一家旅馆前，大卫办理了入住手续。走进旅馆房间，他把行李往地上一扔。现在还不到上午十点，所以他不急于取出行李箱中的衣物。但是，他却从行李箱的夹层中取出了手枪、消音器和弹夹，迅速将它们组装完毕。大卫倒不担心回去时会被海关检查，因为他打算用完手枪之后就将其丢掉。

现在是六月中旬，伦敦天气晴朗，气温通常在华氏七十度以下。居民们在外出散步的时候无需携带雨伞，少女们也纷纷脱掉外套，露出修长的双腿，在大自然中嬉戏；最浪漫的是那一对对情侣，他们携着手在海德公园漫步。

大卫看到这场景，也觉得非常心动。

在旅馆里，大卫匆匆地吃了几口早餐，洗了一个澡，然后他就朝"纺车俱乐部"走去。"纺车俱乐部"距离旅馆只有几条街远。他习惯专挑那些狭窄、僻静的街道走，一边走，还一边偶尔停下来研究在机场买的旅行指南。

正午之前，大卫来到了"纺车俱乐部"。这个俱乐部建在一个地下室，大卫从俱乐部的大门走了进去。当他从一个清洁女工身边走过时，那个女工还用探询的目光看着他。

走进"纺车俱乐部"，迎面是一个宽敞的赌场，其规模很大，里面有二十张桌子，那是用来玩轮盘赌、骰子和纸牌的。现在，因为没有客人，所以桌子上空荡荡的。大卫穿过一张张绿色台面的桌子，走到大厅的深处，他看见有一张赌纸牌用的桌子上仍点着一盏灯。在那张赌桌前挡着一扇传统屏风——那是分隔赌客和私人重地用的。大卫推开屏风，看见一个大个子独自坐在那儿，正数着成堆的英镑。

"你是查尔斯先生吗？"大卫冷静地问。

大个子猛地抬起头，眼神里带有一丝慌乱的神色，他的手几乎要去按桌子底下的按钮。

"你怎么进来的？你是谁？"

"我从大门走进来的，我叫大卫，你让我来的。"

"哦，是你呀，"那人从桌子后面站起来，"真是抱歉，我正在结昨晚的账单。我就是查尔斯，很高兴见到你，先生！"他微微皱起眉头，"没想到你这么年轻！"

"干我们这行的没有年纪大的，上了年纪的，要么离开这个行当，要么死了。"大卫说着拉出一张椅子坐下，"我只在伦敦待一天，必须抓紧时间，你究竟要我做什么呢？"

查尔斯没有开口，先是将桌上一沓沓钞票放进一个大保险箱里，仔细锁好，然后才走回大卫坐的桌子前，坐下，开口说："有一个爱尔兰人，我要你干掉他！"

"爱尔兰人？"

"他叫奥本，在伦敦有点儿投资，至于其他的，你不必管。"

"今晚动手？"

查尔斯点点头说："我可以告诉你他的行踪。"

查尔斯点着一支烟，并做了个手势，问大卫抽不抽烟。大卫摆摆手，拒绝了。干他这一行的，烟头可能是致命的。"你为什么要不远万里雇我到这儿来呢？"大卫问。

"你比本地人可靠，"查尔斯告诉他，"另外，我发现这事很有讽刺意味。早在1920年，爱尔兰人就曾不远万里从美国芝加哥雇用枪手来刺杀英国官员和警察，那时候，那些杀手是乘船来的，佣金从400到1000元；如今，你乘飞机来，杀死一个爱尔兰人就可赚 5000 元。”

“可别拿我和芝加哥枪手相提并论，”大卫冷冷地说，他觉得英国式幽默一点都不好笑，“今晚这位奥本会在哪儿？”

“我想想，对了，今天是星期二，他会到巴特西收款。”

“巴特西？”

“就在河的对岸，那边有一个巴特西公园开心游乐场。在那儿他有许多赌博机，那种给小孩子玩的。”

“那他一定有利可图！”

“告诉你也许你不敢相信，有时候，小孩子一玩就是一个小时，”查尔斯停下想了一下，说，“这些小孩子也是我未来的顾客。”

“那么，奥本长的是什么样子呢？”

查尔斯拍了拍脑袋，说：“对了，我差点忘了，我这儿有张他的照片，不过不太清晰。”他递过一张不太清晰的照片，照片上，一个男人正和一位穿超短裙的金发女郎站在一起。大卫仔细端详那个男人的长相，只见他相貌平常，没有什么特别之处。

“凭借照片你能辨别出他来吗？”

大卫思索了一下，“要是在黑暗中，恐怕我有困难；可我比较擅长在黑暗中行动。”说完，大卫从口袋里取出一根细长的管子，对查尔斯说：“今天你能见到他吗？”

“那个爱尔兰人？我可以试试看。”

大卫举起管子说：“里面有一种特殊的涂料——白天不留任何痕迹，到了黑夜却会发光。你用这东西在他皮肤上涂一下，给我做个标记。”

“嗯，那我涂在他外套上吧，这比较容易做到。”

“不行，如果他换掉外套，我们就白费心机了，”大卫说，“尽量涂在他的皮肤上，这东西不容易被洗掉。”

查尔斯叹了口气：“好吧，如果你坚持要这样的话，我会尽力的。”

“还有，我必须先去巴特西附近熟悉一下环境，你就不必陪我去了，因为你出现在那里不合适。如果你有助手的话，可以派一个给我做帮手。”

“没问题！”查尔斯按了一下桌子下的按钮，立刻有一个彪形大汉走了进来。查尔斯对他说：“把珍妮叫来！”

大汉默默地离去。

过了一会儿，一位金发披肩的女子推开屏风，走了进来。未等查尔斯开口介绍，大卫就一眼认出，眼前这个金发女郎就是和奥本一起照相的人。她天生丽质，高高的颧骨，嘴角挂着一丝嘲弄的微笑。

大卫断定，她习惯于被人呼来唤去。

“你找我？”她问。

“是的，珍妮。我来介绍一下，大卫先生，这是珍妮，我的一位职员。”大卫没有站起来，只是点头示意。虽然他不是被雇来猜测他们的关系的，不过，他还是忍不住在心里猜测。

“很高兴认识你。”珍妮说，她说这话，可能是发自内心的。

“珍妮会送你到巴特西公园，她会告诉你奥本的车停在哪里。”

“你知道他停车的位置？”大卫问。

“是的，我曾经跟踪过那个爱尔兰人。”

查尔斯拿起那个装有夜光涂料的管子，看了看，然后问大卫：“这玩意儿，她可不可以涂在唇上？”

“我想这没问题，除非她不小心把涂料吃进嘴里。涂之前，不妨先在嘴唇上擦点冷霜之类的东西，既起到保护作用，事后也容易擦掉。”他并没有问查尔斯是什么意思，“只是，这让我想起了《圣经》中出卖耶稣的犹大。”

查尔斯从鼻子里轻蔑地哼了一声：“相信我的话，那个爱尔兰人怎配和耶稣相比？这一点你应该比我们更清楚。”说完，他从口袋里掏出一包皱巴巴的香烟，抽出一根香烟递给大卫。大卫摆摆手，谢绝了。

“好了，珍妮，开车送这位先生到巴特西公园的开心游乐场去吧，带他四处瞧瞧，可别出岔子！”

“放心吧，我会搞定他的。”

大卫眨了眨眼睛，站起身来：“你要做的就是明天一早把钱送到旅馆，我还要赶中午的飞机回纽约呢。”

他们握手告别，查尔斯的手冷冰冰的，显得很不友好。

“先生，这是你第一次来英国？”珍妮驾驶着小汽车，拐过街角时问。

“是的，头一回。”

“你经常做这种事吗？”

“什么？”

“我的意思是，你在美国是靠这个谋生吗？”

他微微一笑：“不完全是，因为偶尔我也抢抢银行。”

“不过说真的，干你们这一行的，我今天是第一次见到。”

大卫觉得这句话似曾相识——他认识的第一个女子也说过这话。那是个疲倦的棕发女郎，住在布鲁克林区一栋公寓的五层。

“查尔斯，或者奥本，他们没有杀过人吗？”大卫问道。

“和你不同，”珍妮驾车穿过亚伯特大桥，左转进入巴特西公园，“人们只有在战争期间才杀人。”

然后，她迅速吻了一下他的面颊。

“战争已经结束很久了。”他凝望着窗外。“到了吗？”

“就在这里，”她将车停了下来，“现在我们步行过去。”

“这是去开心游乐场最近的停车处吗？”

“是的。”

“也就是说，这是那个爱尔兰人的必经之地？”

“对！”

大卫和珍妮，像一对情侣一样下了汽车，手挽着手走进了公园。他们经过了一座喷泉，走上一条两边种着花的小径，一直走到一扇十字转门前——那是游乐场的入口处。

“看起来比较冷清嘛。”大卫说。

“到晚上人就多了，等一会儿你就知道了。这里有旋转木马、碰碰车等，还有那些老虎机，它们吃掉游客袋中的铜板，和一般的游乐公园没什么两样。”

大卫点点头，转过头去饶有兴致地打量着旁边一台复杂的赛狗装置。玩一次要花6便士，但赢了的话，也会得到相当可观的奖励。

“我们美国是禁止赌博的，政府认为赌博能诱使青少年学坏。不过，如果你们英国承认赌博合法，那么凭什么敲诈钱财呢？”

“你误会了，奥本并不是来这里敲诈，他在这儿有投资的。”

“你估计他一晚上能收多少钱？”

珍妮耸耸肩说：“10到20镑，数目不会很多。”

“不过，有人杀了他并把钱抢走，就可以被看做是一起抢劫案了，对吧？”大卫说。

“哇，你真聪明，查尔斯怎么就没想到呢。”

“因为是他出钱，我办事。对了，关于磷光的事，你能吻他而不令他起疑吗？”

“没问题！”

“你要趁着天色还亮的时候吻他，这样他就不会察觉到自己脸上的磷光。”

“放心吧！”珍妮说。然后她领着大卫走进游乐场，并告诉他爱尔兰人会在何处拿钱。

“他有时候还会骑转马，”她说，“他只是一个大孩子。”

“然后他就走这条小路回到停车的地方？”

“他一贯如此。”

大卫站在小路上，透过茂密的树枝一眼瞥见不远处有一盏路灯。他急忙四下查看，见没有人路过，迅速从夹克里掏出无声手枪，抬手就是一枪，路灯的灯泡立时变成碎片。

“你这是为今晚作准备？”珍妮说。

“是的，”现在大卫满意了，“到了晚上，当奥本从这里经过时，这里会是一片黑暗，他脸上的磷光就成为我的靶子，明白了吗？”

“这样就行了吗？”她问。

“是的，你吻过他之后，迅速离开这里，我不想伤害到你。”

“别担心。”

刚刚才过中午，时间尚早，珍妮便送大卫先回旅馆。大卫有充足的时间作准备，于是他在旅馆附近闲逛，看看商店的橱窗。大卫把这次行动看成是一次普普通通的行动，只不过是在国外动手而已。

大卫开始在脑海中勾勒出这样的情景——大约在晚上十点钟，奥本收完钱，从开心游乐场办公室走出。他踏上黑漆漆的小路，向自己的汽车走去。大卫正在小路附近的隐蔽处埋伏，待奥本走近，大卫通过其脸上的磷光辨别出他的方位，用装了消音器的枪向他射击，奥本当场毙命。然后，大卫从他的尸体上翻出皮夹，将钞票取走，并迅速离开现场。尽管伦敦很少发生持枪抢劫，但警方仍然会认定这是一起劫案。就算警方查明了事件的真相，他也早已搭乘中午的飞机飞回美国了。

不过大卫也在考虑另外几种可能性：假如奥本带着武器怎么办？大卫转念又一想：但那没有关系，自己在暗处，而奥本脸上有磷光，必定成为活靶子；嗯，珍妮也许会吻错人，但大卫并不担心这一点，这是她的事，与自己无关；至于路灯，也许会有人向公园报告说灯坏了，但公园最快也会在明天派人来修。

计划的每一步都无懈可击！

心情轻松的大卫漫步到特法拉加广场。他站在六月的阳光下，凝视着广场上自由自在的鸽子。他在那儿站了很久，甚至太阳躲到云层之后，他还在那儿流连忘返。

大卫一贯小心谨慎。他对珍妮也不完全放心，因此，到了黄昏，他就出发了。他先来到纺车俱乐部，远远地看到珍妮从那里出来。大卫悄悄地跟踪珍妮，跟着她来到开心游乐场。大卫远远地看到珍妮和一位黑发男子交谈着，然后，她迅速吻吻他的脸颊，回到自己车上。虽然大卫看不清那个男子的脸，但他相信，那人必定就是奥本。

那个黑发男子和珍妮分开之后，便朝通往开心游乐场的小路走去。大卫看了看表，晚上八点刚过，天还没黑。公园里散步的人太多，大卫觉得现在不是动手的时候，便暗暗地跟在那个男子身后。他必须等到最佳的时机。

他跟在奥本的后面走着。他从许多年轻情侣和少男少女的身边走过，他与许多长发飘飘的少女擦肩而过，偶尔，他也会碰上一些上了岁数的人。时间在流逝，路灯也亮了，五彩缤纷的灯光映照在年轻人红红的面颊上。

大卫注视着奥本走进办公室。奥本在办公室耽搁了很久，大卫则在附近焦灼地等待，他来回踱着步，觉得外套口袋里的手枪顶在肋骨上热乎乎、沉甸甸的。

不知过了多久，奥本从办公室出来了。他缓缓地从一排游艺摊旁走过，一边走还一边摸着胸前的口袋——显然，那里装的是现金。他走到一个摊子前，玩了几次球，赢了一个椰子，但他还给了摊主。最后，他走进一座黑糊糊的木头建筑物中，开始玩起碰碰车。大卫也跟了上去，参加了玩碰碰车的队伍。在黑暗中，他看见奥本的脸上闪着绿莹莹的磷光，大卫放心了，珍妮完成了她的使命。

大卫很想在这个黑暗的屋子里动手，他已经暗暗将外套口袋里的枪攥在手里，只要他对着那个磷光点扣动扳机，任务就完成了。

如果这样做，就演变成一场有预谋的凶杀了。经验老到的大卫才不会这样做呢！他要在那条黑暗的小路上动手，这才能伪装成一场抢劫案。于是，他又把手枪收了起来。

过了一会儿，奥本走出了碰碰车游乐场，大卫也赶紧跟了出去。奥本穿过一道室内的拱廊，从一排排老虎机旁走过。朝前面的一个叫做“风洞”的地方走去。“风洞”是由岩石和混凝土搭建的，年轻情侣和儿童最喜欢去那里玩。“风洞”有一个出口，直接通向停车的小路，奥本是为了抄捷径回去。

大卫赶紧看了看手表，表针指向差五分十点。大卫心想：等奥本出了这个地方，踏上小路时他再动手。于是，大卫又掏出了手枪。开始的时候，“风洞”里有些其他的游客，等他们快要走到出口的时候，洞里就只剩下他们两人了。奥本现在也感到有人在跟踪自己，因为在黑暗中，那一点磷光正随着他转头而来回摆动。但不管怎样，当他们走到外面时，大卫就会安全地融入到外面的黑夜中，而奥本脸上的磷光则将让他送命……

“风洞”的出口处，是一条厚厚的布帘。一转眼，奥本就穿过那布帘出去了。大卫知道现在该动手了，于是他也快跑几步，掀起布帘，冲了出去。

令他无比惊讶的是：外面的天居然没有黑！

爱尔兰人先发制人，向他开了一枪，大卫只觉得胸部一阵剧痛……

凌晨三点，纺车俱乐部正准备打烊。

坐在俱乐部办公室的查尔斯和珍妮突然看见一个人走了进来——那居然是奥本！

奥本一手握着自己的手枪，另一只手拿着一把无声手枪——显然，那是美国人的。

“这是怎么……”

“没想到吧？你们俩应该都没想到吧？没想到我还活着。”

珍妮向他走了两步，但奥本用手枪指着她，阻止她靠近。“你们这些自作聪明的家伙！请美国佬来杀我，你应该自己动手。珍妮吻我，在我脸上留下一点磷光，可是那个美国佬忘记了一点——伦敦的纬度在纽约北面 11° 的地方，在六月中旬，伦敦到了晚上十点钟后，天还是亮的！”

“你想怎么样？”查尔斯感到嗓子有些发干。

爱尔兰人笑而不答，好像这一刻他等了很久了。当查尔斯的手朝桌子下的按钮伸去时，奥本已经扣动了扳机……

妈妈的金戒指

小镇居民都有好记性，凡是住过小镇的人都知道这一点。

我妈妈遇害时，很自然地，镇上的人首先怀疑爸爸是凶手。可因为迟迟找不到真凶，案子也变成了悬案，一直没有破，于是，爸爸只能背着黑锅度过余生。

那年，我才十一岁，姐姐露西十四岁。我们的家住在小镇的南端，那是一幢又脏又破的小木屋。

小时候，我们家徒四壁。一个火炉是我们家唯一取暖的东西。虽然它占据了屋子的大部分空间，但却没有让我们的家变得更暖和。

爸爸的职业是油漆匠。即使在经济危机到来的时候，他凭借着油漆手艺，仍可以养家糊口。可尽管如此，我们仍然时常挣扎在忍饥挨饿的边缘。

爸爸在小镇上的人缘不错，尤其是和女人，他有许多红颜知己。爸爸并不是一个英俊的男人，但我猜他一定有什么吸引人的地方。爸爸个子很高，四肢纤细瘦长，脑袋却大得不相称——宽阔的额头，尖尖的下巴，一头浓密的棕色头发，乌黑的眉毛卷曲着。在我小的时候，我很害怕他的眼睛，他那对从弯曲的眉毛下向外窥视的黑色小眼睛，常常让我不寒而栗。

妈妈在我记事以前就死了。在我的记忆里，妈妈只是一个模糊的影子。虽然爸爸和妈妈的结婚照被镶在银色镜框里，并摆放在收音机上，可是我很难把照片上那位苗条、漂亮的女子和我记忆中的妈妈联系起来。我记忆中的妈妈比较胖，因为我清楚地记得，她的手指上戴着一枚金质婚戒，那细细的戒指几乎嵌进她的指头。

我记得妈妈被谋害的时候是在三月初，是大地回春、万物复苏的季节。

那天晚上，我和姐姐找到爸爸，请求他允许我们看电影。没想到爸爸欣然同意了，因为以前爸爸总是说，不要把钱浪费在那种毫无意义的事情上。但那晚，爸爸比平时宽容了许多，我和姐姐一开口，他就答应了。他给了我们买票的钱，我和姐姐高高兴兴地去了。那部电影叫《英勇船长》，以至于之后的好长时间，我都不敢再看斯宾塞·崔西的电影。不过姐姐却一点儿也不在乎。

大约在晚上九点五十，我和姐姐看完电影，从镇中心步行大约一里路回家。我清楚地记得那是个满天星斗的夜晚，天气有些寒冷，南风迎面刮来，我和姐姐不得不每走几步，便背过身去，用戴手套的双手遮住脸，倒退着行走。

当我们转过一个拐角，远远地看到自己家的时候，我和姐姐感觉到仿佛发生了什么不寻常的事情。似乎有许多人在那里围观，还有警察。

“难道是唐·金家出事了？”姐姐不住地猜测，“他一定又喝醉了吧？不应该啊，他妻子平常不报警的。”

而我的脑海里则充满了不祥的预感。那些围观的人群，嘈杂的声音，一闪一闪的红灯，都使我感到深深的恐惧。

当我们走近一点之后，我发现许多人站在我们家的门口。在微弱的星光下，人群中的每一个人都在注视着我和姐姐，我们开始快速朝家里跑去。

我们跑到家门口时，邻居们正在七手八脚地把我妈妈抬出来，送到救护车上。邻居的胖太太一把将我搂住，把我的脸挡在她宽大、柔软的胸前。

我听见姐姐在尖叫，她试图挣脱胖太太家的双胞胎男孩儿，他们在阻止姐姐扑向妈妈——妈妈正被医护人员抬走。

过了很久以后，我才知道当天晚上发生的事情。

当天晚上九点钟的时候，邻居的胖太太来我家借糖，准备做巧克力软糖。她敲了几下门，却没有人应答。胖太太推开了虚掩的门，却意外地发现，妈妈正躺在卧室的门边，已经断了气。当她明白过来是怎么回事的时候，她的尖叫仿佛要让屋顶都塌下来。几分钟后，当爸爸赶回家时，救护车已经到了，可一切都晚了。

警察把爸爸带走，进行调查。不过爸爸拿出了所谓的“不在场证明”。他先去蓓蕾咖啡厅喝咖啡，后来又去阿福撞球场玩撞球，最后，他还去了艾利酒吧，和胖太太的丈夫一起喝了两杯啤酒。每个地方都有目击证人，证明爸爸并不在凶案现场。

但是，在这个晚上，爸爸仍然有许多机会可以回家下手。于是，小镇上开始出现了许多非议。许多居民认为，那晚他之所以答应让我们姐弟看电影，是为了支开我们，以便作案。但他们也没有十足的证据。

当时，只有一个人认为爸爸是无罪的，他是一个新来的警察，但没有多少人赞同他的看法。因为警方在验尸的时候，发现妈妈的一只手被凶手砍掉了。妈妈的手一直没有找到，谁也不知道它去了哪里。而那位新来的警察认为：凶手一定是个性变态，是他杀死了妈妈，并砍掉了她的手，因为凶手一定有“恋手癖”。

“你一定听说过有‘恋足癖’的人，”那天我听见他在对警长说，“还有的人是‘恋物癖’——他们疯狂地喜欢女性内衣……”

这些新名词对警长来说，从未听说过，其他人也没有听过。大概多少年后，他们也不会听说这些词汇。

尽管这一观点没有引起多数人的共鸣，但新警察仍然坚持自己的判断：“凶手肯定是个有‘恋手癖’的人！”

这桩凶杀案还有其他的疑点：雪地上没有留下任何足迹；此外，家里放着的一把祖父做的木柄切肉刀也不见了，警方一直没有找到。

由于没有一点头绪，这个案子不了了之，被淹没在时光的尘埃之中。最后，没有任何人被指控。我经常在心里想：假如爸爸被警方指控，然后再被宣判无罪，也许会洗脱他身上的嫌疑。可现在，几乎全镇的人都认定爸爸是杀害妻子的凶手，尽管人们当着爸爸的面不说什么，但是，人们彼此心照不宣。

妈妈离开我们之后，我和姐姐的生活更加困顿了。在家里，我们俩很少和爸爸交谈，甚至尽量避开他。但在这样小的房子里，这可不是一件容易事。每到夜晚，我和姐姐在做功课时，爸爸总是冲着我们抱怨说，镇上的人们总是对他冷眼相待。

“人人都认为是我干的，”他说，“可你们知道，凶手不是我！你们知道的，对吗？我怎么能对你们的妈妈做那种事，我为什么要这样做？”

爸爸平生从不在乎别人，可如今却会因为别人的眼色而感到烦恼不安，真是奇怪。妈妈去世以前，爸爸从来不喝烈酒；可现在，他每天回到家后便闷坐一旁，自斟自饮，直到喝得酩酊大醉。夜深的时候，爸爸都会醉倒在床上，虽然他不会打我和姐姐，可他喝醉后的样子，更让我们无法接受。

最初，我和姐姐都认为爸爸可能会再婚，因为邻居们都知道，一直以来，爸爸都对朱迪小姐“有点意思”。朱迪小姐是镇上学校里教四年级的老师。“对……有点意思”是我们牧师常用的词。

记得妈妈还活着的时候，爸爸并没有过多地表现出对朱迪小姐的好感。有时候，我们去参加镇上的集会时，爸爸也主动和朱迪小姐打招呼，甚至还试图搭讪。这时候朱迪小姐总是皱着眉头，对爸爸微笑着摇摇头。

妈妈去世以后，爸爸几次邀请朱迪小姐参加舞会，甚至还买来电影票请她看电影。但爸爸的几次努力都失败了，朱迪小姐拒绝了他。

我猜想，也许朱迪小姐心里对爸爸没底。毕竟，爸爸身上还背负着杀害妻子的嫌疑。但无论什么理由，总之，在一年后，朱迪小姐和一个加油站老板结婚了。这意味着爸爸永远没有机会了。

自此以后，我和姐姐的生活越来越糟糕。姐姐中学毕业后，进入了一家矿工医院，成为一名实习护士。我知道，她是在等我毕业，然后一起走。因为在很早以前，我们就决定：我们在长大成人之后就离开这个破碎的家。

在我十七岁那年，我从中学毕业了。在毕业前的几个星期，我已经将我的个人物品装在一只破袋子里——那是我十三岁时在垃圾堆捡来的。毕业那天晚上，我回到家里，将妈妈的结婚照塞进袋子里，便不辞而别了。我直接来到汽车站，前往一所乡村小学——我们的校长安排我临时在这里教书。到了第二年夏天，我幸运地考上了大学。我一边打工一边读书，计划在毕业之后谋求一份正式的教职工作。

我姐姐的事业发展也很顺利，她完成了护士培训课程。不久以后，她出嫁了。三年之后，我也结了婚。我和姐姐的家相距仅五十里。

我们姐弟俩都没有再见到爸爸——直到他去世，也未与他谋面。

因为要参加爸爸的葬礼，我和姐姐这才回了一次家乡。

我们回去的时候，他的遗体已经被抬到了位于家具店后面的殡仪馆，有几位镇上的居民来送葬。我们没有在葬礼上停留多久，爸爸的遗体一下葬，我们就匆匆离开了。

也许人们会认为我们不尊敬爸爸，但是，爸爸也不尊重我们。

在参加爸爸葬礼期间，我和姐姐住在旅馆里。即使给我一百元钱，我们也不愿再睡在爸爸居住过的老宅里。不过，爸爸下葬后的第二天，我们还是去了一趟位于镇子南边的老宅，整理爸爸的遗物。

我们曾经生活过的小木屋更加破烂了，斑驳的漆残留在墙上，院子里长满了野草，满目荒芜。

屋里散发着霉烂的气味，几乎令我们窒息。姐姐打开窗户，让空气流通起来。接下来，我们俩开始清理屋子里的杂物。清理出来的一大堆垃圾直接送到垃圾站丢掉，另外一些尚可使用的物品，则捐赠给了"救世军"。总之，没有一样东西是对我们有用的。

"这是什么？"

在妈妈结婚时买的柜子顶上，姐姐找到了一个小东西。那是一个破旧的香烟罐，看上去不太大，扁扁的。

"里面装的是什么？"姐姐拿着它在耳边晃了晃，"里面有东西在响。"

她拧开盖子，把里面的东西倒了出来。

我们一起向那东西看去。

它静静地躺在那儿，那是一只人手的骸骨。在小指的末端，我看到了那熟悉的、曾经几乎嵌入妈妈肉里的金质结婚戒指。

可怜的爸爸，他总是要物尽其用，但那只戒指，再也没有派上用场过。我们知道，爸爸是想把那戒指送给一个女人，可这，却让妈妈失去了生命。

一杯药茶

大雨依然哗哗地下个不停，道路也显得越来越泥泞，赫伯特·詹金斯一边小心翼翼地驾车往山上爬，一边不停地抱怨着自己："我这是干什么呀？雨这么大，路又这么不好走，费这么大劲儿朝着山顶上的修道院跑值当吗？早知道天气是这样，我就不遭这份罪了。"

过了一段时间，雨点儿渐渐地小了，可是太阳仍然被厚厚的云层紧紧地遮盖着，詹金斯的汽车还在路上费劲地行使着。

"我真是个傻瓜，居然会在这种鬼天气里接受那个老太婆的邀请。如果河里的水位再涨高一点儿，等我回来时再过那座旧木桥可就困难了，搞不好还得绕着走，要多跑好几十里路。唉，与那个老太婆交谈只会是一些无聊的闲谈，要白白地浪费掉我一个下午的时间，再说了，律师事务所里还有那么多的案卷没有处理呢。”一想起这些，詹金斯就懊恼不已。

不过，抱怨归抱怨，但詹金斯心里还是很清楚，这次拜访是早晚的事。那个老太婆现在已经没有什么能力打官司了，她唯一能够倚重只有萨姆·考德雷，可那不过是一个刚刚从法律学校毕业的年轻人。与萨姆·考德雷相比，自己就可以为老太婆做很多事！起码到目前为止，还没有一件令他本人担心或是引起法院注意的事情发生。

“无论如何，我这次都要努力做她本人的工作，哪怕是多给她几股，因为，如果真的打起官司来，不仅冗长的法律诉讼太耗费时间和精力，而且还会闹得沸沸扬扬，不划算。”詹金斯一边开着车，一边默默地盘算着。

赫伯特·詹金斯指的那个老太婆是埃丝特·鲍恩，她是保罗·鲍恩的遗孀。

保罗·鲍恩生前可是个有些名气的人。他本人自称是化学家，其实他是一个完全靠自学成才的发明家。他这一辈子都在潜心钻研，搞各种研究，但却始终没有弄出什么名堂，直到六十多岁了，他才鼓捣出一个软饮料的配方，经布莱特–朱斯公司投放当地市场后，很受消费者的欢迎，因此，布莱特–朱斯公司把他和他的软饮料配方看成是一座富有的金矿，源源不断地挖掘其潜力，当然，这段时间并不长。后来，由于鲍恩过于自信，不合时宜地盲目扩张，导致经营效果每况愈下。这时，不仅银行开始施压，拒绝再给他贷款，而且还放出话来说要找担保人的麻烦，至于那些担保人，自然不堪重压，纷纷找上门来，令鲍恩不胜烦恼。更为严重的是，那些竞争者乘虚而入，干脆切断了他的销路。这真是：一着走错，满盘皆输。当时，在任何人看来鲍恩都回天乏术，最后必定是破产无疑。

从事律师职业的赫伯特·詹金斯就是在这个时候介入的。他很精明，先是对鲍恩的处境进行了一番仔细研究，然后他像通常那样，按照自己的设想作了一个全面的规划：第一步，避开鲍恩，先和东南饮料公司取得联系，尽量说服他们同意接管布莱特–朱斯公司。当然，结果是出乎预料的顺利，凭他的三寸不烂之舌，也就是花了不到一顿饭的工夫吧，就让对方接受了。当然，他在这期间耍了点儿花招，开始时先扯了点儿小谎，说自己是这个项目的投资人，其实他当时连半个股都没有；第二步，凭他与东南饮料公司之间的一个还未生效的口头协定，开始与鲍恩直接对话，或者直白一点儿说，就是发起进攻。

“鲍恩先生，我已经仔细研究过你的情况了，恕我直言，现在你的面前只有两条路可以走。”他开门见山地说。接下来，他对形势作了全面的分析，然后对坐在自己对面那个神情憔悴、耷拉着脑袋的人说：“我认为，你要么是宣告破产，要么是把现有的都卖出去，只有这样才不会让你的利益全部丧失。”望着对方那无奈的眼神，他顺势将自己的计划合盘推出，“我是这样考虑的，由我把主要担保人的抵押权买过来，成为新的控股者，你将保有最低的股份，你仍然担任董事会主席。”说到这里，詹金斯内心都忍不住笑了，其实他很清楚，这个董事会主席的桂冠是徒有虚名的，只不过暂时用来满足这个老头的虚荣心罢了。

"我真是做了一笔好买卖，看来鲍恩老头还非要董事会主席这个头衔不可，而我是在据理力争之后才作出的让步，不过，这个老头能不能进董事会的大门，完全要取决于董事们，我虽然没明说，但该说的也都暗示出来了。"詹金斯暗暗窃喜。

詹金斯现在回想起这件事，还很得意。他还清晰地记得，当时的鲍恩眼眶中充溢着泪水，他的心在痛，手也在抖，简直不敢看桌子上的那支签字笔。时间一分一秒地过去，最后鲍恩不得不咬咬牙，拿起笔来在协议书上签了字。詹金斯清楚地看到，当鲍恩微微放下那支签字笔时，还是显得犹犹豫豫。不难看出，这个老头内心的极度痛苦和无奈，他难以割舍寄托着自己一生心血和希望的东西。虽然他的签名歪歪斜斜，充满了孩子气，但却圆了那个居心叵测的律师几个月来的梦想，这是这个老头无论如何也想不到的。

詹金斯一拿到有鲍恩签字的协议书，就立刻把软饮料的配方转卖给了东南饮料公司，这让他不但全部收回了先期投入，还狠狠地赚了一大笔。

这说明了什么呢？无非是如果一个人了解了人的本性，他所能做到的是什么程度。在这个世界上，有很多人都是傻瓜，如果你知道怎么掌控他们，那么将他们玩弄于股掌之间就是很容易的事了。这时的詹金斯就是这样一个人。

"目前只剩下老太婆的问题了，不过她好对付。我估计，她现在一定还没有从失去丈夫的悲痛中摆脱出来。"詹金斯心里想。

原来，在詹金斯施展的计谋得逞后没几天，鲍恩就自杀了，他的尸体是在车库中发现的，当时他坐在发动着的汽车里，车库门和汽车门都被死死地堵着，在他身边有一份遗书，上面只有潦草的几行字，还是那种歪歪斜斜的孩子气的笔法，大意是说自己这一生是多么失败，唯有离开这个世界才是一种解脱，并乞求可怜的妻子能够原谅和宽恕他，丝毫没有提到詹金斯。

鲍恩自杀事件在镇上引起了不小的波澜，人们也有多种猜测，当然，大多还是认为他是由于生意上的破产所导致的。

但是对于詹金斯来说，这可是件天遂人愿的好事，他暗暗地想："这下好了，我不仅可以彻底解脱，避免很多麻烦，而且也不必担心鲍恩反悔了，如果他真的反悔，再把这件事弄到法庭上去，那可就是天底下最大的麻烦了，到时候，我和东南饮料公司的不实口头协定就会暴露，给我的那些对头授以口实，弄不好还会威胁到我的律师资格。现在鲍恩已经死了，这叫死无对证，我也不用再担心什么了。"

事实上，鲍恩后来对签了字的协议已经有所怀疑，他的确有了反悔之意。

车子继续向山顶爬行。

詹金斯想："那个老太婆整天待在家里，肯定对这其中的内幕一无所知，即便是她想到自己的丈夫是受骗了，但也无能为力。或许她会跟萨姆·考德雷谈谈，可那个初出茅庐的年轻人又会有什么好招儿呢？而我就不同了，我不但可以给她一些心理上的安慰，说不定还会根据情况，慷慨大方地把我名下的股份让出一二来，这对她该是多么大的诱惑呀！此一时彼一时嘛，我得劝那个老太婆看清形势。”

在霏霏细雨中，詹金斯的车终于到地方了。眼前是一幢上下两层的维多利亚式建筑，如果放在多年前，这幢建筑应该是很壮观、气派的，但是经过岁月的冲刷，如今它在雨中已经显得十分荒凉和破败。

詹金斯下了车，顺手把雨衣的领子往上拉了拉，快跑上台阶，摁响了门铃。

“噢，原来是詹金斯先生呀，你在大雨天还能赶过来，真是太好了，快，快请进！”出现在门口的是鲍恩太太——埃丝特·鲍恩，也就是那个身材瘦削，满头白发，背还微微有些驼的老太婆。

“鲍恩太太，你好！因为天气的原因，让你久等了，很抱歉！”他礼貌地问候着。

随着老太婆蹒跚的脚步，他走进室内，向四周看了看，只见起居室里生着火，暖烘烘的；通向饭厅那里有一道门，但是关着的；居室的窗户上挂着厚厚的窗帘，似乎是在遮挡阳光，但今天是阴雨天，阳光并不存在；客厅的沙发前有一块很旧的地毯，旁边有一盏暗淡的灯亮着；墙上还挂着一幅鲍恩和妻子年轻时的合影，两个人紧紧依偎着，脸上露出灿烂的笑容，詹金斯迅速收回了目光。

“鲍恩太太，你的身体还好吧？”他坐下来后，一边烤火取暖，一边装作热情地问道。

“噢，已经恢复得很不错了！人嘛，就应该知足，不过对于我来说，我丈夫的死的确是个晴天霹雳。”

“是啊，人之常情嘛，我能理解。我看你的生活环境还是蛮不错的。”

“我的生活没问题，就是他的死法无法让人接受。”鲍恩太太说。停了一会儿，她又继续说道：“他平常对那些轻生的人一向是持批评的态度，可如今他怎么也做出了这样可怕的事情？我简直无法相信。你说说，他为什么要那样做呢？”

“是啊，究竟为什么呢？鲍恩太太，我想他肯定是生病了，不过事已至此，我劝你也不必过于沉湎了，还是保重身体要紧。”詹金斯避开了老太婆注视的目光，关切地说。

“他一定是心碎了，詹金斯先生。你想想，他这一辈子的心血都倾注在了这项事业中，而失去它又是那么突然，就像自己是被出卖了。”她面色凝重地摇摇头说。

“在商场上，任何事情都有可能发生，我看这件事实属平常。有时一个环节上出了错，事情就那么发生了，可这并不是你丈夫的责任。”詹金斯缓缓地说。

“哦，你坐着，我去看看火。”说着，鲍恩太太站起来，走到壁炉前拨了拨火。

“詹金斯先生，不瞒你说，这段时间我也从这件事中学到了不少东西。你或许还不知道，鲍恩死前曾对我讲过一些情况，从那些情况看，我认为并非简单地‘事情就那么发生了’，他的公司陷入困境这不假，但他是被人诱骗到某种境地的，到了那一步，他别无选择，只能将自己一生的心血结晶以实价的一小部分售出。这不是他的本意，也不是公司的必然出路。”说这话时，她的脸色发红，身体也在微微颤抖，不知是由于火烤的还是情绪激动的缘故。

詹金斯依然很平静地坐在那儿。

“我认为，你就是最大的利益获得者！”鲍恩太太突然转过身来，面对着他大声说。

“鲍恩太太，话可不能这么说，生意就是生意，你大可不必把这看成是我和鲍恩之间的个人恩怨。再说了，你手里不也持有东南饮料公司的股票吗？分红时你也会获得相应的红利的。”他微笑着说。

“是吗？那只是很少的一点点，我现在已经越来越入不敷出了。”鲍恩太太不紧不慢地说着。

“看来这个老太婆不太好对付。”他试图转变一下话题，“我听说你有一个非常漂亮的花园，本来想参观一下，只是今天的天气太糟糕了。”

“不错，我的花园的确值得骄傲，等天晴之后我一定带你去看看。不过，最近发现花园里有鼹鼠在刨花根儿，有些花儿都枯萎了，真可惜。我和园丁想用捕鼠夹子逮它们，但是鼹鼠的数量实在太多了，我们得想个新办法才行。”看来，鲍恩太太也随着詹金斯转话题了。

“哦，鼹鼠？我从朋友那里倒听说一个治鼹鼠的好办法，具体做法是在花园的地里埋上空瓶子，将瓶口朝上，这样风就会让瓶口发出呜呜的声响，鼹鼠听到后就会往里面钻。”詹金斯详细地介绍着。

“我听园丁说，有一个更简单的办法可以彻底消灭它们。”鲍恩太太说。

“是吗？”詹金斯饶有兴趣地问。

“就是毒死它们！这是不是听上去很可怕？说实在的，我这个人不喜欢杀死动物，可是我的花园怎么办呢？为了保住花园，我必须要这样做，园丁星期天就把药买回来了，现在就放在储藏室里。”鲍恩太太望着詹金斯，说这话时一脸轻松。

“噢，原来是这样。”

“园丁说了，现在地里太湿，无法用药，等天气晴了以后，地干到一定的程度，他就准备用药了。当然了，你刚才说的埋瓶子的方法也可以试一试。詹金斯先生，不知怎么搞的，你说的这种方法让我产生一种特别奇怪的感觉。”这时，她突然像想起来什么似的，猛然用一只布满皱纹的手拍了拍自己的额头，“噢，你看我！我这个主人怎么忘了给你倒杯茶呀。”

“噢，没关系。不过，如果有杯茶就太好了。”他说。

“詹金斯先生，你大概还没有喝过我用草药泡的这种茶，它并不太酽，只是有点苦，有些人还特别偏爱这种味道，我想你喝了之后也会喜欢的。”她说。

“草药茶？那一定不错。”他还真想品尝一下。

鲍恩太太转身去厨房泡茶了。

詹金斯坐在客厅里等她，这时，他心里不禁有点儿奇怪："怎么她没问起我对这所房子的感觉呢？是不是认为我看到了她这种贫穷的境况，已经唤起了我的同情心？时间大概不早了，我得赶紧找个借口结束这次拜访。"他低头看看表，已经三点了。"临走之前，我还得问问萨姆·考德雷的情况，到时候我该怎么问呢？"。

正在他琢磨的当口，只见鲍恩太太推着一辆小轮车走了进来，上面摆放的东西着实让他吃了一惊，因为除了茶壶、茶杯之外，还有精美的、装饰着大理石花纹的蛋糕和饼干等食品。他赶紧站起来，说："来，让我来帮你。"

当他们都坐下来后，鲍恩太太说："年纪大了，体力也不行了，从前日子好过的时候，我们还能请个用人，可是自打鲍恩的生意失败后……唉，不说这些了，活着的人总得继续生活下去。人老了，总喜欢回想过去，那时我和鲍恩先生是多么幸福和快乐，原本以为会有个美满的晚年，可……可是我没想到他竟会撒手西去，剩下我孤独一人，勉强维生，唉！"

"咳，咳……"詹金斯感觉嗓子里有个饼干渣卡在哪儿，他清了清喉咙说，"鲍恩太太，我正在想，我和鲍恩先生共同作出的安排是想让你生活得好一些，不知你现在有什么问题或要求？如果有的话，请你告诉我，没必要征求他人的意见，你知道，现在有些年轻律师虽然夸夸其谈，说得很好，但实际上他们经验很少。"

"噢，"她微微一笑，说道，"我已经有一位律师了，就是考德雷先生，他给了我所需要的各种帮助。我认为，有些事儿他需要找你讨论一下。"

"是吗？"他内心有些不安，不过，他又很快稳住了神儿，"可以，如果是公司事务，那么随时可以安排。不过据我所知，一切都是正常的，请相信我。"

"那就好。詹金斯先生，有关法律条文我不大懂，可是我清楚，如果我能够拿出我丈夫是受到某种胁迫的证明，我相信法院一定会宣布协议是无效的。"鲍恩太太的话语绵里藏针。

"什么，胁迫？"詹金斯感到嗓子里的食物又像卡住了似的，"你别开玩笑了，哪会有这种事儿！这么对你说吧，当时鲍恩先生对协议的每个细节都过了目，他是在完全自主的情况下作出的决定，何谈'胁迫'二字呢？你千万不要受什么人的蛊惑，否则是没什么好结果的。"他的口气也是咄咄逼人。

"是呀，考德雷先生是年轻了一些，可他很聪明的。"

"鲍恩太太，打官司耗神费力，而且只会带来令人不快的经历，难道你喜欢那种感觉吗？"

"无论如何，我想总会有更好的解决办法。"

鲍恩太太和詹金斯你一句我一语，表达着各自的看法，似乎也都在暗示着什么。

"更好的办法？她这话是什么意思？"詹金斯又呷了一口茶，这时，他仿佛意识到什么。

“是呀，我也知道诉讼耗时伤神。不过，我还记得鲍恩先生曾说过，如果想解决什么不愉快的事，那你就尽量采用快捷省事的方式。这句话说得对呀！”她也呷了一口杯中的茶说道。接着，她又微微一笑，说：“詹金斯先生，我的茶好喝吗？”

“噢，好喝，真的很好。”他对面前的这个老太婆有点儿疑惑了，“她说这些是什么意思？难道是在暗示什么吗？”

鲍恩太太并没有理会这些，她依然慢悠悠地说：“我们家有一条老狗叫罗尔夫，有一次它病得很厉害，显然是要死了，虽然鲍恩先生很喜欢它，但他还是毫不犹豫地……”

“他怎么了？”詹金斯紧张地问。

“没什么，他只是喂了它一些毒药，大概是五价砷吧。”鲍恩太太说。

“哦，”詹金斯不易察觉地点了一下头，“对不起，鲍恩太太，外面的风好像越来越大，我该走了。”他有些急促地说。

“风是比刚才大了。在我的花园里，风总是起破坏作用，吹落花瓣，折断枝杈。不仅如此，今年夏天鼹鼠又来捣乱，不过园丁已经向我保证说，那些鼹鼠也折腾不了几天了，五价砷的毒性足够强，而且药力也快得很，等着瞧吧！”

这时，客厅里出现了短暂的冷场，只有墙壁上的钟表发出滴答、滴答的声音。鲍恩太太似乎完全沉浸在五价砷的话题里了，而他则一扬杯喝干了里面的最后一口茶。

“詹金斯先生，你知道我刚才在想什么吗？我在想，我丈夫死时可能用的时间长些，那就没有什么痛苦，但如果是被毒死的话，可就要遭罪了。”鲍恩太太说。接着，她又略带歉意地说：“你看我，净说这些毒药的事，没有扫你的兴吧？”

“哦，没，没有。”他回应着。

鲍恩太太将自己手中的茶杯放下，又把椅子朝前挪了挪，说：“有件事除了我跟鲍恩先生之外，再没有任何人知道，这和鲍恩先生保守了一辈子的秘密有关，现在我就跟你说说，他……詹金斯先生，有什么不对吗？你怎么了？”她站了起来。

的确，詹金斯刚刚是发现有些不对劲，他那机关算尽的头脑，直到这一刻才反应过来：草药茶——怪味儿——储藏室——五价砷。“她该不会那么干吧！”他的脑海里甚至产生了一个可怕的想法。

“她肯定就那么干了！原来她早就精心策划好了。”他认定了这一点。

太可怕了！他用手猛地将自己的脖颈卡住，喉咙里发出可怕的呜呜声，他想站起来，可是刚一离开座位就又瘫坐了回去，他想说话，但是从嗓子眼儿里挤出来的却是凄惨的叫声。

瞧着他这副样子，鲍恩太太冷冷地说：“别紧张，准是饼干渣儿掉进你的气管里去了，尽量放松，来个深呼吸就好了。”

他仍旧手忙脚乱，神情紧张，“五……五价砷哪！”他明明是在叫喊，但听起来却像耳语一般，似乎是“救命，救命啊！”

鲍恩太太依旧坐回了椅子，手中摆弄着茶杯，似乎什么都没有听见。

“噢，我刚才的秘密还没有告诉你，就像我已经说过的那样，鲍恩先生没上过什么学，他是个战争孤儿，为了生活不得不很小就出去闯荡……”

她在那里细细地诉说着，而此时的詹金斯却根本什么都没听见，因为他还被那巨大的恐惧所笼罩，感到胃里火烧火燎一般的灼痛，还有旧地毯上那盏昏暗的灯光，在他眼里也变得愈来愈暗，“天哪！我就要死了吗？”他已经恐惧到了极点，而她却还能稳稳地坐在那里，平静地说话，或者是在品味着复仇的喜悦？或者是在等待着他的死亡？这个老太婆一定是疯了！

詹金斯用尽全身力气，扶着椅背站了起来，“求求你，鲍恩太太，快给医生打个电话吧，叫救护车，不然就太迟了！”他用微弱的声音哀求道。

“太迟了？是吗？”她的嘴角露出了一丝嘲笑，“可是你想没想过，当可怜的鲍恩在发动着的汽车里倒下时，是不是真的就太迟了呢！”

“不！他是自杀的！那不是我的错！”

“那么我来问你，你是不是不恰当地利用了他？是不是欺骗了他并占了他疏忽失察的便宜？这些你都承不承认？”鲍恩太太气愤地说。

“我，是，是的！不过，我可以……可以补偿你！把我所有东南饮料公司的股票都给你！求求你不要再耽误时间了，我快不行了，快救救我吧！”

望着詹金斯那乞求的眼神，她慢慢地站起来，手中依然握着那个空茶杯，走近他，那苍白的脸上没有丝毫怜悯之意。“告诉你吧，警察发现的那份遗书实际上是你写的，是你模仿了他的笔迹，还有他的签名，然后你就杀死了他，难道我说得不对吗？”

“不！啊，是……是的！我用铁器把他击倒，因……因为他怀疑我，还威胁我，我……我不得不这么做。我一切都坦白了，只求你救救我吧，再耽搁就来不及了！”为了求生，詹金斯不得不将一切都说出来。

当时在场的只有他们两人，如果他还能活下来的话，完全可以事后再加以否认，因为，她没有证人。

“好了，詹金斯先生，你站起来吧，瞧瞧你刚才的样子，多蠢啊！实话告诉你吧，我没在你的茶里放任何东西，你不会中毒的。”

“什么？你说什么？”他试探了一下，果然站起来了。“好哇，你竟敢戏弄我！”他咆哮着，显然被人耍弄的愤怒已经取代了刚才那巨大恐惧的压力。“我什么也没有承认，没有！我可以把说过的话全部推翻，不会有人相信你的，就是相信了你也没有证据！”他的脸变成了铁青色，看来是恼怒至极了。

“詹金斯先生，你先别发火，鲍恩的签名，那是他唯一能读写的几个字，他从来没有上过学。”

“不可能！他不识字怎么能经营生意呢？”他盯着她说。

“是我帮他。”鲍恩太太说，“你不要把我看得一无所知。如果当初鲍恩听从我的劝告，他就不会遭受厄运了，我曾试图警告过他，不要接受你的建议。所以，那天当警察把那份遗书交给我时，我心里就明白了，他是被人谋杀的。关于他是文盲这件事，我没有告诉过任何人，因为我曾发誓要替他保守这个秘密。那么谁能从他的死亡中捞取好处呢？唯有你！”

詹金斯这时已经镇定多了，他在心里又开始盘算起来：“反正我到这儿来也没人看见，只要跨出一步，我就可以伸手掐住她那皮包骨头的脖子了，对，一不做二不休，就这么干！”

他边想着，边朝她身边挪了挪。

“其实，对于鲍恩识不识字我根本不在乎，最重要的是我们相爱。詹金斯先生，我想这一点你是不会理解的，因为，你除了自己从来就不爱任何人。”

他又朝她跟前挪了挪，正准备……

突然，通往饭厅的那道门打开了，惊得他差点儿没晕倒在地，原来是萨姆·考德雷和贝内特警长从里面闪身出来，径直走到他跟前，四个人都站在那里，静静地，一动也不动，足足有好一会儿，仿佛都在侧耳倾听屋外那风扫屋檐和雨敲窗扉的声音。

谋　杀

保罗 2473 的麻烦之源，是来自他发现的那本古书。他之所以能认出那是一本书，是因为有一次他在微缩档案室，看到他们正在拷贝一些类似的有价值的古书，然后把原本销毁。这本书显然是遥远模糊的过去留下来的，一直没有被人发现，现在它让保罗 2473 感到既好奇又恐惧。

当时他正在一条乡下小道上参加周四的长跑训练，正是休息时间，保罗 2473 躺在路边的古老建筑旁，周围杂草丛生。百无聊赖之际——他一直对周四的训练提不起兴趣——他向四周打量起来，想找点乐子来解解闷。

他看到身边有一堵破败的墙壁，上面有条缝。在墙边，掉落下来的砖块形成了一个小洞穴。可以容纳那些小小的野生动物在里面生活。

保罗 2473 趴在地上朝阴邃的洞里张望，他看到一本书躺在那里。当然，他立刻想到应该怎么做：掏出那本书，然后把它交给排长。他决不会打开这本书，因为他从小接受的教育就是，与过去文明有关的东西，都是珍贵但伴随着危险的。所以他无权对那本书作出任何处置，比如毁掉它，甚至连阅读它都不行。

看了看四周，似乎并没有人注意他。也没有发现排长的踪影。排里的其他人都躺在远处的地上。保罗 2473 战战兢兢地把手伸进洞里，慢慢地掏出了那本书。

书非常小而且非常轻，似乎一碰就会碎掉。在伴随着恐惧和好奇的心理驱使下，他双手颤抖地揭开封面，瞥了一眼扉页。书名是《谋杀的逻辑》。

在那一刻，保罗 2473 感到非常失望。他勉强能认识“逻辑”这个词，但是不太清楚具体的含义。至于“谋杀”这个词，就完全不知道是什么意思了。

既然看不懂内容，那么这本书对他来讲就没什么用了。但是他有点踌躇不决：或许能从这本书里了解到什么是“谋杀”？没准“谋杀”会很有趣呢。

“全体起立！”远处传来排长的叫声。

排里的人都在起身准备集合，这时保罗 2473 作出决定。

他把书塞进衬衫里。然后站起身，伸了个懒腰，走向集合点。

在自己的小屋里，保罗 2473 每天晚上都在属于他个人的那几分钟里阅读着那本书，他把那本小书放在《进步新闻报》下午版的下面，装出一副读报的样子，实际上却在读那本小书，以避免被墙上的监视器发现，这种小把戏从学生时代他就十分熟稔了。

显然这么做是很危险的，但是，他却越来越被这本小书中的内容所吸引，欲罢不能。慢慢地，他有了一些心得。

新发现令他震惊，原来谋杀就是夺取一个人的生命。这是他以前从来没有的概念，甚至做梦都没有想到过。

他知道人不会长命百岁，知道老人有时候会生病，会被送到医院、生理实验室或诊所，然后就再也看不到了。死亡通常是没有痛苦的，除非当局为了科学研究而规定它应该痛苦，他一直这样认为。所以，他很少考虑死亡，也不怕死。

但是，在以前的文明中，谋杀显然是一种存在的现象，那时，当局对人的死亡负责，但反对个人控制这种事。而在实际生活中，却充满了危险，谋杀似乎非常普遍。这种残酷的现象让保罗 2473 感到震惊，也吸引着他继续读下去。

他开始思考书的内容，他发现，在过去那种环境中，虽然谋杀很邪恶，却是可以理解的。因为在那个社会里，人们可以自由选择伴侣，于是一些人出于嫉妒或报复，进行谋杀。而且每个人的生活必需品不是由当局来提供的，所以一些人为了得到财富，也进行谋杀。

保罗 2473 读下去，了解了越来越多的各种杀人动机，有健康的，也有不健康的。

书里有一章专门讲谋杀的各种方法。还有专门讲侦破、逮捕和惩罚谋杀犯的章节。

最惊人的是这本书的结论。它强调指出：“谋杀是一种普遍的现象，远远超过了统计的数字。许多因一时冲动而谋杀的凶手会受到法律的惩罚。但是，更多事先经过精心策划准备的杀人犯则成功地逃过了法律的惩罚，造成了大量未破的悬案，凶手在和警察的较量中占据着上风。虽然统计数字有不同，但结论都无一例外地表明，大部分谋杀案都没有侦破，也就意味着大部分杀人犯都能逍遥法外，安度晚年，并享受着他们的犯罪成果。”

读完那本书后，保罗 2473 陷入了沉思。他明白，自己的处境很危险。新的文明绝不会允许传播这种书，因为他们不会让人类认识到自己野蛮的过去。阅读这本书的行为，本身就是犯罪，而且他也知道了不允许读这种书的理由。如果一旦被发现，等待着他的将是斥责、降级甚至公开的羞辱。

他把那本书藏在床垫里，没有毁掉。谋杀这一概念很让他痴迷，几乎所有的空闲时间里，他都在考虑这事。

他甚至想告诉卡洛尔 7427。一个几乎每天晚上都在娱乐中心和其约会的姑娘，他们经常一起走进爱抚小屋，亲密程度远超过其他人。他正在接受与卡洛尔 7427 的和谐性试验，希望能把她配给自己三年，甚至五年。

在读完那本书的那个晚上，他差点儿把这事告诉她。像往常一样，她走进娱乐中心，非常合身的工作服让她的身材备感迷人。他凝视着她的金发、明亮的蓝眼睛和雪白的皮肤，他想到了配对一事：跟她共处一室，谈谈心里话，然后讨论一些像谋杀这类新奇、有趣的话题，没有比这更好的了。

为了避开辐射农业的谈话小组，他把她拉到一个角落。

“你想知道一个真正的秘密吗，卡洛尔？”他问她。

她眨眨长长的睫毛，红着脸，显得又好奇又羞涩。

“一个秘密，保罗？”她的声音很轻柔，“什么样的秘密？”

“我违反了一条规矩。”

“真的？”

“很重要的规矩。”

“真的吗？！”她显得很兴奋。

“我发现了非常有趣的东西。”

“告诉我！”她探上前去，呼出的气息散发着香水片的味道，这让他很陶醉。

“如果我告诉你，你要么去告发我，要么就处在和我一样危险的境地。”

“我不会告发你的，保罗。”

“但我不想让你陷入危险中。”

她失望地撅起嘴。不过这让他很高兴。这证明和他一样，她也很有冒险精神和好奇心。现在还不是时候，等到下个星期配对结果公布后，他俩将会同住一间屋子，那时他就会把那本书给她，让她也读读，这样两个人就能自由地讨论凶杀，不受时间的拘束。

就在那天，保罗 2473 认定，他与卡洛尔 7427 非常和谐，并且相信，配对试验也能证明这一点，那试验很科学。

但是，事实让他大失所望。星期四，训练归来后，他看到了结果。

巨大的布告几乎盖满了公告栏，上面写着：“55 区成员五年配对表。”他很自信地走到布告前。而结果使他震惊不已：卡洛尔 7427 与理查德 3833 配成对，他的伙伴则是劳拉 6356。

天哪，五年！跟劳拉 6356 一起生活——那个只知道傻笑，一头深灰色头发的矮胖妞！他们认为他能跟她和谐相处？而理查德 3833 那个装腔作势的傲慢畜生居然独占卡洛尔 7427 五年。

保罗 2473 愤怒地考虑他的未来。以他现在的年龄，已经不允许去爱抚屋了。当局认为，这个年龄的人，安定下来，生活规律，才是有益于社会的。因此，这意味着他只能和劳拉 6356 在一起，而卡洛尔 7427 则属于理查德 3833。

他和卡洛尔 7427 行将永诀！没有温馨的双人房，不能无拘无束地讨论他那本神奇的书。所有美好的憧憬都成了泡影！

那本书！！！

想到那本书，保罗 2473 果断地作出了谋杀的决定。

这是唯一的出路，他坚信。该如何开始呢？能作为依据的只有那本书，他开始按书的内容来分析动机、方法和风险。

动机是显而易见的：他和自己匹配的对象不得不分开，而且要各自接受一名并不合适的伴侣。

那么在这种情况下，该如何实施谋杀呢？他继续查阅下去。

他有两种方案可供选择，比如杀掉卡洛尔 7427，这样可以避免她落到理查德 3833 手里，一般的情绪化杀手都会这么做。但同时也意味着自己会失去她，而且无法避免和劳拉 6356 在一起生活的悲惨未来。所以这个方案被保罗 2473 排除。

只剩下一个选择：把理查德 3833 和劳拉 6356 都杀掉。虽然执行起来有点复杂，但这是唯一可行的方案了。

具体如何行动先不去想，首先要选好武器。他决定用刀，这也是他唯一能弄到的武器了。枪、毒药之类的工具他根本弄不到。至于靠自身的力量进行扼杀，也没有什么可行性，因为理查德 3833 比他强壮得多，劳拉 6356 也不羸弱，想制伏她并不是件简单的事情。相比之下，弄到一把刀并打磨锋利，则要轻松得多。而且他学过一些生理学，知道人体的哪些部位比较致命。

最后，他估算了一下行动的后果。自己会被抓住吗？一旦被捕，又会受到什么惩罚？

这时他突然吃惊地发现，法律中没有定义谋杀这种罪行，在日常受到的思想灌输中，并不存在谋杀这个概念。在他所受到的教育中，最严重的罪行是叛国罪。这包括破坏、暴动和各种各样的颠覆活动。其次是懒惰罪，包括怠工、缺席会议以及贪图享乐、醉生梦死等。谋杀及相关的一切活动，比如抢劫、欺骗等，并不被列为罪行，甚至都没提到过。这是一个多么理想的社会啊，这里不存在任何诱发犯罪的因素，直到保罗 2473 得知自己的和谐性试验结果为止。

那么现在一切都迎刃而解了，既然这个文明没有谋杀的概念，那自然就没有应对的办法和工具。那本书上提到的古老文明中的那些相应机构，包括专门的组织、老练的侦探、精通反谋杀调查的科学家等等，这里一概全无。所以只要筹划得当，他的谋杀将是万无一失的！

想到这里，保罗 2473 激动不已，他感觉到心怦怦直跳，现在必须着手筹划了，时间应该还够。距离公布住房分配，开始配对计划，还有一周的时间。而他准备在两天内开始行动。

保罗 2473 的工作是空气过滤工程师，这给他的计划实施提供了方便。因为他可以在 55 区里随便走动，而不会招来质疑。

现在所要等待的，只是一个机会。

周四依然是例行的长跑训练，这浪费了他一整天的时间。等到周五，事情有了变化，他看了一眼空气过滤有问题地点的名单，发现这些地点形成了一条绝妙的路线，这可以让他先后接近两个受害人，看来机会来了。

他把锋利的刀子塞进衬衫后的皮带里。他穿着柔软的绝缘鞋，悄无声息地走过干净的走廊。他的工作安排得很紧，但是路线非常好。他可以抽出一两分钟时间。

第一个目标是理查德 3833。理查德 3833 的工作地点是病毒化验室，在一个安静偏僻的角落。保罗 2473 找到他的时候，他正着迷地趴在显微镜上工作。

保罗 2473 轻声地打招呼："祝贺你，理查德。卡洛尔是个好姑娘。"

这里是个实施谋杀的好地方，被监听或者监视的可能性很小，因为理查德 3833 和劳拉 6356 从来都是安分守己的，所以不会受到特别的监视。而且卫兵们也很少会在工作时间监视别人。

"谢谢！"理查德 3833 说，但他的心思不在卡洛尔 7427 身上。"你来了，快来看看这个小东西。"他从凳子上下来，骄傲地向保罗 2473 展示自己的工作成果。

保罗 2473 看了一眼，趁机偷偷转了一下显微镜。"我什么也看不见。"他装腔作势地说。

理查德 3833 连忙凑了过去重新调整显微镜，把自己宽阔的背露给了保罗 2473，全然不觉危险正在临近。

保罗 2473 从衬衫下抽出刀子，捅了过去，利落而干脆。

理查德 3833 惊哼了一声，双手死命抓住桌子，终于晃晃悠悠滑倒在地上，眼睛里充满了恐惧和惊讶。保罗 2473 抽出刀子，闪到一边，直到确认受害者在地上一动不动之后，才小心翼翼地在理查德 3833 衬衫上擦干净刀子，然后迅速离开化验室。整个谋杀的过程，没有任何目击者。

四分钟之后，他来到数学计算中心，这是劳拉 6356 工作的地方，她正在操纵那些大型机器。劳拉 6356 同样是一个人单独工作，其他工种的员工都不在这里。

劳拉 6356 的余光瞥到了保罗 2473，但她手头上正在向机器输入指令，忙得不可

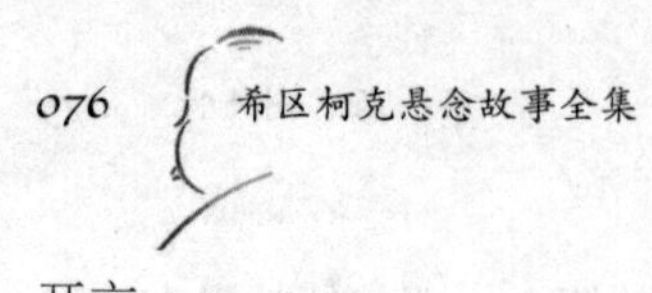

开交。

"你好，保罗。"她咯咯笑着说。以前她几乎没有注意过他，但是配对方案公布后，她就变得对他非常温柔了。"别告诉我房子已经准备好，可以搬进去了！"她还在亲切地开着玩笑。

他走到她身后，慢慢地抽出小刀。

她还以为他要抚摸自己，这种行为在工作期间是严格禁止的，但是她却并不抗拒，甚至有点儿期待，以至于胖胖的肩膀也开始微微颤动着，等待着他的抚摸。然而她等来的却是无情的利刃，插进了自己的背部。

劳拉 6356 向前扑倒在控制盘上，机器继续嗡嗡地响，灯继续闪烁。

保罗 2473 拔出刀，在劳拉 6356 的上衣上擦干净，带着一种成功的喜悦，轻轻地离开这里。

在继续自己的工作时，他高兴地想：卡洛尔 7427 和保罗 2473 现在都失去了伴侣。所以委员会肯定会让他俩住进同一间房子，结成新的配对，这是很合乎逻辑的。这样他们就可以一起过五年，到期还可以延续。

接下来事情将会如何发展？55 区的统治者们会作出什么反应？这些都不是他所能掌握的，那本书也没有告诉他，那上面写的都是很久以前的古文明中的事情。

那时候，谋杀案是很轰动的事情。如果受害者非常出名，或者牵扯到什么丑闻时，更是如此。报纸会对凶案进行详尽的报道，还会随着案情的发展进行追踪报道，最后，当凶手被抓到时，还会报道审判的过程。整个事件可能会持续几个星期、几个月，甚至几年。

保罗 2473 很忐忑地关注着事情的发展，在 55 区，当天下午出版的《进步新闻报》根本没有提凶案。那天晚上在娱乐中心，除了理查德 3833 和劳拉 6365 不见了之外，也没有什么异样。

保罗 2473 在那里看到卡洛尔 7427，自从公布配对结果后，他还没有跟她说过话。他把她从同伴那里带到一边，小心地问她："理查德呢？"

她耸耸肩。

"不知道，我没看见他。"

他对她的态度感到很振奋：理查德 3833 失踪了，而她却一点儿也不关心，好像她根本不知道配对这回事一样，好像根本不在乎他。那么，当这件事结束后，她会很乐意接受和自己在一起。

整个晚上他都和她在一起，感到幸福而且满足。他继续朝着好的方向揣测，当局会对这件事情不知所措，会装成什么也没有发生一样，不会提及，以避免让一般人知道有谋杀这种事。对这一点，他深信不疑。

这种虚幻的自信，直到周六的早晨，被彻底戳破。那天的起床号特别尖厉，仿佛发生了什么重大的紧急事件，而起床号响起时，屋外还都是一片漆黑。

走廊里挤满了充满惊恐的人，大家连走路都有点摇晃，保罗 2473 穿好衣服，加入了集合中的队列。

“向前齐步走！”

长长的队列走出了回廊，进到院子里。这里灯火通明，屋顶和高墙上的探照灯都突然打开，在刺眼的灯光中，各个排和各个连都排成队列，站得直挺挺的，队伍里死一般沉寂，没有人交谈，也没有人抱怨，整个院子里笼罩着恐惧和压抑的气氛。

保罗 2473 也感到了恐惧和压抑，虽然他知道没有必要害怕，但是这种氛围还是感染了他。这种情况以前从未发生过，但是可以肯定的是，绝不是什么好事。

他开始胡乱猜测：接下来会发生什么呢？宣布有两个人被杀了？然后呢？他们会要求罪犯自首吗？或者调查知情者？

但是很快他就镇静下来。很明显，把所有的人都带到这里，就说明他们还不知道谁是凶手。这使他感到鼓舞，当然，现在看起来是在进行调查，会问各种问题，核查你在什么地方。这些都需要小心应付，但最重要的是，当局在不知道凶手是谁的情况下，只要从容谨慎、应对得体，那他们将永远被蒙在鼓里。

但是喇叭依然沉默，只留下这么一群惊魂未定的人。也许这是当局的一种办法，用恐惧来使凶手屈服。

半个小时过去了，天还没有亮，但是谁也不敢离开队伍，也没有任何交谈的声音，甚至连咳嗽或者跺脚的动静都没有，唯一的声音就是寒风的呼啸。

探照灯的光亮很刺眼，这让保罗 2473 很不舒服。他想闭上眼，但是一闭上眼睛，身体就开始晃动，似乎要摔倒。如果摔倒就麻烦了，那样会成为大家注意的焦点，所以他只能尽力忍受着，同时想象着一些美好的事情来缓解痛苦和压力。

这种折磨总会结束的，整个 55 区的几万个成员不可能只因为两个人被杀，就永远站在这里。每天都有人死去，然后由农场的年轻人来填补位置，一切迟早会恢复正常的。

他开始憧憬恢复正常后的日子……与卡洛尔 7427 共同生活在一个房间……有可以说话的伴了……说悄悄话也可以……不再与可怕的孤独为伴……甚至不再受到监视，因为配对的两人可以有一定的隐私。

“一连！向右转！齐步走！”

伴随着整齐的脚步声，一连的一百个人离开了院子。

听着口令，保罗 2473 可以猜出他们去哪儿了。那应该是宿舍旁的娱乐中心。因为所有的大事，所有的检查，都是在娱乐中心进行的。这样很好，至少是他所熟悉的。如果一连那些人被命令走出大门，他可能会更不安。

几分钟……十几分钟过去了，灯光越来越刺眼，但是天依然没亮。保罗 2473 是在二连，他的双腿有点不听使唤了，开始发麻，伴随着微微的疼痛。头也开始眩晕，灯光在他眼前闪动。他努力紧闭双眼，但是对强烈的灯光起不到任何作用。

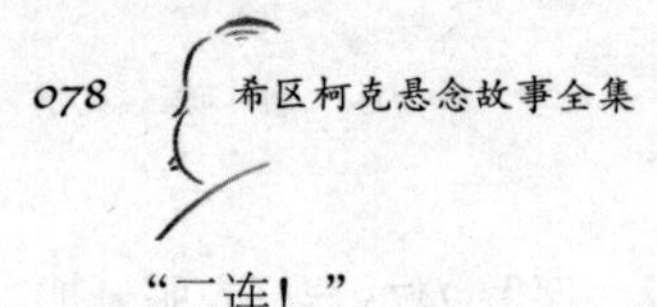

“二连！”

终于听到了口令，可以走动了，他很开心。没错，果然是娱乐中心，两个卫兵拉开门，整个连队走进空旷的娱乐中心。

这里同样有很多灯光，但是比在外面好受多了，里面有嗡嗡的人声，连队走到最顶头，排成单列，而且不用再立正了，但是他们仍然紧绷着身体，因为受到了太长时间的恐惧，只能继续保持沉默，不敢说话。

接着，单列纵队开始穿过一个小门。保罗 2473 排在第二十名的位置，他估算了一下，前面的人是每三十秒左右一个，依次通过那扇门。看来没什么大不了的，他变得轻松起来，甚至有点期待轮到自己，他很镇静，因为这么大规模的行为表明了当局的绝望和无助。

然后，他从前面人的肩膀看到那扇门通向一个房间，那里头只有一个护士和满满一桌针头。他彻底松了口气，差点喜极而泣。

原来他们只是在接受注射，大概是疫苗什么的吧。这跟他进行的那微不足道的两次谋杀毫无关系。

当轮到他打针时，他丝毫没有感觉到针扎在手臂上的痛感。跟在院子里的折磨和精神上的压抑不安比起来，这简直是微不足道的。

打了针后的感觉很奇怪，他的脑袋轻飘飘的，仿佛要晕倒了一样。不行，不能在这胜利的时刻晕倒，他想强打起精神。但是这时，他仿佛已经完全失去了自我，只能机械地遵照卫兵的命令走进下一间房间。这个屋子里有一个穿白大褂的人，一双锐利的眼睛盯得他浑身不自在，如坐针毡。

“你昨天捅死了两个人吗？”那个人开始讯问。

他很想回答不是，但是怎么也发不出这个词来，似乎有别的什么人附身在他体内，逼迫着他说出真话来，看来是打针的原因。

“是的，”他回答道。

于是他受到了公审，这是为了杀鸡儆猴，警诫 55 区的所有成员。

审判完毕，宣布了惩罚决定：他被放进了院子一头的一个玻璃笼里，身体被直立地绑在那里，有一百条电线插在他身上的不同部位，这些电线都通到外面的一个控制板上，对应着各自的按钮，所有的 55 区成员都能来随意拷打他，只需要来笼子前按几下按钮，这对他们来说是很轻松的事，而且他们也非常乐意这么做，以表示自己对新文明的热爱和支持。但是这对于保罗 2473 来说确实有如无间地狱，这些并不致命的疼痛让他生不如死，只能一直挨下去。

院子里的广播，每天都会重复一次他的罪行，警告着所有的人，他为何会得到这种对待：

“保罗 2473，”广播抑扬顿挫地宣布，“肆无忌惮地破坏了两个国家财产，理查德 3833 和劳拉 6356，犯下了破坏国家财产罪，属于叛国行为。”

然而最让他绝望的，并不仅如此，因为最经常到笼子前来、并且最喜欢按按钮的，正是卡洛尔 7427。

花生米

晚饭后，他们在饭馆前面的街上截住了我。我还以为是他们发现我今早打开门，放走杰克逊先生屋后猎犬的那件事。

但是他们没有问那事。

在从饭馆驱车到警察局的那段短短的路程中，他们一言不发。

进到警察局，来到一个房间，我看见尼克松警官正坐在办公桌边，还有其他的一些警察，不过他们看我的目光很奇怪，我有点忐忑不安了。

尼克松警官开口了："嗨，花生米，坐下来，我们要和你谈谈。"我只能小心翼翼地坐下来，心里七上八下，等待着不知道是福还是祸的谈话。

他看来有点儿不高兴："花生米，今天下午你在哪里？"

我叫威廉，但是镇上的人都叫我"花生米"，因为我爱吃花生，所以这成了我的绰号。

我思索着警官的问话，我本来以为他会问我有关杰克逊先生的猎狗，或者是两天前我放走街上廉价店铺笼里的两只白兔的事。

我回答道："我先在房间里，然后出去散步。"

"地点？"

我苦苦地回忆着，一直到我清晰地记起来。我告诉他："我先在镇中心走了走，然后顺泰易村路到河边……然后，从那里沿河床走。"

"为什么？"

我摇了摇头，不清楚他指的是指什么。

"你为什么到河边去？"警官继续问。

"那里很凉快，而且风景不错。"我老实回答道。

"你是去那里看你感兴趣的人，"另一个警察插嘴，语气充满了厌恶，"比如看年轻姑娘游泳什么的。"

尼克松警官阻止了他，然后继续问我："你在河边做什么？"

我闭上两眼，以便努力回忆得更细致些。

那是一条小河，在绿油油的两岸间平静地流着，太阳在远处的山丘之上，四周的鸟儿在欢快地歌唱，自由地飞翔。我很喜欢这样的景色，但是警官没有问我这方面的事。

我说："我沿河岸向南走了一阵子，中间偶尔停留了一下，但我大多时候只是继续走，一直回到镇上。"

"在那里看到什么人了吗？"

"看到了。"

"你看到谁？他们在做什么？"

"我看到几个孩子，在小水坝上游的河里愉快地游泳。有男孩也有女孩。"我停住了。

警官说："继续，花生米。"

我不知道他什么意思，没有说话。

我身后的一位警察嫌恶地说："把这个畜生交给我，我会让他开口的。"

"你知道得很清楚。"尼克松警官对他说。

"那个姑娘被送到停尸间的时候，你也许没有好好看看她。她被剖开的样子……"

"闭嘴。"警官打断了他。

大家都沉默了下来，但是他们无一例外地都恶狠狠地盯着我。我有点糊涂了，这是怎么回事？

以前我每次被带进警察局的时候，他们每个人都很友善，总是大笑着说我是一个非凡人物，但是必须停止释放那些被我看见的各种小动物。不过这次气氛似乎大不相同。

我不明白，所以只能规规矩矩地坐在那里等候着谁来给我解释一下。

尼克松警官终于开口了，他继续问道："你看见男孩和女孩在游泳？没有别的人？"

"没错，我只看见洛伊家的小女孩玛丽，还有威利医生的儿子，我记得叫吉米。"

"他们当时在干什么？"

"他们穿着游泳衣站在河岸，互相对望。然后他们喊着说他们要走了，就离开了那里，走进树林。"

"你这时在哪里？"

"沿河岸散步。"

警官叹了口气："没错，据别的孩子反映，吉米和玛丽离开时，你正好经过。你一言不发，只是低头慢慢走过。但是他们有人看见你一过去，就改变了方向，尾随吉米和玛丽走进了树林，是不是？"

"是的。"我说。

"你为什么要跟着他们？"

我眨眨眼睛，"不为什么。"

“那么，你为什么走那条路？”

“我想走那条穿过树林的小径，然后上大路回镇上。”我说。我身后有人嗤之以鼻。

警官接着问：“你后来看没看见玛丽和吉米？”

“看见了。”

“他们在干什么？”

“他们站在一辆停放在泥土路上的汽车旁边交谈。”

我并不是有意停步的，因为我并不知道他们在那里，一直到我听见他们的声音。我从树丛后面看见他们俩开始脱游泳衣，这时候我不能穿过去，所以只有静静地待在林子里。

警官问：“他们谈什么？”

“像是在斗气，玛丽一直说是吉米的错，让他想办法。吉米也在不停地说不是他的错，让她别乱说话。”

警官的表情突然有了变化，声调也略微颤抖：“你确信没有听错？”

“是的。”

“他们正在为某件事争吵，似乎是吉米犯的错。那究竟是什么事情？”警官继续追问，语气很迫切。

“我不知道，女孩子说他坏，不停地埋怨吉米，我不知道她是什么意思。”

房间里有点儿骚动，有人喃喃自语，我却依然稀里糊涂。

“好吧，”警官说，“接着呢？发生了什么？”

“哦，他们换好衣裤……”

“什么？哦，你是说他们换下游泳衣，穿上干衣裤。他们换衣服的时候，能够互相看见吗？”

我皱着眉说：“我想是的——他们站得挺近，大概一米远。”

“嗯，他们吵架时，你在干什么？”

其实我不想听他们争吵，也不想看女孩赤身裸体——那是不对的——所以我离开了，然后穿过林子。

我告诉警官：“我绕了道顺着小路回到了镇上。”

“那俩人没有发现你？”

“没有。”

警官说：“我们在你站着看他们的树后发现一堆花生壳，你离开的时候，玛丽和吉米还在那里吗？”

“是的。”

“你还听见他们说别的什么没有？”

我紧闭两眼，继续苦苦回想。

那时候我刚在河边散步结束，树林里太热了，一点儿都不舒服，我只想尽快离开那里。

“我听见玛丽在吼，告诉他自己有了婴儿——是他的孩子——在她肚子里，然后……”

我停顿下来，不太想回忆吉米骂那女孩的脏话，但是尼克松警官依然逼问得很紧。

“然后呢？他们还说了什么？”他问。

“呃……那男孩说些脏话。他说，假如她再不闭嘴的话，就会让她好看，让她不用再担心婴儿的事。就是这些。”

警官冷峻地盯了我一会，然后用缓慢又沉重的声调对我说：“花生米，你从没有向我撒过谎，这次呢？你有没有说谎话？”

我连忙摇摇头：“绝对没有，先生。”

“当你上了泥土路的时候，你看没看见别的？”

“我看见一辆汽车从我身边开过，它开得很快，开车的似乎是吉米。”

“车里只有吉米一个人？”

“是的。”

尼克松警官嘀咕着，同时倚靠在椅子里，沉思了一会。然后他看着我身后的警察说：“看来是这样了，但是吉米说他几乎不认识那女孩，却又让她搭车回镇上，那倒是有趣。”

“你相信这个傻瓜，警官？”一位警察说。

“你不相信？”警官反问道。

那人沉吟了一会儿，然后说：“我相信，因为他没有那个编故事的心眼。”

“我也不相信花生米会做出性犯罪的案子来。”另一个人笑着说。

我依然云里雾里，只能局促不安地等待着发落。

最后，警官像下决心似的点点头说：“去把那小浑蛋带来，他的说法漏洞百出。”

有几个警察立刻出去了，其他警官对我的态度也有所缓和。其中一位甚至给我递了一支烟，但是我不抽烟。只是静静地等待着发落。

过了一会儿，尼克松警官对我说：“花生米，你在另外一个房间待着，等一会儿，我们要你重述一遍你刚刚告诉我们的话，而且要签字。不用担心，没有人会伤害你，我们会保护你。”

我遵命照办。

当我独自坐在那里吃花生米的时候，两位警察夹着吉米走进来。他在战栗，看来是受了惊吓。

吉米被带进警官办公室，门也关上了。我还在等候着。

这时我想到那天下午发生的一些其他的事情——当我沿小路走的时候，那女孩子的话始终在我脑子里萦绕。然后，我看见在我身后，玛丽自己独自一人正沿路走来，十分愤怒的样子。她似乎被愤怒冲昏了头脑，无视我的存在，径直从我身边经过。我眼睁睁地看着她走过去。当时我的头脑很乱，一个使命般的念头逐渐清晰了起来，对，我必须做点什么。

我掏出了我的餐刀，我并没有伤害别人的意思——但是婴儿不能关在她的肚子里，婴儿必须获得自由，我尝试着完成这个解放的使命，但是很不幸，在尝试的过程中出了一点错。

我并不打算隐瞒，但是尼克松警官并没有问到这些，我不知道他们想知道什么。

最后的安眠

明天是玛莎七十四岁生日，而就在今天，她收到了一份特殊的“生日礼物”——一个柜子。

搬运工人在楼下拆箱，然后抬着它在宽阔而弯曲的楼梯上一级一级向上移动。这让他们费尽气力，以至于经过卧室时，不小心让柜子刮到了门把手。玛莎听到柜子与门柄相撞时的轻微颤音，心底也随着颤动了一下。

“把它抬到靠墙的那边去。”她指挥工人把柜子安置好，然后心不在焉地将他们打发走。玛莎独自看着这似曾相识的柜子，一种久违了的熟悉感和神秘感在心头漾起。

那时玛莎还小，经常去看望她的姑妈——那个年龄不大就过世的可怜人。每次家庭聚会，晚辈们总会不经意地谈起姑妈的往事：她三岁时被吉普赛人绑架，后来恋人为她自杀，还有，林中的野鸟常飞到她家里乞讨面包屑果腹。

直到现在，玛莎还能清晰地回忆起她见姑妈的最后一面。就在那个早晨，姑妈对她说了一番奇怪的话：“玛莎，我要送给你那个有很多抽屉的柜子。别的孩子总是好奇地打开那些抽屉，只有你懂得尊重别人的东西和秘密。所以，那个柜子将来就属于你了。”

玛莎的目光仍盯着柜子，脑海中则在沉思：从那时看到这个柜子，到现在差不多三十年了。这个做工粗糙的柜子大约一尺厚、四尺宽、五尺高，着实像一幢古老的欧式建筑。由于三面呈扇形，所以柜子的中间最高。它整体被刷得乌黑，而龟裂的漆缝中则露出一层金色薄纹。柜子的抽屉分二十四排，每排十五个，而在左下方又有五个平齐的抽屉，右边还有一个小门，上面刻着“闰年”两字。这些抽屉大小都一样，外面有老式的木柄。——这正是玛莎记忆中那个柜子：一个抽屉代表一天，三百六十五个抽屉正好够一年，而那个写着“闰年”的小门则是二月二十九日专用。

玛莎记起来，姑妈生前常和柜子打交道，每当她从一个抽屉里取出纸条时，便庄重地说："看看我今天会有什么样的运气。"

想到这里，玛莎眉头微皱了一下。她知道要按次序看这些抽屉里的纸条，却拿不准是从元旦开始还是从生日那天看起。她依稀记得，淡蓝色纸条上那些细长笔画构成了隽秀的字体，可是她却从来不知道纸条上写着什么。

这时苏珊娜打断了她的沉思："玛莎小姐，今天的晚报。"这个半工半读的大学生和玛莎住在一起照顾她：上午把她扶上轮椅，晚上又把她从轮椅扶到床上休息。自从发生了二十五年前的那次意外，玛莎雇过很多女孩来照顾自己，至今还有些交情比较深的女孩会给她写信。

"这个柜子真诡异。"苏珊娜无心说道。

玛莎却有些不高兴："它很有些年头了，而且完全是手工的。"

苏珊娜连忙解释说："哦，我不是说它不好，我的意思是，这些抽屉太小了，能装什么呢？也许连扑克牌也装不下。还是说这是一种珠宝柜或别的特殊柜子？"

"你不该这样好奇地打听太多事——你应该尊重别人的东西。"玛莎尖刻地说，却从自己的声音中听到了多年前姑妈的口气。

"对不起，我以为抽屉是空的。"苏珊娜感觉很委屈。

玛莎缓和了语气安慰她说："没关系，也许真的没东西。"

当晚，玛莎躺在床上，瑟瑟发抖。房间中充斥了黑暗，仿佛是从纱窗渗透进来的神秘浓雾。走廊上的灯光抚着黑漆漆的柜子，若隐若现，飘忽不定。

"荒唐，"她暗暗责骂自己，"玛莎，理性的你不是那种爱幻想的女人。"

确实，在和一位年长而体面的男人结婚之前，玛莎在一家私立学校中担任数学教师。她对自己的聪明睿智十分自负，此时怎么会迷信这么一件家具呢？她为自己刚才的念头而感到羞愧，那种愚蠢的迷信怎么能够相信？姑妈把自己的命运交托给这柜子，不过是轻微的痴呆罢了。

"真的，玛莎，"次日清晨，她像往常一样提高嗓门哄自己，"过了这么多年，柜子里也许什么都没有了。"虽然如此，但一当苏珊娜把她安顿进轮椅里离开后，她便慢慢地、不自觉地把自己推到柜子前，用手上上下下抚摸那柜子，她逐个抽屉地摸，一连摸了几排，然后猛吸一口气喃喃地说："里面有些什么。"

她伸手过去，拉出第一个抽屉，放在大腿上，有些意外地发现，里面确实装有一张小纸条。皱折的蓝色字条上，墨水已经褪成了铁锈一样的颜色，看起来像干了的血迹。娟秀的字体，是这样一句话：从过去来的一则消息。

没有标点，只有那么几个字。

玛莎看了几分钟，重新叠好纸条，轻轻地放回到抽屉里，一边放，一边自言自语道："玛莎，'从过去来的一则消息'，这柜子本身就是那个意思。"

当天下午，苏珊娜带来一封信，装在一个大而厚的白信封里，发信地址是一个律师事务所，封口的日期却是二十五年前，收信人处写着：交给我的侄女玛莎，在她七十四岁生日的当天。

这封信里写着：亲爱的玛莎，我写这封信的时候，和你读到它的时候，会隔着很久的时间，等你读到这封信时，我已经不在人世了。我知道人们背后会笑我，说我举止古怪；可我却能知道过去和未来。最近我立下一份遗嘱，把那个有很多抽屉的柜子送给你，就在你七十四岁生日的前一天。姑妈卡伦。

看完信，玛莎不由得身上一冷，那么这才是“过去来的消息”，而不是柜子本身，并且是姑妈的消息。

此后的几天里，玛莎始终视柜子为邪恶的东西，不想再接近它一步。但到了第四天，她却再也忍不住了。玛莎跳过了两个抽屉，直接打开第四个：一个美丽的孩子，浅黄色的头发。

这句话她思考了半天，却不得其法。她想不出她认识的孩子中有哪一个是浅黄色的头发，何况这些天，她很少看到小孩了。

午饭后，玛莎睡了一觉，直到苏珊娜喊醒了她。

“玛莎小姐，”她轻轻地说，“以前你常常告诉我，如果有小孩想吃甜点的话，让我带他们来见你。”

玛莎一抬眼，看到一个可爱的小姑娘，长长的淡黄头发上，戴着一顶红色的小帽。她惊讶地想到那个纸条上的话……

小姑娘走后，玛莎对自己说：这纯粹是巧合。然而心中的不安却挥之不去。

每天醒来，玛莎都试图让自己不去理会那黑黑的柜子，可是每一天，她都被一种莫名其妙的“力量”吸引到柜子边，然后打开一个抽屉。

有一天，抽屉里的条子写着“一位老朋友的祝福”，果然这天她收到了许多年以前一位要好同事的来信。还有一天，她看到的纸条是”一位年轻的客人”，结果下午就有一位过去曾照顾过她女儿的朋友，带着自己六个月大的女儿来看她。

虽然玛莎心中仍不情愿，但是她已经渐渐习惯，并开始相信柜子里的东西了。

夏天过去，秋季又来，每张字条都有如拼图游戏中的一块图片，预言着她当天的生活。柜子好像一天天变大，并且越变越黑。而玛莎则始终不停地告诉自己，这个柜子不可能预言她的未来。

这一天，她打开一个有白瓷手把的抽屉，纸条上写道：一桩欺骗和犯罪的回忆。

玛莎皱眉读完，然后把纸条放回去时，却听到里面有轻微的响声。她再次拉开抽屉仔细看，发现了一枚戒指，上面镶了一颗小小的蓝宝石。

玛莎把戒指拿出来，不自觉地往手指上戴了一下，发现太小。于是她拿着戒指翻来覆去地看，忽然吃了一惊，她认出了它，此时玛莎的脸色瞬间难看起来。她把戒指放了回去，想起许多年前曾向姑妈坚决否认自己从来没有拿过她的戒指，而实际上，她把戒指藏在了衣柜的鞋盒子里。

玛莎迅速关上抽屉，转动轮椅背对着柜子，浑身瑟瑟发抖，自言自语地说“我不懂”，片刻后转身对柜子说：“我不懂，她怎么知道……”

几天以后，有一张字条这样写道：一次谎言，铸成终身大错。

玛莎冥想苦思，却始终没想起来所谓的“谎言”。这时苏珊娜来送午饭：“看哪，对面人家在挂国旗，今天是什么日子？”

玛莎猛地记了起来，今天是十一月十一，休战日。许多年前，姑妈的男朋友约她去镇上游行。那时玛莎正好在姑妈家玩，在门口碰到姑妈的男友，不知是心血来潮，还是其他什么，就骗他说：“卡伦姑妈不在家，和一位很帅的叔叔出去游行了。”

第二天，人们在树林里发现了姑妈的男朋友，他死了，是落马摔死的。

玛莎并无恶意撒谎，只是想开个玩笑而已。当姑妈男友的尸体被发现时，玛莎有点惊慌失措，可是等没有人再提起这件事时，她便慢慢地把事情给忘了。

但是姑妈却知道，她早就知道了。

一月十四日，条子上写道：一件只是方便的婚姻。这一天，是玛莎的结婚纪念日。虽然，二十五年前丈夫出了意外，她守寡至今，但她仍然记得这日子。她沉思着，这桩婚姻确实并不般配，但的确是方便的婚姻，直到后来她知道丈夫有了外遇。

在二月十四日这天，玛莎拉开一个心形把手的抽屉，字条上写着：一份充满怨恨的礼物。

不错，她想起来了，但那他是罪有应得——她记得在丈夫的口袋里发现了一块香气扑鼻的手帕，手帕上绣着字，写着一个地址。她洗好手帕，烫好，用一只漂亮的心形盒子装了起来，里面还附了一把装有子弹的小型手枪。然后她按地址寄了出去，夹了一张卡片，卡片上玛莎用模仿丈夫的笔迹写道：一切完了，我们被发现了。

此后的几个星期里，每当晚饭之后，他们总是默默相对，玛莎以欣赏的眼光看着丈夫。但他停止了加班，然后夜复一夜地看同一本书，脸上呆板的表情——与其说这是表情，不如说他像戴着一副面具。而玛莎则一针一针地绣花边。

三月里一个并不舒服的晴天，玛莎看到纸条上的字：一杯咖啡。她呼吸加快，想起来她告诉丈夫那件二月十四日的礼物后，丈夫冷酷地宣布他要和她离婚。她说起这件事，无非是想警告他一下，却不想事情闹到这种地步。

她抗议：“你说的不是真的。”

“是真的，我收拾几件东西就搬到旅馆去住，”他说，“明天就去。”

第二天，玛莎偷偷溜进厨房，在厨师为丈夫准备的保温瓶里放进了许多安眠药。他的汽车在离家还有六里时出了车祸，那时玛莎正在楼上，没有人怀疑她。她原本希望警察来抓她，但是相反，没有人抓她，是她自己从楼上跌了下来。

玛莎在医院里住了几个月后出院，留下了半身不遂的后遗症。偌大的房子里只有她一个人。因此，经济条件不错的玛莎，留下了厨师，并雇用一名女大学生来照顾她。

她读了很多书，独自做着一些游戏，并且继续做针线活。直到那个诡秘的柜子送来，她的整个心思都被它占据了。

从理论上，她知道命运不可预知，因此她常对着柜子说："这纯粹是巧合。"每天早晨，她都决心不打开抽屉，可终究无法抗拒那股神秘的力量。

一个寒冷三月天，她打开纸条读了起来："算账的日子。"玛莎坐在那儿，凝视着一排排抽屉，心烦意乱。现在，只有几个抽屉没有打开过了。

这时苏珊娜打断了她的思绪："玛莎小姐，你的信。"

又是一封律师事务所的信。她略带疲惫地打开，发现里面装着一封封了口的信。再打开，信里是这样说的：

亲爱的玛莎：

现在你总该知道，我早就知道许多事情。有些事我早就该说，但是想到你是个孩子，我说不出口。

虽然如此，但现在我觉得到了伸张正义的时候，我必须通知警察局。因此我写了一封信存在律师事务所，它将在你七十五岁生日那天投递，寄给警察局。我希望这一年就当做你一生的回顾，愿上帝宽恕你的灵魂。

卡伦

附注：万一她死亡，此封信烧毁。

玛莎吓呆了，往事一幕一幕在脑海中重现，恐怖的记忆不停地刺激着她现今已十分脆弱的神经。从那天开始，玛莎寝食难安，整个脑子都乱哄哄的：卡伦的信里会写些什么？警察会相信卡伦的话吗？警方会起诉像我这么大年纪的人吗？

她开始考虑该如何处置这讨厌的柜子，可以卖掉，也可以烧毁。但她更希望有一天早晨睁开眼睛，发现它已经不在那儿了。她在黑暗中，对柜子说："真希望你会消失。"

这天早晨，苏珊娜在帮玛莎穿衣服时说："玛莎小姐，你好像一夜没睡。"

"我很好。"玛莎说着，挺起胸看苏珊娜整理完床铺，擦拭书架上的灰尘。等苏珊娜走后，玛莎面对柜子，现在只剩下两个抽屉没有打开了。"我决不打开其中任何一个。"她发誓说。

九点过去，她把早报翻来覆去读了一遍又一遍。十点，她读完了书。到了十一点，玛莎投降了，她走上前打开倒数第二个抽屉，条子上写道：准备的日子。

玛莎皱了一下眉。

苏珊娜帮她洗头之后，便去换床单，而玛莎则修剪起自己并不长的指甲，然后要苏珊娜换掉轮椅上的坐垫。

晚上，玛莎躺在床上，想着还有什么要准备呢？她聆听着老爷钟的钟声，它敲了十下，十一下，然后是十一点十五分。到了十一点半，玛莎按下床边的铃，苏珊娜匆忙跑了进来，担心地问："怎么了？"

“我要穿衣服坐进椅子里，”玛莎说，语气很坚决，“我要穿蓝色的礼服。”

于是苏珊娜帮她穿好衣服，扶她坐进椅子里，然后俯身在玛莎面前，关切地问：“玛莎小姐，你没有事吧？我的意思是……你似乎很烦躁，半夜这样起来打扮，有些……你还好吧？”

“我很好，苏珊娜，”玛莎说，“你回房休息吧。”

“好的，可是把你这样子留下，我有点不放心。”尽管还在担心，但苏珊娜停下了话语，俯身在玛莎的脸颊上吻了一下——她以前从来没有这样吻过玛莎。

玛莎悲哀地轻抚着苏珊娜吻过的地方，聆听走廊上的脚步声和熄灯的声音。然后她缓缓地把轮椅推到柜子前，伸出手摸向最后一个抽屉，此时老爷钟正好以沉闷的响声敲到了午夜十二点。

她对着柜子说：“我来了。”

她打开抽屉，里面放的不只是纸条，还有一小包东西：一条漂亮的绣字手帕，手帕裹着一把女人用的小型手枪。她打开手帕，那不正是她好久以前见过的手帕吗？啊！为什么以前她没有注意到上面的字正是卡伦，为什么以前她没有看到呢？她又想起自己当年所写的卡片，但此时手帕中并没有。

这个神秘的柜子对任何人都没有意义。原来那个辈分比自已高、但年纪却差不多大的卡伦姑妈，竟是当年自己丈夫的情妇。

她取出纸条，冷静地说：“也许她最后还有话要说。”然后她读了起来。

玛莎把纸条轻轻拿在左手，右手将手枪放在乳房下扣动扳机。——字条飞落到地上，这张放在第三百六十五个抽屉里的纸条说：

最后的安眠。

第二卷

第三者

老夫少妻

迈克尔发现妻子最近的精神状况有些不同寻常，经常是若有所思，神情恍惚。虽然他不是那种思维愚钝、缺乏想象力的人，但也不是那种城府很深、善于静观事态发展的人，所以发现这一情况后，他便直截了当地问妻子："你最近是不是有什么烦心的事？"

"没有哇，我怎么会有不顺心的事呢？"妻子淡淡地说道。妻子说话时看他那眼神，既不是无动于衷，也不是一片茫然。

既然妻子矢口否认，迈克尔也就没有继续刨根问底。不过在他看来，在他和妻子简短地交流后，妻子的情绪似乎轻松了许多，不再像过去那样：每当家里的电话铃响起时，她就显得紧张不安；或者当他对她说话时，她总是一副魂不守舍的样子。总之，妻子的精神状况"或多或少"好了许多，也比以前轻松愉快了，尤其是她还很恪守妇道。迈克尔用了"或多或少"这个词来形容妻子的变化程度，他觉得很贴切，也表明他充分相信自己分析问题的能力。我们为什么要说这些呢？因为他们夫妻之间的年龄相差过于悬殊，是典型的一对老夫少妻。

在接下来的一段日子里，他们夫妻之间一切正常。尽管有时迈克尔仍然会觉得妻子的神情不对，但他认为也不好再指责什么；再说妻子各方面做的都让他很满意，所以他也就不再提起这些了。

迈克尔做生意经常要跑短途，每当出去时，他宁可坐巴士也不愿意开车，因为他觉得找地方停车是件很麻烦的事情。

这天下午，迈克尔忙完生意上的事情，比往常提前半小时离开了办公室。当他坐在巴士上往家赶时，透过车窗突然惊奇地发现，妻子正面无表情地驾驶着他们家的汽车从后面追上来。"天啊！怎么搞的，她根本不会开车呀！"这一惊让迈克尔感到非同小可，可还有让他更惊讶的事情呢！只见妻子身旁还坐着一位年轻的男士，仿佛正在认真地和妻子交谈着什么。迈克尔有点儿不敢相信自己的眼睛了。当自己所乘的巴士正好和妻子开的轿车并行时，他又仔细瞅了瞅，没错！汽车是他的，开车的就是他妻子，妻子身旁是个陌生的男人。他一直隔着车窗注视着他们的一举一动，当妻子转头向巴士看时，如果不是他迅速垂下头，险些就被她发现了。不过，巴士很快就向左拐了，总算让这个意外的巧遇过去了，然而这并不是事情的结束。

"她居然会开车，什么时候学会的？我怎么不知道？"坐在巴士上的迈克尔不禁眉头紧锁。他们结婚已经三年了，自打买了家用轿车后，他曾经教她学过开车，因为他觉得如果妻子会开车的话，那就太方便了，她每天也可以像其他家庭主妇一样，早晨把他送到车站，下午再去车站接他，这样也就免除了自己不得不乘巴士的不便。

但是，他教妻子学开车的效果并不好，或者说简直就没办法教下去，因为她一坐上驾驶座，就紧张得脸色发白，手也哆嗦。开始他还很有耐心，可是妻子学了很长时间也不见长进，“这个女人真是烂泥糊不上墙！”有好几回他气得真想把妻子大骂一顿。后来，迈克尔不得不放弃了，因为她太紧张，开车会很危险。即便如此，这一情况还是让他烦恼了好长时间。

“如果她早就学会了开车，或者是最近才学会的，那么她为什么要瞒着我呢？”这是迈克尔心中解不开的一个疑团。

坦率地说，他在婚前对她的了解并不多。那时，他因为生意上的事情经常去一家公司，而她则是这家公司的接待员，一来二去他们就互相认识了，并成了朋友。当然他们后来的关系已经胜过朋友了，他发现自己已经爱上了她。尽管她的年纪比他小很多，但她表示她也很爱他，并一再坦言年纪悬殊没有关系，丝毫不会影响他们之间的感情。在两情相悦的情况下，他们结成了夫妻。

“她现在为什么会这样呢？”迈克尔心中产生了一个大大的问号。

他曾犹豫过是否要告诉妻子自己已经看到她和一个陌生男子一起开车的事，但思来想去，还是决定不要告诉她。因为，他觉得如果自己突然直截了当地发问，可能会产生两种情况：一种是造成她的惊慌失措，乖乖吐露实情；另一种就是她会极力狡辩，甚至撒谎，那样一来就会让事情变得更加复杂。虽然她的行为让他震惊不已，他也迫不及待地想知道答案，但他认为最好还是在俩人闲谈时引起某些话题，请她作出解释为妥。

一天晚上，他和妻子饭后坐在客厅里，在不经意间他开口问道：“亲爱的，你今天做什么有趣的事情没有？”

“啊，有哇，我今天到购物中心去了，那里新进了很多服装。”她说道。

“哦？”他点了点头，心中感到稍微轻松了一些。

“咦，我刚才听你‘哦’了一声，这是什么意思？你是想知道所有的经过和细节吗？”她目光直视着他问道。

“好家伙！”他暗暗吃了一惊，但她的脸上却挂着微笑。

接着，她还是面带微笑地补充说：“你们男人呀，就是不懂女人的心。你知道吗？一个女人在结婚周年快到的时候，总会想买点什么的。亲爱的，你今天都做了些什么？”她说这话时口气十分柔和，仿佛她真想知道似的。

是啊，眼看着他们的结婚周年就要到了。今年他原本想买一枚昂贵的钻戒送给她，但前些天发生的事情让他又打消了这个念头，心中的疑团解不开，他哪有这种心情呢？

在接下来的几天里，他一直思考着这件事，并为探出实情做了一些简单设想。

这天晚上，他对妻子说：“亲爱的，明天就是我们的结婚周年纪念日了，我想带你到乡村俱乐部去吃饭，好吗？”“好哇！”她似乎很高兴地说。

于是，迈克尔开着车，她坐在一旁，向着乡村俱乐部驶去，她的表情一直显得轻松而愉快。

夜色已经变得越来越黑，只有昏黄的路灯点点闪烁。路上的车辆和行人都很稀少，当他们还未抵达位于市郊的俱乐部时，他突然紧急刹车，然后身体瘫软地靠在了座位上。

“迈克尔，你怎么啦？”妻子见状急促地问道。

“哦……我也不知道，就是觉得浑身无力，肯定是心脏出了什么问题。”他声音微弱地说道。

她似乎被惊呆了，愣愣地坐在那里，一动也不动。

“快，快点儿，你赶紧找人来帮忙！”他似乎拼尽全力地说，“还，还有，你叫一辆出租车，我不能再开车了。”说完，他又显出十分乏力的样子。

她仿佛从梦中惊醒一般，赶快下了车，绕过来将左车门打开。

“迈克尔，你坐好，我马上把你送到俱乐部去，那里也许会有医生。”她紧张地说。

说着，她迅速坐在驾驶座上，握紧方向盘，朝着俱乐部开去。她的手法很娴熟，车开得也很快，显然很老练。

过了一会儿，一直斜靠在座位上的迈克尔慢慢将身体坐直，他显然比刚才好了许多，说道：“我觉得稍微好些了，刚才那种眩晕欲绝的感觉总算没有了。”

“哦，那就好，刚才真把我吓坏了。迈克尔，你别大意，要去看医生！”她轻轻舒了一口气，但又语气坚定地说道。

“算了吧，还是明天再看吧，你看我现在不是很好吗？”

她只是神情紧张地开着车，没有吭声。

终于到达乡村俱乐部了，这里没有医生，不过好在他又恢复了正常。

“我们还是先找个有医生的地方看病吧？”她坚持说。

“不用了，我没事儿！”迈克尔的态度也很明确。

最后妻子拗不过他，俩人决定先吃饭，明天早上再去找医生。他发现自己在这次猫捉老鼠的游戏中输了。

在俩人吃饭的时候，迈克尔似乎有些紧张地对她说：“亲爱的，我还真看不出你很勇敢，不过，你无照驾驶可是要犯法的。”

“哦，我也知道。可，可那是我准备给你的惊喜！”她望着他小声说道。

“喏，给你！”说着，她又递给他一个信封，“这理由应当不错，你看看！”她微笑着说。

他好奇地接过信封，只见收信人一栏写着他的名字，打开一看，里面有一张精美的结婚周年纪念卡，用曲别针和它夹在一块儿的是妻子的新驾照。

“难道？”他不解地望着她。

“迈克尔，是这样的，自结婚以来，我觉得自己帮不了你什么忙，很内疚，就很想学开车。可是我觉得做丈夫的不应该教自己的妻子开车，于是我就到汽车驾驶训练班去学习了。那里有个教练很好，不仅有耐心，而且很冷静，事情就是这样的。”她慢慢地解释说。

听完她的话，迈克尔内心的疑云彻底消散了。真像她所说的，丈夫教妻子学开车是个很别扭的事。当初他教她时，就有好几次简直都被气得要发疯。

瞧着妻子那始终挂在脸上的淡淡微笑，迈克尔内心充满了愧疚：“原谅我吧，上帝！我多么卑劣啊！我居然怀疑我的妻子！她明明忠于我，可我为什么老是觉得她要谋害我，以获取保险金呢？是我错怪了她。”他在感激之余，还暗暗地想，“我怎样才能用加倍的爱去弥补对她的这份愧疚呢？”显然迈克尔对妻子的看法彻底转变了。

趁着妻子去洗手间，迈克尔开动脑筋，想着各种弥补的办法：“我是给她买一部小跑车呢，还是带她出去旅行呢？这些都不够，还是给她买一套手镯和戒指吧……”总之，迈克尔愿意想尽一切办法消除自己心中的那份歉疚。

“是彼得吗？对，没错，他那天在购物中心真的看见我们了。要抓紧，嗯，事情必须今晚办。”

“哪里？是同一地点吗？”

“对！”

“咱们怎么碰头？”

“就像咱们以前计划的那样，把汽车前灯一闪一闪打两次。”

“没问题吗？”

“相信我，亲爱的，就照我教你的做。”

“好吧，再见！”她挂上了电话。

电话里说的同一地点，是指两里外的一个悬崖。晚上当迈克尔回家时，将由妻子开车从那儿经过，在最后的一分钟她会迅速跳出车外，任由汽车连同迈克尔一起坠落到千尺深的崖下。

该诅咒的地方

唉，这件事情该从哪儿说起呢？当然最好是从头儿叙述，可哪儿又算是头儿呢？干脆，我还是从同意购买麦尔肯农场南面的那亩地开始说起吧。

我的职业是警察。不知怎么搞的，那些天我总想找件有意义的事做做。所以，每天下班后，我不是急着往家里赶，而是经常在警察局办公室里多待个把小时。有人说我滑稽，属于没事找事的人，权当我就是这样的一个人吧。还有，如果我感到无聊的时候，通常会去电影院里消磨时光，每当看到影片中那些贼眉鼠眼、大腹便便的人吐口水侮辱人，或者是殴打无辜的人寻开心那类情节时，我就会感到热血沸腾，恨不得揪住那些人教训教训他们。

我的婚姻生活并不美满，尽管如此，我们还是维系了二十多年。去年，妻子因病去世了。按理说，我应该从这桩不美满的婚姻中解脱出来了，一个人自由自在、无牵无挂才对；但令我困惑的是，自打失去妻子之后，我突然产生了一种茫然若失的感觉，就像一个人在茫茫大雾或漫漫沙漠中迷失了方向那样。“怎么搞的？我已经四十八岁了，年龄越大怎么却对生活越来越不理解了呢？”我总是暗暗地思索，但始终没有想出明确的答案。

好了，我们还是回归正题吧。我和妻子原本有幢房子。妻子去世后，周围的朋友和亲人都劝我把房子卖掉，他们说我一个人住这幢房子太大了。结果我听从了他们的劝告。说实在的，我现在对当初卖房子的决定感到很后悔。在此我也想给你一个忠告：遇事自己一定要有主见，千万别光听人家的意见。

卖了房子后，由于我们这个小镇上没有公寓出租，我就在乔治太太家租了房子。虽然租的那间房子很大，但我内心总有一股压抑的感觉，所以觉得房子很小，住在里面并不如意。我毕竟快五十岁的人了，不像你那样年轻，因为年轻可以让你拥有大量的时间，拥有未知的前途，所以你可以尽情地享受生活。而我所拥有的只是现在，并且生活中的未来对于我这般年纪的人来说，也已经逐渐变得黯淡了。

那天，我在路上遇到了麦尔肯，当时他提议我们一道去喝杯啤酒，吃顿饭，我愉快地应允了。为什么呢？因为麦尔肯可是一位全镇无人不晓的人物，他不仅是一位成功的农场主，而且还在镇上开了一家农具代理店，180 公路靠近我们镇这一段上唯一的加油站也是他家的。虽然他很有钱，但却为人友善，从不张狂。

在我们边喝酒边聊天中，他很快就了解了我目前的抑郁心情，对我说道：“你呀，真是个傻子，无论如何也不该听别人的话把房子匆匆卖掉。”接着他又安慰我说，“如果你不介意的话，我可以帮助你解决这个问题，虽然我会从中得到一点好处，但这绝不是我想帮你的初衷。”我很感兴趣地听着。

原来，在他的农场南面与郡省土地之间，有一块一亩大的土地，地面上是一片树林。他认为那个地方很理想，我可以建所房子开始新的生活，而且他还了解到，目前政府对这块土地没有什么规划。

尽管我觉得租住别人的房子并不如意，但是话又说回来，我现在是光棍一个，要房子又有什么用呢？但麦尔肯的话很坦率：“你应该再找个女人，过正常的家庭生活。”

“找个女人？”自打妻子过世后，我还没有考虑过这个问题，所以当麦尔肯提到时，我顿时脸红了。

“找谁呢？”我不禁问他。

“哦，咱们镇上漂亮的女人多的是！”

“说说看？”

“约瑟芬不就很好吗！”

“她？”

不管怎么说，能有一所自己的房子是我最关心的事情。我们俩吃过饭后，赶在天黑前一起去看了那块地。那个地方果然很美，地形有点儿像小山丘，地面上长满了橡树和野蔷薇，正中间就是那一亩大的小块空地，从路面向西还有一个微微的斜坡。我高兴极了，跪下来抓起一把土，我嗅到了泥土的芬芳，嗅到了春的气息。我又慢慢地张开指缝儿，让黝黑的土粒顺着指缝儿缓缓落下，我仿佛看到了美好的希望。

“麦尔肯先生，请您说个合理的价格吧，我愿意买下它。”我说。

麦尔肯说出了一个数目，于是我们就击掌成交了

其实，约瑟芬是有夫之妇，她的丈夫叫比尔。他们在镇上开有一家小杂货店，离警察局大约有半条街的样子。店里的东西很齐全，日用杂品应有尽有。虽说他们的小店不是餐馆也不外卖快餐，但是人们可以在那儿弄到早餐吃，因此，每天早上当很多镇民还未起床时，就有不少人挤进他们的小店了。

夏天还好一些，如果是在寒冬的早晨，大约五点钟的时候，外面的天还是黑蒙蒙的，路上行人稀少，你就会看到他们家店的楼上的电灯亮了。紧接着楼下的窗玻璃也透出了灯光，那意味着他们已经起床了。此时他们正在往大咖啡壶里倒水，为早上六点至八点半卖咖啡作着准备。当然，他们除了卖咖啡之外，还卖奶油面包或小饼一类的点心。

当外面天气寒冷，天色还黑的时候，唯有那店里透出的灯光，会让人在寒冬里有一种亲切而温暖的感觉。尤其是像我们做警察的，如果是巡逻一个通宵之后，或者是值通宵的夜班，更愿意在寒风中看到这温暖的灯光。

不过，虽然这家小店的灯光让人感到丝丝暖意，但这家的男主人比尔却不是一个热情友善的人。别看他外表长得不错，又高又壮，有着一副宽宽的肩膀；但是他从来不笑，脸上总是有一种让人捉摸不透的乖戾表情。

尤其是当他开口说话时，话语总是很生硬，一点也不和善。我猜测，或许是他仅靠那个小店过生活不怎么如意，或许是他认为自己整天为那些并不比他强的人服务而感到厌恶，或许是……总之，这是一个令人讨厌的人，不仅是我有这样的看法，还有很多人也都这样认为。俗话说，和气生财嘛，更别说做生意了，可他怎么就不明白这个道理呢？他的妻子约瑟芬倒是个人缘不错的人，不仅人长得好，而且干活麻利，待人也和气。

听说比尔经常打她，不知是真是假。不过有一阵子她的确不在店里，难道是他又打了她吗？我的同事安东尼说：“有一天大半夜，我开车巡逻经过比尔家时，突然

听见约瑟芬的尖叫声，于是我就下车去敲门，过了好长时间比尔才开门。我问他发生了什么事，他说没有。当我提出想和约瑟芬谈谈时，比尔先是说她已经睡了，不过很快他脸上又带着一种异样的表情说：‘既然你不相信，那么就请上楼吧。’他带我来到楼上的卧室，我看见约瑟芬身上裹着床单，正低头坐在床上。看到我进来，她抬起头问：‘您有什么事？’我说：‘刚才我在外面巡逻时，听到了你的尖叫声，所以我进来看一看。’‘啊，原来是这样。我此前做了一个噩梦，大概是梦话吧！’听她这样一说，我只好离开了，既然她都没说实话，我还能做些什么呢？我记得临出门时，比尔的脸上还是挂着那种乖戾的表情。”

自打听安东尼说过这件事后，在很长的一段时间里，我的脑海里经常会浮现出约瑟芬裹着床单坐在床上的样子。让我想不明白的是，约瑟芬这么一个好女人，不仅外表漂亮，而且为人善良、热情、乐观，比尔这个家伙怎么就忍心虐待她呢？我经常去她那儿买烟或是其他东西，每次她都是热情打招呼。即使我妻子还活着的时候，我也常常去看她。不瞒你说，甚至有时我心中还想，上帝原谅我，如果我有这样的妻子该多好！

不过，比尔在一天晚上不辞而别离家出走了，从此他就再也没有露过面。

“大概是比尔弃她而去了。不过这样也好，约瑟芬终于可以过舒心日子了。”很多人都认为她会高兴，当然也替她高兴。但从约瑟芬的表情看，她似乎并没有多少喜悦，不仅情绪有些低落，甚至有时连生意也懒得打理。我记得安东尼说过：“她可能对发生的事情还不相信吧！”大概过了好长时间，约瑟芬才逐步适应了丈夫弃她而去这个事实。

坦率地说，那个时候我也不理解这件事，经常想：“既然比尔对她那么不好，他的离去应该是件好事呀。”然而现在我明白了，一个人不要期望一桩不美满的婚姻结束后，事情马上就会好转，这需要有一个过程。

又过了一段时间后，约瑟芬的精神重新振作起来了。她的脸上不仅又像从前那样充满了微笑，而且还把店铺的里里外外拾掇得干干净净。店里经营的早餐品种也多了，除了面包之外，又新添了腌肉和蛋。每天早晨，我和许多镇民都习惯到她的店里去吃早餐，总是把一个小店挤得满满当当的。

说实在的，听麦尔肯提到约瑟芬，我心中不禁一动，因为约瑟芬的漂亮和善良我是知道的；只不过在麦尔肯没有对我提起之前，我压根儿就没有想过她是否会成为我的妻子。既然现在我的妻子已经故去，而约瑟芬的丈夫比尔也不在了，我们是否能结缘还真的可以考虑一下。看着眼前这么一块好地方，再想到我可以在这里建一幢新房子，到时候约瑟芬作为我的妻子，在新房子里细心地为我做腌肉和蛋，将她店铺里的事全然忘记，那该是多么快乐的事啊！你看，我是不是有些想入非非了？

有意思的是，我对麦尔肯的话的最初反应却是：有好一阵子都不去约瑟芬的店了。至于究竟为什么，我也没有仔细考虑过原因，或许是我潜意识中不愿意看见她伺候一群陌生的人吧，或许是还有其他的，不过，我内心还是始终惦记着她。

一天，我下班之后徒步经过她的店时，发现里面只有约瑟芬一个人，于是我走进去对她说："现在只有你和我在这儿，我们也都是单身，我，我想请你到约克镇的红磨坊酒店吃晚饭可以吗？""啊？好哇！"她很高兴地答应了我。

约克镇是我们镇附近的一个镇。其实，我不想在本镇吃饭并不是想隐瞒什么，只是想带她到一个好的地方，并且在那里不会遇到什么熟人，我们可以轻松自由地聊天，增进彼此的了解。

我们的第一次约会是很愉快的，此后的约会地点大多也是在红磨坊酒店那儿。还有普洛餐厅我们也去过，虽然它的档次不如红磨坊的高，但那里朴实、淡雅、安静的氛围让我们很喜欢。普洛餐厅的客人始终不多，我对它如何维持经营下去总有些担心。大概是身为警察的职业缘故，总会认为每件事都和自己有关，其实我也知道这是闲操心。

我这个人喜欢直来直去，心中有什么就说什么。在和约瑟芬约会时，我很快就问到她和比尔的婚姻问题："你现在和比尔离婚了吗？""噢，我们正在申请之中。"她轻轻告诉我说。

在我们交往了两个星期后，我就下定了决心，无论发生什么事情，我都要娶约瑟芬为妻。还记得当我向她求婚时，她并没有显出害羞的样子或是委婉地拒绝，只是有点吃惊："难道你是要娶我吗？那，那么好吧！"当我听到这句话的时候，心里充满了幸福，那真是一个令人难忘的美妙时刻。

本来我想把建新房的事也告诉她，但后来还是只字未提，因为我想给她一个惊喜。另外，我也想验证一下她愿意嫁的是我这个人还是我的财产。我当然希望她很朴实，是喜欢我这个人了。

约瑟芬答应我的求婚后，眼中的泪水顺着面颊扑簌簌地落下，我忙问道："亲爱的，你怎么了？""没什么，我只是感到十分快乐！"她边抽泣边微笑着说。"相信我，我会让你永远快乐的！"我将双手伸过去，紧紧地抓住了她的手。在那一瞬间，我发现自己找到了真爱。

我看着还在哽咽的约瑟芬，心里暗暗地发誓："我绝不能让她受到一丁点儿委屈，我要加倍珍爱她。"

前面我已经说过，约瑟芬是个漂亮的女人。想必你也很想知道她究竟长得什么模样吧？她的个头儿在女子中属于中等偏上，如果站在一起刚好到我肩膀。她有着一副苗条的身材，尽管有衣服包裹，但优美的曲线仍然清晰可见；她的皮肤是奶油色的，一双大眼睛清澈而明亮；她的头上飘逸着一袭长发，那颜色是褐色带红的，而且还有些发亮。

自从和约瑟芬相处后，我感到每天的日子都很快乐。随着春天的脚步渐渐临近，白天逐渐长了起来。这些天，我因约瑟芬不在身边而感到无聊时，就会在黄昏前后去那块地看看，那也是一种美妙的享受。我看到，地里野蔷薇的花蕾已经开始慢慢长大，而那些橡树似乎还是老样子，就像冬天永远不会过去一样。

快到五月份了，天气已经很暖和了，我也该为平整那块地做些准备了。五月一日那天，我从麦尔肯那里租了一部挖掘机，因为建造房子需要运输木料和石头等，我必须要开出一条车道直通外面的公路才行。当我来到那块地时，发现麦尔肯早就把机器送到了，而且是照我的意思把它开到了空地的旁边，这样就不会伤及任何一棵树，虽然碰断了一些枝杈，但这都无所谓，因为我开通车道时也是避免不了要碰断一些树枝的。

明天是约瑟芬的生日，我打算把这件事作为送给她最好的生日礼物，甚至我还想象着她会有怎样惊喜的样子。

第二天，我仍像往常一样去接她："亲爱的，咱们今天去哪儿？是上红磨坊还是到别的地方？"

"随你的便，去哪里都行。"她说道。

"不行，我一定要听你的意见。"我坚持着。

"那么就去红磨坊好了，"她说完之后，突然问我，"你这车是往哪儿开呀，怎么朝着红磨坊相反的方向呢？"

我微微一笑，说："今天我要带你去看一样东西，那是我送给你的生日礼物。"

"礼物？"顿时她的两眼睁大了。

"嗯，我想你一定喜欢在红盒子里找个胸针或是小手链那类东西吧？"我继续不紧不慢地说。

"不，"她摇着头，"有你在我身边，我现在已经很满足了，我不知道自己想找什么，也不需要什么，真的。"

望着约瑟芬满脸幸福的样子，我大声地说："听着，我要给你建一幢新房子！会让你更快乐的。"

约瑟芬显然被我的话弄糊涂了，只见她张大嘴巴，两眼闪动："你……你刚才说什么？"

"好，好，别紧张，听我慢慢说，我从麦尔肯那里买了一块地。那可是方圆二十里内最好的土地，那里有野蔷薇，还有许多橡树，我要在那块土地上建造一个新的家！"

约瑟芬总算听明白了，她兴奋地张开双臂，紧紧地抱住我，热烈地吻着我的脸颊，女人身上那股气息直入我的心田。"嘿，嘿，别忘了我正在开车！"我轻轻地告诫她。

她这才松开手臂，端坐在自己的位子上，但仍把一只手轻轻搭在我的肩上，那样子就像生怕我跑了似的。

过了一会儿，她问道："你说的那块地在哪儿？"

"快了，一会儿你就能看见了。"

“刚才你说那里有橡树和野蔷薇，是吗？”

“那当然，全是橡树和野蔷薇。我昨天又仔细看过了，至少有一百棵野蔷薇含苞欲放。”

“哦。”

“方圆二十里内都找不到这样风景优美的地方，这是唯一的真正林地。”我禁不住啧啧赞叹着。

她沉默了。大约一分钟后，她将搭在我肩上的手悄悄地抽回去，将脸扭向一边，独自注视着车窗外的景色，而且这种姿势保持了很长时间，好像生怕我看见她的脸一样。

过了一会儿，快到那块地了，我停下车。“你看，那儿有一部挖掘机。”她说这话时的声音显得怪怪的，那腔调就像她是比尔太太时一样压抑。

我先下了车，然后绕过车身去为她开车门，“你干什么？”她没头没脑地问了我一句。

“到地方了，快下来吧！”不知怎么搞的，我这时显得有些烦躁，但她还在座位上没有动弹。

“你刚才看到挖掘机了吧？我们要造房子的地方就是那里，就在那个小空地的中央。你看，这里的树多多呀！如果我们不想砍树的话，就一棵也不要动，房子被树木环绕着，就像是一座小小的私人城堡。我们俩就是城堡的主人，那多惬意！”说着，我伸出手向她比画着，“这一边是麦尔肯的农场，那一边是政府的土地，我们俩就是中间这一小片土地的主人了。”

这时她才慢慢地下车，站在我身边。在树荫下，我发现她的脸色很苍白。“莫不是有些晕车？”还有她的那双大眼睛，那目光显得迷离费解，至今让我难以忘记。还有她的手，似乎也在微微发抖。“你怎么了，约瑟芬？”我攥住她的手说。“我是太激动了，因为这一切来得太突然了。”她的气息有点儿急促，“这儿真的很美，我很感激你。”她又深深地吸了一口气说。

“好了，我们走吧！”我们顺着挖掘机压过的矮树丛走着。就当我们快要接近中间的空地时，约瑟芬却瘫软在了我的身旁。开始我以为她是被树根绊倒了，但又不像，因为她倒的速度不快，是慢慢地倒下去的。只见她半跪在地上，头也垂了下来，嘴里似乎还在喃喃地念着什么。我心里一阵紧张，赶快伏下身摸摸她的额头，是潮湿的、冰冷的。

“约瑟芬，你怎么了？你在说什么？”

“哦，对不起，真的对不起！”

“没什么。”

“是我扫了你的兴。”

“没关系。”

"哦，不，不。"

"你是不是病了？"

"我，哦，你还是带我回家吧。"

我很担心约瑟芬的身体，于是就开车带她回家了。可是到了她家门口，她却坚持不让我送上楼。"谢谢你，我早点儿上床休息，明天就会好的。"她说。

既然她一再坚持，我也就不好说什么了，向她道了晚安之后我就离开了。走在回家的路上，我的心中仍有些不安，觉得她这一整天都怪怪的，但是又没有合理的解释。或许是生日的缘故？或许是怀孕了？！哎呀，如果真是这样，那会是个什么感觉，难道我这个年过半百的人要做父亲了！既然我们两情相悦，再说，她说自己已经拿到了离婚证，跟前夫已经没有任何关系了，这又有何不可呢？只要我们快点结婚，怀孕生子就是很正常的了，也不至于被别人笑话。想来想去，其实我并不在乎什么，只不过是担心她而已。

第二天，镇上唯一的中学发生了严重的暴力事件。校长大发雷霆，我作为警察必须要在场，根本无法脱身，所以就没有时间给约瑟芬打电话。现在想来这是一件很糟糕的事情，可是我又不能埋怨校长。

我从白天开始，一直到晚上八点多钟才处理完公务。到了九点钟，我才得空去她的住所。来到门口，我看见她家的灯全黑着，估计她已经休息了，所以我不想再打扰她。可是，我的内心始终不安，总隐隐约约地担忧着什么。她那么早就上床休息，是不是她的身体还没有康复呢？但愿她明天早上会好起来。带着对她的祝愿，我默默地离开了。

第二天一大早，我又来到她家。只见店门紧闭，灯也没开。我真有点儿不放心了，就嘭嘭嘭地猛敲了一阵门。里面没有任何动静，我还想继续敲，但又怕太引人注意，只好不情愿地离开了。

我觉得那一天的时间过得非常慢，简直就像度日如年一样。我离开约瑟芬家后驾车走的那条路，也是我和她常去红磨坊酒店的那条路，在这条路上，曾经发生过一起恶性事件：有一位老妇人被歹徒殴打致死，歹徒将她身上的钱财劫掠一空后，竟然残忍地把她的尸体抛在小镇的路上。所以，当我再次走在那条路上时，心中十分痛苦。我想，今后除非是公务，否则我绝不会开车再走这条路了。

晚上，当我下班回到住处后，才看到约瑟芬留给我的一封信。

我迫不及待地打开信，只见信纸上还有泪水滴过的痕迹。她写道："我的心碎了……我已经走了，那与你无关，我只希望你不要太难过。我们相处以来，你让我感受到从未有过的关爱和温暖，谢谢你！可是，可是我们是不会有结果的。尽管我很留恋这个世界，留恋你，但是我不能再说什么了。冰箱里还有牛奶、鸡蛋和半条大香肠，请你在没坏之前把它们送给穷人，或者是送到镇上的修女院去，希望你不要介意我的请求。别了，我会永远把你珍藏在我心里。"

“约瑟芬，约瑟芬！”我不禁哽咽了。她最后的一句话深深地打动了我的心，但我相信那是她的真心话。

看完她的信，我一夜都没有合眼，内心痛苦极了。第二天天刚蒙蒙亮，我就驾车去了那块该诅咒的土地。

我爬上挖掘机，开始在空地上掘来撞去，来来回回开了二十六次。尽管我没有在意我一直在数数，那劲头就像要挖出一个地下室那样。“土里有一样东西！”我赶紧从挖掘机上跳下来，上前仔细观看。只见一条大腿从土里露了出来，“是马的骨头？！是狗的骨头？！是林中某种野生动物的骨头？！不，都不是，那是比尔的！”

我又爬上挖掘机，先把那东西推回坑里，再把土坑边的泥土全都扒回去，填平了坑，最后又把矮树枝和树叶铺在上面。我做这些时似乎花费了很长的时间。我始终很冷静，心中对那个男人充满了恨意和怜悯。不过与约瑟芬相比，她对他的怨恨肯定更强烈一些，不然她怎么会做出如此极端的事呢？

一切都结束了。

我先把挖掘机开上公路停好，然后又返回去开我的汽车。这片曾让我充满期待和幸福的土地，如今已变得令人苦恼和不堪回首。满地的野蔷薇已经盛开了吧？但我没有回去看看；橡树的叶子该飘落了吧？但我也没有回去看看。

“这块地我该怎么处理呢？出售？不行！因为别人也会挖掘那个地方。天啊，我上次是挖出了一条大腿，谁知道他们还会挖出什么！兴许会是一个有子弹洞的头骨。”此后我再也没去看那个地方。

“喂，你的房子怎么还不盖呀？”有一次麦尔肯碰到我时说。

“哦，我不打算在那儿建了。”

“那是个美丽的地方，真遗憾！”他摇头叹息说。

是呀，但那不是个快乐的地方。

第三个电话

今天下午一点二十分的时候，我在一座加油站的公用电话亭拨通了斯蒂文森中学校长莫里森先生的电话。

我用手帕捂住话筒，对莫里森说：“我没有和你开玩笑，十五分钟之内，一个炸弹将在你的学校里爆炸。”

莫里森在电话那头沉默了几秒钟，然后怒气冲冲地问：“你是谁？”

“我是谁并不重要，我只要你知道，一个炸弹将在十五分钟之内爆炸。”

说完，我挂断电话。

我从电话亭走了出来，横穿过马路，回到我工作的警察局，乘电梯来到三楼的值班室。

当我走进值班室时，恰好看见我的搭档彼得·托格森刚刚挂上电话。

“你来得正巧”，他抬起头对我说：“已经是第三个电话了，刚刚斯蒂文森中学又接到了那种恐吓电话，莫里森校长又把全校的师生都撤出来了。”

“联系排爆小组了吗？”

“我马上联系。”说完，彼得·托格森拨通了 121 房间的电话，将情况向他们作了汇报。

斯蒂文森中学共有 1800 名学生。当我带着警员到达学校时，1800 名学生都在老师的带领下被疏散到了校园里。在前两次接到恐吓电话的时候，学校老师曾经问过我，遇到这种事情该怎么办。我教他们，要把学生们迅速疏散到离大楼至少二百英尺外的地方。看来，这次他们照我说的做了。

莫里森校长看见我们到来，便从人群中朝我们走了过来。莫里森校长身材高大，头发灰白，鼻梁上架着一副无边眼镜。他说：“恐吓电话是一点二十分整打来的。”

就在我向莫里森校长了解情况之时，排爆小组和另两个小组也赶到了校园。

在铁丝围栏后面，我的儿子大卫和他的五六个同学趴那里朝这边张望。彼得冲着孩子们笑了笑，问莫里森校长：“你认识他们吗？”

显得非常疲倦的莫里森笑了笑：“不认识，在这儿，我比任何一位老师认识的学生都少。”

彼得点着一根雪茄，宽慰我说：“吉姆，别担心了，排爆小组来了，这事马上就要解决了。”

我苦笑着说：“但愿吧，我不想看到任何一个孩子因此而牵涉其中。”

在排爆小组处理现场的当口，我们驱车前往贝恩斯家。他们家住在一栋两层楼高的房子里，那是一栋普通的住宅，和街区里的其他住宅没什么区别。

开门的是贝恩斯先生，他的个子很高，眼睛是蓝色的。他打开房门一看到是我们，脸上的笑容顿时僵住了。“怎么又是你们？”他不耐烦地说。

“我们想跟你儿子谈谈，”彼得说，“听学校的老师说，莱斯特今天没有去上学，他生病了吗？”

贝恩斯的眼睛闪了一下，说：“你们找他谈什么？”

彼得淡淡地一笑：“和我们上次来的原因一样。”

贝恩斯不情愿地将门打开一条缝儿，让我们进屋去。“莱斯特去药店了，他一会儿就回来。”贝恩斯先生说。

彼得径自走到长沙发边，坐下，说道：“出去了？他不是生病了吗？”

贝恩斯连忙解释说："他确实感冒了，所以我让他向学校请假了。但是他的感冒并不太严重，所以当他要去药店买瓶可乐时，我就答应了。"

彼得的态度很和气，问道："今天上午十点半时，你的儿子在哪儿？"

"他在家里没有离开一步。"贝恩斯说，"那个电话绝对不会是他打的。"

"你能肯定？"

"能，因为今天我休息在家，所以，我一整天都在这儿。"

"你妻子在哪儿？"

"现在她去商店买东西了。但上午十点半时她在家里，她也能证明莱斯特没有打过任何电话。"

彼得笑了一下，说："但愿你说的是真的。那么，请问莱斯特在一点二十的时候在哪儿？"

"他在家里。"贝恩斯说，"这一点我和我妻子都能作证。"说完，贝恩斯又皱起眉头说："难道今天学校接到了两个恐吓电话？"彼得点点头。

我们一起坐在客厅里等着莱斯特回来。在这段时间里，贝恩斯显得如坐针毡，不安地在椅子上扭来扭去。最后，他忍不住了，站起身来说："我离开一下，我去楼上看看窗户关了没有。"

彼得注视着他离开客厅，然后转过头来对我说："吉姆，待一会你不要开腔，就让我一个人问就行了。"

"好的，彼得，这种小事用不着我出马。"

他慢悠悠地点着一支雪茄，胸有成竹地说："好啦，这事马上就要有结果了。"说完，他轻轻地拿起放在身旁桌子上的电话，凑在耳边听着。他的脸上慢慢地露出了笑容。过了一会儿，他用手捂着话筒，悄悄对我说："你猜贝恩斯现在正在做什么？他在楼上的房间里，正用电话分机到处打电话找他的儿子。他根本就不知道莱斯特去哪儿了，什么去药店，全是瞎编的！"

说完，彼得又把电话凑到耳朵上去偷听。听了一会儿，他微微一笑，低声对我说："现在他正在跟妻子通电话。她妻子正在超市。他告诉妻子说我们到家里来调查，他要妻子回来以后一口咬定说莱斯特整天都在家，没打过电话。"

我站起来，走到窗前，向窗外望去，刚好看到一个金发少年向这里走来。

彼得也看到了那孩子，他赶紧放下电话，对我说："那孩子就是莱斯特，我们赶紧到门口截住他，在他父亲下楼之前盘问他。"

我们赶紧迎到门口，莱斯特·贝恩斯正好推门进来，差点和我们撞了个满怀。只见这个孩子的身上晒得红扑扑的，腋下夹着一条卷起的浴巾。他一看到是我们，脸上的笑容顿时僵住了。

"莱斯特，今天你去哪儿了？"彼得问，"我们知道你今天没去学校。"

莱斯特咽了口唾沫："今天我生病了，所以我请假在家休息，没有去上学。"

彼得指指他腋下的浴巾："那里面是什么？该不会是游泳裤吧？"

莱斯特的脸刷地一下红了，他结结巴巴地说："呃……早上起来确实感觉不舒服，不过到了上午九点左右，我觉得又好了。

"可能我没有感冒吧，也许我只是有一点点受凉，起床后不久就好了，"莱斯特深吸了一口气，解释说，"于是我决定去游泳，来个日光浴。"

"你游了一整天？你不觉得饿？"

"我带了几个汉堡包去。"

"你跟谁一起去的？"

"没别人，就我自己。"他紧张不安地搓着双手，"是不是又有人打恐吓电话了？"

彼得笑笑："如果你觉得自己没有病了，为什么下午不去上学呢？"

莱斯特低着头，双手把浴巾的一角揉来揉去："本来想下午去学校的，但我游过头了，忘记了时间。等我想起这回事时，已经过了一点钟，就算去也来不及了。"随后他又小声补充了一句，"所以我决定游一天泳。"

"可是，如果你本来只想游一个上午，那你为什么要带着汉堡包呢？"

"这……"莱斯特被问住了。他涨红了脸，憋了半天，终于吐露了实话，"今天我没有感冒。因为今天我不想去学校，今天早晨考公民课，下午要考历史课，而我没有复习好。所以，我想如果我今天晚上突击复习一下，明天再参加补考，就一定能通过。这事儿我也没敢告诉我妈妈和爸爸。"

这时，传来了下楼的声音，是贝恩斯先生。

贝恩斯走到一楼，看到我们正在和他儿子交谈，就急忙赶过来说："莱斯特，什么也别跟他们说，让我跟他们解释。"

"太晚了！"彼得说，"刚才你儿子已经承认，今天他没有待在家里。"

莱斯特惊慌地说："你们难道以为那些电话是我打的？我发誓，那真不是我打的！"

贝恩斯走到他儿子身边："为什么老找莱斯特的麻烦？"

"我们并没有故意找麻烦，"彼得说，"但据我们推断，那种电话是一个学生打的。可是，打电话的时间正是学校上课的时间。所以我们有理由相信，打电话的一定是一个缺勤的学生。"

贝恩斯却反驳道："你怎么就知道是莱斯特打的？我敢肯定，莱斯特绝对不是今天唯一缺勤的学生。"

"这一点我承认，"但彼得他继续说道，"第一个恐吓电话在十八天之前打来。当时我们查阅了斯蒂文森中学的出勤记录，那天有九十六个学生缺勤，其中六十二个是男生。后来我们和所有的缺勤男生都谈了话，这其中也有你的儿子。那天，你儿子缺勤的原因是他感冒了正在家里休息。而那天你在上班，你妻子因为参加朋友的生日聚会也不在家，只有你儿子一人在家。但是，你儿子否认他打过电话。所以，那一次我们只能作罢。”

莱斯特急忙向他父亲解释说：“爸爸，我没有打过那种电话，我不会做那种事的。”

贝恩斯看了他一眼，然后转过头盯着我们，脸上什么表情都没有。

彼得继续说：“今天上午十点半，我们接到了第二个恐吓电话。我们又检查了出勤记录，发现只有三个男孩在这次和第一次都缺勤——其中也包括你儿子。”

贝恩斯说：“那也不能证明就是我儿子打的，那两个男孩你们查过吗？”

“你说得对，就在我们正要去查时，今天下午又接到了第三个电话。这反倒帮我们缩小了调查范围，因为根据出勤记录的结果显示：三个嫌疑人中的一个下午回学校上学了，所以不可能是他打的电话。”

“那另一个男孩呢？”贝恩斯问。

“他住院了。”

贝恩斯马上反驳说：“医院也有电话啊。”

彼得早料到他有此反应，微微一笑，说道：“那孩子上个周末和他父母到其他州去玩时，得了猩红热。他住在当地的医院里，距离这儿有五百英里。而我们接到的几个恐吓电话全是当地的号码，所以他也被排除了。”

贝恩斯脸色阴沉地转向了他的儿子。

莱斯特的脸刷地一下就白了：“爸爸，你要相信我，我从来不对你撒谎的。”

“你当然没有撒过谎，儿子，可是……”显然，贝恩斯脸上露出了怀疑的神色。

就在这时，房门开了，走进来了一个棕色头发的女人。她脸色苍白，但态度坚决，她停下喘了口气。

“警官先生，今天我刚去超市买了点东西，其他时间我都待在家里，所以我知道莱斯特的行踪。”

“妈妈，”莱斯特可怜巴巴地说，“别对他们解释了，刚才我向他们承认了我今天逃学的事了。”

莱斯特的妈妈也呆住了。彼得伸手拿起他的帽子：“我建议今天晚上你们夫妇好好儿和你们的儿子谈谈，我相信这样对谁都好。”说完，他在桌子上留下一张名片，“明天早晨十点，希望你们三个人都到警察局来。”

彼得和我走出贝恩斯的家后，我们开着车离开。他说：“现在就看贝恩斯夫妇的态度了，如果他们死不承认，继续包庇他们的儿子，那这件事就有点棘手了。”

“会不会有这样一种可能，比如校外的人打的电话呢？”

“但愿如此吧，但事实上，这种事情，百分之九十九的可能是学生的恶作剧。”

彼得叹了口气说：“这是我最不希望看到的结果。炸弹恐吓电话已经很严重了，但对那个家庭来说，麻烦可就更大了。”

回到警察局后，我继续工作到下午五点。回到家里时，已经是五点半了。

我妻子诺娜正在厨房做晚饭，她一边切菜一边说：“我从报纸上看到，今天上午斯蒂文森中学又接到一个恐吓电话。”

我亲吻她：“你只说对了一半，今天下午又接到一个，只是报纸来不及登。”

她揭开锅盖：“打电话的人查到了吗？”

我犹豫了几秒钟，回答说：“是的，我想，我们已经找到了嫌疑人。”

“是谁啊？”

“莱斯特·贝恩斯，是斯蒂文森中学的一个学生。”

她脸上露出怜悯的神色：“我不明白，他为什么要这样做呢？”

“我不知道。虽然我们找到了他，并且通知了他的家人，但到现在为止，他还没有承认是他干的。”

她仔细打量着我：“吉姆，今天你看上去气色不是很好，这种事是不是让你也很烦扰？”

“是的，我心里也感到非常烦扰。”

她的眼睛中流露出关切之情，她微微一笑，说：“再过一会儿晚饭就做好了，你去叫一下大卫吧，他在车库里修车呢。”

当我在车库找到大卫的时候，他正把化油器拆卸下来。听到我进来，他抬起头说：“你好，爸爸。你看上去很疲倦。”

“今天很累。”

“发现打电话的人了吗？”

“我认为我们发现了。”

大卫眨了眨灰色的眼睛，皱着眉头说：“是谁打的？”

“一个叫莱斯特·贝恩斯的男孩，也是你们学校的。你知道这个人吗？”

大卫的眼神有些发直，他盯着面前的汽车零件回答说：“知道。”

“他这个人怎么样？”

大卫耸耸肩：“我和他只是普通关系，看起来应该是个比较老实的人”。他皱着眉头说：“难道他承认了电话是他打的？”

“没有。”

大卫一边拿起一个螺丝刀，一边顺口问道：“那你们怎么查到他的？”

于是我就把下午的调查情况和他讲了一遍。

大卫听得入了神，螺丝似乎都不会拧了：“那他这次要惹上大麻烦了，是不是？”

“看来是这样的。”

“他会受到什么处罚呢？”

“这要看如何对他这种恐吓行为的认定了。但我觉得，他没有前科，又是未成年人，应该会被从轻发落吧。”

大卫想了想，说：“可能他只是想开个玩笑吧。我的意思是说，他打这种电话只不过是让学校停了一会儿课，又没有人受到伤害。”

“你太小看这件事的严重性了，”我说，“如果人们不是有秩序地撤离教学楼，而是惊慌失措，那很多人就可能受到伤害，这可不是开玩笑。”

大卫仍然固执地辩解：“我们曾经做过火灾疏散演习，我认为，不会有问题的。”

是的，我就是因为知道这一点，才敢打电话的。

大卫放下他的螺丝刀：“那么，你真的确定是莱斯特打的吗？”

“他的嫌疑很大。”

因为我心里清楚，前两个电话有可能是莱斯特·贝恩斯打的，但今天下午的第三个电话则是我打的。

大卫沉默了一会儿说：“爸爸，当学校接到第一个恐吓电话时，你找所有缺勤的学生谈过吗？”

“我没有亲自和他们谈话，但我的同事找他们谈过。”

大卫咧嘴一笑：“爸爸，那天我也是缺勤的学生之一，不过没有人找我谈话。”

“我想，那完全是不必要的，儿子。”

那种事情，别人的孩子可能会做，但我的孩子做不出来。而现在我等着他说下去。

大卫吞吞吐吐地说：“今天早晨我也缺勤了。”

“是的，这我知道。”我说。

他盯着我的眼睛：“那你们最后追查到几个学生的身上？”

“我们调查了今天的缺勤记录，有三个学生今天缺勤了，”我说，“但我们深入调查之后发现，其中一个人因为生病住进了另外一个州的医院里，他没有条件打这种电话。”我打量着大卫：“那就只剩下两个嫌疑人了，莱斯特·贝恩斯——还有你。”

大卫勉强地挤出一丝笑容：“看来我很幸运，今天下午第三个电话打到学校时，我恰好回学校去上课了，那倒霉的莱斯特嫌疑就最大了，是吗？”

“是的，他的确很倒霉。”

大卫舔舔嘴唇：“莱斯特的父亲是什么观点，他肯定会支持他的儿子，是吗？”

“当然，这是做父亲的本能。”

大卫的额头上似乎冒出了细密的汗珠。他沉默不语，摆弄一会化油器。然后，然后他叹了口气，抬头盯着我的眼睛说：“爸爸，你们冤枉了莱斯特，明天应该去警察局的是我，因为那些电话是我打的。”他深深地吸了一口气，“其实我本想吓唬吓唬大家，只是开玩笑，没想到造成那么大的后果。”

尽管大卫的话是我最不想听到的，但我还是感到非常骄傲——因为我的儿子是诚实的，他不愿别人因他而受到冤枉。

“但是，爸爸。我只打了前两个电话，今天下午那个电话不是我打的。”

“这我知道，第三个电话是我打的。”

他的眼睛瞪得大大的，然后他恍然大悟。“你是为了保护我？”

我疲倦地笑笑：“我也知道做这种事是不对的。但是，当儿子深陷其中时，作为父亲，我也很难保持清醒的头脑。其实，我真的希望那个人不是你，而是莱斯特。”

大卫用破布擦擦手，沉默了。

“我想我应该主动坦白，说那三个电话都是我打的，爸爸，”大卫说，“我不能把你也牵连进去。”

我摇摇头：“谢谢，儿子，你不必这样做，我会向他们和盘托出的。”

当大卫看着我时，我觉得他也为我感到骄傲。

“你妈妈把晚饭做好了，我们先吃晚饭吧，”我说，“然后我打电话给莱斯特的父亲解释事情的真相。”

“晚饭晚吃一会儿并不重要，”大卫咧嘴一笑，“可这事对莱斯特一家可是关系重大啊。”

“你说得对，我亲爱的儿子！”

一回到屋里，我就打了电话。

猩猩的悲剧

斯格瑞伯是一个经验丰富的野生生物学家，很多人曾告诉我，他能听懂野生动物的语言。可那天夜里听到他讲述的一切，才让我明白真正的动物语言是要用心去听的，也让我明白动物具有令人叹为观止的模仿能力。

那是一个月光皎洁的夜晚，斯格瑞伯正坐在小院里的躺椅上纳凉。由于年龄的增长，他的身体有些发福，头发也变得稀疏起来。不过，他那双眼睛还是炯炯有神的。此刻，他正望着院外黑漆漆的丛林，双耳也在不停地收集着四周传来的声响。这个小院坐落在丛林边上，门口有一条羊肠小路通向丛林中，小路两旁插着一排栅栏，标志着这里是人类的领地。斯格瑞伯平时就住在这个小院里。

我从屋里走到院子里，见他正在凝神注视着丛林的深处，我轻轻地问：“斯格瑞伯先生，有什么事吗？”

“没什么，只是……我仿佛听到了什么。”斯格瑞伯小声说。之后，他眉头紧皱，眼睛眯成了一条线。我注意到他全身的肌肉已经绷紧，虽然身体还在躺椅里，但却蓄势待发，作好了随时出击的准备。

突然，他从躺椅中一跃而起，奔向门口的那条小路，身后的躺椅也被他那巨大的反弹力弄得摇晃不已。我的目光向小路移去，只见一条细长的黑影在月光下正穿过小路。

“终于逮住你了！”斯格瑞伯大叫一声，“是一条该死的赤链蛇，这已经是它第二次从笼子里逃走了。”他捏着那条黑影的头，向屋内走去。

过了一会儿，他从屋子里出来，又一屁股坐在躺椅里。

“难道你预先知道那条赤链蛇要经过小路？”我好奇地问。

“你说得太玄了，我怎么会有那种神秘的能力？”生物学家笑着说，“我只是觉得情况不太对头。当赤链蛇从笼子里逃走的一瞬间，它使周围变得沉寂起来。许多生物，如青蛙、田鼠、昆虫，还有我饲养的那些动物们都停止了鸣叫——许多不该沉寂的声音在此刻都沉寂了。现在，赤链蛇被捉住了，这些声音又回来了。你仔细听一听。”

我侧耳一听，果然听见斯格瑞伯的饲养室里传来一种奇异的嗡嗡声。这是他饲养的动物们发出的种种声响，比如长臂猿的酣睡声、灵猫的呼噜声……这些声音的节奏很神秘，仿佛周围的丛林都在倾听。

“现在这些动物都恢复常态了。”斯格瑞伯自言自语地说，“刚才它们是一片寂静。”

“可是，那些动物们怎么知道赤链蛇逃出笼子了呢？”我问，“那条蛇几乎没有发出任何声响，又隐藏在暗影中。”

生物学家笑了。我被他的笑弄得心里有些发毛，心里想：“他一定是认为我的问题太幼稚、太天真了。”

“动物们怎么知道的？”他开口说道，“你知道吗，长臂猿可以从自己体内的新陈代谢和血液循环中感受到这一点，这是它们的本能。草丛里的青蛙、田鼠和昆虫也有这种本能。当它们预感到天敌来袭时，会立即停止叫声、保持安静，同时，它们还会通过特殊的途径向周围的同类求救或示警。至于黑暗，对习惯于夜行的生物来说绝不是问题。这些夜行生物身上的每一块皮肤都是眼睛，每一个毛孔和细胞都能获取外界信息，这是它们赖以生存的手段，否则它们就会被大自然无情地淘汰。其实，刚才我正在回味年轻时的一场篮球赛，但是我突然感觉到黑猴叫声的微妙变化，于是我才意识到，一定是发生了某件不同寻常的事。”

听完斯格瑞伯的长篇大论，我不禁打心眼儿里佩服他，但我心中仍然有许多问号。我看了一眼斯格瑞伯饲养室里那一排排的兽笼，心里涌现出一种不舒服的感觉。院外丛林中，风吹树摇，传来一阵阵野兽的嚎叫声，爬虫的嘶鸣声，昆虫的鸣叫声。在黑夜中，听起来令人毛骨悚然，但我也深知，那丛林对野生动物而言，才是自由的世界。

“你把那些原本应该生活在丛林里的动物囚禁在这里，这对它们来说，是不是有些太残酷？”我试探着问。

斯格瑞伯笑而不语。我则默默地等着他的回答。又是一阵风吹过，丛林的植物发出沙沙的声响。

“恰恰相反，这是对它们的仁慈。”斯格瑞伯慢条斯理地回答说，“在我们眼前的丛林里，动物们为了生存，相互杀戮和捕食。”说着，他抬起手，指向院外那片黑漆漆的丛林，“你知道吗，那里对动物来说非常危险，处处都暗藏杀机。而在我的饲养室，虽然它们失去了自由，却得到了安全的生活环境和充足的食物，这难道不好吗？刚才那条赤链蛇逃出笼子，其余的动物是多么惊恐。尤其是那只黑猴，它刚刚产下一个幼崽，所以它最为害怕。在这偌大的丛林里，那些老弱病残的生物是很难一直活到自然死亡的——他们往往成为天敌的食物。上次我去爱丁堡的动物园，我还见到了一只灰尾猴。它只有一只耳朵，那是我五年前捕获并赠送给动物园的。我在想，如果我当时没有把它带到动物园，而是任由它留在丛林里，它还能活五年吗？我不敢保证。”

饲养室里不断传出动物的声音，仿佛整个丛林都在倾听。

“再者说，如果善待这些动物，那么把它们养在笼子里，也不是一件坏事。”生物学家继续说，“你说，它们有什么地方没有被善待呢？”

我无言以对。斯格瑞伯说得很对，他为这些动物提供了充足的食物，提供了保障生命安全的庇护所。在这里，像初生的黑猴幼崽这样的小动物也不会受到任何敌人的侵袭。

现在，斯格瑞伯一口接一口地吸着烟，眼睛直直地盯着丛林，仿佛又陷入到回忆中去了。

“研究动物的人对待动物通常很友善，就像研究花的人对花很友善一样。至今，我还没见过哪个动物学家对动物不好呢！”他轻轻地说。

说到这里，他忽然停下来，使劲儿咳了两声，似乎在他的脑海里勾起了对某件往事的回忆，而且是一件令人恐惧的往事。

“不，只有一个例外！”他若有所思地说，“我认识一个对动物不好的人。”

“哦？你还认识这样的人？”我好奇地问。

“你想听关于他的故事吗？”

我顿时来了精神，赶紧说：“你快给我讲讲吧！”

于是，斯格瑞伯就打开了他的话匣子。

我说的那个人叫莱森——皮尔·莱森。那是很多年前的事儿了，当时我第一次到亚马孙河流域进行考察，与我同行的有福伯格，以及我刚才提到的皮尔·莱森。

皮尔·莱森虽然号称是个生物学家，但他根本不够格。我的意思是说，他的心思完全不在科研上，他总是挖空心思琢磨如何赚大钱——这样的人是不配当生物学家的。要想成为一个合格的生物学家，需要将全部的灵魂和思想都献给科研事业。而在皮尔·莱森的心中，充满了金钱的铜臭，充斥着抱怨和不满。在工作中是不应该这样的，绝不应该！

有一天，我划着小舟顺流而下来到莱森的营地，他拿出一张《巴黎时报》，给我看一条新闻。“你觉得这东西怎么样？”他一边笑一边问我。他笑得很开心、很兴奋，只有充满贪欲的人才会那样笑。

我接过那张报纸一看，原来是一张新闻图片，上面是一只猩猩，它端坐在一张椅子上，一只手拿着高级雪茄，另一只手拿着一支羽毛笔，装模作样地在稿纸上写着什么，旁边还注明了这只猩猩的名字。显然，这是一只被人驯养的猩猩。看完这张新闻图片，我的心中泛起一股难以名状的厌恶，我非常讨厌某些唯利是图的人利用动物来赚钱。我把报纸塞到他手里，一句话也没有说。

“怎么样？”他打着响指说，“这个赚钱的方法不错吧？”

“不怎么样，”我冷冷地说，“我对这种事不感兴趣。”

“看来你连一点儿商业头脑都没有！”他叫道，“你知道吗？这只猩猩在皇家剧院一周就能为它的主人赚二百镑！”

“那与我有什么关系？”我说，“我只是到这儿来研究动物的，不是想着怎样发财的。”

“噢，是吗？”他嘲笑道，“在这种连人影儿都没有的丛林里，你甘心在这里生活一辈子吗？你难道想死在这里，让自己的尸体成为野狗和鳄鱼的美餐？”

皮尔·莱森继续说：“我有我的理想，我可不想老死在这荒无人烟的丛林里，成为鳄鱼的食物。我宁可死在巴黎，死在美女的怀抱里。我要在死之前遍尝美女和美酒，我要好好地享受生活！”

“但这则新闻对你有什么用呢？”我指着报纸问他。

“有什么用？”他尖叫道，“你的脑子还没转过弯儿来吗？这则新闻启发了我！我——皮尔·莱森，也要训练出这样一只猩猩。我是动物学家，我一定能训练出一只更优秀的猩猩，它将成为我的摇钱树！”

“莱森，你的主意并不明智，违背动物的天性将它训练成人，这对你有什么好处呢？”我说，“我要是你，我就绝不会这样做！”

听完我的话，莱森笑得前仰后合，还一再嘲笑我是个傻瓜。

我承认，皮尔·莱森确实有点儿小聪明。像他这种人就不应该做一个生物学家，也不应该在条件艰苦的丛林里生活。他应该留在城市里，追求他的金钱梦想。

故事讲到这里，斯格瑞伯慢慢停了下来。他站起身，伸了一个懒腰，然后向前欠欠身子，好像在倾听什么。我也学着他的样子凝神倾听。饲养室里依旧传来各种声响，似乎和刚才稍微有些变化，但我却说不出变化在何处。

这时，斯格瑞伯转身走进饲养室里。几分钟以后，他返回到小院里，摘下胶皮手套丢在一边，又坐进了躺椅中。

“小黑猴病了，”斯格瑞伯向我解释说，“还好它在我这里，要是它生活在丛林里，那它肯定活不过今晚。我刚给它注射了青霉素，现在应该没问题了。”

斯格瑞伯继续给我讲皮尔·莱森的故事。

皮尔·莱森自从受到那则新闻的启发之后，就一心梦想着到大城市巴黎去生活。他把那张猩猩的照片剪下来，整天揣在口袋里，不时掏出来看看。现在，他满脑子都是利用猩猩发大财的想法，还冲我大叫：“顽固的德国佬儿，想想看，一周就能赚二百镑啊！我们合伙也训练一只吧？”

“你想做，那你就去做，我可不干！”我说，“我更喜欢自然界中的猩猩，我觉得它们自由自在的挺好，我绝不会强迫它做上帝本未赋予它天赋的事！”

莱森在我这里碰了一鼻子灰，又气又恼，但他并不死心，他决心自己训练一只猩猩。三天后，他花了一大笔钱，从一个当地的土著人那儿买下了一只刚出哺乳期的小猩猩。

“哈，这正是我想要的！”他得意扬扬地对我和福伯格说，“这下你们两个笨蛋傻眼了吧？我要赶紧把它训练出来，然后让它登台表演，每周赚五千法郎！看吧，巴黎的摩登女郎正在向我招手哪！听吧，马戏团的报幕员在喊：皮尔·莱森教授和他训练有素的猩猩联袂登场！我和我的猩猩将成为万人瞩目的明星。”

见莱森说得唾沫横飞，我和福伯格都没有说话。我们心里都很清楚，猩猩岂是那么容易训练的？一切生物在大自然中扮演的角色早有定数，无论是蚂蚁还是恐龙，每种生物都有自己的位置，不是人类可以改变得了的。

可是，莱森不是个省油的灯。他性情急躁，刚愎自用，为达目的可以不惜采取任何手段。他好动，所以不喜欢丛林里的安静状态。丛林是一个让人安静思考生命问题的地方，你能明白吗？

我点了点头，表示同意他的观点。

莱森买下猩猩才两三天，就已经开始在脑海里勾勒自己作为百万富翁的美好生活了。他设想自己住在巴黎的豪宅里，出入乘坐着豪华的四轮马车，在赌场里一掷千金，迷人的芭蕾女郎投怀送抱……莱森无法控制自己的幻想。可惜的是，这种幻想会将他推向罪恶的深渊。此外，莱森还有一个糟糕的癖好，他总是酒不离手，频频用酒精来麻醉自己的神经。

工夫不负有心人，在莱森的耐心训练之下，那只猩猩学得很快，掌握了很多能力和技巧。每次我和福伯格到莱森的营地去看望他，他总要把这只毛乎乎的家伙牵出来，为我们表演一番。说实话，我和福伯格都不喜欢莱森的这套把戏，而莱森见我们态度冷淡，也总会大声嘲笑我们。

“你们这两个傻瓜！”他对我和福伯格大叫道，“你们现在看不起我，等着瞧吧！当我把这只猩猩训练成功以后，它将为我——皮尔·莱森教授每星期赚五千法郎，五千法郎啊！想想吧！到那时，巴黎所有的美女都会向我献殷勤。而你们两个，只能待在这炎热的亚马孙丛林里继续受苦！”

我们觉得莱森一定是疯了。

其实不仅我和福伯格有这种想法，连那只猩猩恐怕都觉得他疯了。因为，每当他大肆吹嘘的时候，那只猩猩就会显得非常纳闷：为什么主人这么兴奋？可那只猩猩怎么会知道莱森在想些什么呢！它又怎么会知道，莱森已经在头脑中架起了一座天梯，正试图一点点爬上这座天梯，去吻仙女的脚后跟呢。它不过是一只动物，当然不会知道自己只要模仿着主人抽几口雪茄，就会有大批观众争先恐后地观看，为主人赚取大把大把的钞票了。

它毕竟还是动物，野性难驯。有一天，猩猩的野性爆发了，怎么也不肯学莱森教它的一个新技能。恰巧那天莱森喝醉了，想想看，发了野性的猩猩和耍酒疯的莱森，两个家伙遇在一起，能有什么好事？

事后，皮尔·莱森告诉我，撒野的猩猩将雪茄狠狠地扔在地上，把表演用的道具打个稀烂。气急败坏的莱森仿佛看到梦想中的豪宅、马车、金钱和美女都飞走了，他一气之下，喝掉了一整瓶酒，借着酒劲儿，做了一件疯狂的事。

斯格瑞伯讲到这里，停顿了一下。院子里一片寂静，连院外黑漆漆的丛林也变得安静下来，似乎那些树木也在侧耳倾听斯格瑞伯的故事。夜渐渐地深了，生物学家的故事从他的口中娓娓道来，好似一根魔鬼的手指，拨动着丛林中每个生灵的心弦。

斯格瑞伯继续讲道，莱森眼见自己亲手调教出来的猩猩竟敢抗命，再加上酒精的作用，他暴跳如雷，决定狠狠地教训一下那只猩猩，让它长点儿记性。

"那他怎么做的呢？"我问。

当时，莱森的营地恰好建在亚马孙河岸边。在河边，生活着许多体型巨大的鳄鱼，它们既肮脏丑陋，又无比凶残，整日隐藏在河边的烂泥或芦苇荡里。莱森看到河边的鳄鱼，顿时心中萌生了一个念头，要利用可怕的鳄鱼来好好地教训一下猩猩。

"然后呢？"我迫不及待地问。我整个晚上都在听斯格瑞伯讲故事，已经被他的故事牢牢地吸引住了。

"然后？"斯格瑞伯继续说，"莱森用一根绳子将那只猩猩绑在河边的树干上——对，恰好在鳄鱼的视野范围内。然后，他就端着一支来复枪，到一旁的树荫下坐着，等着看好戏上演。

猩猩是非常聪明的动物，它很快意识到自己的危险处境，于是开始大声哀嚎。莱森却根本不理睬。最后，猩猩开始恐怖地尖叫，因为它看到，河中有一根黑乎乎的树干开始慢慢移动了起来——那并不是树干，而是一条体型庞大的鳄鱼，它浑身沾满了泥浆，远远看去就好像树干一样。

鳄鱼慢慢地睁开了它的一对小眼睛，眼神里射出了冰冷的光。那种眼神也许只有凶残的鲨鱼才会有。不！我错了，连鲨鱼也没有。鲨鱼的眼神虽然凶狠却并不狡诈，而鳄鱼的眼神则透出无比的狡诈。它并不急于冲向猩猩，而是静静地等待着最佳时机，它要确定万无一失才发动攻击。

时间一分一秒地过去，鳄鱼用它那丑陋不堪的小眼睛盯着猩猩。整整三个小时过去了，它还是迟迟不敢发起攻击，因为它担心这也许是个诱饵。莱森呢？也在远处整整坐了三个小时，他发誓要将猩猩调教成能在巴黎大把捞钱的聪明家伙。

终于，鳄鱼沉不住气了，它决定发动攻击了。只见它慢慢地爬到岸边，甩掉头上的烂泥，以便能把四周看得更加清楚。猩猩一边看着远处的莱森，一边大声尖叫，哀求主人解救自己。猩猩的叫声无比凄厉哀婉，假如这时莱森过来放了它，它一定会做任何莱森吩咐的事；但莱森就好像被钉子钉在了原地一样，一动不动，脸上带着冷冷的笑容。

这时，鳄鱼缓缓地从泥浆里爬了出来，它紧盯着被捆在树上动弹不得的猩猩。事后，莱森曾经向我们绘声绘色地描述当时的情形——那条大鳄鱼慢慢地爬上岸边，眼中居然流出了几行眼泪。而猩猩的眼中也流出了眼泪，但两种眼泪是截然不同的，鳄鱼流出的是残忍的眼泪，猩猩流出的则是悲哀与恐惧的眼泪……

此时，猩猩的意志已经彻底崩溃了，它已经站不住了，若不是被绳索捆在树干上，它必定会像摊烂泥一样瘫倒在地。鳄鱼则志得意满，它认为在这场与猩猩的对峙中，自己已经拿到了四张A，稳操胜券了！这个狡猾而残忍的家伙决定发起攻击。

不要以为鳄鱼身体笨重，就低估了它的爬行速度。其实它在陆地上向目标进攻时，其速度也是极其惊人的。它全速向猩猩冲去，眼看猩猩就要当场丧命。“砰”地一声枪响，莱森在这千钧一发的时刻，向鳄鱼开了一枪。子弹不偏不倚正中鳄鱼的右眼，鳄鱼疼得在原地打了个滚，惨嚎一声，飞快地逃回烂泥中。

莱森的这一招果然奏效，猩猩再也不敢撒野了。那只猩猩真是被吓破了胆，只要莱森看它一眼，它就浑身颤抖。它刚刚被鳄鱼盯了三个小时，就算是人类处于这种环境下，也会神经崩溃的。

第二天，当我和福伯格又去莱森的营地时，他眉飞色舞地向我们炫耀了一番。而那头可怜的猩猩则围着他献殷勤。“你们看！”莱森叫道，“现在它老实多了，我彻底驯服了它！”

“去！”他突然冲着猩猩叫喊，“给我把酒瓶拿来。”

猩猩吓了一跳，急忙跑去给他拿酒瓶，丝毫不敢怠慢，因为它生怕主人再次翻脸。看见猩猩如此听话，莱森不禁放声大笑。“世界上最美好的东西不是别的，就是鳄鱼的眼睛！”他说，“下个星期，我要带它去新加坡，然后沿途演出，最后我们会到巴黎表演，每周净赚五千法郎！到那时候，你们会在报纸上看到我的大幅照片，上面写着：皮尔·莱森教授和他驯养的猩猩！”

斯格瑞伯停了下来，轻轻地吁了口气。这时刮起了一阵风，巨大的树叶被风吹得噼啪作响。阵风过去之后，丛林里又恢复了沉寂。

“继续讲啊！”我催促着。因为听得过瘾，所以我急于想知道故事的结局，“告诉我，后来怎么样了？”

四天之后，我又一次到莱森的营地去找他，可是很奇怪，他失踪了。我到处喊他的名字，都没有人回应。他的营地一切如常，他的个人物品也都完好无损，可是莱森本人却不见了。我估计他可能是到丛林里去了，于是我决定先去他的小屋休息一会儿，顺便喝点儿东西。你知道，那天非常炎热，亚马孙可绝不是个避暑的好地方，相反，更像个火炉。

就在这时，我突然感觉到周围出现了死一样的沉寂——正如刚才赤链蛇逃走时的一刻。我感觉到丛林里蝉鸣叫的声音不知什么时候停止了。哎呀，这太反常了！我开始有些不寒而栗，因为我知道，一定是其他生物感知到了某些东西，而我却丝毫没有察觉。

这种感觉越来越强烈，就好像有一千只冰冷的爪子在我的身上抓来挠去。这并不是我的幻觉，如果你在丛林里生活久了，你就会知道，人的皮肤可以观察和聆听。我觉得我的皮肤一阵阵发颤，似乎有些不寻常的事情发生了。

我从莱森的营地沿着小路向丛林中走去。我一边小心翼翼地走着，一边仔细地观察着周围的环境，虽然我不知道会遇见什么，但我预感到，答案马上就会揭晓。此时，我的心脏在剧烈地跳动，我的嘴唇发干，脑海里突然想起了莱森对猩猩的暴行——他把猩猩绑在树干上，而凶猛的鳄鱼就在一旁虎视眈眈。天啊！莫非是那只猩猩出事了？我的头嗡地一下，好像挨了重重一击。

足足过了三分钟，我才慢慢缓过劲儿来。我必须赶快找到莱森和他的猩猩，于是我朝河边跑去。

跑到了河边，我却看到奇怪的一幕——那只猩猩拿着莱森的来复枪，正在像人一样嚎哭，而莱森却不见了。

"莱森在哪儿？"我冲着猩猩大叫，"他在哪儿？"我明知道猩猩听不懂我的话，可我还是希望它能给我一个答案。

猩猩走过来，一边抹着眼泪，一边伸出毛茸茸的爪子，扯动我的衣角，示意我跟着它走。它拉着我一直走向河岸边的一棵大树下，那是莱森曾经绑过猩猩的大树。

我慢慢地靠近大树，眼前的一幕让我感到阵阵恶心，五脏六腑一阵翻涌，险些呕吐出来。只见那棵大树上缠绕着一条又粗又长的绳索，绳索里捆着两只衣袖，衣袖里还有半条断臂——那是莱森的。

虽然我没有亲眼看见这里究竟发生了什么，但我的大脑自动将一切蛛丝马迹像拼魔方一样拼凑在一起，还原了整个事情的经过。

嗜酒如命的莱森又喝醉了酒，醉得不省人事。猩猩看到了他的醉相，不禁又勾起了那令它无比恐惧的回忆。于是，聪明的猩猩产生了一个恶作剧的念头——让自己的主人也尝一尝在死神面前瑟瑟发抖的滋味。它把大醉不醒的莱森扛到了大树旁边，学着他的样子，用一根长长的绳索将他绑在树干上，自己则端着来复枪，坐在远处的树荫下，等着莱森清醒过来。

莱森一定清醒过来了，他也一定被吓得大喊大叫。然而，他的呼救声同样引来了河中的鳄鱼。而猩猩呢，也一定学着他的样子，假装没听见莱森的呼救。

终于，无比相似的一幕再度重演了！鳄鱼朝被绑在树上的莱森爬了过去，而猩猩也拼命扣动了扳机。但与上次不同的是，这次莱森的枪里没有装子弹！莱森教了猩猩许多，但没有教它如何装子弹。于是，无比惨烈的一幕就这样在猩猩面前上演了……

"那么后来呢，你做什么了吗？"我问道。

“我什么也没有做，”斯格瑞伯轻轻叹了一口气，说：“还能做什么呢，莱森连尸首都荡然无存了。他本想通过训练猩猩，离开丛林，实现他的法国梦。可没想到，他反倒最先成为鳄鱼的腹中餐了。”

于是，我无奈地看着猩猩，猩猩也惊恐地盯着我，同时在慢慢后退，它一边后退一边哭泣，直至消失在丛林里。斯格瑞伯用手指了指黑漆漆的丛林，若有所思地说：“那里有一只猩猩，它经历了所有野生动物从未经历过的事，在它的头脑中，永远留存着一幕惨剧。”

不对劲儿的汽车

哈勃从停车场将自己的汽车开出来，没走多远就感觉到有些不对劲儿，他抱怨说：“怎么回事儿？以往不是这样呀，今天不仅车速太慢，用力踩油门儿也走不快，而且坐垫儿的弹性也变大了。另外发动机的声响也太大，还有刹车，一切都不对劲儿了……”

“哈勃，你能不能消停一会儿？你都抱怨整个晚上了，真让人烦心。今天是我们结婚三十四周年纪念日，你再这样破坏我的兴致我可真要生气了！”坐在一旁的太太泰瑞皱着眉头说。

“对不起，太太，我并不是想扫你的兴，”哈勃漫不经心地说着，他的注意力还是集中在了车上，“可是，咱们的汽车真的出毛病了，我开着它很别扭。总之……跟往常不一样。”

“嗨，我说你这个人就是太吹毛求疵了。我看你平时总检查发动机盖下面，花费了那么多时间难道还不够吗？”泰瑞不耐烦地说。

他们开车来到一个十字路口，恰好绿灯亮了，哈勃试图用力踩油门儿将车开过去，但车的反应仍很迟钝。

“这可不行，我得停一会儿车，仔细检查一下，”哈勃说。

“哈勃，难道你疯了吗？这儿是不准停车的！”泰瑞大声喊着。

“不行，我管不了那么多了，我必须要停车仔细瞧瞧。泰瑞，我怎么突然觉得这辆车不是我们的呢。”

“怎么可能呢？”泰瑞有些难以置信地说，“五个小时前，我们把这辆车开进停车场交给他们，当时他们发给我们一个小牌；五分钟前，我们把小牌交给他们，他们把车还给我们。厂牌、型号、出产时间、颜色，和我们当初交给他们的车都一样，你再看看这儿……”说着，她打开了工具箱，“你看，这里不全是我们的东西吗？有地图、急救用品、手电筒……”她关上工具箱，又回头看了看后座，说道，“你看，那块狗用的破毛毯还在呢。”

哈勃没有理会她，仍然关掉引擎，将车停在路灯下。

看他不听劝阻，泰瑞一声不吭，坐在座位上生着闷气。

哈勃先是打开车里的灯查看汽车内部。没错，车里看起来是一样的；但是当他看车顶时，却发现上面有一块并不熟悉的污渍。

接着，他又跳下车，继续查看车的外部。牌照是他的，没错！左边前挡泥板上仍有一个被撞的凹痕，但他觉得位置似乎高了一些。他还发现了两道新的痕迹，一道是在车厢上的划痕，另一道是在后面挡泥板上的凹痕。他清楚地记得，这两道痕迹在他将车送进停车场之前是绝对没有的。这几处疑点让哈勃愈发觉得自己的感觉是对的。

哈勃又重新坐回驾驶座，发动引擎，驶入前方无尽的车流之中。

“怎么样，这回满意了吧？”泰瑞一脸不高兴地问。

“泰瑞，这绝不是我们的车！我检查过了，车厢上的划痕和后挡泥板上的凹痕都不对，我们必须将车开回停车场去，”哈勃态度坚定地说。

在开车往回走的路上，哈勃越想越气愤，他决心弄个水落石出。几分钟后，他把车停在了停车场对面的一个地方，那里平时是不允许停车的。

“泰瑞，我们下车吧！”他打开车门，但是泰瑞却一动也不动，“你怎么还不下车？”他催促着，泰瑞生气地说：“即使你给我上百万，我也不想跟着你去丢人！我真后悔让你喝了那两杯威士忌和饭后的那杯酒，我看是酒精让你精神恍惚。哈勃，你以前可不是这样的呀！”

看着泰瑞生气的样子，哈勃不再勉强了，他说：“那好吧，你就在这儿等着。如果万一有警察过来问你，你就告诉他事情的原委。你放心，我不会有事的。你也知道我这个人的性格，我是不会随便被人欺骗的。在这儿等我，我马上就回来。”说完，他朝泰瑞摆摆手，转身快步走进一间候车室。

候车室里有十几个人，此刻他们正百无聊赖地坐着，只有柜台后面那位年轻漂亮的出纳小姐偶尔和他们说几句话。

“对不起，小姐，我有件事。”哈勃径直走到柜台前礼貌地说。

“先生，请问你有什么事？我很愿意为你提供帮助。”那位年轻女子也很热情。

“是这样的，我几分钟前在这儿取车，但开走后发现并不是我自己的那辆，一定是车场的服务员开错了车。”

“噢，开错了车？”那位出纳小姐不解地说：“我有些搞不懂了，如果服务员开错了车，你是应该知道的，但是你为什么还要开走呢？”

“开始时我也有些怀疑，但是那辆车看起来和我的车非常相像，而且连牌照和工具箱里的东西也都是我的。但我敢肯定，那辆车绝对不是我的！”哈勃非常坚定地解释说。

“这事儿就奇怪了，我还是头一次遇到。那么，服务员给你的那辆车现在在哪儿？”她问。

“就在停车场对面的空地上，我太太在车子里面等我。”哈勃回答着。

那位年轻的出纳小姐一时有些拿不定主意，想了想就说：“你看这样吧，先生，我先给老板打个电话，由他出面亲自解决，他现在就在办公室里。”

“好的，谢谢你！”哈勃点点头。

这时，又有一些人拥进候车室，他们边走边嚷嚷着什么，屋里顿时显得嘈杂起来。那个出纳小姐走到一个较为偏僻的角落打电话，他听不见她在说什么。

过了一会儿，出纳小姐走过来了，对哈勃说：“先生，我已经跟老板通过话了。他答应帮你解决，五分钟内就能到这儿。请你先到那边坐等一下。”说着，她用手指了指柜台左边的一条长凳。

出纳小姐的礼貌客气让哈勃无可挑剔，他走到长凳那里坐了下来。五分钟过去了，老板没来；十分钟过去了，老板也没来；二十分钟过去了，仍然没有老板的影子。哈勃心里不高兴了：怎么这样不守时呢？他不时地瞧瞧柜台，只见那个出纳小姐利用没有顾客的空当，总是在打电话，也不知是不是催促老板赶快过来。看着她忙碌的样子，哈勃也不好发火，只能耐着性子继续等待。

又过了一会儿，一辆新型大轿车停在候车室不远处，出纳小姐见状赶紧迎出去，很快就领着一位高大魁梧的中年男人走进候车室。

“我叫吉姆，是这儿的老板，让你久等了，很抱歉！请问尊姓大名？”那人和蔼地握住哈勃的手说。

哈勃也做了自我介绍，然而还没等他提到车的事儿，那个叫吉姆的老板就抢先说道：“我是一个本分的生意人，但是我承认，我们这儿有时也会出现一些小问题。不过你放心，我们会尽力帮你解决的。请问，你遇到了什么问题？”他一脸诚恳的样子。

哈勃简单叙述了一遍事情的经过，然后强调说：“那辆车开起来就不对劲儿。最奇怪的是，车厢和挡泥板上有划痕和凹痕——而我自己的车没有这些痕迹？”

“是吗？”吉姆耐心听完哈勃的话，然后以一种果断解决问题的让步态度说，“先生，根据你说的情况，我们这里的通常做法是由汽车受到损害的车主向我们的保险公司申请赔款。不过，要换掉整辆车的事情我还是头一次遇到，而且也不好办。你看这样行不行，对于你汽车上的划痕和凹痕，我愿意作为例外办理，你要多少钱？”

“吉姆先生，我可不是来讹你的钱的！我之所以回来找你，是因为那辆车根本不是我的！”哈勃生气地说。

“先生，你不是在开玩笑吧？好，就算那辆车不是你的，那你要我们怎么做？”吉姆收起了原本热情友好的表情，突然变得严肃起来。

孰料吉姆这一反问一下子就把哈勃给噎住了，哈勃想：“是呀，自己只是感觉到汽车不对劲儿，就回来想弄个清楚。可是具体要对方怎么做，他还没仔细想。不过既然事已至此，就硬着头皮上吧。”想到这里，他也态度强硬地说：“很简单，至少你要向我解释清楚这是怎么回事儿，为什么车不是我的，而里面的东西却原封未动？不然的话，我就要自己进停车间去找。”说完就要迈步往外走。

“我劝你最好别去，至少是现在，因为晚上是停车间最忙乱的时候。如果你进去到处乱闯，万一被车撞着就麻烦了。”吉姆接着建议说，“这样吧，你告诉我，我们给你的那辆车在哪儿？我亲自陪你去看看。”

“就在停车场对面，我太太在里面等我呢。”

“那好，我们一块儿去看看吧。”

“看就看！”哈勃边嘟囔着边和吉姆一起走到了外面。当来到停车场对面时，哈勃惊讶地发现汽车和太太都不见了，他顿时目瞪口呆。

“你的车呢？是不是你太太开走了？”吉姆关切地问。

“不会的！这么拥挤的路，而且天也黑了，她是不敢独自开车的。”哈勃焦虑地说。

“从这儿到你家需要多长时间？”

“也就是二十到二十五分钟的样子吧。”

“那么你在候车室等了多长时间了？”

“快四十分钟了。”哈勃看看表说。

“先别急，我估计她可能等得不耐烦了，就自己开车先走了。我想你应该往家里打个电话，问问她是否平安回家了？”

哈勃想想也只有这个办法了，于是就和吉姆一起回到了候车室。不过这次他一进屋，就意外地发现这里的人比刚才多了不少。

“喂，诸位安静，安静！”吉姆挥手对那些人说，“这位老兄的神秘汽车不见了，我说是他的太太用自己的钥匙把车开回家了。”

“绝对不会的！尤其是今天晚上！”哈勃怒吼着。

“老兄，难道今天晚上有什么特别吗？”

“当然，今天是我们的结婚纪念日，我们的庆祝活动还没结束呢。”

“噢，原来是这样，这的确是有些特别。那你们今天都去哪儿了？都做了些什么呢？”吉姆继续别有用心地问着。

“我们先是到一家餐馆吃饭，然后就……”

“还喝了酒吧？”

“就是两杯威士忌，不过那点儿酒对我丝毫没有影响……

“噢，我明白了，通常你是不喝酒的，但是今晚情况不同……”

“你总问我这些干什么？”

他们正你一句我一句地争论着，“丁零零……”突然柜台上的电话响了起来。年轻的出纳小姐拿起话筒听了一会儿，就将话筒递到哈勃的手中，说：“哈勃先生，电话是找你的，她说是你太太。”

“哦？”哈勃接过话筒，这时屋子里所有人的眼睛都在注视着他。

“哈勃吗？”是泰瑞的声音，“我已经回到家里了，你也快回来吧！”

“泰瑞，你怎么？”

“什么也别说了，赶快打辆出租车回来，我不想再谈了。”说完，泰瑞就挂断了电话。

手握话筒的哈勃惊愕地站在那里，他不明白究竟发生了什么，难道自己打一开始就错了？难道是幻觉？他似乎有些怀疑自己是不是酒喝多了，以至于影响了自己的判断力。

站在旁边的吉姆一直看着他，“哈勃先生，你太太说了些什么？”他关切地问。

“噢，没什么，她说她已经回家了，要我也回去。”

“我说嘛，今天是你们结婚三十四周年纪念日，当然要好好庆祝一下，吃一顿大餐，喝几杯酒都是自然的，”说着，他用眼睛瞟了瞟候车室里的人，“你们说，这位老兄是不是喝了不止一杯吧？”那些人发出一阵哄笑声。

哈勃气得脸色发白，两眼瞪着吉姆。

“好了，好了，”吉姆自感胜券在握，因此表现出一种大度的容忍态度，他说，“这样吧，我们给你叫辆出租车，你先回家去。明天早上你再仔细瞧瞧那辆车，如果你确信是在我们这儿撞坏的，我们再商量。这样还算公平吧？”

听了吉姆的话，哈勃仿佛突然明白了他必须做什么，于是他深深地吸了一口气，又整了整衣服，信心十足地准备做要做的事了。

“吉姆先生，真对不起！今天也许是我多喝了两杯酒，给你添了这么多麻烦。谢谢你的好意，我自己打车回家就行了。不过我还要重申的是，我太太开走的那辆车肯定不是我们的。”说完，他朝吉姆做了一个牵强的微笑，转身就走出了候车室。

这时，在停车场的入口处又停下一辆汽车。一对夫妇从车里走下来，但车门却开着，马达还在作响。他们正想招呼服务员将车送到停车间去，只见哈勃一个箭步上前，迅速钻进那辆车里，然后关上车门，猛踩油门儿，汽车一溜烟儿地向前驶去，他的这一举动惊呆了那对夫妇。

“看，他驾车跑了，快停车！快！”候车室里有人见到了这一幕，大声喊叫着，还有的人追了出来。但是哈勃根本不理他们，继续驾车绝尘而去。

这次他要使用一个计谋，也就是我们熟悉的调虎离山计。他先把车驶离人们的视线，然后又驾车兜个圈子回来，趁人不备从停车场的侧门进去，顺着斜斜的车道进入了二楼的停车间。尽管他这时心里也很紧张，但他下定决心要把事情弄个水落石出。

这时，他发现前面有一个标着箭头的方向指示牌。“是停下来还是开过去？对，就照着非左即右的原则办！”他无暇顾及其他，决定朝左拐。结果车刚一向左拐过去，他就发现拐错了。只见一辆汽车正迎面向他驶过来，他几乎无处躲闪。为了避免车毁人亡，他用力猛踩刹车，然后顺势从车上跳了下来。

惊恐之余，他在停车间里四处张望着，希望能有什么发现。突然，他看到自己的车正停在距他大约三十米的一个角落里，车的前盖已经撞扁了，挡风玻璃也是支离破碎，好端端的一辆车不知怎么搞成了这样一个惨状。

“天哪，怎么还有泰瑞！”哈勃几乎不相信自己的眼睛，他看到两个穿西装的男人正挟持着泰瑞离开一部电话机。

“放开她！”哈勃大声叫喊着。那两个男人听到声音转过头来。

他看见泰瑞的前额有瘀痕，嘴巴被胶带封着，不停地在扭动着身体。

“你们这些浑蛋！”他大叫着向他们冲过去，但是对面的一个高个子男人已经掏出了手枪向他瞄准，随着“砰”的一声枪响，哈勃一头栽倒在地……

不知过了多久，哈勃恍惚中好像听到有人在向他问话：“先生，你感觉好些了吗？”

他用力睁开双眼，发现自己正躺在医院的病床上。他循声望去，令他惊讶的是，站在他床边并低头看着他的竟是停车场的那个年轻的出纳小姐。

“怎么，是你？”

她微笑着。

“我受伤了，而且非常糟糕！”他告诉她说。

“别担心，虽然子弹打中了你的头盖骨，但是医生说你现在已经没事儿了。还有，你的太太也很安全，她一会儿就会来看你的。”

接着，她拿出了一枚警徽，自我介绍说：“我是斯特利普警探。我要代表警察局感谢你。如果不是你的警觉，注意到汽车不是你的，并且开回来询问的话，我们就不可能将吉姆这伙毒贩子一网打尽，再一次谢谢你！”

“毒贩子？到底是怎么回事儿？”哈勃不解地问。

“你听我说，这个停车场实际上是一个毒品交易站。吉姆他们非常秘密地把毒品藏在汽车里，由送货员开来，这里的所有服务员都是一伙的。我们对这里有怀疑，但苦于拿不到确凿证据。于是我们派了一个警探在这里卧底，但是被一个送货的歹徒认出了。当这个警探开着你的车上楼时，被两个歹徒开枪打死了，所以你的汽车才成了现在这个样子：不仅玻璃被打碎，车里血迹斑斑，而且前面也撞扁了。所以，他们没法再还给你。”斯特利普警探说道。

“那他们干脆说车被偷了不是更简单吗？”

“不可以，那样就会把警察招来，他们毕竟是做贼心虚。另外，他们还要花时间处理警探的尸体和你的汽车。要知道，他们在这个城里偷来一辆和你那辆一模一样的汽车并不难。你的车在那儿停了四五个小时，他们有足够的时间做这些事情。而且，他们认为你在夜色中不会注意到调换的这辆车有什么不同，这样就可以瞒天过海，悄悄地把问题给解决了。”

“噢，原来是这样！”哈勃恍然大悟，“所以，当我看出车的异样，开回去找他们的时候，他们就决定将我和泰瑞杀掉。”说到这里，哈勃也不禁有些后怕。

“不错。其实在昨天晚上，我就有些担心那个卧底的警探了，因为我已经有好几个小时没见他露面了。所以当你进来说碰到的怪事，而且那个吉姆又同意亲自和你谈谈时，我就觉得很蹊跷，相信这件事儿一定和警探的失踪有关。因为吉姆通常很霸道，他是不会理睬顾客的抱怨的。”斯特利普警探说。

“那么，是不是可以这样说，我在等候吉姆的时候，你在不停地打电话，实际上那些电话都是打给警方的？”

她微笑着点点头：“是的，我们想把这帮家伙一网打尽，就在候车室布置了不少便衣。难道你后来和吉姆又返回候车室时没有发现人增加了很多吗？”

“是呀，当时我还有些奇怪呢。”哈勃点头说。

这时，斯特利普警探脸上流露出些许得意的笑容。

“不过，我还有一件事想不明白。你接过太太的电话后，为什么不听她的话赶快打车回家，相反还要铤而走险，夺车闯进二楼的停车间呢？你当时肯定不会知道，是那些人拿枪顶住你太太的头逼她打的电话，但你怎么就会知道那是一个陷阱呢？”斯特利普警探想解开这个谜。

“这么说吧，我是从泰瑞一反常态的语气中嗅到了蛛丝马迹。因为，如果她已经开车平安地回家，她就不会只说那么两句，更不会不让我说话。我之所以要抢夺车偷偷开上二楼的停车间，是吉姆的一句话让我起了疑心。我并没有告诉他今天是我和泰瑞结婚多少周年纪念日，可他怎么就能准确地说出来呢？肯定是从泰瑞那里知道的。所以我断定泰瑞就在他们手上，或者说吉姆就是操纵者，无论停车场有什么事儿都和他有关，包括我的汽车被调包。”哈勃慢条斯理地说道。

第三者

法庭上，一桩凶杀案正在审理当中。

“现在进入被告及律师最后答辩阶段，传被告华伦！”法官敲响了法槌。

“传被告华伦！”法警听到命令，大声喊道。

那个叫华伦的被告出现在庭审现场。

“现在被告上前台宣誓。”

华伦缓缓地走上前。

“请将右手放在《圣经》上，举起左手。现在我来问你：你是否愿意郑重宣誓？是否能保证你在法庭上的叙述完全属实、绝无虚假？”法官一脸严肃地说。

“我愿意！我保证！”华伦郑重地说。

“好，下面请被告律师提问。”

被告的律师傅斯走上前，问道：“请说出你的姓名、年龄和职业。”

“我叫华伦，今年四十六岁，在镇上开一家电器店。”

“好了，你可以坐下了。华伦，我再来问你，你结婚了没有？”

“结婚了，结婚二十多年了。”

“你现在住在什么地方？”

“在新泽西州靠近边界的地方。”

“这么说，距这里大约二十五公里了，那你是不是每天都要开着车来回跑？”

“是，除了礼拜天之外，我每天都要来回跑。”

“你来卫克汉镇开店有多长时间了？”

“四年。”

“你怎么会想到在这里开店？”

“我父亲去世后，我继承了一点儿遗产，虽然此前我一直想做些生意，但苦于没有本钱，自从有了这点儿钱后，我就开始选择开店地址。最后，我看中了这里，这可是镇上唯一的一家电器用品商店。”

“你的生意怎么样？”

“还可以，不过不如我预期的好，因为镇上的人似乎有些排外，他们不大愿意接受一个外来者，尤其是现在又出了……”

“嗯……”傅斯律师稍微停顿了一下，接着又说，“华伦，现在我们想讨论一下你送给玛丽的电视机，也就是这台标有‘第十六号物证’的电视机。我想请你指认一下，它是不是你送给玛丽的那台？”

“是，是我送的那台。”

“它是什么牌子的？”

“什么牌子都不是，是我自己组装的。”

“哦？你自己组装的？”

“没错！我曾经学过家用电器的原理，所以我想试一试……”

“可为什么贴的标签是麦克牌呢？”

“那是一个旧的电视机壳，我试了试大小刚好合适，于是就把它擦干净，用上了。”

“组装这台电视机花了你多少钱？”

“各种零部件是两百多元，对了，是二百一十五元。”

“这么说，你送给玛丽的实际上就是价值二百一十五元的零部件？”

“如果你这样认为也可以，不过，我从没有考虑到钱，我看她喜欢所以就给了她。”

"那么，她见到过你组装吗？"

"见到过，因为她经常到我的店里来。如果店铺里没有顾客，我就在办公室里组装。"

"她经常进你的办公室吗？"

"经常？先生，我不知道你这话是什么意思？"

"就是指每天？还是一个星期几次？"

"当然不是每天，也就是两三天一次吧。"

"如果你不介意的话，能否告诉我，你是什么时候认识她的？"

"大概是她中学毕业那年，她在放学途中经常来店里，买些唱片什么的。"

"那么后来呢？"

"后来我们就熟悉了，经常彼此聊聊天，很快就产生了信任感。"

"她漂亮吗？"

"是的，她很漂亮。这个女孩子似乎心理很成熟、敏感。她还没有男朋友，所以，没多久我就发现她很喜欢和我聊天了。"

"我们很想了解一下她的性格。华伦，你愿不愿意当着法庭上各位的面，告诉我她为什么喜欢和你聊天。"

"我想，或许在她的心目中，我就像她的父亲一样，因为她从来没有，又一直希望得到。"

"此话怎讲？"

"因为玛丽曾对我说过，她从小就没见过亲生父亲。她是被继父养大的。她的继父性情暴躁，不仅经常酗酒，而且还是个老色鬼，一直想对她图谋不轨。他的前妻也是因他的暴虐而离开他的，并且给他留下了一大堆孩子。因此，玛丽从小就没人照顾，缺少父爱，整天做些粗活儿，所以当她能够自立时，就离开了这个令她厌恶的家庭，那时她才十三四岁。"

"她离家之后做什么工作？"

"这我也不太清楚，只是听说她和姐姐住了一些日子，后来就到别的地方去住了。她大多数时间都是住在一些女朋友家，总之是到处打游击，这儿住几天，那儿住几天的。"

"你们聊天时，她说没说过和男人同居过？"

"没有，从来没有！"

"根据你这么长时间跟她的接触，有没有发现她在外面与什么人鬼混？"

"我从未发现。虽然她很成熟，但她也值得信任。"

"那么，她信任你吗？"

"是的。由于她的特殊经历，很让人同情，所以拿我也总是当亲人一样，我想她是由于信任我，才经常找我聊天的。不过，那时她从未提到过有男朋友，只是说她的家庭有多么糟糕，她多么想早点儿完成学业，赶快找份工作自立，可是一直都没能如愿。”

“你知道她为什么要这么说吗？”

“因为她学习不好，还没读完中学就和一群女孩子被送到岛上的一所救济学校，在那里学习打字和文秘工作。按说这也是寻求一种谋生能力，挺好的，但她经常打电话告诉我，那所学校很差劲儿，很多女孩子抽烟、吸毒，非常粗俗，她在那儿没待多长时间就回来了，后来在这里找到一份工作，租了一间房子，也就是她被害的那间。”

“华伦，请如实告诉我，玛丽是不是爱上你了？”

“这个……我……我想是吧。不过，我觉得这或许是另一种方式的爱，因为她曾经说过，她一生中渴望有个人爱她。”

“那么，你从来就没有鼓励过她爱你吗？或者换句话说，明确地告诉她你爱她？”

“不！先生。”

“为什么不可以呢？”

“我不知道该怎么回答。我有家室，也有深爱我的妻子，我不忍心伤害玛丽，因为她这些年太不幸了。先生，说心里话，我对玛丽是一种特别的爱，这也许是一种同情吧。”

“你？”

“先生，说心里话，我是爱玛丽，但不是一般人所想象的那种男女之爱。我也许不像是一个父亲爱女儿那样，但也有着同样的保护方式。玛丽的童年已经够不幸了，我不忍心让她再受到伤害，就是这样。”

“既然你这样想，那你就从来没有告诉过她？”

“没有。不过，我想她已经看出了我的爱，所以当她发现自己怀孕时，就把一切都告诉了我。”

“她都告诉你什么了？是说和另一个男人有恋情吗？”

“是的，她告诉了我。她毕竟年纪还小，所以当她发现自己怀孕后，非常紧张，我想她是怕失去我这样值得她信任的人吧。”

“那你知道以后的反应是什么呢？”

“我能有什么反应？自从她和那个家伙开始交往后，我就知道会有麻烦。我前面说过，她很容易相信他人。她和那个家伙是在一次晚宴上认识的，结果一下子就坠入了情网。当然，那可能是她的初恋。尽管我不喜欢她那样做，但也没有反对，因为我不想扫她的兴。那个家伙是有家室的，但她根本不在乎他是结了婚的人，甚至还天真地以为那个欺骗她感情的男人会跟自己的太太离婚。我心里想：‘这可能吗？我们等着瞧吧！’但是我并没把这种担忧告诉她，因为她的兴奋让我不忍心。就这样，一直到她发现自己怀孕为止，唉！也怪我……”

“后来呢？”

“后来的情况果不出我所料，她告诉我说那个人不是个好东西，虽然是个有身份的大人物，可是和她在一起的时候却非常龌龊，总是带她到离这里很远的地方去，对她做下流事情。后来，当他知道她怀孕时，竟然非常生气，还责怪她粗心大意，并且还给她钱让她赶快把胎儿做掉，否则就再也不想见她了。”

“那个男人真的给她钱让她去打胎了吗？”

“是的，她说就在她告诉那个男人自己怀孕的同一时刻、同一地点给的，当时是给了五百元。”

“这一切都是她亲口告诉你的吗？”

“是的。”

“再后来呢？”

“后来，她不知道该怎么办，既想和那个男人保持这种关系，但同时又很伤心，也很生气。当时我建议她去找一下神父，可是她不愿意，却问我对这个胎儿该怎么办，她这是把我当成了精神上的顾问。”

“那你都对她说了些什么？”

“我对她说，如果这次打掉了孩子，可能以后永远也无法生育了，到那时候她会懊悔万分的。我告诉她，也可以把孩子生下来，那么她生命中就第一次真正有一个可以爱的人了。我还对她说，实在不行，也可以让别人领养孩子，因为有很多这样的机构，这样一来，既可以减轻她的负担，又可以不必因自己剥夺了孩子的生命而感到内疚。其实，我觉得她将孩子交给别人领养比她自己抚养要好，也比较安全。”

“你说完这些之后她是什么反应？”

“据我观察，她走的时候很高兴。”

“你知道她最后会作出怎样的决定吗？”

“不知道。不过，先生，我想那个男人一定会逼她打掉胎儿的。”

“你恨那个男人吗？”

“是的，先生。”

“你见没见过他？”

“没有。”

“她是否告诉过你他是谁，叫什么名字？”

“也没有，因为那个男人不让她告诉任何人。”

“哦，那你有没有什么线索，能猜出他是谁？”

“法官大人，我抗议，被告律师这是在引导证人影射他人。”坐在一旁的检察官哈克发话了。

“抗议有效，被告律师傅斯先生，你刚才的问话有些离谱儿了。”法官说。

“很抱歉，法官先生，我想证人或许能够提供某些线索。”

“好了，继续问你的问题吧！”

“华伦，你是否从玛丽那里得到过谁是她的情人的暗示？”

“没有。”

“她对你说没说自己何时怀的孕和从情人那里得到钱的具体时间？”

“说过，是在她遇害前的一个月。”

“好了，华伦，现在你应该尽可能详尽地把玛丽遇害那天的事情告诉法官先生，因为这很重要。”

“好吧。法官大人，事情是这样的：那天下午 5 点 15 分左右，玛丽刚下班就给我打电话，说她回家后打开电视机，却怎么也调不出图像，问我能不能关门后去帮她修一下。我通常是 6 点钟关店门，所以就告诉她我会过去检查一下的，我估计可能是电路接触不良。我知道玛丽很喜欢那台电视机，只要她在家，就从早到晚一直开着电视，因为她一无所有，此前从来没有人送给她礼物。我是 6 点 15 分关的店门，然后就拿上工具箱，开车去了她的公寓。”

“在这以前，你去过玛丽的公寓吗？”傅斯律师问。

“去过几次，都是我关门后顺道送她回家，不过是到门口，只有送电视机那次我进去了，但也只是待了短短的几分钟。”

“那次是什么时候？”

“一个星期前。”

“你真的只进入公寓一次？”

“是的。玛丽住的公寓其实不过是一栋老旧楼房里的一个房间而已，房间对着前面的街，进出需要通过旁边的梯子。”

“她的房东你见过吗？”

“没有。”

“具体说说你到她住所时看到的情况。”

“好。我出发的时候，天色已经黑了。当我到达公寓时，透过玻璃看到她屋里的灯亮着，而且还隐约能听见电视机的嗡嗡响声。我上前敲门，但没有人回答。我又敲了敲，还是没有人回答，于是我就试着推了推门，门竟然是开着的，我便进去了。开始时我并没有见到她，因为沙发挡住了我，我首先看到的是电视机，当时电视里只有声音，好像是儿童节目，但没有图像。‘玛丽，我来了！’我喊了一声，但是没有人回答。我还以为她到房东那儿去了，或者在浴室里，就又喊了几声，还是没人回应。这时我心里不禁有些紧张，就开始找，结果发现她一动不动地躺在沙发后面，面色惨白。我摸摸脉搏，发现她已经死了。整个事情就是这样，我说的都是实情。”

“你过了多长时间报的警？”

“确切的我也说不清了，大概是十分钟或者十五分钟吧。”

“然后他们便以杀人凶手的罪名逮捕了你？”

“是的。”

“华伦，请你如实回答，玛丽是不是你杀的？”

“不是，我敢发誓！”

“法官大人，我的问题暂时问到这里。”傅斯律师对法官说道。

“好了，华伦，现在由检察官向你发问。”法官说。

“是。”

“华伦先生，”哈克检察官说，“刚才，你的辩护律师极力想把你装扮成一个慷慨、仁慈的好人，对那个可怜的女孩有着父亲般的感情。你说那个女孩被她的情人玩弄导致怀孕，那人本来付钱让她去堕胎，但是她不肯，结果激怒了她的情人，然后在一次疯狂的殴打中将女孩致死。如果你说的是真话，那么他不仅杀害了那个女孩，还杀害了她未出生的孩子，是不是这样？这就是你证词的主要内容？”

“我抗议！法官大人，检察官这是在用带有讽刺性的言辞中伤我的当事人。”坐在一边的傅斯律师举手发话了。

“抗议无效，请检察官继续问话。”法官说。

“我知道，傅斯先生是一位博学的律师，如果有得罪之处，我愿向他表示歉意。但我要说的是，他的当事人是个诡诈、残忍、工于心计的凶手，他跟这个年龄只有他一半的女孩有着非同寻常的关系。当造成事实后，他为了开脱自己，就煞费苦心地编造出这个荒诞的故事，说什么她另有情人等等，想以此引起陪审团的同情，达到推卸罪责、混淆是非的目的，我可不相信他的鬼话。请陪审团注意，那些证人都发誓说这位被告与受害人之间关系非同寻常。”哈克检察官侃侃而谈。

“请问检察官，你是在作辩论总结吗？”法官不悦地问。

“噢，不是的，对不起，法官大人。”

“请注意你问被告问题的范围，不要长篇大论。”

“好！华伦先生，我来问你，据你的店员作证说，他们经常看到玛丽到店里来，而且每次都不敲门，径自走进你的办公室，一进去就是几个小时。他们还说，有好几次晚上店门关闭后，看见你和她一起坐车离去，是这样的吗？”

“是的，我并不否认。不过，先生，那是他们理解错了，我和玛丽之间并无不正当关系。”

“真的吗？面对那样一个年轻女孩，像你这样一个健康、英俊的男人，难道就没有受宠若惊，甚至做出什么举动？”

“你这是什么意思？不错，我是有点儿受宠若惊，但并没有什么举动……不是你说的那种方式。”

“你紧张什么，我还没问那个问题呢。”

“你不就是暗示我们之间存在恋情吗？”

“的确如此，这正是我想要问的下一个问题：你是否与玛丽有性行为？”

“没有，绝对没有！”

“你怎么能证明你和她没有那种关系？”

“法官大人，我抗议！”傅斯律师大声说道。

“抗议有效。”法官说。

“华伦先生，你是结了婚的人，但怎么能证明你没有发生婚外恋的可能呢？”

“法官大人，我再次抗议！”傅斯律师忍不住站了起来。

“抗议驳回，这个问题问得很恰当。”

“不错，检察官先生，我是多次开车送她回家，而且我们都是单独在一起，但是，我每次只在外面停留一两分钟，从未进过她的住所，更别说在外面偷偷摸摸地约会，做见不得人的勾当了。我是直接从办公室到她家，没有办法找到证人来证明，所以，对你所说的‘可能’我也无法否认。”

“好了，华伦先生，接下来我们再来谈谈你的礼物吧。你平常是个慷慨大方的人吗？”

“平常？你这话是什么意思？”

“很简单，就是你平常送不送东西给你的店员和顾客？”

“偶尔高兴的时候也会送，当然不是经常的。”

“噢，那你能否举个例子？”

“也没有什么特别的例子。如果我喜欢某个人的时候，我会送点儿唱片之类的小礼物给他。”

“也送电视机吗？”

“当然不会！”

“但是你却慷慨大方地送给玛丽一台彩色电视机呀！你还送过她别的礼物吗？”

“送过，是在圣诞节和她的生日时送的。”

“那你有没有过给她钱呢？”

“有过，只是偶尔。”

“怎么个偶尔法？数目是多少？”

“我只是在她手头拮据时给，帮她渡过难关，钱数不多，每次也就五块十块的。”

“你以为这样就可以让陪审团相信，你们之间只是纯粹的友谊而没有其他关系吗？”

“我们确实只是一种纯粹的友谊。”

“华伦，你妻子知道玛丽的事情吗？”

“法官大人，”傅斯律师说，“我对检察官提这种问题进行抗议，这和凶杀案有什么关系呢？况且这些问题被告的妻子已经作过证。我认为检察官是在诱导我的当事人，企图使陪审团产生偏见。”

“法官大人，被告的律师说的不对，我需要弄清证人的性格，所以才问这个问题。”

“驳回抗议。”法官说。

“我从来没有向妻子提起过。”华伦说。

“玛丽知道你已经结婚了吗？”

“知道。”

“华伦，你作为一个已婚男人，应该明白和未婚女孩建立这种关系是不对的，而且你还编造故事，企图让人们相信她还与一个只认识四个月的已婚男人交往。你没有任何证据能证明另外那个人的身份，更不要说那个人的存在了。法官大人，我认为根本就没有第三者的存在。我请陪审团注意被告的目的，他编造这个故事就是为了掩盖自己的罪行，他这是……”

“咚！咚！”法官不停地敲着法槌，“哈克先生！我要敲多久你才能注意？不用你来替陪审团下结论，他们自己会做出的。”

“对不起，法官大人，你说得对，我还想继续问华伦先生一个问题。”哈克检察官说。

“华伦，假设真像你说的那样有个第三者存在，注意，我这里是假设，那么你认为他为什么要杀害玛丽呢？难道他是为了自己的名誉吗？”

“我想一定是玛丽不肯堕胎，于是他一怒之下便殴打她，结果失手打死了她。当然他也是为了保住自己的名誉，因为我听玛丽说过，那个男人是个大人物。”

“这是你的猜测？”

“对！”

“华伦先生，你看我说的是不是事实：你指望我们相信你的品德，所以才承认和这个女孩有关系；你指望我们相信你只是同情和慷慨，别无其他动机，才承认给她送过礼物；你指望我们相信你有责任感，没有逃跑，所以当警方到达现场时，只有你在场；你指望我们相信你以前只进入过她的公寓一次，但很多证人都看见你曾多次和她开车到那儿；你指望我们相信有另一个男人与她有染，但实际上根本没有，也没有证人证明那个第三者的存在。华伦先生，不要再遮掩了，你以为我们会相信你所说的这一切吗？”

“我没有遮掩什么，那的确是事实。”

“事实？好，我来问你，那个男人给她的五百元钱呢？警察在现场没有找到，银行账户里也没有，也没有购买大件商品的物证，那么，她把那笔钱弄到哪儿去了呢？”

“我怎么会知道，也可能她又还给那个男人了。”

“法官大人，我没有问题了。”

“傅斯律师，你还有什么问题想问证人？”法官说。

“现在没有，法官大人，我要仔细研究一下这份证词，后天开庭时再问。”

“那么，检察官还有什么意见吗？”

“没有。”

“现在休庭，星期四上午十点继续开庭审理。”法官敲响了法槌。

星期四上午十点。

“现在开庭，由杰姆法官主审。”

“我要提醒被告，你的誓言仍然有效。被告律师现在可以提问了。”法官严肃地说。

“法官大人，我有一个请求，能否在我开始询问之前，允许我的助手将电视机，也就是第十六号物证的插头插在插座上？”

“为什么？”

“因为被告作证时曾经说过，当时电视机需要修理，我希望证实一下。”

“哦，检察官对此有异议吗？”

“没有。”

“好，进行吧！”

傅斯律师的助手杰克很快就将电视机插头插在了插座上。

“华伦，你说玛丽打电话要你去修理电视机，当你到达她家时，发现电视机是开着的，但只有声音而没有图像，是这样的吗？”

“是的”

“法官大人，请允许被告离开座位，打开电视机！”傅斯律师说。

“可以。”

“是打开电视机的开关吗？”华伦走上前问道。

“对！”傅斯律师说，“你打开了吗？怎么我什么也看不到，没有图像，也没有线条，屏幕是黑黑的，就像关掉的电视一样。是这样的吗，华伦？”

“是的。”

“可是，我们还是能听到一些声音……好像是第七频道的节目？”

“对，这是调在了第七频道。”

“好了，华伦。”傅斯律师说，“法官大人，我请求让卫克汉镇的高尔警官出庭作证。”

“允许。”

在法警的引领下，高尔警官走上证人席。

“高尔警官，请你回忆一下现场的情景。当你第一时间到达被害人家时，电视机有没有图像？”傅斯律师问。

“没有，先生。”

“警察局将电视机取走后，是你负责保管这台电视机的吗？”

“是的。”

“这期间是否有人动过它，或者是想修理它？”

“没有，没有人动过它，我们只是为了便于取指纹在上面撒过药粉。”

“就像你所说的，在电视机上只找到被告与受害人的指纹，是这样的吗？”

“是的，先生。”

“好了，谢谢你，高尔警官。”傅斯律师微笑着向他点点头。

“下面，请被告华伦回到证人席上。”法官说。

“华伦，你说这台电视机是你亲自组装的，对吗？”傅斯问道。

“是的，是我用自己原有的和买来的零件组装起来的。”

“那你肯定对这台电视机非常熟悉了？”

“当然。”

“我想请你在法庭上当众把它打开修理一下。”

“怎么？”

“法官大人，我抗议被告律师的这种要求！”哈克检察官大声说道。

“请问傅斯律师，你这样做对本案审理有什么关系吗？”法官问道。

“有。法官大人，我认为，我的当事人是有罪还是无辜，或许全靠这台电视机了。我希望被告能有各种机会为自己辩解。”

“好吧，可以进行。”

“华伦，请你用自己的工具袋，也就是二十四号物证，看看是否能把电视修好。”

“是，先生。”

“法官大人，我请你看仔细，现在被告已经拧开一些螺丝，把电视机壳打开了，他取出了组合盘，正在检查下面的电路。华伦，你找到毛病了没有？”

“噢，找到了，是一个接头松动了，和我原先想的一样。没关系，只要焊接一下就行了……好了，你看，现在有图像了。”

“法官大人，你看，这是第七频道，不仅色彩鲜艳，而且图像也很清晰。华伦，谢谢你！你可以关掉电视机，回到证人席了。”

待华伦坐稳后，傅斯律师对他说：“华伦，我再问你一个问题，那个电视机壳你是从哪儿弄来的？”

“是从一台旧的麦克牌电视机上拆下来的，这个外壳轻巧，而且也很好控制。”

“控制？你是指调整声音大小的开关吧？”

“是的。”

“华伦，这个电视机的外壳或开关上，怎么没有任何标志说明它是黑白还是彩色的呢？”

“嗯，是没有。”

“请你如实对我说，你告诉过谁这台电视机是彩色的？”

“没有，我没有对任何人说过。”

“那么，你在法庭作证时，我问过你或者是你自己说过电视机是彩色的了吗？”

“都没有。”

“现在，请你告诉法官大人和陪审团，我们为什么一直不提这台电视机是彩色的呢？”

“我们清楚，除了玛丽之外，另一个知道电视机是彩色的就是他的情人了，因为玛丽曾经对我说她告诉过那个男人。”

“华伦，关于玛丽情人的身份我们是不是早就知道了？”

“是的，但是我们无法证明。”

“你说说我们是怎么知道的？”

“因为玛丽告诉过我。”

“可你在以前的证词里撒谎了！”

“我承认，我是撒了谎。”

“你作证前曾宣过誓，那你为什么还要撒谎呢？”接着，傅斯律师将头转向法官和陪审团，说：“我来补充一下，华伦是在我的同意下撒谎的，对此，我请求你们的原谅。现在我要告诉你们，我和华伦为什么要撒谎，因为我们知道，玛丽的那个情人有权有势，仅凭我们的一面之词是无法指证他的。所以，我们希望他在法庭上会说些什么，问些什么，然后我们从他的那些话里找到破绽，套出真相。”

“可是，现在大部分电视机都是彩色的，他应该能猜测到那是彩色的呀？”法官有些不解地问。

“但是，法官大人，恐怕有一点只有他自己才知道，那就是他第一次遇见玛丽的时间，也就是四个月前，这一点别人是不知道的。”

“法官大人，我已经没有问题了。哈克检察官，现在该把证人交给你了！”傅斯律师说。

法庭上沉默了十几秒钟，突然，传出了一阵“呜呜……”的哭声，原来是哈克检察官正掩面坐在那里。

逃　亡

还没等警车停稳，约翰尼·肯德尔就第一个跳了下来，举着手枪冲进了小巷。他对这一带的地形非常熟悉，看着逃跑者在雪地上留下的歪歪斜斜的足迹，他就断定那个家伙已经跑进了一条死胡同，“这回他可逃不掉了！”

“赶快出来，我是警察！快！”他大声喊道。四周没有回应，只有呼啸的风声穿巷而过，似乎还有一个走投无路的人绝望的喘息声。肯德尔身后传来拉辛警官急促的脚步声，他知道，同伴此刻也已经掏出了手枪，双眼正在紧张地搜寻着。

肯德尔和拉辛是在追踪一个歹徒，那个家伙砸碎了临街一个酒店的橱窗，还抢走了好几瓶杜松子酒。

晚上的月色很好，幽深的小巷洒满一片蓝白色的光。借着月光，肯德尔突然发现他追踪的那个人就在前面二十英尺的地方。那个人手中似乎有个什么东西，闪闪发亮，还微微晃动着，肯德尔来不及过多思考，瞬间就扣动了手枪的扳机。

“砰”的一声，那个歹徒就应声倒向小巷尽头的栅栏边，“砰砰……”肯德尔仍没有停止射击，“肯德尔，他都倒地了，难道你疯了吗？”直到拉辛惊叫着冲过来，把他的手枪打落并一脚踢开，枪声才停止。

肯德尔的行为显然是严重违反了纪律，所以，他没等有关部门来调查，就在两天之后辞掉了工作，然后离开警察局，开车朝着西面的方向驶去。坐在他车里的还有一位姑娘，名叫桑迪·布朗，是他的女友，他们原计划在一个月内完婚的。肯德尔是个很有个性的男人，发生了这件事后，即使是对于布朗这样亲密的人，开始时他也没有吐露半个字，直到汽车开出了三百英里后，他才对布朗说了这件事。

“那家伙是一个老酒鬼，整天游手好闲，就知道喝酒。事发那天，他先是砸碎了酒店的橱窗，偷走店里好几瓶杜松子酒，然后就迫不及待地跑到那条小巷子深处喝了起来。我发现他时，他正举着一瓶酒在喝。在月光的映照下，那个酒瓶子闪闪发亮，还有些晃动，当时我以为那是一支手枪或是一把刀，于是就扣动扳机，射出了第一发子弹。看见他倒地之后，我似乎才意识到那不过只是一个酒瓶子。或许是我对自己莽撞的懊悔，或许是我对眼前这个不务正业、嗜酒如命的老酒鬼的气愤，总之，我失去了理智，继续举枪射击，直到拉辛警官上来阻止了我。唉！我当时是怎么搞的？”说着，他用微微颤抖的双手从衣袋里掏出烟，点着一根，“如果不因为他是一个酒鬼，上司肯定是不会饶过我的，那么我可能就要到大陪审团前接受审判了！”

坐在一旁的布朗静静地听着，很少质问她所爱的人。布朗是个漂亮的姑娘，高高的个子，一头深褐色的头发剪得像男孩子一样短，尤其是她笑起来的样子，甜甜的，很容易让男人们魂不守舍。不过，你不要以为她总是这么文静和男孩子气，从她的笑容以及淡蓝色眼睛深处跳动的神情可以看出，她似乎还有着女人的另一面。

“亲爱的，别自责了，我看那个酒鬼还是死了的好，否则他在那个小巷里喝醉了，也一定会被冻死的！”布朗轻轻地安慰说。

“当时我朝他开了三枪，只是为了保险，如果当时他真的拿着枪，我不是很危险吗？再说了，他还偷了好几瓶杜松子酒呢。”肯德尔一边把车稍稍向旁边靠了靠，避开高速公路上的积雪，一边愤愤不平地说道。

“那你敢肯定那个人手中就是武器吗？”

“我没有想那么多，因为当时的情况很紧急。我听拉辛警官说过一件事。他认识一个警察，在一次追捕逃犯时，一个逃犯先是举手投降，然后突然开枪射击，结果这名警察被打成了残废。我可不想白白死掉或成为一个残废人，如果要说我当时想到什么的话，或许我想到的就是这件事。”

“肯德尔，我们还是不要再走了，我觉得你应该留下来参加听证会，我相信会有公道的。”

“你说什么？我才不干呢！因为那样他们就可以名正言顺地解雇我了。”

肯德尔显然有些不高兴了，只见他抽着烟，又顺手打开一侧的车窗，让寒冷的空气吹拂着他的金发，一言不发地开着车。他今年还不到三十岁，是一个英俊魁梧的男人，在此之前，他的举止总是很沉稳。

“可能我这人并不适合当警察。”他突然开口说道。

“那你想去做什么呢？我们总不能像现在这样吧，居无定所，在没有人追逐你的时候四处逃亡？”布朗不无忧虑地说。

“你放心，天无绝人之路。我们总会发现一个可以留下的地方，到时候我去找份工作，然后我们就结婚。”看着他一脸憧憬的样子，布朗苦笑着。

“你想的未免太简单了，除了逃亡，你还能干些什么呢？”

“我，我可以去杀人！”他凝视着车窗外面的雪，一字一句地回答说。

“啊？！”布朗暗暗吃了一惊。

他们开车又走了一段时间。肯德尔知道，前面有一个镇子叫七星湖，离这里已经不远了。其实，七星湖这个名字倒很适合这个镇子的过去，与它的现在却不太相符。过去，这里最明显的标记就是冬天结了冰的湖边那一栋栋旧别墅，还有那留着深深车辙的泥土路。虽然七星湖离本州最大的城市只有一小时的车程，但是近年来它却没得到什么发展，并未如人们期望的那样变成一个时髦的郊区小镇。

或许是七星湖这个典型的中西部小镇的气氛让肯德尔着了迷，或许是他已经厌倦了不停地劳顿奔波，“我们就在这儿住一段时间吧。”他对布朗说，然后将车停在不远处的一个加油站。

布朗下了车，向四周看了看说：“整个湖面都结冰了。”看起来，她觉得这儿不是个适合生活的地方。

“那有什么关系呢？我们又不是来游泳的。”

“当然不游，可是，这种避暑胜地的冬天要比一般城市冷得多呀。”

最后，他们俩还是统一了意见，决定留下来，因为他们看到，随着高速公路的建成，七星湖这里已经不仅仅是一个避暑胜地了。于是，他们就在附近找了家汽车旅馆，租了两个房间，暂时住下了——因为布朗不愿意在结婚前与肯德尔同居。

第二天早晨，肯德尔和布朗就分头出去了，一个是去找工作，另一个则是去找更合适的公寓。肯德尔找工作时并不顺利，他一连找了两个地方，都是空手而归，这让他不禁有些沮丧。当他找到第三个地方时，那里的人也对他摇摇头说：“你看，这里没有哪家是在冬天雇人的，很抱歉！”那个人看着肯德尔高大魁梧的身材，接着又对他说，“你这么健壮，为什么不去警察局试试呢？那里或许会要你的。”

“谢谢你，也许我会去的。”

肯德尔离开这里后，又去了几处，但也同样没有人雇用。他因为此前发生的那件事，其实并不愿意再做警察工作，但现在如果没有一份工作，他和布朗的生计就难以维持，“看来，我也只能按照那位先生说的，再去警察局试试了。”他一边默默地想着，一边向警察局走去。

“警长先生，你好！我叫肯德尔，希望能在这里找到一份工作。”

“噢，你好！我是这里的警长，名叫昆丁·达德。”他坐在一张桌子后面，长着一脸胡须，说话时嘴里还叼着一支廉价雪茄。桌面上乱七八糟的，书信、报告和通缉名单都散乱地扔在那里。

肯德尔看得出来，这是一个精明的政客，显然是从七星湖那些有钱人中选出来的。

“我这里的确需要一个人。你知道，现在是冬天，每年这个时候我们总要雇人沿着湖边巡逻，重点看守那些湖边别墅。天冷了，别墅主人就搬回城里去住，他们把一些值钱的东西留在那些旧房子里过冬，当然希望能得到保护。”

“你还没找到人吗？”肯德尔问。

“哦，前些天我这儿有一个人。”警长说。接着，他又继续问道，“你干过警察这一行吗？”

“干过一年多，是在东部警局。”

“噢？那你为什么要离开呢？”

“因为我想旅行，所以就辞职了。”

“你结婚了吗？”

“现在还没有，不过，我只要找到工作，就准备结婚。”

“哦，是这样的，小伙子，我刚才说的这份工作是上夜班，每星期薪酬只有七十五元，你干吗？当然，如果你工作出色的话，到了夏季我还会继续雇用你的。”

“那我具体都做些什么？”

“每隔一小时，开着巡逻车围着湖边巡逻一遍，重点检查那些旧别墅，不要让孩子们进去。就是这些事。”

“你们遇到过麻烦吗？”

“到目前为止，还没有什么严重的事情发生。”他又上下打量了一下肯德尔，说，“依我看，你很有能力，不会有什么事情难住你的。”

“那，我必须要携带手枪吗？”

“当然了。”

“那好吧，我可以试一试。”肯德尔想了想，明确地说。

“很好。不过你要先填一些表格，我需要和东部的警局核对一下，但这并不妨碍你马上开始工作。”说着，达德警长从腰间抽出一支手枪，“给你，我先带你去看巡逻车，今晚你就可以开着它执勤了。”

肯德尔接过警长递过来的左轮手枪，心里不禁震颤了一下。尽管这支枪和他在东部警局使用的那支不是一个牌子，但它们却非常相似；所以，当他的手一摸到冰凉的枪把时，那天晚上在小巷中发生的事情就浮现在脑海里。

肯德尔离开警察局，回到了汽车旅馆。他对布朗说了这件事，但布朗只是盘腿坐在床上，表情平静。过了一会儿，她抬起头凝视着他，说道："肯德尔，你怎么一个星期还不到，就又这么快拿起另一支手枪呢？"话语中明显带有一丝抱怨。

"你放心，我不会使用它的，我向你保证。"

"如果你巡逻时看到有小孩子破门而入，你怎么办？"

"听我说，布朗，这是工作，而且是我唯一熟悉的工作！你想想，每个星期我可以得到七十五元，足够我们的结婚费用和以后的生活了。"

"其实，我们怎么都可以结婚。再说了，我刚刚也在超市找到了一份工作。"

两人都不再说话，屋内出现了短暂的沉默。

肯德尔把头转向窗外，默默地看着远处山坡上那星星点点的积雪。又过了一会儿，他说："我已经对警长说了，同意接受这份工作，布朗，我还以为你听到后会很高兴呢。"

"没错，我是为拥有你而高兴，所以我总是站在你一边。但是，你已经杀过一个人了，我不想让你再去杀人。听我说，肯德尔，我真的不想再发生这样的事了，不管是出于什么原因。"

"亲爱的，别担心，为了你，我也不会再做那样的事了。"肯德尔走到床边，轻轻地吻了她一下。

那天晚上，达德警长先是带他围着湖巡视了一遍，然后在一栋空无一人的别墅前停下，教他怎么发现有人进入别墅。天气非常冷，一轮明月照在结冰的湖面上，泛着蓝白色的光，如同镜子一般。肯德尔穿着自己的衣服，能表明他是警察的，只有一枚警徽和那把手枪。他很认真地听着警长的指示，虽然这份工作有点儿枯燥乏味，但他还是很快就喜欢上了。

"记住，你每隔一小时就要巡视一遍，每次大约二十分钟，但也不要太机械了，否则别人会掌握你的巡逻规律，钻空子。你要不断变换巡逻时间和路线，同时也要沿途检查一下酒吧，尤其是周末，更要多留神，因为有一群少年经常去喝酒，他们喝醉后常常会闯到别墅里去。"

"怎么？他们冬天也到这儿来？"肯德尔疑惑地问。

"谁说不是呢？其实这里已经不是一个避暑胜地了，可那些别墅的主人就是不相信。"

他们沿着湖边继续开车前行。这时，肯德尔似乎觉得腰间的手枪沉甸甸的，他想了想，还是决定对警长说实话："警长先生，我有件重要的事情告诉你。"

"哦，什么事？"

"我在东部警局值勤时曾杀过一个人，就是在上个星期，那人是个酒鬼。当时他抢了一家酒店，我在追捕时误以为他带了枪，所以就开枪打死了他。我之所以辞职就是由于这个原因，因为警局对这件事要展开调查。我想，你在与东部警局核对时，一定也会知道这件事，所以我应该主动告诉你。"

达德警长点了点头，看着肯德尔说："你对我说了实话，这很好，可是我并不会因此而对你产生不好的看法；而且我看得出，你是一个完全能够胜任这份工作的人，放心吧。记住，在这里不能有严重的事情发生，那几个喝醉的少年可能是你所面对的最危险的事情，但你对付他们是不需要手枪的。"

听了达德警长的话，肯德尔心存感激，他连忙说："请你放心，我明白！"

两人说话间，车子已经驶离了湖边。"你把我送到法院门口就行了，然后你自己就去巡逻吧，祝你好运！"达德警长挥挥手离开了。

大约一小时后，肯德尔开始了他第一次的巡逻工作。他缓慢地开着车，把目光主要集中在那些别墅区，严防从湖面上来的入侵者。"咦，远处怎么有几个黑影在晃动？"他赶快将车靠上去，结果发现只不过是四个溜冰的小孩儿。他又开车来到湖的最尽头，那里有几栋别墅，他下车随意检查了一下。不远处有几个酒吧，他把车开到一个叫"蓝斑马"的酒吧门前停下，只见这里停放的汽车和进去消遣的人都比别处多，人们的寒暄声和笑声不时地传出，即使在屋外，也可以感受到周末的快乐气氛。

肯德尔将大衣敞开，有意露出里面的警徽。他在酒吧里走了一圈，发现大多都是出来约会的年轻人和一些中年妇女，并没有那一群少年。

他跟店主聊了几句就走出门，正准备上车时，突然听到身后有人喊他："喂，副警长！"

"出了什么事？"他停住脚步，回头一看，原来是一个细高个的男人站在酒吧的台阶上在喊他。看模样那个人比自己大不了几岁，只见他慢慢地从台阶上走下来，一直走到离他几英寸的地方才说道："其实也没什么，我不过是想看看你，你知道吗，直到上个星期之前，是我一直在干这份工作。"

"是吗？"肯德尔一时不知该说什么好。

"难道老达德没有告诉过你他为什么要解雇我吗？"

"没有哇！"

"得了，等你有空儿的时候，就问问他为什么不用米尔特·伍德曼了吧。"

"我？"

"这里面有奥妙，明白吗？"说完，那个细高个男人笑着转过身，又回到酒吧里去了。

望着那个男人的背影，肯德尔有点丈二和尚摸不着头脑，他只好耸耸肩，又钻进了巡逻车。

坐在车里的肯德尔还在琢磨着："刚才那个人的话是什么意思？他丢掉了工作肯定很痛苦，但这跟我并没有什么关系呀。"接着，他的思绪又转换到布朗和他们的未来生活上，他想，“布朗一定在汽车旅馆里等着他……等他上完夜班回到他们的房间时，她可能还在睡觉。那他就蹑手蹑脚地走进去，然后静静地坐在她的床边，直到她醒来。当她睁开迷人的蓝眼睛，一下子就拥进他的怀里，温柔地说：‘嘿，回来了，累吗？’让他陶醉不已。”

下班后，肯德尔回到家里，布朗果然还没起来，他一直等到她醒来。

“你回来了？工作怎么样？”布朗问。

“很好，我想我会对这份工作感兴趣的。起来吧，我们一起去看日出。”

“不行，我今天要去超市上班。”

“别瞎说了，如果我们俩都上班的话，一个是白班一个是夜班，我根本就见不着你，那怎么行？”

“可是，肯德尔，我们需要钱呀！这里我们住不起。”

“我们今天不谈这件事了，好吗？”说完这句话，肯德尔突然意识到已经好久没有听到她的笑声了，因为她的笑声是自己情感中非常重要的一部分，这让他不禁感到有些悲哀。

第二天晚上，肯德尔又和第一次一样，每隔一小时就开车绕着湖边巡逻一遍，还是经常在拥挤的酒吧前停下车，进去检查一下。来到“蓝斑马”酒吧时，透过弥漫的烟雾，他又看到了米尔特·伍德曼，只不过这次他没有说话。

第二天早上下班前，肯德尔向达德警长提到了他：“警长先生，我星期五晚上遇见了一个人，他叫米尔特·伍德曼。”

“哦？他找没找你麻烦？”达德警长皱着眉头说。

“没有。他只是让我问问你为什么要解雇他。”

“你真的想知道吗？”

“不，这跟我没有丝毫关系。”

“这就对了。如果他再找你麻烦的话，你就告诉我。”达德警长说。

“我们井水不犯河水，他为什么要跟我过不去呢？”肯德尔听了达德警长刚才的话，有些不安地问。

“不为什么，你只要小心一点儿就行了。”说完，达德警长就忙别的去了。

星期二晚上，刚过了半夜，肯德尔就把车开到“蓝斑马”酒吧的门前。这时酒吧里几乎没有人了，店主热情地迎上来说：“噢，先生，你来了，我们喝一杯吧？”

“好的。”他接受了店主的好意。

正当他举起杯子的时候，听到身后传来一个男人的声音：“你好，副警长。”他听出来了，那是米尔特·伍德曼在说话。

“你好，我叫约翰尼·肯德尔。”他为了不找麻烦，就尽量友好地说。

“噢，这个名字好，你大概也知道我的名字了吧？”他笑了笑，接着说道，“我昨天晚上在电影院看到了你们，你的妻子真漂亮。”

“哦。”肯德尔本能地往一旁闪了闪。

“请问，老达德告诉你他为什么解雇我了吗？”伍德曼继续微笑着说。

“我没去问他。”

“噢，你真是个好孩子！不乱打听就能保住那份一星期七十五元的工作了。”说完，他突然大笑起来，“再见！”他转身向门口走去。

肯德尔将杯中的酒喝完，也跟着走了出去。天空阴沉沉的，好像要下雪，他坐在巡逻车里，看见前面路上伍德曼汽车的尾灯闪了一下，然后就迅速消失在拐弯处。这时，他突然产生了一股想要跟踪那个人的冲动，于是也猛踩油门儿追了过去；然而当他到了拐弯处时，却什么也没有发现。

自那以后的几天里都很平静，但是到了星期五那天，却发生了让肯德尔吃惊的事情。他白天睡不踏实，顶多睡四五个小时。那天刚到中午他就醒了，于是决定去超市找布朗一起吃午饭。他一到超市，就看见布朗正在收银台跟一个男人聊天，那个人就是伍德曼，他们聊到高兴时，还会像老朋友一样开怀大笑。肯德尔愣住了，他悄悄地离开超市，绕过那个街区，边走边暗暗对自己说：“他们一定是偶然碰到的，没有什么可担心的。”当他在外面绕了一大圈又回到超市时，布朗正在收拾台面准备去吃午饭，而那个伍德曼也已经走了。

“你的朋友是谁呀？”他装作不经意地问道。

“朋友，什么朋友？”

“就是刚才跟你聊天的那个人，我几分钟之前经过这里，看见他在这儿，你们好像聊得很愉快。”

“你说的那个人呀，我不认识，他只是一个顾客，经常到超市来闲逛。”

此后，肯德尔再没有提起过这事儿，但那个周末布朗也没有催他赶快结婚，这使他很奇怪。

星期一晚上肯德尔休息，达德警长邀请他和布朗去他们家里吃晚饭，布朗很高兴地接受了。他们如约到了达德警长家，发现警长太太是个年轻漂亮的金发女人，她非常热情，招待得也很周到，给肯德尔和布朗留下了深刻的印象。

吃过晚饭后，达德警长带着肯德尔来到自家的地下室，里面布置得像一个工作间，“这是我平常消磨时间的一个地方，可惜，我没有太多时间在这里。”达德警长说着，顺手拿起一个电钻，在手里摆弄着。

“你的工作的确很忙。”

“没法子，我实在是太忙了，但我喜欢你做的工作，真的。”

“谢谢！”肯德尔点了一支烟，将身子靠在工作台上，“警长，我想问你一件事，我以前没有问过。”

“说吧。”

“你为什么要解雇米尔特·伍德曼？”

“怎么，他找你麻烦了？”

“没有，我只是好奇。”

“好吧，我现在可以告诉你。他做这份工作的时候，经常把车停在‘蓝斑马’酒吧那边湖的尽头的灌木丛中，然后他就带着姑娘进入某个别墅过夜。那家伙的任务是保护那些别墅，而不是把它们当做他幽会的场所，我不能容忍他这种恶劣行为，所以就把他解雇了。”

“看来，他很会赢得姑娘们的欢心了？”

“没错，他就是这么一个喜欢勾引女人的酒鬼，当初我就不该用他！”达德警长恼怒地说。

肯德尔跟着达德警长离开地下室，又回到楼上，只见两个女人也在愉快地聊着什么，他们不再谈起伍德曼的事。

第二天晚上，肯德尔在例行巡逻时，又在“蓝斑马”酒吧看到了伍德曼，他就躲在路边的树后面，一直等到伍德曼从酒吧里出来，才上车悄悄地跟踪他到了那个拐弯处；因为上星期伍德曼就是在那里消失的，他想看个究竟。他看见伍德曼的车拐进一条狭窄的车道，顺着那条车道，可以直达湖边的别墅，他一直跟踪到两栋别墅之间。

“那个家伙肯定是进别墅了，我该怎么办？虽然我的职责是阻止不相干的人进入这些别墅，可这个人是伍德曼，我还不想现在就和他发生正面冲突。再说了，他也肯定不会服服帖帖听我的，到时候我可能不得不使用手枪。”一想到可能要用枪制服对方，肯德尔心里就有些异样，他点燃了一支烟，一边抽着，一边思考着该怎么办。最后，他还是离开了这里，没有对伍德曼采取任何行动。

第二天，达德警长递给他一份油印的名单，“你看，这是一份新的住址电话单，所有的别墅都列在上面，还有一些酒吧的电话号码也附上了，这些都是你夜间巡逻时要检查的地方的电话号码，把它留给你妻子，这样她在夜里就能找到你了。”肯德尔接过来，点了点头。

按说达德警长应该知道他和布朗还没有结婚，但他却总是称布朗为自己的妻子。

“你们还住在汽车旅馆吗？”达德警长问。

“是的。”

“看到过伍德曼吗？”

“是的，我昨天晚上在‘蓝斑马’酒吧那里看到过他，但没有跟他打招呼。”

“哦，”达德警长点点头，没有再说什么。

第二天晚上，肯德尔又准备出去巡逻，他向布朗道别，但布朗似乎显得非常冷淡。

“你怎么了？”他问道。

“没什么，可能是工作太累了吧，星期四人们就开始进行周末购物了。”

“那个家伙又来了吗？”

“谁？”

“就是上次我看见和你说话的那个人。”

“我不是跟你说了吗，他是一个顾客，经常来，怎么了？”

“布朗，我，”肯德尔向她走去，想亲吻一下她，但她躲开了。

“肯德尔，我觉得你变了，就像个陌生人一样。自从你杀了那个人后，我本以为你会真的为那件事而难过，可是，可是你现在又拿起枪干起了这种工作。”

“可是我从来没有把它从枪套里掏出过，而且我还向你作过保证。”

“到现在还没有？”

“如果你总这么想，我很抱歉！好了，我要去巡逻了，我们明天早晨再谈吧。”他边说边朝外走，觉得手枪碰了一下他的臀部。

夜里很冷，看样子又要下雪了。

大概是临出门时和布朗产生不快的原因，肯德尔今晚的车开得很快，还不到十五分钟就绕完了一圈，他没有朝沿途拥挤的停车场看一眼。

在第二次巡逻时，他试图找出伍德曼的汽车，但是没有找到。

他又想起了布朗。

将近半夜时分，月亮穿过云层照在结冰的湖面上，明晃晃的，更增添了阵阵寒意。肯德尔把车开回镇里，他想再添加一件衣服。当他来到他住的汽车旅馆时，发现布朗并不在房间里，而且床铺很干净，没有睡过，“这么晚她去了哪里？”他不禁有些疑惑和担忧。

穿好衣服，肯德尔又把车开回湖边，他试图在别墅群中寻找伍德曼进过的那座别墅的灯光；但是那些别墅都像哨兵一样，黑糊糊地站在那里，并没有灯光和人影。他又把车开到“蓝斑马”酒吧门口，进去查看，也没有伍德曼。店主递给他一杯饮料，他就靠着吧台边慢慢地喝着。布朗深夜不在旅馆里，四处也不见伍德曼的踪影，这两件事搅和在一块儿，让他的心情越来越糟糕，以至于当一个大学生到吧台想为他的女朋友买一杯酒时，他竟然粗暴地对他大喊道：“出去，出去！你们还不到喝酒的年龄！”要知道，他从前可是从来没有做过这样的事。

大约到了凌晨两点钟，他正在检查路边的一对夫妇时，突然看到伍德曼的汽车飞驶而过，伍德曼的身边还坐着一位姑娘，用一块大头巾裹着头，他想：“她要是布朗的话，我就杀了她！”

第二天早晨，布朗正在梳洗，肯德尔似乎漫不经心地问道：“你昨天晚上去哪儿了？”

“我去看晚场电影了，怎么了？”接着，她点着一支烟，转过脸说，“我每天晚上都是一个人坐在这里，难道你就不能理解吗？”

望着布朗那一脸哀怨的神情，肯德尔不禁有些内疚，连声说道：“我理解，非常理解。”

再后来的一个晚上，肯德尔提前离开自己的房间，开车来到别墅群。他先是把车停在伍德曼曾经用过的一个地方，然后朝着离自己最近的那栋别墅走去。那里似乎很正常，也没有人进入的迹象，他又将目光转向车道另一侧的一栋别墅，发现它面对湖面的一扇窗户没有关，于是他就悄悄地爬了进去。

进入别墅内，他看到里面布置得很精致，落地灯和家具都用大块的白布罩着，避免从窗缝透进的灰尘落到上面。当然，他并不是为了来看这些东西的。他四处找着，终于在楼上的卧室里发现了他要找的东西——几个啤酒瓶被整齐地摆放在一起，床单没有被抚平，桌子上的烟灰缸里丢着布朗抽的那种牌子的烟蒂。虽然看到这些，但他还是努力告诫自己：这并不能证明什么，布朗不是那种人！不经意间，他又看到地板上有一个揉搓过的纸团，捡起来一看，他看清那是她用来擦口红的。他把纸抚平，心里什么都明白了，原来这张纸就是达德警长在两天前给他的住址电话单，当他回家后把这张纸交给布朗时，她顺手塞进了她的钱包。

他现在全都知道了！

他将一切又都恢复了原样，然后就悄悄地从窗户爬了出去。他不能在这里过多停留，他担心伍德曼不定什么时候就会出现，或许就是今天晚上，因为伍德曼也不敢长时间不收拾这些东西。如果不把上一个姑娘留下的痕迹清理干净，他是绝对不敢再带另外一个姑娘来的。

“今天晚上的姑娘会是哪个？一定又会是布朗！”想到这里，他的心猛地颤抖起来。

肯德尔离开别墅，开车来到了“蓝斑马”酒吧，为了排解心中的烦恼，他向店主要了两杯酒喝，然后又开始绕着湖面巡逻，他一直在寻找伍德曼的汽车，但是没有找到。

到了半夜时分，他再次回到酒吧，问店主：“今晚儿你看到伍德曼了吗？”

“噢，看到了，他进来抽烟喝酒了。”

“好，谢谢！”

肯德尔快步走出酒吧，来到电话亭，他往汽车旅馆打电话给布朗，但没人接。他怀着忐忑不安的心情驾车又向那栋别墅驶去，那里依然没有灯光，但这次他看到了伍德曼的汽车，“没错，他们就在那里！”

肯德尔把车停在别墅的一侧，但是没有下车。他在车里坐了很长时间，一支接一支地抽着烟，然后，他从腰间抽出了手枪，经检查，他知道里面装满了子弹。又过了一会儿，他开车回到“蓝斑马”酒吧，又喝了两杯酒。

当他再回到别墅时，看见伍德曼的汽车还在那里。他走到前门，悄悄地打开窗户，一步一步，当他沿着楼梯上去时，已经能听到他们的低语声了。卧室的门是敞开的，他先在走廊里站了一会儿，以便让自己的眼睛适应黑暗，里面的人显然没有听到他的脚步声。

“伍德曼，你滚出来！”他大吼道。

那人听到有人叫他，先是吃了一惊，然后就骂骂咧咧地从床上起来，“他妈的，是谁在喊我？！”话音还未落，就听到门外响起“砰砰”两声枪响，是肯德尔抑制不住心中的怒火开枪了。卧室里传出女人惊恐的尖叫声，但是肯德尔不肯罢休，他还是不停地扣动着扳机，“砰砰……”，这次他不用担心拉辛警官冲上来打掉他的手枪了，没有任何人能够阻止他，他要把六发子弹全部射向床上的那对狗男女。

子弹打光了。他扔下手枪，划着一根火柴，走了过去。只见伍德曼像死狗一样趴在地板上，身下是一大摊血，床上的那个姑娘也在床单下一动不动，他小心翼翼地走过去，猛地一掀床单，“啊？不是布朗，是达德太太！”

完了，这次是彻底完了！他知道，再没有下一个小镇，没有新的生活了。

但是，为了布朗，也为了他自己，他不得不在天寒地冻的时节继续逃亡。

都是为了爱

杜松子酒现在只剩下半瓶了，而他刚带回家时是原封未动的一整瓶。

“你准备把我怎么样，瓦特？”对他说话的那个女人声音黏糊糊的，醉眼蒙胧。她已经脱掉了毛衣，把一双粗糙肥大的手放在桌面上，一定是浑身感到燥热难耐了。唉！这个可怜的安娜呀，她尽管卖弄着风情，但毕竟是红颜不再，人老珠黄了。你看，她那双手早已不如多年前那般纤细柔软，还有那大腿，也暴出了条条青筋，看起来令人大倒胃口。

“瓦特，你到底要把我怎么样呀？”她笑着又问了他一遍，“是不是要带我上楼？知道吗，你不必再用杜松子酒来助兴了。”当她将身子探过来时，一对丰满肥大的乳房软软地堆在了瓦特面前的桌面上。

“哦，是吗，知道了。”他头也没抬，含糊地答道。他压根儿就没打算带她上楼，虽然他对她还有一种温情，但也仅仅是一种温情而已。

这个可怜的安娜，尽管头发是金色的，但是没有人相信那是真的。还有那种涂在睫毛上的黑玩意儿，随着眼睛的眨动一跳一跳的……瓦特告诉过她：“你可别哭，否则黑睫毛上的那些油流到脸上，就更难看了。”

其实安娜并不是个软弱的人。可能她心理上早有准备，可能她听到后不会哭，但是瓦特觉得这时还是不能把真话告诉她，而且他现在也还没有这种勇气。怎么办呢？为了避免难堪，他只好在两个酒杯里又倒满了酒。

“瓦特，我们不要再喝了，否则我就没法给你准备晚饭了。你知道吗，今天晚上我要好好儿露一手，给你做些好吃的。”她用充满柔情的语气说。

他显得很冷淡，既没有问她有什么好吃的，甚至连头也没有抬，只是说：“我已经喝过午茶了。”说着，又喝了一大口酒。

她微笑着，也喝了一口酒，不过她的微笑中隐约有着一丝忧虑和关切。

“瓦特，你不是被解雇了吧？”她突然问道。

“怎么会呢？”他摇了摇头。

其实，他并不是一个懦弱的人，只不过这件事让他实在开不了口，要想打破这种沉默真难呀，唯有借酒浇愁。可是，如果他再喝的话，就没法和她谈话了。

“不能再这样拖下去了，即使是为了我自己，也得勇敢起来。对！就在今晚向她摊牌！”他这样想着。

“安娜，”他终于开始主动说话了。他原本想大声说，可吐出的话音却很轻微、柔和，甚至让人听起来似乎有些哽咽，“我，我要离开这个家。”

她眨眨眼睛，显然不相信，凝视了他半晌后，确信他刚才说的是醉话，或许是自己听错了。

“安娜，我真的没有醉！我想告诉你，我要离开这个家，就在今天晚上！”他的声音渐渐大了起来，“本来，我想打电话或者是写信告诉你，但毕竟我们相处了那么长时间，我不能那么无情无义，所以我还是要当面告诉你。”

安娜这时真的相信了，可也被吓坏了。只见她脸色苍白，嘴唇发抖，臃肿肥胖的面颊也塌陷了下去。过了好一会儿，她才喃喃地说道：“你，你为什么要这样？我没有做任何对不起你的事呀。”

“没有，什么也没有，你是位好太太，安娜。”

“可是，你要离开我……这，”她拼命地想着，但却怎么也弄不明白，“瓦特，你刚才说的话是真的吗？”

“是的。”

“那你要去哪儿呢？”

“去另一个女人那儿。”他很不情愿地说。他觉得，这件事非告诉她不可，即使现在不说，她早晚也会知道，甚至还可能会当场撞见。

“另一个女人？她叫什么名字？”说这话时，安娜既没有生气，也没有难过，只是脸上现出一片茫然。

“莉丝。”

“莉丝？”安娜惊讶得一时说不出话来。

瓦特默不做声，他在耐心地等待着，因为他清楚，这深深地伤害了安娜的自尊。对于一个女人来说，没有什么比这打击更大了，而且这种打击是不可能在几分钟内被化解的。

房间里顿时陷入一种难堪的沉寂。

“莫非你是指……”她终于能说话了，“是指白兰地胡同的那个莉丝？”

“对！”

“难道你要离开我，就是为了去和她同居？这是真的吗？”安娜突然放下手中的杜松子酒，大声喊道。

“是真的。”

“永远吗？”

“可能是这样的。”

“居然是那个老莉丝！怪不得在那次大会上我看见你瞟了她好几次，还有在酒吧里。”

“没错。”

“瓦特，难道你疯了吗？那个莉丝年纪比我大，也比你大！”

“嗯，我知道。”

“她比我还要胖。”

“可能是吧。”

“听着，她既不是玛丽莲·梦露，也不是索菲亚·罗兰，她只是个既不漂亮，又毫不性感的老女人。”

“你说没错，她什么都不是。”

“那你为什么？她有钱吗？依我看她根本没有。她是不是今后能让你过上富有奢华的生活，瓦特？”

“我想不是。今后我还得白天上班，干我原来的工作，然后……”

“然后什么？不就是夜晚回到她那儿，而不是我这儿。瓦特，我来问你，你要不要离婚？”

“如果方便的话也可以。”

“瓦特，你是瞎了还是疯了？这究竟是为什么呀！”极度痛苦的安娜给自己倒了一杯酒，然后一饮而尽。

“这两者都不是，但我要去莉丝那里却是事实。”他觉得，自己有必要告诉她，这样对忠实的安娜才算公平，或者说至少应该向她作出解释。

“哼，她算个什么好女人，就让你这样痴迷？老贝尔才死了多久？一年都不到哇！她的丈夫尸骨未寒，她就这样……”

“对，问题就在这里。”他抓住机会，打断她的话头说道，“安娜，我的意思是说，老贝尔之所以进了坟墓，完全是因为我。”

“什么？因为你？”安娜不明白他在说什么，一脸茫然。

“怎么说呢，其实，莉丝喜欢我已经好多年了，至于为什么我不能告诉你。她一直对我有意思，有时和我说些悄悄话，有时邀我出去。我总是对她说：‘你是有夫之妇，居然还胆敢勾引别的男人，你是个放浪的女人。’可是莉丝的回答总是同样的一句话：‘我从不勾引别的男人，只勾引你一个人。’后来，老贝尔死了，在他的葬礼之后，莉丝对我说：‘放心吧，贝尔已经不碍我们的事了，我给他吃了砒霜，如今我终于自由了，也不再是有夫之妇了。’”

“啊？砒霜！”安娜大吃一惊。

“老鼠药，你还不明白吗？”瓦特解释说。

“不，我不明白。”安娜显得更加困惑。

“莉丝她是为了我才害死了老贝尔。一个女人为了自己喜欢的男人犯了这样大的罪，真是少见啊！”

“噢，上帝，这种事儿的确很少见。”

“我看你还是没有明白，安娜！我并不是说她那样做是好事，或者是正确的，无论是从法律观点还是从老贝尔的立场看，都不是。我不过是律师事务所的一个小职员，况且今年已经四十六岁了，可她出于对我的爱，竟然为我做出了这种事，我真是觉得有些受宠若惊，不是吗？”瓦特说这话的时候，脸上浮现出一丝自傲的神情。

“瓦特，你这么容易就被人吹昏了头，我还是第一次发现。”安娜盯着他说，尽管她手里拿着酒瓶和杯子，但没有倒酒。

“这也很浪漫嘛。”

“怎么，你也是个懂浪漫的人？”她惊讶地问。

“当然了，我懂那么一点点。不过我得承认，莉丝能做出害死老贝尔这种事，的确让我很感动。”

“噢，你真是个怪人！”安娜摇了摇头说。但很快她的情绪就变了，脸色沉了下来，眼中闪着怒火问道，“你说的是砒霜？”

“对。”

“上次警方在莉丝家找到了砒霜，他们难道就没有怀疑？”

“他们显然把这重要的证据忽略了。”

“瓦特，我可以把你刚才说的话向警察报告。”

“是吗？如果你真想那么做的话，只会让你丢脸。警察会认为你是一个嫉妒的女人，把你说的话看做是诬告，而且，我和莉丝也都会否认的。”

“警方可以开棺验尸，查出存留在尸体里的砒霜，证明贝尔是被人毒死的，这种案例很多。”安娜眯起眼睛，坚持说。

“开棺验尸需要很多手续，警方不可能凭你的一面之词就去验尸的。”

“这么大的事情，未必就像你说的那样。”安娜说。

“好了，安娜，我们别再争执了，很多事情有时候就是这样，我找到了新的爱情，你也会的。”

闻听此言，安娜眼中突然涌出了泪水，并顺着脸颊不断地流下来。瓦特不想看到她哭，就急忙从椅子上站起来，快步走到门口，透过窗子默默地看着夕阳下的后花园。

这时，他听到一阵抽泣和用手绢擤鼻涕的响声，原来是安娜也站在了他身后。

“唉！就让她哭一会儿吧，她受到这么大的打击，有权宣泄内心的痛苦。如果这次告别没有她的泪水，或许自己还会感到不是滋味。”瓦特想着。

又过了三四分钟，他听见安娜打开手提包的声响，“她可能是拿手绢擦鼻涕，也可能是用围裙擦眼泪，这都说不定。”瓦特猜测着。

慢慢地，他身后的哭泣声停止了，他认为现在转身应该是安全的了，于是就慢慢地将头转过来。但眼前的安娜让他吃了一惊，只见她红肿着双眼，头发乱蓬蓬的，肥胖的脸上还挂着一条条黑色的泪痕，唯有嘴唇紧紧地抿着，似乎表明她正在坚强起来。

“你不会留下吃晚饭吧？”她轻轻地问。

“不了，我已经收拾好了一个行李箱，其余的东西我改天再来拿。”他说道。

“你真的要走吗？”

“是的。”

安娜看了他一眼，那眼神凄楚而可怜，他差点儿要心软了。他原以为把事情说出来是最难的，现在才发现，要真的走出这个家门，离开这个女人更难，必须要有一些勇气才行。

“安娜，别这样！”说着，他坐在了她的对面，把剩余的杜松子酒倒在杯子里，“来，让我们为过去的美好岁月干一杯！”说完，他高举着酒杯一饮而尽，而安娜则是心不在焉地抿了一口。

“你不必太伤感，其实你也没有损失什么，”他继续说道，“我的年龄会越来越大，在今后的日子里，就让莉丝照顾我吧，而你则占有了年轻时的我，不是吗？来，我们干了！”

他拼命地喝着酒，似乎不是在鼓励安娜，而是在鼓励着自己，让自己有勇气走出这里。

喝完酒后，他对安娜那副愁眉不展的样子再也无法忍受了，就起身离开厨房，冲进过道，噔噔噔地跑上楼梯，把床下的行李箱拖出来，然后又从衣柜里找出帽子，就准备到那个热情的女人莉丝那里去了。

为了把帽子戴得更斜一点儿，他在衣柜的镜子前照了照，看着镜子中那个男人，他在心里暗暗问道：“你有什么出众的地方，竟然让两个女人都爱上了？也看不出什么呀，嗯，还是挺好看的，好了，现在该走了！”

他带着满足和愉悦走下了楼。

当他走到楼下时，突然感到全身发麻，腿也发颤，手根本无法拉动那沉重的行李箱。他只好在楼梯上坐下来，眨眨眼睛，“怎么？我眼前的一切都模模糊糊的，那原本阴暗的过道怎么变得更加昏暗了？”他心里一急，赶紧把帽檐向上推了推，但仍然无法看清。

“你怎么了，瓦特？”安娜走了过来，低下头焦虑地问他。

“我，我也不知道……”

“噢，瓦特，那是我的安眠药，”她在他身旁坐下，并把多肉的手臂搭在他肩上，“是我今天才配的，整整一盒，我全都倒进酒里了。”她微笑地看着他说。

“你什么时候放的？”他似乎一点儿也没有生气，只是好奇地问。

“是你站在门口背对着我的时候。”

“怎么？！”

“当时，我的皮包就在手边，为了遮掩我从包中取药的响声，我就故意哭泣不止，又使劲擤鼻涕，所以你不知道。我不能让你离开我到莉丝那儿去，那个老莉丝毒死了她不想要的人，而我则要毒死我很想要的人，因为我比她更爱你！”说着，她把他紧紧地搂在怀里。

“唉！这个可怜而痴情的女人呀！她爱自己这样深，难道不是吗？”他的头越来越沉，他躺在她的怀里，默默地等待着死神的降临。

“亲爱的，睡吧！”她轻轻地拍着他，喃喃地说，“我就在你身边，但愿你今晚做个好梦……”

不知什么时候，窗外响起了滴答滴答的雨点儿声。

赌徒的遗书

望着床上丈夫那直挺挺的尸体和自己手中的遗书，伊夫琳麻木地问着自己：“你丈夫已经死了，你看完他留下的这份遗书后该怎么办？是赶快跑出卧室，还是让那具尸体留在床上，难道你不害怕吗？”

她把遗书扔在厨房的餐桌上，不过她心里明白，必须把这份遗书交给警方做证据。“对，应该赶快报警！”她迈着僵硬的步子走到墙边，取下电话，话筒里传出嗡嗡的声响，“是警察局吗？我丈夫自杀了，我要报案！”她说话时，话筒里的嗡嗡声还是响个不停，似乎是在嘲弄她，她实在忍受不了了，就号啕大哭起来。

在伊夫琳的印象中，自己还是有生以来第一次给警察局打电话。小时候，有一次家里后院的鸡窝旁有一个人影在晃动，母亲误认为是小偷，就打电话报了警。结果没过多久，父亲就跌跌撞撞地回来了，原来是他喝醉了酒，误把鸡窝的门当成了厨房门，全家人为这事儿笑了好长时间。

其实，父亲不止一次闹过类似丢人现眼的笑话。当然了，在家乡的那个农场里，人们都不会太介意，他们觉得很有趣，往往一笑也就过去了。但是自己眼前的这件事儿却不同，它不仅令人恐惧，而且还非常丑陋。

伊夫琳报完警后，就走到门外，去了隔壁的梅丽家。

没过多久，几个警察就赶来了，他们一边和蔼地安慰着伊夫琳，一边迅速地勘察现场，调查取证。伊夫琳看着他们做事利落、技术高超，各种动作都很规范，就像自己小时候接受女童子军训练时那样。在这之前，她曾听到不少人说警察无能，自己也信以为真，但如今她已经改变了对警察的看法。

警察忙碌完就走了，还有挚爱她的丈夫卢克也永远地走了。现在，房间里只剩下伊夫琳一个人，她心里空荡荡的。

她还记得，卢克是被他们用担架抬走的，当时她悲伤得险些晕倒，是好心的邻居梅丽紧握着她的手劝慰说："别太难过了，人这一生要遇到很多事情，其实每件事情都自有道理。"

那天，家里来了很多人，有警察，有记者，有卢克工作的那家银行的同事，还有周围的不少邻居。警察将卢克的咖啡杯子取走了，那里面还留有咖啡的残渣。

但是，这些人全都走了，包括最要好的朋友梅丽。她理解梅丽，因为梅丽家里有两个小女儿需要照顾，她要做晚饭，尽管她答应过一会儿再来。

孤零零的伊夫琳坐在厨房的餐桌旁，她默默地看着墙上挂着的一块金属板，那上面刻着"上帝降福吾宅"的字眼，她在想："这些字眼与现实相比，不是莫大的讽刺吗？"接着，她又把目光转向厨房正面墙壁的挂钟上，指针正好在六点三十分上，她又在想："往常，每到这个时刻，卢克就会按响门铃，然后冲进来，把一整天经历过的事情对自己说一遍。对了，自己是从什么时候开始把他每天的下班称为'灾祸'了？怎么想不起来了呢？"

当然，她所说的这种"灾祸"不过是戏称，并不那么可怕。卢克生前是个很健谈、爱说爱笑的人，模样也很英俊，但按照他母亲的说法，他总喜欢结交一些"问题朋友"，比如像哈罗德，结果搞得自己经常是手头拮据，入不敷出。其实，哈罗德也是个不错的人，他有九个孩子，妻子还是一个公司的董事长，要说哈罗德有什么爱好，那就是爱赌马，仅此而已。

"今后再也听不到卢克的笑声了，也听不到他走进厨房没完没了地讲述自己一整天在外面的经历了。还有，他总嘲笑我是这个城市最可爱的唠叨者，这种快乐的玩笑也没有了。既然欢乐、恐惧和厄运都过去了，我还剩下什么？只能是羞耻和忧伤！"一想到这里，伊夫琳不禁悲从中来，她伏在桌子上，将头埋在臂弯里，呜呜地哭了起来。

据罗杰警官事后说，当时他来到伊夫琳家门外，按了三次门铃，都没有人回应。他心里开始紧张起来，又使劲敲门，伊夫琳才满脸泪痕地出现在门口。

看到罗杰警官，她擦了擦脸上的泪痕，客气地将他请进小起居室。这是一个很整洁的小房间。坦率地说，当她看见这位警察时，心情就平稳多了。罗杰警官的年纪和她记忆中的父亲的年纪差不多，面对这位和善的长者，她内心突然涌起一股冲动，她想告诉他，自己能够从丈夫离世带来的巨大悲痛中顽强走出来，继续生活下去的。

她请罗杰警官坐在沙发上，并端来咖啡，然后平静地说："罗杰先生，我和卢克生活了这么多年，他是一个善良可爱的人，他从没有伤害过我，反而是我经常骂他，只是，只……"她停住了，抬起头看着天花板。过了一会儿，她接着说，"你可以把他看做是一个无法自制的赌徒，我的意思是说，他真的是不能自制，罗杰先生，你相信吗？"

"我相信。现在这种人很多，在他们眼里什么都要赌，如果卢克先生还坐在这里的话，他可能也要和我赌。我给你讲一个小故事，我认识一个人，实际上也是我的一个老乡，他就是一个毫无自制的赌徒。有一天，他妻子在医院里生孩子，他去医院探望时，看见病房里有一盆玫瑰花，他就和护士打赌说：'我敢保证，第二天早上就会有两朵蓓蕾开花。'然后他的脑子里想的都是蓓蕾，却丝毫没有婴儿的印象。更有意思的是，他居然第二天上午还要再到医院去收赌金，你说怪不怪？"

"哼，卢克就是那样。我知道现在有像'戒酒会'那样的'戒赌会'，就告诉他并建议……"

"嗨，我的那个老乡就加入了那个'戒赌会'，据说还挺有收获。"罗杰警官笑着说。

"可是卢克根本不参加，他还对我说：'亲爱的，请你不要破坏我的生活乐趣好吗？你放心，我不过是玩玩罢了。'"伊夫琳一脸无奈地说。沉默了一会儿，她的声音开始发抖，"后来，他又开始挪用公款去赌。那怎么会是玩玩呢？一个不能自制的赌徒居然在银行工作，真造孽！"罗杰警官看得出来，伊夫琳说这话时，充满了无奈和怨恨。

过了一会儿，伊夫琳站起来，开始烦躁地在屋里走来走去，她不知道该不该把她昨天晚上和卢克吵架的事儿告诉罗杰警官。昨天晚上他们争吵时，她骂丈夫说："卢克，你知道吗，有些人把名誉看得比生命还重要，如果失去了名誉他们宁可去死，告诉你吧，我恰恰就是这种人！"

伊夫琳正在犹豫着，罗杰警官说话了："我们已经接到银行的电话，说到公款短缺的事，这证明你所说的一切都是事实。"

她显然没有注意到罗杰警官的话，因为她满脑子想的还是昨天晚上的事。她记得，卢克在几星期前曾对她说："这回保准错不了，宝贝儿，你放心吧，这匹马绝对可靠，等星期一上班时，我会把这些钱还回银行，神不知鬼不觉！"当时她还稍稍松了口气，可是，残酷的事实却是：那匹马并不可靠，钱也没有回到银行。

"怎么办？"她深深地吸了口气，第一次有了个想法。

"哦？"这时她仿佛才意识到罗杰警官在这里，"警官先生，你，你到这儿来做什么？"

“噢，我很惦记你，你知道吗，我有一个女儿年龄和你差不多。你家里发生了这么大的事情，我也很同情你，所以就过来看看。告诉我，你现在想干什么？我可以帮助你。”罗杰警官和蔼地说。

伊夫琳默默地听着，她想到了今后的生活，想到了自己的未来。

过了一会儿，她对罗杰警官说：“我很想回到印第安纳去，因为那里是我的家。你或许还不知道，我从小是在农村长大的。三年前我上了州立大学，我和卢克就是在那里认识的。当时他对我花言巧语、百般殷勤，后来就把我带到城里。我们结婚后，也曾回过家乡的农场一次，但是他对那里很不喜欢，唯一让他感兴趣的就是打赌。比方说母牛生小牛时，打赌是生个小公牛呢，还是生个小母牛。”说完，伊夫琳低下头来，看着自己手里的咖啡杯，而一旁的罗杰警官也是怜悯地看着她，他们就这样静静地坐着。

最后，罗杰警官从制服的口袋里掏出了那份遗书。

“啊！怎么？”她一看见它就激动起来。

“警官先生，我不想再看见它！求求你了！”她慌忙站起来，几乎哀求着说。

“噢，我知道。但有些事情我必须要问你。”罗杰警官温和地说。接着，他将那份已经被揉皱的遗书打开，一字一句地读道，“亲爱的，原谅我，事情果然如你所说。告诉老头子，我的运气不好。”

“老头子就是指的尤金先生，他是卢克的老板。”她小声说着。

“可是，两星期前尤金先生就退休回老家了，难道卢克没有向你说起过吗？”罗杰警官两眼盯着她缓缓地说。

伊夫琳的脸色立刻变得惨白。她心里明白，卢克压根儿就没有跟她提起过老板退休的事，无论是他们和好时的甜言蜜语，还是争吵时的恶语相向。

“也可能是他说过，而自己没有听到？如果听到的话，自己就不至于到如此境地了。唉！事情怎么会是这样！居然败在这份遗书上。”她懊恼着。

伊夫琳还清楚地记得，那天，当她把药倒进卢克的咖啡里时，就禁不住浑身哆嗦，那情形已经够可怕的了，然而更让她心碎的是卢克喝了咖啡后发出的痛苦呻吟，还有她和他的吻别。但让她万万没料到，或者说最让她难受的还是那份露了馅儿的遗书。

二比一

当卡特和雪莉走进这家旅店时，已经是凌晨两点半了。本来，他们是打算早一点儿住进这家旅店的，可是汽车在路上出了故障，而且花了很长时间也没有修好。

卡特和雪莉办完登记手续后，就在服务生的引领下来到楼上的一个房间。由于一路的疲劳，他们想尽早休息，卡特把闹钟定在了早晨七点，到时候他要准时起床，然后就很快进入了梦乡。

第二天早晨，卡特在闹钟的铃声中醒来。他看看身边的雪莉还在熟睡，就没有惊动她，自己轻轻起床穿好衣服，然后就开车出去找修理厂。他一连跑了好几条街，最后才在距离旅店八条街的地方找到一家。他把汽车停在那儿，向修理人员说明了取车时间，而后就徒步回住宿的旅店。途中经过一家餐厅，他进去吃了早点。

卡特从早晨开车离开，到吃完早点后返回住所，他在外面的时间大约是一个小时。

他来到所住的房间，敲敲门，里面没有人回应，“雪莉肯定还在睡觉。”他想，接着又敲了敲，还是没有回声。为了不惊醒雪莉，他只好从楼下的服务台取来钥匙，然而当他打开房门后，却发现里面空无一人。

“她到哪儿去了呢？”卡特耸耸肩，他知道雪莉平常就有晚起的习惯，所以也没有太在意，认为她可能是到外面去吃早点了。

卡特开始坐在房间里等她。

在这个季节，炎炎的烈日烤灼着大地，非常闷热，好在他们住的房间里有空调，所以就显得凉爽舒服多了。

卡特和雪莉这次是出来旅行的，其实他这个人并不愿意出来，只是架不住雪莉的左磨右劝，非要拉他到海滨度假，他没有办法只好同意了，但说心里话，他觉得这种度假简直就是遭罪。

他们的房间里有两张床，雪莉昨晚睡的是靠窗户的那一张。这时卡特才注意到，自己睡过的床铺被褥凌乱，因为他早晨出去时没有整理，而雪莉睡的那张床却像根本没有人睡过一样，被子和床单都整整齐齐的，“咦，怎么会是这样？”他不禁有些疑惑。

这时，女服务员走了进来，她很礼貌地和卡特打了声招呼后，就开始整理房间。她先把卡特的床铺整理好，然后又看了看雪莉的床铺，却没有动手，显然认为是符合标准的。接着，她就开始擦桌子，可是刚擦了几下，她就蹲下身子似乎在找什么，甚至还趴下掀开床单寻找。

“你在找什么？”卡特问道。

“噢，是一个烟灰缸。我们在这种类型的房间放两个烟灰缸，每个床头柜上一个。你看，现在只剩下一个了，另一个呢？”

“哦，”卡特也开始帮着寻找，但没有找到。

这时，女服务员漫不经心地扫了他一眼，用略带不屑的口吻说：“其实，这种事情也时有发生，有的客人在离开时，经常不经意间把客房里的小东西装进自己的行李箱，顺便带走。”

卡特听着这话很不顺耳，于是冷冷地盯着她说：“小姐，请不要含沙射影，我还没有走呢。再说了，即便我想顺手牵羊，那也只是毛巾或者香皂，烟灰缸对我来说毫无兴趣。”说完，他将头扭向了一边。

女服务员没有吭声，打扫完房间就离开了。

卡特还在为刚才的事儿不高兴，他感到身上一阵闷热，就打开衣橱，准备把脱下的外套挂进去。

然而令他吃惊的是，衣橱里雪莉的衣服一件都不见了，只剩下自己的衣服还挂在那里。

他不禁皱皱眉头：“不对呀，我昨天晚上明明看见她睡觉前曾打开过衣箱，把所有的衣服都挂进去了，而且我还看见她把空衣箱放了在床边，怎么现在连衣箱也不见了？”他又打开五斗橱，发现里面摆放的也都是自己的内衣和内裤。这太奇怪了！他又把房间的各个角落检查了一遍，结果也是一无所获，没有留下雪莉的任何痕迹，哪怕是一根头发丝，好像她这个人突然人间蒸发了一样。

卡特再次坐了下来，他对眼前的事情百思不得其解。

“如果雪莉只是出去吃早饭，她不应该连衣箱和行李都一块儿带走呀！当然，也有另外一种可能，就是她弃他而去了。如果真是那样的话，那可太好了！这也正是自己所盼望的事情。”一想到这儿，卡特又不禁深深地叹了一口气，他知道，雪莉是不会轻易让他解脱的，他们在一起生活这么多年了，他对雪莉的脾气和秉性了解得太清楚了。卡特没有别的办法，只有继续等待。他知道雪莉经常做些古怪的事情，自己也不必大惊小怪，他相信雪莉一会儿回来后，一定能给自己一个合理的解释。

他又第三次坐了下来，耐心等待。

现在想想，卡特真是搞不懂自己当初为什么会和她结婚。在结婚之前，他们两个人就性格不合，经过婚后这么多年的磨合，还无法达到情投意合的程度。雪莉控制着家里的经济大权，所有的钱都由她说了算，尤其是对他还很小气，以至于他手头有时连个零花钱都没有，如果遇到朋友聚会更是尴尬。这桩婚姻带给他的没有幸福，只是烦恼和懊悔，但是他又无法摆脱，因为雪莉死死地缠着他，根本就不同意离婚。

卡特又坐等了一会儿，还是不见雪莉的踪影。

“她不会是外出吃早点时出意外了吧？不能呀！如果真是那样的话，应该有人来通知的。再说了，她的身份证、电话本都随身带着，而且她还有房间的钥匙，钥匙上也有旅店和房间号，应该没有问题呀。”他的目光又落到雪莉昨晚睡过的那张床上，感到疑点越来越多，“她的衣服和行李问题该怎么解释呢？难道是有预谋的？或许不是单纯吃早点那么简单？”他又试图换一个角度思考，“假设（只是假设）雪莉是跟别的男人私奔了，可那该是怎样一个糟糕的男人呢，居然会看上雪莉这种相貌平平，年龄又大，性情暴躁的女人呢？自己是一个很敏感的人，如果在自己和雪莉之间有第三者存在的话，自己是绝不会毫无察觉的。”

表针已经指向了晚上六点，雪莉依旧未归。

“难道她真的是和别的男人私奔了？这种可能性太小……可是，现在的世界无奇不有，也说不定就有哪个欲火中烧的野男人……”

到了晚上八点，雪莉还是没有回来。这时，卡特感到阵阵睡意袭来，他躺到床上打算先休息一下，结果这一觉就睡了三个多小时，等他醒来时已经是夜间十一点半了，房间里依然是他一个人。

卡特呆呆地望着雪莉那张空荡荡的床，却怎么也想不出雪莉整日不归的理由。他想：“她平日最看重的是钱，如果她真的和别的男人私奔，会不带钱走吗？像她这样一个见钱眼开的女人，哪怕是一美分她也不会轻易放弃的。”卡特确信，如果让雪莉在金钱和感情之间作选择的话，她肯定会选择前者的。

“那么，她会不会背着自己事先把财产都整理好了呢？估计不会，因为整理财产是件很麻烦的事情，再说自己还不至于糊涂到不闻不问的地步。虽然钱由雪莉掌握，但自己知道每个美元的存放处，雪莉肯定没有动过。”想到这儿，卡特的心稍微放松了一些。

不过，他所面对的现实是——他的妻子雪莉这样一个大活人，竟然连同她的提包和行李都莫名其妙地不见了。

卡特决定向警方报案。

他穿上外衣，又喝了一口酒，就下楼来到服务台，这里坐着两个值班的服务生，“对不起，我太太失踪了，请问，我该怎样向警方报案？”卡特问道。

“什么？”那两个服务生显出很吃惊的样子，他们显然没有想到这个顾客深夜来到柜台是报警的。卡特后来才知道，那两个服务生一个叫亚克，另一个叫克尔。

“请问，你就是卡特先生吗？”过了好一会儿，那个叫亚克的问道。

“是的。”卡特没想到自己留给他人的印象这么深，居然第一次投宿就有人记住了自己的名字，因此颇有些得意。

“你刚才说什么？你的太太失踪了？”亚克看着他问道。

“是的。我今天早晨七点钟出去修理汽车时，她还没有起床。然而当我从外面回来后，却发现房间里没有人。当时我还以为她出去吃早点或者是买东西了，就没有太在意。可是我从白天一直等到深夜，直到现在她也没有回来，我不得不担心了，她可能是发生了什么意外，所以我要赶快报警。”卡特焦急地说。

“哦，”亚克听完，翻开旅客登记簿开始查对，一页一页，直到最后一张，“不对呀，卡特先生，登记簿上只有你一个人的名字，并没有你太太。”

“不可能！我是和我太太一起来到这里，一起登的记，事实是她现在失踪了。”

“真的没有，对不起，先生。”亚克做了一个无奈的手势。接着，他又十分肯定地说，“我记得很清楚，你来登记的时候是一个人，绝对没有你太太。”

“明明是我和太太一起来登记的，这种事情怎么可能记错呢？”卡特简直有些哭笑不得。

“你说得对，先生。”亚克点点头，“按理说，这种事情是不大可能记错的，可是我的确记得你来的时候只有一个人。”说着，他朝旁边的一个服务生招了招手。

那个服务生立刻跑了过来，卡特一眼就认出这是为他们提行李上楼的人。

“噢，是这样的，”亚克指着卡特说，“这位先生说他的太太失踪了，如果我没记错的话，昨天应该是你为他提行李上楼的。”

“是的，是我提行李上楼的，但只有他一个人，并没有任何女人跟他在一起。”那个服务生十分肯定地说。

卡特愣了，他盯着服务生说：“你再好好儿想一想，我太太的个子很高，头上还戴着一顶无檐儿的红帽子。”

“先生，我不会记错的，当时就你一个人。”

“不可能！”卡特对自己的记忆力绝对相信。他还清楚地记得，他和雪莉是凌晨走进这家旅店的，在服务台值班的是亚克，是他给他们登的记，那个帮助提行李的服务生也在。对！当时大厅里就只有这两个人。

“可他们为什么要串通一气，坚决不承认有雪莉呢？”卡特顿时感到问题并不是那么简单了，雪莉不可能是和人私奔了，一定是出了什么意外。为了把事情打探清楚，卡特用五美元作为好处费，从另外一个人的口中得知，昨天凌晨帮助他们提行李的那个服务生是亚克的亲弟弟，名字叫里森，是一个有入室盗窃前科的家伙。

“竟然会是这样一个人？”卡特觉得需要好好儿调查一下雪莉的失踪之谜了。

他还清楚地记得，当自己早晨七点钟离开房间时，看见雪莉还曾翻了个身，至于自己走后她是继续睡觉，还是出去吃早点就不得而知了。既然里森有犯罪前科，就不排除他看见自己和雪莉两个人都出去了，就偷偷地钻进房间里翻东西的可能。通常雪莉的早点只是一杯咖啡，所以很快就回来了，结果正好撞上正在行窃的里森。两个人扭打起来，里森情急之下很可能顺手抓起一个烟灰缸砸向雪莉，雪莉就倒下了。别看烟灰缸不大，但一个男人如果使劲砸下去的话，让一个女人去见上帝也是很容易的事情，或许女服务员要找的就是那个置雪莉于死地的烟灰缸。

卡特继续进行着推测：里森看到出了人命，就慌忙去找他哥哥亚克。亚克自然清楚弟弟犯下人命案的后果，如果让人发现了尸体，里森肯定是第一个嫌疑人，因为他有犯罪的前科。兄弟两人经过商议后，决定马上将尸体处理掉，再把她的所有东西都拿走，造成她压根儿就没有来过旅店的假象。

卡特认为自己的分析很有道理。不过，还有一个问题让他感到无法解释，这就是：自己的确是和太太一起来的，而对方却坚持推说没见到。如果双方僵持下去的话，必然会闹到警方那里，实际上，这样对亚克他们并没有好处。他们为什么不说看见雪莉离开旅店了，至于她为了什么，去到哪里他们也不得而知，那样岂不是更省事儿？

卡特又倒了一杯酒，边呷边思索着：他们又是怎样处理她的尸体和行李呢？白天运出去吗？显然不行，因为人们都开始各自的工作了，肯定会被人看见。最好的方式当然是先找个地方藏匿起来，等夜深人静的时候再运走，而且他们也可以创造有利条件——兄弟两人一同当班。那么，雪莉的尸体究竟会藏于何处呢？恐怕最简便的方法就是藏在离这里最近的空房子里。

想到这里，卡特就开始行动了。他轻轻地把房门关好，然后蹑手蹑脚地走到外面的通道，来到右边的第一个房间门前。他小心翼翼地转动门把手，门居然没有锁，透过推开的一条缝，他看到一对赤裸的男女正在床上云雨销魂，“干这种事情竟然还忘了锁门！”吓得他赶紧关上了门。

“这种逐个房间检查的方法不可取，要是再遇到什么难堪的事就麻烦了。”卡特心里想。他继续四处搜寻着，最终将目光落在通道尽头一间没有门牌的房间上。他轻轻走过去，原来这是一个放清扫工具的房间。他进去一查，没有发现雪莉的尸体，不过他注意到，这个房间不仅便于藏身，而且还是观察通道里任何房间动静的最佳位置，如果有人在通道里搬运东西，在这里可以看个一清二楚。

“对，我就在这里守株待兔！”卡特打定了主意。他转身回到房间取了瓶白兰地，然后躲进这间小屋。他把拖把、水桶和扫帚这些杂物都堆在一边，正好挡住自己的身体，再把房门留出一条小缝儿，然后就舒舒服服地坐下来，边悠闲地喝着酒，边从门缝儿向外观察着。

在寂静的深夜，时间一分一秒地过去，酒也一杯一杯地下肚。到了凌晨三点，卡特手中的白兰地酒瓶已经空了，他正琢磨是不是再回房间取一瓶时，突然听见通道里传来一阵“咕噜咕噜……”的声响。他透过门缝儿一瞧，只见里森正用行李车推着一个大箱子从通道里走过，他一直走到通道的那一头，然后推开一个房间的门进去了。

卡特的心顿时紧张起来，他一会儿瞧瞧门缝儿，一会儿又看看手表。十分钟，十五分钟，二十分钟，没有看见里森走出来，他不禁有些焦急：“这家伙怎么进去这么长时间？难道又出了什么差错？”

里森终于出来了。他仍旧推着那辆行李车，只不过上面多了两个衣箱，卡特一眼就认出那是雪莉的。

里森尽量放慢脚步，试图让车轮的声音小一些。

“这只狐狸终于出洞了！”卡特推开清洁间的门，迎面走了上去，“嗬！伙计，你总算出来了。让我猜猜看，这口大箱子里应该是一具尸体，对不对？”他两眼紧紧地盯着里森说。

“怎么，是你？”里森被突然出现的卡特吓了一跳。他脸色惨白，浑身颤抖，然后叹了口气说，“你猜得没错。不过，我得先和我哥哥商量一下，我们俩是有分工的，他负责谋划，我只是具体行动。”

“可以。”卡特冷冷地说，“我房间里就有电话，你不用再推着车往下走了。”在卡特严厉的目光下，里森只好把车子推进卡特的房间，打电话找亚克。

“我哥哥知道了，他马上就过来。”里森放下电话，擦了擦头上的汗说。

“是不是因为我太太撞见你正在我们的房间偷窃，为了杀人灭口，你就杀害了她？”卡特冷笑了一声，问道。

“没有，我只是想看看，并没有偷东西的意思，真的。”里森哭丧着脸说，“先生，我已经有七年的时间都洗手不干了，我是有老婆和三个孩子的人，他们都不让我再做这种事。可，可是，我有一种看人家东西的嗜好，当时我只是想看看。”

“什么？看别人东西的嗜好？”卡特有些不解地问。

“是的，我只是看一看，然后在心里给它们估个价，计算一下如果偷走后能赚多少钱。我曾有过很多次机会，但都没有动过手。比如，去年的一次，我本可以将价值六七千元的东西偷走，但是我没有。先生，我每次不过是想一想而已，请相信我。”里森解释说。

“可是，这次你被我太太撞见了，她可绝不会认为你只是看一看或者想一想！”

“是的，她肯定认为我是个窃贼。”接着，里森似乎又很气愤地说，“你太太的脾气怎么那么暴躁，我还从来没有见过这样的女人。当时，她大叫一声冲了进来，拿起提包就砸我的头。我躲闪开了，谁知道她由于用力过猛，脚下的高跟鞋一滑，人就跌倒了，头部正好撞在床头柜的烟灰缸上。烟灰缸碎了，她的头也被撞出了个大口子，血不停地流着，很快她就死了。不过我可以向你保证，她死时没有遭受多大痛苦。”

“那么，你们拿走她的衣箱和行李该作何解释呢？”

“当时她的头被撞破后，很多血都流在了旁边的衣箱上，如果我们不拿走衣箱，肯定会招致警察的怀疑。而且我们还想到，人们通常出走时不可能只拎个空衣箱，肯定还会有些其他物品，因此我们就将她的东西都拿走了，制造一种她压根儿就没来过旅店的假象。后来你找到柜台时说她来过，而我们则坚持说没有，‘二比一’。”

“那你们打算怎样处理我太太的尸体？”卡特问道。

“在北面有我哥哥家的一块地，那里有一口废弃多年的枯井，我们打算趁夜深的时候把尸体扔进去，然后再填上土，就神不知鬼不觉地解决了。”里森正说着，就听到门外有人敲门，原来是亚克上来了。

亚克迅速闪进来，他扫了一眼房间的情况，又看了看弟弟和卡特。

“里森，你刚才都对他说了什么？”亚克问道。

“没说什么。”

“那就好。”亚克满意地点了点头。

“其实，事情的经过应该是这样的：卡特先生，你打电话到服务台，让人送一口大箱子来，里森很快就把箱子送上来了。你告诉他二十分钟后再来一次，里森按照你的吩咐二十分钟后又来了。这时，你要他把箱子运到地下室，然后再运走。但是，里森注意到箱子上有血迹。”亚克一边说着，一边把衣箱翻了个个，让沾有血迹的一面朝上，“这时，里森想起你曾到服务台无理取闹，说自己的太太失踪了，他立刻对这个箱子产生了怀疑，就打电话叫我上来，所以我现在就站在了这儿。卡特先生，你说我们是先打开箱子检查呢？还是立刻通知警方？”亚克说完，用一种嘲弄的目光看着卡特。

看着亚克这副贼喊捉贼的无耻嘴脸，卡特不禁怒火中烧：“住嘴！你这是诬陷，完全是一派胡言！”

“没关系，我们是二比一。”亚克微笑着说。

“你别做美梦了！里森的指纹到处都是，我敢保证，衣箱里肯定也有。如果警方来了，你怎么解释？”卡特抓住了一个要害问题，咄咄逼人地瞧着亚克说。

亚克显然忽略了这一点，他想了想，说：“哦，卡特先生，还真要感谢你的提醒，指纹问题的确不好解释。那只好这样了，如果我和里森需要坐牢的话，我们就把你也拖下水，说你雇用我们杀害了你太太。其实，你和太太一到旅店，我就看出你们之间不和睦，我们要想找到你们夫妻不和的旁证并不难。”亚克的话中绵里藏针。

站在一旁的里森对哥哥的这个计谋佩服极了，连声说道：“太好了！我们都是一个绳上拴的蚂蚱，如果要坐牢，谁也跑不了。”

“亚克这家伙真够歹毒的，居然想把我也拖下水。”卡特恨恨地想着，同时他也担忧，如果他们与警方串通起来，自己肯定会有麻烦的。

看到卡特短暂的沉默不语，亚克也大致猜到了他的心思，就依然不紧不慢地说：“卡特先生，我们不妨换个角度说，我们兄弟俩与你们夫妇之间并无恩怨，之所以出现这种悲剧，完全是由于你太太的暴躁性情引起的误会。如果我们找个更合理的理由来结束这件事情，不是更好吗？人还是少给自己找麻烦好。再说了，我们都是成熟而明智的人，何必要去惊动警方呢？那样对谁都不利。我早就看出来了，你是个喜欢自由的人。”

“唉！他的话也不无道理。”卡特心里想。他看了看亚克，没有吭声。

沉寂了片刻，卡特瞧着眼前那口沾满血迹的箱子，冷冷地说：“人死不能复生，既然事已至此，我只能接受你们的做法了，赶快把尸体弄出去处理掉吧。”

“这样吧，我先把箱子里的东西搬到卡车上，然后再来搬你太太。”里森仿佛得到赦令一般，马上开始推车。

“怎么？这箱子里的不是我太太？”卡特吃惊地问道。

“不，不是！”里森笑了一下，说，“这里是克尔，他听到你说太太失踪后，就对我产生了怀疑，事先躲到房间的壁橱里等我。当我正要把你太太装进箱子时，他就从壁橱里突然跳了出来，认为抓住了把柄，向我要钱。其实，他这样做并不是为了帮你找太太，只是想勒索。”里森停顿了一下，接着又说。“我必须要解决掉克尔，所以又打破了另一只烟灰缸。这家伙太重了，我费了好大劲儿才把他装进箱子里。你太太还在那边的屋子里。”

一旁的亚克不由得又叹了一口气："看来，我还得绞尽脑汁想个克尔失踪的理由。什么理由好呢……对！就以旅店的公款失窃为借口，一来我们也的确需要钱，二来也可以把克尔失踪这件事儿遮掩过去。好，就这么干，还可以一举两得。”

当里森第二次回来搬卡特太太的尸体时，卡特特意叫住了他，给了他五元小费，作为对他搬了那么多东西的犒赏。

一切都已尘埃落定，卡特也感到有些疲劳了。不过，还有一件重要的事情他不能忘，那就是拨打一个电话。

“喂，我是卡特，我们的计划有变，现在取消干掉我太太的约定。什么？噢，我改变主意了。哦？违约金，这样吧，我付给你约定数额的四分之一。好，好的！”原来卡特拨打的是一个职业杀手的电话号码。

卡特喜欢过无拘无束的生活，半个月前他刚刚买了一大笔保险，看来一切都随心所愿，现在他准备美美地睡上一觉了。

翡翠项链

杰克把车停在一个斜坡下的路边，然后走下车环顾四周，只见这一带的住宅依山而建，家家都很有气派。这些住宅不仅草坪平整、昂贵，而且连车道和平行铺设的石板路也很宽阔，只不过石板由于风吹雨淋，已经出现不少坑洼之处了。

在车道的尽头，有一个不大的车库，里面停放着一辆新式的凯迪汽车，此刻它也仿佛好奇般地探出半截身子，望着外面的世界。从外表看，这辆汽车后部的挡泥板已被撞裂，上面的斑斑锈迹表明它在被撞后的很长时间都没有修理过。

车库的旁边是一座住宅，从庭院的草坪看还是不错的，但边边角角还需要更细致地整理。在草坪的一角，散放着两把旧羽毛球拍，球拍的开裂处用胶布缠着。

从这一切来看，丹福尔家的经济状况并不乐观，与邻居家相比，他们家的生活是比较拮据的。

杰克按了一下门铃。不多一会儿，丹福尔太太就出来把门打开。只见她用一条洁白的手帕将秀发裹起，身上那浅蓝色的泳装衬出优美的曲线，显得格外妩媚动人。

“请问，你找谁？”尽管她的声音温和而高雅，但面对眼前这位陌生来客，杰克还是能听出她尽力掩饰的一丝疑惑。

“噢，是这样的。”杰克简单地作了自我介绍。这时，他看到丹福尔太太露出了迷人但又有些不安的微笑，似乎还有意无意地扫了一眼他的双手。

“你是来送赔偿金的？”

“很抱歉，夫人，我不是。”

“哦，当然不是，或许是我太性急了。”她不好意思地笑了笑，“抢劫案发生的时间不长，怎么能这么快就获得赔偿呢？”

杰克根据她的面部表情和不时投向他的口袋的眼神儿，看出她的内心活动很激烈。

过了一会儿，她稍稍平静下来，尽管神色还有些紧张，但仍然用满怀希望的口吻问道：“你今天来，不会是已经追回被劫的珠宝了吧？”

“真对不起，夫人，我们还没有追回。”杰克说这话时，看到丹福尔太太的表情变化很微妙，先是松弛，后是惊慌，两种相反的情绪交织在一起，表现出一种天真而迷茫的神情，颇有些不自然。

“那，那你到这儿来干什么？”她有些疑惑地问。

“我想和丹福尔先生谈一谈，请问，他在家吗？”

“当然可以，里面请吧！”丹福尔太太领着他，穿过客厅，来到后院的游泳池边。

杰克在穿过客厅时注意到，在客厅的茶几上有几页账单，最上面的那张盖着刺眼的“逾期未纳”的红色印章。他顿时明白了，丹福尔夫妇的所作所为，并非是出于贪婪的本性，而仅仅是生存的需要。

“丹尼！”

起初，杰克并不知道她在和谁说话，当看到丹福尔先生穿着短裤从游泳池里爬出来回应了一声，他才知道是怎么回事儿。

丹福尔先生把手擦了擦，微笑着伸向杰克，然后又瞥了一眼杰克递过去的名片。只是那一瞥，他脸上的微笑顿时便消失了，被一种不安所替代。

“你是，保险调查员？是来调查上次我们被抢劫的案子的？”他警觉地问。

“是的，我想了解一下情况，顺便和你们谈谈关于申请赔偿的事。”

“噢，好的。我想我们还是坐下来谈吧，那样会更舒服些。哦，就坐在这儿。请问，你想喝点儿什么？来杯啤酒好吗？”丹福尔先生客气地说。

“可以，谢谢！”

“丹尼，你们坐吧，我去拿。”丹福尔太太说着，递给丈夫一个警告的眼神，丹福尔先生也微微地点了点头。不过，这一细节并没有逃过杰克的眼睛。

杰克和丹福尔先生微笑着坐在一起，谈论着近几天的天气和交通状况。

很快，丹福尔太太就回来了。她把一个摆着啤酒和玻璃杯的托盘放在有遮阳伞的桌子上。

“关于我们申请赔偿的事儿，还有什么问题吗？”丹福尔先生呷了一口酒，问道。

“噢，你先看看这个，是我们刚刚接到的。”杰克从衣袋里掏出一份剪报，递给丹福尔说，“从邮戳上看是本地的，但是没有署名，信封上也没有找到指纹，是匿名者寄来的。”

当丹福尔夫妇阅读这份剪报时，杰克则两眼死死地盯着他们，以便从中判断出什么。

剪报上的内容和细节杰克记得很清楚：一天，两名持枪蒙面的歹徒闯进丹福尔夫妇的住宅。当他们发现只有丹福尔太太一人在家后，就用枪逼迫她把保险箱打开，交出里面的珠宝首饰。这部分内容是属实的，但事后丹福尔夫妇写出的失窃珠宝清单就不那么简单了。

杰克继续观察着丹福尔夫妇的神情，他想，如果他们看到匿名者在“翡翠项链”四个字上用红笔画的圈时，他们一定会有反应，尤其是读到匿名者在剪报旁边批注的“简直是胡扯”这几个字时，更会有所表现。

杰克的猜测果然不错。丹福尔夫妇看着看着，尤其是看到末尾，突然脸色变得难看起来，丹福尔先生满脸通红，丹福尔太太则是面色惨白。

“对这件事，你还想知道什么？”丹福尔先生定了定神儿，将剪报递还给杰克说。

“剪报里说的‘胡扯’，究竟是不是真的？噢，请等一等，在你回答我的问题之前，我必须先解释一下。坦率地说，我们在接到每一份赔偿申请时，第一个想法就是‘这是不是真的？’。当然，这并不是我们不信任谁，只是我们遇到申请赔偿人自导自演的抢劫把戏太多了，很让人头疼。不过，到目前为止我们还没有对你们的失窃清单表示怀疑。”杰克认真地说。

“谢谢！”丹福尔先生费力地咽了一口口水，脸上的表情似乎也放松了一些。

杰克又喝了一口酒，说：“这桩抢劫案其实并不太复杂，虽然我们还没有抓获那两个蒙面歹徒，但无论他们躲在哪儿，都逃不脱法网的。目前，让我们感到疑惑的是，究竟是什么人给我们寄了这份剪报？他的目的是什么？他又是怎样知道被抢物品的，还有那么明确的注释。你知道，这种事情除了当事人外，其他人是很难弄清楚的。”

“你怎么敢肯定就是他们寄的？依我看，这可能是一个无聊的闲人干的，他们总是没事找事。现在这种人还少吗？任何罪案对于那些无聊之人来说，其吸引力绝不亚于糖浆对苍蝇的吸引力。”丹福尔先生说道。

“你说的也有些道理。不过，从这份剪报的语气看，我认为还是他们寄来的。我们不妨做两种设想：一种是，假设这份剪报是那两个歹徒寄来的，事情似乎更符合些情理，或者说事情就变得更有趣了。另一种是，假如事实与他们说的不符，他们为什么还要那样说呢？他们没必要对自己所犯的罪行撒谎，因为无论翡翠项链是否在内，他们被抓获后也都会被判刑的。”杰克不紧不慢地说着，还不时地瞧瞧丹福尔夫妇。

“真难以想象，那个无聊的人为什么要在你们申请赔偿这个严肃的问题上开这种玩笑？”杰克脸上似乎现出一丝迷惑的神情。

“这有什么奇怪的，难道那些无聊透顶的人做事还需要理由吗？”丹福尔先生解释说。

“嗯，有道理。不过，丹福尔先生，我还想就我多年的工作经验再补充一下。我发现，有些人在遇到困难或遭遇不幸时，比如生意赔本了，炒股运气不佳，家人患病造成大额开支等，同时也包括一些纯粹是贪婪成性的人，往往试图通过我们这条路捞回大部分的损失。当然了，毕竟大多数人还是诚实的，他们有时可能也会多报一些损失，但都是在特定环境下，比如慌乱之中急于报案。虽然事后他们也意识到报多了，或者是发现自己报失的东西根本就没有丢失，但是出于自尊心，他们往往羞于承认自己在慌乱中所犯的错误。在我的职责中，就包括给这些人一个改正错误的机会，或者说给这些人一个体面的台阶下。人犯错误总是难免的，关键是能否及时改正。如果是无心犯的错，并且在正式申请赔偿之前改正了，那不算犯罪；但如果明知谎报还要将错就错，那就是犯罪了。我曾经告诫过一些犯错误的人，如果他们改正得太迟的话，就必须面对这样的后果：尽管破案后他们不得不改正了，但仍脱不掉‘有意欺诈’的罪名。我说这些话并不是想吓唬谁，只是想告诉人们，我们公司是严格按照法律规定办事的。”

“噢，我们知道。”

“好，那么我现在只剩下一件事情了。请问，二位是否要对被盗物品清单做些改动？”

丹福尔夫妇相互看了对方一眼，一时没有说话。

过了一会儿，丹福尔慢慢地站了起来，他神情凄楚地对杰克说：“对不起，我想和我妻子单独说几句话，可以吗？”

“当然可以。”

丹福尔拉着妻子的手默默走到后院。杰克则故意把头转向另一个方向。不过，当他举起酒杯时，依然可以看到两个人影在杯子上晃动。

没过多久，丹福尔先生就带着妻子回来了。他对杰克勉强地笑了一下，说：“是的，我们要对被盗物品清单做些改动。不过，我想向你解释一下，案发的当晚，我不在家，是在城里的办公室加班。因为第二天是我和妻子的结婚纪念日，我想送给她一件礼物，所以那天早上我就把翡翠项链带走了，想让珠宝商在上面多镶几个钻石，给妻子一个意外惊喜。当妻子打电话告诉我家中被盗时，我心里十分牵挂妻子的安危，担心歹徒逼她打开保险箱时会伤害她，好在这种事情没有发生。可是当时我却忘记告诉她我带走项链的事，直到她把被盗物品单子交给警方并见报后，我才知道她把项链也写进去了，虽然我想改正，但是已经晚了。后来……”

“这么说，项链没有丢？”杰克问道。

“是的，我还没有送到珠宝商那儿，它还在我的公文包里。我看还是放到保险箱里更安全。”说这话的时候，丹福尔先生的脸涨得通红。

“应该这样，”杰克点了点头，然后站起来说，“好了，感谢两位的合作，我该告辞了。”说着，他伸出手来与丹福尔夫妇握别。

丹福尔夫妇牵着手，将杰克送到大门口，望着他驾车离去。

杰克驾车来到公路边的一个电话亭旁停下，他拨通了电话：“喂，哥们儿，我赢了！果然不出所料，项链就在他们手中。我猜测，当时丹福尔把项链带到城里去，不是想卖掉就是想典当，由于天色晚了，所以那天他留在城里没有回家，打算第二天上午再到珠宝店或当铺去转转，找个合适的价钱出手。后来当他从妻子那里得知家里被抢劫后，贪婪之心萌生，认为可以借此机会得到一个意外收获。因此他们决定浑水摸鱼，填写虚假清单，希望赚得一笔额外的赔偿金。不过，他们做梦也没有想到我这个假冒的‘保险调查员’出现了，哈哈！好了，这下我们就不要为被劫物品清单互相猜忌了，项链这时肯定回到保险箱了。哥们儿，赶快准备，什么时候出发听我的电话，我们随时都可以打开保险箱。上帝，我们又要发财了！”

杰克放下电话，脸上仍然挂着得意的笑容。

疯狂舞伴

在一个叫做佛特瓦哥的小镇里，住着一位名叫尼克拉斯·吉贝的奇特老人，他靠制作各式各样的机械小玩具来维持生计。

老吉贝制作小玩具的独门手艺名声在外，几乎在整个欧洲都家喻户晓。他做过的机械小玩具几乎无奇不有。有能从卷心菜的菜心里忽然蹦出来的小兔子，它还会理理胡须，摇摇耳朵，然后又倏地一下钻回包心菜里。有能自己洗脸的小花猫，它会左瞧瞧、右看看地做各种姿态，更令人称奇的是，它居然还会“喵喵”地叫，以至于连真正的狗都信以为真，汪汪叫着扑过去。还有能说话的木偶，老贝吉事先在木偶肚子里放置一个留声机，只要扭动开关，这个木偶就可以一边向你脱帽致意，一边说“请”“你好”“谢谢”之类的话，甚至还可以高兴地为你唱歌。

如此说来，老吉贝可就不只是个手工艺人了，他简直可以和任何艺术家媲美。虽然他做这些小玩具只是业余爱好，但也绝不是像一般人那样的闲情雅致或消磨时间，他在这些小玩具上倾注了自己的全部心血和情感。

在老吉贝的店铺里，堆积着很多这样的东西，尽管件件都是样式奇特、精妙绝伦，但是却很少有人问津。为什么呢？因为老吉贝制作这些东西并不在乎能否卖掉，而是出于对手工制作的痴迷和喜爱，所以，他也就任凭那些东西像古董一样静静地陈列在店里。

下面我们就列举几件小玩具，让大家领略其精妙之处。

有一只机械小木猴，它可以凭借暗藏在体内的充电装置，连续小跑两个多小时。如果换上一个功率大些的充电器，它甚至比真猴跑得还要快。有一只飞鸟，它可以振翅飞向半空，然后在半空中盘旋几周，又回落到它起飞的地方。有一副骨架，是以铁棒为支柱做成的，竟然能够伴着音乐跳狐步舞。还有两个绅士和小姐模样的木偶人更是绝伦，老吉贝在那个绅士的肚子里藏了一根管子，不仅让它能够抽烟，还能够喝酒，酒量甚至比三个年轻人都要多。至于那个与真人大小一般的木偶小姐，居然会像模像样地拉着小提琴……总之，他做的东西不仅数不胜数，而且样样精妙至极。

这个镇子上的人们都对老吉贝佩服得五体投地，他们甚至说："如果老吉贝愿意的话，他连可以做任何事情的木人都能做出来！"后来，老吉贝果然不负众望，真的做了一个木人，只是由于这个木人会做的事太多了，竟然……

好了，我们还是详细说说这件事情的经过吧。镇子上有个年轻医生叫佛仑，他有个宝贝儿子。在儿子一周岁生日时，他为了庆贺，就把家里的亲戚邀请来聚会了一次。第二年，当儿子要过两周岁生日时，佛仑太太便执意要把场面搞得更大一些，决定举办一次舞会。于是，佛仑不仅邀请了自家的亲戚，还邀请了镇子上的很多人，当然也包括老吉贝和他的女儿奥尔格。

那天参加舞会的人很多，气氛也很热烈。

第二天下午，老吉贝正坐在屋子里专注地看报纸，他的女儿奥尔格和几个好友则聚在院子里聊天。她们聊着聊着，话题很自然地就转到昨天舞会上的男士们身上来，一会儿评论某个男士舞技娴熟，很潇洒，一会儿又嘲笑某个男士舞姿蹩脚，面容僵硬。当时她们毫无顾忌地评头品足，并没有留意到屋子里的老吉贝。

"喂，你不是经常参加舞会吗？好像那些男士很少有会跳舞的。"一个女孩子对另一个模样俊俏的女孩子说。

"就是，他们在舞场上都好像是故作姿态。"那个俊俏女孩子回应说。

"不过，我发现他们倒是很喜欢和你搭话的，他们都说些什么？"那个女孩子接着问道。

"别提了，他们说出来的话总是无聊得很，我真厌烦。"俊俏女孩子一脸不屑的样子。

坐在旁边的第三个女孩子插话了："没错，他们说的话几乎如出一辙。什么'今天晚上你真迷人啦''你穿的衣服太漂亮了''你经常去维也纳吗''今天的天气多热啊''你喜欢瓦格纳吗'……唉，你们说说，这些男人怎么就问不出点儿新花样呢？"

一直没有吭气的第四个女孩子说话了："我和你们的看法不一样，我从来就不介意他们说些什么，只要他舞跳得好，即使他是个白痴我也不在乎。”

“哦，那些男士总是……”一个面庞清瘦的女孩子气呼呼地说。

“我去跳舞时，”第四个女孩子又插话了，她没有注意到那个清瘦的女孩子话还没完，继续说道，“我只要求男舞伴将我抱得紧一点儿，一直不停地带着我跳和旋转，那种感觉太美妙了，直到我累了为止。”

“那干脆给你找个上了发条的机器人算了！”被打断话的那个清瘦女孩子说道。

“哇，这个主意真是妙极了！”其中的一个女孩子惊叫着，并鼓起掌来。

别的几个女孩子被她的惊叫吸引了，连忙问：“快说说，是什么美妙的主意？”

“噢，我刚才告诉她，应该找一个上了发条的舞伴，最好是电动的，这样它就不会感到疲劳了，可以抱着她一直跳下去。”

“啊！这的确是件美妙的事情！”几个女孩子顿时兴奋起来，她们开始发挥起想象的空间，竭力描绘着心中的构想。

“如果真有那样一个舞伴，该是多么惬意呀！”一个说。

“嗯，它绝不会踢到你的腿，也不会踩到你的脚，比现在的那些男士强多了！”另一个说。

“更重要的是，它温文尔雅，绝不会试图暗暗撕破你的衣服！”第三个女孩子说。

“还有呢，它一定不会跳错舞步，更不会转晕了将头撞在你身上！”

“我想，它不会边跳边掏出手绢来擦汗，说实在的，我每次跳舞时最讨厌男舞伴做那样的动作。”

“对，它也肯定不会像有些男人那样，每次参加舞会时总是枯坐在一旁，把整晚上的美好时光都浪费掉了。”

“你们听着，我还有个更好的办法，在它身体里放一个留声机，这样就可以随时录下它说的话，然后播放，人们肯定搞不清它究竟是真还是假。”首先提出找个上发条的机器人当舞伴的女孩子兴奋地说道。

“我敢保证，这些不仅可以完全做到，而且能够做得完美无瑕！”那个清瘦的女孩子信心十足地说。

女孩子们唧唧喳喳的说话声惊动了屋里的老吉贝，他放下手中的报纸，也将两只耳朵竖了起来，仔细地听着。这时，恰好一个女孩子无意间朝这边望过来，老吉贝见状，赶紧又举起报纸，装作似乎什么都没听到的样子。

终于，女孩子们聊完散去了。老吉贝也放下报纸，赶忙走进他的工作间忙碌起来。女儿奥尔格从门外经过，听到工作间里传出父亲来回的踱步声，还有偶尔发出的轻微窃笑声，她并没有太在意。

这天晚上，老吉贝和女儿聊天，其中有很多是关于跳舞和她们舞伴的事情，包括她和朋友们经常谈些什么，眼下什么舞蹈最流行，在这些舞蹈中会穿插些什么样的步伐等。当时奥尔格还多少感到有些奇怪：“上了年纪的老父亲怎么也对舞蹈感兴趣

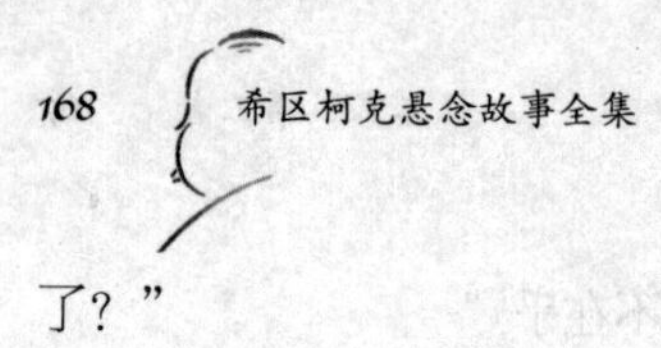

了？”

在接下来的几个星期里，老吉贝不是低着头若有所思，就是待在工作间里很长时间都不出来，有时还会偶尔发出一两声莫名其妙的轻笑声，就像是他想起了一个别人无从得知的笑话似的。奥尔格对父亲的这种举动也摸不到头脑。

过了一个月，富有的木材商老温塞为了庆贺他侄女订婚，决定在佛特瓦哥镇举行一次舞会，老吉贝和他的女儿奥尔格也被邀请参加。

这天，奥尔格收拾妥当之后，就去找她的父亲一同出发。结果老贝吉并不在屋里，她又来到父亲的工作间，推开门一看，发现父亲此刻正挽着袖子，满脸是汗地忙乎着什么。

“快走吧，不然就晚了！”奥尔格催促说。

“噢，你先去吧！”老贝吉说，“我还有点儿工作要完成，不会耽误多久，我很快就会赶过去的！”

当奥尔格转身要离开的时候，老贝吉又大声说道：“你告诉他们，有一个年轻人要跟我一块儿去，他可是个英俊的小伙子，舞也跳得棒极了，到时候女孩子们都会围着他转的，哈哈！”老吉贝笑着随手关上了门。

“父亲究竟在搞什么名堂？”奥尔格不禁有些疑惑，不过她猜：父亲或许正为舞会的客人准备着一份礼物。

奥尔格来到舞会现场，她告诉人们父亲一会儿就来，并且还根据自己的猜测说：“我父亲还要送给大家一份礼物。”听她这么一说，人们就更加期待这个有名的老工匠早点儿到来了，因为他的超凡技艺吸引着人们。

忽然，外面传来一阵车轮的响声，还有走廊里的说笑声，原来是老温塞来了。只见老温塞神采奕奕，笑容满面地走进舞厅，大声宣布说：“诸位，请安静，让我们用掌声欢迎老吉贝和他的朋友！”

在人们热烈的掌声中，老吉贝和他的朋友走到舞池中央。“女士们，先生们，”老吉贝说，“请允许我向大家介绍一下，这就是我的朋友——弗瑞兹中尉。弗瑞兹，快，向女士们和先生们致意！”说着，吉贝把手轻轻搭在弗瑞兹的肩膀上，只见中尉朝着人们深深地鞠了一躬。“咔嚓”，这是弗瑞兹腰间发出的轻微声响，但人们并没有注意到。接着，老吉贝又拉着弗瑞兹的手臂一同向前走了几步——它的走路姿势还是显得有点僵硬，毕竟走路并不是他的特长。

“我的朋友是个出色的舞蹈家，它可以把你抱得很紧，跳起舞来一刻不停，节奏快慢也任由你选择。它还非常有礼貌，温文尔雅，绝不会跳晕了头撞向你。我只教过它华尔兹，它已经很熟练了，请问，哪位女士愿意做它的舞伴？来，宝贝儿，还是你自己说说吧。”说着，老吉贝又轻轻地按了一下弗瑞兹后背的一个按钮，只见它立刻张开了嘴巴，在机械微微的摩擦声中传出“承蒙荣幸！”一句话，随即它的嘴巴又啪的一下闭上了。

看着眼前这个中尉那英俊的面庞、明亮的眼睛、优雅的微笑和会说话的嘴巴，人们几乎惊呆了。

“请问，有哪位女士愿意做它的舞伴？”老吉贝又重复了一遍，但还是没有人回应。看来，弗瑞兹中尉虽然带给人们的第一印象很深刻，但却似乎没有哪一个女孩子愿意做它的舞伴，她们只是睁大眼睛，将信将疑地看着眼前的这个中尉。

老吉贝又环顾了一下四周，他一眼就看到那天想出这个主意的女孩子也坐在那里，于是就走到她面前说：“姑娘，这可是你的主意，现在终于实现了，弗瑞兹是个电动的舞伴，难道你不想试试吗？你给大家展示一下也是给它的一个考验，好吗？”那个女孩子没有说话。

这时，老温塞也凑上来帮腔：“试试吧，你这么聪明漂亮的女孩子，肯定对这个新玩意儿感兴趣。”那个女孩子思忖了片刻，终于点头同意了。

老吉贝把女孩子带到舞池中央，又根据女孩子的身材把木人调整了一下，使它的胳臂正好能挽住她的腰把她抱紧，并让它那光滑细腻的左手握住她的右手，然后详细告诉她怎样调节它的速度，怎样让它停下来以便休息等等。当这一切都做完后，老吉贝说：“姑娘，放心吧，它能带你转一整圈，只要你别碰它的旋钮，就不会有人撞到你的。”

这时，优美的乐曲声响了起来，人们都在凝神注视着舞池中央的这一对。老吉贝慢慢将木人身上的电机旋钮打开，那个叫安妮的女孩子便和这个陌生的舞伴开始在舞池里旋转起来。那个木人尽情地展示着优美的舞姿，步法娴熟、节奏准确。它带着安妮在舞池里一圈又一圈地来回旋转着，还不时地以一种异常柔和的语调和安妮亲切地交谈。安妮渐渐地和这个绝妙的舞伴熟悉起来，最初的紧张也消散了，她变得异常高兴，随着木人紧搂的手臂跳着、旋转着。“啊！多么美妙，它真是可爱极了！”她兴奋地喊着、笑着，“如果我能和它这样一辈子跳下去该有多好！”

人们都羡慕地望着舞池里这翩翩起舞的一对。

在乐曲声中，一对又一对的男女相继进入舞池，很快就如众星捧月般地将安妮和木人包围在了中央。安妮和木人笑着跳着，众人笑着跳着，就连老吉贝也望着自己的杰作，如孩童般开心地笑着，整个舞会达到了高潮。

“喂，老伙计，看来今天晚上这儿是年轻人的天下了，我们还是找点儿自己的乐趣吧！”老温塞走过来，贴着老吉贝的耳朵说。

“我们去做什么呢？”

“当然是到我的账房里抽支烟，喝杯酒了！”

“好！”

于是，这两个老人便悄悄地朝门口走去。

正当舞会高潮迭起的时候，近乎陶醉的安妮无意间碰了一下调节木人舞步频率的旋钮，情况瞬间就变了。只见那个木人紧紧地抱着安妮，步伐越来越敏捷，速度也越来越快了，一圈又一圈，不停地旋转着。他们身旁的很多人都已经跳累了，或是放缓步伐，或是干脆停下来休息，但安妮他们却如同上了发条一般，不停地跳着，跳着……最后整个舞池只剩下他们一对仍在翩翩起舞。

很快，乐曲声就不合拍了，乐师也跟不上他们的步点了，望着他们越来越疯狂的舞步，这些人只好放下乐器，瞪大眼睛看着他们。

“好哇！真过瘾！”舞场里的年轻人欢呼起来。

“天哪！这是怎么了？”有些老年人焦虑不安起来。

“安妮，安妮，你怎么还不停下来？难道你要把自己累晕吗？”一位中年妇女大声叫道，但是安妮并不答话。

“不好了，你看她的脸色苍白，安妮一定是晕过去了！”一个女孩惊叫着。

人们似乎这时才发现情况真的不妙了。

“快让它停下来！”一个男子立即冲上去，紧紧抓住了那个仍在旋转的木人，结果却在它飞快旋转的冲击力下重重地摔倒在地。更严重的是，那个倒地男子的脸颊又被木人那包着铁皮的脚狠狠地踩了一下，顿时鲜血流了出来……

“哇！”周围的人惊呼着。

当时，人们都被眼前的情形吓坏了，头脑也糊涂了，所有的人都在大叫着、激动着，但却没有人知道该怎么办。其实，如果当时有人能够保持头脑清醒的话，只要一个人就能很轻易地把那个家伙放倒在地，有两三个人就能把它举起来摔成碎片，再扔到角落里，事情就这么简单。尽管事后那些不在场的人曾认为在场的那些人是多么愚蠢，甚至连在场的那些人后来回想起来都认为该是多么简单，可事实是所有的人当时都没有意识到这一点，否则就不会酿成那么严重的后果了，当然这是后话。

我们再回到事件的现场。当时，看着木人依旧抱着安妮在飞快地旋转，看着倒在地上的那个男子，在场的女人们开始变得歇斯底里起来，她们捂着脑袋大喊大叫，而那些男人也变得焦躁不安起来，他们攥着拳头走来走去。这时，又有两个人勇敢地冲了上去，拼命撕扯那个木人，结果那个木人反倒把他们从舞池中央一下子撞了出来。那两个人分别撞在了角落的墙壁和家具上，鲜血从他们的脸上淌了下来。接着，安妮也被重重地摔在了地板上。

“快去找老吉贝，快！”女人们尖叫着从舞场里跑出来，男人们也紧随其后。

“老吉贝在哪里？”

“不知道！”

“你们看见老吉贝了吗？舞厅出事儿了！”

“没有！”

几乎所有参加舞会的人都在四处找他，但是没有人注意到老吉贝何时离开的舞厅，也没有人知道他现在究竟在哪儿。由于害怕，人们都不敢再回到舞厅里去了，只是聚集在门旁或者是隔着门缝儿向里看。只见那个木头家伙依然劲头十足地来回旋转着，它的转轮摩擦着地板，发出“吱吱”的响声，还不时地有“哐当哐当”的撞击声传出。那是它转圈时碰到了周围的某些硬物件，如果是稍小一些的，自然就被它撞飞了，如果是大的，它还会灵活地转个方向，将舞步滑向另一端。

“啊，你今天晚上真迷人！”“你什么时候去维也纳？如果不介意的话我可以陪你去。”“今天的天气真不错，就和我的心情一样！”“哦，别离开我，我可以和你一直跳下去，只和你。”它那亲切柔和的问话仍然一遍又一遍地重复着。

人们仍然在焦急地四处寻找老吉贝。

他们查看了舞场及其周围的所有房间，都没有；然后他们又一起去了老吉贝家，那里的看门人是个又聋又哑的人，他们比比画画地询问了半天，花费了许多宝贵的时间。

“咦，老温塞呢？”直到这时，人们才发现这个老家伙也不见了。

他们继续寻找。找过老吉贝家前院的客厅和卧室，没有。又穿过后院来到工作间，也没有。最后，他们跑到账房，这才发现老吉贝和老温塞都醉倒在那里。

听了人们焦急的讲述，老吉贝的酒一下子醒了，他脸色苍白，慌忙站起来，一路小跑地来到舞厅，并顺手将门关上了。

人们都被挡在了门外，只能焦急地等待着。

这时，人们似乎听到舞厅里传来模糊不清的低语声和一阵凌乱的脚步声，接着声音就大了，好像是一阵木头的劈裂声……最后便寂静无声了。

人们不知道里面究竟发生了什么，尤其是站在门口的人，都急于拥进去。不一会儿，舞厅的门打开了，老温塞正站在那里，他用宽厚的肩膀挡住了试图拥入的人群。

“巴克勒，还有你，”老温塞用手指着另一个中年人，“你们两个留下，其他的人请走开，尤其是要让那些女人尽快离开！”说这话时，他的声音很平静但却充满威严，不过他的脸上却毫无血色，简直就是死灰一般。

自那以后，手艺精湛的老尼克拉斯·吉贝虽然还在做着各种小玩具，但他只做那些会蹦跳的小兔子和会“喵喵”叫的小猫了。

真实情节

走出大厦，已是晚上九点左右。借着黯淡的夜色，他看到路上行人稀少。等几辆汽车开过去，他便穿过街道来到自己的老爷车前，却没看到前面的两个身影。

“先生。”直到有人向他打招呼，他才越过老爷车的车顶，看到那两位女郎——她们都在二十岁上下，穿着白色上衣和已经褪色的牛仔裤，其中一个长着漂亮的金发，身高在一米六左右，而另一个黑人女子则更加消瘦些，也高一些。

他的手在车门的把手上停顿了一下，询问道："有什么事吗，女士们？"

"你可以让我们搭车走一程吗？"

"哦，你们要去哪儿？"

金发女子回答说："圣路易斯。"

恰好，他正打算在回家途中到圣路易斯旁边的超市去一下，那条路离她们要去的地方并不很远，只有几条街。于是他欣然接受："当然可以，请上车吧。"

他坐进汽车，打开另一侧车门。两个女子相互谦让了一番，最后都挤上了前座。这时他才看清，居中而坐的金发女子双肩十分光滑，而且左臂肘上还刺了一只小蝴蝶。

他心中暗自感慨世界变化如此之快，想当初自己十七岁时在胳膊上刺了花纹回家，却被父母大呼小叫地责骂了一番，而今女孩子文身也都见怪不怪了。

他发动汽车，驶过两条宽阔大道后，便开到了一条偏僻狭窄的马路上，他也逐渐轻松起来。可就在要转进一条幽暗的隧道时，金发女子突然喊了一声："停车！"

一瞬间他刹住车，在路边停下。

金发女子不知什么时候手里多了一把猎刀，刀尖停在离他喉咙大半尺远的地方。她神色有些慌张，低声说："把钱交出来。"

一时间他有些手足无措，他万万没有想过有一天自己会成为抢劫的对象——他总觉得被人抢劫是别人的事，不会落到他的头上。

他问："如果我没钱的话，还能不能活着离开车子？……实话说，我刚从那种下流地方出来，你们两人刚才不也是从那儿出来的吗？"

两个女郎交换了下眼色，黑人女子询问说："你怎么知道？"

"那地方可是最早消除种族歧视的。在美国，除了监狱还有哪儿还会像那儿一样，不分种族地互相信任？话说你们是第一次出来试运气的，我说得对不对？"

"为什么这么问？"金发女子问。

他心底忽然有了点自信："你们根本不知道自己在做什么。"

黑人女子有些不耐烦了，但神情中有些疑惑："这种事你懂得什么？"

"什么都懂，而且很内行。"说着，他转向金发女子，"就以你持刀的方式来说，你居然会让刀尖离我脖子大半尺远——你本该用力顶住我的喉咙或者是我的腰，并且你们应该坐在车的后座，这样下手时才不容易被发现。"

金发女子仍举着刀："有道理。"

"当然有道理，"他微微得意，"此外还有两个问题。"

"是吗？说来听听。"黑人女子语气缓和了不少。

"你们俩的衣着也不恰当。"

"这是什么意思？"金发女子问。

“你们穿的衣服太薄，颜色也太浅。如果你们必须用刀的话，一定要离得非常近才行，这样很容易沾一身血。假如你们非用刀不可，万一遇上对方做出愚蠢行为，衣服颜色深暗一些显然更容易掩饰血迹。”

“还有呢？”黑人女子问，“你不是说有两个问题吗？”

“是的，另一个问题是，你们要的是钱，而不是聊天。你们本应该尽可能把钱弄到手，而避免和对方说太多废话。只要用刀一顶住对方，你们就该立刻告诉他废话少说，否则刀剑无眼。然后让他交出所有值钱的东西，否则就会如何如何。你们要是能做得足够好，他就会吓得不敢吭声，更不敢磨蹭，做一些不该做的事。”

这时黑人女子已经打开车门往下走了，金发女子也跟着滑了出去，把刀乖乖收进了包里。

“你们现在打算干什么？”他问。

“换衣服。”金发女子说。

他点点头，随之劝诫她们：“年轻人，还是做些正经的事情赚钱吧，不要惹是非。”

“你也是，别再随便让人搭便车。”金发女子如是回敬了一句。等金发女子一关上车门，他便踏下油门，一溜烟儿地跑了。

按照原先计划，他在超市买完东西后才开车回家。走进家门时，他情不自禁地吹起了口哨。

他妻子从厨房里高声问道：“听起来你今天心情不错，你的小说写得怎么样了？”

“我把最头疼的一部分写完了。”他回答。

他的妻子从厨房里走出来，递给他一杯酒。

“是不是半途抢劫的那一章？那一章你总觉得不太符合实际。”

他抿了一口酒，笑着说：“但现在我认为已经够合乎实际了——实际上，我可以说那就是实际。”

扒 手

我坐在假日旅馆的豪华休息室里翻阅一本杂志时，看到了那个身穿暗色粗格子呢衣服的女子正在扒窃斯通的口袋。她做得很漂亮。

斯通是位白发苍苍的老绅士，手里拄着拐杖。他在加州有着一亿五千万的资产。就在刚才，他从我对面的一个豪华电梯里走了出来。

而那个女子，从大理石楼梯匆匆走过去，走得很急切，并装出心不在焉的样子，正好和斯通撞了个满怀。然后她赶忙道歉，露出甜美的酒窝。斯通老先生则彬彬有礼地鞠了一躬，说没有关系。

我看到，她扒了他的皮夹和领带上的钻石夹子；而他却毫未察觉，也没有任何怀疑。她匆匆走向休息室对面的出口，同时把扒来的东西放进手提包里。

我连忙离开座位，迅速而警惕地追上去。追上她之前，她已经走过了那边的一盆盆植物，就要来到玻璃门处。

我抓住她的肩膀，微笑着说："对不起，请等一下。"

她一下子愣住了，转身看了看我，好像我是从那些盆景中钻出来的一样。她冷冷地问："你说什么？"

"我们最好谈谈。"

"我不想和陌生的男人谈话。"

"但我想我会是个例外。"

她棕色的眼睛里仿佛闪出了一道愤怒的光："我建议你放开我的胳膊，不然我就要叫经理了。"

"你也许知道，我是假日旅馆的保安主任。"我对她说。

她脸色一下子变白了。

我带着她穿过拱形入口，来到旅馆的餐厅里，它就在我们刚才谈话处左侧不远的地方。

她没有反抗。我让她坐在一张皮革椅子上，而我自己，则坐在她对面。一位身穿蓝色制服的服务员走了过来，我向他摇摇头，他走开了。

隔着桌子，我打量着对面的女子。她长着一张具有古典美的脸，是那么纯洁而无辜，褐色的头发稍有点卷曲。我猜测她大约二十五岁。

我冷静地说："毫无疑问，你是我遇见的三只手中最漂亮的一位。"

"我，我不知道你在说什么。"

"你也许知道，三只手就是扒手。"

她摆出愤怒的样子说："你是在说我吗？"

"哦，别装了，"我说，"女士，你没有必要装傻，我看见你扒了斯通的皮夹和他的钻石领带夹，那时我就坐在电梯的正对面，距离你只有十五英尺。"

她没再说什么，手指摆弄着手提包的带子，苦恼地叹了一声，说："你说得不错，我是偷了那些东西。"

我走过去，从她那儿轻轻拿过提包，打开它。斯通的皮夹和领带夹就在袋子里面各种女性用品的上面。我翻出了她的身份证，暗中记下她的名字和地址，然后取出她偷的东西，又把提包还给了她。

她轻声说道："我……我不是小偷，我希望你知道，我不是一个小偷。"她颤抖着咬紧自己的下唇，"可是我有强烈的偷窃癖，我控制不了自己。"

“偷窃癖？”

“是的，去年我已经看过三位精神病医生，可他们都没办法治疗我这个毛病。”

我同情地摇了摇头：“这对你来说一定很可怕。”

“是很可怕，”她同意说，“我父亲要是知道这件事，一定会把我送进精神病院的！”

她声音有些发抖：“他警告过我，如果再偷任何东西，就要把我送进医院。”

我却轻松地对她说：“你父亲不会知道今天这里发生的事。”

“他不会知道？”

“是的，”我缓缓说道，“斯通先生会取回他的皮夹和别针，我想没有必要把这件事张扬出去，这对旅馆也不利。”

她的脸开朗起来：“那么……你准备放了我？”

我叹了一口气：“我想我可能心肠太软了。是的，我准备放你走。但是你得答应我，不能再进假日旅馆。”

“我一定答应。”

“如果我以后再看见你在这里，对不起女士，我会报警的。”

“不会的！”她急切地向我保证，“明天一早，我就要去看另一位精神病医生，我相信他一定可以帮助我。”

我点点头：“那很好——”于是我转过头去看拱形餐厅门外的客人。

等我再转回头时，餐厅通向街道的大门正好关上，那个女子不见了。

我在那里坐了一会儿，思考着刚才有关她的事。我想她是一个很熟练的职业扒手，有着过人的娴熟手法。除此以外，她还非常善于撒谎。

我对自己一笑，站起身，再次走进休息室。

然而我没有坐回原来的座位上，相反，我漫不经心地穿过玻璃门走上了大街。

我走进人群中，右手从外套口袋处轻轻地抚在厚厚的皮夹和别针上。

我有点为那个女子难过，事实上自从斯通当天一走进假日旅馆，我就盯上了他。只是三个小时的等候之后，就在我要下手的前十五秒，她突然间出现了。

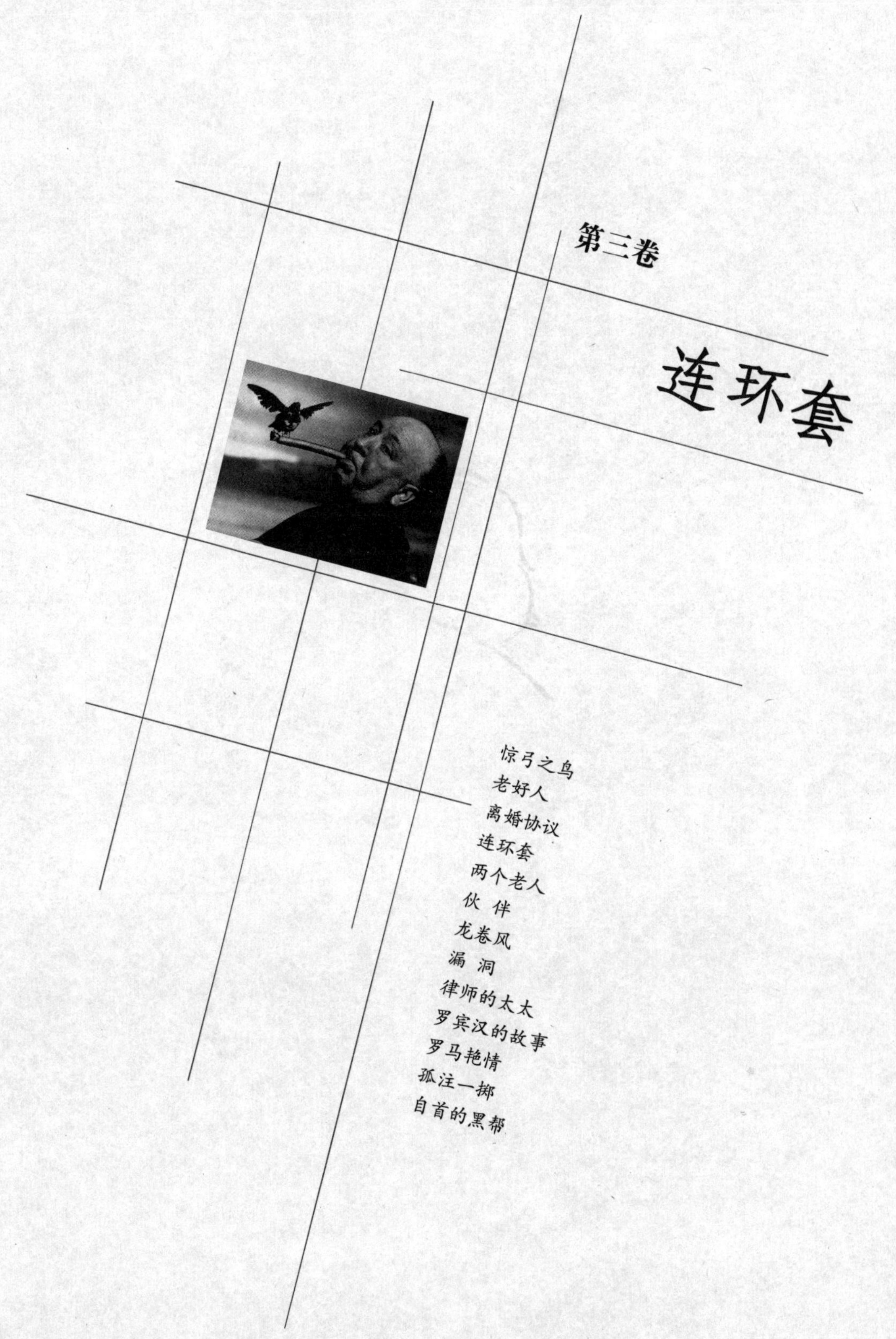

第三卷

连环套

惊弓之鸟
老好人
离婚协议
连环套
两个老人
伙 伴
龙卷风
漏 洞
律师的太太
罗宾汉的故事
罗马艳情
孤注一掷
自首的黑帮

惊弓之鸟

一天晚上，我正在店里闲坐，大约八点多的时候，店里来了两个警察，看上去他们是非常干练的一对搭档。其中年长的那个虽然动作迟缓，但做事有条不紊、老成持重，这说明他有多年的经验积累，而年轻的那个则聪明、机警，看来他需要有经验人的指导。

“警察。”年长的那个边说边拿出警官证给我看。

“请问，你们有什么事吗？”我将正在阅读的书放在桌子上，问道。

“我们在找一个人。”年长的警察说着，把一张小黑白照片放在柜台上，“你看看，房客中有这个人吗？”

我拿起照片仔细地看着，只见照片上是一个五十岁左右的中年男人，他的头发是淡色的，两只眼睛也有点儿向外凸。

“这个人犯了什么罪？是盗窃吗？”我问道。

两个警察没有作任何说明，看来他们只等候我对照片的反应。

“我的房客中没有这个人。”我放下照片，摇了摇头说。

那个年轻警察自进屋后一直没说话，只是不停地用目光观察着我这间简陋的休息室，此刻他突然插话说：“你能肯定吗？或许这个人戴着眼镜，或许染过头发，粘着假胡须，你再仔细回忆一下！”

“噢，很抱歉，我已经想过了，真的没有。”我肯定地回答说。

“哦，”年长的那个警察说，“这个人名叫葛里高利。根据分析，我们判断他已经到本市了，目前正在集中警力对所有的旅馆和出租屋进行排查。”说着，他稍稍停顿了一下，“请问，你怎么称呼？”

“我叫福里森。”

“那好，福里森先生，我们把照片留在这里，如果你发现有客人和照片上的长相相似，就赶快报警。”年长的那个警察嘱咐着。

“可以。不过，我估计这个人不会钻到我们这种小地方来，除非他是走投无路了。”

“他确实是走投无路了，否则不会逃跑的。”年长的那个警察一边快速地扫视着客厅，一边对我说。

当两位警察离开后，我又拿起那张照片看了看，然后就把它装进口袋，不慌不忙地上楼，我已经是五十九岁的人了，怎么会惊慌呢。

我朝着 308 房间走去，那里是走道的末端，显得又脏又暗。

“砰砰砰，”我敲了敲门。

"谁呀？"

"是我，卡洛先生，账房。"我站在门口等候时，听见屋里传出床铺的弹簧声响，然后又是防盗锁被取下的声响，门被打开了。

"什么事？"一位身材消瘦，穿着衬衫、长裤和袜子的人探着头问。

我没有回答，只是把他推进去，我也走进屋子，然后就背倚着门仔细打量眼前的这个人：他的个子不很高，大约五英尺八英寸的样子，留着黑色的短发，稀疏的眉毛下面是一双灰色的眼睛，唇边留着不整齐的胡须，几乎将那张大嘴巴盖住，他的下巴让人感到似乎有些优柔寡断。总之，他给我的印象不太好。

"什么事？"卡洛看到我不说话，只是盯着他，有些不知所措地问。

凭直觉，我认定照片上的人就是他！那个年轻警察如果知道自己的推测是正确的该有多好，除了不戴眼镜这一点。

"葛里高利先生，我认为你应该知道，警察刚刚来过。"我不动声色地说。

"你……说什么？我……我不懂，我叫卡洛。"显然我的话给了他重重一击，他那瘦削的脸都扭曲变形了，但他仍然试图掩饰什么，结结巴巴地说。

"你先看看这个，"说着，我从口袋里掏出那张照片，扔在床上，"警察告诉我，这个人叫葛里高利。"接着我又平静地补充着，"不过，我什么也没有告诉他们。"

卡洛呆呆地站在那里，他的目光在我身上和照片上来回游移，突然，他颓然地倒在床上，双手捂住头，一言不发。

"我看你还是停止逃亡，赶快去自首吧！葛里高利先生。"

他慢慢抬起头，停了半晌才颤抖着说："不，我……我不能自首，那样我就会坐牢。"

"难道你躲在这里就安全吗？像你这样，恐惧会如影随形，即使你在街上走路，也总得躲避熟人，如果有人多看你一眼，你就会恐惧得发抖。"我告诫说。

"这与你有什么关系呢？"他伸出舌头，舔了舔嘴唇反问道。

"当然没关系，我只不过是为你着想。"

"我想尽快把钱凑齐，然后就到海外去。"他一脸期待地说。

"警察在追捕你，他们是不会放弃的！"我想让他知道自己面临的险境，严肃地说。

"哦……"他不再说话，继续躺在床上，紧握双手，以致指关节都呈白色了。

"警察可能还会来的，所以我不能在你的房间里待太久，如果不介意的话，你能否先告诉我是怎么回事，或许我还能帮助你。"

他没有吭气。

沉默了好一会儿，他才对我说："算了，没什么好说的，我就是个傻瓜！"

我没有回答，静静地看着他。

"我真是一个傻瓜！"他又重复了一遍，然后看着我，"我五十二岁了，在一家银行分行做出纳主任，有一个同居的女人，但是我看不到前途，因为晋升的事都由总行人事部门决定。”

然后，他又将视线移到那破旧的地毯上，稍微停顿了一下，说：“我思考再三，决定利用职务之便卷点儿钱走，去一个没有人认识我的地方创业。于是，那天早晨上班时，我把一个公文包带到银行，偷偷地装了四万元现钞，打算中午离开这里，就再也不回来了。”

“当时我还以为没有人看见，”他的喉结一上一下不停地动着，“可是，另一个出纳就在旁边，他不吭声，一直看着我把钱拿走，当我走到外面时，他突然追了出来，还大呼小叫，然后在外面拽住我，我俩拼命抢夺那个公文包，结果他赢了，我奋力挣脱才跑掉。”说着，他痛苦地闭上了眼睛，“从那时起，我就没有一天安生日子，几乎每天都在恐惧和逃亡中度过，真是作孽呀！”

“如果你不自首，那么你的余生都将在恐惧和逃亡中度过。”我平静地说。

“不！我决不能进牢房！”他从床上跳下来，将脸浸在房间角落一个有缺口的脸盆里，声嘶力竭地喊道。

“如果你认罪态度好，或许到不了那一步。”

“不可能！我肯定会被判刑的！”这时，他瘦削的脸上突然出现了一种怪异的神情，“我不相信任何人，包括你！”

“照你的意思，警方可能是在悬赏捉拿你，而我正好用得着这千儿八百的？”我不禁感到有些好笑。

“没错！你有了钱就可以离开这种地方。”他固执地说。

“哈哈！葛里高利先生，你刚才说你五十二岁，而我已经五十九岁了！我没有什么特别才干，只受过小学教育，告诉你吧，我即使真有千儿八百的，也还会住在这种地方。”我大笑着说。

“嗯……你的话有道理。”他沉思了一会儿，看着我说。

我微笑着点了点头。

我从床上拿起那张照片，又从衣服口袋里掏出一盒火柴，当着他的面，将那张照片点着了，让灰烬全部落在茶几上的烟灰缸中而后我就转身离开了房间。

第二天的下午四点，当我去店里值班时，发现葛里高利在中午之前就离开了。很显然，他最初曾决定相信我，但接下来的思考让他感到没有把握，所以第二天早晨他便匆匆地走了。

过了一会儿，那位年长的警察又来了，这次是他独自一人，我猜测他一定是有了什么新线索。

“你还有什么要了解的吗？”我站起身，微笑着问他。

“是的。”他打量着我，“二十分钟前，我把这张照片给一位出租车司机看，他立刻认出来了，并发誓说，三天前他曾将这个人送到这家旅店。”

“一定是他记错了！”我否认说。

“也有可能。”那个年长的警察平静地说，“不过没关系，我想查查登记簿。”说着，他顺手拿过住宿旅客登记簿，一边翻看一边说，“根据我的经验，有的人准备逃亡时，总喜欢给自己起个化名，而且大多是选择谐音，虽然他们也知道这样做不好，葛里高利只是个普通的姓。”

他突然抬起头，盯住我的眼睛，指着登记簿中的一个名字问：“这个卡洛在吗？”

“噢，他呀，今天早晨就结账走了。”我微笑着回答。

“你能肯定吗？”

“当然。你看，这是值班人员的记录。”说着，我翻出 308 房间的登记卡，递给了他。

那个年长的警察接过卡片，只是粗略地扫了一眼，然后一脸严肃地对我说：“对不起，福里森先生，我仍要检查你这里的每一个房间。”他说话的声音似乎有些激动，“我怀疑这个卡洛和我要找的葛里高利是同一个人，你昨天撒了谎，今天仍然在撒谎，一定是你的警告才使他离开的。”

“这件事和我并没有关系，我为什么要撒谎呢？”我耸耸肩膀反问道。

“虽然具体原因我不清楚，但是我知道人们可以为各种理由撒谎，反正葛里高利迟早会被我们逮住，总会弄清楚的。”说完，那个年长的警察对我意味深长地一笑，就转身走出了大门。

望着他远去的背影，我愣愣地站在那里，努力回忆着他刚才的微笑，“他这是什么意思？虽然他对我撒谎动机的回答带有职业性，但从他那敏锐的目光看，似乎是在说：‘也许发现撒谎的原因更有趣。’”

“唉！这回遇到好猎手了！”我深深地叹了一口气。

我心里清楚，这个老警察一定会仔细查看警方记录、通缉单甚至报纸资料，他也一定能找到记录的，那里面就会告诉他一个逃犯的事情：在距离这里千里之外的一个地方，有一个人叫费瑟，现年五十八岁，他在一个俱乐部当管理员。有一次，他在偷酒的时候，被一个俱乐部会员抓了个正着，在挣扎过程中他把那个人推倒，结果那个人的头撞在了柜子上，头骨破裂，不治而亡，费瑟则如惊弓之鸟般地逃之夭夭。

费瑟是谁？他就是我呀！

终日的紧张和钻心的恐惧，让我感到无比厌倦，这也是我劝诫同样饱受折磨的葛里高利自首的原因，尽管我自己缺乏这种勇气。

还记得，我八个月前躲到这家简陋的避难所做柜台工作时，所有的行李就是身上的衣服，而今，我的行装同样是在短短十分钟之内就收拾完了。

我必须要加快脚步，因为长途汽车站还在五条街之外。

老好人

上午九点多钟，我们突然接到一个报警电话，称在富兰克林大道旁的一家小珠宝店发生了一起凶杀案，我们立即前往案发现场。

那一带有很多小店铺，规模都很小。发生凶杀案的珠宝店地处繁华地段，一边是理发店，另一边是当铺，在珠宝店玻璃窗上有几个醒目的金色大字：珠宝商：鲍伯和贝尔特。

凶案现场在珠宝店的柜台后面。死者身材瘦长，有两撇长长的胡须，颇像旧式闹剧中的流氓恶棍，年纪大约四十岁。这个人僵直地向左侧躺着，双膝蜷着，显然是临死前的痛苦挣扎，他的右手捂在胸口上，手臂下还不时地有血流出，显然，他是胸部中弹，由于流血量并不多，我们推测他是立即死亡，而不是因失血过多死亡的。

柜台旁边站着一个满脸惊骇之色的小老头，看样子有六十多岁，此刻他正用惊恐的眼神看着警员们勘察现场。他那一副饱受惊吓的神情，再加上他那大约五英尺六英寸的身高、一头稀疏的头发和闪烁不定的小眼睛上的那副钢边眼镜，让人感到既可怜又可笑。据守候在这里的警察说，他是这桩凶杀案的唯一目击证人。

我四周转了一圈儿，又回到小老头站的位置，准备向这个目击证人了解情况。

"你是鲍伯？我是凶杀组的保罗警官。"为了让他尽可能地放松，我和颜悦色地说。

"是的，警官先生。"他声音颤抖地说，"我是这里的股东之一。"

"他呢？"我向死者示意着。

"他就是贝尔特。真没想到，我们已经合伙十年了，一向很愉快，可谁知……简直太可怕了！"

"鲍伯先生，既然你是这里的目击证人，就请你说说详细情况吧。"

"哦，好的。"鲍伯显然还惊魂未定，他稍微定了定神儿，然后开始叙述事情的经过。

早上大约九点钟的时候，我们的店铺刚刚开门，我把昨天的账结好正准备去银行，一个拿枪的歹徒突然闯了进来，他一把就抢走了我手中的钱袋，还差点儿把我撞个跟斗，接着他又打开现金柜，把里面的钱也搜走了。我大声呼救，惊动了正在店铺后面的贝尔特，只见他从后面匆匆跑过来，可是，还没等他到跟前，那个歹徒就开枪了。可怜的贝尔特连究竟发生了什么事都没搞清楚就死去了，唉！"鲍伯深深地叹了一口气。

"那个歹徒长得什么样儿？"我问。

"大约是四十几岁，像个吉卜赛人，黑皮肤，大鼻子，黑头发上还油光光的，瘦高个子，大约有六英尺，体重估计有一百七十五磅左右。对了，我还看见他左嘴角有一道很长的疤痕，一直延伸到左耳垂。”说着，鲍伯又摸了摸自己的右面颊，“这儿还有一个长毛的痣，很大，挺吓人的。”

我对他细致入微的描述颇感惊讶，因为处在那样危急的形势下，大多数目击者都很难准确描述犯罪分子的相貌。

“那个人穿的什么衣服？”我继续问着。

“衣服嘛，我记得是一身茶色，上身是茶色皮夹克，下身是茶色长裤，头上戴着一顶茶色毡帽，他把前面帽檐拉得很低，后面直往上翘……对，没错！”鲍伯想了想，然后又很惊讶地说，“他持枪的那只手背……是左手，文着一条蓝色的蛇盘绕着一颗红心。”

“看来你对他的印象很深！”

“哦，没什么。”鲍伯也颇为自得地一笑。

“谢谢你，你的描述将会对我们破案有非常大的帮助。”我微笑着说。然后，我又对另一个警察下达了指令：“你赶快通过电台把凶手的特征广播出去，这家伙特征明显，应该比较好认。”由于鲍伯的详细描述，让我们有了切入点，我觉得这个棘手的突发事件似乎比较容易解决了。

“你对他的枪有什么印象吗？”我问鲍伯，因为我想得到更多的破案线索。

“好像是一把左轮手枪，蓝钢的，至于什么口径……很抱歉，警官先生，我对枪是一窍不通。”鲍伯耸了耸肩膀说。

对于鲍伯提供的情况，我已经很满意了。

“在我来之前，你到没到附近的店铺和居民中查问过？”我问一直守候在这里的那个警察。

“已经查问过了，珠宝店两旁的理发店和当铺的人都说听到了枪声，”那个警察说，“当时他们还以为是汽车爆胎，所以并没有在意。”

我看了那个警察一眼，没有再说什么，就转身来到了隔壁的当铺。

“噢，你好，我是保罗警官。”我自我介绍着。

“警官先生，你好，我叫罗伯逊，是这家当铺的主人。”

“事发时你听到了什么？”

“我只听到汽车爆胎的声音，是九点过一分的时候，后来才知道是枪声。”他似乎怕我怀疑他为什么对时间记得那么清楚，就解释说，“我那二十岁的侄子到现在还没来上班，所以我老盯着钟表，看他究竟要迟到多长时间。”

“听到枪声后，你是否发现有可疑的人或者情况？”我问。

“我没敢朝外看。”罗伯逊摇摇头说。

罗伯逊步履缓缓地跟在我的身后，我听到他问：“那个可怜的鲍伯怎么样啦？”

我停住脚步，转过身来说：“没什么，他只是受到点儿惊吓。”

“唉！他可是个老好人呀，”罗伯逊不无同情地说，“在我们这一带，他是出了名的好人，他心眼儿好，总是喜欢帮助别人。”

“哦，”我有点儿感兴趣，“那么贝尔特呢？”

“贝尔特和鲍伯可不同！警官先生，按说我不应该讲死人的坏话，可是，他在这一带真的不受欢迎，你可能不知道，贝尔特是个报复心极强的人，爱记仇，谁要是和他有点儿什么过节，他一定忘不了，所以我们对他都是敬而远之。”

我的兴趣更浓了，笑着说：“看来，这个世界上是什么人都有哇！”我心里明白，有时候这些背景材料比现场材料更重要。

“这么多年，鲍伯跟他在一块儿也真够不容易的。”罗伯逊说，“如果他们不是亲戚关系的话，恐怕也不会合伙这么久。”

“怎么，他们是亲戚？”我惊讶地问。

“是的，贝尔特是鲍伯的妹夫。鲍伯的妹妹叫宝娜，比他小二十一岁，在她还是婴儿时，他们的父母就过世了，是鲍伯一手把她拉扯大，他们兄妹的感情很深，鲍伯一直都没有结婚，所以，他把宝娜和她的两个孩子视为自己唯一的亲人，尽管贝尔特的毛病很多，但鲍伯看在宝娜的分儿上，还是一忍再忍。”

我隐隐约约感到罗伯逊讲的这些很有价值，在向他道谢并告别后，我又来到另一侧的理发店，向老板询问事发时的情况。

据理发店老板说，当时他也听到了声响，同样以为是汽车爆胎的声音，因为他当时正在给客人理发，也就没有注意时间，更没有注意到是否有可疑的人出现，不过他说肯定是在九点钟以后发生的事情，因为那时他刚开门接待第一个顾客。

经初步调查后，我的心情又变得沉重起来，觉得这个案子似乎更加神秘，因为除了鲍伯之外，再没有第二个目击证人出现，而且左邻右舍都众口一词说是听到了汽车的爆胎声，枪声和汽车爆胎声应该是两种截然不同的声响才对呀。

我思索着，又回到了珠宝店。

“鲍伯，你们失窃款的数目是多少？”我问道。在这之前，他只字未对我说过失窃数目，按说这也不符合常理。

他把账本副本拿出来，指着上面的数目说：“你看，这是现金七百四十元，支票两百三十三元，都被歹徒抢走了，这可是我们店一个星期的收入呀。”

“我听说贝尔特是你妹夫，出了这么大的事，你有没有打电话通知你妹妹？”

他听了我的话显然吃了一惊，于是支支吾吾地说：“我……我还没有来得及通知她。”

我决定去见见她妹妹，以便从她那里了解一些情况，就对他说：“这种消息用电话通知的确不妥当，不过总得有人告诉她，如果你不反对的话，还是我来替你办吧，反正我也正打算去看她。”

“嗯，”他犹豫了一会儿，“那么好吧，她现在住在我的公寓里，就是城北第二十街。警官先生，这件事一定对她打击很大，她本来在城南住，但最近她和贝尔特经常吵架，所以才搬到我那儿，如果她听说贝尔特死了，恐怕都无法原谅自己，我可怜的妹妹呀！”他一脸悲戚的神情。

我驱车来到城北二十街的公寓，这是一幢漂亮而整洁的现代式建筑，看来鲍伯的生活条件不错。

我按响了门铃，没过多久，就见一位风姿绰约，年纪在四十岁左右的褐发女人开了门。

“请问，你是贝尔特太太吗？”我摘下帽子，客气地问。

“是的，你……”

“我是警察局的保罗警官，”我亮出警官证说，“我们进去谈好吗？”

“警察局？”她先是一愣，继而后退了一步说，“当然，请进！”

我走进她的房间，只见里面布置的温暖而舒适，然而让我惊奇的是，沙发上还坐着一个相貌英俊的中年男人，他怀里正抱着一个可爱的两岁女孩。

贝尔特太太连忙上前一步，介绍说：“这是我的一个朋友，小女孩是我的女儿。”然后她问道：“警官先生，你来这里有什么事吗？”

“贝尔特太太，怎么跟你说呢，恐怕我要告诉你一个坏消息。”我斟酌着词句。

“啊？是不是我哥出什么事儿了？”她的脸色一下子变得苍白，焦急地问。

“不是你哥，而是你丈夫贝尔特。”我回答说。

“哦！”她似乎轻轻地舒了一口气，脸色也逐渐恢复了红润。

“贝尔特怎么了？”她的语气显然和缓了许多。

我看得出来，她好像并不在乎贝尔特发生了什么事，所以我决定不再绕圈子了，而是直截了当地说出这个噩耗。

“贝尔特太太，今天早晨珠宝店遭到抢劫，歹徒开枪打死了你丈夫，你哥只是受到点儿惊吓。”

“哦！”她眨了眨眼睛，沉默不语。

这时，坐在沙发上的那个中年男人说话了：“我看这样反而更好，对谁都是解脱。”

“你怎么能这样说呢，他毕竟是我的丈夫。”贝尔特太太责怪他说。

“哼”，那个男人冷笑了一声，“那你要我怎么说？难道还让我哭不成？”他愤愤地说，“警官先生，对不起，我对贝尔特根本没有好印象，他也不是我的朋友，前些天，他在离婚起诉书中连我也一块儿告了，说我通奸，这能让我不生气吗？”

看来又有了新情况——贝尔特夫妇正在闹离婚。

离开他们家后，我匆匆吃了午饭，就赶到法院去看贝尔特夫妇的离婚案子。

档案中只有贝尔特的起诉书，但没有贝尔特太太的答辩书。从贝尔特的起诉书看，他们之间的矛盾远不是鲍伯所说的“吵架”那么简单，贝尔特提出离婚的理由是妻子与人私通，并附有几张妻子和情人在旅馆约会的照片，同时他还请求法院判他获得对女儿的监护权，不允许妻子有看望孩子的权利，理由是妻子不道德。我从中不难看出，贝尔特的态度很强硬，的确是个极具报复心的人。

走出法院后，我坐在汽车里沉思了很久，心里想："鲍伯对凶手的特征描述得那么详细，这只有两种可能：一种是他生来就具有惊人的观察力，尤其是在发生凶杀案的情况下，还能观察得如此清楚，这绝非常人所能；另一种是凶手或许根本就不存在，他所说的一切都是杜撰或者幻想出来的。如果真是第二种可能，那可就麻烦了。"想到这里，我不由得倒吸了一口气，"不行，我还得回去作些重点调查。"

于是，我又开车回到富兰克林大道，只见珠宝店的门窗紧闭，一块"暂停营业"的牌子挂在醒目处。隔壁的当铺还开着门，我走了进去，直截了当地问当铺老板："你是否知道隔壁的店主有枪？"

他有点儿吃惊，犹豫了一会儿才说："他们刚开业的时候，是从我这儿买过一支枪，说是放在店里以防抢劫用。"

"是谁来买的？"我问。

"是贝尔特先生买的，不是鲍伯，我记得很清楚。"当铺老板十分肯定地说。

"你还记得是一支什么样的枪吗？"

"我可以查看一下账本，我们这儿一年也卖不了几支枪，所有的记录我都留着呢。"说着，他从柜台下面取出一个账本，一页一页地翻着，最后终于停住，他指着其中的一栏对我说："你看，是十年前的九月十日，贝尔特，伊金街一七二六号，点三八口径，柯尔特牌左轮，制造号码二三一八四〇。"

我接过账本又仔细看了一下，然后将这些内容全部抄了下来。

"你为什么要了解这些？"当铺老板好奇地问。

"噢，只是例行公事。"我回答得很含糊，因为我不能如实地告诉他关于我的推测。

考虑到非职业杀手往往不懂得如何处理凶器，我又安排人在珠宝店的周围仔细查看所有的垃圾箱，看看是否有丢弃的枪支，结果什么也没有发现。

现在我只能暂时停工了，因为贝尔特是死于什么口径子弹的检验报告还没有出来，我任何事都做不了。

第二天上午，检验报告终于出来了，证明死者身上的子弹是点三八口径的铅弹。同时，我还意外地收到邮局寄来的一个皮袋，里面装着邮局附的一封信和一张两百三十三元的支票，还有部分现金，正是珠宝店被抢走的东西。信上说，这些东西是从距珠宝店两条街远的邮筒里拿出来的。

案件的冰山一角已经露出来了，只是还需要进一步的证据，为此，我和组长到地方法院那里申请了三张搜查证。

我首先打电话给鲍伯，询问他的情况，他说待安排完贝尔特的后事再重新开业。

"我想再看看你的店，可以吗？"我在电话里问他。

"当然可以，"他说，"你什么时候来呢？"

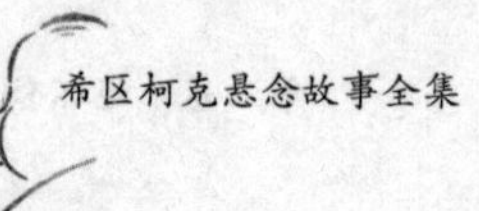

"就是现在。"

我们来到珠宝店，鲍伯打开了店门，我开门见山地对他说："我要看看你们店里的防卫武器。"

"武器？"鲍伯愣愣地看着我，"什么武器？"

"点三八口径的左轮手枪。"

"枪？我们这里没有枪呀，警官先生。"鲍伯摇摇头说。

"真的没有？"

"是的。"

"鲍伯先生，我听说你们开业后，你妹夫从隔壁的当铺买了一支枪，说是准备店里自卫用的。"

"噢，你说的是那支呀！"鲍伯似乎恍然大悟地说，"那是好几年前的事情了，他的确买过一支，可是我看那东西就不舒服，不知怎么搞的，枪总让我感到神经紧张，所以我就让贝尔特把它拿回到自己家去了。"

看来，鲍伯是不会自己拿出枪来让我看了，我只有动用搜查证了。

"对不起，鲍伯先生。"我亮出了搜查证。

"哦！"他不大情愿地点点头。

我和同事在珠宝店的各个角落仔细地查看了一番，没有枪。

还有两张搜查证，下面的目标就是鲍伯在城北二十街那舒适的公寓和他妹妹城南的住所了。我们先是来到鲍伯的住所，也没有发现枪，而且贝尔特太太和她的小女儿也不在那里了，据鲍伯说，她们昨天晚上就回家去了。接着，我们又来到城南他妹妹的家进行搜查，同样也是一无所获。

对于我们这样反反复复地搜查，鲍伯显得很冷静，或者说是无动于衷的样子，但他妹妹贝尔特太太就不同了，她不理解为什么要对被害人的家进行搜查，一个劲儿地质问我们为什么要这样做。

虽然没有找到手枪，但我还是准备坦率地向他们兄妹解释我的看法。

"鲍伯先生，贝尔特太太，关于贝尔特被害这个案子，我已经有了初步的结论，你们想听听吗？"还没等他们表示，我又接着说，"这个案子本来并不复杂，但是被人为地制造了障碍，结果让我们如此费周折。鲍伯先生，你看我说得对不对，你昨天早晨到店里结了一周的账，但是你并没有把现钞放进皮袋里，只是放进了存款和支票，然后，你开车到两条街以外，把皮袋丢进了邮筒里，后来你又回到店里，没有开店门，直到你开枪打死贝尔特并把枪藏好后，你才开的店门，所以，人们都误以为听到的是汽车的打火声响，这样你就避开了被顾客发现的风险。"

"不可能！我哥哥是全世界心肠最软的人，他不可能杀害贝尔特！"贝尔特太太大声说。鲍伯则只是笑了笑，没有任何表示。

"的确，他对你和你的女儿是一个心肠最软的人，正因为他对你们爱得深，才会在你们受到威胁时变成一只老虎，贝尔特太太，你知道你丈夫在离婚起诉书上是怎么写的吗？”

贝尔特太太一时语塞，她看了看鲍伯，想从他哥哥那里得到证实，但鲍伯只是牵强地笑了笑。

“警官先生，你知道，我是不会做那种事的。”他说，“你的猜测是错误的，请问，枪在哪里？”他挑战似的望着我。

这个问题确实击中了要害，枪是凶杀案的证据，我找不到枪，就没有证据，因此也就无法定他的罪。我只好把他带回警察局审问，结果也问不出什么名堂，可是让他说说凶手的模样时，他竟可以说上十几遍，而且每一遍的细节都一样。

最后，我不得不开车把他送回家。

当晚回到警察局后，我和同事们又忙了一个通宵，为了能找到证据，我们设计了一个计策。

第二天上午十点钟，我打电话给鲍伯说：“鲍伯先生，首先我要向你道歉，因为我昨天的猜测是错误的。你知道吗，我们已经抓到了真凶，和你描述的那个人一样，我想请你来辨认一下，可以吗？”

“什么？你是说……”电话那头传来鲍伯疑惑的声音。

“是的，我们确认这个人就是杀害你妹夫的凶手，但是他现在还没有招供，你能来警察局指认吗？”我说。

“哦……”鲍伯沉默了很长时间，然后说，“好吧，我马上来。”

我们事先安排了五个身材瘦长的人坐在那里，他们全都穿着茶色长裤和茶色皮夹克，尤其是第一个人，和鲍伯所描述的一模一样：黑皮肤、油光光的黑头发、从左嘴角一直延伸到左耳垂的疤痕、右面颊上一颗带毛的痣、左手背上文着一条蓝色的蛇盘绕着一个红心的图案。

“鲍伯先生，请你仔细辨认一下。”我瞥了一眼鲍伯说。

只见鲍伯双眼圆睁，张着嘴巴愣在那里，眼前的这一切让他太吃惊了：怎么会有这种事情？自己幻想中的凶手竟然会真有其人……”

“组长，还是让鲍伯先生听听他们的声音吧，这样更好辨认。”我说。

我和同事们继续不动声色地表演着。

按照常规，我们为了让证人辨认声音是专门有一套问话的，通常是问问姓名、年龄等，但是现在组长却没有按那套例行的问话发问。

“曼尼，你在哪儿工作？”

“我在福利建筑公司当工人。”

“你结婚了吗？”

“是的。”

“有孩子吗？”

“有。”

“有几个？”

“五个。”

“孩子都多大了？”

“最大的十三岁，最小的才两岁。”

“你有过前科吗？”

“没有。”

“好了，你先退后。”组长说，“来，第二个！”

组长用同样的话又问了其他四个人，但是我注意到，鲍伯似乎都没有认真听，他还是盯着第一个人在想着什么。

我挥挥手说：“把嫌疑犯全部带下去吧。”这时，办公室里只剩下鲍伯和我，我站着，他则坐在椅子上抬头看着我。

“鲍伯先生，你刚才认出哪个是凶手了吗？”我问道。

“后面的四个都不是。虽然第一个和歹徒的相貌非常相像，但是我敢肯定，他也不是凶手。”鲍伯舔了舔嘴唇说。

“鲍伯先生，你妹妹和你在富兰克林街的朋友们都说你是个软心肠的人，不过，今天这事儿你不能软，他可是杀害你妹夫的凶手，你看，他也是个左撇子，而且和你描述的相貌一模一样。”我面无表情地说。

“警官先生，人的相貌一样或许只是个巧合，可他真的不是那个凶手。”鲍伯的声音有些颤抖。

“我看你肯定又是心软了，认为他是五个幼小孩子的父亲，认为他没有犯罪前科，对不对？”

鲍伯低头坐在那里，一言不发。

我默默地打量了他一会儿，估计火候已经差不多了，便趁热打铁对他说：“我们一定会让他招供的，鲍伯先生，曼尼和你不同，他不过是个穷困潦倒的贫民，而且还是个墨西哥移民，不会有律师帮助他的，所以，我们处理他也不必用什么正规程序，只管给他定罪执行就是了，这样我们也可以结案了，对你妹夫的被害也是一个交代。”

“不！你们不能那样做！”鲍伯“腾”地一下子站起来大叫道，“他不是凶手，他是一个有五个孩子的无辜的人！”

“既然不是他干的，那么又是谁？”

“我……”鲍伯的脸色苍白，停了半晌，他才有气无力地说，“警官先生，我，我要招……是我谋害了贝尔特。”

用这种计策让鲍伯说出了实情，这真是让我既感到兴奋，又有些许遗憾。

将鲍伯带走后，我上到四楼的洗手间，在这里我遇到了那五个人中的大卫，这时他已经摘掉了黑色假发和假鼻子，正在擦洗着手背上盘形蛇和心的文身。

我看着镜子中的自己，心头顿时涌起一股说不出来的感觉，但绝对不是以往那种破案后的快感。

说实在的，我从警这么多年，利用人们的贪婪、恐惧、报复等心理，使嫌疑人就范的事情常有，但是，利用嫌疑人的软心肠和爱护别人的心理破案，这还是头一回，甚至连我自己都有些想不明白了，我这样做究竟是对还是错?

离婚协议

哈里是前天乘飞机去的缅因州的，临走前，妻子朱迪曾对他说："等你回来我们再签字，反正你也去不了几天。"按说，朱迪是应该等哈里回来后再走的，可是她现在却不想再等待了，尽管飞机要到第二天上午才能起飞，但她还是早早地就把行李收拾好了，等哈里回来时，她已经飞往那个迷人的海滩了。

朱迪为什么这样着急呢? 原来她正和哈里闹离婚。

其实朱迪心里很清楚，自己对离婚之事根本不用急，着急的是哈里，他为了要达到和玛丽结婚的目的，肯定会答应自己提出的所有条件，甚至是不惜一切。

朱迪默默地想着，喝完了第二杯咖啡，她点燃了一支烟，将看完的报纸顺手扔到一边，又研究起了貂皮和钻石方面的广告来，虽然她也和大多数女士一样，对这两样东西十分喜爱，但是哈里自从和玛丽好上以后，就再也不给她买了。

"咦，这上面的耳环和我脖子上的珍珠项链倒是很相配的。"她又仔细看了看，刚想将这则广告撕下来，却又想看看背面是什么内容，担心会漏掉什么，可是当她翻过来看时，却发现是一个讣告栏，"真晦气！"她暗暗嘟囔着，便准备顺手再翻过来。

这时，讣告栏中一个名字突然跳进她的眼帘："玛丽女士"，她再仔细一瞧，那上面写着：汉孟德城的玛丽女士突然去世，享年四十五岁，拟订于本周一上午十一点在惠普尔殡仪馆举行追悼会，特此告知。

"怎么，玛丽去世了？"她有些不敢相信，赶快揉揉眼睛，又瞧了瞧讣告栏，过了好几分钟，她这才相信这是真的。

"唉！可怜的玛丽小姐，她可是这场游戏中最悲惨的人了。"她自言自语地说，"也好，让她的死给哈里开个天大的玩笑吧！"朱迪带着一丝不易觉察的微笑，将那则讣告撕下，放在了皮夹子里，"或许我可以给哈里再开一个玩笑，从佛罗里达把这则讣告给他寄去。"想到这里，朱迪兴奋得几乎要大笑起来。不过，很快又有一个想法跃入她的脑海，她才把笑抑制住。

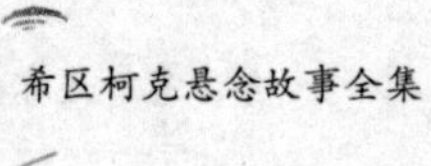

是什么想法呢？原来，朱迪觉得，如果玛丽活着，她还会和哈里重新磋商离婚条件，假如玛丽真的死了，那自己可就惨了，那样一来，她不仅不能分得更多的财产，甚至还可能连一点儿也分不到。”想到这里，她的心情顿时郁闷起来，狠狠地把手中的香烟掐灭了。

“怎么办？我得想个万全之策。”朱迪开始琢磨起来，“如果在哈里得知玛丽的死之前，我和他签好离婚协议就好了。”她认为这是自己唯一的希望，如果等哈里回到家，也许有人会给他打电话，也许他会给玛丽打电话，那么他很快就会知道这个消息了。

朱迪现在闭着眼睛都能想象出哈里在缅因州的样子：在一间小木屋里，他正在封闭门窗，作着过冬的准备，小木屋里没有电话，与外界联系很困难。

“不行，我不能再等了！”她催促着自己。

朱迪迅速把印有讣告的报纸塞进皮包，穿上大衣，然后抓过汽车钥匙就向外面的车库跑去，她要驾车去趟缅因州。

朱迪一边开着车，一边为自己善于随机应变而兴奋着，她认定自己一定能使事情逢凶化吉，与哈里签订一份对自己绝对有利的离婚协议。

当汽车驶进缅因州的一个产业园区时，她看见哈里的汽车停在那里，于是她也把车开了过去，停在哈里车的一旁。

这个产业园区是哈里的叔叔的遗产，老叔叔在过世前把它留给了哈里，这叔侄俩还有一个共同的爱好，就是喜欢养鸟和赏鸟。

朱迪下了车，朝着不远处的小木屋走去，阵阵寒风吹得她浑身发抖，她紧裹了裹大衣。来到小木屋前，她打开屋门走了进去，顿时一阵热气扑来，屋里很暖和，这时她才突然想起来，哈里曾经说过，小木屋里是有电暖器设备的。

朱迪脱下大衣，在一张透着霉味的椅子上坐了下来，她点上一支烟，边抽边等着哈里回来。一支烟抽完了，哈里没有回来，她又掏兜，想再点一支，可是却没有了，“刚才停车加油时，我怎么没买上一包呢？”她念叨着，又仔细翻查着皮包，希望突然钻出一支来，可惜皮包里面也没有。

“哈里怎么还不回来？真希望尽快了结此事。”朱迪焦急地向窗外望去，又过了一会儿，她感到很难耐，就开始在小木屋里踱起步来。

“万一在签字之前，哈里就知道了玛丽去世的消息，那可就难办了！”一想到这种可能性，朱迪就显得焦虑不安，也更想抽烟了，哪怕是哈里平常抽的那种烟劲不冲的薄荷烟也可以。她开始查看小木屋的四周，屋内的东西很少，只有哈里的一件旧皮夹克在门旁的墙上挂着，她上前摸摸衣服的兜，里面没有烟，不过，她在皮夹克胸前的一个暗袋中，发现了哈里的皮夹子。

“这个皮夹子他一向是带在身边的，今天怎么会忘在家里呢？”她觉得有些奇怪，就打开皮夹子，细细查看，发现里面不过是钱、信用卡这些普通的东西，她又翻了翻夹层，想看看他们的结婚照片在不在，果然还在，她抽出来一看，不禁惊叫了一声，原来，她那漂亮的脸庞被哈里用钢笔画了一排吸血鬼般的利齿，那对灰褐色的大眼睛上也被画上了两个大大的圆圈，里面写的是“钱”字。

朱迪看着照片，心里愤愤地想：“哈里这个平常看似文质彬彬，说话温文尔雅的人怎么会画出这种画？他是个连只蚊子都不会打的人。”她又看了看照片，“怎么，在那张胡乱涂画的照片下面还有一张照片，是哈里和玛丽紧紧偎依在一起照的，下面还写着一小行字：哈里，我的爱，永远爱你的玛丽。“哼，说得真肉麻，哈里这个狡猾的东西！”朱迪心中的火“腾”地一下子就升起来了。

朱迪感觉受到了莫大的侮辱，她恼怒地划了一根火柴，将那张胡乱涂画的照片烧掉了，临了她还朝着灰烬狠狠地踩了几脚，然后，她从皮包里把登着玛丽讣告的报纸拿出来，故意用这张报纸将他们俩的合影照包住，将其夹在两张五元钞票之间，最后一块儿塞进哈里的皮夹子放钞票的那一层里。

“哈里，我就是要好好地羞辱羞辱你！”这时，她听见门外传来脚步声，就急忙把皮夹子又放回哈里的口袋里。

哈里从门外走了进来，他把眼镜摘下来，用手揉了揉眼睛，他穿着羊毛格子衬衫，口袋里凸出来的是他一刻也不离的那个烟斗，胸前还挂着一个望远镜。

“是什么风把你吹来的？”他有些奇怪地盯着她，显然他已经看到外面的汽车了。

“噢，是这样的，”她撒谎说，“本来，我已经和旅行社订好准备去旅行，但是今天早上旅行社打来电话，说旅行计划有点儿变动，船要到明天中午才能出发，这样就有一些时间，我想，还是不要等你回去再签字了，还是在我出发前把字签了吧，所以我就开车到这儿来了。”

“真是那个理由吗？”他怀疑地看着她。

“哈里，你这话是什么意思？难道我还骗你不成？”她反问道，不过这时她的心跳有点儿加速。

“没什么，朱迪，如果是我猜错的话，请你原谅，我只是觉得你此前并不是这样积极的。”哈里不紧不慢地说。

“哈里，我把文件带来了，你到底签不签字？”说着，她从皮包里拿出那份文件和一支笔，一起递给了哈里。

“好吧。”哈里接过文件和笔，不假思索地在上面签上了自己的名字，“喏，这份是你的，”他把一份递给了朱迪，自己则将另一份放在挂着的皮夹克中钱夹子的旁边。

“哈里，我们的离婚手续办完后，你是要和玛丽结婚吗？”朱迪微笑着问。

“噢，是的，我是要和她结婚。”哈里同样微笑着回答。

他从木屋的窗户向外望了望，回过头来对朱迪说：“我们俩现在已经很友好地把这件事情处理完了，你看，我是否可以搭你的车回城，我听天气预报了，说有一场暴风雪，如果天气真的那样糟糕，可能我明天就搭不上飞机了。”

“不，哈里，我不能因为你要搭便车而在这里过夜。”朱迪说。

“不是过夜，我们再过一个小时就可以出发。”哈里说，“我们先是各开一辆车下山，等到飞机场时，把我的汽车寄存在那儿，然后我再搭乘你的车。”他说着，从柜子中取出一袋杂粮，“朱迪，你先等一下，我出去把这些杂粮散到外面给鸟儿吃，然后我再到‘瓦拉布’去取我预订的一些东西，你放心，不会很久的，只要一小时就足够了。”说完，他还没等朱迪同意，就将衣钩上的皮夹克取下走了出去。

“既然离婚协议都签了，我为什么还要由你陪着回家？”朱迪想，她打算等哈里走进小木屋后的树林里，自己就开车上路。

可是，这时她的烟瘾又上来了，她非常需要一支烟。“哈里的烟怎么找不到呢？”她自言自语着，又开始在房间里搜索起来，突然她的眼睛一亮，屋角那张写字台是最有可能的地方。

她拉开最上面抽屉，没有烟，只有蜡烛、火柴和一个手电筒；她又拉开下一个抽屉，里面也没有烟，只是堆着一些说明书，有怎样关闭壁炉的节气阀、怎样点燃煤油灯、怎样关闭或将水管里的水放光等内容。

她又试着拉开第三个抽屉，发现里面有一个上了锁的金属保险箱。“这里面一定有重要的东西，我必须要看一看。”她一边想着，一边看了看锁，“如果用适当的工具，就可以把它打开，不过那样一来，哈里就会知道是她干的了。”她不禁犹豫了一下，“我和哈里现在已经没有任何关系了，看了也无所谓。”

她从厨房找来一把小刀，把刀尖插入钥匙孔，然后就开始一下一下地挖……没过多一会儿，只听“喀嚓”一声，保险箱的锁被打开了，她非常兴奋，赶紧掀开盖子，只见里面有一些信封，她顺手捡起一个并抽出里面的纸，看到纸上是哈里的字，罗列了数百股股票，有将军股、国际商务机械股，全是时价，落款是哈里写的昨天的日期。她又拿起第二个信封，打开以后，发现了更让她惊讶的事情——竟然是哈里的老叔叔的遗嘱副本。

她迫不及待地读起来，结果是越读越吃惊，那上面的内容让她明白了那些股票的钱是从哪里来的，还有在赡养费上，她也被欺骗了。

“如果这份遗嘱是真的，那哈里实际上就是一个富翁了。”她暗暗地说。

朱迪心里充满了愤怒和怀疑，她不想再看下去了，把装有遗嘱的信封又放回到箱子里，再把保险箱重新放回底层的抽屉。

“哈里这个狡猾的家伙，他欺骗了我！”朱迪为自己着急签订了离婚协议而懊悔着，“哈里隐瞒了遗嘱这件事，我和他即使再上法庭，也无法再争取增加赡养费了，因为律师以前曾经告诫过。”

“不行，我必须要把那份签好的协议书再弄回来，如果哈里坚决不放手，那就让我参加他的葬礼吧，即使我成为他的寡妇，那又能怎么样呢？”朱迪下定决心，她狠狠踢了抽屉一脚，关上了抽屉门。

朱迪渐渐平静下来。

她反复思忖，即使真想成为哈里的寡妇，最好也应该有个完美的机会才好，比如自己可以和他一起回家，尽管这样做是夜长梦多，但只要周密计划，让事情看起来像是意外那样就可以了。

这时，她看了看手表，离哈里出去刚刚过去了半个小时，“我还有足够的时间，哈里走时说撒过鸟食之后还要去‘瓦拉布’取东西，大约要一小时。”朱迪想。

过了一会儿，她又感到焦躁不安了，因为没有烟抽，她连事情都无法想清楚。

时间就这样一分一秒地流逝着，突然，门外传来脚步声，是哈里拿着空袋子回来了。

“哈里，”她连忙迎上去说，并强挤出一丝笑容，“你的事儿都办完了吗？有烟吗？我想要一支。”哈里从皮夹克兜里掏出一包烟，可里面只剩下一支了，他把这支烟递给了朱迪。

“只有这一支吗？”她点燃后，深深地吸了一口问。

“是的，如果你还想要的话，我们一道再去买。”哈里说。

“噢，还是你去买吧！”

“行，不过，”哈里说，“管子里的水我必须先要放光，这样我一回来就可以出发了。”说着，他就朝安装着水管的地下室楼梯走去。

“喂，哈里，等一等，”朱迪在后面招呼着，“你先别关水管，等会儿你出去时，我可能还要用水。”其实她心里明白，地下室的楼梯可能正是她在寻找的机会。

“好的，那就等我回来再关吧。”哈里嘴里答应着，转身又朝门外走去，不一会儿，外面传来他汽车驶走的声音。

朱迪见哈里走了，立刻来到地下室门前，她按了电灯开关，幽暗的楼梯顿时有了光亮，她看见楼梯没有扶手，一条石阶直通下面，她暗暗思忖：看来哈里对这里太熟悉了，他经常上下楼梯，即使没有灯光他也可以摸着走，如果对头顶上的电灯动动手脚的话，哈里就得另换灯泡了。不过，朱迪还有另外一个主意，她将脖子上的珍珠项链摘下来，数了数一共有四十三粒，颗颗都晶莹、光滑，她将穿珠的线扯断，伏下身子，把珠子散落在第一个石阶上，然后她又踮起脚将头顶的灯泡取下来，使劲地摇晃着，直到灯丝全部断裂。

朱迪做完这些后，仍有些不放心，她担心哈里万一踩到珠子上跌下去，尽管摔个半死，但还在苟延残喘该怎么办？她一边把灯丝断裂的灯泡重新安回去，一边打定主意：干脆一不做二不休，如果有必要，就在哈里头上狠狠地来几下，然后再把珍珠捡回来，还有那份离婚协议书。

就在朱迪为自己的周密计划暗暗高兴时，她又想到了一个问题：万一哈里要用手电筒照亮，不就看见石阶上的珠子了吗？她沉思了一下，就将书桌上仅有的一支手电筒拿过来，把里面的电池取下浸泡在盐水里，过了一会儿，她再拿出来擦干净，重新装进手电筒里，按了按开关，果然不亮了。

朱迪为了不引起哈里的怀疑，又将手电筒原封不动地放在书桌上，她知道哈里的视力不太好，即使有些光亮，估计他也看不清石阶上的那些珠子。

等这一切都做完了，朱迪的烟瘾又上来了，她连连打着哈欠，“要是有支烟抽该多好哇！”可是这里根本没有烟，她考虑到自己今天要长途行车，明天还要去佛罗里达，而且哈里也要等半小时后才能回来，于是打算在卧室里躺一会儿。

卧室里的床铺上光秃秃的，她打开壁橱，也没有找到被褥或毛毯，她决定用大衣裹一下身子，稍稍闭一会儿眼。

她不知自己睡了多久，然而当她醒来时，却发现房间里很暗，而且非常冷，哈出的气变成了白色的雾，她觉得脸上有一股刺痛感，用手摸摸鼻子，也近乎是麻木的。

“哈里在哪儿？”她猛地坐起来，穿上大衣，跳下床，撩起窗帘，看见窗外片片晶莹、旋转的雪花在飞舞，松树也被阵阵寒风左右拉扯着。

朱迪定了定神儿，用冻得几乎僵硬的手点着一支蜡烛，她想取取暖，可是电力公司这时停电了，电暖器无法用，她又走到壁炉前，看见里面只有烧了一半的两根细木棍，她蹲下身子，想用一张报纸引燃木棍，但是没有成功，“是不是节气闸关闭了？”她仔细查看一下，结果没有，她顺手抓过一本杂志，点燃后扔进壁炉里，火苗起来了，她又找来一摞杂志，点燃后一本接一本地朝壁炉里扔，终于把两根小木棍点燃了，小木屋里稍微有了些暖气，她围在壁炉旁，一边搓着双手，一边在心里暗暗地骂着：“怎么还不见哈里这个家伙的人影？还有电力公司，这么冷的天气还停电，结果让我冻个半死！”不过她转念又一想：“这样也好，没有电，哈里就更看不清了。”

大约过了十到十五分钟，壁炉里的木棍燃尽了，火苗慢慢熄灭，最后只剩下一片灰烬。可是哈里还不见踪影，朱迪的内心不禁焦急起来，她想：“哈里不会发生什么意外吧？他的汽车装有防雪胎，再说外面的雪也不是很大，即使道路上的积雪没有铲除，也应该不会影响行驶呀！如果他再不回来，等段时间路面结了冰，再开车危险可就大了。”

她侧耳听听，又望望窗外，依然没有任何动静。

“难道哈里是在用这种方法玩弄我？”她忽然觉得也有这种可能，“哈里或许是在报复我偷偷将玛丽的讣告代替那张毁坏的照片！”想到这里，朱迪内心的火气“蹭”地冒了出来，她不想自己在等候他的这段时间里继续挨冻，就顺手抄起一把樱桃木椅子，在壁炉的石墙上用力敲打，将一片片碎木头扔进壁炉，一连三把椅子都被她用这种方法拆毁了，壁炉里的火熊熊燃烧起来，温暖了小木屋，她的脸也被烤得通红。她打算煮杯咖啡，可是当她把咖啡壶放到电炉上时，一按开关，才意识到没有电，她“啪”的一声把咖啡壶摔到地上，由于用力太重，壶里面的冰水溅了她一脸。

“哼！如果有可能的话，我还想把这个屋子都当柴火烧！”她恨恨地想。

不过一想到毁坏，她才意识到，如果她将所有的家具都烧毁的话，她的计划也就泡汤了。她记得小木屋里有盏煤油灯，可如今在哪儿呢？她决定仔细找找。

朱迪借着烛光在壁橱中寻找，没有；她又在屋子的各个角落查看，也没有，她认为，唯一有可能的地方就是地下室了，但是那儿很黑，她有些胆怯。

她想去发动汽车，然后坐在车里等候哈里，可一转念又觉得不妥，担心开车的途中会浪费汽油，自己还有重要的事情没做，可不敢冒汽油耗光的危险。她想来想去，最终还是决定到地下室去找油灯，于是她壮了壮胆，就朝地下室走去。

通道很黑，她端着蜡烛，小心地摸索着，避开了第一个台阶，沿着梯子一步一步慢慢地走着，终于到了地下室，她闭了会儿眼睛，再慢慢睁开，试图让眼睛适应烛光一明一暗的幽光，地下室里寒气逼人，她不由得哆哆嗦嗦拉起衣领。

在地下室墙壁的一个小凹洞里，她找到了那盏油灯，根据以前看过说明书的内容，她仔细查看了刻度，发现里面还有煤油，她用左手抱住油灯，紧紧地夹在臂弯里，右手端着蜡烛，准备从原路返回。

她又小心翼翼地爬上梯子，等到梯顶的时候，她先把油灯放下，缓慢而谨慎地踏过第一个台阶，然后再抱起油灯。

当朱迪来到前面的房间时，突然一个念头闪过："我把珠子都放在同一个台阶上，可能致命性不大，如果哈里想急于关闭水管，我怎么才能阻止他一步跨上两个台阶呢？我刚才上下台阶时，都能避开撒有珠子的那一阶，哈里当然也有可能，看来我应该在各层都放置一些。"她一边想着，一边把油灯放在壁炉架上，并将手伸到炉火旁暖了暖。

"如果有支烟抽就好了！"不过她很快就抑制了这种欲望，她明白，即使身边有烟，她也不能抽了，因为哈里随时都会进来，到时候她连点油灯也来不及了。

朱迪要重新去撒放珠子了。

她来到通往地下室的入口，先把蜡烛放在第一个台阶上，借着烛光，她俯下身子捡起一把珠子，放进口袋，然后直起身子，躲开第一个台阶，继续朝下走去。

当她来到第四个台阶时，先将两腿叉开，把一些珠子撒落在两腿之间的空间，然后又以同样的姿势，将珠子撒到第三阶、第二阶，看着圆溜溜、晶莹剔透的珠子摆在那里，再想想哈里滑倒滚落的情景，她心里很高兴。

当朱迪满怀喜悦，将手向后伸，想要上楼梯口的时候，突然碰倒了蜡烛，她刚想伸手去抓，身子一下子就失去了平衡，并且烛火也被手掌压灭了，顿时四周一片漆黑，"哎呀！"她尖叫一声，拼命想恢复原来的姿势，但是当她努力挣扎时，最上层的珠子被她的双手扫到，正好滚到她站不稳的地方，一瞬间她就摔倒了，整个人顺着楼梯骨碌碌地向下滚，硌得肋骨、膝盖生疼。直到最后，她的脑袋"砰"的一声撞到了地下室的水泥地面，顿时不省人事了。

不知过了多长时间，她才慢慢地苏醒，她试着用手肘支撑起身子，但是钻心的疼痛传遍全身，让她丝毫动弹不得。在这冰窖一般的黑暗地下室里，她伤心地哭了，不一会儿，滴滴泪水就在冰冷的面颊上结成了冰珠。

“躺在这儿的本该是哈里，而不是我！”她怨恨着，“如果他来解救我，那将比恐怖的黑暗和寒冷更糟糕！唉，真倒霉！我本来给哈里的死亡计划就这么泡汤了。”朱迪痛苦地闭上了眼睛。

“大夫，他好像是睡着了。”一个年轻的女护士说。

“嗯，这倒是好现象，昨天晚上他们送他到这儿来的时候，他很危险，如果不是我们紧急抢救的话，这种心脏病发作的病人是要死的。”大夫说。

“李小姐，你知不知道他是谁？”大夫问。

“不知道，据他说自己不是本地人，在二十里外的乡下有一座小木屋，那儿没有电话。”年轻护士回答说。

“他没说别的？”

“没有。不过，他不停地喊着一个女人的名字——玛丽，那可能是他的太太吧。”

“噢，”大夫一边在病历上作着记录，一边说，“我见他手上戴有结婚戒指，我们必须赶快通知他的太太，或者通知警方赶到乡下那个小木屋，他的太太可能正在怀疑自己的丈夫发生了什么意外呢！”

“好像他的太太死了，”年轻护士说着，拿着一个皮夹子中的照片和剪报给大夫看，“听救护人员说，他们赶到时，他的手中正拿着他妻子的照片和她的讣告。”

“原来是这样。”大夫不禁叹息地摇了摇头，“给他注射一支镇静剂，我们必须想办法让他安静。”

“好的。我今天晚上值夜班，刚才一位护士小姐还打电话来请假，她说外面太冷了，连汽车门都打不开了。”年轻护士微笑着说。

“可不是吗？你想想，零下三十几度的气温，滴水成冰，寒风都能把厚厚的水泥墙吹透！”

接着，他又摇了摇头说：“像这种夜晚，我宁愿放弃这里的一切，干脆到南部的佛罗里达去住，你呢？”

连环套

爱德华亲自从公司总部来到我们分部，就是为了介绍新任的分部主任——查理。

那天，爱德华把分部所有的人都召集到一起，对我们说，新任的分部主任查理是个优秀干练的人，由他来领导我们，分部的工作一定会大有起色。当时，爱德华并没有详细说明查理到底具备哪些合格条件，不过据我分析，可能查理的从业优势是在营销方面，而不是在会计方面，那既然如此，他又能有多少发言权呢？当然，我也知道自己这种想法或许对于查理来说是苛刻的，但我毕竟在会计部已经工作二十多年了，不仅对人员和业务都相当熟悉，而且在过去八年里，我还一直是分部的二把手。所以，对查理的到任，我从心里感到不爽。

爱德华讲完话后，大家就各自散去，回到自己的岗位上去处理业务，我也转身想离开，但爱德华向我招招手说："艾伦，你等等，我再来给你们介绍一下。"说着，他招呼查理过来，对他说，"查理，这就是我以前同你说过的艾伦。"

"你好！艾伦，"查理热情地伸出手，同时用两眼上下打量着我。

查理的个头比爱德华要矮一些，和我差不多，年纪也和我相仿，他的皮肤是褐色的，可能在阳光下晒得时间不短，他的脸部很光滑，几乎没有一丝皱纹，如果单从外表上看，是无法判断他的真实年龄的。

"查理，你知道吗，在托马斯任职期间，艾伦就是他的副手。"爱德华说，"自从托马斯退休后，这里一直是他在主持工作。"接着，他又把头转向我，"艾伦，大概有六七个月的时间了吧？今天你总算卸下这副担子，一定很高兴吧？"

我面无表情地听着。这时，只见查理的嘴角微微向上翘了翘，褐色的脸上流露出一丝嘲讽的微笑，似乎在说："可能是真的吧。"不过，那丝微笑很快就从他的脸上消失了，他轻轻地对我说："好了，艾伦，我还有点儿事，回头我们再谈。"

"好吧，主任。"我明白那是一个辞客令，于是很识趣地走开了。

我回到办公室，在办公桌后面坐下，这时，我仿佛觉得有许多双眼睛正在看我，但屋子里鸦雀无声，没有一个人讲话。

过了一会儿，我听到一个声音："艾伦，这样对你太不公平了，真没有道理！"说话的是汤姆，他的个子又高又瘦，职位略比我低一些，此刻正朝我走来。

我心里很不舒服，脸上没有任何表情，片刻，我才艰难地咽了一口唾沫，"或许，"我不知道该说些什么，"社会上的事情很复杂，或许这种事情是常有的，其实，我并没有想过要接替那个职位。"我明知道这不是自己的心里话，但我不得不那样说。

说实在的，我起先还真没有在意部门主任这个职位，记得托马斯临退休的时候曾对我说："艾伦，根据你的能力和人品，我曾向总部推荐由你来接替我的职位，可是总部总说要给咱们部门灌注一些新鲜血液，回绝了我的提议——这对你实在是不公平了，可是……"虽然他的话没有说完，我已经明白是什么意思了。

自那以后，虽然主任的位子一直空着，但我没有任何奢望。几个月过去，也没有人接替，可能总部也很难找到合适的人选，在这种情况下，我渐渐地对那个位子萌生了期望。我作为副手，一直主持部门的所有工作，我相信总部是会了解这些情况的，久而久之，我甚至觉得这个位子最后肯定非我莫属，谁成想结果竟是这样！

"其实，并不是我一个人认为不公平，许多人都对这种安排感到遗憾，我只是要你知道我的感受。”汤姆一脸真诚地说。

我朝他微微一笑。

我知道，也有些人很不喜欢我当主任，莎莉就是其中一个。我们部门有两位女打字员，莎莉是比较年轻的一个。这是个不值得一提的小妞，不仅工作能力和资历都不行，而且很多行为还让人看不惯，为她占用电话闲聊天和穿超短裙的事，我就训过她几次，她肯定对我心怀怨恨。

我的工作一切照常，然而令我吃惊的是，查理到任还不到三个星期，就指名让莎莉做了他的私人秘书，还加了薪。尽管我个人运气不佳，没有当上主任，但是我能忍，可是对于莎莉这种人居然也要提拔重用，我就想不通了。而且，另一位打字员无论哪方面都比莎莉强，她会服气吗？为了公司利益，我觉得自己有责任提醒查理。然而当我向查理提出自己的看法时，他却耸耸肩说：“这儿资历深、倚老卖老的人可真多。”我碰了个软钉子。

当时我就应该明白他这是在警告我，离我穿小鞋的日子不远了，但遗憾的是我却并未明白过来，以至于我下次被他叫到办公室的时候，丝毫也没有准备，他把我当做一个犯了错的小学生那样，让我站在他的办公桌前，敲着桌子上的传票斥责说：“艾伦，难道你不知道这是我的责任吗？为什么你还在批阅？”

“嗯，是的，”我小心地说，“从原则上说这是您的责任，可是，您的前任托马斯不喜欢要人拿这些琐碎事烦他，就把这些事交给我批阅，我以为你也会这样的。”

“噢，原来是这样。”查理的语气稍微缓和了些，停了一会儿，他打量着传票的格式问道：“艾伦，你上星期一共批准了多少传票？”

我摇摇头说：“不知道。”

查理疑惑地看着我。

“噢，是这样的，它们在不同的时间来自不同的部门，具体的我不太清楚，不过，每星期大概有二三十份吧。”我赶紧补充说。

“哦。”查理似乎明白了，他又敲了敲传票，然后就将身子仰靠在椅背上，似乎我这个人并不存在了。

过了好一会儿，他才坐直身子，粗声对我说：“这样吧，我们换一种方式，今后这件事由莎莉来负责，由她负责收集和保管一周的传票，到星期五统一交到我这里，我会亲自批阅的。”

“如果那样的话，付款就要慢多了。”我说。

“也慢不了多少，而且这样可以让我们清楚每天都在做什么。”

“既然如此，我就不多说了。”说完，我就转身出去通知莎莉。实际上我清楚，他们不可能照查理说的那样去做。

一周后，查理又把我叫到办公室，这次他把一整沓传票都放在桌子上，见我进来，他客气地说：“艾伦，请你告诉我，这些传票为什么会被退回，而且还加盖着‘恕难办理’的章？以前也有这种事情吗？”

我拿起传票，心不在焉地翻着，其实我早就知道症结所在，只不过想以这种方式气气查理，于是慢吞吞地说：“很简单，是小姐们忘记加进适当的号码了，她们做事总是不细心，常常得我去提醒她们。”

“哦，那你为什么不提醒她们，让她们做好再送给我呢？”查理问。

“我现在连传票的影子也见不着，你不是说让莎莉负责收集，直接送给你批阅吗？”

“你这个艾伦呀，亏你在这里干了这么多年，”查理说，“我的意思是要建立一个监督系统，你总不能指望我清楚传票的每一个细节吧，再说我也刚来，还什么都不了解。”

我心中暗想：其实你对这些根本就不了解！不过我一言不发，只是默默地站着，摆出一副洗耳恭听的样子。

“艾伦，”查理继续说，“我和你一起公平合理地工作，这本来是件很愉快的事情，但是你似乎对我的到任不太满意，不光对我耍这类小诡计，而且还经常挑拨我和同事们的关系。”

“绝对没有那种事。”我辩解说。

“有没有你自己心里清楚。”查理冷冷地说，“总之我有理由相信。”

“如果你坚持那么认为，我也没有办法改变。”我说，“不过，烦恼的不光是你，我也有自己的苦处，你知道吗，这半年多来，我一直在做两份工作，可结果我得到了什么？什么也没有！最起码应该给我加点儿奖金或薪酬，这总不过分吧？”

“这事我说了不算，应该由总部决定。”查理表情严肃地看着我，一字一顿地说。

“总部管那么大摊子，他们也需要有人提醒呀！”我说。

我有点儿恨自己，怎么这么不走运！实际上我真的期待获得分部主任的职位，并且我也确实需要钱。

“我可以提醒，但结果如何我可没把握。”查理说，“艾伦，有些话我本不想说，不过今天我想告诉你，主任这个位子空缺了这么久，其实就是给你机会，让你去证明自己的才干，但遗憾的是你没有抓住，即使我现在愿意推荐你，也不见得有用，所以，我劝你还是考虑早点退休吧。”

“什么？”我望着他。

查理把双臂抱在胸前，努力向后靠了靠，表情严肃地补充道，“这或许是你的最好选择，希望你考虑一下，并且照办。”

“主任，”还没等我说完，查理就起身走了。

我心情郁闷地回到办公室，瘫坐在椅子上，手里还紧握着那本记事簿。查理的话如重锤一般砸在我的心头，我几乎被这一切不公平惊呆了，尽管我无论如何都不愿意相信这是真的，但查理的话确切无疑。回想前些日子，总部告诫我不要妨碍查理的工作，我照办了，再说我对主任的位子也早就没兴趣了，他们为什么还要这样对待我？至于传票的事，我也是奉命行事，也不能把错儿全都推到我身上呀！

“查理刚才说主任的位子迟迟未填补，是给我留机会，考验我的能力，这话是真的吗？”我反复思索着，“不可能！那只是不想补偿我劳动付出的借口，我何必要跟他纠缠呢，干脆去找爱德华，向他索取我本来就应该得到的那份奖赏。”我想着，就站起身来。

可没走两步，我又泄气了，重新坐到椅子上。我觉得，查理是我们部门的主任，不论我对他感觉如何，爱德华是不会干涉主任职权的，而且我这样做，也不会有任何好处。

“该怎么办呢？”正当我坐在椅子上发呆时，莎莉走了过来，她手里拿着一沓退回的传票，对我说：“主任让你给这些传票编上号码，然后再交给我送去重办。”她说话的语气有点儿冷漠，停顿了一下，她又补充说，“主任让我转告你，你一定要细心点儿，不要再打回传票。”

我虽然窝着一肚子火，但也只能忍着，强作平静地说：“好，你放下吧。”

莎莉仰着头，扭扭屁股走了。

我又傻坐了一两分钟，然后伸手拿过原子笔，开始机械地在传票上写编号。写着写着，我的目光无意间落到查理在“核准栏”的签名上，“那都是些什么字母？”我辨认了半天也没大认清，我想，他可能也像许多大人物那样，把签字仅仅看成是一种形式，甚至连他自己都搞不清自己在写些什么。

自从查理到部门当主任以来，我没少看过他的签名，但从没动过什么怪念头，直到现在，我才发觉他的签名是那么容易模仿，顿时，我的心颤抖起来，一股兴奋劲霎时传遍全身。

我推开那些传票，从抽屉里拿出一张便笺，开始试着模仿查理的签名笔迹。最初可能因为紧张的缘故，模仿得一点儿也不像，不过几分钟后，就很不错了，我相信再练习一段时间，一定可以达到以假乱真的程度。

兴奋取代了我心中的郁闷，我将便笺揉成团扔进纸篓里，这时，我在脑子里酝酿着一个如何弄到钱的计划，打算一切就绪后就下手。

我又拿过传票，继续用原子笔编号。当我完成这项工作，把传票交给莎莉时，她看也没看就顺手塞进一个信封里。

“咳……”我清了清嗓子，对莎莉说：“从今天开始，传票进来先交给我看看，等主任批阅完再让我检查一遍。”

“你是说，在主任核准以后吗？”莎莉不解地看着我，问道。我点点头，并等待她继续问话。

尽管我知道回答这种问话很难，但我也要这样做，因为，传票经主任过目后，除了装订归档外，不会有什么问题，那是在我可控范围内的，而我不能控制的，则是主任核准前的问题，所以我必须要弄清楚。

“那……”莎莉似乎还有些疑问。

“如果要我负个人责任的话，我有权再过目。”我不容置疑地说。

我也知道，自己这种自命不凡的话是被逼出来的，不过，为了获得利益，我决定继续做下去了。

莎莉耸耸肩，表示接受我的理由，然后她又笑着看了我一眼，我知道，她的笑肯定不怀好意，但不管怎么样说，到目前为止，我的步骤一切顺利！

尽管如此，我还是不敢直接在传票上写我的名字，更不能冒险寄到家里去。我用饿了一顿午饭的工夫想出一个办法：开设一个子虚乌有的公司。因为，设立一个公司很容易，只要有一个通信地址，再租用一个邮箱就可以完成手续了，当然还要在银行开一个户头，这样银行档案里就存了一张签名卡。我给公司起的名称是“极好日用品公司”。

一切都完成后，我满怀喜悦地回到公司，虽然比平常稍晚了几分钟，但没人注意我，整个下午我都在认认真真地工作，直到下班时，我才将一些空白传票夹在报纸里，偷偷带回家。

那天晚上，我一直趴在桌子上练习主任的签字，直到能用原子笔毫不费力、惟妙惟肖地写出来为止。接着，我又用自己的老爷打字机，在空白传票上打出一张196.5元的支付传票，我为什么会选这个数目呢？因为它既不太大，也不太小，不容易引起怀疑。最后，我又反复检查每个项目，生怕还有疏忽、遗漏之处，直到确信没有任何问题了，我才拿起原子笔。

不过，下笔前我还是踌躇了一会儿，最后稳稳神儿，才在“核准栏”里写上了查理的名字。我把自己的“杰作”和主任的真迹放在一起，反复比较，“哈哈，真像！”我微笑着把传票锁进书桌的抽屉里，然后上床准备休息。

星期五下午，我正坐在办公室里，只见莎莉拿着一大沓主任核准过的传票走进来，她面无表情地把传票放在我的桌子上，没有说话，我看得出，她一定是不耐烦这样做，我也没理她，等她转身走开后，我望着她的背影，心里想：“你牛什么牛？什么都不懂的小毛孩子！”

我装作重新检查传票的样子，但眼睛却不时地瞄着四周，趁别人不注意的空当儿，我赶快把昨晚儿打好的假传票塞进去，为了保险起见，我又等了五六分钟，才起身把看过的传票送给莎莉。

“我都仔细查过了，完全正确！”我说。

“那好极了！”她不经意地说着，顺手把传票搁在一边。

莎莉的这种举动让我多少有点儿吃惊，按说，她应该马上把传票装进信封并封起来，这样不仅安全，而且也不会被其他人随便翻看，我也不用提心吊胆了。

“你还有什么事吗？”莎莉看我站着没动，就抬头问道。

“噢，没有了。”说着，我转身回到自己的办公桌，但眼前老是晃动着莎莉桌上那一沓暴露的传票。

“会不会露馅儿？”我有些担心，正琢磨找个什么借口把传票再弄回来的时候，公司的传递人员进来了，莎莉连忙把那些传票装进一个信封，递给传递人员，我顿时松了一口气。

虽然我在公司干了这么多年，但有好多事情我也不太清楚，就拿传票来说，一旦核准并送到总部后，需要多长时间才能开好支票并寄出，我就压根儿不知道。

在接下来的两周里，我真是如坐针毡，几乎每天都被担忧、焦急煎熬着，虽然每周我都要怀着忐忑不安的心情去邮局，但都是空手而归。终于，我看见一个薄薄的棕色信封了，上面写着“极好日用品公司”，“哈！计划成功了，我为自己弄到钱了……”我欣喜若狂，盘算着这笔钱怎么用，当然首先是还清欠款，然后立即终止这种勾当。

我原本打算只干这一回，还清欠款就罢手，那样可能就不会出什么乱子了，但是人的贪欲就像魔鬼一样，时时诱惑着你，抑或是一切都太过顺利的缘故，总之我是欲罢不能，一直在伪造假传票骗公司的钱。直到有一天，查理召我去他办公室，将一堆传票亮给我看时，我才如梦初醒，发现我造假传票的计划，从一开始就注定是要失败的。

“艾伦，你在搞什么鬼？”他恼怒地说，“我们送出去的传票比收到的还要多！就算莎莉没有注意到这一点，但查账员迟早也会查出来的，你给我解释清楚！”

“什么查账员？我不知道。”我一脸茫然。

“你当然不知道，”查理说，“分部里只有我和莎莉两人知道。不过，你应该明白，当公司的费用莫名其妙地超出太多时，公司必定会采取措施查找原因，如果连你这样有经验的人都不知道的话，那可就太愚蠢了。”

我担心的事终于发生了——伪造假传票的事露馅儿了。当时，我心里十分害怕，全身哆嗦着，以至于查理说了什么我也没弄明白，直到后来，我才真正领悟到他话里的含意。

查理厌恶地看着我，说：“也许你真的不知道，不过现在知不知道都没什么关系了，坦率地说，公司这么多年是欠了你一些，但你用这种方法获取我很不齿。现在我也不逼你，如果一周后你能‘自动’退回那些款子，我再向总部报告，并保证公司将不予追究你。”

“谢谢！”我机械地说完这两个字，就默默地向外走去。

“等一等，”查理招呼住我，“你不用担心自己不上班会有什么影响，我会向部门里的人解释的，就说你去度假了，不过，你要把办公室的钥匙留给莎莉。”

“知道了，”我灰溜溜地退了出去。

当我把办公室钥匙交给莎莉时，她平静地说：“我感到很难过，但是我没有办法，真的。”“我知道，你是没有办法。”我说。

临走时，我心里想："不管怎么说，我至少还有一周的时间，在这重要的七天里，或许情况会有所转变。"

和以往对时间的感受不同，我觉得这七天简直太短暂了，因为我要在压力下筹措一大笔款子，无论如何一周都是不够的。我打算再往后延一延，抱着这个希望，我在限期到的前一夜来到查理家，我默默祈祷，希望他能再容我几天。

查理住在市郊一条安静街道的尽头，那天晚上很冷，当我站在他家门前按门铃时，浑身上下都在颤抖。

门铃的叮咚声在里面响着，但却没有人出来开门，四周静悄悄的，虽然我担心他不在家，但我的退款期限已到，我必须要找到他，于是，我又用力按了按门铃。门突然被打开了，查理站在门口直勾勾地瞪着我："我的天，艾伦，你在这里做什么？"

"我想和你谈谈。"我嗫嚅地说，"但我不想在办公室里谈，所以就直接到你家里来了。"

"哦，"他踌躇着，回头看看屋里，我以为他要给我吃闭门羹，但过了片刻，他却耸耸肩，"好吧，请进！"他说。查理一边在前面带路，一边不好意思地说，"家里很乱，请不要见怪，我太太去看她妹妹了，这段时间我一直过着光棍生活。"

我随查理来到走道尽头的一扇门前，打开后，我发现这是一间装饰考究的书房，里面有一个石砌的壁炉，炉内有烧瓦斯的圆柱状燃管，管子上燃烧着火，室内暖融融的，在壁炉的左边有一扇门，直接通往房屋内部，门正半开着。

我又扫了一眼茶几，发现两只玻璃杯并排放在一起，里面都有半杯水，其中一个杯子的口边还有口红的痕迹，我一下子就明白查理为什么迟迟不开门的原因了，显然，有另外一个女人在陪他。

查理似乎也看出了我的猜疑，他皱了皱眉头，问道："艾伦，你这么晚到我家里来，要谈什么？"

"请你再多给我一点儿时间筹钱，"我几乎哀求着说，"只要一个星期。"

"不行！如果你没有钱，即使再给一个星期也没有用。"查理摇着头说。

"我会筹到的，会的，"我急忙补充说，"我还有一些产业，买主都找好了，只是那个人也需要时间筹钱，求求你了！"

我知道自己的这些话纯属瞎编，反正再给一个星期，我也筹不到那笔钱，不过，我可以在这个星期里发现查理和那个女人更多的事情，有了这些把柄，我就可以威胁查理不要向总部告发了。

"你说说，能弄到多少钱？"查理从上衣口袋抽出一支雪茄，点燃后，轻轻地夹在指缝中，问道。

"噢，估计有六千。"我急切地说，"除去退还公司的，还剩下……"

"剩下什么？"查理打断我的话，"你难道忘了，六千只不过是你盗用公款的十分之一。"

“十分之一？不，主任，没有这回事儿！”我争辩着，“极好日用品公司的传票总共才三千出头呀！”

“也许‘极好’公司是你说的那个数目，但是你别忘了，你还有‘康白公司’‘丁大公司’和其他许多杜撰的假公司，如果把这些都加起来，将近七万五千元了，难道你想否认吗？”

望着查理咄咄逼人的神情，我目瞪口呆，良久才迸出一个“不！”字，我颤抖着说，“主任，你听我说，除了‘极好’，其余那些公司我一无所知。”

“艾伦，别演戏了，”查理轻蔑地说，“难道你还真想让人相信你的那一套‘噢，我的上帝呀！我早该明白，我盗用的数目并不会引人注意，所以，我才做那么小的数目。’”

我气愤至极，指着查理大声喊道：“你，我总算看清你了，你是在捉弄我，把我当做一个替罪羊，你只给我一个星期的时间筹钱，认为我筹不到就会逃亡，所以让我随意编瞎话，你这个卑鄙的小人！告诉你，我筹不到钱也不会跑的，我要让所有的人都知道真相！”

“住口！”查理凶狠地叫着，“你这个不知好歹的家伙，那笔钱你可能一千年也归还不了，竟然想把我也拖下水，我本来对你还有一丝怜悯之心，但现在全被你这一招抹杀掉了，没良心的东西！”

接着，他又用夹雪茄的手指着我说：“你不是说一周内能弄到六千元吗？正好，你就用那笔钱去请律师吧！”说完，他又把雪茄叼在嘴里，眯起眼睛瞧着我，就像在看一个关在笼子里的动物一样。

我彻底失望了，完全失去了控制力，一把抓起身边那个沉重的玻璃烟灰缸，狠狠地砸在查理的后脑勺上，他顿时头破血流，身子向前倾，又撞到壁炉上，“哐”的一声倒下来，最后一动也不动了。

我惊呆了，先是愣愣地站在那里，然后又弯下腰，把他从壁炉那里拉开，上前一摸，他已经没了心跳了，“天哪！他死了！”我的大脑顿时一片空白，“不！我不是故意的，是情绪激愤而失手！怎，怎么办？快跑！”于是，我跌跌撞撞，惊恐地向门外逃去。

我不顾一切地疯狂驾车回到公寓，至于究竟是怎么回的家，我竟然一点儿记忆也没有了，唯一能想起来的只是站在公寓房间里，呼吸沉重，绞尽脑汁地想着下一步该怎么办。

实际上，我知道自己已经无路可走了，即使我没在案发现场留下指纹，但是那个藏在门后的女人呢？她肯定听到了我和查理的争吵，甚至还可能从门缝里看见了我，她一定会指认我的。

“不就是死路一条吗？事情已经这样了，我还怕什么呢？”不知怎么回事儿，一想到这里，我反倒轻松了不少。

我穿着外套就径直走进了浴室，那里面有一个药柜，我打开后，取出一个装安眠药的小瓶，倒了两片在手里，用水吞了下去，然后又倒了两片，但我却死死地盯着它，怎么也没有勇气再吞了。

"唉！"我叹了一口气，慢慢把药片又放回瓶子里，然后走进卧室，我想美美地睡上一觉，这些日子我实在是太累了！我和衣躺在床上，大概是药片渐渐生效，我昏昏沉沉地入睡了。

第二天早上，"丁零零"的电话铃声吵醒了我，我的心一下子收紧了，猜测那肯定是警方的电话，我只好听天由命，神情沮丧地拖着身子下床接电话。

"喂？"里面传来爱德华的声音，"你是艾伦吗？"

"是，我是。"我紧张地说。

"你在家就太好了！艾伦，你知道吗？公司出大事了，查理死了，不知是意外还是自杀，他的书房里有瓦斯暖炉，现在也搞不清瓦斯是开着的，还是没点火或是其他什么原因，也可能是他自己划了火柴，总之，他家爆炸起火了，这件事我们可能永远也无法确定是怎么发生的了，你赶快到公司来，尽管我很不愿意打断你的休假。"

爱德华停顿了一会儿，接着又说："艾伦，你是公司的老员工了，有些话我也不想瞒你，查理这个人好像不太老实，他一直核准钱给某些不存在的公司，最近我们正在安排人查账，他可能听到了什么风声，担心被逮到，所以就一时想不开，采取了自杀的这种轻生办法，当然了，我说的自杀只是猜测。"

我拿着话筒的手开始发抖了，突然想起自己昨天晚上就差点儿走了那条路。

"艾伦，你是不是在听着？我们可以信赖你吗？"爱德华问。

"当，当然可以。"我几乎想都没想就说出来了。

"那好，艾伦，你或许不是世界上最好的主管，但至少你是诚实的，我们正在重新考虑，准备由你担任分部主任，希望你不要辜负总部的期望。"

"谢谢！我会尽力的。"说着，我放下了电话。

这简直是"山重水复疑无路，柳暗花明又一村"，我几乎不敢相信，仅仅过了一个夜晚，事情就发生了惊天逆转——瓦斯爆炸、证据没了、查理死了，对于压得我喘不过气的传票一事，现在我竟然想怎么说就怎么说了，真是天助我也！

我正暗暗庆幸时，突然一个问题闯入我的脑海："查理的那个女友呢？她为什么没有去报案？"想到这里，我又出了一身冷汗。

"她可能是个有夫之妇，如果这种事抖搂出来，对她也不光彩，可能就是这个原因。"我自己找到了答案，心情一下子又变得舒畅起来。

想着我就要走马上任了，我痛痛快快地洗了个澡，又换上干净衣服，心里打定之意：今后再也不做伪造假传票那种蠢事了。

正当我打领带的时候，门铃响了，我拉直领带，然后去开门，只见莎莉站在门外，她神秘地微笑着，高举的手指上挂着一串钥匙，那是查理开除我时，我交给她的。

“艾伦先生，现在你回办公室，是需要这些钥匙的，我不想让你自己去要，就亲自给你送来了。”莎莉微笑着说，顿了一下，她脸上的笑容消失了，慢悠悠地说，“如果是一个聪明的人，就不会出现像你昨晚那样愚蠢的举止了，你只顾自己一走了之，就留他那样躺在那儿，这种做法是不是有点儿荒唐呀？”

“原来昨晚和查理在一起的是你？”我镇定地说。

“没错！”她轻松地说，“你可真够幸运！我就在现场，假如不是我熄灭那些火，再到厨房将时钟定在一小时后点火的话，你怎么能荣升部门主任呢？一定是双手被铐在手铐里了，我说的没错吧？”

“可是，你为什么要那样做？”我问。

“至于原因嘛，”她优雅地在原地转了个圈儿，“因为其他的那些假传票并不是查理的功劳，是我花了整整三个星期才弄清你在耍什么把戏，既然你能做，我当然也可以，怎么样，没想到吧？而且，我做的要比你安全，因为必要的时候，我可以都推到你身上，而你呢，却无法证明这件事与你无关，就这么简单。”

“这个不值得一提的小妞，竟然如此狡诈。”我吸了一口气。

“唉，可怜的查理，他死了，成了一个替罪羊。”她不无惋惜地说，“他的签字也真是太容易模仿了，还有……”她继续说，“艾伦先生，你就要当主任了，大概你的签字也不难模仿吧？”

“哦，你说呢？”我微微一笑。

两个老人

“你觉得犯罪有意思吗？”莫利问。

“你想犯罪？难道你疯了吗？”他的朋友巴克嘟囔了一声。

“我没疯，不过，我很想试一次。”莫利说。

莫利和巴克生活在一家养老院里。这家养老院的环境不错，有翠绿的草坪，新鲜的空气，铁栏杆把养老院和外界隔离开来，是一个闹中取静的好地方。他俩正坐在两把靠墙的折叠椅上晒着太阳。

由于环境很好，住在这里的老人们都希望在这里安度晚年。莫利和巴克每天都喜欢一边晒着太阳一边聊天。

一天清晨，阳光还没有穿过浓密的树叶，草叶上还挂着晶莹的露珠，莫利和巴克就早早吃完了饭，坐在树下聊天了。

莫利拿着望远镜，一直眺望着养老院对面的公寓。莫利很瘦，一头乱蓬蓬的白发，满脸皱纹，穿着一件花格子的运动衫。虽然他今年 75 岁了，但看上去比实际年龄要年轻许多。

“快看，对面公寓五楼的那个女人又出来了，每天这个时候，她都穿着比基尼站在阳台上。”莫利说。

“比基尼有什么稀奇的？你去海滩看看，在那儿是个女人就穿比基尼。”巴克不屑地说。

“你看看，我敢打赌，你在海滩上看不到这样的绝色美女！”说着，莫利把望远镜递给了巴克。

巴克拿过望远镜，沿着莫利所指的方向望去，“她晒得这么黑，不是我喜欢的类型，像这样漂亮的女人，应该白一点儿，这样才更吸引男人。”巴克把望远镜又还给了莫利，然后靠着椅背眯起了眼睛，自言自语地说，“每天坐在这里也够无聊的，做点儿什么好呢？”

莫利听到了他的话，眼睛继续望着远处，感叹地说：“我这一辈子什么都干过，唯独有一件事没干过，真想尝试一下。”

“别又提你那犯罪的茬儿了。”巴克依旧眯着眼睛。

“你还真说对了，我想尝试的恰恰就是犯罪！”莫利说，“在我年轻时真应该犯一次罪，那样的话，我也就不至于落到现在这种地步，每月靠几块钱的养老金过活。我现在口袋里的钱还不够买进城的公共汽车票。”

“哈哈，我有钱！”巴克摇晃着脑袋说。

“你有钱？不就是你儿子每月寄给你的五块零用钱吗，那够干什么的？”

“省着点儿花，还是能支撑一个月的。”巴克说。

“我们俩辛苦一辈子，老老实实、奉公守法，最后什么也没捞到。”莫利抱怨说，“如果我们趁年轻时谋划一次犯罪，弄点儿钱，也不至于像现在这样，还得靠儿子接济。你知道吗，昨天养老院的负责人叫我去办公室，要我每个月再多交十美元，否则就让我走人，我上哪儿给他弄十美元去？”

“怎么，每个月还要多交十美元？我怎么没听说？”巴克惊讶地问。

“早晚的事儿！”

“唉！我也拿不出那么多钱，”巴克叹了口气，“看来，我们只好一起卷铺盖走人了。”

“你好说，可以找你儿子要钱。”

“儿子？他自己也要养家糊口，哪还有多余的钱给我？”巴克皱着眉头说。

莫利再次举起望远镜，窥视对面的公寓。

“我发现，每天上午她丈夫一出门，她就叫那个年轻人过来，然后把窗帘拉上……”莫利一脸诡秘地说，“至于他们在做什么，我不说你也知道。”

“每天早上？那他们不累吗？”

“他们年轻，你没年轻过吗？”

“我年轻的时候也没像他们这样。”

“不过，看到他们这样做，倒让我想起一件事来”，莫利放下望远镜，慢悠悠地说。

“什么事？”巴克问。

“如果我给她打电话说，她所做的一切都被我看在眼里，如果每星期不给我十美元的话，我就把这件事捅到她丈夫那里去……”

“你，这不是敲诈勒索吗？”巴克惊叫道。

“这有什么？你看看外面的社会吧，每天都在发生着犯罪的事。”莫利不以为然地说，“大财团操纵资本，商人偷税漏税，警察收受贿赂，毒贩子贩卖毒品，其余的则抢劫偷盗……你知道吗？他们过得都相当滋润，哪像咱们……”

“莫利，你真的以为犯罪就那么简单？”

“我觉得没什么难度，”莫利说，“你看昨天的晚报了吗？有则新闻说，一个人走进银行，递给出纳员一张字条，说他有一把枪，如果不将所有的钱交给他的话，就开枪，结果出纳员乖乖地给了他五千元现金，那人出门后便消失在茫茫人海中。你看，五千块啊，得来全不费工夫！”

“难道你也想去抢银行？”巴克问。

“为什么不呢？我想试试看！”莫利说。

“抢银行要有枪才行，你有枪吗？恐怕把咱俩的钱都凑起来也买不起一把枪。就算你有枪，你会用吗？你连枪都拿不稳，更别说开枪了。”巴克一连串的问话把莫利给问住了。

“我……我可以不用枪，我用炸弹。”莫利不服气地说，“我做一个小包裹，然后我对出纳小姐说那是炸弹，你想，她敢不给钱吗？”

“这么说，你是当真的？”

莫利举起望远镜，又向对面公寓看了好久，然后说：“我是当真的。如果再不做点儿什么，我们就会因为掏不出每月的十美元而被赶走，到那时，我们只能到贫民窟里找个窝棚安家了，那将是一种什么样的生活啊！下雨时房子会漏雨，冬天时会被冻死，夜晚还要担心被抢劫。随着物价飞涨，最后我们什么也买不起，只能慢慢地饿死。养老院的环境虽然不是最好的，但好歹有人照顾，能吃饱穿暖，你说，你情愿离开这里吗，巴克？”

“当然不情愿！”巴克说，“虽然在这里生活有时也会觉得无聊，一些人在下棋和打牌时还会惊扰我的好梦，但我还是喜欢这里的碧绿草坪、新鲜空气，我可不想出去挨饿！”

莫利环顾了一下四周，对巴克说：“你看看周围，住的都是和我们一样年老体衰、贫困潦倒的人，他们要是每月拿不出十美元，一样也得卷铺盖滚蛋。昨天晚上我一宿没睡着，终于想到一个切实可行的主意。”

“什么主意？”

莫利把望远镜递给巴克，说：“你看看公寓后面的那栋建筑。”

巴克接过望远镜，看了看说：“那不是洗车厂吗？”

“旁边！”莫利不耐烦地说。

“是，银行？”巴克惊叫着。

“对，就隔着两条街，我们走着就能去。”

“我们？”

“是的，咱们俩。我一个人做不了，需要你帮忙，你看电影里，都是两个人合伙抢银行。”

“可是……我对抢银行可一窍不通啊！”

“抢银行没什么技术含量，”莫利说，“电影里都这么演：抢银行的人冲进去，逼迫工作人员拿钱，然后就逃跑，干净利落，一气呵成。”

“你说得倒轻松，银行里的警卫也不是吃素的，他们也有枪！”

“不用担心，我都计划好了，只要照着我的计划做，一定能成功！”

“万一失手，被抓住了怎么办？”

莫利耸耸肩说：“就算失手被抓，他们又能把咱们怎么样？咱俩都是七十多岁的老头子了，还能活多久？最多不过是坐几年牢，我们在牢里吃喝不愁，更不用担心每个月拿不出十美元而被赶走。可假如咱们成功了，这辈子都不用愁了！”

他从巴克手里接过望远镜，一边眺望银行一边说：“我仔细考虑过了，在这一带，这家银行是最容易下手的。这是一家小银行，只有一个门，等到中午时，银行门口会有很多行人，我们抢了就跑，警卫是不敢乱开枪的！”

“可我腿部有静脉曲张的老毛病，根本跑不快呀。”

莫利不耐烦地说：“你不用跑，你走得越慢越好，这样不会引起别人注意，如果需要跑的话，我来跑。”

巴克不屑地说：“你来跑？你的心脏受得了吗？”

正在他们商量抢银行的计划时，一位白发苍苍的老太太慢慢地走到他们旁边，在长椅上坐了下来，还朝着他们点点头。

莫利凑到巴克耳边低声说：“回我房间商量这事儿，小心隔墙有耳。”于是，他带着巴克来到他在二楼的房间，两人坐在床上继续谋划着。

莫利从抽屉里拿出一个用黑色纸包着的长方形盒子，得意地笑着说：“刚才我不是说用炸弹吗，这就是炸弹。”

“我看这倒像是一个鞋盒子。”巴克笑着说。

莫利把脸一沉，说道：“这本来就是一个鞋盒子，不过我会让银行的出纳小姐相信这里面有一颗炸弹。”说完，他又从上衣口袋里摸出一张纸条，递给巴克，“你看看上面的字。”

巴克没戴老花镜，他不得不眯着眼睛，伸直手臂，把纸条拿得远远地看，只见上面写着：“你好！盒子里有一颗炸弹，把所有的钱放进口袋里，不许叫喊，直到我离开之后，否则我就炸毁银行，大家同归于尽，也包括你。”

“你写得太长了。”巴克说。“没关系，只要她看得懂就行了。”莫利有些急了。

“好吧。现在炸弹有了，字条也有了，口袋在哪儿？”巴克问。

“我早准备好了，”说着，莫利从床底下掏出一个脏兮兮的纸口袋，“今天早晨我在厨房拿的。”

巴克闻了闻，皱着眉头说：“这是装过鱼的口袋。”

“能找到这种口袋已经不错了，别挑三拣四的。”

“那接下来呢？”

“我先进去抢，你站在门外等候。当我得手以后，就迅速把纸口袋塞给你，你步行离开现场，我则往另一个方向跑。”

“警卫会朝你开枪的。”巴克不安地说。

“没关系，出纳认为我带着炸弹，所以她不敢报警。”

“可当你走出银行之后，出纳就会迅速报警，警卫也会追出来的。”

“那时候我已经混进人群里了，他们不敢乱开枪的。就算警察抓住了我，我身上又没有钱，我只捧着一个空空的鞋盒子，他们没有证据，还能把我怎么样？”莫利自信地说。

“那，如果出纳小姐指证你，怎么办？”

“你真糊涂！我可以事先化装呀，比如贴上一撮胡子，”莫利狡黠地说，“恐怕那时出纳小姐早已被吓得魂飞魄散，根本记不住我的模样。”

“还有，如果你在银行门口把钱袋递给我时，被人发现了怎么办？”

“没关系，只要我们动作快一点儿，不会有人注意到的。记住，你拿了钱就假装若无其事地离开那里，我逃脱后再与你会合。”莫利说，“人们认为老年人最多也就是小偷小摸，不会想到他们也能抢劫银行，到时候我们混在人群里，就像两个中午出来散步的老人。”

巴克没有说话。

莫利看他似乎还有些犹豫不决，就悻悻地说：“如果你不帮我抢银行，那你就想办法去筹措那每月多交的十美元吧！如果你交不起，那你也只能和我一样，等着被赶出养老院流落街头吧。”

“好吧。”巴克沉默了一会儿，终于点头同意了。因为他实在想不出什么好办法去筹措每月的十美元。随后，他们便约好第二天的中午十二点，准时出发抢劫银行。

第二天中午，吃过午饭，莫利和巴克便一前一后走出养老院大门，朝银行的方向走去。莫利一只手拎着空鞋盒，另一只手攥着纸口袋，快步走在前面，巴克则由于腿部静脉曲张，一跛一跛地跟在后面。不一会儿，他们穿过两条街，来到了银行。在跨进银行大门之前，莫利转过头对着巴克意味深长地看了一眼。

银行大厅很安静，人们在三个窗口前排着队。窗口里的出纳小姐对顾客露出职业的笑容。莫利打量了一下，站到了靠近门边的那一排。

这时，莫利突然感到有些紧张，心中暗想："真奇怪！昨天向巴克解释时，觉得挺简单，可现在似乎不那么简单了。"他的手心在不停地出汗，胃也紧跟着开始抽搐起来，噢！他想起来了，原来是早晨忘了吃胃药，怪不得这么难受。

莫利甚至想打退堂鼓了，可是他又一想，今后每个月还要多交十美元的食宿费，于是就咬咬牙，打消了拔腿逃走的念头。

在这个队伍里，莫利排第四，站在他前面的是一个身材魁梧的家伙，挡住了他的视线。随着队伍的不断前移，莫利越来越紧张不安，他两眼不停地向两边张望，还不时回头看看门外站着的巴克，只见巴克正从门边探头探脑地向里面看，一副鬼鬼祟祟的样子。莫利心中暗暗地骂道："真是个笨蛋！那样会引起人们怀疑的。"

不一会儿，就轮到前面那个魁梧的家伙了。莫利禁不住从侧面伸长脖子打量窗口里面的出纳小姐，奇怪！只见那位出纳小姐脸色苍白，正把一沓一沓的钞票塞进一个纸袋中，而且连数都不数！

"连数都不数？"莫利的心一下子警觉起来，他知道，按照惯例，出纳员给客户付钱时，总是要认真数两遍，"为什么她现在数都不数就往纸袋里塞呢？"而且他还注意到，出纳小姐的双手在不停地发抖，连头都不敢抬。

半分钟后，那个魁梧的家伙从出纳小姐手中接过纸袋，不慌不忙地转身走了。这时莫利看清了出纳小姐的眼睛，那里面充满了惊恐和不安。他终于明白了，原来那人和他们一样，也是抢银行的！

"他拿走了本该属于我们的钱！"莫利生气地想，不知不觉地跟在那家伙的身后。

那人急匆匆地走到银行大门口，这时，巴克正好走进银行，看见莫利走过来，以为他已经得手，就两眼盯着他，伸出一只手要接过钱袋。巴克的手恰好挡住了那个魁梧家伙的去路，那人骂了一句，猛地推了巴克一下，巴克毫无防备，踉踉跄跄地摔倒了。

"妈的，把我的钱抢走了，还敢打我的朋友！"莫利心里想着，从后面赶过去，伸出右脚钩住那家伙的脚踝，猛一使劲儿，那家伙突然失去了平衡，身体前倾，脑袋结结实实地撞在旋转门的铜框上，顿时鲜血直流，手中的纸袋也滑落了，钞票撒了一地。还有一把小手枪也从他的怀里掉在地上，与大理石地面碰撞时发出了清脆的响声。这时，银行里的出纳小姐才从惊愕中醒来，她按响了警铃，一位拿着手枪的警卫跑了过来。

巴克痛苦地从地上站起来，他低头看看躺在地上的人，再看看莫利，满脸困惑地说："搞什么鬼？钱怎么在别人手上？"

“闭嘴！”莫利急忙将巴克喝止。

又是一个晴朗的早晨，空气清新，草坪的草叶上挂着晶莹的露珠，莫利和巴克依旧像平常一样，悠闲地坐在长椅上。

莫利还是拿着望远镜眺望对面的公寓，对巴克说：“你看，她又出来了，仍然穿着比基尼。”

“我可一点儿兴趣都没有。”巴克说，“我全身像散了架一样疼痛，对我这种上了年纪的人来说，那一下摔得真是不轻！”

“你是自找的，我不是叫你在门外等吗？你为什么进来？”莫利讥讽说。

“我是想去阻止你。你想想，咱们都这么一大把年纪了，实在不适合犯罪。”

“我可不这么认为，咱们这儿有许多有本事的人，我们可以组织一个帮会……”

“是坐在轮椅上指挥手下打打杀杀吗？我劝你还是省省吧！”巴克无精打采地说。

“怎么，你不相信我的身手？”莫利有点儿急了，“在银行门口，要不是我钩了那家伙一脚，他早就逃走了。虽然我们也没抢到钱，不过至少我们有一阵子不用担心钱了。银行经理告诉我，为了表示感谢，他会付百分之十的酬金，那可是一千元呢！还有，我们的故事上报了，刚才报社社长打电话说，为了表扬我们对社会的贡献，要奖励我们一千元！”

“哈哈，太好了，那我们就有两千元了！”巴克笑得合不拢嘴。

“报社社长说，两位老年人奋不顾身地阻止歹徒，真是难能可贵。其实他们不知道，我只是因为太气愤了，因为那个家伙把本属于我们的钱取走了，还推倒了你，我这才见义勇为。”

“老伙计，你看，我这儿还有一千元呢。”巴克说着，从怀里掏出一沓捆扎好的钞票，“这是我倒在地上时，趁人不备从地上捡起来的，我们要不要把这钱退还给银行？”

“为什么要退回去？当时现场有很多人，谁都有可能把它捡走。”莫利说。

“可是我总觉得心里不踏实。”

莫利想了一会儿，说：“这样吧，我们先把钱留下以备不时之需，如果以后我们用不到它了，可以留下遗嘱，把它退还给银行。”

“对！那咱们现在就可以安度晚年喽！”巴克笑眯眯地说，“来，把望远镜给我，我也欣赏欣赏那个比基尼美女。”

“我建议你最好买一个新的望远镜，咱俩的视力不同，每次你用完了，我都得重新调整焦距。”莫利说。

“行，吃完中午饭就去买。”

“老伙计，买完望远镜后，咱们下午再去海滩转转，那儿的漂亮姑娘多着呢。”莫利兴致勃勃地说。

“上帝保佑，幸亏你没有抢银行。”巴克慢悠悠地说。

"为什么？"

"万一你被逮住，监狱里可没有漂亮姑娘看！"

伙　伴

在杰克二十九岁那年，他的企业再也经营不下去了，最后终于破产了。

一个当惯了老板的人有朝一日成为打工仔，这是件很尴尬的事。但为了生存，杰克只好放下身段，向韦氏企业求职，幸运的是，他被韦氏企业驻达朗地区的办事处主任卡尔雇用了。卡尔在韦氏企业工作了许多年，他的年龄将近四十岁。

杰克向卡尔诉说了自己企业的破产经历，卡尔听后很是同情，他对杰克说："有些命中注定的事情是很难避免的，比如像死亡和纳税等；但是，有一样东西永远不会消失，那就是一个真正的公司。"看到杰克充满感激的目光，他又补充说，"好好干，小伙子，你在这里会有发展前途的，在这儿，你将重新找回信心。"

韦氏企业是个实力雄厚的集团，各地均有他们开设的子公司，所涉及的领域也很广泛，包括房地产建设、装饰装修以及房产中介交易等等。杰克聪明好学，他从卡尔那里学到许多生意上的技巧，逐渐熟悉了如何处理产业权利登记、办理贷款等各项业务，可以说是既为大众服务，也为韦氏企业的老板服务。

一晃九年过去了，杰克已将往事淡忘，尤其是那个让他倾家荡产的歹徒，在他的记忆中也慢慢消失了。九年来，尽管杰克并没有赚到太多财富，但是他有稳定的收入和知心的朋友，足以享受生活的快乐，他每个星期六都要和卡尔一起打高尔夫球，夏天，他们则一起去钓鱼、游泳。

大约一年前，不知什么原因，韦氏企业被一个从芝加哥来的人接管了，据说那个人从前曾干过盗匪的行当。

杰克心中感到困惑，他对卡尔说："那个人把公司的所有权从韦氏手中拿走，会不会影响我们？"

"哦，你问这个？"卡尔摇摇头说："我也不清楚将来会是什么样子。说出来你可能不相信，我为韦氏公司工作这么多年，就从来没有见过大老板，他的律师我倒是偶尔见过几次，仅此而已。"

"听说接替韦氏企业的新老板康德苏是个狡猾、歹毒的家伙，你说说，他究竟会做些什么？"杰克继续问着。

卡尔略微沉思了一下，对杰克说："你知道吗，韦氏企业是个很赚钱的公司，我想，他们除了发展已有的业务外，可能还要借公司的合法外衣做一些非法的勾当。时代不同了，许多歹徒的非法行为常常会被掩盖在合法的投资下。”

如果说时间可以冲淡一切，这话的确不假，杰克就是这样，一年过去了，他就把韦氏企业已为康德苏所拥有的事给忘记了。当然，这对于他这个普通员工来说并不重要，不过，企业的频繁活动却引起了他的注意，这不，达朗地区的地皮也被韦氏企业列入发展规划，为此，专门负责打印合同的小姐就增加到八名，她们除了本职工作外，还要负责调查那些年轻客户的信誉。由于办公室的人手少，他和卡尔一连两个星期都要加班，连喜爱的高尔夫球也打不成了。

杰克的心里很不高兴，他忍不住向卡尔抱怨说：“事情那么多，人手又这么少，弄得我们两个也要加班，连周末也不能放松一下，什么时候才是头儿呀？”

“等着吧，这个地区的房子卖完了，我们就不用加班了。”卡尔苦笑着说。

“你这个傻瓜！”杰克不客气地说，“他们卖光了这一批，还会有另一批，什么时候能卖光？对了，我听说韦氏企业正在洽谈订购‘新月峡谷’的地皮，看来最大的建筑群也将在这个地区产生。”

“小兄弟，你放心吧，那块地皮永远也到不了韦氏企业手中。”卡尔自信地说。

他们将杯中的咖啡喝完，就分手回到了各自的办公室。

星期一早晨，当杰克处理完手头一份文件，从办公桌上抬起头时，发现卡尔正脸色苍白地站在他身后。

“你？”

“我刚才接到康德苏的电话，他要我立刻到他的海滨别墅去。”

“他要见你？别开玩笑了，你又没做错什么！”

“我也奇怪呢。”卡尔忧心忡忡地说。

卡尔走后，杰克心神不宁，一直在办公室里等候。过了很长时间，卡尔才回来，他赶紧迎上前询问情况。

“我想，我可能是要升迁了，哦，再等几天，就会知道的，我……嗯……嗯，这几天就不在这儿了，可能周末才能回来，杰克，你就自己处理这里所有的事情吧。”卡尔吞吞吐吐地说，然后就慢慢转身走开了。

看着卡尔离去的背影，杰克心里想：“升迁是好事，他应该高兴才对呀，怎么这副样子？再说了，他的升迁对我也有好处，我就可以替补他的位置了。”

周五那天，等杰克再见到卡尔时，他大吃一惊，几天不见，卡尔的模样几乎让人认不出来了，不仅更加苍老、憔悴，而且神情也显得紧张不安。

“卡尔，你怎么了？”杰克急切地问。

“噢，没什么，我，只是不太舒服，我们星期一再见吧。”卡尔勉强地说。

星期日，杰克给卡尔打电话，问他的身体怎么样了，卡尔回答说好了一点儿。

星期一，他们一上班就各自忙碌着，也根本没有机会说话，这时，杰克也接到了一个意外的电话。

“我是康德苏，”听筒里传来一个低沉的声音，“马上到我的海滨别墅来。”杰克以为还是找卡尔的，就用手捂着听筒，扭头看看卡尔是否在他的办公室里，“噢，我是杰克，我看看卡尔在不在……”

“别找了，我要见的是你，杰克！”康德苏低沉着说，并告诉了他别墅的地址。

“卡尔不在办公室，一定是溜到外面去了，这个家伙！一个大老板，要见我这个无名小卒做什么？”杰克一边驾车朝海滨驶去，一边在心里嘀咕着。

很快，他就按照地址找到了面对海湾的一幢巨大房子，在一位仆人的带领下，来到一间四面都镶嵌着彩色玻璃的书房，隔着玻璃，他看见码头上拴着的一条私人游艇。

书房的吧台后面坐着一个人，身板溜直，披着一头黑发，杰克知道，他就是康德苏，虽然听别人说他已经六十多岁了，但实际看上去并不显老。当杰克走进来的时候，他一直用机警的双眼上下打量着。

“你来了，请坐吧！”他嗓音低沉地说，“先来杯啤酒怎么样？”然后，他指着正在书桌旁收拾文件的一个中年人对杰克说，“他是我的律师，名叫尹文斯。”

“你好！”杰克礼貌地朝尹文斯点了点头，尹文斯也很客气，不一会儿，尹文斯就匆匆收拾好文件告辞了。

当杰克回过头时，他看见康德苏正把一杯啤酒放到他面前，自己则倚靠在柜台上，杰克离康德苏的脸很近，可以清楚地看到他的浓黑眉毛和厚厚的嘴唇。

“杰克，我注意观察了，你很适合做一个办事处的主管。”康德苏微笑着说。

“哦，是真的吗？先生。”杰克差点儿以为自己的耳朵听错了，他一脸喜悦，端起酒杯喝了一小口，他没想到，自己这样一个小喽居然也能被康德苏知道，因为韦氏企业有规定，凡是人员晋升，都要由各单位的主管通知，他确信康德苏从来没有见过自己，而今天竟是这位大老板亲口对自己说。

“我查看了你九年来的工作记录，是很优秀的。”他似乎怕杰克不相信，冲杰克一直笑着，“我还知道，你以前是个企业主，后来遭人陷害破了产，对不对？”

杰克吃惊地瞪大眼睛，“真是活见鬼，我的过去他怎么了解得这么清楚，谁告诉他的？”

“杰克，我今天叫你来，是想让你看看尹文斯律师留在桌上的那份买卖合同，是给我们俩的，去，仔细瞧瞧。”

杰克看了康德苏一眼，站起身走到桌子前，那是一份购买整个“新月峡谷”地皮的合同，是三年前签订的，价值仅是现值的十分之一。他不明白这是什么意思。

康德苏招手让杰克坐回到吧台前，他说：“你看清楚了吧，这块地皮对韦氏企业来说非常重要，但是现在业主想反悔，所以……我，直说吧，我知道你是那时的公证人，如果盖上你的印章的话，业主就无法反悔了，不过，你得签上三年前的日期才行。”

“我知道，”杰克点点头。直到这时他才恍然大悟，原来康德苏是想非法使用他的公证人印章。如果这样的话，那么康德苏可能对卡尔也提出了同样的要求，当然这只是猜测。

杰克坐在那里，十年前的一件令人痛心疾首的往事又浮现在脑海里：那时，自己是一位公证员，一天，有位客户到自己那家小保险企业投保出售房屋，并且还把妻子带来了，客户要求对他和妻子签署的协议进行公证，自己此前并不曾见过那位客户的妻子，只是听客户个人介绍，就轻信了，在公证书上签字盖章，后来才知道，那个女人根本不是客户的妻子，所以没过多久，自己就遇到麻烦了，那位客户真正的妻子来了，她要求给予八千元的补偿，理由是由于自己的公证，使她一半的房屋产权被非法出售了，接下来，有关公司追索损失的钱，结果自己不得不把全部的家当拿出来进行赔偿。

想到这里，杰克内心的隐痛又涌现出来，他告诫自己决不能重蹈覆辙。

“对不起，我不能在合同上签署过期的日期，那将会使我一直良好的工作记录受到影响。”杰克说。

“我知道。不过，我们如果把整个记录重新登录到另一本登记簿上，再按照时间顺序，把三年前的那份买卖契约插到里面，不就解决时间问题了吗？”

“这个康德苏的鬼点子真多！”杰克明白，他说的办法是可行的，因为只有把登记簿填满后，才可以往州政府寄，有时填满一本要花五六年的时间。

“怎么样？杰克，”康德苏盯着他说，“你是个聪明人，只有好好合作，才对我们双方都有好处，否则的话……”说着，他的手在空中用力一挥。

康德苏为了让杰克相信这件事会做得天衣无缝，又告诉他，尹文斯律师可以确保法律上没问题，他知道所有的细节、要领和程序，不必担心被卷入到法律纠纷中去。

“机会就在眼前，做还是不做？”杰克面临着抉择：如果按照康德苏说的做了，自己就会得到金钱、地位；如果不做，就会丢掉饭碗。再有两年，自己就到四十岁了，而且还有可能……“他仿佛又看到康德苏挥舞的那只手了。

“杰克，你要想清楚，”康德苏看着他的表情，平静地说，“我喜欢合作的人，你已经知道这件事的来龙去脉了，我想，你应该明白我的意思了。”他注意到杰克的嘴角在动，就趁热打铁，“你不会吃亏的，两倍工资，怎么样？”

“嗯，”杰克终于点头同意了。他觉得，这一次受害的肯定不会是自己。但遗憾的是，他想错了！他不知道这正是一场噩梦的开始。

后来，受害者将“新月峡谷”地皮的事闹到了法庭，因为这桩经济纠纷牵涉到一千两百万元巨款，比杰克估计的要高出二十倍，也引起了社会各界的关注。

杰克作为证人被传唤出庭，当法官看到他出示的含有三年前买卖产权一项的记录时，宣判韦氏企业赢了这场官司。原告的律师怒视着他，愤愤不平的受害者挥舞着拳头，抗议法官的不公，但是法官却一脸严肃，他凭证据办案，完全合法。当杰克离开法庭时，他看见尹文斯在朝他眨眼睛。

现在，杰克接替卡尔成了达朗地区办事处的主任，工资是原先的两倍。卡尔则被调到了洛杉矶的办事处。

杰克很怀念过去和卡尔一起打高尔夫球的快乐时光，曾几次打电话约卡尔，但都被对方婉拒了，杰克不甘心，有一天又拿起了电话。

“喂，是卡尔吗？我们见个面吧！”

“我有点儿事，还是改天吧！”

“别，卡尔，我们午饭时一定要见见面。”

“嗯，好吧。”卡尔在杰克的坚持下，只好同意了，他们约定在餐厅见面。

杰克先来到餐厅，没过多久卡尔也来了，他对侍者说：“给我来杯咖啡就行了。”

卡尔在杰克对面坐了下来。杰克看到他两眼通红，面容憔悴，神色很难看。

“你不应该那样做。”卡尔说。

“我做了什么？谁告诉你的？”

“我不需要有人告诉，其实‘新月峡谷’地皮买卖的事我早就知道，还是在韦氏企业转到康德苏手里之前。”卡尔说，“杰克，难道你真不知道吗？我太了解了，那关系到几百万元，你也被牵涉进去了！”

“那，你也被康德苏要求过做伪证吗？”杰克问。

“嗯，但是我没答应，我有推托的理由，因为我的旧公证登记簿早寄到州政府了，新的才刚开始用，我告诉他，三年前的日期我无法伪造。”

“那么，我有五年前的登记簿也是你告诉他的了？”

“是的，我不得不说。”卡尔一脸无奈。

“你为什么不早点儿告诉我？”杰克气愤地站起来，指责卡尔说。

“我也想早点儿告诉你，可他们的消息太灵通了，我实在没办法。他们之所以把我调到洛杉矶办事处主任的位置，就是为了笼络我，堵住我的嘴，当时，我真盼望着他们能在你这里碰钉子。唉！没想到。”卡尔痛苦地低下了头。

“唉！我也是被他们软硬兼施，”杰克深深地叹了一口气，“康德苏一会儿说要解雇我，甚至……一会儿又引诱我，说我们合作会有好处，还要给我加薪，”杰克说到这儿，停顿了一下，喝了口咖啡，突然冒出一句，“卡尔，我们俩合作怎么样？这样康德苏他们就不会对我们有什么威胁了。”

“什么？”卡尔吃惊地望着杰克，过了片刻，他才声音颤抖着说：“杰克，你是个很容易陷进别人圈套的人。”他端着的咖啡杯都差点儿掉到地上，“有件事，我从来没有对你说过，你还记得那个分管贷款的安东尼吗？”

“当然记得，他不是在度假时意外跌落山谷摔死了吗？”

“没错！不过，你大概还不知道，在他死之前，我们曾一道吃过午饭，”卡尔回忆起当时的情景，“当时，安东尼显得很紧张，也很忧郁，他告诉我，这些年他为康德苏做了不少事，所以才被提拔到主管贷款的职位。过去在芝加哥时他就替康德苏做事，康德苏非常阴险狡诈，有一套能逼迫善良人陷入他的圈套的方法，而当这些人一旦落入圈套，他就……”

“就把他们除去！”杰克说话的声音很大。

“嘘！小点儿声。”卡尔赶紧做了个手势示意着，他接着说，“不，他们不会那样做的，而是利用那些人的把柄，去逼他们做更可恶的事！”卡尔喝了口咖啡，把杯子放下，“杰克，你真以为安东尼是死于‘意外’吗？”

“难道？他跌落进山谷，你当时也在那里度假呀，难道，你……”

“你呀，”卡尔站起身，拍了拍杰克的肩膀，“小心点儿，也许……我该走了。”

自从和卡尔见面后，杰克就处于一种莫名的烦躁不安中，对于他的主管位置也有些厌烦了，还有，办公室的那些女孩子总有问题，还要费神处理她们的问题，他觉得非常麻烦。慢慢地，不知什么缘故，他竟然变得有些神经质，害怕黑暗，对周围的车辆也格外敏感。

三个星期后，杰克又接到康德苏的电话，仍要他到海滨别墅去。

当杰克走进康德苏的书房时，看见他正暴跳如雷地大发脾气，书本、杯子散落一地，蓝色的航海帽也被扔到一边，一见到杰克，他就大声吼道：“你这个笨蛋！废物！”

“我，”杰克一时不知所措，呆呆地站在那里。

“你那本旧登记簿是怎么处理的？”他的拳头重重地砸在桌子上。

“我，我把它当做废纸扔到公寓后的垃圾桶里了。”

“你真是个笨蛋，为什么不烧掉？”

“烧？去哪儿烧呀！”

“见你的鬼去吧！现在好了，它到了甘地手中！”康德苏越说越气，脸涨得通红，就像一头发疯的野兽。

“甘……甘地？他是谁？”杰克心里怦怦乱跳，胆怯地问。

“他是个芝加哥的黑帮成员，他想敲诈我们一笔！”康德苏用手向吧台后面一指，“你看，那面镜子，甘地在镜子后面装了窃听器，他知道这间书房是我处理机密事件的地方。虽然后来窃听器被我发现了，不过，我们那天土地产权买卖的谈话都被录下了。如果甘地把谈话录音送到法庭，我们就全完了！”

听到这里，杰克的脸都吓得变色了，他颤声问：“那……那该怎么办？”

康德苏喘了口气，继续说：“光有录音带在法庭上还不能作为充分的证据，那本登记簿才是最有力的证据。你可倒好！你随意地把登记簿丢到垃圾桶里，那不就等于送给他们了吗？你知道吗？你的住处也被甘地监视了！现在两样证据都落到甘地的手里了！”

“可是，你事先并没提醒我呀。”杰克一脸委屈的样子。

“嗯，是呀！”康德苏嘟囔着说，“尹文斯律师说，如果不想办法的话，你就可能坐二十年的牢，我倒无所谓，大不了缴纳一笔巨额罚金，可你就惨了，不论你怎样辩解，你也无法说清伪造登记簿来谋求职位升迁这件事。必要的时候，我只能把你抛出去做替罪羊了。”康德苏说完，脸上现出一丝狡诈的笑容。

杰克这时彻底看清了康德苏的嘴脸，他简直要气疯了，高声喊道：“卑鄙！我要去见我的律师！”

杰克的发怒让康德苏吃了一惊，他马上变了个脸色，温和地说：“噢，别激动，你还有选择余地，要杯酒吗？”

“要！”杰克气急败坏地吼道，他知道，自己已经陷进了圈套，他们以伪造“新月峡谷”证据为把柄，开始逼自己了，卡尔说得一点儿没错。他猛地坐到椅子上，气呼呼地说，“什么余地？”

“好，这才叫识时务。杰克，选择余地肯定有，不过要看你有没有胆量，敢不敢‘做’了他！”

“杀了他？”

“噢，不，我可没那样说，我只是在想，如果能让甘地永远闭嘴，那么一切都会平静的。”

停了一会儿，他问道：“听说你高尔夫球打得很好，是吗？”杰克点点头，他不准备多说话，想看看康德苏有什么高招。

“如果在打高尔夫球的时候，一个球突然飞向甘地的脑袋，那应该算是个‘意外’吧？”

康德苏果然是个歹毒的家伙！

“我可以狠狠地抛个球，但抛得准不准，我可没把握。”杰克说，

“这你不必担心，”康德苏冷笑着，“甘地喜欢到山谷俱乐部打高尔夫球，那个俱乐部完全在我的控制之下。我可以把你带进去，你可以在那儿找机会下手。”

“真要用高尔夫球杀他？我有点儿不相信。”

“当然不是，你用球杆把他打死，然后伪造成被球击中的假象，明白吗？”康德苏有些不耐烦了，“别絮叨了，这个‘意外’的主意是我花了很多钱购买的，你快作准备吧！”

“我还得想一想，究竟做不做！”杰克说。

“那好，我给你一个小时的时间，你可以坐到游艇上去考虑，我在这里等你，不过，你别忘了，如果你坐二十年牢的话，出来时可就鬓发斑白了，去吧！”康德苏说完，就把身子斜靠在椅子上，悠闲地闭目养神了。

杰克坐在游艇上，进行着激烈的思想斗争：“做还是不做呢？他想到甘地也是个无恶不作的歹徒，这里有不少人都被他伤害过，自己现在也受到他的威胁。又想到卡尔濒临精神崩溃的惨状，如今自己几乎也和卡尔一样了，今后的日子怎么过呢？还想

到是否应该向警方自首，可又担心会被康德苏灭口……杰克思来想去，觉得始终都逃不掉一个死，最后，他还是决定赌一赌自己的运气。

山谷俱乐部是私人开的，面积不大，人也不多，对进去活动的人员有着严格限制。杰克去观察了两次，发现甘地喜欢一个人在俱乐部后面的球场练习打高尔夫球。球场位置非常偏僻，林木茂密。

杰克查看好地形之后，认为害人的方法天衣无缝，就努力说服了自己，按照康德苏的计策，杀掉甘地。这天，康德苏的手下带着他进入山谷俱乐部的高尔夫球场。他拿着一根高尔夫球杆走进了球场，在他的口袋里，还装有一只高尔夫球，那是击倒甘地后，用以伪造杀人现场的工具。

杰克隐藏在茂密的树林中，静静地等候着下手的机会。

机会终于来了！

杰克看见场地里只有甘地一个人在练习打球，他迅速观察了一遍四周，发现这里除了自己和甘地外，再没有第三个人。于是，他用左手拿着球杆，向甘地所在的方向击出一个球，然后假装过去捡球，悄悄地朝甘地的方向走去。等他来到甘地身后时，他又观察了一下四周，确信没有人后，他就挥起球杆，朝着甘地的右太阳穴上狠狠一击，甘地连一声惨叫都没有喊出来就倒在了草地上。杰克迅速蹲下来，捡起那只球，在甘地的伤口上蘸了一些血，然后放在一边，伪装成是这个球击到甘地头上，又滚落下来的样子。他摸了摸甘地的胸口，已经没有心跳了，于是赶紧把球杆上的血迹擦掉，转身向树林边跑去。他来到汽车旁，又回身目测了一下场地和甘地倒地的位置，是从第四个洞或第八个洞击出的球使甘地丧了命，这是一个非常合理的“意外”！当然事实也是如此。

很快，杰克从收音机里听到一则快讯：据悉，一位芝加哥黑帮成员——甘地，在山谷俱乐部高尔夫球场意外死亡。听到这里，他赶紧把收音机关掉，然后漫无目的地开了好几个小时的车，天很晚了才回到住的公寓。这时，他无法承受良心的谴责，就一杯接一杯地喝酒，最后竟然发现自己的手在不停地颤抖，他好不容易才爬到床上，但怎么都睡不着，只是茫然地凝视着天花板。

“天哪！我究竟做了什么？”杰克对着自己大喊大叫，他想再喝一口酒，但看到酒杯就恶心得要吐，他想打开电视，可是已到了十点多钟，也没什么好节目了，他在空荡荡的屋子里摇摇晃晃、转来转去，这时他才知道了什么叫“魂不守舍”。

十一点钟时，门铃声响了，他突然冒出个想法：“最好是警察，我要自首！”

原来是康德苏站在门口，看到杰克这副样子，他嗤嗤地笑了，拍拍杰克的肩膀说：“别这样，振作些！”说着，就随杰克进了屋。

“你干得很好！”康德苏夸奖说。

“我，我心里不舒服。”杰克愁眉苦脸地说。

“噢，我理解。”康德苏说着，将杰克推到沙发上，他也在旁边坐下来，“你希望那不是你干的，对不对？”他看到杰克点了下头，就又说，“我理解你的心情，这没关系，我这个人是从不会让第一次出手的人对自己的行为感到后悔的。”

“什么，第一次？”杰克惊异地看着康德苏。

“别紧张，以后，你就不会对第一次杀人感到内疚了，要知道，什么事情都有个习惯过程，比方说我，这些年就经历得多了。”康德苏说这些话时，平静得就像在看风景。

“还让我干这种事？你难道疯了不成！”杰克的脸色很难看，愤怒地站了起来。

“哈哈！”康德苏放肆地笑着点燃一支烟，使劲儿吸了一口，又吐出一串漂亮的烟圈儿，笑眯眯地看着杰克，眼中闪烁着兴奋的光芒。

杰克看着康德苏的神情，内心五味杂陈，他很难相信这样一位有钱有势的大老板会光临自己的住所，更难相信自己刚刚为他杀过一个人，他甚至怀疑那个甘地是不是对他有威胁？否则甘地怎么能接近他的海滨别墅，装上窃听器呢？卡尔说他是个容易上圈套的人，看来还真被他说中了。

“你在想什么？是下一个陷进圈套的人吗？”杰克平静地问。

“噢，一个身心疲惫的人，一个也许送你去坐牢的人，不管你现在想什么，我想这才是最重要的！”康德苏眯着眼睛说。

事已至此，杰克无可奈何了，他不得不承认，自己已经成了康德苏的猎物，从伪造那份产权买卖合同开始，康德苏就让自己陷了进去，接下来，他又用荒谬的臆测，诱骗自己行凶杀人，使自己完全堕落，成了一个地地道道的歹徒，这就是他设计的一个圈套！

“可是，我和甘地并没有瓜葛，对不对？”杰克无奈地说。

“怎么认为那是你的事。”康德苏漫不经心地说，“不过，我可以告诉你他是谁，包括这样做的原因，你想听吗？”

“谁？”

“卡尔，你该不会陌生吧？”

“卡尔？”杰克大吃一惊，他做梦也没有想到居然会和卡尔扯上关系，“不，不可能！卡尔是个安分守己的人，绝不会做那种事儿！”

“你错了！杰克，每一样都有关系！原先要干掉甘地的并不是你，而是卡尔，但是他在球场呆了两天，没有胆量下手。”

“你胡扯！我了解卡尔。”

“别做梦了！你知道卡尔都做了些什么吗？你办事处的账目都被他和安东尼做了手脚，即使他们做得天衣无缝，也逃不过我的查账员的眼睛。”

杰克沉默了。过了片刻，他摇摇头说：“即使有人盗用公款，也是安东尼干的，不会是卡尔。”

“嗯，你说得也许正确，不过我坦白地告诉你，从账目上看，根本不像安东尼挪用的公款，倒像是卡尔挪用的。”

“可是安东尼已经死了。”

“猜猜，谁最有可能干掉他呢？”

“啊？不会是……卡，卡尔吧？”杰克双腿发软，险些瘫倒在地上。

“真聪明！你知道吗，那是一场精彩的‘意外’！”康德苏颇有些得意地说，“不错，我是对卡尔说过，安东尼以他的名义挪用公款，这项罪名足以让他坐十二年牢，如果想保全自己，唯一的办法就是让安东尼永远闭嘴！所以才会有他们一起去‘大峡谷’度假，安东尼是被卡尔推下去的，但在别人看来是安东尼自己跌落下去，‘意外’死亡。自那以后，卡尔就惶惶不可终日，简直像被吓破了胆。如果他能振作起来，解决甘地也不是什么难事。”

“所以，你才又找我解决甘地。”

“完全正确！噢，顺便再说一句，如果你让卡尔也彻底消失，那么，你的年薪就是两万五千元，公司董事会也会有你一个位置。杰克，你是我信赖的人，怎么样？”

“我不明白，为什么要让我除掉卡尔呢？”

“总得要有人去做嘛！”康德苏又往杰克身边靠了靠，关切地说，“杰克，我实话告诉你，危险已经迫在眉睫了——最近卡尔的情绪很差，我担心他的精神快要崩溃了。如果那样的话，他一定会向警方自首，供出甘地被杀的事情，甚至还会把有关你的情况告诉他们。如果不是为了你的安全，我是绝不会让你向朋友动手的，我倒没什么事，尹文斯律师会为我指点所有相关法律问题的，警方也不会把我怎么样，可是你就不同了，因为你……”

“行了，你就说我怎么做吧！”杰克不耐烦地打断他的话。

“好小子！”康德苏咧嘴笑了，“用猎枪杀掉他，你现在就到卡尔家去，记住走后门，他熟悉你的声音，解决后就马上离开！”

“警察如果知道我是他的好朋友，一定会调查的。”杰克有些担忧地说。

“没关系，杀掉卡尔之后，你只需迅速返回我的海滨别墅就行，仆人们都放假了，我和尹文斯可以为你作证，你整个晚上都在那里，这件事我们已经计划好了，你就放心吧！”

“那，我上哪儿找猎枪呢？”

“我给你准备好了，就在汽车里，我们下楼去拿。”

杰克和康德苏一前一后下了楼，康德苏小心地从车里取出一个用毛毯裹着的东西，杰克打开一看，是一支非常棒的小口径猎枪。

“小心，猎枪已经上膛了。”康德苏提醒道。

“我去取件外套，然后就出发。”杰克说。

康德苏拍了拍杰克的肩膀，什么话也没有说，就钻进汽车走了。

杰克蹬蹬蹬地爬上楼梯，进了公寓，冲着厨房大喊：“卡尔！”他知道卡尔一定在厨房，因为他早先曾给卡尔打过电话，让他过来。以前卡尔来时，总是从后面的楼梯上来，那样就可以把车停在杰克的车库旁。当杰克推开厨房门时，看见卡尔正面容惨白地站在那里。

“卡尔，刚才你听到我和康德苏的对话了吗？”杰克焦急地问。

“都听到了，他按门铃时，我正好从后面的楼梯上来。”卡尔声音颤抖着说，“我现在该怎么办呢？简直成了一团乱麻！杰克，我为了不让你陷入他们的圈套，曾告诫过你，可是如今……唉！”卡尔叹了一口气。

“安东尼真是你推下山谷的吗？”杰克望着神魂不安的卡尔问道。

“嗯，”卡尔点了点头，痛苦地闭上了双眼。过了好一会儿，他才喃喃地说，“安东尼陷害我，我气愤极了，于是就对他暗中做了手脚，但是过后我……”

“卡尔，不必说了，”杰克打断卡尔的话，“我的柜子里也有一支猎枪，我想，我们唯一的出路就是去海滨别墅。”

“海滨别墅？”卡尔吃惊地望着杰克。

“对！”杰克冷笑一声，“如果我没猜错的话，海滨别墅除了康德苏和他的律师尹文斯外，不会再有其他人，而且我们的事也只有他们两个知道，干脆杀掉这两个卑鄙的家伙！”

卡尔点头同意。

于是，他们将两支猎枪放到车上，就像两名外出执行任务的军人一样，信心十足地向海滨进发。

“杰克，你说康德苏身上最致命的弱点是什么？”卡尔问道。

“什么？”

“他身边没有像我们这样的铁杆朋友，或者说至交。”

“是啊，除了朋友间的真挚外，他可以说服一个人做任何事情。”

凌晨三点钟，他们来到海滨别墅，卡尔上前按了按门铃，康德苏刚打开门，就被杰克用枪逼回到书房，尹文斯律师不在。

“尹文斯在哪儿？”杰克问他。

“见鬼去吧！”康德苏狠狠地瞪了他一眼。

“上楼去！”杰克向卡尔做了个手势，就朝楼上跑去，他打开卧室的灯，把睡得迷迷糊糊的尹文斯拽起来，“你？”还没等对方明白是怎么回事儿，杰克就一枪结果了他，猎枪的枪口冒出一股青烟。

紧接着，杰克就听到楼下传来第二声枪响，他跑下楼，发现卡尔正示意他快走，他瞥了一眼躺在血泊中的康德苏，就拎着枪和卡尔快速冲了出去。

汽车一直开到五十里外的一座桥上，他们才停下，把两支猎枪扔到河里，然后两个人扶着桥栏杆，默默地望着流淌的河水。

“杰克，我们周六一起去山谷俱乐部打高尔夫球吧？”卡尔首先打破沉默，问道。

“哦？”杰克先是诧异地看了看卡尔，紧接着就哈哈大笑道，“好主意！我想不出任何理由拒绝你的邀请。”

“杰克，那周六八点钟我来接你。”

“好的。”

一周之后，在新出版的《周日社会新闻》上，刊登了这样一则报道：“一名男子在山谷俱乐部高尔夫球场打球时，被球意外击中太阳穴，不治而亡。”

龙卷风

对于生活在海边的人来说，龙卷风是一种灾难，但是在某些特定的场合，龙卷风也会有着令人意想不到的好处。

这是一个炎热的下午，气温高达 32 摄氏度，空气潮湿得仿佛都能挤出水来，一片宁静中蕴含着一种令人不安的气氛。有经验的老人们看到这种天气，不禁心中暗暗叫苦，他们知道，这是龙卷风即将到来的先兆。因此，各家商铺提前打烊，人们都纷纷回到家中，紧闭门窗，躲进地下室，怀着惴惴不安的心情等待龙卷风的到来。

果然，没过多久，天空变得一片漆黑，紧接着一个个炸雷，大雨倾盆，霹雳狂闪，可怕的龙卷风终于光临了这座海滨小镇。龙卷风所到之处，一些不结实的房屋建筑纷纷被摧毁，电线杆和树木也被吹得七扭八歪，一辆行驶中的小轿车来不及躲避，竟被硬生生掀翻，轿车里的人生死未卜……

大约晚上九点钟，外面的风雨小了一些，可人们还是躲在家里不敢出门。

凯伦也在家里听着半导体收音机播放的音乐，由于龙卷风破坏了输电线路，她家唯一的光亮就是一盏煤油灯。这时，她仿佛听到院子里传来汽车的声音，心想：“在这样糟糕的天气里，谁还会出门呢？”她怀疑自己是不是听错了。

突然，房门被人“砰”地一脚踹开，两个持枪的男人冲了进来，其中一个高个子用枪顶着她的腰部，大声喊道：“别动！屋里还有其他人吗？”

虽然凯伦的身材也比较高大，但她毕竟是女人，面对持枪的歹徒，她被吓呆了。但她很快就镇定下来，摇了摇头说：“就我自己。”

“好，你现在可以坐下，把手举起来放在头顶。”

凯伦照办了。

高个子男人环视了一下屋内，然后对他的同伙——一个头稍矮、年纪较轻的人说：“乔尼，你去检查一下里屋，看有没有人，别让她把咱俩给骗了！”

乔尼迅速搬来一张桌子顶住房门，然后拿着枪在里屋仔细地搜查了一番，他对高个男人说："放心吧，没有人，咱们安全了！"

高个男人松了一口气，他走到凯伦身后，用手枪顶住她的头，问："你叫什么？"

"凯伦，"她努力使自己保持平静，因为她知道，这个时候如果有任何多余的举动都会对自己不利。

"你家还有什么人？他们在哪儿？"

"这不是我的家，是我父母的房子，他们外出了，我来帮他们打扫卫生，结果被暴风雨困在了这里。"

"你是做什么的？"

"教师，在镇上教书。"

"我们现在迷了路，本来我们行驶在 B 公路上，可是洪水把桥梁冲断了，我们不得不走小路，于是就到了这里。告诉我们，怎样才能回到 B 公路上？"

"你们从房子后面的那条路一直向前走，就可以到 B 公路了。"

"很好！"高个子男人笑着说，"顺便问一句，你知道我们是谁吗？"

"你们是？"

"我是加洛克，他叫乔尼，我们都是昨天刚刚越狱出逃的犯人，现在全国的警察都在追捕我们。"他嚣张地说，丝毫不感到耻辱，反而觉得这是一件值得炫耀的事情。

凯伦大惊失色，因为她刚刚还从收音机的广播里听到：昨天有两名犯人从州立监狱逃跑，其中一个是杀人犯，另一个是强奸犯，而且他们在逃亡的路上，还劫杀了一名司机和一位行人。想不到，这两个家伙居然跑到自己家来了。

这时，加洛克拿着枪对凯伦吼道："快把家里的钱拿出来！"

"我父母出去时，没有留太多钱，我身上只有一点儿零钱。"凯伦嗫嚅着说。

乔尼把凯伦身上的零钱搜走了，随后又走进里屋继续搜。不一会儿，他走了出来，手里拿着一个相框，对加洛克说："没有钱，但我发现了这个。"

那相框里是一张退了色的照片。照片是少女时代的凯伦和一对中年夫妇的合影，照片中的男人身穿警服。

"这是你爸爸？他是个警察？"加洛克问。

"是的，"凯伦说，"可他现在不是警察了，他在一次执行任务时受了伤，后来就退休了。"

"你父母去哪儿了？"

"他们去得克萨斯州的一个集市去买卖古董了，要下个星期才能回来。"

"古董？"

"是的，我爸爸喜欢收集古董，所以他的退休金都用来买古董了。喏，屋里摆放的就是他的收藏……"

加洛克拿起煤油灯，借助微弱的灯光环视四周，果然，房间内的陈设不像农舍，倒更像一个小小的陈列馆——墙上挂着许多油画，架子上摆满了瓷器和玻璃器皿。再看看房间里的桌椅板凳，也是些年代久远的古旧家具。

“嗯，你不愧是警察的女儿，你的冷静让我非常佩服！”加洛克赞赏地说，“今天早上的那个女人就差远了，她的尖叫声几乎能让全世界都听见，所以我只好让她永远闭嘴了……”

“我尖叫也没用，因为最近的邻居离这里也有三千米。”凯伦尽可能让自己保持平静的语气。

这时，乔尼已经把房间翻得乱七八糟，墙上的画被弄得东倒西歪，许多珍贵瓷器也都被打破了，凯伦看到这一幕感到非常心疼，可她也无可奈何。

“如果龙卷风再来的话，你家有可供躲避的地下室吗？”加洛克问。

“有，就在厨房的地板下面。”

乔尼急忙走进厨房，打开了地下室的门，拿着煤油灯向里面照了一下，喊道：“下面虽然不太好，但还可以将就。”

这时，加洛克突然想到，凯伦的父亲曾经当过警察，也许有枪，于是急忙问：“你家的枪放在哪儿了？”

“阁楼上的一个箱子里有两支猎枪、一把霰弹枪和两把左轮手枪，箱子钥匙在我爸爸身上，如果你们要，可以把箱子砸开。”

“很好，我们离开时会取走的。”加洛克满意地说。

“你们走的时候，如果遇到了龙卷风，要赶紧下车躲避，否则留在车里是很危险的。”凯伦关切地说。

其实，她说这些话是为了转移加洛克的注意力，因为，在她的房间里还有一把枪她刚才没有提到，那是一件古董——一把年代久远的双管猎枪，就挂在餐厅的壁炉架上。

表面上看，那只不过是一件只能起装饰作用的古董枪，但事实上，它里面却装填了子弹，而且随时可以击发。父亲曾告诉过她，那把枪是用来救命的，因为父亲当警察期间得罪了不少坏人，那把枪就是用来防备他们前来寻仇的。

不过，猎枪挂得位置太高，她不得不踩在一把椅子上才能够到，而眼下，两名歹徒正死死地盯着她，她根本没有机会爬上去取，所以，她只能尽量不让歹徒发现那把猎枪。

加洛克果真没有注意到壁炉架上面的古董枪，他说：“我们已经一整天没吃东西了，你给我们做点儿饭，我倒要尝尝警察女儿做的饭是什么滋味儿，哈哈！”

两个歹徒一边喝着啤酒，一边监视着凯伦做饭。

“你们两位没见过龙卷风吧？”凯伦问。

“它是什么样的？我们都在内陆长大，从来没有见过。”加洛克说。

于是，凯伦向他们描述了两年前发生的一次龙卷风的情形：“……它好像一个硕大无比的黑色的烟斗，能将一切东西吞进去……没有人能描述龙卷风的内部是什么样，我想那里面一定是一个黑黑的、飞速旋转的地狱，据说那转速像子弹一样快……龙卷风能把木头、玻璃撕碎，那些碎片会像子弹一样打进你的头……”

乔尼似乎感到非常不安，他下意识地瞥了一眼窗外，外面依旧暴雨如注。

“龙卷风到来的时候，待在房间里是不是很危险？”乔尼问。

“当然，所以我们这里家家户户都有地下室，当龙卷风袭来时，我们就提前躲到地下室去。”凯伦解释说，“不过还好，每次龙卷风袭来之前，收音机里都会播放警报，而且龙卷风的声音大得惊人，当它接近时，人们都可以听得见。”

“那是一种什么样的声音？”乔尼又问。

“嗯……就像火车声，我曾近距离地听过那种声音。”凯伦说，“当时还是在地形开阔的田野里，龙卷风发生时，我无处躲避，正巧看见路旁有条水沟，我急忙滚到沟里，将身子紧紧地贴在沟底，这才侥幸捡回一条命。你知道不幸被龙卷风卷走的人会怎么样吗？人甚至会被卷到几十千米外的地方，然后从高空落下来，摔得粉身碎骨……”

“够了！”加洛克打断了凯伦的话，显然，龙卷风已经让他感到恐惧，“不要再谈这个话题了！”

凯伦做好了晚饭，两个歹徒狼吞虎咽地吃了起来。加洛克一边吃还一边打量着屋内，有好几次，他的目光都从那把古董猎枪上扫过，在那一刻，凯伦的心几乎提到了嗓子眼儿，不过万幸的是，加洛克并没有注意到那把枪的存在。

吃完了晚饭，加洛克在客厅里继续看着凯伦，乔尼则爬上阁楼，从箱子里取出了枪支。这时，加洛克狞笑着对凯伦说：“现在我们吃饱了饭，也拿到了枪，你不再有利用价值了，我们得把你除掉！”

尽管凯伦心里非常恐惧，但她也很清楚，自己必须尽可能地拖延时间。于是，她尽量保持着微笑说：“你们是在和我开玩笑吧？我一直很配合你们，而且，我也没有反抗，如果你们担心我会去报警，可以把我带走，何必要杀我呢？”

“反正我们不能让你活着，否则你会把我们的行踪泄露给警方的。”

“那你们把我锁在地下室里，我绝对不会报警的。”凯伦恳求说。

“嗯，也好！但我们会让你永远出不来！”加洛克想了想，又说，“当你父母从外地回来时，已经太晚了，哈哈！”

这时，凯伦突然转头凝神倾听着窗外的声音：“且慢，你们听到了吗？”

“听到了什么？”加洛克和乔尼几乎同时问道。随即，他们的脸色变了，“难道……难道那是……”

是的，他们三人都听到了一种声音：开始很远，可是在逐渐逼近……

那是一种类似火车飞速行驶的声音……

凯伦急忙站了起来，大声喊道：“我不管你们了，我要先到地下室去！”说完，她向厨房冲去。但乔尼的速度更快，他一把将她推到一边，抢先冲进了厨房，加洛克不甘落后，也紧跟着乔尼跑了进去。当两名歹徒正在厨房掀地下室的木板时，凯伦却转身跑向餐厅，她踩在一把椅子上，从高高的架子上取下猎枪，然后背靠着墙壁，高举着猎枪，对准了两名歹徒……

第二天凌晨，凯伦呆呆地站在门口，看着警察和医生把两具尸体抬上了救护车。一位警察走过来安慰她说："我理解你的感受，尽管这是正义的，但杀人总是一件很可怕的事。不过，如果你不杀了他们，你就会死去。"

"我知道，当时我别无选择。"

"不过，你是怎样从那两个亡命之徒的眼皮底下拿到枪的呢？"那个警察好奇地问。

她淡淡地一笑，说："当时，他们正要跑进地下室躲避龙卷风，所以我就幸运地拿到了枪。"

"可是，昨天晚上十一点钟，龙卷风并没有再出现啊？"

"因为我曾经告诉他们，龙卷风的声音听起来就像是一列疾驶的火车，而在我家附近有一条铁路，每天晚上十一点，都会有一列火车准时驶过……"

漏　洞

最近几个月，达尔文食品连锁店的董事会发现了一个令人费解的现象：每个月，连锁店第 66 分店的账目上都会出现几千元的亏空。董事会立即派副总经理柯文前来调查原因，可是柯文调查了好久，却一无所获。66 分店的亏损依旧，却丝毫查不出漏洞在哪里，无奈，柯文只好请来有名的大脑袋侦探伯德前来帮忙。

伯德调查了好几天，似乎也没什么结果，这下柯文有点儿着急了，他决定找伯德好好谈谈。

柯文坐在办公室里，打电话给他的秘书："那个大脑袋侦探今天到底什么时候来？"

"他快到了。"秘书说。

"他来了以后直接让他进来见我，顺便你再把 66 分店昨晚的账目也拿来给我看看。"

过了一会儿，秘书小姐带着伯德侦探走进了柯文的办公室，同时她还抱着一个牛皮纸口袋，那里面装的是 66 分店的经营账目。

如果单凭长相，很难把伯德的相貌和私人侦探联系起来，这是一个和蔼的小老头，身材矮胖，腆着啤酒肚，丝毫没有侦探的气质，反倒容易给人一种中世纪神父的印象。

柯文没有与伯德寒暄，而是开门见山地说："伯德先生，你接手这件事已经好几天了，似乎一点儿眉目都没有，我想请你告诉我，我还需要等待多久？"

"亲爱的柯文先生，"伯德露出他那特有的和蔼笑容，说，"请你少安毋躁，每过一天，我们就距离事实的真相更近一步，不是吗？"

"你少敷衍我！伯德先生，你觉得这套说辞在董事会和总经理面前能说得通吗？"柯文有点儿恼火了，"我告诉你，他们可不吃这一套！66分店每个月都莫名其妙地损失好几千元，而你和你的手下却找不到解决之道……你们该不会是在偷懒吧？"

"我觉得你应该相信我们，我们对66分店的各个经营环节都进行过彻底地检查，而且每天我们都作出一份详细的调查汇报。"

"是的，你的每份报告都很详细，也很及时，但我要的是结果，结果！懂吗？"柯文大为光火，"你们查来查去，什么结果都没有，最后我们还要向你们支付调查费！请你们来查，是为了给我们堵住漏洞，结果你们反倒给我们另开了一个漏洞！"

伯德大笑着说："实话告诉你吧，这件事已经有了眉目。好吧，为了让你放心，你先派人把66分店的平面设计图取来，我再慢慢解释给你听。"

柯文急忙命令秘书去拿平面图。

在秘书出去的这段时间，伯德拉过一把椅子舒舒服服地坐了下来。柯文也为自己刚才的急躁行为感到有些后悔，他拿出一支长雪茄，递给伯德，并朝他歉意地笑了笑。

"不，谢谢！我不抽烟。"伯德说，"假如你这里有酒，我倒是很乐意喝一杯。"

"很抱歉，在办公时间我不喝酒。"柯文说。

柯文指着桌上的牛皮纸袋说："66分店近期的账目全在这里，截至昨天的经营数据都包括在内，你要不要看看？"

但伯德却闭上了眼睛，仿佛睡着了一般。

"难道你不想看看我们的经营数据吗？"柯文大声地说，看来他又有点儿生气了。

"噢，我在听呢，你给我念念吧。"伯德闭着眼睛说。

柯文只好压着心中的火气，念给伯德听："从我们最新的统计数据来看，这周我们损失最多的是冰冻火鸡，0.29元一磅。"

"真巧，昨天我也买了一只冰冻火鸡。"伯德插话道。

"请你别打岔，听我说。总之，月初的时候我们向66分店运了1500只冰冻火鸡，如果全部卖掉的话，预计应该回款6525元……"

"好的，继续念下去！"伯德的眼睛还没睁开。

柯文狠狠地瞪了他一眼，没好气儿地继续念道："可是，从店中的12台收款机的记录来看，这个月我们卖出了1332只火鸡；而仓库里的记录却显示，所有的火鸡都卖掉了，一只也没剩！"念到这里，柯文禁不住问："伯德先生，你不觉得这很蹊跷吗？”

“嗯，问题很明显，这说明有 168 只火鸡没入账。”伯德缓缓地说。

“对！有 168 只火鸡虽然被‘卖’掉了，可是却没有收到钱。我怀疑，是不是有人偷走了 168 只火鸡？”

“这很容易解释。”

“哦？那我倒想听听你的高见，究竟是什么人能偷走 168 只火鸡而不被店里的保安发现？”柯文反问道。

这时，伯德睁开了眼睛，不慌不忙地说：“等会儿秘书小姐拿来平面图，一切就真相大白了！”

柯文用诧异的目光打量着伯德，说：“难道，你已经知道谁是小偷了？”

“是的，几乎从一开始，我们就知道谁是小偷了。”

“见鬼！那你们当时怎么不把他揪出来？”柯文气愤地说。

“我们可以一开始就把他揪出来，但那样一来，我们就没有办法知道他是如何下手的了。想想看，他能连续不断地每个月都从 66 分店偷走几千元钱，而且是在众人的眼皮底下干的，我都对他的诡计很好奇，难道你不好奇吗？”

“那你好歹告诉我，这个小偷究竟是谁呀？”柯文不耐烦地说。

“66 分店的经理。”

“特文森？”

“对！”伯德点了点头说，“就是他监守自盗。”

“这不可能！特文森在公司已经服务了将近二十年，而且半年前，公司还指派他开设了第 66 分店并出任经理，他怎么可能是小偷呢？”

“要知道，在金钱的引诱下，什么事都是有可能发生的。”

“可是，特文森在自己管辖的分店里监守自盗，这难道不是在自毁前程吗？”柯文还是不敢相信。

“所以，他采用了一种极其巧妙的方式，神不知鬼不觉地从店中盗取资金。”伯德叹了口气说，“当董事会发现苗头不对时，他早已窃取了大笔的钱，准备另立门户了。我敢断言，要不了几个月，他就会递上辞呈，然后开创自己的事业。”

这时，秘书小姐拿着平面图进来了。

伯德站起来，将 66 分店的平面设计图铺在柯文的办公桌上，他端详了半分钟，然后抬起头笑着说：“果然不出我所料，特文森就是采取了这种方法，最简单，也最聪明。”

“什么方法，快讲给我听听！”柯文着急地说。

“其实，我之所以发现特文森是小偷，还是从你的话中得到的启发。”伯德笑着说。

“我的话？”

“你曾告诉过我，66 分店有 12 个柜台……12 台收款机……”

“对啊，你看，平面图上明明白白地画着呢？有什么不对吗？”柯文疑惑地说。

“从平面图上看，的确是有12个柜台和12台收款机，但是，昨天上午我也买了只冻火鸡，当我在柜台前排队付款时，我无聊地数了数柜台的数目，结果惊讶地发现：66分店实际上有13个柜台和13台收款机！我当时就明白漏洞出在哪儿了。原来，特文森在筹划开设66分店时，他为自己偷偷地增设了一个柜台——一个在平面图上根本不存在的柜台。”

“啊？”

律师的太太

当妻子向他提出离婚时，他呆呆地站在那儿，好久都没缓过神儿来。

“难道你心里有了其他男人了？”他问妻子。

“不，我只是不想再当家庭主妇了。”她说，“我想过自由的生活，也许以后我们还会再见面，但我们已经不是夫妻了！”

很快，他们就办好了离婚手续。

她收拾好了行李，搬到城郊的一处单身公寓去住了。

妻子的离去让他感到无比沮丧——一个大男人，居然被毫不留情地抛弃了！

在妻子走之前，他说尽了好话，想把妻子挽留住，甚至抛弃了男人的尊严，跪下来求她，但都无济于事。说实在的，那时他的心情很悲凉，觉得自己就像一堆被剥下的香蕉皮，失去了一切价值，被妻子随手丢进垃圾桶一样。

随着时间一点点流逝，渐渐地，他把对妻子的爱变成了满腔的怨恨，最后又变成了刻骨的仇恨。若是换了别人，也许会选择报复，可他却永远不会，因为他根本就不是个有信心、有主见、积极主动的人。其实在很大程度上，妻子也是因为这一点才离开他的。

自从妻子走后，他因为心中抑郁和焦虑，患上了严重的失眠症，每个夜晚，他都辗转反侧，噩梦连连。

这天晚上，他在安眠药的帮助下才昏昏睡去。可是到了凌晨三点，他突然被什么东西惊醒，但这次不是做噩梦，而是脖子被顶住了一个冷冰冰的东西——冰凉的枪口。

“起来！”一个男人的声音。

他被吓得手脚发软，但迫于那个男人枪口，他只好从床上爬起来。

“进去！”那个男人在背后连推带搡，将他推进客厅，又一把推到沙发上，然后顺手打开了电灯。

在明亮的灯光下，他看见那个男人的手枪上装有消音器，无论从枪的外形还是光泽来看，显然那是一把真家伙。他被吓得大气儿也不敢喘，不知不觉间，身上的冷汗已经打湿了睡衣。

“可怜的家伙！”那男人见他被吓成这副样子，轻蔑地说，“你的冷汗都能灌满一个游泳池了！”

“你，你到底是谁？”他的声音微弱得像蚊子叫。

“你的仇人！”

他被弄得一头雾水，自己平日从不与人结怨，哪儿来的仇人？他稍微定定神儿，仔细端详着眼前的这个男人，只见他身材高大、脸色苍白、黑头发、黄眼睛、乱蓬蓬的络腮胡子，脸上浮现出一股强烈的恨意。

“不，先生，我想我们之间可能有点儿误会，”他的声音提高了八度，“我从来就没见过你，我们根本不认识！”

“误会？我可不这么认为！”那个人恶狠狠地说。然后从身上掏出一根尼龙绳，紧紧地捆住他的手腕，捆好之后，还用力地勒，让绳子深深地嵌进肉里。他疼得大叫了起来。

“叫吧！拼命叫吧！这里是郊区，方圆半里之内没有住家，即使你叫破了喉咙也不会有人听见！”那人狞笑道。说着，又用另一根绳子捆住了他的双脚。

“好吧，既然你说和我有仇，要杀要剐，悉听尊便！”他忽然冒出一句从电影里学来的豪言壮语。

“想死？没那么容易！”那男人凶狠地说，“我不会便宜你的！”

他被捆得结结实实，丝毫都动弹不得，更不用说反抗了。其实，即使手脚没有被捆住，在这种情况下，他也绝不敢有反抗之念。这并不是因为那个男人手里有枪，主要是他本身就是个懦弱的男人，甚至在他太太面前，他的懦弱本性也一览无遗。

那个男人坐在他对面的沙发上，跷着二郎腿，看着自己的猎物。

“克莱尔，你的沙发很软，看来你的日子过得不错啊！”他说，“宽敞的房子，考究的装饰。告诉你吧，我是在公用电话簿上查到你家住址的——郊区的枫树街 10624 号。没有人知道我到你家来，而且我也敢保证，没有人看见我离开你家……今晚，我要欣赏一下你生不如死的样子，你知道吗？为了这一天，我足足等了五年，五年……”

“先生，你在说什么？我一点儿都不明白，你弄错了吧？”他一脸迷惑地说。

“你给我闭嘴！别耍花招了！”那个男人用枪指着他的头，“你以为监狱是人待的地方吗？”

死到临头，他突然变得镇定了，看目前的情形，自己已然无法逃脱，大不了就是一死，索性死前把事情弄个明白。于是他大声辩解道：“冤有头，债有主，你蹲监狱与我何干？”

“想不到你这么健忘啊！”那个男人咬牙切齿地说，“五年前，我的罪名是持枪抢劫，被投进了监狱。当我在那个阴冷恶臭的监狱里苦熬时光的时候，我唯一的精神支柱就是我的妻子——她还在狱外等待着我回去。可是，后来我收到了妻子的来信，她说在一位名叫克莱尔的律师帮助下，她要与我离婚，那一刻，我的脑袋就像一个被扎破的车胎一样爆开了花，我恨不得马上了断自己的性命，不过，我很快又找到了一条活下来的理由——就是让你的脑袋也爆开花！”

“所以，你出狱后按图索骥，在电话簿找到了克莱尔？”

“是的，律师克莱尔先生，正是你帮助我的妻子与我离婚，让我在这个世界上变得一无所有！”那个男人愤怒地说，“你说，这笔账我难道不该找你算算吗？”

“唉，咱们是同病相怜啊！”他愁苦地说，“我的妻子也刚刚离开了我，她把我抛弃了！”

“是吗？真遗憾，那要怪你自己不好。”那个男人讥讽道，“而我呢？我的债只能找你偿还了！”说着，就用手枪开始瞄准。

“等一等，先别开枪，听我把话说完，”他着急地说，“自从被妻子抛弃之后，我和你一样，无时无刻不在想着报仇的事。我妻子总嘲笑我是个懦夫，她辱骂我、打我，甚至让我跪在地上冲我吐口水，前不久，她离开了我！”

“好哇，现在你也尝到了被人抛弃的滋味！”那个男人用枪指在他的两眼之间，“你的牢骚发完了吧？如果发完了，我可要开枪了。”

“等一下，我最后想说的是，我妻子的名字就叫克莱尔！”

那个男人脸上的表情僵住了，他把手枪慢慢下垂，移到了他胸口的位置，“快说，这究竟是怎么回事？”

“是这样的，”他说，“我的妻子叫克莱尔，在我们家，里里外外都是她说了算，我和她并不是丈夫和妻子的关系，而是奴隶和主人的关系。在家里我没有接电话的自由，所以，电话簿上登记的是她的名字——克莱尔，职业是……律师。”

那个男人听得目瞪口呆，手里的枪也渐渐地垂了下来，“这么说，你的妻子……”

“没错，是我的妻子帮你的妻子打赢了离婚官司，”他说，“我叫克里特，是个作家，有身份证为证。我和你素不相识，你若是杀了我，那就是错杀好人了……”

“好吧，我可以不杀你，不过你要把你妻子克莱尔现在的住址告诉我！”那个男人又用枪顶住了他的头，命令道。

“好，好。”

那个男人走了大约三十分钟后，他还没有弄开手脚上的绑绳。

这时，他突然想到，自己可以先挪动到电话机前面，用被捆住的双手摘下电话，再请接线生帮忙接通克莱尔家，提醒她警惕。

可他转念又一想，也许还是应该先挪动到厨房去，用菜刀把绳子割断，然后再打电话岂不更快？他不知该怎样做，必须要好好想一想……

他真希望自己是一个有主见的人，因为克莱尔正是由于这个原因才离开他的。

开车到克莱尔的公寓大约四十分钟，留给他思考的时间已经不多了。

罗宾汉的故事

露伊丝、吉姆和我三人围坐在一张宽大的餐桌边，尽情地享用着浸汁螃蟹、生菜沙拉、刚出炉的法国面包和特选的白葡萄酒。这满桌的美味佳肴都是由我忠实的仆人福特准备的，他平时只服侍我一个人，至于原因嘛，很简单，因为这三人中只有我还是光棍。

我们边吃边聊，话题当然离不开我们的组织——“除恶社团”，我们都觉得在这样丰盛的午餐中，谈谈社团的生意是件很有趣的事情。

不远处，福特正朝我们走过来，他穿着时尚，尤其是那菲律宾人特有的黝黑面孔上堆满了笑容。他来到餐桌旁，彬彬有礼地问道：“今天的菜怎么样？”

“噢，棒极了！”吉姆以他特有的低音称赞说，“真没想到，你的烹饪技巧越来越高了，嗯，味道非常好。”

“这么说，是真的不错了？”福特笑眯眯地反问道。

“那当然了。”坐在一旁的露伊丝点点头说，她那似波浪一般的满头金发也随之摆动了起来。

“简直太好了！”福特似乎体会到了成功的快感，他对我们笑了笑，就转身兴冲冲地返回厨房，我望着他那一溜小跑的样子，相信一定有情妇在等候他，因为只有爱情的力量才会这么巨大。

等福特的背影消失后，我将白兰地倒进杯子里，然后对吉姆和露伊丝说：“好了，还是继续我们的话题吧，露伊丝，你先说说。”

“好吧。”露伊丝不慌不忙地掏出那个随身携带的精致小巧的烟嘴，把一根纸烟塞了进去。

一旁的吉姆赶紧用一个银质打火机为她点上烟，别看吉姆是个高大、粗犷的家伙，长着一头灰褐色的头发，但他却绅士风度十足，很会讨女人喜欢。

露伊丝深深地吸了一口烟，又缓缓地吐了个烟圈儿，然后将她从社团那里得来的消息告诉了我们。

“骗局，完全是一连串的骗局！主角都是些醉鬼和人寿保险。”她愤愤地说。

“该不会是那种受益人的事吧？”吉姆皱着眉头问道，脸上还充满着一股厌恶的神情。

“你猜对了，正是像你说的那样。”露伊丝面无表情地说。

在我们三人中，露伊丝是个时装设计家兼艺术家，吉姆是个律师，而我则是个投资公司的老板。露伊丝和吉姆一样，在事业上也非常成功，不过她有一个显著特点，就是外表虽然温和，但内心却非常冷酷，尤其是在执行“除恶社团”交给的任务时更是如此，即使她脸上挂着迷人的微笑，但却无法掩饰她内心对那些恶徒的憎恨，就像美洲眼镜蛇一般的冷酷。

“仅仅为了几瓶酒，一个酒鬼就能让供酒人成为他保险单上新的受益人，看来酒精的作用真是太令人难以置信了。”我摇摇头说，“一旦供酒人确认保险单是有效的，而且知晓有人继续支付保险费，那么那个酒鬼就离一命呜呼的日子不远了。”

“没错，”露伊丝冲我点了点头，“只不过在这个案子里，事情才显得更加残酷，这个家伙的酒精能让酒鬼乖乖地听命于他，并且把他们的保险单神不知鬼不觉地弄到手。”她停顿了一下，接着又说：“你们知道吗，那些酒鬼都是想方设法将保险单从家里偷出来的，他们只顾沉湎于酒精中，弃家庭于不顾。而他们的妻子却毫不知情，继续支付着保险金。她们根本想不到要去检查一下保险单，即使当酒鬼命丧黄泉时，她们也不会知道保险金早已落入他人之手。”

“这个家伙真可恶！”吉姆摇晃着他的大脑袋气愤地说，“为了获取不义之财，他竟然干这种伤天害理的事情。露易丝，有多少人遇害？”

“到目前为止是五个，而且死法都一样，都是醉倒在路旁时被击中头部的。”她平静地说。

“这个浑蛋！”吉姆用拳头重重地击打着桌面，他的眼中冒出愤怒的火光，“如果不是血淋淋的事实，我无论如何也不敢相信他竟然残忍到如此程度。”

“警方现在已掌握了多少线索？”我问。

“估计他们了解得还不如我们详尽。”她说。

“是吗？那么你快详细说说。”耐不住性子的吉姆急促地问道，他那棕色的眼睛闪动着光芒，恨不得一下子就把那个家伙扭到跟前。

“你先别急嘛。”露伊丝看了吉姆一眼，又呷了一口酒说：“那五个遇害的人都是五十岁左右的男性，他们都是不可救药的酒鬼，他们死后，家庭顿时陷于困境，其中一家的两个小孩得了重病，但却没有医疗费救治，还有一家的孩子资质很好，但他的母亲长期卧病在床，他不得不放弃学业，小小年纪就要出去挣钱养家，因为，他们所有的保险金都落入到一个人手中了。”

“是谁？”吉姆的吼声吓了露伊丝一跳。

“利思，是街上一家酒店的老板。”

“利思？他是不是知道自己成为保险单的受益人了，就坐等那些愚蠢的家伙下地狱了？”吉姆问。

"噢，不，我们的情报并不是像你说的那样。"露伊丝微笑着摇了摇头。

"难道是他自己动的手？"吉姆瞪大眼睛，呼吸也急促起来。

"这样说也未尝不可，"露伊丝耸耸肩，"那些酒鬼在一个月前就把保险受益人的名字改成了利思，现在他们全都死了，而且是在同一个月里接连被打死的，受益人当然就是利思了，只不过警方目前还不知道这个事实，当然，他们不久就会发现的，如果……"

"如果，"我打断露伊丝的话，"如果我们在警方调查取证之前，把那笔不义之财取回来，交还给那些可怜的遗属，这才是我们的任务。"

"对！"吉姆再也坐不住了，"你快说，我们该怎样行动？"

露伊丝也默默地注视着我，他们二人似乎在说：巴卫，该你拿主意了！是的，因为我的职责就是"策划"，但我必须要好好儿想一想。

我沉思着，就像每次做一项股票投资那样，先设计几个方案，然后再细细甄别，最后将最有利的那个方案告诉他们。

吉姆看着我这副样子很是吃惊，他怎么也不习惯一位西装革履、文质彬彬的股票炒家，竟然会拿出一个大胆赌徒的计划，但最后他还是点头同意了，并表示坚决执行。

"太精妙啦，巴卫！"露伊丝也禁不住兴奋地跳起来，在我脸上轻轻地吻了一下。

我们的计划开始了。

第二天晚上，我和吉姆坐在汽车的后座上，由露伊丝驾驶朝着第三街附近的停车场开去。

一路上，露伊丝丝毫不敢违规，她担心如果因为什么事被阻止的话，我们的伪装就会被识破，甚至还可能会见诸报端，那样一来我们的计划就泡汤了。

空气中弥漫着浓浓的雾气，路灯和汽车灯都模糊不清。我们抵达停车场时，发现这里和我们预计的一样，不仅光线很暗，而且有一半车位是空着的。黑暗中，我们似乎看到有一个人影躺在场地的末端，一动也不动，好像是一个醉鬼。

"巴卫，我们走吧！"吉姆边说边打开车门。

"好！露伊丝，记住锁好车门，万一……"我嘱咐着。

"放心好了，"说着，她调皮地做了个鬼脸，"我这样一来，他们就会被吓走的。"随后便响起了银铃般的笑声。

"你呀！"我和吉姆都笑了，心里对露伊丝拥有走钢丝的勇气很赞赏。

"吉姆，你都准备好了吗？"我问。

"没问题。"吉姆朝我展示了一下，我发现吉姆这时简直可以以假乱真了：他的嘴巴上粘着假胡子，两只眼睛红彤彤的，那是先前点过药水的缘故，身上穿着一件脏兮兮的夹克，走起路来东倒西歪，简直就是一个十足的醉汉。

吉姆冲我笑了笑，然后就摇摇晃晃地从停车场走上人行道，他来到一个路灯下，朝着我含混不清地喊道："快点儿，伙计！"我自然也是一身醉汉的装扮，听到吉姆的喊声，便也学着他的样子踉踉跄跄地追过去。

短短五分钟，我们就到了利思的酒店，当我们推开店门时，立刻传出一阵叮叮当当的铃声，那是告知店主有顾客来了。

酒店里的灯光有些刺眼，照得人很不舒服，我们想那可能是为了防止小偷窃酒。

柜台后面站着一个矮小、秃顶的人，一双眼睛正从厚厚的近视眼镜镜片后面注视着我们，这个人就是利思。

“喂，你们两个听着，如果打破一瓶酒，我就把你们送到监狱里去！”他的声音粗野而烦躁，就像恶狼嚎叫一样。

“你，”吉姆摇晃了一下身体，趁机抓住柜台的一角，红彤彤的眼睛怒视着利思。

“怎么，你没听懂吗？快说你要什么，付了钱就赶快滚出去，可恶的酒鬼！”利思呵斥道。

“我……酒！”我迷迷糊糊地说。

“交钱。”利思大声说。

我和吉姆一边摇晃着身子，一边挥舞着手臂，为付钱的事开始和他争论起来，但利思是个不折不扣的吝啬鬼，他始终坚持一口价，绝不妥协，最后吉姆不再和他争吵，而是将身子靠上去，对他耳语一番。

“你说什么？是谁给你出的这种馊主意？”利思的眼睛立刻在近视镜片后面猛眨。

“嘘，小声点儿，丹仁。”吉姆含糊地说出一个名字，那是露伊丝告诉我们的。这时，利思的神情已经大为改变，他吸了一口气，重新上下打量着我和吉姆。

“是老丹仁，我们有段时间没有见过他了，不过，他告诉我们你为他办理过，也能为我和我这位朋友办，怎么样？”

“哦，原来是这样。”利思说，接着他又悄悄问：“多少？”

“一万。”我伸出一个指头说。

“什么种类？”

“普通的。”

“你们两个都是？”

“没错！”我说。

利思不再多问了，他转身从柜台里取出一张纸，迅速写了几个字，然后将纸条塞进吉姆那肮脏的夹克口袋里，挥挥手不耐烦地说：“快滚！到保险公司去把你们的名字改成纸条上的名字，只有当我看到改过的单据时，我才会相信！”

第二天的同一时刻，我和吉姆又来到利思的酒店，这次露伊丝也来了，她故意打扮成那一带最下贱女人的模样：鲜红的假发扣在头上，嘴唇涂着浓厚的唇膏，就像满口鲜血一样，双眼也用黑黑的眼睫毛膏涂着，红色的毛衣下面不知垫着什么东西，让人看起来显得臃肿肥大，黑色的长裤膝盖处还磨得发了白。

露伊丝和我们进入酒店后，故意摇摆着臀部，见到利思正在看她，就报以一个妩媚的微笑，并款款地向他走去。

“这个女人是干什么的？”利思目不转睛地看着露伊丝，显然是在判断着她的职业。

就在利思注意露伊丝的时候，我和吉姆走了过去，将“社团”为我们准备好的两张伪造的保险单塞给他，于是，利思的注意力便离开了露伊丝，两眼盯着保险单看了半天，直到他确信自己已成为新的受益人时，才满意地点点头，并小心翼翼地将保险单收好。

“来，喝酒！”利思将柜台上的两瓶劣质酒推开，又取出来一瓶，我想，如果没有那两张保险单的话，昨天晚上他肯定会把这两瓶酒卖给我们。

“太好了！伙计，一起喝！”吉姆兴奋地说着。

利思不怀好意地瞅了我们一眼，又从里屋拿来两瓶十分流行的波恩酒，分别递到我和吉姆手上，站在一旁的露伊丝垂涎欲滴地看着酒，并冲我们做了个鬼脸，吉姆看了她一眼，没有说话，我也只是暗暗向她做了个手势，让她保持沉默。

当我和吉姆拎着酒瓶摇摇晃晃地向酒店前门走时，利思却转身朝后面的储藏室走去，趁他不注意，吉姆快走了几步，用力把前门拉开又关上，让门铃响了两次，然后再把门锁上，我则把窗户上的牌子翻过来，露出了“打烊”两个字。

一切都停当后，我和吉姆、露伊丝三人悄悄来到利思的房间，此时利思正跪在他的小保险箱前，对外面发生的一切都不知晓，他在专心地转动密码，慢慢把保险箱打开。

“别动，否则子弹可不长眼睛！”吉姆以他那特有的低沉嗓音警告说。

利思被身后这突如其来的声音惊呆了，他僵僵地跪在那里。我走上前去，说：“利思老板，别紧张，现在请你站起来，把身子转过来。”

利思只好乖乖地站了起来，当他转过身子看到是我们时，顿时惊愕地张大了嘴巴，镜片后的两只眼睛在不停地眨巴，他又低头看了看保险箱，似乎准备用脚将它关上。

“利思老板，如果是我的话，可不会像你那么傻，居然用脚去换一颗致命的子弹。”露伊丝甜蜜地笑着说，手里还摆弄着一支小手枪。

利思狠狠地瞪了露伊丝一眼，他又看了看我和吉姆，无可奈何地说：“你们简直是疯了，说吧，你们要怎么办？”

“我们就是疯了！”吉姆粗声粗气地说，“站到一边去！”说着，他绕过利思走到保险箱前，弯腰取出里面的钞票，递给我，“伙计，数一数。”我点点头，“只有一半，不过没关系，那一半我们也会找到的。”我看了看利思。

“不可以，你们拿的是我的钱呀！”利思声音颤抖地说。

“你的钱？你是怎么弄来的？”我厉声问道。

“是我辛辛苦苦开店赚来的！”

“或许也可以这么说，杀人也不易，对吗？”我一脸讥讽的神情。

“我听不懂你在说什么。”

“别再演戏了，利思老板，”我说，“难道你不懂丹仁、莫理斯、亨利、哈德和逊斯吗？”

他顿时呆住了。

“我们也差点儿成了你的第六个和第七个冤魂！”我说，“只是这次让你失望了，你大概还不知道吧，我们给你的保险单是伪造的，是由我们社团提供的，那五个被你骗的人换名后，你就把他们全给杀掉了。”

“我没有！”利思狡辩着。

我不再理会他，转身对露伊丝说：“报警，就用他的电话给警方打电话。”说着，我从腰间抽出手枪，露伊丝向前面柜台的电话机走去。

“不是我，我没有杀害他们！”利思尖叫着。

“既然不是你，那么是谁？快说！”吉姆威胁着。

“我……我不敢说。”

“那好，谋害五条人命的罪名就由你独自承担了，要知道，谋财害命的罪过可不轻。露伊丝，赶快去打电话吧。”我催促着。

“不要打，”利思几乎带着哭腔说，“如果我告诉了你们，即使我关在牢里，也会被他们杀掉的，他们有组织，是个非常严密的组织……”

我看了看吉姆手中的钞票，问利思：“钱数不对呀，应该有五万，可现在只是两万五，那一半呢？你和什么人对分啦？是不是你雇凶杀人啦？”

面对我一连串的追问，利思默不作声，只是一个劲儿地摇头。

我朝吉姆和露伊丝做了个手势，示意他们先到房间门口去，而我则一边用枪对着利思，一边慢慢退到门口，靠近吉姆和露伊丝，低声向他们说了我的计划。

“我同意。”露伊丝微笑着点点头。

“吉姆，你的意见呢？”我问道。

“没问题，我们就这样干吧！”吉姆也表示赞同。

我转向利思，对他说：“喂，利思，我们谈谈条件好吗？”

“条件？”利思疑惑不解望着我。

“很简单，就是给你的朋友打个电话，告诉他又有两条鱼上钩了，并且把我们的位置也告诉他，其余的事就由我们来料理了。”

“这对我有什么好处呢？”脑瓜活络的利思立刻提出了抗议，“如果你们失败了，他们就要找我算账，会认为我是你们的内应，而你们呢，仍然会说我是共犯，或者说我雇人行凶，那时我会是怎样的下场呢？”

“噢，你多虑了，我们是不会失败的。”我平静地说，“我们只想知道那个凶手是谁，并且要逮住他，让他得到应有的惩罚，如果他被处以刑罚，你也就不用担忧性命的安全了，至于你自已，我想无论如何你也免不了要坐一阵子牢，如果你肯合作的话，我保证你不会坐太长的时间，请相信我。"

"可，可是那些钱呢？"利思追问着。

"这好办，我把它留下来就是证据！"吉姆微笑着把钱放进了口袋。

"你们谋划得太周密了，为什么不给我任何选择的机会呢？"利思近乎绝望地狂叫着。

"利思，别着急，我们给你留了一个机会。"说着，我用手指了指柜台上的电话机。利思似乎明白了我的意思，他紧皱眉头，若有所思地在考虑着，过了一会儿，他问道："如果我那样做了，你们用什么方法对付他呢？"

"那就是我们的事了，你只要告诉他出酒店的后门，向南到第三街去就行了。"我说。

利思别无选择，只好向前面柜台的电话机走去，我为了防备他捣鬼，就持枪跟在他的后面，最后停在了储藏室的门边。

利思开始拨电话了，他先是压低声音和对方说了几句，然后又聆听了一会儿，还连着答应了几声，最后挂上了电话。我相信他没敢捣鬼，就示意他回到房间里。

"那人是什么模样？你给我描述一下。"

"个子很高，"利思回忆着说，"他平时总喜欢穿一件黑色皮夹克，头发是金黄色的，右侧面颊上有一条疤痕。"

"他手里有什么武器？"一旁的吉姆插嘴问道。

"一根棍子。"利思说。

"不用问了，吉姆，这些就足够了，我们现在就可以行动了。"接着，我又转身对露伊丝说："我们把利思就交给你了，记住，无论如何都不能让他溜掉！"

"没问题，你们去吧！"露伊丝笑着说，并把那支小手枪顶在了利思的背后。

我和吉姆各自从柜台上拿了一瓶酒，然后朝着酒店后门走去。尽管我们故意装出一副醉态，步履蹒跚、摇摇晃晃，还不时发出几声怪笑，但我们的大脑却是异常清醒，对周围的风吹草动和任何声音都十分敏感。有趣的是，一路上我们居然遇到了好几个东倒西歪的真正酒鬼，他们被我们手中的酒瓶所吸引，纠缠着我们要酒喝，当然我们很容易就把他们推开了，毕竟我们的醉态是装的，而他们则不然。

我和吉姆晃晃悠悠地走着，最后来到了第三街，这里非常偏僻，连一盏路灯都没有，月光透过薄云照在地上，四周朦胧一片。我和吉姆假装精疲力竭，歪倒在一家早已停业的饭店的水泥台阶上，我们半躺在那儿，嘴里含混不清地说着什么，但眼睛却不时地瞄着街口，等着那个身材高大、满头金发、右面颊有疤痕、身穿黑色皮夹克的人出现。

街口不时有形形色色、三三两两的行人经过。

忽然，我们发现不远处出现了一个牵狗的老妇人，年纪六十岁左右，她的头发是灰白蓬乱的，戴着墨镜，一只手牵着一条法国牧羊犬，另一只手拄着一根白色拐杖，脚上拖着一双破旧的鞋子，她的身子佝偻着，好像半身不遂一样，丑陋的嘴巴向上翘着。

我们对这位老妇人感到很好奇，就一直盯着她。

老妇人步履蹒跚地走着，她经过街口朝着我和吉姆的方向走来，突然，她将牵狗的皮带松开，迅速摘掉墨镜，放进破旧毛衣的口袋，身躯也直了起来，拎着白色拐杖，步伐矫健，就像运动员一般向我们飞奔过来，那只法国牧羊犬的眼睛也闪着兴奋的光芒，摇着尾巴紧随其后。到了我和吉姆跟前，她高举起拐杖，凶狠地朝着吉姆头顶砸下来。

“吉姆，闪开！”我大声喊着。“啪”的一声，拐杖砸到了水泥地上，吉姆闪身急速躲开，我则嗖地一跃而起，从腰间抽出了手枪，大声喊道：“别动！”

当老妇人看见我手里的枪时，一下子愣住了，她没想到两个醉鬼竟会如此清醒，她眨了眨眼睛，顿时明白是怎么回事儿了，丢掉拐杖就想转身夺路而逃。但是吉姆黑洞洞的枪口也对准了她，只有那只法国牧羊犬不知道发生了什么事情，依然摇着尾巴，用愉快的金色眼睛注视着我们。

“你看看这是什么？”吉姆朝她亮了亮皮夹子，他要让老妇人看清“社团”为我们准备的警察身份证明。

“我并没有……”她开始要辩解了。

“你先别忙，等会儿有你说的。”我打断她的话，“看样子你并不衰老呀，而且这支拐杖还可以多用，丹仁、莫里斯、亨利、哈德和逊斯是不是都死在你的这根拐杖下，它有这么大的威力，一定是为了完成特别任务制造的。”我不紧不慢地说。

“啊，不，不！”她的眼神在我和吉姆之间游离着，眼中流露出了惊恐，“怎么？”她有些不知所措地说。

“你是想问利思老板吧？”我说，“你大概还不知道，我们在保险公司的配合下，已经找到了他，在确凿的证据面前他乖乖地招供了。”

“可是，我们刚才还在联系……”她脸上现出迷惑的神情。

“哈哈，他的电话是在我们的监视下打的，想不到吧？现在我们还有人在监视他，好了，跟我们走吧！”我不容置疑地说。

“你们要带我去哪里？是，是去坐牢吗？”她丑陋的大嘴巴在不停地颤抖。

“那是早晚的事儿。”吉姆朝她挥了挥枪说，“不过，我们要先到你住的地方去看看。”“啊？”听了吉姆的话，她瞪大眼睛，俯身捡起手杖，两眼冒出憎恨的目光。

“听着，如果你再胆敢用这种东西无礼的话，”我警告她说，“我就用手枪直射你的眼睛，我的子弹总比你的手要快！”

她面孔阴郁地瞪了我一眼，转身朝家的方向走去。她所谓的家，其实就是不远处的一家旅馆，当我和吉姆把她夹在中间进入旅馆的走廊时，站在一旁的柜台账房放下手里的书，他满脸横肉，冷冷地看着我们。

我隔着口袋用手枪顶着她的腰，估计她也感觉到了那份沉重，顺从地跟着我们走着，她的身子倚着拐杖，一只手牵着那只可爱的法国牧羊犬，还不忘把墨镜重新戴上。

“曼蒂，你回来了，没事吧？”那个满脸凶相的账房关切地问。

“没有事，洪斯，谢谢你！”她平静地说，然后指指我和吉姆，“噢，这是我的两个朋友，我在外面遇到他们，就带来家里坐坐。”那个账房似乎有些不相信，他又上下打量了我们一番，摇摇头，继续捧起了那本通俗小说。

她的房间在二楼，当我们推开房门时，只见里面凌乱不堪，各种杂物随意堆放，简直就和废品收购站差不多，屋内还散发着一股怪味。

“到了，你们看吧！”曼蒂垂头丧气地说，然后松开牵狗的绳子，摘下墨镜，顺手放在一个满是尘埃的柜子上。我和吉姆扫视着房间，谁都没有说话。

过了片刻，她再也忍不住了，几乎是带着哭腔说：“我这么一个孤苦伶仃的老太婆，怎么会去杀人呢？我本打算出去买点儿吃的，穿过街口时正好看见你们，我怕你们跟踪并抢走我的钱，也担心你们会突然闯过来，所以，所以就想用拐杖敲你们一下，我都这么大年纪了，顶多也就是碰碰你们的皮肉而已，我……我真的好可怜呀！”说着，她还忍不住擦了擦眼角。“曼蒂，你以为我们会相信你的话吗？我早就看出来了，你的佝偻、跛脚都是伪装的，其实你的真实年龄要比现在的模样至少小二十岁，无论你怎样花言巧语地狡辩，都无法洗清你杀人的嫌疑，吉姆，搜！”我的话音刚落，吉姆就迫不及待地四处翻寻起来。

我盯着曼蒂，只见她紧紧咬着嘴唇，脸色也由青变白，右手紧握那根特制的拐杖，以至于因用力过度指节都变白了，她的嘴里嘟嘟囔囔地说着什么，显然是在诅咒我们，那只可爱的法国牧羊犬围在她腿边，它望着自己的主人，还在欢快地摇着尾巴。

“快，咬他！”她突然向牧羊犬发出了命令，可是那只狗丝毫没动，还是用明亮的眼睛望着她。

这时，曼蒂的双手已经微微发抖了，她又攥了攥那根特制的拐杖，趁吉姆搜到离她不远的地方时，突然发力，抡起拐棍向着吉姆的头上砸去。情急之下我迅速出手，一把攥住她的手腕，拐杖顺势飞开了，“这个可恶的女人，为了急于杀死吉姆，竟然忘了我的存在！”我恨恨地想。

曼蒂瘫软地坐在床边，她又开始用各种难听的字眼儿诅咒了。

吉姆终于在一个不起眼儿的角落里找到了我们想要的东西——钞票，他数了数，一共是两万多元，吉姆朝我笑了笑，就把钱塞进了口袋。

“那是我的钱呀，你们不能拿走！”曼蒂突然疯了似的尖叫起来。

“现在不是了。”吉姆笑着说。

“你们这些可恶的家伙！不光拿了我的钱，还要送我去坐牢，天哪！”说着，她号啕大哭起来。

“噢，不，曼蒂，我们不会送你去坐牢，我们还要给你一次机会。”我柔和地说。

“机会？”她止住哭声，抬头看着我。

“这笔钱我们先替你保管，不过你最好也别去找我们，我们自然就放你一马，明白吗？”“那，那你们不是在明抢吗？”她哀求说。

“怎么能说是明抢呢？”吉姆说，“这可是一个两全其美的好办法，一来你可以用钱换取自由，免受牢狱之苦；二来我们忙碌半天，也不吃亏，而且你的选择余地还很大。”

“选择？”

“是呀，比方说逃走，那样不也很好吗？我们给你一个开拓新天地的机会。”吉姆边说边走到床前的电话机旁，一把扯断了电话线。

“啊？”曼蒂顿时目瞪口呆。

我和吉姆下楼走进休息室时，又看见那个名叫洪斯的账房，他似乎有些奇怪为什么只有我们两个人出来，不禁用一种审视的目光看着我们，但我们对此毫不在意，我依然装作醉态拿起电话，拨通后，里面传来露伊丝的声音：“喂？”

“露伊丝，事情的进展很顺利，杀人凶手已被我们控制，一会儿我们就过去，先前的计划取消，你不必再冒险了。”我说。

“噢，太好了！不过，我还不想放弃这个机会。”说完，露伊丝就挂断了电话。

我无可奈何地摇了摇头，刚推开休息室的门，就差点儿和一个急匆匆进来的警察撞了个满怀，“你？”他以警觉的眼光打量了我一下，然后转身对账房说：“洪斯，有什么事儿？”

“杰克警官，是这样的，”洪斯用手指了指我和吉姆说，“这两个人跟曼蒂去她的房间，他们两个先下了楼，可是不见曼蒂，我往她的房间打电话也没有人接，所以我就报警了，你最好上去瞧瞧，到底发生了什么事情。”

杰克看了看我和吉姆，表情严肃地说：“你们两个留在这儿，问题没查清前，谁也不准动！”

“你瞧他们醉成那样，还能跑不成？”洪斯嘲笑地说。

“你也帮我看着点儿。”杰克说完，就转身进入电梯上楼去了。

休息室只剩我们俩和账房了，那个满脸横肉的洪斯朝我们不怀好意地笑着，他说：“如果曼蒂出了一点儿事，你们的麻烦可就大了，或许你们还不知道，她可是个甜蜜的小妇人。”

吉姆铁青着脸，歪歪斜斜地走向柜台，“什么甜蜜的小妇人！”话音还未落，他的大拳头就砸在了洪斯的下巴上。

“你？”洪斯面露惊异之色，身子在柜台后面慢慢退缩着，最后完全消失了。

我和吉姆快速离开旅店，穿过街道，来到利思酒店的后面，这里的门开着。

我们进入里面，一眼就看见露伊丝面部朝下趴在地板上，“真该死！”我骂了一句，就和吉姆急忙赶过去。

“露伊丝，你怎么了？”我急切地喊着，但她一动也不动，没有任何反应。

“露伊丝，我是吉姆，你醒醒！”吉姆闭着眼睛不敢看她，说话的声调几乎都变了。

嘿！我看见吉姆闭着眼睛说话时，露伊丝的一只眼睛睁开了，她在朝着吉姆挤眼睛、做鬼脸，我不由得笑了。

吉姆大概是听到我的笑声了，他睁开眼睛怒视着我，这时，露伊丝的小拳头已经轻轻地捶在他的肩上了。

“我没事儿。”

“你可吓死我了！”吉姆的心终于放下来了。

露伊丝站了起来，她拍拍身上的尘土，面带歉意地对我们说：“真不好意思，不过，我必须要确认是你们才行，如果是利思那家伙，我可就麻烦了。”

“这儿发生了什么？”我问。

“当我把电话挂断后，又回到利思的房间，我让他站在我看得见的地方，接下来我就故意装作被椅子腿绊倒，将手枪滑落到地上，正好掉在他跟前，这个家伙自然不肯放弃机会，他就像饿虎扑食一样，迅速抓起手枪，朝我连开了四枪，这个混蛋！可他哪知道我枪里装的是空包弹，好在我和他之间有些距离，否则近距离被击中也是会疼的，虽然我没有受伤，但我必须要装死，这样才能骗过利思，怎么样，我表演得还挺像吧？”露伊丝得意地微笑着。

“这真是太危险了！露伊丝，”我不禁有些动情，“不过，你的确表演得不错！”我亲吻了她的面颊。

“得到你的夸奖真高兴！”露伊丝的脸上带着幸福的光彩，“快告诉我，那个凶手是谁？难道是个女的吗？”

“对，和你一样，也是个女人，”吉姆笑眯眯地说，“不过，她是个有杀人本能的矮小老妇人。”

“老妇人？”露伊丝面露惊异的神色。

“嗯，她的伪装非常巧妙，杀人的手法也很特别，是用一根特制的拐杖。”我说，“我们已经在她的住处找到另一半钞票了，下一步就是把这些钱分给应得的那些人。”

“那你们打算怎么处理那个女凶手呢？”露伊丝问。

“让她逃！这是最明智的选择。”吉姆说。

“还有那个利思，该怎么办？”她又问道。

“他也会跑的，”我说，“因为他以为杀死你了，就会扔掉凶器，然后开始寻找我和吉姆，但当他找不到的时候，就会以为我们也被女凶手杀死了，所以，他最后的一步肯定也是三十六计走为上。”听了我的分析，露伊丝点点头。

“我看行动该结束了。”吉姆说。

“对！”我点头表示同意。

于是，我们一起来到电话机旁，由吉姆拨通了电话，他对着电话那一方说：“请记录下这件事情：关于丹仁、莫里斯、亨利、哈德、逊斯等五人醉倒遇害的命案，他们的人寿保险单都被利思唆使改动过，利思成了唯一的受益人。这个利思是街上一家酒店的老板，矮小的个子，秃顶，戴着一副近视眼镜，他雇用一个叫曼蒂的职业女杀手为他行凶，那五个人都是被她杀的。曼蒂的特征是戴着墨镜，手持一根特制的白色拐杖，牵着一条非常漂亮的法国牧羊犬，她善于伪装，平时会装扮成一个又盲又跛的老妇人，但当她行动时，身手则非常敏捷，她住在‘亚加士旅馆’二楼的一个房间。现在曼蒂和利思均已畏罪潜逃，请你们尽快调查并将他们缉拿归案。哦？你问我是谁？你就写上罗宾汉好了。”吉姆放下电话，冲我和露伊丝笑了笑。

“好了，我们也该走了！”露伊丝欢快地说着。

我们三人一起离开酒店。

罗马艳情

这是我头一回来罗马。

我出生于乡下的一个普通家庭，今年虽然只有二十四岁，但在社会上也奔波闯荡了好几年，对生活有着清醒的认识——我知道，生活只是一场彻头彻尾的谎言。我更明白，如今的社会是一个现实的社会，罗马更是一个物欲世界，而我只是个一文不名的穷小子，因此在罗马，什么“浪漫”呀，什么“一见钟情”呀，统统与我无缘。

到达罗马第一天，我首先参观了罗马的几处著名景点。罗马的风光虽然没有传说中那么美，但由于心中早有思想准备，所以并未感到非常失望。在生活中，比预想更糟的事随处可见，不是吗？

就这样，我独自漫步在罗马街头。罗马果然是一个既古老又充满现代气息的城市，街道两边的店铺牌匾上闪烁着霓虹灯，店铺门前的喇叭里传出各种音乐，街道上的汽车川流不息，车灯映在行人的脸上，幻化出斑斓的颜色。夜幕渐渐降临了，人们匆匆地赶赴自己的夜生活——罗马的夜生活相当丰富，罗马市民习惯过丰富多彩的夜生活。

只有我这个外乡人，漫无目的地、孤独地在街上走着。

我觉得自己根本无法融入这个城市。看着街道上行色匆匆的人们，我突然觉得自己很孤独。此刻，我感到有些伤感，但也感到些许自豪，作为一个外乡人来到罗马这样的大都市淘金，这本身就是一种莫大的勇气。想到这里，我仿佛又重新充满了力量，加快了脚步。

我走进罗马一条繁华的商业街，街道两边是各色食品店和咖啡厅，在街道一侧，还有一座风格奇特的中世纪小教堂。我走到了商业街的尽头，转向另一条狭窄的小街，打算从那抄近道返回旅店休息。

这条狭窄的小街估计有上百年的历史，路两边斑驳的石阶就是最好的证明。由于天色已晚，街道上冷冷清清，行人稀疏。与刚才那条热闹繁华的商业街相比，真是天壤之别。我向街道的尽头望去，依稀可见有一座大教堂；再看街道的左边，是一片公墓，如同散落于闹市中的静谧花园。

我是这条街上唯一的行人，在这一刻，我突然产生一种归属感——我属于这条街，这条街也属于我。

正当我为这个想法欣喜不已时，忽然发现远远地从街道的对面走来一个女子。

她走了过来，越走越近。我注意到她的衣着非常考究，手里提着一只装饰有拉丁文字的手包。她朝我款款走来，那姿势就像T型台上的模特，但却非常自然，毫不做作。她走路的姿势非常性感，一下子便吸引了我的目光。可惜，由于光线太暗，我看不清她的脸，但我想她的脸一定同她的身材一样惊艳无比。

她距离我越来越近，最后，我们擦肩而过。我本来想忍住不去看她的相貌，因为我并不奢望在罗马这个城市会有任何艳遇，但是，在我即将走过那一瞬间，我还是忍不住回头看了她一眼。

顿时，我不由得呆住了，她的脸简直如梦幻一般美丽！而与此同时，她也侧头看着我，甚至在对我微笑。“难道她是妓女？”我下意识地这样想。但是，我很快就否定了自己的猜测——妓女的笑容充满了功利和谄媚，而她的微笑却无比清纯，清纯得简直令人不忍产生任何非分之想！

就在我发呆之时，她轻启朱唇，对我说道：“也许……也许这样有些冒昧，但是在这个美好的夜色里，我们在这儿擦肩而过……也许你也很孤单，像我一样。”

我没想到她居然先开口对我说话，我毫无准备，我只能机械地对她笑了笑。也许是我的微笑给了她勇气，她继续说：“我们能不能……一起散步，一起吃点儿东西？”

天哪，我简直不相信我的耳朵！我简直受宠若惊，我用颤抖的声音说：“那简直……求之不得！我真荣幸……对了，附近那条街上有许多餐厅。”

她摇了摇头，笑着说：“如果不嫌弃，我想请您到我家里坐坐，就在前面不远处……”

她那句话好像具有莫大的魔力，我竟然鬼使神差地跟着她走了。虽然这条路是我刚刚走来的路，但当我和她一起重新走时，我竟然有一种特殊的感觉。也许，路还是那条路，而我的心境发生了变化。刚才我还对在罗马这座城市发生艳遇不抱任何幻想，可如今，我居然开始产生期待了，我期待一段美好的艳遇将在今晚发生。

不知走了多久，我们来到一座豪宅的前面。她停下了，示意我稍等片刻，然后掏出一把金色的大钥匙，打开了宅院的铁栅栏门。听到开门声，从房子里迎出一位身穿管家制服的男仆。那位女子向管家轻声吩咐几句，然后示意我是她的客人。于是管家立即向我躬身行礼，然后请我们走进宅院。

走进宅院，迎面映入眼帘的是一大片修剪得整整齐齐的草坪。草坪中央是一条用白色石子铺成的小路。我们沿着小路穿过草坪，看见前面是一个用白色大理石砌成的游泳池，池边摆着折叠椅和太阳伞。游泳池四壁镶嵌着壁灯，柔和的灯光从池水中向上射出，煞是好看。

我随着她走到游泳池边，我们俩坐在折叠椅上聊天。我年轻，长得也帅气，曾经谈过几次恋爱，所以并不缺与女孩约会的经验，尤其是与女孩闲聊，更是我的拿手好戏。虽然我来自偏远的乡下，但我从小就博览群书，知识非常丰富。于是，我和她从罗马的历史聊到罗马的神话传说，从罗马的文化又聊到罗马的风土人情，很快，她就被我广博的知识面和精湛的口才吸引了。

殷勤的男仆为我们端来加了冰块的红葡萄酒，酒杯中流光溢彩，如同泛着光芒的红宝石一般。她举起酒杯，微笑着向我致意。在一片浪漫的情调中，我们轻轻碰杯。酒的味道芳香馥郁，清爽宜人，喝下去之后令人感到浑身暖洋洋的。这种美酒简直是我前所未见，正当我诧异之际，她仿佛看透了我的心思，向我解释说这是产自波斯的美酒。

几杯酒下肚，我聊天的兴致越来越高，而且我也渐渐确信，一段美好的浪漫也许今夜就要发生。她似乎也有同感，她媚眼如丝，一对美丽的眸子若即若离地注视着我。她的嘴唇半启半闭，似乎在对我暗示着什么。可这时，我开始有点清醒过来，这浪漫来得太快太突然，以至于我不敢相信它是真的。心里作了一番思想斗争后，我还是决定，放弃这暧昧的浪漫，离开这个地方。于是，我站起身来准备告辞。

我正要开口，她突然打断了我，幽幽地说："您瞧，仆人已经准备好了晚餐，如果您不介意的话，我想请您与我共进晚餐，因为我一个人很孤独。我知道这请求很冒昧，甚至您也许会认为我另有所图，毕竟，我们我们刚刚认识不久，若是换了我，我也会产生疑惑。"

"不不不，亲爱的小姐，对您的诚意我百分之百信任。"

"坦率地说，您身上有一种无法言表的气质吸引了我，虽然我还不太了解您，但我能感觉得到，您与罗马那些无聊的富家子弟截然不同。我的直觉告诉我，您绝对是那种既有性格又有深度的男人，所以，我请求您……再陪陪我。"

她既然这样说，我又怎能再开口提告辞的事儿呢？我本并不相信天下有浪漫存在，更不相信浪漫会降临在我身上。然而，在今夜，浪漫却实实在在地发生了。虽然我对罗马一直充满戒备之心，但如果此时我告辞离开，我会终生遗憾。从我心底里，还是对浪漫充满渴望的。我开始相信：生活并不是彻头彻尾的谎言，生活总有美丽的一面！

我留下来与她共进晚餐。那真是我这辈子见过的最丰盛的晚餐，龙虾、火鸡、牛羊排、馅儿饼、水果……还有杜松子酒。仆人们穿梭不停，忙着上菜。

用过晚餐，仆人们不知不觉间已经离开，就留我们二人在庭院里。我们坐在庭院里的沙发上，欣赏着诱人的月色。不知什么时候，她已经依偎在我的怀里。我们什么也没说，就这样依偎着，时间过了很久，她站起来，轻轻牵着我的手臂，向房子走去。我就任由她牵着我的手，和她一起步入她那豪华的宅第。走在光滑的大理石的地面上，我们的脚步声在宽阔的大厅里回响，可这脚步声还不如我心跳声来得更强烈。我感觉到我的心在紧张地跳动，难道这是恐惧吗？不，绝不是，当浪漫来敲门的时候，我绝不会恐惧，相反，我会兴奋地开门迎接它。

在她的引领下，我们走上楼梯，直接来到她的卧室。她按动墙壁上的开关，悬吊在天花板正中的吊灯发出了明亮的光。首先映入眼帘的是房间中央一只豪华的大床，在床头还挂着一张她的全身照片。照片上，她身穿一袭薄如蝉翼的纱衣，姿势撩人。我回转头再看她，却发现不知什么时候，她已经把外衣脱去……

今晚发生的一切对我来说好像是在做梦一般。我刚才说过，我是一个渴望浪漫的人，良宵、美人就在眼前，我有什么理由再压抑我内心的强烈欲望呢？来不及多想，我轻轻地将她抱了起来，向大床走去。她轻盈的身体紧紧地贴在我的怀中，用双手轻巧地解开我衬衫的纽扣。

在强烈的兴奋和热情之下，我的大脑已经不作任何思考，这就是真正的浪漫！这就是美妙的生活！

我们赤裸地在床上相拥，当我正要轻吻她那炽热的双唇时，我突然觉得有点不对劲。是哪里不对劲呢？我看了看眼前的她，她已经那么完美，哦，对了，是房间中明亮的灯光！原来，我们忘记关上天花板的大吊灯。那光线太过强烈，让一切一览无余，我更喜欢在黑暗中与异性进行温存。于是，我望着门口墙壁上的吊灯开关，正在犹豫是否应该关掉它。她睁开眼睛，见我注视着开关，马上明白了我的心思。

“我亲爱的，别担心……不要动，让我来关……”，说着，她朝开关伸出了手。难道是我产生了幻觉？只见她的手臂不断变长，伸出床外，穿过床帘，跨过地毯，横穿过长长的卧室，在明亮灯光的映射下，投下巨大的阴影，仿佛一条黑黑的蟒蛇。她的手臂一直伸到十几米外门边的墙上。指尖触及了开关。

“咔嚓”，随着清脆的一声，房间里陷入了无边的黑暗……

孤注一掷

坐在电视机前，布莱克看着橄榄球赛，身边还放着一杯啤酒。

看似悠闲，但实际却不是这样。没办法，布莱克是个警察，他时刻都记得自己的身份和职责。因此可以说，布莱克每天二十四小时都在工作，并且很久以来一直如此，以至养成了习惯。即使像今天这样的休息日，布莱克也会一边看着球赛，一边仍下意识地工作。

忽然，屏幕上现出一张脸……

以前，繁忙的工作令布莱克错过了很多职业橄榄球比赛，不想今天决赛，他却刚好能够休息——真是好运！其实，布莱克不知道，后面还有好事在等着他。

决赛总是格外精彩，对冠军的向往始终是促使队员激烈竞争的动力，比分交替上升，平局更加令观众兴奋不已。镜头扫过观众席，正如解说员说的那样，观众看得如醉如痴，电视机前的布莱克一样看得津津有味。

那张面孔，似曾相识……

布莱克高中时就魁梧高大，体魄健壮，擅长打橄榄球。他很想上大学，然后在大学里打橄榄球，再当一名职业橄榄球运动员——不管橄榄球奖学金有多少。可惜，事情并没像他希望的那样发展，他没有上成大学，并且后来还当了一名警察。

他是个出色的警察。起初他被分在交通科的那些日子里，每天早晨上班之前，他都要看一看失窃汽车的“名单”——车牌号。

多年来记住失窃汽车的型号和车牌号已经成了一种习惯，这个习惯帮助他比别人发现更多失窃汽车，尽管他只是个新手。

他有着惊人的记忆力，名字、号码和面孔，无一不是过目不忘。

直到现在，他还能记得初恋女友的电话，记得自己每次任务中的一系列编号，记得抓到的第一个犯人的那张脸。离开交通科后，他每每去警察局里的照片室，专程去看通缉犯们的照片。每年，他都会从街上的人群中、游艺场的电梯中，甚至是在买热狗时，发现几个通缉犯。他从未失手过，所以他这次也很自信。

脸色苍白的布莱克，过着简单的生活——单身的生活，他没有结过婚。他神话般的记忆力，他的吃苦耐劳，他的特立独行，这一切赢得了他的同事们的尊敬。随着岁月的流逝，他的职位也逐渐提升，但以他受到的教育和他的能力来说，他现在的职务已算是顶峰了。

布莱克站了起来。他自然地记住了那个人所在画面中的出口，以此可以判断那人所在的区域，那是 FF 区。如果赶在比赛结束之前，那么他只要从那个口进去左拐，便可以找到那人——而现在，比赛就快结束了。

布莱克一边穿上鞋，并把枪套挂到肩膀上，一边考虑着这个难题。比赛要是按时结束，他就赶不上在那人离开之前到达体育馆。只有出现平局需要加时赛，他才能赶上。所以最好的办法，就是打电话给那里的警察，告诉他们体育馆里有一个通缉犯，需要封锁体育馆，以便把犯人搜出来。

布莱克抿紧嘴唇。他了解那个犯人，了解他过去的全部经历——虽然他只看过一张望远镜拍的照片。但他愿意冒这个险，赌注无疑便是加时赛。

这个通缉犯属于布莱克，不属于警察局。一向单枪匹马的布莱克，这次也要单枪匹马。可是比赛会不会按时结束，那个人会不会逃脱……他耸耸肩。还是那句话，他愿意冒这个险，何况，既然他还在城里，还是有机会的。

想到这里，他连电视也没有关，走出自己的两居室公寓。下楼一钻进汽车，便马上打开收音机，收听比赛的实况转播，然后把车开到大街上，开向橄榄球比赛的体育馆。

他不停地超车，尽力要在比赛结束前赶到体育馆。以他对城市交通线路的了解，布莱克知道哪条路最近，哪条路上行车最少。

收音机里，比赛还在继续。时间就要到了，仍然是平局的结果。他不知道，收音机里观众的叫喊声中，有没有那个人的声音。他会不会不安，已经提前离开赛场了？不会的，他应该是个狂热的橄榄球迷，他会在比赛结束后随着人群一起离开，不会独自先走的。

恼人的红灯，布莱克不得不停下车来。

这时，收音机传来可怕的声音——观众的吼叫声和解说员激昂的声音。平局打破了，一支球队领先了一分，但那不是布莱克喜欢的球队。他气得咬牙切齿，在心里呐喊：加把劲，小伙子们，扳回一分，打成平局，进行加时赛。

红灯变了，他重又飞快地开起车来，耳中倾听着观众的吼叫。他喜爱的球队发起进攻，他默默地祈祷他们能扳平，但可惜的是，这次进攻失败了。布莱克骂了一句。此时比赛只剩下一分钟，他看来赶不上了……

时间一秒一秒地过去，他喜爱的球队再次发起了进攻。布莱克紧张至极，两只手紧握着方向盘。他觉得自己的决定是错误的，刚才应该打电话，而不是自己亲自去。分心的他，差一点就闯了红灯。

突然，他喜欢的球队进攻得分了！比赛平局！就在这时，结束的哨音也吹响了。

布莱克向后一靠，高兴地吹了一声口哨。那个人逃不掉了，注定是他布莱克的囊中之物。他虽然只见过那人照片一次，但刚才在电视上一看到他的脸，就已断定，这个人是属于他的。

他松了一口气，继续驶向体育馆。

现在不用着急了，加时赛开始之前，他肯定能够到达。

于是他开始考虑到达之后该怎么办，怎么对付他。六个星期了，整个美国的东海岸都在寻找他，警察唯一的依据就只有那张模糊的照片。也难怪他会这么大胆、自信，竟然还敢跑来看橄榄球的决赛。

从布莱克第一眼看到那张模糊的照片，就断定警察局的照片室，没有那人的其他照片。他是那种最难抓获的罪犯——一向独来独往，没有前科，没有坐过牢，没有被拍过照，没有留下过指纹。要么是他运气好，要么就是他精心筹划，做第一次同时也是最后一次的大买卖。

布莱克不得不佩服那次绑架行动。

被绑架的人十分富有，而且不愿跟警察合作，不想让警察或联邦调查局深入了解他做的那些事，因为他自己也在违法的边缘。绑架非常顺利，赎金也很快落实，在一个偏远的森林，赎金支付之前被绑架的人便被释放了。绑架者拿到赎金后，立刻溜之大吉。警察唯一得到的，就只有付钱时用望远镜照相机拍出的一张模糊照片。

布莱克始终都很欣赏干净利落的绑架，无疑这是最出色的一次。绑架者带着钱逃跑了，交钱后的六个星期，连他的影子也没找到，全东海岸的警察对他束手无策。但是绑架者却没有料到一点，就是布莱克拥有着出色的记忆力。

布莱克把车停在体育馆停车场，下车后直奔进口。他拿出证件，只一挥便走了进去，一直走到FF区边的过道。走到那里时，布莱克已经气喘吁吁。此时加时赛开始了，激动的观众发出震耳欲聋的狂呼，全都站了起来。

布莱克随着几个小贩走出过道。他向左一拐，上了两级台阶，在那里看着赛场。观众席上已经没有空座了，所以他靠近一排座位站着，尽量混在人群里面。场地上，一个运动员正带球奔跑，跑着跑着，被绊倒在地。

布莱克转过头来，开始寻找那个人。虽然早有心理准备，但是，布莱克看到那人还是有些震惊。他只扫了那人一眼，便又重新看回赛场。就那么一眼，足以使他记住所有的细节。

那个人很年轻，不超过三十岁，身材苗条，同时又很结实。一张平常的脸没有什么特点，不会引起别人的注意。对罪犯来说，这是非常有利的条件。他身着一件蓝色大衣，非常普通，里面是一件蓝西服。他戴着一副皮手套，正看得非常兴奋。看上去，他自己也曾经打过橄榄球。

比赛仍在继续，虽然用了刺激的突然死亡法，但布莱克已经对它没有兴趣了。甚至，他希望比赛现在就结束。他正在进行的事情比橄榄球比赛更令人兴奋。而此时，他惊讶于自己的异常镇静和充满信心，他相信自己一定会取得胜利。他以前从来没有过这种感觉，但现在，他这样的自信着，并清楚地知道原因。

一方的进攻奇迹般成功了，于是比赛结束了。观众们喊叫着，向赛场里扔东西。布莱克用余光看到，那人已经开始向出口走去。

他下了台阶，抢在那人之前走向出口。他随着第一批观众走出去，没有回头看一眼，因为他知道，没有别的出口。他迅速上了车，然后转过头注视着人群，寻找那人的身影。

看到了，他正快步走向停车场。布莱克发动了汽车。这种人多车挤的时候，最容易出现差错。只要在这儿不出问题……那人进了一辆小卡车，向出口车道开去，就在布莱克的前面。真是幸运，并没有其他车插在他们之间。布莱克觉得今天运气真不错。他非常镇定自信，生平第一次觉得如此顺利。

可他的一生却总是不顺。先是认真学打橄榄球，但在高中毕业后，突然不打了。他进了警察局，从头干起，慢慢学习、慢慢向上爬。他尽了自己最大的努力，却始终爬不到顶峰。而今，他的年龄已经很大了，他知道自己已经到头了，再过三个月，他就该退休了。

他跟着那人的小卡车穿过大街小巷。那个人开车很稳健，就和布莱克一样，也是独往独来的人。那么，他们两个单挑的话，结果又会如何呢？

那人停在了一个安静、朴素的小区。这很聪明，他显然不想跟任何犯罪团伙扯上联系。这就是他从来没被拍过照的原因，也是他得以成功绑架的原因。拿到赎金后，他并没有试图改变自己的生活，而是继续着他表面平静的生活。

他把车停在一栋不是很大的公寓前。布莱克尾随他把车停下，下了车，向那人走去，同时打量着公寓的门牌号，似乎在找着某个号码。那人十分仔细地锁好车，还检查了一下汽车的车窗是否关严。当他走上人行道时，刚好跟布莱克面对面。

布莱克突然把他推到汽车边：“别动，你被捕了。”

那人挣扎着，但布莱克立刻用手枪顶住他的肋骨，另一只手则紧紧抓着他的胳膊。

“别动，”布莱克说，“动一动就枪毙了你。”

那人脸色瞬间惨白。布莱克迅速扫了四周一眼，没有人注意他们。

布莱克命令道：“快进大楼。”

他们快步走进楼道里，布莱克紧紧抓着他的胳膊。

“你住哪一层？”

“五层。”

他们走进电梯，布莱克按了五层的按钮。电梯门关上，电梯开始往上升。布莱克把那人推在电梯的墙上，手伸进西装中，掏出一把手枪。布莱克看了一眼这把枪，便将它放进自己的大衣口袋。电梯中非常安静，他们的呼吸声很明显。

那人问：“你是警察？”

“对，我是警察。”

电梯门开了，他们走出去，来到过道。

“哪个门？”

“七号。”

他们沿着铺着地毯的过道前行。楼上有人说话，但过道里没人。他们在七号前停下。

“里面有人吗？”布莱克问。

那人摇摇头。

“要是有人，你就死定了，”布莱克说，“现在我再问你一遍。”

那人回答道：“我自己住，屋里没有人。”

“开门。”

那人慢慢伸手进口袋，掏出钥匙打开门，他们走了进去。

那人想用门撞倒布莱克，却被布莱克一拳打倒在地。他呻吟着，翻身坐起来。

“你想干什么？”他问。

布莱克没有理他，“脱掉大衣。”

那人只好听话地脱掉大衣，布莱克一脚把衣服踢到一旁，探过身，拎起那人，猛地摇晃了两下，用手铐把他铐上。然后退后几步，盯着他：“钱在哪儿？”

那人提高声音说：“你的举止可不像是警察。你是……”

“我是警察，”布莱克平静地说，“还是个干了三十年的警察，但我不想把你带到警局。”

那人和布莱克同时一惊。是的，其实从他在电视上看到那人开始，他内心里就是这样的想法，现在终于说出口了。

布莱克站着，一动不动，仔细回想他刚才的话。那是实话。在他一生中，他始终都在寻找发财的机会。他曾以为会在橄榄球中找到，后来他以为可以在当警察时找到。但随着岁月的流逝，这种念头和欲望，慢慢湮没在平常的生活中，湮没在作为一个好警察的骄傲中，湮没在他出色的记忆中。然而布莱克知道，这个念头始终都还隐藏在他的内心深处。

人的一生，不知道哪天就会做出让自己都觉得惊讶的事。布莱克以为，和他成为职业橄榄球运动员的愿望一样，自己曾经的野心早已消失。而后，他仍然喜欢看橄榄球比赛，也喜欢阅读关于那些运动员巨额薪水的报道。那些巨额抢劫案曾让他连续几星期激动不已，就像别人为女人而激动一样。

那人深吸了一口气，他的脸色和态度都变了。

“我明白了，”他缓缓地说，“我明白了。”

突然，他们之间的关系发生了微妙变化，不再是警察和罪犯，而是男人对男人——他们的目标是一致的。

布莱克微微一笑，“你那次行动很出色，你筹划了很长时间，是不是？就像橄榄球比赛一样，筹划得十分精心周到。你没有前科，第一次出手就玩个大的。说实话，我很佩服你。”

“谢谢，”那人干巴巴地答道。

“我要那笔钱。”

这句话毫无疑问，自从他挎上枪套走入公寓，这一点便已经毫无疑问了。嘴上说着佩服那人，但在内心深处，布莱克同时非常佩服自己。他突然感觉自己年轻了二十岁，那些消失了的欲望又回来了。别人都以为他这辈子就这样了，但是还没有。三个月后他退休时，他会觉得这么多年来的辛苦和失望，还是很值得的，因为他最终还是胜利了，打败了那些比他官运亨通的人。

那人摇摇头。

布莱克狠狠扇了他一个耳光，“别跟我顶嘴，小子，”他咬牙切齿地发狠道，“我也等了很久，比你等的时间长得多。”

“你到底是什么警察？”

“我是个好警察，”布莱克说，“自从我当了警察，就一直是个好警察。我一直都是清白的，从来不接受贿赂。我没有搞过歪门邪道，他们对我无数次地调查，从没发现过一点儿问题。”

那人点点头：“现在你终于等到了一个发财的机会。”

布莱克也点了点头：“和你一样，小子——你从约翰尼那里拿到二十万元，现在是我的了。”

“你看，”那人说，“我为那些钱花了很长时间，用五年时间来筹划，等待合适的机会。当我发现他陷入困境时，就马上抓住机会绑架了他。那些钱是我辛苦挣来的。”

“我也等了很久，比你想象的要长得多——”布莱克说，“我一直在等，为了得到一个真正的发财机会，我放弃了无数次机会。我不能因小失大。这一点上，我们两人很相像，唯一不同就是，现在我是主动的。我问你，钱在哪？”

那人又摇了摇头。

布莱克一下子把他推到椅子上：“你叫什么名字？”

那人抬起头，怒视着他。布莱克提起他的上衣衣领，看着里面的标签，然后又拎起大衣看了看。他环视屋里，看到一张桌子，走过去打开抽屉，拿出一本通讯簿，看了看里面，然后又看着那人。

“罗纳尔德·奥斯廷，你是不是打橄榄球的？”

奥斯廷没有回答。

“不错，几年前，你是中西部队的左边锋，打得很好，”他停下脚步，看着奥斯廷，“我也打过橄榄球。”

奥斯廷抬头望着他，耸了耸肩：“你说得对，我的确在那支队伍打过橄榄球。”

布莱克仔细打量他，问道：“打橄榄球不是很赚钱吗？你的运气比我好，我连大学都没上成。”

奥斯廷一撇嘴：“可惜我体重太轻了，当不了职业橄榄球运动员。毕业那年，我试图成为职业运动员，但却被淘汰了。”

“所以你就寻找别的发财机会。”

“是的。”

“钱在哪里？”

“我不会说的。”

“你会的，会告诉我的，”布莱克平静地说道，“就在这屋子里吗？”

奥斯廷没有回答。布莱克等待着。

“好吧，我先自己找。如果找到，那就行了。如果我找不到，那我还得回来问你，直到你说出来为止。”

他打开奥斯廷的一只手铐，拉他起来带到床边，将他面朝上推倒在床上，然后把他的手铐在床柱上。他扔下奥斯廷，开始在屋里有条不紊地搜索起来。

他一言不发地搜了很久，奥斯廷一直在床上看着他。搜完后，屋子里一片狼藉。布莱克把奥斯廷从床上拉起来，挪开床又搜了一遍，最后终于气喘吁吁地停了下来。

他最后开口说道：“好吧，看来咱得来硬的了。”奥斯廷抬头看着他，露出惊恐的神情。

“别以为你能熬得住，”布莱克说，“我是个专家，奥斯廷。为了那笔钱，我会杀了你的。你知道这一点，因为你也会为此杀了我。”

奥斯廷说：“你为什么不把我带到警察局去呢？那样你会成为一个英雄。对你来说，那也很不错……”

布莱克摇摇头，“不，我已经老了，再过三个月，我就要退休了。如果我还是个年轻人……但我不是了。”他走向奥斯廷，“好了，我们开始吧。”

他出手很重。奥斯廷咬紧牙关，嘴里却疼得哼出了声。布莱克知道，他可能需要带奥斯廷出去取钱，所以他并没有打他的脸。当奥斯廷晕过去时，他停下来，找到浴室，自己喝了一杯水，又拿着满满一杯水回来，将水泼在奥斯廷的脸上。奥斯廷呻吟着，醒了过来。

布莱克盯着他。奥斯廷是一条硬汉，因为很少有人能够忍受布莱克这几下。

“你是个了不起的小伙子，”布莱克说。

奥斯廷又一撇嘴：“谢谢。”

“可是，你这么硬挺着，又有什么意义呢？”布莱克说，“你要知道，如果需要的话，我会这么折腾你一晚上的。”

奥斯廷从地上爬起来，他的身子一动，脸上就疼得扭曲一阵。他坐在那张椅子上，看着布莱克。

“我不会完全放弃那笔钱的，”他说，“就算杀了我，我也不会全部放弃。我费了那么多精力，我非常需要那笔钱………”

布莱克知道他说的是真话。“好吧，”他说，“我跟你平分，一人十万。我只拿一半就够了。”

他们互相紧盯着对方，这时他们的关系又变了。从他们相遇那一刻开始，他们的关系就一直不停地变化：先是警察和罪犯，然后是男人和男人，接下来是拷打者和被拷打者。而现在，他们的关系，却变得谁也说不清到底是什么样的。

从奥斯廷脸上，布莱克看出他下了决心。

奥斯廷说："好吧，我知道什么时候该妥协。我们俩平分。"他想笑一下，却笑得非常勉强，"我真希望你在拷打我之前就提出这个建议。"

"我必须看看你是否熬得住，"布莱克冷冷地说，"就像你必须看我是否能够坚持下去一样。在此之前，我们不会达成妥协的。"

奥斯廷点了点头。看来他们之间相互非常了解。

"钱在哪？"布莱克再次问道。

"在一个保险柜里。"

"钥匙在哪？我一直在找那把钥匙。"

奥斯廷微微一笑："在一个信封里，信封就放在楼下我的信箱中。"

"那么说，我们只有明天才能拿到钱了？银行现在已经关门了。"

"对。"

"我们要等了。"

"你能整晚不睡觉？"奥斯廷说，"只要我一有机会，就会杀了你——你知道的。"

"我可以整晚不睡，"布莱克冷冷地说。

在一片狼藉的公寓中，他们一起等待着，期盼漫长的黑夜快些过去。

布莱克坐在一张椅子上，看着另一张椅子上的奥斯廷。

他们有时还会简单地聊几句。奥斯廷对他讲，他原计划等六个月，然后乘一艘远东公司的船离开。

"你现在仍然可以那么做，"布莱克说，"带着你那一半钱。"

奥斯廷警觉地说："如果你放我的话。"

"我不在乎你以后做什么——实际上，时机成熟时，我会帮着你走的。我也不想你被警察抓到。"

第二天，虽然是布莱克值班，但布莱克没有给警察局打电话。对此，他的上司早已经习惯了，他可能只是认为布莱克发现了什么线索，一个人去调查了，他十分信任布莱克。

到出发的时间了，布莱克打开奥斯廷的手铐，眼盯着他穿上大衣。

"听着，如果你玩花样，我当场就枪毙你，只要说我是执行公务，就没有人会追究我。你没有别的选择，只有跟我平分这一条路可走。"

"我知道，"奥斯廷看着布莱克，"但我现在想知道你是怎么抓到我的。"

布莱克笑了，"我对人的脸有特殊记忆力，能够过目不忘。在你拿赎金的时候，警察拍到了一张你的照片。昨天我看电视时，在观众席上发现了你。"

奥斯廷深深地吸了一口气："太偶然了，我没想到自己居然会栽在橄榄球上。"

“如果你不是橄榄球迷，那我就抓不到你，”布莱克说，“同样，如果我不是橄榄球迷，也不会抓到你。”

奥斯廷耸耸肩，说道：“我真应该请你跟我一起绑架，肯定会更成功的。”

“对，”布莱克说，“我们不合作真是太可惜了。”

他们出了房门，乘电梯下楼，钻进布莱克的汽车，布莱克指挥奥斯廷开车。

他们很快就到了银行，肩并肩走进去。布莱克眼盯着奥斯廷在登记簿上签名，然后一起走进地下室，看着奥斯廷和银行职员打开保险盒。接下来，没有银行职员什么事，他走开了。布莱克贪婪地看着奥斯廷把盒子抽出来，掏出一沓沓厚厚的钞票，然后接过奥斯廷递来的钞票，放进从公寓带来的手提包中——就是奥斯廷取赎金时拿的那个。

然后，他们锁好保险盒，又一起并肩走出了银行，回到车里。事情进展得如此顺利，可是布莱克却奇怪他们两人现在都在止不住冒汗。

“回公寓吧。”他说。

他们没有走来的路，而是从另一条路回到了公寓，然后停车，下车，上楼。关上门时，他们俩又都不约而同地松了口气。此时他们又变为危难中的伙伴，而不是对手。

“好了，成功了，”奥斯廷说，“你现在仍然愿意和我平分吗？”

“当然。”布莱克说。

他把手提包放在椅子上，拉开锁链，凝望着里面的钱——与其说他屏住了呼吸，不如说他真的喘不过气来。这么多钱，这不就是他梦寐以求的那种机会吗？在他即将退休的时候，这样的发财机会终于来到了。

突然，他用余光瞥见奥斯廷狰狞着向他扑来，连忙躲闪，可惜已经躲晚了，奥斯廷紧紧抱住他，把他绊倒在地。布莱克控制不住，手枪从手中甩了出去，奥斯廷就这样压在他的身上。但奥斯廷毕竟体重太轻了，压不住布莱克，于是布莱克一拳把他打翻在地。起来后布莱克又打了奥斯廷一拳，然后用尽全身力量把他压在身下，不敢让他起来。

就在打斗的同时，布莱克的头脑仍在飞速运转，思路清晰地回想着，心里就如同在大声对着奥斯廷喊话：拿到钱时，我决定杀掉你；可是后来又决定不这么做，因为我知道，你就是我，我就是你；可是现在我必须杀掉你，同样因为，你就是我——你想杀我，夺回这笔钱。

脑海中回响着这些没有发出的声音，布莱克转过头，避开看到自己手上的动作。最后，他站起身，地上是软绵绵的尸体。布莱克努力让自己的呼吸恢复正常，然后却不由得哭了，要知道，布莱克成年后还从来没有哭过。

他呆呆地望着钱，现在它们全属于他。他慢慢向它们走去，想伸出手去拿。

突然，门外传来“咚咚”的撞门声。布莱克猛地转过身，发现门已经被撞开了。于是他伸手去掏枪，可是他忘了枪已经不在那里，刚才已经甩在了不知什么地方。

布莱克认出了不速之客，进来的全部是警察局的人，站在后面的那个就是他们的科长。布莱克一动不动，看着他们冲了进来。

“我们听到你们在搏斗，就尽快赶来了。”科长对布莱克说，“为什么不告诉我们，你已经发现了线索呢？”

“听到我们搏斗？”布莱克茫然地重复着，“难道你们一直在监视这里？还安装了窃听器？”

科长笑了：“是联邦调查局告诉我们的。他们做了许多细致的工作，认定是一个运动员干的，所以他们开始在报纸上寻找拳击手和橄榄球运动员的照片。我们昨天才开始跟踪监视他，希望能引他帮我们找到那笔钱。如果没有你，我们还得等很长时间。”

布莱克看到，这时正有一个矮小的年轻人在检查手提包，这个人不用问，肯定是联邦调查局的特工。特工对一个警察做了个手势——“看好这些钱，”然后他转过身，充满怀疑地看着布莱克，“你和他一起走进公寓时，我们真是大吃一惊，但科长却坚持说你一定是想从那个人手中骗出那笔钱。”

布莱克看着特工手提包中的钱，不由得又想掏枪，自然又掏了个空。

科长笑着说：“你演得还真不错，你让他相信，你只想得到那些钱，和他平分，而不是要逮捕他。你演得很像，布莱克，真的很不错。”

布莱克凝视着他，不知道他这话是什么意思。

科长大拇指一挑，指了下那位特工说：“这位联邦调查局的特工认为，你真的想要这笔钱。他想冲进来，但我没让他那么做。我知道你那么做的原因，因为不那么做的话，就找不到这笔钱。那家伙很强硬，决不会告诉我们钱在哪。所以我对特工说，我们完全相信你。”

布莱克茫然地站着，警察在他身边忙来忙去，一如既往做着程序性工作。

“今早我们跟踪你们到了银行，”特工仍然充满怀疑，目光冷冰冰的，“你们从银行出来后，却没有直接去警察局，这让我们难以理解，但你的上司仍坚持让我们等你。现在请你解释一下，你们究竟为什么又回到这儿来呢？”

布莱克被搞晕了，根本没有意识到这个问题潜伏着什么危险性，只是摇摇头，喃喃地说：“我必须确信钱全部都在这里，我必须弄清楚这一点。”然后他低头看了一眼地上的尸体，“可我并不想杀死他。”

科长拍了拍他的肩膀：“你做事总是那么仔细，连细节问题都要搞清楚，这就是你的风格。别难过，振作起来。你把他杀了，这很遗憾，但是你现在是英雄了，记者们都会去警察局采访你的。布莱克，这是你破的最大的案子，这也是为什么我让你一个人单独处理的原因，因为这样一来，所有荣誉就都归你了。布莱克，你现在当英雄的感觉怎么样？”

“太棒了，真是太棒了……”布莱克看着联邦调查局的特工，他的眼中依旧怀疑。

可是这没有关系了，他也只能是怀疑而已，而不会把他怎么样。

布莱克笑了笑，笑容有些疲倦："我退休后，可以坐下来，一遍遍读着所有关于我的报道。"

于是他走出公寓。现在，他要回家了，要好好睡一觉。

布莱克确实需要好好睡一觉，明天，他将面对蜂拥而来的记者。但是现在，他只想睡一觉。他已经不再年轻，得把失去的睡眠补充回来。

自首的黑帮

华生警长看到一个人，步履蹒跚地向警察局走来，他简直不敢相信自己的眼睛。

马丁是黑帮的重要分子。很多年前华生警长就想用一件勒索案起诉他，结果败诉在黑帮分子请来的著名律师手里，那次审判的结果，马丁被无罪释放。之后，警方再未掌握任何关于马丁的有利用价值的证据。所以，当马丁提出要警方扣押自己的要求时，华生警长困惑不解。

"我愿意提供证据，"马丁低声说道，"只要你把我关起来，我可以给你们提供任何需要的证据。"

"这怎么可以？"华生警长不动声色地说，他向来就以办案保持冷静而著称，"你要知道，警察局可不是旅店，不能随便留人。你怎么知道我们需要你所说的证据？"

"别来这套了，华生警长——"马丁仍想保持着平时凶狠冷酷的样子，可是声音中的哭腔却出卖了他，"我知道你想得到金斯先生犯罪的真凭实据。我可以帮助你们把他抓起来，送上法庭，但有个条件是，你们得保护我。"

"金斯先生？"华生警长装出一副对此漠不关心的样子。

金斯是旧金山各种不法集团的幕后主使，全城任何一桩非法活动，或多或少都与金斯有关系。可是华生警长和他的手下却始终没有找到一丝一毫的真凭实据，从而在法庭上指控金斯。事实上，金斯在上流社会混得有头有脸，那些事情当然不用亲自出面，只有像马丁这样的手下才被叫去干违法勾当。前不久，金斯还出席了城市纪念游行活动，甚至还坐上了主席台。这件事令华生警长十分气愤，可是又无可奈何。

现在马丁居然说可以帮助警方拘捕金斯，本来正中华生警长下怀。马丁的证词，绝对是有力证据，足以把金斯送上法庭了。然而，华生警长竭力抑制住内心的兴奋，显出好像很无所谓的样子。

"好吧，马丁，你有什么情报，不妨说说。"华生淡淡地说，"即使我们对金斯先生有兴趣——请注意我说的是‘即使’——可是我们为什么要相信你的话呢？听说你是金斯最信任的手下之一。”

“警长，我愿意向你坦白，但你必须答应保护我。”看着马丁脸上急切而绝望的表情，华生知道他说这番话是真心的。

“我不能向你保证任何事，马丁。可是如果你愿意，可以先告诉我为什么到这里来，然后再告诉你我是否相信你。”

马丁深深地吸一口气：“事情是这样的。三年来，我一直替金斯先生处理收保护费的事。城北那一带收保护费的业务是由我主持的，我出面谈价钱和收费，如果有不服的人就教训他们。”

华生警长点点头，他知道黑社会的这一套，知道金斯的帮派会向各区店主收取保护费，如果不交，那些可怜的店主就会马上遭到金斯爪牙的报复。他们手段干净狠辣，并且不会留丝毫证据。因此，店主都很惧怕金斯，没有人敢出面控告和作证。就是这个原因，让警方一筹莫展，对金斯和马丁之辈束手无策，一点办法也没有。

“简单来说，”马丁继续说着，“过去两年，我把保护费提高了一些，那些超出的部分我自己独吞。金斯并不知道这件事，一直是他收他的，我留我的，所有的钱都经我一手处理。店主人和金斯都不知道。”

华生警长心中暗吃一惊，因为这个情况显然警方一点也不清楚。

“我没有那么贪心，”马丁补充道，“我只会留下多收的百分之十。并且我很聪明，我不会像其他人那样胡乱挥霍，而是把钱存在外地的银行。等我再干一两年后，攒足了钱，就到南方买一个加油站，从此金盆洗手，过上老实人的生活。”

马丁能老老实实做人？这想法令华生警长忍不住笑了出来：“如果你能做个老实人，那地狱之火也会有熄灭的一天了。”

这句话令马丁有些恼羞成怒，但他压住了火气。此时此地，他有求于警方，不得不忍住。于是马丁继续说：“可是天有不测风云，有一天晚上，我在一间酒吧里认识了一位小姐。她长得很美，蓝眼睛、黑头发，身材苗条，比很多杂志封面上的模特还要漂亮。我们一块儿聊天，她告诉我她叫艾琳，还说她是一个教师。我看她也确实不像其他进酒吧的女子——她很有修养，绝不是那种没事混酒吧的女人。她说，她有个朋友刚和她的男友分手，心情很糟，所以约她出来到酒吧里见面，准备好好谈一谈。”

说到这里，马丁停下来，点起一支烟：“警长先生，我从来不和女人鬼混，但是艾琳不一样，我从来就没指望过她会和我约会。我只是随口问问，没想到结果她居然答应了。我从来都没想到过，我，马丁，居然能和一位教师约会。”

华生警长笑笑说：“真是有趣的一对恋人。”

“长话短说，”马丁叹了一口气，“我们约会了一个月，交情越来越深，然后自然而然就产生了一个结果。我在心中对自己说：‘马丁，这个人就是你要找的终身伴侣，她漂亮，聪明，有文化，又能容忍你身上的毛病——她喜欢你。’”

“警长，看上去她是真的喜欢我，”明明应该高兴的事，马丁脸上却有些伤感，“在我们交往的那几个月中，我们从来没有争吵过，就连意见不同的时候都很少，她那么温柔可人……我们性格也很合得来。但是我有一件事不能告诉她，只有这件事，我自己靠什么谋生，不可以跟她讲。你知道，她是一个教师，根本不可能理解我。她希望她的男友有一个体面的工作，所以我只好说自己是个推销员。她不相信我，为了这事，我们俩第一次差点吵起架来。”

华生警长在椅子上伸了下懒腰，打了个哈欠，揶揄道：“马丁，你的爱情故事很动人，可是现在，能不能简要说一说重点？我对你的爱情生活，可没有那么大的兴趣。”

“你听我说完，”马丁打断了他，“后来我决定向艾琳求婚，我有把握成功。我们可以马上结婚，我甚至可以答应让她在婚后继续做她的工作。但以后，等我在南方买好了加油站，就要带她过无忧无虑的生活了。所以我本想带她去南方度蜜月，顺便打听一下有没有要转让的加油站。这样的话，金斯先生可能不愿意让我离开，但他一直都很器重我，只要我跟他说我结婚，他就会放行的。他根本不知道我抽留保护费的事。”

“昨天在全市最大的金店，我给艾琳买了一个戒指。你知道吗，华生警长，我花了两千多元。”马丁停下来看着华生，发现华生并没有什么反应，便又独自往下继续说，“今晚，她到我的住处来，我们约好了一起吃饭，她的厨艺很棒，做得一手好菜。我买来一瓶香槟，晚餐吃得很尽兴。然后吃完甜点，我便开口向她求婚了。”

“她没有答应，却也没有马上拒绝。她说她喜欢我，但有一个问题是，她觉得如果双方不能做到彼此坦诚，那么未来也不可能幸福。我说过她总是坚持认为相爱的人就要坦诚。她那双蓝色的大眼睛盯着我说，‘马丁，我怎能和一个连做什么工作都不知道的人结婚呢？’”

说到这里，马丁用手摸了一下下巴：“警长，女人是祸水，如果不想惹麻烦，那就离女人远一点，她们没一个是好东西。”

马丁突然停下来，华生不得不向下追问：“后来怎么样了？”

“后来发生的事，就是我来到这儿的原因。我就像个傻瓜一样，把什么都告诉了那个女人。我为金斯先生工作，做些什么，全告诉了她，甚至还把自己暗中扣留百分之十保护费的事也说了。她的眼睛中有一种说服力，我就那么老老实实地说出了一切，还告诉她我准备洗手不干了，老老实实做人。”

马丁仿佛仍沉浸在一种伤痛中：“我真傻，怎么能相信一个女人会理解你呢？艾琳听完我的话，就开始号啕大哭，说她不知道该怎么办，说她多么失望，不知道要不要离开我。我当时手足无措，就像一个热锅上的蚂蚁。她哭得很厉害，满脸都是眼泪。然后她去拿皮包找化妆纸巾擦眼泪。结果，她掏出了一支手枪对着我。”

“华生警长，我当时就像被一盆冷水浇头一样，彻底惊呆了。她举着枪就要开火，我对她说看在我真心求爱的分儿上，让我死个明白。她说有人花钱雇她来侦察我，看我有没有玩什么把戏。她没说是谁雇的她，但我知道一定是金斯先生。我居然会自投罗网、不打自招，真是个大傻瓜！我早就应该看穿她来路不明，没有哪个教师会到那种酒吧去，也不可能轻易跟我约会——我还真以为自己是魅力男性呢。”

“当时，我想我死定了。上帝保佑，电话铃这时候忽然响了。就在她转头的一刹那，我乘机跳出窗口，她紧接着在后面开枪，可是我已经扑出窗外了。幸亏我住在一楼，但还是扭伤了脚。可在当时，我根本顾不上疼，就一直没命地跑。然后我冷静下来，意识到明天早晨就会有职业杀手来找我了。”

马丁用手揉着他的脚踝，这些回忆重新勾起了他的疼痛。

“华生警长，”马丁说，“我为金斯先生卖命了那么久，我知道他的手段。可是我从来没有想过，他居然会派女人来刺探我。如果我回去的话，就再也没有活路了。”

“是的，马丁，这样说来，事情真的很棘手，”华生说，“我认为你不会编这么一个故事来欺骗我们，这对你没有任何好处。所以我相信你说的是实话。看来，不管为谁，你只有跟我们合作了。”

华生警长站起来，又伸了伸懒腰，走到门边，招呼一位警员：“汤姆，把他以扰乱治安的名义扣押起来，然后找一位速记员记录下他的口供。别忘了准备一个新的记录簿，马丁先生会有许多情况要告诉我们。”

然后，马丁便一拐一拐地被带离办公室。

回到椅子上，华生忍不住开心笑了起来——事情居然会这样，得来全不费工夫，轻易地就可以抓到黑帮头子金斯了。真是好运气！

他准备去旁听马丁的供词。但他决定先打个电话。电话那边，一个熟悉的声音传来。

“艾琳，”华生说，“计划成功了，你太厉害了！马丁已经准备供出他知道的所有事，我们终于可以把金斯绳之以法了。上帝啊，看不出来你真能让马丁相信你是个女杀手。你的演技应该得奥斯卡奖。”

“感谢上帝，总算解脱了，”女警员艾琳说，“我不知道自己还能忍受那个下流家伙多久。如果今晚他发现我的手枪是空的，那么逃亡的就要换成是我了。”在挂断电话前，她又说，“亲爱的，你应该看看这枚戒指，虽然这家伙头脑简单，但选东西倒挺有眼光的。等我们结婚时，你一定要送我一枚比这更好的戒指。”

“当然，亲爱的。”

第四卷

文夫的诡计

谋杀的艺术

我最喜欢读的小说是犯罪小说。

最近，我就从一位著名的犯罪小说评论家那里看到了一句非常有趣的话，他说："天下最优秀、最扣人心弦的犯罪小说当数那些重在揭示犯罪动机的小说，因为'为什么犯罪'与'谁犯罪'和'怎样犯罪'是同等重要的。"

这句话在我内心深处引发了巨大的共鸣，为什么这样说呢？坦白地讲，我自己就是一个谋杀者。

我觉得这位评论家的话非常符合实际。因为，作为一部优秀的犯罪小说，作者应该花费大量笔墨去描写谋杀者的性格特点和心理动机，而不是把笔墨浪费在叙述犯罪手法方面。

我始终认为，谋杀者行凶杀人的过程并不重要，因为无论怎样，犯罪手法只不过是一种方式和手段罢了，而真正值得寻味的是，谋杀者究竟为何杀人？

还有一点是必须注意的，那就是谋杀者们在作案时，往往是非常小心谨慎的，他们很少会出错，当然这其中也包括我。至于一些倒霉的家伙之所以被警察逮住，那是因为他们不小心出了错，而恰恰又引起了警察的注意。从总体上来说，我们这一类人还是非常出色的。虽然国家为了对付我们设立了各种机构，虽然在执法部门里堆放着厚厚的案卷，但你再和监狱里实际关押的案犯人数相比，你就会明白了——身陷囹圄的谋杀者永远是少数，而大多数都像我一样——逍遥法外。

人们往往一听到"谋杀者"这个词语时，第一反应就是认为这些人是疯狂的怪物或无情的杀手，他们凶狠、残忍、嗜杀、毫无理智……但我要告诉你，实际上，优秀的谋杀者都很正常，他们都有缜密的思维、过人的智商和坚忍不拔的性格。至于他们与普通人的区别，就在于他们把"人不为己，天诛地灭"视做一个铁的原则，视做一种人生的信条！

为了让世人真正地了解我们这些谋杀者，也顺便为那些灵感枯竭的侦探小说家提供一点儿写作素材，我决定现身说法，把我的所作所为写出来供大家分享。不过，什么该透露，什么不该透露，我自有分寸。警察绝不会根据我写的内容来逮捕我，这一点请各位读者放心。

那么接下来，我的故事就正式开始了。

许多人误以为，我是出于巨大的仇恨才杀了苏珊，其实这是一个误会。我杀苏珊时，对她并没有多大仇恨，曾几何时，我还非常喜欢她，甚至还差点儿和她结婚。可惜的是，那个该死的第三者布内斯威特从我的手中夺走了苏珊。自从苏珊和布内斯威特结婚的那天起，我就断言，她这辈子都将无法获得幸福！

天知道苏珊究竟是被布内斯威特的哪一点所吸引？

布内斯威特是一个非常粗鄙的家伙，性情像野牛一样粗暴，言谈举止也鄙俗不堪。但他有一颗聪明的脑袋。他早年辛辛苦苦工作，攒下了一些钱，然后他用这些本钱投资股票，精明的眼光加上一点儿狗屎运，很快就赚了个钵满盆满。

许多人在突然赚到大钱之后，便沉湎于声色犬马，将赚到手的钱挥霍出去。可布内斯威特却不然，他对消费不感兴趣，而是继续以超人的冷静、独到的眼光捕捉每一个赚钱的机会，因此，他的财富成倍地增加。

当经济大萧条到来的时候，布内斯威特的大部分财富也和别人一样凭空蒸发了，但他并不气馁，也决不放弃，反而用仅存的那点儿资金继续大批吃进那些几乎便宜到白送的股票。就这样，当股市的寒冬过去，经济重新复苏的时候，他的腰包又迅速膨胀起来。这个家伙！一想起他我就恨得咬牙切齿，可又拿他一点儿办法都没有。

现在回想起来，当初也怨我自己，我真不该让苏珊通过我认识布内斯威特。

当苏珊认识布内斯威特后不久，就被他的所谓“成功”和“风度”吸引住了。后来，苏珊跟着他去了欧洲，就跟我说拜拜了。

苏珊的离去让我伤心欲绝，想不到我对她的一往情深竟然换来如此结局。大约过了半年之后，我才逐渐从失恋的伤痛中恢复过来。我发誓，这辈子我都不要再见到她了！

可没想到，仅仅八个月之后，苏珊就又出现在我的面前。

那天，我正在客厅里看电视，忽然听见有人敲我家的后门。我打开门，只见苏珊正提着行李箱，落寞地站在门前的台阶上。虽然我不太情愿，但念及旧情，我还是请她进了屋。

在柔软的长沙发上，她开始把这八个月来不堪回首的经历讲给我听。果然不出我之所料，苏珊与布内斯威特结婚后不久，他那粗鄙的习气、自私自利的本性便暴露无遗。苏珊无法忍受他的粗野和蛮横，无奈之下，便想到了我。她觉得，我曾经深爱过她，看在过去的情分上，也一定会帮助她的。

可惜，她判断错了，此时的我已经和当初判若两人了。实际上，她刚甩掉我之后，我感到非常难过，为了努力将她从我的记忆中抹去，我只好拼命地经营我的小农场，只有在累得筋疲力尽时，我才不会因思念她而彻夜难眠。在我的苦心经营和机械的帮助下，一个偌大的农场被我管理得井井有条。相比苏珊，我现在更爱农场里的动物们。

如果苏珊回来，我的平静生活就将被打乱，但为了安顿她，我不得不给她找点儿活儿干干，可她也只能干些无关紧要的活儿。我最担心的是，她不但帮不上什么忙，恐怕还会给我添乱，尤其是我农场里那三千只鸡，此时正处于生长的关键时期，绝不能出任何意外！

现在我对苏珊已经没有任何兴趣了，但是，我又找不到一个合适的理由把她赶走。

而苏珊呢，她也把我视做最后的救命稻草，看这架势，是一定要留在我这里了。你看，她故意选择傍晚时分来我家，因为她知道，在这个时间，她无法找到其他地方投宿，也赶不上返回加纳斯堡的火车。可是一旦我把她留下来，一夜之间，我们之间的坚冰就会打破，到那时，要再想让她走就不那么容易了。毕竟，我曾经深爱过她，而且，当时我还亲口向她承诺，无论我与她之间发生什么事，如果她遇到了麻烦，随时都可以来找我。要知道，我这个人给朋友们的印象一直是个言而有信的正人君子，如果她向我的朋友们宣扬在她需要帮助时我如何食言，那我再也没有面目去见我的那些朋友们了。

就在我脑子里飞速权衡这一切时，苏珊还在絮絮叨叨地叙说她丈夫对她如何粗暴。表面上，我似乎在认真地听她讲述，甚至偶尔还附和一两句，但在我心里，一直在琢磨着该如何摆脱她。最后，她的口气开始让我无法容忍——好像我帮助她是天经地义、责无旁贷的事，甚至还大谈我应该怎样帮助她。“这个该死的娘们！你以为你是谁啊？”我的心里已经暗暗发火了。

尽管我心中早已不胜厌烦，但表面上还是不动声色，依旧摆出一副洗耳恭听的姿态。随着她的到来，我良好的生活状态将一去不复返，我本已平静的内心将会再起涟漪，甚至我的钱包也要跟着遭殃——我要承担她的一应开销，包括还要出钱替她请律师打离婚官司……总之，她仿佛一个灾星，让我的美好生活化为泡影。看着她喋喋不休的样子，我越想越恼火，真恨不得一把掐断她的脖子。

终于，我这样做了。这是我平生第一次掐死一个人。说实话，掐死一个人可比想象中要难得多。

首先，我假装答应帮助她，然后绕到沙发后面，用胳膊搂住她的脖子。天真的苏珊还以为我要和她亲热，可我的胳膊却逐渐用力，勒得她喘不过气来，她的双手拼命挥舞，双脚用力乱踢，可我在她身后，她根本伤不到我分毫。最后，她的手脚再也不动了，身子也瘫软了下去，我仍然没有松开胳膊，直到确信她真正断气为止。

当我再次端详苏珊的时候，她已经成为一具静静地躺在沙发上的尸体了。由于缺少新鲜血液，她的脸变成了紫黑色，舌头也吐了出来，几分钟前还是一副漂亮、迷人的面孔，现在却变成了一张令人毛骨悚然的死人脸，甚至连刚才还显得乌黑亮丽的秀发，现在也变得暗淡无光。苏珊就这样在我的手中香消玉殒了。

我把手指伸到她的鼻子前，确认她已经彻底死去。然后我把她伸出来的舌头塞回她嘴里，开始进行毁尸灭迹的工作。在这里我要指出：在许多侦探小说里，谋杀者总是为如何销毁尸体而束手无策。其实这并不难，我仅仅花了一个晚上就让苏珊从这个世界上消失了。

按说我无须这么匆忙，因为，苏珊的失踪最起码要到几个星期后才会引起别人的注意。可是，我一想到可以把自己的计划付诸实施，我就无法控制地跃跃欲试。总之，到了第二天早上，我已经完成了处理苏珊尸体的工作，然后就像往常一样，又在我的

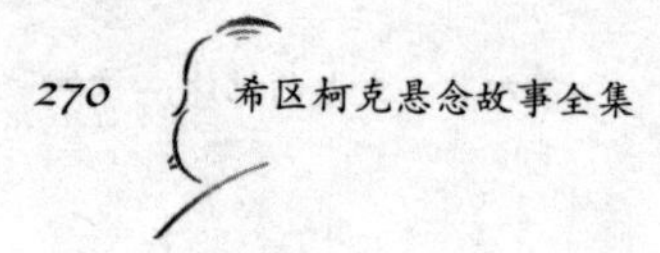

农场里忙碌起来了。

大约过了三个星期，这天下午，当地警察局的警官约翰·斯隆来到我的农场，向我打听苏珊的行踪。

斯隆警官是个非常有意思的人，他在工作中和下班后的形象截然不同。斯隆警官下班后，经常到维金的酒吧去喝酒，喝到尽兴时，还会当众表演枪法——他先是背对靶子，然后突然转身，以闪电般的速度从腰间拔出两把左轮手枪，准确无误地击中靶心。同时，他还会像电影里的西部枪手那样，朝枪管上吐口唾沫，让枪管冷却，然后迅速地将枪收回枪套。他的精彩表演总能博得观众们的大声喝彩。然而在工作中，约翰·斯隆警官则是另一副模样，他严谨、警觉、精明、忠于职守，绝不放过一个坏人。总之，斯隆警官既有百发百中的枪法，又有精妙绝伦的演技，还具备一切优秀警官所具备的能力。这么说吧，他是警察队伍里的佼佼者。

这次，从斯隆警官的问话中，我也感到苗头有些不对——他一定认为苏珊的失踪与我有关。

可能是有人报案说苏珊失踪了，于是斯隆警官就顺藤摸瓜找到了我这儿。对此我早有防备，我坦诚地告诉他，苏珊曾经是我的前女友，而且三周前的确曾经来到我这儿试图破镜重圆，但是，被我拒绝了之后，她便独自离开了。

"苏珊的丈夫在报纸上刊登了寻人启事，"斯隆警官说，"苏珊从你这儿离开之后，你为什么不向警方报告呢？"

我回答说："首先，我从不看报纸，根本不知道寻人启事这回事；其次，就算是看到了启事也不会向警方报告的，因为苏珊是不堪丈夫的粗暴对待才离家出走的，我怎能让她再入虎口呢？"

我的回答滴水不漏，斯隆警官一时也无话可说。

随后，我告诉斯隆警官，苏珊此次来找我是希望我能收留她，可是被我拒绝了。我们一言不合便吵了起来，苏珊一气之下便跑了出去，连行李箱都没拿。"这不，她的行李箱现在还在我家呢！"我对斯隆警官说。

斯隆警官提出要看看苏珊的行李箱，我便取出箱子，请他打开查看。

箱子没有上锁，他打开箱盖，只见里面有个灰色的手提袋，袋中装着一些女人的用品，比如耳环、钻石戒指、珍珠项链等等，还有一些零钱。在箱子里还找到了几把钥匙，其中一把就是这箱子的钥匙。此外，箱子里还有几件苏珊的衣服——其实，那些衣服都是我在杀死她之后，从她身上脱下来放进去的。当然，我是戴着手套做这一切的，箱子里绝没有我半点指纹。

见行李箱里没有什么有价值的线索，斯隆警官便问我："那天晚上苏珊穿的是什么衣服？"

我早就料到警官会问这个问题，于是我便含糊其辞地回答了一通。斯隆有些半信半疑，他指着箱子中的一件衣服说："有目击者告诉我说，苏珊那天是穿着这件衣服来到你家，可它为什么却在箱子里呢？”

对此，我当然是一口否认，并坚称那位目击者是因为天黑看走了眼。最后，斯隆警官也信以为真了。

随后，我又很得体地回答了几个不太重要的问题，斯隆警官便带着苏珊的物品回警察局去了。

在接下来的几天里，警察再也没有上门。我的生活又恢复了往日的规律——每天晚上，我照例要去约翰·斯隆常去的那个酒吧喝酒。但奇怪的是，这几天斯隆警官一直都没露面。

我清楚，警察迟早还会找上门来，因为苏珊最后一次被人看到，是在我的家门口，所以警方肯定认为我的嫌疑最大。果不其然，一周后，斯隆警官又登门拜访了，这次并不是他一个人，而是和另外两个人一起来的，其中一个是康斯坦布·巴利，别看此人其貌不扬，年纪轻轻却早已谢顶，但他也颇有手段，居然把村里有名的美女瑞蕾·奥多追到手了；另一个我不认识，只见他身材高大、面容英俊，经斯隆警官介绍我才知道，原来他是从加纳斯堡来的中央情报局的探长——本·里布伯格探长。后来我才知道，这位探长还是个技艺高超的调酒师，尤其擅长发明新的鸡尾酒和其他混合酒配方。

里布伯格探长首先对他们三人的贸然登门造访表示歉意，随后便提出，想在我的农场里四处看看。显然，是有人向警方报告说看见苏珊走进我的农场，然后就再也没出来过，因此探长他们怀疑，一定是我把苏珊藏在农场里了。

我则显得非常大度，对他们说，我很愿意配合警方的工作，我对苏珊的失踪也深感遗憾，并希望能尽自己的一份力。

于是，我当向导，引着他们三人到农场各处转。我一边带着他们看，一边向他们介绍我经营农场的理念——把农场设计成一个小小的生态圈。我首先带他们看了厨房，厨房里有一个混凝土砌的蓄水池，上面安装了一个手摇泵，出水管则通向浴室，下雨时，雨水就被储存在池子里，供我日常洗澡使用。在屋顶，还有一个蓄水箱，蓄水箱被我涂成黑色，夏天，水箱吸收了阳光的热量，这样我就有了免费的温水。

接着，我又带他们看了煤仓。煤仓就建在厨房的旁边，煤仓的出煤口直接通向炉子，这样一来，添煤就变得非常轻松省力了。

随后，我们又来到了一栋长达三百英尺的鸡舍，刚走到近前，我们就听见母鸡下蛋后的得意叫声，每天，都从这里源源不断地生产着鸡蛋。在鸡舍旁，是我新建的人工孵化室。

接下来，我们走到了仓库。这间仓库是用波纹铁皮搭建成的，里面摆放着各种农用机具，既有拖拉机、脱粒机、打谷机、粉碎机等，也有像苜蓿收割机这样的小机具。靠近墙壁的一面，还堆放着耙、犁等农具。出了仓库，我指给他们看外面成排的大型储存罐，那是我用来配制畜禽饲料的，我用玉米粒、玉米粉、花生粉、骨粉等原料配制不同的混合饲料。

警察们似乎对这些大罐子非常感兴趣，他们目测这些罐子的直径、体积，还在本子上记着什么。

最后，我带他们来到我的耕地。那一片绿油油的是苜蓿，黄褐色的是种植玉米和其他谷物的耕地，耕地附近还有一个水塘，用来蓄水灌溉。一群群奶牛、公牛和马在草地上悠闲地吃着草。

我带着他们把农场里里外外都看了个遍，看得出来，他们都很失望。最后，他们向我道了声谢，便匆匆离开了农场。

又是一个星期平静地过去了。后来，他们不得不使用最后一招——监视。为了监视我，康斯坦布·巴利每天都有意无意地从我的大门前走过，借机观察我的草坪和屋子，这让我真是难以忍受。

这帮警察实在是太讨厌了！我决定戏耍一下他们。他们不是怀疑苏珊的失踪和我有关吗？好！那我就索性到外地去躲几天，制造畏罪潜逃的假象，让他们也手忙脚乱一番。

第二天一早，我给鸡舍的食槽里加了足够吃三天的饲料，并给饮水器注满了水，我还为马和牛准备了足够的草料。当我把农场的工作安顿好之后，便开车迅速离开了。我驾车来到距离农场五公里远的一处树林，将汽车开进树林的深处藏了起来。

我背起行囊下车步行。我知道，在布利切特金矿不远处有许多地下洞穴，那里人迹罕至，更不会有警察来打扰，那里是我最好的藏身之地。

接下来的几天，我都是在洞穴里舒舒服服度过的。饿了，我就吃行囊里的食物；困了，我就美美地睡上一觉；其余的时间，我就借助着便携式阅读灯安安静静地读我的侦探小说，那些侦探故事都挺生动，只是里面的侦探不怎么厉害。

三天之后，我原路开车返回农场，真巧，我回到农场后碰到的第一个人就是斯隆警官。在斯隆警官的脸上，我居然同时看到了多种表情——诧异、兴奋、惊喜、好奇、探询、友谊和遗憾，我真没想到，人类的脸上居然可以同时浮现出这么多的表情！

斯隆警官好不容易才恢复了正常，他拉着我的手问道："这几天你去了哪儿？我们到处找你！"

"为了寻找苏珊的下落，我到布利切特金矿附近的地下洞穴去了。"我镇定地告诉他，"我担心她在那一带迷路或者被困在洞穴里。"

"那你一走就是三天三夜？"斯隆警官问。

"哎，别提了，"我皱着眉头说，"刚进入洞穴，我就在里面迷了路，好不容易才转出来。苏珊没找到，自己的性命也差点儿搭了进去。"

说这话时，我注意到斯隆警官一脸的懊悔神情，我猜他心中一定后悔自己把网撒得又远又大，却没想到我根本就没离开这个地区。

正当我想再解释一番的时候，这才注意到，我的农场好像出了点儿乱子——许多人正在忙忙碌碌地找着什么，把农场翻得乱七八糟，就像一个搅动的蚂蚁窝一样。后来我才明白，原来在我外出这几天，二十多名警察每天都到农场来，进行大规模的搜查活动。

警察们搜遍了农场的各个角落，屋里、屋外，甚至连房顶和地下都没放过。一些人趴在地板上敲敲打打，想看看地板下是否有隐藏的暗室；一些人挥舞着十字镐，把原本平整的院子刨得坑坑洼洼；还有一些人居然冲着水塘和耕地指指点点，似乎要把水塘里的水抽干，把耕地也翻个底朝天。虽然我看不到仓库里的情况，但我敢断定，里面肯定也有人在搜查，因为仓库门口撒了许多玉米粒、苜蓿苗。

我最放心不下的还是那些生蛋的母鸡，于是急忙跑到鸡舍查看。这里更热闹了——警察们把鸡赶到一间空的仓库，然后把鸡舍地上铺着的厚达六英寸的干草都掀开，就为了查看下面是否藏着东西。还有几个警察甚至把十字镐也带来了，他们准备掘开鸡舍的水泥地面，真是不到黄河不死心啊！

就在警察们摩拳擦掌准备开掘时，我的那些宝贝鸡们可不干了，眼见家园被破坏，连个下蛋的地方都没了，它们围着警察又跳又叫。其实，我饲养的这种格豪恩种鸡非常喜欢安静，但如果一不小心招惹到了它们，它们会一起叫唤，吵得人无法忍受。那几名警察正要动手开挖，几千只鸡立刻跳着脚地围着他们大声叫唤，很快，那几名警察的身影就淹没在扬起的灰尘、鸡毛、干草的混合物中。

这一幕精彩的喜剧场景让我忍俊不禁。这时，站在一旁的斯隆警官说话了："先生，请你跟我们到警察局去一趟，我还有一些问题要问你。"我随着斯隆警官来到警察局，坐下之后，他便装出一副已经掌握了我的犯罪事实的样子，不紧不慢地盘问着我，其实我知道，他这是吓唬我，指望我主动招供。

我得心应手地应付着他的问题。就在我点燃第三支烟时，忽然有一位警察跑了进来，大叫道："苏珊的尸体找到了！"

"哈哈，你们居然合伙演戏来诈我，真是枉费心机！"我心中暗想。

尽管识破了他们的花招，但我脚下却丝毫不敢怠慢，就在那个警察话音刚落之时，我立刻站了起来，叫道："真的？在哪儿？"我说这句话时使用的语调恰到好处——不仅显示了我与苏珊不同寻常的友谊，而且也表明了我问心无愧的态度。

我用眼角偷偷瞄了一下斯隆警官，他正目不转睛地盯着我，眼神儿里满是疑惑。

斯隆警官和他的手下继续演戏，他问："苏珊的尸体是在哪儿被发现的？"

那位警察则煞有介事地声称，是在某块撂荒的耕地下发现了苏珊的尸体。他们俩一边演着双簧，一边观察着我的反应，盼望着我能露出什么马脚。"这手法简直太幼稚了！"我心中暗自感到好笑，但嘴上却一本正经地说："天哪！真没想到，苏珊居然被埋在那样的土地里。看来，她真是被人谋杀的，对吗？"

接着，我提出要去现场看看苏珊的尸体。这下轮到他们傻眼了，因为根本就没有所谓的尸体！斯隆警官支吾了半天，只好说："请你先回家吧，等待我们的调查结果。"

在随后的几天里，他们仍旧在我的农场翻找着。他们检查炉子，想看看是否有烧过的人骨碎片，甚至他们还取走了一大包炉灰作为样品，在显微镜下分析；他们检查下水道，想看看是否我在浴室里用硫酸把尸体腐蚀后，冲进了下水道。总之，他们找遍了农场的每个角落，但还是一无所获。

最后，警方不得不放弃搜查，全部撤走了。因此，苏珊究竟是死是活，成了一个未解之谜。警方搜遍了我农场的每个地方，却找不到一点儿蛛丝马迹，自然，我涉嫌谋杀的罪名也就不能成立了。

在以后的日子里，每当斯隆警官见到我时，他脸上的神情总会略显尴尬。为了显示我的宽宏大度、不计前嫌，我在圣诞节那天还送了一对肥鸡给他作为圣诞礼物。

经历了这场风波之后，我的生活仍像过去那样平静。九个月后，当我听说斯隆警官要调到鲁德森警察局任职时，我心里感到有些难过。

为了送别斯隆警官，我们特地为他举行了一次热烈的欢送宴会。宴会上的酒水由比尔·维金提供，鸡肉则由我来出。但遗憾的是，我们没能最后一次欣赏到约翰·斯隆的精妙枪法，因为大家都喝多了，尤其是斯隆警官，他不得不倚靠在院子里晾衣服的木杆上才能勉强站住。

斯隆警官走后，我就一直忙着建造新的孵化室。由于我整日忙于农场的事，无暇料理家务，于是我请了一个女管家，她是一个既善良又能干的女人。

自从她来了之后，我的家变得井井有条。所以，现在我就有时间坐下来，把我的经历付诸文字了，我盼望着这些文字有朝一日能够出版。当然，我也非常想知道，假如斯隆警官看到这段文字之后会作何感想，他是否对肥美的鸡肉还有胃口呢？

我猜想，如果他知道事情的真相后，一定会恶心得想吐。不过也没什么大不了的，他怎么会知道那些鸡吃过用苏珊尸体做成的鸡饲料呢？

各位读者请不要误会，我的意思并不是说把苏珊的尸体直接丢进鸡群中，让鸡啄食。恰恰相反，我是把苏珊的尸体放进粉碎机，变成骨粉和肉末，然后再配以其他谷物，调和成优质鸡饲料。

这种加工技术对于我来说并非难事，《农夫杂志》上介绍得清清楚楚——如何用粉碎机将死牛或死马的尸体加工成鸡饲料。人的尸体比牛马的尸体小很多，所以更不费吹灰之力，不过唯一要注意的是，人的尸体要磨得仔细一些，比如牙齿、骨骼这些坚硬的部分，必须磨成粉末状，至于头发，则被我干脆一把火烧成灰烬。

我用粉碎机处理完尸体后，为了彻底清除痕迹，我又用它先后粉碎过苜蓿、玉米粒等其他谷物，这样一来，哪怕连苏珊的一个细胞都不会在粉碎机里残留了！

我将苏珊的肉粉、骨粉和其他饲料混在一起，调配成营养丰富的混合饲料，喂给我从人工孵化室孵出的小鸡吃。我送给斯隆警官的那对肥鸡就是这样喂大的，这批吃过“人肉饲料”的鸡以及它们产出的鸡肉让我的农场远近闻名，甚至其他的一些农场主还专程向我讨教饲养经验呢！

我想，本·里布伯格探长迟早会怀疑我是用粉碎机毁掉了苏珊的尸体，但即使那样，也为时已晚，因为我的农场里将再也找不到一星半点儿人类的细胞——它们早就进入鸡的肚子里了，而鸡呢？也都进入人类的肚子里了。就算是不能吃的鸡骨头，我也将把它们统统回收，重新磨成骨粉，再给新的鸡吃，真是妙不可言！至于完全不能出售和食用的鸡头、鸡爪、内脏和羽毛之类的东西，我将把它们焚烧成灰烬，洒在耕地里做肥料。

对了，即使是远在千里之外的人们，很可能也吃到了苏珊身体的一部分——因为他们吃了我农场出产的鸡蛋。

噢，差点儿忘了，在我故事的末尾，我还要介绍一下我家最近发生的新情况。我发现我的管家，也就是安·丽丝女士好像已经爱上我了，她开始关心我的私生活，而且总想对我进行约束，我觉得，她正在从女管家的角色向家庭主妇的角色转变。

她开始令我感到厌烦了！

当然，我不会将她解雇，因为我不是个铁石心肠的人。于是，我建议她多参加一些交际活动，比如去舞厅跳舞，去酒吧喝酒等等。可她却告诉我，她是一个非常孤独的人，既没有朋友，也没有亲戚。

唉，真是个可怜的女人！我经常想：假如有一天她失踪了，恐怕也无人知晓吧？

不说了，现在我该盘算着到哪儿去弄下个季节喂养小鸡的“特种混合饲料”了。

奇怪的凶器

接到报警电话之后，我和昆比便立即赶到了案发现场。

死者名叫杜瓦特，是一位声名显赫的人类学家，在对早期哥伦比亚人的研究方面，他是绝对的权威，许多知名大学都邀请他去讲学。

凶案就发生在杜瓦特的书房里。这是一间非常宽敞、明亮的书房，在四面的墙壁上摆着高大的书架，上面摆满了牛皮封面的古籍。在书房里，还摆放着许多古老的墨西哥和中美洲的艺术品——锋利的青铜斧、带有银饰的匕首、中美洲土著战士用的长矛和弓弩……任何一件都是可置人于死地的凶器。但让我大跌眼镜的是，杀死杜瓦特的凶器既不是斧头、长矛，也不是匕首、弓弩，而是一个死人头骨。我当警察二十多年来，还是第一次见到如此诡异的凶器。

那个死人头骨就放在杜瓦特尸体的旁边，凶手就是用这个东西给了他致命的一击。由于受到猛烈的撞击，那个死人头骨已经四分五裂，上面还沾着不少被害人的鲜血和头发，看来凶手这一记重击使出的力气不小。

昆比看到这一幕也备感惊讶，他说："如果不是亲眼所见，我决不会相信。"

"是啊，难以置信！"

我们勘察完书房，又来到客厅。

杜瓦特的助手克劳德正坐在沙发上，在他的衣襟和双手上，都沾满了血迹。刚才的报警电话就是他打的，在电话里，他自称是杀死杜瓦特的凶手，可是我们看到他一副胆怯、懦弱的样子，很难将他和杀人凶手联系起来。

"克劳德，这究竟是怎么回事？"我严厉地问道。

"我也不知道我究竟做了些什么，"他有气无力地说，"当时，他把我激怒了，我的脑子里顿时一片空白，在狂怒之下，我顺手抄起了那个东西砸向他……我根本没想到要用那个东西……"

他停顿了片刻，接着又说："我杀死杜瓦特之后，曾经想伪造现场，让别人误以为是闯进来的窃贼干的，可是我不善于撒谎，再说我也懒得那么做……我现在太累了，只想好好地休息一下。"

"克劳德，你是杜瓦特的助手，你们合作了许多年，你为什么要杀他呢？"我冷静地问。

克劳德摇了摇头，非常疲倦地闭上了眼睛，似乎他根本就不愿意吐露实情。

"这东西是哪儿来的？"我看着地上已经破碎了的死人头骨，好奇地问。

"哦，它一直放在杜瓦特的书桌上，这是他非常喜欢的一件摆设。"克劳德闭着眼睛，虚弱地说。

"摆设？"昆比不禁有些奇怪，"杜瓦特居然把死人头骨放在书桌上当摆设？"

"是的，每一位来访者看到这个头骨后都会有不同的反应，或惊奇、或恐惧，杜瓦特则认为这个头骨有一种恐怖的幽默感，它能时刻提醒人们——人终究逃脱不了死亡。"

接下来，我们从克劳德的话中逐渐了解到：他为杜瓦特做助手已经八年了。在这期间，他帮助杜瓦特整理过许多研究资料，包括起草论文、写信等，还多次陪他去墨西哥以及中美洲的丛林里进行考察。六年前，杜瓦特的太太因为婚姻危机离家出走了，此后，杜瓦特就一个人住在这幢大房子里。后来，他也搬了过来，一直到现在。

"你杀死杜瓦特是否经过了预谋呢？"我问克劳德。

"不，完全没有预谋，"克劳德回答说，"我们曾经合作得很愉快，甚至还一起到危机四伏的丛林中出生入死。"

"那究竟是什么事让你突然动了杀机？"我问。

克劳德紧紧地闭上双眼，仿佛陷入痛苦的回忆中。最后，他睁开眼睛，缓缓地说："只是因为一个小小的矛盾。"

在我和昆比的耐心劝说下，克劳德终于开口向我们叙说了事情的经过："昨天下午，另一位著名的人类学家给我写来一封信，邀请我去为他工作，薪水比杜瓦特给的要多，我经过一番深思熟虑，决定去那儿工作。当我开口向杜瓦特提出辞职时，他却一口回绝了，甚至还威胁我说，如果我执意要走，他将采取对我不利的手段。”

“杜瓦特为什么要极力阻止你的离开呢？”我问道。

“因为在与杜瓦特合作期间，我知道他的许多事，尤其是其中的一个秘密。”克劳德说，“他一定是担心我离开之后，会把这个秘密泄露出去。”

“哦？那是个什么秘密？可以告诉我们吗？”

“唉，这个秘密与杜瓦特太太之死有关。”克劳德叹息着，“那还要追溯到六年前，当时，杜瓦特太太和她的情人死在位于波利湖畔的一栋别墅中。”

“什么？你刚才不是说杜瓦特太太六年前就离家出走了吗？”我惊异地问。

“哦？我说过这样的话吗？”克劳德抬头看着我们，随后又点了点头，“噢，是的，我刚才应该是这么说的。六年来，我一直帮杜瓦特维持这个谎言，对外宣称杜瓦特太太是不辞而别。可事实上，杜瓦特太太在六年前就已经死了！”

“她是怎么死的？”

“是窒息而死。”克劳德说，“那还是六年前的秋天，当时杜瓦特正在写一本专著，为了寻找一些灵感，他决定到波利湖畔的别墅住几天。那天早上八点钟，杜瓦特自己开车先去了别墅，而我因为处理其他的事，比他晚到了一个小时。当我到达别墅后，发现别墅的地板上躺着两具尸体，其中一具是个男人，而另一具正是杜瓦特太太。她几天前声称自己要去外地旅游，却没想到死在了这里，而且两具尸体都一丝不挂。杜瓦特面色铁青地站在尸体旁边发呆。最后他对我解释说，当他到达别墅后，发现房间里全是煤气，他急忙打开门窗通风，结果竟然发现妻子和一个陌生男子尸横当场。杜瓦特告诉我说，这是一场意外，是厨房里的煤气泄漏所致……”

“那么，你怎么看待这件事的？”我问。

“杜瓦特太太年轻漂亮，又富有气质，我做梦也没想到她会做出这种事。”克劳德说，“我几乎被吓傻了，所以杜瓦特怎么说，我就怎么做。”

“这么说，当时你是完全按照杜瓦特的命令做的？”

“是的。”

“即使是意外死亡，你们也应该去报案啊。”我说。

“最初，我提议去报案，可是杜瓦特不同意。”

“为什么呢？”

“杜瓦特说这是一件天大的丑闻，一旦宣扬出去，他的声誉和前途将会受到影响。于是，我们趁着夜色将两具尸体运到湖心，分别系上大石头，沉入湖底。事后，杜瓦特叮嘱我，无论谁问起，就回答说杜瓦特太太是由于婚姻不和谐，离家出走了。”

“难道他就不怕有人刨根问底？”

“这正是杜瓦特的高明所在！他清楚，凭他的身份和地位，绝不会有人深究这件事的。事实证明，他的判断是正确的。”克劳德说。

“这么说来，你把这秘密一直保守了六年，对谁都没有泄露过？”昆比问道。

“是的。”

“刚才你提到，杜瓦特威胁说，如果你离开他就要对你不利，那他究竟会怎么做？”

克劳德疲倦地点点头说：“他说要杀死我，要让我像杜瓦特太太及其情人一样沉睡在湖底……”

我马上说：“这是明摆着的事，杜瓦特太太和她的情人并非死于意外，而是死于杜瓦特之手！”

“没错！我猜想那天的经过是这样的，”克劳德说，“当杜瓦特抵达别墅时，他意外地发现妻子正和一个陌生男子睡在床上，他顿时火从心头起，恶向胆边生，趁二人熟睡之际将他们打昏，然后再用枕头将他们活活闷死……就在杜瓦特想要进一步处理尸体时，我也到达了别墅，于是杜瓦特就编造了一套煤气泄漏的谎言来掩饰。当时我只能依照他的命令去做，否则，恐怕连我也会被他一起杀掉！”

“噢，我明白了，”我说，“由于他不断地威胁你，最后你忍无可忍，终于爆发了，就用头骨砸死了他，对吗？”

“不完全对，”克劳德摇了摇头说，“其实，杜瓦特是一个道貌岸然的伪君子！我恨透了他的所作所为，而且他把我也卷了进来。我不肯与他同流合污，但我生性懦弱，若仅仅因为这件事，还不至于让我对他痛下杀手！”

“那到底是因为什么事？”昆比打断了他的话问道。

“今天早上，杜瓦特突然告诉我那个头骨的来历，”克劳德浑身颤抖起来，“杜瓦特书桌上的那个头骨，我一直以为是他从墨西哥野外考察时带回来的，可他告诉我说，那头骨实际上是他太太的头骨！当时我快要气疯了，顺手抄起那个头骨打死了他。我在那间书房工作了这么多年，成天面对摆在桌子上的那个头骨——居然是我暗恋了多年的女人的遗骨……”

汽车后座上的手

每天早晨上班时间，我们这个城市都会遇到一个普遍性的难题——交通拥堵。

想想看，上百万的人——包括我，几乎在同一时间离开位于郊区的优美舒适的家，驱车进城工作，大街上会是一种什么样的景象？

如果没有亲身经历，是很难体会夹在二十英里长的车队里是什么感觉？然而，交通拥堵还不是我真正的麻烦，我真正的麻烦源于某天早上的一个奇特经历。

那天，我开着车去上班。当我刚从辛斯街驶上肯翰姆大街时，就遇到了严重的交通拥堵，路上的三条车道都被塞得严严实实的，虽然有警察疏导，但丝毫都不管用。我被夹在中间车道，既不能前进，也不能后退或掉头，只能在车上干等着，大约每隔五分钟，才能像蜗牛般地前进一点点。那天还是早春时分，尽管天气还比较寒冷，但我还是打开车窗，为的是透透气。

就在我被堵得动弹不得时，我注意到在我左侧的车道上，有一辆灰色的旅行车。那辆车与我的车挨得非常近，几乎伸手就能触摸到对方的车门。出于无聊，我便上下打量着那辆灰色旅行车，只见车的司机是位女子，她头戴一顶宽边帽，帽檐很低，看不清她的脸。她似乎也觉察到我正在注视她，显得有些不安。

这时，她前面的汽车向前慢腾腾地挪动了大约一两米，她也急忙踩油门向前，而这时前面的汽车又突然刹住了，她也不得不猛然踩了刹车。这样一来，她和我的位置就由原来的完全平行，变成现在她的后车窗与我并行了。所以，我可以清楚地看到她汽车后座上的东西——那是一个多么奇怪的东西啊！被毛毯裹着，横躺在汽车后座上。由于刚才的急刹车，毯子的一角有些滑落了，有一个东西从毯子里伸了出来。

我先是不经意地看了一眼，便将头转了回来，然而，我的大脑似乎在提示我，刚才我看到了某种令人匪夷所思的景象，于是，我不禁又转过头去看了一眼，这一下可是非同小可，从毯子中伸出来的居然是一只血淋淋的人手！我顿时吓得瞪大了眼睛，那果然是一只人手！手指上沾满了鲜血，还在一滴一滴向下滴……我再看看裹在毛毯里的那个东西，那哪是个东西呀？分明是个人！

我简直有点儿不知所措，看了看四周，发现自己的汽车被夹在长长的车流中间。我企图让其他司机也注意到这一可疑情况，于是就拼命地按着汽车喇叭，同时伸出手，指着灰色旅行车的后座。我前面那辆绿色汽车的驾驶员探出头来向后看了我一眼，显然他没有领会我的意思，没有下车。这也难怪，车都挤成那样了，他恐怕连车门都很难打开。

就在这时，灰色旅行车所在的那条车道上的汽车开始向前移动，旅行车逐渐开到了我的前面，与我的距离慢慢拉大。我急忙看了一眼它的车牌，并迅速取出一支笔，将车牌号记在我衬衫的袖口上。当我做完这一切后，才发现自己竟然紧张得浑身是汗。

车队又像蜗牛般地向前缓慢蠕动了两英里，拥堵渐渐有点儿松动了，可那辆灰色旅行车也不见了。正好，我注意到路边有一个警察局，就急忙将车停靠在警察局门口，下车走了进去。

一位警官接待了我。

“我……我要报案！”我结结巴巴地说。

“先生，发生交通事故了？”他从办公桌的抽屉里拿出一份表格说。

“不，不是交通事故，刚才在我旁边的一辆汽车里，我看见一只手，还有……”由于太紧张，我变得语无伦次。

“等一等，别紧张，你喝酒了吗？”

“没有。”

“是不是街上发生了事故，需要我们救助？”

“不，我的意思是，在车里有一只人手……”

他笑了笑，和蔼地说：“这样吧，先生，你叫什么名字？”

“我叫詹姆斯。”

“詹姆斯先生，放松点儿，请你先坐下来，把事情经过慢慢地讲给我听。”

我在旁边的一把椅子上坐了下来，整理了一下思路，然后把我所看到的事一五一十地讲了一遍。

那位警官耐心地听我讲完，摸着下巴思索了一会儿，说：“虽然你提供的线索很重要，但我们还没有掌握足够的证据。你能确定自己看见的是人手吗？会不会是看错了？”

“那绝对是一只手，人类的手！而且上面还滴着血！”我激动地叫着。

“噢，放松点儿。”他说。

“警官先生，你这是在浪费时间！如果我是你，就会立即去追那辆可疑的旅行车！”

“詹姆斯先生，对此我们也无能为力。”警官将双手一摊，“你看外面，路上的车那么多，就算那辆车还在路上，我们也追不上去。”

“你们总可以在下个街区设置路卡，派人挨个盘查吧？”

“不行，如果设了路卡，要不了十五分钟，这个城区的道路就会被完全堵死。这样吧，我请另一位警官来接待你。”说完，他拿起桌上的电话，拨了个号码。

二十分钟后，一位身材魁梧的警官走了进来，他自我介绍说：“我是市警察局的汉克斯警官。”还不等我答话，他就一屁股坐在沙发上，说：“从昨天下午到现在，我已经连续值了十六小时的班，很疲倦，想早点儿回去休息，所以请你最好简短点儿说。”

“简单地说，是一只手……我刚才在一辆旅行车中，看到后座上有一只手！”

“手？”汉克斯警官耸耸肩膀，说：“干我们这一行的，什么稀奇古怪的事都会遇到，说下去吧，给我讲讲你的发现。”

于是，我又从头到尾详细地讲了一遍我的发现，之后，我期待地望着汉克斯警官，希望在他脸上看到一点儿紧张的表情，但让我失望的是，他对我的重要发现似乎很不以为然。

最后，我给他出示了我抄写在袖口上的车牌号，他一边打着哈欠，一边抄下号码。

“你这个故事实在太荒谬了，”他懒洋洋地说，“也许车窗上的反光让你眼花了，也许毯子里裹着什么东西看似人手。换正常人的思维去想，光天化日之下，凶手在汽车后座上塞个毛毯裹着的尸体，就敢在路上大模大样地开？詹姆斯先生，忘掉这件事吧，我看你和我一样，都应该好好回家睡上一觉了！”

我被他这种态度激怒了，大喊道："不！我明明看到一只手，你必须进行调查！”

“好吧，好吧，”在我的极力要求下，汉克斯警官也很无奈，“先生，我立刻查，但是我必须先睡一觉。你先回家等消息，我一有线索就和你联系。不过，假如我找到那辆汽车，而车里并非你所说的那样，那我可要……”

我愤然离开警察局，上了汽车，但我没去公司，而是掉头回家。到家之后，我给老板打电话请了一天假。然后我就守在电话机旁，等待汉克斯警官的消息。

下午两点十五分，传来了敲门声，我打开门，原来是汉克斯警官。

“詹姆斯先生，根据你提供的车牌号，我找到了车主，她是约翰逊太太，住在奥顿镇。”他说。

“奥顿镇离这儿只有两英里，尸体找到了吗？”我问。

“根本就没有尸体！”汉克斯警官严厉地说，“现在你得和我去一趟约翰逊太太家。”

“我不明白，为什么要让我和你去？”

“因为我要让你亲眼看看，你所见到的‘尸体’究竟是什么！”汉克斯警官生气地说。

无奈，我只好坐上汉克斯警官的车，随他前往奥顿镇。

到了奥顿镇，汉克斯警官把车停在一条街的旁边，然后指着对面的一间店铺说："走，过去看看，你说的‘尸体’就在那里！”

我抬头一看，那间店铺上的牌匾写着“装潢”两个字。

汉克斯警官敲敲门，门开了，站在门口的正是我在旅行车里看到的那个女人。她身上穿着一件沾有油漆的工作服，好像正在工作。

“约翰逊太太，这位是詹姆斯先生。”汉克斯警官介绍说。

她冷冷地看着我，用讽刺的语气说："是你报警说我的车里有尸体吗？你倒是很有正义感啊！”

“就是这位先生，”汉克斯警官回答说，“不妨带他去看一下那个……呃……那个东西。”

“我当然得带他去看看，我可不想背着杀人凶手的黑锅！请随我来。”

跟着约翰逊太太，我和汉克斯警官向挂着布帘的里屋走去。里屋是一个很大的房间，摆放着几个高大的架子，中间还有一张工作台，原来这是约翰逊太太的工作室。架子和工作台上摆着许多赤裸的人体，在房间的一个角落里，还堆着一大堆人的手臂和大腿，而另外一个角落里，则是许多白色的人头。

“怎么？”我用手揉了揉眼睛。原来那些都不是真正的人体，而是坚硬的石膏模型。

我和汉克斯警官看着那些模型，都没有说话。这时，我看见汉克斯警官拿出一支香烟，点着抽了起来。我本想跟他要一支，可看到他那严肃的表情，就没敢开口。

过了一会儿，约翰逊太太从外面的屋子进来，她双手抱着一个石膏人体模型，竖在我们面前。

“詹姆斯先生，你今天早晨在我汽车的后座上看到的就是它，它叫西蒙。”约翰逊太太说，“我们这个装潢店主要是为服装店的橱窗提供人体模型的，昨天我刚刚给西蒙的全身刷过油漆，今天早晨我带着它去一家客户那儿，没想到在刹车时，它的手露了出来，正好被你看见了，现在你该明白是怎么回事儿了吧？”

“既然是石膏人体模型，为什么你还要用毯子把它裹起来呢？”我不解地问。

“不把它裹起来，难道还要把它赤裸地放在汽车的后座上吗？”约翰逊太太不高兴地说，“你想想，要是我把一个赤裸的石膏模型放在车里，恐怕像你这样疑神疑鬼的人就更多了，还不都来找我的麻烦？”

听了约翰逊太太的话，我不禁感到一阵脸红。但我还是心存疑问：“约翰逊太太，既然你带这个西蒙去客户那儿，为什么又把它带回来了呢？”

“因为我到客户那儿之后，发现刷的油漆流了下来，我总不能把这样一个人体模型摆在客户的橱窗里吧？所以，我只好把它又带了回来。”

我随着她所指的方向，的确看见有一道红油漆从手肘处沿手臂流下，一直流到右手两个中间的手指缝儿中。

“这就是你所说的‘血’！”在旁边始终一言不发的汉克斯警官插话道。

我尴尬极了，既不敢直视汉克斯警官的眼神儿，更无颜面对被冤枉的约翰逊太太，真恨不得找个地缝儿钻进去。

“看够了吧？看够了就走吧！”汉克斯警官用讥讽的语气对我说。

面对汉克斯警官的讥讽和约翰逊太太的冷眼，我无言以对，我还能说什么呢？都怪我自己看走了眼。在回去的路上，汉克斯警官狠狠地训斥了我一顿，我也只能耷拉着脑袋，乖乖地听着。

到家以后，我还自责不已，懊悔自己差点儿冤枉了一个无辜的人，看来以后再遇到这种事可不能轻易下结论了。我给自己倒了一杯威士忌，一口喝下去，然后倒在了沙发上。也许是酒精的作用，也许是紧张了一整天的神经终于放松下来，不一会儿，我就昏昏沉沉地睡着了。

不知过了多久，我渐渐醒了过来，看看窗外，天已经完全黑了，我躺在沙发上，不禁又想起汉克斯警官和约翰逊太太……我闭上了眼睛，试着忘掉这件事。

世界上有些事就是那么奇怪，当你越想忘掉它时，它就越在你眼前挥之不去。这时，路上的那一幕景象又在我的脑海中浮现……还有汽车后座上的那只人手……突然，一道电光闪现在我的脑海——约翰逊太太！她把我和汉克斯警官都涮了！

我清楚地记得，从旅行车车窗里看到的人手是左手，而在约翰逊太太家，我们看到的流淌红色油漆的手却是右手！我腾地从沙发上坐起来，浑身因紧张而微微发抖。

“我该怎么办？给汉克斯警官打电话？可是，他还会相信我吗？”我思索着。就这样前思后想了大约半个小时，我还是没想出什么好办法。这时，突然响起了“砰砰”的敲门声，我忐忑不安地来到门边把门打开，门外站着的居然是……约翰逊太太！

她为什么深更半夜来找我？我用惊讶的目光看着她。然而，当我的目光移到她手里的东西时，我顿时从惊讶变成了惊恐——她手里是一把点四五口径的手枪，枪口正对着我的腹部。只要她轻轻地勾动扳机，子弹的巨大穿透力就能将我的内脏打穿。

“约翰逊太太，你来找我……是不是因为……那只手？”

“詹姆斯先生，你到底还是醒悟过来了，可惜太晚了！”说着，她把我逼进了客厅，然后牢牢地带上房门，“汉克斯警官第一次来找我时，我匆忙之中准备了个模型搪塞他。但这次你们俩来时，我不知道你当时在路上看到的究竟是哪只手，于是我便猜测着把右手涂上了油漆。当然，我也知道，这骗得过一时却骗不过一世，所以，为了斩除后患，我只好来找你了。”

“你，你怎么知道我家住在这儿？”

“这不难，我是从电话簿上查到的。”约翰逊太太冷笑着说，“现在你必须跟我走，我要带你去见我的一位朋友，他是一位推土机司机，只要给他点儿钱，他什么都愿意做。然后，你就可以去见约翰逊了，哈哈！”

“约翰逊？就是裹在毯子里的那个人？”我惊呆了。

“实话告诉你吧，约翰逊是我的丈夫，他是个卑鄙、虚伪、自大的家伙，可现在，他已经长眠在一个你们永远也想象不到的地方了。”

“什么意思？”

“下个星期，埋葬约翰逊的地方就要开工建造一座豪华公寓，到那时，他的尸体就会成为地基的一部分了，当然也包括你！”

面对这个凶残的女人和她的枪口，我的手心里全是汗，但我还是故作镇定，骗她说：“我和汉克斯警官约好了，他一会儿就来，如果我跟你走了，你就不怕他产生怀疑吗？”

“别想骗我！”约翰逊太太不屑地说，“今天他对你非常恼火，你觉得他还会相信你吗？只要我杀掉你，死无对证，他凭什么怀疑我呢？”

我的谎言被揭穿了。正当我无计可施时，突然从前门传来一阵急促的敲门声。在这夜晚，究竟会是谁呢？但不管是谁，我终于又能拖延一阵儿了！我就像一个快要被溺死的人看到了一根稻草那样。

约翰逊太太显然也被这阵敲门声弄得措手不及，她惊慌地看着四周，我想趁机夺下她的枪，但距离太远了，一旦抓不到，那我必定要见上帝了。

敲门声再一次响起。约翰逊太太只能把枪放进大衣口袋，她威胁着说：“快去开门！但你别想打什么主意，否则，我把你们一起杀死！”

我刚刚打开门锁，一个人就冲进了屋里，原来是汉克斯警官！他一进屋就猛地推了我一把，我一个踉跄险些坐在地上。他一边用手推搡我，一边怒气冲冲地大骂：“你这个混蛋！下流东西！都是因为你的虚假证词，害得我被上司训斥！本来我都快晋升了，现在却因为你被撤了职！”

他一边骂，一边狠狠地推我，最后，我被他推倒在厨房的门口。

“你不仅坑了我，还诬陷无辜的约翰逊太太！”汉克斯警官继续骂道，一扭头，他看到约翰逊太太也在这里，“你来得正好！约翰逊太太，我还正想跟你联系呢，我们都是这个家伙的受害者，我们一起去控告他，让他赔偿我们的损失！”

说着，他又一脚踢在我的后背，把我抓起来猛地一推，我一个趔趄又摔倒在厨房地上，脑袋也重重地磕在冰箱上。“信不信，我一枪崩了你！”汉克斯警官突然拔出手枪，用枪指着我的头。我怀疑他是不是被气糊涂了，要照这样下去，我即使没被约翰逊太太杀死，恐怕也要被他给打死了！

就在我还没缓过神儿的时候，汉克斯警官突然掉转枪口，对准站在客厅里的约翰逊太太，大喊道：“我们的戏演完了！你快弃械投降吧！你逃不掉了！”

形势瞬间逆转。约翰逊太太这时才明白，原来自己被汉克斯警官给涮了！她连续不停地扣动扳机，子弹打在厨房的墙壁上，打出许多弹孔，汉克斯警官则躲在墙后，等待机会……他突然站起来，开枪还击，客厅里响起一声尖叫，接着便无声无息了。

约翰逊太太躺在客厅的地毯上，前胸还不住地向外冒血。我有些晕头转向。

汉克斯警官说：“你快打电话叫一辆救护车，她还有救。”

很快，一辆救护车把约翰逊太太送到医院，医生保证说一定让她恢复到可以出庭接受审判。事情过去了，房子里只剩下汉克斯警官和我。

“请原谅我对你的粗暴，”他说，“当时我看见约翰逊太太的车停在你家门外，料想你的处境堪忧，我就透过窗户向屋里看，正好看见她用枪指着你，所以我才想出这个办法来保护你。”

“你不必道歉，相反，我要感谢你救了我的命！”我说，“可我不明白你为什么回来了，白天的时候，我害得你奔波了好几个小时，我以为你不会再管这宗案子了！”

“这要拜我的太太所赐。”他回答说。

“你太太？”

“白天我回家之后，我把大衣脱下来，她发现我大衣的袖子上有污渍，就命令我把大衣洗干净。”汉克斯警官解释说，“我太太爱干净，不能容忍一点点污渍。”

“是什么污渍呢？”我问。

“当时我也奇怪，究竟是什么污渍呢？”汉克斯警官说，“我仔细一看，竟然是红油漆！于是我就开始回想，我唯一可能沾到红油漆的地方，应该是在约翰逊太太的店里，从那个人体模型上。这说明，那个模型上的红油漆是刚刚刷上去的，而不是约翰逊太太说的前一天，显然她是在撒谎！然后我又回想起，当我在观看那个人体模型时，她很小心地不让我碰到它的手臂……我想这其中必然有诈，于是就直奔她的店，可是她不在，我就决定来找你，结果她正好也在这儿……”

说完，他一屁股坐在一把椅子里，疲惫不堪，看来他已经二十几个小时没合眼了。

“那她丈夫的尸体怎么办？”我问，“约翰逊太太把她丈夫的尸体埋在了一座公寓的地基里，过了明天就不好找了！”

“放心……明天……我去找。”

“你怎么找那个地方？”

“明天……我给建筑调查员打电话……”

对呀！他是个警官，有各个建筑物的信息和记录，查一具尸体应该难不倒他！

“现在都过去了，你……快回家睡觉吧！”说完，汉克斯警官已经倒在椅子上呼呼大睡起来。他竟然累成这样，把我的家当成他自己的家了，我不禁暗笑起来。

人 情

傍晚的时候，一架由加州起飞的客机降落在了纽约机场。

莱肯走下飞机，穿过机场大厅，登上一辆早已等候多时的汽车。此次，他是应一位雇主的要求，为雇主杀掉一个仇人。

莱肯跟着雇主走进一家灯光有些昏暗的酒吧，雇主走在前面，向一位坐在吧台附近，身穿格子西服和蓝衬衣的男子点头示意，然后，他回过头来朝莱肯使了个眼色。

莱肯已经明白了，自己要刺杀的目标就是那个穿格子西服和蓝衬衣的男子。于是，他走近吧台，仔细打量着那个人，只见那个男人身材肥胖，头顶微秃，看起来有四五十岁的样子。当他看到那人的脸时，心里突然一阵狂跳，“难道是他？”

等雇主离去之后，莱肯端着一杯啤酒，走向那个男人的桌旁，轻轻地问：“是马丁吗？”

“是的，我是马丁，”那个人扬起眉毛，抬头看着莱肯……几秒钟后，他突然惊喜地叫道：“是你啊！莱肯！我居然没认出你来，真该死！”

莱肯心里暗想：“如果你知道我此行的来意，恐怕就不会那么惊喜了。”

“果然是你！”莱肯微笑着对马丁说，“我听别人管你叫马丁，可是我认识你那会儿，你的名字是马瑞罗啊。”

“是啊，从朝鲜战场上回来之后，我就改了名字，改叫马丁了。”说着，他紧紧地握着莱肯的手，显得无比热情，“瞧！你还是那么帅气！几乎和当年我把你从中国人的伏击圈里救出来时一模一样，一点儿都没变样！”

“谢谢你当时救了我的命，”莱肯也笑着说，“看起来，你的变化也不大嘛。”

“对了，你怎么到这儿来了？”马丁脸上的笑容忽然开始收敛，“我改名字的事儿你是怎么知道的？”

“我晓得你很多事情，马丁！”莱肯说。

“很多事？你……你这是什么意思？”

“来，我们坐下来好好聊聊。”说着，莱肯就拉着马丁走到酒吧角落里的一张桌子前坐下，“马丁，听说你参加了赌马？而且你赌马用的并不是你自己的钱，对吗？”

“你是听谁说的？”马丁的眉头皱了起来。

“因为我们为同一伙人工作，马丁。”

“同一伙人？你的意思是……”

“是的，我和你属于同一个帮会。”

“帮会……同一个？真是巧啊，”马丁的表情显得很不自然，“那你为什么到这儿来呢？”

“实不相瞒，他们让我来的目的是……杀掉你。”莱肯小声说。

“啊？”马丁的脸刷地一下变得惨白。

“当初他们交给我这个任务时，我根本没多想，只是把这当做一次普通的任务而已，直到我刚才看到了你的脸，我才知道，原来我此行的目标居然是你！”

“是菲尔斯先生派你来的吗？可是……他昨天还让我别担心，让我慢慢偿还那笔钱，怎么……”

“马丁，你难道还不明白吗，菲尔斯只是为了麻痹你，让你放松警惕罢了。”莱肯说，“你知道吗，菲尔斯之所以让我从加州赶来对付你，是因为你认识全纽约的职业杀手。”

“天哪！”

“你是吃了熊心豹子胆了不成？居然敢挪用帮会的钱！”莱肯质问马丁。

“唉，一念之差啊！”马丁懊悔地说，“最近一年来，我迷上了赌马，我认识的一个骑手说他在马上动了手脚，能让我稳赢不赔。于是，我就挪用了帮会的公款，全押在了上面。”

“赢了吗？”莱肯问。

“唉，别提了！刚一开赛，我押的那匹马的右腿就跌断了。”

“所以你就无法补上账面的窟窿，对吗？”

“是的。我只好向我的老板坦白，可是他说他也爱莫能助，叫我直接向菲尔斯先生本人负荆请罪。”马丁说，“于是我到了菲尔斯先生那里，一再向他保证说，一定要把那笔钱还上。可能是由于我在帮会中有很好的信用记录，所以菲尔斯先生当时表示原谅我的罪过。”

“可是，现在菲尔斯决心要除掉你！”

“为什么？我已经对他说过，我一定会想方设法把钱还上的！”马丁说。

“没用的，菲尔斯杀你是为了树立权威，给帮会的其他成员一点儿震慑。”

“啊？莱肯，你不能杀我，求求你……看在我救过你一命的分儿上……”马丁苦苦哀求着。

“跟我走吧，马丁。”莱肯冷冷地说。

第三天清晨，莱肯在旅馆里悠闲地翻看着当天的报纸，他看到一则新闻，上面说：昨晚，警察局接到一个匿名的报案电话，声称在码头仓库一带有人开枪，当警方赶到时，在现场找到了一件被挂在一根木桩上的破碎外套，在外套的口袋里有一张驾驶执照，执照的主人叫马丁，是黑社会分子……虽然没有找到此人的尸体，但从现场情况来看，此人必死无疑。

莱肯满意地点点头，走出旅馆。他来到一个公用电话亭前，拨通了电话。

“喂？”对方在问。

“看今天报纸的头条了吗？”莱肯说。

“看了。”对方说。

“我的任务完成了。”

“好的，今晚七点整，来我家。”

莱肯准时来到菲尔斯的家，按响了门铃。门开了，一位身材魁梧的保镖站在门口迎候，他按照惯例收走了莱肯的枪，并进行了搜身，在确定莱肯身上没有武器之后，他才带着莱肯走到菲尔斯的房间。

身材高大的菲尔斯坐在一张宽大的老板桌后面，他阴沉着脸，一丝笑容也没有。莱肯正要说话，菲尔斯先开口说道：“昨晚你干得可不够漂亮！”

“我不明白您的意思，我干得很差吗？”

“我曾经说过，活要见人，死要见尸，可马丁的尸体呢？”菲尔斯问。

“我先是把他灌醉了，然后就把他带到码头上，”莱肯说，“当我拔出枪的时候，他由于惊吓，酒醒了一大半，拼命向海边跑去，我朝他开了一枪，他跌进了海中，由于风大浪急，他很快就被海浪吞没了。”

“谁打电话报的警？”

“当时码头附近有辆车经过，可能是司机听见了枪声，打电话报的警吧？”莱肯说。

“这就是你们洛杉矶的杀人手法？”菲尔斯不满地说，“如果你所说的是真的，那我恐怕要向你的老板投诉了！”

莱肯耸耸肩，说：“你这是什么意思？难道你怀疑我……”

“回头看看你的身后吧！想蒙我，你还不够资格！”说完，菲尔斯用手向莱肯的身后一指。

莱肯慢慢转过身，一下子僵在那里，他的双眼喷出了愤怒的火焰："你？！"

"真是抱歉，莱肯，我不得不这样做。"从后面缓缓走来的马丁带着一脸虚伪的歉意。

"莱肯，我很钦佩你对往日战友的忠诚，但这损害了帮会的利益！"菲尔斯说，"马丁把一切都告诉我了，你布置了现场，然后你将马丁放走了。"

莱肯冲着马丁大喊："你为什么出卖我！"

"我不得不这样做啊，你送我的五千元没法花一辈子，我早晚会被帮会的人找到，我不想死，我不想死呀！"

"可是你告诉我，你在加拿大有亲戚，还有农场……"

"那些……是我骗你的，我怕你变卦……"

菲尔斯插话道："马丁乖乖地回来自首，他还付清了欠的钱，他做得对。"

"什么？他用我给他的钱还了债？"莱肯惊异地说。

"没错，是用你的钱！我觉得他很忠诚，所以我还要给他一次机会，让他证明自己。"菲尔斯说完，冲马丁使了个眼色。

马丁狞笑着从衣袋里取出一根钢丝，一步步地靠近莱肯……

莱肯愤怒得血直往脑门儿上涌，他想反抗，可那个保镖照着他的肚子就是狠狠的一拳，莱肯一屁股跌坐在椅子上，马丁则熟练地将钢丝拧成个活扣，迅速套在莱肯的脖子上。

"莱肯，真对不起，朝鲜战场上的那份人情，你算是还了，但我倒欠你一份人情，我下辈子再还你吧！"马丁说完，用力收紧了钢丝……

双石事件

报纸上对"双石事件"几乎只字未提。

如果是电影明星遭到枪击，第二天在报纸上必定会有铺天盖地的报道，但"双石事件"则不同，它是一桩非常巧妙而隐蔽的枪击事件，甚至连警方都不知道，它实际上是一起谋杀案。

然而，我却了解"双石事件"的细节，因为我是沙利的女朋友。有很长一段时间，沙利总是对我抱怨说："要是能把老雷蒙干掉就好了，这样一来，我就能独占商店的股份了，也就能独得所有的经营收益了。"

“老雷蒙”是谁？是“双石百货商店”的股东之一，他与沙利一起创办了这家店，二人共同经营，平分经营收益。

在我没见到“老雷蒙”之前，还一直以为他是个上了年纪的人，然而，当我第一次见到他时，非常惊讶，原来他与沙利的年纪相仿，而且有着一双明亮的黑眼睛，一看就是个精明强干的人。雷蒙对我的印象也很深刻，他第一次见到我的时候，就对我的一头金发赞不绝口，我听了心里美滋滋的。可沙利却是个不解风情的人，和他相处以来，他从未称赞过我的金发，即使我变换了发型，他也毫不在意。

沙利头脑简单，体型瘦削，甚至还有点儿神经质。他最大的爱好就是赌马，尽管经常输钱，但仍乐此不疲。我经常陪着他去夜总会、豪华餐厅和赌马场，我也觉得挺好玩的。

在认识沙利之前，我还只是个一无所有的女孩。但你要知道，天底下没有不喜欢漂亮衣服和首饰的女孩子，而沙利能满足我的愿望，所以我就成了他的女朋友。之后，他又给我买了一套好公寓，于是我们就住在了一起。

沙利大多数时候对我还不错，但有时候他的情绪也很不好。他会向我抱怨一些生意上的烦恼，其中抱怨最多的就是雷蒙，说雷蒙在经营方面僵化、保守，总是反对他扩大经营规模等等。要说他们之间的矛盾也不是一天两天了，有好几次我到店里去，都看见他们在争吵，无非是沙利说雷蒙把钱管得太紧；雷蒙说那是稳健经营的需要等等。

当时，“双石百货商店”经营得非常红火。它在某黄金地段有一个面积很大的铺面，平时靠两位店员来打理。在店面的后院，是一间仓库和两间办公室，后院有一道铁门，但从来不上锁，只是用一根门闩从里面闩住。沙利曾经告诉过我，因为经常要从后门运货，为了进出方便，根本没有上锁的必要。

雷蒙是一个幽默风趣的男人，他总是称赞我的衣服时尚、有特色，有时候他还会偷偷注视我的双腿，我知道他是在欣赏。其实雷蒙很有审美眼光，思维也很活跃，我真不明白沙利为什么叫他“老雷蒙”。

在沙利心情好的时候，我也会试探着问他：“为什么不和雷蒙分道扬镳？”他说：“如果与雷蒙终止合作，会损失一大笔税金。”但偏偏沙利与雷蒙总是处不到一块儿，每当沙利喝醉的时候，他都会唠叨个不休，总是说：“假如能甩开老雷蒙单干，那该多好！”

久而久之，连我的耳朵都听出了茧子。有一次，当沙利又说这样的话时，我就说：“你总嫌雷蒙不好，我倒觉得他还不坏……”

沙利一听这话，就冲着我怒吼道：“雷蒙每天都用同样的方式做事，循规蹈矩，不懂变通，有人如果犯一点儿小错，就会招致他不留情面地斥责，这样的人难道还不坏？”

沙利在我面前总是毫不避讳地表达他对雷蒙的反感。不过，有一天，他却没有咒骂雷蒙，而是默默地在一张报纸上做着记号。我觉得他很反常，就问他在做什么。他却答非所问地说："每个星期五晚上，老雷蒙都在办公室里整理账簿到深夜。"

其实这一点我早就知道，因为沙利已经不厌其烦地告诉我一万遍了，说雷蒙总是定期清点货物。

沙利还抱怨雷蒙是个吝啬的家伙，对商店的账目看得很死。但是，沙利自己也慷慨不到哪儿去！自从我做了他的女朋友之后，虽然他给我买首饰、买衣服，为我支付租金和饭费，但却从不肯多给我一分钱。他对当前的物价和我的必要开销计算得毫厘不差，每次他都把钱放在一只中国式的花瓶里，说："这是给你的房租！"当他一走，我就赶紧抓起花瓶，看看他给了我多少钱，但从来没有多过一分钱！

最近的几个月，沙利经常把"我真希望把老雷蒙干掉！"这句话挂在嘴边上。可是大约两个星期前，我留意到，沙利有好几天没有说这句话了，难道太阳从西边出来了？我不相信，于是就仔细地观察他，发现他仿佛心事重重。

又过了几天，我无意中发现沙利的大衣口袋里有支枪，那是一把枪柄嵌珍珠，枪身镀镍的小手枪。我赶紧把枪又放回了沙利的衣服口袋，也对发现枪的这件事绝口不提。

因此，当沙利要我在星期五晚上举行舞会时，我并不觉得意外，我问他："要邀请雷蒙吗？"他哈哈大笑，说："不必了，雷蒙对这种舞会没兴趣！"

我看了参加舞会的客人名单，看来沙利把全城的酒徒都邀请到了，因为我第一次在那只中国式花瓶里找到了一些额外的、够我邀请许多客人的钱。我也注意到，沙利将自己也列入客人的名单中。我顿时明白了，原来沙利举办舞会只是个幌子，是为自己作不在枪击现场的证明，显然，他是醉翁之意不在酒啊！

随后，我开始留意沙利的一举一动，这才发现，沙利果真是一条老狐狸！他制订了周密的计划，以便让警方误以为歹徒是从后门溜进商店的。我在前面提到过，商店的后门没有上锁，只是用一根门闩将门闩住。于是，沙利在周五下班之前，悄悄地将固定门闩的一个小木楔子弄坏了，这样，从门外就能打开里面的门闩。

总之，就在舞会进行过程中，沙利偷偷溜了出来，驾车来到商店的后门，他用刀尖穿过门缝儿，轻轻挑开门闩，将商店的后门打开。

可人算不如天算，他不知道，雷蒙的枪口早已经对准了他。正当他一只脚刚跨入后门时，雷蒙扣动了扳机，子弹打穿了沙利的心脏。

两天后，警方告诉我：经过认定，沙利是企图杀害合伙人，结果反被雷蒙杀死，因此雷蒙无罪释放。之后，雷蒙来到我的公寓，我们一起喝着沙利的酒，一边互相看着对方，雷蒙的眼睛还是那么富有魅力！

"你怎么向警方解释的？"我问雷蒙。

"我告诉警方，当时，我听到有歹徒从后门溜进来的声响，在黑暗之中，出于自卫我开了一枪，但没想到那是沙利。"

“是啊，如果换了别人处在你的位置，也一样会开枪的。”我说。

“有一打的人向警方作证，说沙利手里拿着枪倒在门口，而且此前沙利曾多次扬言要干掉我，于是警方便相信这是一次正当防卫。”雷蒙说。

“是的，沙利对你动杀机在先，而你射杀他在后，”我说，“你只是正当防卫而已。”

“不过，也多亏了你事先提醒我！否则，我此时早已成了沙利的枪下冤魂了！”雷蒙说，“非常感谢！”

“别客气，很高兴能为你做点儿什么。这不，现在商店是我们俩的了。”我微笑着说，“希望你以后能对我好一些，别像沙利。”

亲自动手

下班后，乔治警官没有直接回自己家，而是来到他的邻居迈尔斯家的院子前。

这是一个多么荒凉的院落啊！高低不平的草坪中杂乱地生长着一簇簇蒲公英；带有条纹的落地窗似乎也很久没有擦过了；走廊上满是被丢弃的废纸和杂物……看到这一切，乔治不禁摇头叹了口气：“想不到悲伤能使一个人改变这么多！”

他的邻居迈尔斯曾经是一个非常热爱生活的男人。比方说，其他邻居们一般只是到了周末或节假日才修剪一下草坪，以免草坪太难看，有碍观瞻，而迈尔斯却不然，他每天早上都认真地蹲在草坪上，拿着小剪刀和铲子，一丝不苟地清除杂草、修剪枝条，他修剪草坪的细心程度，在这个街区恐怕都无人能及。而且每年的春天，他都要把房子粉刷得焕然一新。迈尔斯还对他的汽车倍加爱护，本来车子已经干净发亮，他还照样要每天冲洗。迈尔斯简直成为这个街区的“模范丈夫”了，邻居的女主人们常拿迈尔斯作为榜样，去教育她们不爱做家务的丈夫。

然而一切的一切，都因为三个月前的那起车祸而改变了。

三个月前，迈尔斯的妻子在横穿马路时不幸被一辆飞驰而来的汽车撞死了，肇事者逃之夭夭，至今仍逍遥法外。从那天起，迈尔斯就好像变了一个人似的，他无心再修剪草坪，也懒得收拾院落，整日把自己反锁在房子里。

乔治和其他一些邻居见他可怜，就前去看望，并劝他节哀，但他坚强地说，虽然妻子的死令他伤心欲绝，但他会挺过去的，请大家不必为他担心。邻居们都很佩服他。

迈尔斯没有子女。他和妻子结婚已经二十多年了，他们以一种特殊的方式爱着对方。

乔治站在迈尔斯的门前犹豫着：虽然自己此次拜访迈尔斯先生恐怕不太符合警局

的规定，但从道义上说，自己应该这样做。想到这里，乔治深吸了一口气，按响了门铃。

房子里没有回应。乔治又按了一下，门铃发出长长的鸣叫声。终于，房门缓缓地打开了，一个男人站在门边阴暗的过道里，乔治用力地眨了眨眼睛，心中暗想："莫非自己看错了？这难道就是相处了十三年的老邻居迈尔斯？"

"嘿，乔治！"那个男人开口了，"你还好吗？"

果然是迈尔斯！乔治很感慨：短短的几个月，不仅院子里的草坪变了模样，想不到人也变了，以前那个衣履整洁的迈尔斯，现在居然变成了一个穿着污渍斑斑的肥裤子、脏兮兮的 T 恤衫的男人，灰白色的头发乱蓬蓬的，胡乱纠结在一起，盖住了前额，脸上长满了密密匝匝的胡子，看上去又黑又憔悴。

"我很好，迈尔斯！"乔治说，"你怎么样？我有很长时间没看见你了。"

"放心吧，时间会带走一切的。哦，你来找我有什么事儿吗？"迈尔斯问。

"我想和你聊聊，我可以进去吗？"

"当然可以。"迈尔斯耸了耸肩，做了一个邀请的手势。

乔治走进迈尔斯那昏暗的房间里，虽然他的脸上并没有表现出惊讶的神色，但他的心中却仍然吃惊不小。在迈尔斯太太去世以前，乔治经常到他们家串门，那时他看到迈尔斯的家中总是干净整洁、一尘不染，家具也被擦得发亮，各种小摆设放置得井然有序。可如今，这个家就好像一个野人窝，地上东一堆西一堆地扔着脏衣服，旧报纸和空啤酒瓶子到处都是，油腻腻的地毯上洒满了纸屑和面包屑，屋顶的天花板上也挂满了蜘蛛网……

放在屋角的电视机发出刺耳的声音，原来是在转播着一场足球赛。迈尔斯走过去，调低了电视的音量，然后把一堆报纸从沙发推到地板上，腾出了一小块空间。

"请坐！乔治，来罐啤酒吗？"

"不了，谢谢！"乔治回答说。在他的印象里，这位邻居以前似乎从不喝酒。

迈尔斯斜躺在长沙发上，抬起一只脚跷在一旁的小凳子上，"想找我谈点儿什么？"他问。

"今天上午，那个肇事的司机落网了！"乔治开门见山地说。

"怎么，你们抓住他了？"迈尔斯惊讶地扬了一下眉毛，坐直身子问道。

"是的，虽然他现在还没招供，但我们敢肯定他就是真凶！"乔治停了一下，又说，"这个家伙今年二十三岁，离过婚，目前单身。他是一个彻头彻尾的无赖，到处惹是生非，我们也是接到他邻居的举报才将他逮捕的，因为在过去三个月里，他一直把车藏在车库里。经过我们调查，他汽车的车牌、车型、颜色都和事发当晚目击人的证词完全吻合，而且，他汽车前面的保险杠有些弯曲——那是撞击造成的。更重要的是，这个家伙在事发当晚没有不在现场的证明。"

"那他现在在哪儿？"

乔治义愤填膺地说："也许你听到这些会难以接受，说实话，他现在获得了保释，因为他找了一个很有名的律师。不过你别担心，我们手中掌握了大量的证据，这次他无法逃脱！"

"他叫什么名字？"

"迈尔斯，"乔治说，"按照警局的规定，我本不应该提前向你透露这些，但我知道，自从你太太出事以后，你的情绪很糟糕，所以我向你透露一些案情的进展情况，相信这会让你心里好受些。至于如何惩罚肇事者，我想，还是交给法官处理吧！再说了，你知道他的名字又有什么用？"

"那倒也是，我只不过是很好奇。"迈尔斯说。

"我此刻实在不便透露更多，不过你很快就会知道了，案件的审理情况会刊登在报纸上的。你知道吗，那是个缺心眼儿的家伙，我们去抓他时，他居然还若无其事地和一群狐朋狗友在他那小木屋里赌博呢。"

"他被保释了？"迈尔斯沉默了一会儿，突然冒出这样一句。

"放心吧，他最多只能被保释几天，等到一开庭，我可以保证，他肯定会被判有罪的！"

听到这里，迈尔斯转动了一下身子，从沙发的扶手上抓起一罐啤酒，一饮而尽，然后用手背抹了抹嘴巴，说："乔治，谢谢你告诉我这些，我现在感觉好多了，真是天网恢恢，那个该死的家伙终于要受到严惩了！"

"这也正是我来找你的目的。"乔治笑着说，"相信这个消息能给你一些宽慰，迈尔斯。"

迈尔斯若有所思地望着手中的空啤酒罐，点了点头。

"迈尔斯，我知道，这三个月来你一直都在痛苦中挣扎，我们这些老邻居都很惦记你。对于你太太遭遇的不幸，我们也很悲痛，但人死不能复生，你未来的日子还长，你要重新振作起来。对了，你有空可以走出去散散心，如果你有什么困难，就去隔壁找我吧。"

"我会的，谢谢你！乔治。"

刚一送走乔治，迈尔斯就马上回到屋里关掉电视。他一头扑倒在沙发里，一阵剧烈的头痛猛然袭来，仿佛有根金属杆子扎进了头部一样。在过去这三个月里，他几乎已经忘记了这种感觉，然而现在，这种痛苦的感觉似乎又回来了，而且更加强烈！他心中无比惶恐，紧紧地闭上了眼睛……

这时，妻子那熟悉的身影又浮现在他的眼前：他看见妻子正从超级市场里走出来，手中还抱着一只购物袋……她非常谨慎，过马路时，先停在马路边左右张望，看到没有穿梭的车辆后，才迈步穿越马路……可就在这时，马路右方不知什么时候突然冒出一辆灰色的汽车，待驶近她后，突然加速朝她冲去……她被巨大的引擎轰鸣声吓呆了，惊恐万状地看着右方的汽车，几乎迈不动步子，随着"砰"的一声巨响，可怜的她就这样被飞驰而来的汽车狠狠地抛向几英尺高的空中……当她摔落到马路中央时，已是血肉模糊了……购物袋里的家具擦亮剂、空气清新剂和杀虫剂这些瓶瓶罐罐滚落了一地，而那辆肇事的汽车突然加速，逃之夭夭了……

迈尔斯躺在沙发上，心脏狂跳，大滴大滴的汗珠从额头上流下来，仿佛有一股巨大的恐惧扼住了他的喉咙，几乎要窒息了。此刻他明白，必须要采取行动了！尽管这个念头让他感到有些不寒而栗，但他知道，如果不在法庭作出正确判决之前有所行动的话，那就一切都完了。

迈尔斯强撑着从沙发上爬起来，深深地吸了一口气，努力让自己的心绪平静下来。他穿过通道走进卧室，先是拉上了卧室的窗帘，然后小心翼翼地拉开柜子最下面的抽屉，在抽屉中的杂物里摸索着，终于，他找到了那把藏在抽屉底部的左轮手枪。他仔细地检视着手枪，当确定里面装满了子弹后，才放下心来。那是一把没有登记注册的手枪，也从来没有发射过。

“今天这把枪就要有用武之地了！”迈尔斯暗想，“刚才乔治说过，小木屋……小木屋……对了！那个家伙在三个月前曾无意中向自己提及他有一栋小木屋……没错！就位于安东尼奥街一九三号，想不到他居然藏在了那里，这回他可插翅难飞了！”想到这里，他看了看手表，才晚上六点三十八分，天还没有完全黑，时间还早着呢！于是他坐下来，一边擦拭着手枪，一边盘算着晚上的行动计划。

当手表的指针指向十一点时，迈尔斯悄悄地溜出了家门，他钻进汽车驾驶室，开始了行动。突然，他又觉得头部一阵阵剧烈的疼痛，就像三个月前那样，他感到非常紧张和难受，真想立刻掉转车头回去，终止行动。但当他想到这将是自己又一次新奇的经历时，就打消了放弃行动的念头，重新鼓足了劲头。结果，他反而觉得轻松了许多，头也仿佛不那么疼了。

迈尔斯开车沿着安东尼奥街一路寻找，终于，他看到矗立在街边的那栋小木屋，昏黄的灯光正从窗户里透出来。他把汽车停在街角的暗处，戴上手套，把手枪藏在大衣口袋里，然后下了车，悄悄地向那栋小木屋走去。口袋里的枪沉甸甸的，他的内心也无比沉重，他知道自己是在冒险，但又别无选择。

迈尔斯来到木屋前，先环视了一下四周，当确认周围没人后，他便轻轻地转动了一下侧门的手柄，门居然无声地开了！这让迈尔斯感到非常欣喜，心想，一定是这个家伙太粗心，忘记了锁门，或者因为这儿是一个非常幽静的住宅区，居民们过惯了安宁的日子，所以压根儿就没有锁门的习惯。

迈尔斯像个幽灵似的闪了进去，他把左轮手枪握在手中，先在屋门边静静地站了一会儿，听了听屋内的动静，真是万幸，屋里没有狗。他又蹑手蹑脚地来到厨房，观察了一番，也没有什么异常。他穿过厨房来到通道，只见从后面的房间里射出一线灯光，他小心翼翼地朝灯光走去，突然听到了打鼾声，他朝里面一望，原来这是一个书房，一个又高又瘦的男人坐在一把椅子上睡得正香。那人仰着头、张着嘴，不断发出鼾声，在他身旁的桌子上放着半瓶酒和一个没喝尽的酒杯。

迈尔斯心中暗喜，他轻轻地朝那人走过去。那人还在酣睡，丝毫都没有察觉到有人正在一步步靠近。迈尔斯走到他身边，小心地把左轮手枪的枪柄放在他手中，并把他的指尖压在枪的扳机上，那个可怜的家伙还在喃喃地梦呓着，两条腿还动了一下，迈尔斯抓着他的手，慢慢地抬起来，将枪口指在他的太阳穴上……突然，那个男人被惊醒了，他睁开眼睛与迈尔斯对视，瞬间，他的脸上浮现出无比惊愕的神情。

就在这时，枪响了!

枪声在屋里回荡着，迈尔斯迅速将枪扔下，冲出屋子并随手带上了房门。他快速跑向自己的汽车，一上驾驶座，就将手套扯掉丢在副驾驶的位置上，他双手颤抖着发动了汽车，迅速地消失在无尽的夜色中。

“结束了，一切都结束了！”迈尔斯默默地念叨着，“那个家伙涉嫌驾车肇事，将面临着法庭的指控，如今他死了，每个人都会认为他是畏罪自杀，即便有人怀疑，也绝不会想到是我把他干掉的，因为我压根儿就不知道他的名字和住址，这一点乔治可以作证。再说，那把左轮手枪也没有登记注册，警察根本查不出来。上帝保佑，我总算安全了！”

虽然他在心里不断地宽慰着自己，但一路上，他的内心还是非常惶恐和紧张，直到他回到自己的家门口，看到庭院里杂草丛生的草坪时，这才松了一口气。“假如妻子还活着，她一定会命令自己把草坪修剪得整整齐齐，不过，那种日子再也不会有了！”迈尔斯心里想。

他将车停在车库里，把那副手套往夹克的口袋里一塞，便开门进了屋子，一股灰尘的刺鼻气味扑面而来，再也不像以前那样洋溢着柠檬的香味了。迈尔斯看着一片狼藉的房间，心想：“今后再也听不见妻子的指使了——‘这是放椅子的地方，那是放鞋子的地方……’”

他越想越开心，走进卧室，脱下身上的衣服随手丢在床边的一堆杂物中，换上了一件很久没有洗的睡衣，然后他又转身走到厨房，在冰箱里找到一罐啤酒，启开罐口猛喝了一大口，随着冰凉的啤酒下肚，他的头脑也清爽了许多。“要是妻子还活着，是绝不允许家里有任何酒精饮料的，现在总算自由了！”

他一边喝着啤酒，一边朝卧室走，心里想：“一切都在计划之中，只是有一点令人遗憾，早知道花钱雇来的那个窝囊废这么不济事，我还不如亲自杀死她，免得现在还麻烦我自己再动一次手。”

拳击高手

天色渐渐黑了下来，我经营的拳击俱乐部也要关门了，当我正要锁上大门的时候，一个身材魁梧的陌生人朝我走了过来。

他浑身上下一袭黑色——黑色的帽子、黑色的西装、黑色的皮鞋，手里还拎着一个黑色的手提袋，甚至连他的眼睛也是黑的。

“听说你牵头组织拳击比赛？”陌生人问。

我点点头说：“是的，我给好几位拳击手当经纪人。”

我从事经纪人这个行当已经有好多年了，虽然我手里有几位拳击好手，但他们还算不上顶尖高手，其中最优秀的要算是斯通，他曾经获得过轻量级第十的名次，也曾上过一次拳击杂志的封面，但后来，他连续四次被纳诺击败，我便离开了他。

“你找我有何贵干？”我问。

“我想请你做我的经纪人，”那个陌生人说，“我想进入拳击界发展。”

我上下打量着他，从体形上看，他的确具备成为拳击手的基本条件——估计体重超过八十六公斤，身高一米八五。但他的竞技状态似乎不佳，不仅脸色苍白，皮肤和肌肉松弛，而且年龄也肯定不小了。

“你今年多大了？”我问。

他面部肌肉抽动了一下，反问道：“拳击手的最佳年龄是多少？”

“先生，根据本州的法律，任何四十岁以下的人都可以参加拳击比赛。”我回答说。

“噢，我三十岁。”他说，“我有身份证。”

“嘿，老兄，”我微微一笑说，“在拳击圈儿里，三十岁的年纪是拳击手的巅峰，过了三十岁就要走下坡路了，而你三十岁才入行……”

他眨了眨眼睛，不服气地说：“可是，我绝对比一般的拳击手要强壮，不信你看看！”说着，就要伸出胳膊来给我看。

我笑着说：“诗人曾经说过：你十岁得到神力，因为你心地纯洁？”

他似乎并没有听出我话中的嘲讽意味，还一本正经地点了点头，说：“真让你说对了，我十岁的时候就获得了超越同龄人的力量。我想把这种力量用在正大光明的竞技上，而不是用来干坏事。”

说完，他把手提袋放下，走到体育室墙角的杠铃架边，一只手轻轻一提，便提起了一副杠铃，紧接着，他又像玩儿童玩具一样，耍起了杠铃。

那个杠铃究竟有多重，我不太清楚，但我记得，就在两小时前，温尼在举那个杠铃时累得气喘吁吁。要知道，温尼是练举重出身的，他现在还是个重量级拳击手呢！

那个陌生人的天生神力让我感到惊讶，但毕竟我这儿是拳击俱乐部，而不是举重俱乐部，于是我对他说："你的力气果然很大，要不，我介绍你去本地的举重俱乐部吧？"

"不行！举重赚不到钱，我现在需要很多钱！"他叹着气说，"以前我从不缺钱，可现在却几乎身无分文，我急切需要赚钱！"

听他这么说，我又仔细地打量了他一下，只见他身上的西装虽然有点儿脏，而且还皱巴巴的，但却是一件价值不菲的名牌西装。"或许他说的是实情，他一度曾很富有。"我心中暗想。

"最近我一直在关注体育报道，我知道，拳击是一项很容易赚大钱的竞技项目，所以我决定投身这个圈子，赚几年钱。"他说，"你瞧，我都已经作好准备了，我用最后的一点儿钱买了短裤和鞋子，但我还没有手套，你可以借我一副。"

我扬起眉毛，笑着说："你的意思是……现在就想和人比试一下？"

"对！"

我转身看看俱乐部里，会员们几乎都走光了，只有一个叫鲍比的小伙子还在对着沙袋练习。鲍比是很有拳击天赋的年轻人，他训练刻苦，技术水平提高得也很快。到现在为止，他已经赢过六场比赛，其中三场将对方击昏，三场被裁判判胜。当然，他恐怕一辈子都很难达到顶尖高手的程度，但作为一个业余拳手来说，已经是绰绰有余了。

"对！就让鲍比和他过过招儿，然后赶紧将他打发走，我也好早点儿上床休息。"其实，我的床就是办公室的一张折叠床。

"鲍比，你过来！"我招呼着，"这位先生想和你比试一下。"

"好的。"鲍比同意了。

于是我请那位陌生人也去更衣，不一会儿，他就穿着拳击短裤和运动鞋走出来了。我借给他一副拳击手套，让他和鲍比走上拳台。

我敲响了比赛开始的铜锣，然后不紧不慢地从烟盒里取出一支雪茄，划了一根火柴准备点烟。鲍比按照他惯用的套路，迅速接近那个陌生人，然后猛地一记右拳，接着一记左勾拳，谁知这两下凌厉的攻击竟被对方轻易地闪过，鲍比还没来得及转换成防守姿势，便被对方一记速度极快的左勾拳打倒在地，昏了过去。

这居然是发生在开赛短短五秒钟内的事！我划着的火柴还没来得及点燃雪茄。我急忙丢下雪茄和火柴，爬进场中查看鲍比的伤势，还好只是被打昏了，没有大碍。

俗话说，外行看热闹，内行看门道。我在拳击界混了这么多年，明白陌生人那一记又快又准的左勾拳的确是技术含量颇高的一次进攻。我急忙看了看俱乐部，想再叫个人来和陌生人试试，可这儿已经没有其他会员了，我只好耸耸肩说："先生，你的左拳真棒，只是不知道你的右拳如何？"

"实际上，我更擅长用右拳进攻。"

听了这话，我不禁倒抽一口冷气。过了片刻，我又说：“你在进攻方面完全是一流水准，不过，你的抗击打能力怎么样呢？”

他微微一笑，对我说：“如果你想知道，请打我一拳试试？”

“那你可要小心哦！可别怪我出手太重。”说完，我把鲍比右手上的手套脱下来，戴在自己手上。早在三十年前，在我拳击生涯的巅峰时期，我的右拳是极其有威力的，虽说现在不比当年，但力量也不小。我铆足了劲儿，冲着他的下巴就是一拳！

“啊！”我疼得大叫了一声，向后跳开了。我感觉我的拳头好像打在岩石上一样，而那位陌生人却好像没事人儿一样，微笑着站在原地。我急忙脱下手套查看自己的手，还好，没有受伤。这时，鲍比也醒过来了，他艰难地从地上爬起来，还要和陌生人再打一局。我知道鲍比绝非是陌生人的对手，便对他说：“今晚不打了，鲍比，下次再打吧！”我让陌生人先去淋浴，然后再到我的办公室来。

“先生，怎么称呼你？”我问陌生人。

“我叫加里。”他的口音听起来像是外国人。

“那以后我就叫你加里，你叫我华伦好了。”我说。

我又点燃了一支雪茄，慢悠悠地说：“加里，我可以让你走进拳击界，也能让你获得成功，如愿地赚到大钱，但我们首先得签一份合同，确立我们的合作关系。我们明天一早就去律师那里怎么样？”

加里显得有些不安，他摇着头说：“不行，明天白天我不能去。事实上，只要是白天我都无法外出。”

“为什么不行？”我皱了皱眉头，疑惑地问。

“我有畏光症，只要被强烈的阳光照射，我浑身就会又疼又痒，而且没力气。所以，即使我打比赛，也必须安排在晚上进行。”

“原来是这样！这好办，”我说，“现在拳击比赛没有在白天举行的，都是在晚上。不过，畏光症这事儿你先隐瞒一段时间，尤其是不能让卫生局知道，这种病不会传染吧？”

“不会的。”加里笑着说。他笑的时候，嘴的两侧露出了一对虎牙，看起来非常怪异。现在我终于明白他为什么总是习惯抿着嘴了。

“对了，华伦，你……可以先预支一点儿钱给我吗？”加里吞吞吐吐地问。

要是换了其他刚认识的人向我借钱，我会立刻让他滚到一边去，但眼前的这个加里却不同，他前途无量，我觉得可以借钱给他，顺便收买人心。于是我说：“没问题，加里，你没钱吃饭了吗？”

“不，是没钱交房租了。今天早上我的房东说，如果我再拖欠租金，就要把我扫地出门。”

第二天上午十一点，纳什给我打电话，说起周六晚上麦加洛和伯克比赛的事。

纳什和我一样，也是位拳击经纪人。麦加洛是纳什手下最优秀的重量级拳手，他年纪轻、速度快，在纳什的精心培养下，正在向一流拳手的队伍迈进。

“华伦，周六麦加洛和伯克的比赛出了点儿问题，伯克突然病了，不能上场，不知道你手上有没有人能代替伯克出场？”

我了解伯克的战绩，他赢过十八场，连续输过十场，在他输的这十场比赛中，有六场是被击昏的，这意味着伯克最近的状态正在走下坡路，因此，我必须也找一个类似的拳击手推荐给纳什。在我的俱乐部里，当然也有从一线退役的拳击手可供选择，但我又一想，为什么不让加里去试试呢？也许一场正式的比赛是检验加里成色的最好机会。

于是，我在电话里对纳什说：“现在我手边还没有合适的人选，不过，昨天晚上我这里来了一个新人，名叫加里。”

“加里？怎么没听说过这个人啊，他的战绩如何？”

“他刚从国外来，我也没有他的战绩记录。”

“那么，他的拳打得怎么样？”纳什小心翼翼地问。

“他出左拳的速度极快，但他右拳怎么样，我不知道。”

纳什似乎对加里产生了点儿兴趣，又问：“那你觉得这个人的实力怎么样？”

“昨天晚上他来找我，告诉我他已经一无所有，想凭打拳来赚钱。”我对纳什说，“依据我的判断，他是个很有潜力的选手，至少在三十五岁之前，他一定会成为一流的拳击手。”

“好吧！但愿加里能够在麦加洛手下撑两个回合，我可不想要不堪一击的。”纳什在电话里笑着说。

“纳什，我无法向你保证什么，不过，我很看好加里。”

第二天傍晚，加里又来俱乐部找我，我带着他去见律师，然后我们签订了合同，约好每场比赛我抽取门票的百分之十。

周六那天，比赛就要开始了，我送给加里一件黑色的长袍，因为那是他最喜欢的颜色，然后我就带着他步入赛场。由于麦加洛是当地人，又拥有很多粉丝，所以那天来观战的大部分观众也都是冲着他来的。我和加里在拳台的这一端作好了出战的准备。

这时，开赛的锣声响起来了。麦加洛从他的那一端走到拳台中央，一边走还一边在胸口上画着十字。加里见麦加洛这样做，突然变得面色苍白、惊恐万状，我以为他是被麦加洛的气势给镇住了，就赶紧给他打气说：“加里，别紧张，你只能硬着头皮上了，闭着眼睛打吧！”加里点点头，深吸了一口气，转身向拳台中央跑去。他站好姿势，两眼盯着麦加洛，猛然出了一记左拳，狠狠地击中麦加洛的下巴，结果麦加洛轰然倒地。全场的观众几乎都惊呆了，连裁判也目瞪口呆，甚至忘记了数数，因为这场比赛开赛仅九秒钟，麦加洛就被加里击倒。

观众席上发出了一阵阵嘘声，这并不是因为麦加洛落败，而是因为比赛的速度太快了，他们花了钱却没看到精彩的比赛。

我和加里刚刚返回更衣室，就见纳什已经怒气冲冲地等在那儿了，他狠狠地瞪着加里，然后把我拉到一边质问说："华伦，你这是在坑我！"

我赶紧解释说："纳什，我发誓，我绝没想到会出现这种结果！"

"不行，必须让我的麦加洛扳回一局，我们再比赛一场！"

"再比一场？"我捻着下巴上的胡子，缓缓地说，"再比一场倒是可以，不过，门票的百分之六十要归我们。"

"百分之六十？你这简直是抢劫！"纳什气得差点儿跳了起来，可他转念一想，麦加洛败北是他战绩上的污点，必须尽快洗刷掉。经过一番讨价还价，我们决定各得门票的一半。

两天后的一个晚上，我关上拳击俱乐部的门，回到办公室，加里正坐在电视机前兴致勃勃地看吸血鬼电影，见我进去，他就赶快切换了频道。

"加里，我不喜欢吸血鬼电影，那太不合逻辑了！"我说。

"为什么？"

"这种电影经常会描述一个吸血鬼四处吸血，被它吸过血的人也都变成了吸血鬼，而那些吸血鬼再分头去吸血……如果照此逻辑，要不了多久，地球上的人类都会变成吸血鬼，它们将无血可吸，最后都必然饿死，不是吗？"

加里露出他那对尖尖的虎牙，笑着说："华伦，可是吸血鬼也不傻呀！他们会控制自己的吸血量，在这个人身上吸一点儿，在那个人身上吸一点儿，被吸血的人除了会有点儿轻微的疲倦感之外，是不会变成吸血鬼的。"

我点头对加里的看法表示同意，并调低电视的音量，然后言归正传，和他谈起比赛的事。

"加里，我知道，凭你的实力在几秒钟内放倒麦加洛易如反掌，但你要清楚，拳击不仅是一种比赛，也是一种表演，观众花了钱，肯定不希望只看二十秒钟的比赛，我们必须多打一会儿，让观众们也心满意足，这样他们下回才肯再花钱来看。所以，当你下次再对战麦加洛时，你必须多和他缠斗一会儿，一直到第五回合再把他打倒。"

加里困惑地看着我，似乎还不太明白。我点着一支烟，继续向他解释说："如果你太厉害的话，以后谁还敢和你打？如果以后没人和你打，你怎么赚一大笔钱呢？"我用钱做例子来开导他，加里一下子就开了窍，他答应下次再与麦加洛比赛时，手下稍微留点儿情。

在我们等待与麦加洛重新比赛的那几个星期里，加里根本就没参加任何训练，我对他也不加干涉，因为我对他的拳技很有信心。不过令人费解的是，加里从不告诉我他住在哪里，也不告诉我他的电话，我猜他可能是自尊心较强，不想让我看到他简陋的住处。总之，他每隔一两天就会到俱乐部来，跟我聊上几句。

加里和麦加洛的第二次比赛终于又开始了。这次加里按照我说的，在拳击台上和麦加洛你来我往，打得很热闹，打到第五个回合时，加里看时机已到，便一拳击倒了麦加洛。这下加里名声大振，一下子拥有了许多粉丝。在那以后的日子里，我们又签了很多场比赛。

为了不让比赛显得一边倒，我跟加里商量，让他在每场都故意被对方击倒两三次，造成加里只是个进攻犀利的选手，但防守不行的假象，这样一来，每个拳击经纪人都会认为自己的拳击手也能有击倒加里的机会。

在随后的一年里，加里参加过七场正式比赛，每场都完胜对手。后来，加里的名声越来越大，其他州的拳击手也前来挑战他。有了加里这棵摇钱树，我们都赚了许多钱。但是后来，我发现加里好像有心事，经常一个人沉默地坐着，我问他到底是怎么回事，他却摇摇头不肯说。

加里出名了，也吸引了许多女孩子的目光，纷纷约他出去玩，据我所知，加里对待她们一直非常规矩，从未有过非分之想。

我们赢了第十场比赛后，一天早晨，我正在办公室数钱时，突然听见了敲门声。开门一看，外面站着一位女人，她中等个头，相貌一般，看上去并没有什么特殊之处。

“请问，怎么才能找到加里先生？”她问。

“我也没有他的联系方式，”我说，“他只是偶尔来这里，我甚至不知道他住哪儿。”

她怔住了，然后向我吐露了实情：“两个星期前，我开车去另外一个州看望姑妈。在返回的路上，由于天黑路滑，我的车轮陷进了沟里，我费了好大劲儿也无法把汽车弄出来，我又累又饿，最后迷迷糊糊地在车里睡着了。那天我做了个怪梦，梦见一个男人帮助了我。而梦醒之后，真的发现我的汽车窗外有一个身材高大的男人，正低头看着我。他很热情地帮助了我，用他自己的车把我送到一个公用电话亭，我打电话给父亲，请父亲派人来接我……”当这位女子说话时，我注意到她的喉部有两个红色的小包，好像被蚊虫叮咬过一样。

她继续说：“他帮助了我之后就离开了，连姓名也没有留下。但这几天，他的影子一直在我眼前晃动……”说到这里，那位女子的脸红了，“昨天晚上，我看电视里的体育新闻时，才知道他叫加里，是本地有名的拳击手，于是我就找到你这儿来，想向他亲自道谢……”

“好的，那他下次来的时候，我代为转达吧。”

她仍站在那里不肯走，突然，她好像想起了什么，说：“加里那天把钱包掉在了现场，里面有一千元，拖车司机拾到后交给了我。”

我心想：“这年月，像这种好心的拖车司机不多了啊！”我对那女子说：“我可以替你把一千元转交给加里。”

她尴尬地笑了笑，说：“真是不巧，今天走得匆忙，我忘记把加里的钱包带出来。我叫黛芬，还是给你留下我的地址和联系方式吧，请你转告加里，让他直接找我来取。”

第二天，加里来到俱乐部，我把黛芬的事告诉他，并把她的地址和联系方式也给了他。

加里感到很奇怪，他说：“我并没有丢钱包呀，甚至我从来都不用钱包。”

我笑着说：“看来这位黛芬小姐不惜花一千元的代价认识你。加里，你那天真的帮助过她吗？”

“呃，的确……我发现她在车中睡着了，就开车送她去了公用电话亭。”

“你有汽车？”

“是的，上个星期才买的，在城市里有辆汽车方便些。”

“什么牌的汽车？”

“1974 年的大众汽车，是二手车，发动机还行，但车身比较破旧。噢，我想起来了，那位叫黛芬的小姐开的是林肯豪华型。”

“别羡慕人家，加里，我们的事业蒸蒸日上，很快你也能买得起那种豪华车。”

在接下来的两场比赛中，我们又完胜了对手。这两场比赛引起了电视台的关注，他们还对比赛进行了直播。我以为加里会很开心，可他仍然闷闷不乐。

有天晚上，加里突然来办公室找我，说：“华伦，告诉你个好消息，我要结婚了！”

我感到很惊讶，不过转念又一想，这没什么可奇怪的，很多拳击手到了三十岁左右都迈进了婚姻的殿堂。于是我就问他：“跟谁结婚啊？”

“黛芬。”

“黛……芬？”我想了半天才反应过来，“你说的是那天来的女人？”

他点了点头。

“你没搞错吧？加里，现在你成为众多女孩子追捧的偶像，怎么会选择黛芬呢？她看上去可是很一般哪。”

“我看中了她的气质。”

“加里，开什么玩笑，黛芬的气质也很平庸，”我笑着说，“哦，对了，你该不会是看上她的钱了吧？”

加里的脸红了，小声说：“当然……经济实力也是一个因素。”

“可是，加里，你的前途一片光明，很快你就会拥有很多钱，多得数不过来！”

“华伦，你不知道我最近的压力有多大，很多亲朋好友得知我进入拳击界后，都纷纷来信指责我，说我这样的家世背景，不应该为了钱而比赛，”加里低着头嗫嚅地说，“我也考虑了很久，我想我应该退出拳坛了，否则就是在玷污我的贵族血统。”

“贵族？”我诧异极了，“难道，你是皇室成员？”

“从某种程度上讲，算是吧！”他叹了口气，“我的亲戚们为了让我退出拳坛，已经开始为我捐款，可我怎么有颜面接受他们的钱呢？”

“难道，为了钱和那个女子结婚，你就有颜面吗？”我表情严肃地诘问他。

“华伦，听我把话讲完，”他说，“和黛芬结婚，我在收获金钱的同时，好歹也能收获爱情。”

我们争论了半天，最后，我希望他回去好好考虑一下，他答应了。

一个星期过去了，他杳无音信，我简直急坏了。

一天晚上十点半左右，鲍比突然来到我的办公室，交给我一封信。我一看那信封，就预感到事情不妙，拆开一看，果然是加里写的。

亲爱的华伦：

我经过仔细的考虑，最后还是决定退出拳坛。我很抱歉，辜负了你对我的一片厚望！我相信你说的，如果我继续在拳坛发展，我能赚到数百万元，但是，我还是要离开了。祝你好运。最后，我也向你保证，我会给你回报，绝不让你两手空空。

加里

信的最后一句话令我困惑不已，要用什么回报我？难道信封里有支票？我抖抖信封，什么也没有。这话是什么意思呢？

我望着眼前的鲍比，他却冲我笑着说：“打我一拳！”

我盯着他，只见鲍比的脖子上有两个好像被蚊虫叮咬过的小红点，他的嘴里也长出了两个虎牙——竟然和加里的一模一样！

“打我一拳试试！”他再次说。

也许我不应该打他，但我心情实在太郁闷了，加里走了，我的摇钱树也倒了，我要发泄，于是我猛地朝鲍比的下巴打了过去！

只听“咔嚓”一声，我的手腕骨折了。

当医生为我打夹板时，我却笑了。

因为我这才明白，加里临走前把他的能力传给了鲍比，那是他对我最后的回报。

男人的书

晚饭后，戴维把立体声音响开到了最大音量，在他那间位于十楼公寓的小房子里，充满了流行音乐那动感十足的声音。伴随着音乐声，他又脱掉鞋子，舒舒服服地躺在沙发上看书。

有些经历能改变一个人的一生。当戴维翻开《从艰难走向胜利》这本书的扉页时，他深信，这本书也将改变他的一生。还不到五分钟，他就被书中的精妙论述所吸引，以至于对震耳欲聋的音乐充耳不闻。

在《从艰难走向胜利》这本书的封皮上写着这样一句话：这是一本男人必读的书，更是有事业心男人的人生指南。书的作者詹姆斯是一位杰出的房地产经纪人，他白手起家，凭借自己的努力，最终走向了成功。戴维认真地阅读着，他希望从詹姆斯的书中获得成功的秘诀。

突然，门口传来一阵急促的敲门声，打断了他的思绪，他非常不情愿地将书放在桌子上，走过去开门一看，原来是住在隔壁的明克斯。明克斯与他年纪相仿，今年三十六岁，只是个子稍矮一些。

“你的音响，假如……假如你把音量放低一些，我将感激不尽。因为，现在已经很晚了，我明天还要上班……”明克斯蓝色的眼睛里流露出沮丧的神情，吞吞吐吐地说。

“好吧！”戴维不客气地甩出一句，随后“砰”的一声关上了房门。

戴维不想和邻居争吵，但他心里很讨厌明克斯，因为明克斯总是抱怨他的音响声太大了。

戴维朝他的立体声音响走过去，正要伸手调低音量，突然一转念：“明克斯算老几？凭什么要听他的？我在自己的房间里听音乐，谁也无权干涉！”

想到这里，戴维又躺回到沙发上，重新拿起了书。现在该看第三章——《从胁迫到胜利——徐徐灌入恐惧的艺术》了。戴维有滋有味地朗读起来，嗓门儿甚至超过了音响。

明克斯再没有上门打扰。

戴维心里很高兴，他觉得，在自己强硬态度的胁迫下，那个多事的明克斯也只能忍气吞声，这是多么好的例子啊！戴维不禁对詹姆斯的书信心大增。

又读了一段时间，戴维终于读累了，于是他合上书，关上音响，躺到了床上。但他的思维并没有停止，还在回顾刚才读过的内容。他认为《从艰难到胜利》不仅是一本好书，而且这本书对于他而言，是来得恰到好处！因为他所在的公司最近要在东南区成立新的分公司，公司上层准备从他和另一个名叫韦尔的人中间选出一位担任分公司经理，他觉得自己正好可以从这本书中学到一些职场制胜的窍门。

第二天早晨，在公司的电梯里，戴维遇到了韦尔，“早晨好！”韦尔像往常一样友好地和戴维打招呼。但戴维却把头一偏，没有搭腔，他心中暗想：“要用冷漠来打击韦尔！”

电梯门开了，两人走出电梯。戴维偷眼观察了一下韦尔的脸，只见韦尔的脸上带有一种迷惘的神情，他想：“这正好符合詹姆斯书上说的，那种表情是‘敌人遭到打击后，失去平衡的第一个标志。’”

到了吃中午饭的时候，戴维来到韦尔经常吃饭的餐厅，他在走过韦尔的桌边时，漫不经心地朝他挥了挥手，算是打招呼。然后，他又故作潇洒地走到消费更昂贵的雅座，故意找一个能让韦尔看见的座位坐下。戴维向侍者要了一杯马提尼，他一边小口啜饮着，一边假装焦急地看着手表，好像在等什么重要客人。他清楚，韦尔下午一点三十分有个会议，一会儿就会离开餐厅，他打算等韦尔离开餐厅后，再溜回到廉价的座位上，点一份三明治来吃。

戴维正在盘算着，韦尔却从椅子上站起来，友好地朝他走过来，他则假装没看见，还是继续喝着杯中的马提尼酒。

"戴维，"韦尔面带微笑地说，"你在等人吗？"

"是的，等一位朋友。"

"嘿，今天早晨我向你打招呼，可你没理睬我，该不会是对我有什么误会吧？"

"没有，韦尔，当时我正在考虑事，所以没听见。"戴维解释说。

这时，戴维突然想到《从艰难到胜利》一书中提到，当对手站着和你交流的时候，你决不可以坐着，必须也站起来，以便在气势上压倒对方。于是戴维也端着饮料，站着和韦尔说话。

他们聊了一会儿，韦尔告辞了。戴维也跟着向外走。

"你不等朋友了吗？"韦尔问道。

"他有事，不能来了，再说已经过了约定的时间。"戴维说着，便和韦尔一同走出餐厅。

戴维故意把车停在韦尔的汽车旁边，他的车是新车，而且刚打过蜡，看起来光可鉴人。他故作深沉地钻进崭新的汽车，猛踩油门，飞快地驶离停车场，将韦尔远远地甩在了后面。他心中暗自高兴——认为自己又让韦尔受到一次"沉重的"打击。

傍晚时分，戴维拖着疲惫的身躯回到了家。由于一整天的工作压力，他的心情也非常恶劣，刚走到家门口，正好碰见明克斯从隔壁走出来，明克斯正扣着皱巴巴西装外套的纽扣，冲他点点头，便急匆匆地向电梯走去。

"明克斯！"戴维在背后轻轻地叫了一声，等明克斯转过身，他却故意不理不睬地径直走进自己的公寓，然后"砰"的一声关上门。戴维为自己刚才的恶作剧感到开心不已，他的心情也舒畅了些。

吃完晚饭，戴维继续躺在沙发上阅读《从艰难到胜利》的第三章。这一章指出，某些类型的人有时候很难被打垮，要多费些工夫对付他们。"这说的不就是韦尔这样的顽固家伙嘛？"戴维心想，"看来要对韦尔展开一场持久战了。"

正当他饶有兴味地沉浸在书中时，隔壁传来了邻居明克斯返回住处的声音。他把书放下，打开了音响，而且开得很大，顿时震耳欲聋的音乐声再次充斥了整个房间。

"正好用明克斯这种无用的家伙来练练手，验证书上所说的技巧是否灵验。"戴维心里想，"韦尔是个敏感、沉默的人，比明克斯也强不到哪儿去，只要有足够的时间和耐心，也一样能够被打垮。"

第二天，公司经理罗蒂先生让戴维到韦尔办公室去，经理要与他们二人开个会，讨论一下有关设立双层货柜的可行性。戴维清楚，这次是他和韦尔一次真刀真枪的比试，谁的建议被经理采纳，谁就有可能成为东南区的分公司经理。戴维心想："正好可以借此机会进一步验证一下《从艰难到胜利》第三章的技巧。"

戴维提前半个小时来到韦尔的办公室，和韦尔一起等待罗蒂先生的到来。

韦尔热情地请戴维坐下，可他却冷冷地拒绝了，反而装作漫不经意地在办公室踱来踱去，只是偶尔瞄一眼坐在椅子上的韦尔。

韦尔对戴维的失礼不以为然，他主动与戴维交换着关于设立双层货柜的看法："戴维，我们应该试制成本低，效果好的新式货柜。"

"哦，我倒是有几个好办法。"戴维小声地自言自语道，虽然他的声音非常轻，但韦尔还是听到了，韦尔和蔼而好奇地问："什么办法？说出来听听？"

"说出来听听？我有那么傻吗？"戴维心中不禁升起一股无名怒火，他心想，"我的点子怎么可能与你分享呢？"

这时，罗蒂经理走进了韦尔的办公室，戴维和韦尔都站起来向经理打招呼。戴维对经理很恭敬，他微笑着点头，努力使自己显得不过于谦卑。因为书中介绍过，在与上司打交道的过程中，要表现出一种平等的态度。

罗蒂经理也笑着朝他们点点头，然后让他们坐下来。罗蒂经理说："公司需要的是一种成本低廉、质量上乘的新式货柜，今天找你们来，是想听听你们的看法……"

在罗蒂经理说话时，戴维两眼一直傲慢地盯着韦尔，这让韦尔渐渐地显得有点儿不自然了，脸上流露出一种迷惑的神情。戴维见此情形，心里暗暗得意。

罗蒂经理突然停住了讲话，问道："戴维，你在听吗？"

正在溜号的戴维被经理的问话吓得打了个冷战，"当然在听，经理！"他急忙说道。

"那你说说看，我刚才说的是什么？"罗蒂经理不满地问。

这下戴维傻眼了，他刚才根本没有专心听罗蒂经理的讲话，结果他被问得哑口无言。这时，韦尔露出了微笑——至少他似乎在微笑。

最后，罗蒂经理将戴维责备了一番，并要求他和韦尔回去仔细思考货架的制作方案，一个星期之后提交报告。

戴维闷了一肚子气，悻悻地回到了家。他今天受到了经理的责备，而且还是在韦尔面前，这让他觉得脸上很无光。那天晚上，他不得不把工作带回家做。

晚上的大部分时间，戴维都在研究着如何用一堆纸板来搭建货架的模型。他没有读书，而是把所有的精力都集中在纸板的厚度、波状纸板的样式、立体的尺寸和压力等因素上，最后他终于想出了一个好点子，解决了货架的负重问题。戴维打量着自己做出来的货架模型，心想："按照工程学原理，这是可行的。"

最后，戴维累坏了，他打开音响，然后一头倒在沙发上。他心里想："该死的韦尔，今天就是因为你，才害得我被经理责备！"

这时，门外又传来一阵敲门声，“一定是明克斯，不管他！”戴维翻了个身，继续琢磨他的办公室战争。

大约过了十分钟，戴维家的电话铃响了起来，他假装没听见，继续躺在沙发上。当电话第六次响起时，他不能再装聋作哑了，就骂骂咧咧地从沙发上起来，拿起话筒。电话听筒中传来明克斯那畏怯的声音，戴维不禁心生厌恶。

“戴维先生，你家的音乐声太大了，我刚才敲你家的门，你没有开。求求你，把音乐放小点儿吧，我现在筋疲力尽，我要睡觉……我们全家人都被吵得睡不着，我弟弟因此还生病住院了……”明克斯胆怯的声音反倒让戴维来了精神，“看来詹姆斯的这套理论在明克斯身上起作用了，现在他怕了自己，哈哈！”戴维想。

“你弟弟住院与我有什么关系？有谁能证明是被我的音乐吵的？”戴维大声说。

“我没有责怪你的意思，我只是请你……”

“好吧，好吧，我把音响声调小点儿就是了！”戴维应付着，然后把电话挂断了。

戴维重新回到沙发上躺下，他根本没有把音量关小，而是任由它继续大声地响着——这是书上第七章介绍的“欲擒故纵”的技巧。戴维断定，明克斯没有胆量报警。

戴维真的有点儿困了，他躺在沙发上睡着了。

大约在凌晨四点钟，戴维醒了，他发现音乐仍在播放着，心想那盘磁带一定翻来覆去地播放了几十遍。

这一夜，明克斯没有再打来电话，即使他打来电话，熟睡中的戴维也听不见。

第二天一早，戴维走出家门，来到电梯口，碰巧明克斯也在这里等电梯。明克斯看起来气色非常差，眼泡浮肿、脸色苍白、嘴唇干裂，他似乎有意在回避戴维，而戴维却示威般地死死地盯着他。戴维知道明克斯不敢把自己怎么样，他认为，像明克斯和韦尔这种人只知道幻想。《从艰难到胜利》的第八章说：“世界属于那些无畏的、有进取心的人。”戴维认为自己就属于那种人。

在戴维的眼里，明克斯只不过是一个有趣的实验品，而自己真正要对付的是韦尔，因为韦尔目前还没有被自己学来的招数所击溃。

很快，一个星期就过去了。在经理要求提交报告的前一天晚上，戴维趁同事们都下班之后，用一张塑料卡片撬开了韦尔办公室的门锁。他倒要看看韦尔究竟拿出了什么样的解决方案——这是那本书的第五章所说的“合理的侦查”。戴维拿着小手电，像个间谍一样在韦尔的抽屉里翻找，最后，他在中间的抽屉里找到了韦尔拟好的工作报告。

借着手电的微光，戴维迅速地阅读了一遍韦尔的报告，他不禁大为惊叹——韦尔提出的制作货架的方案比自己的方案更完美，不但制作方法简单，还大大节约了费用。“如果韦尔的报告交上去，那东南区分公司经理的位置就非他莫属啊！”戴维暗暗地想。他犹豫了一下，拿出钢笔，在韦尔的报告上偷偷涂改了一些数字，然后又将报告放回原位，最后他轻轻地带上了门，没有留下一丝痕迹。

那天晚上，戴维非常高兴地回到家。为了庆祝，他决定去一家高档餐厅用餐，于是他洗了个澡，换上一身休闲装，便离开了家。

临走前，他打开音响，放大音量——这也是他惯用的招数，是为了震慑窃贼，让他们以为屋内有人。

第二天，罗蒂经理告诉戴维，任命他为东南区的分公司经理。“太好了！看来这本书果然灵验！”戴维心中暗喜。韦尔虽然落选了，但他并没有流露出失望。戴维认为，人生中总要做一些不择手段的事，只有我这样的人才能爬上去，像韦尔这种弱者将注定被自己踩在脚下。

戴维平时很少喝酒，但那天晚上，他却独自一人去了家附近的一个餐厅，点了一桌子美酒佳肴，为的是犒劳犒劳自己。午夜时分，当他摇摇晃晃地走出餐厅时，才发觉自己实在是喝多了。

当他一脚深一脚浅地踏进家门时，脚下传来了咯吱咯吱的声音，他低头一看，地上全是碎玻璃，再仔细一瞧，发现家中的那个昂贵的立体声音响不知被什么人砸了个稀巴烂，各种音乐录音带也被砸碎，并乱扔了一地，还有那个进口的唱片机，也成了一堆废铜烂铁……

戴维被眼前的这一幕惊呆了。

“这是我的唯一选择！”黑暗的房间里，突然响起了一个男人的声音。

戴维吓了一跳，急忙去按电灯开关，只见他的邻居明克斯正端坐在沙发上，面带歉意地看着自己。

“我本不应这样做，”明克斯说，“我讨厌暴力……但是，我的家族有人格分裂症的遗传病史，大部分的时候，我是安静的、懦弱的、平和的，可是，当病症发作起来……我无法控制自己的行为……”

明克斯说这话的时候，他的面部肌肉僵直，表情古怪，仿佛变了一个人。

戴维大吼道：“你这个卑鄙的家伙，我不管你什么病史，你赔我的音响……”刚喊到一半，他突然发现明克斯的手里居然还攥着一把长柄的消防斧——那是放在走廊的消防箱里的。戴维顿时吓得脸色苍白，一边向后退，一边结结巴巴地说：“你……你要干什么？”

明克斯站了起来，向前逼近，他那张固执的脸上流露出一种前所未见的神情，紧接着，斧头便带着死亡的气息朝戴维的头部砍来。在那一瞬间，戴维后悔自己没有读完《从艰难到胜利》，因为在那本书的后面，说不定还提到了如何对付人格分裂症患者的招数。

赛车冠军

有时候，好心会给自己招惹麻烦，甚至还会带来生命危险，你信吗？

有些驾驶者乐于助人，愿意让路边的陌生人搭乘自己的车。如果那陌生人是普通百姓，倒还好办，可假如碰上个心怀叵测的家伙，驾驶者的处境可就堪忧了。

其实，这种事情时有发生。如果仅仅是汽车和钱财被歹人劫走，这还算走运的，还有一些倒霉的驾驶者，最终可能成为躺在太平间里的冰冷尸体；有的人身上只中了一颗子弹，这还不算很惨的，还有一些人则是被残忍地杀害，死相简直惨不忍睹。

当然了，尽管搭载陌生人要冒点儿风险，但总有好心的驾驶者还是会将车停在路旁那些伸出拇指的人的面前，笑容满面地送他们一程。

我们今天故事的主人公就是这样一位好心人。

他驾驶着汽车在高速公路上飞驰。他的汽车很新，可美中不足的是，汽车上的收音机却有点儿小故障——只能发出噼噼啪啪的电波干扰声，却接收不到任何广播信号。

从下午五点到晚上九点，他已经在这条公路上连续行驶将近五个小时了。一路上，他没有听到任何人类说话的声音，因此觉得非常无聊和寂寞。他透过风挡玻璃向前看去，只有一眼望不到头的水泥路面在一公里一公里地消逝……渐渐地，他感到眼皮越来越沉重，如果不是强撑着，他甚至都快趴到方向盘上睡着了。

是路边出现的指示牌驱散了他的睡意，原来，前方不远处就是春谷镇的收费站了。他连忙减速，不一会儿，车子就缓缓地驶到了收费站的栏杆前。收费小姐一边收着钱，一边善意地提醒他：在前方的道路上几乎没有车辆和行人，今天晚上可能会下小雨，请他注意行车安全。

他把找回的零钱塞进遮阳板后面，微笑着向收费小姐示意后，便发动汽车，继续前行。不知从什么时候开始，天空中原本明亮的月亮和星星被乌云遮蔽了，看来真的要下雨了。他的车灯照射在路旁的一块块里程碑上，反射出莹莹的微光，好似猫的眼睛，闪烁着从他身旁掠过。后面还有四百英里的路程，不过，他并不担心来往的车辆或十字路口会阻碍他的行程，因为在这漫长的路程上，只有路旁的里程碑陪伴着他。

渐渐地，他的思绪又回到了年轻的时候。遥想当年，他曾站在路旁，伸出拇指向路上的过往司机示意，请求搭顺风车。有许多时候，好心的司机会停下来让他上车；但也有苦苦等了几个小时，居然没有一辆车肯停下来带他一程的境况，最后呢，他只能迈着疲倦的双腿向目的地走去……

突然，车灯照到了前方不远处的一个东西——那是一个男人，正挥着拇指向他示意。他心头一动，下意识地踩下了刹车，汽车缓缓地在那个男人面前停住了。那人从敞开的车窗探进头来问："先生，请让我搭一段顺风车好吗？"

他按亮了车内的顶灯，打量着车外的那个男人，只见他身穿皮夹克，系着领带，脚边还有一个廉价的提包。"这个男人除了头发有点儿乱以外，看上去倒不像坏人。"他心里想。于是，微笑着冲车内努努嘴，说："上来吧。"那个男人连声道谢，拎着提包上了车，坐在副驾驶的位置上，靠着座椅靠背长长地出了一口气。

他关掉车里的灯，加大油门，继续向前行驶，不一会儿，时速就达到了六十公里。

"你要去哪里？"他问那人。

"去前方的阿雨巴镇，"那人回答说，"我必须赶在明天早晨八点之前到那里，否则老板就炒我的鱿鱼了。"

"放心吧！"他说，"我要去水牛镇，正好路过阿雨巴镇，我会在那附近让你下车的。"

"那太感谢你了！"那人笑得眼睛眯成了一条缝儿。

接下来的几分钟，他们谁也没说话。最后，还是他打破了沉默，问道："年轻人，你叫什么？"

"迈克，迈克·杰瑞，我已经二十五岁了，并不年轻了。"

"不过，对我这个年龄的人来说，二十五岁还很年轻。"他笑着说，"迈克，我很乐意帮助你，可你知道吗，在高速路上搭顺风车是违法的行为。"

听了这话，迈克似乎有些紧张，在座位上扭动了几下，然后小声问："你要把我送到警察那儿去吗？"

"哦，不会的，我只是提醒你而已。"他说，"在我年轻的时候，也经常冒着触犯法律的危险站在路边搭便车，也有好心的司机停下来搭载我。那个时代，人人相互信任，是个充满人情味儿的时代。"

"是啊，我从傍晚就站在那里等，可是没有一辆车肯停下来。"迈克说，"有好几次，我看到貌似警车的汽车开过来，就急忙钻进路旁的树丛里，如果被他们逮到，我就全完了。"

汽车继续向前开。大约过了十几分钟，公路的前方出现了星星点点的灯火，显然，前面是一个镇子。他说："前面是塞芬镇，我开了好几个小时的车，已经很疲劳了，我们到镇上找个餐厅坐下来喝杯咖啡怎么样？"

"不，我不喝。"迈克推辞说。

"别担心，我请客。"

"我不要咖啡，我什么都不要！"迈克说话的语气很急促。

"哦，那我去喝一杯咖啡，你在车上等我十分钟。"

这时，迈克拉开皮夹克的拉链，将手伸进夹克的口袋里，仿佛在摸着什么。

"也许他是在找零钱吧？也许……"然而还没等他想明白，突然听见迈克厉声说："先生，把车直接开过塞芬镇，我们不在那儿逗留！"

迈克粗鲁无礼的语气让他心中非常不快，他没好气地说："听着，这是我的汽车，我爱在哪儿停就在哪儿停，我说了算……"可话还没说完，他就觉得自己腰间被顶上了一个硬邦邦的东西，用眼角一瞟，不由得大惊失色，原来迈克手里正拿着一把枪。

"先生，现在是我说了算！"迈克恶狠狠地说，并用枪口猛地戳了一下他的肋骨，一阵剧痛传来，他把着方向盘的双手一抖，汽车差点儿滑到对面的车道上。

"好好开！"迈克命令道。

他急忙定了定神儿，重新控制住方向盘，让汽车在安全的位置行驶。同时，他用脚轻轻地踩了一下刹车，想让车速慢一点儿。

"不能停！"迈克大声说，"你老老实实地继续开，速度别太快，也别太慢！"

汽车飞速地驶过了塞芬镇的出口，没有停留。不久，塞芬镇那星星点点的灯火就被他们甩在了身后。现在，高速公路两旁是无人的荒野，这里距离哈里曼立交桥还有大约十五英里的路程。

汽车越往前开，公路两旁越荒凉，公路也越来越窄，他说："我必须放慢速度，道路实在太窄了。"

"不行！你必须保持原有的速度！"迈克说，"虽然这段路很窄，但没有其他车辆。另外，我可要警告你，假如看到警车，你最好给我老实点儿，别试图用车灯给警察打信号，或者耍其他花招，我的子弹可不长眼！"说着，迈克还拿着手枪在他眼前晃了晃。

"那我们开到哪儿？"由于过度紧张和恐惧，他觉得胃里一阵收缩，差点儿呕吐出来。他稳定了一下情绪，用一只手把住方向盘，另一只手松了松身上的安全带。

"越远越好！我要摆脱警察的追捕。"迈克大声说，"太遗憾了，我不得不逃离春谷镇，都怪那该死的老太婆！"说到这里，他用枪柄重重地敲击着汽车的仪器板。

"老太婆？你说的是你母亲？"

"不，我说的老太婆住在春谷镇收费站的一幢房子里。"迈克恨恨地说，"我眼看着男女主人带着孩子出了门，心想家里一定没有人，就撬开后门进了屋。我把一楼的客厅翻了个遍，找到手提电视、打字机，还有好多现金，对了，还有这把枪。当我正要离开时，没想到被那个老太婆撞见了，她从二楼的卧室里出来。当时，她堵在大门口不让我走，还声嘶力竭地叫喊，那嗓门儿几乎把全镇的人都吵醒了！"

"那后来你怎么脱的身？"他问。

"哼，死老太婆！现在她已经永远闭嘴了！"迈克说着，晃了晃手中的枪。

"那你要把我怎么样？杀死我？"他问。

"那要看你是否合作了。要是你老老实实的，也许我会放你一条生路；要是你敢动什么鬼主意的话，也许几天之后警察会在臭水沟里找到你的尸体！"迈克狞笑道。

"我全听你的，绝不敢有其他想法！我不想死。"

"如果那个老太婆也像你这样想，那她也不会死。"

汽车行驶了很久，一路上，他的身体都在不由自主地颤抖。是啊，被一支枪顶在腰间，换了谁都会心惊胆战的。当汽车开到新堡立交桥时，一辆带有拖斗的大卡车突然从后面超车，卡车拖斗险些撞上他的汽车的车头，他急忙猛踩刹车，这才化险为夷。而坐在副驾驶位置上的迈克也吃惊不小，他的双脚也下意识地猛踩，手中的枪差点儿滑落。

“笨蛋！”迈克稍微稳定了一下心神，用枪重新顶住他的腰部，恶狠狠地骂道。他惊恐地注视着卡车正以每小时八十公里的速度隆隆驶入前方的黑暗中。

刚才的变故似乎让他受到某种启发，他思索了片刻，然后脚踩油门，慢慢地提高了车速。此时，惊魂未定的迈克正伸手去拉车座上的安全带，他要把安全带系在自己身上。

“别动！”他突然大吼一声。迈克被这突然响起的命令吓了一大跳，手一哆嗦，居然松开了安全带。然而，过了几秒钟，迈克就反应过味儿来，开始大笑起来：“你给我放聪明点儿，现在还是我说了算！”

“你这么自信？”他轻蔑地说，“要我说，咱俩最好不要争，否则，只要我的方向盘稍稍一偏，恐怕咱俩就会成为路基下的两具破碎的尸体了。”

迈克愣了一下，拿枪的手也不禁颤抖起来，显然是被他的话吓住了：“你到底想怎么样？”

“很简单，把你的手从安全带上拿开！”他平静地说。

“好吧，你看，我的手已经从安全带上拿开了。”迈克无奈地耸耸肩说。

“现在我命令你把枪放下，把双手放在我能看见的地方！”他命令说。

“什么？放下枪，那绝不可能！”迈克叫道。

“是吗？如果你不这样做，我会让车撞向路边的里程碑，要不要试试看？”

迈克心中不由得一惊，但他随即大声说：“你不会那样做的，对吗？现在车速已经每小时七十公里了，那样一撞，你我会同归于尽的。”

“同归于尽？好啊，我不在乎，反正你也要杀死我，不是吗？”

“我不会杀你的，”迈克的口气明显缓和了下来，“我只是想要你的汽车而已。只要你与我合作，我保证不会伤害你的！”

他摇了摇头，说：“你以为我会相信你的话吗？那个老太婆已经死于你的枪下，现在你是一个背负着人命案的亡命之徒，你逃避追捕的唯一机会就是躲到警察找不到的地方，如果你把我放走了，难道不担心我会报警？我很清楚，你一定会杀我灭口的，是不是？”

迈克被问得一时语塞。过了好久，他才迸出一句话来：“混蛋！现在车速已经是每小时八十公里了，你就不能开慢点儿吗？”

“你的武器是枪，而我的武器是速度！迈克，在这种速度下，如果你胆敢开枪，我们俩瞬间就会玩儿完！”说完，他又狠狠地踩了一脚，速度表的指针竟缓缓地指向了每小时九十公里。

“开得太快了！路面上的一颗小石子都有可能让我们的车子失控！”迈克惊呼道。

“不要怀疑我的车技，迈克。对了，你喜欢看赛车吗？”

“赛车？那东西我可不感兴趣。”

“那实在太遗憾了，”他笑着说，“当前最有名的赛车手是欧·史密斯，他曾两次获得全国赛车冠军，今晚你正有幸和他乘同一辆车。”

“什么？”迈克睁大了眼睛。

“实话告诉你吧，我就是欧·史密斯，这个国家最好的赛车手！”说完，他轻轻地转动了一下方向盘，冲向对面迎头开过来的一辆卡车……但他又迅速将方向盘向回一拨，两辆车擦身而过。

迈克吓得面如土色，哆哆嗦嗦地说：“你……你疯啦？快减速！快！”

“怎么样？很刺激吧？迈克！现在，请你把那把枪处理掉。”

“怎么处理？”

“很简单，打开车窗，把手枪扔到窗户外面去，然后我才减速。”

“哈哈哈！我虽然害怕撞车，可我还没害怕到要听你的命令放弃手枪的地步！”迈克大笑着说，“如果我放弃了手枪，就会被你送到警察局，那是死路一条。如果我不放弃手枪，就算你撞车，我也许还有生还的机会。”

“你大概还不知道，我除了是一名赛车手之外，我还为一家汽车公司当安全顾问，让我来给你普及一下驾车的科学常识吧。”他说。

“你，你想说什么？”

“我们曾经作过汽车的碰撞试验。当汽车以每小时五十公里的速度撞向一堵墙的时候，在撞车的那一瞬间，或者说十分之一秒内，汽车的前缓冲板、冷却器和各种机械就会在巨大的冲力之下被压成一团金属；在撞车的第二秒时，汽车前盖会撞个粉碎，挡风玻璃也炸成无数碎片，汽车后部会因为惯性的作用高高翘起，那时，汽车的前半部受到阻力而停下，但后半部继续向前推进，于是，你的身体会被巨大的力量向前推，这股巨大的力量足以将你的双腿齐齐折断！”

“你给我闭嘴！老东西。”

“继续听我说，我是在给你展示，你究竟是如何走向死亡的。在撞车的第三秒时，巨大的惯性将你的上身向前推，而你的腿部则被汽车的仪器板阻挡，其结果是，你的膝盖将被捣碎；在第四秒和第五秒的时候，汽车的惯性力量继续将你向前推，你的头会以每小时三十五公里的速度撞在仪器板上，瞬间被撞碎，脑浆四溅；到了第六秒的时候，猛烈的撞击结束了，汽车的车身扭成麻花状，你的身体也被扭曲变形的钢板碾碎，不过你不会感到疼痛，因为那时你已经死了。”

“噢，对了，”他说，“需要强调的一点是，我刚才说的情形是在每小时五十公里的速度下发生的，而我们现在的速度已经接近每小时九十公里，所以，你掂量着办

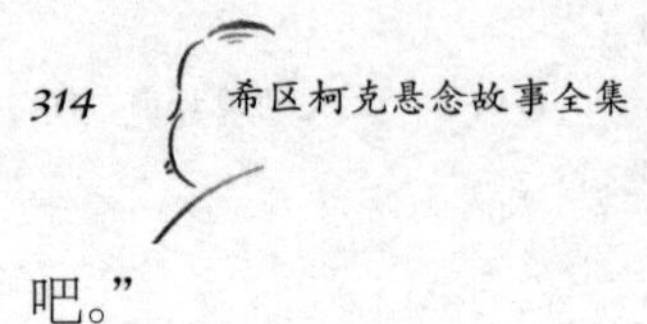

吧。”

“什么？难道你亲眼见过撞车的一幕？”迈克问。

“是的，亲眼所见！”他点点头，“你知道，汽车公司通常会对碰撞试验的过程进行录像，然后用慢镜头回放，进行研究。那种景象真是惨不忍睹啊！迈克。”

迈克干笑了几声，说道：“你的讲述一度让我听得入了神，但我不相信你会故意撞车的，你也怕死，对不对？照这个速度开下去，汽油迟早会耗光，到时候你还是得乖乖地停下来！”

“不要忘记，我可是个赛车冠军，我对汽车了如指掌，你知道为什么我不让你系安全带吗？”

“为什么？”

“假如我现在朝某个东西，比如一块里程碑上撞过去，安全带可以救我一命。”他笑着说，“也许猛烈的撞击会让我内脏出血，但我不会失去知觉，我仍然可以控制汽车，而你可就惨喽！巨大的惯性会让你的身体猛地向前冲，也许会让仪器板将你的头撞个粉碎，也许会将你抛出车外摔个支离破碎……总之，我会捡一条命，而你，必死无疑！”

迈克脸色苍白，下意识地去摸安全带。

“别碰它，把你的手放下！”他喝道，同时他猛转方向盘，汽车像喝醉了酒一样在公路上走着S形。迈克急忙把双手放在仪器板上面，抓得紧紧的。

“迈克，你把枪扔掉！”

迈克紧紧抓住手枪，用枪指向他的头部，颤抖着说：“我要……”

驾驶室里一阵沉默，只能听见车轮飞速旋转的声音以及车外呼呼的风声。

这时，迈克的脑子里正在进行着激烈的思想斗争：“自己背负一宗命案，如果此时扔掉枪，束手就擒，那么后半生可能将在铁窗内度过……不行！”想到这里，迈克“咔嗒”一声打开手枪的保险，“可是，这时车速已经高达每小时一百公里，如果扣动扳机，扭曲的汽车外壳将会切进自己的身体，或者将自己挤成肉饼……”

最终，迈克狠狠地骂了一声，打开车窗，将手枪朝窗外抛去。

从反光镜里，他看到手枪落在地上，在与地面碰撞时摩擦闪出一串火花。他松了一口气，慢慢将车速降低到每小时六十公里的合法速度。这时，他才发现自己握着方向盘的手心儿里全是汗。

不一会儿，汽车到达了金士顿镇。他发现前面不远处停着一辆警车，警灯正在不住地闪烁，那是警察在夜间巡逻。他急忙将汽车开到警车旁，让汽车紧紧地挨着警车，使迈克无法打开车门逃跑。

最后，在警察的强大震慑下，迈克束手就擒。当警察给迈克戴上手铐时，他不服气地说：“欧·史密斯！我真是倒了八辈子霉，搭上了你的车。可你又瘦又矮，看起来一点儿也不像个赛车冠军！”

“迈克，赛车不需要太强壮，只要反应敏捷。”他笑着说。

“如果你不是赛车手，而是其他职业的人，我是不会被警察抓住的！”迈克朝地上吐了口唾沫，“警察永远不会找到我，也不会找到你。”

警察将迈克关进警车，然后走到他面前。

“先生，他刚才叫你欧·史密斯，对吗？我在电视上见过这个全国赛车冠军，可你并不是他本人啊。”

“是的，我不是，”他微笑着回答说，“我叫约翰森，是一家小书店的老板，不是赛车冠军。我要去水牛镇看我的女儿和外孙们，我为外孙带去一件礼物，那是一本书，今天我能幸免，多亏了那本书。说着，他从口袋里掏出一本厚厚的平装书，警察接过来一看，书名叫做《驾驶安全须知》，作者是欧·史密斯。

封面还有作者的照片，那是一位相貌英俊的年轻人，戴着一副赛车用的护目镜。

“不瞒你说，这一路上我是现学现卖，居然把那个杀人犯给唬住了！”他得意地说，“多看书会有好处的，关键时刻兴许能救命呢。”

职业刺客

“你想要杀谁？”我问。

“我自己。”米切尔说。

又是一个那种人。

我说：“我没有必要知道你为什么要死，不过，也许你可以满足我的好奇心。”

“我欠了一屁股债，只有用保险费来偿还，剩下的钱还能让我太太和两个孩子过上好日子。”

“你确信这是唯一的办法吗？”

他点点头。

米切尔是一个三十岁出头的人，他向我问道：“你是一位好射手吗？”

“是最出色的。”

“我要你射穿我的心脏。”

“这是个明智的选择，”我说，“那不会有什么痛苦，也不会引起怀疑。大部分的人只喜欢打开棺木供人瞻仰遗容，棺木盖上却可能会引起人们的怀疑和幻想。——所以你觉得什么时候最好？”

“中午十二点到一点最理想，”他解释说，“我是海湾储蓄所的会计，十二点是我们吃午饭的时间，星期五除外。星期五我是柜台负责人。那时候只有我和一位小姐在营业厅。”

“你要那女孩儿做证人？”

“是的，如果没有人看见我被枪杀，我的死亡可能会引起怀疑，那时要求赔偿就会很麻烦。”

“星期五，十二点三十分整，我走进营业厅，开枪打死你？”

“记住要穿过心脏，”他再次说，“我想我们可以使整个事件看上去像抢劫。”

“还有报酬问题。”

“当然，要多少钱？”

我试着开了个数目：“一万元。”

他皱着眉想了一会，说：“我先预付五千元，其他的事后再——”他停下来，我对他微微一笑：“很显然，没有什么事后了。”

他让步了，不过他仍然不是那种预先支付全款的人。

“这么办，我现在付给你五千元，其他的我放进一个信封，放在营业厅的柜台上，你杀了我后，就可以拿走信封。”

“我怎么才能确定信封里装的不是报纸或其他东西呢？”

“你可以先看看信封里的东西，然后再杀我。”

这听起来似乎很合理。

“从你的情况来看，你几乎破产了，所以你到哪里去弄那一万元呢？”

“我过去两个月里从公司挪用出来的，”他打量着我，问，“你这里经常有像我这样的顾客吗？”

“不经常有。”

实际上，在我的职业生涯中，我确实处理过像米切尔这样的事，其中有三件我干得非常满意，只有一次例外，皮罗的那次。

皮罗是本市一所中学的数学教师，他深爱着一位教家庭经济史的女士。不幸的是，这位小姐并不喜欢他，而是嫁给了一个校董事会的成员。

皮罗勇敢地参加了她教堂的婚礼，但是婚礼后，他立刻在海滨散步，并来到一家酒吧。就是在那里，他认识了弗伦——我的代理人之一。

喝完四杯威士忌，皮罗向弗伦表示，他不想活了，可是也没有自杀的勇气。接着弗伦就把他介绍给了我。

“我猜有那种人，在雇你之后，又改变主意不想死了，是吗？”米切尔问。

“是的。”

“可是，一旦你收了人家的钱去杀人，你就不能停下，不管他们怎么哀求，是吗？”

我微微一笑。

“我不会请你饶命的。”米切尔坚决地说。

“可是你会逃跑吗？”

“不，我不会逃跑的。”

但那一次皮罗就逃跑了，我到现在仍然遗憾那位雇主交付的这项工作没有做完。

米切尔从口袋里掏出一个厚厚的信封，数出五千元给我：“开车到营业厅，向我开枪，然后开车离开，有十分钟的时间可供你全身而退。记住，一定要穿透心脏！”

他走后，我锁上门，来到了隔壁套房里。

和顾客见面时，我总是租两间相连的房间或套房，防备别人跟踪我。

进入第二间房子后，我摘下假胡子、墨镜和淡金色假发。我把这些和衬衫、西装外套一起，塞进我的高尔夫球袋。然后我套上一件运动衫，戴上一顶棒球帽，背上了装着稀奇古怪东西的高尔夫球袋。当我离开时，我是一个出门打高尔夫球的人。

在旅馆停车场，我看见米切尔正开着一辆淡蓝色的轿车离去，我默默地记下他的车牌号。

我也上了车，来到凯西街的罗盘酒吧。我约好了弗伦在这里会面。

除了弗伦，我还有许多代理人，我喜欢称他们为协会会员。他们分布在全国各地，每当他们找到一位顾客时，便在当地报纸上刊登一则遗失广告：“遗失棕白色牧羊犬，名叫紫罗兰，送还者有奖。”广告的后面是电话号码。

这些年来，我的会员们和我合作得很愉快，只有一些小麻烦，就是我们得给那十三只名叫紫罗兰的牧羊犬找安身的人家。

虽然是这样的职业，但至少表面上，我与邻居们没有什么不同——除了我订了十六份美国报纸和两份加拿大报纸。

弗伦留着一部大胡子，脸上是一对平静的眼睛。他总爱穿着淡绿色夹克，戴着船长的长舌帽。有人可能以为他在海上过了大半生，其实他是个社会安全局的退休会计。

他住在郊外，但每天午饭后他便穿上制服，开车进城，或者到海边。他在海边和酒吧里消磨大部分时间，听别人聊大海的故事，偶尔还会请请客。他很向往海上生涯，要不是早婚和五个孩子的拖累，他一定会选择他向往的生活。然后天黑之前，他便返回女婿家。

我发现他坐在一张划痕累累的桌子边，正在喝着啤酒。

“你拿到多少？”他问，“带来没有？”

“他预付了五千元。”我在桌子下面打开信封，数出两千。

我付四成佣金给我的代理人，可能有些人认为我付高了。但是我觉得，我的会员做得并不比我少，他们的期望也和我一样高。

弗伦是我的新会员，到目前他只介绍给我两个人——皮罗和现在的米切尔。

他把钞票对折起来，放进淡绿色夹克的口袋。

“你怎么发现米切尔的？”我问。

“其实是他发现我的。我正坐在这里看午报，他走了进来，从吧台上要了一杯啤酒，在我旁边的椅子上坐下。他喝完啤酒后，看着我说‘你要喝什么？’我说啤酒。他要了两杯，在我桌边坐下来。没过多久，他就告诉了我他的烦恼和他的想法。”

“他知不知道你的名字？”

“不知道，我从来不告诉别人。”

“可是他来找你，几乎马上就和你谈起他的烦恼。”

弗伦缓缓点点头道：“现在想起来，所有事都是他先提出来的。”

我想了一会说：“你肯定你从来没有告诉过任何人我的事？”

“我发誓，”弗伦肯定地说，“一位船长发的誓，世界上没人知道我们之间的关系。当然，皮罗除外。”

皮罗？米切尔会不会是从皮罗那里介绍来的呢？

我的会员从来不会告诉顾客他们的真实姓名或住址，尽管如此，皮罗仍有可能以别的方式帮助米切尔找到弗伦。

弗伦的制服、大胡子，还有他经常在海边——还有，我现在才刚注意到，弗伦右眉上面有一个星形伤疤。——是的，要找到弗伦并不难。

我在想，如果米切尔是从皮罗那里得到的消息，那这又有什么关系呢？

“弗伦，”我说，“我想你现在最好不要用那些钱，至少在我告诉你之前不要用。”

他似乎明白了我的意思。

“你认为钞票上被做了记号，或者警方有号码？”然后他淡淡一笑，“我希望我们最后不必扔掉它。”

我也希望如此。

第二天，我驱车二百英里，来到了米切尔所说的那个小镇。我到的时间是两点过后。

那个小镇像个农村，大部分生意都集中在一条主要街道上。镇界上有块牌子，上面写着：入口 2314。我停下车，走进一家药店，在公共电话亭中翻阅镇上的电话。发现这镇上有二十二家商店，三位医生，一位按摩师，两位牙医，六家餐厅，四座教堂，一家储蓄所和国家律师事务所。

我注意到在四位律师中，有一位名叫米切尔。

我考虑了一下。米切尔说他是储蓄所的会计，那么他会不会是律师兼会计呢？

我又翻阅了住宅的部分，没有发现皮罗这个名字。

于是我离开药房，在主要街道上漫步，在一家理发店门口驻足看看镇上的选举海报。

从海报上看，米切尔还是当地地方法院的检察官。

我叹了一口气，漫步着经过海湾储蓄所，里面有三四位职员，六七个顾客，我没有看到米切尔。他可能会在里面的办公室。

然后我拐进了最近的一家酒吧。里面很安静，只有两位穿着工作服的人坐在吧台的一头，边喝边聊。

他们喝完酒后，就离开了。

酒吧侍者擦了擦吧台，向我走过来，准备和我这位客人聊天。

“刚到这里？”

是的，他不可能认识这里所有的两千三百一十四人，但显然他认为我是陌生人，可能是因为我这样子太显眼了。

在喝三杯啤酒的时间里，我打听到米切尔是个单身汉，没有成家，并且正在竞选当地法院的检察官。这对他来说很困难，因为他不是本地人，而选民们则愿意把票投向自己家乡的人。我也打听到，警长马丁的妻子是米切尔的姐姐，他的妹妹刚和一位中学数学老师结婚。

那位数学教师叫什么名字？他叫莫洛。

三点差一刻，我离开酒吧，徒步走回停车处。我很快找到了海湾中学，学校门口有一排校车，等着学生放学。

三点过十分，学校的铃声响了，三十秒之后，学生蜂拥而出，他们中的大部分冲向校车。当第一位老师开始离校时，大部分校车已经坐满了学生，然后校车开车了。

我等着，最后看到了皮罗——现在他叫莫洛。他个子高高的，有点驼背，年龄是近三十岁。

我看着他走向他的汽车，假使他注意到我也没关系，我们只见过一次面，那次我戴着假胡子、墨镜和假发。

皮罗预付了三千元，对一个教师来说，这不是个小数目。

对他的死亡，他没有提出确切时间，他也不愿意知道确切时间，只限定在一个星期内完成。可是三天后，当我去找他的时候，他失踪了。

后来我从别处得知，皮罗在跟我见面后的二十四小时内，忽然发现生命很宝贵，不应该轻易丢掉。

可是当他急忙赶到和我见面的旅馆里，我已经早不在那了。他又赶到第一次与弗伦见面的酒吧，但弗伦那天去外地看望孙子，也不在。皮罗吓坏了，连忙收拾行李逃跑了。

现在，我看着莫洛，也就是皮罗——上了汽车，开走了。

我紧跟其后。

走过六条街后，他停在一栋高大的维多利亚式住宅前，下车钻进了大厦。我开车过去时注意到，米切尔那辆淡蓝色的轿车正停在皮罗的汽车前。

这又使我想起米切尔。他骗我说已婚，有两个孩子。那是什么意思？使他自杀的动机看上去更可信？他真正的意图是什么？

我回到那条主街道上，把车停在镇上唯一的旅馆后面，登记后便拿着自己的衣箱和高尔夫球袋进了房间。

第二天便是星期五，我很晚才起来吃早饭，然后漫步到那条主要街道上。

我遇见了一位肥硕的警官，从他的年龄和举止来看，我猜想他就是马丁警长。

我走上台阶，进入镇里的图书馆，找到一本书，然后在一张靠近窗户的桌子边坐下阅读。窗户正对着那条主要街道，从那里我可以清楚地看到海湾储蓄所。

十一点过十分，我看见马丁警长走进了储蓄所。我等待着，而他没有离开。

十一点半……十二点……十二点半……

他仍然没有出来。直到一点钟的时候，米切尔从储蓄所里走出来，向街道两边来回张望，又低头看自己的手表，回到储蓄所里。

我仍然等着，对马丁警长一直在里面感到十分好奇。他会出来吗？

两点差一刻的时候，他仍没有出来的意思。我只好放弃，现在是离开小镇的时候了。我将书放回书架，走回旅馆。

当我打开房门时，马丁警长正拿手枪等着我，冲我微笑说："这么说，你不打算到储蓄所亮相了？"

我摆出一副无辜的样子说："亮相？亮什么相？"

他走到我面前，搜查了我的口袋，但没有找到武器。

我注意到他还搜了我的衣箱，也查了高尔夫球袋。我的假胡子、墨镜和假发都摊在床上。

他放回手枪，说："你没有按约定出现，我很奇怪，有五千元等着你来拿，而你居然不来，为什么？"

我没有说话。

"你怀疑到我的安排了？"他咧开嘴笑了起来，"米切尔穿着防弹背心，你开枪后，他会佯装倒地死去，然后我会从藏身之处出来，命令你扔掉手枪，否则就会脑袋开花。"

果然，是一个陷阱！

马丁警长继续说道："这件事是从莫洛开始的——也许我应该称他为皮罗。一个月前的某个晚上，我和皮罗、米切尔三人在一起喝酒，皮罗那次喝多了，说出了他雇你杀他的事。到现在他认为你可能仍在追杀他。"马丁警长笑了一下，"于是米切尔灵机一动。你知道他正在竞选地方检察官，需要拉选票。他认为如果他肯冒着生命危险破获黑社会组织的话，可以博得选民的信任。所以他想出了这个小计谋。"

然后，马丁警长从制服的口袋中取出一根雪茄："正如我所说，在我等你来储蓄所的时候，我就想你也许会怀疑，然后放弃了。可是，到底是什么引起了你的疑心呢？是不是你先住进来，打听到了什么？所以你仍然留在这里，看看是不是一个陷阱？"

他点燃了雪茄，"我拿起电话，找到旅馆账房希尔，问他有没有什么人在他这里住宿。他提起了你，说你还没有结账。所以我从后门离开储蓄所，到这里来看看。"

说着，他指了指从高尔夫球袋取出来的东西，“如果你戴上那些东西，就和米切尔对我描述的一样了。”

我叹了一口气，难道我要背着凶手的罪名入狱吗？不，我有可能入狱，但罪名绝不是杀人。这没什么，理由很简单：我的协会和我都是假的，我们从来都没有杀过一个人，不论何处，不论何时，都没有。

我们的确是拿了别人的钱，但是拿完钱，我们总是没做事就离开，消失得无影无踪。但我们不会忘记给受害者寄一封匿名信，告诉他有人急于看他死去，并且说出名字。这样至少能让受害者提高警惕。

同时，我们也会寄一封信给警方，里面是同样的消息。这不一定足以让警方逮捕我的顾客，因为他们还缺乏可靠证据。但我相信，只要警方查问我的顾客，至少会阻止他们进行下一步杀人计划。

总之，我们不是杀人的，而是救人的，同时用这个来赚点钱。

我们从没有听到有顾客向我们抱怨。因为雇人杀人的顾客，不可能以我们没有履行合约而报警。事实上，在遇到像皮罗这种自杀的情况时，我一般在几天之后再去找他们，然后发现他们已经改变了主意。由此，我会“允许”他们活下去，这一点曾令很多人感激不尽，所以也就没人会要求收回预付款。

我来这里，自然也不是要枪杀米切尔，取走那五千元。我到这里来，是因为我怀疑皮罗可能就在这里，我准备找到他，然后告诉他，我早已放弃实现他曾经的打算。

马丁警长缓缓地从嘴里吐出烟雾，说：“在等待你的时候，我认真考虑过这一切。”然后他打量了我有差不多半分钟，“没人知道我到这来，米切尔也不知道。”

我皱起眉头，不知道他说这话的意思是为了什么。

又是半分钟过去，他似乎下了最后的决心，说道：“我那个该死的太太，我无法忍受和她在一起，但她又不愿和我离婚。”他向我探过身来，“我银行的四千元存款，愿意付给任何人，只要他能够替我解决我的难题。”

我盯着他，松了口气。

我又有一位客人了。

丈夫的诡计

我推开门，迎面看到塞尔玛——她正在等我。

她还是那么美，整间办公室都因她耀眼的头发而增辉，而雍容华贵的气质，令她更添了一分神秘的魅力。她周身散发的迷人光芒，照得在外面办公的三位女郎颜色尽失。

我好容易抑制住心跳，但脑海中那些尘封多年重又唤醒的往事，却怎么也挥之不去。五年前，塞尔玛和我曾在一起，我们都是影剧专栏作家笔下的宠儿。可是后来，随着我们的分手，她离开了这座城市。在别的地方，她成为了配音行业的佼佼者。

然而，她的神秘终于在她开口时消散。“诺曼。”她叫着我的名字，把我从往事中唤醒，意识到：现在已经不是过去了。

我笑了笑，努力让自己的表情自然些：“这是一次私人拜访，还是到我们律师事务所的公干？”

“兼而有之吧。”她侧过头，打量着我说，“在我认识的人中，你仍然是唯一一个看起来像律师的人。”

我不想纠缠在这看起来有些多余的话题上，便说：“如果你是为业务而来，那么我的合作人也应该在场。”

她却不慌不忙地说：“可以——我不反对。”

于是我们走到菲尔的办公室前，我打开门，菲尔正在收听广播，一见到我们便马上站了起来。菲尔在挤满了皱纹的脸上又堆上一层微笑，说：“今天是个不错的日子，塞尔玛小姐，有什么要我们为您效劳？”

塞尔玛指着收音机说：“也许你已经听说了，昨晚有一个女人被半夜闯进屋子的人杀害了。”

菲尔点点头，示意他已经听说了这件事。

而塞尔玛又转向我，眼睛里突然含满泪水：“那个被杀的女人就是我的姐姐布兰恩，她在五年前嫁给了大卫。”

“太可惜了……”我真心地为布兰恩遗憾，她确实是个好姑娘。

“报道里说杀她的人是个小偷，可是，他们错了——”她痛楚地说，“那是大卫干的，虽然我不知道他的手法，但那就是他干的，不会错。”

“这件事你有没有和警方说过？”

“说了，可是他们不听，他们认为大卫不可能杀她。”

“大卫为什么要杀布兰恩？难道他和他妻子相处不好吗”？我问道。

“布兰恩曾经给我写信说她要离婚，详情我没有细问，但是大卫对她很不好，还说要在离婚前把她杀掉。”

菲尔说：“究竟是怎么回事，你能讲清楚一点吗？”

“他们的家在郊区。昨天大卫乘十一点半的火车从城里回家，进屋时发现布兰恩已经睡着了，就到隔壁找邻居聊天。他们坐在院子里时，突然听到旁边传来一阵女人的尖叫，紧接着就是枪声。大卫跑回家时，发现布兰恩已经死了，后门还敞开着。当时街上有一个牵狗散步的人可以作证，他也听到了尖叫声和枪响，并且亲眼看见大卫跑进屋子里。”

我和菲尔对视了一眼，耸耸肩。

菲尔说：“那看起来，好像并不是你姐夫干的，警方应该也这么认为。”

“大卫这个人很聪明，”塞尔玛说，“布兰恩的信里就说起过他很狡猾，诡计多端。”

“那……毕竟是警方负责的案子，我们没有理由干涉，塞尔玛小姐，或许私人侦探可以……”

“如果你是私人侦探，你会接这个案子吗？”

“如果我接受这个案子，老实说主要是因为对你有兴趣。”

“这正是我来这里的原因，在我认识的人中，只有你们两位能够帮助我，因为你们一定会相信我。”

对此，我们没什么话好说，只能答应她会查一查，然后把发现的结果告诉她。

她离开后，菲尔让我去和负责这个案子的警官谈一谈。

沿着快车道，我驱车向郊区驶去，心中却想着塞尔玛……

我花了很长时间才逐渐把清晨一觉醒来就想到她的习惯改掉。不知道曾有多少个夜晚，在我借酒浇愁的时候，只有菲尔陪在身边“安慰”我——好吧，他的安慰实际上就是把我严厉地训斥一顿。他年纪大了，不想再给这家苟延残喘的事务所股东当家，所以才会这样激励我。可是他的话让我难受了好多天。

此后的日子里，我麻木地生活着，只感受到无边的寂寞。于是我把注意力转到了别的事情上，还挣钱买了一辆高级轿车。但是连菲尔也不知道，我曾在许多失眠之夜，驾车去城郊荒无人迹的高速公路上狂奔，仿佛是在寻找自我毁灭的途径。

在警察局，我遇到了一位叫麦尔肯的警官愿意帮助我。他靠在椅背上，表情严肃地说：“我理解塞尔玛小姐的感受，不过她到处这样说会很危险，小心人家告她诽谤。”

“我知道，但最好还是彻底调查一下，也好使她信服。”

“她应该信服。”他说。

我有些生气，因为这件案子并没有了结。

他把塞尔玛说过的事又详细地告诉了我一遍，说当尖叫声和枪声响起的时候，大卫和邻居在一起。

“死亡的时间没有疑问吗？”

“没有。验尸人员判断，死亡时间在十一点半和十二点之间。点三八口径手枪，距离三英尺处射中心脏，受害人立即毙命。那把枪扔在了床脚，是大卫的，上面也只有大卫的指纹，有点儿污渍。”

我说：“这有可能是小偷找到枪，被大卫太太发现，他就随手拿它开了一枪。”

他点点头说道：“当大卫从前门进来的时候，他就从后门逃跑了。”

“可他逃跑时为什么不带上枪？”

“也许是惊慌。”

“你查过大卫昨晚的行动没有？”

“每分钟都查了，甚至还见了他所乘坐的那班火车的列车长。不可否认，当凶案发生的时候，大卫确实正在外面。”

我说：“现在只剩下一件事可做，就是去看看那间房子——大卫不会反对吧？”

“我陪你去，谅他也不会反对。”

但显然，大卫对我们的造访十分不高兴，却又想不出阻止我们进去的理由。

他高高的个子，穿着一件翻领衬衫和一条颜色鲜明的运动裤。作为电台播音员的他，说起话来别有一种深沉而甜腻的声音，听起来很不自然。

在我眼中，他对于妻子的刚刚去世，似乎并不感到悲伤。

他们的房子就在一排相同样式的平房的最后，远离街道。一间用做起居室兼书房的房间朝向院子，靠墙有一台精致的立体音响，卧室则在房子的另一边。

麦尔肯警官告诉我，尸体是在双人床上发现的，左轮手枪一向放在床头柜里，事发后被扔在地上。

我看到过道处有明显的痕迹，可以猜测，闯入者跑出卧室就从后门逃之夭夭，而从前门进来的大卫，必须先要穿前门才能进入过道。我推开后门走出去，发现五十米外有一道天然的树墙。

“你们搜索过这附近吗？”我问麦尔肯警官。

“当然，这怎么能逃过我们的搜查呢？尤其是这一带，哪怕一个陌生人刚一出现，我们也会立刻发现他。”

“这么说，那个撬门闯进去的人肯定不是陌生人了。”

“目前我们也正在这一点上着手。”

“为什么小偷会选中这一家？大卫家里有什么值钱的东西吗？”

“好像没有。还有一件怪事，大卫说他家里没丢什么东西。”

我检查了一下门，看来不像是有人撬门进去。

麦尔肯指着纱门上一个三角破裂处，说：“里面的门是开着的，他划开纱门，伸手进去打开门锁。”

“所以这是蓄意谋杀大卫太太吗？”

“我们也是这么推测的。”

“门上有没有发现其他指纹？”

“哪都没有，我想他一定戴着手套。”

“看来是个职业杀手喽？”

警官还对我讲，在大卫听见枪声和叫声而向屋里跑的时候，他邻居的一对夫妇打电话报了警，然后也跟着进了他家。三分钟后，一辆警车就开来了，十分钟内，警察就搜索了这一带。

我和麦尔肯警官交谈的过程中，大卫开始好奇地看着我，后来就不理我们了。但我知道布兰恩一定会在他面前提到我。

我注意到，大卫看我时脸上的嘲弄神色，这让我深深地感觉到，塞尔玛说的没错。

然后我们回到警察局，麦尔肯问我：“你满意了吗？”

我沉思了一会儿，问他：“你一直认为是闯入的陌生人干的？”

他回答道：“也很可能是大卫雇来的，如果是这样，那么塞尔玛小姐的推测就正确了。”

我说：“感谢你的合作，我答应你不会再让塞尔玛打扰你们。不过如果有什么发现的话，你愿意通知我吗？”

“当然，当然！”

我回到办公室，菲尔正在听收音机。看我进来，他问：“有什么新消息？”

我把整个上午的情形告诉他，他听完后说：“但是你没有证据证明你的预感。”

“不错。”

“那我们应该怎么对塞尔玛小姐说？”他问。

“先让她冷静下来。我觉得那个麦尔肯是个能干的警官，他要是发现了什么线索的话，会及时通知我们。——现在，我们先吃午饭吧。”

现在我有把握说，塞尔玛对大卫的看法是正确的。但最大的问题是，我们怎么来证明它，相信总会有什么地方有破绽的。

我一边吃着三明治，一边听着音乐。忽然间我灵机一动，丢下手里还没吃完的三明治，两三口喝完咖啡，便急忙赶到一个非常聪明的朋友那里。

他仔细听完我的叙述，点点头说：“这个不难。”

然后他让我等了整整一下午，因为这件事说起来容易，可是做起来就……假如要尽可能完美的话，那便丝毫不能出差错。

等我回到菲尔的办公室时，我的口袋里塞着一个小包裹。

菲尔正闭目养神，我对他说：“我有了答案，一定能够找到证据。”

菲尔问：“作为一个律师，你不会做什么违法的事吧？”

“但作为塞尔玛的朋友，我会那么做的。”我说。

他有些愤怒地说：“你不能因为对一个女人的感情，而取代你应有的公正立场——你不能胡作非为。”

“但这是唯一的办法了。”

菲尔仍旧有些不情愿。

“你知道，”我和颜悦色地说，“大卫很聪明，他知道如果证据不存在，他就不会被判有罪，你难道忍心看着他逍遥法外吗？”

“我宁可他逍遥法外，也不愿让你以身试法。”

“可我只需要你帮我一个小忙，你愿意吗？”

“只要不是你的不法行为。”

“不会，我请你做的只是在今晚天黑后，让麦尔肯警长把大卫请出屋子，半小时就够了。”

“我试试吧。”

我很感激菲尔，我知道他会让步的。

傍晚，我来到大卫住宅。我穿着一身黑色服装，脚下是一双胶底鞋，口袋装着副手套，另一个袋子里则是一套撬锁的工具，而第三个口袋，就是下午的那个包裹。

我靠在大卫家后面那道树墙其中的一棵树后，等待着麦尔肯警长把大卫请出去。但愿他能快点，否则，我要是被抓住，菲尔就得花好大工夫才能为我辩白清楚。何况这里刚发生过命案，以我这身打扮和装备，想必是很难说清楚。

天黑后，终于看到大卫驱车离开了。我迅速跑到后门，戴上手套，从破裂的纱门伸手进去打开门闩，再用工具撬开门。只不过我的两只手长期缺乏练习，摸索了好一阵子才把门打开。

我在卧室搜索着。

果然没有猜错，在一件夹克衫的口袋里，我找到一根金属筒。现在我更加确信我推测的正确性，并且，我还知道了大卫是如何杀害了他的妻子，以及如何避开嫌疑。我把那支金属筒放回原来的地方。

现在只有一件事要做，然后就要看麦尔肯警官的了。

我双手翻弄着包裹……乱栽证据，不仅是犯法行为，还会断送我的前程。更重要的是，如果我被发现，大卫在法官找不到措辞之前就获得自由了。

我想不通自己为什么要这么做，是想看大卫被捕？还是为了塞尔玛？

假如塞尔玛没有牵涉进来，我会像现在这样，在这闷热发霉的屋子里，满头大汗地像个窃贼似的偷偷溜进来，并且放置证据用来对付一个素昧平生的人吗？

我不情愿地把包裹放回口袋里，我真想按计划把它放置在那，但我不能——我不能违背菲尔对我的教导。

我开车驶向麦尔肯警官的办公室。这时大卫已经走了。

我装出一副不知情的样子问道：“我看见大卫刚刚出去，他来这里有什么贵干吗？”

“有文件要让他签字。”他只字不提菲尔打过电话的事，反而等我自招。

我说：“大卫的枪还在你这里吗？”

他点点头。

“我认为应该检查一下枪管是否套过消音器。”

他拿起电话问化验室，然后说：“枪管的确有一些新的划痕，可能套过消音器吧——但是，一个普通人家需要消音器这种东西吗？”

“问得好！可还有一个问题，为什么消音器会被取下来？那个消音器现在在哪里？”其实我知道，它此刻就在大卫的夹克衫口袋里。

麦尔肯飞快地看了我一眼，说："我明白你的意思，我们走吧。"

当麦尔肯警官对大卫亮出搜查证的时候，他显得很烦躁。

"请便，"他说，"我不明白你们需要找什么，难道你认为杀我妻子的人被我藏了起来？"

麦尔肯警官说："不，我们要寻找你枪上的消音器，大卫先生，你想不想与我们合作？"

大卫的脸唰的一下子就白了。

于是麦尔肯警官的两个手下走进卧室，不用很久便找到了那玩意，他们把那它放在一个塑料袋里交给了麦尔肯警官。

"大卫先生，像你这样的人不应该有这种东西，是不是？"麦尔肯警官表情和蔼地说。

而趁他们都站在过道的时候，我悄悄溜进起居室，从口袋里掏出包裹，取出一盒录音带，迅速装在大卫的录音机上，并打开开关，然后悄然等候。

这件事只有现在才能做，不然再也没有机会了。

他们走进起居室，大卫还在辩解说他对消音器的事毫不知情。

麦尔肯警官看了看录音机，目光锐利地瞥了我一眼，我向他摇了摇头。

大卫还在滔滔不绝，忽然间听到录音机里爆发出一阵女人的尖叫和一声枪响。他错愕地转过身，慌忙向录音机走去，但被麦尔肯拦住了。

"那录音带不是我的。"大卫说。

而我，几乎能想象出他的脑筋正在打转的情形，显然他在回想他把用过的那盒录音带放在了何处，然后怀疑这一盒的来历。

"这难道是巧合吗？"麦尔肯装糊涂地说，"消音器和录音带都在你家里。"

"这是栽赃！"大卫喊道。

"枪管上的消音器划痕也是栽赃吗？"麦尔肯警官问道，"事情一定是这样的：你昨天晚上用加了消音器的手枪杀害了你的妻子，然后卸下消音器，把枪丢在地板上，划破纱门，把录着尖叫声和枪声的录音带放在录音机上，而后从容走到隔壁去等待。当尖叫声和枪声响起来的时候，没人以为那些声音是来自录音机，尤其是你这台音响又是那么的精致。你自己就是播音员，具备录音机常识，做这种事自然是内行。然后你冲进来，关掉录音，假装刚刚发现你太太遇害的样子。"

"这是你们带来的录音带，我可以控告你！"大卫十分慌乱，手指头紧张得不停颤抖着。

我冷静地说："我不懂，你怎么那么能肯定说这不是你的那盒录音带呢？"

"因为我清清楚楚记得我把带子洗了！"他大声说道，想要说服自己，更想说服我们。

然而大家都沉默了。

大卫恍然，嘴里喃喃道："哦，上帝……"然后颓然倒在椅子上。

"他是你的了。"我对麦尔肯警官说完，便走出了大卫的家门，打电话告诉塞尔玛，大卫已被逮捕。

她温柔的声音说道："诺曼，我不知道该怎样感谢你。"

"我没做什么，"我说，"都是麦尔肯警官的功劳，我只是暗示了他几点可疑之处。"我想，越少人知道录音带的事儿越好。

她说："过两天我就走了，离开前我想再见你一面。"

我没吭声。

她只好自己接着说："我不想再当配音演员了。"

我对她说了一句话，然后便挂上了电话。

从这儿到她的旅店只有两条街，我会很快走到她所在的地方。

五千元

"雷马克先生，你好！一切都好吗？"来电话的是银行总行督察室主任尼尔森，他在电话那头轻松地问道。

"哦，很好，主任，我这儿一切都很好。"雷马克为了使自己的声音保持平静，费劲儿地咽了口唾沫说。

"既然是这样，我很高兴。"尼尔森说。"我也知道用电话通知你有点儿不合规矩，可是，由于我们的工作比预计的慢了些，为了加快速度，我才不得不用电话联系，请你别介意。督察室的人明后天就到你那里去，希望你能给他们提供方便，好吗？如果你那里把账准备好了，他们的工作进度就能快不少，当天就能查完，你看这样可以吗？"

"可以，当然可以。"说这话时，雷马克的心怦怦直跳。

"那我们就这么说定了？"

"可以。"

"那好，我很感谢你，再见！"

"再见，谢谢主任的电话！"放下电话，雷马克嘟囔了一句："我才不感谢呢！"

事实上，雷马克的确没有什么好感谢的，因为这时他的银行少了五千元钱，如果督查人员追查起责任来，他这位经理是脱不掉干系的。

所以，那天下午雷马克接过这个电话后，一下子满头冒汗，尽管他办公室里的空调此刻正开着。

要说这件事其实并不复杂，大致情况是这样的：雷马克额外做了点儿生意，由于运气不好，出现了一些损失，他最初只是从自己负责的银行“借”了几百元来弥补。人们都知道，往往一些生意上的损失一旦有了开始，弥补起来就很困难，结果雷马克的窟窿也是越补越大。他最近正为这件事焦虑着，可偏偏“屋漏又逢连雨天”，明后天督察室的查账人员又要来了，这可让他怎么应对？

雷马克愁眉苦脸地靠在扶手椅上，额头两侧的太阳穴也怦怦直跳，以至于秘书小姐进来送信件时，他连头也没有抬。“经理，你怎么了？是身体不舒服吗？”秘书小姐本来是个性格开朗的人，无论见到谁都是一脸灿烂的笑容，然而她一看到经理的这种神情，脸上的笑容马上就消失了。

“哦，我是有点儿不舒服，不过没关系。”他有气无力地说。接着，他伸手从抽屉里摸出一包薄荷片，取出一片含在嘴里。

秘书小姐见他没有什么大碍，就转身离开了。“不行，我一定得想个办法，否则我在银行界摸爬滚打这么多年，前途可就完了，更别说还可能背上犯法的罪名……”他一边焦虑而痛苦地思索着，一边又将第二片、第三片薄荷片扔进嘴里。这时，一位名叫哈维的年轻出纳员走进了他的办公室。哈维这个小伙子的特点是做事仔细，非常拘泥于形式，尽管调来的时间不长，但他一心想往上爬的心思雷马克还是看得很清楚。

“经理，你现在有空儿吗？我……”哈维轻轻地说。

“哦，有空儿，什么事？”雷马克应了一声。他知道，自己作为银行经理，在上班时间处理任何相关的事务是他的职责所在，尽管哈维要说的事情恐怕他连思考的余地都没有了。

“经理，是这样的，或许我是多此一举，不过，我认为还是应该向你报告才对。”哈维一脸认真地说道。

“是的，你说吧。”雷马克朝着他点点头。

“你还记得那位珍妮小姐吧？我要说的是她的事，经理。”哈维说。

“哦？”

“她刚刚到银行来了，说是要提五千元，她的户头上现在还有七千元。”

雷马克当然知道这位珍妮小姐了。这是一位老小姐，曾经做过小学教师，不过现在已经退休了，据说她目前仍在一家图书馆做兼职，个人收入不算太高。

“她取钱有什么问题吗？是不是要开支票？”雷马克问。

“不，她要取现金。”哈维摇摇头说。“经理，我想你是不是该和她谈谈。”

“谈谈？”雷马克有些不解其意，接着问道：“怎么，她显得心情烦乱或者是很激动？”

“没，没有。”

雷马克的脑子快速思索着：珍妮小姐取不取钱是她自己的行为，按说与银行无关，不过她为什么要一下子取这么多钱呢，而且还是现金？他觉得这件事似乎有点儿可疑，或许是珍妮小姐想投资……？

“哈维，你做得很对，看来我是该找她谈谈，帮她把把关。”尽管雷马克自己还陷于困境难以自拔，但他出于一种责任，还是作出了决定。

“你请珍妮小姐进来一下。”他对哈维说。

珍妮小姐很快就进来了，她坐在雷马克对面的椅子上。她大约有六十岁，身材微胖，戴着一副眼镜，厚厚的镜片后面是一双淡蓝色的眼睛，她在以一种询问的目光看着雷马克。

“请问，叫我来是关于钱的事吗，雷马克先生？”

“是的，珍妮小姐，我听说你将一生的积蓄都存在这儿了，我们……银行对每一位客户都很关心。”

“啊，谢谢！我的钱存在这里，为的提点儿利息，其实我也没有急用的地方，因为我的退休金和社会福利金就足够我生活了，谢谢你的关心。”珍妮小姐认真地说。

珍妮小姐的话当然是对的。“哦，我……我是担心你是不是……呃……受什么人的要挟？”雷马克只好换了个角度说。

“真的没有！”她眨眨眼睛对他说。“我很感谢你的关心。实话说，我这次取钱是为了我的侄子比尔，因为他准备投资一项正在秘密进行的新能源计划，一定要用现金才行。”

“比尔？”闻听此话，雷马克愣住了，原来她的侄子就是比尔。提起比尔，雷马克也久闻大名，他虽然不住在这里，但镇上的人都知道，那是一个经常与警察发生矛盾的年轻人。

看到雷马克的神情，珍妮小姐明白了，她说：“我知道你在想什么，不过我要告诉你的是，现在的比尔已经改好了，他向我作过保证。”

“哦，对不起，请你原谅，怎么说呢，这真是让人难以置信。”由于比尔的出现，反而让雷马克犹豫起来了。

“可事实就是这样，我相信我的侄子。”珍妮小姐依然坚持说。

看来，雷马克需要改变策略了，他要深入了解一下这个所谓的新能源计划。

“你刚才说的那个新能源计划究竟是什么呢？”他问道。

“大概是和发展太阳的核能有关吧，具体的我也说不清楚，反正比尔对这件事很投入。”

“珍妮小姐，我作为银行经理，想告诫你的是，你一定要谨慎，否则就可能铸成大错。”雷马克斟酌再三之后，终于说出了这样一句话，算做是忠告吧。

珍妮小姐轻轻地点了点头：“你说得很对，我会小心谨慎的，那么，我现在可以取钱了吗？”

“当然。不过，你一个女人携带那么多现金是很危险的，你大概也听说了，最近我们这里就发生了好几起抢劫案。”

“没关系，我先放在家里，比尔晚上下班后就会从城里开车来拿的。”说着，她站起身来。

既然话已经说到这个份儿上，就没有再争论的必要了，于是，雷马克陪同珍妮小姐到哈维的柜台上取了钱。

他返回办公室后，心里还在想着这件事，总觉得很不靠谱，“那可是整整五千元呀，就这么轻易地打了水漂？这位老小姐怎么就那么固执呢？五千元呀……”

突然，他用手猛劲地拍打着自己的脑袋，“别慌，再等等，对了，她是单身一人住在镇郊一栋白色的平房里，嗨，我怎么就没有想到这一点呢？”顿时他有了主意。

雷马克很清楚，镇郊那栋白色平房的四周很安静，建筑和居住的人也不多，如果是天黑以后去到那儿，一般不会被人看见。下班后，他驾车来到一棵枫树旁停下，这里与那栋白色的平房只隔着一条街。

“我敢断定，天黑前比尔是不会出现的，因为珍妮小姐说过，他‘今晚’从城里开车来，而不是说的‘黄昏’。对了，她还说他是‘下班’后，那就说明比尔有工作，因此他不可能随便离开，也自然不会提前从城里赶来。”雷马克对自己的逻辑推理能力还是很满意的。

雷马克低头看看手表，时间还早。不过，他长时间坐在车里，感觉很不舒服，因此不停地扭来扭去。其实，这时他的内心也在进行着激烈搏斗：“我怎么能这样，有生以来我还没有做过这种伤天害理的事！不行，我不能坐失良机，否则我的前途就毁了，这么巧的事很难遇到，比尔要的钱跟我“借”的数目相同，这可是救我命的钱哪！这件事不会对珍妮小姐造成什么伤害，她自己不是说过不靠这笔钱生活吗？干……？！不干……？！”

天边的夕阳已经渐渐地沉入地平线，雷马克摸着大腿上的袜子，心里揣摩着：快了，估计再过半小时，天就完全黑了……快了。他焦急地等待着，只听到自己的心脏扑通、扑通地跳着。突然，一辆乳黄色的小轿车进入他的视线，“是比尔来了？”然而还没等他多想，就见那辆小轿车向左一拐，驶进了一条小路，“该死！”他小声咒骂着。

“不错，就是他！”雷马克远远地看见一个身材高大的男人从小轿车里出来，只见他长发披肩，拎着手提箱，大步地向珍妮小姐的屋子走去。

“果然来了。比尔最好是和他姑妈多说一会儿话，哪怕是半小时，这样就更加保险了。如果比尔拿到他姑妈的钱就走，现在的天还没有完全黑我就下手，那太冒险了，即便我用袜子套着头，也有可能惊动附近的邻居，如果被他们看见可就麻烦了……”雷马克在内心紧张地盘算着。

然而令他失望的是，比尔在珍妮小姐家待了不到十五分钟就出来了，只见他拎着箱子，满脸笑容地走到车前，仔细将箱子放好后，就开车走了。望着比尔汽车的背影，雷马克的心一下子凉了半截，他也只好发动车子，远远地跟在比尔的车后。他打算一直跟到郊外，趁那里地处偏僻，先把比尔逼到路边，然后再下手；或者是干脆追上去，一不做二不休……“真是荒唐！我为什么要这样幻想呢？本来这个计划就是不现实的。”他不知为什么自己先否定了。

就在雷马克不知究竟是该跟还是放弃的时候，一个令他意想不到的奇迹出现了，他看见比尔的车突然拐进一家小酒吧的停车场，显然他是想喝点儿酒再走。雷马克兴奋极了，心想：真是天助我也！他将车也开进了停车场，并设想着具体步骤：比尔在这儿会耽搁很长时间，他会下车，拎着手提箱，走进小酒吧，然后再拎着箱子，走出来，上车……那时我就……想着想着，雷马克不禁得意地笑了。

果然如他所料，三十分钟后，比尔从酒吧出来了，这时天已经很黑了，就在他摸出车钥匙开门时，冷不防一个黑影蹿了上来，照着他的左太阳穴就是一棒子，他顿时昏倒在地，装钱的手提箱也被抢走了，那个黑影迅速消失在夜色中。

第二天早上，雷马克的胃口特别好，他吃饱喝足后，就穿上西服，扎上领带，还高兴地哼着歌，然后就精神抖擞地出了门。和往常相比，他今天是提前了半个小时去上班，因为到了银行后，把钱放回金库只需要几分钟的时间。

然而天不遂人愿，当雷马克来到银行门口时，看到一位不速之客正在等候他，这个人就是加德警长。

“雷马克先生，你好！我知道自己今天来早了，但我觉得最好还是在你开始忙碌之前见到你。”加德警长微笑着抱歉说。

“怎么会是他？”雷马克感到一阵紧张，但他很快又镇定下来，心里想：“看他说话的态度和满脸的笑容，估计不是为了那件事。再说了，平时我看这人也不是很精明的。”想到这儿，他的心稍微平缓了一些，勉强带着笑容说：“哦，原来是警长先生呀，快进，快进！”说着就把加德警长领进了自己的办公室，让过座之后，他顺手就把手提箱放在了文件柜上。

“警长先生，你今天来找我有什么事吗？”雷马克坐在办公桌后面的椅子上问道。

“哦，我今天来是关于比尔的事，他是珍妮小姐的侄子，你一定知道。”加德警长跷着二郎腿说。

“比尔？啊，我知道这个人，这么说他又回到镇上来了？”雷马克不禁皱起眉头。

“比尔昨天晚上到警署报了警，说他在酒吧停车场被人打昏，手提箱连同里面的五千元钱都被抢走了。”加德警长简要地说着案情。

“五千元？这么大的数目！”雷马克的眉头皱得更紧了。

“是的，这笔钱的确不少。我再三询问时，比尔发誓说是他姑妈珍妮小姐给的，说是要做一个什么特别的生意，必须要现金。随后我也找到了珍妮小姐，她证实比尔说的是真话。”加德警长稍微停顿了一会儿，接着说：“雷马克先生，你说说，现在的有些年轻人怎么这样，一遇到困难就想法去骗人，有的还用什么苦肉计。我估计比尔也是这样，也许他想干点儿什么，可手头又没钱，所以觉得姑妈应该帮助他。我今天来就是想和你了解一下，最近珍妮小姐是不是在你们银行取了一大笔钱，或者是借了一大笔钱？”

“哦，原来是了解珍妮小姐取钱的事。”雷马克顿时感到轻松起来。“对，她是取了，五千元整，是昨天下午取的。”他告诉警长。

“你当时劝没劝她不要取这么多？”警长继续问道。

雷马克将双手一摊，一脸无奈地说：“怎么没劝，当时我一听她要取那么多现金，就劝她，还是把她请到办公室里谈的，可是她一定要取，我有什么办法？”。

“那么说这件事可能是真的。”警长对雷马克的解释表示理解。沉思了一会儿，他又说：“最近，类似她侄子被抢的事在这里发生过好几起，看来真得仔细查查。”

“是的，我也听说过有好几起。”雷马克补充说。

加德警长面色凝重，用手指托着下巴，重新跷起二郎腿，显然没有马上离开的意思。

这时，雷马克偷偷瞥了一眼文件柜上的手提箱，他暗暗地叹了一口气，“这位警长大人怎么还不走哇！再过一会儿就到银行上班时间了，那钱还留在我的办公室里可不行。”雷马克非常焦急，以至于额头上渗出了细细的汗水。

办公室外面已经有了人员来回走动的响声，这表明一天的工作开始了。

“不行，眼前最重要的是赶紧把钱弄到办公室外，想法尽快送回金库，怎么办？”这时，一个冒险而大胆的主意涌上雷马克的心头。

“对不起，警长先生，银行已经开始营业了，我有点儿急事儿要先处理一下。”说着，雷马克站起身来，从文件柜上拿下手提箱，取出里面的现金，然后走到办公室门口，“经理，什么事？”年轻的出纳员哈维出现在门口。

“快去，把这些金库里的钱平均分到各个窗口，多给各位出纳备一点儿现金，以防万一。”雷马克干脆利落地说道。

“是！”哈维接过钱转身离开了。

谢天谢地！那笔钱总算送出去了，雷马克心里清爽极了。这时，他用眼角的余光扫了一下加德警长，只见他仍然在沉思，于是不轻不重地咳嗽了一声，“警长先生，你怎么啦？”

“哦？”加德警长先是一愣，然后站起身，摇摇头说：“对不起，没什么，我只是觉得整个事情很奇怪，怎么有点儿像……”这时，哈维又走进经理办公室，他只得停住话头。

哈维脸上的表情显得十分古怪，手中仍拿着雷马克刚才交给他的钞票。

“什么事，哈维？”雷马克不禁皱起眉头问道。

“经理，真奇怪，你看，这些钞票正是昨天下午我亲手交给珍妮小姐的呀。”听到这句话，雷马克的头一下子就大了，还来不及反应，就听见哈维继续说道："昨天下午，我，我以为珍妮小姐可能不会听你的劝告，还是坚持要提现款，所以我，我就趁你和她在办公室谈话的时候，把钞票上的号码都抄下来了，因为她取的钱太多，为了安全起见，我就把它作为特殊情况特殊对待了。"说着，哈维走过去，把钱放在雷马克的办公桌上。末了，哈维还不忘向经理提示一下自己的长处，"经理，你是知道的，我做什么事都尽量仔细而精确。"

"怎么又节外生枝！"此时的雷马克真是欲哭无泪，因为他心中太清楚这一切了。

从加德警长的表情看，可能他还没有弄明白。不过，他突然眼睛一亮，"啊哈！"显然他的理解力比雷马克想象的要高许多。

"经理，总行督察室派的查账员到了。"笑容满面的秘书小姐把头探进办公室说。

"天哪！"

红粉女贼

她是一个年轻漂亮的女人，身材姣好，一双蓝汪汪的大眼睛，充满了纯真，尤其是她那双小手，不仅柔软白皙，而且异常灵活敏捷。平时，她总是在左肩上挎着一只皮包，喜欢到超市或者百货公司去转悠。

从外表看，她绝对是一个文静优雅的女人，但说出来你可能不信，其实她是一个在百货公司顺手牵羊的女贼。她的行窃手法老道，作案时，经常是用右手做障眼动作，左手下手偷窃，当她将看中的东西抓住后，就用灵活的左手小指头拨开皮包搭扣，然后手指一弯，东西就丢进了皮包，然后再用胳膊肘自然地一压，将皮包搭扣扣上，手法快得就像变魔术一样，丝毫不会引起人的注意。

据说，她对这套行窃手法进行了长时间的练习，最后竟然达到了可以像天鹅划水那样的完美程度。她左肩的皮包是个道具，也是她藏匿赃物的地方，她可以熟练地让它在左肩自如地滑上滑下，就像赋予了它灵性一样。不远处的"街上购物中心"是她光顾最多的地方，两年来，她在那里作案多次，但从未失过手。

话虽这样说，但毕竟偷窃也会遇到许多危险。因为，百货公司里有一些店员的目光很敏锐，会不停地在来来往往的顾客中四处扫视，这让那些本来就心虚的窃贼感到胆怯，不敢贸然行事。同时，百货公司还雇了一些人帮助看护商品，这些人会像普通顾客那样，在各个店中从容地浏览，他们佯装成购买东西的顾客，其实眼光正在扫视那些可疑的人。这些人会在不同的时间、不同的地点出现，令窃贼们很头疼。

此外，购物中心还有一批保安人员，他们统一穿着绿色制服，面无表情，就像用一个模子刻出来的那样。他们很可能就会在购物中心的宽阔走道里拦住你，或者是当你经过结账的柜台，拎着提袋向外走时，他们发现你可疑的话，就会叫住你并搜查你的提袋，那你可就跑不掉了，因为不仅是提袋里的东西，甚至有时这些提袋都是偷来的，不少行窃者就是栽在他们手里。

不过她很精明，因为她通过多次观察注意到，这些保安人员更喜欢在购物中心外执行任务，因为那样赃物正在你身上，一抓一个准儿，你没有任何狡辩的余地。但是她对自己的能力很自信，也丝毫不惧怕那些保安人员。

她深谙自信和遇事镇定的重要性，知道如果缺乏自信和镇定，就会露出马脚。尽管你的偷窃技巧娴熟，但是如果发现自己被店员或保安人员注意了，或者是被他们叫住甚至要开包检查时，你沉不住气，心情慌乱，一下子出现了呼吸困难，或者是犹豫不决，或者是突然地斜瞟一眼，或者是面色焦急、紧张等变化时，肯定会露出马脚，因为这时那些人的目光正在仔细地注视着你。总之，如果不自信、不镇定，那么会有一百种细微的表现让你露馅儿的。

她还很清楚，当面对任何陌生人的时候，如果你表现得自信，就会传递给对方一种令人尊敬的气息。如果是在商场里，店员或是保安会在这种气息的影响下，把你归为好人的行列，即诚实购物的人，而不会把你和那些顺手牵羊的人扯上关系。

她不仅对自己的能力充满自信，而且还相信自己绝不会被抓住，正是这样一种心理素质，的确让她在两年的行窃中，没有出过事。不过，这一天是个例外。靠近中午时分，她又像往常一样，左肩挎着皮包，来到“购物中心”。经过一番操作之后，她满怀自信地离开结账柜台，向外走去，心里盘算着今天到手的这些东西怎么个用法。还没走几步，她突然感到自己的右肩被人重重地拍了一下，她不禁停住脚，回转身平静地问道：“什么事？”那声音丝毫也听不出慌乱。

实际上，她是被一个保安员盯上了。“小姐，对不起，请你打开提包，我必须要检查一下！”那个身材健硕、面目英俊，即使穿着制服也很打眼的保安，口气温和但又不容置疑地说道。“什么？我的皮包，为什么？”她疑惑地问。“是的，我怀疑你偷窃了商品！小姐。”“偷东西！天哪，你竟然把我看成是一个窃贼？”她喘着气，那双蓝汪汪的眼睛也明显地睁大了。

保安继续盯着她说：“这是我的责任，对不起，请你配合我！”

这时，她的脸上出现了一股愤怒的神情：“难道，难道你就是这样履行责任吗？”那是一种漂亮小姐的诚实遭到怀疑时所引起的愤怒。

保安也毫不示弱，只见他将帽子向上推了推，露出了黑色的鬈发，“好大的胆子！”说罢，一摆手，“小姐，请吧！”

她迅速地瞄了一下四周，发现自己已经没有退路，因为这个保安很聪明，他从一开始就把自己困在了购物中心红色砖墙的墙角里，如果自己再不打开皮包的话，恐怕他就要采取强制行动了。

她定了定神，然后将目光直视着保安，用质询的口吻说："你说我偷了东西，那我都偷了什么？如果你说不出来我就告你诬陷！"

"是吗？你的包里有一个照相机和一个昂贵的打火机，或许还有些别的东西。当然，我也希望我的猜测不准确，那样会对你有好处。小姐，别让我多费口舌了，还是自己乖乖地把包打开吧！……"保安依然不紧不慢地说。

她更加恼怒了，一下子把皮包从肩上拽下来，甩给保安："拿去，看吧！"

就在保安正欲接过皮包时，只听身后传来了一阵布鞋的脚步声，说时迟，那时快，一个瘦长的男人嗖地就把皮包夺了过去，然后飞快地跑开，待保安缓过神儿来追赶时，那个人早已带着"证据"消失在墙的拐角了。"真该死！"保安员懊恼地大叫道。

"抓贼呀，快来人抓贼呀！"旁边的女子也大叫起来。

保安员疑惑地打量着她："这就怪了，你喊叫什么？那个人抢走了皮包，不是明明地救了你吗？怎么，你还想让别人抓住他，回来跟你对质呀？"

"得了吧！我的皮包被人抢走的时候，我总是那样大喊大叫的。"她趾高气扬，装腔作势地说。"现在也是？""当然了。"

她的眼神中明显地流露出嘲笑的目光，尽管双眼皓如明月，美丽的嘴唇也微微地翘起。

保安员低头想了一会儿，然后对她说："小姐，很抱歉打扰你，希望你找回你的包，真的！"

她脸上挂满了微笑，一路哼着歌回到所住的公寓。推开门，只见桌子上堆着不少东西，有打火机、照相机，还有手表和化妆品等等，那是哈利从皮包里拿出来的，此刻他正反复摆弄着那个照相机。

"嘿，哈利，你的速度真够快，都能参加世界运动会了。"她兴奋地说。"你怎么把时间算得那么准？那个保安还没回过神儿来，你就跑没影了，要不然我可就栽了。"

"嗯，我知道。"他淡淡地吐出几个字。

"对了，哈利，你看我是不是该换一家购物中心了？"

那个瘦长的男人一边往一个皮袋子里装照相机、打火机和手表等东西，一边说道："是该换一家没人认识你的购物中心了。我今晚就把这些东西送到老板那儿去。你以后做这件事时要特别小心，我今天救了你，必要时也会救第二次，但如果第三次我可能就不会出手了，明白吗？"他警告着。

她第一次感到了沮丧。

"来，宝贝，我们一起轻松一下吧！"说着，他朝她洒脱地晃了一下脑袋，并送上了一个足以令人心荡神迷的微笑。

他们又重归于好……

接下来，她又选中了城区另一边的坎伯兰购物中心为目标。为了熟悉这个新战场，她足足花费了一个星期的时间，到各个店铺观察哪些人是监视者，并选择了一些合适的出入口。

她看见这里经常有四个保安人员在巡视，他们戴的帽子和身上的制服都是灰蓝色的，剪裁得也不是很讲究。这四个人看上去毫无二致，甚至连表情也都一样，全都露着令人厌烦的神情，当然，这是对于他们这些窃贼而言。

她的手法实在太高明了！很快又让这个购物中心柜台或货架上的东西悄然无息地消失得无影无踪。她每天做这些事都很顺利，当然也乐此不疲，尤其是她的自信心重新又恢复了。那个瘦长的哈利也同样，他每天将她窃来的物品进行整理，然后送到老板那里。总之，他们都很高兴，像往常那样平静地生活着。

不过，有一天她的生活却突然变得不顺利起来。

原来，这天她照旧到商场顺手牵羊拿了一些精美的首饰，装在皮包里，当她刚刚走出购物中心时，突然感到右肩被一只手轻轻地拍了一下，“什么事？”她转过身问道。声音依然镇静，毫无紧张之情。

“小姐，对不起，我必须要搜查一下你的皮包。”

“为什么？”

“因为你刚才偷窃了商场的东西。”

“偷东西，你怀疑我偷了东西？哼，好大的胆子！”

“请吧，小姐。”

她那双纯真的蓝眼睛睁得大大的，喘着粗气。

那个保安身材魁梧，长相也不错。“快一点，站到墙角去！”他就要取过她的皮包进行搜查。

“哦，那么好吧！”她挪了挪身子，顺手把皮包从左肩上拿下来。看来这一回她是在劫难逃了。

身后又传来一阵布鞋的脚步声，只见一个瘦长的人影猛地从她手中夺过了皮包——那是哈利。就在他要夺路而逃的时候，那位高大的保安员迅即抓住了他的右腕，猛地一扭，左脚顺势一绊。他那坚硬的鞋尖碰到一只软软的布鞋，哈利那瘦长的身体立即飞了起来，随即又扑通一声，脸朝下摔到了水泥地上。旁边的女子由于保安员这一拉，也倒在保安员身上。当她被保安员扶起来时，看见他的帽子掉下来，露出黑色的鬈发，“原来是你！”她认出了他。

“不错！”他接着说：“那天你从我手中溜走后，我就申请离开了那家商场，开始调查你下一个目标是哪些购物中心。”

“为什么？既然我又被你抓住了，我认输，不过我们可以作笔交易，如果你放了我，我会付你一大笔钱的。”

“不，你能给我的远远不如我所期望的多。”

“你说什么？”

“我看好了一家珠宝店，但我需要一个有技巧又自信的女搭档。”他缓缓地说道。

“哦？”

看不见的线索

我的好朋友考林·默洛克是个沉默寡言的人，他的这种性格有时甚至让人感到有些无礼。不过，他最近却一直很兴奋，这主要是林纳德一案让他沾沾自喜。为什么呢？因为我们这个地区前不久发生一起案件，引起了社会各界的广泛关注，当然，这其中一半是由于案件当事人林纳德是个公众人物，而另一半则是由默洛克引发的。简要地说，就是默洛克这位退伍上校，或者说退休的殖民地警察，以一个非侦探的身份，成功地抓住了破获林纳德一案的关键，尽管他与同案子有关连的两个男人从未谋面。

默洛克这种高超的侦破手段，几乎受到所有职业犯罪调查人员的钦佩，然而还有更让人称奇的，据说他是根据一条看不见的线索侦破的这个案子，正像默洛克自己所调侃的那样：如果能被看见，那它就根本不是什么线索了。

我知道这件事后，曾自以为很聪明地问过默洛克：“好朋友，请告诉我，是不是就像柯南·道尔的狗那样，其重要性就在于不发出叫声？”

“噢，不，一点儿也不像！”默洛克得意地笑着说。

阿里克斯·林纳德曾是一名出色的战斗机飞行员，在第二次世界大战的不列颠战役中，他担任空军飞行大队的中队长，驾驶战机在历次空战中立下了赫赫战功，人们曾景仰地称他为“大不列颠的雄鹰”。

二战结束后，林纳德移民到了美国，他的事业也从空中转移到了地上。他在那里有一个很大的种植园，不仅种地，还养殖牲畜，规模很大，过着富足的生活。但后来，林纳德却对美国的战后新政策产生了浓厚的兴趣，并逐步成为一个激进的反种族歧视者，因此，他在得到众多黑人兄弟敬仰的同时，也遭到了许多白人的冷眼和嫉恨，就是这样一个有影响的公众人物，竟然有人企图谋杀他。

我们再来说说默洛克。除了上面说的性格沉默寡言外，他还是个短小精悍、不苟言笑的人，比如，他上衣的衣领总是浆过的，皮鞋也是手工制作的，并且擦得油光锃亮。不过，这些东西穿在他身上，似乎显得不太协调，因此，每当我看见他时，就会想起加州的藤椅、缅甸的雪茄以及被热带丛林环绕的网球场，虽然我并不知道他内心的想法，但我觉得他刻意在自己周围营造一种回归淳朴的氛围，就像一直追寻默塞特·毛姆笔下描写的生活那样。默洛克可能会否认我的看法，但他的确就是这样一个人：有时沉默得可以一整天不说一个字，有时又不厌其烦地唠唠叨叨；有时精神百倍、劲头十足，有时又固执得像一个老古董。

我很喜欢默洛克身上的率直与朴实，也愿意听他讲那些离奇古怪的故事。因为他是一个私人安全顾问，说白了就是一个保镖，凡是从事这种职业的人，都会经历很多惊险刺激的事，默洛克当然也是如此，有时他会对我说："小伙子，你知道吗，我就像是一个上了年纪的足球运动员？"这显然是他对自己的谦虚评价。

有一天，我去默洛克那里闲坐，在聊天中，他分明透着欣喜和自豪地说："虽然我已经没有足够的体力去冲锋陷阵了，但是我有经验，我能准确地读懂比赛，善于组织、调动起报警肌肉，然后迅速、准确地出击。"

"报警肌肉？"我感到有些不解。

"当我或我的雇主有危险时，我的肩膀就疼得厉害，我叫它报警肌肉。"默洛克解释说。

"在林纳德一案中，你的报警肌肉起作用了吗？"因为我听人们议论最多的就是他和那条看不见的线索，出于好奇，我借着这个话题，试着让他对我说出那个案件的来龙去脉。

"当然。"

"那你给我讲讲吧。"我央求着。

"小伙子，那件案子还没有开庭审理，所以我不能用真名。"默洛克开场直白，并且还警告我说，"如果你在报纸上引用我的话而事先披露案件的内幕，我是不会承认的，但事实上那全是真的，我敢保证……"说着，他坐在一张椅子上，缓缓地讲述着：

那时，我刚刚搬进位于圣保罗大教堂附近的办公室里，那儿的风景十分优美，绿树成荫，在伦敦上空飞翔的鸽子有一半是从那里放飞的，还有宣告新一天开始的钟声也是在那儿敲响的。

在我没搬进去之前，那个办公室属于一个流行音乐唱片公司，后来这个公司倒闭了，我就以很低廉的价格买到了那块地方。从室内装修看，体现着最拙劣、最疯狂的迷幻派风格，里面有很多扇门，每一扇门都被涂上了与其他门不同的颜色，显得极不协调。不仅如此，墙壁、文件柜和办公桌也是毫不搭配的各种颜色，有黄色、紫色、绿色和橘红色等，让人看了眼花缭乱。说实在的，我很难忍受那些不伦不类的东西，只有房租符合我的心愿。我暗暗打算，等过段时间，一定要重新装修一下。

那一星期我大部分时间都是在城外办事，昨天刚回来。

我坐在办公室里，想听听秘书小姐的录音，看看有没有什么事情发生，于是我打开录音，里面传来秘书琳达小姐柔美的声音：先生，我已经处理完了所有的日常事务，不过有一件事需要告诉你，有一个叫阿里克斯·林纳德的人曾打电话找你，他说自己曾是空军中队长，这个人说话的口气很大，绝对有一种"你一定听说过我"的语气，我没有理会他的这种自以为是，因为我从来没有听说过他……

听到这里，我不禁苦笑了一下，琳达小姐这话让我感到自己的确是老了。我知道，阿里克斯·林纳德曾是个非常出色的战斗机飞行员，在不列颠战役中，他英勇神武，但那毕竟是很久以前的事情了，即便是琳达的父母，当时也不过是十几岁的孩子。

“我从来没有听说过他。”因为走神了，我不得不再次按下播放键，录音里面又传出琳达小姐的声音：他希望你尽快和他联系，他的住址是五月花广场的梅博里大厦，虽然他一年才来伦敦一次，但那里有他一套永久性的住房。看样子他一定很有钱，可是不知为什么，他电话里的声音很急切，好像坐立不安的样子。他还说他在飞机上睡了不少觉，但他没法坚持二十四小时以上，也就是说等你回来后，只剩下八个小时了……

录音上的话还没有说完，琳达小姐就风风火火地闯进了我的办公室，我只好按下了暂停键，吃惊地看着她。

“先生，很抱歉，昨天晚上我本来要洗掉那盘磁带的，可是男朋友找我有事，结果我就把这事给忘了。”她不好意思地说。

“这不录得挺好吗？为什么要洗掉呢？”我不解地问。

“是这样的，”琳达小姐说，“昨天晚上他来过了，就是那个自称是空军中队长的林纳德，他决定取消和你的约见，并且说了很多抱歉的话，他认为是自己出尔反尔，同意适当做出补偿。先生，我觉得中队长这个人不错，和你差不多，当然，我指的不是年龄。”说这话时，她的脸红了。

“琳达，”我强忍着不满，“我不要听这些礼节性的用语和外交辞令，这不适合你，我要听的是事实！”

“我并没有做错什么呀？”琳达小声嘟囔着，那眼神中既有气愤也有责备，“没必要发这么大火，不就是取消了一次很普通的约见吗？而且是他自己坚持要付五十英镑的，或许他觉得向别人求救是件很惭愧的事，所以希望赶快被忘掉。”

我不禁皱起了眉头，一边轻轻地按摩起自己疼痛的后背，一边思索着：不应该这样呀，阿里克斯·林纳德是一个勇敢、机智的空军飞行员，为什么会在发出求救信息后，又仓皇地收回呢？难道三十年的时间就把一个无所畏惧的硬汉变成了一个畏首畏尾、瞻前顾后的人了？不可能！这背后一定有隐情。”我坚信自己的判断。

我平时就非常重视搜集与自己这一行有关的信息，这时，我想起了曾经保护过一个内罗毕商人的事情，当时，那个商人到伦敦来，是想用钻石换现金，但实际上他这两样东西都不想丢，有一次我在旅馆等候时，好像听人说起过阿里克斯·林纳德这个名字，而且这个名字至少与两起暗杀企图有关，难道这之中有什么关系吗？于是，我马上找到林纳德在梅博里大厦的电话号码，拨了过去，但是电话那头传来“嘟嘟”的忙音，根本没有人接听。

我觉得很奇怪，心里想：“现在正值中午，林纳德到哪里去了呢？他应该待在房间里呀！看来，我还得把琳达小姐叫过来，再仔细问问，刚才我的态度不好，可能一些细节她都没有说。”

“琳达，请帮我冲两杯咖啡来。”我大声招呼着。

不一会儿，琳达就端着两杯咖啡进来了，看得出，她的情绪比刚才缓和了许多，我自己留下一杯咖啡，将另一杯让给了她。

“琳达，林纳德的电话打不通，你想想，他还能到哪里去呢？”我问道。

“先生，既然他已经取消了预约，你何必还要这样费心找他呢？没准儿他已经离开这个地方了。”

“嗯，也有可能。”我呷了一口咖啡，沉思着……突然，我抬起头盯着琳达的眼睛，“琳达，你还记得那天林纳德来访的情况吧？把具体经过向我描述一下，越细越好。”

“好吧，”她说，“其实，也没有什么可说的，只是他一进来好像有点儿紧张，先生，你都不知道，他付给我五十英镑时，还把钱掉在了地板上，噢，对了，”这时，琳达竟然忍不住自己先咯咯笑了起来，“他还是个色盲，他告诉我取消约见后，就急匆匆地要出去，我告诉他那扇绿色的门是出口，可他却头也不回地走进了那扇红色的门，结果一下子就走进了卫生间，也就是储藏室，我在后面不停地说：‘先生，你走错了，应该是绿色的门！’于是他就又换了一个，去开那个粉色的门了，自然又进了消防楼梯，他转来转去找不到出口，气得都想骂人了，我也忍不住总想笑，最后还是使劲儿憋着把他从绿门带了出去，真有意思！先生，你没看到当时他的表情有多滑稽……”

还没等琳达讲完，我就转身一把抓起了电话，迅速接通了苏格兰场的布莱克警官。

“喂，是布莱克警官吗？我是默洛克，听着，小伙子，你赶快派人到梅博里大厦东座 524 房间去，情况很紧急，有人要杀死林纳德，对，就是那个支持非洲独立的林纳德，要快，我在那儿和你碰头，好，挂了。”

当布莱克警官和他的手下踢开梅博里大厦东座 524 房间的门时，发现阿里克斯·林纳德已昏迷不醒地倒在卧室内，他们以最快的速度把他送进医院抢救，后来，林纳德终于醒了过来，据医生说，如果再晚来半个小时，他就没救了。

清醒后的林纳德对我和布莱克警官说：“我确实是服用了大剂量的安眠药，因为那个人让我在药物和子弹中选择，于是，我在两者均必死无疑之间选择了服用药物，或许那个人也认为这样更容易伪造自杀现场。”

我听着默洛克的讲述，眼前似乎出现了一副怪异而丑恶的情景：那个人拿着枪，坐在床边，冷酷地看着林纳德犹豫了片刻，然后一仰头将药吞下……渐渐地，他的呼吸缓慢和艰难起来，脸色也越来越苍白……

我看着默洛克，发现他的眼神透着一股坚毅和淡定，这才是一个神探的气质！

不过，我还是有些疑问，趁此机会也就一股脑儿地提了出来。

“你是怎么知道林纳德将会遭遇杀手呢？而且还那么肯定？”我问道。

“当我知道到我办公室来的那个林纳德是个冒牌货时，我就明白了，他为什么要这样做？最可能的原因就是阻止我去寻找真正的林纳德，他以为我不认识林纳德。”默洛克说。

“暗杀者是怎么知道你和林纳德有约见呢？”

“很简单，搞窃听呗。”他说，“他们或者是窃听了林纳德给我打的电话，或者是在他隔壁房间安装了监听设备，这些都是罪犯们惯用的伎俩。布莱克警官的人对林纳德房间的电话进行了检查，但没有发现被窃听，他们又仔细检查了墙壁，发现墙壁纸下面隐藏着一个小洞，直接通到隔壁的523房间，所以布莱克警官他们在机场抓住了他，那是一个有犯罪前科的人。”

“可是，”我还是有些疑惑，“是什么引起了你对那个假林纳德的怀疑？你们又没有见过面，只是通过琳达小姐的简单描述？”

“哈哈！小伙子，用你那聪明的脑子想一想不就明白了？色盲的林纳德肯定是个假货！”

“色盲？”噢，我想起来了，琳达小姐还为他几次走错门而暗暗窃笑呢。

“明白了吧？小伙子，色盲怎么能成为英国皇家空军的飞行员呢？”默洛克微笑着反问我。

她不是我母亲

坐在韦莱茨医生面前的是一个小女孩，名叫克莱尔·塔兰特，她的父亲是卡特·塔兰特，母亲是黛拉·塔兰特。

“好孩子，请你告诉我，你为什么那么厌恶你的母亲呢？”韦莱茨医生和蔼地问道。

小塔兰特显然不喜欢听“厌恶”这个词，她紧紧地抿着嘴唇，不吭气，但是她那亲爱的姑妈露西对医生诉说时却是用的这个词：“医生，请你给仔细检查一下，她爸爸和我都不能理解这孩子究竟是怎么了，她一向性情温柔、通情达理，一家人本来是其乐融融，可是她却突然厌恶起自己的母亲来了！”

小塔兰特长得很像她父亲，也有一双漆黑发亮的眼睛、蓬松卷曲的头发和黄褐色的皮肤，而且她的个子很高，如果和父亲站在一块儿，她已经到父亲的肩膀了。

父亲和姑妈对小塔兰特的变化都感到困惑不解，尤其是姑妈，最疼爱小塔兰特了，她几次向父亲提出要带小塔兰特去看心理医生，小塔兰特记得当时父亲还不高兴地皱了皱眉头。

小塔兰特对父亲的感情很深，平常她只要一想起父亲，心中就充满了快乐，但是今天却有点儿不同，她觉得内心的这种快乐消失了，她清楚，是自己伤害了父亲，因此感到很难过。其实，她是不愿意看心理医生的，觉得那是一件毫无意义的事情，只是她不愿意让露西姑妈太难过，才同意跟姑妈来心理医生这里。

别看小塔兰特只有十二岁，但她还是挺有主见的，她坚信自己是对的。或许是由于心事重重的缘故，虽然她今天穿着白上衣和小裙子，头上系着蝴蝶结，但看上去比实际年龄要大很多。

“好孩子，别紧张，随便从什么地方谈都可以，要不，就跟我说说你小时候的事儿？”韦莱茨医生不愧是专业人士，他又巧妙地把小塔兰特引到他想了解的话题上。

“我记得，小时候我们住在旧金山……”她突然停住了话，犹豫着是否该把露西姑妈没有告诉他的事也告诉他，她抬头看了看韦莱茨医生，只见他面带微笑，就决定继续说下去。

“我的母亲和父亲是在旧金山认识的，后来，他们就在那里结了婚。”

“好，你接着说吧。”韦莱茨医生鼓励着。

“当时，我父亲是在一家大公司工作，可公司总是频繁调动他，一段时间在这个工厂，以后又调到另一个工厂，父亲不愿意总这样，后来就想方设法让公司派他到波士顿附近的一个小镇工作了。我听说，父亲和姑妈都是在那个小镇长大的，父亲比姑妈小十五岁，自从祖父母去世后，是姑妈一手把他带大的。”

小塔兰特说着说着，又想起了一件事，“姑妈经常对我说：‘你长得很像父亲’，她还说‘你父亲从两岁起就比其他同龄的孩子要聪明得多，等到他上学时，就已经像个大人了。’每当这时候，姑妈总会对我微微一笑，夸奖我和父亲一样坚强，甚至在自制力方面还超过了父亲。”

或许是在这种环境和引导下，小塔兰特不得不学会控制自己，但是难熬的时间却让她开始变得越来越不耐烦了，她很想发作，但是又不得不忍受，因为谁都不相信她，甚至连她最挚爱的露西姑妈也认为她这只是孩子气的心理。

一想到这儿，小塔兰特突然大声对韦莱茨医生说道：“塔兰特家族的人全都死光了，只剩下爸爸、露西姑妈和我了，我母亲在她叔叔死后，家里也只剩下她一个人了，所以她和爸爸两个人都想回到家乡，和姑妈一起生活。”

“说下去。”韦莱茨医生低声说。

小塔兰特很想知道面前的这位医生在想什么，尤其是想知道露西姑妈都对他说了什么，比如说，是不是告诉他自己的智商在就读的所有学校中都是最高的？是不是把自己现在正在神童班学习的事也告诉了他？她认为这些才是最重要的，至于他想些什么或者说些什么则都是无关紧要的，如果露西姑妈真的把这些事都告诉了他，那么他一定不会怀疑她这么做是为了引人注目，也一定会开始相信她所说的话了。

“还有什么？再想想……车祸……”医生又催着她往下说。

小塔兰特清楚地听到了“车祸”两个字，她想了一会儿，又接着说道：“是的，我想起来了，那是一次可怕的车祸，当时爸爸和我很幸运，只是被甩出来，受了点儿轻伤，而另外一辆车里的人就惨了，他们全都死了，虽然那时我只有五岁，但是车祸的场面我记得很清楚，死者是一对年轻夫妇。”

“那次车祸是发生在你父母带你去东部的时候吗？”

“是的，当时我父亲调到那里工作，在俄亥俄州的一个小镇就发生了车祸。”

“那么你母亲呢？”韦莱茨医生问道，不过很快他就有些后悔了，因为他认为这个孩子肯定不愿意说这些事，后来转而又一想，从车祸发生到现在已经有七年了，这个孩子已经习惯了，而且她还会经常想起这件事。

“我母亲是从毁坏的汽车底下被挖出来的，她伤得很重，在医院里经过几个星期的抢救，才活了下来。”小塔兰特说着说着，一下子就想起了车祸后那漫长的几个星期，她还清楚地记得，在那段时间里，父亲几乎都是在离家数百英里远的医院里度过的，家里只有她自己，这让她感到非常孤独。

“她的容貌全都被毁了。”她突然说道。

“当你看到她那个样子时，是不是很不舒服？”韦莱茨医生低声问道。

坦率地说，刚开始也许是很不舒服，不过那毕竟是自己的母亲啊！况且她也知道，过几年后就一切都会好起来的。

在车祸后的第一年，尽管父母都不在她身边，但在露西姑妈的悉心照顾下，她的生活还是很愉快的。

后来，父亲公司的主管看到他既要工作，又要到医院照顾妻子，还要牵挂家中幼小的女儿，十分辛苦，就暂时将他调到俄亥俄州的一个小镇工作，因为小镇离母亲住的医院很近，这样，父亲就有机会来看望她，但父亲每次都是来去匆匆，停留的时间总是很短暂。

“过了不久，母亲就出院回家了，父亲为了便于照顾她，就租下了紧挨着露西姑妈的一栋房子，实际上，从那以后我就有两个家了。

在一个家里，那个女人像幽灵一般，总是悄无声息地在屋里走来走去，谁也不知道她在想什么，或者是要做什么，她总是把屋里的窗帘拉得严严实实的，将阳光挡在外面，她还一刻也离不开自己丈夫；而另一个家就是露茜姑妈家了，因为每当母亲需要治疗或休息时，父亲就会让我住到那里去。”

事实上，小塔兰特非常喜欢姑妈的那个家。

“后来，当你知道母亲又要离开一年时，你是什么感觉？”韦莱茨医生问道。

小塔兰特想了想，说：“我很高兴。因为，自从发生车祸后她就彻底改变了，我说的不仅是指她的容貌，而且还有她的整个举止，她以前总是很快乐、很开朗，但现在完全变了！我们家的人都知道，等母亲到三十五岁的时候，就是去年，也就是车祸后的第六年，她就能合法地继承叔叔的遗产了。”这时，小塔兰特移动了一下身子，然后继续说道：“我听父亲说过，她的脸通过整容手术就能恢复正常，为了让我了解这件事对她的重要性，父亲还仔细地向我解释过。所以，当她要离家去做整容手术时，我很高兴，尽管时间很长，但我知道，那样她就能继承叔叔的遗产了。”

“噢，”韦莱茨医生若有所思，“那么在她继承遗产前，你父亲没有打算给她做整容手术？”他问道。

“没有，因为她还有更重要的事要先做，比如她要学习走路，学习使用双手，她被烧得很严重，不仅要进行皮肤移植，还要进行其他方面的治疗，这些事情总不能同步进行吧。”

“你说得对，做这些的确需要时间。”韦莱茨医生点点头说。

或许是出于某种原因，小塔兰特认为自己有必要继续为父亲辩护，她看着韦莱茨医生，认真地说：“为了母亲，父亲几乎用光了他所有的积蓄，而露西姑妈的收入又很少。”

韦莱茨医生温和地说：“我想可能还有保险金。”

小塔兰特则解释说：“我听露西姑妈说，那点儿保险金少得可怜，根本无济于事。还有，车祸的责任虽然在那对年轻夫妇身上，但是他们没有任何亲戚，所以也无法赔偿。再说，父亲又不愿意找人去借钱，所以经济非常拮据。”她停了停，似乎有些放松地说，“如果母亲继承了那笔遗产，就解决大问题了，可以支付整容手术那昂贵的费用了。”

小塔兰特又记起自己和露西姑妈一块儿等待父母回家那天的情景，她兴奋地说：“那是多么美好的一天啊，我一大早就急切地盼望着。上午十点多钟，我听到门外传来母亲的欢笑声，要知道，自打车祸发生后，我很久很久都没有听到这种笑声了，当时我高兴极了。”

韦莱茨医生看得很清楚，小塔兰特说这些时，脸上洋溢着幸福的笑容。

突然，她脸上的笑容消失了，她从椅子上站起来，沉着脸说：“我原本答应姑妈跟你说，可是现在我先说了，这又有什么关系呢？告诉你，那个女人根本不是我母亲！”说完，便头也不回地走了。

韦莱茨医生默默地看着她的背影。

过了一个星期，小塔兰特禁不住姑妈的催促，又来到韦莱茨医生这里。这一次，韦莱茨医生照样先听了一遍她的讲述，然后温和地建议说：“我想，你也许应该试着从你父亲的角度来看这件事。”

“什么？从他的角度？”小塔兰特的声音有些不安，她盯着韦莱茨医生的眼睛，愤愤地说：“他认为我是在嫉妒，嫉妒我母亲！”

“噢，你认为他完全错了。”韦莱茨医生随声附和着。

“我已经七年没有母爱了，所以，我非常希望重新享受母亲那特有的爱，希望得到那个快乐、慈爱的母亲，难道我说得不对吗？”

“那她现在不是这样吗？”

小塔兰特摇了摇头，她感到心里一阵抽动，“对不起，韦莱茨医生，无论你怎么说，都无法让我相信她是我母亲，即使我们一直这么谈下去，也永远不会有结果的。”

看到这种情形，韦莱茨医生无奈地摇了摇头。

后来，露西姑妈又带着小塔兰特看了十几次，也同样毫无效果。最后，父亲和露西姑妈经过商量，决定不再带她到韦莱茨医生那儿去了。

但是，她父亲很快又作出了一个新的决定：带黛拉出去旅行。

这一天，小塔兰特正一动不动地坐在露西姑妈客厅的角落里，父亲走了过来，他有些不高兴地说：“你母亲，她已经受够了，再也无法忍受你了！”父亲说着，突然提高了嗓门儿，“你怎么这样不懂事儿，知道你这样做对她是多大的伤害吗？”他或许是意识到自己太不冷静了，于是又缓和了下来，“我准备带你母亲出去旅行，这样对她的身体康复有好处，什么时候你恢复了理智，我们才会回来。”

“卡特！你别……”站在一旁的露西姑妈不愿意弟弟这样责备小塔兰特，难过地喊了一声。

“噢，对不起，我忘了你还是个孩子。”说着，父亲俯下身来，慈爱地看着女儿，“好孩子，作为一个丈夫有很多办法知道他的妻子，当然，那些办法你现在还不能理解，但你一定要相信我的话，我知道真假。”

小塔兰特面无表情地看着他，她的心依然在一阵阵抽动。

“好了，卡特，你再给她一点时间吧。”露西姑妈见状走过来劝解说，“她由我来照看，你就放心地和黛拉出去旅行吧。”

“好吧，”卡特沮丧地说，“姐姐，我对这个孩子实在是没有办法了，我把她交给你了！”说着，他低着头走出房门，那瘦长的身子显得愈发僵硬。

小塔兰特依然坐在那里，没有起身去拦他，她似乎已经麻木了，这倒不是因为父亲的沮丧，更不是因为原本说好要带她一块儿去旅行的，而是因为别人不相信她。不过无论如何，她始终坚信自己是对的，她甚至暗暗地想：父亲离开也好，这样自己下一步的行动就变得更容易了。

小塔兰特清楚，当初姑妈提议带她去看心理医生，父亲是勉强同意的，但如果他知道自己的下一步行动，肯定是要竭力阻止的，现在只剩下姑妈就好办多了。

父亲带着母亲走后，小塔兰特就开始左磨右缠露西姑妈，最终，尽管姑妈知道她的下一步行动后也大吃一惊，但还是拗不过她，只得同意了，当然，姑妈之所以同意这么做，也是想通过这些行动彻底打消小塔兰特心中的疑虑。

小塔兰特准备去警察局了，露西姑妈坚持陪她一起去，因为她担心警察不会相信一个小孩子的话，可能连理都不会理她，如果那样的话，就什么事情也办不成了，小塔兰特的计划也就泡汤了。

警察局长科斯塔热情地接待了她们，这是一个体格健壮的中年人，由于全身心地投入工作，至今也没有成家。

科斯塔局长嘴里叼着一支雪茄，看着眼前这一大一小两个人，不知道她们要说些什么，那饱经风霜的脸上也显出一丝疑虑，然而，当他听完小塔兰特确信不疑的讲述和露西姑妈的担心后，就开始对此感兴趣了。

“她还是个孩子，对吗？”他问露西，“你相信她的话吗？”

“哦，”露西姑妈的脸红了，“我也不相信，不过我们仔细谈过这件事，今天我之所以要和她一起来，就是相信她能在你这儿得到帮助，即便你不愿意介入此事，我相信你也会为我们保密的。”接着，她又很肯定地补充说，“她是还很小，刚刚十二岁，但她已经非常成熟了，就像她父亲那样，因此使得这件事很难办，我和她父亲都很伤脑筋，或许你能帮助她恢复理智，请你帮帮我们吧！”

科斯塔局长默默地看了看露西，又掏出一支雪茄点上，然后他转向小塔兰特问道：“小姑娘，你说她花了一年多时间去医院做整容手术，那么，你总不会指望她回家时会跟七年前一模一样吧？”

“当然不会，”小塔兰特很坦率地说，“我听父亲说，即使他们有许多她以前的照片，也无法让她完全恢复到以前的模样，我从来没有指望会发生那样的事情。”

“你那时才五岁，能清楚地记得你母亲的模样吗？”

“不能，我只是模模糊糊地记得。”

“那，你觉得她有什么地方不对劲儿呢？”

“好像是，眼睛，”小塔兰特似乎有些犹豫，“当我听到她的笑声时，我以为她就是母亲，你知道吗，自从发生车祸后，她就从来没有笑过，所以，我听到她那么快乐的笑声，真是太高兴了！”这时，她的心又开始抽动起来，“可是，当她看着我时，我从她的眼睛……对，就是她那双眼睛让我断定，她不是我的母亲，尽管她的眼睛也是蓝色的，跟我母亲照片上的很相似。”

“你为什么这样肯定呢？”科斯塔局长问。

“因为，以前我们家几乎每天都要玩一种游戏，父亲和母亲会一本正经地说一些最荒唐的事，或者是编一些最不可信的故事，有时候只是他们两人之间在开玩笑，当然多数时候还是为了逗我玩，我分辨他们究竟是开玩笑还是当真的唯一办法，就是直盯着他们的眼睛，每次总能分辨出他们是真还是假，所以，我不仅熟悉母亲的眼睛，也熟悉父亲的眼睛。”

“小姑娘，假设你说得是对的，那么，一年前你母亲在你父亲陪伴下去纽约一家医院做整容手术，在她住院期间，你们俩去探望过她吗？”

“我没有去，只有父亲去过，他说母亲在做手术前除了他之外，不想见其他任何人。”

“当时，她父亲想每星期看她一次，但被她拒绝了，你知道，这完全要看她高不高兴。”露西姑妈插话说，“还有，整容手术是很痛苦的，为了改善她的容貌，有时还必须先让她的容貌变得更糟一点，医生也不想让她受到太多打扰，所以我们就不好再去了。”

“听着，小姑娘，如果你是对的，”科斯塔局长的口气突然变得严厉起来，“那么你父亲也是同谋，你同意这一点吗？”

“不！”小塔兰特坚决地说。

科斯塔局长将手中的雪茄放下，对小塔兰特说：“我刚才听你说过，是你父亲带她去的医院，他几乎每星期见她一面，是他把她带回的家，那么你说说看，有谁能瞒过他取代你母亲的位置呢？”

“我不知道。”小塔兰特摇摇头，但她紧接着又坚决地说：“反正她不是我母亲！”

“除非……”科斯塔局长摸着自己的下巴沉思着，“嗯，除非她做了什么快速整容术，一夜之间改变了她的模样。”

“你有她最近的照片吗？”他问露西姑妈。

“没有，”露西姑妈说，“你想想，车祸后的照片……没有人愿意……”她哽咽着说不下去了。

这时，小塔兰特突然眼前一亮，说道：“医院在手术前和手术后不是都要拍照还要取指纹吗？”

科斯塔局长显然对这个小姑娘的快速反应感到惊异，注视了她好一会儿，说：“嗯，有道理。”然后他又转向露西姑妈，“如果我们做一些调查，你认为会对她有好处吗？”

“我想会有好处的。”露西姑妈回答着，然后她又对小塔兰特说：“亲爱的，我们已经试过别的办法了，而这正是你想要的，对吗？”

小塔兰特肯定地点了点头。

当她们起身要离开时，科斯塔局长轻轻地抚摸着小塔兰特的头，眼中充满了同情和怜爱，他温和地说：“别着急，小姑娘，我们一定会为你找到你想弄清楚的东西，给我点儿时间好吗？”

“谢谢！”小塔兰特望着这位个子高大的警察，感激地说。

她们刚走出门口，小塔兰特忽然又像想起了什么似的，回过身来，急切地对科斯塔局长说：“或许我能发现一些指纹，如果那样，也可以拿来给你们看吗？”

“当然可以。”科斯塔局长微笑着答应了。

在接下来的日子里，小塔兰特就开始寻找指纹了。

她在父亲的房间里仔细地查看，结果没有发现任何清晰可见的指纹，一定是那个勤快而认真的清洁工打扫房间时给擦掉了，小塔兰特心里很着急。她知道，这屋里有些东西母亲肯定是碰过的，还有些东西“那个女人”也摆弄过，可是，当她把这些东西交给负责指纹鉴定的凯勒警官后，经鉴定，凯勒警官告诉她，这些东西上除了她自己和露西姑妈以及清洁工的指纹外，再没有别人的，尽管有些东西上也有指纹，但是模糊不清，根本没有利用价值，这让小塔兰特感到很失望。

随着日子一天天过去，小塔兰特也渐渐失去了信心，不过，她还始终坚持着一个做法，就是将她偶尔从菲律宾、日本、中国以及其他地区收到的明信片交给凯勒警官，尽管凯勒警官告诉她这样做毫无意义，因为碰过这些明信片的人太多，上面已经没有清晰的指纹时，她仍然固执地做着。

小塔兰特没事的时候，便到警察局去，凯勒警官会和蔼地跟她聊天，还会告诉她关于指纹方面的理论和最新动态，有时科斯塔局长碰到她，也会和她说几句话，这让她感到很温暖，所以也就耐心等待最后的结果。

又过了几天，科斯塔局长终于从纽约那家医院得到了回复，他拿着医院寄来的照片，对小塔兰特和她的姑妈露西说："没错，和我们预料的情况完全一致！"接着，他又拍拍小塔兰特的肩膀，"小姑娘，这回你总该相信了吧，这可都是铁证啊！"说着，他顺手把照片递给了她，"医院通常是不会取指纹的，但是他们给她每做一次整容手术，就会拍照一次，如果第一张是她，那么其余的毫无疑问也是她。"

小塔兰特接过照片仔细地看着，过了一会儿，她又一言不发地递给了姑妈。

"这就是黛拉！"露西姑妈看完照片，十分肯定地说，"亲爱的，她真是你的母亲，不会错的！"

小塔兰特沉默不语，她低头看着手里的一个信封，从一只手换到另一只手，觉得很不得劲儿。终于，她抬起头看了看科斯塔局长，说："这是我今天早上收到的信，是她寄来的。"她发现"母亲"这个词很难从自己嘴里吐出来，"她在信中说，她很想回家，我本来是想把这封信交给凯勒警官的，好让他检查指纹，我相信里面信纸上的指纹应该是很清晰的，不过，现在看来它已经没有什么用了。"

"小姑娘，我刚才给你看了证据，证明那个女人就是你母亲，你看，我还能再做什么呢？"科斯塔局长温和地说。

"唉！"露西姑妈叹了一口气。

小塔兰特没有吭气，她跟随露西姑妈默默地离开办公室，并且始终没有回头和左右张望。

这时，她似乎听到身后传来科斯塔局长展开信纸的沙沙声，那是她在最后一刻悄悄塞到他手里的。

两天后，科斯塔局长又把她们两人叫到办公室，他先请她们坐下并聊了几句家常话，然后就转身坐到自己的椅子上，这时，只听他清了清嗓子，又重重地叹了一口气。

"怎么？"露西姑妈一脸茫然。

小塔兰特则非常严肃地瞪大了眼睛，"你发现了什么？"她轻声问道。

"哦，我想了很长时间，"他拿起一个信封，眼睛看着露西姑妈，"上次你们走的时候，你侄女把这封信留给了我，这封信写得非常感人，是那个女人写的，就是她坚决不承认是自己母亲的那个女人。”稍停了片刻，他又接着说，“你侄女的怀疑可能是正确的！”

“什么？”露西姑妈惊讶地睁大了眼睛，用手捂住嘴巴，“不会的，她是黛拉，就连小塔兰特现在也承认她是自己的母亲了。”

“听我说，如果她不是，如果真正的黛拉已经死了并被埋葬了。”科斯塔局长语气平静而严肃地说。

小塔兰特和露西姑妈顿时惊呆了，她们互相瞧了对方一眼，然后又充满疑惑地看着科斯塔局长。

“你，你是说，我母亲……死了？”小塔兰特声音颤抖地问。

“其实我什么都不知道，只是在假设。”科斯塔局长说着，把信放在桌子上，“小姑娘，我听凯勒警官说，在过去几个星期里，你学到了许多有关指纹的知识，已经知道一个清晰的指纹是多么重要，所以你把这封信交给了我们，我们的确从信纸上得到了一个非常清晰的指纹，然后把它送到华盛顿，那样就可以得到许多关于她的情况。”科斯塔局长不紧不慢地又拿起信封，敲了敲桌面，“华盛顿可能已把她的指纹存档了，当然，这样做或许有几个原因，比如，她可能在政府部门工作过；可能在军队服役过；甚至，还可能是一个罪犯。现在，我已经收到华盛顿指纹检测中心的回复。”

科斯塔局长停下来，仔细地打量着她们，只见小塔兰特两眼直勾勾地注视着他，露西姑妈的面部肌肉也仿佛僵硬了，“假设，这个指纹是属于威廉太太或者说黛西·安布罗斯的，知道这对你们意味着什么吗？”

露西姑妈顿时目瞪口呆。

“我知道它应该是有意义的。”科斯塔局长继续说道，“她不就是被认为和她丈夫一起死于七年前车祸的那个女人吗？所以，也许这个小姑娘的母亲才是真正的死者，而那个女人并没有死去。”

“但是，卡特？”露西姑妈显然还有质疑。

“对，”科斯塔局长点点头，“问题就在这里，你弟弟把仍然活着的那个女人认作他的妻子，他为什么要这样做呢？我想，这是因为，即便她是一个陌生的黛西·安布罗斯，但是她还活着，而且六年后，她将继承一笔遗产，就是说，她在六年中仍然活着。”

小塔兰特听着他们说话，一动也不动，而露西姑妈则还是疑惑地问道：“可是，卡特并不认识这个安布罗斯太太呀？”

“这没有关系。根据你的描述，当年发生车祸后，你弟弟是有足够的时间与她沟通的，你不是说，在她完全清醒之前的几个星期，你弟弟不是一直守候在她床边吗？至于她的过去无关紧要，因为她的丈夫在车祸中死了，他们又没有任何亲戚，也不可能有人来认领尸体，有谁知道威廉·安布罗斯和他妻子呢？既然如此，她有什么理由不同意呢？”科斯塔局长自信地说。

“哦，”露西姑妈似乎明白了什么，也点了点头。

“还有，她和塔兰特太太的肤色和身高几乎是一样的，真是好运气，谁能发现她是假的呢？她受了重伤，只有一个五岁的小女孩认识真正的黛拉·塔兰特，这么小的孩子怎么能构成对她的威胁呢？难道不是这样吗？”科斯塔局长继续抽丝剥茧般地分析着

“你的意思是，自从车祸后，就一直不是我母亲？”一直默不作声的小塔兰特突然语气冷冷地说。

“可能不是，小姑娘，”科斯塔局长说，“你想一想，在车祸后的那些年里，她是不是总是背着脸，不肯让人看到她受伤的脸？她是不是从未正视过你的眼睛？她是不是尽量避开你？在你父亲的屋子里，她是不是总把窗帘拉上？从你五六岁起，是不是主要由姑妈照顾你？小姑娘，我说得对吗？我敢打赌，如果你仍然记得她的眼睛的话，那一定是你非常小的时候的记忆。”说完，他静静地等着她的回答。

然而，小塔兰特却丝毫不理会他的问题，突然问道：“我父亲知道这件事吗？”

“我想他应该知道。如果我们的推测是确切的话，那么，要想替换医院的那些照片，只有一次机会，就是在车祸刚发生的时候。”科斯塔局长盯着小塔兰特说，“你交给我的那封信我已经读了，现在你告诉我，你希望我怎么处理它，还要我找出上面的指纹吗？”

小塔兰特眨眨眼睛，没有说话。

“听我说，小姑娘，你可能是对的！”科斯塔局长看着她，“当然，如果那个女人真是假的，政府对初犯者的惩罚并不太严厉，也许坐几年牢就行了。”

“你是根据这封信上可能有的一个指纹，作出这些推论的吗？”她握紧拳头，脸色凝重地说，似乎这时她的心又开始抽动了。

“是的。”

小塔兰特默默地走到桌子跟前，她拿起那封信，想了一下，就慢慢地把它撕成了碎片，这时，她感到内心的抽动也消失了。

“你这些推论有什么根据呢？”她平静地问。

“要知道，一个真正出色的警官可能已经把这封信影印下来了，他甚至还可能把它放在档案中，以备哪天你又改变主意了，但是，”说到这里，科斯塔局长叹了一口气，只不过这次不像前几次那么沉重了，“小姑娘，也许你把所有的证据都撕毁了。”

一个星期后，小塔兰特和露西姑妈早早就来到罗岗机场，她们等着西海岸来的飞机降落。

“姑妈，你看，飞机要降落了！”小塔兰特兴奋地说着。

飞机的舷梯已经搭好，乘客们开始鱼贯而出，小塔兰特的眼睛在人群中急切地搜索着，“他们在那儿！”露西姑妈喊道。

小塔兰特看到了，她那英俊潇洒的父亲卡特·塔兰特正挽着一个晒得黑黑的、漂

亮优雅的女人手臂，轻松而自信地走向她们。

小塔兰特飞一般地奔向父亲。

“你好，我的宝贝儿！”父亲高兴地抱起她，然后又费力地挣脱她的手，“别急，我们很高兴看到你！”他将身子转向身边的那个女人，急促地说，“宝贝儿，快来，这是你的母亲，你该向她问好呀？”

当小塔兰特直视黛拉的眼睛时，她似乎显然非常犹豫，不过，她不顾内心的抽动，一下子就扑进了那个女人的怀抱，迅速地吻了她一下，轻快地说：“母亲，欢迎您回家！”

第五卷

最后的证据

副经理的秘密

你相信吗？由于一件荒唐的事儿，我竟然被出乎意料地提升为副经理。下面就给大家说说我的这段故事。

那还是我出狱后的第三个星期，有一天晚上，老朋友瑞南多到我那简陋的住所来看我。瑞南多这个人没有正当的工作，平时总是喜欢拉上我，瞅准机会赚些外快。当然，我们做的事都不是什么光明正大的。所以，这次他来找我，我猜准是又找我干什么见不得光的事儿。

“喂，惠勒。”他还是像以往那样大大咧咧地同我打着招呼，“听说你又被放出来了，怎么样，现在还好吗？”说着，他就一屁股坐在了一张椅子上，要知道，那可是我这简陋小屋里仅有的一张舒适的椅子。

“噢，还可以吧，好在我已经有了一份正式的工作。”我在床边坐下来说道。

“是吗？照这么说你最近的收获不小了？”他似乎有些不相信，眨巴着眼睛对我说。

“无所谓收获大小，我只是说我一直在做正经工作。”我不喜欢瑞南多的这种语气。

“正经工作？”瑞南多的下巴一下子变长了，似乎我刚才说的话让他很不舒服，“那你到底做什么工作呢？”他继续问道。

“在一家公司当管理员。”

“是吗？”他用犀利的目光盯着我，过了一会儿，又委婉地说：“我知道，你只是想暂时洗手不干，你的驾驶技术那么好，怎么能白白地荒废呢？”

“那的确是一份好工作，我喜欢。”

“可是，为什么？惠勒，你可是有驾驶天赋的呀……”

“你可别忘了，我已经失手三次了，也进了三次监狱，如果再失手的话，我只能在铁窗里苦度余生了！”

瑞南多似乎有所领悟地眨眨眼睛，接着问道：“公司的人知道你有前科吗？”

“知道。”我表情轻松地说，“但我们公司的经理是个好人，他没有计较我过去犯的错误，鼓励我今后要洁身自爱，还表示会帮助我的。”

“你一小时能挣多少钱？不会是一块吧？”瑞南多显然还想继续说服我和他合作。

“一块半。”

“惠勒，难道你疯了吗？每小时才区区一块半，就让你这样死心塌地地跟着他们干，真是屈才！”他又深深地吸了一口气，接着说：“你想想，咱俩合伙干你能挣多少？这次，只要你能帮我把钱运到西海岸，我保你能得到一两千……”看来，这就是他这次来找我的目的了。

听了瑞南多的话，我心中不禁一动，依我目前的经济状况，毕竟一两千元对我还是极具诱惑力的。

“你是说干一票大的？”我想仔细问问。

“没错，”他迅速地点点头，“那是一笔现金，是三十街上的第一钢管公司用来给工人发工资的款项。所以每到星期五的上午十点，出纳员就会开车到忠贞信托银行取钱。惠勒，这是一个绝好的机会，怎么样，有没有兴趣？”说完，他目不转睛地注视着我。

这件事太大了，我需要仔细考虑一下。过了一会儿，我说：“我也许有点儿兴趣。”

“好极了，惠勒！”瑞南多兴奋地拍着我的肩膀说。

“你是怎么得到这个消息的？可靠吗？”我有些不放心地问。

“放心吧！这是和我相好的一个妞儿无意间透露的，她有个表兄在那家公司的货运部工作，前天晚上我们喝酒聊天时，她无意中提到用现金发工资的事。”瑞南多十分肯定地说。

“那你打算怎么做？是在银行抢现金吗？这件事可得万无一失才行！”我说。

“惠勒，你听着，我计划这样做：我们先到他们的停车场等一会儿，等出纳员从银行取钱出来回到自己汽车旁的时候，我就将他打倒，然后抢走他装钱的包，再迅速钻进我们的汽车溜之大吉。接下来就全看你的了，虽然银行在市中心，周围路上的车辆多，但是有你这样的驾车高手，我们可以毫不费力地溜走，完全没问题。”瑞南多说完，一脸期待地望着我，“惠勒，别犹豫了，我们绝不能坐失良机。”他鼓励我说。

我没有吭声。

“怎么？你还下不了决心？”他有点儿着急了。

“没有，我只是想再考虑考虑结果如何？”

过了一会儿，他又问道：“想好了吗？”

“好，就让我们联手再干一次吧！”我抬起头坚定地说，“看来，我得先把我那辆老爷车的车牌摘下来，开着它去抢劫，至于其他细节我们之后在研究。”

“惠勒，你终于想明白了，这真是太好了！”瑞南多兴奋得手舞足蹈，两眼也闪闪放光。

我们计划在星期五动手。

在星期五前的这几个夜晚，我和瑞南多见了好几次面，详细计划着每一步细节，并且提前来到银行附近，仔细查看停车场的位置，为汽车可以迅速逃离选择最佳地点。因为拿到钱后我要驾车快速离开，我还对银行周围的交通量及路线也进行了实地观察。另外，为了保证万无一失，瑞南多还从与他相好的妞儿那里仔细打听了她表兄说的“第一钢管公司”的出纳员的模样，以便在停车场确认无误。总之，我们为这次行动做了充分的准备工作。

紧张的时刻终于到了。

星期五那天，天空阴沉沉的，天气预报说有阵雨。

那天，我向公司请了一天病假，到九点钟时，我就开着那辆老爷车去接瑞南多。

九点半左右，我们在银行停车场事先预选好的地点把车停下，我和瑞南多坐在车里，一边看报纸，一边等候着。

到了十点十分的时候，一辆雪亮的蓝色轿车开进了停车场，只见一个腋下夹着一只黑色公文包的白胖男人从车里走下来，瑞南多的神情顿时紧张起来，他指了指那个白胖的男人，对我说："你看，就是他！"当那个出纳员朝银行的大门走去的时候，瑞南多也下了我的老爷车，装作闲逛的人一样，慢慢地走到银行入口处，等候那个人出来。我则发动起汽车，并把乘客那边的车门打开，随时准备接应得手的瑞南多逃离。

五分钟过去了，那个出纳员没有出来，又过去了两分钟，瑞南多才看见他从银行里走出来，这次公文包被他提在了手上，鼓鼓囊囊的。

瑞南多漫不经心地跟在他后面，当他快到汽车跟前的时候，瑞南多一个箭步蹿上去，抡起拳头，朝着他的后背狠狠地打过去，就这重重的一拳，那个出纳员瞬间就四仰八叉地躺在了地上，瑞南多伸手去抓公文包，但是没有抓到，瑞南多又扑向他，狠狠地踢了他一脚，再去抢夺公文包……

"不好！又有两个人开车进入停车场，而且他们已经看见瑞南多正在抢劫，瑞南多必须要速战速决！"我的心几乎提到了嗓子眼儿。

"有人抢劫了，快来人哪！"其中一个人开始大喊大叫，另一个则"滴滴"地猛按喇叭，银行里的人听到外面的声响，纷纷从里面跑出来，他们看到瑞南多仍在和出纳员拼命地撕扯，企图抢走出纳员手中的公文包。

一看这情形，我坐不住了，拼命地按着汽车喇叭，大喊："瑞南多，快跑吧！不然就来不及了！"

四周聚拢的人越来越多，瑞南多也发现情形危急，只好决定放弃，带着满脸懊恼之色，跑了回来。他刚一跳上车，还没来得及关上车门，我就猛踩一脚油门，只听汽车一声长啸就绝尘而去。

坐在车里的瑞南多耷拉着脑袋，失望得几乎掉眼泪。"都怪我想得不周全，"他沮丧地说，"我怎么就没想到他会把那只该死的公文包用铁链拴在他的手腕上呢？唉，只差这一步，我真是……"

"今天是运气不好，以后这种机会多的是，别丧气！"我一边安慰他，一边将老爷车开得飞快，猛地一打方向盘，嗖的一下从一辆出租车身边擦过。

路上来往的车辆很多，我凭借着超常的驾驶技术和胆识，左闪右避，不断地加速，不断地超车，顺着我事先计划好的路线，终于逃到了安全的地方。

汽车驶到一个僻静的地方，我通过倒车镜看到没有人跟踪，于是就减慢了车速，先将懊悔不已的瑞南多送回家，然后就开车回自己家了。

第二天，瑞南多带着他没有实现的发财梦，黯然神伤地到西海岸去了，此后再无音讯。而我回到第一钢管公司后，公司领导便提升我当公司下属工具店的副经理，还外加一份不菲的红利。

不瞒你说，我在这里使了一招计策。

瑞南多肯定没想到，他要抢劫的第一钢管公司正是我的雇主。当他不明智地劝说我时，我就决定将计就计，保护雇主的利益，虽然我可能要冒第四次失败的风险，但我认为，凭我的驾车技术，肯定能逃掉。再说，公司经理都希望我洁身自爱，我要珍惜这份信任，为了改过自新，这一赌是值得的，所以，我就在我和瑞南多谋划抢劫的那一周，在公司的意见箱里投了一份如何预防抢劫的建议信，就包括将重要的皮包和身体的某个部位拴在一起。

哈哈，瑞南多的发财梦居然断送在我这个“同伙”手中，值！

姑 妈

贝克将白色敞篷车停在自家门口，看着他和妻子朱莉这个温馨的住所，心中五味杂陈。他不知道眼前的房屋、家具和汽车什么时候将不再属于他，可能很快，甚至也许就在明天。一想到这些，他便一头趴在方向盘上，小声地啜泣起来。他不是魔术师，无法变出大笔的钱，所以这些东西都被他无奈地抵押了。

这时，他似乎听到车外有人走动的响声，勉强抬起头来一看，原来是妻子朱莉。

朱莉今天穿得很漂亮，上衣别致而耀眼，修长的双腿被大摆的裙子所遮挡，脚上蹬着一双白色的凉鞋，在她那秀美的脸庞两边，披着一袭乌黑的长发，显得格外飘逸动人。

“怎么，你没有贷到款？”她轻声问道。当她看到贝克愁眉不展的样子，原本闪亮的眼睛立刻暗淡了下来。

“别提了！”贝克愤愤地说，“我离开银行时，想在麦克那里赊一杯酒都不行。”

“是吗？那可太糟糕了。”朱莉冷漠地说，“贝克，那你不能再喝下午酒了！”

“亲爱的，别嘲笑我了，我今天不喝就是了，可我们今后该怎么办呢？”贝克一脸茫然地说。

“噢，你真是个可怜的宝贝儿！”朱莉双手抱胸，一脸不高兴地说，“是呀，你说我们该怎么办呢？”

“我也不知道。”贝克深吸了一口气，双肩一耸，无奈地说。

夫妻二人陷入了沉思，都不再说话。

贝克默默地看着房屋和草坪，在他那俊朗的脸上流露出失望的神情。过了一会儿，他喃喃地说："我们要的是高尚而富裕的生活。"

朱莉显然听到了贝克的话，她是个现实的女性，为自己考虑得更多，因此对贝克说："靠赊账和那么少的收入是不行的，你应该大胆地向老板提出加薪！"

"加薪？"一想到这儿，贝克就两腿发软，连连说："不，不可能！我现在都快被炒鱿鱼了，我可不想为加薪的事找到老板，提醒他还有我这样的人存在。"他痛苦地咬咬嘴唇，"我们总得想出个办法，即使，我……去抢银行或什么的。"

瞧着贝克这副神情，朱莉不禁笑了起来，"贝克，你怎么会有这么古怪的念头？"停顿了一下，她又说道："贝克，不管怎么样，我们眼前又遇上了一点儿小麻烦。"

"什么？我们都已经走投无路了，又会有什么麻烦？"贝克睁大两眼惊恐地问道。

"我们家来了一位客人，她说是你的姑妈，名叫珍妮。"

"我的姑妈？"

"对，她就是这么说的。"

"等一等，噢，我想起来了，小时候我见过她。"贝克瞥了房屋一眼，似乎回忆起了什么，"我还依稀记得，当年她是个漂亮的姑娘，为了挣钱养活我们这一大家子，她从不在乎别人的闲言碎语，甚至她还飞到纽约去跳舞呢！这么说，她真的来我们家了？"

"是的，她两个小时前就到我们家了，说是从委内瑞拉的首都来的。"

"从加拉加斯来的？"

"对！"

"朱莉，我们这样吧，"贝克瞥了房屋一眼，"我们就留她吃顿晚饭，在我们家住上一夜，明天早上就让她走。"

"好吧。"朱莉点点头。

贝克和朱莉回到家中，在客厅里见到了多年未见的珍妮姑妈。

珍妮姑妈保养得很好，虽然满头白发，但面庞红润，举止优雅，依然可见昔日那美丽的影子。

"真的是你啊！亲爱的姑妈！"贝克快步上前，热情地说。

"贝克！"珍妮姑妈激动而又热烈地拥抱着贝克，然后退后一步，"来，贝克，让我好好地看看你！"她上下打量着他，"多年不见，你已经长成个大男人了，模样真英俊，瞧！又有这么漂亮的妻子和温馨的小屋，贝克，我真为你们高兴！"

"我也很高兴见到你，姑妈。"

"姑妈，你旅途劳累，还是先休息一下吧，我去准备晚饭。"朱莉说。

"哦，亲爱的，不用张罗什么，等会儿我随便吃点就行了。"姑妈体贴地说。

过了一会儿，朱莉把菜端了上来，姑妈每样菜都吃了一点儿，她连连夸赞说，

“好吃，真好吃，谢谢！”

听着姑妈的夸奖，一旁的贝克不禁有些疑惑，他知道，自从家里的女仆因工资拖欠离开后，家里的饭菜就由朱莉做了，可是朱莉并不会做，就像今天晚上的烤肉、马铃薯和龙须菜吧，也和往常一样都烧焦了。

“如果将军还在，他一定会喜欢这顿饭的。”吃完后，姑妈优雅地用餐巾擦了擦嘴唇说。

“将军？”正用叉尖拨弄盘中菜的贝克抬起了头。

“噢，你们当然不知道了，将军就是我那已经过世的丈夫。”姑妈说。贝克注意到，有那么一瞬间，她的眼神里有一种卖弄风情。

“在我所有的丈夫中，他是最可爱、最有趣和迷人的了。”姑妈回味着说。

从姑妈的表情看，贝克猜测那个令她深爱的人过世没有多久，于是就安慰说：“姑妈，你要保重身体，别太难过。”

“谢谢你，贝克！和你们在一起，我已经好过多了。”她调整了一下情绪，继续说，“你们大概不知道，我和将军都喜欢和年轻人在一起，不愿意交往那些外交界和金融圈的人。我们经常一起游泳、骑马、玩高尔夫球，还和朋友们一起举行宴会……可是，就在那天他被炸弹炸死了。”姑妈的脸上显出了悲戚的神情。

“炸弹？”朱莉将身子向前靠了靠。

“究竟发生了什么事？”贝克焦急地问。

姑妈的眼中顿时燃起复仇的火焰，不过她又吸了一口气，极力控制住自己的情绪，缓缓地说：“当地的恐怖分子在将军的汽车里放了炸弹，把将军和赫尔一起炸死了。”

“赫尔？他……他是你的儿子？”贝克问。

“哦，不是！将军和我没有孩子，除了你和朱莉，我再没有亲人了，这也是我来找你们的原因。”她慈爱地看看贝克和朱莉，又叹了一口气说：“刚才我们说到的赫尔，他可是个最出色的司机。”

贝克和朱莉互相看了一眼。

“像赫尔那样出色的司机，薪水一定很高吧？”朱莉漫不经心地问道。

“高？”姑妈耸耸肩，似乎有点儿茫然，“大概是吧。将军有数百万财产，我们从不为琐碎的开支操心，当然，我得设一笔信托金来照料赫尔的双亲，我只能做这些了。”

贝克有些感兴趣了，“姑妈，你真了不起。我想顺便问一下，你和将军是在委内瑞拉认识的吗？”

“不，我是几年前在里维拉遇见将军的，那时我刚离婚，自打认识他后，我就认定他是我一直等待的人，他不仅温文尔雅，而且充满活力，英俊潇洒，是一个十足的绅士，完美的情人……”

“那时候他在军队里吗？”贝克继续问。

“军队？”姑妈不屑地笑了笑，“他的将军头衔完全是荣誉性的，其实他的兴趣在石油上，他把中东的石油卖到南美，最后来到委内瑞拉……”

“姑妈，要不要再来点甜点、咖啡或者饭后的一小杯白兰地？”朱莉讨好地说。

“就来点儿法国白兰地吧。”姑妈微笑着，“哦，当然，你们有什么就喝什么吧。”

在那个星期里，贝克家发生了好几件事：一是姑妈来了，贝克安排她住进了靠东边那间最宽敞、光线也最充足的卧房；二是贝克卖掉了他的高尔夫球具，换来了白兰地。

不仅如此，自从姑妈来了之后，贝克和朱莉每天清晨走路时也都要轻手轻脚，因为姑妈说过，自己喜欢早晨睡觉。日子就这样一天天过着。

一天晚饭后，他们和姑妈闲坐聊天，贝克有意引朱莉谈到钱的事，目的是想得到姑妈的资助。

“哦，我很高兴你们提出这个话题。”姑妈说。

看见姑妈上钩了，贝克心里暗暗高兴。

“我已经与律师和经纪人谈过了，”姑妈认真地说，“想必你们很乐意知道，我已经从瑞士银行转来一大笔钱，并且立了遗嘱，要将大部分遗产赠给我的好亲戚。”说着，她伸出手紧紧地握住他们的手。

“啊？为什么要……姑妈……我不想……”贝克被这天大的好消息惊得几乎说不出话来。

“好了，好了，贝克，我知道，我刚才扯得太远了。”说着，她又推开椅子站起来，“朱莉，我要到书房去喝酒。”然后就挺直腰板朝书房走去。

“你这个傻瓜，把到手的钱都扔掉了！”朱莉狠狠地瞪着贝克，低声说。

“对不起，我也没想到会这样！”贝克嗫嚅说。

“我整个下午都在给那些债主回电话，说得口干舌燥，我们如果有了钱，就不至于……”

“真对不起！你说说，这个老家伙究竟能有多少钱？”

“我估计，大约能有五百万。”

“五……”这一天文数字惊得贝克险些站不住了，他紧紧抓住桌角，急促地说：“快！给她送白兰地去，我们不能让‘五百万’在那里睡大觉！”

那天晚上，贝克做了一个梦，他梦见大沓大沓的钞票堆在仓库里，有些已经发霉了，正当他来回翻动钞票时，梦突然醒了，他感到全身无力，再一看窗外，已经是清晨了。

贝克匆忙洗漱后，就来到公司，他被接待小姐叫住了，“贝克先生，老板刚刚来问过你，你最好先到老板那里去。”

“老板没说是什么事儿吗？”贝克有些不安地问。

“没有，不过好像不是什么好事。”

贝克只好很不情愿地朝老板的办公室走去。

“早晨好，贝克！”老板坐在办公桌后面，笑着向他打着招呼。

“你好！”贝克说。

“你被解雇了，懒家伙！”

“啊？”贝克无力地坐下。

“不用坐了，你跟本公司已经没有关系了，如果你现在还不走的话，那就属于非法侵入了。”

“可是……”

“不必多说了，你去出纳那里领遣散费吧。”

贝克用双手攥成一个拳头，“难道，难道你不应该向我解释一下吗？”

“应该？”老板一脸不屑，“如果真有什么应该的话，我应该收回你的薪水！解雇你的原因很多，你工作上粗心大意，不负责任，只想拿钱，不想干活，一句话，你是个卑鄙无耻的家伙！知道吗？我早就想解雇你了，只不过昨天亨利的事促使我下了决心。”

贝克心里自然明白亨利的事是怎么回事儿。

“我给亨利先生打过电话。”他辩解说。

“你打过几次？贝克，你只打过一次！然后你就跑到乡下俱乐部去玩儿了，如果不是我后来又打电话，这个客户就和我们拜拜了。”老板气恼地说。

“我……”

老板翻看着办公桌上的文件，再也不理睬贝克了。

贝克愣了半晌，只好退出老板办公室，步履沉重地回到家里，他的心情糟透了，一头倒在客厅的沙发上。

朱莉听到他的声音，就走了进来，他抬头看着她，小声说：“朱莉，这次我真的失业了。”

“天哪！贝克，你成功了！”朱莉兴奋地说。

“朱莉，你别拿我开心了！”说着，他抓着椅子的扶手，小心地站起来，“我在回家的途中就想好了。姑妈呢？”

“她正在餐厅吃柚子、喝白酒呢。”

“我们去看看。”贝克和朱莉来到餐厅，他们觉得姑妈今天的样子有点儿奇特，竟然披着一件颜色鲜艳的袍子。

“噢，贝克来了，你请假了？”她抬起头，边往咖啡里兑牛奶边说道。

“姑妈，我，我失业了。”贝克哭丧着脸说。

“瞧你走进来的样子，我还以为发生了什么了不起的事情呢。”说这话时，姑妈眼中的关怀似乎消失了。

“不过，这件事对我和朱莉来说的确很严重。”

“贝克，听我说，你必须要对这件事情看开些，你看看这个社会里，不是每天都有失业的，每天也都有找到工作的吗？我记得将军生前经常说这样两句话：‘愿意做牛，不怕没田耕’，‘这扇门关了，那扇门就开了。’如果将军还在世的话，他就会告诉你，把这件事当做一个找到更好工作的契机。”

贝克厌恶这一套废话，他再也忍不住了，“你说这些有什么意义，难道就准备拿这几句空话来搪塞我们吗？”

姑妈被他的话惊呆了，她正要站起来，又不由自主地坐了下来，两眼冷冷地看着贝克，但话语却很平静：“我已经知道，我住在这里很让你们讨厌，但你们还是让我住下，一定是有所图谋的。”

“姑妈，你说什么呢，我们怎么会图谋你呢？”一旁的朱莉悄悄用手碰了碰贝克，甜蜜地笑着说，“再说了，我们图谋你什么呢？”

“图谋我的钱，难道不是吗？”姑妈直率地说，“如果我穿着破衣烂衫来，你们会欢迎我吗？”

“当然欢迎了，因为你是我们的姑妈，是我们最爱的亲人。”朱莉亲热地说。

“姑妈，很抱歉！我只是情绪不好，仅此而已。”贝克说。

“我应该存一笔无限的基金，以备你们出现意外或是疾病时可以自由使用。贝克，你是我唯一的亲戚，如果有一天我撒手西去，你和朱莉就可以得到我的一切，但是，你们目前遇到的只是个小困难，你们必须要自己解决。贝克，听我的话，那样做会对你更有益处。”说完，姑妈就转身走开了，只留下贝克夫妇愣愣地站在那里。

“哼，除非她死掉，否则我们就永远得不到。”朱莉狠狠地说。

“她知道自己已经控制了我们。”贝克说。

“对！她就是想把我们当做她的奴隶。”朱莉补充说。

“没那么容易，即使是奴隶也要反抗，争取他们合法的……”贝克说完，偷偷地瞄了朱莉一眼，发现她脸色异常冷峻，这让他感到震惊的同时，也意识到朱莉其实比他更早就在考虑如何置姑妈于死地了。

“我看她已经活够了，那不会有太大的损失。”朱莉冷冷地说。

“那，那你要怎么做？”贝克挣扎着迸出了这几个字。

“很简单，你姑妈现在不是要去洗澡吗？就让她滑一跤，跌倒在浴室里好了。我们两个可以互相作证，没有人能驳倒我们的话。贝克，快准备悼念你去世的姑妈吧！”朱莉说完，就急匆匆地穿过餐厅，朝浴室走去。

贝克顿时紧张得手足无措，愕然地站在那里。

很快，他就听到了开门声、说话声、一阵低低的叫喊声和挣扎碰撞声，接着又传来了哭叫声……

贝克双手捂住耳朵，紧闭两眼，靠在墙角里。

不一会儿，过道上出现了一个人，正是姑妈，只见她将身上的蓝色绸衣轻轻扯平，又理了理头发，一言不发地站在贝克的对面，冷酷而轻蔑地看着他。

“我亲爱的孩子，这里什么都没有，只有那屋子里面无聊和令人厌烦的电视节目，可是我忍受了。但是现在，我已经吃够了你太太做的食物，听够了你们愚昧无知的谈话，我无法再忍受这一切了！”她说这话时，双眼蒙了一下，“你知道吗？自从将军去世后，我突然感到一种莫名的孤寂，心情很沉重，于是我就去世界各地旅行，甚至与国王们结交，如今我屈尊来到这里，没有别的，只是希望有人能够对我真诚相待，可是……”

她说不下去了，一扭身，快步向前门走去。

贝克总算清醒过来了。

“姑妈，你等等，我们并没有……”贝克大声说着。

“算了吧！我非常明白你们的意思，不过，你们永远无法继承五百万！”姑妈头也没回地说着，这时她已经打开了前门。

贝克跟着姑妈来到门边，姑妈回过头来，冷冷地对他说：“我顺便告诉你，朱莉的进攻非常笨拙，她怎么就没有想到，能吸引像将军那样的人，岂能是一个平常的女人？她必须能骑烈马、会打枪、玩高尔夫球、欣赏斗牛，你姑妈就是这样一个人。一个人在世界上，有时无法完全避开外来的危险，所以很久以前，将军就教我摔跤，可我一直没有用过，直到今天才真正派上了用场。不瞒你说，以前连那些黑鬼都不敢惹我……”

贝克眼看着姑妈头也不回地走到路边寻找出租车，知道自己再也看不到她了。

失落的贝克转过身，朝着浴室走去，这里面的情形让他惊呆了：朱莉仰面躺在地上，面色苍白，右臂肘下的骨头已经被折断了，参差不齐的骨头茬儿几乎要从皮下扎出来，她扭动着、呻吟着，还不时发出尖叫，一副痛苦不堪的样子。

看到贝克来了，朱莉拼命抬抬手，“贝，贝克……”

贝克凝视着她，感到一阵恶心，“闭嘴吧！这回我得把遣散费扔在医药费上了。”他厉声喊道。

化妆间里的眼药水

布朗晚上在家里看电视新闻时，才知道费尔丁马戏团出了事故——有个演员在演出时发生了意外，死掉了。

这一新闻立即引起了布朗的高度关注，因为他是哥伦比亚保险公司的调查室主任，而这个马戏团与他们公司有二十五万元的保险契约。

据报道，出事时正在表演空中飞人，男演员尼克将双膝勾在摇摆的秋千上，双手抓着同为演员的小姨子蓓琪，而他的妻子汉娜此刻正在绳索的另一端，准备表演高空连翻三次跟斗的惊人绝技。

当蓓琪表演了几个空中动作，刚刚荡回到汉娜那一端时，全场观众都屏住呼吸，紧张地盯着高空绳索上的汉娜，等待着那最精彩、最刺激的时刻到来。

绳索另一端的汉娜似乎犹豫了一会儿，然后便开始了她与死神的挑战。只见她凌空腾越，在空中连翻了三个跟斗，当她刚伸手要去抓丈夫伸过来的双手时，意外却发生了，由于距离丈夫的双手太远，根本无法够到，她惊恐万状地在空中乱抓了几下，就猛的一头栽了下来，下面没有安全网，汉娜当场死亡。

全场顿时哗然，惊叫声、叹息声响成一片。

当时，正有电视台工作人员随团旅行拍摄纪录片，这一悲剧的全过程自然就被如实地拍了下来。

另有消息称，费尔丁马戏团本来就经济困难，而如今又失去了最叫座的节目，可想而知，他们以后的日子会更不好过。

布朗关掉电视，正在思考该如何处理这件事时，电话铃声响了，是老板打来的，指示他明天搭乘早班飞机到圣安东尼奥去调查情况。

第二天上午，布朗便来到了圣安东尼奥。在马戏团所在的海明斯广场，他来到了费尔丁的办公室，虽然这间办公室是在一辆拖车上，但是装置齐全，还有冷气设备，平时就停放在海明斯广场的一角。

布朗走进办公室说明了来意，马戏团老板指着对面的一个黑人说："布朗先生，我来介绍一下，这位是本市警察局的马克警官。"

"你好，警官先生。"布朗上前一步，伸出手说。

"噢，你好！"马克警官腆着肚子，慢条斯理地说，"我和费尔丁是老朋友了，小时候我们曾同在一家马戏团工作过，而如今，他成了马戏团的老板，我却当了一名警察，费尔丁一家在圣安东尼奥是很有名气的，他哥哥是位著名的眼科医生，还有他妹妹……"

"老朋友，还是谈正事儿吧！我相信布朗先生大老远儿地来，可不是要听我的家史的。"费尔丁打断马克警官的话说。

"好吧。"马克警官当即转移了话题，"根据警方调查，认为这是一个意外事件。"

"关于这事，"布朗说，"我们公司也希望得知真相，请警方和马戏团都给予配合，谢谢！"

"那是自然，"费尔丁说，"据法医说，汉娜是从高空掉下来后，摔断脊椎骨而死的。"

"我们检查过绳索，尼克也检查过，没有被人动过手脚。"马克警官补充道。

“她的验尸报告出来没有？我想看一看。”布朗问。

“噢，有的，”马克警官边回答，边从衬衫口袋里掏出一张纸，“我一小时前接到验尸报告，报告结论是，她没有心脏病或其他生理障碍，也没有发现麻醉和中毒现象。看来，这的确是个意外事故了。”说着，他把报告单递给了布朗。

“现在你该明白了吧？这确实是个意外！”站在一旁的费尔丁似乎有些得意地说，“根据保险契约，你们公司必须付给我们二十五万元！”

“你们只给每个主要演员上了五万元的保险，可那二十五万元是指你们全团的保险，如果你们团由于什么原因完全被毁，才能够得到二十五万元的赔偿，比如一场火灾或是其他严重灾难等。”布朗解释着。

“可我们现在就等于完全被毁了，最叫座的节目已经失去了，我们还怎么吸引观众？你想想，我们团还有能力支撑下去吗？”费尔丁有气无力地辩解说，“对于我们这么小的马戏团来说，这简直就是个灭顶之灾啊！”

“我看这样吧，等公司同意赔偿的时候我们再谈条件，请你放心，我一定会如实向公司汇报的。费尔丁先生，我现在想四处看看，可以吗？”布朗合上他的公文包说。

“当然，布朗先生，你请随便转，我要等一个重要的长途电话，过一会儿再来找你。”

“好了，我也要回局里去了，有什么事儿我们再联系。”马克警官起身离开时说。

三个人相继离开了有冷气的拖车办公室。

布朗正要转向市民大街的时候，被迎面走过来的一个年轻女子拦住了，她急促地问：“请问，你是从保险公司来的吗？”

布朗停住脚步，仔细打量着突然拦住他的这个女子，她身材消瘦，个子矮小，有一对锐利的褐色眼睛，头上的黑发在德州的明亮阳光下闪耀。

“你好，我是保险公司的，你是？”布朗对眼前的这个陌生女子问道。

“啊，那就好了，我叫蓓琪，是汉娜的妹妹。”她停顿了一会儿又说，“关于她的死，我希望和你谈谈。”

“哦？你姐姐的死？”

“是的，请跟我来，我们换个地方说话。”

蓓琪带着布朗来到矗立在展览会场中心的水塔前，乘电梯到了塔顶，在一间酒吧里找了个座位，布朗叫了冷饮。

“蓓琪小姐，现在可以说了吧，你究竟要和我谈什么？”布朗问。

“可以，但你必须答应我一件事。”

“什么事？”

“帮我找出真凶！”

“真凶？”

“是的，”蓓琪语气肯定地说，“我姐姐的死不是意外事件！”

“搞清真相是我这次来的目的。你说你姐姐不是意外死亡，那么，你有证据吗？”

“如果是指可以在法庭上作证的，那我没有，但是，汉娜昨天发生的事情，我敢肯定，她不会失手……她也不可能失手！所以我才要找你。”蓓琪激动地说。

“你这么肯定她不会失手，是否注意到你姐姐与往常有什么不同或特别的地方……我是指她在表演之前或是正在表演的时候。”

“没有。”蓓琪说，“等等，我想起来了，我们俩在台上的时候，她说了几句话，但是我没有听懂。”

“她说的什么？”布朗问。

“哦，好像是什么魔……符之类的东西。”

“魔符？当时你发没发现她有什么不舒服？”

“没有。但是直觉告诉我，肯定有人要陷害她。”

“她为什么要说这些呢？”布朗默默地思索着。

“你认为，谁最有可能希望你姐姐死掉？”布朗又问。

“我想有几个。”

“那你说说吧，都是谁？”

“第一个就是我们的老板，那个费尔丁。”她厌恶地答道。

“这我就想不明白了，你姐姐是团里的台柱子，他为什么要杀害她呢？”布朗疑惑地问。

“你不知道，有人出高薪要她跳槽，这个季度结束后，她就要离开这个团了。”

“那你姐夫对她的离开是什么态度？”

“是说尼克吗？”蓓琪的眼睛垂了下来，盯着桌子上的空杯子，“我姐姐要和他离婚。”

“为什么？”

“怎么说呢，其实，尼克很爱汉娜，但他爱的方式很古怪，让姐姐无法接受。而且尼克的脾气也不好，经常酗酒，尤其是他喝得烂醉的时候，就粗暴地对别人发脾气。不仅如此，他还爱嫉妒别人，我姐姐为这件事也很痛苦。”

“你姐姐可是个漂亮的女人。”

“是呀，她比尼克年轻得多，也许正因为如此，尼克才一直害怕失去她。但是尼克根本不顾及我姐姐的感受，整天泡在酒吧里，我姐姐气得要跟他分手，她知道他容易吃醋，在两个月前，她就开始假装和彼德亲热，实际上她这样做的目的，就是让尼克感到生气，然后能把心收回来。”

“这个彼德是什么人？”布朗问。

“他是我们马戏团的小丑，”蓓琪笑了一下说，“他有个女朋友，是我们团的驯兽师葛丽亚，但是，没想到彼德在和我姐姐假装亲近的过程中，竟然真的爱上了我姐姐，他表示愿意离开葛丽亚和马戏团，跟我姐姐一起私奔。”

“那他的女朋友葛丽亚有什么表示？”布朗显然对这件事产生了浓厚的兴趣。

“葛丽亚就像她的狮子一样凶猛，她知道后，自然是不依不饶。”说话的蓓琪两眼眯成了一条缝儿。

“你姐姐可以向葛丽亚解释嘛。”

“当然解释了。她告诉葛丽亚，她和彼德假装亲近，只是要让尼克因妒嫉而收心，并没有其他目的，但是，她没有想到彼德会假戏真做。”

“听了你姐姐的话，葛丽亚相信了吗？”

“我看没有，尤其是我姐姐要离开尼克和马戏团这件事传开之后，她就更不相信了，非要找我姐姐理论。”蓓琪叹了口气说。

听了蓓琪说的这些话，布朗开始在脑子里暗暗地思忖，过了一会儿，他说：“看来，现在至少有四个人想要汉娜的命。”

“嗯，差不多。”

“那么你呢，蓓琪？按说你也有害你姐姐的嫌疑呀，你姐姐这一走，你岂不是要失业了吗？开个玩笑，你会不会是第五个人呢？”布朗微笑着对蓓琪说。

“我怎么会呢！再说了，我在马戏团里不是个重要角色，对这份工作我也并不是很热衷，现在我的未婚夫正在读大学，等他毕业了，我们就能结婚。”蓓琪巧妙地转移了话题。

“哦？”布朗仔细地观察着她，不知她说的究竟是不是实话。

“这样吧，蓓琪，我们一起去马戏团里看看。”布朗提议说。

“好的。”

十几分钟后，布朗在蓓琪的带领下来到了表演场，他发现，这里一片乱糟糟的——顶棚已经被拆下来，放在了地上，云梯、活动椅也都堆置在一块儿，还有人正在清扫地板上的软树皮，简直就是要破产的情形。

“喏，尼克就在那里。”蓓琪用手指着一位皮肤黝黑、身体健壮的男人说。

布朗只是打量了那人一眼，没有说话，因为他并不想和这个人过多纠缠，但蓓琪还是把尼克招呼过来，将布朗介绍给他，并且对他说了布朗来的目的。

“究竟出了什么事我也不清楚，汉娜她没有理由抓不住呀，即使是蒙住双眼她也可以表演，要知道，这个动作我们已经练习得非常纯熟完美，而且我们也表演过上百次了，从没有失手过，这次，怎么会突然……”尼克感到喉咙里似乎被什么哽住了，“当时，我拼命去抓她，可是……她离得太远了，我……”话还没有说完，他就难过地转身走开了。

蓓琪听了尼克的话，似乎也勾起了内心的伤痛，她望着尼克走远的背影，说：“看来他真的是伤心了，我以前从来没有见过他这样。”

布朗对于尼克的话未置可否，他仍然保持着一个旁观者的清醒，“或许他是在表演。”

他正在想着，突然被两阵吼声打断了思路，原来，吼声是从驯兽房传出来的，一个声音来自一头狮子，而另一个声音则是从一个女人的嘴里发出的，她正在对狮子发号施令。

蓓琪笑着说："你看，那就是驯兽师葛丽亚，她的职责就是试着驯服每一头她遇见的动物，尤其是各种不同的雄性动物，对这种敢于对付猛兽的女人你可得小心点儿。"

"谢谢你的警告。"布朗同样报以微笑。

布朗走进驯兽房，眼前竟然是一位漂亮而迷人的女郎，只见她正扬着手中的鞭子，驱赶一头狮子，瞧她那双眼睛，闪闪发光，似乎有股能催眠的魔力，难怪她能驾驭凶猛的狮子！

这时，布朗不知为什么突然心中一动，他甚至怀疑，这个女人是否能用催眠术把树上的小鸟赶下来，或者用同样的方法，让一个正在表演特技的人从高空坠下。

"我为什么要联想这些可怕的事情呢？"布朗一时也想不明白

葛丽亚看到蓓琪和一个男人走了进来，就把狮子关进笼子里，然后向他们走来。

"我是布朗，是保险公司派来的。"布朗自我介绍着。

"你好！请问找我有什么事吗？"葛丽亚问。

"哦，我想了解一下汉娜出事时你在做什么？"

"我当时正准备把动物赶进表演场，就在这里，因为下一个节目就是我的驯兽表演了。"虽然她的话音轻柔，但却显得有些造作，让人听起来不大舒服。

"每次上场前，我都要和我的狮子交流一下，要它们平静下来，准备表演，观众都很喜欢看，他们甚至认为这是一种必不可少的神秘仪式。"

"这么说，在汉娜表演之前，你没有看见她？"布朗问。

"我只是在她要进场的时候看了她一眼。"葛丽亚回答道。

"你和她说话了吗？"布朗又问。

这时，葛丽亚的脸色沉了下来，她盯着布朗足足看了有五秒钟，然后冷冷地说："布朗先生，我和汉娜没话可说！对不起，我现在还有很多事情要做。"说完，她转身离开他们，又回到那些虎视眈眈的狮子那里。

布朗无奈，只得和蓓琪继续绕着前排座位的水泥道向前走，当经过贴在墙上的那些海报时，蓓琪指着其中的一张海报说："布朗先生，你看，那个穿戏装打扮的小丑就是彼德。"

布朗停住脚步，仔细端详着海报上的那个人，只见他头戴一顶圆顶窄边帽，脸上扣着一个长长的假鼻子，然而更有趣的是，他还戴着大大的橡皮手套和脚模，一副典型的小丑打扮。看到这些，布朗忍不住笑了，说道："真难为他了，要穿戴好这些真要花费不少时间呢。"

"可不是吗，他都要请别人帮忙，你看他那只假手，也要找人替他系、替他解才

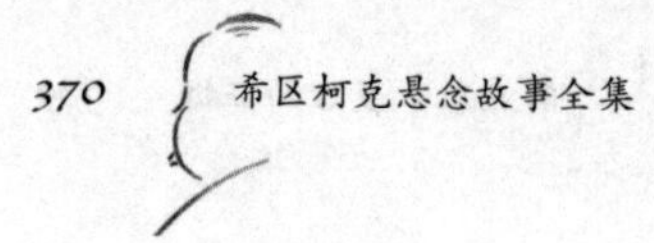

行。”蓓琪说。

“我想找他谈谈。”布朗考虑了一下说。

于是，蓓琪就带着布朗来到小丑的化妆室前，他们看见门是开着的，就径直走了进去。此刻那个扮演小丑的彼德正趴在地板上，似乎在找寻什么东西，他没穿夸张的小丑服饰，只是平常的衣服，看起来也和普通人一样。

“彼德，你这是在排练新节目吗？”蓓琪问。

彼德当然熟悉蓓琪的声音，所以头也没抬地说：“别开玩笑了，是我那该死的隐形眼镜刚刚掉了一片，我都找了半天了，也没有找到，它太小了，我这眼睛如果不戴眼镜，就什么也看不到，真急人。”

“噢，你是彼德先生吗？”听到有陌生男人的声音，彼德惊讶地抬起头，连忙站起来，吃惊地看着蓓琪，似乎在问：“怎么？”

“我想，这件东西可能正是你要找的。”说着，布朗从靠墙角处捡起一片闪闪发光的东西，递给了彼德。

“噢，谢谢你！”彼德说着，就将镜片放回到小盒子里，“我老是戴不惯它，可是不戴又不行。”

蓓琪将布朗介绍给彼德，并且告诉他布朗来的目的。

“汉娜的死是个悲剧，彼德先生，能否告诉我，你当时在做什么？”布朗问。

“事情发生得太突然，我也没看清楚，”彼德说，“当时，我正在观众席中忙着，突然听到人们的尖叫声，我不知发生了什么，刚一转身，就看见……”他似乎有些哽咽，“……她已经落地了，那情形真是太可怕了！她一向小心谨慎，怎么会……”彼德极力掩饰着他的悲伤。

布朗看出彼德内心的痛苦是真实的，因为他从蓓琪那里已经知道，眼前这个男人对汉娜怀有一种特殊的感情。

跟彼德谈完，布朗和蓓琪又继续沿着狭窄的过道向前走去，他们来到一扇开启的门前停下，“这就是汉娜和尼克的化妆间，我的在隔壁。”蓓琪说。

布朗走进这个狭小的化妆间，仔细地打量着，只见这里有两个梳妆台，每个上面都有一面大镜子，显然靠近门边的那个是汉娜的，因为不仅镜子擦得很干净，而且还摆满了化妆品，像粉饼、冷霜瓶、卷发器、眼线笔和化妆纸等，不过还有一个带标签的小玻璃瓶，它显然不是化妆品，因此引起了布朗的注意。

布朗拿起瓶子仔细看了看，知道是一瓶名牌眼药水，瓶盖上还有一根滴管，他问蓓琪：“这是你姐姐的吗？”

“是的，她的眼睛患有结膜炎，她认为是化妆品过敏的原因。”蓓琪回答说。

“她经常使用？”

“嗯，”蓓琪点点头，“她有时一天要点好几次，而且每次表演之前她都要点，说是这样眼睛很舒服，看得也更加清楚。”

“哦？”听完蓓琪的话，一个念头突然出现在布朗的脑海里：如果自己的推测被证实的话，那么事件真相就会大白于天下，而且也是自身能力的最好证明。

看完化妆间后，他们就准备离开了，临走时，布朗特意将那个小瓶子塞进外衣口袋。

他们四处转了一圈儿后，又回到了表演场。

这时，布朗看到电视台人员正在拍摄马戏团拆卸设置的情景，于是他又冒出了一个新的想法。

等到摄影人员都拍摄完毕后，布朗才走上前去，向制作人作了自我介绍，并且礼貌地说：“请问，我是否可以看一看你们前一天拍摄的影片？”

“当然没问题，我们也很想知道事情的真相。布朗先生，你可以明天早上六点钟来我们公司。”并告诉了布朗他们公司的具体地址。

“谢谢！”布朗高兴地说。然后，他又向蓓琪道别。

布朗离开表演场后，通过电话号码簿查找到一个化验所的地址，他乘车去到那里，从衣袋里掏出从汉娜梳妆台上拿到的那个小瓶子，交给化学分析员并说明原委，“这是关系到一桩案件真实性的重要物证，请你务必认真化验一下，一旦有了结果就往旅馆里打电话告诉我，谢谢！”

第二天一大早，布朗就起了床，他要赶往世纪影片公司。五点五十五分，他乘坐一辆出租车到达了位于城边的这家公司，那位制作人已经把放映室准备好了。

制作人在放映前对布朗解释说：“昨天晚上你在电视上看到的内容，是我们匆匆编辑的，因为晚间新闻急等用，而你现在要看的，则是我们用两部摄影机拍摄的，其中一部大角度镜头拍全部场面，另一个专门拍特写镜头，可以说这是记录了事发全过程的完整影片。”

布朗点点头。

放映室的灯光熄灭了，随着银幕上影像的晃动，汉娜致命时刻的一切再次呈现出来，布朗屏息凝视着，然而，当他看完大角度镜头拍摄的全部场面后，并没有发现什么疑点，他不禁有些失望。

这时，银幕上出现了一阵空白。又过了一会儿，银幕上出现了另一部摄影机所拍的一组特写镜头，布朗敏锐地发现，当镜头摇向汉娜和蓓琪两姐妹站脚的地方时，汉娜在蓓琪闪出银幕之前似乎对她说了什么，后来当汉娜独自站在那里时，表情显得非常惶恐……

布朗好像看出了什么，果断地说：“重放一遍这个镜头！”

制作人又放了一遍，布朗的心里有底了。

原来，他从那宽大的银幕上注意到了电视荧屏显现不出的一些细节：当秋千摇摆过来的时候，汉娜惊慌地眨着眼睛，她摸索着去抓，同时上了更高一级准备跳，但她还在眨着眼睛，这时她犹豫了一下，然后才扑出去，最终悲剧发生了。

显然，是那短暂的犹豫将她的计算结果扰乱了，使她离着尼克太远，毫无疑问，是她的眼睛出了问题！

银幕一片空白，放映室的灯重新亮了起来。

“谢谢你的帮助，我很受启发。”布朗站起来说。

他回到旅馆，刚好电话铃响了，是化验所打来的，“喂，我是……噢，是吗？知道了，谢谢！”挂了电话，布朗紧锁的眉头一下子舒展开了。

他心里盘算着：所有的疑虑都被证实了，自己现在要做的事情，就是立刻给警察局打电话，请求马克警官做一件事。

布朗在等候马克警官回话的时候，不停地在房间里踱着步，整个事件的真相在他的脑海里越来越清晰，他甚至有些懊恼。“当初我为什么还要考虑给费尔丁赔偿呢？这个该死的家伙！”

这时，电话铃响了，是马克警官打过来的，对方在电话里说：“布朗先生，你的判断是对的！汉娜双眼的瞳孔确实有扩张。”

终于真相大白了！

“马克警官，我们一会儿就在马戏团见面！”说完，布朗先乘电梯到旅馆的药店，向药剂师询问了一些问题，然后又叫了一辆出租车，直奔马戏团。

马克警官比他先到一步，正在拖车办公室外等候他。他们一起走进办公室，看见老板费尔丁正在打电话，看到布朗和马克警官表情严肃地走进来，费尔丁吃了一惊，他赶紧放下手中的电话，“你们这是？”

“对不起，费尔丁先生，我要告诉你一个坏消息。”布朗直截了当地说。

“什……什么？坏消息？”费尔丁突然紧张起来。

“是的，我们公司不准备赔偿你！”布朗一字一顿地说。

“为什么？那可是个意外事故，我有几千人可以作证！”费尔丁急了，大声说道。

“费尔丁先生，那真是个意外吗？你心里应该很清楚，那完全是有意策划的结果！”布朗的口气也变得强硬起来。

马克警官疑惑地看着布朗，说：“你在说什么？我都有些糊涂了。”

“你会明白的，”布朗十分肯定地说，“今天下午，我又重新看了一遍电视台人员拍的影片，片中有汉娜的特写镜头，能清晰地显示出汉娜在表演中曾拼命地眨眼。”

“这又有什么问题呢？”费尔丁问。

“当然有问题了！汉娜的妹妹蓓琪告诉我，当时汉娜曾向她说了几句话，好像是什么‘魔符’之类的，但实际上汉娜说的是‘模糊’，她不知道为什么这时她有些看不清东西了。”

“汉娜最近眼睛一直不好，全团的人几乎都知道，听说是化妆品过敏引起的。”费尔丁主动解释说。

布朗点点头，说：“汉娜的眼睛患有结膜炎，所以她每次演出前都要点眼药水，但问题就出在那瓶眼药水上，今天下午我已经把她用的眼药水拿去化验了。”

费尔丁面部的肌肉微微地颤动了一下，他没有说话。

马克警官则站在一旁静静地听着。

“想知道化验结果吗，费尔丁先生？根据检测报告，瓶子里的仍是汉娜常用的那种眼药水，但是瓶口滴管上残留的药水，却是眼科医生给病人检查前散瞳用的，汉娜上场前正是由于点了这种散瞳的药水，才使得视线模糊，结果在表演中从高空坠下。这说明，一定是有人故意调换了眼药水，有预谋地要害她。”

费尔丁听完，气得跳了起来，他顺手抄过一把椅子，狠狠地砸向墙壁，大声吼道：“肯定是彼德干的！他前些天也刚刚检查过眼睛，还配了一副隐形眼镜，没想到，他追求汉娜不成，就用这种歹毒的手段害死了汉娜，我这就找他算账去！”

“慢着，费尔丁先生，你最好听我把话说完。”布朗说，“最初，我也是这样分析的，但后来我作了一些调查，了解到散瞳药属于医药办公室管制药品，在普通药店根本买不到，只有眼科专家才能从制药厂直接买到，而且这种药的药效特别强，只需在两眼各点一滴，二十分钟内瞳孔就会扩大，由此判断，彼德是搞不到那种药的。”

一旁的马克警官似乎也听明白了，他对布朗说：“听口气，好像你已经知道是谁下的毒手了？”

费尔丁显得有些不安，下意识地拉了拉衣角。

“当然知道。”布朗说，“这个人看似很聪明，他先偷偷地把汉娜的眼药水拿走，换上散瞳的药水，等汉娜点完这种散瞳的药水上场表演时，他又溜进化妆间，再把原来的眼药水倒回来，他以为自己做得天衣无缝，可是他却忘了一件事，这就是由于空气压力的缘故，在瓶口的滴管上还会残留少量散瞳药水。费尔丁先生，你说我分析得有道理吗？”说完，他用深邃的目光凝视着这位马戏团老板。

“你为什么要这样看着我？这种事马戏团里的任何人都有可能做，比如和汉娜同在一个化妆间里的尼克，他怨恨汉娜要离开他，做这种事的可能性也很大。”

“但是你别忘了，尼克他根本弄不到药。至于其他人，我已经作过了解，汉娜出事时，葛丽亚正和她的动物在一起，彼德正在观众席中戏耍，就算他想溜走一会儿，可他那身装束也使得他笨拙了许多，尤其是那副假手套，是无法让他把那些药水迅速倒回去的。那么还会有谁？我想，只有一个人有这种机会和动机，他既不参加表演，又可以在后台自由走动，还不会有人注意到，而且更重要的是，这个人有杀害汉娜的动机。”

“那个人究竟是谁？”马克警官急切地问。

布朗用手一指：“就是他，费尔丁先生！”

费尔丁目瞪口呆。

“费尔丁先生，只有你才能得到这种眼药，你哥哥是个眼科专家，他就住在圣安东尼奥。”

马克警官叹服地看了看布朗，又朝着费尔丁遗憾地耸耸肩。

费尔丁沉默了一会儿，然后抬起头来小声说道："我是没有办法才这样做的，汉娜是我这里的台柱子，如果她一走，我这儿就全完了，我不想坐以待毙，于是就想到了那笔保险金，只有领到那笔钱，我才有一线希望。"

一切都过去了。

布朗走出办公室，傍晚的天气凉爽多了，徐徐吹来的清风让他心旷神怡，他抬起手腕看看表，离他回纽约的晚班飞机还有一段时间，他打算先去找蓓琪，将所有的一切都告诉她。

机舱里的钟声

此刻，我正坐在从明尼苏达州杜鲁门城飞往华盛顿的班机上，身旁是山姆，他身材高大，头几乎要顶到上面的行李架了。这时，山姆看了看手表说："托尼，现在是七点十分，我们已经飞了一半路了，他们肯定认为我会逃亡海外，不会再回来了。"

"山姆，你不是在逃亡，而是要去完成一项庄严而神圣的使命。"我说。

"对，你说得对！我不是在逃亡。"山姆赞同地说。

这时候，从我们头顶上传来一阵"滴答，滴答'的声音，吓得山姆瞪大眼睛，一只手紧紧抓住我们俩座位之间的扶手。也难怪，他长期处于恐慌之中，而这种滴答的声音，在他听来就仿佛是定时炸弹的定时装置发出的声音。

他惊恐地望着我，那眼神就像一个无助的小孩子寻求大人的保护那样。

我屏住呼吸，仔细听了听，然后十分镇静地站了起来，尽管我此时也是心怦怦乱跳。我抬头看了看山姆头上的行李架，只见上面有一个公文包，但它不是山姆的，因为山姆的皮包此刻正在他身旁，而且上面还印有名字的缩写标志。

我又仔细听了听，发现滴答声是从那个无主的皮包里传出的，而且它的声音很响，就像敲小鼓似的，几乎每一声都让我胆战心惊，似乎它随时都可以让我和飞机上其他四十几个无辜的生命难保。当然，这或许并不是真的，只是我的一种猜测。

滴答声仍不断地从那只公文包里传出来，我猜测那一定是定时装置，至于是什么样的装置谁也说不清楚。也许遇到震动，它就会爆炸，所以我一直没敢碰它，想琢磨出一个更稳妥的办法。

山姆也一直在盯着我，一分钟过去了，"我们怎么办？"他问道。

我没有吭声。

“妈妈，我听到有时钟声。”在山姆前面座位上的一个小男孩有些忐忑不安地说。

“要真是时钟就不用担心了。”我暗暗地想。

这时，一位空中小姐端着盘子走了过来，她似乎也听到了什么，就站在我座位旁边的过道上仔细倾听着，过了几秒钟，她对我说：“先生，那是你的吗？”我能明显地看出，她说话时脸上的微笑是牵强的。

“噢，我想那里面是一只钟吧？”然后我又靠近她，轻轻地对她耳语说：“小姐，那个皮包不是我的，我觉得那里面很可能是一颗定时炸弹，是坐在窗边的山姆先听到的声响。”我用手指了指山姆，山姆也看了看我。

那位空中小姐听了我的话，神情骤然紧张起来，急忙向驾驶舱走去。不一会儿，麦克风里就传出一个男人冷静的声音：“各位女士、先生们，我是机长，在十七号座位上有一个没有标签的皮包，不论它是谁的，请声明……”

“滴答、滴答”的声音仍然不断地传进我的耳中，在我听来就像打鼓一般响，心里愈发紧张。

听了机长的通知，所有乘客都把头转向我们这里，我也用目光扫视着他们，希望看到有人站起来，承认皮包是自己的，证明这是一场虚惊，但是，除了有人窃窃私语外，没有谁承认是那个皮包的主人。

时间一分一秒地流逝着，那滴答声似乎就像催命符一样吞噬着山姆的心，他的额头已经冒出了豆大的汗珠，“真该死，它什么时候会爆炸？”他焦急地说。

乘客们看着这一切，也显得躁动不安了。

这时，机长出来了，他显得非常镇静，一看就是个饱经世事的人。当他看到有乘客站了起来，就平静地说：“请大家都坐好，不要紧张。”然后，他不动声色地走到过道上，瞧瞧那个皮包，又侧耳仔细地听着，这时，过道尽头有个男士站起来想和他说话，他摆摆手说：“请坐下。”

“炸弹！”不知是谁突然冒出了这么一句，机舱里顿时就乱了，乘客们都仓皇地站起来，纷纷涌向前舱和后舱。

看到这种情形，我迅速走到机长身边，对他说：“我叫托尼，是私人侦探，我正带这位山姆到华盛顿去出庭作证，他是一个案件的最有力的证人，假如他对塔克兄弟帮在中西部的所作所为的指证能被法庭采信的话，那么就能消除一个恶行累累的犯罪集团。今天的这件事，我看是有人在有意捣乱。”

“我们可以把它扔出飞机。”机长说。

“行吗？那机舱还能保持正常的气压吗？”我有些担忧地问。

“肯定要冒风险，但这是唯一的办法。”

“可是，即便机舱的气压没有问题，但这颗炸弹的起爆原理我们谁也不知道，万一因为气压的改变而引发爆炸怎么办？”

机长显然也明白这一点，他点了点头，但继续拖延下去，肯定会对飞行安全带来致命的威胁，他定了定神儿，然后高喊道："请诸位各归原座，我们正在想办法……假如我们能紧急降落……"他看了看手表，已是七点十九分，说明自从滴答声开始，已经过去了九分钟，"天哪！时间这么短，我们需要的是四千米的跑道！"他第一次表现出了惊慌。

"对！在新阿巴尼附近有一个小机场！"他眼睛一亮，"请大家系好安全带，飞机准备降落！"随即就向驾驶室冲去。

几秒钟后，飞机顶着巨大的气流，快速向下俯冲，发出了很大的声响，"万能的上帝，请赐予我们好运吧！"几乎所有的人都在默默祈祷。

当飞机在机场上空盘旋的时候，我已经清楚地看到，那是一个设施简陋的小机场，除了光秃秃的跑道外，地面上有一个风向塔以及两个小棚子等等，我看到跑道旁还停着三辆汽车。

"为什么这儿会有三辆汽车，它们在等什么？"我突然觉得面部肌肉僵硬，心里一阵紧张，身旁的山姆也皱着眉看着我，还不时地抹抹额头上的汗水。

我仿佛突然明白了什么，迅速站起身，从山姆的头上伸手取下了那个皮包，山姆大吃一惊，吓得几乎要从座位上跳起来。

然而正如我所料，皮包里的炸弹没有响，因为那里根本就没有什么炸弹。

我挟着皮包，赶紧跑到驾驶舱，当时，副驾驶正在驾驶着飞机滑落，机长一眼就看见我手中的皮包，他大声吼道："这么危险的东西你拿在手里，难道你疯了吗？"

"我没疯，可我却差点儿成了傻子！"我说，"马上飞离机场！"

副驾驶和机长根本不理我，显然他们真的把我当成了疯子或傻子了。

"怎么办？"我心里焦急万分，因为飞机在短短的几秒内就要降落了，突然，我举起了手中的皮包，要将它砸向机舱壁，"马上飞离机场！"我又重复了一遍，这是我此刻做的唯一能让他们听话的事。

机长伸手要抓我，但没有抓住。

飞机开始上升了。

我打开皮包，向他们证明了一切：那里面有一只静悄悄的小钟，还有一只噪音很大的大钟，小钟牵动大钟，从七点十分开始作响。

看到果真没有炸弹，机长高悬着的心终于放了下来，但他却更加感到疑惑了。

"那些家伙知道你们机组的一贯作风，"我解释说，"所以，他们估计你们不敢去动那枚'定时炸弹'，假如你们是在七点十分听到它开始响的话，就肯定会在这里降落。你们可能也看到了机场跑道旁的那三辆汽车，它们在这荒凉的机场停着，就是等候劫持重要证人——山姆。"

听完我的话，机长眼中流露出赞许的目光。

"请你们赶快联系下面机场的人，通知警察逮捕他们。"我说。

一场严重危机终于过去了。

我按照规定的时间将山姆带到了华盛顿的法庭上，由于他的出庭作证，警方最终将一个作恶多端的犯罪集团彻底打掉了。

剑与锤

其实，森克这个人并不坏，尽管人们可能认为他有点儿傻里傻气。

事情的开始我还记得。那是一天晚上，我和森克静静地坐在海边，凝望着午夜蓝色的太平洋，海浪拍击着加州的海岸，发出哗哗的巨大声响，然后又破裂成无数的白色泡沫，悄无声息地慢慢散去。

"你瞧，大海给人的感觉真是太美了！"我不由得赞叹道。

森克不为所动，或许他刚从吸毒所带来的飘飘欲仙中清醒过来，只见他双臂抱膝，将下巴搭在双臂上，目不转睛地望着大海。

"森克，你倒是说话呀，这里难道不是很美吗？"我继续说道。

森克只是耸耸肩，还是没有吭声，头发被海风高高地吹起。

不知过了多长时间，森克打破了沉默，缓缓地说道："如果用辩证的眼光去看，情况就不同了。你这样看，会觉得它很美，但假如你换个角度，就会发现原先的美变成了一种腐蚀，比如，我们眼前的这片大海它正在做什么？那一排排浪花不停地冲刷过来，难道不是在撕咬和吞噬着海岸吗？或者说不是在慢慢地撕咬和吞噬着加州吗？如果你再仔细瞧瞧，甚至还可以看见它的利齿。"

我熟悉森克，对他这种所谓的辩证观点也早已听惯了，所以没理会他。

森克这个人很怪，他在清醒的时候经常会说一些不着边际的话，甚至有时还会指天发誓地说有什么人（或东西）要攻击他。总之，他为人处世的逻辑就是，不论什么人或什么事，只要有可能威胁到他的利益，他就要先下手为强。甚至可以这样说，在某些时候，森克就是个心术不正的人。

我与森克是在旧金山认识的。你或许还不知道，那个旧金山可是个远近闻名的地方，当然，说它有名并非是有多么美好，恰恰相反，那里是个十分破败的地方。比如我们的住处就简陋不堪，那里几乎都是流浪汉，大概有二十多个，弄得警察每个星期都要去巡查好几次。为了逃避警方三番五次的盘查，我和森克决定搬离那儿，于是简单地收拾了一下行李，就离开了那个鬼地方，向着洛杉矶出发了，说实在的，我们俩现在也厌倦流浪了。

"伙计，我们得弄点儿钱花才行。"森克说着，轻轻地用指尖理了理长发。

“有什么好主意，说来听听。”

“邮票和古董！”

“哦？”

“你听说过里尔这个人没有？”说着，森克将身子向后一仰，躺在了沙滩上。

“当然听说过，那是个十足的电影流氓，货真价实的乡下人！”我不屑地说道。

“这你就错了！他一向是个具有领袖气质的人物。”森克说，“他不仅拥有各色的女孩子，而且还拥有许多收藏品，据我所知，他收集了许多邮票和古董，昨天他还跑到欧洲去潇洒了。”

“你是怎么知道？”

“当然是报纸上登的了。”

“噢，我明白了，你是想趁他不在家，去偷他的邮票和古董。”我恍然大悟地说。

“你真聪明，我们干吧，怎么样？”

“这，这可是很冒险的呀！”我有些担心地说。

“你放心好了，我们都是干这种事的老手了，不会有事的！”望着森克那兴奋的神情，我也就点头答应了。

“好，那我们明天就行动！”森克说，“先要找到他的住所，然后撬门而入，你还记得我们在旧金山偷那个政客的家吧？那次我们把他所有的威士忌都偷走了，真够爽的！”

接下来，我们就开始商量具体的行动方案，正说着，森克突然抬起头，用手朝前面一指，说：“你看，”我顺着他手指的方向看去，只见远处的海面上有些灯光，“那些该死的有钱人正驾着自己的游艇在游荡，他们在银行的存款有上千万，而我们却什么都没有，凭什么？”森克愤愤地说。

我们在海边又坐了一会儿，然后就朝着停放着老爷车的地方走去。

第二天一早，我和森克打扮成一幅绅士的模样，然后去一家旅行社打听里尔的住处，因为里尔是这里的名人，所以我们很轻易地打听到了。那家旅行社的人还拿出一张里尔住所的照片给我们看，那是一座很气派的别墅，坐落于山谷中，四周不仅有高高的围篱，还有一些大树，显得十分隐秘。

离开旅行社后，我对森克说：“从里尔住所的周围环境看，我们这次偷窃计划也许能够成功，不过还有一个问题，如果我们行动时遇到他家的用人怎么办？”

“用人？”森克抬起头瞧着我。

“是呀，你想想，那么大的别墅，里尔总不会什么人都不留就到欧洲去旅游吧？”我认真地说。

“你还不了解那些有钱人，在他们眼中金钱就如同一张纸，远不如我们看得那么重，他们一有空就跑出去玩儿，不是乘飞机就是乘轮船。”森克说，“再说了，就算他留下一两个人看家，也休想逮到我们，那么大的房子，除非有一打以上的用人才行，放心吧！”

森克的话打消了我的顾虑。

那天晚上，我和森克开着那辆快老掉牙的老爷车，向里尔住的山谷进发，一路上很安静，没有遇到一辆车，而且月色也不是很明亮，这正适合我们干活儿。

很快，我们就到了里尔的别墅旁，实地一看，这幢房子建得真是漂亮极了，两层楼的房子造在一个略高的地面上，顶楼的红色尖阁直刺天空，墙上爬满了青藤，四周的大树枝繁叶茂，掩映着别墅，我们就像欣赏风景似的看了好一阵儿。

森克把汽车停在一棵大树后面，熄掉灯，然后我们就静静地坐下来熬时间，要知道，干这种事儿必须要在夜深人静的时候。

我们就这样静静地等候、监视着，直到午夜，偌大的别墅没有一丝动静。

“伙计，我们该动手了！”森克说着，就从车座里拿出一把刀，那是一把刀刃很锋利的军刀，以前我和森克作案的时候，他不管屋里有没有人，都要带上这把刀，以备万一。

我紧随着森克，悄悄跨过黑漆漆的草坪，来到铁栅栏旁，森克左右看了看，便纵身翻了过去，借着星光，我看见他正在微笑。

“快过来！这个大桃子就等着咱们来摘了。”森克催促着。干这种事我当然也是轻车熟路。

紧接着，我们就顺着铁栅栏小心地向里摸去，可以模糊地看出左侧是一个大游泳池，池水也似乎是黑的，旁边还有高高的跳水板，就像是一个断头台立在那里。

“跟上！”森克小声说，我们很快就到了门口。

“你注意望风，我来撬门！”说着，森克迅速地朝四周看了看，举起刀柄一敲，落地门的玻璃碎了一块，他把手伸进去轻轻扭开门，我们闪身进了屋内。

里面黑得伸手不见五指，我和森克几乎同时把手伸进口袋，掏出了钢笔式的手电筒，黑暗中立刻就射出了两道光亮，只见屋里有一排排的架子，上面摆满了各式各样的玻璃工艺品。

“看来邮票不在这里，我们再朝里走走。”森克低声说。于是，我跟着森克走出那个房间，又进入了一条通道，这时，我突然产生了一种不祥感：“一切都太顺利了，难道……”但是我没有说出来，还是继续跟着森克朝里走。

我们又到了另一个房间。

“我看可以打开一盏灯，反正没有人。”森克说，但还没等我回答，他就顺手把灯打开了，顿时屋内亮光一片，我们看到这间屋里有更多的古玩摆在玻璃柜里。

“伙计，我们开始干吧，先找邮票！”森克兴奋地说。

突然，一个低沉的声音在我们身后响起：“邮票在楼上的保险箱里。”

“谁在说话？！”惊得我冒出了一身冷汗，回头一看，原来是里尔站在门口儿，只见他手里提着一把明晃晃的长剑，脸上露出一种得意的微笑，这种微笑在我小时候看电影时就记得，还有他的那把长剑，如果拿森克手里的刀和这把长剑相比，他的刀简直就像一把玩具似的不值得一提。

森克显然也被这个声音惊呆了，“唔，我，我们只是瞧瞧……”他结结巴巴地说。

“瞧瞧？不，你们以为我在欧洲，这幢房子里没有人，就想来偷点儿值钱的东西，对不对？”里尔平静的话里带着威严。

“先生，我不明白你说话的意思，”森克这个人的应变能力很强，他很快就冷静下来，振振有词地说：“我们刚刚路过这里，因为天晚了，想求宿一夜，就进来敲门，但是没有人答应，所以才进来瞧瞧，我们还以为这个宅院是没人住的呢。”

“你也想在我面前演戏吗？好了，还是别把时间浪费在谎言上了。”里尔摆出一副做戏的姿势，说，“要知道，我一直在等候你们，或者说在等候像你们这样的人。”

“什么？”我和森克相视一对。

这时，又有几个人走进房间，站在里尔的身后，我一看，差点儿被吓得晕了过去。原来，那几个人我都认识（当然是从银幕上），一个是托奥，专门演有名的恶汉，比如纳粹将军；另一个是蒙娜，总是演女强盗，还有盖茨和劳吉等，他们全都像银幕上那样，托奥穿着一件黑色长袍，正从口袋里掏出一把枪指着我们，蒙娜则更是吓人，她瘦得皮包骨头，还有那张像吸血鬼一样惨白的脸，她也用饥饿的眼光直视着我，虽然没有咆哮，但看到她，我已经双腿打颤了。

这时，四个男人向我们围拢过来，很快，就把我和森克双手捆住，紧紧地绑在一张长沙发上，两腿则与沙发腿连在了一起。

森克拼命挣扎着，他气愤地说：“你们在这里搞什么名堂？有什么权利这样对待我们？”

“噢，我们是在玩一个游戏。”里尔又露出他那不怀好意的笑，“每隔一阵子，我就会在报纸上登出假消息，说我出去旅游了，这幢房子里没人，为的就是吸引一些像你们这样的人上钩，好与我们一起合作做游戏，都有过好几次了，很有趣。”

“难道你们这些影星都是在以这种方式做游戏？”我不解地问。

“噢，当然不是！你可别玷污好莱坞的名声，我们这个俱乐部只有八个老牌演员，全是演坏蛋的，而且都是银幕上响当当的坏人。”里尔说着，还不经意地侧身摆出一个姿势，“你瞧，我也演过一阵爱情片呢。”

“里尔，那你今天要和我们玩什么游戏？”森克不耐烦地问。

“哈哈！先别忙嘛，”一直站在里尔身后的托奥说话了，“我们不过是玩个小游戏，至于本俱乐部的宗旨嘛……”

“游戏？究竟是什么游戏？”我突然感到一阵恐惧袭来。

“等一会儿你们就知道了。”里尔慢条斯理地说。

“你们有没有见过，”托奥插嘴道，“我们经常在银幕上演坏人，为了成全那些英雄的美名，我们不得不败在他们手里，总共算下来，我们八个人都死了一百四十九次了，而那些英雄呢，他们却继续有滋有味地活着。”

“年轻人，你大概还不知道，我们对死有多么厌恶！”一直没吭声的蒙娜也发话了。

“即便如此，可那和我们有什么关系呢？”森克问道。

“简单地说，就是让我们也过一把演英雄的瘾。”里尔笑着说，“我们要在摄影机前，重新表演一段我们以前演过的镜头，只不过这次是由我们来演英雄，你们演坏人。”

“哎呀，这下可不好了，如果他表演有部电影里他被钉过三次木桩的镜头就坏了！”我越想越害怕，双腿开始发抖了。

“不！不要这样！”森克惊恐地喊道。

可是里尔他们丝毫不理会我们的喊叫，依然在那里愉快地聊着、笑着，商量着由谁先演，那情景就像我们在银幕上看到的好莱坞宴会场面那样，喜气洋洋的。

“我有个建议，还是掷骰子定先后吧。”我一看，又是托奥在出鬼主意。

“好！”众人应和着。

随着掷骰子的哗啦声，我和森克的心也都提到了嗓子眼儿。

“哈！我赢了！”里尔兴奋地站了起来，指着森克说：“就是他，我要和他拍《加勒比海浴血记》的最后一段，最刺激！”

“天哪！”森克绝望了。

“这真是一个伟大的选择！”托奥说着，就用他那强有力的手臂，一下子就把森克拽了起来，可怜的森克就如同小鸡般地耷拉着脑袋。

他们拉着森克朝外面走去。我知道，他们一定是取道具去了，我看过那部电影，是讲海盗的故事，最后的结局当然很不好了。

屋里只剩下蒙娜和我了，从她嘴里发出的浓烈酒味儿，我就知道她一定喝得不少。这时，她的面孔似笑非笑，凑近我醉醺醺地说：“宝贝儿，别担心，我们也不会忘记你的！”当她直起身子时，我看见她手腕上一只蛇形的银质饰物掉了下来，正好滚落在捆绑我的沙发旁边，我稍稍将身子挪过去一点儿，将其遮住。我打算也要学着里尔的样子逃脱，因为我曾看过他的很多早期作品，他都是用这种办法来割断绳索的。

趁着蒙娜还在迷糊，里尔那帮人还没有回来，我勉强摸到那个银质饰物，攥在手里，开始笨拙地割捆绑我的绳子，那条绳子已经旧了，不一会儿我就快把它割断了，但这时我听到一阵脚步声，只见里尔他们又走了进来，我赶快停止动作，装作什么都没有发生一样乖乖地坐着。

进屋的里尔已经换上了艳丽的海盗服，旁边的森克也被套上了海盗服，只不过有些旧，看着森克现在的模样，我想，如果再给他戴上胡子并配备所有的装备后，他比起里尔他们来毫不逊色，更像是一个海盗，只可惜精神状态显得很沮丧。

“快，到游泳池去！”里尔命令说。

几个人连推带搡地把森克推到游泳池那儿，这时，我发现他曾回头无助地望了望我。

“喂，蒙娜，快来看我们演戏！”里尔向她招招手。

“好的，”蒙娜对我笑了一下，然后就晃晃悠悠地往外走。

当屋子里只有我一个人时，我又继续用那个银质饰物拼命地割绳索，终于，绳索被我割断了。

“托奥，把灯光安在上边，这样角度最好。”

“开机准备。”

“记住，只拍一个镜头。”

“没问题！”游泳池那边传来一阵阵说话声。

“预备，开始！”随着那边的里尔话音刚落，大家的注意力都集中在那边的时候，我这边也猛地挣开了绳索，如同离弦的箭一般蹿出了屋子。

我一边跑，一边回头看，只见游泳池那儿的灯光很亮，森克和里尔都站在高高的跳水板上，森克背对着游泳池，他的面前是里尔，两个人手中都握有剑，正准备进行一场决斗，吓得我赶紧闭上了眼睛。

“哈哈！我已经洗劫了最后一条船了！”远处传来里尔的大叫声，我睁眼一看，他们俩已经开始决斗了。“咦，不对呀，森克手上的剑怎么软塌塌的？”后来我才惊异地发现，原来他用的是一把橡皮剑。

我不想再看下去了，于是又继续向前跑，当我快要接近老爷车的时候，我突然下意识地停住脚步，再一次回头看去，只见森克正用软软的橡皮剑无助地挥舞抵抗着，里尔突然向他猛刺过去，森克连连后退，一下子就跌进游泳池中，他拼命地尖叫，但由于他穿的服装像铅灌的一般笨重，结果很快就沉入池底，水溅起的浪花掩盖了他的尖叫声。

在我发动汽车时，我听到从游泳池那儿传来里尔的大叫声，还有一阵阵掌声和欢呼声，在我听来，这些声音刺耳极了。

直到今天，我还无法忘掉那骇人听闻的一幕，甚至连晚上做梦时，还会梦到这样的场景：我被结结实实地捆住，那个女魔头蒙娜面孔狰狞地向我扑来，她拿着一个巨大的木锤，高高举起，狠狠砸下！我想挣扎，但却一动也不能动，我恐惧极了，这时耳边又传来一阵阵无法形容的可怕声音——掌声和欢呼声。我突然醒来，发现自己已是一身冷汗。

唉！我一直想将这个故事告诉人们，可是有谁会相信呢？或许只有你……

解 脱

鲁瑟福德·帕奈尔的脑海里突然闪过一个念头。

刚开始时，他还觉得那简直就是一个荒唐的白日梦，不过，他后来越想就越觉得那是一个好主意。

每天早晨，当太阳一出来，鲁瑟福德就得起床了，他先为爱尔西和自己做好早餐，然后，他坐在客厅的沙发上，仰起头，目光凝视着房顶上的天花板，陷入沉思之中。他几乎每天都是这样，已经是多年的习惯了。

其实，鲁瑟福德的这种沉思，是对现实生活的一种逃避，因为他的妻子爱尔西从来不进客厅，可以说，在他们结婚的这最后十年里，她一次也没有进来过，按照鲁瑟福德的说法是，这十年来他根本无法与爱尔西和睦相处。所以，默默沉思也就成了他缓解心中的压力，减轻生活所带来痛苦的一种方式。

“鲁瑟福德！”卧室里传出爱尔西的吼叫声。

“哦，我在，什么事？”他小心地应答着。

“过来，快点儿！”鲁瑟福德只好从沙发上站起身，一步一挪地来到那个大声吼叫的女人房间。

爱尔西的房间里很幽暗，几乎看不到一丝阳光，因为她从来不许鲁瑟福德拉开窗帘，如果仔细闻闻，屋里还散发着一股发霉的味道。

此刻，爱尔西正坐在一个轮椅上，这个女人平时更多的时间是痛苦地、默默地坐着，只有当她冲着鲁瑟福德吼叫或者是大声抱怨时，家里的沉闷气氛才会被打破。

如果爱尔西不指责鲁瑟福德的时候，她就会拿一种轻蔑的眼光注视着他，似乎是在告诫他：不要忘记，你应该为我目前的状况承担责任！

“你说说，这杯茶我怎么喝？它是温的！”她的声音很尖锐刺耳，让人听了一点儿也不舒服。

“我……”鲁瑟福德不敢多说什么。

“温的！就跟你一样！瞧瞧你，笨的什么事儿都做不好！你就不能雇个会做早餐的人吗？”

“噢，卡西太太会来的。”鲁瑟福德说，“可是，你也知道，她无法赶来做早餐。”鲁瑟福德说这话时显得很无奈，因为卡西太太已经是他雇的第八个用人了。

“别说了，我知道！而且我还知道你做的早餐没法吃！鲁瑟福德，你最好别在我眼前碍眼了，还是从我这儿滚开吧，除非你想开车带我出去兜风！”

“天哪！”鲁瑟福德暗暗叫道，“在这十年里，‘除非你想开车带我出去兜风！’

这句话，我已经听了无数遍了！”他实在是厌烦至极，于是关上门，重新回到客厅，站在窗户旁边，神情麻木地望着窗外，他看见不远处卡西太太正向前门走来。

卡西太太是个热情、勤快而善良的女人，尽管她每天都要精心地为爱尔西做午餐和晚餐，但爱尔西也经常是挑三拣四、态度蛮横，好在到目前为止还没有影响到她，所以，鲁瑟福德很喜欢和她聊天。

眼看着卡西太太到了前门，鲁瑟福德赶紧把门打开，热情地打着招呼：“卡西太太，早晨好！”

“你好，帕奈尔先生！”她平时脸上总是笑嘻嘻的，但今天却没有了笑容。

“帕奈尔先生，我能和你说几句话吗？”她似乎有些拘谨地说。

“当然可以。”鲁瑟福德感到有些不安。

“帕奈尔先生，是这样的，”她走进客厅说，“我想提前告诉你，我已经找到了一份薪酬更多的工作，我……”

“噢，我能理解，卡西太太，你干完这一星期再走，行吗？”

“好的。”

鲁瑟福德心里想：“卡西太太这么好的用人都想离开了，肯定不是因为想挣更多的钱，而是再也忍受不了妻子了。”他本想问一问，但话到嘴边又咽了回去，他什么都不想说了。过了一会儿，他穿上大衣，戴好帽子，走出了家门。

今天的天气真好，和煦的阳光照在人身上，暖融融的，鲁瑟福德边走边想着心事，因为今天他终于决定实施筹划已久的计划了。

他快步来到街道拐角的公共汽车站，等候 16 路公共汽车，准备进城。

鲁瑟福德原本有辆汽车，但十年前的那次车祸，让他卖掉了汽车，所以，自那以后他几乎每天早晨都要乘公共汽车进城上班。尽管车祸已经发生十年了，但他仍然会经常想起自己的汽车和那场惨不忍睹的车祸——在那个阴雨绵绵的夜晚，正是他开车时判断失误，才导致妻子一辈子只能坐在轮椅中。

当然，妻子爱尔西也从来不会让他忘记。

16 路公共汽车来了。鲁瑟福德像往常一样，上车后先朝着司机点了点头，然后走到车尾，拣了一个靠窗户的座位坐下，不过与平常所不同的是，他今天提前三站下了车。

下车后，鲁瑟福德走进街道旁边的一个电话亭，他要往他的办公室打电话。

“喂，是玛丽小姐吗？”他说，“你好，我是鲁瑟福德，我今天有点儿不舒服。”

“你生病了吗？”玛丽关切地问。

是的，我今天要去看医生，请你告诉斯皮克斯先生一声，我要请一天病假。”

“好的，你多保重！”

鲁瑟福德放下电话，又来到殡仪馆，他走进老板克鲁什曼的办公室。

克鲁什曼的鼻梁上架着一副金丝边眼镜，看到有人进来，他将眼镜向上推了推，又轻轻地咳了一声，微笑着说："先生，你有什么事吗？"

"是的，如果你们能为我处理所有的丧葬事宜，我将不胜感激，"鲁瑟福德低沉地说。

"当然可以。"克鲁什曼说，"我知道，您现在非常难过，请务必节哀，可以告诉我逝者的名字吗？"

"不用了，"鲁瑟福德拿出一张纸条说，"今天晚上，你们就按照我纸条上写的地址，把死者运走就行了。"

"咳，咳，"克鲁什曼又连续咳嗽了几声，"先生，这可不太合乎规矩，请问，有谁能告诉我们必要的情况呢？"

"你们到那儿就知道了，今天晚上八点，怎么样？"鲁瑟福德说。

"八点？好吧，"克鲁什曼犹豫了一下，"那么，有多少人参加葬礼？"

"你说什么？"

"我是说，有多少亲戚朋友参加逝者的葬礼。"克鲁什曼重复着。

"啊，不会的，"鲁瑟福德似乎也是对自己说，"不会有很多人参加葬礼的。"

办完这一切，鲁瑟福德就早早地回家了，卡西太太对此感到很惊讶，因为鲁瑟福德还从来没有这么早下班过。

望着卡西太太疑惑的神情，鲁瑟福德冲着她微微一笑，轻松地说："辛苦你了，卡西太太，你今天也可以早点儿回家了。噢，对了，"说着，他掏出钱包，"我现在就把工钱付给你，另外，还要加上一点儿奖金。"

卡西太太对鲁瑟福德的举动有些不解，脸色也变得严肃起来，她郑重地说："帕奈尔先生，你为什么要这样呢？我希望自己今天早晨没有得罪你，你知道我为什么要离开吗？我不是因为……今天早晨我说谎了。"

"卡西太太，我知道你为什么要离开，因为爱尔西实在让你无法忍受，我非常理解你，一点儿也不责怪你，一点儿也不。"鲁瑟福德满怀歉意地说。

听他这样说，卡西太太反倒不安地扭动着身子。

"其实，我也恨她，真希望她早点儿死去，这样我就自由了。"鲁瑟福德恨恨地说，"如果她不死，卡西太太，我真想能像你一样一走了之。"

"啊？你！"卡西太太听到这里，脸色都变了，慌忙说了声"再见"，就头也不回地逃走了。

望着卡西太太仓皇的背影，鲁瑟福德微微一笑。

"鲁瑟福德！鲁瑟福德！"卧室里又传来尖锐而又刺耳的吼叫声。

"噢，来了，来了，亲爱的，"他连忙应着，"我马上就来。"

鲁瑟福德暗暗攥了攥拳头，努力让自己镇定下来，然后走进卧室，径直来到窗户旁，他拉开窗帘，顿时阳光射进房间，明亮异常，晃得爱尔西有些睁不开眼。

"你疯了吗？鲁瑟福德！"她恼怒地尖叫着。

“亲爱的，看，我给你带了什么！”鲁瑟福德说着，就从口袋里掏出他在药店买的毒药，拿给她看。

“这是什么？”爱尔西不解地问。

“一个小小的礼物，它能帮助你摆脱孤独和痛苦。”

爱尔西将头扭向一边，冷冷地说：“谁信你的鬼话？快把窗帘放下！我在这个时候是不能见阳光的！鲁瑟福德，你这个无能的家伙，你是不是被公司解雇了？”

“哎哟，我的小天使，”鲁瑟福德笑着说，“还记得吗？我曾经说过你很漂亮，不过我今天要让你知道，那是我在撒谎！”

“你，你简直是发疯了！”爱尔西脸色涨得通红，大声吼道。

鲁瑟福德不再理会她，快步来到小厨房，倒了一大玻璃杯牛奶，虽然爱尔西在卧室的吼叫声不断传进他的耳朵，但他唯一要做的就是加快自己的行动——打开药包，舀了两勺毒药放到牛奶中。

他端着盛满牛奶的玻璃杯，又回到爱尔西的卧室。

“哼，你别想讨好我，你知道，我是最讨厌牛奶的！”

“亲爱的，你每天晚上不是都要喝一杯牛奶吗？”鲁瑟福德笑着说，“别耍小孩子脾气了，我不是在讨好你，再说了，这十年来我不一直在讨好你吗？可有什么用呢？”

“你为什么要这样对我？你太残忍了！”爱尔西双手捂着脸，大哭起来，轮椅也被她摇得吱吱乱响，“妈妈叫我不要跟你结婚，我真后悔没听她的话。”

“哼，别提你妈妈了，她从来就没有叫你不要跟人结婚过，她还嫌你是累赘，巴不得早点儿摆脱你呢，还有你父亲，他都无法忍受你这个人！”

爱尔西一听这话，愈发恼怒，她撒泼般地喊道：“你太残忍了！鲁瑟福德，你还有没有人性？”

“噢，别这样，亲爱的，你难道就真不想知道我给你带了什么礼物吗？”鲁瑟福德说，“其实就是两个字：‘自由’。”

“自由？”爱尔西不明白他这话是什么意思。

“听我说，就是让我们都摆脱对方，都获得解脱！”鲁瑟福德疯狂地笑了一声，“你知道吗，为了给你选这份礼物，我花了整整三千元哪！”

“三千元！你从哪儿弄来的？”爱尔西怒目圆睁地问道。

“亲爱的，我兑现了我的保险，总共是三千五百八十二元，此外我把定期人寿保险也取消了，怎么样，我很了不起吧？”鲁瑟福德说话时，脸上挂满了得意的笑容。

“鲁瑟福德，你这个蠢家伙，简直是发疯了！”

“亲爱的，听我把话说完行吗？我有个建议，”鲁瑟福德双手端着牛奶杯，“你愿意去洗手间吗？”

“哼，去洗手间？难道这就是你的建议？”

“我猜想你一定会这么说的。”鲁瑟福德慢慢地举起杯子，似乎犹豫了一两秒钟，然后就仰起头，将那杯牛奶一饮而尽，这时，他的脸上浮现出一丝悲哀的微笑。

鲁瑟福德望着身边的爱尔西，温柔地说："亲爱的，或许你很快就会意识到，这儿的事是可以忍受的……"

爱尔西愣愣地坐在轮椅上，足足有好几分钟，她都不知道鲁瑟福德这话是什么意思。

金蝉脱壳

一九一六年夏末，是我担任箭山监狱典狱长的第二年，也正是在这一年，我第一次见到了那个自称是雄鹿吉伦的人。

我和雄鹿吉伦是在监狱外的一个叫哈拉南的小酒馆里认识的，当时，监狱内没有生活区，我只好在距离监狱两公里外的箭山村租了一间农舍，是一条蜿蜒而过的小河把这两处连了起来。

在工作之余，我经常光顾那家小酒馆，至于我和雄鹿吉伦能走到一起，则是由于对吉尼斯黑啤酒和飞镖游戏的共同爱好，当然，这两样东西也是那家小酒馆招揽生意的一种手段。

说实在的，雄鹿吉伦这个人与他名字里的"雄"字多少有些不符。

为什么这样说呢？让我们先看看他的相貌：作为一个年近不惑的中年男人，他不仅个子十分矮小，而且人也很瘦，似乎一阵大风就能把他吹个趔趄，让人乍一看都有些心痛。他的唇边留着两撇东方人常见的八字胡。不过那胡须摆在他那窄小的脸上，不但没有美感，反而显得有些不伦不类。他的眼睛有一只是假的，如果看东西时，他就要拼命睁大那一只，结果使得脸部两侧明显不对称。我们再看看他的着装：他经常穿着一件花呢上装，胸前佩着一条带横扣的怀表表链，头上戴着一顶苏格兰便帽，怎么看都让人觉得不搭配，甚至还有一种华而不实的感觉；此外，还有一点让人无法理解，这就是他手里经常拿着一本活页笔记本，有时还鬼鬼祟祟地往上面记些什么。他住在旅馆附近一个包吃包住的酒馆里，看样子手头比较宽裕。

据说雄鹿吉伦是一位作家，他博览群书、知识渊博，文笔也很好，曾写过许多文章，刊登在《大商船》《冒险事业》《故事周刊》《天下奇闻》这些通俗杂志上。不仅如此，他的口才也很出色，有时讲起话来口若悬河，甚至连乡野流行的荤素段子也讲得绘声绘色。

不知什么原因，雄鹿吉伦从不肯透露他用的笔名或假名，有时我出于好奇问他一些关于他和他的创作时，他总是避而不谈，或者是立即转移话题，总之，他绝口不提个人的经历。所以，关于雄鹿吉伦的个人情况，我也只是停留在道听途说的程度，比如有人说他曾周游过世界，有人认为他说话不带什么口音，猜想他可能是在美国出生的，仅此而已，至于真伪我也无从查证。不过，有一点我是可以肯定的，那就是雄鹿吉伦具有敏锐的洞察力和超常的分析力，这在我下面要讲述的一桩神秘案件的侦破中可以得到充分的验证。

就我个人而言，可以毫不夸张地说，在一九一六年那短短的几周里，与雄鹿吉伦的交往跨越了我的生命，如果我能再活一辈子的话，恐怕也难遇到第二个这样的人了。然而令人遗憾的是，自一九一六年以来的六十年里，我对于雄鹿吉伦究竟是谁，他是来自哪里，他是干什么的这些谜团至今都无法解开。

事情还要回溯到一九一六年九月二十六日，那天，箭山监狱要对杀人犯阿瑟·蒂斯戴尔执行死刑。

那天一大早，天空乌云密布，像被黑布蒙住了一样不透一丝光亮。

快到中午时分，突然狂风大作，一场暴风雨袭来，密集的雨点儿像子弹似的从黑压压的天空倾泻而下，并伴随着雷声轰隆隆滚过，闪电亮着银光在监狱墙壁的上方留下了似有若无的幻影，好似一个身着银白色衣服的人从窗前一闪而过。行刑日已让我提心吊胆，而这种风雨交加的鬼天气，又给我本已紧张的神经增加了几分负荷，我能清晰地听到从胸腔内发出的怦怦的心跳声，直觉告诉我这可能是个非同寻常的行刑日。

午后的那段时间里，我一直坐在办公室的窗前，一边凝视着窗外那急骤的雨线，一边听着挂钟传来的滴答声，等待着时间一分一秒地流过。我在心里暗暗地祈祷着，但愿能够加快速度，将死刑赶快执行完毕，好让我绷紧的心得到放松和解脱，我甚至还期待现在就是下班时间，那样我就可以直奔哈拉南酒馆与雄鹿吉伦碰头，一边悠闲地喝着黑啤酒，一边尽兴地玩着飞镖游戏了。

挂钟时针“嗒”地响了一声，把我的思绪从漫游中拉了回来，我看了看墙上的挂钟，已经是下午三点半了。这时，门外传来敲门声，原来是两名自愿监督行刑的村民到了，我让他们先到休息室等候一下，并告诉他们到时候会有人来招呼他们的。然后，我就披上一件雨衣到看守长罗杰斯的办公室，叫他跟我一起去行刑室。

行刑室的位置在监狱的东北角，面积并不大，四周的墙是砖砌的，屋顶是铁皮做的，两边分别是纺织车间和铸铁车间。行刑室内有一排见证人座椅，还有一个固定的绞刑架，照明灯都是镶在墙上的，靠北面墙那里有个门，是与死囚室相连的。按照惯例，阿瑟·蒂斯戴尔已于五天前被关进死囚室等待行刑这一天了。

蒂斯戴尔是一个性情暴虐、残忍的杀人犯，在首府发生的一次未遂抢劫案中，他残忍地杀死了三个人。按说犯下了如此重罪，他应该表现得老实一点儿，但他在被关押在箭山监狱的几个月里，也远不是什么模范囚徒。我作为监狱的典狱长，在职权范围内本可以对这些犯下死罪的人施以一定的同情，向地方官请求赦免，以往我还真申请过两次，但是对蒂斯戴尔这种十恶不赦的家伙，我对他没有任何同情感，也就无意挽留。

昨天晚上，我到死囚室看过他，问他是否需要一位神职人员，或者最后这顿晚餐是否想吃点儿特别的东西，结果他却不领我的情，反而用最恶毒的诅咒：即使死了，也要在地狱里诅咒我和罗杰斯以及所有在监狱工作的人。对此我丝毫没有感到意外。

当罗杰斯和我下午四点十分进入死囚室时，发现蒂斯戴尔还是老样子，只不过不像以前那样狂躁了，而是略显得忧郁，他双腿跪在囚床上，两眼毫无生气，有些呆滞地凝视着对面的墙壁。据奉命看守他的两名狱警霍洛韦尔和格兰杰说，他像这样已经有好几个小时了。

尽管昨天晚上蒂斯戴尔对我无礼，我还是走近他，问他是否需要请神职人员，但他依然跪在那里一动不动，没有任何反应，我又问他最后还有什么请求，比如走向绞刑架时要不要戴上头罩，他还是无动于衷，毫无反应。既然如此，我也就不多说什么了。

我把霍洛韦尔拉向一旁，对他说："行刑时最好用头罩，这样我们大家都省事。"

"是，典狱长先生。"

随后，罗杰斯和我在格兰杰的陪同下离开死囚室，来到行刑室最后一次检查绞刑架。这里的绳索已经套好了，该打的结也打好了，当格兰杰再次确认无误后，我将绞刑架平台下面的门打开，这下面有个小小空间，离平台约八英尺高，它的作用是：对绞刑犯执行绞刑时，当死囚落入活动踏板后，这里可以容纳他头以下大部分身体，这样监刑者就不会看到死囚痛苦挣扎的惨状了。这种做法是我们箭山监狱所独创的，因此我颇为自得。我用手电筒将小空间的四壁和地板仔细照了一下，没有发现任何问题，我把门又重新锁好。

我们转身踏上一侧的台阶，一共有十三级，最后来到平台上。平台的地板上有一个杠杆，是活动踏板的开关，当杠杆启动时，踏板的两片木板就会向下打开。我们试用了一下，也没有问题。经过一系列检查，我宣布一切准备就绪，并派罗杰斯去请监刑人和狱医，这时已是四点三十五分，离执行死刑的时间还有二十五分钟。看来，蒂斯戴尔连最微小的减刑希望也不存在了，因为昨天晚上我收到地方官的电报，确定今天下午五点执行绞刑。

外面的闷雷在云层中不停地滚动，密集的雨点儿砸在铁皮屋顶上，发出噼里啪啦的响声，我一个人待在行刑室里，禁不住浑身打颤，当罗杰斯陪同监刑人和医生到来后，我的心情才平稳了些。距绞刑架四十英尺的地方有一排椅子，我们就座了，彼此都沉默不语。

时间一分一秒地过去，外面的雷声还在轰响，尽管室内灯光明亮，但怪异的气氛仍然让我们感到压抑，行刑前的每时每刻都很难熬。

我看了看表，还差五分钟到五点，我向门口的狱警打了个手势，示意他们将去提死因。大约过了三分多钟，行刑室的门重新打开，格兰杰和霍洛韦尔带着蒂斯戴尔进来了。

格兰杰穿着黑色的刽子手长衣，霍洛韦尔穿着深蓝色的咔叽布狱警服并戴着尖帽，夹在他们中间的蒂斯戴尔则是一身灰色的囚衣和黑色的头罩，他们三人慢慢地向绞刑架走去，带着一股阴森之气，这时，行刑室内静极了，空气也仿佛凝固了，只有格兰杰和霍洛韦尔的皮鞋踏在地板上传出的"咯噔、咯噔"声，蒂斯戴尔浑身瘫软，几乎是被拖拉着一步一步向前挪，他没有丝毫抵抗，只是在上台阶时本能地挣扎了一下，但马上就被格兰杰和霍洛韦尔紧紧抓住了手臂，并把他架上了平台。霍洛韦尔命令他站到踏板上，他没有动弹，后来还是霍洛韦尔自己把他架上去的，格兰杰则把绳索套在他的脖子上，并一点点收紧。

时针已指向五点，格兰杰朝我看了一眼，我点头示意可以开始。按照法律程序，在对死囚行刑前可以让他留下遗言，于是，格兰杰向蒂斯戴尔发问："你最后还有什么话要说吗？"蒂斯戴尔无语，只是身子显得更加无力，或许是因恐惧而变得弯曲。格兰杰又看了看我，我举起手表示即刻执行。格兰杰离开蒂斯戴尔，把手放在杠杆上，就在他搬动杠杆的一瞬间，天空中突然传来"轰隆隆"的一长串雷鸣，巨大的雷声几乎要把屋顶震开似的，我浑身打了个冷颤，脖颈也被一丝凉意穿透，身子不由自主地在椅子上晃动了一下。

雷声刚过，霍洛韦尔就将抓着蒂斯戴尔的手松开，并退后半步，站在一个暗影里，他身上穿的深蓝色狱警服和黑色尖帽，就像一个幽灵站在那里似的。随着踏板"哐"的一声打开，蒂斯戴尔的身体颓然落下。

但就在那一刻，我似乎看见踏板打开处闪过一道银光，转瞬即逝，就像我在办公室窗前看到的那道闪电一样，当时，我以为那只是一种错觉，注意力很快又回到了那条绳索上，只见它摆荡了几下就彻底绷直了，最后一动也不动了，我知道，那是由于蒂斯戴尔的身子坠落后形成的，于是，我轻轻地舒了一口气，此前因紧张而加速的心跳也逐渐平复下来。

格兰杰和霍洛韦尔此刻还留在平台上，他们正眼望别处，在默默地读秒，等待被行刑者在足够的时间里断气身亡。

大约过了一分钟，格兰杰转身走向踏板的边缘，伏下身子向下看，如果尸体松弛地挂在那里，他就会示意我和狱医进入那间小室，检查尸体，正式宣布蒂斯戴尔已经死亡。但如果发现受刑人仍在剧烈地扭动，就说明他还没有死，有可能在坠落过程中扭断了脖子。我曾看到过那种情况，是很恐怖的，受刑人也很痛苦，这种时候，我们必须要等到他自己结束这个过程，才能下去验尸，尽管这种做法是很残酷和不人道的，但法律的意志具有强制性，必须严格执行。

正当我等待格兰杰示意时，却发现他的反应很奇怪，他趴在踏板的边缘，好像肚子疼似的弯着腰，扭曲的脸上露出难以置信的表情，眼睛也因惊异而睁得很大，霍洛韦尔看到他这副样子，也凑过去向下面窥望。

“出什么事儿了？”我的心一下子揪紧了，腾地一下站起来，大声问道：“格兰杰，怎么回事？”过了几秒钟，格兰杰才直起身子，对我说：“帕克典狱长，你快上来一下，快！”他说话的声音尖锐刺耳，还发着颤，“快点儿，快！”他双手捂在肚子上继续叫道。

一定是发生了什么事情！罗杰斯和我互相看了一眼，同时跑向台阶，我们三步并作两步上了平台，其他狱警和狱医也紧跟在我们身后。

我站在平台上朝下一看，顿时惊得目瞪口呆，下面空空的，只有套索垂在那里，水泥地上除了一个黑色的头罩外，什么都没有。

这太不可思议了！阿瑟·蒂斯戴尔的尸体竟然不翼而飞！

我好半天才缓过神儿来，就从绞刑架的台阶上跳下来，用钥匙打开小室的门，我幻想着蒂斯戴尔的尸体也许是从绳索上脱落，掉在室内，或许就靠在这扇小门上，我如果把门一开就能滚出来，然而幻想毕竟是不现实的，那个小空间里空荡荡的，根本没有蒂斯戴尔的影子。

罗杰斯也在仔细检查绞索，过了一会儿他告诉我，绳索上不可能做手脚，即便绳索没有套好，也只是一时终结不了蒂斯戴尔的性命。我叫狱警把灯拿来，借着光亮，沿着墙壁一寸一寸地检查，然后又查看地面，甚至连墙角以及墙壁与地面的接缝都看了，也没有任何问题。我只是在地面上找到了一块木头，约有一英寸长，不知道它在这里有多长时间了。总之，除了黑色头罩和这块木头，我连一根头发丝都没找到。

“他究竟到哪儿去了呢？”对于蒂斯戴尔消失得如此一干二净，我百思不得其解，眼前的这两件东西——头罩和小木块并不能告诉我什么。

我静静地站在小室里，凝视着眼前闪烁的灯光，远处又传来滚滚的雷声。

“绞索尽头的蒂斯戴尔死了没有呢？我是亲眼看着他从踏板上掉下去的，而且绳索从摆荡到绷直的全过程我也都看见了，他怎么就会突然不见了呢？”我反复回忆着执行绞刑时的情景，但还是无法找到答案，这时，我甚至开始怀疑自己了。

忽然一股冷风吹过，我不禁打了个颤，这时，我突然想起蒂斯戴尔昨晚的诅咒，他说要从坟墓里钻出来，莫非他真的……

想到这儿，我的后背猛然透出一股冷气，难道真的有另外一个世界存在？那里有着超乎自然的力量？蒂斯戴尔是个无恶不作的歹毒之人，他的邪恶会不会就是来自那个空间？当他被执行死刑的一瞬间，会不会是邪恶力量又将他收回？如果真是那样的话，今天的这一切就可以解释了。

尽管我这样想着，但我却并不相信会有这种事，我是个讲求实际的人，也没有自己吓唬自己的习惯，即使面对最复杂和不可思议的事情，我也能寻求到合乎逻辑的解释。面对阿瑟·蒂斯戴尔消失的这个现实，我坚信这股力量只能是来自人间，也就是说，不管蒂斯戴尔是死还是活，他仍然在箭山监狱的高墙之内。

“没错！他肯定还在这里！”我暗暗地说，然后迅速离开那间黑暗的小室，命令全体狱警集合，进行全狱大搜查。当狱警集合后，我发现霍洛韦尔不在队列中，我问他去了哪里，有人报告说，几分钟前看到他匆匆离开了行刑室。

“他离开了？”这一反常情况让我颇感疑惑：难道他是知道或者看到了什么，为了不告诉其他人而自己去核实？或许他本人就参与了这件事，有什么不可告人的秘密？

霍洛韦尔受雇于箭山监狱的时间还不到两个月，因此我对这个人了解甚少。我通知全体狱警，如果有谁看到他，马上让他到我办公室来。当我把各种事项都安排完后，罗杰斯和格兰杰也随着众人离开了。

我陪着两位监刑人来到办公室，请他们暂时留在这里，等疑团破解后再走，他们点头同意了。然后，我又在自己的办公桌前坐下了，一边等候搜查结果，一边等候霍洛韦尔的到来，我预计一个小时内就会有结果。

然而，我这次又错了。

第一个结果是半小时后传来的，其惊人程度并不亚于蒂斯戴尔在行刑台上的莫名失踪。一个浑身被雨水浇透，惊慌失措的狱警闯进来报告说，他们在铸铁车间和行刑室之间一个堆放杂物的破屋后面发现了一具尸体，是霍洛韦尔的，他是被尖锥刺死的。

我立刻赶到破屋，看见霍洛韦尔正躺在那里，胸口上插着一柄尖锥，血流了一地，连制服也被染红了。我站在急雨中看着霍洛韦尔的尸体，一个个疑问又钻进我的脑海：为什么他会被杀？是不是他真的和蒂斯戴尔的失踪有关，杀他是为了灭口？那么杀他的是谁？难道是蒂斯戴尔吗？或者是还有他人？可他是怎么被卷入的呢？我眼前又浮现出行刑时的情景：霍洛韦尔自始至终站在平台上，没有任何可疑举动。

难道他的死是蒂斯戴尔诅咒的应验？不！我凡事都要讲究逻辑的本能又占了上风，一个已经死了的人是不可能再复活的。

我思来想去，认为目前对霍洛韦尔死因的解释，似乎只有一种可能，或者说唯一的可能，那就是：不是死了的蒂斯戴尔复活并在实践他偏执的复仇誓言，而是一个已经死去的人被赋予了超乎寻常的邪恶力量……

为了查明事情的真相，我决定亲自监督下面的搜查工作。

外面的雨依然不停地下着，巨大的雷声像千斤重锤直接砸在屋顶上，银白色的闪电也不时划破阴沉的天空。我率领狱警对监狱的每个角落进行了地毯式的搜索，甚至连工作区和单人牢房的通道也没有放过，但我们还是一无所获。

这时我才意识到，阿瑟·蒂斯戴尔不管是死还是活，都已不在箭山监狱的大墙之内了。那天晚上，我是十点多钟离开监狱的，因为我心里承受的重负让我多一分钟也不愿意待下去了。

起初，我还不打算就此罢休，想与地方官取得联系，请求在全郡甚至全国进行大搜捕，一定要把蒂斯戴尔这个可恶的家伙抓住并再次送上绞刑架。但是经过激烈的思想斗争，我最终放弃了这种想法，因为，如果我告诉地方官一个本该在当日下午五点钟被绞死的罪犯竟然莫名其妙地失踪了，他一定会把我看成一个疯子，如果再传出去，不仅会被全郡以致全国的人笑掉大牙，而且还会给人们带来心理恐慌。当然，如果在接下来的二十四小时里事情仍然没有任何进展的话，我将不得不把事情的整个经过报告给地方官，尽管那样势必会断送我的前程。

我的心情异常沉重。

在离开前，我对所有知道这件事的人郑重强调：要保守秘密，如果有谁向媒体或外界泄露这件事，我就砸掉他的饭碗。因为我不想这件事被弄得满城风雨或是引起人们的恐慌，更不想在事情没搞清头绪之前我先丢掉饭碗。对于格兰杰和那几个最后与蒂斯戴尔接触过的狱警，我嘱咐他们要格外小心，注意保护好自己。我说的最后一句话是：一旦有新情况就立即通知我。

做完这件事后，我便离开了监狱，这时已是晚上十点多钟了。

外面的雨还在下着，路上的行人寥寥无几，即使偶尔出现一两个也会突然消失，四周充满了寂静与黑暗。这时我才突然意识到，自己刚才只顾提醒监狱工作人员提高警惕了，却丝毫没有想到自身安全。想到这里，我的心一下子又紧缩了，回到村里的住处后，便开始疑神疑鬼起来，我坐卧不宁，心里想，一定要去见见那张熟悉的面孔。于是，我到家刚刚二十分钟，就跟房东交代说不管谁来找我，都请他立刻到哈拉南酒馆去。

我迅速来到哈拉南酒馆，刚一进门就看见雄鹿吉伦正一个人坐在角落里，低头在笔记本上写着什么，手边还放着一大杯黑啤酒，见到他，我的心似乎放松了许多。

吉伦从来不让别人翻看他的笔记本，也没有人知道那里面都记了些什么，但他这次如此专注，竟然没注意到我已走到他的身后。我扫了一眼他正在写字的那张纸，只见上面只有一个疑问句，因为他的字体大而清晰，所以我看清了上面的内容："如果一个吉姆巴克单独站在海岸边，在月黑风高时歌唱，有多少沙砾会印上他的脚印？"

这句话是什么意思？我感到费解。什么叫吉姆巴克？是一个人还是某样东西？如果是某样东西，它怎么会"站在海岸边"？还会"歌唱"？难道是一个人吗？或者是凭空想象出来的一个符号？总之，我想不出这句话的含义，它也不像是《大商船》那类刊物的行文风格。

吉伦可能感觉到了我的气息，他迅速合上笔记本，转过身来，脸色阴沉地看着我，足足盯了好几秒钟，他才恼怒地说："从背后偷看别人的东西可不是什么好习惯，帕克，你怎么会这样？"

"对不起，我……我真不是有意偷看。"我小声说。

"希望你以后对我的私人领域多加尊重，否则我会不高兴的。"吉伦的语气缓和了一些。

"噢，我会的。"说着，我就颓然地坐在他的对面，并要了一杯黑啤酒。

“帕克，你的脸色看上去很憔悴，遇到什么麻烦了吗？”吉伦用敏锐的目光仔细地审视着我。

“是的……不过，没什么。”

“是吗？”吉伦问。

“我不想再提这件事。”

“是与昨天下午在箭山监狱执行的死刑有关吧？”

“怎么？你为什么会这样想？”我不由得抬起头，睁大眼睛，惊奇地看着他。

“没什么，只是逻辑推理。”吉伦说，“你的表情告诉我，你肯定遇到了麻烦。帕克，你属于一直生活在平静中，没有碰到过什么难题的人。箭山监狱要执行绞刑的事众所周知，你作为典狱长，遇到的事情多半会与监狱有关，以往你都是八点钟来酒馆，可是今晚过了十一点你还没到，难道不是出事了吗？”

“吉伦，我真佩服你，我要是也有你这样的推理脑瓜就好了。”我羡慕地说。

“为什么？”

“如果那样的话，或许我就不会为找不到问题的答案而苦恼了。”

“你终于说出来了，告诉我，是什么问题？”

这时，侍者端来了我要的啤酒，我呷了一口。

吉伦的目光里充满了期待，而我却有意避开了他独眼的凝视，我意识到自己已经说得太多了。不过，吉伦的眼神又让我在困境中产生了某种信心，我觉得，或许他能为揭开蒂斯戴尔失踪之谜提供点帮助。

“说吧，帕克，监狱里到底发生了什么事？”他催问道。

我的立场彻底动摇了，因为我现在已经被困在迷宫里了，无计可施，没有任何退路。“是的，”我说，“监狱里是出事儿了，而且是件不可思议的事儿。”我停下来，深深地吸了一口气，“吉伦，你要保证，如果我告诉你，你要守口如瓶！”

“请相信我。”吉伦的身子朝前挪了挪，那只独眼凝视着我，流露出极大的参与热情。

“是这样的，”虽然我事先告诫自己要保持平静，但讲着讲着还是忍不住激动起来，我把事情的原委说了一遍，包括每一个细节。吉伦听得非常专注，一次也没有打断我，在此之前我还从没有见过他这样。

我把事情讲完了，吉伦摘掉鸭舌帽，用手理了理稀疏的头发，兴奋地说：“这个故事真是太奇妙了！”

“奇妙？我看还是用‘可怕’二字更恰当。”

“嗯，你说的也对，的确很恐怖，难怪搅得你心神不宁。”

“我根本不相信有什么超自然力之类的暗示，”我说，“但是我又必须要有一个符合逻辑的解释，问题就难在这儿！”

“帕克，我要是你，就不会这么认为。你知道吗，在这之前我到过许多地方，也听到过不少奇谈怪闻，其中就有人类或科学无法作出合理解释的事情。”

“你是说，蒂斯戴尔的消失是人力以外的力量使之然？”

“噢，不，我只是说考虑问题时范围要广阔，你再想一想，你把所有的细节都告诉我了吗？”

“是的。”

“再想一想，一定要非常肯定。”

看吉伦如此坚持，我皱着眉头，就像电影回放一样，把事情的经过又细细过了一遍，这时，蒂斯戴尔从踏板上落下去的一瞬间我眼前曾闪过一道银光那个细节又浮上了我的脑海，我一拍脑袋，“怎么把这个细节给忘了。”于是我告诉了吉伦。

“哦，”他默默地点了点头。

“这很重要吗？”我焦急地问。

“或许。还有其他遗漏的吗？”

“应该没有了。当时是瞬间的事情，我还以为是我的错觉呢。”

“后来又闪过吗？”吉伦问。

“没有。”

“当时你坐在什么地方？离绞刑架有多远？”

“坐在离绞刑架大约四十英尺的一排椅子上，还有其他监刑人员。”

“平台下的那间小室有电灯吗？”

“没有。”

吉伦沉思了一会儿，说：“帕克，我明白了。”说着，他就打开笔记本，用左臂挡住我的视线，用铅笔在上面不停地写着什么，足足有三分钟。我站在一旁很不耐烦地说：“吉伦，你这该死的家伙，你在写什么？”

吉伦没有理会我，他又写了十秒钟才停笔，并对着写下的东西看了一会儿，然后他才抬头对我说：“帕克，蒂斯戴尔在入狱前曾经营过什么生意？”

“生意？”我很惊讶。

“是呀，他要过活，总得有点儿经济来源吧？”

“这和蒂斯戴尔失踪案有什么关联吗？”

“可能关联还不小呢。”吉伦一本正经地说。

听吉伦这么一说，我顿时来了精神，告诉他：“蒂斯戴尔以前曾在一家纺织厂工作。”

“噢，你们监狱也有一个纺织车间，就在囚室附近，对吧？”

“对！”我点点头。

“那里是不是储存着大量丝绸？”

“丝绸？是的，这……”我的话还没说完，吉伦就不再理我，又低头在笔记本上写了起来，我的火气顿时又往嗓子眼儿冲，恨不得大骂他几句，不过我还是压住了冲动，端起啤酒杯，仰头喝进了一大口黑啤酒。过了一会儿，我刚想发问，吉伦突然合上笔记本，从座位上站起来对我说："带我去行刑室。"

"你去那里干什么？"

"核对一些事实。"

"好吧，"我也立刻站了起来，"吉伦，你是不是已经有了什么答案？我看得出来，能告诉我吗？"

"现在不行，我必须看了行刑室再说。"他坚持说，"等我的推断得到证实后，我就会告诉你的。"

这可真是个怪人！浑身上下都让人捉摸不透。

我与吉伦认识的时间并不长，以前总认为他那令人奇怪的感觉是来自不伦不类的外表，但现在我才意识到，他的精神世界的确有些与众不同，尤其是他的自信，强烈地感染着我。

我太需要破解蒂斯戴尔失踪这个谜团了，因为只有这样，我才能够获得精神上的解脱，包括避免被撤职的危险。我认定吉伦是能帮助我的人。

"好，我现在就带你去监狱。"

漆黑的夜幕下，雨还没有停歇，只是电闪雷鸣消失了。我开车来到最后一个转弯时，已经能借助车灯看见监狱的岗楼和高高的狱墙了。吉伦坐在我身边，一言不发，双手托着笔记本平放在双膝上，似乎还在思考着什么。

我把车停在大门外的小停车场，等吉伦把笔记本收好后，我们就紧跑几步来到大门前，我向警卫打了个手势，警卫在雨棚下朝我们点了点头并打开大门，我们刚一进去，厚重的铁门就在身后被紧紧地关上了。

我领着吉伦一路小跑直奔行刑室。

行刑室内很冷，尽管所有的灯都开着，但还是显得昏暗阴森，尤其是角落处，我总觉得似乎有个人影在晃来晃去，顿时一种莫名的恐惧感又向我袭来，我明白，这是几小时前那件事情的影响还在延续。我扭头看看吉伦，他依然和往常一样，显得很平静。

吉伦环顾了一下四周，然后径直朝绞刑架走去，他沿着台阶来到平台上，将双手搭在仍向下打开着的踏板边缘，趴在敞开的洞口向暗室里窥望。我也紧随在他身边。吉伦窥望了片刻，又抓起绞索绳头儿仔细琢磨起来。

突然，他以惊人的敏捷直接跳进了暗室，对我说："快！拿个手电筒来！"

当他接到我递过去的手电筒后，几乎是脸贴着地面，一寸一寸地仔细检查起来。他先是看了暗室的四角，用手不时地测量着什么，又将我在暗室里发现的那块木头摆在我说的位置上，借着手电光亮仔细端详，最后又把它拾起来，装进自己花呢外套的口袋。

我则一直站在平台上。

当吉伦从小暗室里出来时，他的脸上既洋溢着几分得意，又带着几分冷酷。

“喂，你先在这儿站一会儿好吗？“说着，他走到为监刑人安排的坐椅前，大声问道：“帕克，行刑时你坐在哪个位置？”

“左数第四把。”

“哦，”吉伦在那把椅子上坐下，拿出笔记本，又在迅速地写着什么。

我在平台上焦急地看着他。

当吉伦停下笔再次抬起头时，我发现他手中的手电筒依然开着，亮光打在他的脸上，煞白煞白的，看上去就像个幽灵似的。

“当格兰杰把绞索套在蒂斯戴尔头上时，霍洛韦尔是在踏板前抓着人犯的胳膊吧？”

“是的。”

“帕克，配合一下，你站到霍洛韦尔曾站过的地方去。”

我走到踏板开口处，将身子微微一侧，给了吉伦一个侧影。

“你能肯定霍洛韦尔当时就是站这个位置吗？”

“能！”

“告诉我，当踏板打开时霍洛韦尔有什么动作？”

“他后退了半步。”

“他的脸是侧对你们吗？”

“是的，不仅他扭过脸去，还包括格兰杰，通常行刑时都是这样。”

“帕克，你还记得他的脸是朝向哪个方向吗？

“这个……”我不禁皱起了眉头。说实在的，当时我的注意力都集中在踏板和绞索上了，还真没观察到，于是只好说，“这，我不太肯定。”

“哦。那格兰杰搬动杠杆后仍站在原地没动吗？”

“是的，当时他正在读秒。”我回答说。

“接下来呢？”

“接下来？噢，就像我对你说过的，他也走到踏板前，趴在地上向暗室里窥望，这种做法也是符合刽子手程序的。他窥望了几秒钟，当发现里面是空的时，就惊叫一声，然后把头伸到踏板底下，想看看蒂斯戴尔是否滑脱绳索，爬到暗室的过道里去了。”

“他是趴在敞口的哪一边？是前边、后边？还是左边、右边？”

“是前边。”

“那好，请你来演示一下。”

尽管我不太情愿，但还是照他说的做了。

半分钟过去了，我仍然趴在那里，等着吉伦说话，但是又过了十几秒钟，他还是不吭声，我扭头看了看，果然不出我所料，他仍然在那儿奋笔疾书。直到吉伦合上笔记本，带着期待的表情站起来，我才从绞刑架的台阶上下来。

“现在格兰杰还在监狱里吗？”吉伦问。

“可能不在，他当班的时间是从下午三点到午夜，我想，他这时候应该回家了。”

“我们必须尽快找到他，帕克，谜底就要揭开了，我们必须抓紧时间。”吉伦显得有些焦急。

“啊？你已经知道谜底了？”

“我敢肯定，快走！”他催促着。

我带着兴奋的心情和吉伦一道离开行刑室。

我们快步走过泥泞的放风场地，来到行政管理区，走进罗杰斯的办公室，这时他正在收拾办公桌上的东西，准备离开。

“罗杰斯，格兰杰在哪里？”我问。

“他在五十分钟前已经下班了，怎么？”

“帕克，他住在什么地方？”吉伦问。

“据说是在海恩斯维尔。”

“帕克，我们必须立即赶过去，最好带上五六个狱警，要全副武装！”

“有这个必要吗？”我有些不解地问。

“有！”吉伦坚决地说，“如果我们抓紧时间，或许还能阻止另一起谋杀！”

我和吉伦带着几个全副武装的狱警开车向海恩斯维尔驶去，尽管只有六公里的路程，但是走起来并不轻松，主要是由于道路的泥泞加剧了精神的紧张。

一路上，吉伦还是一言不发，或许他是在想：格兰杰是共谋犯呢？还是无辜的一方呢？会不会在格兰杰家里发现活着的或者死了的蒂斯戴尔呢？

我也在琢磨他刚才说的“可能还会阻止另一起谋杀”，刚要问他，他却摆摆手，只是说过一会儿就会见分晓。

真是个不可思议的怪人！

汽车在颠簸中继续艰难地行驶着，两位荷枪实弹的狱警坐在我的车后座，罗杰斯则驾驶着另一辆车紧随其后。

说实在的，我对吉伦的判断也有些拿不准，担心他是个好心办坏事的傻瓜，但我现在已经没有退路了，无论结果如何，我只能义无反顾地把身家性命交到雄鹿吉伦手上。

我们到了海恩斯维尔的村口，恰巧碰到也住在这里的一位狱警，他告诉我们，在教堂前的一个街口有一座朝东的房子，就是格兰杰的住处。

“我建议把车停得远一点儿，不要让他知道我们的到来。”坐在一旁的吉伦终于开口说话了。

“嗯，”我点了点头，就把车停在街角，罗杰斯的车也停在了这里。我们总共有八个人，下车后就冒雨站在那里，朝着格兰杰房子的方向窥望。

这个街区有四座房子，都是沿街而建。靠我们这一侧有两座，屋内都黑着灯，后面是草地，在对面的那两座中，稍远的那座也黑着灯，离我们近的那座房后是一片松树林，前院有一棵大橡树，有一扇窗户透着灯光，烟囱也似乎冒着烟，只不过由于下雨，不易被人察觉罢了。

“你看，亮灯的那间就是格兰杰住的房间。”那位狱警指着对我说。

我们穿过街道，经过松林，朝着格兰杰的房间靠拢。这时，我命令其他人在后院等候，由我和吉伦、罗杰斯悄悄向屋前包抄，吉伦俨然是一位指挥官，迅速从西边抢先占据了窗下的位置。

吉伦将身子紧贴在墙壁上，慢慢探头朝屋里窥视，但他只看了一眼就马上抽回身子，并用手示意我到他那儿去。我猫着腰悄悄过去，站在他刚才的地方向里一望，只见格兰杰正站在壁炉前，手里还拿着根捅火棍在搅动火苗，尽管隔着玻璃看不出他烧的是什么，但我敢说那肯定不是木柴。屋子里还有另一个男人，满脸凶相，腰间插着一把旧的左轮手枪，此时正望着格兰杰。

“天哪！阿瑟·蒂斯戴尔！”我惊得几乎发出响动。

我简直气晕了，格兰杰这个家伙竟然成了蒂斯戴尔逃脱的帮手！他一向得到我的喜爱和信任，怎么可以干出这种事情！愤怒和懊悔在吞噬着我的心。我好不容易才控制住自己的情绪，退后一步，把位置又让给了罗杰斯。

等罗杰斯看过之后，我们三个人又回到后院，我把等候的那些人叫过来，布置完包围夹击这所房子的方案后，就开始分头行动了。

我和吉伦隐蔽在屋后窗户旁的阴影里，那里有一口枯井。直到现在我才理解吉伦一再强调抓紧时间的重要性了，如果稍微晚了一点儿，真不知道还会出现什么意外情况，我对吉伦既佩服又心存感激。

我们默默地等待着。

大约三分钟后，其他六个人先后从前门和后门冲了进去，随即响起了枪声。我和吉伦也迅速冲到屋内，一眼就看到格兰杰，他正神情木然地坐在壁炉旁的地板上，或许是被我们这些突如其来的天降神兵吓呆了，但他没有受伤。在门厅中央还躺着一个人，正是蒂斯戴尔，鲜血已经把胸前的衬衣染红了，但他也没有死，只是肩部受了点儿伤，他虽然被剧烈的疼痛折磨着，但嘴里还在不停地咒骂。

“这个可恶的家伙，看来还得让他再上一次绞刑架，仍在箭山监狱的行刑室！”我在心里狠狠地骂着。

一个小时后，我们的围剿胜利结束。蒂斯戴尔已被严加看管起来，这回料他再有天大的本事也跑不掉了。还有那个格兰杰，尽管他痛悔不已，但也被关进了一间单人牢房，等待他的将是法律的惩罚。

这时，外面的雨已经停了，不过天空还是阴沉沉的。我和吉伦、罗杰斯都返回到我的办公室里。

“吉伦，谢谢你！”我感激地说，“这个案子能在短时间内告破，你功不可没，理应得到重谢，不过，我们此刻更想听听你对这件事情的解释。”

“过奖了！既然你们想听，那我就说说吧。”吉伦掩饰不住内心的喜悦，“我就先从霍洛韦尔说起吧。对于他的被害，按照人们的习惯性推理，肯定认为他是接受了蒂斯戴尔的贿赂，是为帮助他逃跑提供便利的帮凶。然而这个想法是错误的，霍洛韦尔只是个无辜的替罪羊。”

“那他为什么被杀呢？是复仇吗？”罗杰斯问。

“这个问题有点儿复杂。我是这样分析的，霍洛韦尔的死其实并不是在你们所发现的地方，这一点你们一定不会想到，但这正是蒂斯戴尔逃跑诡计得以实施的第一步，也可以说是整个计划能否成功的先决条件。”

“可霍洛韦尔死时，蒂斯戴尔已经逃跑了，那……”我更加迷惑了。

“事实并非如此，”吉伦说，“霍洛韦尔在那之前已经被杀了，是在四点到五点之间。”

“不可能！吉伦，”我反驳说，“当时，罗杰斯和我，还有其他五个人都可以证明霍洛韦尔就在行刑室内，绝不会错！”

“帕克，你敢肯定自己看到的那个人就是霍洛韦尔吗？”吉伦继续说，“行刑室是被灯光照亮的，况且那时外面正下着暴雨，人的视觉是会受到影响的，再说你坐的椅子和行刑台之间还有四十英尺的距离，其实你看到的是一个身高、体型大体与他相当，压低帽檐儿，让你看不清面孔，穿着狱警制服的另一个男人，但你没有理由怀疑他不是霍洛韦尔，因为你已经先入为主地认定了他的身份。”

“当然，从逻辑上讲，你的推理无懈可击。”我说，“如果按照你的推断，他不是霍洛韦尔，那么又是谁呢？”

“谁？当然是蒂斯戴尔！”吉伦说。

“他？这太不可思议了！”我吃惊地睁大眼睛，“那个被押上来的又是谁呢？”

“没有人。”

我和罗杰斯对视了一眼，一句话也说不出来，屋里顿时像死一样的沉寂。

过了一会儿，我终于忍不住了，大喊道：“照你这么说，昨天下午五点我们并没有看到一个人被吊死？”

“没错！”

“啊？难道我们当时集体经历了一次幻觉？”我和罗杰斯面面相觑。

“噢，不是的。”吉伦平静地说，“我相信你们当时的确看到一个人被执行了绞刑，就像你们认定霍洛韦尔那样，认定他就是阿瑟·蒂斯戴尔。帕克，我再次提醒你们一下，当时外面下着雨，室内灯光很暗，你们根本没有理由怀疑自己看到的是假象。但是，帕克，我再问你一遍，你实际上看到了什么？其实只是一个黑帽冠顶，被两个男人架在中间的人形。我曾问过你，看没看到他行走时的脚踝？听没听到他说话的声音？总之一句话，有没有可以证明那是个真人的证据？”面对吉伦一连串儿的问题，我闭上眼睛，又仔细地回想了一遍，除了头罩、衣服和鞋之外，确实没有。

“不过，我的确看到他上楼梯时挣扎了一下，还有他身体坠下踏板的过程，这又该如何解释呢？”我问道。

“这很好解释，就像我刚才说的那样，也是假象。格兰杰和蒂斯戴尔两个人合作，故意放慢脚步，用自己的动作制造出人形在挣扎的假象。”

“噢，原来是这样。”我点了点头，“还有，既然那是个人体模型，在那么短的时间里，怎么会消失得如此迅速呢？吉伦，我还是有些不相信。”

“我并没说那是个人体模型。”

“那是什么？难道是魔鬼的幽灵不成？”

“你呀，”吉伦举起一只手，一副自得的样子，“还记得我问过你蒂斯戴尔是做什么生意的吗？你说他曾在纺织厂工作过，我还问你监狱的车间里是不是堆放着丝绸？”

“我记得，你是问了。”

“帕克，发挥一下你的想象力，光滑细密的丝绸可以做成一种什么东西？”

“丝绸，做……什么东西？”我刚想说不知道，“天哪！是气球！”答案突然冒了出来。

“太聪明了！”吉伦笑着说，“不管是缝还是捆，用丝绸做个大致的人形应该没有什么问题，然后再把气体充进去，用头罩和衣服作遮掩，又有两条壮汉左右架着，你隔着四十英尺远的距离，而且灯光昏暗，能看清什么？”

听到这儿，我不禁倒抽了一口冷气。

“那些手工活儿是蒂斯戴尔自己做的，是被关进死囚牢房之后，那些材料是格兰杰从监狱纺织车间得到的。我估计做好之后，格兰杰可能把它带出监狱进一步加工试用，然后又带回来了。在行刑当天把气充上，至于气体是从哪儿得到的，我猜你们监狱的铸造车间一定有装氢气的钢瓶。”我点了点头。

“接下来的事情应该是这样的，”吉伦继续说着，“在下午四点到五点之间，当死囚牢房里只有他们三人时，蒂斯戴尔用格兰杰事先给他准备的尖锥刺死了霍洛韦尔，格兰杰迅速将尸体运走，并把氢气瓶还回了铸造车间，他们选择的时机是很好的，雷雨天气就是很好的掩护，即便没有这个天赐良机，他们也要冒这个险的。”

“气球人形被格兰杰和蒂斯戴尔带上绞刑架，格兰杰作为刽子手小心翼翼地把绞索套上。帕克，你对我说过，他是最后一个检查绞索的人，我认为，他就是利用这个过程把你后来在暗室中找到的那块尖利的木屑插了进去，当他把绞索收紧时，确保木屑的尖头正好顶在气球的表面，等到踏板打开时，充气的丝绸气球向下一沉就会被扎破，这时又是雷声帮了忙，把那小小的爆裂声掩饰过去，至于绳索的荡摆，自然是由于气球快速排气引起的。”

“气球在他们读秒的过程中，早就瘪了，这时的暗室里，除了一堆衣服、一双鞋和一个瘪气球外，就再没有别的了。他们知道行刑后马上就会验尸，为了不让诡计露馅儿，他们还要在短时间内做一项重要工作，就是除了头套外，其他所有东西都必须收回来。”

“我觉得他们根本没有时间收走那些东西，再说了，格兰杰和霍洛韦尔一步也没有离开绞刑台。”

“帕克，我听你说曾看到绞架上银光一闪时，就明白是怎么回事了。”吉伦说，“其实很简单，当时，格兰杰手上握着一根铁丝的这一端，另一端则系着暗室里的那堆衣服、气球和鞋，铁丝在灯光照射下反着光，当格兰杰扳动杠杆时，这根七八英尺长的铁丝就被盘成一圈，握在他的手里了。”

“还记得他趴在踏板边缘，背对着你们向下面窥视吗？其实他是在做手脚，他解开长风衣的前襟，把铁丝另一端系着的东西拉上来，塞进怀里。当然，他也怕反常的腰围会引起你们的怀疑，但是你们的注意力这时都在暗室里，不知里面发生了什么事情。帕克，你也注意到了，当格兰杰再次站起来时，双手捂着肚子，像是突然疼痛似的，实际上他是怕那些东西从风衣里掉出来。后来，他就离开了行刑室，下班时把那些东西带出了监狱。刚才我们看到他在壁炉前烧着什么，其实就是这些东西。”

“哦，那蒂斯戴尔又是怎么离开监狱的呢？”我问道。

“说出来你可能不信，他是从监狱大门大摇大摆地走出去的。”

“你说什么？”我还以为自己的耳朵听错了。

“我说的是事实。帕克你想，当时蒂斯戴尔穿着狱警的制服，是代替霍洛韦尔出现在行刑室的，而且那又是个狂风骤雨的傍晚，监狱里是不会有人对一个穿着警服的人产生怀疑的。比如今天我们到这里时，我发现门卫几乎没怎么看你的脸，也没有问问我是谁，就把我们放进来了，他急于回到岗楼里去，毕竟那里要舒服一些，当然，你是朝门卫打了个手势。蒂斯戴尔往外走时也会如此，他穿着狱警的制服，而且是下班的时间，门卫就更不可能怀疑了。另外，我估计蒂斯戴尔是开着格兰杰的车走的，等到格兰杰下班时，他可能是搭了同事的一辆车，如果对方问他为什么不开自己的车，他随便找个理由就搪塞过去了。”

“对于蒂斯戴尔是否去了格兰杰家，我没有确切的把握，只是通过其他事实作出逻辑性的推理。我了解蒂斯戴尔的本性，因为这件事除了他自己以外，格兰杰是唯一知道全部细节的人。格兰杰的死活对于蒂斯戴尔来说并不重要，蒂斯戴尔最关心的是自己逃脱后能否安全，也无论他对格兰杰曾作过什么承诺，总之，他要首先保全自己。”

“我觉得蒂斯戴尔可以采取更简单的办法越狱，比如说，干脆在四五点钟之间，依靠格兰杰的帮助，先杀了霍洛韦尔，穿上狱警制服，在行刑前离开监狱，他何必要绕这么个大圈子呢？”

“你说的这些我也曾想过，但我反复思考，蒂斯戴尔一定有他的想法。或许他担心如果直接从牢房逃走，你们肯定会发出协查警报，甚至展开全郡或者全国大搜捕，那样一来，他就没有充裕的时间安全撤离。如果换一种方法，就像一只煮熟的鸭子飞走后会出现什么情况呢？他估计你们一定会大惑不解甚至乱做一团，匆忙之中不会想到立刻发警报，那时他就可以从容地应对各种情况了。另外，帕克，我似乎还有一种隐约的感觉，就是他喜欢用这种方式置你们于惊恐万状之中，借此极大地满足他的复仇欲。"

"聪明！吉伦，我真是服了你了！"我将身子靠到椅背上。

"破解这类谜团靠的是逻辑推理和缜密观察，光聪明是不顶用的。"吉伦耸了耸肩膀说，"在推理的过程中，一味排斥超自然的力量是不明智的，往往在没有明显证据可寻的情况下，答案或许就来自冥冥之中的感觉。帕克，我遇到过很多不可思议的事儿，有些比这要复杂得多，不少都和幻觉有关，指望用常理是根本找不到答案的。在我们的生活中，今后肯定还会遇到不少这类事儿的。"

"为什么要这样说呢？"

"这些事情的发生都是有一定背景的，帕克，你信吗，它能发生一次，就有可能发生第二次，我们所能做的就是随时准备迎接它们的挑战。"吉伦一本正经地说。

"这么说，你是早就预料到箭山监狱会发生这种事儿？有未卜先知的本领？"

"怎么说呢？也许是，也许不是，也许我只是个喜欢旅行的通俗作家。"他故弄玄虚地冲我一笑，夹着他的笔记本站了起来，"好了，帕克，我不想再跟你说了，这时候还能不能弄到点儿黑啤酒，我都快渴死了。"说完，我们都开心地笑了起来。

一个星期后，吉伦没打任何招呼就突然离开了箭山村，谁也不知道他去了哪儿，也不知道是否还能再见到他，总之，他就像是个谜一样，六十年来仍然萦绕在我的心中。

雄鹿吉伦究竟是谁？他又来自哪里？或许唯有他笔记本上的那个句子，是读懂他的一把钥匙：如果一个吉姆巴克单独站在海岸边，在月黑风高时歌唱，有多少沙砾会印上他的脚印？

最后的证据

十一月的洛杉矶阳光灿烂。

我正站在法院台阶上，而我的继母诺玛·克鲁格和她的情夫鲁斯·泰森，携手从楼里走了出来。

在挤满旁听者和记者的法庭上，陪审团居然会惊人地判决道："无罪！"

我异常愤怒地从法庭里跑出来，我清楚地知道，父亲是被他们谋杀的。洛杉矶的空气虽已被污染得不再清新，但是相比不公正的判决，却已令人好受得多。

诺玛身穿一件朴素的蓝色上衣，白色的衣领将她衬得十分端庄。她故意在台阶上停下来，于是一群吵吵嚷嚷的记者，还有跑来跑去的摄影师便围了上去。她深深地吸了一口气，用胜利的眼光睥睨着这座城市。

诺玛今年三十六岁，而我父亲鲁道夫·克鲁格被谋杀时，已经六十五岁了。这个身材苗条的女人，全身都充满着性感的气息，可是在审判期间，她始终轻声细语，做出端庄的淑女样儿，赢得了陪审团里那些男人的好感。

她那一头闪亮的深色褐发，衬托着精致细腻的五官，尤其是她富于表情的嘴唇，可以做出各种各样的微笑——那是她脸上笑着的唯一部位，因为她的蓝眼睛总是冷冰冰的，而她突出来的下巴，就像是一把无情的手枪。

在诺玛转过脸时，我看到她那甜蜜的笑容十分诡异，高深莫测。

诺玛快步走下台阶，身后跟着一个被驯服的宠物——泰森，他也被同一个陪审团宣布无罪。

走到我身边时，诺玛犹豫了一下，停了下来。虽然自从她和泰森被捕之后我们就再没有说过一句话，但她知道我恨她。我用无数次沉默和我的眼神告诉了她：我恨她。

"祝贺你，诺玛。"我冷冷地说道。

她飞快地扫了一下记者们怀疑的脸，然后谨慎地回答道，字斟句酌："谢谢，卡尔。"然后又用她那甜言蜜语的高腔说，"这真是太好了。我非常相信我们的司法系统，从来没有怀疑过审判结果。"

我说："诺玛，我不是为审判结果而祝贺你。你很聪明，而且到目前为止，也很幸运。"

"到目前为止？"她稍稍偏过头，只留给记者们一张侧脸。她悄悄地冲我一笑，低声对我说，"比赛结束时，输的人哭，赢的人笑。"

那一刻，我真想一拳打在她那伸出来的傲慢的下巴上。

"克鲁格先生，"一位摄影师喊道，"你愿意和你继母拍个合影吗？"

"当然愿意，"我回答，"不过我需要一个道具——你有一把锋利的长刀吗？"

诺玛紧张地沉默着，然后表演似的说："亲爱的卡尔，你受刺激太大了，以至于变得偏执。在目前情况下，我认为这很自然，我一点儿也不怪你。"她停顿了一下，"亲爱的，我们还会再见面，对吗？"

"你避不开我的，除非你搬出去，否则我们就住在同一栋房子里。"

诺玛猛然闭上嘴，扭过脸。我凝视她的脑后，几乎可以看到，她脑子里的机器突然停止了运转。

"克鲁格太太，"一个身材和男人一样粗壮的女记者问道，"你准备在不久的将来，和鲁斯·泰森先生结婚吗？”

诺玛转向了泰森，打量着他，就好像他是一个没怎么玩就扔下的玩具。讽刺的是，鲁斯·泰森和我差不多大，只比诺玛小三岁。他也是一头褐发，胖胖的脸上，一双棕色的眼，嘴很大，此刻正像一只驯顺的小狗一样，咧开嘴傻笑。

诺玛转向那个和男人一样的女记者，谨慎地回答说：“在目前的情况下，谈婚论嫁不太合适——对不起，无可奉告。”

说完，她得意扬扬地走开了，泰森跟在她的后面，而记者们则围在她两边。

当他们分别乘出租车离开后，我跑到最近的一家酒吧，排解自己的一腔愤怒。我喝了四杯马提尼酒，仔细检查着尚未停止冒烟的废墟，想从中找到线索——是的，我要报复。

六个多星期的审判中，泰森罪名成立与否，关系到诺玛自己的自由，所以她请麦克斯韦尔·戴维斯为他辩护。这位出色的律师把许多杀人犯又原封不动地送回了社会，这方面他是人才，没有人能和他相比。他曾经夸口道：就算一个人在刑侦科办公室枪杀了自己的母亲，他也能让他无罪释放。而诺玛自己的律师就没那么有名。当然，全部费用都由她支付。

这件案子无疑是很清楚的，清楚到任何一个法学院的学生都能把诺玛和泰森——显然是她的情夫——钉到正义的十字架上。

鲁道夫·克鲁格是电影界名人，是的，也许我父亲是老一辈中最了不起的制片人兼导演。而他在自己家客厅被枪杀一事，从表面上看是在偷窃过程中发生的，但警方认为偷窃不过是我继母和泰森故意设计出来的，目的无非是为了掩盖谋杀。

原告坚持认为，诺玛那天去箭湖别墅，只是为了证明她的无辜。当她在那里热情招待后来她的几位不在场证人时，泰森残忍地枪杀了我父亲，并抢走他的钱包、钻石戒指和其他值钱的东西，然后故意推倒桌子，打破电灯，搞乱抽屉，逃之夭夭。

警方开始很困惑，然后便怀疑这些假象。显然，鲁道夫·克鲁格正坐在椅子上阅读，第一颗子弹从近距离处射进他的后脑，当他向前倒下时，第二颗子弹打穿了他的脊背。

很明显的，这是一次出其不意的谋杀，可为什么要推翻桌子，打破电灯，伪装成一次打斗呢？一个小偷，除非被逼得走投无路，否则是不会出手杀人的——那不可能。而且，小偷一般不会携带枪支，更不用说是一支笨重的德国长管手枪。从现场的子弹来看，所谓的“小偷”用的就是这种手枪。刚好我父亲就有这样一支手枪，这难道是巧合吗？那支手枪不见了，难道又是巧合吗？

警方并不这么认为。在细致的调查后，他们挖出了泰森，又通过泰森顺藤摸瓜地找到诺玛。他们在泰森的公寓里发现了一张诺玛写给泰森的便条，便条没有提到具体的事，但它却提到“在我们讨论过的重要的时刻”，诺玛希望自己在箭湖。最后，在一张推倒的桌子上，警方得到了泰森的指纹。另外在谋杀前一个小时，有人在靠近现场的地方看到过泰森。

但麦克斯韦尔·戴维斯却轻蔑地指出了警方证据的漏洞：泰森的指纹当然会在客厅桌子上。作为我们家庭的证券经纪人，他经常到那里，即使他主要是来看诺玛的，也并不意味他一定就是凶手。“陪审团应该记住，被告受审不是因为通奸。”

至于那支德国手枪，也许是小偷在书房的抽屉里发现了它，然后在杀完人后带走了。如果不是这样，那么它又能在哪儿呢？警方能把它找出来吗？并且，警方能证明我父亲是被他自己的枪射杀的吗？而那张便条，戴维斯说，它的内容太含混了，根本不能当做策划犯罪的证据。不管怎么说，它都没有暗示任何邪恶内容的言语。因为鲁道夫·克鲁格越来越猜疑的性格，他在去欧洲时雇了一名侦探监视诺玛。诺玛知道这件事，所以想在丈夫回家时到箭湖，因为她担心侦探会报告她和泰森的婚外情。这也就是她在便条中所说的“重要的时刻”。

于是，陪审团宣布说：“无罪！”便把他们释放了。

可想而知，这件事牵涉到巨额财产。如果陪审团判定诺玛有罪，她将失去继承我父亲财产的权利，届时那笔钱就归我了。

我父亲把他的一部分证券和比弗利山大厦的一半产权，以及其他一些财产留给了我，但是他大部分的钱只由我代为保管，而钱的利息则归诺玛所有。只有她被定罪或死亡，那些钱才能归我所有。

我父亲赚了一笔钱，总共有七百万，他是那种精明的投资者，从来不乱花钱。贪婪的诺玛，“只”得到一百万元的现金。

但是，不论如何，每年六百万元的利息，还是相当惊人的。

我父亲没有把他的钱全部留给我，对此我不该有何怨言，因为在他资助的几次商业活动中，我都大败而归。但我毕竟是他的亲生儿子，那些钱应该属于我——他居然更相信那个诡诈残忍的诺玛，却不相信自己的儿子，这怎能让我接受？

父亲跟诺玛结婚时，离我亲生母亲的去世已经很多年了。诺玛在我父亲投资的一部廉价电影中担任了一个配角。她不是一个好演员，却不料，她在法庭证人席上却有着出色的表演——当然，那也是她唯一的一次。

我承认，诺玛很有魅力，知道怎么讨好人，更会捕捉机遇。当她看到新一代的电影界开始排斥我父亲时，那正是父亲受到巨大打击的最艰难时期。

他很固执，不愿追随时代潮流而改变自己。因此那些曾经热捧他的电影界巨头，现在却抛弃了他，没有丝毫情面。

公开场合，诺玛对我父亲好像很感兴趣，私下里也似乎非常崇拜他那被遗忘的才华。她可以连续几小时陪着他，就坐在他古老的大厦中观看他以前那些为他带来荣耀的影片。

诺玛是为了钱才跟鲁道夫·克鲁格结婚的，而后者则是因为她使自己恢复自信。

我父亲那种古板而生硬的性格，并不讨人喜欢。除了身材高大，他相貌并不英俊，秃头和一对大招风耳衬托着一张毫无表情的脸，很难说会吸引女孩子的目光。

他的确轻松快乐过，但那些快乐越来越成为记忆中的印痕，就和他的声誉一样，渐渐从生活中消失了。

他有着强烈的报复心，对他的敌人刻骨铭心。而他的刚愎自用，又会促使他不惜一切代价——为了恢复他曾经的地位。可惜，他后来拍的一部为挽回声誉的电影，票房收入并不理想，于是他就这样又被人遗忘了。

婚后诺玛仍然一直讨好他，然而他们的生活却并不平静。

我父亲自己也很清楚，他并不讨女人喜欢，更糟糕的是，诺玛只相当于他自己年龄的一半，所以他疑心日重。他总是怀疑她背叛自己，然后花大量时间和金钱去验证。有时他会假装出远门，然后突然回来，或者自己真在外面时，就雇一个侦探监视她。他曾在电话里装上窃听器，甚至还出钱雇了个落魄的英俊男演员去勾引她。但是，他这些验证都失败了，始终警觉的诺玛，让他的所有办法都失效了。直到最后，一位私人侦探终于发现了她和泰森的秘密，只是还没等到他向我父亲报告，我父亲就被杀死了。

我父亲住的那栋充满了怀旧气息的大厦，在我看来未免有些阴森森的，所以我不喜欢住在那里，而是自己在布兰特伍德租了一间公寓。而在我父亲被杀、那对情人被捕后，我又搬回了大厦——我的目的很明确，就是彻底搜查一遍整栋大厦，找出他们犯罪的证据。

显而易见，形势对我非常有利。我父亲没有雇用人，他认为他们总是把主人做了什么、说了什么都传出去，所以家里很清静。而我雇的用人，也主要是白天来干活，所以晚上就只有我一个人。我希望能找出一些警察没有找到的证据。

负责本案的是温斯特罗姆警官，他对我的想法哑然失笑：他都没找到，我怎么可能找得到呢？但他倒不反对我去试试。

我的目标就是那把德国手枪，或者说，枪上的指纹。温斯特罗姆说我是在浪费时间，因为人们一般不会把凶器留在现场附近，所以那把手枪可能永远也别想找到了。

可我自己却始终认为，那把手枪一定还在屋里，我也不知道为什么，就是有这样一种感觉。

是的，预感。就是这强烈的预感，令我一闭上眼睛，就仿佛能看到它正躺在某个黑暗隐蔽的角落里，等着我去找到它。

于是我翻遍了整栋大厦，就差把墙推倒了，可仍旧一无所获。我有点儿相信温斯特罗姆的话了，也许它根本就不在屋里。更扫兴的是，我也没能发现其他能证明诺玛和泰森有罪的哪怕一片纸、一块布、一点儿血迹甚至一根头发。

审判离结束越来越近，我简直要疯了。我甚至躺在床上，梦想着能够制造他们犯罪的证据。

审判结束了，他们被无罪释放了，永远逃脱了法律对他们应有的惩罚。我几乎能听到他们在得意地笑。

黄昏时，我离开了酒吧。我想出一个办法，危险而孤注一掷。可是，只要我能成功，那么不但可以报仇，还可以顺利得到遗产。

那栋大厦就坐落在俯瞰着日落大道的山坡上，像博物馆一样呆板。我沿着山坡向上爬，看到了屋里的灯光。

我惊讶地发现，屋里居然就只有诺玛一个人。她正坐在书房里的书桌后面核对账单，签着支票。现在，她穿着一件天蓝色的紧身衣，全身各个部位都显得一清二楚，头发也重新梳理过，脸上还化了妆。她现在的打扮与法庭上截然不同，白天的她更像一个羞怯、呆板的修女。

“欢迎回家，诺玛。”我悄悄走进去，跟她打招呼。她惊讶地抬起头，眼中却没有任何恐惧。她确实很有胆量。

“在计算战利品吗，诺玛？”

她微笑着，却冰冷地说道：“坐吧，卡尔，我知道你会来。”

“知道我会来？”我边说边坐进一张椅子中。

“那当然。你本来就住在这里，不是吗？”她颇有些讽刺地说。

“是呀，”我说，“我希望你不会觉得我碍事。”

“你一直都那么恨我，卡尔，你把我想得很坏，就跟那些自以为是的记者一样爱捕风捉影。既然十二位聪明的男人都认定我无罪，为什么你就不能怀疑一下自己的判断呢？”

我伸出一根手指，指着她说：“你知，我知——因为，你谋杀了我父亲！”

“根本没这回事！”她脸色铁青地叫道。

“泰森举着枪，”我描述着，“但我认为，是你扣动了扳机。”

“卡尔，”她有些无力地说道，“我，我爱你父亲，可是你……”

“别来这一套，诺玛！你跟我一样不爱他，”我说着言不由衷的话，“他是个讨厌的老古董，一个固执又愚蠢的暴君。他从来都不为别人考虑，他的眼中就只有他自己。在他那个小王国中，他就是一个小‘希特勒’。不用糊弄我——我们俩都痛恨他！”

这些谎言未必全是假的，有一些倒确是真话。我觉得她在筹划谋杀我父亲时，脑子里大致也会这么想。

“卡尔！”她喊道，看得出来她确实非常惊讶，“这太难以置信了！你，你忘恩负义，要知道，你父亲帮过你很多忙。”

“诺玛，不要这么虚伪，好吗？”我像她的同谋一样冲她眨了眨眼。

她嘴角边终于露出一丝微笑，承认了我的话：“我也许有点儿虚伪——一点儿而已。不过，卡尔，我从来没有想到，我的意思是，如果你这么不喜欢你父亲，那你掩饰得实在太好了。这么多年来，你都没对我说过一句批评他的话。”

“就这一次——”我说，“现在开诚布公吧，我们是敌人……哦不，不是敌人，是竞争者。我要是告诉你我对老头儿的真实想法，你转过脸去就会告诉他。你会想办法毁了我，对吗？”

诺玛舒服地往椅子上一靠，点起了一支烟：“无可奉告。”

她脸上的笑容印证了我的话。“你这个人真矛盾，”她继续说，“你自己也痛恨你父亲，为什么还要仇视我呢？”

“你难道猜不出来个中缘由吗，诺玛？我对你本人并无恶意。可是我喜欢钱，尤其那些理应属于我的钱。所以我真希望陪审团判你们有罪。”

“瞧瞧，瞧瞧，你这人真残酷。”

“哪儿的话。可惜我不走运，失败了。”

“你不在乎你父亲被谋杀？”

“事后你看见过我哭吗？我在乎的只是钱，有钱就是幸福。但是诺玛，我要告诉你：泰森把事情弄得一团糟——他太粗心了。如果你跟我合作的话，就根本不会有什么陪审团的事了，根本不会有什么案子要交给他们审判。”

她面无表情却仔细地打量着我。

我继续说：“诺玛，听着，要不是你明智地请了麦克斯韦尔·戴维斯，泰森肯定就完蛋了，他会连累你也完蛋的。这次你们能逃脱，要全归功于戴维斯，他打官司真有一套。”

诺玛赞同地笑起来，发出“咯咯”的声音，我也跟着她笑。“那个老家伙堪称艺术家。”

我无奈而又不得不敬佩地摇摇头，听她继续说道：“他真是天才！他把证据转到他想让你看到的那面。比如桌子，泰森愚蠢地在上面留下了他的爪子，可你以为他死定了？没有，麦克斯韦尔·戴维斯跟我们说，他的指纹应该留在客厅的那张桌子上。泰森来的时候总会到那里坐着，所以，他坐在桌边把手放在桌子上是很正常的。”

我叹了口气：“他也实在太愚蠢了，为什么他不戴手套呢？”

“啊，他戴了！”诺玛为那个笨男人辩护说，“可是他不得不把手套脱一下，因为——”她张着嘴，瞪大眼睛看着我，可能以为我会淡然一笑，然后满不在乎地耸一耸肩膀。

“多谢，诺玛，”我站起来，怒吼道，“这就是我想知道的！”

我冲她走过去，恨不能用手掐住她的脖子，却看到她把手伸进半开的抽屉。然后，我惊讶地瞪大眼睛，看到了一支乌黑的德国手枪——那枪眼正对着我自己。

诺玛平静地说：“跟你说吧，卡尔，我知道你会来。”

“那是我父亲的手枪！”

“泰森不敢把它带走，”她说，“如果警察从他身上搜出这把枪，那我们就全完了。所以他把它藏在了屋子里。”

“藏在哪儿？我怎么一直都没找到它？我对大厦这么熟悉……”

一瞬间，我又听到她咯咯的笑声："你在冰箱里找过吗？"

我不知所措地点点头，说："对两个业余的凶手来说，这真是个聪明的办法。不知道我告诉温斯特罗姆时，他会有什么样的反应。"

诺玛重新坐下来，举着手枪对着我，不无嘲讽地说："我想你一定盼着温斯特罗姆警官能扑过来逮捕我——可是，他可做不到。"

"他的确做不到，"我同意她的说法，"我知道对同一案件不能再次起诉。那么你现在想要干什么，开枪打死我？"

"别瞎扯了，卡尔，我不会这么冒险的，"诺玛说，"可是你也不要惹我。走吧，别妨碍我。如果你肯把你在大厦的股份卖给我，我倒是愿意出高价。"

"你让我考虑考虑，回来再把决定告诉你，"我说，"但现在，把手枪给我，不然等我从你手中硬抢时，你那张漂亮的脸可能就要被抓破了。"

她犹豫了一下，最终把枪交给我。我收好枪，走了出去。计划能进行得如此顺利，简直出乎我的意料。

第二天早晨，我对诺玛说，跟她同住一起，会让我感觉到恶心，所以我选择离开。然后我收拾好行李，搬回了自己的公寓。我花了两天时间，把计划中最细微的部分都考虑到了，然后打电话给她。

"我决定把我在大厦中的全部股份都卖掉，"我对她说，"我希望你能按照承诺的那样，高价收购。我知道你付得起这价钱，诺玛。"

"这大厦，其实没什么用处，"她狡猾地说，"现在没人会买这种古老的房子。他们告诉我这房子最多就值七万五。所以，我愿意对你大方一点儿——我会出五万买你的股份。"

"这房子是不算什么，"我坦诚地说，"可是那还有近乎一英亩的地，放在一起卖就很值钱了。所以你应该给我十万元。"

"应该？"

"对，应该，而且我要的是现金。"事实上，也许我并不需要现金，但我有自己的理由。

"为什么要现金？"她有些不安，"这要求很荒唐。"

"你最好马上就去银行，"我说，"明天晚上八点，我就过来拿钱。记着，让泰森带来一份出让证书，我要在上面签字。当然，这样他就可以作为见证人。"

"听着，卡尔，你不能指挥——"

"我可以！别打断我，我还有话要说。告诉泰森，让他再带一份我父亲所有证券的清单，以明天收盘时的价格为准，附上它们的估价。你也要给我一份大厦其他物品的税后清单。"

"不！"她高声叫道，"这些跟你没有任何关系，你这是在讹诈，我不接受。就算你把真相说出来，我也不在乎，现在谁也不能把我们怎么样。"

“你错了，”我说，“他们确实不能以同一罪名起诉你，但他们却能用另一桩罪行轻松地起诉你。你知道作伪证犯法吗？他们可以以此判你和泰森两年徒刑。我敢跟你打赌，他们很乐于这么做。”

接下来是一阵沉默。

“好吧，”她平静地说，“我会照你说的那样做。但别以为我这么做是因为怕你，那我宁愿进监狱。”

“别担心，诺玛。我要的只是那十万元现金。”

“还有，”她的大脑显然又活跃起来，“我相信，证明那种伪证指控站不住脚，这对麦克斯韦尔·戴维斯来说很容易就能办到。”

我没有说话，我知道她说的是这样。两天前，在我离开大厦去布兰特伍德时，我遇见了那个人——麦克斯韦尔·戴维斯。他有事来找诺玛，看到我后，在大厦的台阶上停下来，跟我握手。

“小伙子，不要对我有何不满，”他说，“你要理解，我只是在挣一份钱。”

他身材高大，为人热情洋溢，眼角满是“亲切”的皱纹，操着南方口音，举止也像一个旧式南方贵族。我可没有那么孩子气，我并非多么憎恨他，无疑他把工作做得十分出色。我跟他握了手，并对他说，撇开个人感情，我认为他或许是当今世界上最杰出的一位辩护律师。

诺玛继续说着：“我不想让泰森过来。为了避免一些令人生厌的曝光，我们已经决定这段时间不会见面。”

“这真让人感动，”我说，“可是，我要泰森在场——就这么定了。只要你告诉他嘴巴关严点儿，天黑以后悄悄过来，就不会招惹麻烦了。”

“好吧。”她同意了。

“告诉泰森，如果他不想找麻烦的话，最好准时到这里——一分钟也别迟到！”

我挂断了电话。

第二天晚上，六点四十五分，我来到一个规模不大的电影院里，在售票间和售票员多丽聊天。我选择这家电影院，是因为我父亲死前几个月他刚好买了这家电影院的股票。因为这个关系我认识这里的工作人员，更重要的是，他们也认识我。

第一个双场电影从七点开始放映。我早就看过这两部电影了，它们一起放映共需三小时五十六分。

在走廊上，我看到了经理比尔·斯坦墨茨正在和一个漂亮姑娘调情。

我走过去跟他聊了大约五分钟，然后走进放映厅，在紧急出口边的一个位子上坐了下来。售票员偶尔会进来担任领座员，然后大部分时间都会在门外。

还差十五分就到八点整，我环顾了一下四周，发现一小部分观众坐在中间的位置，正在聚精会神地看电影。放映厅里，没有工作人员在走动。

于是我悄悄地从紧急出口溜了出去。我从口袋里掏出一张卡片，插进门缝，这样门就不会关上，可以保证我回来时可以顺利从这里进来。

诺玛和鲁斯·泰森正在客厅里等待着。那个男人显然很不安，他时不时紧张地看我一眼，好像我的脸是温度表。

诺玛倒很沉静。我在出让证书上签了字，泰森作为证人也签了字。诺玛递给我一个装满钱的手提包，但我没有费神打开它去数钱。

泰森拿出一份证券清单，诺玛也递给我几张纸，正是我要求的统计单据。我粗略地把这些翻了一下，然后折起来放进了上衣的口袋里。其实，我只要花点儿时间，就能搞到这些东西，不过我还是让他们俩做一些事情，才不会起疑心，也就不会猜到我真实的目的了。

“现在我要给你们一样东西，可以说是对你们辛苦劳动的报酬。”

我打开放在腿上的盒子，这是我进屋前从汽车行李箱里拿出来的。盒子里，是那把德国手枪。

我托起手枪，对诺玛说：“诺玛，你一定很乐意重新得到它吧？”

“当然。”她回答着，然后站起身，第一次露出微笑。

“诺玛，你微笑的时候真迷人，虽然有些邪恶。”

她微笑着向我走来，而我则掉转枪口，扣动扳机——我向她开了三枪。诺玛就像被一只看不见的巨手打中一样，踉跄着向后退去。

她刚一倒在地上，我立刻就把枪口对准了泰森。

他吓得眼睛瞪圆了，像一只落水的小狗，全身都在发抖。

“泰森，”我说，“好好看看她。你不想像她一样死吧？”

他飞快地低下眼睛，瞥了一眼地上的尸体。此时的泰森连话都说不出来，只是拼命地摇头，表示他不想死。

我说：“泰森，如果你不照我说的做，你马上就会和她一样。”

“什么事都可以，”他呜咽着说，“你让我干什么都行。”

“真正杀害我父亲的凶手是诺玛，你只是他的工具，”我安慰他说，“她其实只是在利用你，对吗？”

“对，”他声音颤抖地说，“她利用我，我……我不知道我在干什么，我无法抗拒她。”

“说得对。所以我要给你一次机会，我要你写一张便条，承认你——和诺玛，杀了我父亲。然后你带上这十万元，夹着尾巴赶快从这里离开。如果你被抓住，那你就完了。我会否认你的指控，便条将会证明你的罪行。但至少在那之前，你得到过一次幸存的机会。这样公平吗？”

他使劲点头：“非常公平。”

我带他走到客厅的桌子，让他自己打开抽屉，拿出我父亲的纸笔。我转到桌子的另一边，举枪对着他。枪口离他的太阳穴只有一英寸。

“拿起笔，”我命令他说，“一字一句都照我说的写。”

然后我口述道：

“我不得不惩罚诺玛，因为她逼我杀了鲁道夫·克鲁格。她有一种神奇的力量，控制了我，我无法抵抗。她的声音在我脑海里低语，让我去杀人。现在我不得不终止这个声音——愿上帝保佑我！”

“这个便条好像很怪。”我说，“却也符合眼下的情形。如果你被抓到，你可以说自己精神不正常。现在签上你的名字！”

他一签上名字，我立刻将枪口靠前，顶住他的太阳穴，并按下扳机。

我擦好手枪，把泰森的指纹按在上面。然后，我把一支铅笔插进枪管，挑起手枪，扔到他晃动的右手下。

我拿起手提包，现在那里面除了装着十万元现金，还放进了出让证书和装手枪的盒子。我走出大门，钻进汽车，没有打开车灯，就这么开走了。

此后，我顺利地回到电影院，没有人看到我。散场的时候，我又和斯坦墨茨聊了几分钟，话题就是刚才的两部电影，我还接受了他对我失去父亲的安慰。

最后，我拍了拍多丽的背，笑着离开了。

这些精心设计的用来证明我不在场的办法，全都白费了。

我根本就没有受到任何怀疑。

几天后，在我还陶醉于胜利的喜悦时，我接到了温斯特罗姆警官的电话。

“你搞错了。”他说。

“这是什么意思？”我觉得后背泛起一丝凉意。

“你搜索你父亲的房间时，没有发现最让人不可思议的证据。如果你及时发现的话，陪审团毫不犹豫地就会判他们俩有罪。当然，现在这没有什么关系了。不过我认为你会觉得这非常有趣，克鲁格先生。”

“什么证据，警官先生？”

“克鲁格先生，我不想在电话上跟你说这些，你只有亲眼看到后才会相信。你有时间过来一下吗？”

“当然有，”我马上回答道，虽然警察局是我最不愿意去的地方。

温斯特罗姆一副乐不可支的样子，好像随时要大笑起来。他带我到一间阴森森的审问室，那只有一张桌子和几张椅子，窗帘挡住了外面的月光，头顶上的灯光显得非常刺眼。

桌子上是一个黑色的盒子。一位身穿制服的警察耐心地站在桌子边。屋里还有刑侦科的斯坦伯里警官，我以前也见过他。他们都是一副乐不可支的样子。

过了好一会儿，温斯特罗姆才慢慢收敛起笑容，开始询问我有关我父亲职业的一些问题。我告诉他，我父亲从剪辑师起家，当过摄影师、导演，最后才成为一位制片人。

突然，他转过脸，大声问道："你知道你父亲非常嫉妒你继母吗？"

"知道。这是千真万确的。"

"他花了很多时间和金钱去调查她，是吗？"

"是的。"

他咧嘴笑了："好，跟你实说吧：在你继母的情夫杀害你父亲时，你父亲拍下了这一过程。"

"什么！"

他笑着点点头："我们昨天才发现那些隐藏的摄影机，当时我们从客厅的墙上挖下一颗子弹，偶尔发现旁边隐藏得非常巧妙的镜头。然后我们顺藤摸瓜，还找到了其他很多镜头。安装这套设备，你父亲一定下了不少工夫。整个系统是声控的，房间里只要有一定程度的动静，整个系统就会自动启动。而沉默三分钟后，系统又会自动关闭。它们的工作是连续性的，一个摄影机的胶卷用完后，另一个摄影机马上就会开始工作。他在屋子里到处都安装了这样的声控摄影机。

"他被害时，刚从欧洲回来，推想他很有可能没能来得及关掉摄影机。所以当泰森杀害他时，摄影机正在运转。啊，现在还是请你亲眼看看。——奈特，给这位先生放胶卷看看！"

我转过头，看到那名叫做奈特的人把盒子拿掉，露出一台装好胶卷的放映机，斯坦伯里警官则迅速拉起银幕。然后屋子里的电灯关了，放映机转动起来，画面出现了。

开始我很迷惑。画面上，诺玛和泰森站在一个客厅里。他们似乎在不安地等待着什么。然后我听到诺玛提起我的名字，接着就是我自己走进了房间。

"哦，不！"温斯特罗姆警官喊道，"奈特，你放错胶卷了！……咦，好吧，那么我们就先看这一卷好吗，克鲁格先生？"

我没有回答。

他的声音对我而言显得十分遥远，就像从某个隧道的另一头传来的一样。而我，则看到自己打开盒子，托起那把德国手枪。

"诺玛，你一定很乐意重新得到它吧？……诺玛，你微笑的时候真迷人，虽然有些邪恶。"

手枪在我手中颤动着，响起了阵阵枪声，接着诺玛向后踉跄着，倒在了地上。

审问室的电灯重新亮了起来，但光明中却是一片紧张的沉默。

"呃，克鲁格先生，你在想什么？"温斯特罗姆的声音适时地打破了安静，"现在你有什么话要说吗？"

我考虑了很久。

"我想我最好给一位律师打电话，"我回答说，"在此之前我没什么可说的。"

"律师！"温斯特罗姆带些嘲笑的口吻说，"你们听到了吗，律师！省点钱吧，克鲁格先生。有这样的证据，我看你不需要什么律师了。承认你有罪，然后跪下乞求法官的宽恕吧。好好想一下，这种案子法官会怎么判罚你？你只能向上帝祈祷了。”

我说：“我不得不冒犯你一下，警官。我不想祈祷，那对我没用。如果可以，你让我打一个电话，我倒愿意试试我的运气，请麦克斯韦尔·戴维斯律师为我辩护。”

猎

天蒙蒙亮了，可以看清进林子的路了。

汉森走出木屋，向他心爱的山谷大踏步走去，他心中有一个愿望，但愿昨天看到的牡鹿还在那儿。

这么多年来，他的木屋壁炉上始终保留了一个位置，等待一个巨大的鹿头悬挂其上。而今天，他就要抓住那头牡鹿，完成这个一直以来的愿望。

他发誓：如果有必要，他今天会一直狩猎到天黑，为此他穿了厚厚的棉衣，完全可以抵御零下十度的严寒。并且，他在衬衫里塞了两份三明治，口袋还装着一个盛着热茶的保温壶，然后在左臂挎上了他的武器——一把来复枪。

汉森在厚厚的雪地上，迈着疾飞而稳健的步伐。这里他已经有很多年没有来狩猎了。

在一个低低的小丘顶上，汉森驻足了下来。他看到斜坡的尽头通向树林，上面孤零零地躺了一辆被积雪覆盖的老轿车，可是轮子和窗户却不知去向。

印象中，自孩提时代起，那部车就停在这里，每当春天积雪融化，老轿车就会跟春草和山花一样从雪里“长”出来。

把轿车开到那个地方，不管是谁，必定是开着它穿过了那边的矮丛林和树林，还在老汉森先生在世时，他就曾说只有醉得一塌糊涂的人，才会在没有月色的晚上这样开车，做出那种事。而村民则对老轿车议论纷纷，猜测车的主人要不就是一定要处理掉它的歹徒，要不就是某位固执的陌生人在迷路后，于困倦中开到了这儿来，然后在早晨醒来后发现车的处境，只好说声去他的，而后走开。

汉森信步走下斜坡，忽然间停下脚步。

这个尚处于天亮前的灰色清晨，除非是幻想和他玩了什么把戏，不然汽车里怎么会有烟冒出来呢？无疑，一定有人在汽车里面生火，那本身也并不稀奇，比如迷路的猎人，在夜色里爬到破车中过夜，这也不是第一次了。以前还有人想得更加周到，在车顶上钻了个洞，地板上也挖几个洞，当成是壁炉的铁栅。

而这次，汉森走近看时，发现了两个男子，可他们都不是猎人，而是戴着皮毛帽，穿着大衣和普通皮鞋。其中一个畏缩在后座的角落里，帽子盖住了两只眼睛；另一个则在快要熄灭的火堆上弯身烤火取暖。

“嗨，你们好！”汉森大声招呼道。

其中那个弯身烤火的人抬头，呆滞的目光注视着汉森。他翻起的大衣领上是一张惨白的脸和红色的头发，看他的年龄，可能还不到汉森的一半。

虽然有火，但是破车里依然寒冷彻骨。汉森知道这孩子必须暖一下身子，才能够行走。虽然身强力壮，但他可不想抱着一个和他一样高大的孩子下山，在这冰天雪地里。

他倒了一杯热茶递过去说：“慢慢喝，然后我们再说别的——你必须活动起来，让你的血液加速循环。你的朋友怎么样了？”

那个孩子双手紧紧抱着杯子，小口喝着茶，低喃着说：“死了！”

汉森拉开车门，弄直了那个缩成一团的人。不错，他死了，尸体僵直，但他的死不全是因为寒冷，汉森发现，在他外套的胸部下面有一个洞，四周是一圈褐色的污渍。

这时，汉森知道这两个人是谁了。

昨晚，新闻播报这个地方发生了一件稀罕的事。在距北边二十里的镇上，有一家出售各式工具和电视机的五金行被两个歹徒抢劫，其中一个抢到八千元，正在逃走时被一位下班的警察打中一枪。

汉森疑惑着：他们怎么会在这里，这个荒山野地之中？

他抬头看到那个孩子也一样看着他。

“你没有冻死已经算是走运了。”他这么说，想让那孩子认为汉森不知道子弹洞的事。然后他绕过汽车，拉开另一边的车门，向孩子伸出手说，“走吧，你必须活动活动。”

然后他们在雪地上走了很久，直到那孩子的脚能活动了，汉森才让他自己来回单独拖曳着走。

他问道：“你的脚现在怎么样了？”

“一点感觉也没有。”

“把鞋子、袜子都脱下来，”汉森看到他脚上死白的皮肉，不由得说，“我的天，你可真麻烦！”

他递给那孩子一把雪，让他用雪轻轻揉脚，从而让脚恢复些许知觉。

汽车上的尸体还围着一条羊毛围巾，汉森解下它来交给了那孩子。

“有没有感觉？”

孩子摇了摇头：“没有。”

汉森抛给他一条大手帕，“用手帕擦干你的脚，穿上你的鞋子和袜子，然后把围巾裹在头上盖住两耳。我们得离开这里。你能不能走路？”

“可以。”

“你叫什么名字？”

“戈登。”

“好吧，戈登。我们现在就走，回头再找人来抬你的朋友。”

汉森用铲子铲些雪盖住汽车上的火，显然，尸体是不需要火的。

当他转过身来，发现一把手枪正好指着他的腹部。汉森大笑起来：“你想干什么？”

“脱掉你那些暖和的衣服，然后走出这该死的林子。”

汉森拉开穿在身上的夹克拉链，“你要这衣服的话，我会送给你，可是你以为你只需要暖和的衣服就够了？”然后一指树林，”你知道该走哪一个方向？即使知道，你认为你那双脚可以走多远？懂点儿事吧，戈登。你这个城里长大的孩子，除非我带你出去，不然你一定会死在这里。所以，拿开你的那把枪！”

“没这么快，老头！”戈登说，“我还没差劲到那地步，我会顺着你来这的路走出去。”

汉森咧嘴大笑，心中想这小子可不蠢。

“你认为我是从某个地方直接过来的？”汉森不由得开始撒谎了，“我在树林里穿进穿出，寻找鹿的踪迹。此外还有些小事你没有想到呢。”

他指了指正在飘落的雪花，“又开始下雪了，你觉得我的脚印能留多久？”

“好吧，我和你打个交道，你带我出去，我就不杀你。”

汉森拉上夹克的拉链，伸手去取他的来复枪。

“把它放下！”一时间戈登语气锋利得很。

汉森叹了口气，“看，这里是熊出没的地方，遇到一条饥饿的熊，你那把玩具枪可不顶用。来复枪不能放在这里，关键时刻它可以救我们的命。”

戈登想了想说：“那么，你把子弹卸下来，老头。如果真遇到熊了，这把玩具枪有足够的时间让你重新放上子弹。”

戈登的两脚可能被冰雪冻坏，但头脑却没有冻出问题。

汉森卸下子弹，说：“告诉你，戈登，我得提前说好，你跟着我走可以，但是要从背后开枪，就算了。那样的话，明年春天等雪融化了以后，我们的尸体就都会被找到。假如你不向我开枪，我会带你平安走出去，现在我就带你出去。但是我有一个条件，你要给我你们昨夜抢来的钱。”

戈登的嘴唇抿了起来：“像你这样诚实的公民，不会想要偷来抢来的钱。你善意的心应该乐意帮助我，对不对？你怎么知道我们昨晚抢了钱？”

“除了收音机，还能有什么？现在你可以走的路只有这条，我想州警们应该都设了路卡，我可以带你到那儿，我们下山的时候你可以慢慢思考。现在，钱的事怎么样？”

戈登挥了一下枪，“上路吧，我跟着你走。”

汉森顺着雪地上自己依稀留下的脚印往前走。

戈登看起来不像是因为喜欢才用枪，而是因为用枪是能够让他随心所欲的唯一方法。戈登一直认为枪是世界上最重要的东西，但在这荒山野地中，在这个冰封的时节，枪却没有任何意义，甚至没有任何威慑力。

假如汉森听话脱掉那些暖和的衣服，戈登自己也下不了山。但他应该坚持对暖和的羊皮帽子、夹克、手套、厚靴子的需要，即使它们一点都不合他的身材，但他比汉森更需要这些。

一个城里的孩子，面对这种情形时，比土生土长的汉森更显得惊恐慌乱。汉森看得出来，而那孩子却并不知道，寒冷会如何缓缓吸干一个人的精力，也不会领悟到在这冰天雪地中，健壮的体魄占有多大的优势。

汉森比戈登年龄大了一倍，可是至今他每天都做晨练，他走一早晨的路，远要比戈登所走的多得多。

其实，汉森并不怎么担心戈登的手枪，他心烦的是要领这孩子下山，再摆脱他，这中间的几个小时可是很关键的，如果失去，就无法狩猎那只牡鹿了——再看到一头那样大的牡鹿，不知要等到何年何月！

现在在他眼中，那只牡鹿比任何其他东西都更重要。他叹口气，也许只有那笔钱才可以弥补这一天的损失。

突然间，戈登放了一枪，子弹落在他跟前的雪地上，一些雪应声跳起——“你走得太快了，老头儿！”

本来就生气被他破坏了计划，现在又来这一招儿，汉森恼火了，转身对他说：“小子，你再向我开一枪，我就把那只枪塞到你喉咙里。”

“我让你留住枪，是因为我不喜欢从你手上取走。听见了吗？”

戈登还想说什么，可是一看到汉森的脸色，就只动了动嘴唇，咽了回去。他挥了挥枪，表示继续前进。

汉森心想，看来我必须缴下他的手枪，否则一旦到他认为不用再依靠我的时候，他就会开枪了。他慢下脚步，离开原来的路，绕到木屋的上面。

现在，雪认真下了起来，没有停的趋势，他心里一阵揪痛：这一来，今年是猎不到那头牡鹿了。

他领着那孩子走了大约一个小时，远远地看到一棵倒地的树。他踢掉一些雪，将来复枪倚在树干上，示意戈登坐下来休息。

“为什么要停下来？”戈登用枪对着他说。

“老经验了，”汉森说，“走五十分钟，休息十分钟。你要走长路的话，这样比较轻松。”

戈登不可能知道，去木屋就只有十分钟的路程。

“你疯了！”戈登尖叫道，“这么冷的天，我的脚已经僵了，天还在下雪，你居然要休息？”

“孩子，坐下来，”汉森却很冷静，“我的手伸进里面的衬衫时，你不要紧张。我带着两个三明治，不是掏枪。”

汉森扔一份三明治给他，戈登伸手接住。

“你说有两个，我两个都要。”

汉森微笑着，把第二个也扔给他，然后掏出热水瓶，“你最好连这个也拿去。”

“你很慷慨嘛，老头儿。”戈登撕开了三明治。

“那可不是免费的，你要付钱——应该是八千美金，如果我没有弄错的话。”

戈登的嘴巴停住了。

“你真笨，老头。为了那笔钱我费了好大力气，怎么能轻易给你？”

“虽然那样，你还是会给我的。要活命，这已经算很低的价钱了。你们昨天晚上是怎么上了那辆老爷车的？”

“我们逃出那个镇子后，在一个弯道处找到一个冷僻的地方，然后爬上一棵树，在那等着，希望可以拦住一辆车。可是等了好久才过来一辆车，却差点儿碾死我。估计他们会去报警，所以我们抓着手电筒逃进了林子，想找间屋子过夜。就这样。”

汉森笑了，“你以为你们在市郊呀？你不知道你们已经很走运了。这高山上没有人住，你们误打误撞才撞上那辆破汽车。”

这时，戈登喝完茶，继续说：“也是件好事。斐克中弹了，就在他快见上帝时，老天开始下雪，手电筒的电也差不多用光。我找到一些干柴，生了个火。再下面一件我所知道的事，就是你来了。”

汉森摇了摇头：“你知道你会冻死，不是吗？你刚刚用完一个人一生中仅有的一次运气。”

“少说废话，”戈登摆了摆手，“走吧！”

但汉森纹丝不动，“不付款我绝对不走！”

戈登打开了手枪的保护盖。

汉森举起左手：“戈登，你玩过扑克牌没有？我握牌坐着，而你要掀牌，你想谁会赢？你开枪杀了我，然后在山中到处转，一直转到被冻死；也许你运气不错，能找到一条路或一间房子。可是你的脚呢？我估计顶多你能再走几个小时，然后就成了一个真正该做截肢手术的患者了。另一方面，我却可以领你到处转，一直到你冷得撑不住，直到两腿坏得向我讨饶，求我背你走。等到那时，我可以大大方方地拿走钱，一走了之。我是宁愿你现在就把钱给我，这是最好的选择，那样我们两人可以一起平安下山。你想想看，你的双腿和生命难道还不值这八千元吗？”

“假如我给你钱，你能多快领我下山？”

汉森耸耸肩，撒谎道：“也许一小时吧。”

戈登开枪打到汉森头顶上方的树枝，震得雪花散落飘下来。

“我愿意再跟你走一小时，到那时如果我们还没下山的话，我就杀了你。如果你现在不走的话，我就在这儿杀你。我估计我距你要带我去的地方，最多也只有一小时的路程。”

汉森叹口气，伸手取来复枪，他觉得自己逼这孩子已经逼迫得可以了。

戈登虽然吃了食物并喝了热茶，但他还在半冻僵中，靠那双不灵活的脚磨磨蹭蹭地跟着跑，很可能已经没有耐力了。

他领戈登走下山坡，来到一道有辙迹的石砌矮墙边，这条有辙迹的路像隧道一样穿过树林。石墙只有膝盖高，但是墙那边的路面却很低。

这对汉森没什么问题，他可以越过矮墙，轻松地跳下去。但是对肌肉寒冷、两脚冻僵的戈登来说，就不那么轻松了，可是此处已别无他途。

“下面会好走一些。我们走哪一边？”汉森说着，摇了摇头，“告诉你，没有钱，我只能领你到这儿。”

戈登看了看左边，又看了看右边，到处都是团团飘落的雪花和树叶，把他孤立在一块几平方米的世界里。矮墙和路延向看不见的远方，没有任何声音可以告诉你，哪边通向文明世界，哪边通向死亡地带。

汉森扫去石墙上的积雪，坐了下来。“你准不准备谈生意？”

戈登眯起双眼：“我想宰了你，你这贪心的老农夫！我可不让你任我在这等死，然后让你独吞了那笔钱。我现在就应该宰掉你，自己冒险！”

“在你开枪之前，记住，你要是选错方向就死定了。等你认为选错时，再回头就晚了。即使你知道正确的方向，你也不能保证要坚持多久。然后，州警来了，你就满意了。你需要的是一辆车，而我就有车。”

戈登全身发抖，一言不发。

“现在我要钱，”汉森语气锐利地说，“假如你到头来弄得没有脚了，或者死了，钱对你来说还有什么用？你已经没有牌可发了。你现在是叫牌？还是收牌认输？”

戈登又看了看路的左右方向。

“这么说，我是该收牌认输了，老农夫，”他慢慢地说，“你们诚实公民都是一丘之貉，愿意用偷来的钱，却没有胆量自己出去抢。等你碰上像我这样持枪而枪却不管用的人的时候，你的手就伸过来了。”

他解开大衣，扔了一个厚厚的褐色纸包给汉森：“你以为我万一被抓到时，不会告诉警方我把钱交给了你？”

“那没关系，他们不会相信你的，我会说，你肯定是在林中遗失了那些钱，”说着，汉森用手试了试钱包，“这儿没有八千元。”

当然他也并不失望，那数目从开始就已经太大了。

“是没有，也许只有两千元。那家店的经理想敲诈保险公司，如此而已。”

“你不是在开玩笑吧？戈登，才两千元？”

那孩子摊开双手，“六千元的大钞，会有好大一捆，老头儿，你看见我的大衣有哪儿鼓出来的没有？我全都给你了，除了三四百元，我昨天用来引火的。你听了想不想抱怨？”

汉森大笑：“因为它能让你活下来，所以那可能是廉价的。”说着，他把钱包塞进了夹克里面。

“小子，你已经胜利了，给你自己多买了几个星期或几个月的活头，或者不论多少日子，一直到你再次犯法惹麻烦。现在你付款请我带你出去，那么，把枪拿开吧，你不需要它了。”

他看到戈登把枪放进口袋，然后自己转身，跳到下面的路上。

他知道这孩子心里的想法，他留着枪，等到看明白路的方向时就阻拦他，要回钱并把汉森留在山上。可是那孩子骗不了人，但如果认为汉森可以骗的话，那么，他就大错特错了。

“快点决定下来吧！”他有些不耐烦地大声叫道。

戈登坐在墙上，两腿慢慢地挪过去，然后犹豫着。对像他这样冻得半僵、两腿麻木的人来说，从这跳下去可不是件容易的事，落地时他一准会受伤。所以他慢慢挪动着，直到臀部离开墙头，戈登落到了下面陡峭的土堆里，然后滑进雪中，身体失去重心，双腿在身下弯曲。

当他平伏在地面时，发现汉森的膝盖已经顶在他的背部。汉森从他的口袋里拿出手枪，然后拉他站起来，带他上路。

五分钟后，戈登就在汉森的木屋里烤火了。

半小时后，四个男人上山去抬斐克的尸首，而裹在毛毯里的戈登，则乘坐州警的警车前往医院。后面跟随的是汉森驾驶的车。

戈登扭身回头看，看到车里的汉森，想起他说过世界上没有任何东西是免费的。

他用拇指指了指汉森的汽车，对州警说，“你们必须抓住后面的那个老头儿，他收受贿款，逼我给钱，才肯领我下山。”

“算了吧，小子，”州警说，“我知道钱在汉森那儿，送你到医院后，他和我们之间的事有的谈了。”

“他要做什么，分给你一份？”

“你这么说要挨揍的，”州警一脸严肃的表情，“虽然钱是汉森的，不过他会把钱交出来。”

“他的？”戈登目瞪口呆。

“是的，昨夜你抢的那家店碰巧是他的，你那样做只是还给他钱而已。”

“那么，他肯定是个笨蛋。他说假如我不把钱给他的话，他就任我留在那儿一直到死。”

州警笑了：“据我了解，汉森是个老谋深算的人，我不怀疑他会让你相信还有十里路可以跋涉，才肯推你进木屋。那也是为什么这一带玩扑克牌的人，来玩之前，一定要和他约好一个界限。因为你从来都不会知道他握的是什么牌。从那部老爷车到汉森的木屋，你们走了多长时间？”

“大约一小时。”

“正如我推测的。从那辆汽车到木屋，有好长一段路。可是汉森带你抄捷径，使你省却了许多路程，只是让你的脚稍稍难受几天，却不用痛苦很久。”

戈登想起来，在他们很快到木屋时自己是如何地咒骂汉森，心中又不免疑惑，为什么老家伙不用更容易的方法，索性缴下他的枪，然后拿走钱。

在他们后面的那辆汽车里，汉森轻轻吹着口哨。无疑这叫他的狩猎计划落空了，大牡鹿今年也别想了。

不过，当那孩子仍然有枪的时候，自己居然能说服他给钱，这就像一场龙争虎斗的牌戏一样，他桌面上没有什么好牌可撑，而对方手中真正握有好牌。

想到这一点，汉森很开心，他已经多年来没有这样开心过了。

可当他想到店经理时，口哨却突然停住了。八千美金！

那个过着高水准生活的人，并没有因为通货膨胀而受到影响。多年来，汉森明明知道他在捣鬼，可是会计师到现在都抓不到他贪污的真凭实据。而在店铺被抢时，他看到一个机会，用浑水摸鱼的方法将保险箱的六千美金纳入私囊。

假如除汉森以外的别人逮到戈登，那么，对失踪的六千美金，经理的话足以应付戈登的辩白和别人的猜测。但不巧或者很巧的是，戈登遇到的是汉森。

当他们把孩子送进医院，汉森就可以和州警去逮捕店铺经理了。这回他没办法篡改账册了。

汉森加快了车速，心中还在后悔失去捕猎那头大牡鹿的机会。

不过，也许经理所挪藏的钱是这一次的补偿，弥补了不能在壁炉上挂上鹿头的遗憾。

珠宝设计师

周六上午，狄克来到棕榈温泉。

“我周三曾从洛杉矶打电话过来，这里该有我预定的房间吧？”和大多数胖人一样，他说话有点儿喘。

“当然，狄克先生，”温泉办公室里这位接待他的女人热情地说道，“我叫安娜，是这里的经理。请坐，我拿一份登记表。”

她三十来岁，高挑而苗条，一头红发，身穿白色连裤套装，剪裁得非常合体。她从一个档案中取出一张印好的表格，回到办公桌前。

“现在，我们需要一点儿资料，狄克先生。我来看看，你在电话中已经给了我们住址，所以住址是有了。请问你的年龄？”

“四十四。”

“职业？”

“这有必要吗？”他有些不高兴地问，”要知道我只是住一个星期，只想减几磅肉而已，又不是申请贷款。”

“我们并不想刺探什么，狄克先生，”她说，“可是，我们是有合法执照的健身地，必须得遵守政府的法令，其中一项就是这张表格。”

“哦，好吧，”狄克不耐烦地说，“我是个设计师。”

“真有意思！”安娜说，“请问你是设计服装的吗？”

“不。”狄克回答得非常简短。

安娜等了一会儿，本想期待他进一步说明，结果他却没有再往下说。她勉强笑了笑，继续问道：“请问你在哪里工作，狄克先生？”

“这也要问？”狄克一边问着，一边探过头去看表格。

“是的。”

狄克叹了口气，“我在泰菲公司工作。”

“那家有名的珠宝商？”安娜扬起了双眉。

“是，那家有名的珠宝商。”狄克证实了她的话。

“这太有意思了，”安娜说，“这么说，你是一位珠宝设计师了？”

“是的。你现在还有什么问题要问？”

“当然有。”随后安娜又问了几个问题，让狄克签字，然后站起身。

“狄克先生，请跟我来，我带你到马尔克先生那里去，他是你此次的健身指导。你可以把行李放在这儿，我会派人送到你房间的。”

“如果你不介意，我要自己带着这个箱子，”他说，“这里装着我晚上准备要做的东西。”

安娜等狄克拎起那只小箱子，便领他到外面沿着一个大游泳池走去，池子里没有人。

“你们这里看来人不多，”狄克说道。为了追上苗条的安娜，他已经开始喘粗气了。

“请您别误会，”她说，“我们大部分顾客现在都在忙着别的事情，比如健身房课程、徒步运动和日光浴等等。等午饭后，池子里就全是人了。”

“午饭，”狄克来到这里第一次表现出有兴趣的样子，用手指弹了弹他的大肚子，“请问午饭什么时候开？”

“十二点三十分。你的健身指导会在午前把你交给米尔太太，她是我们这的营养专家，她会为你准备三餐。”

他们来到游泳池的尾部，沿着一堵石墙继续前行。

“那边是什么？”狄克感到好奇。

“那边是女宾部，”安娜告诉他，”白天男女是分开的，先生们在这边，太太小姐们则在那边。这样每个人都可以自在一些。当然，晚饭后就可以随便来往了。”

她对狄克笑笑，试探地问：“你的工作一定非常有趣吧？”

“工作终归是工作。”他含糊地回答道。

“我对珠宝很感兴趣，”她说着，瞥了一眼狄克手中的箱子，”你说你晚上还要继续工作？”

“是的，我要做一个非常重要的工作，我答应在某天之前赶做出来。这个假期我不能什么都不做，但为了我的健康，我觉得我必须减掉几磅。”

“狄克先生，你的确找对地方了。”她向他保证。这时他们来到一座长方形建筑前，安娜为他推开门，“请这边走。”

他们进来的是一个现代化体育馆，里面有许多身穿灰色汗衫的胖人，正在做各种各样的运动。安娜带领狄克走过擦得雪亮的地板，来到角落里。这边有一个用玻璃隔开的小房间，一个身穿白色 T 恤的年轻男人坐在里面的办公桌前，他肌肉健壮，正在咧嘴笑着。他面前的桌子上有一个话筒。

“马尔克，”安娜介绍说，“这位是狄克先生，他要来住一个星期，请多关照他。”

“当然，安娜小姐，我很高兴——啊，对不起，”他拿起话筒，“沃伦先生，我必须提醒你，你练习划船时，腹部要缩紧，记住我跟你说过的要点。”

然后他放下话筒，“安娜小姐，我很高兴能为狄克先生效劳。”

“谢谢，马尔克，午饭前请和米尔太太联系，开出狄克先生的菜单。”说着，她拍了拍狄克先生的手臂，“再见。”

安娜一走，马尔克就伸手要接过狄克的小提箱，说：“狄克先生，让我派人送到你房间里。”

“谢谢，但是我宁愿把它留在身边，”狄克说，“那里面有我要费心做的一些东西。”

马尔克微笑着说：“随你的便，狄克先生。”

他从办公桌的抽屉里取出一根皮尺，量了一下狄克的腰围，看看尺寸，然后轻轻地吹了一声口哨：“真希望你能多住几天。”

“啊，不行，”狄克直率地说，“你们在《体重》杂志上刊登广告，说按照你们的方法，一天就能减去一寸，我希望在这的七天，我能够减去七寸。”

“是的，我们能办到——对不起，”马尔克再次拿起话筒，“戈尔先生，你练臂力的时候，请记住背部要挺直，这是做这个动作的要点。”

然后他放下话筒，转身对狄克微笑着说道：“现在，请跟我来，我们给你找些合身的运动衣裤。”

他们离开了这间玻璃隔出的办公室，来到一间一尘不染的存衣间。马尔克打开一个衣柜，取出两件大号汗衫，放到邻近的桌子上，迅速而熟练地在背面钉上了狄克的名字。

“请坐在这里，我要给你试试运动鞋和袜子。”

狄克坐下来，把手提箱搁在大腿上。

“你的东西一定很值钱，所以才会这么仔细，”马尔克说，冲那个手提箱点点头。狄克则和气地看着他，没有说什么。马尔克耸了耸肩，继续给他量脚。

他给狄克拿了七双白色袜子，一双高筒运动鞋，然后指定一个柜子给他。

“午饭后请立即到我这里来，狄克先生，”他说，“从今天起就开始你的运动课程。现在我们最好到米尔太太那里去，免得中午你到餐厅找不到你的那份。”

马尔克带领他走出体育馆，穿过草坪，来到餐厅。狄克跟随马尔克进入厨房旁边的一间办公室，里面有一位身穿白色制服的矮胖中年妇女。

“工作人员都穿白色衣服吗？”狄克略带尖刻地问，“这有点儿像医院。”

“清洁是保持健康的一部分，和健康一样重要，”马尔克说，“白色是清洁的象征。”

“真令人感动！”狄克低声说道。

“这位是米尔太太，我们这里的营养专家，”马尔克介绍说，“现在我把你交给她，我们下午见。”

马尔克离开前，狄克注意到他好奇地瞥了一眼他的小提箱。狄克心想，五分钟之内，他一定会向安娜打听，究竟是什么东西这么珍贵，毫无疑问，她会告诉他。

“请坐，狄克先生，”营养专家说，“让我们来坦率地谈谈。”

狄克微笑着坐下，希望在她这里能得到满意的菜谱。

米尔太太指着狄克的小提箱说，“我可以找人替你把箱子送到房间里。”

“是的，我知道，”狄克干巴巴地说，这已经是第三遍了，“但我宁愿把它留在身边。现在，我们来谈谈午餐——”

“别担心，”她说，举起一只胖手，”我从你的外表看出，你是一个胆固醇指数过高的人。”

“真的？”

“是的，狄克先生，从你的脸上可以看出来，你非常爱吃煎鸡蛋、香肠这类食品。——你腿上放着那个箱子很不舒服吧？”

“没事，”狄克坚决地说，并把话题转移回食物上，“你准备让我吃什么样的饭菜？”

“我的特别餐，”米尔太太骄傲地说。

“什么是特别餐？”

“就是花菜和肉汤，”她解释道，“每样各一杯，合起来总共四十七卡路里。”

“就吃这些？”

“当然不是，”她语气嘲弄地说，“没人能光靠吃花菜和肉汤活下去，除了这些，你可以愿意吃多少芹菜就吃多少芹菜。实际上，我确实会要求你带上几根芹菜，整天咀嚼在嘴里。”

“整天带着芹菜？”狄克脱口而出，”这是搞什么名堂？”

“因为那是最好的减肥食品，每根芹菜可以减少五卡路里的热量。”

“减少五卡路里？”

“是我自已发明的，”米尔太太说，“你看，一根普通的芹菜含有十五卡路里，但是，人每咀嚼一次厌恶的东西，就会耗去二十卡路里。结果，每一根芹菜减少五卡路里。”

“太妙了！”狄克喃喃道。

“我可不可以问你一个问题？”米尔太太说。

“可以，什么事？”

米尔太太神秘地探过身来：“你那只箱子里装的是什么？”

狄克看了看四周，然后探过身去，低声神秘地说：“现在里面什么都没有，不过，我希望不久就可以装满。”

米尔太太扬起头，哈哈大笑。

狄克站起身来说，“对不起，我还得去见安娜小姐。”

等他离开米尔太太的时候，那位营养专家还在大笑不止。

当他再次回到温泉前面的办公室时，他说：“安娜小姐，我在这里只待了这么一会儿，就得出一个结论，如果我继续带着这个箱子到处走的话，会惹麻烦的。”

“是这样。”安娜同意说。

“同样，如果我的箱子放在屋子里整天没人看守，我会放不下心来，无法好好儿休息，也无法集中精力锻炼，当然更达不到此行的目的。当然，我可以在本地银行租一个临时保险箱用来存放，可是那样的话，我晚上就没法工作了。我最近在重新做一条项链，那是一位公爵夫人的传家宝，抱歉我不能说出她的名字，相信听到名字你就知道是哪位夫人了。项链原来做得非常精致，但是我的顾客认为不合她的个性，因此要我为她重新设计。我答应了她的交货日期，但问题是，我晚上需要这个箱子，如果我租保险箱的话，晚上就取不到箱子了。”

“为什么你不干脆把它放在我们的保险箱呢，狄克先生？”安娜小姐提议说。

狄克扬起眉毛，”我不知道你们有保险箱。”

“我们有一个很好的保险箱，狄克先生，你要不要看看？”

安娜小姐带他走进后面的一间私人办公室，里面的角落里有一个矮小而坚固的保险箱。

“政府规定我们要将账册放进有防火设备的容器里，”她解释道，“这里面还有一个小现金盒，放着五十元或六十元，另外还有几件其他客人的值钱东西。不过，你看，如果你愿意的话，你的箱子仍然有余量放进去。”

狄克抿了抿嘴唇，挑剔地看着保险箱，说：“我可不可以问一下，多少人知道它的密码？”

“只有我和镇上银行的行长，他是温泉股东们的信托人。”

“其他职员不知道吗？”

“不知道。”

狄克考虑了一会儿，终于点头同意了。

“很好，安娜小姐，我同意这个办法，将箱子存放在你的保险箱里。每天晚饭后我来取，九点你关门之前我会送回来。那样每晚我可以工作两个小时。这样可以吗？”

“当然可以，”安娜微笑着说，“你是我们的客人，狄克先生，我们愿意为你服务。”

“我想保险箱是由你负责的？”

“当然。”

狄克用指甲尖轻轻敲了敲箱子的外壳，说：“好吧，请你打开保险箱，我现在就放进去。”

于是安娜熟练地转了三次密码盘，在她开始对密码之前，回头对狄克彬彬有礼地说：“如果要我对你的箱子负责，我希望只有我一个人能打开这个保险箱——现在能不能请你把脸转到别的方向？”

狄克清清嗓子，转过身。安娜转动密码盘，转了四个数，再抓住门柄一拧，拉开厚厚的门。

“开了，”她伸出手，狄克仍然不情不愿地把箱子递过去，眼看着安娜将箱子存放进最下层的架子上，关上门，再转动密码盘。

“可以了。”她说。

“啊，我可不可以看看？这并不是针对个人的。”

“当然。”

于是狄克走过去，费力地弯下腰，试试往外拉门柄，它确实关得很牢。

这时狄克瞥了一眼墙上的钟，快十二点半了。“好了，这样的话，我要去吃午饭了。然后我要回到马尔克那里开始一寸寸减我的腰围。晚上见，安娜小姐。”

他摇摇摆摆地离开这间办公室，就像一只大企鹅。

在那个星期的日子里，狄克非常努力，在马尔克和其他教练的指导下，他不停地运动。每天天亮不久，吃完米尔太太“饿死人的早餐”之后，狄克就开始进行一连串无休止的运动。这种运动只有虐待狂才能想得出来。

然后，上午先要按摩，再去蒸汽室淋浴，做完一小时的柔软操后，他要到附近的山脚徒步走上一会儿，回来再淋浴，最后以午饭结束上午的活动。

下午的安排则是，先是矿物浴，接着是针对具体部位的减肥课，再去室外晒紫外线日光浴，回来做器械运动，然后淋浴；在接下来的四十分钟游泳中，狄克要尽可能多游几圈，不过他的最高纪录最终也只是两圈。最后是一堂跑步课，他要边跑边喊："减！脂肪！减！脂肪！"然后疲惫地回到房间，倒头睡下。

晚饭前，客人们有两个小时的休息时间，晚饭后，院方会提供由米尔太太调配的食物，补充一整天的营养。晚上，人们获得了自由，可以在游泳池或娱乐室交流。

狄克有意避开每天的这段交流时间，他吃完饭后就会到安娜那里取回箱子，然后回到自己房间里工作。每天晚上，他准时在九点差五分前出来，将箱子放回保险箱，再回房睡觉，这样的例行工作几天来毫无变动。直到星期五，安娜向他介绍了亨利太太。

那天晚上，狄克去存放箱子时，亨利太太就在安娜的办公室里。

"狄克先生，这位是亨利太太，"安娜给他们彼此介绍说，"亨利太太，这位是狄克先生。——狄克先生，我们正在说起你呢。"

"是吗？"显然狄克并不怎么感兴趣。他注意到亨利太太身材苗条，看来不像是需要到温泉来减肥的人。

"很高兴见到你，狄克先生。"亨利太太拥有着甜美的声音，"安娜小姐告诉我，你是一位珠宝专家。"

"哦，安娜小姐过奖了。"狄克说。

"你太谦虚了。每个为女公爵改镶传家宝的人，都肯定是位专家。"亨利太太注意到，狄克有些不高兴地瞥了安娜一眼，于是马上补充说，"请你不要责怪安娜小姐，她知道我遇上了同样的难题，才会想帮帮我。"

"同样的难题？"

"是的，我也有一条项链，是我姨婆留给我的。我很喜欢它，可是觉得它太重、太俗气了。我戴着它时，觉得它太亮、太重。所以，当安娜小姐提起你的手艺时，我就想是不是可以将宝石重新镶一下，让我戴的时候，更舒服些。"

"夫人，"狄克说，"任何珠宝都可以重做，任何珠宝都可以重镶，我建议你和你的珠宝匠商量这件事——"

"可是，我的问题不在是否能改镶，"她说，"问题是我该不该重做，所以我需要一位专家的意见。让我拿给你看看，安娜小姐，请把我的项链盒从保险箱拿出来。"

"可是，亨利太太，"狄克看看手表说，"我认为——"

"哦，请你看看吧，"她请求说，"不会占用你很多时间的。"

正说间，安娜小姐递给她一只天鹅绒面的盒子，她立刻打开，拿给狄克看。"很可爱，不是吗？不过，太重了，你明白我的意思吗？"

狄克低头看着打开的盒子。一看到项链，他脸上的不耐烦就消失了，取而代之的是一脸兴趣。

"天哪！真的很精致。"

“我想你现在明白我的难题了。”亨利太太说。

“是的，我只瞥了一眼就明白了。不过，亨利太太，恐怕我不能建议是否改镶，因为要提出建议，得花好几个小时专心研究。不巧的是，今天晚上是我在这里的最后一夜。我来这是减肥的，明天早晨就要离开了。”

“可是，你不能今晚做吗？我知道这个请求有点儿过分，但我愿意支付你认为公道的费用。我非常需要一位专家的建议。”

狄克很感兴趣地审视着项链：“手工很好，我猜是一百二十年前做的。”

“我的天哪，你真是内行，狄克先生，”亨利太太称赞说，“它是有一百二十年了，我是我们家族中的第六代。”

“看这里，这个小小的涡卷形装饰，是法国的风格。”

“很有可能，”她说，“它是在新奥尔良做的，那时候正在法国统治之下。哦，狄克先生，你愿意为我研究一下吗？”

“嗯，我得承认，我被它迷住了。这么上乘古老的东西，可不多见。”

亨利太太像演戏一般双手合十，说：“我早知道你会愿意的，狄克先生，你一进门我就知道你是一位真正的绅士。当然，一位绅士是不会拒绝帮助一位困境中的女士的。”

“但有两个条件，我才会帮你做，”狄克终于说道，“第一，我今天已经十分疲惫了，可能检查你的项链不会很理想，但明早我会告诉你我的意见，不过意见不是正式的，和我的公司不相干。第二，这意见只是我的个人意见，不是专家，所以不需要报酬，这样可以吗？”

“怎么不可以呢？狄克先生，你太高尚了，我非常高兴接受你的条件。”

“很好，安娜小姐，你是我们的证人。现在，请把箱子还给我。”

安娜好奇地看着他：“你今晚不把箱子留在保险箱里？”

“不，假如我要检查亨利太太的项链，就需要箱子里面的许多工具：测量仪器、珠宝辨别镜、抹布——你们俩为什么这么古怪地看着我？”

两个女人互相对望了一眼，然后回过头来看着狄克。

安娜开口说：“坦白讲，狄克先生，我相信原则上亨利太太是愿意让你拿她的项链的，但是要你的箱子留在保险箱里当做，嗯……”

“安全的保证。”狄克说。

两个女人又要张口说什么，但被狄克举手拦住了：“不，不，你们当然是对的。你们不认识我，我也不认识你们。这很好。安娜小姐，麻烦你把我的箱子放在桌子上，我就在这里打开它。”

安娜将箱子放在桌子上。狄克从衬衫下掏出一把钥匙，打开皮箱，翻开盖子，亮出一个可以移动的天鹅绒板，上面挂着一条镶有一颗大绿宝石的项链。

“这就是我手头正在做的项链，是一条有特别价值的英国货。我把它留在保险箱里，你们满意了吗？”

安娜看看亨利太太：“这很合理，亨利太太，你说呢？”

“是的，我想是的……老天，这样是不是有点儿尴尬呢？几分钟前我还在求人家。不过，我希望你能理解，这是我们的传家宝。”

“我非常理解，”狄克说，“实际上，应该我自己提出留东西担保。我唯一能找到的借口，就是我饿昏了头，这全是由于米尔太太的菜单。”

于是他取下那只天鹅绒板上的项链，小心地用一块布包起来，递给安娜。然后放下箱子的盖，啪的一声关上。

“女士们，如果没有什么，我现在要回我的房间了，再见。”

两个女人默默地看着狄克走出办公室，一手提着箱子，一手拿着亨利太太的项链。

第二天早饭后，狄克回到温泉办公室结账，安娜和亨利太太都在那等着他。

“早晨好，两位女士。”他招呼道。

“早晨好，狄克先生，”安娜说，“我来拿账单，你和亨利太太谈正经事。”

“哦，是的，”亨利太太说，“我想听听你的高见，狄克先生。”

安娜离开办公室，狄克和亨利太太坐了下来，在桌子上打开项链。

“亨利太太，我想这是我所见过的珠宝中，最有创意的好珠宝之一。宝石都是上乘的，镶嵌得非常巧妙，甚至可以说巧夺天工。这么好的东西要由我来重新设计、重新镶做，那是最荣幸不过了。但是，我要老实告诉你，我个人的意见是，这条项链不该改造。”

“为什么，我，我不太明白，狄克先生，”亨利太太说，“你既然乐意改造，为什么又要反对呢？”

“我来解释。首先，我乐意改造并重新设计，是因为这对我而言是一种挑战，非常愉快的工作。换句话说，这样的动机很自私。但若为你着想，我个人觉得项链不应该改造。如果它是我的，而我又是位女性的话，我会把它擦亮，戴上，其他什么也不做。”

“可是，我戴它的时候，总觉得太……太炫耀。”她反驳说。

“不要那样，”狄克对她说，“你可以骄傲大胆地戴上它，配上你最简单、最合身的长礼服。不要再戴其他首饰，连耳环也不用。我直言一句，戴它的时候，你还要将你的头发高高地梳起来，露出光光的脖颈，双肩也尽可能露出来。换句话说，大胆炫耀项链，而不用再戴其他饰物。”

“狄克先生，”她兴奋起来，“你的主意非常高明，你说得非常有道理！”

“你这么想，我很高兴，”狄克说着，盖上项链盒，递还给她。

这时，安娜走进来。“啊，我的账单，谢谢你。”他瞥了一眼账单，从口袋里取出一沓旅行支票，多签了些钱，“请将余额分给马尔克和他的助手们。”

“你太慷慨了，狄克先生。”

“这没什么，”他看了看窗外，一辆出租车驶过来。

“我叫的出租车来了，我要告辞了。我可以取回我存放的项链吗？”

“当然可以。”

安娜打开保险箱，把包着的项链递给狄克。他接过来放进皮箱，并锁上箱子。

“我们希望你能再来。”她说。

狄克哈哈大笑说：“我可希望不要再来，虽然我承认你们的治疗非常好。马尔克今天早晨给我量身体，发现我减的不止一天一寸——腰围减了三寸，胸围两寸，大腿各一寸半。七天总共减了八寸。相信我，如果再减肥的话，我会直接来这里的。啊，现在我得快点儿了，再见，两位。”

他蹒跚地走向出租车，一手提着衣箱，一手提着珠宝箱。后面，安挪和亨利太太含笑目送着他上车离开。

那天晚上，他打开行李之后，便离开他在墨西哥城永久居住的旅馆，走到林荫大道上，停在一个杂志架前，拿起了最近出版的《体重》周刊。然后他走进酒吧，柜台顶头他最喜欢的位置空着，他便坐了上去。

“晚上好，狄克先生，”吧台侍者说，“上星期我们一直很想念你。”

“你好，杰克。是的，我有事离开了。”

“看来你瘦了一点儿。”杰克说。

“是啊，是啊，我是瘦了点儿。”

杰克递给他一张菜单，然后到柜台那头，招呼另一位顾客了。狄克一边看菜单，一边打哈欠。

他很疲倦，昨天晚上他花了大半夜时间，取下亨利太太项链上值钱的宝石，装上相似的赝品。他还没有去看收购赃物的人，所以，那宝石现在还在他的箱子里，和他的假项链放在一起。据估计，那宝石价值三万到三万五千元，他可以净得八九千元。这些钱够他在这里过一年了。等钱用完时，美国总还有别处的温泉在等待着他的到访。

“狄克先生，请问点好菜了吗？”杰克问。

“是的，不过，今晚我不太饿，旅行期间我把胃口弄坏了，所以，我只想吃些点心：两个干酪面包，加上全部配料，一碗红番椒，一杯双料巧克力麦芽酒，再来一块草莓蛋糕和咖啡做甜点。”他向杰克笑笑。

“明天我开始真正吃，吃回这几天减掉的体重。”

杰克转身去准备点心，狄克则开始读起了他的《体重》杂志。

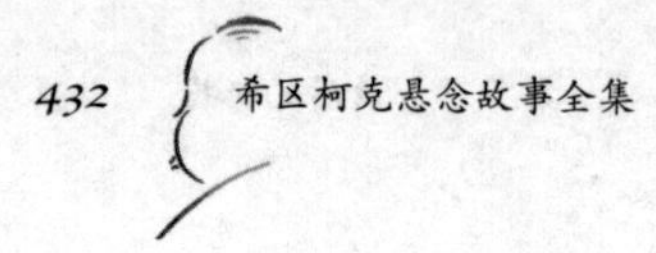

恩爱夫妻

约翰·约翰逊知道，他必须杀掉他妻子，他不得不这么做，也是他唯一能做的事。

他必须为她考虑。离婚是不可能的事情，他没有正当理由提出离婚。玛丽善良、美丽、开朗，并且从来都没有看过别的男人一眼。在他们结婚以来的生活中，她从来不向他多唠叨什么。她做得一手好菜，打得一手好桥牌，显然她是镇上最受欢迎的女主人。

但他不得不杀掉她，这真是非常遗憾。但是，他不想告诉她自己要离开她，这对她来说是一种羞辱。再说，两个月前他们刚刚庆祝了结婚二十周年的日子，他们都说自己是世界上最幸福的一对夫妻。

在十几位羡慕他们的朋友面前，他们举杯保证说，他们要相爱一辈子，不求同年同月同日生，但求同年同月同日死。

经过所有这些之后，约翰不能随便把玛丽一脚踢开，那样太卑鄙了。

如果没有他，玛丽的生活就没有了意义。当然，她大可以继续开她的商店，那个商店自从开张以来就一直生意兴旺。但她并不是一个真正的职业妇女，开店纯粹是为了消遣。当时他们的隔壁刚好要出售那间房子，于是他们就买了下来，也不用如何装修，只要打通两栋房子中间的墙，然后开一扇门就行了。玛丽说，开店只是为了让她在可爱的丈夫不在时，用来消磨时间而已。这对她来说并没有什么特殊意义，虽然她很有商业头脑。

约翰很少进那个商店，他一直觉得那里乱七八糟。每次走进去都会觉得不安，那里面的所有东西都显得那么拥挤，好像随时都会掉下来一样。

是的，玛丽的兴趣在他身上，而不是商店。为了让她的生活有意义，除了商店之外，她必须爱上别的东西。

如果他跟她离婚，那么就没有人带她去听音乐会和玩桥牌了，她也不能再参加她最喜欢的聚餐晚会了。没有他，她不会得到他们朋友的邀请，离婚后她就是孤零零的一个人，和那些老处女和寡妇一样，过着悲惨的生活。

他不能让玛丽过那样的生活，虽然他确信，只要他提出离婚，她会同意的，她向来对他千依百顺。

不，他不能提出离婚，这对她是一种侮辱，她应该有更好的结局。

可是，如果他在去列克星敦出差时，没有遇见莱蒂丝就好了。可他怎能为那次奇遇后悔呢？他发现他认识莱蒂丝之后，才觉得自己充满活力。遇见莱蒂丝，他就像盲人重见光明一样。而惊奇的是，莱蒂丝也深深爱着他，迫不及待要和他结婚。她是自由身，自然不会有什么问题。

等待……催促……

他必须想方设法终结玛丽，安排一次意外事故应该是不难的。商店就是一个最理想的地方，那里那么拥挤。只要利用那些沉重的石头雕像、吊灯或壁炉架，就可以轻易结束他亲爱的玛丽的生命。

“亲爱的，你必须告诉你妻子，”上一次在列克星敦的一家旅馆幽会时，莱蒂丝催促他道，“你必须赶快离婚，把我们之间的事告诉她。”

莱蒂丝的声音是那么舒缓悦耳，让约翰陶醉。但他怎能对玛丽讲这些关于莱蒂丝的事呢？

约翰甚至搞不清莱蒂丝为什么会如此吸引他。

与玛丽的和蔼不同，莱蒂丝气质优雅。或许莱蒂丝并没有玛丽的漂亮迷人，但她的魅力无法抗拒。在莱蒂丝面前，他是一个热情老练的情人；而在玛丽面前，他是一个体贴和气的丈夫。和莱蒂丝在一起，生活总是充满激情，有着前所未有的亢奋。如果打个比方，莱蒂丝是土、气、火、水四个元素，而玛丽——

不，他不能比较她们。但不管怎么说，强迫终结他们这种相互的狂热迷恋，又有什么意义呢？

而就在他正要提议莱蒂丝去酒吧的时候，他看到查特弗莱明走了进来，向旅馆服务台走去。他到这里来干什么呢？

在任何地方都可能碰上熟人，这是非法情人经常面临的问题。他们在任何时间、任何地点都有可能被人发现，没有一个地方是真正安全的。

但是，查特弗莱明尤其不同，他是约翰最不想见到的人，因为他如果见到约翰和另一个女人在一起，一定会大肆宣扬。这个碎嘴子会把这件事告诉他的妻子和他的朋友，告诉他的医生、店主、银行服务员和他的律师。

这时约翰在莱蒂丝身边非常不自在。看看查特还在服务台说着什么，约翰不能就这么暴露下去，因为查特只要向四周看几眼就会发现他和莱蒂丝在一起。于是约翰找了个可笑的借口，溜到旁边的报摊，躲到一本杂志后面，一直等到查特登记完后乘电梯上楼。

总算躲过去了，太危险了。

约翰觉得这是对他们高尚感情的玷污，他不能容忍一直这么如做贼一般，他必须要采取行动，一劳永逸地解决这件事。但是，同时他又不想伤害玛丽。

在美国，每天早晨起床的人中，数以千计的人会在天黑前死去。为什么他亲爱的玛丽不是其中之一呢？为什么她不能自己死去呢？

当约翰向莱蒂丝解释他为什么惊慌时，她很镇静，但是也很关心。

“亲爱的，这件事证明了我是正确的。我早说过，你应该马上告诉你妻子，我们不能再这样继续下去了。你总算明白了。”

“是的，亲爱的，你说得非常对。我将尽快采取行动。”

“亲爱的，你必须尽快采取行动。”

奇怪的是，玛丽·约翰逊和约翰·约翰逊一样，也处在同一困境中。

她并不想坠入情网。实际上，她认为她深爱着丈夫。那天早晨，肯尼斯到她店里来，问有没有莫扎特的半身雕像，这时她才发现自己以前是多么天真。她当然有莫扎特的半身雕像，还有好几个，更不用说还有巴赫、贝多芬、维克多·雨果、巴尔扎克、莎士比亚、乔治·华盛顿和哥德的半身雕像。

他说出自己的名字，顾客一般不会说自己的姓名，于是她也说了自己的名字，接着她发现，他是镇上一位著名室内设计师。

“坦率地讲，”他说，“我可不想在室内摆放莫扎特的半身雕像，它会毁了房间的整体效果。但是我的雇主却坚持要一个。我能看看你这里是否还有别的东西吗？”

她带他参观了整个商店。后来，她努力回忆他们是怎么坠入情网的……他整个上午都在商店，直到快中午时，他似乎对后面的一间小屋特别感兴趣，那里堆了许多带抽屉的柜子。他伸手去拉一个抽屉，结果却拉住了她的手。

“你在干什么？”她说，“天哪，如果顾客进来怎么办？”

“让他们自己看那些雕像吧。”他说。

她不敢相信会发生这种事，但那的确发生了。后来，约翰再出差时，她不再感到孤独，反而越来越渴望他出差。

堆满柜子的那间小屋后来就成了玛丽和肯尼斯秘密幽会的地方，他们在那里添了一张躺椅。

有一天，他们在小屋里太投入了，没有注意到有人进来。直到那人喊：“约翰逊太太，你在哪里？我要买东西。”玛丽才急急忙忙从小屋里跑出来接待顾客。

她慌张地想要把搞乱的头发捋顺，她还知道她的口红弄脏了。

来人是布里安太太，她是镇上最喜欢传话的人。要是她到处说玛丽·约翰逊在她的店里跟人约会，约翰肯定会听到的。

幸运的是，布里安太太那天，一心要看看好的奶油模子嫁妆箱，所以没有注意别的事。

这真是太危险了，玛丽对肯尼斯说。可是肯尼斯却很不满意，他说：“我深爱着你，我是认真的。我认为你也爱我。我已经厌倦了总是这么偷偷摸摸的，我再也受不了了。你明白吗？我们应该结婚。跟你丈夫讲，你要离婚。”

肯尼斯不停地说离婚，好像离婚是一件轻而易举的事，就像去看牙医那么简单。

可是，她怎能和一个二十年来一直深爱着她的男人离婚呢？她怎么能够那么无情地剥夺他的幸福呢？

除非约翰死了。他为什么没有心脏病突发死去呢？每天都有数以千计的人死于心脏病，为什么她亲爱的约翰却不曾突然死去呢？

那样的话，一切就都容易了。

这次连电话铃声都显得怒气冲冲，当玛丽拿起电话时，听到另一头肯尼斯愤怒的声音："该死的，玛丽，今天下午真是荒唐，让人感到羞辱。我再也受不了了。我不想再躲在门后，而你在那里带顾客看什么奶油模子。我们必须马上结婚。"

"是，亲爱的。请你耐心点儿。"

"我已经很有耐心了，可我再也不能等待了。"

她知道他这话是真的。她不能失去肯尼斯，否则生活将失去意义，而她对约翰就从来没有这样依恋过。

但是，亲爱的约翰，她怎能一脚把他踢开呢？他正在壮年，还可以活几十年。他的存在一直以来都是以她为核心的，就是为了给她快乐。他们没有其他朋友，只有那些已婚夫妇。如果她离开他，约翰将过着孤独可怜的生活，会成为一个被人同情的怪人，在他们朋友邀请他去的宴会上，人们会称他为可怜的约翰，会说他这样还不如死了好受些。他不会照顾自己，会饥一顿、饱一顿的生活，并且不得不单身住到某个破烂公寓。

不，她不能让他过那样的生活。

为什么要开始跟肯尼斯的这段疯狂恋爱呢？为什么一定要在家里放上莫扎特的半身雕像呢？为什么肯尼斯一定要到她的店里来买莫扎特的半身雕像呢？别的地方多的是，价格也便宜。

但是，她无法改变什么，这已经是既成事实了。她跟肯尼斯在一起待几秒，感觉胜过跟约翰的一辈子。

只有一个办法，她要用这个快捷、有效、干净的办法摆脱约翰，并且要快……

在约翰出差回来的那个晚上，他觉得玛丽漂亮极了。有那么一瞬，他觉得这一生有她足够了，可是接着他想起了莱蒂丝。为了能让他们在一起生活，无论干什么都可以，他应该按照原计划行事。

他应该尽可能温柔地杀掉玛丽——就在那天晚上。当然，他还要享受玛丽为他准备的美妙晚餐，计划和礼貌要求他这么做，另外他也的确饿了。

但他一吃完饭，就着手进行谋杀了。一边吃一个女人准备的奶酪蛋糕，一边要谋杀她，这似乎有点儿残酷无情。但他觉得这并不是他要这么残酷，而是迫不得已。

他不知道该怎么谋杀玛丽，也许在她那个堆满半身雕像的角落里能找出什么方法。

玛丽微笑着，递给他一杯咖啡："亲爱的，你这趟漫长的旅行一定很辛苦，我想你需要喝点儿咖啡，解解乏。"

"是啊，亲爱的，我正想喝咖啡，谢谢你。"

他拿起杯喝了一口，瞥了一眼桌子对面的玛丽，发现她脸上神情古怪。约翰对此很困惑。是的，他们在一起这么多年了，难道她看出了什么？她一定了解他的想法，她一定知道他想干什么……

然而就在这时，玛丽露出了微笑，这是他们自从蜜月以来她对他最灿烂的一个微笑。

一切正常。

“亲爱的，我要出去一下。”她说，“我刚想起店里还有些事要做，马上就回来。”

说完，她快速走出餐厅，穿过厅堂，走进商店。

但她并没有像她说的那样马上回来。如果她不赶快回来，约翰的咖啡就会凉了。所以他决定喝两口，然后去商店看看发生了什么事情才会耽误她。

她没有听到他进来。

他看到她在中间那间屋子里，背对着他，正坐在一个大沙发上。她的周围，都是放雕像的架子，架子上摆满了雕像。

老天，这真是天赐良机！

她一定知道了他的想法。她的肩膀在抽动，她在呜咽。看来她知道他们的共同生活快结束了。

可是他忽然间又觉得她可能是在笑。因为她独处的时候，笑起来肩膀就是那么动的。算了，不管她在做什么，不管她是在哭还是在笑，他都没有时间去猜测了。眼前这个机会很难得，绝不能错过。

她低着头，头顶旁刚好是维克多·雨果或者本杰明·富兰克林的雕像，约翰只要轻轻一推，它刚好就会落到她的头盖骨上。

他推了，很简单。

可怜的女人，可怜的玛丽……

这样做是为大家好，他不会为此而自责。不过他还是感到吃惊，没有想到事情做起来会那么容易。如果他早知道会这样的话，前几个星期就动手了。

约翰很镇静，他最后看了玛丽一眼，然后回到餐厅。他要先喝完咖啡，然后再打电话给医生。毫无疑问，医生会对警察说这是个意外。整个过程中除了一个小小的细节，约翰根本不需要撒谎，而那个细节，他只要说是玛丽的动作导致雕像的坠落就可以了。

他的咖啡还是温的。他慢慢喝着，想起了莱蒂丝，急切盼望着给她打电话，告诉她他们终于能够永远在一起了。只要再过一段时间，他们就可以结婚了。但是出于谨慎，他决定还是不要冒险，暂时不给那个会暴露自己跟莱蒂丝关系的电话。

他现在是如此的快乐而镇静，从来都没像现在这样。这种轻松的感觉来自于他刚才做完的事。他高兴得，甚至有点儿困了……

他从来都没有这么困倦过，他想他应该到客厅的沙发上躺一下，这已经比给医生打电话来得重要了。但是他等不及走到沙发旁边，便一头栽在餐桌上，双手剧烈摇晃。

玛丽和约翰的朋友们，丝毫不怀疑这场双重悲剧是怎么发生的。只要他们想想，就已经意识到商店是个不那么安全的地方——那天晚上，玛丽不小心被雕像砸到头上。

约翰发现她死了，悲痛欲绝。没有了玛丽的约翰，发现自己没她就活不下去。于是绝望之中他在咖啡里放进大量安眠药，自杀身亡了。

他们都记得，就在玛丽和约翰最近的那次结婚周年庆祝宴会时，都说希望能和对方同年同月同日死。

他们真是世界上最恩爱的一对夫妻。你只要想到玛丽和约翰的故事，就肯定会感动不已。在这个动荡的世界上，没什么能比他们这样真挚而深厚的爱情更加动人的了。一如他们自己所希望的那样，他们在同一天晚上死去，这真是，太令人感动了。

老江湖

售货员转身到后面的货架上去取其他手套，趁这个时候，我将柜台上一副搭配晚礼服的长手套塞进背包里。她转过来，把新拿的手套和原先的几副混在了一起。

售货员用已经有些疲乏的声音问道：“小姐，您认为这些手套如何？”

我皱了皱眉，然后挑了一下，“可惜这些我都不喜欢，谢谢。”

于是我心中暗笑着移步离开。十五分钟，我消磨了她这么久的时间，让她忙得不知所谓，然后静悄悄拿走了一副二十元的手套。

这家八层楼高的百货公司，从一层到我现在正徜徉的五层，我始终得心应手，诸事顺利。这要感谢我肩上这个大背包，有一次我甚至把一台烤面包机放在里面都没有人发现。

今天是个便于隐藏自己的好日子——周末的百货公司虽然拥挤，却还不至摩肩接踵、寸步难行，这样一个顺手牵羊的理想环境，唯一需要留心的无非就是那些保安。他们中有穿制服的，也有便衣的。事实上，在行家眼里，便衣保安比穿制服的那些人更加显眼，因为他们都习惯于双手背后，站在电梯旁边。

“嘿，小姐。”

我心中一惊，打招呼的莫非是售货员或者保安？我转过身，发现那人是一位微笑着的白发绅士。

“你好，什么事？”

他向我走近，压低声音说：“你在后面玩的把戏真称不上高明。”

也许他是便衣保安，那么我终究还是被抓住了，但我想辩解：“我……”

话刚出口，便被他打断：“嘘，小点儿声，你不想当着这么多人的面出丑吧！”

“你想怎样？”

“帮你，”他说，“漂亮的小姐啊，可惜，你的美貌在坐牢时可帮不上什么。相信我，你的身手预示着你正在走向牢房。看你身上穿着什么？牛仔裤，褪色夹克……不说这些，单是肩上的背包就足以让你暴露了。如果那个售货员眼睛没有问题，此时你已经被抓了。”

“嘿，你是这家公司的保安还是什么？”

他光润的脸上的笑容扩大了，有些得意地说：“不是的，小姐。”他的手挥了一下，仍面带笑容，“我想帮你，你会知道我是干什么的。现在留心看我的。”

他环顾了一下四周，然后朝化妆品柜台走去。柜台上有几瓶香水和香水精，当然全是样品。他混进顾客里，一个动作，仅仅一个动作，就神不知鬼不觉地把一瓶香水精样品偷走了。如果事先他没要我留心，无论如何我也不知道发生了什么。那个人手脚之利落，令人叹为观止，然后他向我走了过来。

“现在你总该相信我了吧，我绝不是那种信口开河的人。你还在吃奶的时候，我就已经靠这行吃饭了，可以说是这行的老大。通常我不会显露身手，但既然你是位可爱的小姐……所以，今晚我可以请你吃饭吗？到时我会多教给你这些本行的技巧。”

于是我掏出工作证，上面清楚地写着我是“艾登侦探所”的职员。我专门负责检查零售部门的安全工作，发现哪里出现了薄弱的状况，便提出建议，在相应的安全措施上进行改进。

过去我从没碰到过这种自投罗网的人，他的不请自来，令我可能由此获得两天的假期或一点儿奖金。

不管怎样，我很感激他，虽然做这些顺手牵羊的事有了工作证不用再担心安全，但是，艺多不压身嘛。

姑妈回城

莫尔的眼睛一直看着姑妈，她的面容依然显得有些悲戚。过了一会儿，只见她深深地吸了口气，又随着胸部的起伏缓缓地吐出来，然后喃喃地说：“我真的希望奥斯卡能带着往常那样的微笑出现在我面前，对我作些解释，尽管时间已经过去三个月了。”

“姑妈，你知道那是不可能的，还是接受现实吧，重新振作起来开始新的生活。”

姑妈还清楚地记得，三个月前的一天，奥斯卡又像往常一样驾船出海去垂钓了，原本以为他能按时回家，但天色很晚了也不见踪影。当海上巡逻队找到奥斯卡的船时，只见船已倾覆在海水中，除了船桨和钓鱼装备还在，茫茫的海面连个人影都没有。事情发生得太突然了，要知道，奥斯卡可是个很有钓鱼经验的人，他以往经常独自一人轻舟出海垂钓，从来也没有出过事情。“难道是被海怪拖下了船？”姑妈经常疑惑地问着自己，甚至梦中还见到过一只巨大的海怪掀翻了奥斯卡的船，将他拖入深深的海水中。

“不要再难过了，有些事情是我们无法预料的。好在你生活无虑。”莫尔继续劝慰着姑妈。

望着身边的莫尔，姑妈沉默了一会儿。“不，你不懂，随着时间的推移，或许会去掉伤痕，但却永远抹不掉我内心的创伤，奥斯卡是我生命中的一部分，失去了他，我永远都无法排遣自己的生活。”她的神情依然摆脱不了阵阵忧伤。

“是的，如果从某种意义而言，那是你赋予美满婚姻的代价。”莫尔不无理解地说道。

“我总觉得他还活着，还会回到家里。”她又陷入沉思，轻轻地说道：“唉，最近我一直在想，我和奥斯卡生活过多年的那幢公寓是不是该放弃？因为一进到那些房间，几乎全是他的影子——书房里有他的写字台，衣柜里挂着他的衣裳，还有他的洗漱用具，也都摆放在卫生间里。”

“姑妈，别多想了，你还是和我们多住几天吧，我们先找个人去公寓收拾一下他的东西，重新作些整理，这样好吗？”莫尔真诚地说道。

她摇摇头：“不，莫尔，谢谢你。我必须要收起悲伤，重新开始面对生活。我要感谢你和苏珊，这三个月来你们一直细心地照料我，耐心地听我翻来覆去地说话，这让我的心情好了许多。我还是准备回家去，因为我已经请罗拉明天回来了，她能够帮我做一些事情。另外，为了防止我旧病复发突然离开这个世界，就像你姑父会突然失踪那样，我也和医生约好了，准备星期五上午去看他，他要求我至少每四个星期检查一次身体，你们就放心好了。”

看着姑妈执意要走的样子，莫尔也不好再坚持了，他将身子又朝姑妈那里挪了挪，说道：“我小时候最喜欢的人就是姑父了，而你又待他那么好，让他快乐，姑妈你知道吗？我和苏珊一向都很欢迎你。”

听了莫尔的话，她的眼角又湿润了，连忙从兜里掏出手帕准备擦拭，然而只拿到一半，手就握成拳头，紧紧地压在胸骨上，表情显得紧张而略带痛苦。

“姑妈，你怎么了？”莫尔急切地问道，“要不要药片？在哪里？”

“快，莫尔，快打开我的皮包。”她边说着，边用手指着身旁的黑色小皮包。

在莫尔的帮助下，她找到了装药的小玻璃瓶，用微微颤抖的手把里面的白色小药片倒在手心上，送到嘴里含着，然后闭上眼睛。休息了一会儿，她慢慢睁开双眼，呼吸也变得比先前平缓了许多，“啊，现在好多了。”

“你在这儿不会麻烦我们的，一定要走吗？”莫尔问。

“是的，莫尔。我也很喜欢你和苏珊，这个地方也很可爱……可是……”

此刻，莫尔和姑妈正坐在一片海滩上，他们在这里可以俯瞰海湾，眼前那一片湛蓝的海水在阳光的照射下，泛出道道金光，平静而深邃。这里是属于莫尔的私人海滩，为了打造这片海滩，他进行了一番独出心裁的设计，并用进口的、最好的珊瑚色沙石铺就。

这一天，姑妈准备回家了，她穿好衣服打算乘火车走。莫尔也穿上了他那套昂贵的星期日便装，显得蛮精神的，只是他的头发太长了，少说也有三个星期没理了。至于注重整洁这方面，莫尔与他的姑父不太相像，因为他的姑父非常注重仪表，不仅每天早晨上班前都要刮胡子，穿着整洁，即使是假日休息，他也像准备上班一样去打扮，甚至连在喝第一杯咖啡之前，他也要打上领带，穿好外套才肯端起杯子。

当两人都准备好之后，突然从里屋传来了一阵清脆的电话铃声，“莫不是他？难道是海上巡逻队的人已经发现了奥斯卡！”姑妈不禁一愣，她紧张地想着。

三四秒钟之后，电话铃声停顿了，只见苏珊拿着电话机从里屋走了出来，她微笑着说：“姑妈，请别紧张，刚才是你的律师的电话。”

“啊，”她的心跳缓慢下来，长长地出了一口气说：“是波顿的，”顺手从苏珊手中接过了电话机。

“喂，是波顿吗？”姑妈说话的语调已经变得平缓多了。

“是我，奥斯卡太太，你好吗？”

“噢，我很好，这些天我在莫尔和苏珊家里，他们都快把我宠坏了。”

“听说你明天要回家，是这样的吗？”

“对，不过不是明天，我一会儿就准备去火车站。”

“唔，原来是这样的，奥斯卡太太，我本来不想催你，只是……”

“很抱歉，波顿，我知道……”

“……那么，还是我把文件送到你家去吧，你就不必到办公室来了，好，就这样。”

一直站在身边的莫尔朝她指了指自己腕上的手表，伏在她耳边轻轻地说：“姑妈，时间快到了，我们必须要去火车站了。”

“波顿，谢谢你！我们星期三如何？好的，很抱歉，我要去火车站了。”

莫尔拎起她的行李箱，“姑妈，真不舍得让你走，你要是寂寞的话，欢迎你随时再来，回去后别忘记给我们经常打电话。”跟在身后的苏珊轻轻地吻别姑妈后说。

从她住的曼哈顿到莫尔住的兰琴蒙特并不算太远。莫尔开车将她送到火车站，在月台上等车时，他对姑妈说：“我很乐意开车送你回到曼哈顿的公寓去，行吗？”

“好了，莫尔，不要麻烦你了，我觉得在火车上反而能很好地休息。再说到了曼哈顿，出租车司机会帮我提箱子的，至于我的身体，你也不用担心，等到家后我就会通知医生的。”

莫尔和姑妈互相微笑着吻吻面颊，分手了。

坐在开往曼哈顿的火车上，她内心不断地翻腾着。对于那间曾带给她和奥斯卡许多欢乐的公寓，她是既希望尽快回去，又感到有些莫名的害怕，或许是担心睹物思人，看到奥斯卡的影子吧。

下了火车，她招手唤来了一辆出租车，司机把她送到公寓门前，还帮她把行李箱一直送进电梯。

“唉，这个家门我已经有三个月没有踏入了！”她用微微发抖的手掏出钥匙，轻轻地打开房门，眼前的景象让她感觉到房间里似乎有人：迎面房间的一扇窗子略略地开着，“难道几个月前我是那样开着的吗？”她慢慢地踱进房间，似乎闻到房间里有一股略带清香的新鲜气息，这种香味使她有些陶醉，“这是奥斯卡刮胡子时用的刮胡水的香味呀，怎么会是这样？不可能！”“难道是我没有将瓶盖拧紧？”一连串儿的疑惑萦绕在她心头。

或许是她急于要弄个明白，于是她将外套、帽子和手套都迅速脱下，快步走进卧室，“咦，这里也不对！我去莫尔家时把奥斯卡的床铺都收拾利索了，如今怎么这样凌乱呢？还好像有人在床上睡过觉。”

她再看看衣柜顶层的抽屉上，依然挂着奥斯卡的裤子，那种打开抽屉，将裤管夹住的方式，就像他每天晚上挂裤子时一模一样。

“莫非真的是奥斯卡回来了？”她不禁心里震颤了，轻声叫着：“奥斯卡，是你吗？”她边轻声呼唤着，边走进浴室，一眼就看到一块新肥皂的上面压着一小块银色的肥皂，“对！这是奥斯卡的习惯。”原来奥斯卡使用肥皂时很节省，他总喜欢将一块快要用完的小块肥皂压在另一块新肥皂上。她伸手摸了摸那小块银色的肥皂，竟然是湿的，显然有人刚刚用过！

她顿时感到呼吸急促，喉咙里犹如鲠着一块东西，视线也变得模糊起来，头部阵阵眩晕，两腿发抖，接着就失去了平衡，重重地栽倒在地上，她觉得面颊压在了浴室垫上，眼镜也被碰掉了。接下来的事情她就记不清楚了。

等她醒来时，发现自己躺在医院的观察室，一个心脏监视器摆在她身旁，各种导线与她身体的部位紧紧连着。到了第四天，她从观察室被移到一间私人病房，有特别护士全天二十四小时看护她。

病房门轻轻打开了，“唔，你又闯过来了！虽然你的心脏没有明显的病，但也要保持安静，无论是谁来访，谈话都不能超过十分钟，这样对你恢复健康有好处。”听了医生的话，她默默地点了点头。

第一位来访者是她的律师波顿。她先将护士支开，然后让波顿把带来的文件放在一旁，向他口述了一些指示，波顿在这里大约忙了二十五分钟的样子。

波顿走后，莫尔就来了，他的表情显得忧虑而震惊，“天哪！姑妈，究竟发生了什么？我真懊悔那天怎么不亲自送你回家呢？我和苏珊真怕失去你。”

“别紧张，莫尔，你看我不是好好地在这里吗？”

“感谢上帝保佑，姑妈，你看上去挺好的，那我们就放心了。”

“是吗？莫尔，苏珊她好吗？”

“苏珊？啊，她很好。原本她要和我一起来的，但医生建议她还是别……”

“唔，原来是这样。莫尔，我问你，那天你送我上火车后，没有直接回家，苏珊不惦记你吗？”

“惦记我？苏珊为什么要惦记我呢？姑妈，我不明白这是什么意思？”

“很简单，那天你送我到兰琴蒙特火车站后，并没有立刻回家，而是一直开车到曼哈顿，赶在我之前到了公寓。莫尔，我来问你，在我离开家这三个月里，你是不是借过我的钥匙，又去另外配了一把？”

莫尔的表情一下子变得复杂起来，不过他很快又掩饰住：“姑妈，你在说什么呀？是在开玩笑吧？”

“开玩笑？是吗？”她突然大笑起来。“莫尔，其实我很清醒，你知道吗？当我一想到你听我讲述往事的时候是那么认真、仔细，我就全明白了。你正是通过我的讲述，知道了奥斯卡的许多生活习惯，比如说，他是怎样打开窗户、怎样挂裤子、刮胡水用的是什么，以至于连他怎样节省肥皂等等，我说的没错吧？你为什么要这样做呢？想必你对这一切事先都是有计划的！”

莫尔的眼睛有些不敢再看姑妈，表情也变得有些不可捉摸。过了一会儿，他摇摇头说：“不，不是的，姑妈，你是在指责我吗？……”

“莫尔，你知道我的心脏不好，这样做的目的难道不是企图吓死我吗？好了，莫尔，不必再试探我了，因为波顿已经来过了，按照我修改后的遗嘱，你除了能得到一元钱之外，什么都不会有了。”

“真是荒谬！我怎么会是那样的人，姑妈，你怎么能相信……怎么……”莫尔连连地摇头。这时，病房内静极了，仿佛只剩下两个人呼吸的气息。

病房门被轻轻地推开了，原来是护士。

“好的，我们再谈一分钟。”姑妈微笑着对护士说。

“莫尔，我今天有些累了，你也该走了。不过，我刚才说的事绝对不是空穴来风。你知道吗？那天我回家后，看到你精心布置的一切，的确惊吓了我，晚上当我在浴室地板上醒来的时候，第一眼就看见了浴室门口铺的地毯上有那种特别的珊瑚色沙粒，那一定是你从海滨带来的。莫尔，你不必再狡辩了，因为波顿已经用瓶子装了一些沙粒，并将它们存放在保险柜里，万一需要做证据时就可以取出来。”

莫尔的脸顿时涨红了，嘴唇也在不停地抖动，过了一会儿，他默默地站起身，走出了病房。

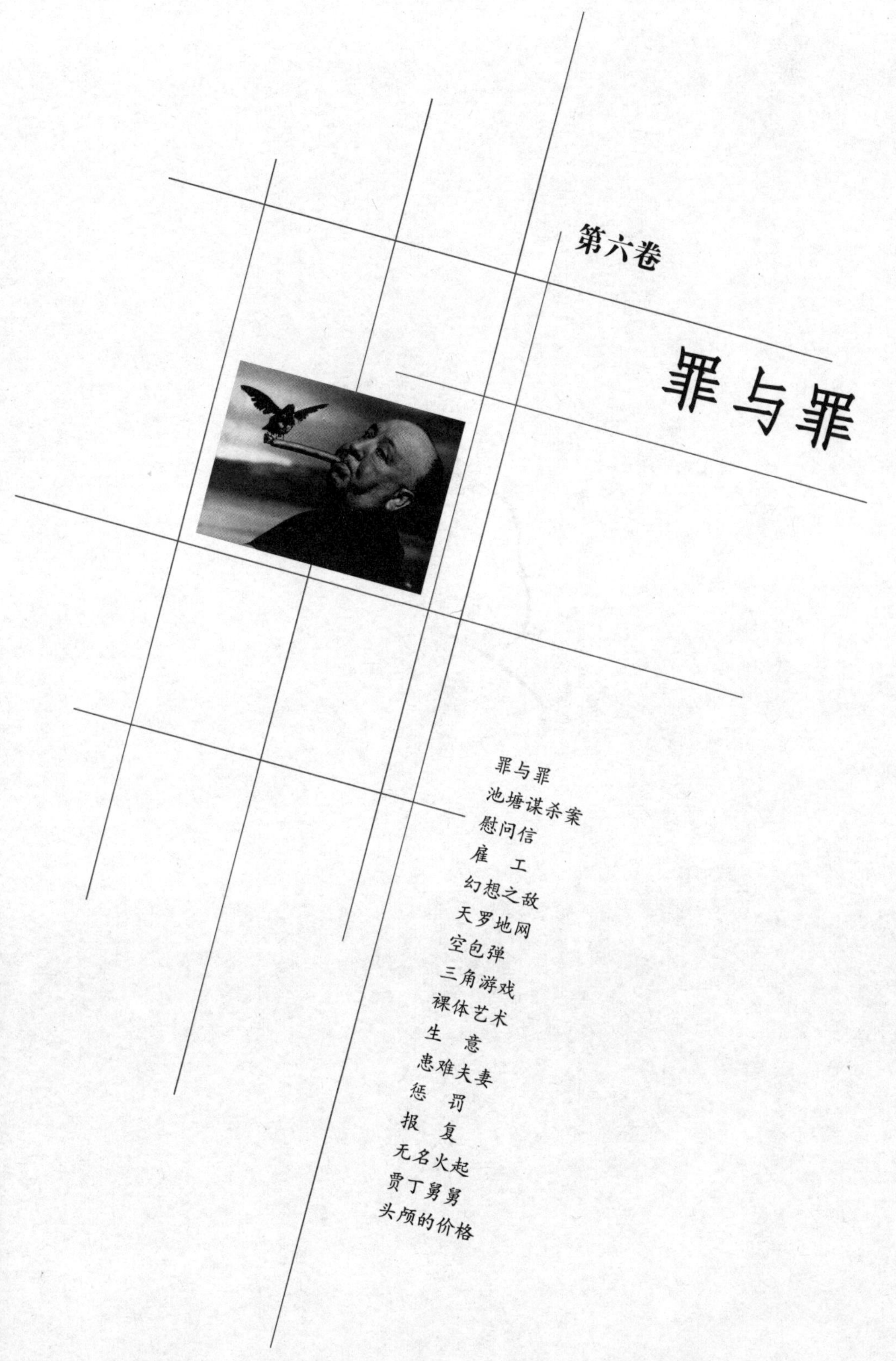

第六卷

罪与罪

罪与罪

离开她的公寓，我径直逃向艾萨德先生的家。

停下车，我逃进大厦。光滑的大理石映出一个惊魂未定的影子，后面似有一双无形的手在追赶——追赶一只逃生的“浣熊”。

我询问值班人艾萨德先生现在何处，得知老板就在书房，便一下冲进去，随手关上了沉重的核桃木大门。

书桌旁的那人抬起头来，正是艾萨德先生。对于我冒冒失失的举动，他似乎心有不虞，但却没有把我撵出去，而是马上站起来问：“出了什么事，威廉？”

我擦去额上的汗珠，向书桌走去，放下一个信封，里面装着一千美元的现金。艾萨德先生从信封中拿出钱来，露出迷惑而惊讶的神情。

“威廉，你去过了玛丽的公寓？”

“是的，先生。”

“她在那里？”

“是的。”

“她没有要钱？我简直不敢相信，威廉。”

“先生，她死了。”

听闻我的话，艾萨德先生锐利的目光离开钞票，落到了我的脸上。这个瘦高英俊、风度翩翩的男人有着一张三十岁的面孔，然而花白的头发却掩藏不了他真正的年纪。

“死了？”他说，“她怎么死的，威廉？”

“我看好像是被人勒死的，可我没敢逗留太久，不能确定。但她脖子上有被勒过的痕迹，舌头吐着，脸肿得像灰色的猪肝……”我换口气，继续说道，“可是，她生前一定非常娇媚迷人。”

“是的，”艾萨德先生说，“她是个尤物。”

“可现在不是了。”

艾萨德先生从短暂的沉思中回过神来，转移了话题：“她单独一人在公寓里？”

“我想是的，可我不敢四处探望，我只看到她躺在起居室的地板上就匆匆走开了，马上赶来这里。”

艾萨德先生一边心不在焉地把一千美元放进外套的口袋里，一边回忆说：“三小时前她还活着。当时我正要出门，接到她打来的电话，回来后我就交给你一个信封。可你到她那里时就发现她已经死了——那么，她是今天下午两点到五点之间被害的。”

“艾萨德先生，这段时间里她会不会做什么买卖？”

"不会，她今天应该不会做买卖，因为有一位带着白信封的客人会去拜访她。威廉，你离开时没有看到别的什么人吧？"

"没有，先生。"

"也没有给什么人打过电话，或者和别人说过话吧？"

"都没有，先生，直到这里我才开口问值班人你在哪儿。"

"好，你一直表现都很好，威廉。"

"是的，先生，我会努力的。"

这话倒是真的。许多年前，北卡罗来纳州康福县的一个贫瘠困苦的山区里，一个年轻人心无旁骛地生活着，直到有一年夏天，一位名叫艾萨德的先生到这里度假，以钓鱼为消遣，年轻人便为他跑腿打杂。由于聪明伶俐、待人有礼，办事又干净利落，因此年轻人十分讨艾萨德先生欢心——不错，那就是我。艾萨德先生问我愿不愿意跟着他，做司机兼打杂，再做一些其他的私人工作，他会给我梦寐以求的房子，还有每月固定的薪水。这个机会我当然不能错过，于是答应了他。从此，艾萨德先生视我为心腹，十分信任我。可以说，我的守口如瓶，正合他这样一位拥有电视台和报社的大人物的胃口。

此时我已从惊骇中恢复平静，不再发抖。艾萨德先生询问了他想知道的情况后，便打电话给他的好友哈代法官和吉尼检察官，让他们放下手中一切事务，马上来他的书房和他见面，因为有一件非常重要的事，在电话里说不方便。果然，他们很快赶了过来。

先一步赶来的哈代法官在本州高等法院的法官中最年轻，他身材魁梧，红光满面，大学时曾是著名的足球明星。但现在，宴会和美酒在他的身上留下了痕迹，让他的肌肉松弛了许多。

他对艾萨德先生说："什么事啊老朋友，我今晚还有晚宴，而且——"

"等你听完我说的事，就没心情和食欲再去吃晚宴了。"艾萨德先生说，"为了省得还要再重复一遍，你先耐心等一会儿，等吉尼来了再说。"

哈代法官虽然着急，但知道逼艾萨德先生先说是没用的，也就安然地坐下来，点上一支雪茄，想从艾萨德先生瘦削严肃的脸上看出一点端倪。他刚把雪茄点着，吉尼先生也赶到了。这个秃顶、肥胖的中年人，有着一双厚厚的嘴唇和大大的眼睛。

等吉尼先生进来后，门被安全地关上，艾萨德先生便让我把刚才的话讲给他们听。于是我开口说道："玛丽小姐死了。"

法官听到这句话，眼睛睁得大大的，眨也不眨；而检察官一手抚着脖子，一手摸着椅子坐下来，如鲠在喉，许久说不出话。

"怎么死的？"还是法官打破了平静，他的声音努力保持着冷静。

"我想是被谋害的。"我说。

这时，吉尼检察官的呼吸声变得粗重起来，但仍未说话，还是法官问道："用什么方法？”

“窒息而死，看上去是那样。”

“什么时候？”

艾萨德先生接口说：“两点到五点之间。”

这时吉尼检察官终于粗哑地叫起来：“凶手还没抓到，我无权审判，你现在通知我做什么？你凭什么认我会对此案会感兴趣？我又不认识玛丽这个人。”

“哦，别那样，吉尼，”艾萨德先生说，“我知道，玛丽——应付我们三人。是的，她确实善于周旋。我们三个是她的‘金矿’，她不用再拓展财路，并且也没有再去另觅‘银矿’，免得招致更大的危险。”

吉尼先生抓着椅子的扶手，一边弓起身子要站起来，一边说：“我否认任何——”

“收起你的话吧，检察官，现在我们不是在法庭上。”艾萨德先生平静地打断了他，“有个令人遗憾的事实是，我们三个都是可能杀害她的嫌疑人。有理由可以肯定我们三人中的一个，杀害了玛丽。哈代，她诈骗你最久，我在其次，而吉尼你呢，则是她的第三个也是最后一个‘金鹅’。这段日子里，我们三人为她奉献的总数估计在六万左右。”

“糟糕的是，那些钱我们都没有报所得税。”

“你是怎么发现这件事的？”吉尼问道，“我是说……关于我的事。”

“别傻了，吉尼，”艾萨德先生说，“别忘了，我仍然是一位顶尖记者，一个有新闻来源、善于挖掘个人隐私的记者。”

“好，”哈代法官像在法庭上那样思考律师的一个提议，然后说，“这件事摆在我们面前，我们三人都是任她宰割的羔羊，我们每个人都有充分的理由杀她。换言之，我们三个人在同一条漏水的船上，有没有桨可以划的问题留待解决。现在的问题是，很不幸，今天下午两点到五点之间，我没有不在场的证明——你有吗，吉尼？”

“什么？”吉尼脸色灰白，像是被人灌了毒药。

“今天下午两点到五点之间，你在哪？”

“我……”

“在哪，吉尼？”艾萨德先生催问道。

吉尼抬起头，看看他的朋友：“……不，我没有进去，你们要知道，我在一条街以外时就将汽车掉头开回去了，我没进她的公寓。”

“你真的打算去看玛丽？”法官问。

“是，我想去求她，我付不起她的勒索了，我要去说服她，她必须少要，或者根本不要。我实在筹不出钱来了，我没有你们那么富有。”

“可是你害怕了，”艾萨德先生说，“所以，实际上你没有去看她？”

“是真的！艾萨德，你得相信我。”

“不论我们是否相信你，”法官用冷静而近于无情的声音说，“都没有多大关系，

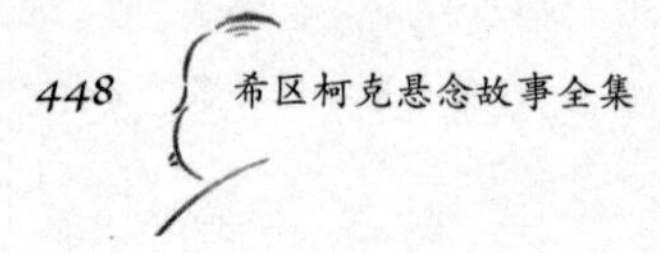

重要的是，你没有不在场证明。那么你呢，艾萨德？”

艾萨德先生摇了摇头：“下午两点钟，我接到她的电话，她提醒我要我五点钟派威廉给她送去一千元。然后我开车出去看了一块打算购买的地皮，回来就派威廉去送钱了。”

“这么说，我们当中任何一个人都有可能杀她。”法官说。

这时，吉尼紧张而急促的声音使气氛更加紧张起来。“听我说，我没杀她，如果这丑闻涉及到我的话，我就完了，我们三人——”他的眼中流露出悲哀的神色，“全完了，市政厅警察局里的那些人，一直想找我们的碴儿。我们不能和任何谋杀案沾边儿，即使艾萨德控制了电视台和报纸，也不可以，绝对不能。”

“完全正确，吉尼，”艾萨德先生说，“有时候，你几乎让我相信你确实有脑筋。除了你在政界使用的伎俩，我们能不能想想其他的办法来掩饰这件事？”

“那么，你有何高见？”法官问。

艾萨德先生说：“我们来个‘君子协定’：不论我们谁被盯上，都要独自负担这件事，绝不能向朋友求助，更不能让朋友涉嫌其中。他必须站得牢牢的，咬定只有他一个人和玛丽有关。无论我们中哪一个被盯上，他都要问心无愧地说，他保护了朋友。”

“这可不好办，”法官说，“当一个人涉嫌谋杀案时，最自然的反应就是提及别人的名字用以混淆视线，让问题更加复杂。”

“我知道，这也就是我邀请你们到这来的原因，”艾萨德先生说，“我们必须事先协定，没有被盯上的那两个人，在未来必须扶持那个倒霉者的家人，无论任何情况、任何麻烦，都要像他还在时一样。”

这时，我开口了：“艾萨德先生。”

他转过头来看着我，说：“威廉，什么事？”

“在你们谈话时，我一直在思考，现在我有个主意。”

吉尼先生近乎刻薄地挖苦我道：“威廉，我们有比你的主意更重要的事情要考虑——”

艾萨德先生举手制止他继续说下去，仍对我说：“我认为我们听你的主意不会有什么损失。威廉，你说！”

“谢谢你，先生。我要说的是，艾萨德先生，你一直待我不薄，给我机会让我过上了以前做梦都想不到的生活。我以前只是北卡罗来纳州康福县一个穷山沟里的孩子……”

吉尼先生不耐烦地说：“现在不是谈感情那种蠢话的时候。”

“是的，先生，”我说，“总之刚才我要说的已经都说了，我只是希望艾萨德先生知道我为什么愿意替你们承担谋害玛丽的罪名。”

他们的眼睛齐刷刷地盯着我，注意力全在我身上。这时，就算一只老鼠穿过阁楼顶都能听到声音。不过当然，艾萨德先生的阁楼里没有老鼠。

艾萨德先生终于开口说道："威廉，我很感动。不过，你的话应该还没有说完。"

"是的，艾萨德先生，我还有话要说。你们三个人都有出身上层的妻子、乖巧的儿女、美满的家庭和一切构成美好生活的东西，一旦涉嫌玛丽谋杀案，很多东西将会一夜尽失。而我，没有显要的朋友，只有我自己。我以前从没有机会获得一笔什么奖金。"

法官率先问："要多少？"

"我知道，你们付给玛丽小姐的已经不少了，最后这一笔，交给我，这一切就永远结束了。你们每人给我五千，我就为你们承担这件事的一切后果。"

"我不干，"吉尼先生说，"五千，我不……"

"别这样，吉尼，你会接受的。"艾萨德先生说。他背靠着办公桌，对我说："威廉，你打算怎么做？"

"这太简单了，道理和在太阳不太热时割麦子一样，"我说，"有你的报纸和电视台站在我这边，再加上法庭上的哈代法官和州政府里的吉尼检察官处理这件案子，我应该不会重判。我会说，我一直和玛丽小姐暗中往来，最近她想离开我另觅高枝，于是我们吵翻了，我气得发疯，冲动之下失手杀了她。这城里没人会真正关心她，她的死不会有人关注或怀疑。我估计法官判我三五年就差不多了，而我乖乖地在狱中循规蹈矩，说不定一两年后就可以保释。"

"然后呢？"哈代法官问。

"然后，我就带着我的一万五千美元回康福去，"我说，"我不会有更多挂虑，因为这件事我们都牵涉其中，我们共同进退，要沉也一起沉。"

于是法官为整件事作出了决断，他向检察官说："我提议，你和威廉私下里多演习一下。"

"好主意。"检察官说。

"你们不用担心威廉会演砸，"艾萨德先生说，"放心吧，他是块好材料。"

"是的，先生们，"我说，"我们尽快在这里演习一下，我会在一个合理的时间内，到警察局去自首。我的自首和为鲁莽行为的忏悔，会让事情好办些。"

"太好了，威廉，那太好了。"艾萨德先生掩饰不住地高兴。

我得说，这对我也十分有利。因为我自首的话，警察就不会详察这个案子。一旦他们真的详察，那些指纹、头发等蛛丝马迹也会对我不利，我在劫难逃。没有这三个人的帮助，我肯定被判重刑。而这样解决，在不久的将来我就可以带着他们三人吐出的一万五千美元回到故乡。玛丽小姐生前，也对她的未来作好了打算，在我逼她打开公寓的保险箱时，总共搜到了四万多美元。

故乡的人们都在政府"小康计划"的范围中，而带着五万五千多美元的我回到故乡后，可能会成为全县最富有的人。

清新的空气，优美的风景，朴实的民风……还有，女孩子们都那么成熟漂亮，十

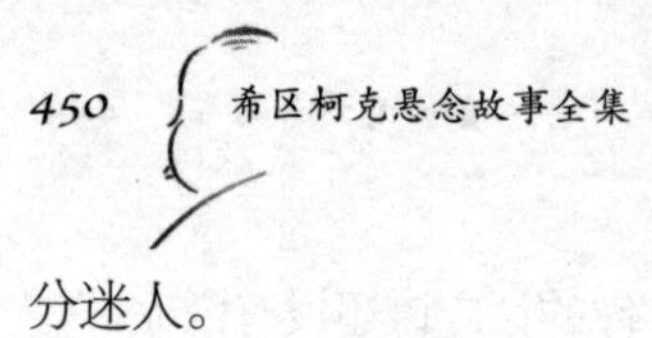

分迷人。

我可能需要雇一个司机兼打杂的人，只是我一定要确定，他的名字不叫“威廉”。

池塘谋杀案

今天的天气对于逛公园的游客来说非常糟糕，可是对于巡警彼特来说，确是无比轻松的一天，因为，他的工作是独自一人在郡立公园巡逻，因为天气恶劣，偌大的公园空无一人，自然也就不会发生什么事，所以他今天的心情非常放松。

彼特抬头看看天空，阴云密布，似乎一场暴风雨就要到来，偶尔吹来一阵寒风，让他不由得打了个寒战。彼特加快了巡逻的步伐，像往常一样来到公园的休息亭巡视了一番，一切正常，然后，他又愉快地沿着原路返回，坐进他那辆停在公园门口的舒适而又温暖的警车里。

时间已经到了中午，彼特在警车里吃完带来的午饭后，就通过无线电向警察局报告公园一切正常。

下午一点钟左右，彼特透过车窗看到有一辆汽车开进了公园，那是一辆暗红色的佳宝牌汽车，挂着本州本郡的车牌。从那辆车破损的车灯、生锈的外壳、斑驳的油漆不难看出，车子实在是有些年头了，彼特心里很清楚，通常驾驶这种汽车的都是些喜欢惹是生非的年轻人。他暗暗记住了那辆汽车。

彼特又到公园的四处去巡逻了，大约一个小时之后，他又回到了公园的门口。他注意到，那辆红色的佳宝车仍然静静地停在公园门口的小停车场，而它的旁边不知什么时候又多了一辆黄色的马自达车，两辆车里都空无一人。

彼特的心中隐隐地有一种不安的感觉，他暗想：“这两辆车太不相称了，为什么会不约而同地停在一起呢？难道是两伙互不相识的游客吗？嗯，有可能。”想到这里，彼特顿时又感到释然了，毕竟这和他的任务没有丝毫关系，他觉得在这种孤寂的日子里，还是不要用一些无端的猜疑来扰乱自己的心情为好。

于是，彼特又驾驶着警车沿着公园的道路，向另一个方向驶去，到那边去巡逻了。

凯瑟琳今天的心情不太好，她想找个地方静一静，于是来到了郡立公园。当她看到公园门口处停着一辆破旧的红色佳宝车时，不禁犹豫了一下：“今天的天气并不好，难道这个时候还会有游客在公园里散步吗？我是不是该换一个地方呢？”但最后她还是踏进了公园，因为她喜欢这里的环境，即使有其他的游客，这又有什么关系呢？

凯瑟琳独自一人走在公园的小路上，她不停地思考着自己的烦心事儿，以至于对周围的环境浑然不觉，甚至连陌生人的接近也没有在意。

终于，当凯瑟琳从思绪中回过神儿来的时候，她才意识到，两个陌生的男人就站在了自己的面前。那是两个年轻人，一个身穿着红色的羊毛衫，另一个穿着光滑锃亮的蓝色皮夹克，在他们蓬松凌乱的头发下面，是两张长满青春痘的脸，此刻他们正注视着她，并发出不怀好意的淫笑。

"啊？！"凯瑟琳不禁吃了一惊，巨大的恐惧和惊慌顿时涌上了心头，她连连向后退了几步，离开小路，跑入路边的矮树丛，绕开拦在路上的那两个人，跌跌撞撞地向着公园的深处跑去……

她拼命一路狂奔，希望尽快摆脱那两个心怀歹意的家伙。当跑了一段路之后，她鼓起勇气回头看，然而令她惊恐不已的是，那两个人也在后面紧紧追逐，不过始终和她保持着大约五十米这样一个不远不近的距离，而且他们的目光还不住地在她的身上、腿上和臀部游移。

凯瑟琳不敢再跑了，她也实在跑不动了，于是沿着林中的小路跌跌撞撞地走着。

这是一个寒冷的冬日，公园里没有其他游客，再加上此地已经处于树林深处，即使发出呼救声也不会有人听到，凯瑟琳恐惧极了。而那两个年轻人却正扬扬得意，他们其实早就可以抓住她，但却不急于下手，就像猫在抓住老鼠之后却不急于吃掉，而是要戏弄一番，寻寻开心一样。因此，他们一直不紧不慢地追逐她，嘲弄并欣赏她的恐惧。

凯瑟琳心里想："假如他们要的是钱，我干脆就将皮包交给他们，如果他们能够就此放过我的话。"

她一边想着，一边加快了步伐，就在她正犹豫着是否现在就把皮包丢下，然后趁着他们拾取皮包的时候迅速跑掉时，她脚下猛然被一根突出的树根绊住，结果身体失去平衡，重重地摔在了林地上。

"哈哈，快看，她自己摔倒了！"那两个年轻人见状，在距离她大约十米的地方也停住了脚步。

倒在地上的凯瑟琳心里非常焦急，她的头脑在飞快地旋转着："不要慌，越是危险越要保持冷静，千万不能失去勇气。"她暗暗告诫着自己。

她和他们就这样在距离十多米的地方互相注视着。

过了一小会儿，她缓缓地从地上坐起来，对那两个小伙子说："你们要干什么？"

他们只是互相看了一眼，耸耸肩，没有说话。

借着从树林缝隙中透进来的一点光亮，她看清楚了眼前这两个追逐者的模样，他们十八到二十岁，既不像学生，也不像有正式工作的人，显然是那种不务正业、游手好闲的人。这些人也许不那么聪明，但却往往是一些危险分子。

那个穿着红色羊毛衫的小伙子一步步地向她逼近。

她急忙从地上爬起来，将皮包向地下一丢，继续向前跑去。

“快一点儿，再快一点儿！”尽管她已经累得上气不接下气，精疲力竭了，但求生的本能依然在内心呼喊着。

然而，她身后追逐者的脚步声不但没有消失，反而越来越近……

她跑出了树林，眼前是一片开阔地——那里是一个池塘，一个平坦、灰暗、反射着灰色天空的池塘！

她心里很清楚，公园有明文规定：禁止游泳，除非想拥抱水里的蛇。但此刻她已经顾不了这么多了，因为两个紧追不舍的歹徒已让她别无选择。

凯瑟琳从小就学会游泳了，而且水性很好。就算她不会游泳，但在这种紧急情况下，她恐怕也要义无反顾地跳下水去，更何况，池塘只有不到一百米宽，凭她的能力完全能够游到对岸。

于是，她毫不犹豫地跳进水中，对水的熟悉感瞬间带给她一种安全和希望的新感觉。她拼命用双脚打着水，双手也在使劲划动着，一米、两米……十米……她离身后的岸边越来越远了。

可是，由于是冬日，她身上穿着厚厚的衣服，进入水中之后那些衣服吸足了水，十分沉重，这让她游起来非常吃力。她拼命地摆动双脚和双臂，却也只能勉强让鼻子露出水面。就这样，她拼尽全力一直游到池塘中央。

在水里，她回头看了一眼，只见那两个年轻人站在岸边，既没有下水，但也没有离开的意思。

“只要我游到池塘那一边就好了。”她抹了一把脸上的水，一面继续用双脚踩水，保持身体浮在水面上，一面继续注视着那两个人的行动。

那两个家伙正在低声地交头接耳，似乎在商量着什么新计划，可是她一句也听不见。

她在心里拼命地祈祷着，希望那两个人快快离开池塘边，这样她就可以从池塘的另一边游上岸，因为她的体力快要耗尽了，她快要支持不住了！

可是让她感到绝望的是，那两个人非但没有离开，反而兵分两路——穿蓝皮夹克的那个留在原地守候，穿红色羊毛衫的那个则绕到池塘的另一边，显然，他们是想双向夹击，截断她的去路。

看到这一情形，她吓得尖叫起来，那叫声充满了恐怖和绝望，在池塘上空回荡，恐怕任何一个有良知的人听了都会动容的。然而，池塘四周那些看似美丽而友善的树林，此刻却像一道冷酷的树墙，将她的尖叫声反弹回来，仅此而已。

“救命呀，快来人，救命……”她在水面上拼命地挣扎着、呼救着，直到她将肺里的空气全部吐光。

慢慢地，她的身体开始向水中沉，眼看着水面已经没过她的嘴唇，她不得不奋力扑腾着，使嘴露在水面之上。

那两个追逐者站在湖的两边冷酷地看着这一切，他们似乎根本没有下水的意思，只是想以这种方式嘲弄她，折磨她。

气温越来越低，水变得更加冰凉，她还在水中挣扎着。他们有两个人，把她困在池塘中简直是轻而易举。因为料定了她一定会束手就擒，所以他们根本没有下水的必要。

可是，她在水中还能坚持多久？如果是晴好的天气，也许她可以坚持得久一些，可现在冷风飕飕，湖水如此冰凉，再加上她身上穿着厚厚的衣服，这些都耗光了她的力气，更可怕的是，此时她已经游到了池塘中央，她的双脚根本够不到池底。

“嘿！你迟早得出来！”“红毛衫”在岸边叫喊着，那个家伙脸上带着狞笑，双眼中露出凶光，那眼神中流露出来的东西，仿佛只有野兽才会有。

“我们现在该怎么办？”“红毛衫”大声问对岸的人。

“等！”“蓝夹克”说。

“红毛衫”一边等待，一边百无聊赖地用脚踢着池塘边的软泥。突然，他灵机一动，弯下腰抓起了一把软泥，捏成一个小泥球，然后猛地朝水中的女孩子扔了过去。

那个泥球划过一道弧线，落在距她一米远的水中，溅起的水花喷了她一脸。

“嘿，我们练习打靶吧！”“红毛衫”得意地大笑起来，并对着“蓝夹克”大喊道。

这两个家伙仿佛发现了一种有趣的新游戏，他们乐此不疲地从池塘边挖起一块块泥巴，揉成泥球，扔向那个女孩子的头部，他们一边扔着，还一边发出阴阳怪气的笑声。

一团团泥巴雨点般地飞向凯瑟琳，为了避开这些攻击，她左挡右闪，甚至还不得不把头扎进水中，每当她为了吸气再度浮出水面的时候，岸边的那两个家伙就哈哈大笑。

有些泥巴打在水里，还有些泥巴不偏不倚，打在了她的脸上，虽然没有造成什么伤害，但泥土溅进她的双眼、鼻子，还有嘴里，呛得她只想咳嗽。

为了躲避密集的“子弹”，她一个猛子扎进水中，用水抹了一把脸，洗掉脸上的泥巴，然而当她再度浮出水面时，他们在得意欢呼的同时，还不忘用更密集的“子弹”射击她。

她已经被折磨得一点儿力气都没有了，在冰冷的水中，身体也渐渐地麻木了。

岸上的那两个家伙扔了一会儿泥巴，发现附近松软的泥巴都“用光了”，于是他们开始环顾四周，继续寻找新的“弹药”来源。“嘿，这里有石头！”“蓝夹克”像发现了新大陆一般高叫道。

他跑到池塘边的一处石头堆，从中捡起一块拳头大的石块，掂了掂分量，然后毫不犹豫地朝水中的女孩子狠狠抛过去。

她挣扎着渐渐麻木的身体，努力躲开这种致命的攻击，每当石块飞来，她就潜进水中。狡猾的“蓝夹克”同时捡起两块石头，先抛出一块，当她避开这块石头又浮水面时，他看准了她的位置，再扔第二块石头。结果，当她刚刚浮出水面的时候，就被第二块石头击中了右太阳穴，鲜血一下子流了出来。

她受伤了，但是她的意识很清醒，知道自己如果现在不上岸，就算不会被打死在水里，也要被水淹死。

她忍着伤痛，开始一点点向“蓝夹克”那一边游过去，她的手臂和腿已经完全没了章法，就像一条快淹死的狗在涉水一样，动作缓慢而费力。朦胧之中，她好像看到“红毛衫”在往“蓝夹克”那边跑，原来这两个人打算会合在一起，共同等着她上岸。

她终于挣扎着游到了岸边，踉踉跄跄地涉水上岸。最后，当水深只到她的腰部时，她一下子摔倒了。

“红毛衫”和“蓝夹克”拉住她的胳膊，将她从水里拽上来，“你看，她长得并不是很好看。”他们中的一个说。

彼特又完成了一次巡逻，当他驾驶着警车返回公园大门的时候，他注意到在门口的停车场上，红色佳宝车和黄色马自达车仍然静静地停在那里。

他低头看看手表，指针显示的时刻是下午四点三十分。看来，那两辆车在那里已经有好一阵子了。

“车是什么人的？为什么这么长时间还不见踪影？”一种不安从他的心中隐隐升起。他走下警车，来到那两辆汽车旁边。

彼特看看这两辆汽车的牌照，都是本地的。他再看看车锁及车窗，也都完好无损，车内似乎也没有什么可疑的东西。那么他内心为什么会出现这种不安的感觉呢？他也不晓得。

彼特点燃了一支烟，倚在黄色马自达车上抽着。这时，公园的四周很寂静，只有归巢的鸟叫声以及风吹树叶的声音。

“但愿那些人会自觉地在天黑之前走出公园。”彼特想。因为他实在犯不着大声吆喝他们，或者进去找他们。

一根烟抽完了，他将丢在地上的烟头用脚踩灭，然后又回到巡逻车上，继续巡逻。

“喂，达克，你看，她怎么不动了？”

达克脸上的狞笑消失了，这使他多少看起来像一个正常的青年。他的两眼像两块灰绿色的玻璃，散发出一种奇异的神色，过了半晌，他终于说：“我想她是死了。”

“死？你是什么意思？”

“你知道是什么意思，她不再呼吸了。”

两个年轻人这下傻眼了，他们望着地上那个已经失去了生命气息的躯体，不禁面面相觑。他们自己身上也沾满了泥巴和污水。

“趁现在没人，我们快走吧。”杜尔站起来，紧张地瞧瞧四周说。

“可我们不能把她的尸体留在这儿！”达克提醒他。

“我们还有什么好办法呢？”杜尔显得有些烦乱。

“傻瓜，如果有人发现了她的尸体，我们就完了！”

杜尔咧嘴笑了笑说："别担心，这里很少有人来，等一会儿我们到公园外开走她的车，再将车随便丢弃在某个路边，即使第二天有人发现她的尸体，也不会想到是我们干的！"

"不行！这个公园里会有警察在巡逻。"达克说，"也许在我们进公园的时候，警察就已经注意到我们的汽车了，还有她的汽车。看我们这么长时间没有出去，也许警察早就记下了我们的车牌号呢！"

"那我们怎么办？"

"我想，我们最好是把她的尸体藏起来。对了，藏在池塘里，怎么样？"

"哈哈！好主意！"杜尔说，"就让她静静地在池塘底下沉睡吧，睡上一个星期，最好能睡上一个月或一年！假如没人知道池塘底下有尸体，就永远不会有人发现她。对了，我们必须让她一直沉入池底，让池塘里的鱼将她吃掉，这样就干干净净，完全找不到尸体了。没有尸体，警察就无法证明我们杀了人，即使能记住汽车牌照也没用！"

于是，他们赶紧手忙脚乱地捡来许多石头，尽管双手都磨破了皮。

然后，他们把石块塞进女孩子的口袋里。

可是，怎么才能把尸体放到水中呢？达克建议说："得把她丢到深水中！"

"要多深才够？"

"至少得四五米深，难道你不会估计吗？"

他们清楚，假如站在岸边把尸体抛入池塘中，顶多也就能抛两三米远，这样的距离和深度是远远不够的。唯一的办法就是将尸体搬入水中，但是他们俩谁都不会游泳，可随着天色逐渐变暗，他们必须快速行动，毁尸灭迹。

他们不能穿着衣服下水，因为这样会把衣服弄得又脏又湿，在出公园的时候反倒会令人生疑。于是，他们只好脱掉衣服，搬着尸体，瑟瑟发抖地走进冰冷的水中。

他们向池塘里走了大约五六米远，实在走不动了，这时尸体已经完全浸在水中了，塞在女孩子衣服兜里的石块正坠着尸体往下沉。他们双手一松，看着尸体慢慢沉入水底，然后涉水奔回岸边，匆忙穿上衣服和裤子。待他们掉头要跑时，一眼看到留在池塘边的那些杂乱鞋印，这又让他们犯了愁。

"如果这些鞋印让警察发现，他们一定会怀疑这里发生过什么事情，会进行追查的。"杜尔不无担心地说。

"不用担心！你看这天色，很快就要下雨了，到时候就会把这里冲刷得干干净净。"达克自信地说。

于是，他们两人又从原路返回。

在林地中，他们找到了女孩子的皮包，打开一看，里有一把马自达汽车的钥匙，还有十六元的零钱，这些都被他们装进了自己的口袋。至于包里的其他小物件，如梳子、化妆品、小刷子、唇膏和眉笔等，这些东西不仅没有用处，反而是必须要销毁的

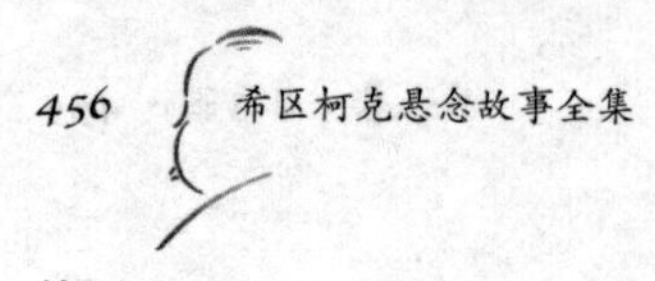

物证。

达克提着皮包又跑回池塘边，他右手抓住皮包的长带子，用力在手中旋转了几下，嗖的一声就抛进了池塘中央。

那个皮包飞在半空中时，皮包口开了，里面的那些杂物散落了出来，落在池塘中央的水面上。有些物体迅速地沉到了水底，但有一张黄色的化妆纸，却孤零零地漂浮在水面上，就如同坟头上的一朵雏菊。

他们站在岸边看了一会儿，就急匆匆地向公园大门口的方向跑去。

此刻，彼特正懒洋洋地坐在警车里，他手表的指针已经指向了六点钟——冬天的天色暗得早。

“这两辆车的主人怎么还不出来？我是不是该进林子里喊那些人？”彼特正在犹豫着。

这时，一阵脚步声从公园里传来，彼特向车窗外一看，只见树林中有一红一蓝两抹鲜艳的颜色渐渐地接近，他如释重负。

待到人影走近时，彼特证实了自己先前的猜测：果然是两个年轻的无赖。

然而，真正令彼特感到意外的是，那两个人分别朝两辆车走去——穿红羊毛衫的走向佳宝车，穿蓝夹克的则走向黄色马自达。

“他们为什么要这样？”彼特冷眼旁观着。只见那个“蓝夹克”伸手去拉“马自达”的车门，但却打不开，于是，他从兜中摸出一把钥匙插进钥匙孔。

彼特心中的问号越来越大，他琢磨：“看这两个人的衣着穿戴和身份特征，应该是同开一辆佳宝车来的，不像是分乘两辆车来公园里见面的。更何况，这个穿蓝夹克的家伙，怎么看也不像是驾驶一辆几乎全新汽车的人。”

那个穿蓝夹克的开车门的速度很慢，显然他对这部车并不熟悉。

看到这里，彼特下了警车，快步走上前去，问道：“你散步愉快吗？”

正在专注开车锁的“蓝夹克”听到背后突然响起的问话，吃了一惊，猛然转过身子，他的两眼发直，脸上带有凶狠的表情：“什么？”

“我是问你，刚才散步愉快吗？”彼特又靠近了一步。

一见是公园的巡警，“蓝夹克”的凶狠表情一扫而空，“呃，当然，愉……愉快。”他结结巴巴地说，并且身体因紧张还在发抖。

彼特机警地打量了一下他捏着车钥匙的手，那是一只冻得通红的手，可是天气似乎还没有冷成那样。“他的手是湿的，难道是在出汗？不，绝对不会是汗。是水弄湿的？对，一定是公园池塘里的水。”他猜测着。再看看“蓝夹克”的全身，也都是湿的。

彼特断定，他一定在池塘里游过泳。公园有明文规定是禁止游泳的，然而他却无法采取进一步的行动，因为他没有证据。

“蓝夹克”又继续回过身去开马自达的车门。现在，他已经打开了，钻进汽车，在驾驶座上坐下来。可能他觉得有点挤，就将手伸到座位下面摸索着调节钮，按住按钮，他往后推动座椅，把座位距离放大了一点儿。做完这些，他抬起头冲着彼特笑了笑，然后关上车门，开始发动汽车，不一会儿，佳宝和马自达两辆汽车就绝尘而去了。

彼特呆呆地望着那两辆消逝在夜色中的汽车。这时，他突然回想起刚才看到的一个细节——那个“蓝夹克”把车座往后推。

“虽然调节座位本身并不能证明什么，但显然那个座位的空间太狭小，不适合他的身材……或许有一个身材比他小的……难道是一个女孩子？莫非……树林里还有其他的人？”彼特一边走向自己的警车，一边思忖着。

“不对！”彼特猛然朝着公园里面跑去，大约跑了五十米后，他放声大喊：“喂，这里有人吗？”

四周静悄悄的，没有任何回应，甚至连树林也在沉默。

他继续向树林深处跑去。毕竟他上了些年纪，而且身体肥胖，这让他跑了一会儿就开始气喘吁吁，但是他坚持着，不能停止。

“池塘！”彼特猛然想到“蓝夹克”那湿漉漉的衣服。他斜穿着跑过树林，下了斜坡，池塘就在眼前。

彼特沿着泥泞的池塘边仔细查看，发现了乱七八糟的鞋印，它们都是新留下的，显然那两个家伙在这里下过水。

“难道他们发疯了，在这样冷的天气还下水。他们为什么要这样做呢？不管是游泳还是涉水玩，这显然都不合乎情理啊。”彼特疑惑着。

他又反反复复地在池塘边查看，仍然没有发现任何女孩子来过的证据。“可能这些证据都被那两个家伙毁掉了。可是，‘蓝夹克’推汽车座椅的举动又该如何解释呢？”他百思不得其解。

彼特感到头部有些发胀。他直起身子，望着那没有涟漪的湖面，希望能从水上找到一点儿蛛丝马迹。

“咦，那是什么？”他突然发现水面上正漂浮着一样东西——似乎是一张湿了的化妆纸或纸巾，不过，瞬间他又觉得那倒没什么特别之处，因为游客随处丢弃杂物现象是很常见的。

借助夕阳的最后一抹余晖，彼特又看见水面上漂浮着一个小小的黑东西，也许是一小段树枝，也许是别的什么东西。

不知怎么搞的，这时彼特的内心驱使他做出了一个近乎疯狂的举动：脱下鞋袜，卷起裤管，涉水进入池塘中。其实，他完全没有必要这样做，因为他只是一个公园的巡逻警察，但是他痛恨无赖，尤其是那些专门制造麻烦的年轻无赖，他要看看那两个家伙究竟干了些什么。

彼特大约向水中走了五六米远，一把将那个小小的黑东西抓在手中，定睛一看，原来是一支女孩子化妆用的眉笔。

“为什么会有一支眉笔漂浮在池塘中，它的主人在哪里呢？它是木制的，会漂浮，但漂浮不了多久，也就是说它的主人应该在不久前来过这里，可是，在哪儿呢？”他站在冰凉的水里，看着手中的眉笔不停地思索着。

彼特警官赶紧跑回到警车旁，利用车载无线电和值班副警长进行联络。

“是的，你最好先查那辆马自达，车牌号是JO–1578，我对车主的身份很感兴趣。还有一辆红色的佳宝也要查，是1959年的，牌照号码是WY–203354。”彼特焦急地说。

“彼特，”副警长打岔说，“车主犯了什么罪？”

“在公园里游泳。”

“游泳？”

“罪名当然就是这个！”彼特吼叫道。

“要快！在他们逃跑之前逮住那两个家伙！对，就以游泳的罪名拘捕他们，直到我把池塘里的水放干。”

慰问信

杰里今年三十出头，他留着一头浓密的黑发，身材高大，非常英俊。

他开了一家食品店，店后面就是他的小办公室。此刻，他正坐在办公室里，面前是一张粗糙的松木桌子。杰里的太太路易丝是个热情开朗的人，这时她正在店里殷勤地招呼着客人。

杰里透过玻璃，看着妻子那一头蓬乱的红发，以及臃肿肥胖的身材，不由得厌恶地皱了皱眉头。此时，他的思绪完全飞到了另一位女人——约翰太太的身上。

杰里还能清晰地回想起第一次见到约翰太太时的情形。那次是约翰太太来他店里买东西，她那高雅的气质，娇小的身材，和声细语的话音，以及彬彬有礼的举止，简直把杰里给深深迷住了。据说她的丈夫约翰是一位著名律师。

杰里记得自己曾经见过约翰先生。有一次，他走到店门口呼吸新鲜空气时，曾看见约翰沿着街道向火车站走去，由于约翰的办公室在城里，所以他每天都要搭乘火车进城去办公。杰里从他身上的昂贵服饰以及手中的名牌公文包断定，这是一位高收入的成功人士。

杰里心里不禁有些嫉妒，他想：要是自己当年也拥有与约翰一样的受教育机会，那么自己现在也许就不是小食品店老板了，而是一位在法庭上侃侃而谈，呼风唤雨的大律师了。杰里经常幻想自己是位在法律界叱咤风云的律师，用他的睿智、机敏和雄辩去揭开事情的真相，将凶手绳之以法。甚至他还幻想如果运气好的话，他也许会成为一位著名的外科医生……可现在，他只是一个小小的食品店老板，整日忙碌于进货和销售的烦琐工作之中。

杰里的思绪又回到约翰太太身上，她是个可爱的金发女人，坦率地说，杰里从见到她第一眼的时候就喜欢上了她。

当然，杰里的心思约翰太太本人并不知道。虽然在约翰太太最近一次来店里时，杰里曾经隐晦地向她表达过自己的爱慕之情，但约翰太太似乎并没有听出弦外之音。

那是一个黄昏，杰里的太太路易丝回家准备晚饭，只有杰里一人在店中。就在这时，约翰太太来了，她走进店里，向杰里热情地打着招呼："你好，杰里先生，今天天气真不错，很迷人。"

"是啊，"杰里回答说，"尤其是此刻，约翰太太。"他报以一个和善的微笑。

杰里一边说着，一边仔细注视着约翰太太那双淡蓝色的眼睛，希望能从中读出一些特别的信息。杰里看见约翰太太的眼中露出惊讶之色，随即又被一抹愉快的光彩所取代。杰里不禁心中暗喜，他知道许多女顾客都很迷恋他，当然，她们总要保持女性的矜持而极力掩饰这一点。杰里对自己的判断深信不疑：瞧！约翰太太现在就是这样，她为了掩饰愉快的心情，就装作挑选食品的样子，沿着货架走来走去的。

"我应该趁热打铁！"杰里暗暗地想。于是他走过去，装作漫不经心地说："真奇怪，你来这儿买肉、买沙拉、乳酪等，目前我们之间只是店主与顾客的关系……但我想我们的交情应该不止于此，我们应该更进一步认识，呃……我指的是私人方面。"

她转过头来说："你说得对，我们是应该深入地认识。可是，"她再次惊讶地看着他，"我不太明白你的意思。"

杰里幽然一笑，淡淡地说："我的意思是，我们相识，又能经常见面，这是一个良好的开端。"

她点点头，沉着地问："或许还有呢？"

"嗯？"杰里突然感到一种冲动，他甚至奇怪自己怎么会如此大胆，说出这样的话来。

"我觉得咱们能多认识一下该多好啊！"杰里说。

"怎么个多认识？"她反问道。

"我想……要不，我们一起喝一杯吧，找个清静的地方，现在就动身！"杰里有些兴奋地说。

然而，她却沉默不语。

"她大概是顾忌我的妻子吧？"杰里想到了这一点。"约翰太太，你别担心，我妻子此刻不在店里，她已经回家做晚饭了。"接着他又补充说，"我经常在店里忙到很晚才回家，她不会怀疑的。"

“哦，那倒是。”她似乎有些犹豫地点点头。

杰里也见到了约翰太太所表现出的犹豫神情，赶忙说：“对了，约翰先生通常在城里也会工作到很晚，是吧？因为我晚上在店里值班的时候，经常看见他搭乘末班列车回来。”

“是的，他的工作非常忙，还要经常加班。”她直截了当地回答说，“所以他每天上班喜欢步行到车站，从车站回家的时候也喜欢步行，因为这样他可以活动一下腿脚。你的意思是，你要我和你找个地方喝一杯？就现在？”她扬起那双迷人的淡蓝色眼睛问道。

“对，对！我就是这个意思。我知道有一个好地方，就在半岛那边。前段时间我曾去过一次，那儿没有人认识我，也不认识你，我们可以假装是在那里谈论生意的话题，对不对？你放心，不会有人怀疑的。在现在这个年代，一男一女喝喝酒、聊聊天，没有什么大不了的。”

“你真的认为我会去吗？”约翰太太反问。

“我希望你会，虽然我自己的汽车被妻子开走了，不过……”

“不过，我有车，对不对？”

“对！我可以先走路回家，然后你开车在半路追上我，我再搭乘你的车，即使被其他人看到，也会认为是你让我搭便车一样，你觉得怎么样？”

约翰太太摇了摇头，凝视着他缓缓地说：“你知道，我已经结婚了，我的生活非常美满和幸福。我的丈夫非常优秀，我们互敬互爱，我想也许是你误会了什么。如果我给你留下了什么错误的印象，我感到非常抱歉，我是无意的。杰里先生，算一下账吧，这些食品一共多少钱？”

起初杰里怀疑自己是不是听错了，但他看到约翰太太的表情平静，又觉得她似乎是认真的。他顿时觉得心里一片冰凉，开始机械地为她包装食品和找零钱。但是，他仍然相信自己的直觉，认为约翰太太对自己多少是有一点好感的。

“对！她一定对我心存好感。我分析，她之所以不愿离开她的丈夫，是因为她的丈夫具有一定的社会地位和经济实力，也许她是害怕失去这些，才不敢接受自己。”一想到这些，杰里刚才那冰凉的心才似乎有了点儿热乎气。

接下来，杰里又任凭想象的驰骋了：“假如有一天，约翰先生不在了，那又会怎么样呢？如果那一天真的到来，她会怎么做呢？对，她一定会向我真情告白，热烈地迷恋上我！准没错！”

在杰里还陶醉于美好的想象时，约翰太太已经将包好的食品放进了包里，又将找回的零钱收好。“再见，杰里先生。”她冷冷地打了声招呼，就转身离去。杰里一下子回过神儿来，望着她远去的背影，失望地摇摇头。

杰里的思绪又回到了现实中——那已经是三个星期前的事了。

从那天晚上起，约翰太太再也没有来过。他知道这是为什么——她一定是担心在他面前控制不住自己的情感。他深信，她害怕屈服于情感，害怕因为思想的动摇而毁掉到她的婚姻。不过，假如那“障碍”不存在的话……

“谁在里面？”办公室的门外传来了敲门声，是太太路易丝回来了。杰里经常把自己反锁在办公室里，因为路易丝总是在他希望清静一会儿的时候不合时宜地进来打扰。

“干吗？”他厉声地问道。

“你在干什么？”

“我在忙！”

“忙什么？”

“忙我自己的事情！”

“我希望你告诉我你在忙什么？”

“你就想知道这个吗？就想知道我在这儿干什么吗？”

“哦，店里的乳酪断货了。”

“那就打电话让他们再送来一点儿。”

“你什么时候出来？”

杰里此刻实在不想看到妻子的那张脸。在当初，他追求路易丝的时候，还认为她极富魅力，可现在……

“我出来的时候会告诉你。”他说。

“什么时候？”

“你别管了！”杰里不耐烦地喊道。

路易丝悻悻地走了。杰里听见妻子的脚步声越来越远，他又继续想着约翰太太。“约翰！他是隔在我和约翰太太之间的唯一障碍，假如没有他，也许约翰太太早就向自己投怀送抱了。”他一边想着，一边从桌上的一个小盒子里取出一把小小的钥匙，打开办公桌上唯一的抽屉，“假如……”，杰里从抽屉里取出一张信纸，拿起笔，开始了幻想。

杰里很喜欢写信这种沟通方式，当然他也非常善于写信。曾有许多人问过他：既然你有这么好的写作才能，为什么不去专职写小说呢？那样可以名利双收，不是比经营一个小食品店更有前途吗？不过，那是以后的事了，现在他要写些别的。

杰里开头这样写道：

亲爱的约翰太太：

虽然你只是我众多顾客中的一位，但我一向非常尊敬你。今日，我惊讶地获悉约翰先生不幸去世，我深感难过，特写信向您表示诚挚的慰问，希望您保重身体，节哀顺变。

杰里夫妇　敬上

写完之后，杰里拿起这封信端详了半天，可是他不但没有觉得心中舒畅，反倒更加添堵了。“要是有朝一日真能寄出这封信，那该多好啊！不过，会有这样一天的。”杰里内心期盼着这一天的早日到来。他小心翼翼地将这封信折叠起来，放进抽屉里，又用钥匙将抽屉锁上，然后走出办公室，关上店门回家了。

晚上，杰里躺在床上，翻来覆去地睡不着，满脑子还都是约翰太太的影子，最后他只好披衣下床，独自坐在客厅里发呆。

“感情煎熬真折磨人，我怎样才能让梦想实现呢……”他绞尽脑汁地思索着。

第二天，杰里来到店里，依旧是绷着一张阴沉沉的脸，一言不发。妻子路易丝看到他这种表情，显得有些紧张，不停地问：“杰里，你这是怎么了？怎么一句话也不说，究竟发生了什么？”

杰里没吭声。

“你在想什么呢？”路易丝小心翼翼地问。

“这和你无关！路易丝！”

“你告诉我，你究竟是怎么了？”

“快回去做饭吧，做通心粉沙拉！”杰里生硬地说。

晚上回到家里，夫妻二人匆匆地吃过晚饭，杰里站起来说：“今晚我还要到店里去一趟，因为有些账目没做完。”

“好的，那你去吧，天黑，注意安全。”路易丝关切地说。

“对了，我在工作的时候，你别打电话来打扰我，我不想在电话里聊天浪费工夫，懂吗？”

“啊？我真搞不懂你。”路易丝显然感到不爽了。

当杰里驾驶着汽车离开家时，又回想起与约翰太太最后一次见面时她的神情。那次见面，在约翰太太的目光中似乎蕴涵着对他的款款深情，他对此深信不疑。

“如果她在失去丈夫的同时，又不会失去他们的财产，那她一定会欣然选择和我在一起，不是吗？”他这样想着，“对，假如把她的丈夫除掉，她同样可以继承她丈夫的存款、不动产和保险，这样一来，她就可以没有任何顾忌地和我自由来往了，一定会这样！如果真有这样一天，我将毫不犹豫地和路易丝离婚，再与她正式结婚，从此我们两个人长相厮守在一起。”他拿定了主意。

杰里并没有直接前往食品店，而是开车来到了当地的图书馆。进馆后，他先是检索目录卡，然后来到相应的书架上找他想要的书。他找到了一本有关汽车修理的书，然后他把书拿到桌子上，仔细阅读起来。他所阅读的章节是关于汽车门锁的结构，他一边阅读，还一边仔细地将部分内容抄写在一个小记事本上。之后他离开了图书馆，又前往火车站取了一份列车时刻表。

做完这些之后，杰里才驱车前往食品店。在办公室里，他先仔细阅读列车时刻表，然后又仔细研读他抄满了资料的小记事本。

时间已经很晚了，杰里才走出办公室。

他来到前面的店里，故意没有开灯，坐在店内沿街的窗前，借着路旁昏黄的路灯光亮，透过窗户望着街道。过了一会儿，街道上出现了一个身材瘦长的熟悉人影，那人手里提着公文包，急匆匆地走过。没错！那正是约翰先生——他每天都搭乘晚上八点零六分的火车回来。

第二天上午，杰里让路易丝照看着食品店，自己则驾车去了郊外的一个小镇。在那里，他买了一些工具，放在汽车的后备箱里带回家。他将这些工具拿进车库——在车库里，他有一个工作台，他要按照小记事本上的资料，开始研究如何用那些小工具打开汽车门锁了。杰里在机械方面果然有点天赋，几个小时之后，他就已经可以熟练地使用这些工具解决汽车门锁，并发动汽车了。

做完这些之后，他小心翼翼地将工具藏在车库一个旧箱子的底部，然后又驾车返回店里。

“你刚才到哪儿去了？”路易丝一见到他就问。

他没有正面回答妻子的发问，而是看看货架，顾左右而言他：“我看店里的凉拌生菜丝该添一点儿了。”

在接下来的整整一个星期里，杰里每天晚上都谎称到店里做账，其实他都是躲在黑漆漆的窗户后面观察街道的情况。他注意到，每天晚上约翰都在同一时间经过这里。甚至有几次杰里还悄悄地离开店铺，远远地跟踪他。约翰先生很有规律，他每天都在同一时间，走同一条路，而且每次都走街道的同一侧，转过同一个拐角，回到他那宽敞明亮的家。每天晚上，约翰太太也都会在丈夫到家的时候，打开房门，用一个热情的拥抱来迎接他。星期五那天晚上，杰里站在阴暗的角落里，又一次目睹了约翰夫妇热情拥抱的场景，他心里不禁产生一丝妒忌；“怎么会是该死的约翰！要是换成我那该多好啊！”

当杰里半夜回到家中的时候，路易丝不住地唠叨着，抱怨他每天晚上都要出门。不过杰里对路易丝的抱怨充耳不闻，他心里有一个宏大的计划，在下个星期一即将实现。

星期一晚上，杰里走进车库，从那个旧箱子里取出那几样开锁工具，放进汽车的后备箱里，这次他还特意带了一双薄皮手套和一个小手电筒。

临出门前，他告诉路易丝，今晚他还要到店里整理账目，然后就驾车离开了。

杰里在寻找一辆蓝色的轿车。

因为在前几天的晚上，杰里跟踪约翰时，总会发现自己所在的社区里停着一辆蓝色的汽车，它总是停在两棵大橡树的树荫下，非常好找。而那辆轿车的位置距约翰夫妇住的高级住宅区只有三公里的距离。

杰里驾车来到距那辆蓝色轿车两条街外的地方，停了下来，熄了火。他小心地下了车，从后备箱里取出工具，然后朝那辆蓝色的汽车走去。路上没有行人，杰里很顺利地接近了那辆汽车。他站在树荫里，仔细地观察周围的环境，当他确信四下无人之后，就戴上手套，打开手电，开始紧张地忙碌起来。

几分钟后，杰里已经坐在汽车里了。

他熟练地发动了引擎，汽车沿着街道高速行驶了三公里，然后停在了他事先选择好的地方。杰里熄灭了车灯，但没有关掉引擎。这时，他发现自己的呼吸莫名地急促起来，手心里都是汗。

他打开小手电筒，在微弱的光线下，他看了看手表——再过五分钟，约翰就要经过这里了。他静静地等着，这五分钟过得好慢。仿佛过了很久，约翰的身影终于从蓝色轿车后面出现了，他拿着公文包，经过杰里所在的汽车，向前面的十字路走去。

当约翰离开人行道，横穿马路时，杰里猛然发动了汽车，车轮飞快地转动着，发出轰鸣声。汽车像一匹脱了缰的野马一般，全速向十字路口冲去。约翰正好走在十字路当中，他被身后的轰鸣声吓呆了，他转过头看着来车，犹豫了一下然后惊慌地退回路旁，汽车朝他冲了过去……然后就如同一场噩梦一般，事情过去了。

杰里没有停车，继续向前开去，直到开出了三条街，这才停下车。

他跳下车，头也不回地向前跑，一口气跑到自己的汽车那里。

杰里将开锁工具、小手电筒以及手套统统放回车库的箱子里，小心地藏好，然后回到房间里。路易丝又抱怨他怎么这么晚才回来。杰里毫不理睬，径直回到卧室，躺在床上，等候电话或门铃声。

可是，两者都没有响。

杰里整整一个晚上都没有睡着。第二天早上，他仍然精神抖擞地开车带路易丝到店里。在路上，他从报摊上买了份当地的日报，只见约翰先生发生意外的新闻被用醒目的字体刊登在头版头条。一到店里，他就钻进自己的办公室，把报纸摊在桌子上仔细阅读新闻内容。

（本报讯）著名律师约翰命悬一线

昨夜，本镇名人约翰律师下班回家途中被一辆汽车撞倒，身受重伤。肇事者逃之夭夭。到记者发稿为止，警方尚未获得有价值的线索。据悉，肇事车的车主在汽车肇事前数分钟报警，说汽车被窃……

读到这里，杰里的脸上浮起一丝微笑，他将报纸揉作一团，丢进了废纸篓。“看来计划已经成功了，简直是天衣无缝！下一步就该……”他暗暗得意着。

他用小钥匙打开抽屉，伸手去拿那封写好却没寄出的信。

可是，它却不翼而飞了！

杰里一下子呆坐在椅子上，这封信究竟哪儿去了？他的心在狂跳，然后他勉强站起身，走到外屋，大声问路易丝："你有没有翻我的抽屉？"

路易丝眨巴着双眼，脸腾地一下子红了，"我，我……"

"说实话！"杰克逼问着。

"嗯，是……是的。"路易丝结结巴巴地说："因为你最近的行为总是怪怪的，对我很冷淡，所以我很担心，也很嫉妒，后来我怀疑你的抽屉里藏了什么秘密，比如：也许你在外头认识了什么人，把她的信息藏在了抽屉里。咱们家的五斗橱里有一把备用钥匙，所以，三天前我拿出钥匙，打开抽屉。我没有找到什么可疑的东西，除了一封信。当我正要阅读这封信的时候，你恰巧回来了，于是我赶紧把信放进口袋里，重新把抽屉锁好。我一直没有机会看这封信，直到那天晚上你又出门后。"

路易丝喘息了一会儿，接着又说："等你出门后，我才开始读那封信。说实话，我觉得很内疚，是我误会了你。杰里，我不知道约翰太太的先生去世了，约翰太太可是个好人，待人也非常和气，因为我接待过她几次，我记得她。对咱们的老顾客，你也真是体贴周到，还给她写了一封慰问信，我以为你忘了把它寄出去，于是我在电话簿上找到他们家的地址，将信装在信封里，贴足邮票，帮你寄出去了。本来我想和你说哦，可是又怕你生气，说我乱翻你抽屉……"路易丝嗫嚅着说。

就在这时，电话铃响了。

杰里死死地盯着路易丝，大口地喘着气，倒退过去拿起话筒。

"喂？"他酝酿了半天才说出话。

"是你吗，杰里先生？"一个很熟悉的声音。

"是的。"他的声音突然变得非常软弱无力。

"今天早晨我收到一封信，是你两天前寄出的信。"冰冷的声音停住了，然后尖叫从听筒里传了出来，"你怎么知道我会成为寡妇的？！"

杰里手握话筒，愣在那里，心里明白接下来会发生什么了。

路易丝用哀求的眼神凝视着他，但是，在他绝望的愤怒中，她变得模糊了。

雇　工

法庭上，一个男人坐在证人席上，只见他身材高大，被岁月刻下道道皱纹的那张脸上，呈现出苍白的颜色。"啊，先生，可怕，真的非常可怕！我一生中都没有见过那么可怕的情形。"他一边用力地拧着宽边帽檐，一边断断续续地说道。

"怎么个可怕法，警长？你再仔细说说。"检察官问道。

“血，到处都是血，地上、床上，甚至连墙上都……太吓人了。”

这时，只见坐在被告席上的那个男人打了个寒战，他缓了一口气后，将身子向前探了探，对着他的律师小声说道：“血，是的……我想起来了。”

“什么？你想起来了？是所有的一切吗？”他的辩护律师转过头询问。

被告席上的那个男人继续说道：“不错，他刚才提到了血，让我对当时发生的一切都回忆起来了。”

“法官先生，很抱歉！我请求法庭能允许我的委托人暂时休息一下，因为，因为他现在身体不舒服。”被告的律师猛地站起来说。

法官沉默了一会儿，然后将木槌落下。“既然是这样，那么好吧，暂时休庭十五分钟。”

只有短短的十五分钟！律师急忙把他的委托人带到法庭旁的一间小屋，当关上门后，他急切地询问：“你刚才说的是真的吗？不是在骗人？这么说你真是得了健忘症？”

“我说的都是实话，绝对没有骗人！”

“太好了！那你就说吧，不过，可不要对我撒谎啊……”

“怎么会呢？我真的想起了所有的一切。唉，要是我真能把这些都忘了那该多好！”这个名叫克利夫·丹多伊的男人，开始慢慢地顺着思绪，讲述了他所回想起的事情。

克利夫·丹多伊第一次见到凯蒂，是在得克萨斯州中北部的一个地方，那是一个温暖的日子。这里的气候很有意思，三月份的春天似乎很暖和，有时可能还会非常热，但是，北方冷空气也会随时光顾，竟可以在一个小时之内就让气温猛降三十几度。

这一天，天气晴好，克利夫·丹多伊避开了主要的公路，沿着一条石子路向前走着。他细高的身材，长着一对湛蓝的眼睛，一头金黄的头发，还不到三十岁的样子。他的装备也很简单，背着一个背包，右边的肩膀上挂着一个帆布盒，里面装着一把吉他，身上的咔叽布衬衫没有系扣，敞开着。虽然他自认为是一个吟游诗人，是一个到处漂泊，无拘无束的精灵，然而沿途遇到的许多人看他这身打扮，却都以为他是农场打短工的。

的确，他刚刚路过一个农舍时，也进去问过：“请问，你们这里需要帮工吗？”那家女主人婉言谢绝的同时，还慷慨地向他提供了一顿午餐：冷炸鸡、冷饼干和一块桃子馅饼。他已经走了大半天，肚子也真有点儿饿了，但他打定主意再坚持走上一程，于是带上女主人馈赠的食物又继续上路了。当肚子咕咕叫得实在厉害的时候，他才在路边的一棵树下吃了起来。吃完饭后，他又习惯地拿出烟斗抽烟，随着倦意越来越浓，他昏昏地睡了过去。

不知过了多长时间，当他醒来时，看到北方地平线有大片大片的云层涌来，渐渐遮住了阳光的照射。

克利夫心里不禁有些紧张，因为他清楚这种天气变化意味着什么——寒冷的北风即将袭来。整个冬天他都是在大峡谷度过的，由于那里很温暖，所以不需要冬天的衣服。前几天，他突然产生想外出旅行的念头，于是就离开了大峡谷，向北走来。他没有预料到会出现这样的天气，因此穿戴单薄，根本无法抵御寒冷的北风。

克利夫赶快站了起来，收拾好行装，他明白，到了夜晚这里的气温会更低，在夜幕降临之前他必须要找到住处，否则就会被冻死。但他放眼望去，四周除了林木就是山丘，根本看不到一户人家。

“不行，即便如此我也要走！”他又上了路。这时，天空的云层变得越来越厚，阵阵北风刮过，身上冷飕飕的，但克利夫的脚步始终没有停止。大约走了一个小时后，他拐过一个小山丘，远远地看到了一栋房子。“可算有落脚之处了！”克利夫的心情顿时兴奋起来。

他离房子越来越近了，已经清楚地看到，这栋房子很陈旧，不仅外围墙皮有不少地方都脱落了，而且大门和窗户也露出了里面的木质，外面的漆面斑驳，显然好久没有用油漆过了。在房子的前面有一条门廊，靠东边还有一个贮水池，大约离房后五十码的地方是一个新谷仓，谷仓前面停着一辆新的拖拉机。他不禁又抬头看看，在房子和谷仓之间拉着电线，至少说明这里是通电的。他后来才知道，那栋房子是莱德伯特的，是一栋百年老屋。怪不得陈旧不堪！

他来到房子的前门刚想敲，但以往的经验又让他止住了手，他想：“我如果这个时候敲门的话，房子里的人一定会认为是小贩子来兜售了，他们一般是不会理睬的。”于是他改变主意，绕到了后门，看清楚这是一间厨房门，就上前敲了敲，没有动静，等了一会儿，他又敲了敲。

“吱”的一声门打开了，一个二十出头的年轻女人站在那里，只见她身材娇小苗条，眼睛乌黑，一头长长的金发垂在身后，大概是厨房里热气的缘故，使她的脸红扑扑的，虽然她穿着一件宽大的衣服，但依然遮挡不住她全身的优美曲线。

“请问，你有什么事？”她撩开额头上一缕潮湿的头发，轻轻地问道。

“我，我想问一下，你们这里需要帮工的人手吗？”

“哦，原来是这样。不过，这件事你得问我的丈夫托伊才行。”

就在克利夫思索着是否要找她的丈夫的时候，只听到这个女人又补充道：“就在上个星期吧，我们才刚刚让一个人离开这里。”说完，只见她羞怯地笑了一下。在克利夫看来，她的笑原本应该是甜美的，但不知怎么回事，她的笑却显得很勉强，似乎她很长时间都没有笑过了。

“那么，我到哪儿才能找到你的丈夫呢？是在田里吗？”

这时，她突然打了个冷战，声音有些颤抖地说：“嗯，他，他是在那儿，可具体在哪里我说不准。”她的这一微小动作让克利夫看在眼里。

这时，太阳已经躲进了厚厚的云层里，阵阵冷风裹着寒意吹进了房子，正如克利夫所料，北方的寒冷空气果然来了。

克利夫第一次看到的这个年轻女人就是凯蒂·莱德伯特。

“外面太冷了，你还是到厨房里面来等着吧。”凯蒂随即退回屋里，克利夫也跟在她的身后来到厨房。他发现，这里虽然拾掇得非常干净，但各种用具却显得原始落后。比如，屋角那台旧冰箱，是唯一的电器，但是它工作起来就像个自动留声机，机身微微晃动，嗡嗡作响；做饭的炉灶灶口很大，是烧木柴的。这时炉灶上正在烧水，弄得地板上有点湿，估计刚才克利夫敲门时，她正在擦地板，所以她开门时脸红扑扑的；还有，厨房里没有水龙头，只有个压力井，用水都要靠手动压上来。

“我猜想你也许饿了，想吃点什么？”凯蒂问道。

“啊，夫人，不瞒你说，我真的有点儿饿了。”虽然克利夫前不久刚吃过农舍女主人提供的午餐，但他从来不拒绝食物，因为忍饥挨饿是他生活中经常的事。他望着餐桌上的胡桃馅饼和那杯冷牛奶，心里想：“她做的胡桃馅饼一定很可口。”

屋子里除了旧冰箱的嗡嗡声和灶炉里木柴燃烧的噼啪声外，再无别的声响。克利夫一向习惯于沉默，而凯蒂也是个很少主动开口说话的人，所以他们俩就这样默默地等待着，这种情形也并没有让他们感到有什么不舒服。这时，克利夫又习惯地点着烟斗，边抽烟边想着心事，而凯蒂则重新系上围裙，继续在灶台上忙碌着。不经意间，克利夫听到她轻轻地叹了一口气，就抬起头来看，只见她正在凝视着窗外。这时，外面已是北风怒吼，把树木吹得左摇右晃，把屋子吹得呜呜乱叫。“是他，托伊回来了。”凯蒂转身对克利夫说道。

眼前的托伊·莱德伯特与克利夫先前所想象的完全不同。这个男人矮小而消瘦，个头比他的妻子还矮一英寸。他的脸色苍白，并不像常年在田间劳作的人那样，被太阳晒得像熟透了的红高粱。从外表看，他的年纪要比凯蒂大二十岁的样子。

跨进房门的托伊·莱德伯特表情很温和，他头戴一顶棒球帽，正用一双棕色的眼睛注视着面前的克利夫。

“托伊，我们一直在等你，丹多伊先生是打算来做帮工的。”当妻子说明了克利夫的来意后，托伊很温和地对凯蒂说：“是的，我想我还会雇人的，凯蒂。”

“我知道，托伊，我还以为你……”说话间，她的双手不禁颤抖了一下。“你以为什么？”然后，他不等凯蒂回答，转过头对克利夫说：“你会使用斧头吗？我需要雇这样一个人。”

“用过，我用过。”克利夫忙不迭地说道。

“这就好了。你也知道，每年一到这个季节，田地里的活就没多少了，可是我正在清理河边三十亩地的树木，为秋收作准备。既然你使用过斧头，如果你愿意砍树的话，我可以雇你一直到秋收，也就是说从现在起一直到冬天，你在我这里都有活干，你看好吗？”

“好的，我们就这样定了吧。”

在得到克利夫肯定的回答后，矮小的托伊点了点头。“在我这里干活吃住都不成问题，你可以住在过道那边的一间空房子里，至于吃饭，你以后就和我们一起吃好了。”说完，他又朝着凯蒂喊道：“喂，凯蒂，晚饭快做好了吧？”

“快好了。”正在灶台上忙碌的凯蒂含混地说。克利夫发现，在凯蒂身上似乎总有一种恐惧，虽然刚才和他说话时还表现得不明显，但自她丈夫进门的那一刻，她就被笼罩在紧张之中了，以至于从言语和行动中都能看出来。

“克利夫先生，你也会弹唱？”当她看到克利夫拎起背包和吉他盒时，轻轻地说。

“弹唱得不好，只不过是自娱自乐罢了。”克利夫微微一笑。凯蒂似乎想报以微笑，但他们对话时托伊就站在旁边看着，所以她没有微笑，也没有再说话。

克利夫拎着自己的背包和吉他盒来到过道旁的那间空屋子里，白天的劳顿让他很快就进入了梦乡。大约是半夜时分，他醒来了，外面的寒冷北风已经不吹了，这栋百年的古老房子显得异常安静，甚至静得有些吓人。

突然，隐约传来一声哭叫声，开始时他还以为自己是在做梦，然而当他翻转身准备再次入睡时，又好像听到了低低的抽泣声。

第二天早上，克利夫和托伊一起吃早餐。凯蒂不愧是一个出色的厨师，她准备的早餐是一沓煎饼和几片厚厚的熏肉。吃饭的时候，托伊始终低着头，几乎不说话，而凯蒂则是围着桌子和炉灶之间转来转去，侍候着他们。虽然克利夫也想请她坐下来一起吃饭，但毕竟这是在托伊家里，这样做不行。当然，克利夫也知道这是一种习惯，而并非托伊的残酷，凯蒂要在他们走后才能吃饭。不过，为了表达他对凯蒂辛劳的谢意，在离开饭桌时他说道：“这是我吃过的最可口的早餐，谢谢你，莱德伯特太太。”

听了这话，凯蒂既没有脸红，也没有不好意思地将头扭过去，而是双眼紧紧地盯着克利夫，看他是不是在开玩笑。当她发现克利夫是满脸诚意在说这句话时，她的双手不禁颤抖了一下，并将脸扭了过去。

此时托伊正在注视着他们，嘴唇上还挂着一丝微笑。克利夫为了免得凯蒂尴尬，也连忙转过身，从兜里掏他的烟斗。

那天的天气很好，可以说是晴空万里、艳阳高照。克利夫拿着两把锋利的斧头，跟随托伊来到河边一个S形的地方，他往旁边看去，只见狭窄的河道里翻滚着湍急的水花。“你今天的任务就是清理这里的橡树和灌木丛。记住，一定要砍伐干净，不然秋收就麻烦了。”托伊简捷地安排了活计。

此前克利夫尽管使用过斧头，那也不过是劈劈木柴而已，如今要清理橡树和灌木丛，却不是简单的事情，有时累得气喘吁吁，也砍伐不净几棵树。好在熟能生巧，他花费了好几个小时，总算掌握了工作的节奏。他就这样铆劲儿干着，临近中午时，炎热和汗水已经让他把身上的衬衣都脱掉了。

“该吃午饭了！”远处传来凯蒂的呼喊声。凯蒂带着热饭一步步地向他走来，目光凝视着他那气喘吁吁的胸口上的光滑皮肤而后又迅速移开。

“谢谢你，凯蒂。”克利夫直起腰，接过午饭。

“饭要稍微凉一下。”她笑了笑，然后就一溜小跑地离开了。看着远去的凯蒂，克利夫耸耸肩，然后席地而坐开始吃午饭。

日复一日，随着在托伊家帮工日子的增多，克利夫对他们夫妇之间的关系感到越来越不解。比如说，他们两人白天几乎很少说话，至少他没有听到过，估计自己不在的时候，他们也不会多说什么；再比如说，他们晚上在客厅里闲坐时，通常是托伊在翻看农场杂志或设备价目表，而凯蒂则是在默默地缝补衣服。他们家没有收音机，就更别说电视机了，总之无论待多长时间，屋子里都是静悄悄的。克利夫出发时曾带了一台半导体收音机，他看到托伊家里没有任何声响，于是就在第三天晚上把收音机带进了客厅。他发现，当凯蒂听到音乐声时，立刻惊异地抬起头，并露出了期待的微笑，然而，当她一看到沙发上的丈夫托伊时，脸上的微笑瞬间就又消失了，依旧低下头来，默默地做着手里的活计。克利夫曾固执地想：“我连同这个收音机在客厅里待上一个小时，看看你托伊有什么反应。”结果很令他失望，因为在足足一个小时里，托伊竟然一言不发，也没有将头从杂志上抬起来。显然，他根本不喜欢收音机。

自从那个晚上之后，克利夫就再也没有进过客厅，而是待在自己的房间里自娱自乐，或者是听听音乐，或者是边弹吉他，边轻轻地唱歌。

克利夫还记得，在那个特别的晚上后的第二天早晨，他曾设法和凯蒂单独相处了一会儿，对她说：“我昨天晚上看出了你的表情，那么你白天想不想听我的收音机呢？如果愿意，我可以现在就放给你听。”“不，不，谢谢你的好意，丹多伊先生，我没有时间听，因为我每天要做的事太多了。”不过凯蒂说这话时，克利夫已经分明从她脸上看到最初露出的渴望和迅速又消失的神情变化。

克利夫以前也曾给一些农场主打过工，看到他们家里都有一台收音机，用来收听天气预报和谷物价格。“托伊家为什么没有呢？为什么他对收音机那么排斥呢？”这让克利夫百思不得其解。可是后来他发现，托伊的拖拉机上竟然也有一台收音机，并用来收听他所需要的信息，这更增加了克利夫的疑惑。论农业机械装备，托伊家的毫不逊色，他的农场里拥有最新的设备，包括两台新的拖拉机和耕种机、播种机、干草打包机等等。可是不知为什么，他们家里不仅没有任何新的家用电器，就连家具也非常破旧，凯蒂打扫卫生时用的是扫帚、拖把和抹布，而一辆跑了十年之久的旧货车，就是他们唯一的运输工具了。

“或许是托伊出于宗教的原因而不喜欢家用电器？”克利夫也曾这样暗暗地想过。不过刚过了几天，就证明他的这种猜测是错误的，因为在克利夫来帮工的第一个星期天，托伊和妻子并没有上教堂去做礼拜。吃完早饭后，凯蒂照例收拾屋子，而托伊则又去了田里，与往日所不同的只是托伊说了一句话：“今天是星期天，丹多伊你不用工作了。”克利夫这时真想说：“太好啦，谢谢！”但他终于还是把这句到嘴边的话又咽了回去。

对于这样的家庭气氛他很不喜欢，因为让人感到很压抑。如果是在往常，这种环境只能让他勉强干满第一个星期，然后就会自动离去。但这次不同，他虽然不喜欢，却还是选择继续留下来，尽管他对自己这么做的原因明镜儿似的，尽管他对自己这种做法感到很生气，甚至非常愤怒，但他还是没有离开的念头。

“我真的爱上了凯蒂？这太荒唐了！我是不是发疯了？”他不停地在内心问着自己。的确，这些天凯蒂没有给过他任何鼓励或者暗示，但不知为什么，他总觉得她应该知道他的内心。

时间一晃就到了六月份，这时的天气更加暖和了。每天晚上，克利夫都坐在门廊里弹吉他和唱歌。随着琴声和歌声的飘荡，他希望凯蒂在默默倾听，甚至还希望托伊出来阻止。相信凯蒂是听到了，但托伊却什么也没有说，这让他感到既兴奋又有些惋惜。

过了一星期后，克利夫依然每晚坐在门廊里弹唱，这时凯蒂已经不再躲在屋里，而是走出房门，坐在门廊里，将双手交叉放在膝盖上仔细地倾听了，直到门廊熄了灯。至于托伊，他还是遵循多年的老习惯，总是每天晚上六点钟就睡觉，这时他早就上床了。

“为什么托伊每天早早地上床，而留下我单独和他年轻的妻子在一起呢？”克利夫感到困惑和不解，但他想静静观察一下，所以什么也没有说。

最初的几天晚上，凯蒂只是坐在那里听，一句话也不说。有一天晚上，克利夫弹奏过几段乐曲后，停止了琴弦的拨动，只见他仰起头，出神地凝视着天空那一轮皎洁的明月，四周静静的，偶尔有微风拂面。这时，凯蒂轻声地说：“克利夫，我想听悲伤的歌，请再为我弹奏一首吧。”“克利夫？”这是克利夫第一次听她这么称呼他，他的心情十分激动，转过脸来看着她。“啊，凯蒂！你刚才是在叫我吗？”他刚要站起身来靠近一点儿，然而凯蒂却双手颤抖地离开了这里，消失在那间黑洞洞的屋里。

又是几个星期过去了，已经到了夏天。克利夫在炽热的阳光下挥动着斧头，橡树和灌木丛在他的奋力砍杀下纷纷倒下，就像被机枪射击倒下的士兵一样。在他身后清理出的土地上，托伊种的一大片苜蓿在阳光下天天见长，估计这三十亩苜蓿很快就可以收割了。

这天晚上，克利夫又像往常一样在门廊弹奏歌唱，然而凯蒂却再也没有出来倾听，不仅如此，她不再叫他“克利夫”了，而总是客客气气地称他为“丹多伊先生”。凯蒂的这种变化让克利夫感到很郁闷，可是他又无法诉说。

“我还是离开这里吧，别，还是继续留下来吧。”反复的思想斗争，结果还是让“留下来”占了上风，以至于连他都骂自己是个大傻瓜。

这一天的天气很炎热，他在河边焚烧矮树丛，全身都是汗水，灰烬落满了手和脸。已经中午了，可凯蒂还没有及时给他送饭来。望着清凉诱人的河水，再看看自己灰头土脸的样子，他真想扎个猛子到水里去。其实，他每天晚上收工回去之前，都要在河里游一会儿泳，一来可以洗去满身的尘土；二来畅游一番也能放松一下疲劳。

终于，他禁不住清凉河水的诱惑，迅速脱掉鞋袜，一头扎进水中。“反正凯蒂还没有送饭来，即便弄湿了裤子也没有关系，一会儿上岸在太阳底下晒几分钟就干了。”想到这里，他在水中游得更加尽兴了。过了一会儿，他浮上水面，听到一阵清脆悦耳的笑声，原来是凯蒂站在河边。她的笑声真甜美，这还是他第一次听到。

“喂，你在水里的样子真有趣，看上去就像个嬉水的小孩子。”凯蒂兴奋地挥动着手说。

“凯蒂，你穿着衣服也下来和我一块儿嬉水吧！我保证，你的衣服在回家前是会被太阳晒干的。”克利夫不清楚他为什么会说出那样的话，但他觉得那就是他的真实想法，不吐不快，而且时机也把握得绝妙。

听到克利夫的喊话，凯蒂将手中的饭盒毫不犹豫地放下，然后迅速脱掉鞋袜，同样以优美的姿势扎进水中，看得出凯特的水性非常好。

他们两人在水里像孩子一样嬉戏打闹，尤其是凯蒂，她又笑又叫，使劲打水，一会儿潜入，一会儿浮出，好不尽兴。克利夫相信，在那一刻，她将所有的一切都抛在了脑后。

游了好一阵，他们才爬上了滑溜溜的河岸。凯蒂的湿衣服紧紧地包裹在身上，尽管显得乱七八糟，但那高高隆起的胸部，修长的大腿，愈发显露出那优美的曲线。她的长发像海藻一样堆在头上，晶莹的水珠顺着面颊啪嗒啪嗒地落下。她看见克利夫的目光正盯着自己，不禁羞涩地低下了头，双手搀弄着湿漉漉的发梢。

克利夫从未见过这么可爱的女人。

他再也按捺不住内心的冲动，一把拉住她的手，呼吸急促地说道：“我爱你，凯蒂，凯蒂！你应该知道我的心！”说着，就试图用宽大的双臂将她抱住。她顺从地拥入他的怀中，全身软软的，闭上眼睛扬起嘴巴寻找着……克利夫已经闻到了这个年轻女人身上特有的气息。

突然，她拼命挣脱开，大叫：“快放开我！不，不！我不想再看到可怕的死亡！”

“凯蒂，你怎么了？你在说什么？”他被她这一突然举动惊呆了，盯着她不解地问。

她略微平静一下，转过脸来说：“在你来之前，有一个男人……他……”“这我知道，你不是说那个人被你丈夫解雇了吗？”她继续小声说道：“不，我认为他是被托伊杀了！”

“什么？杀了？”听到这句话，克利夫愣了。他扭住她的下巴，把她的脸拧过来，只见她双眼紧闭，呼吸急促。“告诉我，你说的是真的吗？托伊为什么要这么干？”

“就是托伊发现我们在一起笑了。克利夫，我发誓没有别的！”

“我相信你，继续说下去。”

“第二天吃早饭时，我发现乔尔不见了，就去问托伊，他告诉我说乔尔半夜离开了。”

“不见人未必就是被杀了，你怎么知道他没有了呢？”

“因为他装东西的箱子还留在这里。”

“也可能是你丈夫吓坏了他，他走得匆忙来不及拿箱子。可你为什么一口咬定是托伊杀了他呢？”

她浑身颤抖着。“因为……反正我说的不会错！”

克利夫将手搭在凯蒂的肩上，缓缓地说：“听我说，凯蒂，这只是一个女人的推理。”

“可怜的乔尔，他是一个流浪汉，没有一个亲人，即使死了也不会有人去怀念他。”凯蒂喃喃地说。

克利夫又轻轻地将凯蒂揽进怀中，说：“凯蒂，说实在的，可能是因为我对你的感情，所以我不喜欢托伊·莱德伯特，但即便如此，对他会杀人这一点我也不敢相信。”

凯蒂摆脱了克利夫的双臂，愤愤地说：“他非常卑鄙残忍！你不了解他。”

“既然如此，那你为什么还要跟他结婚呢？”克利夫不解地问道。

“唉，怎么跟你说呢？”凯蒂沉浸在痛苦的回忆中。

原来，凯蒂也是一个身世可怜的姑娘。她的父母死于四年前的一场车祸，那时她才十七岁，高中还没有毕业，孤苦伶仃，无依无靠，只能把托伊这个富裕农场主的求婚当做一条出路。托伊给人的印象文雅、整洁、节俭，似乎是一个善良温柔的男人，但凯蒂并不爱他，她爱的是小说和电影中才有的那种美好和浪漫的东西，然而困苦的境况不容她选择，面对托伊的热烈求婚，她只好允诺了。但是结婚四年来，她才看清，托伊的节俭其实是吝啬，他外表的温柔却包裹着一颗冷酷残忍的心。比方说，他们住的地方离镇子七英里，托伊每年两次开车带她去镇里，只允许她买几件衣服，他把多余的钱都花在购买农用设备上。尤其让凯蒂无法忍受的是，他最近又变得异常嫉妒，简直到了不可理喻的程度。

克利夫暂时还无法完全相信这个故事的真实性，因为这种让人容易陷入歧途的古老而可疑的故事太多了。

“假如托伊他真像你说的那样，有一点我就不明白了，你为什么不想办法离开他呢？逃走总可以吧？”

“是的，我也曾想到过逃走，可是我没有这个勇气，因为他恶狠狠地说，无论我逃到哪里他都会找到我，杀了我的。他是个说一不二的人。”

看来凯蒂真的被托伊给吓坏了。

“凯蒂，你别害怕。我想知道，你真的爱我吗？”

望着克利夫那火辣辣的目光，凯蒂一时不知道该怎么回答。“我……我……”她抬起头来盯着他，那眼神里分明充满了期待，不过她的视线突然又游离了。“这是错误的，我不，求你不要再问了，克利夫！”

克利夫轻轻地握住她那颤抖的手。“听我说，凯蒂，你不爱他，却跟他结婚，这是更严重的错误，况且这样的日子有什么意思呢？”稍稍停顿了一下，他又坚定地说道：“明天我就去找莱德伯特，当面向他说明我们的事，之后我就带你离开这里。”

令克利夫想不到的是，她的双手，甚至全身都剧烈地颤抖起来。“千万不要，他会杀了你的，克利夫！”

望着如此惊恐的凯蒂，克利夫内心充满了怜爱，也更坚定了他要保护这个女人的决心。他温柔地说：“别紧张，凯蒂，我也是个流浪汉，以前没有定居的理由，但是现在遇到了你，我有了。”

听到克利夫这样说，凯蒂的心理防线彻底崩溃了，显然这正是她想听到的话。她再次拥到他的怀中，但依然在不停地颤抖，克利夫知道她还是害怕着托伊。“好了，穿上鞋吧，我们该走了。”她默默地听从了，然后他们手拉着手朝家里走去。

当他们来到院子时，克利夫没有听到拖拉机的马达声，因为那天托伊从早晨就开始将干草打包，可能是还没有回来吧。然而，当他们走进里屋时，却发现托伊正从厨房里走出来。

一见到托伊，凯蒂顿时脸色苍白，就像一只吓坏了的小鸟一样。“别怕，凯蒂。”克利夫紧紧地握住她的手，安抚着。

“莱德伯特，我想告诉你，我和凯蒂相爱了……”

“嗯？”他的眼睛变得像大理石一样光滑而清冷，克利夫知道凯蒂为什么那样害怕他了。“是吗？就像你平时唱的那些情歌一样？”托伊温和地说。

“我们已经商量好了，就在今天下午，要一起离开。”

“哦，原来是这样。”

克利夫让凯蒂站在自己的身后，他面对托伊，随时准备反击他的进攻，如果一对一地格斗，他相信自己能够打败对方。

“凯蒂，你过来。”托伊没有理睬克利夫。“凯蒂，我是你的丈夫，你是属于我的，就像这农场包括屋里的一切都属于我的一样。无论是谁试图从我的手中抢走任何东西都办不到，我一定会杀死他的。”托伊依然温和地说。

克利夫瞧了凯蒂一眼，对她说：“别怕，他只是想吓唬吓唬我们。”然后，他又将目光转向托伊，继续说道：“莱德伯特，你无论怎样威胁和恐吓，都无法阻止我们，你最好还是放了凯蒂！”

“凯蒂，我们都结婚四年了，你该知道我从来都是说话是算数的。”托伊还是不看克利夫。

站在一旁的凯蒂眼中充满恐惧，双手颤动，她将一只手伸到嘴边，紧紧地咬着手指关节，看得出她是在竭力控制着自己。她盯着克利夫，呜咽着说：“我很抱歉……克利夫，我，我不能！”说完，她双手掩面，跌跌撞撞地向屋里跑去。克利夫欲言又止，而托伊的脸上则没有胜利的表情，依然保持着温和与平静，就像刚才在与邻居谈论着天气。

“歌手，我不想再见到你了，希望我今天晚上回来之前你已经离开了。看在你帮工辛劳的分上，我多付给你一个月的薪水，你该为此而歌唱啊！”说完，他头也不回地转身离去。

克利夫瞧着他的背影，愣愣地站了一会儿。突然他想起凯蒂，立即跑进屋里，凯蒂躲在卧室里死活不肯出来。

“凯蒂，我是克利夫，你出来吧！”无论他在门外怎样央求、哄骗甚至威胁她，她都反复说着同样的话：“我不想见你，请你走开，走开！”不知过了多长时间，两人始终这样僵持着。

“也许她根本就不想和我一起离开。”克利夫默默地想着，他知道自己彻底失败了。

这里再也没有留下去的必要了。他心情沉重地回到自己的屋里，把东西装进背包，独自离开了。

他沿着路边行走，隐约可以听到河那边拖拉机的轰隆声，他知道，那是托伊在将干草打成包。

“事情为什么会是这个样子呢？”他边走边不停地思索着。大约走了一个小时后，他的脑子逐渐清醒起来，仿佛突然明白了什么。“哎呀，凯蒂之所以不跟我走，一定是担心我的安全，可这样一来，她不就陷入危险之中了吗？”他不停地拍打着自己的脑袋，懊悔自己没有早看清这一点。“不行，我一定要回去，说什么也要带她走，就是抱也要把她抱走！”想到这儿，克利夫转身快步向回走去。

就这样一折一返，当他再次看到那栋房子时，时间已经过去了两个小时。他一步步地接近房子，耳边又传来田里拖拉机的声音。

他发现房子的后门开着。“凯蒂，我是克利夫，快出来！”但凯蒂不在厨房。他又拐弯朝屋里走去。“凯蒂，凯蒂！”依然没有人回应。

最后，他在里屋的卧室里发现了她，眼前的景象让他惊呆了：凯蒂斜躺在床上，身体几乎被猎枪子弹炸成了两半，床上、地上沾满了血……克利夫不敢再看了，他踉踉跄跄地冲到外面，胃里像倒海翻江一样，只想往外呕。

“突……突突……”田里拖拉机的轰鸣声仿佛在撕扯着他的神经。“一定是托伊杀了她！”他明白，托伊使了一手“借刀杀人”计，他今天晚上回来时，会假装发现凯蒂死了，然后虚张声势地报警，将杀人罪归于逃走的雇工，也就是自己。

克利夫跌跌撞撞地朝着田里的方向走去，不过他慢慢地就恢复了正常。“凯蒂明明不跟自己走了，可托伊为什么还要杀害她呢？”

离拖拉机越来越近了。他看见托伊驾驶着拖拉机正拖着一辆干草打包机准备掉头。托伊显然也看到了克利夫，于是就停了下来，但他没有关闭拖拉机的马达，干草打包机还在继续转动着。

“是你啊，歌手，你怎么又回来了？”托伊平静地说。

“莱德伯特，你为什么要那样做？她都不想离开你了，你为什么还要残忍地杀了她？”克利夫拼足力气大声地喊道。拖拉机的马达声和打包机的轰鸣声太大了，如果他的声音小了实在听不清。

托伊咧嘴一笑说：“不，她想要离开。当我回到屋里时，看到她收拾完东西正准备要走。”望着克利夫几乎变青的脸色，他继续轻描淡写地说道：“她说了，她不想让你受到伤害，所以直到确信你已经离开了，她才要自己走。”

听了这话，克利夫全身的血似乎一下子涌到了脑门，他狂怒了，一个箭步上前伸手抓住了托伊的衣襟，把他从拖拉机的驾驶座上狠狠地拽了下来……

“这么说是你杀了他？”他的律师问。

“对，就是我杀了这个该死的混蛋！”克利夫说。

“可是他的尸体呢？警长四处都找遍了，一直都没有发现尸体。我作为你的辩护律师，应该知道相关的情况。克利夫，你现在是因为杀害凯蒂而受审，如果不是你的话，就要告诉我们究竟发生了什么事？因为警长猜测莱德伯特也是你杀的，并把他埋到了只有你自己才知道的地方。告诉我，在哪里？”

“在干草打包机里，它还在田里吗？”

“不在了，因为第二天拖拉机和干草打包机就被开进了谷库，不过，打好包的干草仍在那里。对了，那天晚上下雨了，结果干草都被淋湿了。”

“下雨？那一定是雨水把血冲掉了。”克利夫说。

“血？”律师仔细地听着。

克利夫面无表情地看着他的律师，说：“那天我把他从拖拉机上拽下来后，狠狠地打了他一拳，就把他打进了正在滚动的干草打包机，尽管他拼命挣扎，但我没有救他。这个家伙喜欢他的机器胜过喜欢凯蒂。让警长到最后两捆干草中去找吧，里面一定有托伊·莱德伯特的尸骨。”

幻想之敌

这幢白色的大房子，是我六个月前买下的。我所看中的，是它的位置很隐蔽，坐落在一个林区的中间，不易与外界沟通。为什么呢？后面我还要说到具体原因。

快看！房屋外面至少有十来个男人在转悠，他们想干什么我很清楚，不过他们也别得意得太早，要知道，在他们得逞之前，我会用手中的猎枪教训他们的，我说这话决不是吓唬人。

房屋周边没有邻居，如果想要看到最近的邻舍，就必须要费劲地透过林子瞧，即使这样，也看得不很清晰。我们以前住的公寓，老是有人敲门，什么卖保险的啦，搞推销的啦，认识的还是不认识的都有。在这儿就不同了，几乎一整天都是静悄悄的。另外，这儿也不像城里那样，无论去商场还是洗衣店等，你迈动双腿就可以，而这个偏僻的地方，却要开车才可以抵达超市、餐馆或洗衣店等任何地方。这么说吧，在这里，连电话有没有都无所谓，这是一个人烟稀少，不与人接触的地方。

我为什么要买这座位置偏僻的房屋？又为什么会手持猎枪，站在卧室窗边紧盯着窗外？主要还是因为我的太太安娜。原本我以为这样做就可以改变她的生活方式，然而事实证明，对她毫无效果。

安娜是个漂亮的女人。如果你不了解她的真实面目，一定会认为她几乎就是这个世界上最可爱的小女人，会认为她很了不起，能做大事情。当然，这并不只是我这个做丈夫的看法，其他很多人也都这样认为。

有些漂亮女人身上的毛病，其实都是从小被惯坏的，安娜也是这样。或许在我们的生活中，我没有完全满足她的需要，让她感到空虚，对于这一点我倒没有意识到，我只知道我不能容忍有些人在这方面的情不自禁，甚至无法控制，对此我是深恶痛绝的。安娜作为我的妻子，她也应该努力了解我的内心。

不过话又说回来，她在某一方面不能自制，就如同我不能自制一样。总之，不管别人怎么议论，我知道我自己该怎么做就行了。安娜有着婀娜的身材和一双柔和的灰色大眼睛，尤其是她走起路来，更是步态生姿。我相信，这对于任何一个男人来说，都具有吸引力。当然，这并不是她的错。我很爱她，但坦白地说，从打一开始我就发现我们两人的结合是错误的。

大约是我们婚后一个月不到的样子，安娜的本性就表现出来了，当我的一些朋友来家做客时，我发现她竟然公开向他们卖弄风情，用那双灰色的大眼睛迷离地凝视着他们，那长长的眼睫毛一闭一开，还有走路时有意地扭动着腰肢，虽然看似文雅，但我认为那就是明确的引诱。

结果，我一些朋友的行为也开始变得怪异起来，他们大多数时候都避开我，除非安娜和我在一起时。我尽管不十分聪明，但还不至于麻木到看不出这之中蹊跷的程度。为了这些事，我和安娜大吵了一架，我愤愤地责备她不检点，而她也不甘示弱，竟用很难听的话骂我，最后她还像“抱歉”似的对我发誓说：“听着，我对你始终忠贞不贰，没有什么好怀疑和嫉妒的。”

别说，安娜还有本事让男人相信她的能力，哪怕只相信一小会儿。的确，有一段时间我也相信了她。

不过，后来的一件事又把我气坏了。事情是这样的：我的一个朋友马丁克森经常借故到我们住的公寓来，其实我也注意到，每次他来时，都会和安娜眉来眼去，相互传情。后来，我听马丁克森太太说到他俩偷情的勾当时，他却佯装无事一样，装聋作哑，安娜也是这种表现。这下子我怒火中烧了，你想想，天底下哪有像马丁克森这样的傻瓜，居然还好意思把自己在外面偷情的丑事告诉他老婆！

因此，那天我走到马丁克森面前，狠狠地扇了他一记耳光，当时他面色通红，又惊又怒地望着我。

从那以后，我就下决心搬家。后来，我们以分期付款的方式买下了这幢房子。当时安娜也赞成我的主张，她也说："这样很好，免得我总被那么多讨厌的男人缠着。"

自打住进这幢房子后，我们过了六个月的快乐生活，没有任何干扰，我们都觉得一起生活在这里真好。我也暗自庆幸搬家的决定是对的。

然而好景不长，我们这种快乐的生活并没有维持多久。正像我曾经说过的那样，对于安娜来说，有许多事情她是不能自制的，哪怕是面对陌生人。果然，仅仅半年之后，那种事情就又开始慢慢地发生了——安娜喜欢勾引男人的老毛病又犯了。

尽管我想尽方法规劝她，甚至企图告诉她，我都快要被她逼得发疯了，然而她依然我行我素，丝毫不予理会，通常还会装出一副纯洁无邪的样子。我拿她实在没办法，有时甚至痛苦地想："如果她不仅仅是用那双大眼睛，而是用一切，用一切去挑逗男人的话，或许我们之间的关系就会是另一番情形！"

眼看着她越来越肆无忌惮，万般无奈的我只好拿起猎枪，我要用它来捍卫我的尊严。这不，我现在正手持猎枪，继续从窗帘缝中向外窥视，尽管此时家中已经弥漫着一股火药味。

我看到刚才那个人是被我击中了下半身。当我射出第一颗子弹时，受伤的他企图偷偷地溜走，就在树丛中艰难地爬行，紧接着我又扣动扳机，射出了第二颗子弹，这一枪似乎打中了他的颈部或后脑勺，只见他顿时无力地伏在树丛边。我已经在窗口观察一个小时了，他那穿着蓝裤子的腿和扭曲的脚一直没动弹，我想他肯定是死了。

这时安娜就坐在我身后的沙发上，当时她想开口说什么，但她根本开不了口，因为我已经用毛巾塞住了她的嘴，还用绳子把她紧紧地捆着。其实我也不想这样做，实在是不得已而为之。

这天早些时候我就告诉她，房屋外面有十多个男人在转悠，当时她很害怕。其实我明白，她不过是借着惊吓而高兴，因为这个女人是那种喜欢被吓坏的人。至于她为什么会有这种心理，我始终搞不懂，不过她就是那样的人，因为自从结婚后我很快就发现了。

因为她的行为，我们经常发生激烈争吵，而每次争吵时，她都会信誓旦旦地说："相信我！我对你忠心耿耿，不会让你的任何朋友或其他男人碰过。"尽管我想相信她，可是这个女人挑逗一个或者许多个男人都很有一套。"挑逗"，我也只能忍耐到这限度，如果超过这个限度，我非得爆炸不可。我想，如果是你面对这样的情况，也肯定会和我一样，拿枪拼个你死我活的。

在我击中屋外那个男人前，我还没有捆绑她，当她看到我从窗口举枪时，她曾对着那个男人大声警告，估计那个人在听见她的警告声之前，以为我是在屋后，可是我没有，而是在窗口正举枪瞄着他，我给了他一个意外——将他置于死地！为了防止安娜再通风报信，我才把她捆在沙发上，并用毛巾塞住了她的嘴。

第一个男人已经倒下了，但还有其他的男人会来，他们一定会克服困难，想办法钻进来的。因此，我必须要仔细防范，不仅要留心观察房屋前面，还要侧耳倾听背后的动静，以免顾此失彼。事先我也做了不少准备工作，比如，在房门和窗户上都摆放了临时阻挡物，我还穿梭于每个房间，把家里的坛坛罐罐，或者是能引起响动的东西都收集起来，将它们高高地堆在架子或是家具上，这样，即便他们是从后面摸进来，相信我也可以听见。

总之，无论他们企图从哪个方向进来，我都会对付的。

房屋里很安静，只有墙上的挂钟发出的滴答、滴答声。突然，我似乎听到一种声响，是一种轻轻的脚步声！是从后门吗？不！是从前面门廊传来的。

“不好，有人进来了！”我的神经立刻紧张起来，迅速端起枪，拨开窗帘，只见一个人的背影，他显然刚刚走过去站在门廊上，那个位置正是我可以打到他的地方。

那个人先是站立在门廊那儿，接着我从他弯腰、起身的动作中，看见他从一个箱子里取出一个长柄的东西，估计是武器，当他向前门走进时，我必须要应对了，于是我迅速离开窗边，径直来到门前，瞄准前门，“砰砰砰砰”一连开了四枪，其中两枪的点位稍高，两枪的点位稍低，房间里顿时弥漫着一股火药味，吓得安娜垂下头不敢大声喘气。

外面没有一点声响。

我又悄悄地退回窗边，向外窥视，只见门廊的平台上垂落下一只胳膊，手掌是张开的，那只手显然僵硬如岩石，就像车道两旁的橡木那样，平台下汪着一摊鲜血，几乎快要凝固了。“又报销一个！”我心里暗暗高兴。

沙发上的安娜默默地瞪着我。但我却不以为然，朝她微笑着，并送去了一个飞吻。

一个小时过去了，又一个小时过去了，我的内心始终被复仇占据着。

依我刚才的举动，或者说是疯狂的举动，我想外面的人一定是怕伤及了安娜（其实没有任何人想伤害她），否则他们一定会把我的房子打得像蜂巢一般，无数子弹嗡嗡地狂飞乱舞，颗颗都像蜜蜂一样在寻找我。屋子里静悄悄的，那是一种令人震颤的冷漠的静。立在屋角的冷气机依然在嗡嗡地响着。还有那些细小的灰尘，它们大概不知道究竟发生了什么事情，依然随着有角度的阳光，悄无声息地旋转着。房屋外，那些人仍然守候着，他们在等待良机。

天色渐晚。我知道，当夜幕完全垂落时，他们就会躲在那后面。

我刚想让自己紧绷的神经舒缓一下，“嗒，嗒”，突然，又一个微弱的声响传了过来，是房子后面！他们或许不知道，我的耳朵对这种声响格外敏感，哪怕是再细微的，都逃脱不过。我马上进入临战状态，迅速弯下身，哈着腰跑进了我和安娜的卧室。

卧室靠近窗户的地方，摆着安娜的一个梳妆台，它很高并带有大镜子，我费力地慢慢移开它，然后站到窗前向外瞅。

只见房屋旁边有一个人，他此刻背对着我，正弯着腰在摆弄着什么，刚才的声响一定是他发出来的。“莫不是在安装子弹？”我猜测着，不过我也没空儿去看个究竟。瞄准目标，我迅速扣动扳机，出膛的子弹嗖地击碎窗玻璃，只见一顶帽子腾空飞起，扑通一声，那人脸部朝下，伏在地上不动弹了，顺着他的身躯流出一摊鲜血，染红了下面的草堆。“干得好，又打掉一个！”

我来不及兴奋，赶紧堵好卧室的窗户，又快速跑到前面的房间，因为，我担心他们是采取调虎离山计，先把我引到后面的房间，其他人则乘虚从前面的门和窗户冲进来。

我看到，房子前面的草坪、树木和弯曲的车道上都空无一人，静悄悄的，只有一辆警车闪着红灯驶了过去，仿佛什么事情都没有发生过一样。我的心稍微安定了一些。

这时，安娜还在沙发上，但她面无表情。我瞅了瞅她，又转过头来继续盯着窗外。

已经击倒三个人了，现在我必须抓紧时间装子弹。不知怎么回事儿，当我装另一匣子弹时，内心感觉非常紧张，甚至连呼吸都变得困难起来，那情形就像当年我去越南战场一样，不骗你！我真是那种感觉！

“已经有三个人试图闯进来，但都被我置于死地，这是报应！外面的那些人一定不会善罢甘休，他们很可能继续施展计谋，或者是冲着我，直接冲进屋子里。”我默默地想。

“他们究竟还有多少人呢？”我不得而知，这也是让我最担心的。“不管它，反正我今天是豁出去了！”

时间一分一秒地流逝，又是一个小时过去了，房子内外依然显得平静。坦率地说，这种平静既让我稍感安慰，又让我有些惴惴不安，我不清楚这种平静预示着什么，或者说接下来还会有什么事情发生。“怎么？好像远处传来一阵马达声！”我心头一紧，但接下来又是一片寂静。“可能是什么车辆从路上经过，一定是的！”

我又扭头看了看安娜，只见她眼睛微闭，面色苍白。“看来是被我捆绑的时间太长了，再加之惊吓。不过这又怪谁呢？如果不是她……唉！”我心里生出了一股怜悯之情。“我和安娜之间要是能像刚开始那样该有多好！只可惜那种美好的日子再也不会有了，是我们自己在走过生活的每一扇门后，都把它们紧紧地关上了！”我不禁摇头叹息着。

尽管如此，但还是有人，是外面的人……外面有人！而且一步步走近了！

我的注意力又高度集中起来，侧耳仔细地倾听。的确有人走动的脚步声，时而停住，时而又重新响起，并且变得越来越快，不过，慢慢地这种声音又越来越弱，最终完全消失了。我想搞清楚是否有人试图闯入，于是轻轻撩开另一个窗子的窗帘，看到一个穿制服的人正在向树丛移动。

“好家伙，又来了！”我强按住心中的怒火，举枪——瞄准——开火！只可惜太急了，那个人影跑动着闪进树丛后边，我没有打中他。

不能让他侥幸逃脱！我又接连开了三枪，但都没有打中。不过我鸣枪示警，也足以让他再次尝试时，先想想后果。

又是一片寂静，令人不安的寂静！

远远地又传来了马达声。我不知道这种声响与我以及我的这座房子是否有关？

这或许是一场战斗短暂的间歇。我在集中目光向外窥视的同时，还要快速转动脑筋，仔细地谋划一下。“他们下一步还会怎样做？如果是我在外面的话，该往哪儿躲呢？房屋的左边显然不合适，那里尽管有密不透风的玫瑰树丛，但是都很矮，不足以遮挡。还有什么地方好呢？”我试图换位思考，站在他们的角度来进行推论。

这时，我查看了一下子弹，还有不少。因此，我又朝着房屋前的玫瑰树丛连发五枪。我这样做的目的很简单，就是要让外面的那些人知道，我此刻正严阵以待，随时都能干掉他们。枪声过后，只听到外面传来一阵骚乱和嘈杂的喊叫声。对此我丝毫也不畏惧，继续往枪膛里上子弹。

我又将身子往窗台上靠了靠，只见外面的人正把车停在草坪前弯曲的车道上，那红色的警灯迎着阳光，微弱地闪着，短波无线电里传来一种冷漠的机械声音。不远处，还有更多的人朝这儿跑来。

“警察！是警察！”我大声地向安娜说。我从来没有这样高兴过，一定是警察发现有不三不四的人骚扰我们。

一直微闭眼睛、垂着头的安娜被我的喊声惊醒了，她瞪大双眼。“警察？怎么会呢？”惊恐和不相信的神情浮现在她的脸上。

看到有警察来了，我如释重负，心情顿时轻松起来。我离开窗户，推开前门，冲出去准备迎接他们。急切之中，我差点被卧在门廊上的一个什么东西绊倒，定睛一看，原来是曾被我击中的一个人的尸体。

还未等我抬起头来，不知什么东西打进我的胸膛，我顿时伏倒在地上，浑身的疼痛犹如五内俱焚般，就像一百只猛兽的利齿在撕扯、啃咬我那样。我挣扎着试图站起来，但是不行，仿佛灵魂已经出窍……

沙发上的安娜眼睁睁地看着这一切。加文警官走进来，把她身上的绳索解开，他那饱经风霜的脸上，毫无怜悯地瞧着她："大卫太太，你的丈夫已经死了。要知道，我们这样做也是别无选择！"

她紧咬下唇，轻轻抚摸着有些红肿的手腕，也就是被绳索捆过的地方，点了点头。

加文警官旁边站着的是艾弗警探，这是一个高大英俊，蓄着八字胡的便衣人员，只见他双手抱在胸前："大卫太太，你知道吗？你的丈夫接连杀害了三个无辜的人！"他那黝黑的脸上没有任何表情。

转而，他的口气又变得有些温和了，几乎是带着尊敬的口吻说："那三个人死得真可怜！一个是挨家兜售物品的推销员，一个是吸尘器推销员，还有一个是电力公司查电线的人员，要是后来那个邮差逃脱不及时的话，恐怕死亡的人数就是四个了，甚至还会更多！他为什么要这么做？难道他疯了吗？大卫太太？"

她默然不语。

天罗地网

他冲着防盗门的栅栏展示了一下证件，门开了，他走了进去。

"请问您是吉米小姐吗？我是丹尼尔警官。"

她点点头，然后歪着脑袋，上下打量着来人。她那样子看起来像鸟儿一般活泼可爱。

他站在房间里，四下扫视着整个房间。只见屋子里乱糟糟的——桌子的抽屉打开了一半，地上还放着一只打开的皮箱，里面装了一些叠好的衣物。他抬起头来，问吉米小姐："似乎我来得正是时候，看样子你要出门？"

"噢，是的，我计划今天下午离开。"

他皱了皱眉头，吉米小姐也默不做声。

他说："我来拜访你是希望你提供帮助，别担心，不会耽误你很多时间，也许你可以帮助我们，哦，对了，你什么时候离开？"

"我的火车九点零九分开车。"

"这样啊，看来我们有充足的时间，请你配合我一下吧，这件事不会花很长时间，最多半小时。"

她歪着头，问道："我不太明白，丹尼尔警官，你究竟要我帮你什么？"

"这是一件很重要的事情，同时也和你有关系，因此，你帮助警方就等于是帮助你自己。"他说，"我想你一定还记得在两个星期前，有两个年轻女人骗走了你的八千元吧。"

她非常惊奇，眼睛睁得大大的："是呀，可是，这件事你怎么知道？"

他笑了笑说："虽然你去警察局报案的时候我并不在场，事后也没有读到你的笔录，但这件事的来龙去脉我却通过其他渠道了解得一清二楚。

事发当天，你到银行存了一大笔钱。当你刚办完手续，走出银行大门，就有一位气质优雅的女子向你走过来。她首先请求你原谅她的冒昧，接着，她说因为你看上去是个善良的人，所以才向你求助。因为她对那一带不太熟悉，又遇上一件棘手的事，不知该如何处理。”

他接着说，“原来，那位女子在路上拾到一个装满现金的信封，不知如何是好，于是她在银行门口找到了你，将你拉到一旁的角落里，见四下无人，她打开信封的一角，故意让你看到里面的千元大票，然后她告诉你说，里面大约有一百二十张，也就是说，这个信封里有整整十二万元现金，简直难以置信！”

吉米小姐放声大笑起来：“警官，你说得没错，当时那么多钱的确把我吓坏了，此前恐怕我只见过面额为二十元以下的钞票。”

他眨了眨眼睛说：“是的，那也正是这群骗子的狡猾之处，他们总是挑选那些看起来不那么富有的人去行骗。”

他深深地吸口气，继续说：“总之，那个陌生女人会对你说，她的生活很不幸，生了一个孩子还是弱智。就在你们交谈的时候，另一位女子走过来了，她自我介绍说自己供职于一家律师事务所，愿意代你们向律师事务所的律师咨询一下。在她打了一通电话后，她告诉你们：律师认为这一大笔钱多半是犯罪分子遗失的赃款。至于如何处理这笔钱，律师给出两个方法：第一个方法是将这笔钱款上交警方。这样一来，丢钱的犯罪分子必定不敢认领，但是这笔钱也就很可能被充公了；第二个方法是三个人干脆将这笔钱分掉……唯一条件是，每个人都必须拿出证据，证明她此前已有的现金可以维持半年的生活费，不会急于动用这笔赃款。”

吉米小姐听得呆住了，惊讶地说：“怎么？连这些细节你都知道？”

他得意地笑了笑，继续说下去：“那个女人还告诉你，她可以请律师朋友帮忙，将千元大钞换成小额钞票，这样一来，你在存款时，银行就不会对你产生怀疑。”

“于是，你们三个人商定，平分这笔捡来的钱，你从中可以分到整整四万元钱。”他说，“这时，另外那两个女人都分别出示了她们可以维持六个月生活费的证明——捡到钱的那个女人出示了一张保险公司的支票，她可以将其兑现；而另一个女人也恰好有一笔钱，那是她父亲给她留下的股票分红。

她们二人要求你也出示可以维持六个月生活费的证明，于是，你又走进银行，取出八千元现金，也出示给她们看。她们还热心地帮你把钱装在一个纸口袋里，然后再把口袋交还给你。”

听到这里，吉米小姐神情黯然地说道：“没错，一切如你所说。”

“随后，在律师事务所工作的那个女人提议说，现在就去找她的律师同事帮忙，将千元大钞换成小额钞票，于是，你们三个人一起向律师事务所所在的办公大楼走去。在路上，那个在律师事务所工作的女人反复叮嘱，要大家对这件事保守秘密，不能声张。而且，为了掩人耳目，不要三个人一起进去，以免引起怀疑。”

“第一个女人先走进电梯，然后，第二个女人也进了电梯，最后，你也走进电梯。结果当你来到她们所说的楼层之后，才发现这层楼根本就没有什么律师事务所，于是你慌忙寻找那两个女人，而她们仿佛人间蒸发了一样，不知去向。”

吉米小姐静静地听着，她的面色苍白，默然不语。

他继续说：“当时，你几乎昏倒在地，急忙打开装有你八千元钱的纸口袋，里面哪还有钱的影子，只有一沓沓玩具钞票！你被骗了，两个女人骗走了你八千元钱，我说得没错吧？”

吉米小姐无力地笑了笑，神情变得极为委顿。

他慢慢摇着头说：“我今天来找你，正是为了此事，我的目的就是要帮你将这伙骗子绳之以法。”

吉米小姐用双手捂着脸，啜泣着说：“你把这件事的来龙去脉都说得很清楚，这让我觉得更加悔恨！也是怪我自己太贪心了，居然被这样低级的骗术给骗了……”说完，她又放下双手，睁大眼睛，认真地说，“可是，当时她们和我说的时候，似乎一点破绽都没有，我完全落入到她们的圈套里了！”

他笑了笑，说道：“其实，她们玩的这套把戏就是为了获取你的信任，只要你相信了她们，你的上当也就注定难免了。要知道，那帮骗子都是非常狡猾的，你也不是第一个上当受骗的。”他轻轻地叹了口气，继续说，“而且，只要这伙骗子仍然逍遥法外，就还会有更多的受害者，吉米小姐，除非你能帮助我们将这伙骗子绳之以法。”

“我？我还能做什么呢？我已经尽力了，在报案时，我已经详细地描述过那两个女人的长相。”

他微笑着说：“是的，但是你还可以给我们更多的帮助。现在警方的调查已经有了一些新的进展，我们已经找到了那两个女人，现在我们需要你对她们的照片进行指认。”说完，他从一个纸口袋里中取出两张照片，拿给吉米小姐看。“是不是这两个女子？”

她一见那两张照片，突然变得异常激动，连连喊道：“对！是她们！就是她们！”

他示意她冷静一下，但是她仍然禁不住气得浑身发抖。

“看到她们的照片，那天的事情就好像在我眼前重现了一般，我倒不是心疼那些钱，最令我愤恨的是，我居然被她们耍了！”她无所掩饰地盯着他，“我真的好笨！明明亲眼看到纸口袋里是满满的钞票，但想不到竟然是玩具钞票——她们一定在得手之后嘲笑我是头笨驴。唉，我觉得我自己真是笨得像一头驴啊！”

“吉米小姐，那你就别再犹豫了，还是与我们合作吧，这是你报一箭之仇的最好机会，既可以帮助我们抓到她们，还能挽回你的经济损失，而且更重要的是，你能够找回你的尊严，怎么样？”

“怎么帮忙？”她皱着眉问。

“吉米小姐，是这样的，”他目光犀利地看着她，“你还记得在你存款的那天，为你服务的那位出纳员的长相吗？”

她想了一下，然后点点头说：“我记得，那位出纳员留着八字胡，头发长长的，是金黄色的。”

“太好了，你的线索很重要！因为我们怀疑那个出纳员是那两个女人的同伙。你想想看，为什么那两个女人找上了你？她们怎么知道你刚刚存了一笔钱？一定是银行里的出纳员给她们通风报信，他们里应外合，这才将你骗了。所以，你可以帮助我们抓住他。”

“那我怎么帮你呢？”

他笑了笑，说：”小姐，我理解你想要抓住那伙骗子的急迫心情，你放心，我们和你的想法一样。我们的计划是这样的：过一会儿，你再到那家银行去，找到那位出纳员，请他提出你的大部分余款，记住，一定要现金！那么大的金额，他必定会仔细地数好几遍，这样一来，他的指纹就会留在钞票上。你一定要戴上手套，这样你在接到钱的时候，就不会破坏他的指纹了。”

“到时候，我将在银行外面等候，等你取完钱之后，你将钱交给我，我会把钱带回警察局请专家提取他的指纹。不过请你放心，我会给你同样金额的一笔警察局的公款，用来交换你取出来的钱。同时，我还会派另一位警探盯住出纳，以防他逃跑。

那些刚取出来的钱将成为指控那个出纳的证据。然后，在我们逮捕他们之后，如果运气好的话，我们会把你先前被骗走的八千元钱给追回来。

也许你那八千元钱已经被他们花掉了，因为很多骗子对骗到手的钱会疯狂挥霍，不过，我们也许还能追缴回来一部分。”他说。

“嗯，好说，我听你的。”

他急忙站起身。“那么，我们出发去银行吧！早点出发，早点结束。我开车送你到银行，你去取钱，然后我们的另一位警察将送你回这里，你可以继续收拾行李，肯定不会耽误你赶九点零九分的火车。”

“哦，等一下！”她指着自己的衣服说，“我还得换件衣服，顺便找找存折。”

“好的，不过我们要抓紧时间。”

她离开房间时说：“哎，光顾聊天了，我都忘记招待你了，我父母从小就教导我待人要有礼貌，请你先坐下来，喝一杯咖啡，我去简单收拾一下，然后就跟你去银行。”

他不想拂了吉米小姐的美意，而失去她答应合作的机会，于是就又坐了下来。过了一会儿，她端来一杯咖啡。他喝了一口，并冲着离开房间的女主人做了个鬼脸。

时间一分一秒地过去了，等了好长时间，吉米小姐也没有从卧室出来，他有些着急了，抬腕看了一下表，表走得好慢。

“她怎么收拾这么久？怕不是有什么事吧？”这时，他感到上下眼皮开始打架，一股强烈的困意袭来，他努力想把头抬起来，可是头越来越沉重，最后慢慢地垂了下去……他的心怦怦直跳，甚至自己都能清楚地听到心跳声，可偏偏感到两腿无力，除了沉重的眼睛还能转动外，他全身都没法移动分毫。

"她的咖啡里究竟放了什么？"当他再次勉强睁开眼睛时，看到吉米小姐正站在他面前，紧盯着他的眼睛。

"警官，你一定感到很诧异，对吗？那么我来给你解释一下究竟发生了什么吧。你是那两个女骗子的同伙，她们先骗了一个笨蛋，骗走她一大笔钱，然后过几天你再度上门，假装成警察，打算再骗一笔。"

吉米小姐继续说，"你对那个曾经受骗上当的人说，你手里已经掌握了两个女骗子的线索，但她们应该还有一个同伙，就是银行的出纳员。为了引蛇出洞，你需要受害人协助你。当然，根本没有什么出纳同伙，你的目的只是想诱使她再取一次钱，并以玩具钞票掉包，我说得对吗？"

"从你一进门，我就知道你是个冒牌货。其实，你要找的人是我妹妹，可你并不知道，我妹妹并没有报案。所以，从一开始我就知道了你的真实身份！"

吉米小姐接着说："说心里话，我觉得我很对不起我的妹妹，因为几年前，我也被同样的手段骗过，可当时我很羞愧，没有将此事告诉我妹妹，结果她后来竟然也上了类似的当。我常常想，如果我当时告诉了她，也许她就不会死。

她被骗以后，没有将此事告诉任何人，更没有去报案，可这件事在她的心中始终挥之不去，直到她弥留之际，我才得知她一病不起的原因。最后，她抑郁而终。

现在，没想到你却自己送上门来，那就对不起了！"说到这里，吉米小姐走进厨房，拿出一条晾衣服的绳子来。

"我想，真正的警察将给你们这伙骗子几项罪名。你带来的照片可以帮助警察找到那两个女人，而你自己呢？想必也有前科吧，或者是个通缉犯！"

他紧张地眨巴着双眼，那正流露出他的弱点，等于默认，她满意地点点头。

"对了，你还有一条额外的罪名——冒充警察。仅凭这一条，就能让你在牢里关一阵子了，真是罪有应得！"

她拿着晾衣绳，说："一会儿我要去打电话报警，在警察到来之前，为了防止你逃跑，我只能委屈你一下了……"说完，还在他面前用力拉拉晾衣绳，让他看看绳子结不结实。

空包弹

一天下午，吉恩来到演员俱乐部的酒吧。他跨过酒吧大门，目不斜视，径直走到吧台前，和酒吧老板艾迪打了个招呼，要了一杯酒。

酒吧里的客人并不多，不过吉恩的到来，还是吸引了一些客人的目光，比如，在酒吧一角正在下陆战棋的人就向吉恩这边张望了半天，要知道，在演员俱乐部里下陆战棋的人总是全神贯注，很少有中途停下的。还有一个正在酒吧另一边的台球桌打台球的人，也抬头看了看吉恩，当他再度低头击球的时候，却打偏了，而他的对手也是因为分神去看吉恩，结果也将球击空了。令人奇怪的是，这两个人都很平静地面对这一结果，没有一个人开口抱怨，这事真是匪夷所思。

艾迪给吉恩倒了一杯酒，吉恩坐在吧台上静静地喝着，酒吧里也恢复了正常。

至于别人对吉恩有什么想法，我并不知道，但是我个人对他的做法却非常欣赏。因为，要想做到那件事，需要有极大的勇气，恐怕除了吉恩还没有人能够做到。

想到这里，我便将手中的报纸放下，朝坐在吧台的吉恩走去。

我想我的举动也许显得有些滑稽，因为在我刚刚放下的报纸上，其头版头条的新闻恰好与吉恩有关——前一天晚上，吉恩杀死了一位有名的女人，或者说吉恩涉嫌一位名女人之死。

死者的名字叫贝蒂，她的丈夫贝尔先生是一位百老汇流行戏的制作人。吉恩曾经在贝尔先生监制的一部戏——《下一个更好》中出演男主角。当吉恩刚刚出任这部戏的男主角时，他还是一个年轻英俊、前程似锦的青年演员，可谓星途坦荡、春风得意。不过，也有一些人在背后议论说，吉恩之所以能得到那个角色，是因为贝尔先生的妻子喜欢吉恩，所以才在丈夫耳边吹了枕边风……至于这些说法的真实性有多少，我不知道，但我只知道吉恩的确非常适合那个角色，因为恰巧我就是那部戏的编剧。

我知道吉恩是个有家室的人。早在他还尚未成名时，他就整日守候在剧院门口，等待一些跑龙套的机会，在那一时期，他就有女朋友了。当然，他现在早已经结婚了，而且还有了两个可爱的孩子，他的家就住在郊外。另外，据我所知在过去的半年里，吉恩和贝尔太太经常一起出入于公共场所。

对于吉恩，我就了解以上这么多。因为城里的每位专栏作家，都对他的这些八卦新闻不止报道过一次。

正在想着，我已经来到吧台前面，走到吉恩的身边。酒吧老板抬头看着我，我就指着吉恩的酒杯，说："也来一杯同样的。"

艾迪抬头看了我一眼，诧异地问："双料威士忌？"因为他知道我一贯都喝淡酒的。

吉恩却瞧都不瞧我一下。

"来一杯双料威士忌，你这爱尔兰傻瓜，别废话！"我半开玩笑地说。

艾迪笑了笑，并没有生气。因为，他经常和客人们开玩笑，假如我们偶尔不和他开玩笑的话，他反倒觉得不自在。

看到吉恩这个样子，我不禁又想起昨天发生的事来——今天的报纸对昨天发生的事作了很详尽的报道。因为昨天在那个餐厅就餐的人几乎全是百老汇的人，他们都认识他们三个人，所以警方要找到目击证人很容易。

贝尔太太年轻时是个很美丽的女人，尽管现在已经四十八岁了，却仍然性感迷人、风韵犹存。昨天，吉恩和贝尔太太到“漫厅餐厅”里喝酒聊天，就在他们正聊到兴头上时，贝尔先生走了进来。

据餐厅的其他目击者事后的证言：当时贝尔先生向吉恩和贝尔太太坐的桌子走来时，他们正在聊天，贝尔先生弯下腰，冲着太太的耳朵低声说了些什么，然后吉恩站起来，也低声说了些什么。接下来，贝尔先生从口袋里拿出一张纸，摔在桌子上，吉恩和贝尔先生又相互说了几句话，这时贝尔先生的脸上露出极度愤怒的表情，然后，他就向吉恩冲了过去，这时，吉恩从口袋里掏出手枪。

事后据警方调查，贝尔先生当时扔在桌子上的那张纸是一张便条，落款是贝尔太太。便条上写着：今天最后一幕戏结束后，立刻到“漫厅”来，快来！那张便条是贝尔先生在家中发现的，据说当时在这张便条旁边，还有一封用打字机打的信，上面写着“贝尔亲启”。

而当时，吉恩结束了最后一幕戏的演出之后，向观众谢过两次幕，便匆匆地回到后台的化妆室里。吉恩简单地用湿毛巾擦掉脸部的化妆，连戏服都来不及换，就穿着格子粗呢外套和法兰绒长裤，按照贝尔太太便条上的内容，赶到了“漫厅餐厅”——也就是他们平时经常会面的地方。

正因为如此，在吉恩的外衣口袋才会装着一把手枪，手枪里是空包弹，那是在《下一个更好》最后一幕戏中用的。按照剧情安排，吉恩掏出这把枪向一个敞开的窗户开一枪，吓走窗外隐藏的一个小偷。这个情节，许多观众都知道。

“当贝尔走到我和他太太面前，开始咒骂我的时候，”据事后《每日新闻》引用吉恩的供词，“我脑袋里只想着赶紧要他闭嘴。因为贝尔太太和我只是普通朋友，但有好事者寄了一封匿名信给贝尔先生，称我和贝尔太太之间有不正当的关系，甚至还在信里附了一张便条，上面写着贝尔太太今天和我会面的时间和地点。

也正是这封信和这张便条引爆了贝尔先生的怒火，他来到“漫厅餐厅”找我和贝尔太太，疯狂地冲着我吼叫，于是，惨剧随后就发生了。”

当贝尔先生怒气冲冲地来到“漫厅餐厅”时，他和吉恩之间发生了激烈的争吵。显然，贝尔先生变得歇斯底里，在许多食客的众目睽睽之下，冲向吉恩并与之扭打起来。就在这时，吉恩想到口袋里有一把手枪，就掏了出来。当然，那手枪并不能杀人，因为里面装的是空包弹。

现场的目击者异口同声说，两人扭打了一会儿，吉恩拿着手枪对准了贝尔先生，而贝尔先生则紧紧抓住吉恩拿枪的手。就在两人僵持不下时，餐厅的服务生急忙跑了过去，试图劝开他们。两个男人又相互说了几句什么，突然，贝尔先生的情绪再度失控，开始拼命争夺手枪。

两个人相互抓住对方，在餐厅的过道里厮打起来，桌子上的咖啡溅了贝尔太太一身，她尖叫着跳了起来。两个男人开始争夺手枪，他们都抓住了手枪，就在这时，手枪突然走火，随着砰砰两声枪响，贝尔太太的身体在一片混乱中倒在桌子上，随后又滑到了地板上。餐厅里所有的人都吓呆了，餐厅里死一般寂静，人们都不敢相信眼前发生的这一切。

当人们聚拢上去扶起贝尔太太时，她已经奄奄一息了。

那把手枪里装的并不是空包弹，而是真正的子弹！

吉恩和贝尔先生在厮打过程中，手枪走火，射出两颗子弹，一颗从贝尔太太的嘴角打入，进入脑部；而另一颗子弹则穿过她的左乳房，射进了她心脏的附近。在救护车赶到之前，贝尔太太就断了气。

这就是今天的报纸对昨天命案的描述。

吉恩喝完一杯酒，对酒吧老板艾迪说："再来一杯。"艾迪急忙又给他倒了一杯。这时，吉恩才抬起头，看到我站在他的旁边。

"嗨！"我对他打了个招呼。

他也友好地举起了杯，算是对我的回应。只见他的眼圈黑黑的，一副极度疲倦的样子。

我一口气喝完杯里的酒，然后将酒杯推到艾迪面前，示意他再来一杯。我转过头来对吉恩说："昨天那件事并不是你的错，那只是一个意外，没有人责怪你，每个人都了解你的感受。"

的确没有人责怪他。

昨天贝尔太太中弹身亡之后，警察将吉恩和贝尔先生带到警察局，经过一个通宵的审讯，第二天一早，两个人都被无罪释放了。

今天的报纸报道说："通过对死者尸体的检验，以及十六分局和重案组的调查，一致认为吉恩和贝尔先生都不是故意杀人。贝尔太太的死亡纯属一次意外，是一次荒谬的巧合。"

于是，贝尔太太被杀一案到此终结。

不过，至于吉恩用来表演的那把道具手枪为何会射出真子弹，而不是空包弹，这仍然是个谜。

警察对此也进行了缜密的调查。吉恩使用的那把道具枪平时是放在道具管理员那里保管，每次上台前，道具管理员亲手在枪里装上子弹，再交给吉恩使用。最近，道具管理员新买了一批空包弹，共六大包，每包五十颗，可恰恰就是其中有一包被人偷偷地换上了一盒真子弹。后来，警察在对道具仓库调查的时候找到了那些真子弹。另外，事发当天下午，当吉恩在表演时射出的一颗子弹，也是一颗真子弹，警察通过检查剧院的后砖墙证实了这一点。

只是当时没有人注意到吉恩射出的是真正的子弹，也没有人注意到背景幕上的小洞，甚至连道具管理员在接受讯问时也说，他在装填空包弹时，也没有发现那居然是真子弹。

种种迹象证明，贝尔太太的死纯属一场意外。

趁着艾迪走开的当口，我凑近吉恩的耳朵，轻轻地说："吉恩，什么事使你觉得非杀她不可？"

他没有说话，但他的鼻子皱了一下。这使我更加确信，我的判断完全正确。其实这也没什么，因为我正在一步步推理事实的真相，换了别人，一样能做到。

过了几秒钟，吉恩回答说："你究竟是喝多了，还是你根本就是个傻瓜？"

"呵呵，两者都不是。放心吧，你不会有事的，你想不想听听原因？"

他没有做声，只是两眼直愣愣地盯着吧台后面。

"其实，在你的解释中，有一个很大的破绽，但警方却一直没有发现，因为他们不像你那样了解贝尔太太。问题正是出在她写的那张便条上。你还记得吧，贝尔先生是昨天从邮差手中接到那封信的，昨天也就是命案发生的当天。所以，显而易见，信是前一天寄的。但是信里却写着：约你'今天'见面，那正是贝尔接到信的那一天。我敢打赌，随条子一同寄来的那封匿名信中，也强调了你们将在那个时间在餐厅见面。

这张便条的确是贝尔太太亲笔所写，可是，写便条的时间却不是昨天，也不是前天，而一定是好久以前写的。我敢断定，这张便条被人刻意保留下来，准备在特定的时候派上用场。"我对吉恩说，"那么，究竟是被谁留下来的呢？那只能是曾经和她相约见过面的人，而最近和她来往密切的，只有一个人，那就是你！"

"我看你是疯了！"吉恩大叫道。

"不，这只是我缜密的推理。如果单单从表面看，一定会觉得这件事不合常理，为什么会有人给她的丈夫寄那种内容的便条？为什么同时还要再邮寄一封充满挑唆意味的匿名信？

可只要看看究竟发生了什么结果，我们就不难理解了。结果是：贝尔太太死了，她被杀了。

人们不会怀疑到你的头上，因为人人都知道你们之间关系密切，经常有人看见你和她在一起，而这恰好给你披上了一件最好的伪装，这就是你为什么敢在餐厅、在众目睽睽之下谋杀了她！"

吉恩被我一系列的话语噎得哑口无言，他只能低头聆听。

"虽然我的推测听起来非常疯狂，"我说，"但是一切都合情合理——道具管理员最初填装的全部是空包弹，然而有人却将空包弹卸下，换成真子弹，谁能有这样的机会呢？又是谁有机会进入后台的道具仓库，在空包弹中掺一包真子弹，以便事后故意让警察发现呢？谁能肯定在舞台上开枪射击时，只射到幕布而不会伤到任何人呢？这一切的问号，都指向一个人——开枪的人，也就是你！"

"你怎么……知道得这么多，这么清楚？"吉恩不解地问。

"究竟谁有杀她的动机？这一点我知道，你也知道，但是警察永远也不会知道。

贝尔太太是一个贪得无厌的女人，她并不是真心对待男人，而是在利用男人，就像吸纸烟一样，她的贪婪没有止境。这使我想到原先的问题，她对你提出了什么需求，而你却不答应，是婚姻吧？”

吉恩以难以觉察的动作点了点头。

“这也是我的推测。你是一个热爱事业的演员，为了成就事业，你不得不顺从贝尔太太的意思，因为贝尔先生是你的老板。但同时，你也深爱自己的太太和家庭，这是你生命中最具意义的。当贝尔太太提出要你抛弃家庭的时候，你不愿这样做，却又不敢违抗，于是你想出一个瞒天过海的方法来除掉她。你选择了‘漫厅餐厅’这样一个公共场所作为谋杀现场，首先通过邮寄匿名信和便条的方式，诱使她的丈夫前来向你兴师问罪，然后你再火上浇油，与贝尔先生厮打，随后，你又掏出那把道具手枪，诱使他过来抢枪，因为你年轻力壮，贝尔先生在与你争抢的过程中，你始终占据主动权，当枪对准适当的方向时，你就扣动扳机，将目标当场射杀。这件事除了认为是意外事件，难道还有其他的结论吗？”

“为什么你会作出这样的推测，你从哪里得到的暗示？”吉恩问道。

“也许你并不知道，早在二十年前我就认识贝尔太太了。那时我年轻，英俊潇洒，写剧本很有前途，而且拥有一个美满的家庭，总之，情况和你现在差不多，可她最后害得我婚姻破裂。她能活到今天，也算她走运，她是个玩弄男人的老手。吉恩，你放心吧，这件事已经尘埃落定了，没有人会告发你，我们再来一杯如何？”

三角游戏

这里是城里最繁华的地方，在短短的两条街道上，坐落着三家重要的金融机构。

在第一国家银行的西边，也就是向州立街的方向，坐落着“哈里逊储蓄公司”。如果继续向西，就是“摩尔”——一个很大的购物中心。在摩尔购物中心里有七十一家店面，其中包括“大众信托公司”的北区分行。

星期四那天下了一整天的雨，塞尔在这个区域花了仅仅十五分钟就抢劫了那三家金融机构，抢到了四万三千多元，要不是梅丽和吉恩的话，塞尔此时恐怕早就逍遥法外了。

这件事我们还得从头说起。

事先，塞尔设计了一个非常巧妙的抢劫计划，就连到“莫宁塞”百货店去看吉恩，也是他计划中的一部分。吉恩是“莫宁塞”百货店化妆柜台的销售小姐。

十一点四十分，塞尔来到“莫宁塞”百货店，他径直走到化妆品柜台前面，似乎给人的感觉是要给女友或母亲买口红或粉盒子做生日礼物，当时他的表情有几分尴尬，同时还有几分急切。

其实，塞尔的尴尬完全是故意装出来的，唯独那份急切是真的，是吉恩——那个站在柜台后面，身材凸凹有致，每一个部分都散发着诱人气息的女孩引起的。

吉恩有一头美丽、卷曲的金发，虽然她外表看起来很天真，可她蓝色的眼睛里却透出一种贪婪的神情。吉恩这个女孩可不是个省油的灯，她根本不满足于站柜台赚取的微薄薪水，她想不择手段地赚大钱。因此，当前段时间塞尔向她介绍了抢劫银行的计划后，她就一口答应了，并把化妆品柜台作为他们接头和交换信息的地点。现在，吉恩成为塞尔的情人，一方面是因为塞尔比较潇洒帅气，另一方面也因为塞尔许诺计划成功之后，将给她一大笔钱。

塞尔来到柜台前时，这儿正巧没有其他的顾客，这下他们就可以自由地交谈了。偶尔，吉恩会从柜台里的香水样品中拿出一个小玻璃瓶，或在塞尔的鼻下摇晃几下，或是展示给他看，这样做主要是为了让其他人觉得，她只是在帮助顾客选择一款合适的香水送给女友或母亲。而他们对话的内容，却全是和抢劫计划有关。

“已经好几天过去了，你打算什么时候动手？”吉恩有些不耐烦地问。

“就今天，宝贝，”塞尔连忙说，“就趁今天下大雨，在午饭的时间实现我们的计划。”

“好！”她说，“你早该动手了，我已经等不下去了。”

“我又何尝不是呢？”塞尔将防水夹克的帽子往后一推，把拉链往下拉了几寸——他穿着一件很大的夹克，下摆差不多都到他的膝盖了。

“你真的要偷一辆车？”

“不，不需要偷，我想借用梅丽的车。”

“她的车？”

“当然，”塞尔看着吉恩惊讶的神色，半开玩笑地嘲讽地问，“难道不可以吗？”

“这可不是闹着玩儿的，她知不知道你要做什么？”

塞尔点点头，同时把香水瓶放到了柜台上。

吉恩皱了皱眉头：“你可要考虑好了，那样是有风险的！”

“一点儿风险都没有，嘿，吉恩，我对你丝毫没有隐瞒。梅丽那家伙是个十足的白痴，我敢说，她白痴到连下雨都不晓得打伞。不过，她爱我，爱我，你明白吗？”塞尔得意地说。

“两个月前我和她在酒吧认识时，她对我几乎一无所知，而短短两个月之后，她已经死心塌地爱上了我，甚至愿意为我做一切。她只想着和我结婚，她以为我也是这样想的，哈哈！”塞尔得意地大笑道，“怎么样？吉恩，其实我连真实的姓名和身份都没有告诉她，而她却以为我会和她结婚，你知道这是什么原因吗？因为她很寂寞，哪怕是鹦鹉向她问声好，她也会爱上它的！”

他俩放声大笑起来。然后，吉恩正色对塞尔说：“不管她是不是白痴，如果她发现你从她身边溜走了，她还是会告发你的。”

“放心吧，在星期日晚上之前她是不会吐露半个字的，因为我骗她说，星期日我们要一起去费城登记结婚，但事实上，当她发现受骗上当时，你和我已经在赌城逍遥自在了，宝贝儿！”

“塞尔！”吉恩忍不住笑了起来，“你对她可太无情了！”

“让她滚一边去吧！我在认识你之前，她还凑合，现在有了你，她就什么都不是了，她只是个呆头呆脑、善妒，又有一部汽车方便我逃走的女人而已。”

“她怎么评价我？”吉恩问，“或许她压根儿就不知道我？”

“我有那么笨吗？她那么善妒，我怎么会向她提起你？她根本就不知道有你这个人！”

吉恩满意地点点头。她问塞尔：“还有一件事，你既然能轻而易举地将梅丽甩掉，我怎么敢保证你不会有一天把我也甩掉？也许得手之后，你会跑到蒙特利尔的老情人那里厮混。”

塞尔嗤之以鼻：“你吃醋了吗？我受不了善妒的梅丽，但是我可无法拒绝你的诱惑，是不是？我给你的机票钱还在吧？”

“在这儿。”她摸了摸丰满的胸部，塞尔色迷迷地看着她的手势。

“我给了你机票钱，这就是最好的证明，事成之后我将赶往赌城与你碰面，我一分钱都没有给梅丽，我让她用自己的钱去费城。”

吉恩问道：“那我们在赌城的什么地方会面？”

“这个周六的晚上，我们在赌城的‘蓝天汽车旅店’碰面，不见不散。”塞尔说，“周六下午我尽量提前赶到，不过我在路上还要把梅丽的汽车处理掉，如果你先到达旅店，就对前台说你是我太太，我已经和那边打好招呼了。

“好的，”吉恩说，“那我今天中午就买飞机票。”

她说着，拿出另一瓶香水给塞尔，塞尔假装是顾客，嗅了嗅香水。正在这时，店铺前面的接待台那里有人在叫：“吉恩，来一下。”

“什么事？”吉恩吓了一跳。

“有人打电话来问关于一款‘古琦’香水的情况。”

“那款产品没有货。”吉恩大声答道。

塞尔见此地不宜久留，就推开吉恩的手，说：“宝贝儿，祝我好运吧，星期六晚上赌城见，好吗？”

“好的。”吉恩兴奋地说，“塞尔，别忘了多弄点儿。”

他点点头，然后故意用大嗓门说道：“我今天还不能确定，我想我得去问问她，看她最喜欢哪一种香水。”

塞尔说完，便踌躇满志地离开了店铺，吉恩目送着他离开。

冒着雨，塞尔穿过庞特阿西街，前往梅丽破旧的公寓。

梅丽有着一头褐发，她说话时带着明显的西班牙口音，这令塞尔非常着迷，因为塞尔觉得她一定是生长在墨西哥。梅丽在电话公司做夜间接线生，正如同塞尔向吉恩描述的那样，梅丽可能是这座城市最寂寞的女人，直到她结识了塞尔之后，她才变得近乎疯狂的快乐，因为她终于找到了情感的归宿。

梅丽做梦都想和塞尔结婚。塞尔正式告诉她，结婚的前提条件是与他合伙冒险抢银行，开始时梅丽还有些犹豫，但一想到能去费城登记结婚并踏上红地毯，她最后还是答应了塞尔的要求。

差五分十二点的时候，当塞尔按响她家的门铃时，她已经穿好衣服，梳妆完毕，在家里等候多时了。

梅丽打开门，一看到是自己的意中人来了，便欢叫了一声："塞尔！"她把他拉进卧室。他把头罩掀开后，她就张开双臂，搂住他的脖子，紧紧依偎在他的肩头。

"哦，你从昨晚离开一直到现在，我觉得时间过得好慢！"说着，梅丽把头移开一点点，看着塞尔说，"你在想什么，塞尔？我们今天中午行动吗？"

塞尔最厌烦她这些愚蠢的问题了，微微皱了皱眉头，没有说话。"塞尔，我把汽车准备好了，我还请维修工检查过，一点儿问题都没有，油也加满了。你到费城以后，就拿这个当婚车，去接我！"

"婚车？"塞尔心里暗自发笑，"好的，梅丽，我们就在今天动手。现在外面正在下雨，街上的行人都打着伞或穿雨衣，购物中心的停车场一定有很多空位置。"

"我几点把车开过去？我把它停在什么地方呢？"梅丽说话的样子，就像一位毫无主见的小女人。她又向塞尔依偎过去。

塞尔看了看表说："最晚你要在十二点二十五分到达，那附近有一个床上用品商店，你离那个店面越近越好。记住，在停车时一定要将车倒放在路旁，车头向外，这样我就不必浪费时间倒车了。还有一点千万要记住，别关发动机，好吗？"

"放心，我会准时把车停在那儿的。塞尔，你可千万要小心，一想到你要冒那么大的风险，我紧张得都快要窒息了。"

"别担心，宝贝，这对我来说是小菜一碟。星期日晚上，我们就已经在费城了，到时候我们将踏上红地毯，那将是我生命中最幸福的时刻！"他装出一副期待的样子。

"这可难说啊，"梅丽突然变得郁郁寡欢起来，"我很担心你会中途变卦，因为追求你的女孩子太多了！"

"嘿！别这样说嘛！"塞尔拍拍她的手，"梅丽，我不是那种人，我只爱你一个，抛开那些念头吧，星期日晚上我们费城见。"

"你以前去过费城吗？"

"从来没有。"

“你确定？”

“确定，为什么问这个？”

“我只是担心你在那儿有老相好，她们也许会把你从我身边抢走。”

“谁都不会把我从你这儿抢走的。”塞尔把梅丽拥在怀里，热烈地吻着她。

“我爱你，塞尔。”她含情脉脉地说，“假如你背叛了我们的感情，爱上别人，我该怎么办？”

塞尔有些不耐烦地看了看表，说：“我得走了，你有没有袋子，给我几个。”

“当然有，”梅丽从抽屉里取出早已准备好的三个纸口袋，“塞尔，求求你，小心！”

“放心吧！你别忘了我们的约定，周日晚上费城见，地点你知道吧。”

“格林尼治旅店，放心吧，我会提前去等你的，我今晚就搭巴士去。”

“好。”塞尔说着，再次亲吻她。

她抬起头，看着塞尔的眼睛，回吻他。“汽车的事包在我身上，你得手之后，它会在那儿等你。”

塞尔把那三个纸口袋折叠起来，夹在腋窝下面，又拉好夹克拉链，离开梅丽的公寓。他回头向送出来的梅丽挥了挥手，手势中充满了忠诚和真挚。

送走塞尔后，梅丽披上雨衣，来到停车场，将自己那辆已经买了三年的汽车发动起来。她沿着大街朝购物中心的北侧驶去，她看了看时间，距离与塞尔约定的时间还有二十分钟。她只需在这二十分钟内把汽车停在那个床上用品商店附近就可以了。

与此同时，塞尔已经出现在第一国家银行。他沉着地来到银行柜台，将事先写好的一张纸条递给里面的女出纳员，然后把纸口袋也塞了进去。塞尔拉低的帽檐挡住了大半个脸，只从帽檐后面露出微笑。出纳员看了看纸条上的字，上面写着：“将钱塞满袋子，否则就杀了你。”

出纳员惊骇地瞪大了双眼，尽管极度恐惧，但她还是乖乖地按照纸条上的指示，从抽屉里拿出一沓沓现钞，塞进了口袋。

在抢劫之前，塞尔已经对银行的情况了如指掌，他知道，银行方面在平时都给职员下达过这样的指示：当遭遇抢劫时，不要反抗，照着劫匪的指令去做，直到他们离开银行后，再报警。塞尔也知道，在柜台的隐蔽处有一个照相机镜头，女出纳员在取钱的时候一定偷偷地按动了一个隐藏在办公桌上的快门，拍下了自己的照片。不过，塞尔可不担心，因为照片上只会出现一张被帽檐遮住的脸，谁又能认得出来呢？

过了一会儿，出纳员将纸条和纸袋都推了出来，他小心地收好，然后微笑着说了声：“谢谢你，小姐。”就快步走出了银行大门，上了人行道。这时，银行的出纳员也迅速按响了警铃，银行的警卫立即根据出纳员的叙述追出门去。可是，此时正值中午，门口的州立大街有许多行人，他们有的打着伞，有的穿着雨衣，还有不少人背着包和提着购物袋。塞尔走在他们当中，就好像沙滩中的一粒沙，森林中的一片叶一样，很快就消失不见了。当银行警卫们还在到处寻找他的踪迹时，塞尔已经走进哈里逊储蓄公司的旋转门了。

在哈里逊储蓄公司，塞尔故技重演，最后他也如愿以偿拿到了满满一口袋钱。临走时，他还不忘扔下一句话："谢谢你，小姐。"塞尔志得意满地走出哈里逊储蓄公司，他想："明天的报纸头条也许会刊出这样的题目——《银行遭遇'绅士劫匪'》，真有意思！"

当哈里逊储蓄公司警铃大作的时候，塞尔已经不紧不慢地走进了"大众银行北区分行"，这一次他又得手了。

一切进行得非常顺利。塞尔按照预定的逃跑路线，穿过购物中心，来到附近的一条街道，远远地，他看到那家床上用品商店的附近停着梅丽的汽车，引擎仍在转动，透过蒙蒙的细雨，他甚至还能清楚地看到车尾的排气管喷出的淡淡尾气。

狡猾的塞尔没有贸然靠近，而是先观察了一下附近的街道情况，只见行人或穿着雨衣，或打着雨伞，三三两两地在雨中走着，完全没有人注意到他时，这才放心地向汽车走去。他宽大的夹克内侧缝着口袋，那三个装满了钱的纸袋就放在口袋中。

他迅速地上了梅丽的汽车，并顺利地启动了，直到他驶上了州立街，这时才远远传来大众银行北区分行的警笛声。这一刻，他觉得无比兴奋、快乐和骄傲。

塞尔转弯向西行驶，驶上了出城的路。根据本州的法令，下雨天司机必须打开车前灯。塞尔依照法令打开车前灯，汽车的雨刷也在来回摆动着。塞尔不紧不慢地驾驶着汽车，避免显出手忙脚乱的样子，他要努力使自己看起来像个遵纪守法的良好公民。

当塞尔行驶到州立街和安伯逊街的十字路口等红灯时，通过倒车镜他惊讶地发现，自己的汽车后面不知什么时候紧跟着一辆警车。"也许这是一个巧合。"他不停地安慰着自己。这时，从安伯逊街驶出了另一辆巡逻车，这辆巡逻车停在十字路中间，正好挡住了塞尔汽车的去路，顿时他的心中出现了一股巨大的、不祥的预感。

显然，自己的车已经陷入了警方的包围圈。塞尔想猛踩油门，冲出一条血路，可是他想起来，梅丽这辆汽车是无法和警车硬碰硬的，如果硬撞，受伤的恐怕只能是自己。这时他又想跳下车逃掉，可是也迟了。

每辆警车上都跳下两名警察，他们手里拿着枪，包围了塞尔的汽车。当他们严厉地命令他下车，把双手搁在车顶上时，塞尔不得不照做了，他明白，自己这下彻底完了。

在法庭上，塞尔惊讶地发现，梅丽居然站在证人席上。梅丽向法官作证说，当时，她正在大众银行北区分行存一笔钱，恰好见到那个穿防雨夹克、戴着帽子的人走了进来，她注意到那人仿佛递给了出纳员什么东西，接着出纳员就变得脸色惨白，神情慌乱起来。当时，她觉得非常好奇，于是就在暗中观察。最初的时候，她也不敢确信这居然是一起抢劫案，但好奇心驱使她在那个人离开之后，便跟踪在后面，只见这个人居然爬上了自己停在附近的汽车，她才敢确信这真的是一起抢劫案。

在法庭上，梅丽也向法官作了自我检讨和辩解，她说："我承认，我在走进银行之前一时大意，忘记关闭汽车引擎了。可是，出现这种疏忽的原因是因为那天在下雨，我觉得进银行办事也只是一小会儿的时间。后来，当我发现这是一起抢劫案时，立即向银行警卫报了案，同时还打电话报警，告诉警方有一个歹徒刚刚抢了四号窗口的出纳员，还偷走我停放在外面的汽车，并且我还把汽车的车型、车牌号以及行驶方向都说了，这才帮助警方使得这个强盗在短时间内落网。没错！就是坐在被告席上的那个人！不，他抢大众银行之前，我从来没有见过他。"

梅丽的这番话把塞尔的鼻子都气歪了，他心里暗暗叫苦："看来自己肯定要遭受牢狱之灾了。"其实梅丽的证词也并不重要，因为塞尔夹克下的三袋子赃款，还有外衣兜里的那把玩具枪就足以将他定罪了，那是铁证如山！

塞尔被关进了联邦监狱。出乎意料的是，在他入狱后的第一个探访日，就有人来探望他，而那人居然是梅丽。她对塞尔傻傻地笑，隔着铁丝网抚摸着他的手。"嗨，亲爱的，好久不见，你在这儿怎么样？我来看你只是为了告诉你，我会等你出狱的，因为我还要和你结婚。"她不无揶揄地说。

听了这话，塞尔几乎快气晕了，他冷冷地说："你不必等我，梅丽，我只想问你一件事。"

"什么事？"她问，虽然她知道他想要问什么。

"你说，那天你为什么要报警？你说你爱我，愿意和我去费城结婚，而且也同意了我的抢劫计划，可你为什么要改变主意，甚至还在法官面前假装不认识我？"

"噢，我真的爱你，塞尔，我对你的心到现在也没变。"她一本正经地说。

"那你为什么要出卖我？"塞尔依然不依不饶地说。

"因为我不能容忍我的未婚夫去爱别的女人，就是这样！"她用天真的西班牙腔说道。

"天啊！难道就是因为这个？你怎么会这么认为？"

"你还记得你出发的那天吗，你吻我的时候，我闻到你的肩头有香水味，我猜那是香奈儿五号香水。"

塞尔木然地点点头。

"所以我决定给你点颜色看看。"梅丽说。然后，她又急切地问："请告诉我，那天上午你来找我之前，是不是和另一个女人在一起？"

"是的，"塞尔说，"她叫吉恩，在庞特阿西街上的一家百货店负责销售化妆品，我和她约好了，得手之后带着钱和她去赌城，而不是去费城和你结婚，这下你满意了吧？"

梅丽的双眼一下子变得呆滞无光，仿佛生病了一般。但很快，她的眼中燃烧起了怒火。"你这个伪君子！"她的声音哽咽了，"你这个没有良心的负心汉！"

"伪君子？负心汉？"塞尔想，是的。但现在他心中还有一个最大的谜团没有解开，那就是自己肩头上的香奈儿五号香水味，是不是吉恩故意喷上去的呢？以便让自己的秘密暴露在梅丽面前。

“吉恩太了解梅丽了，她知道梅丽的妒忌心很强，可吉恩为什么会这么做呢？”塞尔叹着气，“难道吉恩也不相信自己？对，一定是这样的！”他仿佛理出了些头绪。

“塞尔！我和吉恩，你究竟会选择哪一个？我必须知道！”梅丽还在问着，因为她想知道塞尔的心。

“善妒的梅丽呀，你可把我坑苦了，甚至都已经把我坑到了牢狱中，我为什么还要告诉你答案？让你纳闷去吧！”塞尔透过铁丝网孔，直视着她，“伤透你的心吧！宝贝，我永远不会吐露半个字！”

或许梅丽还是不知道答案为妙，因为塞尔的真实想法是：抢劫得手之后，他既不去费城与梅丽结婚，也不去赌城与吉恩相会，他要去的是得州的拉里诺，那里的夜总会有一位女招待名叫拜娜，她是塞尔的中学同学，也是他相恋多年的爱人。

裸体艺术

现在已是午夜时分，我知道，假如现在不将整个故事写下来的话，我将再没有提笔的勇气了。整个晚上，我呆坐在这里拼命回忆，但越是回忆，越让我感到恐惧、羞愧和压力重重。

原以为我的头脑很灵光，可现在却变得乱糟糟。我只能靠着忏悔竭力去寻找原因——我为什么如此粗暴地对待珍尼特·德·贝拉佳。事实上，我多么希望有一位富有想象力、有同情心的听众耐心听我的倾诉。这位听众应该是温柔而善解人意的。我要向他倾诉我不幸生活的每一个细节，但愿我不会因为过于激动而泣不成声。

坦率地说，我不得不承认，最困惑我的并不是自己的羞愧感，而是对可怜的珍尼特造成的伤害。我不仅愚弄了自己，也愚弄了所有的朋友——如果他们还把我当做朋友的话。他们多么友善啊，过去经常来我的别墅聚会。现在他们一定都把我看做一个混蛋了。唉！我的确对珍尼特造成了严重的伤害。你愿意听我的倾诉吗？首先我花点儿时间介绍一下自己吧。

说实在的，在生活中，我属于那种比较少有的、优秀的一类人。我收入丰厚、工作轻松、有修养、正值中年，富有魅力、慷慨大方，在朋友圈内的口碑很好。我是从事艺术品鉴赏工作的，所以欣赏品位自然与众不同。我们这个圈子里的人，虽然整日被女人们围绕，但我们很多人都是单身贵族。因为我们不愿意与紧紧包围自己的女人产生任何瓜葛。我们这群人生活中的大部分时间都是春风得意，虽然也会有一些小小的挫折、不满和遗憾，但那只是偶尔出现。

通过上面的介绍，相信你已经对我有一个大致的了解。接下来我要讲一讲我的故事，如果听完这个故事，你也许会对我产生一些同情，也许会觉得，其实那个叫做格拉迪·柏森贝的女人才是最该受到谴责的。的确，她才是始作俑者。

假如那天晚上我没有送她回家，假如她没有提到那个人和那件事，我想，事情的结果就不会像现在这样了。

如果我没有记错的话，那件事应该发生在去年的二月份。

那天，我邀请一群朋友来我的位于埃森顿的别墅聚会。这座别墅周边环境十分优美，甚至可以看到锦丝公园的一角。许多朋友都应邀出席了聚会。

在聚会的自始至终，格拉迪·柏森贝都一直陪伴着我。因此，当聚会散场之后，我主动提出要送她回家。她愉快地接受了我的提议。可我哪里知道，我的不幸就由此开始了。

我将她送到家门口，她一再邀请我进屋去坐一坐。尽管我不太情愿，可她说："让我们为归途一路顺风干一杯。"我不好拂了她的面子，于是便让司机在车里等我，我则跟着她进屋了。格拉迪·柏森贝的个子非常矮，甚至不到一米五。我和她站在一起简直太滑稽了，好像我站在椅子上一样居高临下。格拉迪·柏森贝寡居多年，她的面部不仅皮肤松弛，毫无弹性，而且肤色晦暗，缺少光泽。她的脸盘并不算大，可上面却堆满了肥肉，似乎要将鼻子、嘴和下巴挤得错了位。好在她的脸上还有一张能发出声音的嘴，否则，恐怕人们会把她当做一条丑陋的鳗鱼。

坐在她家的客厅里，她为我倒了一杯白兰地，自己也端起一杯，邀我和她共饮。我注意到她的手有点儿抖。我们又闲聊了一阵当晚的聚会和几个朋友的趣事之后，我就站起身来，准备告辞。

"坐下，雷欧奈，"她说，"再陪我喝一杯。"

"不能再喝了，我真的该走了。"

"坐啊，坐啊，我还要再喝一杯呢，你走之前必须再陪我再干一杯。"她的言语之间已经带了几分醉意。

我看着她晃晃悠悠地拿着空酒杯，走向酒柜。她那又矮又宽的身材甚至让我产生了错觉——难道她的膝盖以上胖得连腿都看不见了？我不禁偷偷地笑了。

"雷欧奈，你在笑什么呢？"她似乎瞥到了我的表情，微微侧过身来问，几滴白兰地不小心洒到了杯子外。

"没什么，没什么。"我急忙掩饰着。

"对了，让你欣赏一下我最近的一幅画像吧。"

说完，她抬手指了指一幅挂在壁炉上的大肖像画。

其实，一进屋我就注意到那幅画了。但我一直假装没看见它。凭借我多年鉴赏艺术品的经验，不用问，那肯定是由颇具盛名的画家约翰·约伊顿所作。这幅画是一幅全身像，约翰·约伊顿使用了许多艺术技法，使画中的柏森贝太太看起来显得高个苗条，极富魅力。

“迷人极了！”我口是心非地说，“不是吗？”

“我很高兴你也喜欢它。”

“这幅画真是迷人！”

“约伊顿简直是个天才！你不认为他是个天才吗？”

“噢，岂止是个天才……”

“不过，雷欧奈，你知道约翰·约伊顿的画酬是多少吗？凭他走红的程度，少了一千元他根本不给画。”

“真的？”

“当然，即使这么贵，排着队求他作画的人还有好多呢！”

“太有趣了。”

“现在你承认他是个天才了吧？”

“当然，确实算个天才。”

“约伊顿当然是天才，他的身价就是最好的证明。”

说完，格拉迪·柏森贝沉默了一阵，轻呷了口白兰地。玻璃杯在她的肥厚的嘴唇上压出了一道浅浅的痕迹。她注意到我正在看她，透过眼角瞟了我一眼。我轻轻地将头扭开了，什么话也没说。

她将酒杯放在右手边的酒盘上，转过身来，仿佛要对我说点儿什么。我也在等着她开口，结果她却一阵沉默。我们两个人都没有说话，因为谁都无话可说，有些冷场。我只好假装随意地摆弄一支雪茄，研究烟灰和喷到天花板上的烟雾。

就这样沉默了大约半分钟，她率先打破了僵局。格拉迪·柏森贝羞涩地一笑，垂下了眼睑，开了口。她的那张好似鳗鱼般的嘴嗫嚅着成了个怪异的夹角。

“雷欧奈，我想告诉你个秘密。”

“是吗，不过，我现在得走了。”

“别紧张嘛，雷欧奈，不会让你为难的，你干吗这么紧张？”

“一般的秘密可引不起我的兴趣。”

“在美术作品方面你是个行家，你一定会对这个秘密感兴趣。”她安静地坐着，手指却一直在抖，并且不安地拧来拧去，就像一条条小蛇在蜿蜒扭动。

“你不想听这个秘密吗，雷欧奈？”

“我还是不要知道为妙，也许你以后会非常尴尬也说不定。”

“也许会，你知道，在伦敦这个地方最好少谈论一些八卦新闻，特别是涉及一个女人的隐私，可能这个秘密还会牵连到四五十个淑女。不过，这个秘密与男人们无关，除了约翰·约伊顿。”

我对她的秘密丝毫没有兴趣，因此，我没有接她的话茬儿，一言不发地坐在那里。

可是她却似乎没有看出我的心思，仍然兴致勃勃地说："我要告诉你这个秘密了，当然，最好你得保证不泄露这个秘密。"

"噢，当然不会。"我只好说。

"你发个誓！"

"发誓？好，好，我发誓。"出于礼貌起见，我只好很不情愿地发了个誓。

"好吧，那我说了啊，"她又端了一杯白兰地，凑到我的跟前，"我想你一定知道，约翰·约伊顿只给女人作画。"

"是的，他的确这样。"

"而且他只给人画全身像，既有站势的，也有坐势的，比如我的那一幅。来，雷欧奈，靠近一些，再看看这幅画，你觉得那套晚礼服怎么样？很漂亮，对吧？"

"当然……它很不错。"

"别那么漫不经心嘛，走近些，再仔细看看吧。"

我拗不过，只好勉强靠近一些看了看。

让我感到惊讶的是，画礼服所用的颜料明显可以看出，上面比其他部分更浓重，似乎是经过专门处理过的。

"雷欧奈，你是行家，看出点儿什么来了吧？你一定感到奇怪，为什么礼服的颜料上得重，对吗？"

"是，有点。"

"哈，再没比这更有趣的了，让我从头给你解释吧。"

唉，这女人真唆，我怎样才能逃掉呢？

格拉迪·柏森贝没有注意到我的厌烦之情，她仍旧兴致勃勃地说着："那大约是一年前吧。我第一次来到约翰·约伊顿的画室，说实话，当时我的心情非常激动。那天我特意穿着刚从诺曼·哈耐尔商场买的晚礼服，戴了一顶剪裁别致的红帽。约伊顿先生在门口迎接我。当然，他浑身上下弥漫着一股艺术气息，他的蓝眼睛非常销魂，身穿黑色天鹅绒夹克。约伊顿先生的画室可真大，客厅里是红色的天鹅绒沙发，连椅子罩都是天鹅绒的。天鹅绒是他的最爱——天鹅绒的窗帘，天鹅绒的地毯……"

"噢，真的吗？"

"是的，约伊顿先生请我坐下来，首先向我介绍他作画的独特方式，他告诉我，他有一种能把女人身材画得近乎完美的方法。这种方法说来你会大吃一惊。"

我说："你说吧，我不会介意的。"

"当时，约伊顿为我展示了一些其他画家的作品，他对我说：'你看这些劣质之作，不管是谁画的，尽管他们把人物的服饰画得极其完美，但仍有一种虚假造作的感觉，整幅画毫无生气可言。'"

听了格拉迪·柏森贝的转述，我好奇地问："那这是为什么呢？"

“约伊顿后来告诉我，因为一般的画家根本不了解衣服下的秘密啊！”格拉迪·柏森贝停了下来，喝了口白兰地：“别用这种眼神看着我，雷欧奈。”她对我说，“这没什么，你别那么惊讶，然后，约伊顿先生告诉我说，这就是他坚持要求只画裸体画的原因。”

“天啊！”我吃惊地叫了起来。

“‘如果你一时无法接受，我这里有一个折中的办法，柏森贝夫人，’约伊顿先生说，‘我可以先画你的裸体画，几个月后等颜料干了，你再来，我在画面上再画你身穿内衣的样子，以后再画上外套，瞧，就这么简单！而且这样画出来的画绝对能够体现你完美的身材。’”

“这家伙是个色情狂。”我吃惊地说。

“不，雷欧奈，我认为约伊顿先生是无比诚恳的，他不带有任何邪念。不过，我和他说，让我画那种画，我的丈夫会第一个反对。”格拉迪·柏森贝说，“可约伊顿先生接着说，不要让你的丈夫知道，除了他画过的女人，还没人知道这个秘密。这和道德无关，真正的画家不会干出那些不道德的事来。约伊顿先生让我把这次作画当做看病一样，就如同在医生面前脱衣服一样。”

“那你是怎么回答约伊顿先生的呢？”我问。

“我告诉他，如果只是看眼病，当然拒绝脱衣服。他大笑起来，不得不得承认，他的话很有说服力，最后，我答应了他。

瞧，雷欧奈，我把我的秘密告诉了你。”她站了起来，又给自己倒了杯白兰地。

“这是真的？”

“当然。”

“你是说，他的那些肖像画都是这样画出来的？”

“对，不过好在丈夫们永远不会知道，他们最后只是看到穿戴整齐的女人的画像。当然，赤裸着身体让画家画张像也没什么，艺术家们不是都这样做吗？可是我们愚蠢的丈夫都想不开，觉得约伊顿先生的脑子有毛病，我反倒认为他是个天才！”

“不过，我还有一个疑问，你在去找约伊顿画像之前，你是不是……是不是已经听说过他独一无二的绘画技巧？”我问。

她倒白兰地的手抖了一下，扭过头来看着我，我注意到她的脸有些红了：“该死，真是什么都瞒不过你。”

这下我彻底明白了约翰·约伊顿的手法，他非常了解这个城市里上流社会女人们的心理。他掌握了这帮既有钱又有闲的女人的底细，他经常和这帮女人混在一起打桥牌、逛商场、排忧解闷，从早上一直玩到晚上酒会开始。他也在将自己的想法逐渐灌输给这些女人，于是，他的绘画技法也像天花一样在她们那个圈子里传播起来。

“你不会和其他人说吧，你发过誓的。”

“不会，当然不会，不过，时间不早了，我该走了。”

“别这么死心眼儿，才开始让你高兴起来，陪我喝完这杯吧。”

我只好乖乖地坐下来，看着她端起那杯白兰地，轻呷起来。这时，我注意到她那双小眼睛一直在围着我转，散发出狡黠的目光，那股目光中似乎还充满了熊熊的欲火，就像条小青蛇一样，恨不得将我一口吞噬。

突然，格拉迪·柏森贝开口说了一句话，这句话差点儿让我从沙发上跳起来。她说：“雷欧奈，我听到了一点风言风语，嗯，是关于你和珍尼特·德·贝拉佳的事。”

“格拉迪，请不要……”

“得了吧，你的脸都红了。”她把手放在我的腿上，示意我不要太紧张。

“我们之间现在没有秘密，不是吗？”

“珍尼特是个好女孩。”

“她恐怕不能称之为女孩了，”格拉迪停了下来，若有所思地端详着手中的杯子，“当然，我同意你对她的看法，她的确很优秀，除了……”这时，她显得欲言又止，但又继续说下去：“除了偶尔谈些出乎意料的话题以外。”

“都谈了些什么？”我急忙问。

“只是谈起了一些人，其中也包括你。”

“谈到我什么了？”

“没什么，你不会想知道的。”

“到底说我什么？”

“哎，其实也没什么可说的，只是她对你的评价令我非常好奇！”

“格拉迪，她到底说过我什么？”格拉迪越是卖关子，我心情越是急迫，我的汗已从脊背上滚落下来。

“让我想想，其实也未必是当真啦，她只是说了些关于和你一起吃晚饭的事。”

“她感到厌烦了？”

“是啊，她是这么说的。”格拉迪一口喝干了一大杯白兰地，“正巧，今天下午我和珍尼特一起打牌。我问她明天是否有空一起吃饭，可她沮丧地对我说：‘没办法，我得和那烦人的雷欧奈在一起。’”

“珍尼特是这样说的？”我急了。

“当然！”

“还说什么了？”

“够了，有些东西你还是少知道些为妙。”

“快说，快说，请继续吧。”

“噢，雷欧奈，你不要太激动。是在你一再要求之下，我才和你讲这些的，否则我才不散播这些东西呢！我们现在已是真正的朋友了，对吧？”

“对！对！快说吧！”

“嘿，老天，你总得让我回忆一下吧！据我所知，珍尼特在今天下午的原话是这样的，”格拉迪开始拿腔捏调地模仿珍尼特的女中音说，“雷欧奈这人真没劲！吃饭总是去约赛·格瑞餐厅，总是喋喋不休地讲他的绘画、瓷皿，瓷皿、绘画。在送我回去的出租车里，他总是借故抓住我的手，故意往我的身边凑，一身劣质烟草味呛得我要呕吐。到了我家门口，我总是劝他待在车里，不要出来了。可他也不知道是真糊涂还是装糊涂，非要把我送到家里，我只能趁他尚未动脚以前赶快溜进屋，然后迅速地关上大门，否则……”

格拉迪随后又说了许多，我只看到她的嘴在绘声绘色地讲着，可我一句都没听进去。那真是个可怕的晚上，格拉迪转述的话语已经完全把我击垮了。我拖着沉沉的脚步上了车，回到了家。直到第二天天亮，我还没能从绝望的心情中挣脱出来。

这天晚上，我身心疲惫地躺在床上，呆呆地望着天花板，心中无比沮丧。我脑海里拼命地回忆在格拉迪家所谈内容的每一个细节——她丑陋肥胖的脸，如鳗鱼般的嘴，她说的每句话……最令人难忘的是珍尼特对我的评价。那真是珍尼特亲口说的！

想到这里，我心中突然升起一股对珍尼特的憎恶之火。这股怒火如同一股热流，随着血液流遍全身。我的身体像发烧一样颤抖起来，我好不容易才控制住这股冲动。对！我要报复一切诋毁我的人，珍妮特，我要你好看！

也许读到这里，你会觉得我太敏感了。不！你不了解我当时的感受，我真恨不得拿起刀将她杀死，要不是在胳膊上掐的一条条深痕让我清醒了一些，我真可能干出那种事。

不过，杀了那女人太便宜了她，这也不是我一贯的风格，我要想一个更好的办法报复她！

我并不是一个思维缜密，富有条理的人，也没有从事过什么正式的职业。但是，对珍妮特的怨恨与怒火让我的思维变得敏锐起来，我的大脑在飞快地转动，很快，我就想出了一个完美的复仇计划，一个真正令人兴奋的计划。我仔细地思考了计划的每一个环节，设想了所有可能遇到的情况。终于，这个计划在我的脑海里逐渐成形，最后变得无懈可击。我相信，这个计划将没有任何漏洞，珍妮特必将被我的计划打击得体无完肤！一想到这里，我就感到血脉贲张，激动地在床上跳上跳下，拳头攥得咯咯直响。

我毫不怠慢，赶紧翻出电话簿，查到了那个电话，拨了过去。

“你好，我找约伊顿先生，约翰·约伊顿。”

“我就是。”

虽然我从来没见过他，他也从未和我打过交道，但只要我报出自己的名号，他就变得非常热情。每一个在社会上有钱有地位的人，都是他这种人追逐的对象。

“我一小时后有空，你来找我吧。”我告诉了他一个地址，就挂了电话。

我兴奋地从床上蹦了下来，按捺不住心中一阵阵的兴奋。刚才我还深深地陷入绝望之中，而现在则极度亢奋，简直判若两人。

约翰·约伊顿准时出现在我的读书室。他的个头不高，衣着相当考究，上身穿着一件黑色天鹅绒夹克。“很高兴这么快就见到了你。”我冲着他打招呼说。

“这是我的荣幸！”他的嘴唇显得又湿又黏，苍白之中泛着点儿微红。

寒暄了几句之后，我就进入了正题。“约伊顿先生，我有个不情之请，想请你帮忙，这完全是个人私事。”

“噢？”他的头高昂着，好似公鸡一样点着。

“是这样，本城有位小姐，她希望您能为她画张画。其实，我也非常希望能拥有一张她的画像，不过请您暂时为我保密。”

“你的意思是……”

“我这样打算的，”我说，“因为我对她仰慕已久，希望能送她一件礼物，比如她的一幅自画像，而且，我希望找一个合适的时机突然送给她，给她一个惊喜。”

“我真服了你，你真浪漫啊！这位小姐叫什么名字呢？”

“她叫珍尼特·德·贝拉佳。”

“珍尼特·德·贝拉佳？让我想想，嗯，我好像还真没和她打过交道。”

“真是遗憾，不过，你很快就会见到她。你可以在酒会等场合遇到她。如果你见到，就这样对她说，说你要找一个模特，她恰好各方面都符合条件，她的眼睛、脸形、身材都非常合适。然后你告诉她，你愿意给她免费画一幅肖像。我敢担保她一定不会拒绝。等你把画画好后，先不要告诉她，而是把画送到我这里来。当然，我支付的画酬肯定能令你满意！”

听到这里，约伊顿脸上浮起了一丝不易察觉的笑容。

“你还有什么疑问吗？”我问，“很浪漫，对吧？”

“我想……我想要……”他嗫嚅了半天，从嘴里挤出了几个字，“双倍画酬。”

说完，约翰·约伊顿也显得有几分尴尬，舔了舔发干的嘴唇，补充道：“噢，雷欧奈先生，这可不是一件容易的事！当然，对于这样浪漫的安排，我又怎么好推辞呢？所以……价钱上……你是不是……”

“好，我答应，不过你要给我画一幅珍尼特的全身像，要比梅瑟的那张大两倍。”

“60 厘米 ×36 厘米的？”

“没错，你要她摆出站立的姿势，因为我认为那是她最美的姿势。”

“我能理解你的心情，能为这样一位可爱的姑娘作画，我深感荣幸。”

“谢谢，记住我们的计划，别和外人说，这可只是我们俩之间的秘密。”

目送着那个混蛋走远以后，我将门关上，兴奋得浑身发抖。我在房间里拼命地兜着圈子，真恨不得像白痴一样开心地大喊几嗓子，但我拼命地迫使自己安静下来，连续做了二十五个深呼吸。我的报复计划已经开了一个好头——最困难的部分已经布置好了。接下来，就剩下耐心的等待了。我估计，按照那个混蛋画家的速度，最快也要几个月才能完成画作。这无聊的等待让我快失去耐心了，于是我去意大利度了一趟假。

四个月后，我结束了度假，从意大利返回。回来之后我第一件事就是和约伊顿联系，令人欣慰的是，一切都如我预料的那样进行。约伊顿告诉我，珍尼特·德·贝拉佳的肖像画已经完成。他还说，已经有好几个主顾想购买这幅画作，但是都被他拒绝了，因为已经被预订了。

我听了约伊顿的话之后，非常高兴，让他立即将画送到我的家里来，当然，我也如约支付了他双倍报酬。我把画搬到了我自己的工作室，还来不及歇口气就强压着兴奋仔细审视着这幅画。只见画布上的珍尼特身着一袭黑色晚礼服，袅袅婷婷地站着，倚靠在一个沙发上，她纤细的手则随意地搭放在沙发靠背上。

凭我多年鉴赏美术作品的经验，我不禁打心眼儿里佩服约伊顿的绘画水平。这幅肖像画画得非常精心，确实不错。最关键的是，约伊顿抓住了女人最迷人的表情。只见画上的珍妮特的头略微前倾，蓝宝石般的眼睛又大又明亮，一丝笑意微微从嘴角露出。当然，珍妮特脸上的一点皱纹，以及带有一些赘肉的下巴都被技艺过人的画家掩饰得天衣无缝。

我凑近了一点儿，弯下腰来，仔仔细细地查看画中人的衣服。果然不出我所料！衣服那部分的油彩上得又厚又重，明显比其他部分要厚出许多——看来，约伊顿真的是先画模特的裸体，然后再为其添加上衣服的啊！

我决定立即进行我的第二步计划。于是，我将上衣脱在一边，找来工具，准备对这幅肖像画进行一番“改造”。

收藏、鉴赏名画是我干了多年的营生。在清理修复画像方面，我也是个行家。

在我看来，清理画像这项工作其实就是个体力活儿，只需要极强的耐心。

我熟练地向一个容器里倒了些松节油，又加了几滴酒精，我用一根小棒将其彻底混合均匀。然后我找来一只细毛刷，蘸了些混合溶液，轻轻地刷在了画像的晚礼服上。我清楚：约伊顿在画这幅画的时候，是等一层干透之后才画另一层，因此，我要想将其还原，必须一层层地将画上的颜料剥离掉。

我在画中珍尼特腹部的位置刷上了松节油，又加了点儿酒精，然后不厌其烦地刷着。终于，我看到画布上的颜料逐渐溶化了，一点点地掉了下来。

我花了整整一个小时的时间，反复地刷着。渐渐地，外面的颜料被我刷掉了，我的毛刷子已经进入到油画更深的层次。突然，在黑色颜料的中间，显现出一点粉红色——那是黑色晚礼服下的内衣的颜色。

一个下午过去了，我一直把自己关在工作室内忙碌着。一切都进行得非常顺利——借助稀释溶液和软毛刷，我无比耐心细致地将画中人的晚礼服给“脱”去，同时又没有破坏到内衣的颜色。

我从她的腹部开始进行，在稀释溶液的作用下，她黑色礼服的颜料逐渐被消除殆尽，礼服下的粉红色开始慢慢显露。现在我可以清晰地辨识出来，那是一件有弹性的女式束腰——戴上它可以使身材曲线更加完美。我继续沿着腰部向下处理，将黑色礼服的下部逐渐剥离，颜料下面画着的粉红色的吊袜带也显露出来了，那吊袜带一定是吊在她那丰润的肩膀上。我继续处理她的腿部，她穿得长筒袜也露出了真面目。

经过数个小时的紧张忙碌，我将她的整个礼服的下半部分用稀释溶液除去。接下来，我开始转攻画像的上半部分。我继续从她的腹部开始，向上移。通过处理，我可以看出，她那天穿的是露腰上衣，一块白皙的肌肤显露在我的面前。再向上就到达了胸部，一种更深的黑色显现出来，画面上开始出现了镶有皱褶的带子，那显然是胸罩。

到了傍晚的时候，我对画像的处理工作已经接近尾声。我顾不得休息，退后一步仔细端详。原来，在庄重的晚礼服下面，是珍尼特身穿内衣的画面，她站在那里，就好像是刚出浴的样子。

画像已经处理完毕，接下来就是最后一件事了——写邀请函。我一夜没睡，连夜撰写邀请函。我总共邀请了二十二个人。他们包括本城几乎所有的名流，其中有最有地位的男人，以及最迷人最有影响力的名媛。

我在给每个人的邀请函中都这样写道："二十一日星期五晚八时，请赏光到敝舍一聚，不胜荣幸。"

然后，我又专门写了一封给珍尼特的邀请函。我写道，我非常希望能和你再见面……我出国度假归来了……我们又可以见面叙旧了等等。

我有意要使这场晚会看起来就像是我以前经常举办的那种。因此，当我在撰写邀请函的内容时，我不难想象收到这封邀请函时那些人的表情——他们会激动地大叫："雷欧奈要搞一个晚会，请你了吗？""噢，太好了，他的晚会一贯都是那样奢华和隆重！""他真是个可爱的男士。"

他们真会这样赞扬我吗？我现在开始感到怀疑了。也许他们在背地里这样议论我："亲爱的，我也相信雷欧奈这个人还不错，不过有点儿令人讨厌，你知道珍尼特是怎样评价他的吗？"

想到这里，我心中的怒火再一次升起。珍尼特，这次我一定要你好看！于是，我毫不犹豫地发出了邀请函。

二十一日晚上八点钟，客人们都准时到达了，他们挤满了我的大会客厅。他们在会客厅内四处走动，有的人兴致勃勃地欣赏着挂在墙上的我收藏的名画，有的人端着马提尼酒，与周围的客人高谈阔论着。女士们个个珠光宝气，身上散发着芬芳；男士们则兴奋得满面红光。珍尼特也应邀前来，她还是穿着那件黑色晚礼服。我从人群中一眼就发现了她，因为那件晚礼服我再熟悉不过了。可是在我的脑海里，她却仿佛画上穿着内衣的女人——深黑色镶有花边的乳罩，粉红色有弹性的束腰，以及粉红色的吊袜带。

作为晚会的主人，我热情地与每位来宾打着招呼，彬彬有礼地和他们聊上几句。有时候我还发表一些我的观点，活跃气氛。

不一会儿，晚会开始了，大家都向餐厅走去。

令所有宾客都感到非常诧异的是：餐厅里一片黑暗，居然连灯都没有亮。

“噢，天啊！”他们纷纷惊呼，“屋里太黑了”、“我什么都看不见！”、“蜡烛，蜡烛在哪儿！”、“雷欧奈，这简直太浪漫了！”

侍者点燃了蜡烛。那是六根细长的、插在餐桌上的蜡烛，蜡烛之间的距离足有两英尺那么远。微弱的烛光只能勉强照亮附近的桌面，而房间的其他地方，包括墙壁都笼罩在一片黑暗当中——这正是我故意设计的。

在微弱烛光的指引下，客人们摸索着入座，晚会正式开始。

客人们似乎都是第一次参加这种独特的烛光晚宴，他们对这种朦朦胧胧的氛围非常感兴趣。不过因为环境太暗，他们在交谈的时候不得不提高音量。我听到珍尼特·德·贝拉佳的声音：“上个星期在俱乐部的那次晚宴真是令人不爽，到处是法国人，到处是法国人……”刚才我一直在注意那些蜡烛，它们实在太细了，再要不了多久就会彻底燃尽。想到报复计划即将实现，我突然感到有些紧张，这种紧张感越来越强烈——以前从未有过。但是，我又感到一阵快感，因为珍尼特的声音传进我的耳朵，我看到她在烛光下有阴影的脸，我的身上顿时产生一种冲动，血脉贲张，我知道，复仇的时刻马上就要到了……

见时机到了，我站在主人的位置，大声说：“蜡烛即将燃尽了，我们需要一点灯光。玛丽，请开灯！”

我的话音刚落，房间里顿时一片安静。女仆玛丽走到了门边，只听清脆的开关声响起。顿时，宴会厅灯光大亮，刺目的灯光让客人们几乎无法睁开眼睛。这时，我却悄悄地退到宴会厅的后门，溜了出去。

迈出宴会厅的后门，我故意放慢脚步，侧耳倾听屋子里的动静。只听见宴会厅出现了一阵嘈杂的喧闹声，一个女人的尖叫，一个男子暴跳如雷的大喊大叫。很快，吵闹声越来越大，每个人好像都在喊着什么。这时，一个女人在大声喊叫——盖过了其他人的声音——那是缪梅太太的声音。她喊道：“快，快，向她脸上喷些冷水。”

我没有逗留，头也不回地跑到大门口。我的司机正在那里等着我，他扶我钻进了轿车。车子加大油门向伦敦城外驶去。我们前往距这里九十五英里外的另一处别墅。

现在，当我再度回想起这件事的时候，我的后脊梁一阵发凉，我看我真是病了。

生　意

在对面院子里的躺椅上，那个男人已经懒洋洋地躺了大半天了。

哈利站在自家的窗前，带着无比厌恶的神情看着那个男人，心头不禁蹿起一股无名火。

“你看看那个人，”哈利一边系衬衫扣子，一边厌恶地摇摇头，“整天躺在那里晒太阳，什么也不干，游手好闲的家伙！”

“哈利，”他的太太说，“古奇先生也不容易，受经济危机的影响，这段时间有好多人都失业了。”

“嗯，倒也是。”哈利伸手拿领带，哈利太太将领带递给丈夫。

哈利的年纪大约有五十来岁，头发早已秃了。他的身材像一个矮冬瓜，肥大的肚子向前挺出，他那名牌裤子被鼓鼓的肚子撑得紧绷绷的。

哈利接着说：“就算是有经济危机这样的客观因素，可你看那个叫古奇的，好逸恶劳，懒得连根指头都不想动，谁会雇用他？”

在一旁的哈利太太穿上一件家常衣服。虽然她也年近五十，脸上出现了皱纹，眼角也有了鱼尾纹，哈利先生对她已经没有什么兴趣了，但她的身段还保持着中年女性的优美曲线。

她说：“你知道古奇先生是做什么的吗？我听人家说，他是个机械工程师呢。”

哈利轻蔑地笑了起来：“难怪这个家伙会失业！你看他浑身上下，有哪一点正常？汽车抛锚了他也不会修理，他的割草机也动不动就冒火，就这样的人，还什么机械工程师？我都替他害臊！”

“唉，他也够可怜的了，你就少说两句吧。”

“哼，反正我看他不像什么正经人。你看我，一早起来就穿戴整齐去店里工作。你再看他，四仰八叉地躺在那儿看日出。在别人休息的时候，我也在辛勤工作；当别人舒舒服服在家过周末时，我却到南部去出差谈生意。有时候，我每周连续工作七天，我们辛辛苦苦缴纳的税款却被用来养古奇那种闲人！我的天啊，要是我也失业了……”

“见鬼去吧，”哈利太太打断了丈夫的话，“别说那些冠冕堂皇的话了！你的生意是你亲手创造的吗？还不是从你父亲那儿继承下来的吗？而你父亲又是从……”

“闭嘴！”

“你讨厌古奇先生，并在这里大肆抨击他，难道真的是因为他失业了吗？还是因为在去年的村长竞选中，他支持过你的对手？”

“哼，那件事我早就忘记了！”哈利麻利地系上领带，回答说。

“我可不太相信。总之，今天晚上安伦家的派对上，如果你遇见古奇先生……”

“别逗了！安伦家的派对会邀请他？”

“是的，古奇太太带着孩子回娘家了。安伦夫妇觉得古奇先生一个人孤零零的很可怜，就邀请他参加派对了。所以，要是今天晚上你在派对上遇到他，答应我，请别让他下不来台！”

“我可没答应你！”

“别这样，哈利……”

“现在还轮不到你教训我！”哈利显得非常不高兴，他披上外套，向门外走去：“我讨厌被教训，我对那种语气厌恶透了！”

哈利最近一直在挑起争吵的事端。其实，他早就想和太太大吵一架了。他要的就是哈利太太闹起来，最好是直接向他提出离婚。这样，他就可以名正言顺地和住在南部的那个小情人约会了。

但哈利太太并没有上当，就在争吵一触即发的当口，她犹豫了一下，退让了一步，说：“对不起，我知道你很忙，我不该惹你生气，刚才的话就当我没说好了。”

那天晚上，在安伦家的自助派对上，哈利好像是最渴的客人。

他端着一杯调好的马爹利，坐在院子里，向一群男士吹嘘，炫耀自己的事业。

当他开始调第二杯酒时，看见古奇走了进来。古奇先生也就四十来岁，个子不高，眼神中透出一种说不出的忧郁。古奇拿着一罐啤酒，孤独地站在人群边上，自斟自饮。

哈利和那些客人们又闲聊了一会儿。这时，他看见古奇还站在一边喝酒。他借着酒意，晃晃悠悠地走了过去，清清嗓子，对古奇说：“嘿，古奇先生，你失业有多久了？”

“嗯，四个月了吧。”

“那这些日子你为什么不找别的工作？”

哈利的声音越来越大，甚至带有一些挑衅的意味，这时周围客人的谈话慢慢停了下来。

见哈利这样问，古奇感到有些尴尬，他不安地把身体的重量从一条腿换到另一条腿，缓缓地说：“嗯，我一直希望公司能把我重新召回，公司说只要业务形势好转，就会让我回去继续工作。”

“那这段失业的日子你怎么度过？别告诉我你是天天躺在门口晒太阳，靠失业救济金维生！”

“救济金只是一小部分，因为数目有限，”古奇说，“我还有一些积蓄。”

“救济金对你来说也许只是‘一小部分’，但对于我们这些纳税人，那都是我们辛苦赚来的钱！”

“算了吧，别吵了，”有位客人过来打圆场，“那也不是他的错……”

“不，我今天偏要说个痛快。”哈利打断那人的话接着说，“要怪就怪这个社会制度！一些人游手好闲、好吃懒做，他们不创造任何财富，却要由另一些人来养活，而且是无限期地养活。没错，在这年头，谁都可能被解雇，失业一段时间。但如果我是你，我才不会坐在家里等着公司找我回去，我会主动地试试别的地方！”

古奇微微一笑，摇摇头说：“我这个岁数了，不会有地方再要我了。”

“你怎么知道？难道你试过？”

“我也去许多地方求职应聘，可结果都一样，他们都嫌我年纪太大。”

“那么，那你就出来单干呗！你不是机械工程师吗？那想必你一定懂一些技术了，你又小有积蓄，为什么不出来创业？怎么，担心自己的钱打水漂吗？”

“不是那样，我……嗯，我还受到许多客观条件的制约。比如去卖东西，的确，我有可以销售的产品，但我的推销水平很低。一没推销的本事，二没口才，再说……”

“得了，甭找借口了！如果一个人对他推销的产品有信心，就一定能成功。”哈利摇摇头说，“只不过，有些人宁可做一只寄生虫，靠政府和纳税人养活，直到老死……”

哈利太太走过来。“够了！有完没完了？你太过分了！”

“我不过是说出大家的想法而已！”

“不，你不是，你只是在这里炫耀你的高谈阔论罢了！还有最粗野、最愚蠢……”哈利太太反驳道。

见哈利夫妇二人的争吵一触即发，古奇忙打断他们的话：“好了，都别吵了，我不想惹麻烦，看来我最好还是告辞吧……”说完，他分开众人，匆匆离去。

哈利不理会在场的人冰冷的目光，他举起酒杯，大口大口地喝着马爹利。真是受够这女人了，受够这群郊区的村夫了！明天到南部，见到小情人……

第二天黄昏后，天色渐晚，哈利已经来到了南部，他正走在前往情人住处的路上。一切都很称心如意——昨天的派对之后，哈利夫妇终于大吵了一架，在争吵中哈利使用激将法，终于让妻子同意找律师，同意离婚。

哈利欣喜地畅想着，这意味着，不久以后，他就可以正大光明地和他的小情人交往了，到时候他们将住进一座漂亮的房子里，再也不用过这种偷偷摸摸的生活。

一个穿黑衣的人从前面的巷子里闪出来，挡在哈利面前。

他居然是古奇！

“你为什么会在这里？”哈利问。

“你太太派我来的。”

“难道她知道……”

“你的小情人？没错，几个月前她就知道你在外面找了个情人。你不是很关心我的工作吗？现在我告诉你，我在公司的名册上登记的是机械工程师，不过，那只是个掩饰，我真实的身份是职业杀手。”

“你是黑社会的？”

“不错，我是为一个公司服务，可最近经济不景气，生意也难做。昨天你忠告过我，要自己单干。虽然我没什么推销的本事，但好歹也找到了第一位客户，那就是你的太太。我告诉她干掉你的价码是一万元时，她觉得还算合理。那样她就不用等着离婚，也不用分割财产了，她可以继承你的每一分钱。于是，我的第一单生意成交了……”

哈利张大了嘴，但他的声音全被一声枪响淹没了……

患难夫妻

车里，杰克和琼两人谁都没有说话。

杰克紧紧地握着方向盘，猛地踩了一下刹车，将雪佛莱汽车慢慢地驶过U形转弯处，琼凝视着下面怪石嶙峋的峡谷，吓得心惊胆战。

她指着遥远的天边说：“这一切都是死的，只有老鹰在天空盘旋——我们还要在这里等多久？我简直受不了了——”杰克打断她说：“我们要等到我该说走的时候才能走，我知道这种事只有时间才能保证安全，但你却不知道。”

“是啊，你总是那么精明，精明到非干掉那个看守不可，害得我们在这荒山野岭里蛰伏了这么久。”

杰克的双手握住方向盘。“可我弄到了十万元，不是吗？我想你一定很高兴和我一起花。”

“那得要逃得掉才行。”她看了看手中拿着的空汽油桶，“我对穿工作裤和采草莓简直厌烦死了。”

“那总比判死刑被子弹打死要好。”

杰克继续向前开，心中却在暗想：“如果是我一个人单独享用那笔巨款该有多好，谁用她在耳边不停唠叨、抱怨。再说，一个男人有了巨款，谁还会稀罕这个黄脸婆？”

车开出两里多的路后，总算从泥路爬上了高速公路。

路边有一家破旧的杂货店兼营汽油，还有一家商店。时间还早得很，和平时一样，这里没有别的车辆。他计算的时间果然很准确，琼没有想到，可他想到了。

从店里出来时，他拎了一大袋杂货和一袋碎冰，在路边的指示牌处停下看了一眼，上面写的是“的本斯机场，七英里”。

然后，他快步走向商店，向老板要了一瓶波恩酒。

在店主给他拿酒的时候，他给机场打了个电话。接电话的是一位非常温柔的女性，一点儿不像琼那种凶巴巴的语气。

“今晚十一点飞圣东安尼的机票？有的，我们还有一个空座。在三号窗口，请于十点四十五分之前购票。”

当他回到汽车上时，不由得笑了笑。明天，墨西哥，他就可以享受美女和美酒了。

琼在路边等待着，接过杰克手里的冰袋和杂货袋，说，“我想和你一起进去一次，就一次！”

“你应该知道警察正在寻找一个矮子和一个金发女人。”

“那么下次我不陪你来了。”

“随便。”

杰克没有说话，一直到那U字形转弯处，他说：“这车有点儿怪声，你听到了没？”

她瞥了他一眼：“如果不是我一直在修理它，这车早就跑不动了，出去，我来开。”

他们换了座位，由琼将车开到山上的一座破旧的小木屋前。

杰克去取酒，琼拎着杂货袋进了屋子。进门时，她狠狠地瞪了杰克一眼，杰克没有注意。

吃完午饭，杰克回到卧室午睡。三点钟醒来后，他决定实施他的计划。

他拿出波恩酒，加进冰块，调了两杯琼喜欢喝的那种，送到她眼前。他看她的脸色，明显有些意外，但她没有说什么。

他们坐到屋后的长凳上，琼微微弯着腰，一口一口地喝着酒，看着三里之外小镇上停靠的火车。

杰克说：“他们一定停止搜查我们了，已经过去四个星期了。”

“他们永远不会停止，”她说，“但再有两个星期，我们也可搭乘那列火车。”

“我也希望如此。”说着，杰克伸手取过琼手里的空酒杯，进入了小屋。

“这次别给我倒那么多了。”她在他身后喊道。

他狞笑着，反比先前倒得更多，然后把自己的那杯倒掉一大半。他把酒拿给她时，琼说：“这是最后一杯了。”

正如他预料的那样，她不会拒绝这几杯酒，在喝过五六杯之后，她更是步履蹒跚地走到桌前，拿起了整瓶酒。

天黑时，她醉倒了。他摇她摇不醒，就让她睡在长凳上，自己则走到里面，挪开餐桌，拉开地板，拖出一只皮箱和一只圆形布袋。

他惊讶地看着那只小袋子，自言自语道：“为什么她的行李会放在这？”

他把它提出来才明白，原来箱子里已经空了，琼把钱放到了她的袋子里。怪不得下次她不和他去杂货店了，购货的时间正是赶上九点钟火车的时间。

他大笑着，把钱放回他的箱子。

刮好了胡子后，他换上一身笔挺的西装，将箱子扔在汽车的前座，发动汽车开始下山。

他兴高采烈，其乐融融。

到了 U 字形转弯处时，他猛地踩住刹车，脸色却顿时苍白起来。

汽车快速地向前驶去，冲出路面，凌空飞起……他尖叫着向下飞去。

惩　罚

这是个温暖的初夏夜，刺鼻的烟味混杂在金银花芬芳的香味中，显得十分怪异。

小屋后面柳木花园的草坪中则热闹非凡，蟋蟀单调地吟唱着它的乐曲，树蛙则拼命地吼叫着。

琳达和乔治一起，默默地坐在阴暗的门廊尽头，他们没有相互凝视，也没有爱抚。他们只是在聆听夜歌，并且已经听了有一阵了。

最后，乔治终于开口，声音轻得像在耳语："琳达，你在想什么？"

"你真想知道吗？"

"我不正在问你吗？"

"我在想我们一起做的那个完美的案子，"她轻声说，"我在想汤姆。"

乔治沉默了许久，然后问她："为什么？"

"我们杀害他的那个晚上，和今夜一样。"

"别用那个字眼！"

"这里没人听见。"

"别用那个字眼，琳达，我们说好的，不用那个字眼。"

但她还在说着。"那是一个和今晚一样的晚上，你记得吗，乔治？"

"我怎能忘记？"

"那时我们真不该那么频繁见面，"她说，"如果我们小心一点，就不会被他当场抓住。但那是一个可爱的晚上……"

"听着，琳达，"乔治说，"就算那晚我们不被撞见，可是被他发现也是早晚的事，我们掩盖不了多久的。"

"那倒是。"

"一切都那么顺利……"乔治说，"那天晚上没有人，我们的计划成功了。"

"乔治！为什么我们那时不一起私奔呢？在那天晚上之前，为什么我们不干脆到某个地方躲起来呢？"

"别傻了！"他说，"你知道我没有钱，我们能到哪去？"

“我不知道。”

“你当然不知道。”

“假如汤姆没那么容易吃醋的话，”琳达说，“我可以请求跟他离婚，那样事情就简单多了，我们也就不会做那种事了。”

“可是，他的嫉妒心实在太强了，他这个傻瓜……可我不后悔发生的一切。”

“当时我也不后悔，”她说，“可是，现在……”

“你今晚怎么了，琳达？你今晚很奇怪。”

“那晚和今晚很像……”这是她第三次说这句话了，“金银花、烟、蟋蟀和树蛙，就和今晚一模一样，是不是，乔治。”

“别说傻话了。”

黑暗中，琳达轻轻地叹了口气：“乔治，我们为什么要杀了他？我们为什么要那么做呢？”

“因为他发现了我们，所以我们才那么做。你为什么要这么问？”

“那时候，我们说因为我们在相爱。”

“是的，这是原因之一。”

“原因之一，”琳达重复着说，马上又急促地笑了一声，“那时候有这个原因就足够了，有这个原因就什么都可以做了。”

“琳达，你为什么这么说？”乔治严肃地说，“我们完成了一桩完美的谋杀，琳达，那时你也是这么说的——至今没有人怀疑过，他们都认为那是意外。”

“是的，我知道，我知道他们的看法。”

“那么，亲爱的，你怎么了？”

琳达轻声说道：“可是，乔治，那样做值得吗？”

“当然值得。我们能够在一起，并且结了婚，难道不是吗？”

“是的。”

“我们一直很幸福。”

“我想是这样。”

“你总是说你很幸福。”

“你呢，乔治？”

“我当然也幸福。”

琳达沉默了。

远处传来犬吠声，以及蟋蟀的合奏声。

最后她说：“我真希望我们没有做过那件事。”

“琳达，那是一次完美的谋杀。”

“是吗，乔治？真的是吗？”

“我认为是的。”

“以前我也这么认为，但现在不这么想了。”

“别这么说。”

她长叹了一声：“乔治，我忍不住，我害怕，我已经这么害怕了很久了。”

“没有什么可怕的，”乔治说，“我们不会被抓住，你和我都不会。”

“我们都不会。”

“我们不会受到惩罚的，不是吗？”

“我们不会吗？”她轻轻地说。

“琳达——”

“没有什么完美的谋杀，乔治。”最后她说，“我知道，其实你现在也知道。”

“我不知道！”

“你知道的，你知道的……就和我知道一样，我们心底深处，从一开始就都知道。我们不是没有受到惩罚，乔治，而且到现在也没有罚够——不过很快就要结束了。”

于是他们沉默着坐在一起，无话可说。

金银花浓郁的香味溢在他们周围，蟋蟀的夜歌几乎震破他们的耳膜。

他们彼此没有看着，也没有挨着，只是默默地，坐在阴暗的门廊尽头，回忆……等候……

琳达和乔治就这么坐着，他们一个七十九，一个八十一了。五十年前，他们做了那桩完美的谋杀案。

报 复

今晚，我要报复。

为了这一天，我已经等了二十五年。二十五年来，我心中无时无刻不充满着恨意。今晚，就是我一雪前仇的时机。

说实话，我不知道莱丽看中了我什么，也许是我的幽默感吧。我长得不英俊，也没有钱，只是有点儿聪明，但却不足以让我在人前炫耀。

我曾当过兵，去过欧洲和太平洋，可是几年下来并没有什么了不起的经历。

也许就是我的幽默感，令我得以在每个周末都能和漂亮姑娘们约会。平常闲暇的时候，我身边也不缺乏伴侣。

女孩子们说，我很有趣。

我喜欢笑，直到现在也是这样。笑是一种世界语言，是联结各种族、各阶级、各宗教的链子，也是医疗不开心的最好药剂。

总之，也许我的笑吸引到了莱丽，而她原本可以随心所欲挑选任何男人的。

她那么漂亮，一头柔软的头发披在雪白的肩膀上，一张大理石般光滑细腻的脸，修长纤细的指头，指甲修理得如珍珠般美丽——她分明就是个女神。

那一次，我在舞会上认识了她，而当时我是带着别的女伴的，莱丽也是跟随另一位男士前来。而在离开的时候，则是我跟莱丽走在一起。

就在我们订婚三个月后，戴维森闯进了我们的生活。说得更确切些，他其实是“跛”进来的——他的脚中了纳粹的霰弹，由此戴上了紫星勋章，一张英俊整洁的脸上蓄着漂亮的八字胡。

他聪明而狡黠。

星期天上午在教堂，他第一次接近我们。在牧师布道、唱完诗歌之后，戴维森向我们作了自我介绍，说新来此地，邀请我们第二天去他家吃晚饭。

马上，我便感觉不妙。但是在教堂里，我不能说什么，更不能做什么，因为莱丽表现得非常热情。

于是第二天晚上，我们来到他家——只有我们三个人，没有别的女孩。

戴维森的意图很明显。他英俊而充满活力，对莱丽一见钟情。我努力装出一副宽宏大度的样子……可是，没有用，事情的发展就跟我没有在场是一样的。

莱丽非常高兴。戴维森虽然并不比我富有，但是他却想办法，在桌子上摆出我从没有吃过的食物和从来没听说过的酒。

我胸中交织起一张恐惧和憎恨的网，把我困得抑郁不堪。当时，我根本吃不下任何东西，但莱丽却吃得兴高采烈，完全忘记了她身边我这个未婚夫。

饭后不久，我们提出告辞，因为第二天我还得上班，我说我要早点休息。戴维森说，如果莱丽想多坐一会儿，回头他可以送她回家。

她看看我，眼神告诉我显然她已经同意了。我很不高兴地，并且没有掩饰地说：“这样不好。”说着便拉她离开了。

两天后，她又说起和戴维森吃晚饭的事，但这次却没有邀请我。我内心的嫉妒开始转变成憎恨。

那个周末，莱丽借口头疼取消了和我的约会。稍晚的时候，我打电话给她，想问问她头疼是否好些，结果却发现她根本不在家。

我是喜欢开朗大笑的人，然而……几个星期后，他们一起来看我，莱丽将我给她的订婚戒指还给我，然后说她就要和戴维森结婚了。这时候我勉强大笑了一声，说我不会介意，并且站起来与戴维森热烈握手，问他们需要我做什么。

戴维森说，他在这里人生地不熟，而我是他唯一的朋友，所以能不能……

我压下心中怒火，接受了戴维森给我的这项“荣誉”使命。

接下来的一个星期，在他和莱丽结婚时，我应邀站在了他身边，做他的伴郎。结婚仪式上，我始终保持着笑容可掬的样子，给他递戒指，亲吻他的新娘。但事实上我的心就要爆炸了。

婚宴非常丰盛可口，那是戴维森亲自挑选的菜。我看到莱丽笑着咬了一口戴维森递给她的蛋糕，然后心中生出一个想法，一个聪明的主意。

我要报复，戴维森偷走了她，偷走了莱丽——我的莱丽！因此我要报复！

在我向快乐的新婚夫妻撒米时，我敢保证，我的笑声是真诚的。我笑着看他们走下我们相逢时的教堂台阶，走进汽车，离开。

是的，我已经在报复了，只是……

今晚，就是今晚。

多年来，我始终保持和他们交往，现在我是他们的朋友，是他们家的常客。每当他们邀我吃饭时，我就带着我为他们准备的礼物，蛋糕和巧克力。

我很关心莱丽，鼓励她吃，亲眼看着我报复的种子萌芽，成长，开花，结果。

是的，今晚，就在今晚。时机成熟了……

我探过身，拍了拍戴维森的肩膀，他抬起一头白发下满是皱纹的脸，不解地看着我。我指了指坐在房间对面的莱丽——她现在已经不复当年的漂亮，相反，她圆滚滚的身体足有两百多磅重，皮肤也软塌塌的，面孔又红又粗，双手粗糙，上面有许多裂缝……

我放声大笑，然后我轻声问他："你想不到她会变成一个汽油桶吧？"

戴维森瞪着我，他又妒又恨又悔。他知道，我太太娇小玲珑，年轻美艳。

无名火起

"现在，亨利太太，请尽可能为我们详细地描述一下，到底是怎样一连串的事导致了，呃，促成了这个悲剧？"

"是的，法官大人。"亨利太太说，"我想第一件事是发生在星期天晚上。那天我们举行了一场宴会，为此我们买了很多新出的昂贵唱片，想让大家一起听听音乐、跳跳舞，尽兴地玩一场。可是在宴会开始以前，唱片机出了毛病，放出来的摇滚乐成了难听的噪音。

我丈夫马上打电话找维修人员，希望他们立刻过来看看能不能把它修好，可是他们说要到星期一上午才能来修。于是宴会的气氛便被这些噪音弄得低落起来。我们只准备了音乐，宴会唯一的娱乐就是那些唱片了，结果音乐出了问题，客人们便纷纷离开。首先是我丈夫的老板夫妇，他们的离开令我们十分尴尬，他们俩是这次宴会我们邀请的主要客人，为了宴会我们在唱片上花了不少钱。

然后到了星期一上午的时候，烤面包机也出了问题。开始我没注意，直到我闻到有一股烤焦的味道，才发现原来是它的问题。面包烤熟后应该自动跳出来，可是却始终没有。我丈夫确实喜欢吃焦一点儿的面包，但不是那种焦的。所以我又试着烤了两次，结果还是一样，面包根本没有跳出来。最后我只好放弃。家里没有多余的面包了，我不想让我丈夫因为这个就吃不上早餐，所以比平时早一些开车送他去上班，然后在他办公室附近的一家饭店吃的早餐。

可是就在我开车回家的途中，只开了一会儿，汽车发动机就出了毛病，汽车开始冒烟，扑扑直响，几乎开不动了。最后，我好不容易送它去了一家修理厂，一个修理工掀开车头盖，敲了几下听了听，最后对我说，汽车零件没有调和好，说什么油箱里的浮漂堵住了，或爆裂了，所以我最好叫一辆出租车回家，因为车要到下午或第二天，或者第三天才能够修好。

回到家，我才发现我把要修的烤面包机忘在汽车里了，还忘了买一条面包回来。所以我去找邻居玛丽——在她那儿吃的午饭，然后和她聊聊遭遇的一连串不如意的事，什么唱片机只出噪音，烤面包机不会自动跳出，还有汽车发动机的毛病，以及工人对我说的什么浮漂爆裂或阻塞之类的问题。玛丽说她不知道汽车里有什么浮漂，她只知道钓鱼的时候才会用到浮漂。也许潜水艇会用到，可是不知道汽车要用浮漂干什么，除非是装上它防止让汽车在涉水时沉下去。她还不明白为什么一个爆裂的浮漂，会让汽车冒烟，还发出声响。

她说，汽车修理工和别的修理工，总是骗我们女人说一些怪名词，让人听不懂，再狠狠敲一笔钱。有时候没有毛病，他也说有毛病，然后要修，可是真有毛病的他就不修了。有一次，她家冰箱出了问题，找来一个修理工，告诉她毛病出在热圈上。她说她觉得像受到了侮辱，因为她确信自己一点儿也不笨，知道冰箱里不会用到热圈，因为冰箱是要保持低温而不是高温，不像炉子那些。可是修理工摸索了半天就要收她八十八元五角，可能根本就没修理什么。这就像有些医生，把小毛病说成大毛病，然后收你好多钱。有个医生告诉她叔叔，说他患有严重的胆结石，非开刀不可，可是开刀后取出的石头，肉眼几乎看不见，但收取的费用却可以买比那块石头大六倍的钻石。

法官大人，可以想象我离开玛丽家时的心情。回到家，我打开电视机，想看我最喜欢的节目，我要看爱丽丝是不是流产了，鲍比是不是发现了自己的弟弟就是自己儿子父亲的事实，小彼得要变女孩或男孩……结果，我打开电视，看到银幕一直在跳跃——”

“跳跃？”

“是的，法官大人。我们家的电视机经常出问题，但像这样猛跳还是第一次。我坐在那里发呆，越想越生气，因为修理这么多东西要花很多钱，会弄得我们手头紧张的。这时有人敲门，原来是来修唱片机的人。

他一看到电视机猛跳的样子，就走过去扭了一下一个小钮，屏幕立刻清楚了。他告诉我毛病出在垂直控制上。正像玛丽说的那样，修理工就想骗不懂机械的女人，为了多敲一点钱。他就是那样的，我能不让他得逞，因为我知道垂直表示上下，而他并没有修什么上下的问题，只是扭了一下那个小钮。

然后他走到唱片机前，打开它听了听，然后又关掉，拿出工具，递给我一把榔头要我替他拿着。然后他开始拆唱片机，就像医生对病人进行大手术一样，只是为了多赚一点钱。当他把东西全部拆下来后，他说——”亨利太太停顿了一下。

“是的，亨利太太，请说下去。那人说什么？”

“你不会相信的，法官大人，他说我们家唱片机的低音大喇叭爆音了，小喇叭的高声线松了，然后，然后——”

“然后你就——”

“是的，法官大人，当时我无名火起，把他递给我的榔头举起来，然后狠狠砸在他头上。”

贾丁舅舅

他叫安森。很久以前人们曾经熟知这个名字，但现在这个名字却毫无意义。在经历了那些痛苦的岁月之后，他忘记了很多往事。

有一天在公园，他第一次发现有人在注视着他。当时他坐在长凳上，悠闲地啜着一小瓶白酒，喝得醉醺醺。

朦胧中，他感觉有一对年轻男女在留心他的一举一动。他们就坐在一棵橡树下吃着三明治，丝毫不掩饰对他的兴趣。但他们几分钟后便离开了。

可是从那开始，安森知道自己被人监视、跟踪了，监视他的人就是那对年轻男女。他猜他们大约有二十多岁，他在街上、公园里、肮脏的住处外面，都曾看到过他们。

有一次在公园里，他当时醉得很厉害，他们还给他偷拍了照片。

这种被人跟踪的情形，持续了将近一个月。

九月的一天，这对年轻男女终于走进他的屋子里。

他们穿着昂贵的衣服，修饰得整齐干净，令他想到以前养过的一对白兔。

他问他们：“你们找我有什么事？”

女人说：“我叫琪亚，这是我哥哥达西，我们知道你叫安森，也知道你一个人孤零零的，没有亲人……”

安森看了看他们，他不喜欢达西，却很喜欢琪亚，她长得很甜美，又健康活泼，而且还很善解人意。

女孩继续说道：“我们愿意照顾你。你会有一个新名字，有体面的衣服、丰富的食物，还有一个好一点的住处。”

“是的，”达西说，“还有，你能得到好酒，而不是那种劣等威士忌。”

女孩说：“你什么都不用愁，只要住在那里，仅此而已。”

“这不会是个圈套吧？”他说。以他多年浪迹街头的经验，天上从来不会掉馅儿饼。

“绝不是圈套，但我们有一个条件。”女孩笑着对他说。

“说吧，什么条件。”安森说着，拿起酒瓶猛喝了一口。

“好的，”女孩说道，“你今年五十三岁，安森先生，你读过两年大学，在你清醒的时候，你讲标准的英语，你去过世界各地的很多地方，你曾在商船上服务，你不是一个……一个……”

“废物。”

她叹了口气继续说道：“我们两人很小就父母双亡，和姨妈诺玛生活在一起。她有个弟弟名叫贾丁，在二十年前失踪了，他只给她写过两封信。现在我们的姨妈正病得奄奄一息，不停地喊她弟弟的名字。医生认为如果他能出现的话，对她的病情会有很大帮助。我们认为贾丁早已死去，可我们想帮助姨妈，所以我们对她说，我们聘请侦探找到了她弟弟。剩下的你猜想得出来吧？”

“我是贾丁。”

“是的，你是诺玛姨妈的弟弟，你和他长得很像。另外，姨妈去世后，你或者继续留下来和我们住在一起，或者你离开我们，我们会付给你一大笔钱。不论哪一条你都不会吃亏。”

达西说：“你只要陪着姨妈聊天就行了。”

安森醉眼蒙地看着他们，他并不关心他们刚才提出的条件，只知道这是个机会，而这机会的出现则完全出乎意外。

女孩急切地问：“安森先生，你愿意接受我们的提议吗？”

“试试吧，”他说，“我想我会让她满意的。”

琪亚对达西微笑着，而她哥哥则皱起了眉。

他们带他去洗了蒸汽浴，然后给他换了一套干净的内衣裤，还有一身崭新的昂贵西装。

在一家酒店，他们请他喝威士忌。他欣赏着酒店里昏暗的灯光，柔和的音乐，以及冰块碰撞玻璃杯的清脆响声。他觉得自己熟悉这种环境。

达西和琪亚告诉他一些一定要记住的事情。

琪亚说："姨妈会相信你就是贾丁舅舅，不用担心。从今天起你就叫贾丁。今晚我们开始练习签名。"

"签名？"安森问。

"是的，你有一本银行存折，你要用贾丁舅舅的名字来签。这或许是违法的，可我想你可以办得到。你不会介意的，是吗？"

然后他们驱车回家，三个人坐在宽敞而舒适的凯迪拉克汽车里。

"当然，琪亚，"他说，"我会做到的。"

他觉得有一种多年来没有体验过的满足感。

他和诺玛姨妈的会面很顺利，比预期的还要好。她显得很兴奋，但很明显，她已经奄奄一息，时日无多了。

她说："现在我总算可以瞑目了，贾丁，你已经回到自己的家。我走了之后，你要照顾这两个好外甥、外甥女，这些年来他们对我太好了。"

"别这么说，姐姐，"安森说，"你还要和我们过很长的日子呢。"

"你还喝酒吗，贾丁？"

"嗯，偶尔喝一点。"

诺玛姨妈了叹口气说："我永远忘不了你第一次喝酒的样子，你还记得吗，贾丁，那时你和我在一起？"

他不知该如何回答，因为他们没有告诉他贾丁的过去。但琪亚很机灵，立刻替他解了围。

"姨妈，该吃药了，现在要休息，不能讲话。既然舅舅已经回来，他不会再离开了，你可以每天都看见他，你们有的是时间回忆过去。"

他们让裁缝给他做了不少衣服，还给他买了一辆他喜欢的胜利牌轿车。现在，他不怎么酗酒了，因为有更新鲜、美妙的刺激。他神采奕奕，容光焕发，每件事都那么称心如意。

现在，他享受世界上最美味可口的食物，最完美的照顾。房屋本身是幢大厦，占地十五亩。家里还请了厨师、园丁和女佣。

他有自己的一套房间，每天在黑色大理石砌成的浴缸里洗两次澡，浴缸水龙头也镀了金。不错，这地方是有一种正在中落的气氛，但他认为这是上流社会普遍存在的情形。

他是贾丁，有银行存款，有和睦的亲戚，还有一个奄奄一息的姐姐。

然而一个半月后，诺玛姨妈仍然活着，不忍离开人世。

安森对目前的生活虽然没有真正怀疑过什么，但潜意识里始终在防备着。

一天夜里，兄妹俩来到他的房间。他被脚步声惊醒，打开台灯。

"贾丁舅舅。"

达西持枪站在床脚，琪亚站在他身边。兄妹俩都穿着睡衣。

他问："什么事？"

琪亚叹了一口气，没说什么，达西则清了清喉咙。

"贾丁舅舅，你终于回到自己的家了，"达西说，"对于你的回归，报纸曾大肆渲染并给予祝贺，你也习惯了这里的生活。但是现在，这些全过去了。"

"琪亚，"他继续说，"你去打破阳台上那扇窗户，然后打开落地门。"

她按照哥哥的吩咐，用一把梳子敲破窗户，然后打开门闩。门开了，一阵风吹进来掀动窗帘。

"我不懂。"安森说。

"那好，让我来告诉您老人家——"达西说，他手握左轮手枪，稳稳地对着躺在床上的安森，"贾丁舅舅失踪时是个非常富有的人，经过这么多年，他留下来的产业越来越值钱，财产也越来越多。你还记得一周前给你签的那些文件吧？那是银行要你证明立场的文件，这幢大房子和其他大笔产业，都是外公留下来的。不错，诺玛姨妈也有一些，但是她名下的大部分都花掉了，你明白了吗？"

"我明白。"

"你不明白，但是你就会明白了。贾丁舅舅在失踪之前立了遗嘱，将所有的钱都留给琪亚和我，只有一小部分留给诺玛姨妈。但是他的死亡必须经过证明之后，我们才能接受财产。"

达西摇摇头，继续往下说道："你是一个好老头，我不愿意做这种事，但不得不做。我要杀了你，然后报警说是窃贼闯进来做的好事，这样你的遗嘱就会生效了。诺玛姨妈可能会因惊吓过度致死，那样更好，因为一切就归我和琪亚两人所有了。"

琪亚叹口气说："贾丁舅舅，我真抱歉。"

"是的，"安森说，"我是贾丁舅舅。不错，你们是我的亲人，我打算一直保持这种关系……"说着，他从被单下向达西开了一枪。

两个星期以来，他一直把枪留在手边。他不知道自己为何购买手枪，但他觉得这样好一些，现在，他知道了一切。

达西倒在地上死了。琪亚跑过去要捡哥哥的手枪，但是安森手脚比她快，抢先把枪拿在手中。

"现在，琪亚，"他说，"去向姨妈解释发生了什么，我去打电话报警。家里来了窃贼，向达西开枪后从阳台溜了，只扔下了枪。明白吗？"

安森用睡衣小心地擦拭了一遍黑色手枪，然后扔在地上。

"我想我们会一起生活得很快乐的，琪亚。"说着，他轻轻拍了拍她的胳膊，"自从我回来以后，我已经习惯了和家人生活在一起。"

头颅的价格

克里斯托弗·亚历山大·帕内特是个穷光蛋，他的全部财产只有两样：一个是他的名字；另一个是他身上穿的棉布衣服。

帕内特像珍惜名字一样珍惜他的衣服。因为在白天，这件衣服穿在身上可以为他遮羞，到了晚上，这件衣服还能够为他御寒。除此之外，他剩下的恐怕只有酒瘾和一副红色的络腮胡子了。对了，他还有一个朋友——在商船上做苦力的卡莱卡。

在如今这个年代，友谊可谓是一种稀缺商品，就算在民风淳朴的波利尼西亚群岛上也是如此。生活在这里的人，只有具备某种与众不同的品质，他才可能拥有友谊，比方说，要么是强壮、幽默；要么是狡诈、邪恶。总之，这个人得有一种特别之处，才会得到朋友的欣赏。

那么，一无所有的帕内特究竟是凭什么赢得了卡莱卡的友谊呢？这对福浮堤海滩的居民来说，始终是个谜。

在福浮堤海滩，帕内特以性情温和而著名，他从不会和别人吵架，更不会跟人挥拳动粗。在这里，白人的地位高出当地土著居民一等，但身为白人的帕内特却绝不会欺负任何土著居民。帕内特只骂过一个人，那是一个卖糖果的混血儿，因为他经常故意把变质的糖果兜售给帕内特。但即便如此，帕内特也只是骂两句而已，若是换了其他人，恐怕早就拳脚相向了。

除了脾气好之外，帕内特似乎就没有什么明显的优点了。长期贫困潦倒的生活已经让他激情不再，甚至连乞讨也不会了。他蹲坐在路边乞讨时，既不对路人报以微笑，也不唱歌跳舞，哪怕是装出一点儿可怜相博取同情也不会。像帕内特这样的人，要是放在世界的其他地方，即使不被饿死，恐怕也早被人欺负而死了。但命运偏偏让他漂泊到这个充满友善的海滩，甚至还赐给他一个好朋友。于是，他天天什么也不干，只是捧着酒瓶喝得烂醉如泥，活像泡在酒精里的一堆软乎乎的肉。

帕内特的朋友卡莱卡是一个土著人，他个头矮小，眼窝深陷，头发好似刷子一样，鼻子上还穿着个铜环，喜欢在腰上围一块棉布，平时总是面无表情。卡莱卡是一个异教徒，据说在他的家乡，至今仍保留着吃人肉的风俗，那里的人还会把吃剩下的人肉熏制成肉干储存起来，以备不时之需。

不过，在福浮堤海滩，卡莱卡和所有苦力一样，勤快能干，不苟言笑。

听说卡莱卡是被他的酋长带到福浮堤的贸易公司做苦力的。酋长替他签了三年合同，待合同期满之后，贸易公司就会与他解约，然后再把他送回到八百英里外的家乡，到那时，他将一分钱也得不到，因为狡猾的酋长已经把本属于他的工资给私吞了。

对于福浮堤海滩当地的居民来说，做苦力的黑人们总是显得非常神秘，让人不可捉摸，但卡莱卡却能与一文不名的帕内特结下深厚的友谊，这着实让福浮堤的居民感到惊讶。

这天，卡莱卡正沿着海滩走着，那个卖糖果的混血儿看见他，就冲他叫道："嘿，卡莱卡！你最好把你的醉鬼朋友从杂货店带回家去吧，他又喝多了。"

卡莱卡快步来到杂货店，看见帕内特果然喝得酩酊大醉，倒在店门口，店老板莫·杰克正站在门槛上冷冷地看着他。看到卡莱卡，莫·杰克说："你干吗便宜这个醉鬼？还不如把你的珍珠卖给我，我给你烟草，怎么样？"

原来，卡莱卡经常把从珊瑚礁的珍珠贝里弄出的珍珠送给帕内特，而帕内特就用这些珍珠与莫·杰克换酒喝。久而久之，莫·杰克心里就开始打起了小算盘——如果用烟草直接和卡莱卡交易会更划算。然而，他这种直接用烟草交换珍珠的愿望被卡莱卡婉拒了。

莫·杰克有些不解和恼火，他说："帕内特是个狗屁不如的醉鬼，你为什么非要把珍珠给他？他天天喝醉，迟早是要喝死的！"

卡莱卡没吭声，只是默默地背起帕内特向他的家走去。

帕内特的家只是一个简陋的小草棚。卡莱卡小心翼翼地将醉得不省人事的帕内特放在草席上，把他的头用枕头垫起来，并打来一盆清水，帮他把嘴角和胡子上的脏东西洗掉。帕内特的胡子真漂亮！在阳光的照耀下，反射着红铜般的光。卡莱卡又细心地用梳子帮帕内特把胡子梳理好，然后就坐在一旁，摇着扇子替他驱赶飞来飞去的苍蝇。

不知不觉，已经是午后一点钟了。卡莱卡似乎突然想到了什么，他跑出草棚，站在外面的空地上仰望天空。这几个星期以来，卡莱卡一直密切关注着天气的变化，他知道，用不了一两天，海面上就会刮起强烈的信风，那意味着适合航海的季节就要到来了。

在这个炎热的午后，整个福浮堤海滩都仿佛陷入了昏昏欲睡之中。酒吧的侍者趴在阳台上打着呼噜；贸易公司的经理则躺在吊床上做着美梦——货船将大堆的椰子肉运走，换来大把大把的钞票；杂货店老板莫·杰克也伏在柜台上打盹儿，这么热的天，没有人来买东西。也许整个福浮堤海滩只有一个人是清醒的，他就是卡莱卡！这个精力旺盛的黑人几乎从不午睡，他就像一个无声无息的幽灵，不停地在忙着自己的事情。

卡莱卡悄悄溜到了码头的仓库，在他的手里正攥着偷来的仓库钥匙——这一计划他早在很久以前就开始谋划了。

卡莱卡用钥匙打开仓库门，从储物箱里拿了三四土耳其红布、两把刀、两桶烟叶、一把锋利的斧头以及许多食物，虽然箱子里还有不少好东西，但他绝不是那种贪得无厌的人。

随后，他来到存放武器的柜子前，用斧头劈开柜门，拿了一支温切斯特牌步枪以及一大盒子弹。紧接着，他又跑到一旁的船棚，抄起斧子将里面停放的一条大船和两只小木船的底凿了几个窟窿，这样一来，它们就无法下水了。他一边卖力地凿着，一边赞叹那把斧头的锋利："用这样的斧头干活才能体验到乐趣！"

干完这一切，卡莱卡就背上偷来的东西跑到海滩上。海边停着一条大独木舟，船头和船尾高高地翘起，犹如一弯新月。几个月前，它被海风吹到了岸边，贸易公司的经理见这是一艘无主的船，便据为己有，并命令卡莱卡把它修好。现在，卡莱卡把他偷来的东西装到船上，然后用尽全力将这条船推进海中。

在船上，卡莱卡仔细盘点着他装的食物，有大米、马铃薯，还有三大桶可可豆和一盒饼干，此外还有一大桶水。当时，他在仓库里还找到了十二瓶价格不菲的爱尔兰白兰地，但他考虑到独木舟的负重有限，最后只好忍痛放弃了。

当这一切都准备停当之后，卡莱卡又跑回到帕内特的小草棚。"伙计，快醒醒，跟我走！"他使劲儿摇晃着帕内特。

帕内特坐了起来，他醉眼蒙地看了卡莱卡一眼，嘟嘟囔囔说："这么晚了，酒吧也打烊了，明天再喝吧，我现在要睡觉了。"说完，他又像根木头似的倒在床上，昏昏睡去。

"帕内特，别睡了。"卡莱卡还是不停地摇晃着帕内特，"你看这是什么？你的朗姆酒来了！"

卡莱卡想用朗姆酒唤起帕内特的精神头儿，要是在平时，帕内特肯定会一骨碌就爬起来，可是这次却不灵了，帕内特就像失去了知觉一样，一动也不动。卡莱卡没有办法，只好将帕内特扛到肩膀上，要知道，这个家伙足足有二百五十磅！而卡莱卡还不足一百磅，但这个小个子黑人仍然灵巧地扛着他向海边的独木舟走去。

卡莱卡将帕内特小心地放在独木舟里，然后解开缆绳，划起了船桨。

没有人看见他们离开，因为福浮堤海滩的居民们还沉睡在梦乡。当贸易公司的经理醒来发现货物被窃，卡莱卡又不知去向时，独木舟早已载着他们消失在茫茫的大海里了。

驾船出海第一天，卡莱卡努力操纵着独木舟，让船顺着风向前进。独木舟上没有帆，他就用草席充当风帆；独木舟上没有指南针，他就凭借太阳的方位来判断方向。在茫茫无际的大海上，有时风浪很大，稍有不慎海水便会灌进船中，卡莱卡不得不一次次用水瓢将海水舀出。就这样，独木舟在大海中艰难地前进着。

第二天清晨，帕内特慢慢睁开了眼睛，他吃力地撑着坐了起来，看见卡莱卡蹲在船尾，正在用水瓢向外舀水，他叫了一声："给我来点儿酒！"

"别喊了，这里连一滴酒都没有。"卡莱卡摇摇头说。

"给我酒，给我一点儿酒，就一点儿！"帕内特不断地哀求着，眼中闪出渴求的目光。最后他喊累了，又迷迷糊糊地昏睡了过去。

在接下来的两天里，帕内特一直这样神志不清，有时候还说几句胡话。

直到第四天，他才清醒过来。由于连续几天水米未进，他的身体虚弱不堪。卡莱卡给他端来了一杯东西，帕内特以为是白兰地，急忙接过来一饮而尽，可喝下去后他才发现原来是可可奶。于是，他又冲着卡莱卡嚷嚷起来："我就喜欢朗姆酒，给我朗姆酒！"

卡莱卡默不做声。四周除了风和海浪的呼啸声外，也没有人回答他。帕内特急忙四下打量，这才发现自己居然在大海之中颠簸，他顿时慌了神儿："这是哪儿？我怎么在这儿？"

"风，"卡莱卡说，"是风把我们送到这儿来的。"

"什么？"帕内特似乎还没完全明白卡莱卡的话，或许还以为自己是钓鱼时迷了路。他常年饮酒，如今突然喝不到酒了，大脑反倒不太清醒了。他开始变得焦躁起来，双手扒住船舷，嚷着闹着要回家。他哪里知道，自己现在已经身在数百公里外的大海中了。

卡莱卡没有办法，只好用绳子把帕内特捆在船板上。海面变得平静起来，船轻快地在海面上滑行。卡莱卡小心地照料着手脚被绑的帕内特，时而泼点海水在他头上，为他降温；时而喂他几口可可奶。此外，每天还为他梳理两次胡须。

又过了几天，帕内特的神志渐渐恢复了正常。在卡莱卡的悉心照料下，他破天荒地戒断了酒瘾，脸色也变得正常起来，不再像以前那样，脸色就像腐烂的海藻似的。

卡莱卡操纵着独木舟，继续航行在大海上。如果凑巧遇到小岛屿，卡莱卡就登上岸，生起一堆火，用锅煮米饭和土豆，改善一下伙食，但这是要冒很大风险的。有一次，他们被一个小岛上住着的白人发现了，有两个白人划着小艇追赶他们的独木舟。卡莱卡知道，作为逃亡黑奴，如果被抓到则必死无疑，所以他毫不犹豫地用步枪射击，打死了其中一个白人，但是他们的独木舟也被对方的子弹击穿了。

"快，我这边有个弹孔，水正在向船里涌，快把它堵上！"帕内特叫道。

卡莱卡赶紧将捆绑帕内特的绳子解开，然后把那个弹孔堵上。帕内特得到了自由，他伸了伸胳膊，好奇地东张西望，"喂，我们航行多久了？你要把我带到哪儿去？"他问道。

"芭比。"卡莱卡回答说。这是他家乡的土语叫法。

"啊？"帕内特不由得惊呼了一声。他知道，卡莱卡的家乡距离福浮堤海滩有八百英里。乘这种没有帆、没有篷的独木舟在海上航行八百英里绝非易事！他不由得对自己的这位朋友肃然起敬：这个黑人小个子真了不起！

"好吧，去你的家乡住些日子也好。"帕内特说。

最初的时候，帕内特的身体还非常虚弱，卡莱卡就经常给他吃可可豆和甜土豆，渐渐地，他开始恢复了力气和神志，尤其是当他逐渐脱离了酒精的麻醉和毒害之后，对福浮堤的记忆也慢慢地淡化了。就这样，一个土著和一个刚刚戒掉酒瘾的酒鬼，共同操纵着独木舟向芭比驶去。

到了第三周，帕内特注意到卡莱卡开始变得有气无力，原来他已经一天没吃东西了——他们的食物吃光了。

“嘿！朋友，你把最后的可可豆都给我吃了。”他喊道，“你怎么不为自己留点儿？”

“我不爱吃那东西。”卡莱卡用微弱的声音说。

没有了食物，独木舟上的两个水手一下子陷入了困境。帕内特一动不动地坐在船里，回忆着他过去的那些荒唐往事。虽然这种回忆是一件无比痛苦和惭愧的事，但只有这样，他才会暂时忘记饥饿。

到了第二十九天，船上任何能吃的东西几乎都被他们吃掉了。卡莱卡找到最后一点儿可可豆的壳，将其泡在水里，然后让帕内特连壳带水喝下去了。又过了两天，船上的淡水也告罄了。卡莱卡忍着饥渴，用刀把水桶板上的最后一点儿水刮到刀刃上，滴进帕内特的喉咙里。

到了第三十三天，由于没有食物和淡水，他们两人就快要支撑不住了，然而祸不单行，此时天色也渐渐地变了，空气中弥漫着一股暴风雨即将袭来的味道。卡莱卡和帕内特别无选择，只能拼尽最后的气力向前划。就在这时，他们看见远方的水平线上出现了一个绿色的小点，那是一座小岛。他们把所有东西都用绳索固定绑在船上，然后集中力量划桨。最后，就在他们刚刚抵达小岛，爬上海岸的时候，风暴来了。

卡莱卡和帕内特逃过一劫，终于可以松一口气了，而且这座小岛上有丰富的食物和充沛的淡水。

算下来，他们已经航行了七百多英里。像这样一只没有指南针、没有风帆、没有航海图的独木舟，居然能航行这么远，真可谓是一个奇迹。

他们在这个小岛上休整了一个星期。在岛上无穷无尽的可可豆的滋养下，原本瘦成皮包骨头的帕内特终于恢复了元气。卡莱卡也没闲着，他在忙着修理那艘独木舟，由于长期的航行，船底漏水严重。不过，他们终于快要结束这艰难的旅程了，因为海峡的对面，就是卡莱卡的家乡了。

“对面就是芭比吗？”帕内特问。

“是的。”卡莱卡回答。

“上帝啊，太棒了！”帕内特兴奋地大叫道，“大英帝国管辖范围只能到这儿了，过了海峡，他们就再也管不着我们了！”

卡莱卡当然更清楚这一点。他是个天不怕地不怕的人，但是他唯独害怕斐济高等法庭的治安法官，因为那里的治安法官对黑奴享有生杀予夺的大权。在眼下的地方，他如果被抓住，还会因盗窃而被起诉，但如果过了海峡，到了对岸，他就可以为所欲为，而不会受到任何惩罚了。

至于帕内特，这个曾经不修边幅、嗜酒如命的酒鬼，如今也好像脱胎换骨一般，不仅身上干干净净，服装整洁，似乎连灵魂也被洗刷干净了，在湿润的空气和温暖的阳光下，他重新充满了活力，当卡莱卡修船时，他还能站在旁边搭把手，闲暇的时候，他在沙滩上或者挖坑玩，或者欣赏小贝壳的古怪花纹，或者漫步、唱歌，这时他才仿佛注意到，原来生活中有这么多可爱之处。

然而，还有一个问题令帕内特感到迷惑不解，他想："卡莱卡的葫芦里到底卖的是什么药？他千辛万苦地把自己带到他的家乡，难道就是为了友谊？对！一定是这样的。"想到这儿，他内心又感到释然了，于是将头转向那个喜欢沉默的黑人小个子。

"喂，卡莱卡，你是怕他们因为偷窃而治你的罪吗？"帕内特说，"别怕他们，我给你撑腰，如果他们敢来抓你，我一定会保护你的，甚至我可以对他们说，东西是我偷的，看他们能把我怎么样？"

卡莱卡没有回答，他只是埋头擦着步枪。

"卡莱卡，你是怕自己逃跑连累我，才带着我一起逃亡，对吗？"

"嗯。"卡莱卡含混地应了一声。他抬头看了看帕内特，又看了看海峡对岸，然后低下头继续擦他的枪，这真是个令人捉摸不透的海岛土著。

两天后，他们终于到达了海峡的对岸——卡莱卡的家乡芭比。

迎着绚丽的朝霞，卡莱卡和帕内特驾驶着独木舟驶进了一个小小的海湾。帕内特急不可耐地跳下船，跑到岸边的一块大石头上，看着眼前美丽的景色。而小个子土著卡莱卡却在后面不慌不忙地整理着船上的物品，他将土耳其红布和烟草卸下，然后把步枪、斧头、刀等武器都仔细地擦拭了一番。

帕内特还在兴致勃勃地欣赏着海岛的美景，直到他听到身后传来一阵脚步声，回过身子时，这才发现卡莱卡正身背步枪，手提斧头，两眼死死地盯着他。

"嘿！"帕内特高兴地叫道，"朋友，发生什么事了？"

"我想……我想要你的头颅。"

"什么？头颅……我的？"帕内特瞪大了双眼。

"是的。"卡莱卡面无表情地说。

原来，在卡莱卡的家乡，白种人的头颅是非常罕见的收藏品，如果谁拥有一个熏制好的白种人的头颅，那简直抵得上万贯家财，甚至还能换来年轻姑娘的青睐。所以，卡莱卡这个小个子土著有意和帕内特交朋友，他精心计划，耐心等待，最后将帕内特平安地带到这里。现在，他要从容地摘取胜利果实了。

帕内特沉默了半晌，突然发出一阵大笑，他现在终于明白卡莱卡葫芦里卖的是什么药了，原来他不辞劳苦地将自己弄到这儿来，就是为了自己这颗长满了红色络腮胡子的项上人头！

现在，帕内特的财产除了他的名字、一身破烂衣服、一副漂亮的红色络腮胡子之外，还多了一样——灵魂——在他唯一的朋友的帮助下，一个恢复了健康、焕发了活力的灵魂。

“动手吧，该死的家伙！我的头颅可真便宜！”克里斯托弗·亚历山大·帕内特面对卡莱卡大喊道。

第七卷

死亡面孔

事故的寡妇

蜜莉扣动了扳机，砰的一声，西蒙连吭都没吭一声就一头栽倒在地上，断了气。

“见鬼！”蜜莉咕哝了一声。上帝对蜜莉实在太不公平了，她又失去了丈夫。

其实从一开始，蜜莉就不想要那支惹祸的枪，可丈夫坚持把枪给她，这可倒好，丈夫自己竟命丧于枪口之下了。

西蒙是蜜莉的这一任丈夫，他也是蜜莉所有丈夫中最固执、最喜欢发号施令的一个。他喜欢别人叫他“西”。

因为工作的原因，西蒙常常要出差，一去就是好几个月，所以他认为妻子独自一人待在家里不安全。西蒙坚持认为，蜜莉必须学会使用枪，以便今后能自己保护自己。

可蜜莉对枪一点好感都没有，她甚至对枪心怀恐惧。蜜莉宁可跟随丈夫到处出差，也不愿意守着一支枪待在家里，所以，她常常恳求丈夫出差时带着她，这样就可以随时待在丈夫身边了。可西蒙却不愿意这么做，他不希望妻子跟随自己四处奔波。于是不顾蜜莉的极力反对，他还是买回了一支枪，并开始教她使用这个能致人丧命的小玩意儿。

“亲爱的，你看，”西蒙说，“你先拉开枪栓，像我这样。”说着，西蒙动作优雅地做了一个示范。然后，他把枪递给蜜莉，让她试着做一下。可蜜莉刚一接过枪，不知怎的，那枪就走火了，于是便发生了本文开头的那一幕。

与西蒙同样倒霉的还有阿奇博德，他喜欢人们叫他阿克。阿克死得也非常蹊跷。据他叔叔说，阿克从小就喜欢玩水，天生会游泳，还曾以为他的前世莫非是一条鱼？总之，阿克从小到大，对水已经到了疯狂的地步。而蜜莉恰恰相反，她非常怕水。

其实，蜜莉并不能算是个胆小的女人，自然界中很多可怕的东西她都不惧怕——她不怕闪电、不怕老鼠，甚至不害怕蛇，但她一见到大片的水域，就会恐惧得头晕目眩。若是让蜜莉在小小的游泳池里游泳倒还好，但如果让她坐着小船航行在水中央，她会被吓得魂飞魄散。所以，如果蜜莉生活在没有飞机的年代，她绝不肯去美国之外的地方。

阿克喜欢水，蜜莉非常爱他，所以她也经常陪着阿克去水边游玩。不过，蜜莉从来不到船上去，她只肯站在岸边，微笑着看阿克划船。但阿克坚持认为，夫妻一定要有相同的爱好，这样才有共同语言。于是，他坚持叫蜜莉上船：“亲爱的蜜莉，上来吧，我会好好保护你的，请相信我！”

“阿克，我相信，可是我真的不行……”

阿克对蜜莉说：“如果你不上船，就意味着不够爱我！”

见阿克都已经说这样的话了，蜜莉还能怎么办呢？于是，她在阿克的帮助下，战战兢兢地上了船。小船渐渐地离开码头，蜜莉坐在船上心惊胆战，她不住地恳求阿克把船划回去。可是阿克置之不理，他觉得要想治好蜜莉的恐水症，就得让她完全克服对水的恐惧。当小船划到湖心时，巨大的恐惧让蜜莉腾地一下站了起来，阿克怕她有闪失，急忙站起来想扶她一把，可蜜莉下意识地双手向外一推，顿时，阿克失去平衡，落入水中。蜜莉又惊又怕，放声尖叫起来。其他游船上的人们听见了呼救声，纷纷赶来救人，可直到 4 个小时之后，阿克才被人们找到，可怜的他已经变成了一具冰冷的尸体。

阿克死后，蜜莉又嫁给了乔纳森，他喜欢别人叫他乔。乔纳森对蜜莉的母亲有点儿不满，因为蜜莉的母亲总是把他叫错成“约翰”。他不止一次地对蜜莉抱怨说：“你母亲是一个不错的岳母，但却一而再、再而三地把我的名字叫错！”可怜的乔并不知道，用不了多久，蜜莉的母亲就不会再叫错他的名字了。

乔是个热爱大自然的人，非常喜欢野餐，他经常带着蜜莉到野外去。在那里，两个人摆下一张折叠桌，插上一顶遮阳伞，然后在伞下品尝着美味的鸡胸肉、火腿，痛饮冰镇香槟，那是一种多么美妙的享受啊！但是，乔的野餐却并非仅仅如此，他太崇尚自然了，以至于他坚持从自然中获取食物来源。他经常说：“所谓野餐，必须从野外获取食物！”

他们最后一次野餐的那天，阳光明媚、万里无云。乔去河边钓鱼，他安排蜜莉去树林里采蘑菇和野草莓。蜜莉对蘑菇一窍不通，乔就教他如何辨认蘑菇——哪些能吃、哪些不能吃，哪些味道鲜美、哪些难吃……蜜莉就尽力按照乔说的去做。不巧的是，蜜莉那天没戴眼镜——因为乔总是说她戴眼镜的样子难看。所以，蜜莉就在看东西模模糊糊的情况下，采摘了一大篮蘑菇和野草莓。

两个小时后，他们在露营地会合了。乔拎着一串钓到的鱼，向蜜莉炫耀着，而蜜莉也高兴地展示着那满满一篮的蘑菇和野草莓。他们坐在太阳伞下，畅饮波旁威士忌。过了一会儿，两个人觉得非常饥饿，就收集树枝生起火来，然后把鱼埋在灰堆里烤，并用树枝串起一串蘑菇，放在火上烤。烤熟之后，乔狼吞虎咽地吃起了蘑菇。蜜莉不太喜欢吃蘑菇，所以就吃了点儿野草莓。最后，他们又一起把烤鱼吃了个精光。

不一会儿，乔忽然嚷嚷着肚子疼，最后疼得在地上直打滚儿，蜜莉急忙过去扶住他，只见大颗大颗的汗珠从乔那苍白的脸上滚落下来。原来，蜜莉分辨蘑菇的功夫还没学到家，在乔刚才吃的蘑菇里，混着几个毒蘑菇。就这样，乔在痛苦的挣扎中送了命。

蜜莉的下一个丈夫是潘，他的全名叫潘勒顿。到现在蜜莉都不忍回想他遭遇的那次事故，要是潘当时稍微往旁边一点，无论是向左还是向右，那个半身像就不会要了他的命。

潘年轻时的梦想是做一个室内设计师，但遭到父亲的阻挠，最后潘只好进入一家银行，成为一名银行职员。和蜜莉结婚后，潘在室内设计方面的天赋得到了充分的发挥，他把结婚的新房变成了艺术设计的试验场。潘先是按摄政时期的风格装修了房子，随后又觉得不理想，想把它改为维多利亚或现代风格。最后，他决定还是按照古典风格来装修，在楼下放置 6 个古罗马将军的半身像，为了遥相呼应，在楼上也放置 6 个半身像。在蜜莉看来，这太庄严肃穆了，冷冰冰的，根本不像客厅，倒更像是博物馆。可潘坚持己见，蜜莉也就没有反对。潘连续熬了几个通宵，终于完成了设计草图。随后，他就指挥搬运工把 12 尊沉重的石像扛到家里来了。

新房装修好不久，有一天晚上，蜜莉正要上楼换衣服，潘站在楼下叫住她，说："希望你换上那件蓝色的睡袍，它会让你显得更加美丽迷人。"蜜莉满心欢喜地俯身给了潘一个飞吻，也正是这个动作不小心将身旁的尤利乌斯·恺撒半身像碰翻，从天而降的石像当时就夺走了潘的性命。

当蜜莉将这一悲剧向父母诉说时，父母在悉心安慰女儿的同时，也委婉地提出："亲爱的，你知道，我们家的墓地里已经没有潘的位置了。你瞧，你叔叔亚当和婶子贝斯、你爷爷、你父亲和我——当然还有你，都要葬在那里，所以……虽然我们非常欢迎把潘葬在那里，可事实上，已经没有安置他的地方了。"

最后，蜜莉不得不在河对岸很远的地方替潘选了一块墓地，把他葬在了那里。葬礼结束后，蜜莉很为潘感到悲哀，也因为自己迫不得已，将潘孤零零地留在那么远的地方而遗憾不已。不过没过多久，艾尔就去陪伴潘了。

艾尔，他的全名是艾罗西斯。他爱好体育，对体育的痴迷程度几乎不亚于阿克对水的迷恋，但同时他也是个固执的男人，就像乔坚持在野餐时一定要从野外采集食物一样。

艾尔坚持要教蜜莉学习打垒球。

蜜莉因为担心自己细腻的皮肤被磨起趼子，还怕运动会导致小腿抽筋，所以她从不参加体育运动。但艾尔却不管这些，他没征求蜜莉的同意，便为她在垒球俱乐部里报了名，艾尔希望和妻子一起站在运动场上，参加夫妻垒球比赛。

当蜜莉举着球棒站在运动场上时，浑身不自在，她多么希望艾尔能够理解她，说一声："亲爱的，实在不行就下去吧，我不勉强你。"

可艾尔说的却是："击球，亲爱的，我知道你行！狠狠地来一下，打啊！"

于是，蜜莉铆足了劲儿猛挥球棒，结果球棒不偏不倚，正好击中艾尔的太阳穴，他当场倒地死去了。事后，虽然蜜莉非常痛苦，但也感到一丝庆幸——毕竟她打死的是艾尔，而不是穆尔。因为，在比赛开始前，是穆尔站在蜜莉身边的，可蜜莉就要击球时，艾尔非要和穆尔调换位置，为的是亲自指导蜜莉，结果反倒被打死。如果蜜莉打死的是穆尔，那么他的妻子玛丽·穆尔是绝不会放过她的。

艾尔死后，蜜莉不止一次地听爷爷说："蜜莉是一个迷人的女孩子，男人们围着蜜莉转都是因为她的美貌和金钱。"

但蜜莉觉得，爷爷只说对了一半儿。男人们被自己的美貌所吸引，这不假，可他们并不是为了钱才和自己结婚的。自己的前几位丈夫都有体面的工作，并且每一任丈夫都在结婚前买了一份人身保险，其受益人正是自己，而且，根据保险规定，凡是意外死亡，就会得到双倍赔偿，又不用交遗产税。可见，丈夫们并非贪图自己的钱，正相反，他们的死反倒给自己留下了许多钱。

不久，蜜莉又与博瑞嘉结了婚。嘉是蜜莉这么多丈夫中最温和的一位。

嘉的眼睛里总是充满神采，尤其是当他凝视蜜莉时，更是充满深情。可是他们的婚姻注定短暂，只持续了不到一年的时间。

嘉是一个喜欢喝酒的人。他喝苏格兰威士忌、波旁威士忌或伏特加时，都能保持头脑的清醒。奇怪的是，他对杜松子酒却非常敏感，只要喝上一点点，就会变得情绪失控。蜜莉知道他有这个毛病，所以从来不敢在家里存放杜松子酒。然而，最后还是由杜松子酒引起了悲剧。

有一天，亚当叔叔来看望他们，带来了杜松子酒。嘉一看到杜松子酒，就不顾蜜莉的劝阻，急不可耐地打开喝了一小杯。亚当叔叔在蜜莉家吃过午餐，便告辞准备回去，蜜莉急忙起身送叔叔出门，到马路边的公共汽车站去，大约十几分钟的时间。当蜜莉回到家时，惊讶地发现嘉正在一杯接一杯地痛饮着杜松子酒，她知道现在已经无法阻止丈夫了，就跑到厨房切了一盘牛肉，希望食物或许能转移嘉的注意力。但是她错了，嘉正好拿牛肉当下酒菜，很快，一瓶杜松子酒就要见底了。

这时，嘉已经无法控制自己了。他情绪非常高涨，对着蜜莉喋喋不休，然后又拎着酒瓶跑到楼上的阳台，嚷嚷着要去赏月。蜜莉担心他有闪失，不放心地跟着他上了阳台。嘉站在阳台上，兴奋地对着天上的明月比比划划，等比划够了，他又一仰脖把瓶子里的酒喝光，随着一声兴奋的大叫，他把空瓶子从阳台上扔了下去。蜜莉心想，如果瓶子掉在石头路面上，一定会摔个粉碎！但却只发出嘭的一声，原来楼下的灌木丛和马鞭草接住了那个瓶子。

嘉喝完了酒，赏完了月，忽然想起了蜜莉，他回头叫道："我的姑娘在哪儿？我亲爱的姑娘在哪儿？"

蜜莉咯咯地笑着，说道："我在这儿，你来抓我啊？"

嘉摇摇晃晃地走过来，想抓住蜜莉，可蜜莉灵巧地一闪，从嘉的腋窝下钻了过去。两个人就在阳台上玩起了"老鹰捉小鸡"的游戏。嘉转过身来，看准了蜜莉的位置，猛地扑了过去，谁知他用力过猛，竟然撞断了阳台上的铁栏杆，头从下栽向地面，这下灌木丛或马鞭草没像接住酒瓶那样接住他，他的脖子当场被折断，也死掉了。

嘉死后几个月，阿德博特走进了蜜莉的生活。阿德博特喜欢别人叫他博特，他与蜜莉的婚姻持续得比较长——整整两年。如果不是博特也意外死掉的话，他们的婚姻或许会持续更长的时间。

蜜莉非常爱博特，就像讨好丈夫的所有太太一样，尽力来满足博特，尽管她非常不理解为什么博特不让她戴眼镜。她知道，报纸上说过，美国有一半的人都在戴眼镜。不过博特也有自己的理由，他说蜜莉是完美的，不许她用眼镜来丑化自己可爱的脸，所以照这么说，博特之死也是他自找的。

原来，博特在与蜜莉结婚两年之后，犯了一次严重的心脏病。至于他怎么得的心脏病，就没人知道了，恐怕连博特的母亲也说不清楚，总之，他被送进了医院。

在博特住院期间，蜜莉一直细心地照顾着他；出院后，蜜莉更是对博特的饮食起居照料得无微不至。而博特却表现得像个被宠坏了的孩子，他要蜜莉一天二十四小时守在他身边，一刻也不能离开。

那天晚上，忙碌了一天的蜜莉疲惫地趴在床边，迷迷糊糊地睡着了。就在她睡得正香时，博特把她摇醒，原来，到了博特该吃药的时间了。她没戴眼镜，就摸摸索索地在抽屉里寻找，她觉得最外面的药盒应该是，就从里面取出药来，倒了杯水帮博特服下。可没想到，蜜莉拿错了药，结果药物再次诱发了博特的心脏病，他再也没醒过来。

博特去世之后，蜜莉有好长一段时间没有再谈恋爱，她只是想静下心来，好好回顾和思考一下，为什么这些事情接二连三地在她和她的丈夫们身上发生。

蜜莉不得不承认，由于丈夫太多，她把他们都搞混了。她记得她以嘉的名义捐了一大笔钱给麻省理工学院，可过了好长时间，她才回想起来，博特才是麻省理工学院的毕业生；她向动物保护协会捐了一笔钱来纪念乔的生日，可后来她才想起，乔其实并不喜欢动物，而喜欢动物的是阿克，再说，那天也并不是乔的生日，而是阿克的；有时候，她会默默地怀念和西蒙做爱的美妙滋味，可后来仔细一想，其实不是和西蒙，而是和潘；有时候，她会回忆和嘉去巴黎旅游的美好日子，而事实上，她只和阿克一起去过巴黎；有时候，她还会想起和乔去威尼斯度过的悠闲假期，其实和她在圣马可广场喂鸽子的是阿克，并不是乔。

虽然蜜莉总是把丈夫们搞混，但这没关系，关键是蜜莉尊重他们每一个人，怀念他们每一个人。当蜜莉还是个小女孩，刚开始对爱情有所憧憬的时候，她就梦想着能和她的真命天子白头偕老，只可惜造化捉弄人。

再过几年蜜莉就到 30 岁了，而她已经有……呃，得想想看，到底有过几个丈夫。

蜜莉掰着手指头数着自己的这些丈夫——博特、乔、阿克、嘉、西蒙、潘，一共 6 个丈夫。咦？奇怪，怎么少了一个？噢，对了，还有艾尔，怎么把艾尔忘记了？他可是蜜莉最喜欢的丈夫之一。算上艾尔，一共是 7 个丈夫。蜜莉曾经是世界上最幸福的女人，她曾先后得到了 7 份完美的爱情；但同时她也是最不幸的，到头来她仍是孤身一人。

现在，蜜莉对爱情已经不抱任何希望了。她觉得，不会有男人再敢怀着浪漫的想法接近她了，因为她的婚姻史本身就是一部充满悲剧的历史，任何想追求她的男人在知道她的这段历史之后，都会退避三舍的。

蜜莉的心情特别郁闷，她非常希望能把自己的疑虑和苦恼向别人诉说。她常常想 :“要是有人愿意倾听该有多好！”但她结婚的次数越多，死的丈夫越多，她的家人和朋友愈发回避这个话题。他们似乎认为，与蜜莉探讨这个话题是很不礼貌的行为，担心会刺痛蜜莉的心灵。可是他们恰恰忽略了，其实蜜莉最迫切、最严重的问题，就是她急需和别人谈谈发生在她身上的悲剧。

这天，当蜜莉又在自悲自怜时，突然传来了敲门声，她打开门，只见门外站着一个身材高大、英俊潇洒的男人，看起来四十出头。

蜜莉心想 :“以前的每个丈夫大多与我同龄，而眼前的这个男人比我大了至少 10 岁，看来他肯定不是想和我结婚的。”

“雷蒙德夫人！”

“很抱歉，你找错地方了。”蜜莉说。

“难道你不是雷蒙德夫人吗？”那个男人问了一遍，他以为蜜莉没听懂他的话。

见蜜莉没反应，那个男人又说了第三次 :“雷蒙德夫人！”

直到这时，蜜莉才猛然清醒过来 :“天哪，连自己都差点儿忘了，有一个丈夫——博特，他全名就是‘雷蒙德·阿德博特’呀！”既然曾经有一位丈夫名叫雷蒙德，那么称自己为“雷蒙德夫人”自然也没错了，想到这里，蜜莉对那个男人点了点头。

“我叫威廉姆斯，请问，我可以进来吗？”那个男人自我介绍说。

蜜莉再次点了点头，请他进屋。

其实，威廉姆斯是纽约女王区警察局重案组的一名警官，他对蜜莉隐瞒了自己的身份和此行的目的。他这次来找蜜莉，是一次秘密行动，连警察局的上司和同事都不知道。

原来，由于蜜莉的丈夫连连死亡，威廉姆斯早就对蜜莉心生怀疑了。还是在蜜莉的第三位丈夫意外死亡之后，威廉姆斯就去找过警察局长，希望能传唤蜜莉进行调查，但局长一口拒绝了威廉姆斯的请求，因为局长和蜜莉的爷爷和父亲有很深的交情。他坚信，蜜莉绝对不可能是谋杀丈夫的凶手。

后来，蜜莉的第五个丈夫也意外死亡，威廉姆斯实在坐不住了，他再次去见局长，请求对蜜莉展开调查。这次，局长气得火冒三丈，狠狠地将他训斥了一顿 :“威廉姆斯，你难道是鬼迷心窍了吗？你的怀疑都是无端的、愚蠢的，你应该去惩罚那些真正的罪犯，去女王区大街上转转吧！大批犯罪分子等着你去抓捕，你怎么还有工夫去怀疑一个无辜的女人？”

局长的训斥让威廉姆斯非常难过，可他并不放弃，因为他认定，蜜莉是个狡猾的女杀手，她正不断残害女王区的年轻男性，而自己的使命就是要让这个可怕的杀手认罪伏法。

直到后来，蜜莉的第七个丈夫也因意外而死于非命，威廉姆斯终于决定隐瞒自己的身份，找到蜜莉，中止她的犯罪计划。

于是，威廉姆斯就像前面所述，来到了蜜莉家的门前。

此前，他并不知道蜜莉是个什么样的女人，但他想："既然连续7个丈夫都死在她手上，也许她是个满脸凶相的女人。"可是当蜜莉出现在他面前时，他也暗暗吃了一惊，看着蜜莉那一双水汪汪的大眼睛，那两只纤细、娇小的手，还有那有如婴儿般柔嫩的皮肤，他几乎要否定自己先前的看法，不过他还是告诫自己："千万不要被女人的美丽外表所迷惑，越是美丽越危险！那7个好男人不就是被她送上黄泉路的吗？"

威廉姆斯不得不承认："蜜莉的确是个漂亮的女人，难怪那么多男人会不顾她的婚姻史，前仆后继地爱上她。"

"但再狡猾的狐狸，也会露出尾巴。"威廉姆斯始终相信这一点。于是，他与蜜莉聊起她的婚姻、她那7位不幸的丈夫以及她对爱情的憧憬。

威廉姆斯坚信："蜜莉被那些可怕的罪行压抑了太长时间，只要她不停地倾诉，要不了多久，就会慢慢露出马脚。"

而蜜莉呢？她则彻底被这个意想不到的来访者迷住了。她一直期待有人能倾听她心中的苦闷，而威廉姆斯先生对她的倾诉表现出极大的耐心和兴趣。更令蜜莉吃惊的是，威廉姆斯居然知道她那些丈夫们的所有情况，甚至当她有时叙述的事实出现错误时，威廉姆斯还予以纠正。而且，他似乎对她说的每一个字都很感兴趣，还不时掏出笔记本记录着。

威廉姆斯似乎对蜜莉家的房子也很感兴趣。蜜莉心想："这倒没什么奇怪的，毕竟这是一幢有着300年历史的老宅子，每当春季或圣诞节期间对外开放时，十里八乡的人们总会蜂拥而至前来参观。"

此外，威廉姆斯对蜜莉丈夫们的死亡地点和经过也显得非常好奇，不过他表现得非常小心谨慎，比如，当他站在大厅的楼梯下时，眼睛会始终紧张地看着头顶，好像生怕上面再掉下个石像，把自己活活砸死，像潘一样。蜜莉心想："威廉姆斯的担心完全多余，因为在潘的葬礼后，那些石像就被捐献给了博物馆。"

当蜜莉带着威廉姆斯参观嘉曾经跌落的阳台时，威廉姆斯也小心翼翼，显然他担心自己也一不小心掉下去。

最后，蜜莉留威廉姆斯在家里吃午饭，两个人一边吃一边聊。

午饭过后没多久，天色渐渐变了，屋子里越来越黑，蜜莉不得不打开电灯。看样子，一场暴风雨就要到来了。不一会儿，屋外刮起了狂风，吹得窗户啪啪作响。蜜莉赶快跑上楼去关窗户，威廉姆斯也非常有绅士风度地跟上去帮忙，但他总是刻意与蜜莉保持着一定距离，因为他担心蜜莉会趁他转身之际，把他推出窗外。

突然，一道闪电划过天空，屋里顿时陷入了黑暗。蜜莉想："一定是闪电烧坏了电线，不过没关系，在烛光下两个人反倒更有浪漫的味道。"于是，她递给威廉姆斯一个烛台，然后又点起一根蜡烛，两人继续在二楼的走廊里关着门窗。当他们来到后面的楼梯上时，突然闻到一股刺鼻的煤气味。

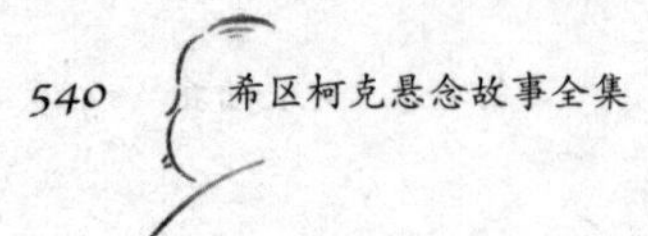

“糟糕，一定是风把热水器的火给吹灭了！”蜜莉焦急地说，“煤气阀门在地下室。”

“我去关煤气阀门。”威廉姆斯吹灭了自己的蜡烛，“吹灭你的蜡烛！站在一边，看着通往地下室的门，别让它关上！”说完，他就沿着漆黑、狭窄的楼梯，摸索着向地下室走去。

“吹灭你的蜡烛！站在一边！看着通往地下室的门，别让它关上！”蜜莉回想着威廉姆斯留下的这句话，多么专横、不可一世的男人！刹那间，蜜莉想象着火焰吞没了他，而她救了他，俯身给他做着人工呼吸。多么浪漫的一幕！就像一篇哥特式小说——风雨交加的夜晚，一座位于荒郊野岭的古老宅邸，一个神秘的陌生男人和一个美貌迷人的女人。而她就是那个女人。天哪，多么刺激！

砰，一声巨响将蜜莉从幻想中惊醒，“上帝啊，一定是煤气爆炸了，威廉姆斯他……他也遭遇了不幸……”

当蜜莉回过神时，她才意识到，原来并没有发生煤气爆炸，只不过是一阵狂风吹来，通往地下室的门被猛地关上了。蜜莉想到，威廉姆斯临走前曾说过，要让那扇门保持开着，于是她急忙冲到门前，拼命把它推开。

就在蜜莉猛地把门推开时，威廉姆斯刚好冲上来要做同样的事，结果那扇门狠狠地撞在威廉姆斯的脸上，他仰面跌倒，顺着台阶滚了下去。最后，他的脑袋重重地撞在砖头地板上，一命呜呼了。

蜜莉悲痛欲绝。

多么好的一个人，偏偏这么倒霉！但从某种角度来说，这种事她已经司空见惯了，所以知道自己应该怎么做：发生意外死亡事件，必须第一时间打电话报警，而且不能动任何东西。

当她跑向电话时，不禁有些疑惑：威廉姆斯先生与自己素不相识，可他怎么知道自己姓过的所有姓氏，而且顺序丝毫不差呢？

双重杀手

罗伊在睡梦中仿佛听见有人在叫他的名字。

“罗伊”——那是一个温和的声音。

罗伊以为自己在梦中，可那声音再度响起，“罗伊，醒一醒。”

罗伊睁开朦胧的双眼，他慢慢坐了起来，房间里一片漆黑。他揉了揉眼睛，想适应一下房间中的黑暗，突然，旅馆房间的灯亮了，那刺眼的灯光让罗伊不得不眯起了双眼。在那一瞬间，他几乎看不清任何东西。大约过了十几秒钟，当他的视觉渐渐恢复时，他看见房间里站着一个中等个头的黑衣人，正目不转睛地注视着自己。

罗伊吓了一跳，他迅速地眨巴了几下眼睛，这才看清，那人手中还拿着一把大口径的手枪，枪口因为加了消音器略显得有些长，黑洞洞的枪口正对着自己的胸口。

“我最不想看到的结果还是发生了！”罗伊哀叹道，“你追我追了大半个世界，想不到一切会在这里结束，在西班牙巴塞罗那的一个破旧、肮脏的小旅馆里结束。”

“哼！自从你上了我的死亡名单，这一天的到来只是迟早的问题。”那个人冷冷地回答道，“我追了你9个多月，从加拿大到墨西哥，从中美洲又到南非，再从摩洛哥到西班牙，这段日子我也过得非常辛苦，中间还有好几次差点儿把你跟丢了。现在，我终于要在这里画上一个句号了。”

当那个人正以一副胜利者的姿态说话时，罗伊却悄悄地把手伸向身边的枕头下面——那里有一把上了膛的左轮手枪。那把枪是罗伊最后的一根救命稻草了，只要拿到它，形势就会瞬间发生逆转，也许倒下的就是对方了。

罗伊的手滑进枕头下面，可是，他居然摸了个空！

“你在找什么？是这个吗？”那人的另一只手拿出一把手枪在罗伊面前晃了晃，得意地说，“别白费力气了，告诉你吧，刚才在你呼呼大睡的时候，我就把它拿走了。”

罗伊的手顿时僵在那里，他不由得倒抽了一口冷气，想不到自己最后的一丝希望也破灭了。罗伊沉默了片刻，说：“我自认为是一个非常警觉的人，可你却偷偷溜进我的房间，又神不知鬼不觉地从我的枕头下把枪拿走，你真是一位顶级杀手！既然命运如此，我也不多说什么了，我只想在临死前知道你究竟是谁？又是谁雇你来杀我的？”

“反正你也是要死的人了，我就不妨告诉你吧。”那人点了点头说，“我是格登·威廉。承蒙你夸奖，在杀手这个行当里，我的确可以算得上是佼佼者。雇我杀你的人是考里昂，他一定和你有深仇大恨，否则他就不会花大价钱雇我来杀你了。”

“果然是他！”罗伊无奈地笑了，“其实我和考里昂先生并没有太大过节，只是因为我不想和他同流合污，所以我退出了帮会，可他却担心我会出卖他……”

“罗伊，你不必解释了，那是你和考里昂之间的事，”格登彬彬有礼地说，“我只是收人钱财，替人消灾而已。你的时间不多了，最后还有什么话想说吗？”

罗伊的额头上冒出大滴大滴的汗珠，他仿佛看见死神正在向他招手。这时，一种求生的本能突然让他哀求道：“我，我们能不能再商量一下，如果你放过我，我可以给你钱，我有的是钱！”

格登摇了摇头，面无表情地说：“对不起，事已至此，已经没有任何商量的余地。作为一名杀手，我既然收了雇主的钱，就一定要完成任务，否则，我的声誉将大受影响。”

听格登这样说，罗伊已经心如死灰。他反倒变得镇定起来，说："好吧，既然你一定要杀我，那我想请你帮我做件事。"

"什么事？"格登问。

"我有一封信，就放在你身后写字台中间的抽屉里，我希望你能阅读这封信，然后再把它送给考里昂，可以吗？"

"我答应你！"格登话音未落，便扣动了扳机，只见枪口冒出一股青烟，罗伊的额头上顿时出现了一个窟窿，鲜血汩汩地流出来，他仰面倒在床上。

格登熟练地把枪收好，然后从外衣口袋里取出一个袖珍照相机，他从各种角度对着罗伊的尸体拍了起来。他要拿这些照片回去交差，这是他完成任务的凭证。

当格登做完这一切，正要离开房间时，他忽然想起罗伊在临死前提到的信，于是，他又折返回来，在写字台中间的抽屉里找到一个信封。他拆开后，看见里面是一份用打字机打印的短信。他阅读完短信，沉思了一会儿，然后又重新把它塞回到信封里。最后，他环视了一下房间，关了房间的灯，打开门向外面看了看，便迅速离开了。

自从格登接受任务之后，整整 9 个月都毫无音信，这漫长的等待让考里昂简直快要发疯了。因此，当格登回来见他时，他急不可耐地抓住格登的双手："啊哈！你终于回来了，你给我带来了好消息，对吧？"

格登没有说话，只是从口袋里掏出一叠照片。考里昂兴冲冲地一把夺过去，仔细地看着每张照片。"太好了，你终于帮我除去了一块心病！"考里昂兴奋地说，"此人一天不除，我就一天寝食难安。格登，我对你的表现非常满意，我已经把全部酬金汇入你在瑞士银行的账户了。"

"谢谢，"格登淡淡地说，"这是我应该做的。"

"对了，我还有一个问题，"考里昂拉着格登的手，"在你杀死罗伊之前，他是什么样的表情？是不是痛哭流涕地哀求你饶他一命？我敢打赌，那个贪生怕死的家伙肯定会求饶的！"

"不！恰恰相反，"格登面无表情地回答说，"他面对死亡非常从容。我曾杀过很多人，他是最视死如归的一个。"

"哦，"听格登这样说，考里昂显得非常失望，他冲着格登摆摆手说，"好啦，你的使命结束了，请回去吧！"

"等等，在我走之前，我想给你看样东西。"说着，格登递给考里昂一个信封，"这封信是罗伊写的，他在临死前托我交给你。"

"他，给我的信？"考里昂被弄得一头雾水，但他还是接过了信封。

考里昂从里面抽出了那张用打字机打的短信，念道："我知道你会不惜任何代价雇人来杀我。为了公平起见，假如那个人把这封信交给你的话，那意味着他接受了我放在信封里的两万元钱，作为回报，他将替我取你的性命！再见了，我在另一个世界等你！我的考里昂先生。"

看到这里，考里昂发出了绝望的尖叫声。信纸也从手中滑落，他双腿一软，就在他的身体还没有着地之时，额头上也出现了一个窟窿，和罗伊的一模一样。

死亡面孔

米莉娜把窗帘撩开一个小缝儿，从窗户里偷偷地向外面窥探着来人。

这时，门外走过来两个人，一个是金，另一个是位西装革履的客人。那位客人的头发梳理得非常光滑，皮肤呈现出健康的褐色，穿着一件剪裁考究的西装，显然，那西装的面料价值不菲。米莉娜心里清楚，这位客人一定生活富足。

可是，这样一个养尊处优的人怎么会来到又脏又乱的贫民窟呢？米莉娜有点儿不敢相信自己的眼睛。

然而，那位客人在金的带领下，正朝米莉娜的房子走来。

金身穿吉普赛人的民族服装，耳朵上戴着造型夸张的金耳环。他一边谦恭地带领那位客人走近房子，一边还比比划划地说着什么。

米莉娜的房子其实只是她和金的临时居住地，这个街区很快就要被拆迁了，政府未来将在这里建造一座豪华的写字楼。房子的原主人已经搬走了，而米莉娜和金是在这栋房子被拆迁之前搬进来的，他们打算在这里临时住一段时间。他们在房子门口挂了一块手写的招牌，上面写着："米莉娜夫人——手相专家"。平时，金外出去招揽一些想看手相算命的客人，米莉娜则坐在家里等待客人上门。

当金和那位客人快走到门口时，米莉娜才放下窗帘，急忙跑回房子里屋的一张桌子后面。那张桌子用一块红色的绸布罩着，绸布上绣着金色太阳、月亮和星星的图案，显得非常神秘。

米莉娜坐在桌子后面的高背椅上，用手理了理她那浓密的披肩长发。米莉娜是一个天生丽质的女人，如果再化一点儿淡妆，将更加美丽动人。但米莉娜对自己的容貌并不在乎，因为除了金，没有人愿意要她。

米莉娜做好了准备，开始等候客人进来。

门开了，金做了一个"请"的手势，说："先生，我们到了。坐在里面的那位女士，就是无所不知的吉普赛女先知米莉娜夫人，她只要看看你的掌纹，就知道你的过去和未来。"

米莉娜微微点了点头，然后抬头仔细打量着这位客人，只见他年纪大约50多岁，身体微微发福，面色红润，显然是过惯了优裕生活的人。

“请坐。”米莉娜说。

“谢谢！”那位客人说，“我第一次来到这种地方，说实在的，心里还真有点儿紧张。”

“别紧张，就当做是一次有趣的小游戏吧。”

“好的，”那位客人笑着说，“我以前曾经看过手相，今天也没打算看手相，我本来有个约会，但时间还没到，就遇见了这位……这位……”

“哦，他是我丈夫。”

“你丈夫真是能说会道，夫人。”

“请把你的手伸出来让我看看好吗？”米莉娜说。

“哪只手呢？”

“左手看你的过去，右手看你的未来。”

“噢，我清楚自己的过去，我想知道自己的未来。”那位客人说完，就掌心向上地平伸出右手。米莉娜托着那人的手，眯起眼睛，假装很仔细地端详着。

“啊，你的事业线走势很好，近期你将有一笔大生意，而且会很顺利地成交。”米莉娜笑着说。

其实，米莉娜并不是通过手相看出来的，而是猜测的。因为那位客人刚才提到今天他有一个约会，而这样衣冠楚楚的先生怎么会来到这个破败街区与友人约会呢？他最大的可能是和对面街区的那个进出口公司谈生意。从这位客人的穿着打扮、言谈举止来推断，他的生意金额一定不是小数目。至于为什么说那位客人会成功呢？因为人人都喜欢听好话，不是吗？看来米莉娜真是深谙客人的心理啊！

金走出米莉娜的房间，在他出门之前，回过头来冲米莉娜使了个颜色，意思是说，这是个财大气粗的主儿，最好能从他身上狠狠地敲一笔。如果客人高兴，兴许能得到20元甚至更多的报酬呢！

米莉娜把客人的手放下，开始仔细地端详他的脸。突然，米莉娜的脸色大变，紧闭双眼，呆坐在椅子上一动不动。原来，那人的脸上出现了令人无比恐怖的情景：他那原本健康的褐色皮肤逐渐变得苍白，紧接着，大块大块的黑褐色斑点出现在他的脸上，斑点越来越大，最后覆盖了整个面部，他面部的皮肤开始变黑、龟裂，最后变成碎片飘落在地上，只剩下一个惨白的骷髅，面对着米莉娜……

“你怎么啦？”那位客人问着，一边想把自己的手抽回来。

这时米莉娜睁开双眼，她眼前的幻像完全消失了，低头一看，自己正死死地抓住那人的手，指甲都深深地掐进他的皮肉里。米莉娜吓了一跳，急忙将手松开。

“真抱歉，”米莉娜面色苍白，喘息着说，“我不能告诉你什么了，请你赶快离开这里吧。”

“夫人，你怎么了？需要我帮助吗？”那位客人一脸迷惑。

“噢，没什么，请你回去吧。”

这时，门帘晃动了一下，金正在门外偷听。

那位客人有些不知所措，但他很快又说："夫人，谢谢你帮我看相，我还是要向你支付酬金的。"说完，他从钱包里抽出一张5元钞票放在桌子上，然后转身走出了房间。

当客人走远之后，金怒冲冲地闯了进来，大声对米莉娜吼道："你是怎么搞的？我不是叫你从他身上多弄点儿钱吗？结果你三言两语就把他打发走了！"米莉娜没有说话，只是低头呆呆地看着自己的双腿。

金冲着米莉娜发泄了一通怒火之后，突然说："你是不是在他脸上看见了'那个'？难道你看见了'死亡面孔'？"

米莉娜还是没有说话，只是默默地点了点头。

"你这个人呀，他那么有钱，你总不能和钱过不去吧？"金说道。

"可惜，多么成功富有的男人啊，即使有再多的钱也没用了！"米莉娜带着怜悯的表情说，"凡是出现'死亡面孔'的人，在日落之前必死无疑！"

突然，金仿佛想到了什么，他的眼中流露出狡黠的目光。他转身掀开门帘，冲着那位客人离去的方向跑去。

"你去哪儿？"米莉娜问，"别去管他，他的命运已经注定了。"

"放心吧，我不会伤害他，也没有必要。"金一边跑，一边说。

"那你还追他做什么？"

"再有不到半小时就要日落了，我跟着他，当他倒地而死的时候，他的钱包就是我的了。"

"难道你连死人的钱都要抢吗？"

"你给我闭嘴！我不会动他一指头，我只是跟着他，看看他怎么死的，行了吧？"金匆匆地跑远了。

米莉娜没有阻拦，她知道，自己拦也拦不住。她独自一人坐在屋子里，不禁又想起了许多往事。

自打离开从小生长的村子，冒充先知给人看相算命，这么多年来，已经很久没看到过'死亡面孔'了。记得自己第一次看到'死亡面孔'时，还是个天真活泼的小女孩。

米莉娜生在一个吉普赛家庭，家中有父亲、母亲，还有三个兄妹，他们像千万吉普赛家庭一样，到处流浪，在世界的各个角落艰难谋生。

米莉娜的父亲是个性格开朗的人，他身材高大魁梧，非常健康。有一天，父亲相约和几位朋友去森林打猎，在临出门之前，当他抱起小米莉娜说再见时，米莉娜惊恐万状地发现，父亲的面孔居然出现了一个可怕的幻象——他脸部的肌肉开始萎缩、脱落，最后变成了一个恐怖的骷髅。小米莉娜被吓得大哭起来。父亲非常困惑，他不明白乖巧的小女儿为什么会突然大哭。

在父亲离去之后很久，小米莉娜才止住了哭声，她把刚才所目睹的幻象告诉了母亲。母亲大惊失色，严厉地告诫她，永远不可将此事告诉任何人。太阳落山的时候，米莉娜的父亲冰冷尸体被朋友们抬了回来，据说是因为猎枪走火……

慈爱的父亲永远地离开了小米莉娜，从那天起，她的生活就变得一片灰暗。

在随后的岁月里，米莉娜没有对任何人再谈起那个恐怖的幻象，可是母亲却好像一直对她有所戒备并渐渐地疏远了她，似乎担心米莉娜知道，丈夫的死是她设计的一个陷阱。

在米莉娜 12 岁那年，那种恐怖的幻象再度出现了。

米莉娜有一个好朋友，名字叫玛丽。玛丽是一个驼背的女孩，她们两人喜欢在河边玩耍，经常把美丽的花瓣撒在河水上，看着它们随波漂流。然而有一天，米莉娜突然看见玛丽的脸部也出现了恐怖的幻象，她被吓得尖叫着跑到附近的树林里，直到天黑才慢慢走出来。当她回到居住地时，发现人们正围在一起，仿佛在看着什么东西。米莉娜从人群中挤了进去，她惊愕地发现，原来地上是玛丽的尸体——据说，玛丽因不慎落水溺亡了。

米莉娜偷偷地找到玛丽的祖母——一位阅历丰富的老奶奶，向她倾吐了心中的秘密。“老奶奶，这意味着什么？”米莉娜问道。

老奶奶的眼睛望着远方，沉默了许久才说：“孩子，那是‘死亡面孔’。当这种景象在某个人脸上出现时，他便活不过日落。然而，这种景象并不是人人都能看得见，在我们人类中拥有这种能力的人屈指可数。孩子，这并不是你的错，但是，你千万不要让族人知道你有这种能力，否则大家会回避你的。”

“那我该怎么办呢？老奶奶，我不想被大家疏远！”米莉娜惊恐地说。

“很遗憾，孩子，没有办法，只要你活着，你就会看见即将死亡的人的‘死亡面孔’。”

然而，后来族人们还是渐渐知晓了米莉娜的秘密，人们开始回避她、孤立她，因为人们对死亡心怀恐惧，以为米莉娜是死神的使者。不过，族人中也有一个人接纳了米莉娜，他就是金。随后，金向米莉娜求婚，并带她来到美国谋生。

米莉娜和金在这个新兴的国度过着流浪的生活，他们从一个城市到另一个城市，米莉娜给人看相算命，金则打短工，以此谋生。有时候，米莉娜走在大街上，会看见某位行人的脸上呈现出“死亡面孔”，这时她就会立刻转身，远远地回避开。然而，这么多年来，她还不曾像今天这样如此近距离地看到“死亡面孔”呢。

第二天清晨，当黎明的第一缕阳光照在米莉娜脸上时，她发现自己单独一人躺在床上，金彻夜未归。正当米莉娜为金担忧之际，只听后门“吱呀”一声开了，米莉娜急忙用毛毯裹住身子，紧张地问：“金，是你吗？”

“是我，小点儿声！”

“发生什么事了？”

“快别问了，我们得赶紧离开这里！”

“你闯祸了？”米莉娜问。

“别提了！我跟着那人，等他从进出口公司出来时，我上前和他说话，谁知他把我误认为是强盗，就要上来打我，我顺手一推，他倒在地上竟然死了，也许是心脏病犯了……”

“天哪！”

“唉，更倒霉的是，附近的行人看清了我的模样，估计用不了多久，警察就会找上门来，所以我们要赶紧离开这儿！”

说完，金趴在地上，双手在脏兮兮的地板上摸索着，最后，他摸到了那块松动的地板，将它撬了起来。金从地板下面取出了那叠用油纸包裹着的钞票——那是他和米莉娜的全部家当。然后金站起来走到窗前，透过窗帘的缝隙向外看，想看看警察是否已经找到这里来了。

阳光隔着窗帘透过来，照在金的脸上，米莉娜默默地注视着他的脸。

不一会儿，街口传来了警车的鸣笛声。米莉娜焦急地对金说：“不好，警察来了，快去对面的旧房子躲一躲！”金犹豫了一下，便转身跑了出去。米莉娜望着金的背影，眼泪止不住地流了下来。她知道，再也见不到金了，因为她刚才在金的脸上也看到了恐怖的“死亡面孔”……

几分钟后，前门想起了急促的敲门声。米莉娜走过去打开门，两位警察走了进来，其中一位大约30多岁，目光沉稳犀利，而另一位二十出头，年轻英俊。

“我是麦金农，”那位30多岁的警察自我介绍说，“他是杰克，请问这儿有没有一个叫金的人？”

“他是我丈夫，你们找他有事儿？”

“他在家吗？”

“他出去了，还没回来。”

“我们进屋看一看，可以吗？”

“请便，”米莉娜退后一步，给他们让开了路。麦金农和杰克分头搜查房间，杰克看到了米莉娜算命用的桌子，好奇地问：“夫人，你会看相？”

“我靠给人看手相谋生，我想，这应该不在警察的管辖范围之内吧？”

杰克眨了眨眼，尴尬地笑了，“不，夫人，我只是对看手相很感兴趣而已。上个星期，我太太上街买了一副塔罗牌回来，可我俩谁都不会用这种牌，只能瞎玩儿。”

“塔罗牌很复杂的。”米莉娜说。

“是的，只有吉普赛人才真正对它精通。”杰克说。

这时，麦金农从屋后面回来，说：“里里外外都找遍了，没有人。”

“这儿也没有。”杰克说。

麦金农问米莉娜：“你最后一次见到你丈夫，是什么时候？”

“没用了，你们再也看不到他了。”米莉娜悲切地说。

“我们只想向他核实一些问题。”

“恐怕你们已经没机会了，永远没机会了。”米莉娜用沉重的声音又重复了一次。

见米莉娜不配合，麦金农面露不悦之色，他说：“夫人，我劝你最好与我们合作……”麦金农的话还没说完，突然，从门外传来轰的一声巨响，在响声中还夹杂着人的惨叫声。两位警察和米莉娜急忙跑出门去，只见街道对面的旧房子由于年久失修，突然坍塌了，而那栋房子恰恰就是金躲藏的地方！

米莉娜悲痛地坐在桌边，看着救护车把金的尸体拉走。

麦金农又问了她几个问题，并在本子上做着记录，杰克则不安地在房间内踱来踱去。当两位警察走出门时，米莉娜仍呆坐在那里，一动不动。

不到一分钟，杰克又返回来了。

“夫人，我只想告诉你，你丈夫的事令我很难过。我也刚刚结婚，我能够理解你痛失爱人的心情，请节哀！”

这时，米莉娜突然变得激动起来，她冲杰克摆着手，大喊道：“走，请离开这里！”

杰克站在门口，这时，麦金农也跑了回来，对他说：“杰克，刚刚得到命令，附近出现了劫匪，要我们迅速赶过去！”

杰克还想说点儿什么，但被他的同伴连扯带拽地拉出了房间，两人一同跑向路边的警车。

不知过了多久，米莉娜才慢慢地抬起头来，两眼充满了泪水，喃喃地说：“杰克，你干嘛要回来呢？你新婚燕尔，年轻有为，为什么死亡要降临在你的头上呢？”

原来，她刚才又在杰克的脸上看到了“死亡面孔”。

他是谁

几个月以前，当我在医院治疗心脏病时，曾经历了一件非常古怪而恐怖的事。那件事至今都令我困惑不已，我想趁着现在自己还有一点儿记忆，赶快把它记录下来。

当时，我因为心脏病发作而被送入这家医院，住了几个星期后，我的病情大有好转，于是，院方就把我从特护病房转到一间普通的单人病房里。

我所住的病房是一间又长又窄的屋子，屋内灯光十分昏暗。在我的病房两侧，大约还有十余间单人病房，也都住满了病人。

我刚住进这间病房时，非常不适应，其他房间不时传来收音机和电视机演播的声音，使我不得不整日紧闭房门，因为我喜欢安静地看书。

有一天，我正在房里读书，门轻轻地开了。虽然我没有听见开门声，也没有抬头去看，但我凭借直觉断定，有一个人正站在门口注视着我。

我以为这个人是来探望我的，但当我抬起头一看，我感到非常失望。原来是医院的理发师，只见他穿着一件薄薄的、破烂不堪的羊驼呢夹克，手里还提着一个脏兮兮的黑色口袋。虽然我并不认识他，但他给我的第一印象太糟糕了。

他没有说话，只抬起浓厚的眉毛，意思是问我是否需要理发。

我厌恶地摇了摇头，对他说："现在不理，过几天再说吧。"

顿时，他的脸上流露出失望的神情。他在门边犹豫了片刻，最后还是悄然关上门，转身离去。

我继续看书，可是不知为什么，我再也无法将精力集中在书上了，刚才那个家伙的突然造访让我吓了一跳。我越想越气，院方怎能让这样一个冒失的家伙随便闯入病房呢？何况我还是一个心脏病患者。我打算在出院时向医院投诉这件事。

我想休息一会儿，于是服下了镇静剂，但没睡着。不过那天晚上我倒是睡得很香，当然，我服用了双倍剂量的安眠药。第二天上午，我洗过澡，换完床单，又量过体温之后，就坐在床上继续看书。

这时，我发现面对那本曾经非常吸引我的书，却再也无法静心读下去了。我忍不住环顾四周，可是周围什么都没有。我心里乱糟糟的，也终于明白烦恼是一种什么滋味了。

经历过昨天那件事之后，我曾要求护士帮我把房门从外面反锁上，以避免再有人打扰。可是不知道什么原因，我现在却有一股强烈的愿望，希望房门大大地敞开着，否则我会感到非常憋闷。于是，我又按铃叫护士过来。

不一会儿，一位留着浅黄色头发的瑞典籍女护士进来了，这是一个活泼的女孩。她开玩笑地对我说："怎么？厌倦做隐士了吧？我早就知道你坚持不了多久的！"我冲她微笑着点了点头。她帮我将门敞开，然后就离去了。

我继续躺在床上看书。

不过，这时我的目光虽然停留在书页上，可是脑海里却不断地翻腾着门的事，"是什么搞得我如此心神不宁？"最后我终于明白了，昨天见到的那个理发师是让我内心紧张的根源！正是由于他的突然出现，才让我受到惊吓，但愿以后别让我再见到他。

转眼就到了中午，我开始有点儿犯困，于是就把书丢到一边，靠在被子上打个盹儿。就在我迷迷糊糊快要睡着的时候，突然，从旁边的病房里发出一阵令人恐怖的尖叫声，我吓得腾地一下就坐了起来。

我惊魂未定，仿佛都能听到自己心脏砰砰的跳动声。我侧耳听了片刻，没什么动静了。于是我在心里安慰自己，别紧张，可能是哪位病人粗心大意，不小心将电视开到了最大音量。就在我刚要松口气儿的时侯，病房的走廊里又传来一阵骚动，叫喊声、脚步声不绝于耳，医护人员也都朝着发出声响的那间病房匆匆跑过去。

又过了一会儿，嘈杂的声音才逐渐安静下来，医生和护士们也纷纷回到各自的岗位上。几分钟之后，我看到几位工作人员推着一辆车子从我的门前走过，那上面躺着一个人，从头到脚都被白布盖着，显然是一具尸体。

我按铃叫护士，几乎是铃声刚停，那位浅黄色头发的护士就进门了，没想到她的反应如此之快。我看到她的脸色有点苍白。

“刚才出了什么事？”

“是，是附近病房的艾克先生……”她犹豫一下说。

“是心脏病突然发作？”我紧张地问。

“是的。不过事前没有一点征兆。”她点了点头说。

我留心观察她的脸，试探地问：“心脏病突发的人，通常会疼痛得说不出话来，而艾克先生那样大叫，是不是有点儿反常？”

她沉默了，过了一会儿，才小心翼翼地说：“对一般病人来说，应该不会这样大叫，而是无力地倒下。不过也说不准，也许当时艾克先生的病情加剧，痛苦不堪，他用尽最后的力气大叫起来……这一现象确实有些……不正常。”

她似乎也觉得难以自圆其说，便朝我抱歉地笑了笑，说：“您不要担心，您的身体已经大有好转，过不了多久就可以出院了。”

她越是这样安慰我，我越是忧心忡忡，不仅白天想这件事，甚至连晚上也琢磨，我担心自己也会突发心脏病，很快痛苦地死掉。后来，医生给我吃了一种特殊的药片，我才恢复平静。

在接下来的两天里，平安无事。

这天下午，我又像往常一样坐在床上阅读。这时，门突然开了，我顿时感到头皮发麻，再度感到有一双眼睛正在门口死死地盯着我。

我壮起胆子抬头向门口看去，果然又是他！那个身穿羊驼呢夹克，手拿黑色脏口袋的理发师。他和上次一样，正站在门边冲我扬了扬眉毛，似乎在问我是否要理发。

我的心头顿时升起一股怒火，这个该死的家伙，又来吓我了！虽然我没关门，但总该先轻轻地敲两下吧？简直一点教养都没有！

“你给我出去！我不理发。”我怒气冲冲地对他说，“如果我需要理发，自然会请护士小姐通知你的！”

他没有挪步，仍然面无表情地站在门边，就像带了一副人皮面具，只有一双眼睛在不停地转动，眼神中流露出无比的失望。在我看来，他那眼神中似乎不仅仅是失望，而且还有憎恨，不！不仅仅是憎恨那么简单，是充满了怨毒！他那怨毒的眼神，仿佛要将我的身体撕碎。我顿时感到一阵热血上涌，整个心似乎也悬了起来。

我故作镇定，用一种相对和缓的语气对他说："请你离开好吗？我是一个心脏病人，我需要休息。"

我不知当时是否出现了幻觉，因为我仿佛看见他向我鞠了个躬，然后就转身离开了。

到了傍晚时分，我正在病房里等待护士送晚饭，突然，附近房间又传来一声令人惊异的叫声，只不过这回与上次不同，不是高声尖叫，而是低沉的哀鸣，仿佛被人扼住喉咙发出的一般。

我整个人都呆住了，心也仿佛蹦出了嗓子眼儿。接着，又是一阵嘈杂的呼喊声、脚步声，在这些声音中似乎还夹杂着逃跑声和追逐声。声音逐渐向着医院的防火通道而去，越来越远，最后就什么也听不见了。

由于医院走廊的光线不太好，我看不清楚外面究竟发生了什么，只能从声音的距离判断，这次出事的病房似乎离我的病房更近一些。过了一会儿，我看到工作人员推着一具尸体从我的门前走过，看来又有一位病友离我而去了。

我想弄清楚最近到底发生了什么，于是就按铃召唤护士，但这次进来的不是先前的那位，而是一位身材娇小，长着一头红发的新护士。原来，先前那位瑞典籍护士休假了，今天由这位新护士照顾我。我注意观察她的表情，显然她脸上的笑容是勉强装出来的。

"刚才去世的那位又是谁？"我问。

她先是犹豫了片刻，最后开口道："是梅尔先生，住在375病室。"

我的心头一紧："375室？我的病室是377，没想到我们挨得这么近！"

我还想从新护士那儿多了解一些情况，但是她摇摇头，告诉我说她也不太清楚，因为梅尔先生出事时，她并不在现场，她也是几分钟前才知道梅尔先生发生了不幸。

第二天，我想从其他几位护士那里套取点儿有用的信息，但均一无所获。我猜想，一定是院方给她们下了封口令，因为她们几乎异口同声地说梅尔先生死得十分安详，也都矢口否认梅尔先生在死前曾发出过呻吟或者哀鸣。她们还说，梅尔先生在昏迷之前曾按铃呼叫护士，即使当时发出了哀鸣，那也是昏迷中发出的"无意识的"叫喊。

我又问她们："走廊里传来的逃跑声和追逐声是怎么回事？"她们均推说不知，其中有一位护士甚至还说那是我睡眠不足而产生的幻听，根本没有发生过那样的事。

其实，我也不想让自己陷进这些令人不快的事中，但是我心中的疙瘩一天不解，我就一天无法忘记。

这天下午，我正在房间里阅读好友的来信。这时，门口传来了轻轻的敲门声，我循声望去，只见一位年轻人站在门口，他头发光亮，蓄着八字胡，上身穿着一件洁白的夹克，手里还提着一个褐色的小箱子。

"先生，我是医院的理发师，请问，您要理发吗？"他客气地问。

我犹豫了一下，说："现在我有点儿忙，这样吧，等过一两天我再和你联系。"

“好的，先生，过一两天我再来。”他友善地点点头，

他刚一离开，我就有点儿后悔了，觉得应该让他留下来。首先是我的头发确实很长了，应该理个发；其次我可以从他那里打听一下另一位理发师的消息，也就是吓了我两次的那个家伙，当然，我希望他永远不要再出现了。

在接下来的日子里，我的病情恢复得很快，已经能下床活动了。一天下午，我乘着轮椅到院子里晒太阳，正当我坐在温暖的阳光下发呆时，迎面走来了一位医院的保安，我就招呼他过来和我聊聊天。

我这一生从事过许多工作。年轻时，我也曾经在一家公司当过保安，因此，我和医院的这位保安很有共同语言，我们就坐在阳光下愉快地聊了起来。

渐渐地，我们聊天的话题转到了前不久死去的那两位心脏病人上。我很快注意到，这位新认识的保安朋友似乎开始顾左右而言他，而且还显得很不安，不时地看看周围是否有人在听我们的谈话。

在我的一再追问下，他最后终于靠近我，压低嗓音说：“我可以告诉你真相，但你必须保证守口如瓶！”

“放心吧，我可以用人格担保，绝不向他人吐露一个字！”我向他发誓说。

他点了点头，思索良久，似乎在考虑该如何开头。

“就说说他们是怎么死的吧。”我提醒他。

“好吧。那两位病人的死状非常怪异，”他回忆说，“他们死时都面露恐惧之色，两眼圆睁，肌肉扭曲，仿佛在死前看到无比恐怖的景象。”

“那么，走廊里的脚步声是怎么回事？”我好奇地问。

“这就是另一件令人匪夷所思的事了，”他说，“当医护人员闻声赶去时，都看见一个矮个子的家伙，手里提着一个黑色的口袋，迅速逃离现场。在第二次时，我也亲眼目击了，甚至还追赶了一段路。”

听到这里，我觉得心脏跳动的速度越来越快，我用颤抖的声音说：“你可曾看清他的长相？”

“很可惜，我只看到了他的侧脸，”那个保安说，“那个人又瘦又小，穿着一件薄薄的羊驼呢夹克，手上还拎着一个破旧的黑口袋，我从他脸的侧面看上去，什么表情都没有。噢，对了，他的眉毛又浓又黑！”

“果然是他！”我惊叫道，“我知道他是谁，他是你们医院里的理发师呀！”

“理发师？”那个保安的神情一下子变得困惑起来，“不可能，医院里的理发师是一个年轻人，留着八字胡，穿白色外衣，他是这家医院唯一的理发师，再没有第二个。”

这下该轮到我困惑了。我眨了眨眼睛，又问：“你看见那个人后来逃到哪里去了？”

保安托着下巴说：“哦，他第一次出现时，我没看见，但他第二次出现时，我正

好在一楼巡视，看见他从梅尔先生的房间逃出来，我立刻追了上去，可他顺着防火通道跑了。”

“你没追上他？”

“没有，”保安摇了摇头，“这家伙的身手太敏捷了，就像一只兔子，当我追到停车场时，他三下两下就爬过了停车场的围栏，而我却花费两三分钟才翻过去，等我再找他时，早就没影了。”

我听得目瞪口呆。

保安看我这副表情，苦笑着说：“你知道吗，接下来还有更令人不可思议的事呢！”

“什么事？你快说说！”我追问着。

“你还记得他手里拎着的那个黑口袋吧？”

“记得。”我连忙点头。

“当他翻越围栏时，口袋被围栏刮破了，里面的东西散落了一地，”他说，“事后我走过去一看，你猜里面装的是什么？”

“别吊我的胃口了，你快说！”

“那袋子里装的是泥土，就是普通的那种。”他说。

“泥土有什么奇怪的？”我有些失望。

“你肯定想不到，在那两位死者的床上，我们也发现了同样的土！”

“啊？”我吃惊地睁大眼睛。

“也许我不该跟你说这些，不过既然已经说了，就把我所知道的都告诉你吧。”那个保安警惕地看了看四周，“后来，我把那袋子里的泥土作为物证交给了警方。不过，在此之前，我偷偷留了一些，交给我在实验室工作的一位好朋友，请他帮忙化验一下泥土的成分。你猜他发现了什么？”

“发现了什么？”我紧张地问。

他凑近我的耳朵，小声说：“那些泥土是来自坟墓的！”

“啊！”我惊讶得叫了一声，“你的朋友怎么知道那泥土来自坟墓？”

“我的朋友用显微镜观察了泥土的成分，发现里面混有大理石和花岗岩的细碎片，还有人造花和花圈的碎片。朋友还说，他在泥土样品里找到了两片碎骨，经过鉴别，那是人的骨头！而且，这些泥土里还混着苔藓，好像有人从潮湿、黑暗的坟墓里将它们挖掘出来的！”

保安的故事讲到这里就结束了。

自那以后，那个矮小的家伙就再也没有出现过，没有人知道他从哪里来，也没有人知道他去了哪里。

后来，我把这个故事讲给朋友们听，一位自认聪明的朋友推测说，那个矮小的家伙其实是个精神病患者，他潜入医院是为了吓唬病人。他戴着面具，潜入病人的房间，然后突然摘掉面具，结果吓死了艾克先生和梅尔先生。至于他为何在病人的床上留下泥土，那就不得而知了。

朋友的解释有一定道理，可我却不能接受。

我认为，那个矮小的家伙，或许并不是人类，而是某种“东西”。那种“东西”由于某些模糊的超自然原因，根本无能力进入一位病人的房间，除非房间的主人允许他进去。我相信，艾克先生和梅尔先生正是允许那“东西”进入房间，才被吓死的。而我正因为拒绝了它理发的请求，才逃过一劫。

当然，上述观点只能埋藏在我的心底。

不过有一点我敢肯定，那就是，如果我当时答应那“东西”进入我的房间，你或许就读不到这个神秘的故事了——我的下场恐怕与艾克先生和梅尔先生没什么两样！

他到底是谁呢？或许，我永远都找不到答案。

坦　白

在海伦下葬后的一个早晨，巴利独自一人坐在客厅里喝酒。

他无比伤感地看着挂在对面墙上的一幅油画，那是一位著名画家专门为他太太画的。画面上的海伦美艳绝伦，这不仅仅是因为画家技艺高超，而且还因为海伦本身就是一位非常漂亮迷人的女人。只可惜，在上周六举行的一次鸡尾酒会上，她被人杀害了，永远地离开了这个世界。

巴利一边喝着闷酒，一边默默地想着。这时，电话铃响了，原来是米勒警官打来的，他是负责调查海伦被害一案的警官。

“很遗憾，巴利先生，我们的调查一直没有新的进展。”米勒警官在电话里对巴利说，“能用的办法我们都用过了，但还是一无所获。坦白地说，你太太这件案子恐怕我们也无能为力了，除非……”

“除非什么？”巴利问。

“除非凶手自首，”米勒警官用一种内疚的语气说。

巴利沉默了一会儿，说：“好吧，我相信你们已经尽力了。米勒警官，今天我准备离开这栋房子，去城里的俱乐部住一段时间，主要是散散心……请问，你找我还有其他事吗？”

“是的。巴利先生，我还想问一下，你是不是已经看过你的信件呢？”

“信件？”巴利扭头看了一眼，在桌子上堆放着一摞未拆封的信件和明信片。

“这与我太太的案件有什么关系吗？”巴利问道。

自从上星期太太被害之后，巴利就没有心情拆阅那些信件。他知道，那多半是亲友和同事写来安慰他的。

“据我们推测，凶手可能也会寄张慰问信或明信片。”米勒警官解释说。

“难道他杀了我的妻子，还会假惺惺地寄一封忏悔书过来，安慰我悲痛的心不成？”巴利说，“我可不信！”

“巴利先生，你误会了，”米勒警官说，“我们怀疑，凶手或许就是你的一位朋友，他杀害了你的太太，然后再寄来慰问卡用以掩人耳目，以前就有这样的案例。所以，我希望你好好检查一下那些信件，如果凶手寄来了信件，就可以从他的措辞上寻找出一些蛛丝马迹。明天我再去亲自检查一下那些信件。”

“好吧，”巴利无精打采地说，“可是，我怎么也不敢相信！参加上周六鸡尾酒会的都是我生意上的好朋友，他们怎么会杀害我的太太呢？”

“但问题是，参加宴会的人都承认自己喝得太多了，连你不也是这么说的吗？”

“的确，”巴利苦笑了一下，说，“当时，大家的确都喝醉了，并且场面一度失控，好在是在海滨举行，否则一定会招致邻居们抗议的。”

“巴利先生，根据我们推测，案情的经过应该是这样的，”米勒警官说，“在鸡尾酒会期间，你太太独自一人来到树林中的空地上，这时，有一位客人借着醉意调戏她，你太太拼命反抗，那人顺手从地上拾起一块石头砸了过去，结果失手把她打死了。由于案发地点距离酒会现场有段距离，所以没有引起别人的注意。事后，那人又悄悄混进酒会的宾客中，最后逃离了现场。”

巴利不愿再回忆那天晚上的事，但他还是问道：“你们怎么能确定不是过路人干的呢？”

“绝不可能是过路人，巴利先生，”米勒警官说，“你想想，那块海滨是你家的私有领域，房屋四周安装了围栏，而且周围的路上巡逻车不断，过路人是不敢在那里作案的……我知道，你心里不愿意接受凶手是你朋友这样一个事实，但恐怕正是如此。”

“好的，我明白了。我会好好配合你们，对信件进行仔细检查。”说着，巴利就放下了电话。

巴利倒了一杯威士忌，慢慢走到太太的画像前，举杯向画中微笑着的海伦致意，他不禁又回想起事发时的情景：“……当客人们发现海伦的尸体时，她脸上满是痛苦的表情，躺在海滨附近的一处小树林中，衣服已经被撕裂，头上流出的鲜血浸透了泥土。这一切就像自己用石头击中她的脑袋后，离开时的样子……自己之所以要杀死太太，是因为她与卡蒙有染。本来是想杀掉太太并嫁祸给卡蒙的，但遗憾的是这一点没有实现，因为自己没有想到，客人们在树林中发现太太的尸体之前，卡蒙就恢复知觉并迅速逃离了现场……”

想到这儿，巴利使劲儿晃了晃头，想把这件事彻底忘掉。让他感到庆幸的是，尽管没有嫁祸给卡蒙，可至少到目前为止，警方还没有怀疑这件事是自己干的。

巴利是个经验丰富的推销员，他深知，要想把商品推销给别人，首先要说服自己——这种商品是最好的。所以，在面对太太被害这件事上，他也首先要说服自己——他和太太之死毫无关系。

就在巴利陷入遐想时，突然响起门铃声，吓得他差点儿从椅子上跳起来。他仔细听了听，这铃声并非来自于前门，而是从后门传来的——那里平时很少有人按。巴利站起来，满腹狐疑地穿过厨房，打开了后门。

门口站着的人令巴利大吃一惊，居然是卡蒙！

卡蒙脸色苍白，没有一丝血色。他没有说话，径直走进了巴利的客厅。巴利关好后门，也跟着卡蒙进了屋，两个人在客厅里坐下。

"卡蒙，怎么是你？"巴利惊讶地问，"你怎么不走前门？"

"你看了吗？"卡蒙沮丧地说。

"看什么？"巴利说，"我不明白。"

"是我失手杀死了你太太，"卡蒙哭丧着脸说，"我昨天写了一封信给你，在信里我承认了我的所作所为——你太太是我杀的。"

"是你？"

"是的。但我也不知道我为什么会那样做。"卡蒙几乎带着哭腔说，"那天我喝醉了，在树林里散步时，我看见你太太独自一人站在那里，她是那么漂亮迷人，我实在无法控制自己，就……"说到这里，卡蒙用双手捂住脸，哭了起来。

听了卡蒙这番话，巴利几乎惊呆了，他完全没想到，卡蒙居然会相信是自己杀了巴利太太。这也难怪，那天卡蒙喝醉了酒，在树林中昏睡过去，当他醒来时，发现巴利太太的尸体就倒在旁边，而且自己手里还攥着一块沾满鲜血的石头……

"想不到卡蒙自己主动把罪责都揽到身上了，"巴利暗暗窃喜，"看来这一招干得比预期的还要好！"

"巴利，那天的事情我完全不记得了，"卡蒙呜咽着说，"当时，我一边和她说话，一边朝她走过去，后来，我就什么都不知道了……当我醒来后，她已经死了……天哪！是我杀了她……"

"那信是怎么回事儿？"巴利问。

"事发之后，我心中一直无法平静，良心也备受拷问，于是我就给你写了一封信，承认我就是凶手，在我还有一点儿勇气的时侯，急急忙忙寄给了你。"

说完，卡蒙从外衣口袋里掏出一把手枪，掂在手里，凝视着它，说："巴利，你知道吗？发生了那件事后，我想到了自杀，可……可是，我做不到，我没有勇气。"

"卡蒙，我收到了你的信，不过我还没来得及拆开看，信就在你身后的桌子上。"巴利说。

"我压根儿就没想杀你太太，可是天知道，为什么会发生这种事？"卡蒙哀叹道，

“我本应该自杀谢罪，或者向警方投案自首，但是今天早晨，我也想清楚了，我还有太太和儿女，我得为她们着想，我不能让她们失去丈夫和父亲，所以，我想找你要回那封信。”

“什么？要回那封信？别做梦了！”巴利吼道，“那是你杀人的最好证据，我是不会让你毁灭的！”

“我早知道你会这样，所以我带了‘这个’”说完，卡蒙突然用枪对准了巴利，凶狠地说，“对不起，你必须交出那封信，同时，我也必须杀死你！”

巴利这下子傻眼了，他带着哭腔说：“不！卡蒙，听我说，你弄错了，你没有杀死我太太！”

“你说什么？”卡蒙疑惑地问。

“杀死我太太的，是我自己！因为我……我看见你们在树林里……”

“你胡说！”卡蒙说，“那天我看见你太太一个人在树林里，我借着醉意……调戏了她，结果遭到她的反抗，我就……”

“不！卡蒙，你喝醉了！真实情况是这样的，”巴利尖叫着，“那天，她没有拒绝你！我看见她和你在草地上拥抱。后来，你醉倒在地，她正低头看着时，我从后面靠近你们，用一块石头砸向了她的后脑勺……然后，我把那块沾血的石头放在了你的手里。”

“如果真像你说的那样就好了，可是，那块石头就在我手中，是我杀了你太太……”卡蒙摇了摇头说。

“不，不不！你千万别这么想，不是你，是我！”巴利绝望地叫着。

“巴利，已经到了这个地步，我别无选择！”说着，卡蒙扣动了扳机，嘴里还喃喃地说，“要是有其他办法就好了。”

或许在巴利生命的最后几秒钟里，他也在想：“要是有其他办法就好了！”

套

“照你这么说，今天晚上，或者说昨天晚上 11 点钟，你并不在希尔顿饭店？”迈克尔警官听了约翰的陈述后说。

“是的。”约翰说，“当时我是从城南向东走，离希尔顿饭店有好几里远。”

“哦，”迈克尔警官与坐在一旁做笔录的杜勒斯警探交换了一下眼神。杜勒斯若有所思地说，“看来他有一个不在现场的证明，尽管这个证明看起来不太可靠。”

约翰听杜勒斯这样说，大声地嚷嚷道："你这话是什么意思？凭什么说我不在场的证明不可靠？你们不是已经调查过了吗？仙蒂也能证明我一整个晚上都是和她在一起！"

面对约翰的质问，杜勒斯警探没有回应，只是低头不停地做着记录。脾气暴躁的迈克尔警官却忍不住了，他冲着约翰怒吼道："仙蒂那种女人的话也能轻易相信吗？为了钱，她能编造各种谎言！"

"难道你们就不过分吗？"约翰无奈地耸了耸他那宽阔的肩膀说，"凌晨一点钟，你的手下就闯进我家里，不由分说就把我带到这里来，你们还讲不讲道理？"

"我们把你带来接受调查是有充分理由的！"杜勒斯警探打断他说，"要不是你有疑点，我们怎么会大半夜就传唤你呢？"

约翰刚想反驳杜勒斯警探的话，一旁的迈克尔警官平静地说："杜勒斯先生，你出去看一下皮尔逊，他出去查案子怎么现在还没回来？"

杜勒斯领会了迈克尔警官的意思，就走出迈克尔警官的办公室，到对面凶案组的办公室去，临出门时，他还不忘随手将门带上。

看着杜勒斯警探走出办公室，迈克尔警官向约翰靠近了一点儿，说："现在这里只有咱们俩，让我们再好好谈谈，我希望你能配合。"

"好的。你还想了解些什么？"约翰说。

"昨天晚上 11 点钟，也就是 3 个小时之前，有两个年轻人头戴面具，携带武器来到那家酒店，他们逼迫酒店工作人员打开了库房，那里面存放的是客人的保险箱……"

"对！"约翰不耐烦地打了个哈欠，"这案子你刚才已经告诉过我了，可这与我有什么关系？"

迈克尔警官紧紧盯着约翰，他觉得约翰刚才的哈欠似乎是装出来的，因为他灰色的眼睛里流露着非常紧张的神情。

"先别急，"迈克尔警官不理会约翰的打岔，继续说，"酒店的警卫闻讯赶来，他们在酒店门口截住了劫匪的去路，劫匪开枪打伤了一名警卫，然后冲出大门，逃向早已等候在街道拐角处的一辆汽车，其余的警卫开枪还击，打死了一个劫匪，而另一个则钻进汽车，逃之夭夭了。"

"好啊，一个很精彩的故事！"约翰笑着说，"可是，你给我讲这些目的何在呢？"

"你知道那个被击毙的劫匪是谁吗？他叫雷蒙，你应该认识吧？"迈克尔警官说，"你们曾经一起坐过牢，这就是我们传唤你到这儿来的原因。"

约翰用手理了理他那又红又乱的头发，慢悠悠地说："没错，雷蒙是我的狱友，可自从出狱之后，我们就再也没有联系了，你们有什么证据能证明我参与了这场抢劫案？告诉你，昨天晚上 7 点到 12 点钟，我都在仙蒂那里，你问问她不就知道了。"

迈克尔警官没有说话，只是向后靠在宽大的座椅靠背上，默默沉思着。其实，迈克尔警官手里也没有充分的证据能证明约翰参与了抢劫，但凭着他的推断，约翰十有八九和这次抢劫有关。

就在这时，门开了，是杜勒斯警探。他走到迈克尔警官的办公桌前，兴奋地说："皮尔逊刚回来，他调查了一个新案子。"

"哦？新案子？"迈克尔警官瞥了约翰一眼，好奇地问，"说说看，是什么案子？"

"现场挺惨烈的，被害人全身被刺了6刀。等会儿你去详细问问皮尔逊吧。"杜勒斯一边说着，一边坐下来，又拿起了笔和记事本。

约翰看着两位警官说："快把我放了！你们是不是抓不到凶手，就想让我来背黑锅？"

"别废话，快老实交代你的问题！"迈克尔警官厉声喝道，"是不是你和雷蒙……"

"你这是诬陷！"约翰打断了迈克尔警官的话，"当时我根本就不在现场，我和仙蒂在一起！"说着，他也不服气地站了起来。

"你给我老实坐着！"迈克尔警官怒冲冲地说，"杜勒斯先生，如果他再不老实，就把他铐在椅子上！"

约翰吓得赶紧又坐回到椅子上，但嘴里还在不停地嘟囔："没有证据就抓人，我要投诉你们……"

"只要你老实回答我们的问题，我们绝不难为你。"迈克尔警官的口气缓和了一些，"你说昨晚7点到12点钟，你都是和仙蒂在一起，对吗？"

"是的。我在仙蒂那儿待到12点，后来看时间太晚了，于是就向她告辞，回到了自己家里。"约翰气呼呼地说，"谁成想，半夜一点钟就被你们给带到警察局来了。"

"你敢发誓你所说都是真的吗？"迈克尔警官问。

"当然，我敢保证我说的句句是真！"约翰说。

约翰一边向迈克尔警官赌咒发誓自己与抢劫案无关，一边却又偷眼看了看杜勒斯警探，只见杜勒斯正快速地在本子上做着记录。约翰猜不透他们葫芦里卖的什么药，皱皱眉头，跷起了二郎腿，随即又放下，显然，他心中非常不安。

迈克尔警官转过头来对杜勒斯警探说："杜勒斯先生，凌晨一点钟你和皮尔逊去约翰的公寓时，当时是什么情况。"

"我和皮尔逊到约翰那儿时，他正在睡觉。"杜勒斯说，"当时他一再解释说，那个叫仙蒂的女人能证明他的清白，于是我们兵分两路，我把约翰带到警察局接受调查，皮尔逊则用公用电话联系仙蒂，看看约翰说的是否是真的。"

"我说什么来着？仙蒂怎么说？"约翰理直气壮地说，"她一定告诉你们，我说的都是真的，对吧？"

杜勒斯平静地说："事实上，皮尔逊并没有和仙蒂通电话，他和仙蒂公寓的房东通了电话。"

"我不明白，你们为什么不直接问仙蒂？"约翰一脸困惑。

"因为仙蒂的电话始终没人接，于是皮尔逊打电话给房东，请她帮忙去找……"说到这里，杜勒斯警探停下了，他不住地抽着烟。

“是的，仙蒂平时睡觉很死，”约翰满心期待地说，“不过，我想你们最后还是联系上了她，对吧？”

杜勒斯不置可否，只是转过头去与迈克尔警官对视一眼。

“哦，可以这么说吧，皮尔逊找到了仙蒂。”迈克尔警官说，“对了，约翰，我有一件事非常费解，为什么你不但不否认你在她那儿，反而坚持说你和她在一起呢？”

“警官先生，你这话什么意思？我没听明白。”约翰的屁股在椅子上不安地扭动着，一只手还摆弄着衬衣领子，“我昨晚的确是和仙蒂在一起的，你们难道还有什么疑问吗？”

杜勒斯警探合上记事本，转过头去对迈克尔警官说：“警官先生，我要告诉你，可能当时有人看见约翰在仙蒂房间里，而约翰也清楚自己被人看到了，于是他就索性承认这一点。他一定是赌我们无法确认死者的死亡时间，可事实上，有经验的法医是能够判断出准确的死亡时间的……”

“是的，我们明天就请最好的法医去验尸，看看她究竟死于何时，这样一来，约翰说的是真是假就清楚了！”迈克尔警官赞同说。

“等一等，”在一旁支愣着耳朵听了半天的约翰大叫道，“你们刚才在说什么？”

“我们刚才在谈仙蒂的事，”

“仙蒂？”约翰睁大了眼睛。

迈克尔警官慢条斯理地说：“你说她是你的证人，皮尔逊警官就去公寓找她，可是……她出了点意外……”

约翰听到这里，一下子从椅子上站了起来，大滴大滴的汗珠顺着他的脸颊慢慢淌下，紧张地说：“难道……刚才你们说有人被刺了6刀……是仙蒂？”

一阵沉默过后，杜勒斯警探说：“是的，当皮尔逊找到她时，她已经死了。据初步推测，她遇害的时间就在昨天晚上……”

“不！”约翰大叫道：“仙蒂她……不是我杀的！”

“可是你刚才还说，昨天晚上7点到12点，你一直和仙蒂在一起，怎么解释？”迈克尔警官追问道。

“我……”约翰顿时无语。

过了一会儿，约翰终于低下了头，说：“我全交代，昨天和雷蒙一起蒙面抢劫酒店的就是我，本以为我们能捞上一笔，可是警卫把我们堵在了里面，我们打倒了一名警卫，这才逃了出来，而雷蒙也在逃跑途中被打死了，我们什么都没抢到。”

“那你为什么信誓旦旦地说仙蒂可以为你作证呢？”迈克尔警官问。

“唉！”约翰叹了口气，“在抢劫之前，我给仙蒂打了电话，承诺给她一笔钱，条件是要她帮我做伪证。”

“可现在仙蒂已经死了，我们认为你是杀死她的最大嫌疑人！”迈克尔警官说。

“我可以带你们去找我的枪，”约翰深深地吸了一口气说，“抢劫酒店之后，我把枪扔进一条水沟，这足可以证明，昨天我实际上是在抢劫酒店，而没有杀害仙蒂！”

“好吧，我叫皮尔逊带你去找枪，如果你再敢耍滑头的话，就给你点儿颜色看看。”迈克尔警官对约翰说。

“我一定老老实实配合，警官先生，我只是参与了抢劫，但一分钱也没得到，还望你们宽大处理啊！”约翰战战兢兢地说。

约翰被警察带走以后，迈克尔警官对杜勒斯警探笑着说："一个抢劫又杀人的罪犯是很少会主动认罪的，当然，约翰并不知道被打伤的那名酒店警卫因伤重而死了，否则，他是绝对不会主动招认的。”

“没错！”杜勒斯警探说，“噢，对了，仙蒂已经被带到警察局了，要不要听听她的口供？”

特别债券

赫伯一大早就起来了，他匆匆吃了口早饭，便抓起公文包准备去上班。刚走到门口，他又回转身，对着屋里喊了一声："妈妈，我上班去了！”

“去吧，路上要小心，祝你今天工作愉快！”赫伯的妈妈那温柔而甜美的声音从卧室里传来，“今天你不会迟到吧？”

“不会的，妈妈。”赫伯安慰着妈妈，他听得出，妈妈的声音里带有一丝疲倦。

“是7点钟上班吗？”妈妈问。

“是的。”赫伯回答着。他的眼睛扫过起居室，心里不免有点儿酸楚。

赫伯的父亲早年就过世了，是母亲一手把他拉扯大。母亲曾经做过生意，但生意的惨败让赫伯家变得一贫如洗。现在，母子二人通过辛勤的劳动，勉强过上了可以糊口的日子。因为赫伯的薪水微薄，母亲也不得不外出工作来贴补家用，因此，常年的辛劳让母亲变得比实际年龄要苍老许多，而且还落下了一身的病。

赫伯站在门口，满腹感慨地打量着起居室里的每件物品。在那些虽然陈旧但风格典雅的家具中，有一个褪了色的红木柜子——里面摆放着母亲辛辛苦苦收集的精致瓷器，那些可都是母亲最心爱的东西。在起居室的一角，还有一个小小的饰物架，上面挂着各色各样的小玩意儿，虽然这些物件并不贵重，但每一件都凝聚着赫伯对家庭生活的美好回忆。今天，自己就要永远告别这儿的一切了。

赫伯关上房门，走进公寓的电梯，按了去一楼的按钮。这部破旧不堪的电梯发出吱吱嘎嘎的响声，缓缓地下降。赫伯靠在电梯里，凝视着电梯的内壁，那上面被淘气的孩子刻满了歪七扭八的字。在赫伯 40 年的人生岁月中，他在这幢公寓中度过了 30 年，这部老掉牙的电梯见证了他的少年时代。在这里居住了这么多年，赫伯从来没有像其他孩子那样在电梯里乱写乱画过。这时，他把手伸进怀里，摸了摸那把挂在怀表链子上的刻刀，心中有一股想在电梯里刻上自己名字的冲动，但天生的胆怯和遵守秩序的习惯，让他将手又从怀里抽了出来，他叹了口气，以后永远没有机会了！

赫伯是个循规蹈矩、一丝不苟的人。几十年来，他一直安分守己地生活，兢兢业业地工作，靠一点儿微薄的薪水过活。有时候，他也想过要改变现状，但每次都因为缺乏足够的勇气而退缩了。但是今天，他终于下定了决心，计划在太阳落山之前从公司偷窃 50 万元。想到这里，他的脸上流露出一丝微笑。

和往日一样，赫伯仍旧坐在班车的第三车厢的后排。他从公文包里拿出一份《纽约时报》，先是整整齐齐地将其折叠成四分之一，然后再把报纸靠近眼睛，用他那近视的双眼阅读当日的新闻。

班车到了华尔街站，赫伯将报纸放回公文包，和许多身穿黑色哔叽呢西装、头戴圆顶礼帽、手拿雨伞的人一起下了车。他从车站出来，向一幢写字楼走去，走到写字楼门口的时候，朝门卫点点头示意，然后就乘电梯上到 16 层。走出电梯，他来到一扇半透明的玻璃门前，那扇门上写着一行字："泰波父子公司，创立于 1848 年，纽约证券交易公会会员。"这里就是赫伯工作的地方。

赫伯推开玻璃门，首先映入眼帘的是一块黑板，上面用粉笔记载着前一天各公司的股票行情。他沿着走廊径直走进一间办公室，这里有六张办公桌，靠墙边放着几个带有玻璃门的文件柜，那里还有一扇窗户。赫伯的办公桌在最里面，周围用挡板与其他人的办公桌隔开，这表明赫伯在这家公司已有 20 多年的资历。

快到 7 点钟时，办公室的其他同事陆陆续续地都来了。第一个进来的是比利，他瘦瘦高高的，面容显得有些憔悴，他在这家公司的资历只比赫伯少两年。比利进来以后，先和赫伯打了个招呼，然后便坐到自己的位子上去了。随后进来的是芬黛小姐，她今年 30 岁，是公司副经理泰波的秘书，这是一个非常有才干的女人。芬黛坐下来之后，第一件事就是打开梳妆盒补妆。接着进来的是两位年轻的小职员，最后才是公司副经理泰波的外甥劳伦斯。

7 点钟刚过，副经理泰波就从里面的办公室走出来，他巡视了一番。见大家都准时坐在了座位上，他很高兴，然后示意芬黛小姐到他办公室里去一趟。

9 点半，芬黛小姐从副经理办公室走出来，她脸上没有任何表情。随后，泰波也走出来，他来到赫伯的办公桌前。

"赫伯，早上好！一切都好吗？"泰波说话的腔调总是给人一种假惺惺的感觉。

"我很好，泰波先生。"赫伯回答说。

"我考虑了，有一个任务要交给你。"

“好的，请吩咐。”赫伯爽快地说

“今天是星期五，下午会送来一批特种债券，由你负责接收。这些债券都是可以自由流通的，你负责把它们存到楼下的仓库里，没问题吧？”泰波认真地说。

“没问题，交给我好了！”赫伯点了点头。

这时，另一张办公桌旁的劳伦斯站了起来，他走到泰波身旁说：“舅舅，让我来配合赫伯一起做吧。”

泰波转过头来问赫伯：“让劳伦斯协助你吧，怎么样？”

赫伯可不想有人插进来破坏自己的计划，他说：“我想我一个人就够了。”

“好吧，那就由你一个人负责。”泰波说。

劳伦斯只好回到了自己的座位上，他脸色微微涨红，显得有些不服气。

泰波交代完工作以后，就回到自己的办公室。

这时，赫伯环顾了一下四周，见大家都在忙着各自的工作，他就拿起电话，连续打了三个：第一个是打给他母亲的；第二个是约两个人在一个自助餐馆见面的；第三个则是给楼下的房地产公司的。

赫伯放下电话后，拉开办公桌中间的抽屉，从里面拿出一叠空白收据，开始在上面填写起来。这些收据是他上个月从一家运输公司搞来的，下午送特种债券的也是这家运输公司。

中午快下班时，赫伯已经将那些假收据都填写完了。他小心地将它们放回中间的抽屉，藏在最里面，将抽屉锁好。然后，他穿上外套，戴上帽子，和同事们打了个招呼之后就走出了公司。

赫伯乘坐电梯来到一楼，他走出写字楼，朝五条街之外的一家小自助餐馆走去。在餐馆里，他选了几样食物，然后端着盘子走到两个男人身旁。那两个男人一个瘦高，另一个矮胖。他们正是赫伯打电话约的那两个人，其中瘦高的叫斯通，矮胖的叫布朗，都是与黑社会联系颇多的人，赫伯是三个星期前在纽约的酒吧里认识他们的。

赫伯一边吃着午饭，一边向他们说出自己的目的。刚开始时，斯通和布朗还显得有些心不在焉，然而当赫伯提到这笔特种债券的总金额时，他们两个才大吃一惊，瞪大眼睛互相望了望。

赫伯看着他们吃惊的样子，说：“这可是一个发财的好机会，而且没有任何风险，因为我早已经计划好了！”说完，他又向前凑了凑，向他们详细地介绍他的计划。

在赫伯的计划里，最重要的是要掌握好时间差。为此，赫伯已经连续几个月观察同事们的活动规律了。他知道，在星期五，大家总是会提前下班，而芬黛小姐每天都会在下班前 5 分钟到洗手间化妆，这个时候，公司里只有副经理泰波一人在办公室——最好的抢劫时机。

赫伯的计划也非常简单：下午由斯通和布朗先到楼下的房地产公司假装谈业务，等时间一到，他们再乘电梯到赫伯所在的公司。这时，公司里大部分职员都已经下班，芬黛小姐在洗手间化妆，只有赫伯带着特种债券在副经理泰波的办公室。此刻，斯通和布朗就带着面罩冲进去，拔出手枪，威胁他们交出债券，然后再将副经理泰波打昏在地，为了避免怀疑，他们也要打伤赫伯，不过绝不能伤及人命。

听了赫伯的计划，斯通充满疑虑地问："我们抢到债券之后怎么办？那个叫芬黛的女人5分钟之后就会回来，而5分钟内我们是根本来不及逃出这幢大楼的！"

"是啊，"布朗接着说，"如果芬黛报警，警卫就会封锁大楼的出口，那我们就无法将债券带出楼去了。"

"你们放心，这些我早就想到了。"赫伯得意地说，"我有一个办法，绝不会让他们找到那些债券。"

"什么办法？"斯通和布朗顿时扬起了眉毛。

"你们身上根本不需携带债券！"赫伯说。

"不带？"两个人都疑惑不解地摇了摇头。

"这就是我的计划中最关键的部分了，也是最后的一个细节。"赫伯示意两个人靠近些，"你们俩好好听着，当你们把副经理泰波打昏之后，就把桌子上的债券都扔进一个我早已准备好的废纸篓。同时，我还会在桌子上准备一些废纸，你们也顺手一扫，将废纸扫落到废纸篓里，把债券盖住，然后你们就从防火楼梯走下去，记住把面罩和手枪丢掉，最后大模大样地离开。"

"这么说，只要我们身上没有可疑的东西，警卫就不会阻拦我们了？"布朗问。

"当然。"

"那你怎么把债券带出大楼呢？"斯通问道。

"这好办，"赫伯说，"当警察到来后，他们会挨个盘问，但是他们不会怀疑到我头上来，等他们离开后，我再把债券从废纸篓里取出来，然后放进手提箱里带出大楼。"

"真是太好了！"布朗兴奋地说，"50万元的债券，得来全不费功夫！"

"没错！事成之后，属于你们的那部分，我绝对一分不少！"赫伯说，"下面，我们再把行动步骤和时间确认一下。"

赫伯又向他们重复了一遍各项步骤，还和他们对了一下手表。最后，赫伯站起身，戴上圆顶帽，严肃地说："咱们分头准备，别出岔子，4点58分见！"

下午3点半，运输公司将特别债券送到。

下午4点钟，赫伯在办公室里暗暗祈祷：斯通和布朗一定要按计划来到楼下。

4点15分，赫伯从抽屉里拿出一张黄色的收据放在桌子上，开始登记伪造的项目。

到下班时间了，劳伦斯第一个离开了办公室，接下来是另外两个年轻职员，最后，比利也离开公司回家了。

赫伯看了一下表，已经是4点55分了。这时，芬黛小姐拿着一只手提袋向洗手间走去。就在芬黛小姐离开办公室之后，赫伯迅速将纸篓放在一个不起眼的位置，还把十几张废纸也放在办公桌上，他打量了一下，觉得一切都准备妥当了。然后，他拿起那几大捆债券，敲门走进副经理泰波的办公室，请他签字。

这时，表针正好指到 4 点 58 分，“他们两个该来了。”赫伯心里暗想。

接下来的一切，都按计划发生了——两个带着面罩的人闯进了泰波的办公室，持枪威胁他交出债券，拿到手后，就把泰波打昏了，紧接着也把赫伯打昏了。赫伯躺在地上，透过眼睛的缝隙，看见斯通和布朗将债券丢进废纸篓，接着，几张废纸也滑落进去，将债券盖了个严严实实，最后，斯通和布朗仓皇地逃向防火楼梯……

大约一分钟后，办公室里响起了芬黛小姐的尖叫声。

一个小时之后，警官结束了对芬黛小姐和副经理泰波的询问，又转向赫伯。

“这么说，你无法描述出歹徒的相貌？”

“是的，”赫伯回答说，“当时他们都带着面罩，我没有看到他们的脸，只知道其中一个矮胖，另一个瘦高。”

“这是被抢债券的全部号码吗？”警官从泰波的办公桌上拿起一张号码单，问赫伯。

“对！”

“那好，”警官转身对身旁的一个警察说：“立即通知有关部门，这组号码的债券全部作废！”

赫伯心中暗笑：“这组号码全都是伪造的！”

泰波被打得不轻，这时，他揉着受伤的脑袋问警官：“现在，我可以去医院了吗？”

“你去吧，我再向这位赫伯先生了解一下情况。”警官说。

于是，副经理泰波就在芬黛小姐的陪同下去医院了。

警官坐在办公桌的后面，向赫伯询问着事发时的一些细节。他在问话时，右脚来回摆动着，有好几次踢到了废纸篓，纸篓晃了几晃，差点儿翻倒。那一刻，赫伯紧张得心都快要从嗓子眼儿里跳出来了，他急忙假装若无其事地走了两步，有意无意地用脚尖将废纸篓稳定住。

这时，门开了，走进来一个满脸皱纹的苍老女人，她推着一辆手推车，车上还放着一个大麻袋。警官诧异地看着那个老女人，赫伯连忙解释说：“噢，她是清洁工，每天下班后都来打扫卫生，我们还是去里间谈吧。”

说着，赫伯带着警官走进泰波办公室的里间，继续讲述当时的情况。

这时，赫伯听到外间有擦桌子的动静，还有纸篓被拿起来，里面的东西被倒进大麻袋的声响，他心里不禁一动。

当赫伯和警官从里间出来时，他装做不经意地走到纸篓前一看，里面空空如也！

警官与赫伯的谈话结束后，也离开了。赫伯不敢久留，慌忙乘电梯下楼，然后三步并作两步地跑到街道的拐角处叫了一辆出租车，“快，去机场！”赫伯对司机说。

10 分钟后，出租车到达了机场。赫伯跳下车，一路飞奔跑进候机室，这时他听见广播正在播报：“最后一次播报，最后一次播报，飞往里约热内卢的 706 航班的旅客请走 4—C 门，飞机马上就要起飞了！”

赫伯迅速跑到 4—C 门前，只见门口站着一位身穿黑大衣、戴花帽子的人，那人背对着他，旁边还有两个行李箱。

赫伯立即跑过去，从后面拍拍那人的肩膀说：“妈妈，我来了！”

“太好了！孩子，”那人转过头来，用温柔甜美的声音说。那正是赫伯的母亲，她看起来脸色不错。

“妈妈，一切顺利！我们终于可以离开这个国家了。”赫伯一边说着，一边拉起行李箱，和母亲一起向登机口走去。

他笑了，从今以后，妈妈再也不用在泰波父子公司当清洁工了。

偷梁换柱

“喂，我昨天买的立体电唱机怎么还没送来？”我在电话里责备着电器商店的老板，“明明说好了上午送来，现在都快中午了，你们是怎么搞的？”

“非常抱歉，非常抱歉！”电器商店的老板在电话那头忙不迭地赔不是，“我们的送货人员已经出发了，也许他们在路上耽搁了，请您稍等一会儿，我保证他们中午之前就会送到府上。”

我又等了一会儿，果然看见一辆送货车停在了楼下，两名送货员正抬着一台立体电唱机上楼。由于楼道太狭窄，而电唱机又太沉重，他们只能一前一后地逐个台阶搬动，不一会儿，他们就累得气喘吁吁。

我站在门口，迎候他们上来。我用一只手撑住门，另一只手指了指房间里面说：“就放在那里，对，靠着墙放。”

他们吭哧吭哧地把电唱机搬进房间，在我指定的地方放好，然后开始调整电线插头。我则捡起没有挂上的电话听筒说：“亲爱的，送电唱机的来了，刚才我去给他们开门了，过一会儿我再给你打电话吧，现在我们正忙着调试呢。”

我挂上电话，看着两个送货员在不停地忙活。他俩一个大约 45 岁，长得胖胖的；另一个则是二十出头的年轻小伙子。

年长的那个送货员正打开电唱机的顶盖，准备试试是否好用，年轻的则开始整理电唱机后面的导线。

“把电唱机调试好大约需要多长时间？”我问。

“顶多5分钟，”年轻的小伙子说，“对不对，史密斯？”

“用不了，3分钟就能搞定。”那个叫史密斯的年长送货员说道。

“太好了！”我看看手表，说，“别着急，慢慢来，这大热的天儿，给你们来罐啤酒吧？”

他们俩冲我点了点头，笑了。

“你们等着，我去拿点儿冰镇啤酒。”说完，我走进厨房，从冰箱里拿出两罐啤酒，“你们要用杯子吗？”

“不，直接喝就行。”史密斯说。

我把啤酒递给他们，看着他们大口大口地畅饮。

“天气这么热，你们还要出来送货，真辛苦啊！”我对他们说。

“可不是嘛！老板催得紧，客户要得急，最后就苦了我们俩。”史密斯说，“我们的货车上还有14台电器要送，有电视机，也有电唱机，而且都是要送到郊区的，干这活儿可不容易啊。”

“再给你们拿几罐啤酒路上喝吧。”说着，我又起身去厨房。

“谢谢！我们不能再喝了，一会儿还要开车。”史密斯连忙推辞说。

“先生，你是做什么工作的？”那个年轻的送货员问我。

“我是警察，在反诈骗组工作。”

史密斯笑着说：“我就说嘛，看你精明干练的样子，我早就觉得你不是军人就是警察。”

“既然你在警察局工作，那你应该认识布鲁斯吧？”那个年轻人继续问道。

“噢，我听说过，他应该是缉毒组的吧。”我回答说，“只可惜，他因为收受贿赂被送到惩戒会了。”

“唉！他是我可怜的叔叔，”年轻人说，“只不过为了一件貂皮大衣，就葬送了自己的大好前程。”

“其实，布鲁斯在警察局里的人缘还不错，虽然我只和他见过一两次面，但对他印象很好。也许他是被人栽赃陷害了，但愿他能洗脱嫌疑。”说着，我瞟了一眼立在墙边的电唱机。那个电唱机非常豪华，价格也相当昂贵，一般警察的收入是无法承担起的。我看到他们俩的眼神里似乎也充满了疑问，只不过没好意思当面问我。

“这么贵重的电唱机，我还不太会用，你们得给我演示一下。”我说。

“好的，等我们把啤酒喝完就演示。”

“不用着急，你们慢慢喝，我还有10分钟的时间。”

于是，我们又继续闲聊起来。

那个年轻的说：“你的职业真令人羡慕，我从小就梦想当一名警察，可惜我身高不够，否则的话，我现在也穿上警服了。”

“身高不是最重要的，”我告诉他，“良好的品行和过人的智商才是最重要的。”

史密斯喝完了一罐啤酒，就继续调试电唱机，他一边调试一边问：“警官先生，你是便衣的，还是穿制服的？”

“我接触的罪犯都是狡诈多端的诈骗犯，抓他们时，最好不要穿制服。”我说，“不过，即使我着便装，也有好几次让他们从我身边溜走了。”

“这种案子很难办吧？”

“如果从技巧方面来说，是有一定难度，但这并不意味着他们会永远逍遥法外。若想人不知，除非己莫为，只要他们犯案，就迟早有一天会落入法网。”

“嗯，你说的有道理！”那个年轻送货员说。

“小伙子，就拿你叔叔来说吧，有人向他表达谢意，送他一件貂皮大衣，然后，转身又去惩戒会告发，这不明摆着是一个害人的陷阱吗？”我说，“可是，话又说回来，如果当初你叔叔不收受这件貂皮大衣，想害他的人又怎么会有机可乘呢？”

听到我这一番话，那个年轻人面露不悦的神色，我也就没有再继续说下去。

不一会儿，史密斯调试完了电唱机，他抬起头来对我说：“机器调试好了，我们也该回去了。”

我看了看表，说：“我也得走了。不过，在你们离开之前得先教我如何使用这台电唱机。”

史密斯拿起遥控器给我演示着，教我怎样调整音量，如何选择音色，怎么改换唱片等等。我说：“这机器的用法真是复杂，请再给我演示一遍好吗？”于是史密斯又花了大约 5 分钟的时间，为我详详细细地演示了一遍。最后，他们在临出门的时候还对我说：“假如你还有什么地方不清楚，可以看看说明书，那里面说得很详细。”

我在他们的送货单上签了字，然后穿上外套，也和他们一起下楼。

我们一起走到楼下，我走向我的汽车，他们则朝着送货卡车走去。

突然，史密斯发出了一声惊呼，他冲我大叫道：“警官，快来啊！”

“出什么事了？”我急忙跑了过去。

“你看，送货卡车的后门被人撬开了！”果然，撬坏的锁头被丢在地上，车内空空如也。史密斯大惊失色地说：“车上的货物……14 台电视机、电唱机……都，都被偷了！”

我围着卡车转了一圈儿，打量了一番，问：“你确信这是你们的车吗？”

“没错，这车上还有我们公司的标志呢！可是货物都被人搬走了！”

“别担心，我们先在附近找一找。”我一边安慰他们，一边和他们分头在楼的附近寻找，但没有找到任何可疑的迹象。我说：“你们留下一个在这里保护现场，另一个跟我上楼，打电话报警。”

年轻送货员留在了卡车上，史密斯则和我迅速跑回楼上。我抓起电话，拨通了警察局："我是费依警官，请立即派人过来，这里发生了一起盗窃案……"接着，我把事情的大概情况以及事发地点告诉了对方。

挂上电话之后，我转身对史密斯说："好了，一辆警车正赶往这里，你也回到卡车上去等候吧。对了，你最好打电话把这件事通知你们的老板，看看他有什么办法。"

史密斯战战兢兢地给老板打了电话，把货物被窃的事向老板描述了一番，最后，他还不忘说上一句："我们已经报案了。"老板在电话那头则将史密斯劈头盖脸地臭骂一顿，吓得史密斯面如土色。等他结束了与老板的通话后，我让他到卡车上去等警察。

史密斯刚一下楼，我立刻又拨了一个电话。

"您好，这里是威里蒙百货公司。"一个甜美的女声传来。

"请找你们的老板迈克。"

"请稍等，我给你转接。"

"喂，我是迈克."

"迈克，我已经得手了！我把电视机、电唱机都弄到手了，他们正在去你公司的路上。"

"太好了！我会给你大价钱的！"

"哈哈，伙计，我信得过你！哦，对了，你认识费依警官吗？"

"费依？就是两年前把你送进监狱的那个吧？"

"对，就是他！你猜我现在在哪儿？我正在他的公寓里给你打电话，而且我还留给他一台非常昂贵的立体电唱机，算是给他的一点小小见面礼吧。"

"哈哈，你这招儿可忒狠了！"迈克在电话那头大笑着说，"一个警官家里有那么贵重的电唱机，人们肯定会怀疑他，凭他的收入能买得起吗？这回有他好瞧的了！"

"对！我倒要看看他怎么向惩戒会解释！"

挂上电话时，我顺手将电话听筒上的指纹擦掉了。

现在，我可以心满意足地离开了。哦，对了，我必须把啤酒罐带走，因为那上面也有我的指纹。我将两个啤酒罐装进口袋里，又小心地锁上费依警官的公寓门，然后下楼朝我的汽车走去。

当我发动汽车的时候，看见那两个笨蛋还坐在卡车上傻乎乎地在等警察呢，我向他们挥挥手说："别太着急，警察很快就会到的。"

我暗暗窃喜，心里说："着急也没用，真正的警察还不知道这件事儿呢！"

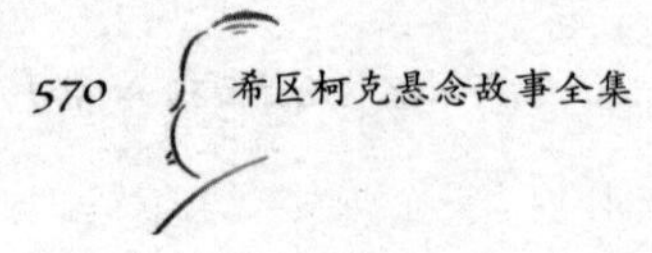

聪明的胡里奥

胡里奥将香烟钱递给老板，然后倚靠在柜台边，将香烟盒撕开。就在他要取出一支香烟的时候，一个美丽的黑发女郎走进了杂货店。

这真是一位美女。蓝宝石般的眼睛，乳白色的皮肤/略微带有一点咖啡色，脸上带着开朗活泼的表情。她款款地朝胡里奥这边走来，穿着一袭粉红色的短裤，上身是一件袒胸露背的胸衣，将优美的曲线展现无遗，就像一位参加国际选美比赛的女选手。她的步态轻盈诱人。在她的手里，还牵着一条大狗，那是一条血统纯正的法国狮子狗，毛修剪得很整齐，正轻快活泼地跟在女主人身后。

黑发女郎朝胡里奥身边的报架走去，她从报架上拿起一份报纸，对折了一下，然后交给那条狮子狗。"贝贝，给你，"她笑着说，"帮我叼着"。

贝贝显然是训练有素，一口就将报纸叼在嘴里，欢快地摇着尾巴。黑发女郎则掏出钱包，将买报纸钱递给店主。

胡里奥非常喜欢狗，他见那只法国狮子狗就站在自己身边，也顾不上抽烟了，把香烟往口袋里一塞，就弯下腰逗狗玩。

"嘿，贝贝！"他模仿着黑发女郎的口吻，亲切地说："你真漂亮.？"

胡里奥将手伸出来，用手指轻轻地触摸狗的鼻子，让它嗅着玩儿。贝贝感到非常新鲜有趣，兴奋地摇起了尾巴。胡里奥便抓住它嘴里叼的报纸，假装要把报纸抢走。贝贝似乎知道这是胡里奥的恶作剧，一边死死地咬住报纸，一边向后退，企图摆脱胡里奥的手，嘴里还虚张声势地发出呜呜的恐吓声。

"叮铃铃，"收款机的铃声在身后响起，胡里奥站起来，冲着贝贝的主人——正在接过零钱的黑发女郎微笑。

"这条狗真棒！"胡里奥说，"狮子狗非常聪明。"

黑发女郎听胡里奥这样说，也点点头，表示赞同他的说法。这时，站在柜台后面的店主也搭腔了，他说："贝贝真聪明啊，每天都为主人叼报纸回家，对不对，贝贝？"

贝贝冲着大家摇摇尾巴。

胡里奥说："是啊，要是论智力，狮子狗的智力要超过一般的狗。"

黑发女郎看得出胡里奥对贝贝很有兴趣，也看得出胡里奥对自己也非常有兴趣。她对胡里奥淡然一笑，然后，牵着狗走出店去。贝贝见主人动身了，也叼着报纸，蹦蹦跳跳地跟在她身后出去了。

胡里奥将烟盒从口袋里又掏了出来，撕开包装纸，从里面取出一支，点着，叼在嘴里吸了起来。然后，他冲店主摆摆手，也走出了店门，来到外面的人行道上。他看见那个黑发女郎带着狗向北走去。

这是非常炎热的一天，尤其是午后一点钟，更是一天中最热的时刻。胡里奥在太阳底下走了不一会儿，身上的衬衫就被汗水湿透了。

他感到非常纳闷儿：“为什么黑发女郎在太阳下面走却总是给人一种清新、凉爽的感觉呢？”正想着，他通过眼角偶然瞥到哈利和莱曼正从街对面朝着他的方向走来。

胡里奥假装没有看见，继续向前走，但也没有刻意加快步伐。而哈利和莱曼也一直在马路的对面走着，似乎故意和胡里奥保持一定的距离。直到胡里奥快要走到自己栖身的小旅馆的时候，哈利和莱曼这才穿过马路，跟了过来。

这是一家非常简陋、破旧的小旅馆。走进旅馆门口，里面是一个酒吧，吧台位于楼梯口的后面。在这个炎热的中午，酒吧里没有一个客人，只有一个肥胖的侍者趴在吧台上呼呼大睡。

胡里奥走进旅馆，向二楼走去。当他刚踏上第一个台阶，跟随而至的哈利就在后面叫他：“胡里奥！”

胡里奥听见喊声，停了下来，转过身，假装惊讶地看着哈利和莱曼：“哈利，是你啊！”

“是啊，”哈利说，“你住在这儿吗？”

“哦，我是暂时住在这里的，你们是怎么找到我的？”

“不，我们也是今天偶然在街上碰到你的，”哈利说：“上个星期，你给安迪留下了住址后，却突然搬家了，你怎么解释这件事？”

见哈利面露愠色，胡里奥急忙赔着笑脸解释说：“我付不起房租，所以临时决定搬家了，这一点请你们理解。”

“原来是这么回事，幸亏我们看见你走进那家杂货店，否则，安迪可能以为你在耍他呢！”

“我怎么敢耍他啊，”胡里奥说，“你们找我到底什么事？”

“和你谈谈。”哈利说。

“谈什么？上星期我就已经和安迪说过了，我实在没钱。”

“我知道你说过，”哈利和莱曼向前走近了一步，说，“咱们还是去你的房间谈吧！”

胡里奥无奈，只好领着他们走上狭窄的楼梯。三个人来到最顶楼，走上一条阴暗潮湿的走廊，走廊的两侧各有六扇门，胡里奥走在最前面，当到了离楼梯口最近的一间时，他掏出钥匙，打开房门，走了进去，哈利和莱曼随后也跟了进去，在最后面的莱曼则随手把门带上了。

莱曼的个头很矮小，还有一只眼睛鼓鼓地向外凸出，显然有点不太正常，他的下巴上还留着一撮小胡子。而哈利则是一个身材魁梧的壮汉，全身肌肉发达，青筋暴起。

胡里奥的房间里凌乱不堪，他尴尬地摊开双手，向哈利和莱曼作了一个“请坐”的姿势，然后自己也在凌乱的床上坐下，问：“你们找我什么事？”

“安迪让我带个话给你，他说你现在也许有钱了。”哈利轻声说。

“不，我没有！”胡里奥说，“上个星期我和他见面的时候就没有钱，现在也没有。安迪答应给我一个月的时间，当然，还有其他几个条件……”

“他说这话的时候你们也在场啊！”胡里奥继续大声地辩解说。

“是啊，”哈利说，“但是，安迪认为你现在有钱了，所以他等不及了。”

胡里奥呆呆地盯着他：“我用什么还给他？”

“废话，当然是用钱还了，你还能用什么还？”哈利得意地笑了起来。

“什么钱？我告诉过你……”

哈利对莱曼说：“你听到他在说什么了吧，莱曼？还问什么钱，他好像在故意装糊涂，是吧？”莱曼用那只健全的眼睛转向哈利，另一只眼睛则一动不动。莱曼的这副表情让胡里奥忍不住想笑，但他极力地控制住了自己。

“你们到底在说什么钱？”胡里奥问。

“安迪说了，你昨天得手了，对吧？”

“得手了？”胡里奥诧异地说，“得什么手了？”

“世纪公司，”哈利说，“抢劫！我说，你到底是真糊涂还是装糊涂啊？”

胡里奥半天没吱声，然后说：“安迪怎么就断定那是我干的呢？”

哈利耸耸肩：“他自然有他的信息来源，这你别管。”

“他一定是搞错了，请你代我转告他，昨天的抢劫案真的和我半点关系都没有，我甚至对此一无所知。直到今天才从报纸上知道。请你告诉安迪，欠他的钱我一定会还，我一直在筹集，但我不会通过抢劫去搞钱。”

“假如世纪公司的抢劫案不是你干的，”哈利说，“那你从哪儿弄钱还呢？”

“还能从哪儿弄？我只能从其他的放高利贷的人那儿弄，安迪已经把我的名字列入黑名单了，他再也不会借我一分钱了。”

“呵，你以为别的高利贷者就会借给你钱吗？”哈利轻蔑地问，“上次你从安迪那儿借了3000元，结果你一分钱也没还，你的‘事迹’已经在这个圈子里传开了，你知道吗？胡里奥。”

“如果高利贷借不到，那我还能从哪儿弄钱呢？”

“你居然问我？你还是问问你自己吧！”哈利微笑着说，“我们还是言归正传吧，安迪说你从世纪公司弄到了5000元。”

胡里奥叫道：“不！安迪一定是疯了！”

哈利耸耸肩：“哦？我们倒一直认为，疯了的也许是你！”他抬起手比划了一下，身边的莱曼心领神会，从大衣兜里掏出一把手枪，对准胡里奥的肚子。

“你……你们……这是干什么？”胡里奥惊慌失措地问。

“我们要证实一下。”哈利回答。然后他走过去，抓住胡里奥的手臂，将他从床上拉起来。

胡里奥想挣扎，但他知道那完全没用，因为莱曼的枪口一动不动地指着他的肚子。

“转过去，老兄！”哈利说。

胡里奥看看莱曼手中的枪，战战兢兢地转过身。哈利对他进行搜身，不一会儿就从他的口袋里翻出好几样东西——刚买的那盒香烟、一包火柴、一条脏手帕、一支圆珠笔以及 38 元 8 角 2 分的钞票。

“钱呢？”哈利气急败坏地把胡里奥转过来，“你把那 5000 元钱藏哪儿了？”

“哪有 5000 元啊，我就这些钱了，”胡里奥冲着哈利扔在地板上的钞票努努嘴，“就是那些，看见了吗，38 元，我的全部家当都在那儿了。现在，你们应该明白为什么我要搬到这个鬼地方了吧？”

哈利没有说话，他将胡里奥推搡到墙角站着，然后开始搜查他的房间。他们将胡里奥的床垫掀起，将床垫的夹层撕破；接下来又仔细地敲击每一块地板，看看下面是否藏有东西；随后又将房间的窗户推开，仔细查看窗台。可他们的努力都白费了——一无所获。

“垃圾桶在哪儿？”哈利问。

“在走廊里，出门左转，第二扇门那儿。”胡里奥说。

哈利走出去。

莱曼站在房间中央，拿枪逼住胡里奥，直到哈利回来。

“什么都没有。”哈利对莱曼说。

“还是让我来问问吧。”自打进来就一直沉默不语的莱曼开口了。

“好吧，运动员，你来试试看吧！你认为他在撒谎？”哈利咯咯笑着，不以为然地说道。

莱曼点点头：“是的，我对他的话深表怀疑，所以我要亲自拷问他。你把他的手按在桌面上。”

哈利将胡里奥拽到桌子边，抓住他的左手腕，使劲将他的左手按在桌面上。“是这样的吗？”他问莱曼。

莱曼点点头。胡里奥不知道他们葫芦里究竟卖的是什么药。

莱曼突然扬起手枪，用枪把朝胡里奥的小手指狠狠地砸下去，只听“咔嚓”一声，那是小指骨的断裂声。“啊！”胡里奥痛苦地叫了一声，拼命地挣扎着，想从哈利手中挣脱出来。哈利放声大笑，他的个子足足比胡里奥高了一头，强壮得像一头公牛，胡里奥根本不能挣脱分毫。

“现在……”莱曼举起手枪，“这只是一个开始，我问你一句话，如果你再敢撒谎，我就再敲断一根手指。我来问你，你把那笔钱藏在哪儿了？”

胡里奥疼得脸色苍白，豆大的汗珠沿着脸颊滴下来。他说：“安迪在本市有很多眼线，这我很清楚，但这次他真的搞错了。我再说一遍，我既没有抢劫，更没有那笔钱，我还不起安迪的债，这你们还看不出吗？就算你们打断我的每一根手指，我依然拿不出一分钱。”

“好哇，你还嘴硬是吗？哈利，帮我按住他的手。”莱曼说完，又举起了手枪。

“等一等，”哈利说，他对胡里奥的话半信半疑，“莱曼，够了，先到此为止吧，我们再和安迪确认一下。”

莱曼耸耸肩，把枪重新塞回大衣的口袋里。

胡里奥这才抽回了手，他一边用另一只手轻轻地摸着断裂的手指，一边愤愤地说：“莱曼，你记住了，下次我看见你的时候，我非剥了你的皮不可。”

莱曼微微一笑，说：“你是在威胁我吗？胡里奥。”说完，他用拇指根揉了揉那只坏眼睛。

哈利大声说：“胡里奥，对你的手指，我们深表歉意。不过，即使这次世纪公司的案子不是你干的，我们也等于是向你传达一个信息——安迪讨厌不遵守承诺的人。所以，为了你自己的生命安全着想，我希望你刚才说的是实话。”

“是啊，”胡里奥说，“你们向人传达信息的方式还真是特别。”

哈利和莱曼走了。

胡里奥见他们走远，这才放心地走出房门，来到旅馆走廊里的公共卫生间。他将自己反锁在里面，接满一盆冷水，再将受伤的手浸泡在冷水里，直到疼痛减轻。然后他又拖着沉重的步子回到自己房间，望着被翻得一片狼藉的屋子，他一头倒在被撕破的床垫上，望着天花板，脑子里思考下一步该怎么办。

胡里奥躺了一个多小时，到了下午3点钟的时候，他翻身下床，首先对着五斗橱的破镜子照了照，用梳子梳理了一下蓬乱的头发，整理了一下外套和领带，然后将地上的杂物和钱都捡起来，放进外套的口袋里，就出门了。

胡里奥走下楼，来到楼梯口处，他向酒吧瞅了一眼，只见那里已经挤满了酒客，其中有十几个建筑工人，他们一边大口地喝着啤酒，一边大声地吵嚷着，看来，他们是从附近的工地来的。

胡里奥觉得穿过酒吧走到旅馆外面实在是太冒险，因为安迪也许派了其他的人在旅馆附近守候。他摸了摸受伤的手指，转身来到旅馆的后门，从那里出去，闪身进了一条狭窄的胡同，在他确信没有人跟踪之后，便顺着胡同快步走了起来。

穿过狭窄的胡同，胡里奥来到一家加油站，这附近有一个公用电话亭。他走进电话亭，掏出一枚硬币扔了进去，拨了一个电话号码。

电话铃响了三声后，听筒那边传来了一个活泼的女人的声音：“喂？”

胡里奥知道这正是那位带狗的黑发女郎。

他问：“你好！你是那位法国狮子狗的主人吧？”

“哦，是我，”她愉快地说，“请问你是哪位？”

“我叫胡里奥，大约在两个小时前，我在杂货店和你见过面，我还逗过你的狮子狗呢，你想起来了吗？”

“啊！是你啊！”她大笑起来，声音非常清脆，“你知道吗，我一直在等你的电话，你终于打来了！”

胡里奥心一惊，暗想：“也许会顺利！”便又小心地问道：“难道你知道我会找你？”

黑发女郎在电话那边咯咯地笑着：“是因为钱的事吧？因为当我发现那笔钱的时候，我感到非常惊讶，后来我想一定是你放的，而不会是别人的，不是吗？”

“没错，是我的，”胡里奥说，“我可以找你去取钱吗？见面我再向你解释吧。”

“好的，我住在玫瑰道 225 号，”黑发女郎在电话的另一端说，“你知道这儿吗？”

“没关系，我坐出租车去，你会在家等我吧？”

“我在家等你，”她说，“我对你的故事感到很好奇。”

胡里奥挂断电话，走出电话亭。他掏出那块肮脏的手帕擦了擦额头的汗，然后将受伤的左手插进外套口袋。这时恰好有一辆出租车驶过，他摆摆手让车停下来，坐了上去。

大约 20 分钟之后，胡里奥已经站在了玫瑰道 225 号的门前，他按了一下门铃。

不一会儿，门开了，站在面前的是黑发女郎，她仍然是那套粉红色打扮，还有那只狮子狗贝贝，正蹲坐在她身边。

“请进，胡里奥先生。”

贝贝似乎也认出了这位特殊的访客，冲着他欢快地叫了一声，还使劲摇着尾巴。

黑发女郎带着胡里奥走进她的家，进入客厅里。这是一间朴素而高雅的屋子，空调开着，非常凉爽。

“别客气，请坐！”黑发女郎请胡里奥坐在一张轻便的椅子上，自己也在一张靠背椅子上坐下来。随即她又站了起来，问：“胡里奥先生，你想喝点什么吗？冰茶还是酒？”

“就来一杯冰茶吧，谢谢了！”他说，“很抱歉，请问我该怎样称呼你呢？”

“叫我约瑟芬好了，”说着，她朝着胡里奥微微一笑，“噢，请稍等。”说完，她又走出客厅，大概是去了厨房，不一会儿，她端出一壶冰茶和两只杯子。

“我很奇怪，胡里奥先生，你怎么知道我的电话号码呢？”她略带疑惑地问。

“你的电话号码刻在贝贝的颈牌上了，那天我在杂货店逗你的狗时，就注意到了这一点。”

“天哪，你可真细心！这么说，将 5000 元钱放在贝贝的嘴里也是你干的了？”

胡里奥笑着点点头，说：“我猜杂货店老板也认识你，因为你和贝贝似乎是他那里的老顾客了，对吧？”

贝贝听见有人提到了它的名字，雀跃着向胡里奥跑来，它嘴里叼着一根塑料制的火鸡骨头，正用明亮的眼睛看着胡里奥，希望他和它玩抢骨头的游戏。胡里奥伸出没有受伤的右手，假装要抢贝贝的塑料骨头，贝贝咬住，猛地向后缩，喉咙里还故意发出呜呜的低吼声。

约瑟芬说：“你知道吗，当我离开杂货店回到家，看到你那包百元大钞从贝贝叼着的报纸里掉下来时，我是什么感觉吗？”

“真抱歉，约瑟芬小姐，让你受惊了，因为当时我别无选择，那是我唯一能想出来的办法，”胡里奥一本正经地说，“只有这样，我才能安全地将钱转移到相对安全的地方，并且我还能在事后将它取回来……”说到这里，胡里奥突然意识到自己可能说得太多了，便及时地闭上了嘴。

“不必道歉，”约瑟芬说，“相反，我倒是觉得很刺激，我很高兴能帮你！”

“当然，我有一个疑问，为什么你要通过我和贝贝将钱转移呢？”

“这件事说来话长了，”胡里奥喝了一口冰茶，说，“说实话，当时我为了保住这笔钱，只能出此下策。也许你不知道，我欠了一位放高利贷的几千元。上个星期，他向我讨债，可我没有钱，当时我乞求他宽限几日。然而几天前的一个晚上，我也不知道撞上了什么狗屎运，我赢了 5000 元！那天晚上，我先是用我仅有的 20 元钱下了一点儿小赌注，后来越赢越多，最后居然赢了 5000 元。这也就是我后来塞进贝贝嘴里的那包钱。”

“你为什么要把钱给贝贝呢？”

“因为就在你走进杂货店之前，我无意中看到两个恶棍也在附近，他们是我债主的两个爪牙，无恶不作，专门用武力讨债。这时候我明白了，他们原来是在跟踪我，于是我怀疑他们一定是得知了我赢钱的事，准备将这笔钱抢走，所以，当时我一点儿办法都没有。”

听到这里，约瑟芬的眼睛瞪大了，“那些放高利贷的都是吃人不吐骨头的家伙！”她不屑地皱皱眉头，停了一下，或许她觉得自己的话太直白了，脸上显露出尴尬之色。

约瑟芬说：“恕我直言，如果你赢的钱够还债，为什么不干脆还清呢？”

“因为这些钱我另有他用。”胡里奥说。

“用作什么呢？”

“哦，我有一个姐姐，住在哥伦比亚城。”胡里奥一本正经地说。

“在我幼年时，我的父母就在一次车祸中去世了，是姐姐把我抚养长大。现在，她一个人生活，经济陷入困境，可是祸不单行，6 个星期前，她又中风瘫在了床上，我迫不得已才求助高利贷，好为她支付医药费。我赢的这 5000 元也准备给她留着，现在的医药费太贵了！”说到这里，胡里奥的眼眶似乎湿润了。

“哦，真为你姐姐难过，胡里奥先生。不过，难道你没有工作吗？你总有收入来源吧？为什么还要找放高利贷的呢？”

胡里奥微微一笑：“我这个人比较不务正业，所以经常通过赌博挣点生活费。可倒霉的是，最近 6 个月我的手气都很糟，总是输钱，直到前天晚上才赢。”他一口将冰茶喝完。“约瑟芬小姐，我想请您把我的钱给我，因为我要搭下午的汽车到哥伦比亚城去看望我姐姐。”

“几点钟的汽车？”

“5 点。”

“那还早呢”，约瑟芬说，“我还有一个疑问。”

“什么？”

“那个放高利贷的两个爪牙，他们后来找到你了吗？”

胡里奥从口袋里抽出左手，将受伤的小指展示给约瑟芬看。

“哇！”她吓得惊叫起来。胡里奥的小手指这时已经肿胀得很大，皮肉因为淤血，都变成了乌青的颜色。

“天哪！”约瑟芬喘着气说：“这是他们干的？他们打你了吗，你的指头怎么啦？”

“断了！”胡里奥点点头说。

“你快去医院吧，请医生给你包扎。”她说。

“等你把钱给我，我就去看医生。”

约瑟芬将冰茶又倒满杯子，然后对胡里奥说：“钱的确被我收起来了，不过我很奇怪，你难道就不担心我将这笔钱据为已有吗？”

胡里奥说：“自从我第一次见到你，我就觉得你是个诚实、可靠的女人，当然，贝贝也是一样，对不对？”说完，他冲着贝贝笑了笑。

“谢谢你的夸奖，”约瑟芬说，“我也替贝贝谢谢你。不过，说老实话，我一开始还真的动了独吞那笔钱的念头呢，我头一次见过那么大数额的一笔钱。再说，就算我把那笔钱独吞，你也没有任何证据证明那钱是你的，对吗？不过我又仔细一想，我不能这样做，这笔钱一定是在杂货店逗弄贝贝玩儿的人的，他也喜欢狮子狗。于是，我决定把钱还给你，可我没有你的联系方式，因此，刚才我给我哥哥打了电话，跟他说了整个事情的原委，我哥哥让我先把钱保管好，坐在家里等你的消息，因为他确信你会主动联系我的。”

“你哥哥说得对，”胡里奥说，“这不，我已经联系上了你。”

“请问约瑟芬小姐，我什么时候才能取回我的钱呢？”胡里奥渐渐显得有些不耐烦了。

“喏，就在那儿，放在中间那个抽屉里，”约瑟芬指了指空调下面的桌子说。

尽管胡里奥很想打开那个抽屉，赶快把钱拿到手，但他还是克制住了。他知道约瑟芬说的是真话。

“胡里奥先生，那包钱还放在原来那个信封里，我分毫未动。不过我希望你等我哥哥回来，因为在刚才，我给他打电话说这笔钱的事，他说希望你等他一会儿，他已经在来这里的路上，他想亲自问你几个问题。”

“什么问题？”胡里奥有些不安。

“哦，不过是关于身份之类的问题。因为我哥哥说，毕竟这笔钱数额不小，我们也要谨慎些。”

胡里奥的手指感到一阵阵疼痛，甚至他觉得自己的头都在隐隐作痛，他急于要从眼前这个女人手里把钱取回来，赶紧离开这个是非之地，可是他又要装作若无其事、镇定自若的样子。

“好吧，那我就等他回来吧，”胡里奥说，“你哥哥这样做也很正常，他这么细心，我看他都可以去做律师了，他是律师吗？”

“不是，”约瑟芬说，“他不是律师，他是负责调查盗窃案的警官。”

胡里奥脸上的笑容一下子凝固了，他的表情显得非常痛苦，好像有人又敲断了他的一根指头一样。约瑟芬注视着胡里奥，她说：“因为我注意到，你的那些钞票的号码是连续的，我才打电话给我哥哥，他告诉我，世纪公司前几天恰好发生了一起劫案，丢失的数额也恰好和你的钱数相同。”

胡里奥猛地从椅子上跳了起来，慌乱之中，他受伤的手碰在椅子的扶手上，痛得大叫了一声。他也顾不得疼痛，跌跌撞撞地冲向大门，“贝贝，看住他！”约瑟芬大叫了一声。

刚才还非常温顺的贝贝像箭一样蹿出去，跑到胡里奥面前，挡住了他的去路。它的两只眼睛紧盯着胡里奥的脸，露出凶光，嘴里还发出威胁的叫声。

胡里奥一下子怔住了，他不知所措。

就在这时，前面门廊响起了一阵杂乱的脚步声。胡里奥一言不发，将疼痛的手放回口袋，又坐回到椅子中。

当两位警察带走胡里奥时，他回头看看约瑟芬，约瑟芬的表情里既有同情，也有怀疑。

“胡里奥先生，你真的有一位生病的姐姐住在哥伦比亚城吗？”她问。那声音听起来似乎不那么愉快。

这次，胡里奥没有吭声。

亡命猎手

“你瞧，就在那儿，是一个很大的岛屿，真是太奇怪了！”怀特尼向前方指着，大声喊道。

“快查查航海图，看看那是什么岛？”雷夫德说。

怀特尼在航海图上查了一会儿，说：“航海图上标着它的名字，好像……叫做‘迷船岛’。”

“迷船岛？”雷夫德若有所思地说，“难道这就是传说中的那个岛？你知道吗，在水手们中间有一个传言，说迷船岛是个无比诡异、恐怖的地方，但岛上究竟有些什么，谁也不知道。”

雷夫德赶忙架起高倍望远镜，想极力看清那个神秘莫测的岛屿。“奇怪，我怎么看不见呀？”他诧异地说。

“哦？看不见吗？我记得你的眼力是很不错的呀！”怀特尼笑着说，“在草原上，400 英尺之外的羚羊你都能看得清清楚楚，在这儿，你怎么连 4 码外的东西都看不到了呢？”

“哈哈，老兄，别开玩笑了。天这么黑，我怎么能看得见呢？你看，这天色，就像罩着一口大黑锅，要是能看到才怪呢！”雷夫德一本正经地说。

“等我们到了里约，天也就快亮了。”怀特尼十分自信地说，“我们应该尽快把狩猎用的装备都准备好，尤其是那种专门对付美洲虎的猎枪。到了艾默顿之后，我们将有一次非常过瘾的狩猎活动，我实在太喜欢它了！”

“是啊，我也觉得那是世界上最棒的运动。”一提到狩猎，雷夫德也是劲头十足。

“不，那只是对猎手而言，”怀特尼补充说，“对猎物来说，狩猎活动就是它们的悲剧了。”

“你是个猎手，不是哲学家，不必去顾及猎物的感受。”

“也许猎物有自己的感受呢？”怀特尼争辩说。

“傻瓜，它们是没有思想的，它们什么感受都没有。”雷夫德坚持说。

“即使是这样，我觉得他们最起码知道害怕，它们会和人类一样害怕灾难、害怕痛苦、害怕死亡，不是吗？”

雷夫德见怀特尼如此固执，便无可奈何地笑笑说：“天气可真热，热得什么都不想干。得了，老兄，世界是由猎手和猎物这两个阶层组成的，幸运的是，你和我都投胎成了猎人。哦，对了，那个‘迷船岛’咱们已经过去了吗？”

“我看不清楚，因为天太黑了，但愿我们能顺利通过这片海域。”怀特尼说。

“据说这个岛屿非常邪门儿，你说岛上会有野人吗？”雷夫德满脸疑惑地问。

“不，我觉得在这岛上有比野人更可怕的东西，”怀特尼略带紧张地说，“不过，也许这些都是水手们的传闻罢了。对了，你有没有发现，今天整个船组都显得很紧张啊？”

“是啊，不知道他们今天怎么了，都有点神经兮兮的，连见多识广的老船长尼尔森也……”

“我也看出来了，老船长今天也显得很反常，他好像对‘迷船岛’这个名字极其忌惮，当我好奇地向他问及‘迷船岛’这名字的由来时，他只是告诉我说‘迷船岛’对远渡重洋的水手们来说是个不祥的地方，接着便缄口不言了。”

“我担心，个别人的迷信和恐惧会传染给整条船的人！”雷夫德说，“别信他们的话。”

“对！你说的有道理。不过，水手们在大海上航行多年，在危险来临之前，他们往往会有一种特殊的直觉。”怀特尼说，“而且，我认为邪恶是可以被感知的，它们就像声音和光那样，可以通过波长来传递信息……但不管怎么说，我们已经快驶出这片诡异的海域了，雷夫德，我该回去睡觉了。”

“我不太困，”雷夫德说，“我先到后甲板上抽一会儿烟，然后再去睡。”

“不过你可别睡得太晚，明天见！”怀特尼说。

“晚安，怀特尼。”

夜深了，雷夫德独自一人坐在后甲板的一把折叠椅上，他悠然自得地叼着烟斗，耳边传来游艇的引擎声和海水拍打船舷发出的哗哗声。

渐渐地，一阵阵困意向雷夫德袭来，他迷迷糊糊地想：“这么黑的夜晚，我可以睁着眼睛睡一觉了，反正什么都看不见……”想着想着，就叼着烟斗进入了梦乡。

不知道睡了多久，突然一声枪响把雷夫德惊醒，他仔细听声辨位，断定那声音是从游艇的右方传来的。正当他思索究竟是怎么回事儿时，突然又一声枪响传来，还是同样的方位，紧接着，又响起了一声。毫无疑问，是有人在黑暗深处的某地连开了三枪。

雷夫德全身肌肉紧绷，睡意也完全被驱散了。他翻身跳下椅子，将眼睛睁得大大的，努力朝枪声响起的方向望过去，可是在这个伸手不见五指的黑夜里，他想看清什么简直是痴心妄想。可是雷夫德并不甘心，他又踮起脚尖，将大半个身子探出船舷的栏杆，试图能看得更远一些。就在这时，他嘴里叼着的烟斗碰到了船上的一条缆绳，烟斗被碰掉了，这只烟斗是雷夫德最钟爱的东西，情急之下，他急忙伸手去抓，结果身体一下子失去了平衡，翻过了栏杆，只听砰的一声，他顿时感到加勒比海的海水正渐渐将他吞噬，只留下一声尖叫划破夜空。

没人注意到雷夫德落水，游艇仍然全速前行。掉在海里的雷夫德奋力挣扎着浮出水面，并试图大声呼救，但游艇螺旋桨溅起的海浪狠狠地打在他的脸上，又苦又涩的海水疯狂地涌进他的嘴里。望着渐行渐远的游艇，雷夫德并没有完全绝望，他看准了游艇离去的方向，拼命地划动双臂，试图追赶远去的游艇。可是游艇的速度岂是人力所及？不一会儿，游艇就与他拉开了几十米的距离。就在他快要失去信心的时侯，头脑反而慢慢冷静下来，心里想：“在多年周游世界的生涯中，失足落水也不是第一次了，如果自已这时大声呼救，船上的人或许能够听见。”想到这里，雷夫德迅速将外衣脱掉，以便减轻负重，然后他使出浑身力气大声呼喊。可是游艇似乎在故意与他作对，行驶得越来越快，最后，连游艇的灯光也消失在茫茫海面上，再也看不见了。

雷夫德又奋力游了50英尺之后，便无奈地停了下来，刚才他那一点儿渺茫的希望也彻底破灭了，此刻他万念俱灰——在这无比险恶的深海里，等待他的除了死亡还会有什么呢?

这时，一个海浪猛地打在了他的头上，顿时让他清醒过来："枪声，刚才听到的枪声！一定有人在这附近，说不定有另一条船！"这时，雷夫德仿佛又看到了一丝希望。他记得枪声是从右边传来的，于是他转身向那个方向奋力游去。由于刚才的挣扎和呼救，雷夫德的体力已经消耗得差不多了，因此他游得很慢，试图节省一些体力。

在这无尽的黑暗中，一切似乎都凝固不动了，甚至连时间也仿佛停止了，雷夫德只能听到自己双臂击打水面发出的声响。为了驱散脑海中挥之不去的恐怖念头，也为了给自己壮胆，他开始数起双臂划动的次数，一、二、三……

忽然，一个无比凄厉的声音传入雷夫德的耳中，像是濒临死亡的动物发出的无奈嘶吼，隐隐约约从那黑暗的深处传来。虽然这声音让雷夫德有一种毛骨悚然的感觉，但同时也给他带来极大的希望。"声音就在前方不远处！没错，就在前方！"雷夫德顿时感到浑身上下重新充满了力量，他朝着声音的方向游了过去。前方又响起了一些断断续续的嘈杂声，"一定是枪声。"雷夫德心想，但他的双臂和双腿仍不敢怠慢，继续奋力向前游着。

大约又游了10分钟，另外一种熟悉的声音传进了雷夫德的耳朵，那是海浪拍击岸边岩石的声音！虽然这是自然界最普通的声音，可在雷夫德听来，它简直可以与世界上最美妙的音乐相媲美。雷夫德不禁精神为之一振，他再次鼓足劲头，终于，他的手触到了一个坚硬的东西——海边的岩石。"天哪！我终于得救了！"雷夫德兴奋极了，在茫茫大海上，孤立无援，居然能够逃出死神的魔掌，这简直是一个奇迹！极度疲惫的他踉踉跄跄地爬上海岸之后，便一头扑倒在地上，失去了知觉。

雷夫德睡了整整一天，当他睁开眼睛时，已经是黄昏时分了，夕阳正温暖地照在他的身上。一整天的睡眠让雷夫德恢复了些许精力，他慢慢从地上爬起来，突然觉得肚子里咕咕直叫，一种强烈的饥饿感向他袭来——毕竟，他已经一整天没吃东西了。

"有枪声的地方，一定有人。有人在，就不愁找不到吃的。"雷夫德心中暗想。可是他环顾一下四周，又有些失望："这里既没有码头，也没有船只，一个孤零零的小岛难道真会有什么人吗？"

雷夫德带着满腹疑问，沿着海岸线艰难地行走着。地上荆棘丛生，树林茂密，根本找不到道路的痕迹。当他走到距离昨天上岸不远的地方时，突然发现前面的情况有点儿异常，只见四周茂密的草丛被践踏得一塌糊涂，旁边几棵灌木的枝杈也被折断在地。

"可能是什么东西在这里受伤了，难道会是头巨大的猛兽吗？"雷夫德暗想。

他沿着被踩倒的草丛向前走，竟隐约发现了一条通向密林深处的小路。这时，他的目光突然被地上一个亮晶晶的东西吸引了，弯腰捡起来一看，原来是一个子弹壳。

雷夫德继续向前走，又陆陆续续找到了一些子弹壳，粗略一数，居然有22颗。

“好家伙，这头野兽还真不小呢！昨天夜里这里肯定发生过一场恶战。”雷夫德心里想，“我在船上听到的那三声枪响，一定是猎人在刚发现野兽时开的枪，野兽带伤逃走，于是猎人一路追击，最后在这里才把它打死……”

“如此说来，这附近应该有猎人的脚印呀！”雷夫德又仔细地检查地面，终于，他在地上找到了几个模糊的人的脚印——而那些脚印正是通向他上岸的方向。雷夫德心里激动无比，尽管地上都是些腐烂的枯叶和大大小小的碎石子，但他也顾不得那么多了，深一脚浅一脚地向前奔去，他要在夜幕降临之前找到猎人的驻地。

当天色完全黑下来的时候，远处几点微弱的灯光终于出现在雷夫德的视野中，他不禁高兴得差点儿欢呼起来。在他的身后，无尽的黑暗吞噬了大海和丛林，也几乎将他活活吞噬，然而眼前，上帝却赐予了他希望的灯火！雷夫德迫不及待地向灯光的方向奔了过去。刚转过一个弯，在他眼前又出现了许多灯光，他以为那是一个村庄，可定睛一看才发现，原来那是一座宏伟壮观、气势恢弘的古堡！

雷夫德走近这座古堡，仔细打量着，只见它依山而建，三面都是悬崖绝壁，在古堡灯光的照映下，崖底的惊涛骇浪清晰可见。看到这里，雷夫德不禁心里一动，他觉得眼前这个古堡似乎并不像一个栖身之所，反倒更像是一座罪恶之渊。

雷夫德忐忑不安地来到古堡大门前，他伸手拉起门环，只听那门环发出吱吱的响声，看来很久没用过了。他又用力叩击门环，发出阵阵沉闷的响声，恍惚之中，他仿佛听见门里传来一阵脚步声，但那门仍然纹丝不动。当他拉起门环，准备再次叩击时，门吱的一声开了，一道金色的光线从门里射出来，照得他睁不开眼睛。

当他慢慢地睁开眼睛时，惊恐地发现，一个身高将近两米，体形无比健壮的彪形大汉正拿着一只长筒手枪站在他面前。那个大汉好像是原始森林里的野蛮人，骨骼粗大、肌肉结实，长着一缕至脖颈的络腮胡子，两道凶狠的目光正从他的小眼睛里射出。

雷夫德急忙高举起双手，勉强挤出一丝笑容：“朋友，别紧张，我叫圣哥·雷夫德，从纽约来，昨晚我不小心从游艇上落水，这才游到这座岛上。”

那家伙仿佛没听懂雷夫德的话一样，仍然像个石雕一样，用枪口指着雷夫德。雷夫德注意到，他身穿一件黑色的制服，制服上镶着银灰色的边。

“我是从纽约来的，我叫圣哥·雷夫德。”雷夫德小心翼翼地又说了一遍，“我从游艇上落水了，能给我点儿吃的吗？”

这一次，那个野蛮人有了反应，他先将手枪收起，然后侧转身子，两脚立正，行了一个标准的军礼。雷夫德发现，原来从古堡的台阶上走下来一个清瘦高大的男子。

“原来你就是鼎鼎大名的杰出猎手圣哥·雷夫德先生，欢迎光临寒舍！”那个男子用一种彬彬有礼的语调说。

雷夫德也和他握了握手。

“也许你还不知道我是谁吧？我可是早就拜读过你的大作了——那本关于西藏猎

捕雪豹的书。”那个男子解释说，“自我介绍一下，我是亚拉夫将军。”

亚拉夫将军给雷夫德的第一印象便是英俊、威武。他身材高大挺拔，虽然看上去已过中年，头发有点儿花白，但他那浓密的眉毛和胡子里却流露出一股威严的气势，他的眼睛里闪烁着一束令人难以捉摸的目光。亚拉夫将军转身向那个野蛮人打了个手势，那个家伙才向后退了几步，把门口让出来。

“噢，他是伊万，一个拥有难以置信的力量的家伙，”将军说，“只可惜他天生就是聋哑人，恐怕这辈子只能做奴隶了。”

“他是俄国人？”

“不，是哥萨克人，”将军微笑着说，“和我一样，我也是哥萨克人。”

“请进来吧，”将军说，“我们进屋聊，我会让人给你准备好衣服、食物，还有既安全又舒适的休息场所。总之，你要的一切我这儿都有！”

将军转过身去，翕动着嘴唇，与伊万进行着无声的交谈。

“雷夫德先生，如果你不介意的话，请随伊万去换一下衣服。”将军说，“我已经让人给你准备了一套非常合身的衣服。晚饭马上就好，一会儿我们共进晚餐！”

伊万带着雷夫德来到一间非常宽敞的卧室。卧室里灯光明亮，一张大床足以睡得下 6 个人。伊万面无表情地打开壁柜，取出一件睡衣递给雷夫德。这件睡衣面料考究，款式典雅，在衣角上还绣着一个花体字母“K”——雷夫德认得这个标记，那是出自伦敦一个有名的裁缝之手，他专门给伯爵以上的贵族量身定做衣服。

雷夫德换好衣服之后，伊万又领着他来到一个餐厅。餐厅充满了恢弘高雅之气，让雷夫德恍如置身中世纪的皇宫一般——橡木的方格地板，金碧辉煌的屋顶，足可容纳 20 个人用餐的宽大的长形餐桌。最令人叹为观止的是，在餐厅四面的墙壁上，悬挂着许多动物的头部标本，有狮子、老虎、大象、鹿、熊，还有很多连雷夫德都叫不上名字的。在明亮夺目的灯光下，他看见亚拉夫将军正端坐在餐桌的顶端。

“雷夫德先生，你喝鸡尾酒吗？”将军微笑着问。

“哦，当然，在饿了一天之后，能喝上一口鸡尾酒是再好不过的了。”雷夫德对亚拉夫将军的盛情款待表示谢意。

在接下来的晚餐中，雷夫德见识了更丰盛、更华美的菜肴。酒过三巡，亚拉夫将军说：“让我们尽力来保持这种平和的气氛吧，如有招待不周，还望你多多包涵。哦，这些远涉重洋而来的香槟酒怎么样？”

“真是美酒！”雷夫德由衷地赞美着。将军的热情好客让雷夫德非常感动。可是，唯独有一点儿让雷夫德不自在的是，每次当他吃完东西抬起头来时，都会发现将军在目不转睛地注视着他，既像在鉴定一件出土文物，又仿佛是在审视一个囚犯。

“雷夫德先生，我对你很了解，你知道这是什么原因吗？”

“愿闻其详。”

“因为我和你有一个共同爱好，就是打猎。”将军说，“我读过各种版本的打猎的书，包括英国出版的、法国出版的，还有俄国出版的，而你的著作是其中最经典的！”

“你过奖了，亚拉夫将军！”雷夫德说，“难怪在这儿有这么多奇妙的战利品，那边的那头大野牛是我见过的最大的！”

“你是说那个吗？那家伙的确不小！”将军指着那头野牛的头颅标本，非常得意地说，“对付它可花了我许多工夫，最后它在一棵大树下撞倒了我，还把我的头部顶伤了，但我却要了它的命！”

“你真了不起！疯狂的大野牛绝对是天下最难对付的猎物！”雷夫德赞叹说。

亚拉夫将军的脸上露出了一种神秘的微笑，他拉长了声调说：“先生，我可不这么认为，大野牛可不是天下最难对付的。”他缓缓地呷了一口酒说，“在这个岛上，有一种更加危险、刺激的狩猎活动。”

雷夫德非常惊讶地问：“这个岛上还有狩猎活动？”

将军意味深长地点了点头，说：“这才是真正最危险的狩猎活动！”

“真的？”

“哦，当然，那些猎物并非小岛上原本就有的，而是我从岛外引进的！”

“将军先生，你引进的究竟是什么？”雷夫德试探着问，“是老虎吗？”

将军摆了摆手，笑着说：“不，早在多年以前，我猎杀老虎的兴趣就没有了。猎杀老虎一点儿都不危险不刺激，我这个人只对危险的事儿感兴趣。”

将军说着，从口袋里掏出一个金质雪茄盒，他抽出一支雪茄递给雷夫德，那是一支带银边的黑色的长雪茄，它被香料熏过，发出阵阵的幽香。

“你来得真巧，这两天我正好要在岛上进行一次大规模的狩猎活动，这次我们将有机会合作。”将军说。

“但那是一种怎样的狩猎呢？”雷夫德问。

“别着急，你慢慢会知道的。”将军说，“你一定会非常喜欢这种狩猎活动，那绝对是一种全新的感受，充满了危险性，也极富刺激和挑战——这才是狩猎的真正魅力！哦，雷夫德先生，你的杯子空了，可以给你再倒杯酒吗？”

“非常感谢，亚拉夫将军。”

将军给自己和雷夫德倒满了酒，接着又说：“上帝可以决定一个人的命运。上帝使一部分人成为诗人，一部分人成为国王，还有一部分人则沦为乞丐。而上帝却让我成为了一个猎手，我父亲说我是一个天生的猎手。对了，忘了告诉你，我出生在一个富商家庭，我父亲在克什米尔有 25 万英亩土地，他对运动有着极度的热情。在我 5 岁那年，父亲送给我一支小枪，那是他在莫斯科为我专门定做的，可以发射短箭。记得有一次，我不小心射中了他的一块金质奖牌，他非但没有惩罚我，相反还表扬了我，说我具有男子汉气概。”

将军继续说：“在我 10 岁那年，我在高加索猎杀了一头熊，那次可谓是我狩猎生涯的开端。后来，贵族子弟最大的荣耀降临到我的身上——我参了军。可好景不长，参军后不久，哥萨克骑兵就发生了分裂，但这与我无关，因为我真正感兴趣的只有一件事，那就是狩猎！我几乎去过世界的每一个角落，对付过各种动物，被我猎杀的动物简直不计其数。”

将军吐了个烟圈，又陷入了回忆中。

“大约一年之后，俄国爆发了大革命，许多原先富可敌国的俄国贵族一夜间变得一无所有，有的人到埃及开罗经营茶叶店谋生，有的人则流落到巴黎靠开出租车度日。我算是比较幸运的，在大革命爆发前，我在美国有一笔巨额投资，这笔钱足够我在这个世外小岛上建造起一幢富丽堂皇的古堡，我也可以继续我的狩猎爱好。这些年来，我在岩石区猎捕大灰熊，在非洲刚果捕杀鳄鱼，在东非猎杀犀牛和大野牛。对了，就是那次猎杀野牛的时候，让我受了伤，在医院里躺了将近半年。出院后，我又前往南美热带丛林捕猎美洲虎，因为我早就听说它们是很难对付的，但去过之后才发现也不过如此。”

这位富有传奇色彩的哥萨克将军继续说：“最后，我几乎对狩猎失去了兴趣，你知道吗？一个好猎手，却碰不到棋逢对手的猎物，那心情该多么失落！直到有一天，我的脑海里萌生了一个美妙的念头，我才重新找到狩猎的乐趣。要知道，狩猎就是我的生命！就如同美国商人一旦离开生意场就会逐渐精神崩溃，因为商业是他们的生命那样。”

“不错，你说得对！”雷夫德点点头，“那这个念头是怎么萌生的呢？”

将军笑着说：“当时，我反复追问自己，为什么狩猎对我没有吸引力了呢？……雷夫德先生，虽然你比我年轻，虽然你狩猎生涯没我长，但可能你已经猜到答案了，对吗？”

“难道是因为，狩猎对你来说太简单了？”

“太对了！无论是猎杀猛虎还是野牛，对我来说都易如反掌，自然就毫无兴趣可言了……”将军又点燃了一支雪茄。

“不瞒你说，无论什么猎物，在我面前绝无逃生的可能。我这不是自吹自擂，因为野兽毕竟是野兽，它们只能依靠四肢和本能来躲避猎手的追杀，而面对经验老道的猎手，它们是永远也躲不过的！”

雷夫德斜靠在椅子上，听得入了迷。

“于是我就想，究竟该怎么办呢？突然，那个灵感萌生了！”将军得意地说。

“是什么灵感？”

将军笑了，说：“我必须找一种全新的猎物来满足我。”

“全新的猎物？你不是在开玩笑吧？”

“绝不开玩笑，”将军说，“打定主意之后，我就买下了这座小岛，并斥巨资在岛上修建了这座古堡。这个小岛作为狩猎场简直再合适不过了，岛上有丛林、有山地、有沼泽，还有迷宫一般的小道……”

“可你猎杀的是什么动物呢？”雷夫德打断将军的话。

“我捕杀的猎物与一般的动物不同，它们有胆量、有智慧，而且非常狡猾，总之，它们是具有思想的动物！”

“不可能！动物是没有思想的。”雷夫德露出满脸的疑惑。

“亲爱的朋友，”将军以一种非常诡秘的声调说，“有一种动物可以……”

“难道……难道你说的是……？”雷夫德惊讶得几乎从椅子上跳起来。

“为什么不可以呢？”

“上帝啊，亚拉夫将军，我觉得我们谈论的话题已经超出了狩猎的范畴，你所说的一切简直是谋杀！”

“哈哈！别抱着旧思想不放啦！相信你一定经历过战争吧？”将军得意地审视着雷夫德。

雷夫德掩饰不住心中的愤怒，他几乎是在大喊：“对于那些凶残的刽子手，我可不会宽恕！”

“哈哈哈……”将军又是一阵狂笑，“你是多么顽固不化啊！哦，你是个清教徒吧？但我相信，当我们一同狩猎时，你会觉得这简直是世界上最刺激、最过瘾的狩猎活动。”

“谢谢你的好意，亚拉夫将军，但我不能与你合作，我是个猎手，却不是个凶手。”

“雷夫德先生，别说得这么难听好不好？”将军面露不悦之色，“我不赞同你的看法，我认为你是错误的。”

“哦？你真这么认为吗？”

“难道你不懂弱肉强食的道理吗？生命是为强者而准备的，强者具有生存和繁衍的权力；至于弱者，是上帝赐予强者的礼物，是为了给强者创造欢乐的。这就是生存的法则，我们应该顺应，而不是违背！我既然是强者，那么我就有权屠杀和奴役弱者！我猎杀的只不过是游艇上的水手、卑贱的黑鬼和蒙古人，他们连一匹喂饱了的猎马和一只猎犬都不如，他们只不过是行尸走肉般的社会渣滓！”

“不对！他们和我们一样，都是人！”雷夫德激动地叫喊着。

“正因为这样，”将军不动声色地说，“我才要使用他们，他们能像我们一样思考，因此他们比普通的野兽要危险，但这样才够刺激，不是吗？”

“可你怎么把他们弄到岛上来呢？”

将军的眉毛得意地扬了扬，诡秘地说：“你知道这个岛屿叫什么名字吗？它叫‘迷船岛’。有时候，愤怒的海神会把这些猎物给我送上门来，可有时候，海神也不那么慷慨，那我就自力更生……来，到窗户这边来。”

雷夫德随着将军走到窗户边，放眼向外望去。

“请看那边，”将军向窗外的黑暗指了指，雷夫德什么也没看见。这时，将军又按了一个按钮，远处的海面上突然出现了一道光柱，他说：“一般的水手会把那道光柱当做灯塔的灯光，他们会满心欢喜地向光柱的方向驶去。可事实上，那里是凶险无比的暗礁，就像一只饥饿凶残的海兽，轻而易举地将船只击成碎片。”说完，将军一边冷笑，一边狠狠地捏碎了一颗花生，扔到地上又重重地踩了几脚。

“原来你通过如此卑劣的手段袭击那些船只！”

将军的脸上闪现出一缕让人不易觉察的恼怒之色，但又转瞬即逝了，他仍以一种亲热的语调说：“亲爱的，你太正直了，我向你保证我绝没有刻意袭击他们。恰恰相反，我待他们如贵宾，对他们照顾得无微不至，我给他们提供充足的食物，还有良好的训练条件。他们一个个都强健得很，如果你不相信，那么明天打猎时你就会明白了。”

“我不明白你到底在说些什么？”

“我带你参观一下我的训练营吧。”将军笑着说，“前些天有一艘西班牙船触礁沉没了，船上的 12 个幸存者被我收留在一个地窖里。这些可怜的家伙，他们只习惯在甲板上生活，却不适应丛林生活，我对他们的前景很悲观。”

雷夫德此时在努力保持着镇静。亚拉夫将军做了个手势，伊万立刻端来了一壶醇厚浓香的咖啡。

将军冷酷地说：“不要紧张，我的朋友，你只需把它当成一场游戏就好了。游戏规则是这样的：挑选一个人作为猎物，我会给他配上充足的食物和锋利的猎刀；然后，我给他 3 个小时的逃跑时间；接下来，我只带着一把最小口径的枪去追捕。如果在 3 天之内，我找到了他，那就是他的不幸了；如果他成功地躲藏，3 天内不让我发现，那这场游戏他就赢了。”

“如果，他不想和你玩这个游戏呢？”

“哦？”将军说，“我不会强迫他参加这个游戏，我会给他选择的机会，要么参加我的狩猎游戏，要么和伊万进行另一场游戏。你也见识到伊万的强悍程度了，但毫无例外的是，我的那些客人们最终还是选择和我玩狩猎游戏，亲爱的雷夫德先生。”

“但是，如果最后输的是你呢？”

将军得意地说：“到目前为止，我还一次没有输过！”

这时，他好像突然想起什么似的，急忙补充道：“我这可不是和你吹牛，他们中大多数人的脑袋不那么灵光，他们出的那些简单题目根本不能给我造成障碍。但有一次是个例外，我遇到了一个经验丰富的家伙，他差点儿赢了我，最后我不得不靠猎狗的帮助战胜了他。”

“猎狗？”

“在这儿，我指给你看。”

雷夫德来到窗前，只见窗外后院那阴森恐怖的草木阴影中，隐约可见十几条巨大的黑影来回穿梭游动。

“它们是相当忠诚的家伙！”将军赞叹说，“每天晚上 7 点后我才把它们放出来，如果有什么人想进入我的房间，或者想从这儿逃走，十有八九会成为它们的晚餐。”

“最近一段时间，我还有许多新的收获，你要不要来看看？”将军问。

“哦，不，不了，”雷夫德说，“亚拉夫将军，很抱歉，我感觉有点儿不太舒服。”

“真的吗？可能是太疲劳了吧？你在海里游了那么长时间，的确需要一个宁静的夜晚和甜美的睡眠。这样吧，你养足精神以后，明天我们一块去打猎！晚安了，雷夫德先生。”

雷夫德匆忙道了声晚安，便逃也似地跑回了自己的卧室。他穿着柔软舒适的睡衣，躺在宽敞的大床上，却睡意全无，浑身都疼痛难耐，心里像团麻一样乱糟糟的，房间外面的走廊里不时传来断断续续的脚步声，更让他心惊胆寒。他跳起来，打算打开房门看看外面是什么情况，但房门被人在外面锁住了，他只好转身来到窗前，向外望去，发现自己的房间竟然是在古堡的塔尖上。古堡四周静得出奇，只有一弯残月躲在乌云后面隐约地泛着黯淡的光芒。他透过窗户向下望，只见十几条猎狗正仰头贪婪地望着这边，眼睛里闪着幽幽的绿光，就像一群夺命的魔鬼！

雷夫德无奈，只好回到床上躺下。他闭紧双眼，强迫自己入睡，但内心却总是无法平静。当天蒙蒙亮的时候，他在半睡半醒间隐约听见在很远的丛林里，传来一阵模糊的枪声……

直到午餐时间，亚拉夫将军才穿着一件花呢套装，神情疲惫地出现在雷夫德面前。他似乎对自己的状态毫不在意，反而对雷夫德的健康状况表现出很关心的样子。

“雷夫德先生，我的状态不太好，昨天晚上我的老毛病又犯了。”说着，将军打了个哈欠。他看雷夫德似乎没明白自己的意思，就坐下来解释道：“昨晚的狩猎真无聊，他直接沿着小道逃走，却不懂得钻丛林，结果白白地送了性命！雷夫德先生，你不介意再来一杯吗？”

“将军先生，我希望能马上离开这个地方！”雷夫德一字一顿地说。

将军的脸立刻阴沉下来，不悦地说：“亲爱的朋友，你才来不久，咱们的游戏还没有进行呢？”

“我宁可现在就走！”雷夫德斩钉截铁地说，他那坚定的目光与将军那难以捉摸的眼神相遇时，将军的脸色为之一变。

“那么，今天晚上，我们玩这场游戏——只有你和我。”说着，他拿起一个尘封了许久的酒瓶，又给雷夫德倒了满满一杯。

“不，将军，我不会参加你的游戏！”雷夫德坚决地摇着头说。

将军耸了耸肩，若无其事地夹了一块热火腿放在嘴里，轻松地说：“你当然可以拒绝我的游戏，我说过了，我不会强迫任何人，但我有义务提醒你，伊万的游戏可不太好玩……”他朝着站在墙角的伊万示意了一下，那家伙立刻凶神恶煞般地走了过来，将粗壮的双臂交叉放在胸前，一副要动手的样子。

“你想怎么样？”雷夫德惊叫着。

“我亲爱的朋友，如果我没记错的话，我已经给你讲过我的游戏规则了。这可真是个天才的创造，我终于能和一个势均力敌的对手在狩猎之前喝杯酒了。来，干杯！”将军举起了酒杯向雷夫德示意，但雷夫德却像雕塑一般坐在椅子上，一动也不动，两眼喷射出愤怒的火光。

“雷夫德先生，你会发现这不是普通的狩猎游戏，”将军兴奋地说，“用你的头脑来对付我的头脑，用你的猎刀来对付我的猎刀，用你的力量来对付我的力量，这不是很公平吗？来吧，朋友，别再犹豫了！”

“如果我赢了，会怎么样呢？”雷夫德有点动心了。

“如果在第三天午夜我还没有找到你，我会很大度地宣布我输了，”亚拉夫将军说，“我会派船把你送到附近的一个小镇上。”

将军见雷夫德似乎还心存怀疑，便急忙补充说：“我以一个绅士和运动家的身份来向你保证。但有一点你必须答应，你必须对这‘迷船岛’上的一切守口如瓶。”

“别做梦了，我不会答应的！”雷夫德不假思索地予以拒绝。

“现在就讨论这个问题还为时过早吧？等三天之后我们再探讨吧，除非……”将军阴森森地笑了，似乎雷夫德注定会失败一样。

这时，将军好像又想起了什么，他对雷夫德说：“伊万将会给你准备好一切的，包括猎装、猎刀，还有食物。为了少留下足迹，我建议你最好穿上鹿皮鞋。另外，我友情提示一下，在这个岛东南角是一片沼泽地，那里被称为‘死亡沼泽’。一个倒霉的家伙不听我的忠告，结果深陷其中，被‘乞丐’追上去活活咬死。‘乞丐’是我最优秀的一条猎狗，我很喜欢它的。雷夫德先生，时间不早了，我的意思是说，你该准备动身了，而我要去午睡一会儿，到了傍晚，我再去追赶你。我一向喜欢夜间狩猎，那可比白天有趣多了。雷夫德先生，祝你好运！”亚拉夫将军礼貌地一鞠躬，然后就转身上楼去了。

这时，伊万拿着一套猎装、一袋食物和一把长刃猎刀从另一个门走了进来，他将这些东西递给了雷夫德，便送他走出古堡。

两个小时过去了，雷夫德仍在杂草丛生的林木中拼命地向前奔逃，他想：“我必须振作精神，活着离开！”

他一刻不停地向前奔跑着，头脑中一片空白，根本不知道自己要跑到何处，倒是迎面吹来的一阵阵冷风，让他混乱的头脑开始清醒过来。他冷静地思考和分析了自己的处境：“如果这样一直跑下去，最多只能跑到海边，而这个岛是个孤岛，四面环水，最后也难免束手就擒。看来，唯一的办法就是在岛上就地藏匿了。”于是他开始检查装备，并查看四周的自然环境。

“我必须扰乱他的追踪方向！”雷夫德暗想。他用树枝把小路上自己的脚印弄乱，然后转身跑进了路边浓密杂乱的草丛中。

雷夫德蹲在草丛里，绞尽脑汁地回忆当年猎捕狐狸时用过的各种方法，以及狐狸在逃跑时留下的种种伪装，还好，他把那些细节一一都回忆起来了。于是，他根据这些细节设计了一系列伪装，为的是拖延亚拉夫将军追击的脚步。天色渐渐暗了下来，雷夫德已经疲惫不堪了，手和脸上也被树枝划出道道血口子。他意识到，在黑暗中继续前行是不明智的，需要找个安全的地方休息一下了。

“刚才我扮演了一只狡猾的狐狸，现在我该扮演一只灵巧的狸猫了。”想到这里，雷夫德来到一棵树干粗壮、枝繁叶茂的大树下，他先把树下自己留下的脚印清除干净，然后才小心翼翼地爬上树，躲在一个枝叶重叠、纵横交错的枝叉上。

周围一片寂静。雷夫德休息了片刻之后，感觉舒服多了。他安慰着自己：“别紧张，即便是像亚拉夫将军这样经验丰富的猎手也不会追踪到这儿的，或许，在茫茫夜色中只有魔鬼才能追到这儿来。”他突然打了个冷战，亚拉夫将军不就是一个彻头彻尾的魔鬼吗？

夜晚，阴森而恐怖，尽管丛林中已暗如地狱，但雷夫德却根本不敢合眼。时间一分一秒地过去了，当太阳的第一缕曙光照亮这座小岛时，一群鸟雀忽然从附近的树林里飞起，好像有什么东西正慢慢地向这个方向靠近。雷夫德心里一紧，急忙探着身子，从层层枝叶间的缝隙望过去——那是个模糊的人影。

“天哪！是亚拉夫将军！”他正沿着雷夫德走来的小路，一路搜索。将军那双犀利的眼睛正仔细地观察着沿途的各种蛛丝马迹，当他走到雷夫德藏身的大树下时，突然停下了，弯着腰仔细检查着地面，然后又抬起头苦苦地思索。

“我何不趁此机会飞身而下，杀死这个罪恶的家伙？”雷夫德想到这里，捏紧了手中的猎刀，就要纵身跃下。这时，他突然看见亚拉夫将军的右手里还有一把小型自动手枪，顿时打消了这个念头。

亚拉夫将军在树下耽搁了好久，他不时地摇着头，显出一副非常迷惑的样子。最后，他靠在树干上，掏出烟盒取出一支黑色的雪茄，抽了起来。不一会儿，雪茄的浓烟袅袅上升，穿过茂密的枝叶，拼命往雷夫德的鼻孔里钻。雷夫德赶紧用手捂住口鼻，生怕发出咳嗽的声音。这时，将军的目光已经离开了地面，渐渐地沿着树干向上搜寻。雷夫德紧张极了，大颗大颗的汗珠从额头上滴落，可他连擦一下都不敢，心中只是默默地祈祷上帝能保佑他不要被发现。这时，亚拉夫将军的目光停留在雷夫德藏身的那片树杈，他似乎看出了什么破绽，一丝诡异的笑容浮现在将军的脸上。雷夫德心中暗叫不好，把猎刀抓得更紧了，随时准备与将军拼个鱼死网破。可将军却一反常态，并没有揭穿雷夫德的障眼法，而是故意朝空中吐了个烟圈，便转身离去了。听见将军的猎靴踩在草丛上的吱吱声越来越远，雷夫德也如虚脱一般，几乎瘫倒在树杈上。这一刻，雷夫德才明白亚拉夫将军是一个多么可怕的猎手！面对自己布置的重重迷阵，他竟然丝毫没有被误导，而是一步步追寻过来，甚至已经识破了自己的障眼法。可是，亚拉夫将军为什么不下手，而是转身离去了呢？“啊！对了，这个可恶的家伙！他是在玩弄我！就好像猫在戏耍老鼠一样！好让我多活一阵继续陪着他玩恐怖游戏！”雷夫德终于明白了亚拉夫将军的险恶用心。

“我绝不让你得逞！绝不！”

雷夫德灵活地爬下树，迅速跑进丛林之中，他一边跑一边观察着周围的环境，跑了大约 300 米远，他突然注意到前面有一棵枯死的大树正斜靠在旁边的一个小树上。雷夫德看到这幅景象，突然心生一计，他急忙将食物袋扔在一边，掏出长刃猎刀，使劲儿地在枯树旁边挖了起来……两个小时过去了，雷夫德终于完成了他的“杰作”。他把附近的足迹清除掉，便跑到 100 多米以外的一棵古树后面躲了起来。不一会儿，那个恶魔般的哥萨克人又循着踪迹找来了。这次，亚拉夫将军不是孤身一人，还带着一条棕色的猎犬。

亚拉夫将军的目光如此犀利，他仔细地检查草丛是否有被压弯的痕迹，观察苔藓是否有被触碰的迹象……他生怕遗漏一丝一毫的异常。忽然，他的脚被地上的一根树枝绊了一下，几乎在同时，亚拉夫将军意识到事情不妙，他敏捷地向后跳去。说是迟那时快，那棵斜靠在小树上的枯树轰然倒下，朝亚拉夫将军重重地砸来，他灵巧地一闪身，枯树擦着他的肩膀砸下，将他的肩膀划破了一点皮。这已经很幸运了，要不是他警觉，此时恐怕他已经是树下之鬼了！亚拉夫将军迅速掏出手枪，十分警惕地观察着四周的动静。躲在百米之外的雷夫德看见亚拉夫将军从自己的死亡陷阱下死里逃生，心中不禁暗暗感到可惜。

这时，哥萨克人那恶魔般的笑声在丛林里回荡：“雷夫德，我知道你就躲在附近，你很聪明，居然设计陷阱来暗算我！但这次幸运女神站在我这边。看来这场游戏越来越有趣了，现在我要先回去包扎伤口，很快我就会回来找你的，哈哈哈……”

望着走远的亚拉夫将军，雷夫德几乎绝望了，但他还是继续没命地向前奔逃。夜色降临了，雷夫德深一脚浅一脚地在丛林中奔跑，渐渐地，他也分辨不出方向，只是觉得脚下变得很松软。慢慢地，他觉得越跑越困难，最后居然迈不动步了。他低头一看，这才倒抽了一口冷气，原来自己不知何时已经跑到恐怖的沼泽之中，“天哪！莫非这就是亚拉夫将军提到的那个‘死亡沼泽’吗？”他用尽全力往外拔腿，但刚拔起左脚，右脚又陷了下去。最后，雷夫德让身体平卧在泥浆里，增大身体的浮力，然后一点一点地挪动，这才挪回了岸边。

他望着无尽的沼泽，突然想到一个绝好的主意。他迅速后退了大约十二米，像一只海狸一样，在地上疯狂地挖了起来。

尽管雷夫德已经累得精疲力竭，但他丝毫不敢放慢速度，因为每耽搁一秒钟都意味着死神逼近一步。在法国狩猎时，他就曾挖过这种陷阱，但和现在相比，那时的活儿只能是小孩子在玩过家家。

很快，雷夫德的大坑就挖了一人深，他觉得深度合适了，便从坑里爬了出来，跑到附近的树上折下几根坚硬的树枝，用猎刀把它们削成尖利的木刺，然后倒插在坑底；接着，他又麻利地用树枝和野草编成一个草垫子，盖在大坑的口上；最后他又小心地伪装了一下陷阱四周，这才拖着疲惫的身子躲在不远处的一个大树桩后面。

没过多久，一阵雪茄烟的香味远远地飘来，雷夫德明白，那个穷追不舍的哥萨克猎手又来了。他很奇怪，为何那家伙这么快就能找到自己？不过没关系，有致命的陷阱正等待着他的到来，雷夫德满怀期待地等着陷阱发挥作用。忽然，只听咔嚓一声，是树枝折断的声音。“太好了！陷阱起作用了！”雷夫德激动得差点儿叫出声来，紧接着他又听到陷阱的位置传来了几声痛苦的惨嚎声。雷夫德迫不及待地探出头想看个究竟，但他立刻又缩了回来，因为他发现亚拉夫将军并没有死，而是拿着一个手电筒，站在离陷阱几步远的地方。

“雷夫德先生，你干得太棒了！”将军大吼道，“你的陷阱非常危险，可惜，杀死的只不过是我的猎狗，下次我将带一群来，看你怎么对付！好了，现在我要回去搬救兵了，这一回合算你赢了，哈哈哈！”

亚拉夫将军暂时离去了。雷夫德再也支撑不住了，他倒在沼泽附近，迷迷糊糊地睡着了。不知过了多久，他忽然听到一阵喧闹声由远及近而来，他一骨碌爬了起来。这时，他才意识到更大的危险正在逼近——哥萨克猎手带着一群猎狗来了。

雷夫德清楚自己眼下只有两条路，要么是待在这儿坐以待毙；要么是迅速离开这里，但谈何容易！他努力地想着逃命的办法，突然眼前一亮，想到了一个主意。于是，他再一次打起精神，飞快地沿着沼泽地的边缘向前奔去。

猎狗的狂吠声越来越近。雷夫德跑到一棵树下，迅速爬了上去，他顺着小溪望去，远远地看见那个该死的哥萨克人正打着手电照路，在他前面还有一个大块头——那一定是伊万，他正牵着那群凶恶的猎犬在前面开路。

雷夫德爬下树，紧张地在树的附近寻找着。终于，他找到了一棵非常有弹性的小树。他把猎刀牢牢地绑在了树梢上，然后将那棵小树拉成弧形，用野葡萄藤一头系在小树的树梢，另一头则埋在草丛中。布置完后，他又在这棵小树周围踩上一圈杂乱的脚印，然后便继续向前逃。这种猎刀陷阱是雷夫德在乌干达狩猎时曾用过的一招，是否成功，就在此一举了！

犬吠声越来越近，它们一定是跑到了猎刀陷阱附近了，雷夫德停下来侧耳细听，突然，陷阱处传来了一声人类的惨叫。他大喜过望，迅速爬上一棵树，朝着陷阱的方向张望。可令他沮丧的是，举着手电的亚拉夫将军仍然毫发无损，只是大块头伊万不见了，狡猾的将军又躲过了一劫。

见伊万死于雷夫德的猎刀陷阱，亚拉夫将军狂怒不已，他放开群狗，让它们自行跟踪雷夫德的踪迹。雷夫德继续向前奔跑，并不时鼓励自己一定要振作起来。他跑着跑着，忽然看到前面有一条深渊，足有 20 多米深，下面是狂啸奔涌的海水。借着朦胧的月色，他发现深渊的对面竟然是亚拉夫将军的古堡，原来不知不觉间，他在岛上兜了个圈子，又回到了原地！这时，犬吠声更近了，他把心一横，闭上眼睛纵身跳入脚下汹涌的波涛中。

当将军带着猎狗赶到海边的这个石崖时，雷夫德已经消失在深渊下那汹涌的海水中，他注视着那幽暗翻涌的海平面好久，惋惜地叹了一口气……

将军回到古堡，他先是吃了一顿美味可口的晚餐，又喝了整整一瓶保罗酒，还饮了几大杯香槟。他觉得这次游戏很刺激，但却有两点遗憾：第一，他最忠诚的奴仆伊万死于非命；第二，他没能亲手杀死他的猎物。当然，那个猎物跳进海里也必死无疑。一想到这里，他才稍稍感到些许安慰。

当将军酒足饭饱之后，来到了自己的卧室。现在他疲惫极了，准备美美地睡上一觉，并习惯性地把门反锁上。今晚的月色还不错，朦胧的月光透过窗户洒在幽暗的卧室里，他走到窗户边，向后院望去，只见那群凶恶的猎狗正守护在他的后院。

“祝你们晚安！”将军对猎狗嚷着，然后顺手打开了卧室的灯。在灯光闪亮的一瞬间，他突然发现，屋里居然站着一个男人，手里还拿着一把小手枪！

“怎么？雷夫德，你没死？”亚拉夫将军惊叫着，“天哪，你是怎么过来的？”

“游泳，这比穿过丛林到这儿来要快得多。”雷夫德非常平静地说。

亚拉夫将军深吸了一口气，勉强挤出一丝笑容，沮丧地说：“这场狩猎游戏结束了，雷夫德先生，你赢了！”

“不，还没有结束！”雷夫德用枪指着亚拉夫将军的胸口，面无表情地说。

“没有结束？”将军惊恐地说，“你想怎么样？”

“替所有死去的猎物讨还公道！”

“等等……我救过你，你不能……不……”将军一边后退，一边摆手。

“砰——”

枪声在这座充满罪恶的“迷船岛”上空回荡。

危险的旅行

乔治今年 42 岁，是一家珠宝公司的推销员，他主要负责向全国各地的客户推销珠宝，在这家公司工作已将近 20 年了。

20 年前，他最初来到布朗先生的公司工作时，只是做一些跑腿打杂的事，比如在市区内送一些小钻石，或者前往拍卖场收取货款等。20 年来，他一直勤勤恳恳地工作，没有半点儿差错，因此深得公司老板布朗先生的信任。再过几年，布朗先生就要退休了，而乔治很有可能接替布朗先生担任该公司的经理，他的前途可谓是一片光明。

这天，布朗先生交给他一项任务——带着价值近 20 万元的宝石前往新英格兰。

乔治接到布朗先生的电话后，他向妻子玛丽和孩子们道别，然后从车库把车倒出来。玛丽则像往常一样站在车道边，她脸色苍白，忧心忡忡地嘱咐说："路上当心啊，乔治。"

"当心什么？女人？难道我的人品你还不相信吗？"乔治有些不高兴，因为他每次出差，玛丽总会担心他有外遇。

"不，我是说抢劫，你带那么贵重的宝石出门，千万要小心啊！"

"你放心吧，每次我不都是毫发无损地回来了吗？"

"好的，那你今晚入住宾馆之后，记着给家里来个电话，报个平安！"

"好，那我走了，再见啦，太太！"乔治向妻子挥挥手说。

乔治开车来到公司，他把车停在外面，然后走进布朗先生的办公室。

早已等候在这里的布朗先生交给他一个小口袋，嘱咐说："乔治，宝石都装在这里面了，这些宝石的价值近 20 万元。"

"就装在这么不起眼儿的一个小袋子里？"乔治诧异地问。

"越是贵重的东西，越要掩人耳目，所以，好东西要装在普通的袋子里。"布朗先生解释说，"哦，对了，乔治，你有手枪吗？"

"我汽车里有一把，可是我不太会用手枪，为什么你问这个？"

"难道你最近没看报纸吗？在过去两个月内，连续发生了三起劫案，被抢劫的都是珠宝推销员。乔治，你此行事关重大，我可不希望你出什么意外，再说，你还有家庭……"

"放心吧，我不会有事的！"乔治说。

"还是小心为妙，这三个被抢的珠宝推销员，其中有一个人被杀害了，另外两个也受了重伤，至今仍躺在医院里。"

"噢，这几件事我也听说了。"乔治对这几件重大抢劫案都有印象，他甚至认识其中的一位珠宝推销员，他们都是同行，打过几次交道。乔治在几天前还去医院探望过他，那人的头骨被劫匪打破了，肋骨也断了好几根，幸亏医生抢救及时，这才捡回一条命。

"乔治，你在想什么？"布朗先生打断了乔治的回忆。

"哦，不，没什么。"乔治回过了神儿。

"订货的副本你都带上了吗？"

"当然，都装在包里了。"乔治说。

"那你可一定要当心啊，这趟旅行实在是太危险了。"布朗先生一边搓着汗涔涔的双手，一边担忧地说。

乔治与布朗先生告别后，就走出公司，开着汽车向北驶去。

乔治把那个珠宝袋小心地锁在身边的样品箱里，虽然他在布朗先生面前表现出毫不担心的样子，但实际上他心里对这次旅行还是颇为打憷的，毕竟他随身携带了价值近 20 万元的宝石。但他也清楚，干珠宝推销员这一行的，带着昂贵的珠宝到世界各地洽谈业务是家常便饭，既然别人都能平平安安回来，自己也应该不会有事儿吧？

乔治开了一天的车，到了晚上，他找到一家旅馆住下。在旅馆的房间里，他将珠宝袋中的宝石全拿了出来，有钻石、红宝石、蓝宝石、祖母绿……乔治将这些璀璨夺目的宝石一一摆放在旅馆的梳妆台上，然后欣赏着它们在梳妆镜中的闪光。这种短暂的美丽光芒让乔治非常着迷，他不禁又回想起童年的往事。

在乔治小时候的一个夏天，父亲开车带着全家到加拿大去看日全食。那是一段非常漫长的旅程，母亲对此甚至不屑地说："千里迢迢跑到这么远的地方，难道只是为了看太阳变黑吗？"但是，那次日全食给他留下的印象，比童年时任何事情的印象都要深刻。

他还记得，那天他们全家站在一座小山顶上，面对着太阳，用一片熏黑了的玻璃看着太阳。虽然日全食的整个过程还不到一分钟，但那是乔治这辈子所见到的最奇异的景象，尤其是当表面不平的月亮遮住太阳时，太阳发出耀眼光芒的那一瞬。父亲说，那看上去很像是钻石。从那时起，乔治就对钻石的光芒有了一种特殊的感情。

后来，每当太阳快要落山时，乔治就经常站在自家的后院里，希望再看到那种钻石般的光芒。长大以后，乔治才明白，原来那种光芒只有在日全食的时候才会出现。

自从和玛丽结婚后，乔治就很少和妻子谈论工作的事情，因为他不希望妻子替自己担心。尽管这样，玛丽仍然对乔治很担忧，每次出差在外，她都要乔治给家里打电话报平安，否则就会感到紧张不安，甚至开始胡思乱想。

几天前，玛丽还曾试图劝乔治放弃珠宝推销员的职业，理由是太危险了。但乔治对玛丽说："亲爱的，这份工作能给我带来丰厚的薪水，而且我未来会有光明的前途，你觉得我该辞职吗？"听乔治这样说，玛丽便不再言语了。

乔治欣赏完那些宝石之后，又把它们装回袋子里，然后小心地放进旅行箱里。他看了看表，到了应该给玛丽打电话的时间了，于是他拨通了家里的电话。

"喂，玛丽。"

"乔治，今天的旅程还顺利吗？"

"是的，我住进了一家旅馆，已经安顿好了。"

"你可千万要当心啊，刚才电视新闻里说，今天又有一位珠宝推销员被抢了，近两个月来已经连续发生四起了，你千万要……"

"放心吧，我会平安到家的。孩子们正在做什么呢？"

"吉米和勃拉尼正在写作业，苏珊在看电视，他们都很乖。"

"好了，那我就不多聊了，再见吧。"

"路上可要小心啊，慢点开车！"

"嗯，明天我还会给你打电话的。"

"再见。"

乔治挂了电话，感到轻松了许多，便躺到床上睡觉了。

第二天，乔治早早就起床了，他吃完早饭，就又开车上路了。他开着汽车在康涅狄格州的高速公路上飞驰。快到中午时，他驶离高速公路，找到一家饭店停了下来。他小心地锁好车门，又找了一个靠窗户的座位，这样他可以一边吃饭一边看着他的汽车。

乔治在吃饭时想了一下后面的旅程。按照原计划，他应该是乘坐飞机前往新英格兰的，但由于沿途有一笔生意要谈，所以他不得不一路开车前往。在这样炎热的天气里，开车是一件非常辛苦的事情，不过假如一切顺利的话，下午他就可以到达瓦特利伯了，第二天上午再驱车到波士顿。

吃完午饭，乔治又开车上路了，一路上都非常顺利。

当他向北进入马萨诸塞州时，才从后视镜里注意到，有一辆绿色的轿车在一直跟着他。乔治心里有点发毛，他弄不清楚那辆轿车的意图，于是就踩油门加速，试图甩掉那辆轿车，可那辆轿车也随之加速。乔治又将车慢慢地停在路边，想静观其变，谁知那辆轿车也远远地停了下来。乔治仔细观察了一下，发现那辆轿车里只有一个人，"难道他就是那个专门劫杀珠宝推销员的独行大盗？"乔治暗暗地想。他联想到近日连续发生的几宗抢劫案，又想到那位受伤躺在医院里的同行，他决定，必须赶紧找到一个可以落脚的旅馆。

傍晚时分，乔治来到了位于波士顿郊区的一家汽车旅馆。这家旅馆是早在乔治出发之前，公司就已经为他预定好的。乔治办理了入住手续，在旅馆房间里，他给玛丽打了长途电话。

"一切顺利吗，乔治？"玛丽问。

"呃……一切都很顺利。亲爱的，天气非常好。"乔治怕妻子担心，没敢对她提跟踪者的事。

"你什么时候能回来？"

"那得看情况，如果生意谈得快，再有两三天我就回去了。"

"乔治，你一定要小心点儿，你带手枪了吧？"

"在汽车里，不过，不到万不得已，我是不会随意射击的。"

"乔治——"

"别担心，我会小心的。对了，孩子们还好吧？"

"很好，苏珊和吉米去看电影了，勃拉尼在屋里看连环画。"

"亲爱的，我得挂电话啦，我明天会再给你打电话。"

"好的，乔治，千万要当心……"

"再见。"

乔治挂上电话，走到窗前。他轻轻撩开窗帘的一角向外面张望，只见那辆绿色的轿车也停在外面的停车场上。轿车里黑着灯，但能看见一丝微弱的红光忽明忽暗，有人在车内抽烟，那是烟头的亮光！

乔治不禁皱起眉头，他明白，自己的确是被盯上了，他瞥了一眼放在床上的旅行箱。他打开箱子，把那袋宝石放在手里掂量着，同时环顾房间四周，想看看能把这些宝石藏在哪里，可他找了半天，也没找到合适的地方。

乔治将宝石重新放回箱子里锁好。然后，他回到窗前，只见那个神秘的人仍然坐在绿色轿车里。"难道他要等到半夜的时候对自己下手？难道自己就要在这里束手就擒？"乔治暗暗思忖着。他抬头看看西边的天空，太阳已经完全隐没在地平线以下了，路灯也亮了起来。

乔治抓起房间里的电话，想打给警方，但他犹豫了片刻，又把电话放下了，"怎么和警察说呢？难道说怀疑有人跟踪自己吗？"他一时拿不定主意，这时的乔治就像一头困在笼中的野兽，焦虑地在房间里走来走去，他点燃了一支香烟，考虑着该怎么办。

"这家旅馆距波士顿市只有半小时的车程，何不趁现在天还没有完全黑下来，开车到城里再找一家安全的旅馆呢？如果那人还是紧追不舍的话，到了波士顿再报警，岂不是更容易吗？对！三十六计，走为上策。"想到这里，乔治深吸了一口气，穿上外衣，提起旅行箱，直奔自己的汽车。由于这家宾馆的房间是公司事先预定的，所以无须结账。乔治跳上汽车，连头也不敢回地驶出停车场。

他开出了一条街后，这才偷偷瞅了一眼后视镜，果然，那辆绿色的轿车如影随形般地跟在后面！看来自己又被跟上了。他弄不明白这辆车究竟是从哪儿来的？难道是从纽约跟踪至此的吗？

乔治也管不了许多了，他一脚猛踩油门，汽车嗖地一下驶出了好远，但那辆车也随之加速。不过，乔治现在并不太担心，因为前面不远处就是灯火通明的高速公路，上了高速公路就安全了，再过半个小时，就到达波士顿了。

突然，在乔治的视野前方出现了一排闪耀的红灯，接着，他又看到了一面指示牌，上面写着"绕行"二字。原来这条路不能通向高速公路，必须绕行，乔治大声诅咒着，不得已只好向左拐，上了一条次级公路。那条路没有路灯，黑乎乎的，后面的那辆绿色轿车也紧追不舍。

"真该死！走错了一步，谁知道这条路居然不通！"乔治在心里暗自咒骂着。这时，他握方向盘的手开始出汗了，"这下可糟糕了，那人恐怕要在路上提前动手了！"

路况越来越不好，汽车在坑坑洼洼的路面上行驶，速度也慢了下来。眼看后面那辆车越追越近，乔治突然看见前面有条小路，他下意识地拐了上去，希望能借此甩掉后面的绿色轿车。开上小路大约几十米远，乔治的车灯照到一块反光路牌，上面写着："巴德贮水池"——原来又是一条死路！

乔治想把车倒回去，可他惊恐地发现，那辆绿色的轿车也跟了进来，并且阻挡了乔治的退路。乔治只好把车停下，后面那辆轿车也在大约 50 英尺的地方停了下来，并关掉了车灯。乔治紧张得手脚冰冷，他一只手死死地护住装有宝石的旅行箱，另一只手伸进汽车的抽屉里，去寻找那把手枪。

手枪摸上去既冰冷，又生硬，而且非常陌生，因为乔治很少用这东西。但为了保住手中的宝石，保住自己的性命，他还是哆哆嗦嗦地将手枪拿在了手中。这时，天已经完全黑了，没有路灯，乔治在这条黑暗而幽静的小路上正面临着一场生死抉择。

那人下了汽车，正朝乔治走来。乔治注意到，那人的一只手始终插在大衣口袋里。“他的口袋里一定有一把手枪。”乔治暗想。此时，乔治无比恐惧，他想把宝石直接交给那人，求他放自己一条生路，可转念又一想，万一那人拿到宝石后仍不放过自己，那可怎么办？就在乔治思来想去的时候，那人越走越近，距离乔治的汽车已经不足十码了！

情急之下，乔治来不及多想，从车上下来，用颤抖的手举起枪，对准了那个人。

那人借着车内的微弱灯光看见乔治手中的枪，他喊了一声："等一等！"说着，他从口袋里伸出手来。乔治见那人手中也有枪，便毫不犹豫地扣动了扳机。

那人扑倒在地，乔治呆呆地望着地上的尸体，手枪也滑落在地上。小路上一片寂静，这一切发生得实在太快，连乔治也没有想到过开枪，但他别无选择。

过了好半天，乔治才缓过神儿来。他战战兢兢地走到尸体边，低头看着死者，然后用脚把尸体踢到路旁的草丛里。他爬上那个人的汽车，想将车挪到一边去，这样自己的车才能开出来。就在这时，乔治的脑子里突然有一道亮光闪过，好像小时候看到日全食发出的那道光芒。

乔治并没有挪走那人的汽车，而是又回到自己的车上，他打开旅行箱，摸出一把闪亮的宝石，仔细欣赏着那夺目的光芒，一个大胆的念头在他脑海中产生了……

乔治先是从地上捡起死者的手枪，对着自己的汽车窗开了两枪，又将枪丢在那人的尸体旁；然后他从小口袋里倒出钻石；小心地分成三份，用纸包起来；接下来，他从箱子里找出几个信封，写上自己家的地址，将钻石放进信封里，并贴足了邮票。

乔治费了好大劲儿才将自己的汽车倒出来，摸黑顺着来路缓缓地驶回去。一路上，他不停地向两边张望，好像在搜寻着什么。不一会儿，他看到一个邮筒，便停下来，把三封信投了进去。

他又开了一会儿，忽然看见路边有一个电话亭，就急忙跑过去扔进几个硬币，拨通了警察局的电话。

“是警察局吗？我被抢了！”乔治焦急地说。

挂上电话，乔治回到车里，一边等着警察，一边品味着刚才发生的这一幕。他也想不明白自己这样做究竟是明智还是愚蠢？也许这是上天赐予自己的一次机会吧？就像日食一样，月球的影子一直遮住日光，但太阳终久会有放出光芒的那一刻。自己兢兢业业、谨小慎微地工作了近20年，如今也该轮到自己放出夺目的光芒了！

在波士顿的警察局里，身材高大的杜克警官接待了乔治。他坐在乔治对面，用锐利的目光盯着他，询问事情发生的经过。

“乔治先生，你说劫匪共有两人？”杜克警官问。

乔治紧张不安地搓了搓手掌心，说：“是的。两名劫匪驾驶着一辆绿色的轿车，我估计他们至少从瓦特伯利就跟踪我了。我想趁着天没有完全黑赶到波士顿，但是我不小心开进了一条死胡同。他们下了车，就朝我逼了过来。”

“是在‘巴德贮水池’那里吗？”

“是的。他们用手枪逼迫我把钻石交出来，然后又逼我把车开到路的尽头，当他们准备杀我灭口时，我趁机打开抽屉，取出手枪，开枪打死其中一个，当我想打第二个人的时候，他转身逃进路旁的树林里去了，天太黑了，我没追上。”

“那钻石呢？”

“被那个逃跑的劫匪抢走了。”

“为了保护宝石，你也尽力了，”杜克警官一边做着笔录，一边说，“对了，我们已经和你的妻子联系上了，你要不要给她打个电话报平安？”

乔治点点头，说：“是啊，此前她非常担心我的安全，生怕我成为劫匪的目标，结果还是遇到了这种事，我应该给她打个电话报声平安。”

“电话就在那边，你尽管用。”

乔治拨通了家里的电话。

“玛丽，亲爱的，你还好吗？”

“我挺好的，孩子们也挺好的，你怎么样？”

“我在波士顿，我遇到了点小麻烦。”

“啊？你怎么啦？”

“我被两个劫匪盯上了，他们抢走了宝石。”

“怎么会有这种事，难道我雇的侦探没有暗中保护你吗？”

“侦探？什么侦探？”

“是这样的，自从你出门之后，我就一直放心不下，于是我雇了一个私家侦探暗中保护你，他开着一辆绿色的轿车……”

乔治顿时感到天旋地转，他挂断了电话。这时，一位穿着制服的警察走进办公室，递给杜克警官一张纸。杜克警官读完后，靠在椅背上，问：“据我们调查，你刚才开枪打死的那人并不是劫匪，他是一位私家侦探。此外，我们在死者身上还找到了一份合同，是一位名叫玛丽的女士和他签署的雇佣合同。哦，对了，刚才你给你太太打电话时，好像叫她‘玛丽’，不知道是不是同一个人？”

房间仿佛一下子变暗了，太阳的光芒也似乎消失了，乔治觉得喘不过气来。恍惚之中，他听到杜克警官在问：“现在，你能不能告诉我们，你把那些钻石放哪儿了？”

午夜追踪

当我睁开眼睛的时候，已经是星期天的早晨了……

我顺手拧开收音机，一阵悠扬的乐曲从音箱里传来，这是一首由莱利斯主唱的流行歌曲。歌词大意是说，一个孤独的老男人，他既没有妻子，也没有儿女，不知何去何从。在一个星期天的早晨，他孤零零地坐在家里，心中无比忧伤惆怅。

这凄婉哀伤的歌声，也让我心中非常难过，因为歌中唱的那个男人和我的境遇无比相似——身边没有亲人，也没有未来。

我起身下床，冲了一杯咖啡，走到阳台上向外面眺望。

我住在美国的旧金山，房子位于"太平洋山冈"上，站在阳台上就可以俯瞰整个海湾。外面的天气真好，晴空万里，海水在阳光的照耀下，呈现出一片深绿色。海中漂曳着大大小小的洁白色游艇，就像一张地图插着许多小白旗那样。

我从阳台回到客厅，走到书架前。这是一个很大的书架，整整占据了房间的一面墙。上面摆放的都是侦探小说和科幻杂志，足足有 6000 多本，这些都是我从 1947 年开始陆陆续续收集到的。我的手从书脊上抚过，一个个熟悉的名字映入我的眼帘——《黑面具》《一角侦探》《线索》《侦探小说周刊》……我花了 30 年时间来收集这些书，是我在这个世界上五分之三的时间，因为到下个星期五，我就满 50 岁了。

我信手取下一本《黑面具》，看着封面上印着的一个个作者的名字——钱勒、马田、聂伯、麦克……他们对于我来说，就如同老朋友般熟悉，是他们陪我度过了一个个无聊的周末，也是他们为我驱散了恶劣、低落的情绪，可是今天……恐怕他们也无法让我重新快乐起来了……

就在我沉浸于遐想的时候，电话铃突然响了。我走进卧室，拿起听筒，原来是我在现实生活中的一位老朋友——休本。他是一位警探，和我保持了长达 30 年的友谊。

"嗨，"他说，"是不是我的电话把你吵醒啦？"

"噢，没有，我几个小时前就醒了。"

"逐渐上了年纪，觉是越来越少哇。"

"可不是嘛！"我说。

"我想约你今天下午一起喝酒打牌，这个周末我太太和孩子去苏里雅多了，我一个人在家里很无聊。"

"真是很抱歉，我没有兴致打牌，"我说，"我今天心情不太好。"

"老兄，看来你又在闹情绪了？"

"是的，有点不爽。"

“私家侦探的忧伤，嗯？”

“是啊——私家侦探的忧伤。”

说到这儿，我们两个在电话里都笑了。

休本笑着说：“是不是因为你快要跨入50岁的门槛，感到很失落啊？告诉你吧，50岁是人生的壮年，别气馁！老弟，我今年已经52了，我深有体会。”

“当然，我相信你的话。”

“好，既然相信我的话，那你就打起精神来吧，下午来我家，咱们好好喝一杯！”

面对老朋友休本的盛情邀请，我实在是难以拒绝，于是，我答应下午去他家找他。

挂上电话，我又回到客厅，将杯里剩下的咖啡喝完。我仍然感到情绪非常低落，在客厅里漫无目的地走来走去。

突然，我觉得胸口一阵阵疼痛，看来是肺部的老毛病又犯了。我开始剧烈地咳嗽起来，甚至有些喘不过气来，我只得坐在沙发上，用手帕捂住嘴，咳嗽声在空荡荡的房间里回荡。说实在的，我这时心里后悔不已，是香烟害苦了我！我活了将近50岁，烟龄却长达35年。我曾经估算过，35年来，我平均每天抽两盒烟，总共抽了不下50万支香烟，吸了不止1000万口……唉，现在后悔还有什么用？已经晚了！烟草中的毒素已经彻底摧毁了我的健康。

喘息稍好了一些，我慢慢站起来，心里想：“总在家枯坐也不是个好办法，还是应该去外面走走，驾车闲逛几个小时，然后就直接去休本家。

打定主意后，我穿上一件旧棉布夹克出了门。

我开着车向城北驶去，驶过金门桥，穿过101号公路，最后又沿着海岸向南行驶。那条公路上的雾气遮蔽了太阳，能闻到清新的海风味道。公路上的车辆很少，我行驶了很久也没有见到一辆。在公路的一侧，远远可以看到澎湃的海浪不断地拍打着海岸，景色十分壮观。不一会儿，我来到那个被称做“锚湾”的海湾，我将车停在路边的一块空地上，然后下了车，独自一人在海滩上散步。

我沿着海滩慢慢地向前走，看着一波波海浪涌上海滩，又缓缓退去，空中偶尔传来几声清脆的海鸥叫声。这里很僻静，远离了尘世的喧嚣，对我来说是个好地方。

我在海边徘徊了大约半小时，觉得身上有点冷，而且又开始咳嗽了，于是我转身往回走。远远地，我看见有另外一辆汽车停在我的车旁，那是一辆绿色的小型卡车，车身破旧不堪，后面还挂着一辆小小的、同样破旧的房车。我注意到，那辆卡车的右后部有些倾斜，显然是右后轮胎爆了。在卡车的附近站着两男一女，他们好像在说些什么，可是我距离他们实在太远，什么也听不见，只能看见风吹动他们的头发和衣角。

我向我的车走过去。他们可能是听见了我的脚步声，一起抬头向我看过来，然后，他们之间相互说了几句什么，便一同朝我走来，在距我几码远的地方停下了。

“你好！”其中一个人向我打了个招呼。

我上下打量了他一番，只见他也就二十一二岁，有一头红色的长发，嘴边生着两撇小胡子，身穿一件粗布风衣，蓝色的工作裤，脚上是一双破旧的鞋子。虽然没看出什么异样，但他脸上似乎流露出不安的神色，还有他的笑，也非常勉强，好像在极力掩饰着什么。

我将目光又转向站在一旁的另外一男一女。他们也都是二十出头的年轻人，男孩是黑色短发，方脸盘，上身穿一件带方格的伐木工人夹克，下身是长裤，脚穿褐色的皮鞋；那女孩则相貌平常，面色苍白，薄嘴唇，头上包着一块绿色的大手帕，蝴蝶结像修女的头布，红棕色的头发披在肩上，穿着一件长而厚的风衣。他们二人的手都插在口袋里，看起来也很紧张的样子。

"你们好！"我冲他们也友好地点点头说。

"我们的车胎爆了。"那个红头发的男孩说。

"噢，我看出来了。"

"我们没有千斤顶，请问你有吗？"

"我车上有，可以借给你们用。"

"太感谢了！"

在我和那个红头发男孩一问一答的过程中，我的思维却在飞速地旋转着——这三个年轻人究竟是什么身份？为何他们显得如此紧张不安？

我是一个侦探小说爱好者，在长达30多年的阅读生涯中，让我养成了侦探的思维方式。现在，我隐约有一种预感：这三个年轻人有些不对头——他们神色不安只是表面现象，在他们三人之间，似乎还存在某种特殊的关系。

或许他们的事和我毫不相干，但侦探的本能和天生的好奇，让我无法对这些疑点置若罔闻。于是我说："你们真是走运，在这里遇到了我，要知道，这一带几乎没什么车辆来往。"

这时，那个红头发男孩从衣袋里抽出左手，摸了摸嘴唇上的胡须，说："是啊，遇见你真是走运。"旁边的那位女孩拿出手帕，用力地擤鼻涕，黑头发的男孩则把重心从一条腿移到另一条腿，他裹紧了夹克，似乎话里有话地说："现在有点儿冷。"

我不动声色地用眼睛飞快地瞄了小卡车的车牌一眼——那是俄勒冈州的车牌。我好奇地问："你们要去很远的地方吗？"

"去蒙大拿度假。"黑发男孩说。

"就你们几个？度假？"我有些怀疑地问。因为，我丝毫也看不出他们像是去度假的样子。

"就算是吧，"那个红头发男孩急忙解释说，"总之，我们要到蒙大拿去。"

"一辆小卡车坐你们三个人，恐怕有些挤吧？"

"我们就喜欢这样！"红头发男孩的音调一下子提高了，似乎也有些急了，但他随即又控制住了自己的情绪，用和缓的语气说，"借一下千斤顶，好吗？"

我点了点头，便来到我的车后，用钥匙打开了后备箱。他们三个人则没有挪动脚步，而是在目不转睛地注视着我的一举一动。

这时我突然警觉了，心里想："莫非他们不是一伙的？那个红头发男孩看起来比较追求时尚，而那个黑发男孩的衣着打扮则比较保守，至于那个女孩并没有什么特别之处，只是她那双在风里眯着的眼睛始终直视着前方。这三个人到底是什么关系呢？"

我从汽车后备箱里取出千斤顶，再关上车厢盖，转过头对他们说："最好由我来为你们换，这玩意儿你们恐怕还用不惯。"

"真不好意思麻烦你，还是让我们自己来吧。"黑头发男孩说。

"没关系，我乐意帮忙。"说完，我招呼他们几个过来，抬着千斤顶来到小卡车的后面。我看见地上放着一个备用轮胎和几把修车工具，显然，在这之前他们曾试图自行更换轮胎，由于没有千斤顶，他们只好放弃了。

这时，我注意到在房车的后门上有两扇小窗户，其中一扇窗户上围着厚厚的布帘，而另一扇窗户则破损了，仅用透明塑料纸草草地糊着。我从破损的那扇窗户向里偷瞄，隐约看见车里有一个小柜子、一张小桌，还有两把躺椅，这些器物都摆放得整整齐齐，并且用绳子固定在车厢里，以免在行驶过程中发生滑动和碰撞。

那三个年轻人围在我周围，看我如何更换轮胎。我蹲下身，先把千斤顶放到卡车右后轮的轮轴下方，把它固定好，然后再用力摇动千斤顶的手柄，将卡车一点点顶起。在我忙活的时候，黑头发男孩和红头发男孩都给我打下手，不过在我看来，他们那笨拙的动作只会给我添乱。

15 分钟后，我把车胎换好了。我开始找机会和他们聊天，试图从谈话中找到一些线索，以确定他们之间到底是什么关系。但他们的警惕性很高，那两个男孩只是偶尔用简洁的词语回答我，而那个女孩则站在一旁，一言不发。

我又摇动千斤顶手柄，将卡车慢慢降下来。最后，我拍了拍手上的尘土，说："好了，大功告成！我建议你们如果碰到修车店就把那个爆掉的轮胎修补好，否则，要是再有轮胎坏了，你们可就没有更换的了。"

"好的，谢谢你！"黑发男孩说。

我发出了一个试图沟通的微笑："你们带啤酒或汽水了吗？我刚才忙活了半天，有些口渴。"

红头发男孩先是看了看那个女孩，然后又看了看黑发男孩，不安地说："很抱歉，我们车里什么都没有。"

"我们该出发了！"黑发男孩说，并顺手捡起更换下来的轮胎，丢进卡车后面的金属储物架里，然后三人向车门走去。

尽管我自始至终都觉得他们的行迹非常可疑，可是我没有理由让他们留下，因为，从表面上看一切都非常正常——车座、仪表盘、座位后面的小架子、乘客脚下的地板……没有任何可疑的东西。我只好眼睁睁地看着他们上了车，发动了引擎。

"开慢点儿，不要慌。"我一边喊一边挥手告别，可他们连看都不看我，小卡车迅速地开动了，扬起一片尘土，然后便向南驶去，很快就消失在我的视野里。

我愣了一会儿，然后也回到自己的汽车里。

“现在该去哪儿呢？对！去休本家，把这件事忘掉！”尽管我这样想着，但那三个年轻人的影子一直在我眼前闪现，始终挥之不去。我敢断定，他们三个人绝不是一伙的，虽然他们都表现出一种紧张、焦急的情绪，但给人的感觉却各不相同。

“不行！我得用自己的力量把这件事调查个水落石出。看来与休本的约会只能以后再说了。”我暗暗下定决心。

于是，我迅速发动汽车，朝他们离去的方向开了过去。大约开了 4 英里远，他们的小卡车又重新出现在我的视野当中。

他们的车速比较快，估计已经超过了限速 10 英里，但还在安全范围内。我也将车速调整得和他们一样，不紧不慢地跟在距他们大约数百码远的地方。不知不觉已经到了黄昏时分，公路上的雾气越来越浓重，能见度很差，好在他们的车尾灯还一直亮着，这才使我得以跟住他们。雾越来越浓，甚至在挡风玻璃上凝成了水滴，我不得不开启雨刷。慢慢地，夜幕降临了。

大约又开了一个多小时，前面的小卡车已经驶入蒙大拿地界，但是他们并没有减速，而是继续向前直穿过去。果然不出我所料，那个黑发男孩对我撒了谎，他们并不是要去蒙大拿度假。那他们究竟要去哪儿呢？难道要前往另一个州吗？我决定跟踪到底，直到我把所有的疑点都弄清为止。再说了，哪怕就这样一直跟踪到明天我也不怕，反正我现在无事可做。

小卡车相继开过了福特村、雷伊镇……当我跟踪他们来到距离金门大桥约 30 英里的地方时，我发现汽油已经不足了，如果再不加油的话，现有的这点儿汽油将无法支持我驶回旧金山了。

正当我犹豫是否先找个加油站时，我发现小卡车突然减慢了速度，从高速公路向西拐上一条二级路，见此情形，我立即跟了上去。

大约两分钟后，我来到一个十字路口，看见路牌上写着：“前方三英里处为公共露营地。”看来他们要在公共露营地过夜了。我抬头看了看天空，虽然天已经完全黑下来了，但好在这儿的雾稀薄一些，为了不引起他们注意，我有意将车灯关上，在茫茫的夜色中前进。

这一带是圣安维斯的断层地带，路面崎岖不平、坑坑洼洼。我驾车绕过一个小水塘，再向前开了大约 3 英里，就看见了公共露营地。露营地距离海滩不远，它的西面是几个沙丘，南边有一片小树林。在露营地中间除了一些烧烤用的铁架子和几只垃圾桶外，还有一栋小木屋，那是露营地管理处。我看见被我紧紧跟踪了几个小时的小卡车正停放在营地里，车灯还亮着。

我确认了小卡车的位置后，为了避免打草惊蛇，就没有从正门驶进去，而是绕到了露营地的外边，将汽车停下并熄了火。我握着方向盘，静静地坐在车里，脑子里盘算着接下来该怎么做。

这一路上，我都在设法弄清究竟是什么让我觉得他们三人中的一个或两个很可疑，然而总是理不出个头绪，当我现在可以静下来慢慢思考时，我似乎突然明白了。如果把一直烦扰我的三件分开的事串联在一起思考的话，答案就清楚了。为了验证我的推理是否正确，我决定靠近他们的车。

我从工具箱里取了一支手电筒，然后下车，在夜色的掩护下朝他们的小卡车慢慢靠近。夜间的山风非常凌厉，像锯齿一样切割着我的脸和手，头顶上一缕细雾在黑暗中飘动，如同冰冷的手指在寻找温暖一样。

我先绕道走进露营地南边的小树林中，透过稀疏的树丛，我判断那辆小卡车距离我大约有 40 码左右。卡车里一片黑暗，没有人，可后面拖曳的房车中却露出一线微弱的灯光——显然，车门上的两扇窗子都放下了布帘。

我慢慢地朝小卡车走去。

在距离小卡车不到 10 码的地方有一棵大松树，我就躲在树干背后侧耳倾听，可是，除了山风的呼啸和远处的海浪声之外，再没有其他声响了。我又仔细观察了一下那辆房车周围的环境，发现那四周是一片松软的泥土地，上面覆盖着厚厚的枯叶，踩上去不会发出任何动静。于是，我蹑手蹑脚地走到卡车旁，将耳朵贴到房车的侧面，凝神倾听里面的动静，为了避免风声和海浪声的干扰，我还用手指堵上另一只耳朵。听了大约半分钟，我除了听到有轻微的走动声外，别的就没有了，正当我准备放弃的时候，里面突然传出了说话声。

“三明治做好了没有？”一个声音严厉地问道。

“哦，马上就好。”另一个声音畏怯地说。

“你动作快一点儿，我都快饿死了！我可不想再这么干坐着了！”

“这炊具用起来不太顺手，如果你……”

“少废话！如果不想挨子弹的话，就赶紧去做！我们还有很远的路才到墨西哥呢。”

“是，是！”

听完这番对话，我心里已经明白八九分了。我先前猜测得没错，这三个人中很可能有人被挟持了，或许这之中还隐匿着其他罪行！

看来，我扮演的侦探该谢幕了，下面就应该警方出场了。我决定立即离开这个是非之地，向警方报案。于是，我轻轻后退几步，转过身，准备穿过树林沿原路返回车上。

可就在我正要转身离去时，意外发生了，突然刮起的一阵大风将附近一棵树的树枝吹断了，而那段树枝恰巧就砸在了房车的车顶上，发出了嘭的一声巨响。

这简直是瞬间生变！我没有反应过来，只是呆呆地立在原地。可是，房车却立刻有了反应，喝叫声和脚步声传了出来。当我明白是怎么回事儿，正要迅速隐蔽时，却已经太迟了，只见房车门开了，从里面冲出一个人来，那人一眼就看见我，大叫道：

"站住，你给我站住！"说着，用一根黑黑的东西对准了我，那是一支枪！

借着车内的灯光，我看清了，那人就是白天见到的那个年轻女孩。可他并不是个女的，而是一个男子。他没有戴假发，也没有包头巾，头上是淡棕色的短发，只有一副苍白的、女子般的脸。难怪我白天看到他时，总觉得他行为怪异，原来是男扮女装！

那人叉开双腿站在那儿，举枪瞄准了我的脑袋。借助微弱的光，我看得出他显得有些紧张不安，托枪的手也在微微颤抖。

"到这边来！"他命令道。

我先是犹豫了几秒钟，然后按照他的话，站到房车的门口。他则快速退后，举枪左右摆动着，对准了我以及从房车里探出头来的另外两位男孩。

"我知道你是谁了！你为什会在这里？"拿枪的那个人说。

我没答话。

"快说！你到底是谁？为什么跟踪我们？"

我注视了他一会儿，开口说道："我是警察。"——我想看看他会有什么反应。结果我的话刚一出口，他端枪的手就跟着抖了一下，好像吓得拿不住了枪似的。

看他这副紧张的模样，我也不禁后背直冒冷汗，担心他可能狗急跳墙，对我和那两个年轻人扣动扳机。不过，他最终没有开枪，而是开口说道："当你发现我不是女人的时候，难道你不觉得吃惊吗？"

"我对此有心理准备，白天的时候我就觉得你很可疑。"

"哦？难道我白天的装扮有破绽？"

"当然，我从三个细节看出了你的破绽。"我对他说，"首先，在停车场的时候，你不停地大声擤鼻涕，那种姿势并不是正常女人的样子；其次，我发现你走路的方式不对头，不仅步伐很大，而且落脚很沉重，显然，这是男人的走路方式；再有，我注意到你没有带女士的钱包或手袋，在卡车里和房车里我也没看到类似的东西，作为一个女人，怎么可能没有这些东西呢？"

他用手下意识地擦了擦鼻子，说："嗯，推理不错！看来你很精明。"

这时，一直站在我身后的红头发男孩颤抖着说："你，你打算怎么办？"

他没有立即回答，只是紧张地盯着我，嘴角抽动了一下。过了一会儿，他对另外两个男孩说："车里面有没有绳子？比如晾衣绳一类的东西？"

"有。"黑发男孩说。

"快去拿来，把这个人绑起来，我们必须带着他一起走。"他命令说。

我表面上不动声色，心中却升起一股怒火，我暗暗对自己说："他要来绑你了，你能无动于衷吗？难道就让这个家伙把你和另外两个孩子带到一个人迹罕至的地方杀掉吗？"

想到这里，我开口说："那你还不如现在就杀死我！"

“你闭嘴！”他阴沉着脸说。

我向他迈出一步。

“站住！”他用枪威胁说，“老家伙，我警告你，如果你再靠近一步我就要开枪了！”

“随你的便！”说着，我猛然向他扑过去。

砰的一声枪响，我感到子弹是从我的右颊飞过，距离我的脑袋也就一英寸。子弹的热量烧灼着我的脸颊，火辣辣地疼痛，震耳欲聋的枪声几乎穿破了我的耳膜，但就在电光石火的一刹那，我也抓住他的手腕，并打掉了他的枪，不等他反应过来，便挥拳猛击他的肚子和胸口，他痛苦地弓着腰，向后退了两步，我就势将他绊倒，然后骑在他身上，狠狠地给了他脸上一连串重拳，最后，他被我打得昏了过去。

我站起来，从地上捡起了他的枪，这时我摸了摸脸，才发现皮肤已经被烧伤了，两眼也感到刺痛，不住地流着泪。不过，我除了双腿有些无力之外，其他部位都没有受伤，反应和行动方面也没有任何迟钝的感觉。

红发和黑发两个男孩见持枪男子被打倒了，也急忙冲过来，他们僵硬而苍白的脸上带着一股获救的欣喜表情。

“得救了，”我对他们说，“现在你们最好把绳子拿出来。”

他们很快从房车里拿来绳子，我们七手八脚将那个持枪家伙捆了起来，然后开车将他送往附近的公路巡逻站。

在路上，那两个被挟持的男孩告诉我，他们分别叫安东尼和艾德，是俄勒冈州麦克斯城农林学院的学生，而那个持枪的家伙叫于连。今天清早，他们驾车从学校出发，想到野外露营玩两天。然而，他们在路上遇到了假扮成女人的于连，当时于连请求搭一段顺风车，他们没多想就让他上了车，可上车后的于连凶相毕露，原来他是个越狱逃犯，入狱的原因是持枪抢劫和两起谋杀未遂案。于连用枪逼迫他们改变了行驶方向，因为他想去墨西哥，但自己不会开车，于是就命令安东尼和艾德来开车。在车上，于连还告诉他们，为了躲避警方的追捕，他一直东躲西藏，后来在一所空房子里找到了一些女性的物品，比如假发、头巾等，于是他产生了男扮女装的念头……

当我们到达公路巡逻站时，于连还没有苏醒过来。

梅尔警官接待了我们，安东尼和艾德把事情经过详细地向他叙述了一遍，我则对我那部分作了简单介绍。安东尼和艾德对我的义举非常感激，他们在梅尔警官面前盛赞我是个大英雄。

当梅尔警官和我单独在办公室时，我告诉他我是一个侦探小说爱好者。他听完后，微笑着说：“这就难怪了，你缴于连的枪的方式也是侦探的那一套，一定也是从小说里学来的吧？”

“没错，”我疲倦地说，“我看了许多侦探小说，没想到今天居然派上了用场。”

“不仅如此，你还具有过人的胆识。”梅尔警官夸奖道。

“不，我并没有什么过人的胆识。在我一生中，从未做过这样的事，但我不能眼睁睁地看着那两个被挟持的男孩受到伤害，我知道，于连在达到目的之后肯定会杀死他们，他们还很年轻，还有很美好的未来，不能就这样白白死去。”

“朋友，可是你也很危险，他那一枪不是差点儿击中你吗？”梅尔警官搓着手说。

“是的，不过我的安危无所谓，”我顿了顿说，“我只关心那两个孩子。”

“你是个无私的人，对吗？”

“不，不是！”

“你为什么要这样说？难道你不在乎自己的安危吗？”梅尔警官停止了搓手，问道。

“哦。”我沉默了片刻。最后，我决定把自己埋藏在心底许久的秘密说出来。

“好吧，警官先生，我告诉你，事实上，你是第一个知道的人。”

“知道什么？”梅尔警官问。

我走到窗前，看着夜色，平静地说：“我得了肺癌，而且已经到了晚期，医生说我只能活 18 个月了。”

第八卷

与杀手为邻

机 关

迪克坐在沙发上等待着，他显得有些紧张。

不一会儿，从里屋出来一个人，“你好，我是布莱恩，请问有什么需要我效劳的吗？”他自我介绍说。

“你好！请问，你这里出租房子吗？”迪克停顿了一下，眼中流露出一种紧张的神色，又吞吞吐吐地说，“也许你能明白我的意思，我找你并不主要是为了房子，而是……而是为了……”

“你不用说了，我都知道了，”布莱恩谦和地打断了迪克的话，“你的朋友已经把你的情况向我介绍过了。”

迪克有些拘谨地坐在沙发上，他身后的玻璃门上贴着一串文字：“布莱恩——房地产经纪人。”从某个角度看上去，那串文字就好像圣人的光环一样浮在他的头顶上，那情景非常滑稽。

“迪克先生，在你来之前，你的朋友已经打电话通知我了，”布莱恩说，“我相信你现在需要我的帮助，你是一位值得信任的客户，同时我也要请你了解，我也是一个值得信任的人。我希望你能信任我的任何决定。”

迪克勉强挤出了一丝笑容，他知道，接下来将要进入正题了，可恰恰是他们将要谈的话题让他感到浑身不自在。

布莱恩似乎看出了迪克的心思，他轻描淡写地说：“既然你是为这件事找到我，那我们就开门见山吧。我听说，你来找我的目的是为了杀掉你太太，对吗？你算是找对人了，那正是我的本行，实话告诉你吧，这些年来，我在做房地产经纪人的同时，也在暗地里做这个行当，而且从没出过任何纰漏。”

也许是布莱恩的开诚布公打消了迪克的顾虑，他深深地叹了口气，说道：“太好了！布莱恩先生，感谢你的坦诚……我也可以坦诚相告，我无比憎恨我的太太，恨不得她立即就死掉！”

“迪克先生，我想问个问题，你们这种憎恨是相互的吗？”

“是的，我太太也憎恨我，她对此丝毫不掩饰，但凡有一点儿不合心意便冲我发泄她心中的怒火……”

“这很折磨人，是吗？”布莱恩接着他的话茬说下去，“如果你太太的心中也充满憎恨，那么她会无休止地折磨你，可是，你为什么不和你太太离婚呢？”

迪克站起身来，向前走了两步，然后坐在布莱恩写字桌旁的椅子上，愤愤地说：“我绝不考虑离婚，因为那些偏听偏信的法官会让我损失掉一半的财产！而且我敢保证，她也不想放弃她的一半财产，她对妇女的权益看得比什么都重！”

“你的太太有过搬家的打算吗？”布莱恩问。

“有过，她非常渴望搬家，这一点毫无疑问。”迪克说，“她早就嚷嚷着要换房子，都一年多了，主要是因为我们现在的邻居们太吵，他们的小孩子在家门口开摩托车玩，把附近的路面都弄坏了，我的太太实在忍受不了这种吵闹的邻居了。”

布莱恩站起来，走到角落的一个小酒橱前，从里面取出了两只酒杯。

“想喝点儿什么吗？”布莱恩问。

“谢谢，有威士忌吗？请来一杯。”

布莱恩在酒杯中倒了一些威士忌，又在里面加了几个冰块，然后将其中一杯递给迪克。

“在我们谈细节之前，我想，我们应该先把价格讲清楚。”布莱恩说。

“我听朋友说，需要3000元？”迪克说着，喝了一口酒。

“不，那是过去的行情了，现在是4000元。”布莱恩微笑着说，“预付2000定金，事成之后再付2000。”

“你这是坐地起价啊！”迪克略微有些不快。

“现在什么都在涨价，房租、日用品……你说说看，哪个没涨价呢？所以，我要4000元并不多。”

“如果真能除掉她，花4000元也值。”迪克沉吟了半晌说，“假如你和她打过交道，你就会知道我的意思了。”

“对了，你不是来租房子的吗？我这里有一套好房子，位于比德顿巷，而且租金非常便宜。”布莱恩说，“我相信，你太太一定会喜欢那里的。”

“好的，那我什么时候可以带着太太去看房子呢？”迪克问。

“如果你方便的话，明天我和你们一起去，我会安排你们夫妇住进去的，其余的事就交给我好了。”

“那，月底前可以把她除掉吗？”

“这种大事，你别太心急呀！”布莱恩说。他看见迪克的脸上浮现出一丝杀意，或许他正怀着愉快而阴沉的心情畅想着可以永远摆脱掉他的太太了。

“我能不心急吗？”迪克脸上显现出不快之色，“你总得告诉我，你把造成‘意外’的机关设置在哪儿了吧？我必须知道我将如何避开意外！”

“别担心，我会让你知道的。”布莱恩说着，喝干杯中的威士忌，“别忘了，在这个领域里我是专家，迪克先生，既然你找到了我，就应该完全相信我。”

迪克被布莱恩直白的言辞说得有些尴尬，他不再说话了。不过，布莱恩随后又给他吃了一颗“定心丸”。

“迪克先生，周三下午，我陪同你和你的太太去看房子，当你们决定入住后，我保证会教你如何避开‘意外’。”

“好吧，我相信你。”说完，迪克也一口喝干杯中的威士忌，两人握手道别。

“那栋房子位于比德顿巷的 423 号，周三下午 4 点整，我会在那儿恭候你们夫妇。”布莱恩说。

“放心吧，我们一定准时到！”迪克说，“我顺便会把第一个月，也是最后一个月的租金带过去。”

“别忘记，还有 2000 元的预付款呢。”布莱恩微笑着提醒他。

“呵呵，你不说我还真差点儿忘了，放心吧，一分钱都少不了你的！”迪克回答说。

迪克离开后，布莱恩高兴地走到酒橱前，又给自己倒了一大杯酒。他一边喝一边想：“这个迪克真是个不错的主顾，如果能再找到一个像他这样大方的主顾，那就更好了！”

周三下午，迪克夫妇如约来到位于比德顿巷的房子，与布莱恩碰面。迪克太太给布莱恩的第一印象是娇小迷人，根本不像她丈夫先前所描述的那样面目可憎。不过，人不可貌相，往往看似平静的婚姻，也会蕴藏着具有毁灭性的暗涌，就如同平静的河水下面也隐藏着危险的潜流一样，这种婚姻中的伴侣，可能在他们真正领悟到暗流危险性之时，两人就已被冲开了。总之，迪克太太给布莱恩的第一印象并不坏，她似乎既聪明，又不失理性。

那栋房子周边环境非常宁静，风景也很优美，四周是一大片绿茵茵的草地，还有许多高大的树木。房子有两层楼，一楼是两间卧室，二楼有一间精致的小娱乐室，非常适合像迪克夫妇这种没有孩子的中年人居住。

迪克太太走进房子后，首先来到厨房，她仔细打量了一番，高兴地说：“想不到这种外表古朴的房子，厨房设施还挺现代化的，真是难得！”

“是的，这种外表古朴的房子非常宜居，”布莱恩说，“可惜，现在新盖的房子无论从质量还是从舒适度来讲，都很难与早年的房子相匹敌喽！”

“房子有地下室吗？”迪克问，态度显得既诚恳又自然。

“有，有个大地下室，原来的房主用来储存燃料。地下室旁边还有一个专门储存水果的地窖，也可以拿来当酒窖，你们不妨跟我去看看。”说完，布莱恩就领他们顺着楼梯，来到宽敞、干燥的地下室。

然后，他们三人又回到楼上，挨个房间查看。迪克太太看得非常认真，虽然她觉得浴室里的灯饰和壁纸很合心意，但还是挑了一大堆毛病，当她打开大衣橱门查看时，站在她身后的迪克就冲布莱恩使了个眼色，仿佛在说：“你瞧，我没说错吧，她就是这样爱挑剔的人！”

迪克太太总算把屋里屋外都看了个遍，他们回到阴凉的门廊中。

“房租多少钱？”迪克太太问。

“第一年，每月租金 175 美元。”布莱恩故意报了个便宜的价格，因为他和迪克都清楚，凭这栋房子的位置和条件，就是再加 50 元也租得出去。

迪克太太自然是喜出望外，但她没有当着布莱恩的面显露出来，而是朝丈夫使了个眼色，意思是说，我们租下来吧！

"看来这个价格比较合理，亲爱的，你喜欢这栋房子吗？"迪克问。其实他心里明白，这正合自己的心意。

"是的，我很喜欢，我们应该马上租下来！"

"既然你们很满意，那现在就到我办公室去，我们把合同签下来。"站在一旁的布莱恩满脸堆笑地说。

当他们向外面走时，迪克太太还禁不住回头看了那房子一眼，她好像不相信自己的运气这么好，居然能以这么便宜的价格租到如此好的房子。

迪克却趁着太太回头的当口，偷偷地把一只装有 2000 元现金的信封塞到布莱恩手中。

接下来的一个周末，迪克独自一人来到布莱恩的办公室，他一进门就冲布莱恩心照不宣地笑了一下，似乎对他与布莱恩达成的私下交易感到愉快。

"房子里的'机关'设置好了吗？"迪克在椅子上坐下来，问道。

"全都设置好了，你放心吧！"布莱恩说。

"你能保证它们会起作用？"迪克似乎还有些怀疑。

"那些'机关'甚至比手枪还要可靠，迪克先生。不过为了保险起见，你不要操之过急，只需耐心等待。我在房子里设置了很多'机关'，就算第一个没有发生作用，还会有第二个、第三个，甚至第十个、第二十个，你的太太终究难逃一死。"

"我等不及了！10 年了，我和她结婚 10 年了！每天我都扳着指头计算日子，巴不得她早点儿死掉，我一刻也不能再等了！"迪克急不可耐地说，他的屁股在椅子中不停地扭动着。

"迪克先生，你的感受我完全理解，"布莱恩说着，从办公桌的抽屉里拿出一张纸，"我早已经为你准备好了一份清单，上面详细地列明了那栋房子里所隐藏的各种杀人'机关'，注意，你一定要仔细研读，并将那些'机关'的位置烂熟于心，当你把这张纸上的内容熟记以后，就将它烧掉。对你而言，这张纸上所记载的东西既是能杀死你太太的利器，也是保护你安全的护身符。"

"太好了！那我现在就告辞了。"迪克站起身，想从布莱恩手里拿走那张纸。

"不行！为了避免走漏风声，你不能将这张纸带回去，只能在我的办公室记熟。"

于是，迪克在接下来的一个小时里，在布莱恩的帮助下开始熟记纸上记载的'机关'位置，比如：在通往地下室的梯子上，第二级千万不要踩踏——它被动过手脚，只要一踩上去，必定会断裂，让人跌落下去；在厨房的灶台上，位于左后侧的那个灶眼儿千万不能使用，那里面安装了一个爆炸装置，只要点火，必定会发生爆炸，其爆炸力能摧毁它周围五尺内的一切；屋后门廊的通道里，向右转有一个陷阱，不小心踏上去必定会摔下去；客房电灯的开关也被动了手脚，在开灯时，只按开关没有问题，但千万不要碰金属的插座罩，否则就会触电而死；洗手间的自动洗衣机千万不要用，它会漏电……

迪克总算可以将那张纸上的内容倒背如流了。布莱恩将其烧成了灰烬。

“对了，我还有一个疑问，你设置的这些‘机关’不会被识破吧？”迪克不安地问，“比方说，被警方侦查到。”

“不会的，无论事前还是事后都不会！”布莱恩拍拍迪克的肩膀，十分自信地说，“在这个领域里，我是当之无愧的专家。迪克先生，我为你太太设计的这些‘机关’都非常隐蔽、巧妙，它们看上去就像是一次意外事故。”

“你有这个把握？”

“我有十足的把握。”布莱恩斩钉截铁地说。

迪克的嘴角微微上翘，浮起了一丝邪恶的微笑，他点了点头，然后站起来向门口走去。

“事成之后，你可别忘了把那 2000 元邮寄给我。”布莱恩说。

“少不了你的！”迪克站在门口，回过头对布莱恩说，“那我就等着听好消息了！”

迪克走了 5 分钟之后，布莱恩拿起电话，拨通了迪克太太的电话号码。

“喂，是迪克太太吗？我是布莱恩，我有一件重要的事情要告诉你。嗯，两个小时后我们在餐厅见。”布莱恩在电话里告诉了她一家餐厅的名字。两个小时后，迪克太太果然在那家餐厅等候着他。

布莱恩将自己与迪克的交易和盘托出。起初，迪克太太几乎不相信自己的耳朵，紧接着，她极为震惊，最后，她简直是怒不可遏。

“迪克这个浑蛋！平时看起来是个软骨头，想不到却这样歹毒！”她一边喝着咖啡，一边愤怒地说，“他居然对我如此憎恨！”

“那么，他究竟给你多少钱取我的性命呢？”迪克太太问。

“4000 元，”布莱恩说，“而且，他不在乎用什么方法，也不在乎你死得是否痛苦，他只要你死。”

“这个流氓！”迪克太太恨得咬牙切齿，“等着吧，我迟早要杀死他！”

“不过，迪克太太，你一定需要有人协助，对吗？”布莱恩狡黠地笑着说。

迪克太太愣了一下，疑惑地说：“这就是你约我到这里来的目的吧？”

“是的，太太，房子里有无数‘机关’正在等着你，还是快点儿做决定吧。”

“布莱恩先生，你看错人了！我可没有我丈夫那样心狠手辣。”

“好吧，那我们换个话题，你究竟想怎样对付你丈夫？”

“报警，向警方揭发他的罪行！”迪克太太大声说。

“迪克太太，我劝你别白费工夫了，即使警方去调查他，也找不到任何证据。我，作为唯一的证人，更不会站出来作证支持你们任何一方。”布莱恩只是径自向咖啡里倒着牛奶，头也不抬地说。

“哦，”迪克太太若有所思地看着桌面。

“迪克太太，你现在实际上很被动，”布莱恩说，“就算你躲过了这栋房子里所有的‘机关’，还会有另外的……”

“另外的？”迪克太太不禁睁大了眼睛。

布莱恩扬起两道眉毛说：“既然你丈夫已经对你动了杀机，他就不会罢手，就算我的杀人方案失败了，他还会找其他杀手除掉你，明白吗？”

迪克太太用她那双美丽的大眼睛盯着布莱恩，说：“看来，我明智的选择应该是，雇你对那个浑蛋反戈一击，是吗？”

“没错！我是最合适的人选。”布莱恩说，“或者，你也可以考虑和他离婚，不过，就算是你们离婚了，也难保他不会对你下手。”

“不！我已经说过无数遍了，布莱恩先生，我绝不会和迪克离婚，我宁可先下手为强！”

“噢，太好了！你终于做出了最明智的选择！”布莱恩笑着握住她的手，“我来帮你算一下这笔账吧。迪克太太，假如我事先没有向你透露这件事，那么过不了多久，你就会命丧那栋房子的‘机关’之下，即便警方事后查明了真相，惩罚了你的丈夫，但也无法挽救你的性命了，可假如他在谋杀未成事实之前就受到惩罚的话，而你的性命却保住了。想一想，是不是事先得到消息更为重要？”

“我明白，那你开价多少？”

“付我 5000 元！”布莱恩说，“迪克答应付我 4000 元，事前一半，事后一半。当然，就凭迪克那股狡猾劲儿，估计那后一半的钱他会赖账不给。”

迪克太太的脸上也露出了一丝微笑，那微笑，和迪克在布莱恩办公室表现出来的微笑同样邪恶。

“成交！布莱恩先生。”

布莱恩冲她笑了笑。接着，他回身从办公桌的抽屉里取出一张纸，递给了迪克太太。接下来，布莱恩耐心地给迪克太太讲解着：你要很小心地下室梯子的第三级，灶台右边前面的灶眼儿，门廊向左转的通道，电灯开关等等……

时间很快就过去了，最后，迪克太太支付了 2500 元之后，心满意足地离去。

两个月后的一天，布莱恩正在看报纸，上面的一则新闻吸引了他的目光，“在比德顿巷的一栋住宅里发生了一起命案。”他再仔细一看，报纸上说死者名叫迪克，头天晚上当他正站在窗前眺望时，由于地板刚刚打过蜡，非常光滑，结果他竟然翻落到窗外，落地时脖子被折断了，当场丧命。

大约又过了一个星期，邮递员给布莱恩送来了一只封得严严实实的大信封，他打开一看，原来里面是 2500 元现金——是迪克太太寄来的。布莱恩相信，迪克太太也许犹豫了半天是否邮寄这笔后续款项，但她最后还是兑现了承诺。

布莱恩收到钱后不久，又收到迪克太太寄来的一封信，信上说，因丈夫迪克意外去世，她已经离开此地，搬回到佛罗里达州和她的家人一起居住。信中还提醒布莱恩，应该去房子里“清扫”一下，以便租给以后的房客。

布莱恩明白，迪克太太这是暗示自己，赶紧到比德顿巷423号，把那里的‘机关’都清除掉，以免罪行败露。

布莱恩心中暗自好笑，他想：“我根本不用去，因为我不会傻到真去设置那些‘机关’，即使再巧妙的机关，也终究会存在破绽，留下不利于自己的证据。”

那么，迪克究竟是怎么摔下去的呢？毫无疑问，他是从楼上窗口被推下去的，能做这件事的只有一个人，那就是迪克太太，因为只有他们夫妇二人貌合神离地住在那栋房子里。

至于比德顿巷的房子中的‘机关’是哪些？其实什么都没有，也根本没必要有！因为憎恨和恐惧就足以造就一切。

逍遥法外

亨利·托曼做过许多令自己非常得意的事。

然而，其中最让他得意的事，是他杀了一个人，但却没有受到法律的制裁，他至今仍然逍遥法外。

在夜深人静的时候，他经常细细地回味这件事，越想越觉得自己了不起，简直就是一个犯罪高手——杀了人，却没留下任何蛛丝马迹，至今仍安然无恙——这样的罪犯，天底下恐怕也没有几个吧？

知道真相的只有一个人，那就是他的妻子路易丝。事发那天晚上，路易丝刚好在客厅里，她看到两个黑影走到阳台上，好像在争论着什么。然而，也就是一眨眼的工夫，阳台上只剩下一个黑影了——亨利·托曼把司科特·兰辛从阳台上推了下去！

路易丝见状连忙跑到阳台上，她见丈夫杀了人，顿时被吓得目瞪口呆，一动不动。

不过，在警察抵达现场之前，路易丝已经恢复了常态。原来，亨利·托曼让她明白，无论她说什么，警察都不会相信司科特·兰辛是被害身亡。另外，路易丝也深知，这种谣言如果传出去，对自己、对家人都绝没有好处，更何况自己的老母亲已经70多岁了，心脏很不好，如果这件事被她知道，很可能心脏病发作。

正因为上述种种原因，在警察到来之后，路易丝极力为亨利开脱，证明司科特·兰辛死于一场意外。

她对警察说："那天晚上，司科特的心情特别抑郁，因为他失业有很长时间了，甚至连电视台的工作也丢掉了。他在晚饭前喝了很多酒，晚饭后还在不停地喝，我们怎么劝阻都不听。在酒精的麻醉下，当他走到阳台的时候，不小心失去了重心，于是就从阳台上栽了下去……"

而法医对尸体的解剖也证实，司科特在死前的确喝了大量的酒。

警察又询问了司科特的其他朋友，这些人也纷纷证实，司科特近来心情非常沮丧，甚至有些绝望，他常常借酒消愁。

总之，所有的证据对亨利都非常有利。

路易丝在证词中还向警方描述：在事发前，司科特曾烦躁地独自一人走到阳台前。她刻意隐瞒了亨利和司科特一起走到阳台的事实。另外，她也没有向警方提及那张照片。

其实，恰恰是那张照片导致了这场残忍的谋杀，它才是导火索。

那张照片是司科特的一张写真照。照片上，司科特面露微笑，显然是拍给经纪人和导演看的。在照片的背面还写了一段很夸张的献辞："献给我的女主角——你永远的奴隶。"这种行文和语气是典型的演艺圈人的风格。路易丝的职业是戏剧演员，她曾经和司科特一起有过表演方面的合作，所以，司科特将自己的写真照赠送给她作为纪念。

亨利无意中发现了这张照片，他顿时火冒三丈。当他怒气冲冲地质问路易丝时，路易丝坚持说，那张照片只是一件普通的小礼物而已，所有的演员都喜欢写这种看似肉麻的话，但她和司科特之间什么都没有。路易丝还说，自己和司科特是泛泛之交，只不过曾在一起演过几场戏，吃过几顿饭罢了。所以，她希望亨利不要疑神疑鬼。

但是，无论路易丝怎么解释，亨利还是不相信，每当他闭上眼睛，就会想起路易丝和司科特在舞台上如何卿卿我我、如胶似漆的样子。亨利曾经去看过他们的表演，台上路易丝和司科特演得缠绵悱恻，而台下的亨利则看得怒不可遏。

此外，还有一件事也让亨利耿耿于怀。最初，当亨利向路易丝求婚时，路易丝很长时间都表现得犹豫不决，莫非那时候她就和司科特有染？后来他们结婚了，司科特还经常到他们家来，其频繁程度让亨利不免心生怀疑。可是路易丝却解释说，这是因为司科特喜欢到别人家蹭饭。亨利根本不信路易丝的话，憎恨和猜疑无休止地咬噬着他的内心。

亨利每当想到那张照片，想到照片上司科特那张微笑的脸和肉麻的赠言时，就气不打一处来。他无论是清醒还是睡觉时，那张脸仿佛都在眼前晃动，似乎无处不在，从各个角落凝视着他。到后来，他甚至经常在梦中梦到那张脸。那张脸已经破坏了他的生活，甚至扰乱了他的精神状态，如果再继续这样下去，他恐怕就要疯掉了。

亨利清楚，要想摆脱那张脸的折磨，除非消灭那张脸的所有者——司科特·兰辛。于是，发生了前文的那一幕。

警方结束了对亨利的调查，宣布司科特之死纯属意外。从那天开始，亨利感到如释重负，就好像一个人终于把自己身上的肿瘤连根切除了那样。他兴奋地对路易丝大喊道："他终于从这个世界上消失了！就像他从来没有存在过一样。他再也不会出现在我的生活里了，我彻底摆脱了他！"

当亨利疯狂地发泄完之后，发现路易丝正注视着他——这也是亨利杀死司科特之后，路易丝第一次用正眼看他。

路易丝没有表现出喜悦，也没有表现出愤恨，她平静如水的眼睛中什么感情都没有，她已经对亨利彻底失望了。

亨利也从路易丝的眼中读懂了她的心思，他知道，也许现在妻子对自己已经没什么感情了，但他仍自信地认为，司科特一死，路易丝的心必定会回到自己的身边，他们的感情还会像刚结婚的时候一样好！

终于，路易丝开口了。她问道："你真的这么想吗？你真的可以像什么也没有发生一样继续生活吗？你不觉得你将会受到惩罚吗？亨利。"

亨利没想到在自己大获全胜的时刻，妻子竟然说出这样煞风景的话来，他顿时变得怒不可遏，恨不得猛抽她几个耳光。"轮不到你来教训我！"他吼道，"我杀了你的情夫又能怎样？谁敢威胁到我的婚姻，我就要杀谁！这是天经地义的事，该受到惩罚的是他，而不是我！"

路易丝最后一次向亨利解释，司科特只是她的一位普通朋友，是她结婚前十几位朋友中的一位。结婚后，多疑、猜忌和心胸狭窄的亨利已经把她其他的朋友都赶走了，唯独司科特还与她保持着友谊。

亨利本以为只要司科特一死，自己的困扰就永远消除了，可他现在发现，在司科特死后，他的脸似乎并没有消失，还是屡屡出现在他的幻觉中。

亨利和路易丝都参加了司科特的葬礼，亨利还假惺惺地送上花圈并表达了悲痛之情。在葬礼中，他们静静地坐在长凳上，就像司科特的生前好友一样。然而葬礼结束后，那张脸还不时出现在亨利的眼前。

亨利有些担心了。最初，他以为是司科特的遗物在作祟，就仔细检查了路易丝的东西，找出她过去的纪念品和节目单，将凡是与司科特有关的统统烧掉。最后，亨利意识到，那张司科特的写真照片不见了。

亨利大怒，责问路易丝是不是还偷偷地保留着司科特的照片？路易丝冷静地告诉他，那张照片已经被烧掉了。

亨利听了很高兴，他终于可以高枕无忧了。

然而，仅仅安静了几个小时，那张脸仿佛又在他眼前出现了！

"难道是冤死的司科特的鬼魂还在这房间里游荡？"亨利心里想，"自己把司科特从十二层楼的阳台上推了下去，难道他的鬼魂又回到了阳台上？路易丝是在客厅看到那可怕的一幕的，莫非鬼魂进入了客厅？"想到这里，亨利感到有些不寒而栗。

其实，自从亨利杀害司科特之后，路易丝就对他越来越疏远，越来越冷淡，甚至连亨利碰她一下，她都觉得非常不情愿，更不要说做爱了。现在，路易丝经常去她母亲那里，好像在逃避眼下的一切。亨利心想："我和路易丝应该换一个地方生活，搬到一个遥远的地方去，忘掉这里曾经发生的一切，那张该死的脸也就无法跟着我们了。"万般无奈的亨利产生了搬家的念头。

不过，亨利还是挺走运的，他刚打算离开这里，机会就找上门来，亨利的老板将他提升为负责中西部地区的经理，他将前往芝加哥赴任，并且获得更高的薪水。

可路易丝不愿意去芝加哥，她希望留在纽约，守在老母亲身边。而且，在纽约还有她仅有的几位密友。

"你不要总拿你的老母亲做借口！"亨利不屑一顾地说。

"她年纪大了，又有心脏病，"路易丝恳求说，"如果让她一个人在纽约生活，我实在放心不下。"

"那我提醒你，你不要忘记你的情夫司科特是怎么死的！"亨利威胁说，"如果你不想让我把这件事告诉你母亲，那你最好听我的！"

听亨利这样说，路易丝的眼睛里流露出了一丝恐惧。她明白，亨利既然说得出，就做得到，如果她不顺从的话，亨利一定会将这件事告诉她母亲的，甚至还有可能做出更可怕、更极端的事情来。

"既然这样，那我就没什么可说的了，"路易丝无助地说，"但是，你要保证我可以经常回来看望她。"

"没问题，我答应你！"亨利说。但他们俩都清楚，那只是个空头支票，他们此行前往芝加哥就再也不会回来了，从此路易丝将很难再与母亲见面了。

他们搬家那天，下着倾盆大雨。亨利小心翼翼地开着车，路易丝则坐在汽车后座上，慢慢地堆着生活用品，那些都是路易丝不愿让搬运公司搬运的一些东西。

亨利显得很兴奋，他对路易丝说："大雨总会过去，当天气放晴以后，我们就可以看到美丽的田园风光了！"当他们驾车穿过乔治·华盛顿大桥后，亨利说："我们还要走一个星期才能到芝加哥呢，这一路上我们可以边走边玩，把这次旅行看成是一次度蜜月的机会。亲爱的，旅途中只有你和我，这是我渴望已久的事。"

路易丝打了个冷战，将身上的厚大衣裹得更紧了。亨利意识到，妻子因司科特之死受到惊吓，需要一段时间才能慢慢恢复过来。到了那时候，自己就什么都有了，除了事业上的成功，还将拥有妻子全部的爱。至于司科特，让他彻底见鬼去吧！

亨利和路易丝为了早点儿到达芝加哥，他们连夜赶路。

到了傍晚的时候，大雨依旧下个不停。由于能见度低，再加上道路湿滑，他们开得非常慢。亨利想找一家汽车旅馆住宿，于是他驶下高速公路，上了一条辅路。在这条路上，他们跟在一辆大卡车后面。那辆大卡车开得很慢，亨利几次想超车，但都没成功，被那个庞然大物挡着，亨利真是有气撒不出。

亨利开始变得烦躁不安起来，他嘴里不住地咒骂着，拼命地按着汽车喇叭，向那辆大卡车发出抗议。最后，那辆卡车终于向一边让开了，并且慢慢降低了速度。亨利看到超车的机会来了，便猛踩油门，越过道路中央的白线，超过了那辆大卡车。

就在亨利超车的那一瞬间，对面射来一道耀眼的强光——一辆汽车朝他们迎面开来！亨利急忙猛踩刹车，可已经来不及了，两辆车迎头相撞，玻璃顿时撞得粉碎，亨利也由于巨大的惯性，被甩出了车外……

一个星期后，当亨利苏醒过来时，发现自己正躺在医院里。路易丝在这场车祸里只是受了一点儿皮外伤。当路易丝来看他的时候，他对妻子说的第一句话就是："你曾说过，我会受到惩罚，但事实证明你这纯属瞎扯！如果按照你的说法，这次车祸应该让我死掉，可是你瞧，我大难不死，医生说我再过一段时间就能出院！"

亨利的脸上缠满了厚厚的绷带，虽然他只能发出微弱的声音，但他说的是实情，医生的确在他苏醒后曾对他说过："亨利先生，你从如此严重的车祸中捡回一条命，这简直是个奇迹！虽然你不得不在医院里躺上一段时间，但最终你一定会彻底康复的。"

"医生说了，在我身上发生了奇迹！你知道吗？'奇迹'只会发生在圣人身上，而不会在杀人犯身上出现的！"亨利还在自得地说着。

"你的伤还没好，最好少说话，免得撕裂伤口。"路易丝柔和地说。

路易丝每天都来探望并陪护他，这让亨利感到很高兴。他想："路易丝终于回心转意了，她在差点儿失去我之后，终于意识到我在她心目中的地位了。"

就这样，亨利在病床上躺了好几个星期。

渐渐地，亨利有些不耐烦了，他希望早点出院。可医生和护士总是好言相劝，希望他等伤口完全愈合之后再办理出院手续。亨利觉得他们这是在故意拖延时间，不让他和妻子团聚，因此变得越来越暴躁，甚至开始对医生和护士恶言相向。

"亨利先生，别着急，"主治医师安慰他说，"过不了多久，你就可以出院了，在你妻子的交涉下，老板答应还保留你的职务，医疗费也由保险公司支付了，你还有什么可担心的呢？不过，有一件事我得告诉你，在车祸发生时，你的脸已经完全被毁了，所以，我们必须给你做一个整容手术……"

"怎么？"亨利惊讶地张大嘴巴，直到这时，他才知道自己的容貌已经不复存在了。

亨利不得不接受整容手术，否则，他会成为一个人见人怕的怪物。可是，整容手术的成功几率能有多大？这让亨利的心又悬了起来。

医生、护士和路易丝都极力安慰亨利。他们告诉亨利，现在的整容手术非常先进，手术后也不会留下什么伤疤，他的容貌会像从前一样。再说，他在车祸中大难不死，已经创造了奇迹，整容手术也必定能再创奇迹！

这些人或许都以为亨利很害怕做整容手术，所以才这样安慰他。其实，亨利心里一点儿都不害怕，他认定自己与一般人不同，有上帝的保佑。比如，他杀死了司科特，却没有受到惩罚；他遭遇了一场严重的车祸，却幸运地捡了条命。经历了这么多大灾大难都不死，为什么还要害怕一次小小的脸部整容手术呢?

当他躺在手术车上，等着被推进手术室时，还对前来探望的路易丝嘲笑说："看看，我做了那样邪恶的事，却没有得到惩罚，看来你的判断有误啊！"

亨利被注射了麻醉药，躺在手术台上，他紧闭着嘴，决心一句话也不说——因为他担心在失去知觉期间，说出什么不该说的话——这是他唯一担心的事。

不知过了多长时间，当亨利再度苏醒时，手术已经结束了。他醒来第一件事就是问护士："在麻醉过程中，我说什么了吗？"

"什么都没说，"护士安慰着他，"你非常安静，一动不动，手术做得也非常成功！"

"太好了！现在再没有什么可担心的了……"

终于到了可以解下脸上纱布绷带的时候了。那天，亨利的病床旁围了很多人，主治医生慢慢地解着裹在他脸上的一层层纱布绷带，其余医护人员则站在一边，赞叹地看着外科医生的"杰作"。

纱布绷带完全解下后，亨利抬起一只手，轻轻地抚摸自己的"新脸"——皮肤是移植上的，非常柔软。医生告诉他，这皮肤非常娇嫩，一定要好好保护，要用一种特殊的护肤油擦脸，直到皮肤变得完全结实为止。

站在一旁的路易丝将一面镜子递给亨利，让他看看自己的新面孔。

亨利慢慢地举起了镜子，"天哪！怎么会……！"亨利发出了一声尖叫，手里的镜子也掉到地上摔得粉碎。

原来，在那噩梦般的一瞬间，亨利看到了一张脸！他终于明白了，这几个月来，路易丝根本没有烧掉司科特·兰辛的写真照，她一直保留着那张照片。在外科医生给亨利做整容手术的时候，参照的就是那张照片。

亨利现在的面容——正是司科特·兰辛的那张脸！

邂　逅

我们初次见面，还是在哈里顿公园的手球场。

记得那天是个周末，天气晴朗，万里无云，煦暖的阳光照在身上，舒服极了。

当我到达手球场时，发现他早已经等候在那里了，当时他正在做热身运动，于是我朝他走了过去，虽然他没有回头看我，但我相信他肯定知道我的到来。

当他结束热身运动后，我走上前去，说："我们来打一场怎么样？"他看了我一眼，说："当然可以！"

我们不知打了多久，也许有两个多小时吧，虽然我比他年轻一些，身材也比他高大，可却总是输给他。

最后，我们都打累了，便汗流浃背地坐在场边的长椅上，用毛巾擦去脸上和身上的汗水。这时已是正午时分，太阳高悬在天空，烤的大地灼热。

"嗨，今天打得真过瘾！"他说，"从来没有像这样过瘾了！"

"我的球技和你比起来可是差多了，你以前一定是专业运动员吧？"我有些不好意思地说。

"专业倒谈不上，不过我喜欢打球，也渴望胜利，所以我经常到球场来练习。"他说这话时，脸上流露出一副虚伪的笑意，"不要把今天的失利记挂在心上，也许你下次就会胜过我呢！"

"哈哈，你说得对！"我笑着说，"打了这大半天的球，我实在是渴坏了，我们去喝两杯啤酒吧？我来请客，上午和你打球收获不小，这姑且就算是我交的学费吧。"

他高兴地点点头。

我们一起来到球场附近的餐厅，在一张厚实的橡木桌前坐下。那张桌子的桌面上刻着许多文字，据他说那都是些希腊文字，是年轻学生们刻在上面的。

很快，侍者端来了两大杯啤酒，我们一边喝着，一边开始聊天。我再次向他表示歉意，说自己的球技实在太糟糕了。他则笑了笑，把酒杯放在桌子上，从烟盒里取出一支烟点燃，慢悠悠地说："不过是几场球而已，干嘛那么认真呢？岂不闻'球场失意，情场得意'吗？"

我苦笑了几声，说："假如我在情场方面的遭遇算是得意的话，那我在其他方面恐怕就要算是灾难了。"

"怎么，你遇到什么麻烦了吗？可否讲给我听听，或许我能帮你分担些忧虑呢。"他关切地说。

"好吧，说出来可能会让我心里感到轻松一点儿。"我停顿了一下，"我认识了一个女人，我深爱着她，她也深爱着我，可是我们却无法走到一起。"

"难道你有老婆了？"他皱了皱眉头问道。

我摇了摇头。

"那么，她有丈夫了？"

我又摇了摇头，说："我们俩都是单身，她很想结婚……"

"那是你不想和她结婚？"

"不，我非常想和她结婚，和她过一辈子。"

"噢，等一等，"他显得非常困惑，"让我考虑考虑，你刚才说你们俩都是单身，都爱着对方，又都有结婚的意愿，那，究竟是什么障碍呢？莫非……她是你的姐姐或妹妹？你爱上了自己的亲姐妹？这未免有些太离谱了吧！”

“嗨，说什么呢？我看你才是越猜越不靠谱呢！原因是……我是一个离过婚的人。”

“离婚？我还以为是什么大不了的事儿呢！”他说，“离婚又怎样？现在离婚又再婚的人很多，我也是这样的。哦，对了，是不是因为你们的宗教信仰不同？”

“不。”我又摇了摇头。

“那到底是什么原因呢？我想，你离婚并不是主要原因吧？”

“唉！怎么跟你说呢，”我叹了口气，“我想主要还是经济原因吧。我的前妻和我离婚时，把家里的财产都夺走了，我几乎是被扫地出门。现在，我每个月还要向她支付赡养费。我目前只能住在一间小公寓里，甚至连做饭也只能在一个小灶上。如今我有了一个女朋友，她很想结婚，可是我没钱结婚……你知道，如果一桩婚姻不是建立在一定的经济基础上，那么这桩婚姻迟早要破裂。我的处境你现在该明白了吧？

“噢，明白了。”他点点头说，“这种事儿让你摊上，真是不走运啊！”他向侍者示意，又叫了两杯啤酒。

侍者端来两杯酒，他又点燃一支烟，喝了一口啤酒，说：“离婚这事儿的确棘手，我刚才说过，我也离过婚，也有一个蛮不讲理的前妻。”

“她也没少敲诈你吧？”我问。

“是的，她在和我离婚时，也是狮子大开口，虽然我请了一位有名的律师为我打官司，可最后还是被她分去了大部分家产，包括我的住宅、凯迪拉克轿车和其他一些财产。现在她过得非常潇洒——她没有孩子，没有负担，但她却能分去我工资的50%，政府又要扣掉我 40% 的税，你想想，我自己还能剩多少？”

“的确剩不了多少。”我同情地说。

“虽然我每月的薪水被她和政府盘剥走一大部分，但剩余的钱还能让我过得不错。可是你知道吗，问题并不在于钱，而是在于我为什么要白白地给她钱？你想想看，我辛辛苦苦赚的钱，却每个月都要支付给她一大笔赡养费，而她却像个女王似的养尊处优，这能让我心里平衡吗？”

我喝了一口啤酒，幽默地说：“看来我们是同病相怜啊！”

“其实，很多男人都面临我们这样的问题。”他说，“说句实话，假如你和女朋友结婚的话，你该怎么解决这件事？”

“由于经济方面的原因，我实在没办法结婚，”我说，“另外，我也怕了，赡养一个前妻已经够我受了，若是第二任妻子也和我离婚并要求赡养的话，那我可真就活不下去了。”我的语气里透着无奈。

“来，我给你支个招儿，你可以仿效我和我现在太太的做法——在结婚之前就签订一份协议，并请有关部门进行公证。协议规定，如果将来因感情不合离婚，她不能从你这里得到一分钱。你明白我的意思没有？找个知名度高、信誉好的律师，请他给你草拟一份在法律上能站得住脚的协议，要她在上面签字。”

“可是，她肯在这种协议上签字吗？”我疑惑地问。

“我觉得她很可能会签字。因为她急于和你结婚，所以，在这个时候无论你提什么要求，她都不会拒绝的。这样一来，你的财产就如同放进保险箱一样安全。假如婚后夫妻二人非常和睦，婚姻幸福美满，那自然皆大欢喜，你也只不过支出了区区一两百元律师费；如果你们婚姻不和睦，甚至破裂，你也不必支出一分钱的赡养费，我说得对吗？”

我沉吟了半晌，对他说：“你的话很有道理。”

“当然，这是我从亲身实践中得出的经验。”他得意扬扬地说，“现在，我和我的第二个太太过得幸福美满，她既年轻漂亮，又善解人意，虽然我们也会有些磕磕碰碰，但问题不大，她从没有动过要和我离婚的念头，因为她明白，由于那份婚前协议的存在，如果她和我离婚，她将一分钱也得不到。”

“看来你的办法很管用，假如我再结婚的话，我会照你说的做。”我说。

“相信我，准没错！”

“可惜，恐怕我不会再有结婚的机会了，”我又叹了口气说，“按照我前妻现在对我的榨取程度，我最后只能是死路一条，我现在只能打落牙齿往肚里咽啊！正因为我和你是陌生人，我们之间也相互不了解，跟你说句心里话吧，我真恨不得杀了她！因为只有杀了她，我才有机会去寻找我的幸福。”

“老兄，这个世界上有许多人都和你一样，恨不得把前妻除掉，所以你并不孤单。”

“可惜，我只能这样幻想一下过过瘾，我永远无法下手。因为，假如那个女人遭遇意外的话，警察很容易就会怀疑到我头上。”我说。

“对我来说又何尝不是如此呢？”他说，“我如果把前妻除掉的话，警察很快就会找上门来。在我眼里，我那前妻已经和一具尸体没什么区别了，但她就好像是一具‘特别的尸体’，天生冷血，你明白我的意思吗？”

“是的，我能明白。”我说。之后我又招呼侍者，请他再端来两杯啤酒。看来今天真是酒逢知己千杯少，我遇到知音了。

我们沉默了一阵。然后，我看看四周，压低了声音对他说：“实话告诉你吧，迟早我会下手的。我必须把我的前妻干掉，否则她会吸干我的最后一滴血，即使冒着被逮到的风险，我也会杀掉她的。”

“我也会的。”他深有同感地说。

“我是说真的。我现在正在恋爱，我想结婚，可是前妻的存在就是我结婚道路上的最大障碍，所以我必须除掉她，别无他法。”

“我也会的，多一天都无法忍受了。”他也毫不犹豫地说。

“真的？”

“当然，我发誓一定要杀了她！”他恨恨地说，“也许你认为我是为了钱而杀掉她，其实不然，钱只是其中一个方面，最重要的是她居然欺诈我，把我当成傻子，我恨透了她！原先我们俩有一块共同的墓地，结果在离婚时，法官居然连墓地都判给了她。哼！她想让我在死后无处可葬，我先要让她死无葬身之地！”

他又喝了一大口酒，继续说：“假如我可以逃脱刑罚的话，那么她应该已经躺在那块墓地里了……”

“假如我也可以逃脱刑罚的话……”说到这儿，我突然停下了，眼睛慢慢地朝他看去，他的眼睛也慢慢地朝我看过来，我们的目光在空中对视。从他的眼神里我看得出，似乎他想出了一个好主意，只是他没有立即说出来。

我们两个人都陷入了沉思，似乎都在等着对方先开口。沉默了几分钟后，他终于沉不住气了，开口说道：“我不认识你，对吗？”

我会意地点了点头。

他接着说：“虽然我们在球场上相识，但却并不认识对方，甚至不知道对方的姓名。”

“我是……”

他对我摆了摆手，示意我不要开口。

“别告诉我，我也不想知道，我们谁也不认识谁，我们是陌生人。”

“你说得对！”我说。

“虽然今天上午我们一起打了两个小时的球，虽然我们正在一起喝酒，但是，除了侍者，根本就没有其他人看到我们在一起。就算是侍者见过，他也不会记得。所以，我们的目的一致，我们的处境相同，我们俩都有想要除掉的人，你明白我的意思吗？”

“你说得没错，那么你的意思是？”我问。

他凑近我的耳边，低声说：“有一部叫《火车上的陌生人》的电影，不知道你看过没有？讲的是两个陌生人同坐一列火车，在攀谈中，得知他们都有相同的烦恼。最后，他们决定互相对换解决烦恼。现在你该明白我的意思了吧？”

“嗯，我大概能明白了。”我点点头说。

“这么跟你说吧，你有个前妻，我也有个前妻；你想杀她，我也想杀她；你想逃避刑事责任，我也想。那么，我的意思是……”说着，他又向前靠近了一点儿，用仅能让我听到的音量小声说，“老兄，我的意思是，咱们两个人互相帮助，你帮我杀死我的前妻，我帮你除掉你的前妻，这样，我们两个人的烦恼都没了，我们也都获得自由了。”

听闻此言，我的眼睛里立刻放出了光，连声说：“太好了！太高明了！”

“嘿，你就别恭维我了，你自己肯定也想到过，咱们两个人可谓是英雄所见略同啊！”

接下来，我们两个人又都低下头，沉默着，似乎在想象事成之后的惬意。突然他抬起头来，说：“我想起一个问题，我们两个人谁先下手呢？”

“我先下手！”我提议说，“毕竟这个好主意是你出的，我先来下手，这才合情合理。”

他微微一笑，盯着我的眼睛说：“等你完成之后，难道你就不担心我会因为胆怯而半路退缩吗？”

我愣了一下，随即说道：“我想你不是那种人。”

“放心吧，我的确不是那种人。”他说，“不过，在这个世界上，即使是朋友也不能完全相信，何况我们这对陌生人呢？这样吧，我们靠猜硬币来确定谁先动手，这样绝对公平。”说完，他伸手从口袋里掏出一枚硬币，“你先选，是正面还是反面？谁选错了谁先动手！”说着，他将硬币向空中高高地抛去。

“正面！”看着硬币在空中翻滚着，我脱口而出。

硬币从空中落下来，落在桌面上，旋转着，最后它慢慢地停下来——是反面。这意味着，我将先动手除掉他的前妻。

那天下午，我去找玛丽，我们已经有好长时间没见面了。在一段长时间的缠绵之后，我将她抱在怀中，兴奋地对她说：“我们俩的事，很快就要有结果了！”

“真的？”她喜出望外。

“是的，很快我们就能名正言顺地在一起了。”

“喔，亲爱的，那太好了！”她说。

又是一个星期六。

这是一个好天气，晴空万里。我和那个男人按照约定，又在哈里顿公园的手球场见面了。这次我们依旧玩得很尽兴，连打了六场。然后我们擦干汗水，换好服装，来到另一家酒吧。我们每人要了一杯啤酒，一边喝着，一边商量着动手的事情。

“你打算什么时候动手？”

“星期三或星期四晚上怎么样？”我说。

“为什么选择这两天呢？”他问。

“是这样的，”我解释说，“每个星期三我都要和朋友玩扑克牌，这是我多年的习惯，我通常一玩就玩到次日凌晨3点钟。至于星期四，我约好了和另外一位朋友共进晚餐，晚餐之后我们还会玩一会儿桥牌，也许会玩到夜里12点。所以，我选择这两天中的某一天，我会争取早点把她杀死，然后再迅速返回到牌桌前，这样，就不会引起别人的怀疑了。”

“不错！你想得很周全。”他赞许地说。

“好了，现在该介绍一下你前妻的情况了，”我说，“你前妻的作息规律是怎样的？”

“她自从和我离婚以后就独自一人生活，她住在一幢大房子里，等会儿我把她家的地址写给你。”他说，“她每天晚上都在家，而且会早早睡觉，所以，我认为你最好早点儿去，那样你就能早点儿返回到你的牌桌前。”停了片刻，他接着说，“等你杀掉她离开现场以后，我会给警察局打一个匿名的报警电话，声称发生了一起谋杀案。这样，当警察发现尸体的时候，你已经在和朋友们玩牌了。”

我点了点头，对他说：“那就定在周三吧，晚上我潜入你前妻的家把她除掉。这样，到了周四一早，你前妻遇害的消息就会传来，你的难题也就解决了。”

“太好了！”他兴奋地说，“哦，对了，还有一件事……”

“什么事？”

他的脸上闪现出一丝狡黠的笑容，小声说：“你尽管对她痛下杀手！我的意思是说，假如她有什么痛苦的话，我不会感到一丝一毫的难过。”

周三晚上，我依计行事。

我按照他提供的地址，潜入他前妻的家，不过出乎我意料的是，她并没有睡觉，但我还是用刀控制住了她。我骗她说，我是个窃贼，此行只为谋财，不会害命，她居然还真相信了，便去给我取钱。就在她转身的一刹那，我从背后割断了她的喉咙，她很快就断气了，几乎没有任何痛苦。

等她死去以后，我便开始扮演一个盗贼的角色，故意把屋子里弄得一片狼藉。我将书架推倒，书籍散落了一地；将柜子门都打开，翻了个乱七八糟。我找到一些金银首饰，但都丢弃到下水道里。我还找到一些现钞，这些则被我塞进了口袋……总之，我要让警察认为，窃贼已经将这幢房子里值钱的东西洗劫一空。

做完这一切之后，我迅速离开了他前妻的家。在回去的路上，我将凶器和染血的手套都丢进路边的水沟里。然后，我给警察局打了报警电话，说我听到某幢房子里有打斗的声音，还看见两个蒙面男子冲了出来，他们跳上一辆黑色的轿车逃离了现场，最后，我还向警察提供了那幢房子的具体位置。

至于汽车的牌照？很抱歉，我没看清；至于我的姓名？对不起，我做好事从来不留名！

第二天，我迫不及待地给玛丽打了个电话。

“放心吧，一切顺利！”我对她说。

“太棒了！我真高兴！”

在接下来的那个星期六，我又来到哈里顿公园的手球场，他“碰巧”也在，于是我们又打了几场球。

和先前几次比赛一样，第一局他轻而易举地就赢了我，可是从第二局开始，他突然变得不在状态，连续被我赢了两局。

他提议休息一下。我想：“他今天也许真的状态不佳，或者他不想让别人注意到我们俩在一起打球，以免引起怀疑。”

于是，我们俩又到上次去的那家酒吧，要了两杯啤酒。

“我前妻被杀的事已经上了报纸，你的任务顺利地完成了，真没想到你会做得那么干净利索！难道警察没有怀疑到你的头上？”他手里握着酒杯说。

“没有，从来没有！”我说，“况且，我有不在场的证明，凶案发生的时候，我正在家里等着和朋友们玩牌。也许警察根本就没有深入调查，他们也认为这是一起抢劫杀人案。你知道，我把现场伪装得非常巧妙，足以以假乱真。”

他看了看我，狡黠地笑了，说：“你告诉我，她在临死前是什么样子？”

我摇了摇头说：“可惜未能如你所愿，她死得并不痛苦。”

“噢，对了，我想起一件事。”他说，“我前妻被杀的新闻上了报纸，她的名字自然也被公众知道了，任何人都能通过这些信息知道我，你也可以，所以你占了我的便宜。你能查到我的名字，而我却对你一无所知。”

“别担心，只要你把我的前妻杀了，你也会知道我的名字。”我笑着说，然后在一张纸上用铅笔写下了一个地址，递给了他。

“这个地址就是我前妻的，你不妨也在下个星期三晚上动手。”我对他说。

“好的。我大概会在晚上 8 点钟左右到那里，9 点钟之前我会把现场布置好，然后离开你前妻的家，你看如何？”

“这个主意不错！”我点头说，“我还有个建议，你不妨也拿着刀子前去，并把现场也布置成一个谋财害命的案发现场，这样，警察就会认为是同一个窃贼所为了。”

“不！不能那样做。”他摇着头说，“那样的话，警察很可能会把咱俩这两桩案件联系起来，说不定咱们俩都会被牵涉进去，重新引起警察的怀疑。”

我想了想，又说：“那干脆这么办，你制造一个强暴的假现场，让警察以为是一起强暴未遂杀人案，他们就永远没办法把两桩人命案扯在一起了。”

“你真聪明！”他的脸上露出钦佩的笑容。

“当然，你不用真强暴她，”我说，“你只要在杀死她之后，撕开她的衣服，并把现场布置一下就可以了。”

“问一句题外的话，她漂亮吗？”

“长得还不错。”

“那么，晚上 8 点钟她肯定会在家吗？”他问，“我还真想强暴她，不过我不能这样做。”

“她肯定会在家，而且我敢保证，她只是一个人在家。”

“太好了，那你就等待我的好消息吧！”说完，他将写有地址的纸条小心地叠起，放进钱包里，然后又抽出几张钞票，支付了酒钱。他将杯中的啤酒喝干，站起身来，“我也会做得既干净又漂亮！”他说，“你的障碍也将被彻底清除。”

回到家后，我又迫不及待地给玛丽打电话。

“再忍耐几天，我们的障碍很快就要被清除了！”我说。

“哦，你真棒！”她说，“这简直是我所听到过的最好的消息，你太了不起了！”

“是一位热心肠的球友帮了我们的大忙！”我说，“到下个星期三晚上，事情就办妥了。”

星期三到了。

我下午离开家，先开车到城里买了几份报纸，然后又去逛了几家服装店，虽然看中了两件运动衫，但由于没有合适的尺码，也只好作罢。

我看了看手表，已经过了晚上 8 点钟，于是我又开车往回返。远远地，我看见家门口停着一辆汽车，是那位球友的。我把自己的车也停在门口，然后用钥匙打开了家门。

我推开门的时候，他正好站在客厅里，听见开门声，他吓得急忙回头，一见是我，惊愕得目瞪口呆，“你……你怎么会来这里？”他紧张地问。

我没有回答他，而是看着倒在沙发上的前妻，问道：“她死了吗？”

“她已经死了，这下你放心了吧。”他显然有些尴尬，“只是她临死前反抗得太强烈，结果我下手重了……可是，你怎么也来了？我不是让你在家里静候佳音吗？”

“你是让我在家里静候佳音，可是我忘记告诉你了，这儿就是我的家。”

“你说什么？这究竟是怎么回事儿？”他一脸的迷惑。

“乔治，我很想和你解释这一切，可惜没有机会了，抱歉了！”说着，我迅速从口袋里掏出一把手枪，朝他扣动了扳机……

“警方说，发生这样的事很令人遗憾。”我对玛丽说，“警方推断，乔治由于前妻的遇害，使他的心理发生了扭曲，当时他可能正好途经我家，看见只有我的妻子曼拉一个人在家，便对我的妻子下了毒手……我回家时正好见到这一情形，为了救妻子，我不得已将他杀死，可是妻子也已经撒手人寰了……”

“唉，乔治和曼拉真可怜！”玛丽紧紧握着我的手说，“不过，乔治也算是自寻死路，他要小聪明，非要和我签署那份可恶的婚前协议书，否则，我和他还可以和别人一样，好聚好散地离婚。”

“是的，曼拉也是咎由自取，假如她同意与我和平分手的话，也不会落得如此下场。”我附和着说。

“我们也是被逼无奈，只好这样做，”玛丽说，“至于乔治的前妻，她死得比较冤枉，不过如果她不死，我们的目的也无法达到。”

“好在，她死时并没有什么痛苦。”我说。

“看来，我们的周密策划没有白费，正所谓，没有耕耘，哪有收获？”

“没错！”

我和玛丽忘情地拥抱着、亲吻着，久久不愿分开。

“对了，玛丽，我们还不能公开地在一起生活，最好相互回避一段时间。”我说，“毕竟你的丈夫乔治死在我的手下，而我的妻子曼拉也被他所杀，如果我们公然成双入对的话，别人就会说闲话，这样对你我都不利。”

“那，我们下一步该怎么办？”玛丽问。

“我们分别将各自的房子卖掉，然后去其他的城市结婚，永远快乐地生活在一起。

不过在此之前，我们之间的关系千万不能曝光！”

“好的，”她说，“真有意思，这很像一部电影里的情节——在一个小镇上，有两个人存在着不正常的地下恋情，但在公开场合他们必须假装成陌生人，谁也不认识谁，不过这部电影里倒没有杀人的情节。喂，片名叫什么来着？我怎么一下子想不起来了呢。”

“是叫《邂逅》吧？它的原名是《我们相遇见时是陌生人》。”我说。

星期三班车

弗兰克从小就和他 55 岁的姐姐安迪生活在一起，但是他非常讨厌安迪，他不光看不惯她那一头剪得比男人还短的头发，不喜欢她那像男人般昂首阔步走路的姿势，而且更厌恶她那难听的嗓音，说起话来就像牛蛙叫一样。

每天早晨，当弗兰克一睁眼醒来时，就恨不得姐姐安迪马上死掉。可是，安迪却一直活得精精神神、健健康康的，弗兰克似乎永远也摆脱不了她的声音和影子。

弗兰克对姐姐的憎恨由来已久，甚至可以追溯到几十年前。

当弗兰克还只是个五六岁的小孩子的时候，有一天下午，他和姐姐在外面玩耍，突然发现一只小麻雀正在一堆杂草中挣扎，显然它的翅膀受了伤。安迪用一个木箱和一些铁丝做成一个简单的鸟笼，然后命令小弗兰克去找一些葵花籽或者小虫，作为喂小鸟的食物，她还让小弗兰克找来一个锡制的小碟子盛水。

安迪把小麻雀放进笼子里，又将笼门锁上，她说：“现在这只小鸟是我们的了，你要好好照料它，每天给它喂食、喂水，它很快就会恢复健康了。”

小弗兰克非常听姐姐的话，他每天都仔细地照料受伤的小鸟。大约过了一个星期，小鸟翅膀上的伤似乎好了，它在笼子里欢快地鸣叫、跳跃，似乎想重返大自然。一天，安迪说：“让我们把它放出来，看看它是否能飞。”说完，她把笼门打开，小麻雀跳出笼子，向天空飞去，可是才飞了几米高，它的身体突然摇摆了一下，仿佛被什么力量扯住一般，又落到了地面上。

后来，小弗兰克才明白为什么小麻雀无法飞走。原来，安迪在小麻雀的一只脚上系了一条长长的线，当小麻雀展翅高飞时，安迪一边大笑着一边扯紧线绳，把它又拉了回来，然后再放回到笼子里。在小弗兰克听来，安迪的笑声是那么的刺耳和恐怖。

之后，安迪几乎每天都要变本加厉地折磨小麻雀，她先让它品尝一会儿自由，然后再无情地拉回笼子，尽管小弗兰克多次请求安迪放掉那只可怜的小鸟，但每次都被她粗暴地拒绝了。终于有一天，小麻雀挣脱了腿上的绳子飞走了，当时小弗兰克望着这一情景，感到无比欣喜，竟然高兴得哭了起来。

也许就在那时候，小弗兰克隐隐约约地意识到，自己也像是一只被安迪无情控制的小麻雀，只不过他没有小麻雀那么好的运气，永远也无法摆脱安迪的控制和束缚……

长大以后，弗兰克一直想摆脱姐姐安迪。在他 18 岁那年，终于得到了一个参军的名额，他应征入伍，成为了一名海军士兵。他欣喜若狂，认为此生终于可以摆脱姐姐安迪了。然而好景不长，在一次战斗中，弗兰克所在的军舰遭到德国潜水艇的攻击，这不仅粉碎了他的梦想，也差点儿摧毁了他的肉体。经过医生的抢救，他终于捡回了一条命，但从此却残了一条腿。他无处可去，只好拖着一条残腿回到姐姐家——一座距离镇中心 15 英里的孤寂荒僻的古老农舍，过起了寄人篱下的生活。

姐姐安迪不仅没有因为弟弟残疾而对他有丝毫怜悯之心，还像以前那样对他颐指气使，不仅指使他做各种家务，喂鸡、种菜、收拾屋子，而且还逼迫他每月把残废救济金交出来。

由于弗兰克的腿有残疾，所以他大多数时间都只能枯坐在房间里。他经常想，假如能买一台电视机的话，生活也许就不那么枯燥了。但是，当他每次向姐姐提议买一台电视机时，换来的都是姐姐一顿劈头盖脸的臭骂："你这个没用的东西，我收留了你，不让你喝西北风就够不错了，你还要电视机？我看你该看精神病医生了！"

弗兰克只好每天都待在家里打发着孤寂的日子。不过，每个星期六是他最快乐的时刻。因为，每当星期六，安迪都会让弗兰克驾驶那辆老式卡车，带着她去拜访杰西警长的家，看望警长太太和孩子们。每次到达警长家以后，弗兰克总会羡慕地看着安迪下车，然后再发动引擎，去镇上的悠闲餐馆喝一杯，这是他每个星期最为轻松和愉快的时光。

当他跨进餐馆大门的时候，餐馆老板总会揶揄嘲笑他一番："哟！怕女人的弗兰克来了，你今天很准时啊！"餐馆里的其他顾客也都会发出一阵哄笑声。

尽管餐馆里的人总拿弗兰克开玩笑，可他并不在意，相反，他觉得很温暖，这总比回到家里听姐姐安迪的冷嘲热讽要好得多。每次他都在吧台边坐下来，向侍者要两杯啤酒，一直喝到接安迪的时候。

就这样年复一年，弗兰克始终过着一成不变的日子。他很想结束这种生活，但他也知道，那只有一个办法，就是除掉安迪。

其实，安迪心里也清楚，自己的亲弟弟弗兰克不愿意永远生活在自己编织的笼子里，他总有一天要逃出自己的控制的。

有一天，在吃中午饭的时候，安迪突然给弗兰克展示了一封信，那是表妹露茜写来的，她得意地告诉弗兰克，表妹露茜邀请她去做客。弗兰克刚想接过信来看一看，但却被她拒绝了。

“表妹住的地方离这里有 90 公里远，我打算在她那里住上一两个星期，最多三个星期就回来。”安迪说。

“哦！”

“也许我可以给你买台电视机回来。”

“哦！”

“在我出去的这段时间，你要老老实实在家干活，不许偷懒。”

弗兰克推开盘子，站了起来，转身离开饭桌。

安迪被他的举动惊呆了，她惊愕地问："你怎么不把饭吃完？”

“我吃饱了。”说完，弗兰克就推开门向外走去。

下午的时候，趁着安迪外出，弗兰克找到了被姐姐藏起来的那封信。原来，表妹露茜压根儿就没有提到邀请安迪去玩儿的事，而是向她借钱。弗兰克认为，安迪肯定不会将钱借给露茜。安迪之所以骗他，只不过是给他一个无法实现的希望，以便更好地拴住他。

心情沮丧的弗兰克在漫无边际的草原上散步，阵阵微风吹来，他的心情也好了许多。他多么希望表妹露茜真的邀请安迪去玩呀，要是安迪一去不复返，那就好了。

又是一个星期六，当弗兰克到杰西太太家去接安迪的时候，安迪对他说："杰西太太也赞同我去露茜表妹那里小住一段时间，现在我已经决定去了，明天就收拾行李，到那儿住一段时间。”安迪说这话的时候，脸上又浮现起那狡黠的笑容。

安迪以为弗兰克一定会相信她的谎言，相信她会给他自由，然后再像拴在绳子上的麻雀一样……其实，弗兰克早已识破了她的谎言，他知道，姐姐是永远不会给他自由的，她不过是随时戏耍自己罢了。

那一夜，弗兰克失眠了。他在床上辗转反侧，思忖着如何干掉安迪，终于，一个计划在他的脑海里慢慢形成了。

接下来的一个星期六，当弗兰克又来到悠闲餐馆的时候，恰巧杰西警长也在这里。警长对弗兰克说："嗨，听我太太说，安迪可能要离开一段时间，没有姐姐的管束，你这段时间怎么打发啊？”餐馆里的其他顾客都大笑了起来。

尽管顾客们都在嘲笑自己，但弗兰克内心却非常高兴，因为他正是要所有人都知道，安迪要离开镇子到外地去一段时间。这样一来，即使安迪突然失踪了，也不会引起别人的怀疑。因此，他也不答话，只是自顾自地喝光了杯中的啤酒，然后他站起身来，走到餐馆外面，将卡车一直开到镇外一条小路的尽头，这是一个没有人烟的地方。

弗兰克将车停在路边，熄了火，坐在黑暗中策划每一个细节——这次他真的下定决心了。为了让更多的人知道安迪即将外出的消息，他决定耐心地等待一两个星期。

随后，他开车到杰西太太家去接安迪，由于比预定的时间稍微晚了点儿，安迪暴跳如雷。待她平息后，弗兰克冒险问了她一个问题："你告诉杰西太太你要到外地去看表妹的事儿了吗？”

一听这话，安迪顿时来了精神："是啊，我告诉杰西太太了，我可能随时动身去外地。"

"那简直太好了！"弗兰克心里想。

下一个星期六，弗兰克再次来到悠闲餐厅，他又遇到了杰西警长。警长显然也从他太太那里得到了确切消息，大声在众人面前宣扬说："弗兰克，这下你真的要自由啦，我听我太太说，你姐姐随时可能去外地。"

"是啊，谢谢你的关心，"弗兰克一边喝着啤酒，一边平静地回答，"我终于可以自由了。"

那天晚上，弗兰克准时到杰西太太家去接安迪，然后驾驶着卡车往家驶去。他们坐在卡车上，谁都没有说话，最后，还是弗兰克打破了沉寂。

"姐姐，刚才我在餐厅遇见杰西警长了，他说你告诉杰西太太，你随时准备出发去外地？"

"难道你的耳朵和你的腿一样都残废掉了吗？"安迪挖苦说，"我已经告诉你无数次了，我已经决定去看露茜。"

"是啊，我听你说过，"弗兰克点点头说，"只不过，我没想到你也和杰西太太说了此事。"

"岂止和杰西太太说过，我和许多人都说过，我要去外地看表妹露茜。"

"真的吗？"

"当然，我还能骗你吗？"

"我想，我应该去送送你。"弗兰克说。

"可是我现在还没决定具体是哪天动身。"安迪说。

弗兰克心里说："你不用想了，我今天就送你上路。"

不一会儿，他们到家了。弗兰克先将卡车开进谷仓停好，然后顺手从谷仓中抄起一把铁锤，藏在背后，跟随安迪走进屋子。

"我去外地，你会不会难过呢？"安迪问弗兰克。

她说这话的时候，正背对着弗兰克在黑暗的过道里的挂衣帽。弗兰克慢慢地从后面靠近她，说："恐怕难过的应该是你……"说完，他就抡起铁锤朝安迪的后脑勺砸去……

一切都按计划进行。弗兰克一边轻松地吹着口哨，一边有条不紊地工作，当天亮的时候，安迪已经永远地躺在草原上一口废弃的枯井里了。

又到了周末，这次弗兰克独自走进悠闲餐馆。杰西警长以及其他一群老顾客仍然在那儿喝酒，弗兰克还没等其他人说话，就快乐地宣布："这个星期我姐姐去了外地，去她表妹露茜那儿了。"说完，他向侍者要了一杯啤酒。

"真的吗？"杰西警长吹了声口哨，自言自语地说，"想不到她真的出发了，我在想，你们家那辆老掉牙的卡车能经得起这一路上的长途颠簸吗？"

“卡车？”弗兰克摇摇头，“不，那辆老爷车怎么能经得起这么远的路途？她是乘坐班车走的，是我在星期三那天开车送她去的车站，她乘坐的是 6 点 15 分的那趟班车，还有她的两只行李箱。”——事实上，弗兰克将安迪的个人物品连同她的尸体都丢弃在那口枯井里了。

弗兰克说完之后，刚才还嘈杂喧嚣的餐厅突然安静下来，人们纷纷将头扭向弗兰克，注视着他，随即又以询问的目光注视着杰西警长。

“弗兰克，你刚才说是你亲自把安迪送到车站？”杰西警长不动声色地问，“星期三那天？”

“对啊。”

“你没有记错？”

“我当然没记错！”弗兰克说，“安迪在走之前，还说要给我买一台电视机，我说我想要视频、音频和电唱三种功能混合的那种，她一口答应了。”

餐厅里仍是一股不同寻常的静寂，人们都在屏息听着弗兰克和杰西警长的对话。

“弗兰克，你的收音机一定又坏了吧？”杰西警长问。

弗兰克笑着说：“你说对了，我那台破旧的收音机至少有半年没有声音了。”

“哦，难怪你不知道……”

“你说……我不知道什么？”弗兰克疑惑地问。

“收音机里说，最近城里在闹罢工，已经中断了与外界的交通。”杰西警长意味深长地说，“换句话说，所有的班车都停运了。”

杰西警长将手搭在弗兰克的肩上，说：“弗兰克，现在我来问你，假如安迪离开了，她究竟去哪儿了？她在哪里？”

弗兰克一时语塞。这时，他觉得自己仿佛就是那只系在绳子上的麻雀。

白痴的证词

深夜，阵阵风声裹挟着雨点，噼里啪啦地敲打着窗户。海伦正一个人静静地坐在床边，听着窗外这种无休止的风雨声，她既有些惊恐，也有些厌烦。

“唉，又是这种令人讨厌的鬼天气！”她叹了一口气，钻进被子，正要伸手关上床边的台灯时，突然又被外面传来的“砰砰”的响声吓了一跳，再仔细听听，她猜测那一定是自家车库的门被风吹开了，响声来自车库门随风一开一合的撞击……

风依然不停地在刮，雨也没有停歇的样子。她暗想，如果任凭车库门再这样继续撞击下去的话，自己今晚恐怕就无法入睡了，可丈夫又不在家，没人替她把车库门关上。

无奈，她只好起身下床，顺手将一件薄薄的睡衣紧紧地裹在身上，优美的曲线轮廓透过那薄的近乎透明的睡衣尽显。也难怪，她才刚刚三十出头，原本就是一个皮肤白皙、身材迷人的俏丽女人。

海伦走出卧室，又轻轻穿过厨房，她把门虚掩着，为的是回来时方便些。当她走到门廊时，眼前那哗哗不停的大雨又让她紧张和犹豫起来，“这种天气我怎么去关库门呢？要是老公在家就好了，毕竟他是个男人，就能替我做这件事了！”不过，无论是紧张也罢，犹豫也罢，可现在只有她自己，而且车库那边的响声还是一阵响似一阵。于是，她鼓起勇气，又将睡衣裹紧，顺着通向车库的狭窄过道快步跑去。

过道上没有任何避雨的地方，冰冷的雨点无情地打在她薄薄的睡衣上。很快，她就全身湿透了。一阵冷风吹来，冻得她瑟瑟发抖。她跌跌撞撞地来到车库门旁，四周漆黑一团，她摸索着灯的开关，可是摸不到，情急之下她转身想找一个可以依靠的东西，但就在此时，她猛然感到一阵巨痛，似乎头部被什么东西击中了，她本想发出尖叫声，但还没等她张开嘴，就眼前一黑倒在了地上，头部淌出了一大摊血……

第二天，史蒂夫警长闻讯赶到现场，面对如此惨烈的凶杀案现场，他也吃惊不小。他在这个小镇担任警长快 30 年了，还从未遇到过这样严重的案件。

史蒂夫警长先是在车库里仔细查看了一番，然后站在车库的工作台旁，考虑着从何处切入。说实在的，他对这类案子没什么经验，因为他早年只是在警察学校学习时听到过一些知识，但这些年来自己所任职的小镇从未发生过这样骇人听闻的凶杀案，所以他没有这方面的实践。怎么办？在没有十分把握的情况下，他想，或许自己应该把这桩案子推出去；或许求助于城里警察局专门侦办此类案件的重案组——向他们借调人手，因为他们的办案经验肯定更丰富。同时，再把自己警局的 7 个警员充分利用起来，万一那些借调人员调查失败后，自己的人再做后续行动……他一边盘算着，一边将身子又往工作台上靠了靠。

车库的顶棚有两扇天窗，阳光从那里透下来，可以让人清楚地看到车库的一切。此刻，史蒂夫警长正借助光线，仔细打量着眼前的一根铁管子。那根铁管子约有两英尺长，一端已经被锯掉了，而另一端则沾满了血迹，显然，它就是凶手的作案工具。“也许凶手会在这根铁管子上留下什么痕迹。”警长暗自思忖着。

“韦恩，你干完活后把这个铁管子送到城里的警局化验室去，请他们化验一下上面的血型。”警长朝着一位正站在工作台末端仔细地用刷子、药粉和喷雾器工作的警官吩咐道，然后转身向车库的门外走去。

“好的！”那个叫韦恩的警官点了点头。

通过初步勘察，警方已大致了解了被害人海伦的基本情况。

她是一个家庭主妇，丈夫名叫本杰明，在离这里百里之外的南方 G 市工作。在史蒂夫警长的指挥下，他们很快与G市警察局进行了联系，请求对方协助尽快找到海伦的丈夫本杰明先生，将他妻子遭遇不幸的消息通知他。警长还安排了一位摄影人员，对案发现场进行拍摄。最后，警长通知医院派出一辆救护车，由医生随车将死者护送到医院的停尸房。待这一切都忙碌完之后，史蒂夫警长才稍稍松了一口气。

他来到离本杰明家车库不远的街道旁，只见一个年轻警察正从对面一家的台阶上走下来，手里还拿着一个记事本，看样子是刚刚做完调查。“喂，迪克，我在这儿！”他朝那个年轻警察招招手，那个叫迪克的年轻警察听到警长招呼，就快步跑到他的跟前，不待警长询问，他就直接报告说：“警长，刚才我对这半条街上的所有住户都做过调查，不过目前尚未发现任何可疑的人。”

“哦，我猜到会是这样的，”警长皱了皱眉头，接着吩咐说，“不过，迪克你还要继续查，记住，要仔细查问一下住在后面的那些人家，一定不要放过任何一个细节。好了，我会在办公室里等你的报告。”

史蒂夫警长的话音刚落，就听到身后传来一阵响声，他和迪克回头一看，原来是从车库的隔壁那家走出了一对夫妇，那个女的手里还牵着一条狗。

看到对方越走越近，史蒂夫警长和迪克也迎了上去，主动与那对夫妇打招呼。那两个人也停住了脚步，左边的那个男人用一种浑厚低沉的嗓音说：“我叫艾德加。”然后他又指着身边的女人说：“她是我的妻子。我们就住在这隔壁，今天一大早我们从家里看见你们的警车和救护车，请问，这里究竟发生了什么事？”

“噢，是这样的，昨天晚上本杰明太太死了，我是这里的警长史蒂夫，他是迪克。我想顺便了解一下，昨天晚上你们注没注意到这里有什么异常情况？”史蒂夫警长说。

“啊？她死啦？怎么会发生这种事情呢？”艾德加露出惊愕的表情。接着，他又自顾自地说：“太可惜了！那个秀色可餐的女人，她可为这儿添了不少风景呢，说实在的，她的死真是个损失。你们，你们明白我的意思吗？”显然，他在说这话的时候语调中有一种细细品味的感觉，警长甚至都可以看见他在不停地用舌头舔着嘴唇。

“根据我们的现场分析，她是被人谋杀的。请问，你们和她熟悉吗？”史蒂夫警长问道。

“被谋杀？”艾德加吃惊地张大了嘴，机械地重复着警长的话。

这时，始终站在一旁的艾德加太太则是一脸不高兴的样子，只见她撇了撇嘴说：“我们怎么会跟她熟悉呢？再说了，我们和她也不是一路人。她丈夫常年在外，家里就她一个人，她几乎可以放荡到整天不穿衣服地到处乱跑，极力勾引这附近的每一个男人，在她身上发生这样的事有什么奇怪的呢？要说奇怪，我倒觉得的这种事怎么没早点发生。”说这话时，她一脸不屑的样子。

“每一个男人？”史蒂夫警长心里微微一动，“艾德加太太，你刚才说她勾引很多男人，那么你知道这些人的名字吗？”他继续追问道。

“唉，怎么说呢？说实在的，警长先生，我虽然没亲眼看见她和哪个男人在一起，不过我敢肯定，只要有这个狐狸精在，这儿就没有一个女人的丈夫是清白的。对了，你刚才问我们昨晚发没发现什么异常情况，没有，我们真的没听见什么特别的声音。”说完，她悄悄捅了一下艾德加，示意该离开了。

艾德加这时也显得有些不耐烦了，他对史蒂夫警长说：“对不起，警长先生，您还有别的事儿吗？如果没有的话，我们该去遛狗了，因为我们家的比利每天都是沿着固定的路线散步。”看看警长没有什么表示，他们就欲转身离开。临走时，艾德加又说道：“警长先生，刚才我太太对那个女人的评价或许是对的。她经常挨丈夫的骂，可能她丈夫也知道她不守规矩吧。”说完，这对夫妇就牵着狗离开了。

史蒂夫警长望着他们的背影，觉得这对夫妇的外形很不相称。你看，那个男人虽然个子矮小，但是长相英俊，不光衣着整洁，而且头发梳理的一丝不乱，即使是脚上的皮鞋也擦拭得铿亮，可以说从头到脚都十分注重修饰。再看看他的妻子，就逊色得多了，虽然她比丈夫高出好几英寸，但却相貌平平，不仅脸上皱纹很多，而且头发散乱，没有光泽，就像一团干枯的杂草，尤其是她穿的衣服，更是丝毫没有品位。“真不可思议，这两个人怎么就能生活在一个屋檐下呢？”他不禁笑着摇了摇头。

当史蒂夫警长离开案发现场回到警局后，就接到了值班员的报告，说是G市的警察已经找到被害人的丈夫本杰明，并将他太太不幸遇难的消息告诉了他，现在本杰明正在返家的途中。“如果我要是在G市就好了，可以亲眼观察本杰明听到这一消息后会作何反应。”他想。当然他也知道，这是不可能的。

因为小镇的警员较少，平时各种琐碎事情都要警长亲自处理，现在又发生了这么重大的凶杀案，史蒂夫警长自然是异常忙碌。这不，他刚刚在办公室翻阅了一些文件，迪克就进来了，这个年轻警察要把新发现的情况向警长报告。

“警长，按照您的吩咐，我又对案发地周围的住户进行了仔细排查，他们都说事发时没看见什么，也没听见什么。另外，人们对被害者的评价倒也没想象中那么糟糕，具体一点儿的说法嘛，就是说她日常喜欢穿那种超短的短裤，在自家的院子里四处走动，但并不到外面招摇。刚才艾德加太太说的那番话我也听到了，可我了解的情况与她说的并不完全相符，或许只有艾德加夫妇看见了什么。对了，警长，我还带来了两个人，是一个叫休伯特的男孩和他的母亲，他们家住在另一条街上，我听这对母子的邻居说这个男孩不太聪明，喜欢整天呆在本杰明家的车库里，所以我把他找来了，他母亲不放心，坚持要跟着来，您看是不是要见见他们？”

“可以！”史蒂夫警长点了点头。

不一会儿，迪克就领着这对母子来到警长面前。警长上下打量了一番，发现那位母亲身材瘦小、面容憔悴，而她的儿子，也就是那个叫休伯特的男孩却又高又胖，个子比自己和迪克都要高，尤其是他那肥胖的脸上，长着一对小眼睛，一进屋来就左瞧瞧、右看看，一副不安的神情。

“你……你好！”男孩对警长咧嘴笑着，一副憨憨的样子。他手里拿着一顶帽子，不知怎么搞的，老是掉到地上。

史蒂夫警长微微点点头。他听得出，这个年轻人虽然身材高大，但发出的声音却是孩子般的，那细细的嗓音里充满了信赖和友善。

“开始时休伯特不太愿意来，他有点儿害怕我们会伤害他，我请他大可不必担心。”站在一旁的迪克用极为温和平静的声音说道。

“对！我保证你不会受到任何伤害。来，休伯特，请坐，我只需要问你几个问题。”史蒂夫警长微笑着说，然后他又转向休伯特的母亲，对她说，“太太，待会儿我问话时请让休伯特自己来回答，希望您配合我。”

史蒂夫警长坐在写字台前，脸上始终挂着微笑，但他心里却在暗自思忖：“眼前的这个男孩是个头脑不大健全的人，我问什么样的问题才能从他的回答中得到想要的破案线索呢？”看来如何发问也成了一个不大不小的难题，不过史蒂夫警长还是有办法的。

“休伯特，你认识本杰明太太吗？”

“哦！”休伯特脸上显出幼稚的微笑，轻轻地摇了摇头。

“休伯特，你应该认识她呀，你常常去她那儿玩，她家离你家很近，只隔了一条街。”

“噢，你说的是海伦吧？她不是本杰明太太。她让我叫她海伦，我很喜欢她，每次我去她那儿玩时她都让我在她的车库里做东西，我们有时候还在一起喝巧克力茶呢。”

“休伯特，你晚上去过她的车库玩吗？你再想想，说不定昨天晚上你去过呢。”

“昨天晚上？我不记得了，好像有时候也去过。”说着，他伸手拿起迪克刚刚为他捡起来放在桌子上的帽子。

“哦！”休伯特的手引起了史蒂夫警长的注意，他又往桌前挪了挪身子。

“休伯特，”史蒂夫警长盯着他的手问，“你的手怎么了？什么时候弄破的？”

“我的手？”休伯特低头看了看，果然有一道伤口，因为刚才要集中精神思考，以至于他忽略了自己手上的破口，他脸上的笑容顿时消失了，绷着脸，喃喃地说：“我也不知道，可能是我在公园爬树时弄伤的吧。”

“休伯特，你仔细听我说，”史蒂夫警长用温和的目光瞧着他，“海伦昨天晚上受到了伤害，我们知道你喜欢她，但是你没有伤害她吧？”

休伯特用那双大手摆弄着帽子，不说话，只是两只小眼睛不停地转动着。

“休伯特，是你昨天晚上伤害了海伦吗？”史蒂夫警长又问了一遍。

休伯特还是不吭声，不过过了一会儿，他突然用成人的嗓音回答道：“不是，我没伤害任何人！我讨厌这儿。”接着，他又提高嗓门大喊：“我不喜欢这儿，我要回家！”

“噢，别紧张，休伯特，你再等一会儿，”史蒂夫警长赶紧安抚他，“休伯特，现在没你的事了，你先和迪克警官在外面等一会儿，我和你母亲说一会儿话，好吗？”休伯特顺从地点了点头，就跟着迪克到办公室外面去了。

史蒂夫警长将目光转向休伯特的母亲，平静地对她说：“太太，你刚才都看到了，我知道你儿子的智力不太健全，但是究竟严重到什么程度，他是否还有其他的异常举动，有没有对别人造成过伤害。另外，他的年龄有多大，这些都是我想知道的，请你告诉我有关你儿子的事情，好吗？”

面对着警长的一连串提问，那个瘦小憔悴的母亲一脸疲惫地说：“唉！我真是命苦哇，休伯特今年 19 岁了，可……可是他的智力只有五六岁孩子的水平。”她喘了一口气，又缓缓地说道：“我的丈夫已经去世了，按说我应该把孩子送到福利院去，但我实在是放心不下呀。警长先生，我的休伯特是个善良的孩子，请你相信我，我以前送他进过几家专门收残疾孩子的学校上学，那里的老师和同学也都说他性格温和，心地善良，我说的都是实话。临来时，迪克警官告诉我镇上发生了凶杀案，警长先生，我敢保证，我儿子不可能做出那种事情。”说到这里，她掏出手帕捂住脸，哽咽无语了。

史蒂夫警长十分理解眼前这个女人的心情，他也不说话，只是默默地等待着。过了好一会儿，休伯特的母亲才恢复了平静。

史蒂夫警长想从这位母亲嘴里了解到休伯特的行为，尤其是他昨天晚上都做了些什么，于是又问道：“太太，这孩子的情况我们知之甚少，他经常晚上出门吗？昨天晚上他出去了吗？”

休伯特的母亲一脸无奈的神情，叹了一口气说：“唉！他出去了。昨天晚上下那么大的雨，我担心他淋了雨会感冒，就劝他不要出去，可是他不听我的，我实在是阻止不了呀，至于他到底去了哪儿，我也不知道。”说着说着，泪水再次从她那枯瘦的脸上滚落下来。

“哦，原来是这样。”史蒂夫警长考虑到事情毕竟还没搞清楚，自己有必要再和休伯特谈谈，于是就站起来说，“太太，我知道你相信自己的儿子，但关于他的情况我们还需要再了解一下，我准备找一位心理医生和他谈谈，看看他能否提供一些线索。你放心，我们会很好照顾他的，如果你想见他，随时都可以来，你看这样好吗？”休伯特的母亲缓缓站起来，点了点头。

史蒂夫警长将休伯特的母亲送走后，又回到了办公室。他回想着刚才和休伯特以及他母亲的谈话，仔细琢磨着：休伯特昨天晚上冒雨出去了，他究竟会去干什么呢？虽然自己曾见过一些孩子突然发脾气或者是大怒，但是像休伯特这样一个只有五六岁孩子智力水平的人，难道也会突然间发起脾气来去伤害人，甚至抓起铁管当武器把人打死？还有，他那么喜欢海伦，可为什么还要伤害海伦呢？他反复思索着，一时还理不出个头绪。

在接下来的时间里，史蒂夫警长不仅找来了心理医生，而且还几次找休伯特谈话，但是都和以前一样不得要领。尽管休伯特表现得很有礼貌，还时不时地咧嘴憨笑，但是从不回答有关命案的话题，无论怎么启发诱导都无济于事。警长自然也就得不到任何有价值的线索了。

史蒂夫警长坐在办公室里，正为海伦的遇害案所困扰，这时值班员告诉他有人来找，并很快领着一个男人走了进来。

“警长先生，我是本杰明，海伦的丈夫，请告诉我究竟发生了什么事？是什么人干的？天哪，我简直无法相信！”进来的那个男人表情痛苦，神色也很紧张，说完后他就一屁股坐在沙发上，用颤抖的双手抱着脑袋。

史蒂夫警长向他叙述了事情经过。本杰明听完后，先是愣在那儿许久未动，猛然间，他跳了起来，满脸涨得通红，眼睛里冒着愤怒的光，大喊起来：“没错，是他干的！就是门口的那个傻孩子干的！我刚刚还在外面看到了他！海伦，你怎么这样糊涂，我早就告诉过你那个傻孩子不是好东西，不要招他到我们家来，可你就是不听，现在怎么样了？噢，天哪！”一阵怒吼之后，他又用手指着办公室半敞开的门大叫：“你，你们警察是干什么的，早就该把他抓起来了！”史蒂夫警长注意到，本杰明伸出的手上有一道伤痕。

“你的手是怎么弄伤的？”史蒂夫警长盯着他的眼睛问道。

“我的手？”本杰明把自己的手翻过来看了看，然后低下头来想了想说：“噢，是我的鞋上粘了口香糖，我往下刮的时候不小心碰伤的，没关系。警长先生，你看我现在必须要做些什么？海伦现在在哪儿？”说这话时，他的语气平静了许多。

“你没有什么‘必须’要做的事情，本杰明先生，我们已经把你太太送到医院去了，你还是去那儿看看，料理一下后事。当然，我还有一些问题要问你，不过可以等等再说，你先照料自己的事情吧。”史蒂夫警长说道。

本杰明缓缓地站了起来，不难看出他内心正饱受着痛苦的煎熬。当他慢慢走向办公室门口时，史蒂夫警长忽然想起了什么，又叫住他说：“本杰明先生，请留步，还有件事需要你配合，我们想尽量排除嫌疑，想留下你的指纹，你同意吗？”本杰明停住了脚步，点了点头。

史蒂夫警长通知韦恩警官到办公室来，对他说：“你把本杰明先生的指纹留下来，然后亲自把他送回家。”

待韦恩领着本杰明离开后，史蒂夫警长又重新坐在写字台前，这时他满脑子又都是本杰明这个人了。

“本杰明究竟是个什么样的人呢？他的手上怎么也会有伤？难道真是刮口香糖碰的吗？从他刚才听到太太遇害情况的表情看，脸上的确显示出震惊与痛苦，但这是真的吗？也可能是装出来的。还有，这个人进来时脾气很大，大喊大叫，如果是没有疑点的话，也可以理解，毕竟自己至亲的人死了，但是他的情绪怎么变得那么快呢？难道是他这些年在外早就有了情人，现在太太死了正好遂了心愿？”史蒂夫警长绞尽脑汁地思索着。

史蒂夫警长在办公室待到很晚。这期间，他接到了G市警察局重案组组长打过来的电话："喂，是史蒂夫警长吗？很抱歉，这么晚才给你打电话。关于海伦的死因，医院已经证实其死亡的时间是在晚上的11点到12点之间。另外，关于本杰明的情况我们也做了调查，我们找到了汽车旅馆的夜间经理和服务员，他们提供了一个重要线索——本杰明在案发当晚9点钟出去过，直到午夜2点钟才回来，这个时间与海伦的被害时间相吻合，而且从G市到你那儿并不算太远。当然，他们也反映，本杰明听到妻子遇害的噩耗时痛不欲生，可谁知道他是不是装出来的呢？因为他们发现本杰明在G市时，总有一个女人打电话找他，那个女人还来过旅馆找他，据旅馆的夜班经理说，他能听出那个打电话的女人的声音，如果需要辨认的话，他可以配合，情况就是这些。"

放下电话，史蒂夫警长又快步来到韦恩的办公室，他想了解一下指纹的事情进展的怎么样了。为了尽快侦破这桩凶杀案，小镇的警员个个都在加班加点，异常忙碌。

"怎么样，指纹出来了吗？"他问道。

"还需要一个小时，今晚就能弄出个头绪了。"正埋头工作的韦恩抬起头来说。

晚上快10点钟的时侯，韦恩果然来到了警长办公室，他报告说："警长，案发现场的指纹情况已经出来了，在汽车和车库门框上有本杰明太太的指纹，而本杰明的则到处都是，休伯特的指纹也有，此外还有另外一个人的指纹，我准备把这些指纹标本寄到华盛顿去，请那里查一查是否有与他们的档案符合的，如果有的话，我们就将多一条侦破线索了。但遗憾的是，那根铁管上的指纹不很清晰，我用了很长时间都难以辨认。"听着韦恩的报告，史蒂夫警长先是若有所思地点点头，紧接着眉头又紧蹙起来。

韦恩走后，他瞧着桌上的那份指纹报告，不停地思索着："这个无法辨认的指纹究竟是谁的呢？这显然又是一个有待解决的谜团。对，我还是应该找本杰明谈谈！"打定主意，他马上驱车来到本杰明家。

此刻，本杰明家灯火通明，他的汽车没有开进车库，而是停放在院子里，史蒂夫警长当然明白这个人的心理。他将车驶过车道，也停在了隔壁的房前空地上。

当他下车时，恰好有个男人也牵着一条狗刚下台阶。看见他后，那个男人止住了脚步，站在那里犹豫了一会儿，不过他很快就认出了眼前的这个警官，并热情地打着招呼："噢，原来是警长先生呀，怎么？你又到这儿来了，找到什么线索了吗？有什么事情需要我效劳吗？你看，我正要带比利出来溜达溜达，这都养成习惯了。"

"晚安，艾德加先生。"说着，他伏下身摸了摸比利的耳朵，然后继续说道："没什么事儿，我知道本杰明先生在家，想找他谈谈，你请便吧。"

"那好吧，我得走了，你看比利正扯着皮带，拽着我走呢，这个小家伙不喜欢在它散步时被打扰。"说着，艾德加转身离开，他刚走了几步，又回过头来对着史蒂夫警长说："不过，你如果发现了什么新情况，请让我知道，因为我也很关心这个案子的进展，再见！"

史蒂夫警长站在那里看着艾德加被小狗牵扯着往前走，突然，他愣住了，因为他发现比利和它的主人的动作很奇怪——那只小狗用力地要冲向本杰明家的车道，而艾德加则在后面使劲地往回拉皮带，试图阻止它。

"请留步，艾德加先生！"史蒂夫警长大喊了一声，艾德加便停住脚步，瞧着警长朝他走来，"看来你的小狗非常想钻进那条车道，请问，那是它每天熟悉的散步路线吗？"

"哦，不，不是的！或许今天那里有什么东西吸引它，它的鼻子闻到了什么。"史蒂夫警长明显能感觉到艾德加说这话时的嗓音有些奇怪。

"是吗？那不妨让我也来试一试。"说着，他从艾德加手里接过拴狗的皮带。

史蒂夫警长将皮带尽量放松，自己则跟在小狗后面任其引领着往前走，结果小狗径直朝着车库跑去，来到车库门时，他推开了门，只见小狗毫不犹豫地绕过汽车，跑到离本杰明家房屋最近的那道墙，然后将后腿直立起来，将前爪伸向工作台，嘴里还发出了"呜呜"的声响。

史蒂夫警长把小狗抱到工作台上，只见它顺从地蜷成一团躺在那儿，一副悠然自得的样子，然后他抬眼看看窗外，发现自己的目光所到之处正是本杰明家的卧室。

史蒂夫警长随即离开车库，来到自己的车前，打开车门，拿起麦克风："喂，是夜间值班人员吗？请你赶快找到韦恩，让他去警局，我在那里等他。"

小狗比利也回到了院子里，史蒂夫警长抱起它，朝着它的主人喊道："艾德加，上车！"

"警……警长先生，你说什么？"艾德加迈着僵直机械的步子，慢慢走向汽车，小心翼翼地问道。

"你心里应该明白我在说什么。快，上车等着，我先把你的狗送回家。记住，不要跟我耍心眼儿，如果你敢溜走的话，就会被视为逃犯！"

在史蒂夫警长威严的目光下，艾德加没有再说什么，只好老老实实地坐到车上。而这时迪克正好走过来，停在他的汽车旁边，"迪克，这狗由你交给艾德加太太，并且告诉她，她丈夫被我带到警局里去问话了，别的不要多说，就这样，去吧！"他吩咐道。

"怎么，艾德加涉嫌杀人了？"迪克急忙问道。

"只是涉嫌，不过，我确信能从他嘴里得到些有价值的东西，或许他就是我们要找的人！"

史蒂夫警长带着艾德加来到警局，在去自己办公室的路上，他遇见了休伯特的母亲，还对她说了句"OK"。

"警长，韦恩已经来了。"夜间值班人员向他报告说。

“知道了，一会儿我会去叫他。”

来到办公室，史蒂夫警长指着一把椅子，毫不客气地对艾德加说：“坐下！如实告诉我，你和本杰明太太是什么关系？”

艾德加更加不安起来，他两眼左顾右盼，还不停地吭吭清着嗓子，仿佛有痰塞在喉咙里。

“去，那儿有饮水器。”警长指了指墙角，只见艾德加踉跄站起来，从饮水器接了满满一大杯水，仰头一口气喝光了。

回到座位后，他说：“我和本杰明太太之间没有关系。”接着，他几乎是用尽全部力气尖叫：“警长，我发誓，我根本不认识那个女人！请相信我！”

“韦恩！”史蒂夫警长大声向门外喊道。

“警长，有什么吩咐？”韦恩差不多立刻就出现在门边。

“把这个玻璃杯上的指纹核对一下，要快！”

“是！”韦恩迅速地取走了杯子。

坐在椅子上的艾德加有些不知所措。史蒂夫警长默默地打量了他5分钟后说：“现在我们来推断一下，你每天晚上都要牵着狗出来散步，这是你的习惯。而且，只要本杰明出差在外，你就牵着狗到他们的车库去，从车库窗户向卧室里窥视，其对象自然是独自一人在家的本杰明太太了。我记得你曾说过她‘秀色可餐’，简直就是小镇上的一道风景的话。当然，我这样说并不表明你和她就有什么关系，也可能你只是想通过偷看来满足感官刺激，你不止一次这样做。在那个风雨交加的晚上，或许是你的这种卑劣行为被本杰明太太偶然发现了，或许是你偷看时不小心把工作台上的扳手碰掉到地上，发出的响声惊动了本杰明太太。总之，她来车库查看时，诧异地发现了你，你担心事情败露，情急之下就杀她灭口！艾德加先生，我说得对吗？”

在史蒂夫警长讲述的过程中，艾德加就手足无措，听完后已经急得出了一脑门子汗，他刚要张口说什么，就被开门声打断了：“警长，我经过反复比对，刚刚找到一个完全相符的指纹，但是我还要再核对一下。”韦恩探着头说。

“好！”史蒂夫警长朝韦恩点点头。接着，他又瞧着艾德加，对他说：“你知道吗，我们在本杰明家的车库已经发现了你的指纹，你作何解释呢？”

艾德加整理了一下衣襟，又干咳了几声，然后低声说：“警长，我承认，我是经常去他们家的车库偷窥她，我是偶然发现的那个位置，开始时我还告诫过自己，担心这样做会出事儿，但是我后来实在是无法自制，居然渐渐地养成了偷窥的习惯。不过，我绝对没杀她，警长，我敢发誓，我连碰都没有碰过她！”他那涨红的脸上一副信誓旦旦的样子。

史蒂夫警长隔着桌子突然抓住艾德加的手，并翻转过来仔细看，结果他的手掌和手腕上都没有伤痕。

“艾德加，艾德加！他们把你怎么啦？”门外突然传来艾德加太太大声嚷嚷的声音，转眼间那个披散着头发，趿拉着拖鞋的女人就闯进来了。

“噢，我没……没事儿。”他似乎有些害怕她的样子，站起来连连往后躲闪。“你，你怎么跑到这儿来了？”他小声地问妻子。

“艾德加太太，我们正在传讯你的丈夫，你先去外面等着！”史蒂夫警长一脸不高兴地说。

“我哪儿也不去，就在这儿陪伴我的丈夫！你们别以为我是好惹的，我不会让他一个人受你们折磨的！”这个女人撒泼般地大叫着，她还拉过一把椅子坐在丈夫的身边，并用挑战似的目光看着史蒂夫警长。

这时的史蒂夫警长似乎有些犹豫，面对这样一个无知而彪悍的女人，他不知是该允许她留下，还是请她出去。正在这时，他发现门外有人影晃动，于是就站起身走了出去。

原来是本杰明和休伯特母子正在门外谈话，见他出来了，本杰明走过来对他说：“警长先生，我家里发生了这么大的事情，我实在是不想一个人待在家里，就又来了。我在家仔细想了想，觉得海伦不会是被休伯特伤害的，虽然此前我一直认为是他。警长，你还是解除对休伯特的怀疑，让他回家吧。”

史蒂夫警长用怀疑的目光盯着他想怎么，难道这个男人又是在表演吗？他皱了皱眉头，语气生硬地对本杰明说：“你先不要管休伯特，还是说说你自己吧！我来问你，你在G市认识的那个女人究竟是谁？你昨天晚上9点到午夜两点都不在旅馆，你去哪儿了？”

望着史蒂夫警长那一脸严肃的神情，再听着他那一连串的发问，本杰明惊讶地瞪大了双眼，涨红着脸说：“你，你在胡说些什么呀？我的母亲和妹妹就住在G市，昨天晚上我去看她们了，怎么，难道你在怀疑我吗？”

史蒂夫警长心里想：“这个本杰明的话是真是假，不难查清楚，倒是那个艾德加不大好办，他既有作案机会，又有作案动机，但难的是没有确凿证据，仅凭指纹来判断是不行的。”

“好了，你先回去吧，本杰明先生，现在暂时没有什么事儿，如果有的话我再和你联系。”

“好吧，谢谢警长！噢，我想，我可以顺便送休伯特和他母亲回家吗？”

“可以，你们走吧。”史蒂夫警长高声说着。然后，他又迈着沉重的步子回到办公室，继续面对眼前的两个人——垂头丧气的艾德加和他那位如母老虎般凶悍的太太。

“艾德加太太，如果你想留下来也可以，但是你不能妨碍我的工作。”他对那位女人说道。

“艾德加，现在我们继续之前的谈话，我要求你从头开始，具体说说你是怎么杀害本杰明太太的。”

“没有，我没有杀害她！警长，我说的都是实话。”艾德加拼命地辩解着。

这时，门外传来一个孩子的声音："晚安，警长，我们要走了。"史蒂夫警长抬起头，只见休伯特和母亲正站在门边。

休伯特走进来说："妈妈告诉我说现在可以回家了，我很高兴，但我想走之前应该来跟你道个别。"说这话时，他的脸上露出了孩子般的天真笑容。他看到艾德加夫妇也在这里，也向他们微笑着点了点头，并且讨好地说："艾德加太太，艾德加先生的感冒好些了吗？"

"谁说我感冒了？你弄错了！"艾德加没好气地说。

"是艾德加太太昨天晚上对我说的呀。"休伯特的热心讨好遭到了冷遇，他满脸无辜的样子，"我没有别的意思，只是想问问你是不是好点儿了。"

这时，坐在一旁的艾德加太太恼火了，她怒气冲冲地喊着："警长，快让这个傻孩子走开，他在胡说八道，不然我就要找律师了。"

史蒂夫警长似乎从中看出些端倪，他起身走到他们中间，先是对艾德加太太挥挥手说："艾德加太太，先别着急，听他说。"然后，他又转过头去，温和地对休伯特说："孩子，别紧张，仔细想想，艾德加太太什么时候对你说她丈夫感冒了？"

"昨天……"

当休伯特缓慢但清晰地叙述时，坐在椅子上的艾德加一直低垂着头，并用手蒙着脸。因为，他清楚地听到休伯特说出了这样一段让他震惊无比的话："昨天晚上，天下着雨，我出去了，刚走到海伦家门口，就碰到艾德加太太从海伦家的车库里出来，手里还牵着那条小狗。她对我说，艾德加先生感冒了，由于下雨，他不能出来遛狗，只好由她出来牵狗散步，说完她就急匆匆地走了。当时，我还看到她的手受伤了，我还以为她也是像我一样因为爬树弄伤了手呢。"

艾德加太太脸色苍白，顿时瘫坐在椅子上。最后她招认，是她在那个雨夜潜进本杰明家的车库，杀害了她丈夫每晚都去偷窥的那个漂亮女人。

行刑人

我喜欢大自然，所以经常开车到处旅行。在旅途中，我领略了不少自然风光，也见识了许多奇闻逸事，同时，我也见过许多惨烈的车祸场面——支离破碎的汽车、血肉模糊的遇难者，久而久之，以至于我对这些车毁人亡的场面变得熟视无睹。为此，我常常责备自己是一个心肠冷漠的人。

但是，有一天傍晚，当我驾车行驶在宾西法尼亚州的公路上时，我才发现，原来我并不是那种铁石心肠的人。情况是这样的：当我驶过那一段路时，发现路边正停着一辆救护车和两辆警车，透过不断闪烁的警灯灯光，我看到了一幕令我终生难忘的景象。

那是一个妙龄少女，不超过十六七岁，可惜，她永远定格在这个年龄了。

她穿着黄色的 T 恤衫、蓝色的牛仔裤，一副少女的装束，可她脚上穿的却是一双高跟鞋，这看起来似乎不太相称。她一头金色的直发，双唇涂着鲜艳的唇彩，蓝镜片的太阳镜挂在一只耳朵上……

不过，她所处的位置却十分诡异——她并不是平静地躺在路边，而是像块破布一样悬挂在 10 英尺高的一根电话线杆上。那根电话线杆从她的背部刺入，穿胸而过，鲜血顺着电线杆流淌下来，浸透了下面的土壤……那情形真是惨不忍睹！两位穿白衣的急救人员费了好大劲儿才将她的遗体从电话线杆上卸了下来，放到地面上。这幅惨景，甚至令那些见惯了血腥场面的警察们也都不忍直视，他们纷纷将目光转向了地面或者周围来来往往的车辆上。

这是一个无比惨烈的车祸现场！

路边停着一辆被撞坏的小汽车，地上还放着一只爆掉的轮胎，在小汽车的驾驶位上，坐着一个面如土色、泪流满面的男孩。原来，这对青年男女驾车行驶到此处时，他们的汽车轮胎突然爆掉了，于是他们便将车停在路边，开始修理损坏的轮胎，就在这时，从后面飞速驶来一辆汽车，躲闪不及，将那个女孩撞了个正着，巨大的撞击力将女孩掀上了半空，最后悬挂在路边的电话线杆上，而肇事司机连停都没停，加大油门，迅速逃离了现场。

路过此地的司机们见到如此惨景，无不动容，甚至有些司机心理素质较差，当场呕吐了起来。我也感觉胃里一阵翻江倒海，于是急忙摇下车窗，将头伸出车外，可只是干呕了几声，却什么都没有吐出来。

平时我开车就非常小心，从不超速，严格遵守交通规章。现在我更加小心谨慎了，将车速控制在每小时 18 英里以内。由于这里刚刚发生了车祸，警察必定会大举搜捕肇事车辆，我可不想被警察当做嫌疑车辆拦下来，因为我有个秘密，我现在只盼着能从警察眼皮底下蒙混过关。于是，我小心翼翼地从车祸现场驶过。

这时大约是凌晨两点钟，我的目的地是费城——还有许多路要赶。我向前行驶了大约三四十英里路，看见路旁有一个加油站，于是我停下车，请加油员给汽车加满油，然后我锁上车门，走进了加油站附近的一家餐厅。

我找了一个座位坐下，一边喝着咖啡，一边考虑到费城之后如何安排。这时，我注意到似乎有人在看着我，我侧过头去瞧了一眼，原来在我身后的座位上坐着一位衣着考究、两鬓斑白的男人。

当那人发现我也在看他时，则避开了我的目光，将头转向窗户。从他身边的窗户，可以清清楚楚地看到我停在餐厅门外的那辆挂有犹他州牌照的汽车。

从眼前这个男人的穿着来看，他一定不是警察。单是他的西装、袖扣、手表和钻戒，粗略估计一下，这一套行头没有5000元根本下不来。那他究竟是什么人呢？难道他是在跟踪我？没关系！我的脸整过型，现在已经没有人认识我了。想到这里，我放心了，便不再管他，继续喝着我的咖啡。

喝完咖啡后，我起身离开餐厅，很偶然，我用眼睛的余光注意到那个男人也紧随我身后出来了，我转向右边，他则转向左边，于是我停住脚步，假装端详橱窗里的礼品。后来，他向一辆红色的、昂贵的进口跑车走去，显然那是他的车。

我也上了自己的汽车，驶上主干道，我还特意观察了一下后视镜，发现他没有跟上来，也没有任何车辆跟随在我的后面。这时我才松了一口气，将车速保持在每小时40英里，一边悠闲地听着音乐，一边行驶在宽阔的公路上。尽管我心里隐隐觉得餐厅里的那个家伙有些不对劲儿，但我很快就将他抛在脑后了。

就在我大约开出两三英里之后，突然从后视镜里注意到，有一个黑影正在高速地向我追来，而且越来越近。从它的速度和外形判断，那是一辆汽车，时速绝不低于80英里，但令人奇怪的是，它熄着车灯，仿佛不想让人发现它的到来。仅仅几秒钟的工夫，那辆车就离我越来越近，它丝毫没有超车的意图，而是直直地朝我的车撞来！由于它的车速要远远高于我的车，看来一场碰撞无法避免，于是我只能猛踩油门，同时身子使劲往座椅背上靠，来减少撞击时的震动，或许我这样做作用不大，但至少能避免我的脖子被震断。

随着砰的一声巨响，后面那辆车狠狠地撞在了我的汽车尾部，我的车瞬间失去了控制，向路边的排水沟滑去，轰的一声，便跌进了沟里。后面那辆车又继续向前行驶了大约两百码，才慢慢刹住，一路撒下了不少汽油、水以及汽车碎片。

那辆车的司机从车上下来，缓慢地朝我这里走过来，就像一个清晨悠闲散步的老妇人。我果然没有猜错，他正是餐厅里那个衣着考究的家伙。

他走近我的汽车，用手电筒照了照车厢。这时，我也刚好从巨大撞击造成的眩晕中清醒过来，解开安全带，从撞坏的车里爬出来。我绕到我的汽车后面，检查了一下，看到车身后面撞凹了至少一英尺，油箱也被撞破了，汽油撒了一地，还有许多流进了水沟里，四周散发着一股浓烈的汽油味。

“你还好吧？”他问。

我狠狠地瞪了他一眼，没理他，其实我早已气得说不出话了。

我在心里暗暗地咒骂：“可恶的家伙！在我把东西从车里搬出来之前，假如泄漏的汽油燃烧起来，那我一定要找一根生锈的铁条打死他！”

大约半小时后，警车到达了事故现场。我已经从破损严重的车厢里将衣箱、样品箱和布袋子都抢救出来了，此时我坐在样品箱上，不过谁也不会想到我刚才曾动过杀机。

当警察走过来时，那个衣着考究的男人抢先跑上去大叫道：“警官先生，快逮捕那个人，我想超车，可他不仅不让开，还故意向我挤过来，把我的车都撞坏了！”

我急忙抬起头，只见那人正对着警察恶人先告状。他用一只手指着我，眼神里充满了挑衅的神情，好像在故意挑逗我来反驳他。

那位警察似乎认识他，拍了拍他的肩膀说："请冷静，安伦先生，这件事我们会妥善处理的。"

开始，我还打算争辩一番，可没想到警察和他居然认识。目前的处境对我非常不利，看来我得改变想法，变得识相一点儿了。

"别信他的话，"那个叫安伦的男人又说，"他可能喝酒了，一定是个疯子！"

我老老实实地坐在那儿一动不动，直到警察走到我面前时，我才站起来，并主动出示了犹他州的驾照和汽车登记证——多亏我雇佣的印刷人员手法高超，他们帮我伪造的证件看上去非常逼真。说实在的，连我自己都不知道真正的犹他州的驾照和汽车登记证是什么样子，但我相信，站在我面前的警察也未必知道。

我的驾照是金黄色的底纸上映有蓝色的字，上面不仅有我的照片，还印有我的拇指指纹。汽车登记证是蓝色的，上面印的车牌号与我汽车上的车牌号完全吻合。其实，我汽车上的车牌是假的，那是几年前的另一个牌照，后来经过涂改并重新喷漆而成的。

警察仔细地检查了我的证件，没看出什么端倪，便交还给我，然后对我说："你听到安伦先生的话了吧，你有什么要说的？"

我耸耸肩，摊开手，做出一副无奈的样子："没什么可说的，警官先生。"

"难道你就不想为自己辩解一下？"

"正如安伦先生所说，在我超车的时候，我挡住了他的路线，慌乱之下，我下意识地转方向盘，结果反倒和他的车相撞了。这就是整个事情的经过。"

安伦先生听我这样说，脸上出现了诧异的神色，在暗淡的车灯下，我注意到他眯起双眼。

"安伦先生，事情是像他说的那样吗？"警察问道。

"是……我想……是那样的。"安伦有点语无伦次。

这时，交通事故救援车也赶到了，他们将我的汽车从排水沟里拖出来，但我不让他们将车拖走，因为我担心车里的一些东西让警察发现。于是我告诉他们，我的保险公司会过来勘察现场并赔偿安伦先生一笔钱，请求他们先将我的车留在现场。

安伦则同意交通事故救援车将他的跑车拖走。随后，我和他一起坐上警车的后座，前往警察局去填写车祸报告表。

当我们在警察局的一个长台子前填写表格时，安伦不停地用眼睛瞄我，他一定感到非常困惑，为什么我会帮他圆谎？或许我的举动让他有些担心。我也偷偷地瞄着他，看清了他在表格上填写的家庭住址，并牢牢地记在心里。

我们办完了手续，便离开警察局，各奔东西了。我到最近的镇子上租了一辆车，开着它返回事故现场，看到我的车还在那里。

我首先取下汽车牌照——这个伪造的牌照可不能落在警察的手里。然后，我又将乘客座位的那扇车门上的一块钢板卸下来，那个夹层里藏着一把半自动手枪、一只消音器、一套备用的身份证明文件，此外还有一叠百元大钞，足够我聘用经验丰富的律师和买通法官了。

我带着这些东西上了租来的新车。开出约一英里后，我把车停下，将汽车牌照埋在了路边的树林里，同时我还将伪造的驾照和汽车登记证撕成碎片，也一并埋掉。

接下来，我就根据记下来的地址，驾车前往安伦家了。安伦并不是住在普通的公寓里，而是住在豪华的乡间别墅，别墅周围还有广阔的牧场，足足有三十英亩。我沿着一条蜿蜒曲折的车道开进去，在他的房子前停下，这时，天边刚刚泛起一丝鱼肚白。

我登上他家的台阶，还没等我按门铃，安伦便打开了门，他说："我就知道你会来的。"

"当然，"我回答说，"我肯定会来找你。"

这时，安伦的嘴角泛起一丝我看不懂的笑意。

我们在门口沉默了一会儿，安伦后退几步说："还是到书房去谈吧，我的家人还在睡觉。"

于是，安伦在前面带路，我跟在他后面一起向书房走去。刚一进门，我就掏出装好消音器的枪对准了他。

"你知道吗？你刚才那一撞害得我损失了多少钱？我真恨不得杀掉你！"

"我也是迫不得已……"

"我知道，可是你不该以我作为目标！如果你不想让人发现，就应该选一辆朝反方向行驶的车。"

"你比我聪明！"他皱了皱眉头，"这一点我倒是没想到。"

"你应该想到，你并不傻，只是太操之过急了！"

"这一切难道你都知道了？"他问。

"是的，你为什么要故意制造一起追尾事故呢？除非你迫不得已。如果我没猜错的话，你就是那个撞死女孩、驾车逃逸的司机。而你之所以故意撞击我的车，是为了掩盖先前撞坏的痕迹，对吧？"

"既然你什么都知道了，那你为什么不在警察面前揭穿我呢？"安伦问道。

我没有回答他的问题，只是说："这是我的事情，不用你管，我只想问你，你是想要钱还是想保命？"

他这时才注意到我手中的枪，但仍然故作镇静。

"我早就预料到你会来找我要钱，所以，我都准备好了。"他指了指桌上的一个盒子，"诺，全放在这个盒子里了。"

我没理他。

他急忙又补充说："如果你嫌少，我可以再卖掉一些公债，一两天内就可以将现金给你！”

我连看都没看一眼那个盒子。

“这些就足够了！”说着，我扣动了扳机，向他连开两枪。

我杀安伦并不是为了钱，只是对他的行为感到痛恨不已。因为，那个悬在半空中的女孩的惨状一直在我的脑海中挥之不去。

如果他像我一样认真遵守交通法规，那个女孩就不会惨死了。而且更不可饶恕的是，他居然妄图通过撞我的车来掩饰他的罪行。

一个谨慎的杀手

罗塞蒂的餐馆是一栋褐色的建筑，位于纽约46街。这里距离公园大道很近，可谓是黄金地段。

8月的一个晚上，李·科斯塔来到餐馆门前，他看着进进出出的客人，然后走进餐馆大门。他先是在餐馆的大厅里停留了一会儿，正在犹豫是否继续往里走时，只见餐馆的领班走了过来。

“请问，您在这儿有什么事吗？”领班上下打量着这个身材矮小的男子，问道。

“我想找乔·罗塞蒂。”科斯塔说。

“您是？”

“你就告诉他，一位推销保险的人找他就可以了。”

“请问，您怎么称呼？”

“就按我刚才说的去做，他会明白的。”

“好吧，请您先到酒吧稍坐片刻，我这就去通报。”那位领班转身走了。

科斯塔先到衣帽间，把外衣脱下来挂在衣架上，然后朝酒吧走去。这时，迎面过来一个身材高大的侍者，对他说：“请跟我来，我带您上楼去见罗塞蒂先生。”说完，他指了指走廊里的一部旧电梯。

科斯塔和那位侍者乘坐电梯来到四楼，罗塞蒂的办公室就在这里。那位侍者走到办公室门前，按响了门铃，很快门开了，他们走进一间大客厅。这间客厅乍看上去布置得朴实无华，但却给人一种非常舒适的感觉，尤其是客厅中摆放的那些古董，更让人感到主人具有与众不同的品位。

“是你来找我吗？”一个矮胖子从里屋走了出来，他用怀疑的目光上下打量着科斯塔。

“你就是罗塞蒂？”科斯塔问。

“是的，我就是乔·罗塞蒂。”他在说话时带有明显的意大利口音，而且还显得比较警惕，没有上前与科斯塔握手，只是站在原地，小心翼翼地保持着与科斯塔的距离。

“看来，你比我想像得要矮小些。”罗塞蒂说，“来吧，我们进屋说话。”同时他还招呼那个魁梧的侍者，“齐格，你也进来。”

罗塞蒂推开里屋的门，让科斯塔和那个叫齐格的侍者进去，“太太，我来介绍一下，这位是就李·科斯塔。”他对一位正在里屋做针线活儿的女人说。那个女人抬起头，看了科斯塔一眼，然后叹了口气，有些失望地说：“就是他吗？”

罗塞蒂点了点头。

她默默地将手中的针线收拾起来，看着丈夫罗塞蒂，说道：“老公，你继续谈事儿吧，谈完之后我们吃饭。”说完，她走出了房间。

齐格把房间的门关上，指着科斯塔对罗塞蒂说：“主人，他是来找你麻烦的吗？”

罗塞蒂摇摇头。

科斯塔冷冷地看了齐格一眼，用不无挑衅的口吻说：“如果我真是来找麻烦的，你会怎样？”

“那就别怪我对你不客气了！”魁梧的齐格向科斯塔逼近了一步。

科斯塔没有理睬齐格，他对罗塞蒂说：“最好管一下你的猿猴，别让他靠近我，否则他会吃苦头的。”然后他又将脸转向齐格，微笑着说：“请离我远一点儿，傻大个！”

齐格勃然大怒，向科斯塔猛扑过来，想抓住他的衣领将其摔倒在地。想不到科斯塔速度更快，他双手在沙发扶手上一撑，双脚如闪电般飞出，狠狠地踢在齐格的裆中，齐格疼得大叫一声，痛苦地弯下了腰，科斯塔走上去又狠狠地补了一脚，齐格那庞大的身躯轰然倒地。“很抱歉，罗塞蒂先生，”科斯塔说，“我已经告诉他离我远一点儿了，可他却不听。”

罗塞蒂惊讶地从椅子上站起来，他看了看正在地上疼得打滚的齐格，转过头来对科斯塔说：“你的身手真敏捷，好像一条蛇。”

“你过奖了，罗塞蒂先生，我们各有所长而已。”

“你可得小心点儿，他缓过劲儿来恐怕会杀了你的。”罗塞蒂半开玩笑地说。

科斯塔摇摇头说：“不！他不会的，罗塞蒂先生。我想，他现在应该到楼下去调酒了，对吗？”

齐格躺在地上翻着白眼，过了好半天，他才像乌龟一样费力地转过头，看见科斯塔正冲着自己微笑。

“不好意思，这次我出手太重了，我保证下次不会用这么大力气了。”科斯塔说。

齐格强撑着站起来，摇摇晃晃地走出房间。

“罗塞蒂先生，你本不应该让齐格也进来的。”科斯塔说。

“抱歉，科斯塔先生，我只是……只是有点儿……害怕。”

“害怕我？这请你放心，虽然我是一个人见人怕的职业杀手，但我可是严格遵守这一行的规矩——只要付钱，让我干什么，我就干什么。”

听了这话，罗塞蒂稍感心安，又坐回到椅子中。

“说吧，究竟有什么需要我出面解决？”科斯塔说，“我听介绍人说，你遇到了一件棘手的事情？”

“是的。准确地说，是有人在敲诈我，这就是我找你来的原因。”

“罗塞蒂先生，那人叫什么名字？”

“他叫巴克斯特，就是罗伊·巴克斯特。”

“你非要杀他不可？难道就没有其他解决办法？”

“我只有两条路，要么杀了他；要么按照他的意思——给钱。”罗塞蒂说。

“对于敲诈者，给钱并不是个好办法，你越是给他钱，他的胃口就越大。”

“看来，你对我的处境已经很了解了？”

“是的，介绍人向我大概讲了一下你的情况，他说有个人想敲诈你。”科斯塔说，“可是，他究竟靠什么来敲诈你呢？我不大明白。”

罗塞蒂沉默了，显然他是有所顾忌。

“罗塞蒂先生，你完全可以信任我。请问，敲诈者究竟抓住了你的什么把柄呢？”

罗塞蒂低下了头，他的脸在抽动，嗫嚅着说：“实不相瞒，很久以前，我杀了一个人，结果不知怎地，这件事竟然被巴克斯特知道了。他几次三番地上门找我要钱，并威胁我说如果不给钱，就将这件事公布于众。我很清楚他的为人，如果给他一次钱，就会有第二次、第三次。所以，我求助于我的一个朋友——也就是介绍人，因为我曾经帮过他的大忙，他欠我的情。现在，他为了回报我，就把你介绍给我。”

“哦，这事儿你太太知道吗？”

“知道，但她会保守秘密的。”

“还有其他人知道我的身份吗？”

“没有，只有我、我太太和介绍人。”罗塞蒂说着，将手伸到抽屉里，拿出一个大信封，“你看，巴克斯特的资料都在这里，包括他的住址、从事的生意，对了，还有一张照片。”

科斯塔接过大信封，没有打开，而是直接问罗塞蒂：“他是做什么的？”

“律师，他曾经告诉过我。不过我不知道他都做些什么业务，也许他有自己来钱的路子吧。”

“那他为什么要敲诈到你头上了呢？”

“我也不知道，也许是他开销太大，缺钱花吧。”

“我的开销也很大，”科斯塔不经意地说，“所以，我的佣金也不低呀！”

“放心吧，我肯定会支付得起你的佣金！”

科斯塔冲他微微一笑，说："看在中介人的面子上，我给你个优惠价，五千元，怎么样？"

"没问题，与其将钱白白地交给巴克斯特，还不如交给你！"

"他给你多长期限？"

"他说限我在两个星期以内筹集25000元，否则他就向警察揭发我。"

"好，我明白了！"科斯塔站起身，把大信封折了几下揣进口袋里，"我先去他家附近踩踩点儿，然后告诉你结果。"

"去吧，要小心点儿！"罗塞蒂说话的声音有些颤抖。

"放心吧，罗塞蒂先生，职业杀手比任何人都要谨慎。我会对目标进行仔细侦查，肯定会带来好消息的。"说着，科斯塔看了一眼壁炉上挂着的一幅海鱼画，"罗塞蒂先生，你为何不出海钓几天鱼放松一下呢？"

"若是没有巴克斯特这件事，也许我现在还在钓鱼呢！"罗塞蒂苦笑着说，"我有一条小船，整个夏天，每个周末我都和妻子一起去钓鱼。平时我们经营餐馆，周末我们就出海钓鱼，生活过得很平静。直到有一天，巴克斯特打来了一个电话，打破了我平静的生活，我无心打理餐馆的事，也不想钓鱼了，整天茶饭不思、夜不能寐。"

"我知道了。这件事就包在我身上，相信过不了多久，你就可以恢复原来的那种平静生活了。"科斯塔说完，起身向罗塞蒂告辞，走出了房间。当他经过客厅时，向罗塞蒂太太点头示意，然而罗塞蒂太太依旧愁眉不展，她问："你吃饭了吗？"。

"还没有。"

"那和我们一起到楼下去吃吧！"说完，她走进里屋招呼罗塞蒂，"老公，咱们一起吃饭去吧。"

"我不去了，我很疲倦，想睡一会儿，你们去吃吧。"罗塞蒂说。

"盖好被子，别着凉。"

科斯塔和罗塞蒂太太坐在餐厅一个安静的角落里共进晚餐。整个进餐过程，罗塞蒂太太一直都心事重重，几乎没有说话，直到最后咖啡送上来的时候，她才抬起头来看着他，说："这件事让我老公非常惶恐，请你一定要帮帮他。"

"你呢？害怕吗？"科斯塔问。

"我？不，我一点儿都不害怕。有些事情，想逃避是逃避不掉的，只能勇敢地去面对。人的一生，总是在不断地与困难作斗争。"

"别担心，我会将这件事处理好的。"

"那太谢谢你了！你也要小心点儿，千万要注意安全。"

"放心吧！罗塞蒂太太。"

科斯塔站起身准备离开。

"你穿大衣了吗？"她问。

"穿了，挂在衣帽间。"

“哦，出去的时候多穿点儿，小心着凉。”她嘱咐着。

当科斯塔走出餐馆门时，罗塞蒂太太的黑眼睛一直在注视着他。

第二天一大早，科斯塔就按照地址前往56街的一栋大楼，巴克斯特的办公室在那里。9点以前，他混在上班的人群里，很容易地进入了大楼，他上到十一层，在走廊的尽头，找到了巴克斯特的办公室。

科斯塔观察了一下，这里人多眼杂，而且每部电梯里还有服务员，看来不适合在这儿动手。他继续在走廊里窥伺，试图摸清巴克斯特的活动规律。

9点30分，科斯塔看见又矮又胖、嘴里叼着一根雪茄的巴克斯特走进了办公室，他在办公室门口又转悠了15分钟，然后走进去，自称是一家办公用品公司的推销员。

“请问，您这里是否需要添置一些新的办公用品？”科斯塔问。

“噢，不用了，现有的办公用品能够满足要求。”巴克斯特的秘书回答说。

“打扰了，”科斯塔彬彬有礼地向秘书告辞，然后就离开了。在这短短的几分钟内，他已经看清楚了办公室的格局——这里也不适合动手。

下午的时候，科斯塔租了一辆汽车，前往巴克斯特住的康涅狄格州的社区。在社区附近，他首先来到一家房地产中介公司，谎称自己想在本地购置房产，请中介公司的职员为他介绍一处好房子。中介公司职员开车带着他看了几处房子，其中有一处恰好就在巴克斯特家旁边。科斯塔趁机仔细观察巴克斯特的房子，只见房子四周是高高的围墙，围墙上有一扇铁门，上面还有一块小牌子，写着“小心恶犬”几个字，原来院子里拴着一条大狼狗，只要有生人靠近，它就狂吠不止。

科斯塔对中介公司的职员说，自己叫泽维勒，从俄亥俄州来到这里，希望能买下靠近巴克斯特家的那栋房子。接下来，他就开始套中介公司职员的话，拐弯抹角地打听社区其他住户的情况，其中也包括巴克斯特。他从中介公司的职员那里了解到：巴克斯特的妻子已过世多年，他一直单身，独自住在那栋房子里。白天，总会有一对瑞士夫妇帮他打扫房间，照顾他的起居，但到了晚上，那对夫妇就回自己家了。

情况已经基本掌握。晚上6点钟，科斯塔又返回到罗塞蒂的餐馆，这时罗塞蒂正坐在办公桌后的椅子上，罗塞蒂太太则坐在客厅的一角做着针线活儿。

“我今天已经勘察过地形了，暗杀巴克斯特没问题，不过我只担心一件事。”科斯塔看了看罗塞蒂太太，对罗塞蒂说。

“什么事？”罗塞蒂问。

“由于干这件事要冒些风险，所以我需要有人帮忙。”科斯塔说。

“怎么，你想打退堂鼓了吗？”罗塞蒂从办公桌后面站起身来，问道。

“不，我肯定会杀掉他的，但是我需要你们俩的帮助。”

罗塞蒂太太也停下了手里的针线活儿，她把双手交叉放在膝盖上，说：“请你把话说得清楚些，需要我们帮你什么？”

“今天我分别去了巴克斯特的办公室和家，但他办公室里人来人往，不好下手，而他的家倒很合适。”科斯塔说到这里停住了。

“那，你要我们怎么做？”罗塞蒂问。

“我有一个主意，这个周末我们一起去钓鱼，我们把船开到巴克斯特家附近的岸边，然后我从船上到他的家里，把他杀掉，这样就等于这个案子是咱们三个人一起干的，以后咱们谁也没法出卖谁。”

“你看怎么样？”罗塞蒂问他的太太。

罗塞蒂太太抬头看了一眼科斯塔，叹了口气说：“他这么谨慎完全可以理解，老公，我们也实在没有更好的办法了。”

“那就这么定了，我们别无选择！”罗塞蒂对科斯塔说。

“好，一言为定！”

“我们具体该怎么做呢？”罗塞蒂问道。

“我打算在星期六动手。那天早晨，你们开船到码头接我，别忘了给船加满油。”说着，科斯塔站起身，准备离开罗塞蒂的家，“等我上船以后，我再告诉你们怎么到达巴克斯特家的附近。”

“科斯塔先生，最近天气不太好，你要多穿点儿衣服，千万别着凉。”罗塞蒂太太把科斯塔送出门口时关切地说。

星期六早晨，科斯塔按照约定的时间来到码头，他看见有很多人正在这里等船，于是也混入到人群之中。没过多久，他发现远处驶过来一艘机动船，那是罗塞蒂的，他就从拥挤的人群中穿过，上了那艘船，与罗塞蒂夫妇会合。罗塞蒂发动引擎，掉转船头，向康涅狄格州海岸驶去。罗塞蒂在驾驶舱里开船，科斯塔站在他身旁，而罗塞蒂太太则坐在一张藤椅上继续做她的针线活儿。

经过几个小时的航行，到下午的时候，他们看见前面出现了一块伸出来的海岸——巴克斯特的家就在这一带。他们将船悄悄靠岸，停在一个不易被人发现的地方。

“现在我们该怎么做？”罗塞蒂紧张地问道。

“尽情地放松一下吧！”科斯塔说，“你带渔具了吗？你可以在这儿钓鱼，我倒有点儿饿了，想吃饭。”

“好吧，你们先钓一会儿鱼，我来做饭，饭好了就叫你们。”罗塞蒂太太说。

晚上 6 点钟的时候，她站在下面驾驶室的门口喊道：“下来吧，开饭啦！”

在吃饭的时候，罗塞蒂显得很紧张，他不时地看看科斯塔，而罗塞蒂太太则非常冷静，她不时地招呼着他们吃饭夹菜。

晚饭过后，科斯塔在船舱里睡着了。半小时后，他准时醒来，对罗塞蒂夫妇说：“现在我要去游泳了。”

“小心点儿！”罗塞蒂太太拍了拍他的肩膀说。

“放心吧！别忘了，我是个非常谨慎的人。”科斯塔微笑着说。

短短几分钟，科斯塔就已经准备停当。他身穿游泳衣，头戴黑色的橡胶潜水头套，脚上穿着脚蹼，还有潜水用的潜水眼镜、水下呼吸器，为了以防万一，他还在身上绑了一个小塑料袋，在腰间系着橡皮手套。好了，万事俱备！他站在船尾，深深地吸了一口气，然后一跃跳进水中。凭借这身潜水装备，他可以毫不费力地游向岸边。

半小时后，科斯塔就出现在巴克斯特家的附近了。他从水中走出来，打开自己的小塑料袋，原来里面是一块牛肉。他举着这块牛肉，低低地吹了一声口哨，很快就从巴克斯特家的院子里跑出来一条大狼狗，冲着他“汪汪”地一阵狂叫，他急忙将肉块扔过去，然后迅速潜回水中，通过水下呼吸器进行呼吸。

被吵醒的巴克斯特拿着手电筒闻声出来，他朝着狗叫的方向照了照，什么也没发现，就冲着那条大狼狗呵斥了几句，然后转身又回屋睡觉去了。

科斯塔一直没敢露头，只是静静地等待。那条狼狗显然注意到了丢在地上的肉块，它开始不停地嗅来嗅去，最后将肉块叼在嘴里，美美地吃了起来。几分钟后，潜在水中的科斯塔就听见那条狼狗发出痛苦的哀叫声，爪子使劲儿挠着地，还不停地翻滚……当一切都安静下来之后，科斯塔浮出水面，他看见那条狼狗毫无声息地倒在地上，已经死了。

科斯塔走到岸边，先将潜水镜和脚蹼摘下，然后将狗的尸体拽到附近的一棵树下藏好。他发现地上还有一小块没吃完的肉，就小心地将其捡起，远远地抛向大海。然后，他走到树下的阴影处，继续耐心地等待。

半个小时后，巴克斯特雇佣的那对瑞士夫妇从房子里走出来，他们上了一辆汽车，离开了巴克斯特的家。这时已是深夜，科斯塔见院子里再无动静，便脱掉潜水装备，悄悄地来到巴克斯特家的大门外，他从大门顶端翻身进院，又在原地一动不动地蹲了十多分钟，直到确认一切安全之后才又继续前进。科斯塔匍匐着来到巴克斯特家的窗户下，窗户没有锁，他戴上手套，从窗户里进入到室内，罗伊·巴克斯特还在床上呼呼酣睡，科斯塔慢慢靠近，猛然用双手扼住巴克斯特的脖子……几分钟后，床上的巴克斯特不再挣扎了。科斯塔迅速摘下手套，摸了摸巴克斯特的颈部动脉，确认他已经死了。然后，科斯塔又戴上手套，从原路返回岸边。

来到岸边，科斯塔重新穿好潜水装备，又把大树下那条狼狗的尸体拖进水中，让它慢慢地沉下去。做完这一切后，科斯塔便朝着罗塞蒂船的方向游了过去，当他慢慢靠近船时，看见罗塞蒂夫妇正在船尾焦急地等待着。

“是科斯塔吗？”罗塞蒂喊道。

“是我！”科斯塔一边回答着，一边扒住船帮，爬上了船尾。他摘下脚蹼和潜水镜递给罗塞蒂夫妇，说：“干完了！”

罗塞蒂太太没有说话，她只是用一种难以捉摸的眼神儿看着科斯塔。

“一切顺利吗？”罗塞蒂问。

“一切顺利！”

“快换一身干衣服吧，否则你会被冻坏的。”罗塞蒂太太说。

科斯塔走进船舱，脱掉潜水服，擦干头发，穿好裤子和上衣，然后又回到罗塞蒂夫妇那里。

罗塞蒂太太坐在船头，她还在不停地做着针线活儿，罗塞蒂则拿着一瓶葡萄酒说："来，让我们庆贺一下！"他给科斯塔倒了一杯酒。

"没出什么纰漏吧？"罗塞蒂太太停下手中的活儿，看着科斯塔的脸说。

"放心吧，我是一个非常谨慎的人。"科斯塔说，"这次做得非常干净，没人看见我，也没人知道我在这里，更没人知道发生了什么事，当然，除了你们和我。"

"你是用枪杀的巴克斯特？"罗塞蒂问。

"不，对付他根本用不着枪，你瞧，"科斯塔说着，举起了一只手，"我用这个就足够了。"

这时，罗塞蒂站起身，对他们说："我有点儿困了，想去船舱里睡一会儿。"

罗塞蒂太太看着丈夫，关切地说："老公，盖好被子，好好休息一下吧，我们现在终于解脱了。"然后她又对科斯塔说："科斯塔先生，你也去好好睡一觉吧。"

科斯塔站起来，伸了个懒腰，望着海面上的月色说："一个美妙的夜晚，是吗？"

"是的，"罗塞蒂太太说着，从毛衣下面抽出一把小手枪，"的确是一个非常美妙的夜晚。"话音刚落，她便朝科斯塔后心开了两枪，科斯塔当即从船栏杆上翻了下去，跌落在海水里。罗塞蒂太太走到船边，向水中看了看，科斯塔的尸体正慢慢沉了下去。

"喂，我们现在该做什么了？"罗塞蒂从船舱里探出头来问。

"什么也不干，一切都结束了。"她顺手将手枪也丢进海里，回过头来说："老公，盖好被子，别着凉了。"

移花接木

那个星期五的下午我一辈子都忘不了，我的不幸正是从那个下午开始的。

那天下午4点，我驾车从外面回来，当我将汽车驶上自家门前的车道时，正好看见一个矮胖的男人从我家里出来。

我很惊讶，因为我根本不认识他，他怎么会从我的家里出来呢？

显然，他也看见了我。他愣在那里，脸上勉强挤出一丝微笑，可那笑容是虚伪、僵硬的，即便我距离他有30米远，但我也能确定他是在强装笑颜。

我停下车，朝他走了过去。大概是他看到我满脸愤怒的神情，以及我那身高6英尺3英寸、230磅体重的巨大块头，脸上的笑容渐渐地消失了。我用藐视的眼神儿看着对方，其实站在我面前的只不过是一个既肥胖、又矮小的男人，对于我来说简直不堪一击。

“你是谁？”我怒气冲冲地问，“你去我家里做什么？”

“你的家？这么说，你就是怀特先生了？”

“你怎么知道的？”

“你的信箱上写着名字——怀特先生。”

“你刚才去我家里捣什么鬼？”

他眨巴着小眼睛，一脸迷惑地说：“我没进你家门啊！”

“别装蒜了！我老远就看见你了。”

“不，怀特先生，你误会了，我刚才敲你家房门，见没人应答，我正要离开。”

“别狡辩，你以为我没看见吗？整个过程我都看在眼里，你必须给我解释清楚！”

“哦，怀特先生，你先别发火，”他说，“我是一家经营便携吸尘器公司的销售员，我只是登门拜访，想看看你们家是否……”

“你把证件给我看看！”

他慌里慌张地在西服口袋里摸索了半天，才拿出一张小小的白色名片，我一把抢过来，只见上面印着：“富曼，便携吸尘器公司推销员。”

“这不足以证明你的身份，把你的驾照给我看看！”我命令他。

他开始紧张不安起来，脸也涨得通红，低声说：“怀特先生，我本来应该给你看我的驾照，可是……不巧的是……今天早上我把皮夹给丢了……我敢保证，我说的全是实情。”

“少废话！”我一把抓住他的衣领，将他拉到了门前，“要是我家里少了一样东西，我一定要你好看的！”

我押着他来到我家门前，先检查一下防盗铃，发现防盗铃的红灯没亮，看来他没有碰过。我又用钥匙打开门，扯着他的领子把他拽进了屋。

屋子里一股难闻的霉味扑面而来，这很正常，因为我到外地出差，已经有七八天没有回家了，而我的管家每周才来一次，所以，屋子一定有好几天没打扫了。

走进屋子，我迅速地扫了一眼房间，还好，每样东西都在原来的位置上——电视、音响，还有我收藏的一些东方艺术品，都好端端地放在原位。

“求求你，让我走吧，你看，我什么都没拿。”他一边说着一边扭动着身子，试图挣脱我的手。

我可不能这么轻易地就让他走了，我还要搜一下他的身，因为在我书房的保险柜里，我还锁着一些秘密记录和账册，这可是我最重要的东西，千万不能让他偷走。

我逼着他脱下西装，仔细地搜遍了他所有的口袋，可一无所获。

“把身子转过去，靠墙站着！”我命令道。

然后，我就像电影中的警察那样，搜查他的全身，依然什么都没发现。

“怀特先生，请听我解释，这是一场误会！”他说，“我不是贼，只不过是来推销吸尘器的。你刚才已经彻底搜查过我了，结果什么也没有，这下你总该相信我了吧？”

“难道我看错了？”我心里暗自犯了嘀咕，“我明明看见他正要从我家离开呀。”但是直觉告诉我，这个矮胖子一定从我家里偷走了什么东西，要不就是干了什么坏事。

“可是，他究竟偷了什么呢？他把那东西藏在哪儿了？不行，在查清楚之前，我绝不能放他走！”我心里打定主意。

“你现在不能走，我还得好好调查一下。”说着，我扭着他的胳膊，连推带搡，将他弄进了浴室。

他抓住门框，一边挣扎一边说：“怀特先生，你这是对我的人身侵害，我没偷东西，你到底想把我怎么样？”

“那要看看我是否丢了东西，要是东西少了一件，我保证立即把你交给警方。”

“怀特先生，你……不能这么做……”他大声抗议着。

我不理会他，一把将他推了进去，然后从门上取下钥匙，将他反锁在浴室里。

我急忙奔进书房，还好，挂在墙上的法国名画家马蒂斯的画完好无损。其实，我在乎的并不是那幅画，而是隐藏在画背后的保险箱。我掀起画框，只见保险箱的门好好地锁着，我又打开保险箱，看见账簿全都在，一件也没少。

这时，我心中的一块大石头才落了地。这些账簿对我来说极其重要，如果它们被人偷走，事情将会变得相当棘手，也许不法分子会趁机对我进行要挟和勒索，甚至还可能会毁掉我的职业生涯。为什么这样说呢？因为在这些账簿中，记录了我所做的一些暗账。

随后，我又仔细检查保险柜里的其他东西，看到200元现钞、几件珠宝首饰、几份私人文件全都放在原位，没有被触动过的迹象。书房里的其他东西也都没有丢失。

但我仍然不放心，继续检查其他房间。很快，我就发现了一些蛛丝马迹——厨房的后门有被撬过的痕迹，后门防盗铃的电线上缠着胶布，似乎有人曾经剪断了那根电线，随后又将它接上了……显然，有人趁我不在的时候闯进过我的屋子，而那个该死的矮胖子既没有身份证，行为又鬼鬼祟祟的，他具有最大的嫌疑。

不过话又说回来，我刚才都仔细检查过家里的东西了，并没有丢失什么呀，而且这个人也不像是个窃贼，我感到很疑惑。莫非他是个私人侦探？溜到我家里来放置什么东西，比如说栽赃。可是，我已经搜寻遍了整个房间，什么多余的东西都没发现，他要是真来栽赃，经过我这番搜寻，也该被我发现才是。再说了，我一向对工作认真负责，与客户合作愉快，似乎没有结下什么仇家。还有一个疑点，他既然偷偷闯进我家，为什么还把防盗铃修好？难道他是怀有某种特殊目的？可这个目的究竟是什么呢？

我满腹疑云地返回浴室，打开门，见那个矮胖子正老老实实地蹲在那里。见我进来，他赶紧站起来，急切地问：“怀特先生，现在可以放我走了吗？”

我拿不出任何证据，于是只好放他走。

他穿过我的屋子走到门外，看起来似乎对我家的布局陈设非常熟悉。他走到大门口的时候，还回过头来很有礼貌地对我道了声："再见！"

我郁闷极了，那个矮胖子肯定偷走了我的什么东西，这种感觉仿佛阴影一般，在我心中挥之不去。我回到屋里，给自己倒了一杯酒，拼命地思索他究竟偷走了什么东西，又是怎么偷走的，可我的脑袋里乱糟糟的，一点儿头绪都没有。

为这事，我一夜都没睡好觉。直到第二天早上，答案才揭晓了。

那是第二天的10点45分，我正在书房整理一笔账目，门铃突然响了，我走过去打开门，只见门外站着一对老年夫妇，他们衣着整齐，正笑容可掬地看着我，可我并不认识他们。

"你们是？"我问。

"你一定就是怀特先生吧？我是罗查。我们正好经过这里，看见汽车停在门外，就知道你一定在家，所以很冒昧地登门拜访，想和你见见面。"老先生愉快地说。

"和我……见面？"我完全被他们的话弄懵了。

"是啊，这座房子周围的环境很好，"罗查太太说，"今后能在这里生活，我简直太开心了！"

"你们……究竟在说什么？我根本不认识你们啊！"我十分迷惑。

"是这样，怀特先生，"罗查解释道，"前些天，你的代理人带我们看了这幢房子，我们非常满意，而且价格也很优惠，这么好的房子只卖10万元，我们几乎难以置信！"

"什么？"听闻此言，我心里顿时感到愤怒和绝望。

最后，我终于明白了事情的原委。

原来，昨天下午，罗查夫妇和我的"代理人"，也就是那个矮胖子约好了在这儿见面。罗查夫妇应该交给"代理人"10万元的购房款。然而，由于他们夫妻俩临时有事没有来，就叫这位"代理人"昨天晚上到他们家去，将10万元的银行支票交给了他，而这位"代理人"则将带有我签名的各项文件交给了罗查夫妇，当然，那些文件上的签名都是伪造的。

现在，那个矮胖子已经逃之夭夭了，我在法庭上无法"证明"那是假签名。若是法官怀疑我与那位"代理人"合伙欺诈罗查夫妇，骗取10万元，我能解释得清吗？

我终于认清那个该死的矮胖子的真面目了，可惜已经太晚了！的确，正如他所说，他不曾从我屋里偷走任何东西，但是他偷走了我的整幢房子。

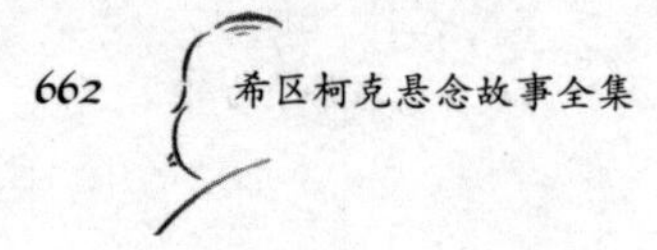

以牙还牙

我这个人做事一向很有条理，不过，如果遇到那些自己拿不准的事时，也会让我感到心烦。在这个世界上，每个人都应该为自己的所作所为负责，这就是我为什么要跟踪尼尔森的原因——我要让他为自己做过的事承担责任。

一年前，尼尔森杀害了我的妻子黛安娜，然而由于现场没有其他目击者，所以无法证明这是尼尔森干的，尽管我请了城里最好的律师打官司，但也无济于事。显然，尼尔森在动手杀人之前，一定做过极其周密的安排。

其实，在很久以前，黛安娜就和尼尔森有染了。但是，最近一个阶段他们之间的暧昧关系开始危及到尼尔森的婚姻，因此尼尔森便动了杀机。他经过精心安排，掐死了黛安娜，并让证人发誓，证明凶案发生时，他远在千里之外……

或许尼尔森认为自己的所作所为天衣无缝，然而，我却目睹了那桩凶杀案的全过程，可以说我是唯一的目击证人。那天晚上，我跟踪黛安娜，亲眼看到她和尼尔森约会，随后她就被尼尔森杀害了。

的确，我的太太黛安娜做出了对不起我的事情——她与尼尔森私通。但她毕竟是我的太太，而我也深爱着她，可尼尔森却残忍地将她杀害了，这口气我咽不下去，我无论如何都要报仇，要让尼尔森得到报应！

尼尔森由于工作需要，经常到全国各地出差，而我就利用自己的积蓄到处跟踪他。现在，我在丹佛，正在跟踪尼尔森。

这天，我尾随他进入了一家鸡尾酒厅，他很喜欢去那种地方。进门后，我有意无意地找了一个比较明显的地方坐下来，其实，我是故意要让他看见我。他就坐在吧台前的座位上，当他向侍者要酒的时候，从镜子中发现了我，他的脸上浮现出一丝怒气，因为，我最近的跟踪行为让他感到心烦意乱。

终于，尼尔森忍不住了，他站起身来，端着酒杯走到我的身旁。虽然他的身材微微显得发福，但在黑色西裤和剪裁合身的外套下，他有着运动员般的健壮——这是个对女人有很大吸引力的男人。

“帕尼，”他怒气冲冲地对我说，“你一直在跟踪我，从一个城市到另一个城市，如今你又跟到丹佛来了，我想知道，你到什么时候才肯放弃？”

“尼尔森，我想你应该知道，我永远都不会放弃！”我对他直呼其名，这让他非常不高兴。

我没有邀他坐下，他却径自坐在我的对面。

他问道：“我无法理解，你这样跟踪我会有什么结果？你究竟想要干什么？”

我很平静地说："干什么？我要为我死去的太太讨还公道，你应为她偿命！"

"你误会了，我没有杀害你的太太！"尼尔森既生气又迷惑，"警方对我进行了调查，但没有任何证据证明我是凶手，现在那个案子已经结束了，我是清白的！"

"警方认为你是清白的，可我不这么认为！"

他冷笑了一声："连警方都认定我是清白的，你还能有什么办法？"他举起杯子，喝了一大口，"退一步讲，黛安娜已经背叛了你，你又何必为这样一个女人的死而浪费时间呢？"

"有些事情你永远都不会懂。"

"哦，是吗？不管怎么样，你太太被害一案已经尘埃落定了，你就算跟踪我到死，事情也不会有任何转机！"

"你迟早会遭到报应的！"

"你还能把我怎么样？我告诉你，如果你敢恐吓我，我就会报警，要是你杀了我，你自己也活不成，你最好放聪明些！"尼尔森威胁说。

"我知道，那就走着瞧！"

我知道尼尔森对我早有防备。我曾听他提起过，他给他的律师留下一封信，信中说我如何一直跟踪他，骂他是凶手，还对他的人身安全造成影响。一旦他意外死亡，他的律师便可以拆阅这封信，换句话说，这封信就是他的护身符。

"你拿我一点儿办法都没有，"尼尔森说，"你所做的一切都是徒劳的。"

"别得意！"我慢慢地呷了口酒，"我认为你应该被判死刑，因为黛安娜就是你杀害的，法官会判你上电椅。到那时候，你会过一段等待死亡的日子，你会惶惶不可终日地算着日期，然后你会被带进行刑室。当他们把金属帽子罩在你头上的时候，你会紧张地数自己到底还能活几秒钟！"

"去死吧！"尼尔森满脸流汗，抓酒杯的手在颤抖。

"别紧张，"我耸了耸肩，"就像你刚才所说，我手里没有证据，所以这一切可怕的结果不会发生。"

他的眉头紧锁，用阴冷的目光看着我："那么，为什么你一直跟踪我？"

"我只是碰巧与你同路，怎么？难道你怕我了？"

他咬紧嘴唇，狠狠地瞪了我一眼，然后站起来，走出了鸡尾酒厅。

我喝完了杯中的酒，也站了起来，继续跟在他的后面。

尼尔森说得对，我的确没有办法证明他就是杀害黛安娜的凶手，否则，我早让他伏法了。不过，我仍有办法让他受到惩罚，正义必须得到伸张，凶手势必要为他的恶行付出代价！

我和尼尔森入住同一家旅馆——为了跟踪他，每到一地我都这样做。不过，现在他都懒得再躲我，因为我知道他的行程路线，即使他设法甩掉了我，我也会在下一站跟上他。

在我跟着尼尔森回到旅馆时，我也考虑到那封信的问题。他写了那封信，并且将其留在律师那里，他认为那封信是他的护身符，是救命稻草，可以保证他的安全。这一点我也承认，因为有那封信的存在，我不敢贸然对他下手。

于是，我继续对他进行跟踪，先后去了圣路易、印第安纳波利斯、芝加哥，最后一直跟到底特律。我对他出差的路线简直是了如指掌，甚至都可以先乘坐飞机到下一站去等他。

不过，我是不会那样做的，因为那样会破坏我的计划。我就是要一直如影随形地跟着他，并总是在他的视野之内出现，我要让他精神崩溃。事实上，他现在已经接近崩溃的边缘了。

在印第安纳波利斯的一家酒吧，他终于按捺不住了，走到我面前威胁我，说要揍我一顿。于是我叫来侍者，要请侍者打电话报警，尼尔森一看，顿时如同泄了气的皮球，悻悻地走了。

现在，我又跟着尼尔森来到底特律。我就坐在他附近，听到他正在休息厅打电话预订飞往迈阿密的航班。虽然我不是个容易激动的人，但听到这个消息后，我心中还是充满了兴奋，因为迈阿密并不在他预计的出差路线上。

我也急忙给那家航空公司打电话，预订了和尼尔森同一班机的机票。我通常坐在他前面，让他清楚地看见我，其实我们都明白，在飞机上他无法回避我。

飞机降落在迈阿密机场，我跟随尼尔森下了飞机。他在机场租了一部车，来到城边的一家高档宾馆入住。但这次我却一反常态，并没有和他住同一家宾馆，而是住进了另外一家非常豪华的大酒店，这家酒店甚至拥有私用海滩和娱乐区。我挑选了一个居中的房间，这个房间不仅非常幽静，布置典雅，而且可以从房间俯瞰热闹的街市。

安顿好了之后，我便打电话去骚扰尼尔森。在电话中，我向他透露了我所住的酒店名称及房间号，然后我便坐下来等他。果不其然，那天晚上尼尔森来找我了，因为他要将一切做个了结。

门铃响了，我打开门，正是尼尔森。当我向他微笑，退后请他进入时，他颇觉意外。

“你的大驾光临让我深感荣幸！”我说。

他没有答话，进屋之后先扫视了一下房间四周，好像是在检查房间，房间里的窗帘都垂落着。这时，他突然从西装口袋里掏出一把手枪，对准了我。

“你准备杀死我？”我冷静地问。

“你这是自寻死路！”尼尔森的眼中露出一股凶光，“是你逼我这样做的，只有这样，才能让我彻底摆脱你的跟踪。”

“你就不怕被逮捕？”

“少废话！”尼尔森恶狠狠地说，“此次我来迈阿密，从订飞机票到订旅馆，用的都是假名，没人知道我来过这里，而且，干掉你之后，我会在今晚悄悄地离开这里。”

“难道你就不怕有人怀疑？”我问。

“我早就在底特律买通了一位不在场的证人，按他的说法，我现在应该是在底特律的旅馆里玩扑克牌。”

“黛安娜遇害的时候，也有证人说，你当时正在赛马场。”

“当然，”尼尔森说，“我甚至还有赛马场的门票作为证明，放心吧，一切都天衣无缝。”

“你真聪明！”我称赞说。

“要怪就怪你一路跟着我来到迈阿密，可惜，我就是要在这里除掉你！”尼尔森得意扬扬地说，“等第二天警方发现了你的尸体，我已经安然地返回了底特律。对于警方来说，我压根儿就没有杀你的动机，这又将成为一桩无头案！”

“你有没有想过，假如我是诱使你到这里来杀我的呢？”我说。

尼尔森的脸色突然变白，但他很快又镇定下来，说：“现在你的命捏在我手里，而你却无法伤我一根毫毛。你还记得我留在律师那儿的信吧？哈哈！”

我点点头。

“快，进卧室去！”他命令道。看来他真的要动手了。

“尼尔森，你会被送上电椅的！我会数最后那几秒！”当他用枪顶住我的后背，逼迫我进入卧室时，我大声说。

“闭嘴！”他拿起一只枕头，将枪口包住。

当我感觉到子弹射进我的后心时，我只听见闷闷的一声枪响，便仰面倒在床上。

我敢打赌，他一定很纳闷，为什么我死时仍面带微笑？

他肯定想不到，当时我的口袋里就有一部袖珍录音机，而且我也同样留给我的律师一封信。

油价涨了

这是一个极其寒冷的夜晚，屋外下着大雪，刺骨的寒风正呼呼地吹着山里的松树，大片大片的雪花飘落在窗前。达克见屋子里的炉火不太旺了，就从椅子上站起身来，走向屋子中央的火炉前，向正在燃烧的炉火中扔进一块木柴。他看了看窗外，令人恐怖的风雪和夜色已经完全笼罩了山谷，假如此时有人被困在外面，那他绝对支撑不了多久就会被活活冻死。

达克走回到煤油灯下，继续阅读邮寄来的广告目录。尽管炉子被烧得热乎乎的，他仍然感到身上泛着一阵阵寒意。

这时，屋外似乎有些动静，达克凝神倾听，但除了外面狂风的怒号之外，他什么也没听见。当达克继续低头阅读广告目录的时候，屋外又传来了声音，没错，是敲门声！达克惊讶地抬起了头，在这样寒冷的冬夜，哪个傻瓜会到这荒山野地里来呢？

砰砰砰，敲门的声音越来越响，也越来越急促。达克充满疑惑地走到门前，费了好大劲儿才拉开生锈的门闩，只见一个人影随着一股被寒风挟卷的雪花冲进了屋内。

那是一个中年男人，头上戴着一顶灰色窄边帽，身披一件风衣，脚上穿着一双沾满了污泥的皮鞋，融化的雪水已经把皮鞋浸透了。那人显然冻坏了，他一进屋便直奔火炉，搓着冰冷的双手，让自己几乎被冻僵的身体慢慢地暖和过来。

“这是个城里人。”达克心里说。

“太冷了，快冻死我了……”那人哆哆嗦嗦地从牙缝儿中挤出一句话。

“是呀，”达克懒洋洋地应了一声，然后就沉默不语了。那人一边脱下湿漉漉的风衣，一边自我介绍道：“我叫克汉。”

“哦，我叫达克，你需要帮助吗？”他问。

“我的汽车在 8 英里外抛锚了，油箱空了，现在我需要一些汽油，”克汉说着，还指着窗外解释说，“我是一路冒雪走过来的！”

“那你应该暗自庆幸你走对了方向，如果你朝另一个方向走的话，你要走整整 25 英里才会找到最近的村子——香柏村。可我相信，你还没等走到那里就会被冻死在半路上。”

“我知道，我们正是驾车从香柏村那边过来，可是走到半路上，汽油耗光了。”克汉说。

“那你怎么确信我这儿会有汽油呢？”

“因为我看见外面院子里有几只油罐，所以我想你这里一定能提供汽油。”

“噢，太遗憾了！如果你白天来这儿，你就会看清楚，”达克摇摇头说，“那两个油罐早都已经报废了，连罐口都锈得死死的，近 7 年就没有装过一滴油了。自从州政府另外修建了一条公路之后，我这里就很少有汽车经过了，有时候甚至两三个星期都看不到一辆车，尤其是冬天。”

“啊？你这里没有汽油？”克汉显得有些出乎意料，“可是，我现在急需汽油。”

达克摸着脸上的胡子，从衣袋里摸出一根被压扁了的雪茄，慢条斯理地说：“那就没办法了。”他一边说着，一边在桌子上划着一根火柴，点燃雪茄，“你只有耐心等待了，如果走运的话，也许一两个星期后会有汽车经过，你可以请求他们帮你把车拖走。”

“不，那样就太晚了，我必须在今晚就找到汽油，必须！”

“我知道，”达克的脸上浮现出一丝不易察觉的笑意，他对克汉说，“为什么一定要今晚就动身呢？”

“我的太太还在车里等我，如果我不及时赶回去的话，她会冻死在车里。”

“原来是这样，”达克沉默了几秒钟后说，“别担心，应该会有办法。”

“我已经没有那么多时间了，老兄，”克汉焦急地说，“如果你这里有汽油的话，我想买两加仑，如果没有，那我只好……”说完，他拿起风衣，转身就要离开。

“你去别的地方也找不到汽油。”达克在他身后冷冷地说，“这么大的风雪，更何况，除非你往回走，去香柏村，可那距离这儿有 25 英里。”

“那我继续往前走呢？”

“如果你继续往前走，你能到达德斯汀经营的一个小型机场，那里也许有你需要的汽油，”达克话锋一转，得意地说，“不过，那儿也在 17 英里之外。”

仿佛所有的希望都破灭了，克汉变得惊慌失措。他慌乱地说：“不行，我要马上走回到汽车那里，把我的妻子海伦接到这里来！”

达克慢慢从椅子上站起来，悠闲地走到窗前，他看着窗外的漫天风雪，轻轻地说：“这一趟往返，你要在风雪中走 16 英里的路，我相信你能走到汽车那里，但我怀疑你是否还能回得来，尤其是还带着一个女人同行。克汉先生，你见过冻死的人吗？”

“可是，我必须得回去，否则我妻子就完了！”克汉痛苦地说。

“我很同情你的处境，”达克说，“对了，好像……我不太确定，好像我这里还有一些汽油，我可以卖给你一些，反正我的卡车已经坏了，冷却器也报废了，我暂时用不到这些汽油。”

“真的？太好了！”克汉惊喜地说，他原本紧张的身体也随之放松下来，“请卖给我一些，两加仑就够了。”说着，他从外衣口袋里掏出一只皮夹。

“请等一下，先生。”

“什么事？”

“你怎么带走汽油呢？总不能把汽油倒进口袋里吧？”

“对了，我差点儿忘了，你可以借一个油桶或者其他容器给我用用吗？”

“我不可能免费向客人提供，”达克说，“但我可以卖一个给你，你瞧瞧这个。”说着，他从桌子底下取出一个玻璃瓶子。

克汉笑道：“好！老兄，多少钱？”

“5 元。”

“呵呵，真不便宜呀！一加仑汽油 5 元钱？看在这漫天风雪的面子上，我就让你敲诈一回吧！好吧，给我来两加仑。”说完，克汉从皮夹里抽出一张 10 元的钞票交给他。

达克却没有伸手接，而是直直地盯着克汉的眼睛，“我想你是误会了，我的瓶子就值 5 元，这并不包括汽油。”

“什么？一个玻璃瓶子卖五元？你知道吗？这样的瓶子在普通的店铺，两毛五分钱就能买到！你居然卖 5 元钱？”

“你说得没错，那你尽管去花两毛五分钱买好了，我又没拦着你。”说罢，达克作势要将瓶子放回去。

克汉看了看屋外的风雪，既愤恨又无奈，他攥着拳头问达克：“你的汽油要多少钱？”

达克的目光落在他的皮夹上，“喔，看来汽油对你和你的妻子很重要，这样吧，50 元一加仑。”

“什么？50 元？你这奸商，这简直是趁火打劫啊！”克汉大吼道。

“没法子，谁叫油价涨了呢！”达克慢悠悠地说，“我可没和你开玩笑，这是事实。”

克汉只好一张张地数起了皮夹里的钞票，最后说：“我只带了 60 元。”

“哦，那可以买一加仑汽油和一个瓶子，我再找你 5 元。你刚才烤火取暖我就不收你的钱了。”达克微笑着说。

“你可真够大度啊，”克汉用讽刺的语气说，“一加仑不够，我需要两加仑汽油！”

“可惜你没带足够的钱，”达克说，“也许你的太太身上有钱，要不，你回去找她要点儿？哦，对了，我们差点儿把她忘了，你回去晚了，也许她会被冻僵……”

“求你卖给我两加仑吧，我可以给你手表！”说着，克汉就开始解表带。

“不必给我手表，在这人烟罕至的山谷里，时间没什么意义。如果我是你的话，我就先带着这一加仑汽油回车里。你看外面的雪，已经越下越大了，我建议你驾驶汽车回到我这里来，然后你再做决定，究竟是多买些汽油，还是在我这儿住到天气好转。至于食宿费用，我给你优惠价，按日按周收费都行。”

说完，达克就拿着瓶子走进里屋，从一个大油桶里倒满了一瓶子汽油，走出来递给克汉。

“给你钱！”克汉愤愤地递过去一打钞票，“用这笔黑心钱去买棺材吧！”

“我救了你的性命，你应该感谢我才是。”达克接过钱，仔细地数了两遍，“没错，正好 55 元，和你做生意就是痛快！我本想送你一程，但刚才我说过了，我的卡车坏了，所以只能麻烦你自己步行回去了。不过我想两三个小时之后，我们还会见面的，对吗？”

克汉骂骂咧咧地推开门走进风雪中。

午夜时分，趴在桌子上昏昏欲睡的达克被门外的汽车声惊醒了，他打开屋门，外面的风雪不知道什么时候已经停了，克汉正搀扶着他的妻子从车上下来。他们夫妇走进达克的屋子，两个人依偎在炉子旁烤火，这时达克注意到他们的嘴唇都已经冻得发紫了。

“这是我的太太海伦，”克汉向达克介绍说，“刚才我已经对她说了有关汽油的事，你可真够仁慈的。”

“当然，我很乐意为你们效劳。”达克笑着说，“那么，你们还要再买一加仑汽油吗？”

“是的，我们想再买一加仑汽油。”克汉太太说，“这次我们带了足够的钱。”

“好，不过我有言在先，油价又涨了，现在一加仑汽油 65 元了。你刚才已经买了一个瓶子来装油，所以那 6 元钱你现在省下了。”达克眨着他那狡黠的小眼睛说道。

海伦和丈夫对视了一眼，打开皮包，向达克抛过去一叠钞票，正好不偏不倚地落在达克的脚边，“这些该够了吧？”海伦说。

达克急忙弯腰去捡那叠钞票，突然，他惊叫道：“这些钱……怎么都是……”

“难道金额不对吗？”海伦冷冷地问。

“对是对，可是……这纸条上写的是……”达克惊讶地抬起头，却发现克汉手里不知什么时候正拿着一把枪，对准了他。

“你觉得很惊讶，为什么捆扎这些钱的纸条上都印着香柏银行，对不对？老兄，”克汉说，“其实，这样一叠一叠崭新的钞票，在我的汽车里还有好多。我曾经告诉过你，我们的确从香柏村方向来，但我没告诉你我们在那儿做了什么。”

“难道……这些钱是从银行抢来的？”达克惊恐万状地喊道，“可你第一次来的时候，你说你没有那么多钱呀！”

“你以为我是傻瓜吗？出来找汽油还随身带那么多钱？”克汉冷笑着说，“我还担心遇到警察的盘查呢！”

“克汉先生，”达克惊恐地盯着枪口，哀求说，“没人知道你来过这里，我……我将保守秘密。”

“老兄，抱歉了，我知道你是个见利忘义的家伙，所以我还是杀掉你比较保险。海伦，把墙上的绳子取下来，把他捆起来！”

“要不要把他的嘴也塞住？”

“不用，让他放开喉咙叫吧。刚才他亲口对我说，至少在两天之内不会有人经过这里。当人们发现他时，我们早就走远了。”

说话间，达克已经被海伦给牢牢地捆在椅子上了。他的双手被捆在椅子的扶手上，他的双脚也被分开捆在椅子腿间的横档上——如果没有人帮助，他绝对无法脱身。

“好了，现在我们该加油了。”克汉冲着他说，“放心吧，我们就加两加仑汽油，绝不多加。”

“这是为什么？”达克不解地问。

“你先前向我们提起过附近有一个飞机场，其实我们早就知道那里，当我们抢劫银行成功以后，我的一位驾驶员朋友会在那里等我们，我们将乘坐飞机离开山区。所以，我们的目标就是赶到机场，与那位朋友会合。”克汉说。

“可惜你居然忘记了加足够的汽油。”海伦嘲弄他说。

“对，所以我们的汽车在半路上抛锚了。当时如果你肯给我两加仑汽油，我们就直接前往机场了，也不必再回到你这儿来了，但是你太贪心了，所以我们不得不开车返回你这里再加一些汽油。噢，我突然想起一件事，也许你通过收音机听到银行被抢劫的消息了吧？”

“不不！我发誓，我什么也没有听到！”达克用颤抖的声音说，“我这儿没有收音机。”

“哈哈！老兄，你的话我现在可不敢相信了，只好委屈你了。”

很快，克汉和海伦将汽车加满了油。他们在走出屋子之前，又仔细地检查了一遍绳索，看看是否牢牢地绑住了他们的俘虏。

“克汉先生，”达克大叫道，“这山里很冷！”

“我知道，怎么了？”

“炉子里的火只能燃几个小时，如果炉火熄灭了，这屋子里的温度会降到零度以下！”

“你说得没错。”

“所以你们不能把我绑在这里，我会冻死的！”

“原来你也怕冷啊？那我的太太在外面挨冻时，你怎么无动于衷？”

“我只不过诈你一加仑汽油，你却让我死在这里，这代价未免太高了吧？”

“呵！老兄，还记得你自己怎么说的吗？”

“我说什么了？”

“油价涨了。”

与杀手为邻

吉米今年有50多岁，但看起来却一点儿都不显老。他身材高大，体格健壮，甚至能与年轻的小伙子相媲美。他从事的是证券行业，事业做得顺风顺水。

吉米的太太叫玛丽。玛丽年轻的时候是个很迷人的女人，但是如今，她的身材由于贪吃而变得非常肥胖了，虽然她今年刚四十，可从面相上看要比实际年龄老很多。所以，吉米对玛丽渐渐地萌生了厌弃之心。

这天，玛丽收到了一封信，这封信只有收信人的地址，却没有寄信人的地址。“也许这只是一封广告信吧？”玛丽想。她漫不经心地拆开了信封，可当她阅读信上的内容时，不禁惊讶得瞪大了眼睛。

“天哪！这怎么可能呢？这事绝对不是真的！”她惊恐地说。

正在一旁阅读早报的吉米被她的叫声惊动，他抬起头，皱着眉头问：“怎么啦？

出了什么事？”

“呃……这封信……里面提到了我们的邻居赫文，或者说……是和他有关。这里面写的是……哎，还是你自己看吧！”说完，玛丽将信递给丈夫吉米。

吉米接过信，定了定神，开始阅读起来。他昨天晚上在乡村俱乐部喝了不少酒，直到现在脑子还昏昏沉沉的，所以他使劲儿地看着信上的字迹，想弄明白那上面写的是什么意思。

信纸的最上面，有一行手写的大字：“你们能忍受这样一个畜生在你们身边生活吗？”

下面紧接着是一份复印的剪报，那是一份三年前的芝加哥的报纸，报纸上写道：

（本报讯）今天，我市警方逮捕了一名叫哈利的男子，现年49岁，与黑社会往来密切。目前警方怀疑他为职业杀手作介绍人，如果有人要杀人，只要付钱给他，他就可以联系职业杀手。

哈利被捕时正和一个名叫珍妮的年轻女子住在湖滨公寓，警方将两人带到警察局讯问。经过调查，在过去几年中，有9件凶杀案与哈利有关。有些受害人是被当场谋杀的，而另外一些则是被伪装成交通事故等意外事件。目前，珍妮已被警方释放，哈利则被羁押。

虽然警方没有公布案件的细节，但记者从知情人士那里了解到，哈利正是这若干起凶杀案的中介人。多年以来，哈利一直是警方的调查目标，但这次他首次被控犯罪。

在新闻报道旁边还配发了一张照片。上面是一位西装革履的白发男人，手挽着一位衣着打扮相当入时的黑发女郎。两人显然是刚刚从电梯里走出来，早已埋伏在四周的警察已经将他们团团包围了。

虽然复印的剪报有些不太清楚，但吉米还是一眼就认出——那个男子正是他们的邻居赫文，而那个女子显然就是赫文的太太。

在信里还附了一张复印的剪报，日期是前次报道的几个星期后。新闻的标题是《涉嫌谋杀案件，罪证不足获释》。

（本报讯）日前被逮捕的涉嫌为一系列谋杀案做中介的哈利，今日因证据不足而被释放。据警方表示，这是由于本案的关键证人失踪……

读到这里，吉米惊慌地扔下报纸，一阵莫名的恐惧涌上了心头。真看不出来啊，平时老实巴交的赫文居然与黑社会有瓜葛！如果真是这样……

玛丽在一旁插话道：“你看，我早就和你说过，赫文一家肯定有问题！他那么大年纪，却有一个如此年轻漂亮的太太，而且他经营的生意十分神秘。想想看，这一切多么令人生疑啊！”

“不会吧？”吉米说，“虽然赫文这个人身上带有一种流氓气，让他做什么，他都能做得出来，可要说他是职业杀手的中介，这打死我都不会相信。”

玛丽皱着眉头，点燃了一支香烟，反驳说：“别瞎吹了！你总说你看人看得很准，自打他们一家搬过来，你就热心地把他介绍给大家，还引荐他加入乡村俱乐部，怎么样？引狼入室了吧？赫文那个家伙，一开始我就看他不顺眼！”

就在这时，电话铃响了。玛丽站起来，摇摇晃晃地过去接电话。

“是洛克吗？什么？你也收到了？亨利家也收到了？史密斯家也有？是的，我想是的，这简直太可怕了，你找吉米？对，他在这儿，请等一下。”

“是洛克的电话。”玛丽转过身，把话筒递给吉米。

洛克是银行的高级职员，也是本村的前任村长，他现在担任乡村俱乐部委员会主席。

“早上好！吉米，看来这一带的居民都收到了这封匿名信，我们是不是该采取点儿行动？”尽管洛克的语速很慢，但他的话语中却明显包含着一种坚决而强硬的味道。

“现在就采取行动？”吉米小心翼翼地回答说，“是不是太早了？这封匿名信也许是诬告，或者是一个恶作剧，我们必须在掌握了足够的证据之后才可以……”

“这我明白，”洛克打断了吉米的话，“所以，今天晚上我们聚在一起讨论一下，让太太们也来，大家都到我家用晚餐，我们边吃边商量，6 点见。”

洛克挂了电话。吉米心里非常清楚，假如他和玛丽不参加今晚的聚会，那以后就没法在乡村俱乐部这个圈子里混了。由于吉米是一位证券经理，他的许多客户都来自于这个圈子，思来想去，他决定还是参加这次聚会。

晚上 6 点，当吉米和玛丽到达洛克家时，已经有许多邻居先到达了——他们都是当地有头有脸的人物。

其实，吉米根本就不相信赫文是那种人，他也压根儿不想趟这浑水，可又不得不来，于是在聚会时，他就拿了一杯酒，溜到一个角落里自顾自地喝了起来。

吉米的看法不是没有道理的。自打赫文夫妇搬到这儿以来，他就与赫文一家保持着良好的关系。在吉米眼里，赫文是个什么事都不在乎的人，活得非常悠闲潇洒；至于赫文太太，则是一个很好相处的女子，她年轻、漂亮、健谈、思维敏捷、知识丰富……他们在一起的时候，经常谈论股票和债券投资的话题，甚至在前不久，赫文夫妇还在吉米的证券行开过一个户头，委托吉米帮忙投资呢，这样遵纪守法的好公民，怎么会和黑社会扯上关系呢？

这时，洛克请大家安静下来，他大声说：“赫文的事情大家显然都知道了，我们不能和这种人生活在一起，我们必须讨论一下，怎样保护我们自己。”

“我个人的看法是，我绝不能忍受这种事！”洛克说，“如果这件事传扬出去，我们这儿的声誉就毁了，而且对我们这里的房地产会造成难以估量的影响。”

“还会对我们的后代造成恶劣的影响！”一位太太说，“和这种卑鄙的人生活在一起，我们的孩子都会跟着学坏的！”

“大家听我讲几句，”吉米站出来要发言。他刚刚喝了些酒，有点儿管不住自己，话刚一出口，他就后悔了，但又不得不说下去，“假如赫尔真像剪报上描述的那样，那我第一个举手赞成对他采取行动，但问题是，如果那份剪报是假的，我们岂不是要冤枉一个好人吗？”

“不过，”洛克打断他的话说，“这种可能性不大。你们大家难道就不觉得赫文很可疑吗？自从他搬到我们这里，对他的过去绝口不提，即使提及也语焉不详，没人知道他是做什么的。假如赫文本身是个清清白白的人，一切谣言都会不攻自破的。”

“他的确有点儿奇怪，”有人补充说，“有一次，他说我们这儿应该开一家色情书店，你们看，这种想法多么龌龊！”

“还有赫文太太，”一个女人说，“你们看她在游泳时穿比基尼的样子，就像是……”

“好了，好了，”洛克打断了她的话，“各位，看来我们达成了一致的意见。我们要派一个代表当面问问赫文这究竟是怎么回事儿，如果他还胆敢隐瞒，那我们就必须报警了。”

“当然，如果他承认信上的内容属实，我们可以放他一马。”另一个男人面色沉重地说，“但他必须立刻从这里搬走！”

“不过说实话，在这么短的时间里，谁也没法搬走。”一直没吭声的村长说话了，“像他房子的那种豪华装修程度，即使运气好，也得好几个星期或者好几个月才能卖出去，更何况出了这种事，恐怕更难卖出去了。”

“别担心，这件事交给我来处理。”洛克说，“我们大家一起凑钱买他那栋房子，今晚参加会议的人都出一些钱，然后我们向银行贷款，一举将赫文的房子买下。我们先把赫文一家赶走，然后再将房子委托给中介挂牌出售，待到有新的买主接手房子，我们再取回各自的钱，怎么样？”

“这倒是个好主意！”村长赞许道，“可是，派谁去跟他谈呢？”

“我看，这个人非吉米莫属啦！”洛克转过头来对吉米说，“怎么样？你跟他关系比较好，最初也是你把他介绍给我们的，你还推荐他加入我们这个乡村俱乐部。如果他真是黑社会的帮凶，我们当然也不会责怪你，但前提是你去和他谈一谈。”

洛克虽然话是这么说，但语气却暗含着责备吉米之意。

洛克接着又说：“明天你见到赫文时，也别跟他兜圈子，就直接问他那件事究竟是不是真的。如果是真的，那就让他把房子卖给我们，然后赶紧搬走；要是他不肯搬，就告诉他我们会对他不客气……”

第二天上午，吉米一大早就前往赫尔家。

此刻，吉米的心情糟糕透了。昨天晚上，他和妻子玛丽为这件事吵了半夜。最初的时候，吉米向妻子抱怨洛克不应该逼他去找赫文，可玛丽不但不安慰他，反倒嘲笑他被赫文骗了，这是他自找的。夫妻两人吵来吵去，最后竟然扯到他们之间的感情上来，两人互相埋怨对方，甚至互相咒骂，整整折腾了一整夜。

现在，吉米迈着极其不情愿的步伐向赫文家走去。由于昨夜的争吵，吉米憋了一肚子火，他现在还觉得胸口一阵阵疼痛。

吉米刚刚来到赫文家的大门口，未等按响门铃，突然门开了，原来是赫文太太站在那里。一见到美丽动人的赫文太太，吉米心中的火气顿时消了一半儿，心里甚至还有些嫉妒起赫文了："想不到赫文这么一大把年纪，居然有这样一位貌美如花的年轻太太。

赫文太太还不到 30 岁，一头乌黑的长发披在肩上，紧身的短套装把优美的身段衬托得分外苗条。赫文太太手里拎着皮包，原来她刚要出门，正好和前来拜访的吉米在大门口相遇。

"嘿，今天起得这么早啊！"赫文太太笑盈盈地向吉米打招呼。

"噢，是啊！"吉米也微笑着说，"我来找赫文，想和他谈谈。"

"你直接进去找他把，他正在晒太阳。我要进城去看我哥哥，他刚从外地来这里，我们已经好多年没见面了。正好今天晚上你和玛丽一起来我家吃顿便饭，我们也好久没聚一聚了。"

"谢谢！不过，我来找赫文还有一些重要的事情。"

赫文太太迈着婀娜的步伐走过车道，上了汽车，吉米在门口目不转睛地盯着她那性感的腰身，"身材真够火辣……"吉米心里想。

吉米转身走进赫文家，他准备和赫文好好谈谈了。

赫文这时已经从院子回到屋里，正在看电视，身边还放着一个酒杯。见到吉米进来，他笑了笑说："你来得正巧，一起喝一杯吧！看你心事重重的样子，我想你现在可能需要来一杯。"

"不了，谢谢！"

吉米坐在椅子上，犹豫了半晌才开口说道："赫文，的确有件事让我烦心，希望你能帮我澄清一下。"说着，他从口袋里掏出那封信以及剪报的复印件扔给赫文，"这东西究竟会是谁寄给我的呢？"

赫文关掉电视，开始看那些复印件。

他读完后，呆坐在那里许久。

"真该死！"赫文终于开口了，"到底还是被他们发现了！"

"他们？他们是谁？"吉米问。

"还不就是芝加哥的那帮警察嘛！他们死死地盯着我不放。先前我们住在佛罗里达州的时候，就发生过类似的事情，后来我们被迫迁往加州，可又被他们找到了。他们无法在法庭上告倒我，就用这种下三滥的手段来干扰我的生活，只要我们一在某个地方安顿下来，他们就如影随形般找上门来，真可恶……”

“什么？这么说，那些报道是真的了？”吉米惊呆了，“你的真名叫哈利？你为黑社会做事？”

“是的，这剪报上说得基本属实，看起来挺可怕的，是吧？”

吉米简直气得七窍生烟，他恼怒地说：“该死！你可把我给害苦了，我好心好意把你介绍进俱乐部，昨天在聚会上我还热心为你辩护，想不到，你居然真是这种人，算我看走了眼！算了，你们赶紧把房子卖掉，马上搬走。”

“这是你个人的意思？”

“不，这是我们大家的意思。洛克昨天召集大家开会，我们共同作出一个决定——如果你真是黑社会的帮凶，我们绝不允许你在这里继续生活！假如你不肯搬家，我们也会让你无法住下去！”

“不！这一次我绝不会搬走！”赫文坚定地说，“我和妻子被迫换了这么多地方，从佛罗里达州到加州，再从加州到这里，这次我要坚持到底，绝对不搬！”

“别逞能了！难道你不清楚自己的处境？”

“什么处境？说来听听！”赫文直视着吉米，“你们还能把我怎么样？将我逐出俱乐部？正好，我反正也不太喜欢那种环境。或者，你们大家联合起来不理睬我？还是给我打骚扰电话？”

“我奉劝你不要小看我们。”吉米打断他的话说，“昨天洛克已经很明确地说，你的存在会影响本地的房地产价格，所以，我们要不惜一切代价把你逼走。你会不断接到骚扰电话，你家的房子还会经常遭到恶意破坏。另外，你知道吗，洛克在当地的警界颇有人脉，就算你报警，警察也不会理睬你的，甚至还会找你的麻烦，继续跟踪你们夫妇，只要你们稍微有一点儿违规的举动，立即给你开罚单。还有，洛克也会利用他在当地政府的关系，让市政人员找你的碴儿，假如你搭建了违章建筑，他们就会向你征收罚金，清洁工人也不帮你收垃圾……如果这样你还不搬走的话，那我们只好采取更极端的手段了——在某个夜晚，一把火将你的房子烧掉，让你无家可归！到那个时候，你恐怕连哭都来不及了。赫文，虽然我并不想看到这种事发生，可如果你还是坚持，我们也只好……”

“好吧，”赫文的口气终于软了下来，“我搬，我搬，可是，要想卖掉这房子很难，我的房子面积很大，而且最近房地产又一直在下跌……”

“这你不必担心，我们会联合起来买下你的房子，绝不会亏待你，只要你肯搬家。”

“那太好了！”赫文的脸上露出了一丝笑容，“对了，我还有个不情之请，你能否帮我找一个新住处？我想到一个没有人知道我们的地方生活。”

“这个嘛，”吉米冷冷地说，“既然你经常为黑社会的职业杀手牵线搭桥，你难道就没有考虑过自己的后路吗？很抱歉，这件事我无法帮助你！”说完，吉米站起身就要离开。

“等一等！”赫文在背后叫住了吉米，“你回去告诉那帮自以为是的家伙们，我并不像他们想象的那样坏。我刚从事那种生意的时候，我的前妻还活着，她是个残疾人，需要不间断地治疗，她高昂的医疗费用让我破了产，后来，连银行也不肯再贷款给我了。我走投无路，只好向黑社会借了高利贷，可我最后也无力偿还，于是黑社会向我建议说，如果我肯为他们效劳，我欠的高利贷就一笔勾销。就这样，我才做起了黑社会杀手的中介，我别无选择，因为我的前妻需要钱来治病。可后来，她还是去世了，但我在这条路上已经越陷越深，无法自拔了。”

“这我能理解，”吉米说，“但你做了杀手的帮凶……”

“我别无选择，等我想洗手不干时，已经晚了，如果我中途退出，他们就会杀掉我。再说，那些请杀手的人，也是被逼无奈。”

“你这是在为自己开脱！”吉米大声说。

“其实，剪报上的报道也有不实之处，因为警方把破不了的案子全都往我身上推，而且，在我经手的这些谋杀案中，被杀的人几乎都是罪大恶极、死有余辜的社会败类，他们做生意的方式太残酷，只有把他们杀掉，才能让别人活下去。不过，只有一个例外……”

赫文欲言又止，但他最后还是说：“这件事，我只和你一个人说，希望你不要告诉其他人。那是一个人的太太，她简直是个泼妇，后来她的丈夫实在忍无可忍了，就求助于我，让我联系杀手的经纪人……”

“经纪人？”吉米有些不解地看着他。

“是的，杀手也有自己的经纪人。我和他从未见过面，只是通电话联系。每次我给杀手介绍生意，就拨打他经纪人的电话，告诉他顾客的名字，然后就挂上电话，再然后那位经纪人就会直接和顾客联系，洽谈价格、收款，同时安排杀手。一般来说，杀一个人的价格是 15000 ~ 20000 元之间。如果要安排成一起意外死亡事件的话，还需再加 5000 元。”

这时，吉米的目光落在赫文身后的一张桌子上，只见上面摆着一只相框，里面是赫文太太穿比基尼站在游泳池边的照片，体态丰满，非常诱人。吉米不禁想起自己那肥胖、笨拙的妻子，厌恶地皱起了眉头。

“我想起一件事，”吉米慢悠悠地问，“那个杀手的经纪人的电话……你应该还保留着吧？”

晚上，赫文太太从城里回来了。她放下皮包，对丈夫说：“难怪吉米今天早上的神情不太正常，原来他们昨晚开会商量了这件事啊！”

“嗯。”

赫文和太太举起酒杯，相互碰了一下，分别喝掉杯中的酒。

“这些假剪报的效果真是立竿见影！”赫文得意地说，“不仅把这些邻居吓破了胆，让他们愿意高价购买我们的房子，心甘情愿地为我们奉献大把的钞票，而且还请我帮忙联系杀手，他们大概做梦也没想到，我这辈子压根儿就不认识什么杀手。”

“有多少人上当啊？”

“不多，目前一共才5个，其中包括洛克和吉米。”赫文说，“洛克为了向上爬，请我帮忙除掉他的上司；吉米则请我帮忙杀掉他的妻子。等过些日子，我们的房子一卖掉，我们就离开这儿，估计能赚个二三十万。噢，对了，别忘了给你哥哥打个电话，让他假装杀手的经纪人，和那帮傻瓜谈一谈，以便稳住他们。”

“好主意！”赫文太太高兴地说，“等那些傻瓜回过味儿来，我们早就远走高飞了！就算他们意识到自己被骗了，也不敢声张，毕竟买凶杀人不是什么光彩的事，更何况，他们都是本地有身份、有地位的人。”停了一下，她又说，“说老实话，洛克和其他人雇凶杀人，我并不觉得惊讶，但是吉米那个老好人，居然也动了这种念头，我很难理解。你究竟是怎么对他说的呢？”

“我只是告诉他，以前我曾帮人除掉了一个泼妇，结果他立刻就上钩了。”赫文冲太太狡黠地一笑，“我早就知道他会上钩，我看人看得很准，果然不出我所料吧！”

栽　赃

我很愿意和你谈谈那天晚上发生的事。从哪儿开始呢？还是先从劳勃谈起吧。

劳勃是我的同乡，我们在很小的时候就认识。他体格强壮，身手敏捷，同学们都很崇拜他，他也因此而变得非常骄傲自大。上小学的时候，他就非常调皮，喜欢捉弄老师、搞恶作剧。他甚至还给我起了个外号，叫做“耗子”，其他同学也跟着他一起叫，这让我心中对劳勃非常厌恶。

上了初中，我越来越讨厌劳勃了，因为他总是惹是生非。后来，在高一时，劳勃终于被学校开除了。自那以后，我就再也没有在镇上看见过他。

三个月之前，我在一家咖啡馆巧遇了劳勃。当时我正面临着一个难题——一个与我合租同一间公寓的人刚刚搬走，我将不得不独自承担每月210元的房租。正当我发愁怎么解决时，与劳勃的相遇让我看到了事情的转机。原来，劳勃自从多年前被开除后，就离开了小镇，最近他刚刚回到这里，正急于找一个新住所。当听说了我的处境和房租的事，劳勃便主动提议要和我合租这间公寓。我见他言谈举止很文雅，衣着整洁，何况也是多年相识，便同意了。

这些年来，我在银行里也存下了一些积蓄，因为从小母亲就教育我说，要多存钱，少挥霍，只有积少成多，才有本钱自己创业。母亲是个好人，可惜在我 14 岁那年她不幸去世了。我至今还常常怀念母亲。

好了，话题有些扯远了，现在言归正传。

后来，劳勃搬进来了，住在靠西边的那个房间里。我们有一段时间相处得很不错，住各自的房间，互不干扰。在业余时间，我喜欢在房间里听听广播和读书，而劳勃则在客厅里看电视，他还喜欢去酒吧喝酒，追求年轻漂亮的女孩子。当他钱不够花时，也会向我借点儿，但很快就会还上，从不拖欠。

劳勃经常喜欢在晚上外出，常常深夜才回来。虽然这影响了我的休息，但我还能够忍受。我盘算着，暂且忍耐几个月，等到我的租约期满，然后我就搬出去，和劳勃分道扬镳。

然而，就在这期间，一个叫丽莎的女孩走进了我的生活。

她是一家餐厅的女招待，距离我工作的地方不远。丽莎有一双明亮的眼睛，声音柔和甜美，笑起来非常迷人。我经常去那家餐厅吃饭，久而久之便认识了她。记得母亲生前曾告诫过我："大部分女孩子都是自私的，她们只为自己着想，你的前途不能被这些女孩子毁掉。总有一天，你会遇见合适的女孩子，到时候你就会知道了。"

遇到丽莎之后，我心里想："我知道了，这就是我要找的女孩子。"

两个星期之后，我和丽莎就开始约会了。我们一起去看电影，或者一起吃饭。我和丽莎经常去公园散步，两个人手拉手坐在湖边，看着湖面上的鸭子在戏水。

每个星期，我都和丽莎约会一两次，不过，我从没去过她的公寓，我总是和她约好在某个地方见面，或者到下班的时候去接她。餐厅里的人也知道我与丽莎的关系，每当我去接她时，他们都朝我友好地微笑。

有一天，我和丽莎在一家餐厅共进晚餐，碰巧，劳勃也来了。他走到我和丽莎的餐桌前，目不转睛地盯着丽莎看，然后，招呼侍者送一瓶酒来，要与我们一起喝酒。在餐桌上，能说会道的劳勃逗得丽莎笑声连连，我却被晾在了一边，好不尴尬。那天晚上，丽莎特别兴奋，我从没看她那样开心地笑过。

回到公寓，劳勃的酒劲儿还没过，他一边在房间里来回踱步，一边说："那只小狐狸真性感！"

我憋了一肚子的气终于爆发了！冲着劳勃挥起了拳头，结果，我反被劳勃打倒在地，嘴唇也流了血。

他冲我挥着拳头，大笑道："耗子，你根本不是我的对手，还是省省力气吧！我只和男人打架，从来不想和你这只耗子斗。"

我想把劳勃赶出门去，让他立即搬走，可转念又一想，公寓的租约还没有到期，如果劳勃走了，我又必须独自承担高昂的房租了。

自打那天之后，劳勃就从我这里把丽莎夺走了，他们开始约会了。

我气愤地跑去质问丽莎，可她却对我说："我就是要和劳勃约会，你管不着！你送我两样廉价的小礼物，请我吃几顿饭，就想拥有我，别做美梦了！”

从那以后，我再也没去找过丽莎，也不去她所在的那家餐厅吃饭了。

劳勃好像是为了故意气我，他把每次与丽莎约会的事都告诉我。

这天，他下班回家，一边哼着走调的小曲，一边冲冷水澡。然后，他就砰砰地敲我的房门。

“耗子，昨晚我去丽莎的公寓过夜了，你想不想知道我们做了些什么？哈哈，真是一个无比销魂的夜晚啊！”

劳勃离去以后，我呆呆地坐在床边，眼泪也不争气地流了下来。

记得那天是 9 月 27 日，我下班回家的时候，劳勃又和丽莎约会去了。他在那天早上就告诉过我，晚上要去丽莎家吃晚饭。

晚上 7 点钟的时候，我从冰柜里拿出一瓶汽水，坐在客厅里喝了起来。

就在这时，楼上突然传来一声枪响。

我被这声枪响吓了一跳，足足有半分钟，我才反应过来，心想，是不是该上楼查看一下。

我把汽水瓶放在一边，把门打开一道缝，侧耳细听，走廊里静悄悄的，没有任何动静。

在我租住的楼上住着一位年轻的大学生，他在大学学习法律，只有周末才回来。在他的隔壁是一位新搬来的房客，那是一位老人，我曾见过他几次，看起来他的身体不太好，满脸病容。此外，其余的房间都是空的。

这天是星期四，女房东也不在。她每个星期要有三个晚上值夜班，去城里的办公室做勤杂工。

公寓的楼道里有一部公用电话，按说我应该立即打电话报警，可好奇心驱使我走上楼去一探究竟。我无法解释当时自己为什么会有那么大的好奇心，抑或是冥冥中的一股力量，拉着我走上楼梯……

我沿着黑漆漆的楼梯，来到传出枪响的房间门口，扭动门柄。

门并没有锁，它应声而开。

在幽暗的房间地板上躺着一个人——正是那个一脸病容的老人。他的太阳穴有一个弹孔，鲜血正汩汩地从弹孔里流出来，他手里还握着一把手枪。我壮着胆子走进去，意外地在茶几上发现了一张字条，仔细一看，原来是一封遗书：

“我对这个世界绝望了，人们都袖手旁观。支付过房租之后，我的积蓄只剩下 127 元。现在我疾病缠身，妻子离我而去，孩子也走了，谁还在乎我？一切都该结束了！”

显然，这是一起自杀事件，我的第一反应就是跑到楼下打电话报警。突然，我心中一动，停下了脚步，在我的脑海里浮现出几天前劳勃讥笑我的情形——他放肆地大笑着，对我不屑一顾地说：“你是一只没有用的耗子，所以丽莎她才选择我，你是个胆小鬼，只会吱吱叫！”

我看了看老人的尸体，又看了看茶几上的遗书，萌生了一个复仇计划。

我把遗书装进口袋，然后蹲在尸体旁边，翻出老人口袋里的皮夹，从里面掏出几张钞票——5张20元，1张10元，3张5元，两张1元。我把钞票装进兜里，然后又用自己的手绢仔细地擦擦皮夹，又把皮夹塞了回去。

接下来，我故意将房间弄乱，将抽屉一个个拉开，又将椅子掀翻在地。然后，我把手枪从死者手上取下，擦拭干净，随手丢在地上。

做完这一切之后，我走出了房间，并随手带上门。

回到家里，我走进劳勃的房间，将从老人皮夹里找到的钞票藏进他的一只鞋子里，然后又用手帕小心地擦掉我在他房间里留下的任何痕迹，包括脚印和指纹。

把一切都布置停当之后，我离开公寓，到街上闲逛。

我又在心里把整个事情过了一遍，想看看其中是否有疏漏之处。反复思索，没有了，连手枪上的指纹也被我擦掉了。警察必定会将老人之死列为刑事案件来侦破。

这两天，公寓里只有我和劳勃。

我想，警察肯定会将我们二人列为重点怀疑对象进行调查，但我问题不大，因为我平时遵纪守法，从不侵犯他人，而且我在银行里还有一笔存款，没有理由谋财害命。再说了，我一贯兢兢业业地工作，不嗜烟酒，生活作息很有规律，显然不像是杀人凶手。

而劳勃就不同了，他在学生时代曾被开除，现在又经常光顾酒吧和赌场，个性粗野，且手头经常缺钱，完全具备作案动机。当警察在老人的尸体上搜到空皮夹之后，必定会怀疑这是一起谋财害命的案子，如果他们搜查我和劳勃的房间时，自然会找到劳勃鞋里藏着的钞票。那么，劳勃会怎样回应警察的讯问呢？他一定会说，他晚上7点以前就离开了公寓，前往丽莎家和她约会，丽莎也会帮他作证的。

老人的死亡时间大约是在7点15分，这一点法医应该可以证实。

而我清楚劳勃的行踪，他今天在床上躺到下午，然后出门到处闲逛。因为丽莎要晚上7点才下班，所以，劳勃一定是在晚上7点之后直接到丽莎的公寓与她约会。这样一来，劳勃就有充足的作案时间，警察会推测说，劳勃在离开我们住的公寓之前，曾溜上楼，想看看能否从老人那儿偷点儿钱，结果被老人撞了个正着，两人发生了搏斗，最后老人遇害。劳勃则将老人的钱洗劫一空，并将钱藏在了自己的鞋中。

看来一切都天衣无缝！唯一能够证明老人是自杀的，只有这封遗书了。

想到这里，我从口袋里取出那位老人的遗书，慢慢地将它撕碎，然后随手一扬，遗书的碎片飘散在空中，随风四散。

毁灭了证据之后，我信步来到一家电影院，看了一场乏味无聊的电影，因为我要给警察留一个不在现场的证明。

电影结束了，我步行回家，此时已经是深夜了。房东的汽车停在公寓门口，看来她已经下班回来了。那个学法律的大学生也回来了，他房间的灯亮着。

我也回到我的房间。

劳勃还没回来，此刻他一定正躺在丽莎的身旁做着美梦呢。“哼！到了明天，劳勃你就要大祸临头了！哈哈！”我心里充满了复仇的快感。

第二天早上，当我出门上班时，劳勃还没回来，或许他从丽莎的公寓那儿直接去上班了。

下午5点钟，我下班回家，远远地就看见公寓门口停着一辆警车，看来警察一定是发现老人的尸体了。

当我走到公寓门口时，从里面出来两个警察，想必他们是从房东的窗户里看见我回来了。

房东也站在门口，我微笑着朝她打招呼，但她却没有回答，而是用一种惊慌、畏惧的眼神儿看着我。

两个警察表情严肃，其中一个说：“这幢公寓发生了一起命案，我们想和你谈谈。”

“什么？命案？天哪！”我故作惊讶地说。

我领着警察来到我和劳勃住的房间门口，只见房门半开着，里面一片狼藉，枕头、杂志和生活用品扔了一地，果然不出我所料，这里已经被警察搜查过了。

“怎么？你们搜查了我们的房间？”

“是的，是房东让我们进来搜查的。我们在西边那个房间的一只鞋子里找到一卷钞票，我们怀疑那是从被害人处劫掠来的。”

“那不是我的房间，是我的室友劳勃的房间。”

“我们知道，房东已向我们介绍过你们的情况了。据说，在劳勃生前，你非常恨他，因为他抢走了你的女朋友，是不是因为这个原因你才要陷害他？”

“陷害他？你这是什么意思？”这时，我突然反应过来，警察刚才用了“生前”这个词，“劳勃生前，为什么这么说？”

“劳勃死了。”

“死了？”我顿时目瞪口呆。

“是的，他被人枪杀在你的前女友丽莎的公寓里，丽莎也同时被杀了。”

“丽莎？她也死了？”这个消息来得太突然了，让我根本无法相信。

“是的。丽莎的另一个男友去找她，正巧看见他俩在床上，一怒之下就开枪打死了他们俩。”

说完，两个警察就站在那里盯着我，面无表情。

“劳勃死了，为什么你们要搜查这里？”我诘问他们。

“最初我们是想来这里找劳勃的亲属，但当我们刚下警车，就遇到女房东报警，说是楼上的房间里也发生了一起命案。”

“楼上？命案？”

“是一位老人，他头上中了一枪。我们在他身上找到一个皮夹，可是里面的钱却都不见了，我们认为你有重大嫌疑。”

“我？”

“是的，你想伪装成一个自杀的现场，可是手枪上却没有指纹。”

我感到脸部肌肉僵硬，腿也在发抖，辩解说：“肯定是劳勃杀的！他先在这里杀了人，然后去的丽莎那儿。”

“那解释不通。”警察摇摇头说。

“为什么？他什么时候遇害？”

“大约在今天凌晨两点钟。”

“可是这儿的命案比那还早！”我大声说。

“哦？你怎么这么肯定？那你告诉我们，这个命案何时发生的？”

我知道自己说走了嘴，便大声吼道：“我不知道！我没有杀任何人！如果你们说我是凶手，那为何你们在劳勃的鞋里找到了钱？”

“据我们了解，昨晚 7 点钟的时候，有人在酒吧见过劳勃；7 点 30 分左右，也有人看见他在敲丽莎的门，可见，楼上的凶杀案发生时，劳勃并不在这幢公寓里。”

我一时语塞。

“跟我们走一趟吧！”一位警察说，并伸手来抓我的胳膊。

“真的不是我杀的！他是自杀，的确是自杀！听见枪响之后我才跑上楼去，当时茶几上还有一封遗书！”我大吼着。

“遗书呢？”警官盯着我问。

“茶几上什么都没有！”站在门口的房东插话道。

这时，我再一次想起了母亲，她说得对——“要当心那些下贱的女人，她们会毁掉一个优秀年轻人的美好前程。”

母亲啊！你真是个了不起的女人！